双杨往事

任秉友 著

陕西新华出版传媒集团
太白文艺出版社·西安

图书在版编目（CIP）数据

双杨往事 / 任秉友著 . -- 西安 : 太白文艺出版社，2024. 12. -- ISBN 978-7-5513-2673-5

Ⅰ. I247.5

中国国家版本馆 CIP 数据核字第 2024CB5990 号

双杨往事

SHUANGYANG WANGSHI

作　　者	任秉友
责任编辑	何音旋　蒋成龙　王浩伟
封面设计	张永文
版式设计	新纪元文化传播
出版发行	太白文艺出版社
经　　销	新华书店
印　　刷	三河市腾飞印务有限公司
开　　本	787mm × 1092mm　1/16
字　　数	890 千字
印　　张	68.25
版　　次	2024 年 12 月第 1 版
印　　次	2024 年 12 月第 1 次印刷
书　　号	ISBN 978-7-5513-2673-5
定　　价	168.00 元（全二册）

联系电话：029-81206800

出版社地址：西安市曲江新区登高路 1388 号（邮编：710061）

营销中心电话：029-87277748 029-87217872

序

基层干部形象塑造与乡村治理模式探索

王春林

人民公社这一特定历史时期的社会治理模式，从1958年在全国拉开帷幕到1984年宣告解体，在中国大地上整整存在了二十六年。二十六年间，人民公社既是中国广大农村重要的制度模式和治理手段，也是数亿农民赖以生存的生产和生活方式。诚如学者张乐天所言："公社给国家带来过稳定和安宁，给社会带来过秩序和道德，给农民带来过憧憬、理想、苦难和失望。"①由于其实际效果的不尽如人意，一解体便瞬间烟消云散，这段历史也几乎一直处于尘封状态，当今的年轻人甚至不知"公社"为何物。公社虽然逝去了，但它留下的记忆却不可抹去，作为一个时代的印记，一个民族基层治理的奋斗史、探索史，也将永远被铭记。"鉴于往事，有资于治道。"近年来，随着国家基层治理现代化实践的不断推进，公社历史已经成为解密乡村乃至基层治理的一把金钥匙，学界甚至出现了有关于人民公社的研究热潮。

任秉友先生的《双杨往事》，正是一部聚焦书写人民公社历史的长篇小说。需要特别交代的一点是，作者所具体呈现的，并不是人民公社的整个发展历程，而是其最后一个阶段，即改革阶段。学界一般认为人民公社发展历史可以被划分为这样四个阶段：第一阶段是初创阶段（1958—1961），第二阶段是调整阶段（1961—1965），第三阶段是

① 张乐天：《告别理想：人民公社制度研究》，上海人民出版社，2016，第1页。

发展阶段（1965—1978），第四阶段是改革阶段（1978—1984）。从主人公徐晋东“走马上任赴双杨”的 1977 年 6 月 18 日开始，一直写到人民公社解体的 1984 年，徐晋东调离双杨公社后结束。既然是根据作者的亲身经历而创作，那自传色彩也就不言而喻了。小说主人公徐晋东，即双杨公社的书记，毫无疑问就是作者自己的化身。故事以双杨公社为切入点，通过纪实与虚构相结合的写作方式，风趣幽默地描绘了人民公社制度下双杨公社人们日常生活的方方面面，艺术地为我们呈现了一段丰富多彩的公社岁月。这部小说既是作者对自己公社书记岁月的深情回望，也是一名老共产党员，一位地道农民对中国乡村道路现代化问题的真切思考。作品中围绕双杨公社的村民治理、经济建设、农业发展等一系列问题所展开的大胆设想、激烈讨论、勇敢尝试，都是一名负责任、有担当、有谋略的公社书记乡村治理模式的探索，也是乡土中国现代化的具体实践。小说在填补公社题材文学领域书写空白的同时，也为这方面的研究专家提供了人民公社在晋北乡村具体实践的珍贵史料。无论从社会学角度，还是文学角度来看，《双杨往事》都意义重大。

首先是塑造了一批以徐晋东为首，危难关头勇担重任的基层干部形象。正如叙述者在开篇交代的那样，双杨公社是一个问题比较严重的公社，上一任书记王则峰是被赵庄群众扔出铺盖赶下台的，面临夭折的“万亩方田”计划和骑虎难下的石门水库修建，都是事关双杨公社能否长治久安的烫手山芋。前任书记无力回天，那徐晋东就可以吗？我们且看一下小说中对徐晋东的介绍：“这是一位地道的山区农民，没有机关工作经验，亦没有在村里干出过出类拔萃的成绩，缺少经风雨、见世面，在大风浪中斗争的经验。”而且，徐晋东身材瘦小，在村里以舞文弄墨，写报道、写小说出名。看似有限的个人能力和双杨公社的严重问题形成鲜明对比。中国有句古话说得好，“秀才遇上兵，有理说不清”。但正是这样一个没有任何乡村治理经验的“秀才”，临危受命，不仅维持了双杨公社最后的稳定，还创造了双杨公社最后的奇迹。细细打量徐晋东这一主人公形象，不难发现这样一些优点：一是待人接物既不先入为主，也不轻信别人的判断，而是一切从实际出发，尊重事实。比如面对腊花姐这样的“刁民”状告郭玉恩殴打她一事，他不像邓彬那样从自己的感受出发主观臆断，而是在耐心倾听她述说的同时，进行深入的实际调查，了解事情真相。通过走访调查与亲自考察，得知腊花姐所告属实后，便当机立断，即刻采取行动。既惩罚了行凶者，也起到了震慑村民的作用。二是熟知乡村社会治理窍门，既要有规矩，又要执行规矩于无形之中。众所周知，乡村是一个熟人社会，“在一个熟悉的社会中，我们会得到从心所欲而不逾规矩的自由。这和法律所保障的自由不同。规矩不是法律，规矩是‘习’出来的礼俗。从俗即是从心。”②在这样的熟人社会里，有效治理方式就是使规矩运行于无形之中。徐晋东作为一名地道的农民，深谙其中的奥妙。在各大队支部书记人选的敲定过程中，他能够跳出既定的条条框框，遵从自己的内心：“看人议事，得具体对待，一个人和一个人不一样，一个村和一个村不一样。叫我看，什么标准也用不着定，标准就在咱三个人心里。咱一个支部一个支部过。”三是遇事当机立断，有勇有谋。作为一名基层党员干部，不仅要坚决执行党中央的方针政策，还要学会根据形势灵活判断，将中央政策和实际情况有机结合。比如在公社行将解体之前，徐晋东以超人的胆识率先在双杨公社实行包产到户，这就以一种敢为天下先的精神走在了时代的前面。

其次是成功演绎“群众是真正的英雄”的历史真谛。人民是历史的创造者，人民公社中，群众就是历史的创造者。作为一名有着多年基层

② 费孝通：《乡土中国 生育制度 乡土重建》，商务印书馆，2011，第10页。

工作经验的人民公社书记，任秉友亲身经历了人民公社时代乡村社会翻天覆地的变化，目睹了勤劳勇敢的广大农民是如何用自己的双手和智慧创造未来的。虽然没有战场上的那些硝烟弥漫，但那些能够把无数的“无”变成“有”的普通农民，又何尝不是悄然推动历史发展的无名英雄呢？比如赵庄的何子毅，在“稻田大战”中，面对公社处理赵庄土地问题上的和稀泥态度，他能够理论与实际相结合，言辞恳切地规劝徐晋东：“肚里有娃就得生，不能护疮护成一包脓。”提醒他遮掩搪塞肯定不是明智之举。再比如涿雁村的忻老庙，“做在人前，吃在人后。哪里苦重，他到哪里”，不计较个人得失，以不变应万变，牢牢抓住粮食是农民的心头肉这一朴素真理，最终促使“稻田大战”找到了解决的突破口。还有就是在水库建设过程中发挥了关键作用的罗彪。当田子荣对水库“百天会战”横加干涉时，他不仅没有姑息容忍，而是当机立断地“擅自”闯入大队支部书记、革委会主任例会现场，当场揭穿田子荣的不当行径。

最后是摸索出了一些乡村治理的宝贵经验。我国是一个有着悠久历史的农业大国，乡村治理长期以来本就是国家治理的头等大事。更何况徐晋东所面对的，还是双杨公社这样一个问题比较明显的公社。乡村是一个人情社会，在乡村治理的过程中，如何处置“人情”问题，就构成了对徐晋东智慧的考验。小姨子改婵原本想借助于姐夫的威势少罚一个工，不承想却“赔了夫人又折兵”，反而被赏罚分明的曹明海又多罚了一个工。徐晋东在获知事情的真相后，不仅没有为小姨子撑腰，而且还又加罚了一个工。他的如此一种智慧举动，在教育了小姨子的同时，也给潘寨全体村民上了生动的一课。此外，因为人民公社的大锅饭很容易会让一些好吃懒做的村民钻空子，如何解决这个问题以便调动所有人的积极性，同样也是徐晋东面对的一大难题。正所谓“擒贼先擒王”“将不斩不起”，徐晋东所首先选择的，就是夏锄战役中的小咀大队。他亲自出马，深入田间，对大队书记韩愣小以鼓励与批评教育相结合的方式，进行积极的动员工作，最终使小咀的夏锄工作得以顺利完成。

还有一点必须提及的，就是在艺术形式上，作者较为成功地运用了中国传统章回小说体式。这可以看作是对本土小说传统的一种创造性转化。

是为序。

2024.10.21

完稿于并州墨香斋

人 物

徐晋东——公社党委书记

田子荣——公社党委副书记、公社革委会主任

陈　琦——公社党委副书记

马亚平——公社革委会副主任

林如海——公社革委会副主任

彭茂华——公社党委成员、武装部部长

邓　彬——公社党委成员、保卫干事

王　磊——公社党委秘书

杨利民——公社革委会秘书

牛婧兰——公社妇联主任

蔺毛毛——公社话务员

何钰香——公社广播员

李葆定——公社伙食管理员

张　栋——公社农机员

王则峰——公社前任党委书记

姚　琨——驻公社公安特派员

唐吉琪——公社财税员

田亮平——公社农业技术员

罗　彪——公社党委副书记、石门水库总指挥

赵振沂——公社革委会副主任、石门水库副总指挥

苏芸芷——公社团委书记、石门水库政工人员

郎晓梅——石门水库指挥部炊事员

杜文逵——石门水库民工、联络员

罗国亮——县委书记

郑　平——县革委会主任、县委副书记

周　谦——县委副书记、石门水库政委

左　阳——地委书记

高　铎——地委组织部部长、农村工作队政委

彭秉如——行署劳动局局长、农村工作队队长

朱美琰——地区妇联副主任、工作队驻村队长

马士隆——地区公安处副局长、工作队驻村队长

尚丞荣——地委工作队队员

曹明海——潘寨大队党支部书记

谢得峄——潘寨大队革委会主任、党支部副书记

谢得铭——潘寨大队小队长，谢得峄弟

竺改婵——潘寨大队社员，徐晋东小姨子

铁建军——潘寨大队社员，人称“铁将军”

何淑蓉——潘寨大队社员

何子毅——赵庄大队党支部书记

郭玉恩——赵庄大队党支部副书记、革委会主任

何正魁——赵庄大队党支部副书记、外号“老汉奸”

徐碧云——赵庄大队赤脚医生

何马马——徐碧云儿子

何王澍——残疾军人，徐碧云丈夫

何静仁——赵庄青年党员，一度精神不正常，后任党支部书记

腊花姐——赵庄社员，又名金怀老板

蒋小瑛——腊花姐之女

黑蝴蝶——赵庄社员，本名赵蝴蝶

何大冬——赵庄大队管理员，残疾军人

何正武——赵庄大队管制人员，何淑蓉父

杨　杰——赵庄大队革委会主任、民兵营长

孙羊羊——赵庄大队社员

李福杰——明苑庄大队党支部书记

郎福海——明苑庄大队革委会副主任

杜辰旺——明苑庄大队会计

窦等弟——杜辰旺妻、郎福海情妇、外号“潘金莲”

李乃城——明苑庄大队社员、曾任党支部书记

雷大年——桃园大队党支部书记

牛小栓——桃园大队接任党支部书记

闵梦牛——王屯堡大队党支部书记

王步岚——王屯堡大队革委会主任

郎计狼——王屯堡大队社员、郎晓梅父

岳万金——岳堡大队党支部书记

忻老庙——涿雁大队党支部书记

韩愣小——小咀大队党支部书记

阮兰发——小咀大队革委会主任

三桃子——小咀大队社员

铁迪厚——青云寨大队党支部书记

杨步驰——双杨大队党支部书记

黑虎豹——县公安局干警

霍熹城——城关公社党委书记

赵帅人——县委农工部办公室主任

成轩昂——县委宣传部副部长

朱大宽——石门公社党委书记

霍五旦——公社林场场长

佟百川——公社医院院长

黄凤麟——公社医院医生

魏宪恩——公社医院老中医、何淑蓉公公

目 录

第一部‖进 击

第二部‖相 持

第三部‖破 新

第一部

进击

第一章　走马上任赴双杨

百人百性，千人千面。古往今来，皆是如此。大凡配得上人这个称谓的人，都会执着地维护自己的尊严，想方设法拓展自身的外延。不论大方之家，抑或小国寡民，都无时不在编织自己的心中梦幻，谱写属于个人的传记。时间老人行走匆匆，今天所为，明日便成历史。史书是死史，唯独活人活事、活灵活现的直观写真文学，才是永葆当年生活原汁原味的活史。此闲话也。

瞧，主人公登场了。他身穿蓝色中山服，留着乱蓬蓬的偏分头，推着一辆旧永久车，从县革委会的红大门里走了出来。车后带着一大卷行李。行李用紫红色棉花毯包着，犹如一个大包袱。其人貌不惊人，俨然一位地道的农民。他叫徐晋东，急匆匆赶赴双杨，走马上任。时间是 1977 年 6 月 18 日上午。

昨天下午，县委副书记周谦，将徐晋东叫到他办公室说："接到地委组织部批件，让你出任双杨公社书记。"

徐晋东并不感到意外。早在上年岁末，听到小道消息：县委研究决定，让自己到双杨公社任书记。其间地委组织部考察严格，久久未批。今天周书记找他谈话当然不会惊讶。

"行。"徐晋东表态，"服从组织分配。"

“你有啥要求吗？”周谦问。有些人下公社要提条件的，比如要带贴身干将，调整原班人马；或者提出下去几年，仍回某单位等等。

徐晋东干脆利落回答：“没有”。

“你有啥困难吗？”

“没有。”

“你计划哪天下去？”

“明天。”

“可以做下准备，不要超过三天就行。”

“明天上任。”

周谦见他果断，干脆，连公社现任领导的基本情况也不打问，他反而有了狐疑：这后生冒冒失失，是不是初生牛犊不怕虎，对双杨的形势估计不足呢？作为分管双杨公社的他，不得不多操份心。于是，周谦挑明问：“你对双杨公社的情况不太熟悉吧？”他的意思是想让徐晋东向他讨教些办法，介绍一下情况。这样，对一个领导来说显得名正言顺，可堂而皇之给他传经送宝，指示一番。但徐晋东的回答出他意料，令他不安。

“我下去熟悉吧。别人的看法都不可靠。”徐晋东一句话将周谦顶得连气也换不上来了。

周谦倒不是嫌徐晋东冒犯他的尊严，而是奇怪这个刚刚跨入政界的农民，怎么如此狂？徐晋东的家底他是清楚的。这后生有点才华，在村里舞文弄墨，写报道、小说出了点名。“文革”后期当了支书。村庄不大叫徐沟，是南峡公社的一个坡地区村子。他上任后管理得井井有条，粮食产量逐年增长，社员交口赞誉。加之，县革委会主任郑平原是南峡公社书记，对徐晋东的情况比较了解，又是他一手培养起来的干部。如此，在县里选拔年轻干部时，便水到渠成，以特殊人才破格录用了。虽说他的年龄超出规定线十岁。但是这次双杨公社情况告急，在常委会上经过约一个小时的反复酝酿、辩论，最后从几个人选中确定了他。老实说，在周谦看来，县委的人选敲定，带相当的冒险性。须知，这是一位地道的山区农民，没有机关工作经验，亦没有在村里干出出类拔萃的成绩，缺少经风雨、见世面，在大风浪中斗争的经验。这种人挑一个平川公社的重担，而又是临危受命，特殊的公社，能胜任吗？周谦替徐晋东捏一把冷汗，他心里忽而想到村里人说的一句话："你也胆大，你妈也敢撒手。"

不管徐晋东怎样不想听别人的意见，作为他的领导，周谦还是语重心长地对他说："具体情况你下去了解。但有几点，我一定要提前提醒你注意。一是双杨书记王则峰，被赵庄群众扔出铺盖，不能待了，去年年底就写了辞职报告。半年来，工作肯定落下步子。二是王则峰搞了个'万亩方田'规划，结果问题百出，面临夭折。去年人为减产幅度大，县委对他大会解剖，他有怨言，一蹶不振。三是石门水库，那是县社合办、民办公助的中型水库。现在骑在虎背上，只能跑不能下了。水库相当于半个公社。这三点，我必须给你指出来。"

徐晋东听了周谦的提示，十分感动。他后悔自己心高气傲，未免太有些自负了。于是赧颜满面地说："谢谢周书记的指点，我会记在心中的。你还有啥安咐的吗？"

"你身体单薄，下去要注意保重。"

"没问题，我瘦是天生的，有的是精神。我向组织保证：县委不往回调我，我是不会要求离开公社的。"

"好、好好！你这种精神我十分赞赏。"周谦笑着，充满欣赏地拍了拍晋东的肩膀。

昨天晚上，同徐晋东相处十分默契的宣传部成轩昂副部长，在他的办公室，也是他的临时家属住地欢送了徐晋东。本来，宣传部领导准备欢送徐晋东的。但由于走得急促，领导们都下乡不在机关，只好改日补办。这样成轩昂便私人欢送，予以壮行。成轩昂是个大学毕业生，钻研马列著作很有成就，讲理论深入浅出，别有见地。他也精通古文学，成天埋头在故纸堆。因此，具有儒士学究风度，加上高度近视镜，清瘦蜡黄的面孔，人们叫他成夫子，是名副其实的雅号。他跟徐晋东无所不谈，彼此相互欣赏。徐晋东高兴起来，唤他老夫子、孔乙已，他叫徐晋东猴子。他每每受徐晋东的调笑，又乐于被他调笑。他的夫妻房事，甚至也跟徐晋东窃议、讨密。今天，他随便弄点吃的，拿一瓶白酒欢送猴子，自然有一番肺腑之言。他说："你这个人太性急。本来我已经把旧报纸卖了，卖下八块四毛七分钱。"他从口袋里掏出这沓现金，原封未动，"当家的不回来，咱不能动呗。"他颇为遗憾地说，又埋怨晋东道："你迟去一天，还怕不让你当双杨的书记呢？真是的。"

徐晋东笑而不语。其间，成轩昂还邀了几个未下乡的同事，凑热闹。有人说："头们不在，咱更自在些。"

"成部长也是头们里边的数呢。"有人纠正。

"副的和正的，就差远了。他跟咱们是弟兄班子。"

这时，成轩昂郑重其事地说："晋东，你到双杨是一把手了。你好好感受一下一把手的工作。"

"公社书记，不要忘记弟兄们。"

"我人去双杨了，但这里是娘家，不会忘记的。这些年都是受你们关照的。"徐晋东一一跟伙伴们谈心。他的荣升，大伙当然高兴了，不管寒酸也罢，吝啬也罢，成部长能办这桌家宴，还算慷慨之举。按当时的惯例，机关单位欢送聚会，有两项收入，可以动用。一是卖旧报刊，二是卖厕所大粪。这两笔收入不入账，是临时小金库，故可以动用。今天徐晋东下午谈话，明天上午一早就动身，太紧迫了。因此，只好匆匆草办。成轩昂对徐晋东这个文学才子的人生道路选择另有偏见。他曾不止一次地戏谑晋东："我真奇怪，一个没有看过《聊斋》的人，居然能写出小说来，而且至今固执已见。"徐晋东呢，针锋相对地取笑成轩昂："我也奇怪，一个没有当过支部书记的人，居然讲马列主义。"两个人本来都带有极端性，加之有意扩大，便将话说的相去甚远了。

四五个人，围坐一块，说是欢送徐晋东，实则谈心而已。一来饭菜不丰盛，二来都没有喝酒的雅兴。谁也不知道自已肚里能放多少酒。对酒都有种戒备心理，好像一喝就醉了。醉了是啥样？谁也没经历过。他们扯了一阵，便将桌上的饭菜，风卷残云般消灭掉，各回各家休息了。

徐晋东骑着车子，只管赶路，他什么也不想，巴不得一下到了双杨。他为啥如此急切地要往公社跑呢？他心中一直在想：近半年了，王则峰是在等待离开公社的心境下度日子的。公社工作已经给他攒了半年了，加之，周谦的提示，他能不急吗？

"姐夫！"

徐晋东正在专心致志赶路，突然听到一个银铃般的声音，似乎是喊他。他一愣，四下顾盼，方知车已行到滹沱河的大桥上。桥上迎面骑车来了位花枝招展的妙龄少妇，看样子二十七八岁。她边下车边春风满面地看着徐晋东。徐晋东打了怵。他不敢贸然相认，万一人家是认错人呢。

"姐夫，你去哪？"来者嗲声嗲气地问。

徐晋东一下想不起此系何人。他去外父家的次数不多，对夫人那边的亲戚不太熟悉。

对方看出了他的窘迫，嫣然一笑，道："怎么，不认识了？我就是在百货公司一门市陪俺改瑛姐买鞋的——"她不往下说了，含笑注目着徐晋东。

一提这事，徐晋东便想到一个名字：改婵。可是这个人样儿怎么也对不上号。但她既提这事，肯定无疑了！"你是改婵？"

"咦？你还认着呢！我说贵人多忘事，早忘光了。你还认着，咯咯……”改婵站在桥的铁栏杆旁，迎风挺胸，开朗地笑着。

“你婆家在河南？”

“双杨公社潘寨村。——你带着一大卷行李，下乡吧？”

“是是。”徐晋东随便支应，又看了看后边的路。

“走吧，耽误你路了。”改婵丢一个飞眼，一骗腿，骑上车子飞驰而去。

徐晋东回头目送了一下这个陌生的小姨子，心里想，女大十八变，她现在出脱得水月观音般风韵、迷人，没有一点当年的印象了。

十年前，徐晋东头天相亲，第二天便带上未婚妻进城买些零碎东西。在城里正好碰上这位豆蔻年华的姑娘。她陪着晋东未婚妻去当参谋。徐晋东见商店人来人往，恐怕丢失山村女娃，就悄悄低头问未婚妻：“你叫啥？”他未婚妻以为他问相随的同伴，便告他：“叫改婵。”

他们到柜台前买鞋时，女售货员跟徐晋东是同学。她发现徐晋东是置办新婚嫁妆，便故意问：“晋东给谁买鞋呢？”

徐晋东知道她明知故问，便笑着说：“你不看？”他又冲身边的未婚妻努努嘴。

“人家没名字？”售货员发现这姑娘是个没见过世面的山村小家碧玉，便拉长声调揶揄着调笑。

徐晋东笑着高声回答：“你嫂子叫竺改婵！”

“呀！”他未婚妻揪了他一下衣裉，扭捏着说：“俺叫改瑛，她叫——”她回头一看，改婵早撒腿跑了。

徐晋东当众戴了红胡子。原来他张冠李戴弄错人了。

哈哈哈——售货员们都捧腹大笑起来。

没想到，时隔十年，徐晋东在走马上任的大桥上路遇了。

改婵，这个一直没有忘记的名字，今天又找到它的主儿家了。徐晋东欣然蹬车赶路。

徐晋东骑着两轮车驶进双杨公社大院。大院里清一色杨树，显得有些阴郁。房子不少，住人的分前后两排，中间是宽大的甬道。前后排一样，东边一溜十间，西边一溜十间。大礼堂坐落后排正中间，十分威武壮观。从家门口的牌子上可以看到前排是革委办及部门单位，后排是党委办及领导、话务广播、客房。礼堂东侧是会议室，西侧是伙房。

徐晋东发现整个大院里鸦雀无声。

他将车子停在党委办公室门前，进办公室看了看，空无一人。他来到话务室。

“你找谁？”一个大眼睛圆盘大脸的粉黛姑娘问。

“领导们谁在？”

“你找哪位领导？”另一个细皮薄肉的姑娘问。

“我问的是领导们谁在！听得懂吗？”

“马主任在呢。”大眼睛姑娘听来人口气不寻常，立即跑出院，找来马主任。

“徐书记，哈哈哈——”马主任老远就爽朗地笑着，并伸出手跟徐晋东打招呼。看样子像个久别重逢的老朋友。他已经是五十大几岁的人了，但红光满面，老当益壮，加上发福的体型，显得益发神采奕奕，精力充沛。他握住晋东的手，笑眯眯说：“早就听说你要来的。”他忽眨几下眼睛，想了想，接着说：“恐怕有半年了吧？这也算特殊情况了。过去这是组织机密，哪时谈话，哪时才亮底。”他意味深长地笑了笑。徐晋东猜到他的意思了。人事调动拉长时间，要给工作带来损失的。

“今年三十几？”马亚平倍加关怀地打问。

“三十八。”徐晋东回答他，“三十五离开的农村。”

“好好，年富力强，风华正茂，正是干事业的时候。”马亚平以长辈口吻，语气厚重，给徐晋东打气，助威，也带有给晋东撑腰做后盾的意思。

徐晋东很欣赏马亚平老主任这套娴熟的应酬、接待礼数，一见面给人一种亲切、温暖感。他不爱多嘴，只是笑着，听候马主任的安排。马亚平从口袋里掏出一把钥匙，打开党委会隔壁的客房门，说："先住客房，待王书记腾出书记室，再往过搬行李。"随即向话务室喊了一声："毛毛！"

大眼睛姑娘走了过来。马亚平说："把徐书记的铺盖搬进客房。"

这时瘦小的姑娘也出来了。"钰秀，打壶水。"马主任指派。他又对徐晋东说："先洗洗脸歇一歇。其他事情，我安排。下午召开党委会，明天召开迎新送旧大会。"

徐晋东随口说声"行"，便同毛毛卸铺盖，安顿下榻。其时，大个子党委秘书从外边回来。他主动向徐晋东自我介绍道："我姓王，叫王磊。磊是三个石头的石，光明磊落的磊。没问题，一定能给徐书记当好秘书。"

徐晋东略瞟一眼王磊，此人堂堂须眉男子，仪表不凡。他笑着跟王磊握握手："那是，那是。"

王秘书拉住徐晋东的手，亲热得久久不放。他好像有啥话要讲，但又哼哼哈哈，说不出个啥。晋东急着要跟毛毛搬行李，而他却不识时务地胡扯，并使劲握一下晋东的手道："让她们搬。"这时钰秀打回了水，王磊催促："两人行动快点。"

徐晋东终于挣开王磊的手，前去招呼他的家当。因为行李卷内有书籍、文具、牙具之类的东西，相当重，担心那位弱不禁风的钰秀给他扔在地上。

徐晋东安排就绪后，正想坐下来喝杯水，门外走进一个人。他啥也不称呼，开口随便问："天热吧？"

晋东回答："没啥，你坐。"

"认得我认不得了？"

“啊？”徐晋东端详着说，“有点印象。你是革委会杨利民秘书吧。”

“嘿嘿嘿，好眼力，好记性。你大前年来下过乡，是我把你送到明苑庄的。你记着吧？”

“记得。那天，正在明苑庄开会，公社没有别人，就你一个，所以给我留下了较深的印象。”

杨利民四十七八年纪，是个老秘书了。个子不高，十分精干。他是个孤高自许的倔脾气，人们不好接近。他从不巴结领导，而且每每以不尊重领导为自诩的本钱。今天，他能主动前来找徐晋东拉近关系，在他说来也不是自然而然的举动。

“你的户口、粮食关系，带来没有？”杨利民问。

“带来了。”晋东还没有理解杨利民的用意，随便回答。

“给我。你拿着干啥。”杨利民主动索要，也算服务上门了。于是徐晋东找出证件来，交给杨利民。他觉得这人还不错，工作上一定善于检点。

没过半个小时，马亚平手拿一张稿纸，摊在徐晋东面前，笑眯眯道：“徐书记，我将今天下午新旧书记碰头会、明天欢迎欢送会的有关事项列了出来，你过目一下。”

“不不。”徐晋东看也不看，坦率地说，“一切按你的安排办。”

马亚平恳切地说：“鞋大鞋小不能走了样子。你看一下，我就好行动喽。”

“好好，我看一下。”徐晋东上下浏览一下，道，“很周到。只是我明天来个表态发言，不要叫什么讲话、就职报告。”

“表态？”马亚平撮起三个手指，分析着说，“公社书记在自己公社的讲话，不叫指示或报告就罢了，叫表态？这个，是不是……”他搓着三个手指头肚，在提醒徐晋东斟酌，推敲这个用词。

“无所谓。随便谈谈，都是自家人，就叫表态吧。”他有意马马虎虎，不在这字眼上做文章。

徐晋东初来乍到，瞎猫入瓜地，一切须在摸索与观望中进入角色。他知道，人在暗处瞧人才能看得清楚。

马亚平再没有鲁班门前耍斧头，老到地说："那我就遵照你的意见安排了。"

马上，公社广播员何钰香播放通知："现在广播公社党委紧急通知：公社机关全体人员县下乡工作队正副队长、石门水库指挥部正副指挥、公社党委委员，明天上午八点在公社机关召开紧急会议，务必准时参加，特此通知。"

马主任的工作安排，周到、细致，而人又谨慎、谦虚。这使徐晋东很舒心。公社有这么个大管家，既可靠，又省心，实在是难得的搭档。无怪乎成轩昂说："双杨公社只要调动起三朝元老马老头的积极性，就把一半的工作做了。"这话虽然有些夸张，但马亚平老主任，从初次接触看，确实是位善于世故，精于业务，尽心尽力的老革命。刚才，他三下五除二，便将下午的党委会、明天的大会有关事项有条不紊地做出安排。在领导岗位上，他负责生产、经营管理，还兼管公社机关工作。由于公社主管行政工作的副主任在石门水库，他在公社实际是代副主任角色。也由于党委书记王则峰今年眼巴巴看着乌纱帽要丢了，度日如年，过着打死老婆盼夜长的光景，好多事情就全靠马亚平支撑门面了。

马亚平是双杨公社第一任书记。后调回县里，当了农工部长。正当他春风得意、平步青云之际，禁不住桃色诱惑，结果，东窗事发，受到撤职、党内记大过的双重处分。从此，他羞于见人，一头扎在农村搞学大寨。如此一个人物，干公社这点事，不过是大马拉小车，轻车熟路而已。有人为他的遭遇惋惜时，他却毫无怨言。当人们谈及他十五岁参加革命，二十岁当区长的辉煌当年时，他淡然一笑，伸出三个指头搓揉着，告诫年轻人："别说过五关斩六将，咱还有夜走麦城呢。这就叫一失足成千古恨。哈哈哈。”他笑了，大家也笑了。

“大跃进”年代，他在双杨大显神通，丰标不凡。他一手培养的马志槐，是多年的省劳模，为他增光不少。这不，直到今天，这位元老，仍被尊为上客。凡公社大型活动、重要场合，均无例外地邀请他到场。马亚平也觉得风光。现在看来，他的文化水准并不高，工农干部水平。据说，在五十年代也是县里的笔杆子。马志槐的材料就是他撰写的。马志槐这匹千里马，有幸遇到马亚平这位伯乐，才能成其事。然而这已成为历史。马亚平忌讳谈这些，“好汉不提当年勇”。

马亚平资格越老，对徐晋东越不能流露一点点倚老卖老的神色。因为徐晋东虽然年龄不小，但资格太嫩。他的党龄不过六七年，正式批准为国家干部，仅仅几十天。面对如此一位领导，他能心甘情愿当左辅右弼，实乃德高望重的老前辈也。有人说，从农村提干，是新生事物。马亚平作为政治老手，他是愿信其真的。扶持新生事物，是革命老前辈当之无愧的光荣使命。这样说也顺理成章。

徐晋东端着一杯水，站客房门口，边喝边观望着蔽日的茂盛杨树，问乘凉的王磊：“老王，为啥院里尽栽杨树？”

王磊十分认真地解释道：“其一，杨树品种好、成熟快；其二，冬天可以防风，夏天可以遮阳。”看样子，他还想找出其三、其四，但苦于一时想不来，只好做结论道：“总之，是县委号召植的树种。”王磊总爱正儿八经，有条理地其一其二陈述。但心有余而力不足，每每其一其二之后，便不了了之，连他也弄不清讲了其几，便扯到六国去了。

徐晋东一本正经开了个玩笑：“是不是因为叫双杨公社，就来了个清一色杨树呢？”

“不是，不是。”王磊颇有见识地解释，“两个杨字不一样。这是杨树的杨，双杨村是姓杨的杨。”

徐晋东心里自是好笑。他知道王磊的意思，但没说清楚，反而能把人说蒙了。原来双杨村，是因为抗日战争期间，一年内，在这村牺牲了两位姓杨的县长。新中国成立后，改名双杨村。其实，双杨村的杨跟杨树的杨是一个字。堂堂公社党委秘书，连这么个事也说不清楚。他竟能把不是一个“意思”，说成不是一个“字”。呜呼，双杨！

第二章　腊花姐拦马告状

双杨公社所在地双杨村，新中国成立前叫苑园，距宋代潘仁美家眷驻地潘寨，只有七八华里。从苑字上可以断定，这是当年潘仁美打猎游乐场地。它位于双杨公社的东北方向，隔滹沱河与县城遥遥相望，之间不足十华里。

双杨公社地处滹沱河与五台山之阴，地域开阔，地形复杂，从全社四十二个大队的坐落走向看，分出明显的三道线。沿滹沱河岸碱地区一道线，中间平坦水地区一道线，坡地丘陵区一道线。山上还有几个小村庄。公社面积约一百六十平方公里，人口两万出头，耕种着五万五千来亩土地，在县里是一个中等平川公社。公社最大村庄两千五百多口人，最小村庄只有四户七口人。由于具备碱地、水地、旱地、坡地、山地的特点，形成了双杨的特色，在实际工作中是优点也是缺点。

徐晋东人未到，先走了风。半年来，双杨工作放了羊。书记王则峰就像变了心的寡妇，心痒难熬，一刻也耐不住了。他得过且过，当一天和尚撞一天钟，每时每刻在盼望接班人的到来。其他人见状，鸟无头不飞，蛇无头不爬，只好听之任之。加之，公社革委会主任，一名副主任，团委书记等好几人，抽上石门水库。公社里除了日坐愁城的变心寡妇外，只有马亚平主任打里照外，大展宏图了。公社机关事务，多亏他老当益壮，不辞劳苦维持局面。这一点，大家有口皆碑，尽管徐晋东下车伊始，还是雾里看花，也有所觉察。

党委新旧书记碰头会开过了，迎新送旧的宴会也吃过了。走的要走了，临别赠言，都是大年上的好话。来的不认识，只能说欢迎。公社主任常在水库，公社工作不染指。马主任想实话实说，但碍于王书记的面子，不能乘人之危，欲言又止，做了顺水人情。尤其使徐晋东小吃一惊的是：王则峰蹲点的潘寨，总共六个小队，就有两个小队至今没有队长。徐晋东心里有了准备：双杨摊子，由此可见一斑，凡事须大刀阔斧开路，方可站住阵脚。

新官上任三把火。好些朋友，曾为他做过军师、参谋：如何如何轰开局面，如何如何镇住灰人，如何如何显示自己的权威，如何如何形成拳头，不一而足。但徐晋东打心底没有考虑这些想当然的方式。这些朋友，为他出谋划策，是担心他步王则峰覆辙。但徐晋东认为，这是无能且底虚怯阵的表现。他没有故有的套路，一把火不盲目放。顶风而上，迎刃而解，是他的看家本事。拨草寻蛇，虚张声势的事，他不干。但谁敢闯红灯，在他眼里揉沙子，他决不手软。该出手时定出手，稳准狠是他的作风。

欢送欢迎的人们，大都酒足饭饱，兴尽意阑，三三两两走开。徐晋东红头涨脸，精神焕发，送完客后，便回到小客房，准备休息。

这时，门一开，走进一个虎背熊腰，健壮如牛的红脸大汉。他敦敦实实，几乎没有脖子。此人进门后，仰头哈哈一笑：“书记喝好了吗？”他笑嘻嘻地从眼镜里端详着徐晋东，俨然一个老朋友。

徐晋东见是副书记陈琦，便回头一笑：“你喝好了吗？”

“你是新来书记，今天特为你设宴，理应喝个谁也认不得谁嘛。”

他边说边笑，举止无度，“若没喝好，我舍命陪君子，咱们再来一壶，怎么样？”

徐晋东面对这位憨态十足的副手，感到是个痛快亮堂人。他笑着摆摆手，做个甘拜下风的表示，道：“今天委屈你吧，不谈酒喽。”

“好。不谈酒，谈工作，我跟你交个底吧。”他正经起来，“你现在去潘寨接王则峰的班，是临时的。双杨的书记都得到赵庄蹲点，那里是试金石，粮食、人口都占全公社八分之一。做好赵庄的工作，等于做了一半的公社工作。这些事，马主任一定告你了。”

“那是明年的事了。今年你在赵庄，就和当书记一样，放开手脚干吧！”徐晋东又开玩笑地说，“现在时过半年，我是不会去赵庄抢你的功的。”

“哈哈哈……”陈琦无端大笑，笑得好没理由。这引起徐晋东的不安，此人如此放荡不羁，有些出格。

“你笑啥？”徐晋东问。

陈琦摘下眼镜，用手帕揩了揩眼，坦然地说：“今年赵庄是县社合蹲的点。周书记挂名，我坐镇。他半年只来过一次，吃过一顿午饭。现在赵庄的问题，简直如同白刃格斗。把村里人搞得焦头烂额，不得安宁。县工作队的五个人，都借故跑回城里了。现在就剩下公社俺们这几头烂蒜了。徐书记，不是我有意给你出难题，实在是不得不向你告急了。”

刚才陈琦的大笑，是含着眼泪以笑代哭的惨笑。他在新书记面前，首次亮相，就如此狼狈，心里很不好受。

“县社两家蹲点包队，就闹下这么严重的局面？不至于如此吧？”徐晋东认为陈琦讲话有些掀天驾雾，言过其实。赵庄充其量是几个平头老百姓罢了，是日本人打进来了，还是反革命武装暴动了，怎么说得如此可怕？他质问：“县工作队一个人也不在了？”

“都连铺盖也带走了。”

“像话吗？岂有此理，啥工作队！”徐晋东火冲冲骂。

“两家推靠，塌了锅灶。浩浩荡荡十来名工作队员，结果有兵无帅，关键时刻，没人上阵。”

“你不是帅吗？”

“周书记挂帅的嘛。咱哪敢擅自做主。”

徐晋东再没有吭声，显然对陈琦的推卸责任愤愤不满。

陈琦有些为难。他又为自己开脱责任，给徐晋东讲了段赵庄缘由。他说：“赵庄是个出了名的棘手村庄。去年冬天，王则峰的铺盖被扔了出去。还给他贴出大字报，无中生有，恶毒攻击，并威吓他：不尽快离开赵庄，当心脑袋开花。王则峰没办法，才灰溜溜离开赵庄，并向县委递上辞职报告。”

“就是他将赵庄搞得鸡犬不宁，赶跑工作队的？”

“不是。现在的祸端纷乱，明枪暗箭，相当复杂。不是三言两语能说清的，而且情况不明，根本说不清楚。”

“好。我知道了。”徐晋东悻悻然送客。

徐晋东刚躺在炕上，想闭目养一会神。门一开，走进个人来。他睁眼一看，是一位玉软花香，仙女般的姑娘。她文文静静，站在当地，甜甜地笑着。徐晋东坐了起来。他是认识她的。她叫牛婧兰，在石门公社当妇联主任。“你——还在山上？”徐晋东问。

“我已经调来双杨三个多月了。”婧兰微笑着说。

“好，双杨总还有个早认识的人。怎么吃饭时没见你？”

“我回了几天家。刚才一进公社，才听说你来了。我知道你忙，有心不打搅，又怕产生误会。”

“用这些心干啥？你在哪村下乡？”

“跟陈书记在赵庄。”

“赵庄现在很紧张？”

“那是头儿们的事，俺们小卒卒，并没啥感觉。”

“头儿们有啥事？”

“你现在是新官上任，其他领导肯定要做汇报的，涉及公事的话，不能随便说——徐书记，你休息吧。”牛婧兰莞尔一笑，走了。

徐晋东跟牛婧兰是同期选干参加工作的。上岗前，集中培训了半个月，他们年龄虽然相差十七八岁，论关系仍是同年之友。在徐晋东眼里，她是同年女友中最漂亮的一位姑娘。她温文尔雅，落落大方，一双杏壳重眼，水灵灵的，两个脸腮上一边一个酒窝。她是由大队团支部书记选拔为国家干部的。记得当时集训完，宣布分配单位后，她不大乐意。年轻姑娘谁也不愿上山，但无条件服从分配，没别的话可讲。牛婧兰曾对徐晋东说：“我要上山了，不知何年何月才能下来。你在红大门（县）里，消息灵通，遇有往下调人的机会，多关照小妹。”徐晋东笑着回答：“你的心情我理解，但你要的那机会，怎能跑到我手？不过，我可以给你包打听消息。”牛婧兰深情地说了声：“谢谢。”

今天，出人意料地相见，并成了上下级关系。虽然在一块学习时彼此谈笑风生，无拘无束，但今天的会面，显而易见，拉开了距离。徐晋东小憩一阵，便按约好的，同王则峰、陈琦到下边熟悉情况。

王则峰主动提出，他要亲自陪徐晋东一个村一个村走一走，以便加深新旧领导衔接的过渡环节工作。三个人骑着自行车出发了。一路上基本由王则峰做地形地貌、人文景观介绍。

双杨公社是个水源充足，土地肥沃，粮油果菜经济作物全面发展的地方。下道线十几个村庄，中道线十大几个村庄，上道线十多个村庄，山上还有四五个小村庄。公社为了工作方便，又按东西分为三大片。书记把西片，坐镇赵庄；东片由主任执掌，兼管公社机关；中片是副书记负责。今年情况特殊，王则峰毫不隐讳地说：“我到了潘寨，陈书记到了赵庄，马主任包了东片。你来了后，不能这么下去的。”这其中缘故，不言而喻。再没有说的必要了。

田地里社员们薅苗的，锄田的，成片搭伙，比比皆是。小麦即将收割，夏锄正赶火候，举目四望，青黄相间，一片生机。前面即是赵庄。赵庄是双杨公社最大的村庄，陈琦蹲的点。过去是王则峰的大本营，公社的桥头堡。什么运动下来，人们的眼目都关注着赵庄。但今年，这个庞然大物蒙上一层阴影。据陈琦说，即将白刃格斗了，事态发展得相当严峻。徐晋东、王则峰、陈琦穿大街，过小巷，来到大队部。大队院落宽大开敞。工作队就住在正房，跟办公室、党团民兵活动室排成一线。大门在南正中，两边分别是医疗室、敬老院。

村庄大，派头大。一个专门负责大院和接待上级来人的跛脚老汉在高音喇叭上一吼喊，支书、大队主任便很快来了。他们聚在办公室，让两位大队干部做当前生产汇报。要求简洁明了，今天是新书记认路、认人的过场而已。

他们没说几句话，突然在办公室门槛上，蹲下一个可怕的黑脸婆娘。她怒气冲冲，杀气腾腾，摆出决斗架势，随时准备大打出手。徐晋东见状，知道是拦马头告状，打到门上来了。他草草跟大队干部应酬几句官面上的话后，便主动开言问那黑脸婆：“你有啥事？”

黑脸婆一往起站，指头锥尖般指着坐在凳子上的大队主任郭玉恩，横在徐晋东脸前逼问：“郭玉恩打人，你管不管？！”

“她叫腊花姐。”陈琦给徐晋东介绍。按正常关系，今天徐晋东首次登门，腊花姐一来，大队干部就应当做工作。但他俩谁也没吭声，这也罢了。陈琦作为包点负责人，此刻理应出头，为书记解围。但他因知其故，避而不语。只说了句“她叫腊花姐”便退后了。

徐晋东只好直面腊花姐：“你说郭玉恩打人，打谁来？”

“打我！”

“郭玉恩，你打过腊花姐没有？”徐晋东有意问。

“血口喷人！你还说我杀了你的头了！”郭玉恩个子高，块头大，说话粗声大气，咄咄逼人，看去十分威严。他指了指腊花姐：“你不是还长着嘛！”

腊花姐不惧怕。她走前一步，咬牙切齿地骂：“我身上的伤是王八打的！”说着“哧”一声撕开衣襟，裸露出胸脯。她胡乱在嶙峋的肋骨和干瘪的乳房间指画了一下，那里皮肤是有些伤痕。人们还没有反应过来，她两手在肚上一鼓捣，便将裤子利索地褪到半腿。她拍着大腿嘶声喊叫：“这是啥！鬼打的！”

这时，陈琦出声了。他大吼一声：“穿上！有话说，闹啥哩！没见过你这么个癫女人！”

“我怎癫！让看伤就癫！”腊花姐揪起裤子，却未紧裤带。

“那是能见人的地方？动不动亮出来！”陈琦斥责。

“见不过人的地方就打？它不是我身上肉？”

腊花姐振振有词，她转口攻击陈琦：“陈书记，你就是包庇郭玉恩的‘走资派’，官官相卫……”腊花姐撒泼放野，疯狗般咬人。她出言急，总有省略或发不出音的字。

“住口！”徐晋东一拍桌子，镇住了腊花姐。他站起来，十分严厉地警告，“你们两人听着：这件事我要严肃处理。经过落实，如果郭玉恩同志真的殴打这位妇女，按依仗职权、目无党纪国法、欺压群众论处；如果腊花姐是诬告，则按陷害革命干部，破坏学大寨论处。时间五至十天。在这个期限内，主动认错者，可以从宽。听明白没有？”

“明白了。”两人表示。

“行不行？”徐晋东威严地顶问。

“行。”两人表态。

拦路虎总算搬掉了。

“咱也走吧。”陈琦脸上无光失色，讪讪地对徐晋东说。

腊花姐走了。

支书叫何子毅，三十多岁，很抱歉地跟徐晋东说："徐书记头次来赵庄，就遇上这个疯女人。唉，实在不像话。"

"子毅同志，我告你：这个女人不疯。你不能造这个舆论。"徐晋东明知何子毅说的"疯"是猖狂野蛮的意思，但他有意在"疯"字上，点破机关。这里包藏着他大动干戈的良苦用心。不管谁是横行赵庄的罪魁祸首，今天算撞在我的刀口上了。

徐晋东的话，令何子毅吃惊。他知道自己那句姑且的话，有息事宁人，打马虎眼的意思。看来，没对了书记的胃口：他要伸张正义，当老包了。何子毅难堪窘迫，无所适从地点头认错："是是。"

当看大院的老汉，打开紧闭的大门，放徐晋东他们走出去时，发现门外聚集着十几号闲人。其中有个年轻后生，指着王则峰臭骂："王书记，王则粪！你不是当县长了？当县委书记了？你还活着？你站住！敢跟何静仁说一句话吗？你聋耳朵了？"

陈琦没说一句话，骗腿上车，引路便走。王则峰紧跟，徐晋东断后。三个人一句话不说，飞也似的驶出赵庄。徐晋东看着前边两位书记的模样，想到一句成语：落荒而逃。

他们撤离赵庄后，拐到下道线，准备往回返。路上，王则峰对徐晋东说："这是个真疯子！叫何静仁。"

徐晋东慢慢地说："叫我看不一定是真的。"

走在前边的陈琦听到了，回头说了一句话："政治疯子！"

徐晋东没有深究。正经事就够辣手了，哪有猎奇的心境。管他什么疯子呢。王则峰蜇到痛处，更是巴不得找块遮羞布，蒙混过去。于是乎，三个人一溜纵队，穿行在田间公路上。徐晋东情绪消沉，今天开船便遇顶头风，尤其母夜叉的晦气举动，使他恶心，想起来便干哕得想吐。他对王则峰的盛情，实在难却，才有今天的同路而行。其实，他是不愿意跟随他们所谓熟悉村庄的。身为书记，走哪没有路？他对王则峰好心好意的多此一举，早厌烦了。他想走下路，直回公社。“陈琦，天不早了，路上别耽误。”他吩咐陈琦。

这时，王则峰急了。他回驳徐晋东道：“正经话还没跟你讲呢。慢点儿走，我给你介绍‘万亩方田’。”

徐晋东见王则峰说话有了精神，知道他要大讲他的万亩水稻工程了。这一点，周谦已经点到了。

王则峰见时间不多了，便抓紧机会，滔滔不绝地向徐晋东倾泻自己高瞻远瞩的得意之作。接着王则峰一路走，一路介绍：这条路多宽、多长；这条渠多深、多长；这方田多大、多少村庄的；那方田，多少亩、多少埂；这眼人工井，那眼大锅锥；等等。他如数家珍，熟背如流，讲得津津有味；他对这已开垦和未开垦的方田，倍有感情，恋恋不舍。他走到哪里，都有一段难忘的故事。这是他多少个日日夜夜，奔波操劳，才开辟出的属于公社统一规划，统一分配，统一治理，统一种植的四统一，机、电、井、渠、田、林、路七配套的样板工程。这敢为人先的创举，自然是王则峰引以为豪的资本。今天要告别双杨了。但他实在不忍心离开。他从支离破碎的方田现状看，大有夭折的可能。他这一走，不是成了后娘的孩儿啦？因此，他不厌其烦地向徐晋东喋喋不休，谆谆告诫，以引起他的同感。

徐晋东表面上似乎听王则峰絮叨，实际上他东耳朵进，西耳朵出，根本没有去理会王则峰的书呆子说教。

快到双杨了。他们三人站在方田的高埂上，望着碧绿的水稻。王则峰语重心长地说：“水往低处流，人往高处走。双杨想变样，万亩方田打硬仗。我虽走了，但人在曹营心在汉，仍惦记着双杨。希望你们鹏程万里，前途无量。”

这时，夕阳西下。进入徐晋东眼帘的是：好多抽水的柴油机嘟嘟嘟，喷出的黑烟，在晚霞中带着浓浓的柴油味儿，飘忽在田野。这种老牛喘息的柴油机群，使他怅然。他眼前的王则峰倏忽成了腊花姐，刹那又成了柴油机。

“王书记有没有吩咐的了？”陈琦故意多嘴多舌，卖空头人情。

“这就是双杨，我交给你了。”王则峰向徐晋东伸出手，就像站岗警察交接班似的严肃、认真。

徐晋东苦笑一下，礼节性地伸出了手。

第三章　徐晋东初试宝刀

周书记通知各公社书记到革委会会议室开小会。

小会是由县革委会主任郑平召集的。他见缝插针，想利用这个机会，促一下公社的夏锄工作。他是个严肃的人，讲严肃的工作更严肃。他说：“夏锄战役电话会后，多数公社行动迅速，组织周密，措施得力，形势大好。城关公社打响战役以来，已发出第四号战报，夏锄完成百分之八十。小麦收割百分之三十。他们计划再用十天时间，胜利结束三夏工作。”最后，他警告性地指出：“个别公社时到今日，还没有形成运动、打开局面、掀起高潮。没有认识到形势的严峻。”他两道浓眉下的炯炯眼神，扫视了一下徐晋东。徐晋东头里嗡一下，浑身冒出冷汗。他突然感到很后怕，若不是今天郑主任通报了全县情况，自己还蒙在鼓里呢。时间不等人，再耽误上几天，可就戳下大娄子喽。城关再有十天结束三夏工作，双杨才开始，还是松松垮垮，如此下去，再一个月也拿不下来。多悬乎呀，天哪！

徐晋东这一吃惊非同小可。他从革委会会议室出来，立即给马亚平主任打电话："马主任，发紧急通知，今天下午在公社召开各大队支书、主任会议。"马主任说："今天都进城参加大会去了，恐怕有些人要在城里游转。"

"反复通知，派人路上设卡，千方百计通知本人。下午到不了的，连夜也得叫回公社。紧急会议必须到场。"

马主任连声"对对对，是是是，"应声虫样接受。他从徐晋东的腔口上，听出了分量。

徐晋东心里对忙忙乱乱，应接不暇的马亚平，产生了看法。一个农业通，政界的老手，你不清楚双杨的情况？为啥一直报喜不报忧，险些贻误战机。徐晋东像受惊的兔子，没命地奔回公社。

他一回公社，直奔马亚平宿舍。"马主任！"徐晋东火急火燎地叫了一声。马亚平正躺在炕上困觉。他睁开迷糊的眼睑，一看是徐晋东站地上，奇怪地问："你倒回来了？"

"发通知没有？"徐晋东没头没脑地问。

"广播了。"马亚平老练地说，"让毛毛她们，站公社门外的公路上，一边拦截，一边捎话，并让大队干部，互相通串，保证下午五点开会。"

"三夏会战电话会记录，谁拿着？"

"王磊。"

"公社会战方案谁管着？"

"我拿着。"

"生产进度谁拿着？"

"王磊。"

马主任见势头不妙，立即下地，站门口喊："钰香，给徐书记打壶开水。"他给徐晋东拧起毛巾，说："擦擦汗，别急。"他忽而又想到，这么快他就回来了，是否还没吃饭。于是问："你吃过饭没有？"

“你先给我找材料，准备开当前生产会的东西。”

马主任不管他如何急躁，还是先给他安排了饭，而后说：“你先歇歇，待我跟王磊碰下头，让他给你送去。”马亚平有意做出胸有成竹，四平八稳的样子，让徐晋东镇静。也似乎给他一个信息，有马亚平在，天塌不下来。

徐晋东被马亚平老成持重的冷静自若状态所感染，相应地降了点温。他用戴的麦莛缏制作的草帽，呼扇着风散热。他意识到自己刚才的言行，是不是太毛躁了些？但他心急如焚，顾不得这些。他准备回自己的办公室（马主任已给他安顿好了），没走出几步，突然想到一件事，回头问：“马主任，陈琦没回来吧？”

“他住城里的家，恐怕今天不回来了。”

“不行。把他叫回来，今晚召开党委会。”

马主任说声“好”，再没说啥。他心里嘀咕：今天书记马蹄有点乱。

徐晋东正坐在新办公室发脾气，对公社现有的老牛拉破车状况深感不满，不识时务的王磊走了进来。他一进门就发起牢骚：“徐书记，办公室的摊子得尽快整顿哩。生产上的事，应当由行政管，咱党委这边成了针线笸箩……”

“哎！王秘书，马主任叫你来谈这事的？”徐晋东显然火了。

“没有，没有。我是顺便反映，这生产上的事……”

“生产上的事怎么样？难道我是生产队长？你发啥牢骚！”

“唉。”王磊耷拉下脑袋，再不敢强词夺理犟嘴了。

马主任听到徐晋东起了高腔，不知这个笨人说下啥。他连忙赶了过来，从王磊手里要过记录簿、进度统计表，将他打发走。而后，弯腰趴在徐晋东面前的办公桌上。他向徐晋东一五一十谈三夏会战的安排、进度、措施、存在问题、下一步打算等等，听起来头头是道，有眉有眼。但刚从农村走出来的徐晋东，他要的是实干，不是纸上谈兵，秀才文章。

他听起来实在不感兴趣。尽管马亚平，搜索枯肠，竭尽全力，为徐晋东提供资料、数据，传授经验，尽一个老同志应尽的责任。而徐晋东则嫌太烦琐，听上去近乎应付上级的一套程式化八股文。照本宣科的基层干部，屁事不抵。农村干部的头皮厚，必须狠击一掌，方可打醒。只有把大队一、二把手拧出汗水，叫他们紧张起来，公社的话方可起点作用。

徐晋东对马亚平的认真态度，从内心感动。他耐心地听完马亚平的汇报，便说："好了。基本情况我大体上心中有数了。下午的支书、大队主任会上，我只讲一个问题：夏锄。我对他们只提一个要求：进度。你看怎么样？"

马亚平经过一番斟酌，最后终于说出了自己的心里话："当前抓夏锄是重点的重点工作，毫无问题。就是这个要求嘛，还需全面周到些，如果光提出进度，那么……"马亚平摇头搓手，表示出不同意见，"必须加上出勤人数，出勤时间。若没有这两条硬措施，咱下去怎么检查工作？"

徐晋东想了想，点头称是。马亚平提得很有道理。原来，当时正值学大寨高潮阶段。"农业学大寨"是毛主席一九六四年提出的号召。周总理曾做过精辟的概括："坚持政治挂帅，思想领先的原则，自力更生、艰苦奋斗的精神，爱国家、爱集体的共产主义风格。"随着时间的推移，逐步深化，时至今日，变成农村各行各业，全面开展学大寨运动。在农村经营管理上，劳力报酬统一使用"大寨记工法"。所谓大寨记工，即是按人的政治和劳动表现记工，每天记一个出勤，年底或者半年，小队给所有劳力按性别、年龄，定下标准工分。无非男女、整半之分而已。人说一本好经被嘴和尚念歪了。反正在双杨形成了出地一条龙，干活一窝蜂，不分彼此，一拉老弟兄的混乱状况。在这种情况下，如不强调出勤时间，出勤人数，实在没法督促生产，加快进度。当社员失去自己的主观能动性，听候队长吆赶着上地混饭吃时，有什么办法能加快进度，提高工效呢？天王老子也没得法。

“好，马主任，按你的意见，咱提出三点要求：出勤人数占总人口的百分之五十；劳动时间不低于十个小时；限一个月完成夏锄。”徐晋东用征询的口气请教马亚平，“怎么样？”

“行。一个月时间，包括夏收。”马亚平十分满意，笑着回答，并加以补充。

下午的支书、主任会开过了。徐晋东不让任何领导插嘴讲其他工作，也没有按既定的新书记就职演说的议程进行。他开门见山，讲了夏锄的形势、当前苗荒、草荒已初步出现。全公社动员，打好夏锄战役，是压倒一切的政治任务。他讲了三点要求，特别强调要抓效益、促进度。

晚上的党委会开过了。党委会由正副书记正群组正副组长、党委秘书和两位党员组成。除去石门水库的，在公社的仅仅五人。会上，徐晋东首先打乱三个片的局限，研究当前夏锄存在的主要问题。他要求选定一个问题最大、最落后的大队。经过分析，大家一致认为夏锄工作，一道线不及二道线；二道线不及三道线。三道线土地多、分红低，领导班子差，什么工作也上不去。

“三道线上最差的，有代表性的典型大队是哪个村。”徐晋东非要找出一个最赖的队。

大家一致公推小咀大队。这是个位于五台山西麓的丘陵山村，将近四百口人，生产条件差，领导班子不力，是有名的穷队。这里靠老天爷吃饭，人均耕地八亩，广种薄收。老百姓有句失望的口语：今年不如去年，但比明年强。他们是老太太过年，一年不如一年。徐晋东听了大家的分析后，确定小咀为他的检查重点。其他人，依次领命，组成四个小分队，明天一早出发，上门检查。

徐晋东跟公社保卫干事邓彬一个组。他问邓彬：“上小咀得几十分钟？”

邓彬犯愁肠地说："呀，那个讨吃鬼地方，一路上坡，一个钟头上去，也累得只剩小半口气呢。"

"咱明天四点二十出发，你给看好表。"邓彬发现书记很毛，一旦自己睡过头，误了时间，不是白吃萝卜头？这时，他突然想到，徐晋东没有手表。于是，脑子一转，说："徐书记，我这里还有四五块手表，有块东风表可以些，你戴上吧。"

"平白无故我就能戴上，你哪来的表？"

"没收下要钱鬼们的。完了，统一上缴财政局。我上缴时，报个数字，让他们备个价，可以省十块八块钱。"

"省钱不省钱无所谓，为有个时间。不犯错误我先戴上。"

邓彬当下打开抽屉，取出表，校正时间，交给徐晋东。这样，他自然也将负责"时间"的任务交手了。

翌日，四点二十分。徐晋东敲响邓彬的门。邓彬从梦中惊醒，草草穿衣下地。他连眼眵也没来得及抠，便跟着徐晋东飞出公社大门。邓彬三十刚出头，身材单薄，个头显矮，但手脚麻利，脑瓜灵便。他破案会相面，打人会偷打。他还有不少雕虫小技，也是公社一位风趣人物。他在劳改农场看犯人多年，没有锻炼的工夫。他今天要追上徐晋东，实在有些吃力。蹬车上坡是浑身使劲，需要有吃奶的功夫。他望着瘦干瘦干的徐晋东，心里不解：看皮相跟自己差不多，怎么如此劲大？他实在是不行了。于是没话找话道："徐书记，你的车子没油了。"

"没啥油了？"徐晋东边吃力地蹬车，边问。

"珠碗儿里没黄油了，干拧哩。"

"你对自行车有研究？"

"那还不是犯人喂猪，简单不过的营生。"

徐晋东笑了。他回头看了看邓彬，问："你这歇后语是从哪里学来的？"

“我管了犯人十几年，还用向别人学。”邓彬上气不接下气地回答。

“哟，是你的创作了。”徐晋东见邓彬头上冒了汗，便下了车，说，“我看推上走，不比骑上慢多少。”

“对着哩，爬坡怕慢汉，太性急不行。”他几乎是从车上跌了下来。

邓彬边推车赶路，边跟徐晋东扯开了。“徐书记，你说梧鼠之技是啥意思？”

“你问这个古怪成语干啥？”

“我给陈琦理发，他说我的技术是梧鼠之技。我估计他是骂我哩。”

徐晋东笑着说：“你还会理发？那也是犯人喂猪的营生？”

邓彬不好意思地笑了笑，还在说他的梧鼠之技。“我问彭茂华，他说不用梳子理发，就叫（无梳）之技。我看，他也是瞎说。”

徐晋东给邓彬讲解：“梧鼠是鼠类小动物。它有五种本事：会飞、会走、会掘洞、会凫水、会爬树。但都不精通，保不了自己的身。梧鼠之技是说你的技术多，不精通。他跟你开玩笑。”

“看看，我知道他就没安好心的。三年还愁等他个闰月年。”邓彬没文化，对有文化人的奚落，耿耿于怀，总想弄个水落石出，心里才畅快。他今天收获不小。

他们来到小咀。邓彬敲开支书韩愣小的大门。愣小一见徐晋东站在门外，吓得连东南西北也分不清了。他立正在门道。

“你知道我们来干啥吗？”邓彬问。

“来检查出勤的。”

“好，走吧。你带我们看看你的人员在哪？”徐晋东说。

“……”韩愣小站着不动，老鼠掉在面瓮里，发白瞪眼呢。

“徐书记跟你说话，你怎连反应也没有？”邓彬厉色喊了一声，“出来！”

韩愣小三十来岁，胡子拉碴，拱肩缩背，像个小老头，是地道的山坡区庄禾人。他是初中毕业生，当支书好几年了。这地方偏僻，公社不大重视，什么运动下来，这儿也是避风港。干部自然养成一种天高皇帝远的侥幸心理，凡事满不在乎，姑息迁就。昨天徐晋东的安排，他早丢脑后了。今天，怎么大清早起，书记突然来了？他简直百思不得其解。此刻，他老婆还在被窝里睡觉，其他社员也大都未起床。叫进家不能，出街上，也没看头。他只好提心吊胆挪步出门。

“你是不是昨晚没有传达公社的精神？”徐晋东问。

“回来迟了。叫不齐人，没开成会。”愣小边吞吞吐吐说，边滑溜着眼球，显然十分紧张。

徐晋东没有让愣小难为情。他通情达理为愣小开脱责任：“昨天上午到城里参加了大会，下午又在公社开了会。回到村，一定不早了。村里没有喇叭，住得不集中，召开会确实困难。念你头次接受我的任务，大可原谅。昨天没开成，今天开，清早就可以开。会不必长，而在统一思想干。磨镰不误割柴工，会是一定要开的。”

“我现在就通知人，马上开会。”愣小有了精神。他想借徐书记的东风，给大家讲几句话。

“我们还到别的村庄，你先给我几个数字。”徐晋东掏出本子，问了一下，夏锄进度、作物分项种植面积，日（锄）进度等，便说：“你召集会吧。我们走了，现在已五点二十分了。”

徐晋东和邓彬又转了四个村庄，便回公社吃饭。

“上午出去不了？”邓彬问徐晋东。

徐晋东边吃玉米面窝头边说：“不了，你办你的事吧。”

邓彬长出一口气，如释重负，他真担心再拧一上午。“下午，我给你擦车子。”他有意无意地连下午也支派出去了。

“行，下午咱也不出去。”徐晋东给了他个碗大汤宽，称心如意。他又回头对留守机关的马亚平说：“你造个统计表，将各组检查的情况逐日统计，挂在墙上，予以公示。”

这时，陈琦回来了。他一进伙房便笑嘻嘻地说：“今天捉住一个懒汉。俺们到了潘寨，曹明海老婆起来了，他还睡着。我撩起被子，照那狗屁股上打了一巴掌……”他突然停住了，又转口说，“明天捉了懒汉，可不是一巴掌的问题啦！”他边说边笑，合不拢嘴。

“潘寨问题不大。”马亚平有把握地说。

“曹明海那个老滑头，是吴家窑的夜壶，光有个好嘴嘴哩。他那里水地费工，茭子有荒苗现象了。”

徐晋东闭口不语。他在察言观色，从旁分析。往往下边随便讲的，倒比会上提供的真实。

第二天早上，当徐晋东敲邓彬的门时，邓彬已洗过脸，做好待发准备，立即应声而出。

上路后，徐晋东觉得车子轻快多了。他表扬邓彬：“你的修车技术不错嘛。”

邓彬得意地说：“就这还侍候不了陈琦呢！给咱起了个外号叫梧鼠。”

“这得平反。不能叫梧鼠之技，也不能叫犯人喂猪，应当说是技术精湛，名不虚传。”

“嘘，叫徐书记夸得就差从车上栽下去呢！”邓彬本是开玩笑的话，引出徐书记正儿八经的一席评论，使他没光落色，好不自在。其实，徐晋东也是在跟他开玩笑，只不过用词正经了些罢了。

徐晋东和邓彬来到愣小大门口，正好韩愣小推开了门。他一见仍是徐书记和邓干事，不但大大吃了一惊，而且莫名其妙，犯了愁。偌大一个双杨公社，平川大村大队，水田水地村庄有多少，干吗书记一直往这个穷山沟跑？

愣小呆头呆脑说了句“徐书记进家吧”。便树桩似的戳在那儿。

徐晋东做个免礼的手势，问："昨天开会没有？"

"开过了。我传达了公社……"

"走，找上其他干部，一块谈谈。"

徐晋东边走边问："清早几点出工？"

"五点。"

"这不到五点了，怎不见行动？"

"今天头一天，也许——"愣小说不下个子丑寅卯。他突然一扬头大喊一声："兰法！"

徐晋东和邓彬被他的反常举动，吓了一跳。

"怎哩？"邓彬吃惊地问。

"我喊主任兰法呢。"

邓彬上下扫视了一下愣小，心里嘀咕：我还当你疯了！

愣小叫来主任，一同去了大队部。他们一一向徐晋东汇报了相关数字，无非是已锄了多少，出勤人数等。街上有的牵着羊去割草，有的锄自留地，四个小队没有一个队集中起人。大队干部急得催赶小队长，令他们马上吆喝社员出地。

徐晋东和邓彬站在大队部前的中心街上，一动不动，观看他们如何集中社员。直到四个小队长带领着稀稀落落的几个社员离村爬梁时，徐晋东对韩愣小说："算早出勤还是上午出勤呢？"

韩愣小没有作声。徐晋东警告韩愣小："有再一再二，没有再三再四。明天你交不了账，跟我回公社广播上做检查。"

第二天，徐晋东早早吃过饭，便同邓彬、农业技术员田亮平，直奔小咀。他今天是一个小队一个小队的在地里见面。小咀是丘陵地带，地域广，又非沟即梁，走起来很吃力。他们将自行车放在村口，便拣人多处走。烈日当空，万里无云，酷热的艳阳，能把人蒸干。邓彬黑干的脸上与脖子上流着揩不完的汗水。田亮平的任务是，每逢找到一个队，登记出勤数、进度、苗荒亩数等等。他们越看问题越大，有些玉米还未锄头次；有些高粱快一尺高了，还未定苗。单走大路，还看不到问题的严重性，旮旯缝隙一检查，简直令人吃惊。徐晋东心急如焚，越看越觉得可怕。而在翻过一道梁后，居然听到在地里休息聊天的社员中，传来难听的情歌："你穿红鞋街畔畔上站，你把俺年轻人心扰乱。"徐晋东听到这淫词滥调，简直心烦得要命。等到他们走过去，发现革委会主任兰法，也在这堆人群中。他们在锄高粱。

"刚才是不是你唱的？"徐晋东逼视着兰法问。

兰法是个二十二三的后生，乳臭未干，能管理了生产吗？他有啥威信，谁听他的指挥呢？他站起来，低下头回答："不是我。"

徐晋东虎下头脸，没有追查。

"谁是队长？"田亮平问。

"我。"一个只穿裤子的黑汉站了起来。

"来，统计个数字。"

田亮平统计数字，徐晋东对兰法说："愣小在几队干活？"

"他今天在村里挨家挨户撵赶社员下地呢。"

"好，你跟我们回村。"

小咀大队的办公室设在关公庙里。戏台和东禅房学校占用，正殿做了办公室和下乡人员住所。兰法将徐晋东他们送到大队，便扭头出去找愣小去了。他可不敢接待徐书记。

徐晋东正想喝口水，一位老者走了进来。"咦？是魏大夫，你在这儿干啥？"徐晋东问。他认识这位年过半百的老中医，叫魏宪恩。因为他的医术高明，在当地享有盛名。

魏宪恩给徐晋东解释道："我在这儿下乡，小咀村是公社医院包的点，我和小黄常驻这里。"这时，一位细皮嫩肉、袅袅婷婷的姑娘，头戴雪白的卫生帽，走了进来。

“她就是小黄，叫黄凤麟。”魏大夫给徐晋东介绍，小黄一笑低下头，她还害羞哩。

魏大夫对徐晋东的到来，有点惴惴不安。小咀大队本来工作疲沓，是三类队后进典型。过去公社书记一年也很少来一次，徐晋东连上三次，定有缘故。他絮絮叨叨，啰里啰唆，给徐晋东解释：这里干部不力，社员不听话，小队穷，工作难开展，吃的不够……小黄抱着暖水瓶，只管给每个人添水。本来杯里满满的，她还说，再添点吧。看来，她也有点紧张。

在徐晋东看来，一个大队的工作主要靠大队干部，东吴兵还得东吴将，下乡的起不了多少作用。一个老中医，又是背着沉重的历史包袱的遗老。还有一个露水般娇嫩，走路步步生莲花的窈窕淑女，能管了村里的学大寨吗？笑话！

他对魏大夫很尊重，认真地告诉他：“你能给小咀群众看好病，就办了大事。村里的事，用不着你们管。”

魏宪恩感激徐晋东的关心。他诚心诚意向书记交心地说：“也得管。公社党委让医院包小咀，我们就得响应，尽力协助。”

“像魏大夫他们，能待下来的就算不错的工作队了。”邓彬给徐晋东解释。

这时，小黄轻盈地走来，又给加水。徐晋东笑着说：“你怎么只管给倒水？”

小黄掩口一笑：“徐书记喝好。”

空气有点轻松。

这时，兰法带着愣小来了。看情绪，今天似乎胸有成竹，不再紧张了。“徐书记到地里看了看？”他一进家便问，显然是兰法告知的。

“是的。把你们四个小队都看过了。”

“今天出勤不少。我从村里又撵赶出二十多个能下地的。”韩愣小主动向徐晋东交底亮功。他对他今天的成绩很自信，估计不会挨批评的。但徐晋东是啥心情呢？

他从小咀的情况，看到了双杨夏锄的可怕性。也使他初步领略到周谦几句话的深刻含义。他刚才从四个小队长口里得到的情况，与韩愣小的汇报根本是两码事，问题越深入越感到严重。于是，他心事重重地否定愣小的乐观情绪道：“你从村里撵到地里，拦不住他坐凉背阴熬时间唱曲。”一句话说得愣小和兰法都低下了头。

“你给我的数字，根本不实。你们俩说吧，一月消灭草荒苗荒完成夏锄有把握吗？”徐晋东不跟他们徒费唇舌，干干脆脆问。

“能。”愣小满有把握地回答。

“有啥措施？”

这时韩愣小口袋里倒豆子，实话实说，亮出老底：“俺们这地方，作务庄禾粗糙、省工、不能跟平川水地相比。植庄禾还细些，小日期作务，就简单了。大田作物，营生倒不过手，就不耧（二次锄）了，再不行就不摘苗拢起来做饲草。”

“啊？你说的是真的？”徐晋东大吃一惊。

愣小知道自己失了言，又改口道：“那是十年九不遇的事。”

徐晋东望着这个外愚内黠的支部书记，心里窝的火“噌”一下爆发了。他往起一站，指着韩愣小骂：“你是个失职的支书！”

徐晋东掌握了双杨最落后的典型大队基本情况。他要解剖麻雀，全公社示众，杀一儆百，打开局面。为了对各大队有所震动，特将这几天公社四个检查组报回的统计表张榜公布。这对公社领导的工作作风也是一次曝光，有人不禁捏了一把汗。

检查队伍出发了。徐晋东一马当先，彭茂华紧随其后，率队前行，陈琦、邓彬断后。一支由各大队支书、主任、下乡工作队队长组成的百余人队伍，浩浩荡荡行进在下道线的盐碱地带。他们的路线是下道线出发，中道线返回，而后去顶上三道线的小咀村扎老营。午饭吃在小咀，会开在小咀。小咀村自新中国成立以来，还是头次接待这么隆重的大会。

当徐晋东将大队人马带上小咀村时，好多人累得汗流浃背。路上有几个打了半工的下乡干部溜了。人们集中在一棵古槐下，喝水乘凉，歇了一会。徐晋东说："时间已快十二点，但不能吃饭。现在按三大片的划分，深入小咀村的沟沟岔岔，梁上梁下，全面进行检查。大家好好看看，小咀村夏锄工作，问题严重不严重。一定要走到最背、最僻的地方去检查。"他停了停说："中片大队的跟我走，把车子都放这里。"

有人犯嘀咕了，悄悄说："新来书记，人不打眼，怎么如此劲大！"

"早点把鞋缀好搂跟带吧，八圪节螺丝可要拧呢。"

农村干部说着油话，跟在后边磨时间。这荒坡烂沟，圪梁圪凹，有啥看头？徐晋东领头，一直往远处走，翻梁栽沟是他的功夫。好些人叫苦不迭，头上热得汗水流，肚里饿得咕咕叫。但书记领头走，哪个敢掉队？一路上不光看到苗荒草荒的景象，连种植上的粗放经营、弃耕地、半弃耕地都暴露无遗。好些地是种着地心，四周却荒芜成了羊道。徐晋东领着人们足足转了两个钟头，其他两个片的人，也不敢早回，越走越远。如此百十来号人，深入到田间进行检查，不论是哪个支部书记也捏一把汗。他们担心的是，万一到自己村，如此捉虱子般寻毛病，也难过关呀。

饭后开会。会场选在小咀大队古庙院里。大家席地而坐。徐晋东站在庙院通正殿的礓碴上，他开门见山道："经过多半天的检查，各家的情况各有差异。小咀看得细，情况怎么样，人人心里有本账。这我不讲，我只向大家通报一下，公社会后，小咀党支部的动向……"于是，他将连续三天深入小咀的情况，公布于众。最后，他下结论说："可见，以韩愣小同志为首的党支部，措施不力，干劲不足，糊弄上级，阳奉阴违。如此支部书记，在争分夺秒的夏锄战役中，所表现出的消极情绪，究竟是认识问题、态度问题还是作风问题，尚待观其后效！今天提出警告！"

他接着根据公社其他组检查情况，指名批评了几个大队干部，“你们都看一下夏锄战役各大队的情况公布，对号入座，找出不足。”徐晋东向大家提出要求，发出号召：“小咀的今天，就是你们的明天，说不准要解剖哪个大队。”最后，他声色俱厉地问：“夏锄战役，谁家完不成任务的，举手！”会场空气严肃，死一般沉寂。“没有？好！现在让韩愣小表态。”

韩愣小吓得神魂出窍，晕头转向。他站了起来，不知如何是好，浑身筛糠呢。

这时，容易激动的陈琦，突然大喊一声：“站出来！”他见愣小不动，便大步走过去，一把抓住愣小的胳膊，连推带搡，弄到礓碴上，“说，下步怎么办？支部书记！”

会场气氛陡然紧张起来。其时，一只小老鼠堂而皇之窜进会场，在人们脚下溜来溜去。战斗的火药味儿笼罩着整个会场。

“我，我不会说，但是一定保证完成任务。”韩愣小向徐晋东和陈琦讨饶。

“面对大家说，声音高点！”陈琦代替徐晋东申斥愣小。

战役检查会变成了批评会，好些人头皮发紧。支部书记无一不是急匆匆离开小咀，赶回自己村的。

第四章　书记蹲点出新招

将不斩不起。徐晋东小咀一个现场会，震惊了所有村支部书记。双杨整个村庄沸腾起来了。

清早，天刚蒙蒙亮。突然，公社大院有个粗喉咙、大嗓门的人喊叫道：“公社人们，小咀的羊群脱圈了！散了一梁啃庄禾呢！”

杨利民被惊醒来，一听是双杨的癞皮狗二郎猫，便没好气地在被子里骂：“狼逮住了？叫唤啥哩！”

彭茂华在前排住着。他听到了，赶忙起床。但他走到院里，发现送话人已经不在了。他问杨利民：“老杨，刚才谁喊叫小咀羊群脱圈了。”

天下着毛毛雨。彭茂华将情况报告给马亚平。马主任让伙食管理员李葆定上小咀去看看。

傍晚开饭时，李葆定回来了。原来，小咀今天天不亮就大队人马下地了。李葆定说：“今天小咀村，凡能走动的，都赶到地里了。连学生娃们三四百号人哩。”

“总共还没有四百人呢。”杨利民否定。

“反正至少三百人，光我看到的阵势也汹呢。”

马亚平高兴地说：“形势大好！能把小咀局面打开，其他地方就好办多了。”

“今天公社人员都到下边去。”徐晋东不多说一个字，命令般指示。

吃饭的人们面面相觑，一句话也不说。

饭后，徐晋东同邓彬到潘寨蹲点驻队。

工作队住处的房东，是一个侏儒一般的老人，一米多点。徐晋东看了看，院大、房宽，人也忠厚，挺合适。迎接他们的是一位年近花甲的老头，叫张栋，公社农机员。他帮徐晋东把行李搬进屋，放在王则峰睡的位置上。然后，倒杯水，问：“见大队干部没有？”

“见了。”邓彬回答。

老汉盘腿坐在炕上，将兰花烟布袋取出来，礼节性地问徐晋东：“吸锅旱烟吧？”

“什么烟也不抽。”徐晋东摆摆手。

邓彬说：“老张的烟具可讲究呢。翡翠咀，铜锅头，乌木杆儿。就是烟布袋不洋气。不知是谁裤子上的口袋，他摸来装了烟。”

张栋只顾抽烟，不置可否。

这时，支部书记在大喇叭上发出中午召开干部会议的通知。最后加了一句：“公社徐书记要亲自参加会议。”

“咦，他怎么在喇叭上给我下命令？”徐晋东显然不满支书的武断做法。

“这人脑瓜转得快，老初中生，肚里有点墨水。你抓不住他，他就想调转过蹄子踢你。王则峰的话，他根本不听。”邓彬给徐晋东介绍支部书记。

徐晋东想听听张栋的意见。“老张，你说，潘寨为啥两个队，至今没队长？”

“支书曹明海的责任。”张栋毫不含糊地回答。

“曹明海这人怎么样？”

张栋从嘴里抽出烟锅，慢吞吞地给徐书记讲起了故事。

曹明海当过教师，六一年困难时期，回村当了支书。他有一个贤惠、老实的女人。有天，小队长给他家送来一口袋高粱。后被人告到公社。公社来人调查时，老婆居然如实讲了。事发后，曹明海恼羞成怒，心想要这种老婆干啥？老实等于傻子。他硬逼着他老婆跟他离婚，连三岁的闺女也被他老婆带走了。第二个老婆，生得柔枝嫩叶，十分俊秀。她在明海跟前撒娇卖俏，成了他的解语花。她名字叫蝴蝶，紫糖色脸，天生尤物。紫糖色脸爱煞人，人们叫她黑蝴蝶。曹明海进城开三干会去了。黑蝴蝶偷香窃玉，另有新欢。天黑下来后，她正心痒猫抓般企盼着心上人儿的到来，突然有敲门声。“呀？坏事了！”黑蝴蝶大吃一惊。她待月西厢，约为翻墙入院，怎么敲起门？她打开门一看，原来是曹明海！“你怎么回来了？”

“有件重要事，回家。”

明海将老婆拉回家，连忙熄灯就寝。黑蝴蝶知他心怀鬼胎，担心今晚会出事。但她在曹明海控制下，束手无策，只好装模作样，佯装打鼾。

“咚！嚓！”房后发出沉重的铁家伙声响。

“狼来了！”曹明海拉着灯，对老婆说，“起吧。”

“你发啥神经病？”

“别装神扮鬼要花招了。”

原来，曹明海在墙豁下，埋下了打狼的铁夹箍。奸夫翻墙一跳，正好被铁机关夹住一只脚。他疼痛难忍，不敢出声。他像只猎物，被曹明海活捉了。

支书太太的桃色新闻传开后，曹明海又恼羞成怒了。

他给黑蝴蝶面前放了一把锁子，一根绳子，任她选择。黑蝴蝶无奈，选择了锁子，锁起门走。他连没过生日的儿子，也让黑蝴蝶带走了。

现在是第三个老婆。他当支书十年多了，铁打的江山。

张栋最后说：“这就是曹明海。”

原来，张栋是个犯错误干部。他二十岁就当了地委侦察科科长。后在打虎运动中因有人告发他贪污，被开除党籍，撤职处分。几十年过去了，现在仍是个一般干部。

由于背着沉重的历史包袱，他精于世故，有套明哲保身的独创经验。

徐晋东几次想打断老汉的啰唆，但碍于首次见面，又是自己主动征求人家的意见，不好意思武断行事。不过，他听完张栋的故事后，对他塑造的这个支书形象，确乎栩栩如生，活在眼前。

曹明海来到工作队。徐晋东想到张栋讲的故事，一看便知道这是个干练的农村干部。他平心静气地说：“明海同志，今天的会，我不参加。以后，村里的事，我不直接管，就像你不直接管小队的事一样。潘寨夏锄如何抓，是你的事。我要的是进度和质量。水地区的质量，是主要的。还有件事，你们村两个小队没队长。两天内必须定下来。我来潘寨就认得一个人：曹明海。”

曹明海滴溜溜转动着眼球，心里好生纳闷。书记来蹲点，蹲点队就是桥头堡，亲自坐镇督战，这是老规矩。连县委书记来到点上，也是这般做法。没想到，徐晋东出其不意地来了这一手。书记不出面，来蹲的啥点？他之所以昨天没开会，就是等书记来亲自安排嘛。“徐书记，今天第一次来潘寨，权当给我点面子，见见潘寨的干部吧。”曹明海恳切地请求。

“把你的干部配齐，我一定见。”徐晋东严肃地说，“我头次听说，半年时间过去了，还是个没有生产队长的村子！”

曹明海有些难堪。过去，他将好些工作往前任书记王则峰身上推。两个小队长所以配不起来，原因也如此。今天，庙还是这个庙，神主换了。日后，想背靠大树好乘凉，借口灯下黑，打马虎眼儿，恐怕不行了。闹不好，还将步韩愣小的后尘。

徐晋东见曹明海神情恍惚，有点搔不着痒处，便进一步亮明自己的观点：“我蹲点潘寨的作用是，你找我汇报工作方便些；我做调查，摸典型也方便些。其他，没啥作用。潘寨的工作你是支书、火车头。你听明白了吧。”

“明白了。”曹明海点点头，“我明白了。”

曹明海从昨天会上，就看出徐晋东的厉害：他不是抓工作，而是抓人。曹明海可不是愣小，潘寨也不是小咀。今天徐书记能如此信任他，他大有千里马遇上伯乐的庆幸感觉。徐书记既然大胆放权，那么本人便受之无愧了。且看，曹明海前台如何做戏了。

曹明海有文化、有脑筋、有胆略、有真知，土生土长潘寨人。他对潘寨的人了如指掌。他搞潘寨村的工作，平拿平放，不费吹灰之力。谁来他村下乡，只要顺着他来，便坐享其成。这村千把人口，住得集中，水地为主，人均土地一亩有零，是个经济较富裕的大队。自然条件十分优越，工作是好搞的。

饭后，徐晋东想了解一下革委会主任其人，张栋只给他讲了个很简单的故事。去年秋天，中片的支书、主任交叉检查大秋作物。大家来到潘寨大队休息，其时，有人扛来一麻袋西瓜。曹明海找切瓜刀去了，好些人急得想吃。这时，革委会主任二话没说，抱起一颗西瓜，在膝盖上“喀喳”一砸，便打开了。他双手掰成块，大一块小一块，分给弟兄们。这时，曹明海手握一把瓜刀来了。他见状，一虎脸道：“潘寨再穷也能找出把切菜刀吧。这是各大队的书记、主任，是尊贵的客人，又不是撵牛放羊的偷吃西瓜，丢潘寨的人哩。”革委会主任自认倒霉，放下手里的西瓜，佯挠着耳朵，悻悻地大步走开。

张栋最后说：“这就是革委会主任，名叫谢得峄，现年四十六岁。”

邓彬补充道：“得峄是个没文化的老实农民，跟我一样，顺肚一根肠子。村里的事，他主不了。”

徐晋东往枕头上一跌：“好喽，休息。”他太累了。

第二天一早，徐晋东他们和社员一样，下地锄田。这里的情况同小咀不能同日而语。人多地少，分红较高，社员出勤率自然高。小队长往往限制半妇劳力出勤。今天，经曹明海大喇叭上一动员，发了令，出勤人员猛增，真所谓一声令下，召之即来。徐晋东放了心，只管混在社员中干活。

早饭后，徐晋东安排邓彬到小咀检查夏锄，要他到地头数人头，看进度，听听会后有啥反响。然后对张栋说：“咱俩到潘寨地里转一转。”

徐晋东和张栋刚走出村，大路上，迎头来了个骑车的，车上带着一捆行李。走近了，徐晋东才看清：原来是通讯组的席铭。

“你这是干啥？”徐晋东问。

席铭下了车，垂头丧气地说：“跟你打个招呼呗。”

“打啥招呼？”徐晋东不解地问。

“我在赵庄下乡，不能待了。”他给老张递过一支烟，“那个鬼地方，我说啥也不待了。县工作队五个人，走光了，我是最后一个。”

“又出啥事啦？”

“还是那场事。被腊花姐欺负得一晚上不能睡，狼嚎鬼哭，寻死上吊的闹腾，咱管不下来，只好回机关拉倒。”

徐晋东没有挽留，只是想到自己答应五至十天去解决，不知过了几天啦，这事再不能拖了。

“对不起老同学，我走了。”席铭准备告别，又说一声，“陈琦和彭茂华去了。”便骑车扬长而去。

徐晋东目送远去的席铭，心里萌发一种轻松感。赵庄是县社合包点，又是周谦书记挂帅。他们在，反而诸多不便。他深知有身份的人遇事要讲政策呀方法呀稳妥呀后果呀，有好多顾虑。无非怕犯错误，丢乌纱帽而已。这下好了，县工作队走了，自己可以天马行空，大刀阔斧了。

张栋见徐晋东犹豫不决，便问：“你打算去赵庄？”

“今天不去。”徐晋东说罢，便向田间走去，免得在路上再出现干扰。今天，他要将潘寨的地形地貌，全面浏览一下，获得第一手资料。

潘寨位于青云河畔。青云河有股长流泉水。数千年来，河的冲积扇地带形成富饶的水地区，曰：云口。云口包括十来个村庄。村与村相距很近，有的房挨房，根本没有界线。潘寨在云口是最大的村庄。据传，这里是当年潘仁美屯兵场所，故名潘寨。由于历史上是军事要冲之地，也是通山要隘，人们比较开化，经商的人也不少。客观上形成这里的特殊人文景观，也形成这里人们的特有处世哲学。这里山清水秀，确实是个好地方。但由于今年人为的原因，青苗已经出现荒苗现象，实在不像话。

徐晋东转了一天，还到潘庄的下道线上的水稻地里看了看。那里就是王则峰引以为豪的万亩稻畦方田。潘寨被分配下四百来亩的任务，实开垦出不到二百亩。这里虽然是王则峰美其名曰的七配套样板田，但在徐晋东看来，一项也没有配套。

徐晋东和张栋慢慢地转悠了一天。傍太阳落山时，邓彬回来了。他一见徐晋东便笑嘻嘻地说："你别看韩愣小闷头闷脑的，那人要是急了，有绝招哩！"邓彬接着道，"有三四个老汉不能走路，都是儿子背到地里，爬着薅谷呢。小咀凡能下地的人都下地了。我到村里走了走，瞎鬼也没一个了。"

"都下地了？"徐晋东问。

"早五点出工，清早饭都在地头吃。人们说人民公社以来，这是头一次全民大动员。"邓彬叫苦似的咂了一下嘴，"我中午饭是跑回公社吃的。村里别说做饭的，连派饭的也找不到了。"

徐晋东听后，喜上眉梢，自是高兴了。

"人们说韩愣小外号叫慢牛，背后唤作死牛。没想到，公社开了一个会，一鞭子将死牛打得疯跑了起来。啊哟，牛发了疯，施起威来，厉害着呢。"邓彬津津有味地吹嘘起来。

这时，一直默默无言的张栋插了一句："公牛发威，把老虎还顶死呢。"

徐晋东来了情绪，也凑趣道："这么说，韩愣小是头猛牛喽。"

三人相视而笑。

一个十来岁的小姑娘来叫徐晋东他们吃饭。小姑娘很精明，头上一对鬆髻小辫，随着跳跃式的轻盈快步，一颠一颠的，展现出天真的气息。小姑娘走进院，向家里喊："妈，来了！"

她妈从屋里迎出来，徐晋东一见："哟，是你家？"

"不是我家是你家？"她爽朗地笑着，并招呼大家："快进家，瞧俺这邋遢人家。"

邓彬和张栋不知他们是啥关系，怎么认识的。徐晋东给他俩介绍道：

“她叫改婵，我的叔伯小姨子。”

“噓！”邓彬诡秘地一笑，像发现了新大陆，“怪不得这么热乎，小姨子呢。”说着，三个人进家上炕。屋里窗明几净，新做的平柜、衣箱、时髦座钟。一看就是讲究人家。

“你男人在哪工作？”邓彬问。

“在县供销社。”改婵边捞面条边回答。

“好地方。挣钱不多，省钱不少。就这一个闺女？”邓彬见改婵生得有几分姿色，便没话找话，拉呱起来。改婵往炕上送碗时，邓彬又奚落道：“头碗先给你姐夫递。”

改婵一笑，道：“这碗便是给你老邓的。”她本来是将碗放在炕上，任他们端的。可遇上老邓总想拿她取乐，便以牙还牙，索性将碗冲老邓伸出：“你接呀！”弄得邓彬接不是，不接也不是，颇为臊情。

“接住，接住。”徐晋东打劝。邓彬终于红着脸，接住了。他心里嘀咕：这女人厉害。

他们饭后走出来。邓彬对徐晋东说：“你小姨子我认识，常在供销社门前站。”

“啥小姨子？她是我女人堂叔父的闺女。我结婚时，见过她一次。”

“那也是小姨子，瞧一见面那个热乎劲，理直气壮的。”邓彬揶揄徐晋东。

徐晋东本是个严肃的人。加之工作压力大，成天脸上难得一丝笑容。他又是初到公社，别人不摸性，不敢轻浮打诨，而邓彬觉得徐晋东很好接近。他便无心无事，张口就来，还想给书记增加点乐趣。而徐晋东也觉得邓彬心直口快，怀有好感。他半玩笑半正经地对邓彬说：“我真担心你同改婵说出出格的话。”

“不至于吧。不瞒你徐书记说，工作十多年，没政策水平，也有生活常识。哪会在你面前出丑呢。”

徐晋东发现邓彬强词夺理也还行，于是揭底道：“就拿你刚才那句话说吧，一见面那个热乎劲儿，姑且勿论；你说理直气壮，这是啥意思？”

“理直气壮吗？”邓彬被问住了。他说时根本没意思，现在要问是啥意思？他怎能答上来呢？

其间，不断有出地社员擦身而过。张栋说：“别孔圣人门前卖书本了。就你肚里那点墨水？”

刚回到住处，他们的屁股还没坐稳，门一开，箭一般蹿进一个女人：腊花姐！

邓彬和张栋不认识这个凶神恶煞的可怕女人。“你干啥？”邓彬问。

女人不作声，也不理睬邓彬，虎视眈眈，对着徐晋东一声不吭。

“她是赵庄的社员。”徐晋东向他俩介绍。他又对腊花姐说：“你来催你的案子来了？对吧？”

“半夜给我院里扔石头，把我的玻璃也砸碎了。”腊花姐哭丧着脸说。

“你把情况写一下，送来。我马上派人下去调查。”徐晋东安抚道。

“你多会下去？”腊花姐担心徐晋东哄弄她。

“你先把材料送上来。我很快就去了。”

“今天是第七天啦。”

“知道，你回吧。”

女人还要说啥，邓彬不耐烦了：“出去！叫你走，你磨蹭啥！”

腊花姐走了。

徐晋东给他俩解释：“那天我去赵庄，这女人拦马头告状，说郭玉恩打他。我答应十天以内去处理，今天第七天了。人家来催，也在情理之中。”

“瞧她那吊死鬼相，说郭玉恩打她，我看能办出来。今天她再不走，我也想揍她。”邓彬半开玩笑半正经地说。

“这哪像个搞保卫工作的人说的话？看面相对待人！”徐晋东板起

面孔训斥邓彬。他见到腊花姐，心里就烦起来。

邓彬知趣地点头认错，接受批评。张栋摸起烟锅，独自过瘾。此刻，房东小老人，在院里撵赶小猪娃。小猪娃也看她不打眼，只管在西红柿、黄瓜架下，跟她捉迷藏。邓彬出去一声喊，吓得小猪崽呼呼跑了。

这时，来了一位年近七十岁的老人。邓彬问："你来干啥？"

"我找老张。"老人只管往家里走。

"又是说你的猪粪，是不是？"

"是哩。我看老张怎给我解决。"

"我给解决了。"邓彬拦住老人不准进家。

"啊？你给解决了？"

"解决了！"

"怎没告诉我？"

"这不告诉你了。那不，在厕所里呢。"邓彬指指西南角的厕所。

老人望去，原来自己的粪筐也被扔到那里了。这时，她才弄清，邓彬在捉弄她。

"就那么解决了？"老人问。

"还怎？谁叫你把粪放在家门口！这又不是猪圈！"

"啧啧啧！天老爷，老人没得法，是让你们工作队看看我的粪，够几等嘛。小队干部那几个家伙，欺负俺家，给打三等粪。你们看看，……"

"看了，看了。我们都看过了。放在门口，不看也不行。"

"嗯？看过了！那么，老邓，我那粪还不够二等？"

"中土，草也没沤烂。我们给你打下四等。"

"啊？你们凭啥给我打四等？"

"就凭你那土粪呀！"

吓得老人赶紧跑了。

张栋不露面。他只管微闭双眼，头埋下去，坐炕上过烟瘾。

徐晋东出来问邓彬："昨天门口放那筐粪，就是这老人的？"

"是哩，一个头上长角的老人，让我赶走了。"邓彬给徐晋东解释，"年年她的粪霸住不让队里送，总嫌给她打的等低。"

"她家没男人？"

"怎没？两个儿子三四十岁，也主不了这老人的事。人赖不在老小。"邓彬愤愤地说。

"老张，是这么回事吗？"徐晋东故意问似乎睡着的张栋。

"差不多。"老汉抬起头，又想讲个故事。但徐晋东心不在焉地截住话题道："差不多就差不多吧。粪的问题，老邓给处理了。今后，这些事，无论如何不能揽在咱们手上。好吧，下地转转。"

徐晋东对邓彬果断解决麻烦老人纠缠处理方式，颇感满意。刚刚批评他看人相面的错误做法，也有了改观，他说了句打下四等粪，把老人吓跑了，其实他是信口诈唬哩。不过，那粪委实是劣等粪，不违背原则。他对邓彬坦诚行事，由衷地敬佩。

今天，他们扛着锄，下到小队，老老实实当了一天社员。干部参加集体劳动，是一项铁打的制度。

下午收工，邓彬掏出钱包，将零钱、粮票点好，然后喊："老张。"

老张不知啥时候早准备妥了，掖在褥子下。他此刻随手一取，递给邓彬。

"徐书记，你今天不给了吧？"邓彬问。

"该给不该给呢？"徐晋东商量着说，"以前没有交往。"

"不能给。一给就显得见外了。"张栋说了一句。

"白吃小姨子顿饭，没啥。"邓彬又想嘴上舒服，但没说出去。他小心地将老张同他的饭费装好。

饭后，当他们准备离开时，改婵突然开言道："老张、老邓、姐夫你们迟走一下，我有件事想跟你们说说。"

哟！这顿饭是不是好吃难消化。邓彬知道是件为难事。

“你说吧。”徐晋东坐着不动，等她诉苦。

“昨天，曹明海在村里，检查不出勤的，我被查住了。”改婵平平静静地说。

徐晋东听了，小事一件，不以为然地说：“查住你，下地就完了。”

“哪有那么简单。大队规定，不出勤的罚一个工。罚就罚呗，谁叫咱有事哩。可是，曹明海因为我到供销社买花包，游手好闲，要罚我两个工。你们说，哪有这道理？”

“就因为你买花包，另加一个工？”邓彬问。

“可不是嘛。这不是明欺人吗？”

“没别的理由？”徐晋东问。

“没有。”

“你没跟大队干部顶嘴？”

“没有。”

“你也没说别的啥话？”

“长着个嘴能不说话吗？”

“你说啥来？”

“反正不是骂他们的话，也不是反大寨的话。”

“那是啥话？”徐晋东打破砂锅问到底。

“我让供销社老李给俺男人捎个话，说你在咱村下乡了，让他回来一下。这与他们有啥相干？”

“唔？”徐晋东本来怀疑这里也有文章，这下真相大白了。他再没问啥。想了想，对改婵说：“你一定当众说我是你姐夫，对吧？”

“姐夫就是姐夫嘛，我不叫你姐夫叫妹夫？”

“改婵。”徐晋东严肃起来，郑重地说，“我是双杨公社的书记，来潘寨蹲点的。你认我姐夫，我就得认你小姨子。昨天是潘寨夏锄会战紧急动员的第一天，你就跟我唱反调。大队干部不管因为啥，对你进行加倍处理，我都没意见。你今天，本不该对我讲这事。可是，你讲了。我呢？好菜好饭吃了。你问我讨说法，我只能再加一个罚工。”

“你拿我开玩笑？”改婵不解地问。

“不开玩笑。我连自己的小姨子都管不了，怎管潘寨其他人呢？”

“这么说，姐夫，我给你丢人了。”改婵蒙受了好大的冤枉似的，眼里噙满了泪水。她一百个想不通：一般社员想找个借口，只能跟小队长女人攀比，连支书太太也不敢提及。堂堂公社书记，下到村来，要多威风有多威风。为啥徐晋东胆小怕事，连自己的小姨子也不能庇护一下，反而做他的垫腚板子。太令人委屈啦。

“改婵，你别女人见识，以后你会慢慢理解的。”邓彬做思想工作。

“唉，怨我不争气呢。你们有事，走吧。”

这时，邓彬突然想到一句话。他说：“改婵，我问你，在你们潘寨，有没有第二个被徐书记罚工的？”

改婵领会了邓彬的意思，破颜一笑：“别人他不敢！”

“不是不敢，是不配！”邓彬笑嘻嘻看着改婵。改婵笑了，张栋也笑了。徐晋东没有笑。

改婵虽然笑脸送客，但彼此总有些尴尬。用邓彬的说法，是不那么热乎。

曹明海来工作组汇报工作。两个小队长已配齐，四队队长是谢得峄的胞弟谢得铭。夏锄已进入全民动员齐上阵的高潮，保证提前完成任务。夏收也开始做准备工作了。

徐晋东对曹明海的工作较满意。他拿得起，放得下，号令如山，能一声喝到底。这样的干部，关键时刻用得上，能配合公社的行动。细枝末节的问题都无可挑剔。此人在村里是属于那种豪强逞能的尖子人物。这不，他连新来的书记，也想掐掐老嫩，甚至借光为他树威信。这一点，徐晋东一眼看透了，就是不能说。

“我和邓彬今晚回公社了。”徐晋东对曹明海说。

“不能多住几天？你坐镇潘寨，我走路脚后跟也是硬的。”曹明海恭维徐晋东。

“潘寨的工作，有你我放心。”

曹明海笑着说：“天不早了，要走就早些走吧。我有啥事，有俺老张哩。”

徐晋东和邓彬推出车子后，正准备要走，晋东突然对明海说：“明海，今天我们在改婵家吃饭，她向我反映，说昨天罚了她两个工？”

“对。有这么回事。”明海等书记的下文。

“她是我的叔伯小姨子，既然向我反映情况，我总得有个答复。我当时就告诉她了。现在再通知你：我支持你的工作，另外，再罚她一个工。算作我来潘寨的一点工作吧。”

曹明海眨着机灵透顶的眼睛，一时不知如何表态。这是他万万没想到的结局。他不安地“嘿嘿”了起来。

曹明海送走徐晋东，随张栋回了工作组。他今天破例有兴致赏识张栋的旱烟袋，并主动装了一锅烟，抽了起来。“老张，你这小兰花名不虚传。又面又醇，还有点花香味儿。”

张栋随便笑笑。他心里说：你不是夸我的小兰花烟，你今天是另有所谋。我放了三年羊，还认不得个狗和狼？

明海磕掉泛灰，又装好一锅，递给张栋：“你过瘾吧。”

张栋接过来，揣到自己嘴里。

“老张，你说徐书记为啥要罚改婵一个工？”明海探听着问。

“这事，徐书记知道，你知道。别人谁也说不清。”张栋老鳖精怪，话里有话说。

“我怎么会知道呢？”

“不知道就是不知道。反正俺是不会知道的。”

“不不，你一定清楚。他来潘寨，大事小事不管，就管罚小姨子一个工？”今天曹明海显然是投石问路，想摸徐晋东的底子。张栋马马虎虎信口说道：“啥大事小事。小事不小，大事不大，没啥研究头。”

“不不。”曹明海摇摇头。

他昨天检查不出勤劳力时，改婵在供销社摆阔。她趾高气扬地说：“老李，给他捎个话，就说俺姐夫在咱村下乡，让他割上斤肉回来。”

“谁是你姐夫？”有人问。

“徐晋东呗！”

“哟，徐书记是你姐夫！”

这话叫曹明海听到了。他估计改婵有意让他听，给他示威哩。向来多疑的曹明海，受不了这般眼吹火。于是威风凛凛地走到改婵跟前问:“改婵，你为啥不下地？”

“我有事。”

“有啥事？”

改婵没吭声。

明海道：“今天别人不出勤罚一个工，你加倍罚两个工。”

“为啥？”

“不为啥。你知道。”

一向唯我独尊的曹明海，万没想到，徐晋东在这件小事上，大做文章，称他的分量。

曹明海从工作组出来，来到改婵家。他进大门后，有意调整了一下自己的容颜，假装轻松地说：“改婵，徐书记对你的特殊关照，是我引起的。他的意见是书记的水平，不过，我不能执行。你今天已经下了地，这就啥话也当没说。”

“当说不当说，是你们当官的权力，我成了你们大队和公社宰割的下刀菜了。”改婵嘴不饶人，刀子似的剁他。

明海淡然一笑：“夏锄运动这是政治任务，咱村成了书记的点，我豁出命，也得为书记争口气呢。”

改婵辛辣地一笑：“我是他小姨子，你想为他争气，只管拿我开刀就是了。”

曹明海恼羞却不敢怒，心里狠狠地骂：可恶！

第五章　合力设计解纷扰

徐晋东从潘寨赶回公社，集中精力考虑出击赵庄事宜。

尽管腊花姐的材料也未送来，但从田亮平等赵庄人口里获悉，腊花姐挨打一事，很可能是郭玉恩指使人所为。徐晋东召回陈琦、彭茂华共议此事。

徐晋东让陈琦、彭茂华坐下，他第一句话是：“我决定立即解决赵庄打人事件。”他停了较长一段时间，才一字一句道，“你们是赵庄下乡工作队，将你们了解到的真实情况讲一下。”

难题。陈琦看了一眼彭茂华，彭茂华两眼只管看自己的鼻子尖。他们对这桩沸沸扬扬，闹得不可开交的矛盾，根本没有进行调查。县社两级工作队的不理不睬，实际上起了助纣为虐的坏作用。直到今天，事态仍在恶化，据腊花姐反映，将她家的玻璃也砸了。这简直是暴徒行径。如果说，徐晋东来公社前所发生的纠纷是遗留问题的话，那么，自己那天在赵庄，当着原告被告及大队支书的面，表明了自己处理此事的态度后，事情不但没有收敛，反而愈烈，这不明明是对着自己来的吗？而作为公社党委副书记的陈琦，居然视而不见，听而不闻。真可谓是任他门外闹吵吵，我在家中困我的觉。如果他不是公社干部，恐怕早像县工作队那样，溜之大吉了。今天，问你情况，居然成了哑巴了。

“你们不了解其他情况，起码应当知道：腊花姐被人殴打，是不是事实。”

“这是真的。肯定有人打过。”陈琦说。

“也肯定是赵庄人打的。”彭茂华补充。

“既然如此，咱先不管谁是元凶，将打腊花姐的人揪出来。这行吧？”

“……”陈琦跟彭茂华谁也不敢表态。他们以为，徐晋东要将这球踢到赵庄工作队。

徐晋东见他俩有畏惧情绪，前怕狼后怕虎，不敢表态出阵，便又问：“赵庄支书怎么样？能靠得住吗？”

“何子毅精得八米二糠，他不会出头的。”彭茂华说。

“这一点我估计到了。因为被告是革委会主任。”徐晋东静了静，说，“今天，我坐镇指挥，由陈琦挂帅，组织一个别动队，偷袭赵庄。一举捣毁这个作恶多端、无法无天的据点。你们说行不行？”

“行。”陈琦和彭茂华同时表态。只要徐晋东上阵，他们便无所顾虑了。

“看来，今天这雨一时停不了。时机很好。马上组织人马出发。我的意见是由陈琦、茂华、邓彬、王磊、牛婧兰、田亮平组成分队，撇开支部，直插赵庄群众中，取证、摸底，将坏人揪出来。”

“行。把杨利民也叫上。”陈琦提议。

“是的，老杨办这事有积极性。”茂华支持。

徐晋东想了想，让杨利民去，王磊就不去了。他俩有私人成见。虽然以马主任做工作加上组织的大帽，两人和了，但仍面和心不和，彼此有隔阂。让他们一并去，怕不利于工作。于是决定："杨利民去，把王磊留下。"

"好，就这么定！"陈琦很满意，也来了精神。

小雨一直淅淅沥沥地下着，六个人披着雨衣，精神抖擞地冒雨出发了。

徐晋东送走这支临时组建的侦缉队，便来到党委办公室，跟马亚平、王磊了解当前生产情况。马亚平很高兴地说："形势大好，越来越好。田亮平说他多少年来从未见过地里这么多人。小咀，后来者居上，在全公社震动很大。"

徐晋东说："小咀能消灭苗荒、草荒，别的任何村庄都没理由出现问题。对吧？"

"对、对、对！小咀是三类支部，贫困村庄，什么工作也上不去。咳！今年的夏锄来了个出人意料。可见，事在人为，没有不变的事物。"

徐晋东知道马亚平的意思，他在捧自己。徐晋东会意地点点头。马亚平又说："昨天，县农工部赵帅人来了解情况。他听了咱的汇报，很满意。你去见见，他在客房。"

赵帅人在县里也算得上个人物。他好耍笔杆子，经常在领导眼前晃绕。县里的大道、小道消息，他都灵通。徐晋东是认识他的。徐晋东一进客房，赵帅人便伸出两手，抱住晋东的一只手："行啊！你第一炮是打响了。"赵帅人没头没尾来了这么一句。

"啥打响了？"徐晋东以为他知道了赵庄之行。

"夏锄战役呗。听马主任讲了，你在小咀召开了一个现场会，震动很大，全公社这几天无论出勤、进度都是空前的。"

"唉，再抓也已经落下步了。我初下公社时，听说城关夏锄过半，现在估计快结束了。"

老赵哈哈一笑："别听他胡吹，再一个月也结束不了。"

“真的？”

“我搞了多少年农村工作。现在又在农工部，谁家的情况能瞒了我？别看霍熹城战报满天飞，尽是空的。”

“可是，这是郑主任通报的各家进度嘛。”

“知道。郑平主任的数字，是从我们那儿去的。我们的数字是各家报的。你报多少，我们也不打折扣。”赵帅人意味深长地一笑，“何况有这么个敢吹的，对别的公社也是一种压力和鞭策。”

啊？徐晋东这时才知道自己受了一场虚惊。不过，他庆幸多亏这场虚惊。不然，现在的问题就严重了。当然他也理智地清楚赵帅人的话也有水分。不管如何，双杨夏锄工作已全面进入高潮。这是有季节性的营生，再抓十多天就过了大势头。他辞过老赵，坐等电话，宛若指挥千军万马的将军，严阵以待。

徐晋东在焦急地等赵庄的电话。他的部署是速战速决，必须以迅雷不及掩耳之势，突破缺口，掌握证据。决不能拉长线而打草惊蛇。一个多年掌权的村霸，既敢如此嚣张、放肆，必为斫轮老手。他若走投无路，定会穷鼠啮狸，反咬一口，闹你个骑虎难下，甚至在赵庄不能落脚。赵庄是县里的大村庄，好事坏事都有名气。

“丁零……”电话铃响了起来。

徐晋东拿起听筒：“喂？”

“徐书记，我是陈琦。我在王村。情况是这样的——”

陈琦一口气将他们深入群众所取得的战果向徐晋东做了汇报：一、腊花姐被打，的确是事实。虽未致残，但性质恶劣，手段卑鄙。二、三四个人到腊花姐家里打的，领头的叫孙羊羊，四十多岁，光棍。三、天刚擦黑动的手，有人看见的，但没取到证据。四、是不是郭玉恩指挥，不能肯定，但与他有关系是肯定的。最后，陈琦说：“我们了解到的情况就这样。下步该怎么办？”

徐晋东回话："你让彭茂华接电话。"接着他问，"茂华，刚才陈琦讲的情况，没问题吧？"

"没问题，徐书记。"

"孙羊羊是打人凶手，没有问题吧？"

"不会错的。"

"你叫邓彬接电话。"徐晋东又问邓彬："据你看，闹孙羊羊，不会闹错吧？"

"没问题。"

"好，你让陈琦接电话。"

徐晋东正式向陈琦下达命令："现在，接触孙羊羊。要单独审问，如不老实交代，可以采取措施，但一定不能出事。"

"好。我们马上行动。"

原来，陈琦到达赵庄后，开了个小会。他将六个人分成四个行动路线。陈琦带杨利民，彭茂华带邓彬，分别去出事地点向周围住户了解当时情况。牛婧兰单独到徐碧云家（她下乡在那里住着），然后，接触腊花姐，了解情况。田亮平到王村打前站派饭，随后找一处僻静地方休息。如此安排后，便各自行动。

牛婧兰来到徐碧云家。徐碧云以为她是下乡来住，便笑着问："你怎么这么着急呢？大下雨还跑来？"她边给婧兰脱雨衣，边递给毛巾擦脸。

"领导们拧得不行呗。话说回来，下来吧，能干啥？"婧兰若无其事地说。

"下雨长工歇，放羊小子造下孽。现在是下雨社员歇，急得官们抓了瞎。哈哈哈——"徐碧云是赵庄赤脚医生，大大咧咧一个人。牛婧兰怕她走漏风声，便对她保密行事。她编了个借口，道："县妇联要妇女工作汇报，我想把腊花姐被人欺负这件事写份材料汇报上去。她被打后，是你给检查的吧？"

“这事你得问她哩，我给你叫去。”徐碧云就是这样个风风火火的人。

不大工夫，她便将腊花姐叫来了。

腊花姐向牛婧兰陈述了挨打过程：天刚黑下来，我在屋里洗衣服，突然闯进一个人来，二话没说，抓住我胸脯就打。我见势不好，撒腿就跑。一出家门，被两个人拦住。我往后跑，他们在后边追。我只觉得背上挨打，不知是拳头，还是石头。我被他们打倒后，他们几个人一齐动手，有的揪头发，有的打屁股，拳打脚踢，拳脚如雨点般落我身上，还给我头上撒尿。她讲到这里，将带来的破裤子、揪下的一绺头发交给牛婧兰看。

牛婧兰听了很气愤，简直是流氓加恶棍。在光天化日之下，如此野蛮、残暴，实属罕见。她拿起那绺头发，在腊花姐头上对照了一下，并验看了被拔掉头发的瘢痕。她问徐碧云：“你有诊断记录没有？”

“有。”徐碧云找出诊断原始记录，出示给牛婧兰，并说：“当时，打得可惨哩。鼻青眼肿，背上、腿里都有红青黑青的伤痕。”

这时，腊花姐解开上衣，让看胸前伤痕。牛婧兰见一根一根突起的肋骨，在松弛的皮肤上，有几道褐色抓痕。她估计是扯衣服抓破的。她动了恻隐之心，可怜呀，这个受欺负的妇女。她问徐碧云：“你当时发现她脸上有尿吗？”

徐碧云哈哈一笑：“我是医生，只检查伤。尿不伤人，洗一洗就发现不了了。”

徐碧云轻薄的戏言，刺痛了牛婧兰的心。她动情地说：“碧云姐哟，男人往咱女人脸上撒尿，比捅几刀子还碎心。这是对妇女的莫大侮辱。这还讲啥保护妇女儿童……”婧兰越说越激动，两眼溢出了泪水。徐碧云见状，不由得也抽泣起来。腊花姐益发找到了亲人，便失声痛哭起来：“大妹子，我的亲人……”

三个女人抱在一起痛哭了一阵。

“畜生！”牛婧兰狠狠地骂一句，再没作声。她决心为女同胞伸张正义，打抱不平，除掉赵庄披着羊皮的恶狼。

牛婧兰离开徐碧云家，往王村去。腊花姐半路追上来，悄悄地对牛婧兰说：“徐碧云外号大洋马，跟孙羊羊过着。打我的凶手就是孙羊羊。”

“啊？”牛婧兰有点吃惊，“除了孙羊羊还有谁？”

“那两个人我没看清，我被打昏了。郭玉恩在大门口站着，我看见的。”她将写好的材料交给婧兰说，“徐书记要的。”

“好。”

牛婧兰得到这个消息，快马加鞭急急赶到王村。

陈琦他们都集中齐了。王村的大队办公室设在一个独立的大院里，共七间一出水瓦房。这原来是给北京插队青年盖的，知青走了，大队占用了。办公室掏空两间，屋顶纸都烂了。他们碰过头了，就等牛婧兰哩。牛婧兰一到，陈琦便急着问：“简单明了回答问题，谁打的腊花姐？”

“孙羊羊。”

“还有谁？”

“那两个人没看清。郭玉恩在大门口指挥着。”

“原告和咱们走访了解的情况大体一致。起码孙羊羊是一致的。怎么？”陈琦征询大家的意见，“咱向书记汇报吧？”

“行。你打电话请示方案。”彭茂华说，“不能优柔寡断。”

于是陈琦给徐晋东打电话。

当陈琦得到徐晋东的行动命令后，放下电话，说：“徐书记让接触孙羊羊。眼看晌午了，我看咱吃过饭再弄吧。不然，社员来叫吃饭，闹来他是个麻烦。”

“闹来他再说。他不老实交代，你们吃饭去，我收拾他。”杨利民首先表态。

人们知道，杨利民遇到这种场合，一天不吃饭也不饿。这个人怪。

平时他懒得出奇。种院里的菜、打扫卫生、帮厨等公益劳动，他总是没有精神，懒洋洋的。而遇到下去抓赌、破案、审人等事，他哪怕十冬腊月的半夜，也能从热被窝里爬起来。所以，这次去赵庄，陈琦、彭茂华都一致同意让他参加。如不准他去，他便记恨在心："一群坏东西，下去逮便宜还瞒着我！"

这时，牛婧兰插嘴道："先弄孙羊羊吧。吃饭是小事。我听腊花姐说，徐碧云跟孙羊羊过着，一旦走了风，孙羊羊躲起来，事情就复杂了。"

"啊呀。徐碧云是个成事不足败事有余的戳娄子人，得赶快行动。"彭茂华也急了。

"好。现在出发，马上捉拿孙羊羊。"陈琦看了看牛婧兰，说，"婧兰和老杨留下，其他人走。"

"你别去了，我去吧。"杨利民自告奋勇，请战上阵。

"行，你替我去吧。"陈琦满口答应。他正想跟牛婧兰俩人聊天呢。

"不行。老杨去，你也得去。群龙无首，一旦情况有个变化，谁拿主意呢？"彭茂华反对。

"好好！我去。"

陈琦领队，带着四员大将，分两路，包抄孙羊羊家。

牛婧兰正担心，孙羊羊若逃跑，今天这一黑锅就背在自己身上了。她庆幸的是，容貌丑陋的腊花姐，心眼不少，多亏她没有当着徐碧云的面，讲出孙羊羊，不然闯下大乱子了。

不一会，孙羊羊被捉来了。牛婧兰悬着的一颗心掉在肚里。孙羊羊一进王村办公室，便觉得阴森可怖。他知道大祸临头了。

"孙羊羊，你知道我们叫你来干啥吗？"陈琦威武坐镇，摆开阵势审问。

"不知道。"孙羊羊惊慌失措，左顾右盼。

还没等陈琦再问什么，邓彬走过去，一推他："站好！你做的事，你不知道！"说话间，不知怎收拾了一下孙羊羊。只听孙羊羊发出"啊呀，啊呀！"的痛叫声。邓彬会偷打人，名不虚传，果然利索。杨利民见邓彬抢先下了手，便扑过去，里外打了起来。他边打边骂："我操你妈的，孙羊羊！恶霸、流氓、走狗！你交代不交代！"

孙羊羊喊叫。杨利民狠狠一击："住嘴！你再喊叫，当心铁家伙拾掇你！"

"你打过腊花姐没有？"陈琦喝问。

"没有。我跟她没仇没怨，打她干啥？"

"对！没仇没冤，你为啥打人！"邓彬照屁股上就是一脚。

"陈书记，我发誓没打过金怀老板！我怕她脏了我的手哩！"

这时，陈琦有点沉不住气。他对茂华说："冷静点，不会弄错吧？"

彭茂华没有回答陈琦的话，他个子高，站起来，在屋梁上搭了条麻绳。邓彬立刻将孙羊羊五花大绑起来。

杨利民从院里找了根很得手的旧镢把，照孙羊羊屁股上便打了起来。

"啊呀！"杨利民突然闻到一股顶鼻子臭味。他丢掉棍子便跑。原来，孙羊羊稀屎拉了一裤子。"啊哟，我说，我说。"孙羊羊惨叫着讨饶。

徐晋东在办公室正等得心急，突然来了电话。他一接，是陈琦。陈琦报告："孙羊羊招了。"

"谁指使他干的？"

"郭玉恩。"

"因为啥打的？"

"私人恩怨，具体不清楚。"

"同伙是些谁？"

“黑石头、鬼计成。”

“好。今天录下黑石头和鬼计成的口供，再让他们写个证明。将材料取好，先将孙羊羊带回公社。不要去理会郭玉恩。”

下午，陈琦率领的别动队胜利班师。他将黑石头和鬼计成写的检讨书交给徐晋东。简单讲了一下三个歹徒行凶作恶，侮辱毒打腊花姐的经过。最后他说：“他们是郭玉恩的打手、爪牙。据婧兰说，腊花姐多处被打，还被揪下一绺头发，被在头上撒尿。太不像话了。”

“孙羊羊，怎么还没弄来？”马亚平问，他担心把孙羊羊打坏。

“在后边走着呢，三个民兵押着。没问题。”

这时，牛婧兰进来将腊花姐写的诉状材料交给徐晋东。

孙羊羊到了。三个荷枪民兵押着。他被反剪双手，细麻绳捆着。

“先来这厢。”彭茂华喊。他将孙羊羊关在武装部，打发走执行任务的民兵，便向徐晋东、马亚平报告。

“把他带过来。”徐晋东要面见这一人物。

“等等。”老练的马亚平，快步跟上茂华来到武装部。他先让茂华松绑。然后，又一步并作两步找到田亮平说：“你以村亲的名义，关照关照孙羊羊，到伙房给弄点吃的、喝的。别人不能出面。”田亮平领命刚要走，马亚平又叫住说：“衣服也破了，你给找件旧的换上。”马亚平扭头又跑回办公室，对徐晋东说：“他既然承认了，现在就不要给他施加压力了。咱们要做好思想工作，严防出事。这个分寸，你要把握好。”

徐晋东很感谢马主任的指点，这是经验之谈。他点头诚心领悟。不一会，彭茂华领着孙羊羊来到党委办公室。

徐晋东一见面，咦？原来他认识此人。八九年前，他在村里当革委会副主任时，曾随马车到赵庄买过干谷草。记不得孙羊羊是小队长，还是保管？反正成交买卖时，他在场。没想到今天以这种关系见面了。

“孙羊羊？”徐晋东问。

“在。”

“这是徐书记跟你讲话。”马亚平做介绍。

“你到腊花姐家行凶闹事，同伙是谁？”徐晋东看着原告的材料审问。

“黑石头、鬼计成。”

“谁领头进的家？”

“我。”

“谁给腊花姐脸上撒尿？”

“我。”

“你们为啥要打腊花姐？”

“我们在郭玉恩家喝酒，她在门外骂街。”

“她骂你啥？”

“不是骂我，是骂郭玉恩的。”

“骂郭玉恩啥？”

“她说，科研队在玉茭地里配种呢。”

“就骂这？”

“嗯。”

“这叫啥骂人？一句平常话嘛。”

“郭玉恩说，骂他，指桑骂槐。”

“就因为这句话，你们就去大动干戈？”

“……”

“谁带你们去的？”

“郭玉恩。他叫我们为他报仇。”

“你们喝的是谁的酒？”

“郭玉恩的。”

“后来，近几天吧。谁半夜打碎腊花姐的玻璃？”

"鬼计成。"

"你没去？"

"没有。"

"这是为啥？你清楚不清楚？"

"清楚。是郭玉恩叫吓唬她的，怕她到公社告状。"

由于马亚平的事前安咐，徐晋东有意用平静的口气审讯。孙羊羊也不太惊慌了。他交代挺老实。最后，徐晋东给孙羊羊做思想工作，道："孙羊羊，就你们三人的行为而论，是恶劣、卑鄙、残忍的。无缘无故去殴打一个妇女，虽然没有造成严重残疾，但你们的行为是十分粗暴、野蛮的。你们犯了对妇女人身侮辱、残害罪，本该交公安局处理。但念你们没有文化，酒后发狂，又有人指使，充当打手，应当好好反省，回去积极参加队里劳动，将功赎罪，以观后效。"

徐晋东训过孙羊羊，便打发他回家。

天不早了。马亚平怕孙羊羊半路出事，又吩咐田亮平："你随羊羊一块回去。以免不测。"为了保证不出意外，马亚平又特意将徐晋东的意思说白了："羊羊，你只管放心回家就是了。事情办完了，没你的事了。"

老马又笑了笑，拍了孙羊羊一把："今后可不敢干这傻事了。"

孙羊羊很感谢马亚平，他露出苦笑，道："唉，一次也够后悔了。"

这下，马亚平主任总算放心了。

第六章　一石激起千重浪

偷袭赵庄，出奇制胜。一时间气焰嚣张，无法无天的赵庄小团伙喽啰被一网打尽。号称西片旗杆头的郭玉恩已是网中鱼了。徐晋东紧张的心情平静了下来。铁证在握，如何处理郭玉恩，看他自己的态度了。徐晋东骑上车子，松了一口大气。

彭茂华到陈琦屋里问："徐书记干啥去了？"

"不知道。"陈琦正在洗衣服，边洗边回答。

"赵庄的事，怎么办呀？"

"你问我，我问谁呢？"陈琦笑着神态轻松地说，"反正咱的任务完成了。下步怎么办，跟着书记走呗。你说呢？"

"假若赵庄有人问及此事，该怎么回答？"

"咱这几天不去赵庄。有人问，就说不知道。这不是实话嘛。"

彭茂华善于动脑子。他沉静地分析了一下，用探询的口吻说："是不是徐书记有个大的行动？"

"啥大的行动？"陈琦不解地问。

彭茂华见陈琦没说啥，他便急急忙忙道："啊呀，我得抽这个空，回家锄我的茭子去呢。"

"你的自留地也没锄过呢？快锄去吧。叫社员看到不得笑话你！"

公社从来不过节假日，也没有上下班时间。他们的生活基本跟农民一样。家里有活，请假回几天。平时除了端午、中秋、春节放几天假外，都在公社。彭茂华是本公社人，忙里偷闲就把地里的活干了。他请假的时间很少。今天见有机会，便又跑回家干自己的活去了。

茂华出门，杨利民要进门。杨利民孤家寡人惯了，轻易不串门。他成天坐办公室抽烟。他很懒。他今天破例来陈琦家，实属罕见，这其中定有缘故。

"多会又去赵庄呀？"他问茂华。

"你问陈书记吧。"茂华抽身走了。

陈琦听到了。他主动告诉杨利民："明天。"

“真的？”杨利民信以为真，笑着问。

陈琦笑而不语。他把洗出的衣服晾在院里铁丝上。回来才正儿八经说：“哪天去，这得听上头的安排。不过，再去了也是做处理和解决的工作的，你去干啥？”

“干啥？把那狗郭玉恩美美揍几棒子！那家伙坏得很。前年，赵庄何拐子大闹公社，掀翻我的办公桌，后台就是郭玉恩。”

“真的？”

“我什么时候说过假话？双杨这些地头蛇土霸王，谁的骨头有几两，我也称得出来。”

“你怎知道是郭玉恩的后台？”陈琦惊奇地问。

“是何拐子亲口对我说的。”

前年秋天，农田基本建设“大兵团作战”，刚摆开阵，公社巡查队在去赵庄的路上，碰上了何拐子。何拐子叫何壬澍，他担着一担白菜，一颠一跛，走了过来。

“站住！你干啥去？”刚参加工作的彭茂华喝问。

“卖白菜去。怎么？不允许？”何拐子边大摇大摆地走，边没好气地抢白。

他惹火了年轻人。于是几个人一举上去，有的夺扁担，有的抢秤，有的掀翻白菜筐。一时间白菜乱七八糟散了一地，秤杆也被一脚踩断。何拐子名叫何壬澍，三等残疾军人，赵庄赤脚医生徐碧云的丈夫。他日本人的刺刀都不怕，又怎会顺这几个乳臭未干的毛娃娃？何壬澍抄起被砸断的半根扁担，照彭茂华头上打来。多亏茂华身大气足，一把架住，才反手夺了下来。于是互相扭打在一起。最后，何壬澍被捆在路边的电杆上。公社巡查队通知赵庄大队干部到电杆上取人去。结果，赵庄干部不买账。心想：“你们捆住，叫我们放？”赵庄干部向来有大国沙文主义作风，尾大不掉。公社没办法，只好找人去释放了何壬澍。何壬澍咽不下这口气。郭玉恩从中挑唆："卖白菜又不犯法，一个残疾军人怕他们干啥？这不是明欺负咱赵庄吗？"何壬澍在郭玉恩等人的怂恿下，一口气跑到公社，二话没说，举起拐杖便打。稀里哗啦，将革委会办公室的门窗玻璃打了个粉碎。公社人见状，闻风而逃，谁也不敢露面。何壬澍最后连杨秘书的办公桌也掀翻在地。他腆起肚，咒王则峰的祖宗，呵佛骂祖，不可一世。直等到何壬澍威风发够，气焰收敛时，马亚平才出来了。他认识何壬澍，倚老卖老地笑脸相待："壬澍，好好的一个同志，今天怎么了？有啥话慢慢说，不敢这样闹嘛。"

"公社连个鬼毛也没有，我跟谁说呢？"

"别生气，坐下，坐下。多年的老革命啦，不要耍小孩脾气。"

"我是反革命！"何壬澍气得浑身颤抖。

"不敢骂，老何，有失咱军人的威信呢。有啥话跟我说。刚才我见你在气头上，怕打我这老家伙一拐杖呢，没有拦你。现在，气也出了，该冷静冷静，坐下来谈了。"马亚平强赔笑脸，给何壬澍消气。终于，马亚平说服了何壬澍："娃们一时失手，做错了事，有多大损失，我包起来。至于言言语语，一家人不说两家人的话，你是长辈谅解了吧。一杆秤，一担白菜，我给你补损失五十元，怎么样？"

"……"何壬澍不作声。

"事情已经这样了。你今天也闹腾得够严重了。你听老哥一句话，再不能一意孤行了。日后，你用公社的地方多着呢。"

何壬澍在马亚平的劝说下，回去了。他胜利了。但杨利民记恨在心，对何壬澍总想刁难。后来，何壬澍便把他大闹公社的后台老板郭玉恩出卖了。以此讨好杨利民。

陈琦了解这段内幕后，气狠狠地说："不恨杀人的，但恨掌刀的。原来郭玉恩这么坏！他向来不跟公社合作。等徐书记回来，好好参他一本。"

公社里人言啧啧，都在私下议论赵庄的丑闻。

在赵庄，一石激起千重浪。孙羊羊被公社拷打招供的消息不翼而飞，马上家喻户晓。有人高兴，有人担心，有人怕。

第一个害怕的人是郭玉恩。他从黑石头、鬼计成那儿得知，孙羊羊已如实交代。他俩也做了证。孙羊羊被捆回公社，很快放了回来，这里有啥奥秘，不得而知。郭玉恩又找孙羊羊打探消息。他畏畏缩缩，哭丧着脸，来到孙羊羊家。

孙羊羊半横卧在一卷光棍铺盖上。他的屁股一阵一阵还在隐隐发疼，脸上火辣辣的，还肿着。“叫你吃苦了。”郭玉恩站在地上好一阵才说出这么一句话。孙羊羊眨着两只眼，闭口不语。郭玉恩难为情地长长叹了一口气：“唉！”此时此刻，此情此景，郭玉恩只能悔恨自己荒唐、鲁莽，不能怪怨孙羊羊鸡骨头禁不住鞭打，将实情供了出来。

“你说了？”郭玉恩沮丧地问。

“不说行吗？往死里打你。”

“怎说的？”

“怎做怎说。”

沉默。

“弄回你公社，徐书记怎说的？”

“我们是打手，走狗，没事了。你是主谋，负主要责任。”

“我一指头也没动她，负什么主要责任？”

“那你问徐书记去吧。”

“也算。只要你们没事，我一人扛着！屌！割掉脑袋才碗大片疤。”

郭玉恩见孙羊羊死狗般躺那里，半死不活，面无人色，才猛然想到，该关心一下他的伤情如何的。“你不要紧吧？”郭玉恩关切地问。

“死不了。”

“皮肉之苦。养上几天就没事了。”他知道公社人们会打人，叫你疼，不留伤痕。此时，他对陈琦、彭茂华怀恨在心。暗暗心想："你们住在赵庄，吃在赵庄，成天一搭共事。偌大的赵庄，任何一项运动下来，干部们也得出几身汗。要不是因为工作得罪那些人。你们不看僧面看佛面，怎能下毒手鞭打我的弟兄们？没良心的东西。难道就为一个金怀老板老妖精！她是个啥东西？"想到这里，郭玉恩对孙羊羊说："羊羊，事到今天，天塌下来，我顶着。"他大有扯破龙袍是一死，拉下马来也是一死之势，噔噔而去。

郭玉恩在家坐等两天，不见有人上门传他。他有点沉不住气，心虚起来。于是，抹下脸去找比他小十来岁的支书何子毅。何子毅是初中文化，大队干了七八年会计后，当的支书，是赵庄一个有头脑的人。郭玉恩和腊花姐的矛盾发生后，他心里一概清楚。但他佯装不知道，打马虎眼。不然，头脑简单的郭玉恩会跟他翻脸的。他知道郭玉恩是个有勇无谋、翻不过阴阳的粗鲁人。何况，有县社工作队驻队，用不着自己出面没事寻事。听说，公社已经掌握了孙羊羊等人交代的材料，他们供出了郭玉恩。这样，郭玉恩成了头头，别人是喽啰。擒贼先擒王，不闹郭玉恩闹谁？何子毅也顾及徐书记在赵庄兴师动众，大闹领导集团成员，不光彩，对赵庄名誉也不好。如果能尽量缩小范围，化解矛盾，党内解决，是最好不过的了。但苦于徐晋东初来乍到没有一点情谊，他干搓手没办法。今天，郭玉恩来了，刚好，得好好开导他一下。不然，在他危难时，不揪他一把，造成河里不救江里救的可怕结局。那就显得不仁不义了。

"子毅，你大概也听说了，孙羊羊、鬼计成、黑石头打金怀老板的事，都推在我头上了。"

"谁告诉你的？"子毅顺蔓摸瓜，先从根子上来询问。

"孙羊羊。他说，他们打人是我指使干的，主要责任由我负。你说这事冤不冤？"

"这么说，金怀老板说的，确实是真的？"

“孙羊羊被打得屎尿长流，他都给咱胡应承下来了。连那天他们打玻璃的事，也供认了。”

“谁打的？”

“反正他们干的事，都推在我身上了。”

“公社没叫你？”

“我等了两天，没人来传。这几天，连工作队也没一个人了。”

“你计划怎么办？”

何子毅先摸清事态和郭玉恩的思想，才好表态。这人的思路相当清晰。而郭玉恩呢？事到临头，束手无策。他成了热锅上的蚂蚁，坐立不宁，没啥高招。但他在支书面前，不甘示弱，架子不倒。他肆言如狂地说：“我找徐书记去。金怀老板到处造谣生事，侮辱人格，我倒要找徐书记讨个说法！他总不能木匠的斧头，一面劈吧。”郭玉恩火爆火燎，好像受了莫大的冤屈。

何子毅看着暴跳如雷的搭档，脸拉得长长的，没一点反应。他等郭玉恩发泄完牢骚后，心平气和地说：“你找徐书记是上策，但不能提金怀老板造谣的事。那叫背上牛头不认赃，自寻倒霉。现在的事态发展，你须记着徐书记初来赵庄，给你们这件事定下的基调：即要么倚仗职权欺压社员；要么捏造事实，陷害革命干部。现在铁证如山，闹住你了。你再说别的，只能火上浇油，使事态更加恶化。即便腊花姐说你跟毛眼眼长短，那是一句话，又不犯法。你带人打人、撒尿又扔石头、砸玻璃，几个人行动，构成了团伙活动，也构成了犯法行为。你不能把问题看得简单。那天，徐书记那么一表态，我当时大吃一惊。知道徐晋东来双杨后，要在赵庄借此事来个杀鸡给猴子看，以显示他的下马之威。徐晋东不是王则峰，你不敢往刀口上撞。”何子毅停了停，又开导郭玉恩，“你千万不能提金怀老板的闲话，没用。徐书记将你打人证据握在手里，他会去调查一句闲话？显然不可能，你必须打消这个念头。”

“子毅，依你的意见，哥该怎么办？”

“立即去公社找徐书记承认错误，接受处理。不然，这几天公社无声无息，按兵不动，恐怕是整材料上报。一旦报到司法部门，事情的性质就变了。”

“徐书记说，四个人的事，由我一人负责。你说这是啥意思？”

何子毅眨了眨眼皮：“主要怕按刑事犯罪制裁，那就一切都完了。”

何子毅的分析，入情入理，都是肺腑之言。郭玉恩越想越害怕。一旦戴上手铐，事情就麻烦了。闹得人不人，鬼不鬼，自己革命大半辈子，落这下场，太可怕了。郭玉恩头皮发麻，吓得出了一身冷汗。

“我现在就去公社找徐书记去。”

“行。如找不到徐书记，你到县里找咱老何帮帮忙。”

“好。”郭玉恩像受惊的兔子，直奔公社。

郭玉恩到公社，向王秘书打听徐书记时，王磊不客气地回答：“不在。”

“去哪了？”

“不知道。”

“是不是进城开会去了？”

“不知道。知道也不能随便说。秘书，秘书，一是保密，二是书写。这不，我正在写夏锄战役的报道稿。”

郭玉恩碰了一鼻子灰，心里越发发毛了起来。他立刻跑到城里找老何。老何是赵庄人，因“文革”中搞武斗，划定为派性头头，下放到县里当革委会副主任。他带上郭玉恩到公安、法院查了查，都说没有报。又到一些部门打听徐晋东，都说没有看见过。老何嘱咐郭玉恩：“谁也别找，你找徐晋东就是了。他处理再大的事也是小事，移交司法部门，再小的事也是大事。”

郭玉恩返回公社在门口碰到了田亮平。当他得知徐晋东仍不在公社时，叮咛田亮平道：“徐书记一回公社，你就给我打电话。千万千万给叔记着这事。老叔的事，你知道了吧？”

“知道。我一旦出去，就嘱咐给钰香。”

“好，好。那就托付你们了。”郭玉恩变得温和，谦逊起来。

田亮平看着郭玉恩心想：这郭玉恩向来是铮铮铁汉，怎么一下熊成这样？

郭玉恩将所见情况向何子毅述说了一遍后，何子毅当机立断，决定明天亲自出马，寻觅徐书记的踪影。这么大个人物，还能找不到！

郭玉恩十分感动。平时，俩人关系一般。人说何子毅点子多，比诸葛亮还神通。自己是一个通天瞎棒，总怕被他暗算。现在看来，这后生心地不错，在人危难时，能伸出救援之手。可谓好心之人。

第二天，何子毅骑车先到了潘寨。曹明海正在大路边同社员一块锄谷子。何子毅招呼他过来，俩人坐在路边的树荫下聊了起来。

“何支书不在村里领导夏锄，乱跑啥？”明海笑着问。

“听说曹书记病了，我来看看你。”何子毅一本正经望着明海说。

明海笑着走过去，握住子毅的手腕，两人较起劲来。“哎哟，松手。”子毅不是明海的对手。

明海丢开手，给掏出一支烟。子毅挖苦着说：“贵巴巴的，又破费曹书记一根黄金叶。”

“你有好的掏出来。”

“哪有曹书记的派头，上地也抽洋旱烟。俺们就是烂兰花烟。”何子毅边说边有意深深吸一口，做出过老瘾的馋相，揶揄曹明海。

曹明海村里人叫他算破天。他断定何子毅身上带着好烟哩。便将手里的烟归回烟盒，笑着拉住子毅的手：“你是好掏呀，赖掏呀？白吃上我的烟，还揶揄人。”

“不么，潘寨人叫你算破天。”子毅老老实实给掏出待客大前门烟。

“你去哪？”明海问。

“找曹书记取取经。”

“你小子，是不是又来偷看俺的庄禾？”

“俺从来不争什么先进，偷看你们干啥？”

“赵庄老大哥哩，拔下根毛不比别人腰粗。”

“赵庄的风水跑到潘寨罗。徐书记常在你们村？”

“对吧！原来你是找徐书记来着？我说怎这么乖巧？徐书记不在，好几天没来了。你找书记干啥？”

“唉！”何子毅长长叹口气，“事情你也知道了吧？”

“啥？”

“俺主任惹下事情啦。”

“听说打了个疯女人？”

“是哩。喝了二两猫尿，带领三个醉鬼，跑到一个女人家中，打了个没情由。”

“灰女人就该打，有啥情由不情由的。”明海故意说油话。

“啊哟，拉不下去嘞。徐书记坐镇，陈书记挂帅，带领公社大队人马，来了个空中取水。”

“哈哈，何支书这名堂不少，啥叫空中取水？”

“公社人员下马王村，偷偷将那几个家伙，拿到王村，真打实招了。”

“唔？这就叫空中取水。你找徐书记说情吧？”

“咱有啥情？无非把情况如实反映一下罢了。他这是私仇私报，跟工作没关系，怎说情？只不过村里出了这么大的事，咱总得主动给书记个交代嘛，你说是不是？”

“是哩。屙到皮裤里，也得拾掇呢。你给郭大哥讲个情。”

“你能引见一下吗？”何子毅突然问，“书记在你们村下乡，听说跟你是同学关系。”

“不行，不行。说起来是同学，实际上当年并不认识。我给你推荐个人，你不妨试一试。”

“谁？”

“俺村有个徐书记的小姨子，你找她看能不能帮这个忙。”

“是吗？潘寨究竟是藏龙卧虎之地嘛。这得劳曹书记大驾呢。”

“错了。你无论如何不能提我。干咱这营生的，人家跟咱不对眼儿。”

“那我怎找人家呢？”

“我告你：她是魏宪恩的侄媳妇，男人在县社，谢得峄也能说进话去。你看着办吧，其实你自己去也行，那女人挺开化。”

“谢谢曹支书了。”何子毅再给掏支烟。

中午，何子毅找到改婵家。他一进家，便自我介绍道：“你认识我不？我呀！”没等他把话说下去，改婵便嘴快地说：“怎不认识？你是赵庄何支书，对不对？”

“哎哟，你竟然认得我？这就更好了，你叫改婵，我也认识你。”

“我认识你，是你在大会上发过言。你怎认得我的？”

“唉，不瞒你说，我今天是无事不登三宝殿，有事相求于你呀。”子毅实话实说说。

改婵哈哈一笑：“我能干啥？”

何子毅想了想，事情用不着遮遮掩掩，含着骨头露着肉了。只能打短截近直端了。他和颜悦色道：“听说，徐书记是你的姐夫……”

“你怎知道的？”改婵一听此话，便火了，她断定是曹明海使坏。

“你别急嘛。徐书记来咱公社的风，去年冬天就吹来了。你想，半年多时间，俺们这大队一级干部，能不调查摸底吗？你这层关系，我正月里就掌握了。”

“真的？”

“这还有假？不读哪本书，不识哪家字，你当这支书好当的？”

“哟，原来你们这样认真，辛苦哪。”

改婵信以为真。何子毅对她讲了实情，无非托她讲个情，让徐书记高抬贵手，网开一面，从轻处理罢了。但她吃一堑长一智，刚被曹明海成算了一来回，还敢找晋东自讨没趣？想到这里，改婵对何子毅说：“我说何支书，按情按理，我不能答应这事。一来不是个亲姐夫，没有多少交往；二来妇道人家，怎能参与人家办公事。这风若走出去，俺那个姐夫，说不定反而会加重处理的。你说呢？”

何子毅听了改婵的话，虽觉得句句在理，但他认为徐晋东来双杨，无亲无故，在县里熟悉他的人也不多。偶有贴近他的人张一口总是有作用的。何况，这种事，起作用不起作用，总不会起反作用的。也难遇这女人能言善道，是个人才。于是，恳求着说：“我说改婵，一遭生，二遭熟，以后咱们还要遇事。你看在邻村上下，我的厚脸上，向徐书记讨个情。这也不犯啥难吧？”

“话说到这里，我就再不能说了。我答应给你跑一腿，能起多少作用，那就不是我的事了。你说呢？何书记。”

“行行行。我也是这个意思。”何子毅哈哈一笑，全有了。

改婵心里感到恶心：你和曹明海怎仿来？一个模子脱出来的坯子。

何子毅到公社观察了一下动向，风平浪静，没啥异常迹象。他悄悄对田亮平说了几句关照的话，便扫兴而归。

赵庄事件引起公社上下，村村寨寨的关注，人们议论纷纷，传闻四起，越说越玄。而主宰这一事件命运的一号人物徐晋东，哪里去了呢？他原来确是回徐沟去了。

徐沟村位于陉岭阳脚下，隶属南峡公社，距双杨公社五十多华里。那里是典型的黄土丘陵地形，地广人稀，到处是荒芜闲散土地。他回家还得收拾自留地，给猪圈里压绿肥，营生多得很。孩子小，单女人一个人是顾不过来的。家里没煤了。他又从队里吆了两头毛驴，到十几里远的火车站，驮了两毛口袋煤。队里本来柴火少，又要沤秸秆肥，社员一年基本靠煤面煮饭。煤场卖煤的很吃香，谁也想多夹带点小煤块，于是讨好掌锹的。但往往不能如愿，人们便发牢骚："有面子的没面子，没面子的尽面子。"徐晋东今天意外地碰上了，他当支书时，送走的站场合同工，掌了铲煤权。这当然不会吃亏了。他悠然自得，哼着小曲，跟在毛驴后边，要多潇洒有多潇洒。今天非但占了"有面子的没面子"的便宜，那后生还将两口袋煤抱上驴背。这不，徐晋东一身干净，手脸衣服都没沾上黑煤面。"哧！人走运气不用打早起。"他心想。

徐晋东老婆叫竺改瑛，比他小八九岁，想多留他住几天。晋东说："不行。超过三天，得向县里书记请假呢。"

改瑛又告他："咱羊群里的马耳绵羊被放羊的打断一条腿，你不去看看？"

"看它干啥？离心可远呢，没事。"

"知道你的心，早不在家里了。"

"是啊！你不知道公社里的事情有多少。这也算我能沉住气，换成别人？"

"别吹！换成谁也能当了。七岁的娃娃还当皇帝呢。"

"好。你这话说得好。"

人说情人眼里出西施，今天徐晋东才初悟：情人嘴里出真言。

第七章　无颜面对众乡亲

徐晋东回到公社，时值中午。钰香立地过来送开水、扫地、抹桌凳，忙乎起来。

“徐书记，你下午出去不出去啦？”钰香边磨蹭着这里擦擦，那里整整，边试探着问。

“说不定。”

“你回家受累了吧？”

“无所谓，受惯了的。”

“下午要出去，也是去潘寨的吧？”

徐晋东发现这闺女，话里有话，好像在探听自己的行动。他不经意地回答：“不一定。你问这干啥？”

“也不干啥，随便问问。”她不好意思地用蝇拍打死一只苍蝇，“徐书记，你也做个蚊帐吧。陈书记他们是买上纱布，自己做的。你要买，下午到供销社买吧，过几天怕没了呢。”

显然钰香在没话找话，还想给徐晋东安排下午的活计。徐晋东应付着说：“我不着急做。”

钰香见徐晋东心情欠佳，便悄悄走了。她是受亮平所托，掌握一下徐书记的动向。

“徐书记，电话！”毛毛喊。

徐晋东拿起耳机，刚刚说了声“喂”，对方便雷声炮仗地喊叫开了：“啊呀，你跑哪啦？我在县里替你顶杠子呢！”原来，县里要各公社主任回去汇报三夏工作。双杨的主任上了水库，管生产的马亚平一向只照摊子上的事。主任不能去，自然该书记去了。书记不在，当然是陈琦的事了。其实，陈琦已经做过汇报了，他是故意在电话上打干雷，诈唬徐晋东呢。“你快来汇报吧！别人还以为我想夺权呢。”

“你别强词夺理，开完会，马上回来。”

陈琦在电话里，哈哈一笑：“那我就当一天临时书记啦。”

徐晋东放下耳机，自言自语道：“这个陈琦，怎知道我刚进门。”毛毛一笑：“人家走时，吩咐过俺，你一回来，就电话告他。”

“唔？我说怎哩，原来钰香有任务呢。”

钰香脸红了。毛毛说：“陈书记安排的，俺能不听？”

“是的，是得听。不过，用不着那么绕绕弯弯，旁敲侧击。”

原来，钰香觉得有点失言，让徐书记有所觉察。她便对毛毛述说了这事。毛毛灵机一动，忽然想到陈琦所嘱之事。于是如此这般给钰香解了围，也没误了陈书记的事。

徐晋东从话务室出来。王磊尾随其后，跟进屋里。他用关心的口吻问：“家里种几亩地？”

“二亩七分。”

“哟，不少哩。那人人干起话来够紧张的。”

“旱坡地，省工。”徐晋东懒于应酬这类无聊话。

王磊将一沓稿纸放桌上，说：“这是给县广播站写的稿子，你看一下，行不行。”

“用不着我看。实事求是，不要弄虚作假就行了。”他顿了顿，又说，“少突出领导。”

王磊得意地说：“我给把关着哩。咱写的东西，送十篇发两个五篇。”

徐晋东看了看王磊，他吹牛不脸红。

“放心吧，徐书记。该保密的一定保密，该大书的一定大书。”

徐晋东没有理解了这句话的含意。王磊从桌子上拿起稿子，走了。

“毛毛，看徐书记有没有要洗的衣服，连我这衫子，一块洗洗。”徐晋东听到马主任在院里指派。

毛毛来了：“徐书记，有没有要洗的衣服，我给洗。”

“没有，没有。”他连说两个没有。自己的衣服，为啥让别人洗？“今后，不要给他们洗衣服。”他命令般告诉毛毛。

毛毛没回答个啥，难为情地出去了。

徐晋东午休后，想到外边清闲一下。他早已发现，公社围墙外，是双杨大队的耕地，百多米处有一片茂密的丛树林。他打听了一下，获知，那是七八年前的苗圃。

这是一片荒芜不堪的近乎荆棘丛的烂树林。苗不像苗，树不像树；有的砍掉上身，底部又发新芽；有的被烧死、折断，折腾得疮痍满目，不成样子。徐晋东小心地钻进里边，忽然“嗖”一下，蹦起一只兔子，马上又隐没树丛中了。徐晋东再不敢深入内里了，他怕毒蛇。他退出来，环绕外面看了一遍，对这片被平展展的水浇地围困了多年的绿舟，感到无比可惜。说不定，它一直还在苗圃数字内统计着哩。

突然，徐晋东脚下，发现一种美丽的白花。它十分鲜艳夺目，别有情趣。他没有见到过这种漂亮的野白花。于是，拔起来，爱不释手地观赏并自言自语道：“你叫什么花？为啥长在这荒草灌木丛间，使人益发有种可惜、怜悯、同情感。”

“这是半夏。”

晋东吓了一跳。他一回头，改婵立在他身后。他很惊奇，也感到哭笑不得。你干吗这样缠我？叫人们怎看呢？他问改婵：“你怎知道我在这儿？”

“这么大个人物，走哪人们都知道。还愁找不到你？”改婵一本正经地说。

“有事吗？”

“重要事。你命令手下人，把赵庄的孙羊羊，打了一顿？”

“听谁说的？”

“已经传遍了，都知道。”

“你问这事干啥？”

“抱你的大腿嘛。赵庄何支书托我向你求个情，让从轻处理他们的大队主任。我就是为这事来找你的。”

“唉，改婵，咱也不太惯熟，没多遇过事。我现在是公社的当家的，凡事不能有私心杂念。正如你刚才说的，我走哪人们都盯着。我这个角色，唱的戏不好，观众不少，两万人呢。我劝你今后不要包揽这些事。怎么连赵庄的事，你也插手？”

“知道。姐夫，你别生我的气。我今天是有意来的。有意给那些在我身上打主意的人当头一棒。你可以大张旗鼓地说我找你给郭玉恩说情，你哪怕借此，像扣我工分一样，加重处罚他，与我有屁相干？我走了。”改婵一掉身，真的走了。

“这是半夏吗？”晋东不知如何送别，佯问了这么一句。

“是哩。那是药材。咱半坡里没有。”她没停步，径直走去。

徐晋东手拿半夏花，心不在焉地跟着改婵的脚印，从青苗地里走回公社，进自己屋休息。

“咚咚咚”，有人敲徐晋东门上的玻璃。

“进来。”

门一开，走进一个人——郭玉恩。他一进家，二话没说，抱头哭了起来。徐晋东等他镇静下来后，说：“有话说嘛，哭啥？”

“俺村有人害我，徐书记你得给我做主。”

“你是多年的老革命，犯了错误，不能这样错上加错。有错改掉就好。”

郭玉恩一听徐晋东将他的问题，说成错误，还说改掉就好，心里少慌了些。他担心定性为罪恶的。于是立即抓住这个话头，接着说：“我那天喝了点酒，又遇上三个醉鬼，一时失了检点，犯了错误。徐书记，你怎处理，我都心服口服，听你的。”

徐晋东严肃而平静地说：“错误的性质是严重的，影响是很不好的。现在，就看你的态度了。”

“我认错，我向金怀老板赔情道歉，给人家出医药费。公社党委怎处理，我都诚恳接受。”

徐晋东见郭玉恩承认了错误，并表了态，便公事公办，不高不低地说：“自己跌倒自己爬，别人谁也替不了你，用不着找人说情。”

郭玉恩一听有些紧张：“徐书记，我那天找你没找到，进城碰上俺村老何。我就向他讲了这桩烂事，其实我也不是主心搬门子。”

这时，徐晋东才得知，他还找过老何。这实属是不打自招了。

“无所谓，我顺便跟你谈谈，其实我连老何的面影也没见过。”徐晋东换一种口气，道，“你过去找王秘书，把当前生产进度报一下。回去该干啥干啥，把夏锄工作紧紧抓住，成绩搞上去。”

郭玉恩赧颜汗下，弓腰俯首，退出门外。

徐晋东送走郭玉恩后，叫过陈琦和彭茂华说：“刚才郭玉恩主动找来，承认了错误。下一步的工作，须你们主动去做。你们有啥说的？”

陈琦有点惘然。刚踏进门槛，还没说两句话，就问有啥说的？他这几天，有意回避赵庄的事情。今天书记突如其来，问有啥说的？未免有些一头雾水，他看了看茂华说：“你说呢？拿个意见，下去怎么办？”

茂华不客气地马上说道：“这好办了。先把事情的始末过程弄清楚，把腊花姐的经济损失算出来，责令他们赔偿。政治上如何处理，到赵庄后，由支部拿意见，往公社呈报。陈书记，你说呢？”

“批判从严，处理从宽。这是对干部的爱护。”陈琦不能提出撤销郭玉恩主任的意见。如何处理的权力应当留给徐晋东。

“大队革委会主任的职务，一定要撤销。党籍能不能保留，视他的态度再定。”徐晋东亮出自己的观点。这样他们心中有数，下去好工作。

“对着哩！不严肃处理，不好向群众交账。其他村的大队干部，也把咱看扁了。这件事决不能手软，虎头蛇尾。”彭茂华支持徐晋东意见，并在心里赞叹：“这是个有胆识的人。”

陈琦则另有想法：如果撤销郭玉恩主任职务，开除其党籍，他在赵庄经营多年，根底很深，恐怕兴风作浪，制造麻烦。何况，他是残疾军人，这是不能抹杀的血功。再者，腊花姐人称北极熊，告官告吏，扬尘播土，是个不得人心的女人。他想到这里，郑重其事地说：“徐书记，赵庄是双杨的桥头堡，革委会主任的位子举足轻重。跟俺们这些副职不一样。郭玉恩不当干部还仍是群众，社员可以选他当队长；他不是党员，还仍是残疾军人，政治上仍硬邦邦的。如何处理，咱们应当三思而行。”他两眼盯住徐晋东，让他表态。

“还有啥？”徐晋东问。

“还有。”陈琦坦率地说，“赵庄，历来是公社书记的点，秋后新布点，肯定你得去。我是为你着想。”陈琦向徐晋东做个手势，表示一片诚心。他也借此机会，巧妙地再次向徐晋东传递了换“点”的意图。

徐晋东没有想得这么复杂，他是面对现实。他对这些手握一方权力，置党纪国法于不顾，拉拢流氓恶棍，横行霸道，为所欲为的歹徒，决不姑息养奸、决不迁就。对这些人不绳之以法，不足以平民愤。这不叫新官上任三把火，这是正义执行。拦路虎不搬掉，道路不会畅通的。

“你们的任务是：不怕任何外部压力，不能有任何倾向，不要预测处理结果，先实事求是，公公正正，将这起事件核对清楚，向公社党委汇报。如何处理，下步再说。”徐晋东不愿意做这些无谓的探讨，也不愿意听任别人的左右。他先给陈琦下达了具体任务。

彭茂华正准备同陈琦走，发现窗外有个人头晃动了一下。他推开门，原来是金怀老板站在门外。“你干啥？”

“我找徐书记。”她欲进家，茂华堵在门口。

“我们正在研究这事，有啥话，回赵庄说。”

“郭玉恩打坏玻璃……”

“行了，行了！打坏你的啥也不怕。回赵庄一并解决。”

陈琦也出来了，他推开腊花姐，对茂华说：“走，到赵庄。”

茂华走了几步，见腊花姐不动，便回头命令般地喊：“跟我们走！”

陈琦、彭茂华一到赵庄，便找何子毅。房脊上、大树上的高音喇叭马上发出了何大管家咬字清晰、音调悠扬，神气十足的呼喊声："何子毅，马上回大队来。何子毅，听到广播，马上回大队来。"

何子毅来了。他戴顶麦草编的草帽，扛把锄。他将家具立在门外，一进家，取下草帽，边忽扇边问："二位领导来了？"

"你坐下。立客难打发，这不是三言两语能定了的事。"陈琦按他一下肩膀，"洗不洗脸？"

何子毅摆摆手，屁股靠炕沿一坐，从胸前的口袋掏出一盒烟，往炕桌上一扔，"不嫌赖的话，抽吧。"

"子毅，叫你回来，商量一下，该怎处理郭玉恩带人打腊花姐一事。"陈琦开门见山地说。

"郭玉恩承认了？"

"承认了。"

子毅边抽烟边琢磨此事。看来，事态没有升级，公社来处理就好办了很多。一来自己可以发挥些作用；二来，对玉恩、对赵庄、对自己都有好处。但目前还不知徐书记定下的是啥基调。

"咱们是不是先商量一下，如何把问题核实对证，然后再做下步工作？"陈琦征询何子毅的意见。

"就得这样。先让双方都确认，按了手印，不能翻供。下步再考虑处理意见。"子毅一副认真负责的态度，也显得老练、有主见。

他们正议论着，金怀老板来了。她推辆破自行车，看样子刚从公社回来。她望着天，头脸晒得黑明黑明的，裤子抽得紧绷绷的，要多难看有多难看。她理直气壮站地上，腋下夹一个小包袱，像谁欠她陈年旧账似的，噘着个嘴。

"啊嗬！"子毅见她如此盛气凌人，知道官司赢了。猫儿得势凶似虎，瞧那副头脸多可怕。木匠难雕，画匠难画。赵庄被你打赢官司，真是玉恩的时运到了。子毅见陈、彭没表态，金怀老板虎视眈眈，不声不吭，知道定有来头。他指一个凳子说：“你坐下。”

“刚才去了公社，我们让她回来的。”陈琦给子毅解释。

何子毅一笑：“我说今天俺金怀婶气煞煞的，一言不发。原来是陈书记请来的嘛。”他又询寻陈、彭意见道，“依我看，现在就让她把肚里想说的话说出来。你们说呢？”

“行。想说啥说完，别光跟在屁股后——”陈琦没说出口“冲运”二字。

腊花姐问：“你们怎处理郭玉恩？”

原来她关心的是如何处理郭玉恩。她怀疑官官相护，好几天过去了，没有动静，难怪一副不友好的态度。

“金怀婶，他犯党纪国法。如何处理，是政府的事。你先把你个人的经济损失给咱说清楚。”何子毅给腊花姐做思想工作。

于是，腊花姐便从头如泣如诉，控告起郭玉恩及孙羊羊等人，如何殴打她的……

最后她说：“今儿，好心的妇联干部没来，谁能做证？”

“她是公社妇联主任，过几天她就来了。没别的说的话，你就回吧。”陈琦想打发她走。

“那些牲口、杂种！”腊花姐余怒未消，愤愤然咒骂。

“你回吧。我们一定会严肃处理。你是受害者，我们就是来为你做主，惩治这些坏蛋的。”陈琦给腊花姐消气，力争她正面配合工作。

果然，腊花姐拎起小包袱，带着满意的神色，离开了工作队。

何子毅目送腊花姐走后，说：“郭玉恩确实不像话。千不该，万不该，不该唆使那三团腌臜，去欺负一个娘们儿。唉，赵庄没德了，出这么些怪事。”

“你们赵庄，真是村子大，啥人也有。难怪席铭给你们村总结下三句话。”彭茂华揶揄子毅。

“哪三句话？”子毅故意流露出毫无所知的样子，“赵庄还有三句话？”

“别装腔，还想糊弄我？我才不上你的圈套呢。”

“彭部长让保密，就别说了。”

陈琦笑着说：“不扯那些没用的，下午通知三个腌臜来交代问题。”

“分开接触，不能一块问。”茂华补充。

“对着呢。等问过他们，再问郭玉恩。”陈琦拍板。

审问工作进展很顺利，几人对照，说得基本一致。

六月十二日连阴小雨下个不住。孙羊羊邀上黑石头、鬼计成到郭玉恩家串门。因郭玉恩老婆走娘家不在，且老天下着雨，闲下无事，几个人便张罗着喝起了酒。高粱白就酸菜、豆腐干、黄瓜，喝得满头大汗，十分过瘾。他们正觥筹交错，争先夸夸其谈，大吹特吹之际，门外进来一位苗条妍女。这女人叫毛眼眼，看样子二十七八。她的由天而降，把几个酒鬼香得眼都不转了。但毛眼眼一脸嗔色，开口便说：“主任，我不在科研队了。”她嘴噘得像个鲜桃。

赵庄有个科研队，直属大队管辖。科研队有队长，一个普通社员，去与不去，用不着直接找主任说的。她今天既找在门上，定有原因。他们几个都清楚个七八不离十。鬼计成有意问：“科研队别人想去去不了，你怎不想去了？”

“金怀老板欺负人，你管不管？”毛眼眼背过身，哭了。

“她敢欺负你？”孙羊羊蹲了起来，打抱不平地喷着酒气道：“反了她了！”

“赵庄拉出条狗也比她强，挨她逞凶！怎欺负你了？”黑石头帮腔。

“你去吧。我知道了。”郭玉恩让毛眼眼走。

“你不处理，我找你没完！”毛眼眼委屈地抽泣着走了。

她走后，几个人摩拳擦掌，争相表态，都要为毛眼眼报仇。几个酒徒，在主任面前，竞献“英雄”本色。

“金怀老板说起来都恶心，她竟敢欺负咱毛眼眼？”孙羊羊忿忿不平地说。

“去你的吧，你算老几？怎么敢说‘咱毛眼眼’，你的毛眼眼？”鬼计成瞪眼警告，又带挑衅。

“对对对，你这一屁打中了。但问一下这其中的情由，总可以吧。”

没人答话。

这时，毛眼眼突然推开门，又出现在门口。她发现郭玉恩一直不表态，越想越气，此仇不报吃不下饭。她又见这几个醉鬼，对自己馋得垂涎三尺，不妨撩拨他们一下，或许趁着酒劲能去收拾一下金怀老板。于是她激将着说：“羊哥，你问原因有啥用？”

“……”孙羊羊顶板了。

“毛眼眼问你哩！你怎没话了？”鬼计成搡了孙羊羊一肘子。

“你说吧，我早就想拾掇那家伙呢。”孙羊羊表了态。

“那我就对你们说了。金怀老板造谣，说主任和我在制种田里配种哩。你们说，这种狗屁话，能容忍吗？”

“不能！”孙羊羊、鬼计成、黑石头，异口同声表态。

“好。”毛眼眼挂着泪珠儿笑了，“来，我一人敬你们一盅酒。”

郭玉恩放下酒杯，问：“你听谁说的？”

“黑蝴蝶。”

“她能给你做证明？”

“能。”

这时，孙羊羊说：“这是对科研队的破坏！对这种人不加管教，她怕是还想上天呢。主任，你不敢惹她，我们去！”

“他娘的，美国佬我也面对面拼过刺刀，怕她个北极熊！”郭玉恩在毛眼眼跟前是不能不逞英雄的。

“好！！！”三个弟兄竖起大拇指。

“你走吧。”郭玉恩决心已下，胜利在握，一副大丈夫气魄，用疼爱的口气对毛眼眼说。

毛眼眼狐眉魇道一笑，丢给他们一个多情谄媚的眼色。

“赵庄死得没人啦，轮上她嚼舌头，掰掉鬼孙的熊牙！”孙羊羊义愤填膺地说。

“对着哩！大耳光打她！”黑石头一扬头，倒进肚里一杯酒。

“走！”孙羊羊一捋袖头，说。

“慢。”郭玉恩制止道，“不急。我出去一下。”

郭玉恩拿了个帆布挎包走了。

“主任给买罐头去了。下边的戏看你的喽。”鬼计成怂恿孙羊羊。

“哼！天底下除过王则峰，谁也不怕她。”

“这号女人，不给她点颜色，赵庄还成啥村子呢。”黑石头也给孙羊羊鼓劲。

“你能给主任报这一仇，还怕不抽你到科研队？”

“林业队、副业队也不错。”

“不不，科研队嘛。别队还有毛眼眼？”

“这叫一举两得。”

哈哈哈……

郭玉恩回来了。他采购回苹果、鱼肉、牛肉三个罐头，二斤白酒。于是，继续喝酒，再掀高潮。他们划拳，猜火柴棍，打老虎，变着法喝，直喝到太阳落山。他们酒足饭饱，大放厥词，决计一显狐虎之威。郭玉恩见时机已到，便一声令下，出发了。

四员净盘将军，一帮高阳酒徒，在郭玉恩的带领下，向腊花姐家扑去。他们知道，她男人在水库，闺女在电磨房，正好收拾她。

郭玉恩站大门口，黑石头和鬼计成两虎把门，站家门口。孙羊羊闯进屋里。那时，腊花姐正在家里洗衣服，上身穿件两股筋背心。孙羊羊一把抓住其胸前背心，飞起巴掌就打。腊花姐夺门而逃，被守候在门口的两员干将打倒在地，拳打脚踢，擂死猪般打了起来。腊花姐爬起来再跑，他们追上去再打倒。最后，拉开裤子给腊花姐脸上、身上，撒泼了自己的排泄物。那时，腊花姐没命地哭叫，但邻居隔壁的人们，都躲在隐蔽处窥视。他们都知道，门口站着大主任……

陈琦和彭茂华的工作告一段落后，便到潘寨找徐晋东汇报。

徐晋东和张栋正坐院里的大杏树下乘凉。陈琦和茂华也随便找了块砖头坐下来。老张栋用小斧头敲杏核吃。他递给陈琦和茂华一把说："甜杏仁，不药人。"

茂华随手接住杏仁，说："你们这里挺背静，房东也挺合适。"

"阴森森这么大个孤院，我进来还怕呢。"陈琦笑着否定。

"住这儿，没闲话。"张栋又指了指头顶上的杏，说："你们吃不吃？"

"房东还没让吃哩，你喧宾夺主，当家了？"陈琦笑着看了看坐在屋檐下的小老人。老人呢？估计听到了。但她不理不睬，一声不吭。

"老人的儿子，媳妇都在包头。她一个人看门着哩。你给她担水扫院，她从不说一句客气话。你吃她的杏。她从不怪你。你不吃呢？她也从不给你。她迎头碰上你，将脸捩过。你晒的衣服掉院里，她给捡回，放你铺盖上。就这么个人。"

"想吃只管摘上吃，撑破肚能吃几斤？"徐晋东逗他俩，"有啥事说吧。"

陈琦收敛笑容，言归正传，道："向书记汇报赵庄'6·12事件'……"

张栋一听"6·12事件"，便站起来走开。

"老张坐下，不要走了。"徐晋东说。

"我给提壶水去。"张栋边走边说。

陈琦一五一十，将在赵庄的工作，做了汇报，并打算召开支部例会。

“那就明天上午吧，我们走了。”

“吃把杏仁再走。”张栋还念念不忘他的杏仁，“打肚里的虫子呢。”

陈琦对什么事物都有种新鲜感，而且会想方设法达到猎奇的目的。此刻，他又想借杏仁跟小老人拉呱几句。他走到老人跟前，问：“老大娘，今年多大岁数了？”

“六十五。”老人低着头，细声细语地说。

“老张把你的杏仁也吃完了。你不心疼？”

“他给我捏杏干哩。杏干在那，你吃。”

陈琦跟老人挨得很近。他是想比试，看老人有多高，头在他什么部位。他还想看看老人说话的表情什么的。你看这人多无聊。

“陈琦，你想吃啥拿上，快回赵庄去吧。”徐晋东提醒他，这树杏，要不是老张栋给看着，早被娃们偷光了。她还在乎你们吃几个。

茂华包了一手帕黄杏，挂在车把上，同陈琦喜滋滋地准备告辞。陈琦又叮咛道：“明天八点前，一定赶到赵庄。”

晋东伸起右手，做送客状：“放心吧，没问题。”

赵庄党支部生活会，定在南庙上召开。据何子毅说，那里清静，没干扰。所谓南庙，是坐落在村南半山腰上的赵武灵王庙，离村足有四华里，现在林业队占用着。古庙里的泥胎壁画，早已没了。大雄宝殿已拆，到村里盖了学校，东西厢房尚在，林业队做了库房、伙房、办公室。钟楼完好地保存着，其他建筑均已不复存在。整个院落，残垣断壁，破烂不堪。石头墙壁内，圈着林业队的青山羊。唯一骄傲的是，庙院的两棵殿前柏树，傲然挺立，欣欣向荣，威风不减当年。

赵庄支委共七人组成。支书何子毅，副支书郭玉恩、何正魁，治保主任，组织、宣传、生产委员，都到了。加上陈琦、彭茂华、牛婧兰、徐晋东等共十多人，围坐在大柏树下。

“今天咱们召开一次支部生活会，特请公社徐书记、陈书记、彭部长等领导来列席指导。主要议题是解决郭玉恩同志所犯的错误。先让郭玉恩同志做自我检查。”何子毅的开场白，简单明了。他征求徐晋东意见：“徐书记，你有说的吗？”

“没有。我是列席听会。按你们的安排进行。”

“那你就说吧。”何子毅向郭玉恩示意，并掏出笔记本，准备记录。

郭玉恩席地而坐。他光头赤脚，七尺须眉大汉，脸上布满愧色。他无颜面对大家，低下头，长长“唉”了一声，然后说：“我首先向大家表示歉意，我对不起你们。也对不起赵庄的党员，对不起公社领导。眼下，队里正忙得不可开交。又赶上徐书记初到公社，事情很多，今天为我来南庙开会。我深感痛心，作为二十八年党龄的老党员，在揭批‘四人帮’，肃流毒的今天，犯下了不可饶恕的错误，诚恳希望大家从思想深处帮助我。我感谢不尽。”接着，郭玉恩将“6·12事件”的前因后果，讲述了一次。最后，他说：“我愿意接受党内处分，但希望不要开除我的党籍，给我一个悔改的机会。”

徐晋东说：“今天，仅仅是揭开处理‘6·12事件’的序幕。奉劝你们，邪门歪道不要走。我也声明一下：我决不会借一位老同志的错误，捞取政治稻草的。”

啊！人们悬着的心，总算掉到肚里。

从南庙下来，已日薄西山。

“咱到腊花姐家里走一走。”徐晋东对陈琦说。

陈琦有点纳闷。本来，已经落实过的事情，书记一去，说不定无中生有，又惹出啥麻烦。这种女人，不识好歹。他有些犹豫。茂华看得清楚，徐书记既提出要见，必有缘故。他眼疾手快地一指方向，道：“从这边走。”

“我们不去了吧？”何子毅问。

“你去一下，别人就甭去了。”

何正魁紧走几步，直到徐晋东跟前说：“徐书记看看俺赵庄那团活宝，三分像人，七分像鬼。”

“不至于吧。”徐晋东对何正魁表示了一下笑意。

腊花姐住着三间瓦房，两间耳房，中等生活水平人家。她见徐晋东等人来到自己家，心里自然高兴。但她不会笑，仍是那副猪头马面，接待客人。

“金怀婶。”何子毅叫了这么一声，再没有下文了。他笑了一下，不知如何再开口，便好自为之，算作引见，完成了中介角色的任务。因为他摸不清徐书记来意，不好向老板介绍。

“你那天告郭玉恩打人一事。经我们查证，已经落实。你现在还有啥要求？”

腊花姐好像找到自己的亲人，两只眯缝望天眼里，泉涌般冒出了泪水，张大嘴哭了起来。那副伤心悲惨相哟，谁看了也可怜。人啊！父母不给造就一副好门面，一辈子吃不完的冤枉亏。在场者大都是这种心情。不过，腊花姐自己认不得自己，缺少自知之明，不免好与人挑衅。人们路过她门前，生怕碰上她，每每有人祈祷：“善过、善过。”她呢？紧跑几步，冲出大门，大喊：“善不过！你出门崴断脚拐！”

吓得人们躲之不及。

今天，她总算打了个胜仗，公社大队书记都来了。她满肚的冤屈，总有个诉处了。于是，边哭边骂，骂郭玉恩不是人。何子毅上前打劝：“金怀婶，有说的就说，没说的俺们就走了。徐书记工作忙，你听懂我的话没有？”

“不能轻饶郭恩，那些王旦……”她本来说话不清楚，还快，把郭玉恩说成郭恩，王八蛋说成王旦。

“你不要骂人。我们处理有政策，不能轻了，也不能重了。”陈琦给她解释。

“我到县里告他！”腊花姐不哭了，发出可怕的吼叫。

茂华厉言正色地说：“他们情也赔了，钱也赔了，你还要怎样？政治上怎处理，这是我们的事。你到县里告谁？你别不识抬举。”彭茂华吓唬了几句后，又说，“退一步说，是郭玉恩带人打了你，要是毛眼眼打你，你就是白挨！你为啥说毛眼眼和郭玉恩在配种田里‘配种’？你捉住了？”

“我管他哩！哪怕她，明铺（夜）盖，屁（股）劐通呢！”疯女人放了泼。

“住嘴！”何子毅冲到腊花姐跟前，喝道，“你知道你在跟谁讲话！这是公社领导。你成天不参加劳动，站大街上无中生有，搬弄是非，编派干部，有理啦？你再说这话，让毛眼眼撕烂你嘴，你是个啥女人！”

金怀老板呆若木鸡，再不敢直眉瞪眼发刁了。她不知自己说了些啥，脑子里嗡嗡嗡乱成一团糟。

徐晋东见事情出乎意料，彼此有些过火。于是安抚腊花姐道：“你有啥不满意的地方，可以对我们讲，但不能骂人。处理完，有意见，还可以到县里告状。”

“这女人不懂什么道理，咱们走吧。”陈琦对徐晋东说。

徐晋东看了一会腊花姐，她低头不语，便说：“没说的，俺们就走了。有啥说的，还可以到公社找我。”

当大伙走出腊花姐大门时，她突然喊了一声：“俺小英在电（磨）房。”

“这是啥意思？”陈琦问何子毅。

子毅边走边说：“她是说，她闺女在电磨房，不能下放了。”

“唔，怕你报复哩。这女人怪精哪。”

“看看，连句话都说不清，还得人翻译呢。真是团活宝。”

徐晋东没参与他们的闲话，紧闭着嘴，心里很不痛快。别人见状，只好知趣地停止废话，小心走路。

赵庄大队大院里挤满了人。不光赵庄群众，中片、西片的邻近大队，也派来代表列席会议。会场没有会标，没有插旗，没有贴标语，也没有值勤民兵。徐晋东对大会定的调子是：批评要实事求是，批判要有根有据，对群众要有教育，对工作要有促进，对本人要有震动。大会是在赵庄党支部召开，公社陈琦、彭茂华、邓彬、牛婧兰参加。

大会在庄严的氛围中开始了。

“现在开会。”何子毅站在大队办公室门前的台阶上，郑重宣布。他今天格外激动，心有些慌。面对他的是黑压压一院人。过去召开群众大会，主要精力都用在了叫人。大队追小队，小队拧社员。从家里赶到街上，从街上赶不进会场。有人利用开会，干私活。于是，点名，记工等措施出台了。开会时，不是打盹，就是闲谈。而今天如此迅速，如此自觉的行动，如此井然的秩序，如此认真的态度，令何子毅震惊。这反映群众对此事的关切。何子毅将发生在赵庄的“6·12事件”公之于众。接下来，他宣布：“第一个向广大群众做公开检查的，是郭玉恩。”带着命令的口气。但当他的目光接触到朝夕相处，同甘共苦的伙伴郭玉恩那副可怜巴巴的凄惶相时，便后悔不该如此冷酷。

郭玉恩低着头，弯着腰，哭丧着头脸，站在屋檐下的石阶上。他未开言，先向群众鞠躬致谢。他九十度弯腰，向东南，向正南，向西南，向到会群众都致以正面之礼。但好多人低下头，没勇气接收。郭玉恩三鞠躬过后，便开言道：“我郭玉恩对不起父老乡亲，更对不起金怀嫂。”他望着坐在院里人群中的腊花姐说：“金怀嫂，原谅兄弟吧。”说着深深弯下身子，行鞠躬礼，好大一阵，动也不动。整个会场，死一般寂静。会场中间有坐交椅的有席地而坐的。周围是站着的。人们屏着气，有人担心是不是昏了过去。陈琦说：“玉恩，直起腰来。”

玉恩仍没反应。这时，茂华喊了一声：“玉恩！”

会场在压抑的气氛下，出现了紧张的骚动。有人窃窃私语……

何子毅扶起郭玉恩的头，郭玉恩两只眼里泪如雨下，泣不成声地说：“我无脸面对赵庄党员，赵庄父老……”坐在会场正中间的何正魁第一个失声哭了起来。他双手抱着头，老泪横流，悲痛万状。他感到惭愧内疚，老脸无处搁。跟着何正魁，好几个党员流下伤心的眼泪，辛酸啊！不争气的郭玉恩。

“……我骄傲自大，目中无人，资产阶级堕落思想日趋严重，由群众的老黄牛，变成高高在上，为所欲为的恶霸，我对不起培养我的老前辈……”

郭玉恩单调的检讨声，在寂静的空气中传递着。

老党员们有的抽泣，有的唏嘘。噙不住的泪水潸然而下。

牛婧兰眼里，悄悄溢出晶莹的泪珠，她还没觉。邓彬揪一下她衣角：“不敢。”婧兰立即用手抹了一把脸。

郭玉恩检查过后，依次是孙羊羊、鬼计成、黑石头。

最后，陈琦代表公社党委，宣布对郭玉恩的处分。他说：“经公社党委研究决定：撤销郭玉恩赵庄党支部副书记职务，免去大队革委会主任职务，留党察看两年。”

会场鸦雀无声。何子毅停了停，宣布：“散会。”

轰动双杨的赵庄“6.12 事件”，到此告一段落。

第八章　突击检查大丢人

“小突击”是个特定用语。每年挂锄钩后，开镰前，这月看天气，是农村闲月子。过去是溜瓜地，看戏消遣时光。如今每年在这段时间，组织搞小型基本建设，故曰：小突击。

由于这是来自上边的号召，带有强制性。要求村村有项目，队队见行动，一级一级往下压。各家要找这么件又能近期受益又能应付过上边的营生，委实作难。但这段空隙时间是决不能放任自流，白白浪费的。社员刚一闲下来，县里领导便忙起来。小突击交叉检查开始了。

徐晋东去参加县里的交叉大检查。在公社书记预备会上，县革委会主任郑平做了安排。县委书记罗国亮到地委开会不在。这次检查既看点，又看面。同时，也要看看各公社的大秋作物长势如何。借此机会，各公社书记互相观摩一下，知己知彼，心中有数，对书记们也是个鞭策。郑平主任特别强调了行车路线和各公社书记领导负责的责任包干制。谁家人领路出了问题，谁负责。他尤其着重指出双杨等河南岸几个公社的道路问题。

徐晋东心里将事情排了下队。第一件大事，是道路畅通，不能陷车。其次是看工程。再其次是公社招待事宜。

徐晋东立即在电话上跟马亚平商量行车路线。马主任胸有成竹地向徐晋东说：“车进入咱公社后，由岳堡进下道线，经涿雁、王屯堡、桃园上赵庄，从二道线回公社。这样把下道线的水稻，中道线的粮食作物，云口的经济作物都看了。”

“你亲自沿这条路线，检查一下，如有不保险的地方，宁可不去，也不能路上出事。”

“知道，知道。咱这地方，一旦陷进车轱辘，越陷越深，那就只有洒醋了。”

徐晋东放心了。看来老主任对陷车似有前车之鉴，比自己还看得严重。

第二天临出发，徐晋东又在电话上，问马亚平：“马主任，路线有没有问题？”

“没问题。按咱原安排的路线行进，万无一失。”马亚平回答徐晋东。

徐晋东心里踏实了。公社已一切安排就绪。

“徐晋东，上车。”周谦站在吉普车前喊叫。

徐晋东坐在小车前边的位子上带路。郑平、周谦，还有管农业的冀副主任、农工部长挤在后边。十八路诸侯和有关部委局的领导，乘坐两辆大卡车，尾随其后，向双杨驶去。

“晋东，安排好了吧？”周谦问。

“你问吃啥饭？”

“咳！你大姑娘坐轿头一回，对双杨还有些不摸底。到双杨关键是路。只要路上没问题，吃啥都在其次。”

“路没问题。”晋东蛮有把握地回答。

“那就好。”周谦仍表示怀疑。因刚下过雨。

徐晋东将车指向岳堡。

“这里看啥？”郑平问。

“疏通排水渠工程。一千多米的送水渠，多年来没有洗渠。今年五个村庄联合搞小突击。”

“车能过去？”郑平问。

“须步行二百米。”

“这一定是老马的点子。他是想让咱看他的水稻呢。”

“今年春涝夏旱，水稻不错。”

“我看他是想把咱们往河滩引呢。”

“看看双杨的稻田也好，对其他公社有启发。”

“万亩方田搞得怎么样了？”冀主任问徐晋东。

“今年只插下两千多亩的水稻。”

哈哈哈……冀主任不怀好意地冷笑起来。

“哧儿”一声，小车不走了。

“怎了？”郑平问。

“大车出问题了。”司机回答。他从反光镜上看到了。

下车。

原来，大卡车的前轮陷进路面。

“徐晋东！拉车来！”车上诸侯们开心地戏弄徐晋东。

徐晋东跑过去一看，大事不好。领导们都围了过来。车轮打了几个空转，越陷越深。车上好事者跳了下来，有的献计献策，有的幸灾乐祸，说风凉话。反正打柴一日，放羊一天，到中午吃饭就是了。

这里的乡村公路，本来就多泥泞潮湿，路面沙石很薄，一旦压陷，水便溢了出来。司机想加大油门，让人推上，冲出去，结果车轮胎飞起泥点泼了人们一身。

徐晋东是旱蛤蟆出身，对这类事故束手无策，头上只顾冒汗。有人主张退，退也退不出去。有人主张小车拉，拉也拉不出去。进退两难，叫人干急没办法。

“晋东，调你的部队去吧。‘陆军’来了手推。‘骑兵’来了马拉。

‘装甲兵’开来车拖。没别的办法。”石门公社书记朱大宽高喉咙大嗓门给他出主意。

行。徐晋东正准备到岳堡调人去呢。他跟周谦打了个招呼，便撒腿跑去。

“双杨的路是考验司机的路。”有人说。

“这本来是走牛车的路，旁边又挖了个坑，走汽车不陷才怪哩。”司机辩护。

“附近有没有看的工程？”郑平问农工部长。

“不清楚。刚进双杨就亮相了，这个晋东！”农工部长显出不满情绪。

“等一等吧。”郑平坦然地说。

约莫一个小时过去后，徐晋东才带来二十多个社员。支书叫岳万金，人称牛皮灯笼，看上去迷迷糊糊的，心里很亮堂。他不言不语，不慌不忙，指派着他的“陆军”，有的弄来木料，有的抱来树枝，有的挖土下基。人们一看，便是内行。

岳万金指挥社员铺垫好后，说：“开车。”

果然。司机一打马达一踩油门，车便顺利开了出来。

郑平向社员们道声“辛苦了”，便招呼人们上车。

“晋东，看不看你的送水渠工程了？”周谦问。

“算了，直开赵庄。”徐晋东狼狈不堪，生气地说。

“赵庄看啥？”郑平问。

“看烤烟房。今年新盖二十四座烟房。”徐晋东情绪不佳地回答。

“双杨发展烟叶有条件，潜力很大。赵庄是新烟区，一年能发展二十多个烤烟房，不错了。”郑平说到这里。有意给徐晋东做工作道：“年初，赵庄是周书记的点。这实际上是让老周当名誉蹲点。他的真正点在石门水库。那是县委交给他的硬性任务。今天，你们俩都在，我就当面说清了。赵庄这个点，名正言顺是公社的。以前有啥没捋顺的地方，我担起责任就是了。你说呢？晋东。”

徐晋东强打精神笑了笑说：“没啥，周书记挺关心双杨的。”

“我反正只去过半天。”周谦老实地向郑平主任和徐晋东说。

车到赵庄。徐晋东沿大街，顺便下车，看了几个队的施工场地。这里更使人扫兴。一个小队只有十来个老弱半妇劳力在磨洋工。说是二十四个烤烟房，其实一个小队只有一座。徐晋东原来的安排，先让大家看五个村庄集中挖渠的场面，而后再看赵庄以小队搞建设的现场，事不逢时，没看成大场面，直接引到这孤院小地方，看一个土坯垒的小房子，真叫丢人现眼。他领着大队人马，去看那几个人干活，简直脸无处搁。眼看越哭越没泪了，看过三四个后，他便带车回了公社。好在小突击检查，是观景式的游览。从领导到公社书记们，都没啥压力。

徐晋东将人马带回公社。他本来心情不佳，想尽快吃过饭，打发他们启程算了。可偏偏遇上马亚平，信心十足，老精神不减当年。他说：“饭还没好。咱见缝插针，到云口看看园林化管理试点区。”

“好好，咱们再辛苦一下，看看老部长的园林化管理试点区。”郑平赞同。当年，马亚平当县农工部长时，郑平是他手下的干事。他对老部长十分尊重，不想去，也得去。

大家跟着马亚平来到试点区。这是云口灌区的老水地区，标准很高。马亚平显然介绍的不是小突击内容，但大家伙听起来，很感新鲜。他讲什么都是一套一套的。讲水稻，他从选种、育苗、插秧、返青、蹲苗、薅草、追肥、分蘖、浇水、通风到防狂长、防倒伏、防虫害等，说得滚瓜烂熟。他讲估产，从行距、株距可算出亩撮数，每撮平均几个分蘖秆，每穗平均几粒，千粒重几克，如其然，亩产便出来了。其他烟叶、玉米都是这种算法。他这套离题万里的书本经，徐晋东担心人们反感，更使他扫兴。没想到，马亚平这套演说，真把人们吸引住了。一个个侧耳细听，点头称是。

“姜还是老的辣。”人们佩服得五体投地，“不愧为农业老领导。”徐晋东听到后，心里略微松宽了些。

“老马在下边太辛苦了。”周谦赞扬着说。

“下公社几年了？”郑平关切地问。

“十年了。”马亚平乐呵呵伸出食指。

“该考虑你的实际问题了。”

马亚平理会郑平主任的意思，笑了笑说：“那是组织上的事了。”

公社大院的树荫下，坐了几十号人。他们有的抽烟，有的喝茶，有的说笑话，闲聊。朱大宽将近视镜往起扶了扶，说：“今天徐晋东算狼狈到家了。车陷岳堡路上，徐进（晋）东不行，徐退西也不行，要不是调来岳堡工程兵，将车徐徐弄出来，现在还在那儿蹲着呢。”后来这些人时常拿徐退西取笑晋东。

开饭了。黄米面油糕，大杂烩菜，不限量，管肚饱吃。饭后，没休息便起程了。徐晋东的任务总算结束了。他爬上大卡车，笑着对已经坐在长条凳上的朱大宽说：“朱书记，小车请。”

“还没到我地界，你就交手了？最低你还不送过石门水库？”朱大宽跟徐晋东串贫嘴，讲价还价。这些人聚一块，跟学生们差不多。

公社送走这帮大官客后，一下清静下来。李葆定率领毛毛、钰香、康师傅将碗筷洗涮完毕后，找到马亚平说：“马主任，今天这饭，不知十八路诸侯，有啥反映？”

“没听到有人骂。油糕挺软，杂菜挺满，又不限量，还要说啥？咱这饭走哪也能见过个亲朋了。”马亚平对今天的招待饭是十分满意的。

“我发现徐书记不太高兴。说不定嫌咱们招待得不周到。”

马亚平一听葆定这句话，顿然大悟。他听到参会人们议论，车陷岳堡，耽误了一个多小时。徐书记一定是对这件事心烦意冗耿耿于怀的。他立刻想到曹三明。于是对葆定说：“你叫曹三明来我这儿一下。”

“好。”葆定领命而去。

马亚平一中午，跑前跑后，只顾招待客人，实在有点蒙头转向。徐晋东第一次参加交叉检查，自己没有把好关，实在问心有愧。

曹三明来了：“马主任，你找我？”

马亚平劈口问：“检查团的车，陷在岳堡路上，你知道吗？”

“下午知道的。”

“怎么回事？”

“司机方向没打正，开在路上了。”

“你看过现场了？”

“听人说的。”

马亚平严肃地一反常态问：“你昨天根本没去查路。你在农机站喝酒。有这事没有？”

曹三明哑口无言，低头默认。

“这么大的事，你当儿戏。竟然把领导的话当成耳边风。简直岂有此理！”

马亚平咻咻斥责曹三明。他是个办事认真，工作扎实的老同志。他之所以没有亲自去踩路，一是出于对情况的熟悉，若是多雨的春天，无论如何不敢靠人；二是对曹三明的信任。曹三明在水利局开过车，有经验。没想到这后生耍滑头，欺骗他。

“‘铁牛55’还能开过去的，汽车怎会过不去呢？”曹三明据理力争。

“算了。我叫你去检查，你为啥不去？铁牛能代替了你？”

马亚平推出车子，一骗腿，走了。曹三明紧紧跟在后边。

马亚平来到出事处。虽然陷车的坑凹，已被社员填平，但马亚平一眼便发现了出事的症结所在。这里的路基旁，被人们刨走好几个树墩。怎能不出事呢？

曹三明用卷尺，盘量了一下路宽，意思是肯定可以过去的。马亚平瞅他一眼："司机还知道下边刨树墩，掏空路？你昨天发现这个问题，立个标志，不就没事了吗？"

曹三明很不服气，义愤填膺地说："县里司机扯淡，怨咱哩！"

"啊呵！咋哩？"马亚平放下头脸教训道，"你这后生不识好歹。"

马亚平知道，曹三明仗着他老子在水利局当局长，有点尾大不掉。公社聘用的这些"员"们，多数是农户。他们都想通过这个跳板，去当工人或推荐上大学，找个长期工作，一个个表现都很积极。他们任劳任怨，兢兢业业，只求在领导面前落个好印象。而曹三明一则有其父的靠山，二则是非农户，不愁找个工作干。因此，敢于任性。也是自己一时疏忽，走眼错用了人，致使出现了这漏子。他任怎说，后悔已经来不及了，只好，待徐晋东回来，交代清楚就是了。

徐晋东散会后回到公社，马亚平立即找上门承认错误。徐晋东对老马的这种精神、品德，从内心崇敬。这么件小事，何必如此认真？虽然当时自己气得要命，但退一步想，即便自己亲自勘路也未必能发现问题。何况，其他公社也有此类现象发生。那天，刚刚从双杨开上石门，还没到公社，小车过青云河时，一下被石头挡住，将车停在河水中。急得朱大宽连鞋带袜跳到水里，又搬石头，又扳轮，将眼镜也掉到河里，被水冲跑了。他瞎着眼，喊叫弟兄们帮忙。徐晋东坐后边的大卡车上，笑得开心极了。"眼下报，你们瞧朱大宽，多狼狈。"自此，徐晋东的心平了。今天回到公社亦忘了。因这么点小事，能对老同志怎么样？哪怕给点言言语语，也会被人耻笑的。"没啥。马主任，他们还有比咱狼狈的呢。"徐晋东不以为然地说。

马主任解脱了，随随便便拉家常式说："这个曹三明不像话，竟然连看也没看。"

"啊？你是说，曹三明没有去看路？"徐晋东吃惊地问。

"是的，是的。"马主任意识到自己失言了，但他只好怎做怎说，和盘托出。

徐晋东本以为是马主任亲自去检查的路，没想到他是派曹三明去的。而曹三明又偷懒没有去。如此工作态度怎么行？岳堡出丑，原来是被他们哄弄所致。这还了得！

“他压根就没去，对你说，亲自看过了。就这么回事吧？”徐晋东严肃地顶证这事。

“对对对。他到农机站喝了酒了。”

“拍！”徐晋东一击桌子，“像个啥东西，如此放肆、投机取巧的人，要他干啥！”

马亚平见徐晋东发了火，连忙解释：“这娃平时也好哩，那天有点具体情况。”

“不就是喝酒去了嘛。这叫啥具体情况？马主任，你通知他，哪里来哪里去！下月停发工资。”

马亚平手足无措，知道这下闯了祸。他喋喋不休给徐晋东做工作：“三明是曹局长的儿子，已经来了三年了。再过一段时间，可能就要当工人走了。”

徐晋东不容情地说：“不管谁的儿子，刀下不留情。”这时毛毛提来一壶开水。晋东对毛毛说：“叫杨秘书过来。”

杨利民叼着烟，慢条斯理走过来。他站在门口，等待指示。

“老杨，从下月起，停发曹三明的工资，除名了。”

“行。”杨利民回答一个字，扭头迈着方步，讪讪而去。

徐晋东打在曹三明身上，痛在马亚平心上。马亚平哑巴吃黄连，有口难言。只因他多说一句话，惹得徐晋东发了火。徐晋东在县里领受到这一使命后，郑重其事地对老马做了安排，为防不测，第二天又在电话上叮咛。结果呢？老的使小的，小的哄老的。这种作风，岂能容忍？如果，此风不刹，谁都把领导的话当儿戏，今后怎能令行禁止，开展工作呢？

因此，徐晋东不管马主任如何充当和事佬，他都执意果断处置。

马亚平万没料到，徐晋东会小题大做，如此绝情。他既不给自己空面子，也不给曹局长留人情，断然将三明逐出双杨。这未免有些过分。尤其是在他分管的工作上开刀，难免有失尊严，心里感到不快。他也发现，徐晋东是个难于谏言，主心骨很硬的人。自己年事已高，与这种人共事，锣鼓长了没好戏。不如好聚好散，皆大欢喜。想到这里，他去打电话，找郑平。电话接通后，他说：“郑平，你那天对我的关照，我很感谢。关于时间问题，我认为还是早些为好。”三朝元老终于提出了请调要求。

马亚平送走曹三明，心里感到很不是滋味。他在双杨，一天也待不下去了。

第九章　一波未平又一波

赵庄事态平息后，徐晋东仍回潘寨蹲点。秋天，这里发生了一起更加离奇的报复性闹剧，将好多干部群众裹了进去，一时间搅得村里乌烟瘴气，差点使徐晋东陷入不可自拔的绝境。

午夜，工作队有人叩门。

“谁？”徐晋东问。

“护秋民兵，有紧急情况报告。”

“天亮了再说吧。”邓彬醒来了，不耐烦地回答。

“有啥情况找大队干部去。”徐晋东不愿直接管民兵护秋的事情。

“这事不能找大队干部。”民兵在门外不走，“就得找下乡的。”

“为啥？”

“偷田的是干部。”民兵理直气壮地说。

徐晋东拉着电灯，对邓彬说：“起吧。”这里单住着他们俩。张栋秋收一开始，便抓机耕工作去了。

三个民兵站在地下，向他们汇报了四队长谢得铭偷田一事。刚才，他们在田地巡逻，发现有人背着一袋高粱头，向村里走。他们紧追慢追，偷田人便从临地的墙豁口，回了家。墙豁口就是谢得铭的院墙，贼，非他莫属了。

徐晋东当头一棒，哑口无言。世上真有这事？谢得铭是大队主任谢得峄的胞弟，是他们进驻潘寨后，才选起来的小队长。怎么时隔没有百天，居然干这种勾当？“你们叫曹明海去。”

三个民兵走后，邓彬骂：“这个谢得铭死狗扶不上墙，刚当队长就作案？难怪队里有些人反对他呢。”

徐晋东气得一句话也不说。他满眼冒火。

曹明海来了。他已经听护秋民兵讲过了。他进门后，便说：“把谢得峄、治保主任、民兵营长一块叫来，商量吧。”

徐晋东表示同意后，三个民兵都出去了。

“你的看法呢？”徐晋东问曹明海。

“唉，这个谢得铭，硬把裤衩往人头上套，明着欺咱哩。”明海火冒三丈，两只眼发出可怕的凶光。

“这三个后生不会做手脚吧？”徐晋东持怀疑态度。

“我只相信一个人，就是那个年龄最小的魏牛牛。这娃连真话也说得磕吧吧的，老实到家的后生。他百分之百不会说假话。那两个东西，鬼花狐，不可信。”

谁也没话了。但愿这是一场误会。

不一会，谢得峄、治保主任、民兵营长都到了。

“你们三人，将情况对大家重说一次。”徐晋东对护秋人员说。

曹明海转动着咕噜噜的眼球，严肃地道：“不能有一句假话。”

领头的护秋民兵叫马跟心。他将如何发现人，如何跟踪人，最后人如何消失在谢得铭院里的经过，给大家做了介绍说明。最后说：“他偷回的茭捆，现在肯定没有销赃，如果去搜，没问题能搜出来。”

另一个说：“就这样的。茭捆一定寄放在院里。他那个院，除去通往田地的豁口外，是走不到别处的。我们还听到他回家的开门声。”

“牛牛，你说。”明海指了一下魏牛牛。

“嗯？”牛牛反应迟钝，呆头呆脑地看着曹明海。

“他俩刚才说的，是不是真的？”徐晋东问。

“是哩。”牛牛痛痛快快回答。

“你亲眼看到的？”曹明海再叮咛一句。

“是哩。”牛牛又一句“是哩。”

谢得峄有口难言。他真不明白，兄弟怎么鬼迷心窍，看得起一捆高粱眼来？

“进院搜！”曹明海表态。

“搜吧。”谢得峄支持。

事情走到这一步，只能这样办。若不当即搜查，眼下有谢得峄在场，天明定会销赃的。“真是不上梁山，逼上梁山。”徐晋东怀着复杂的心情，随同大队干部出发了。

尽管天上群星密布，但看时间已经快天亮。他们跟着看田民兵，到丢茭子的地块看了看现场。又顺他们指点的偷田路径，来到得铭的墙外。然后进院，四下翻找，寻觅。

明海敲了敲窗子。“谁？”得铭问。

“起吧。”

“干啥？”得铭听到院里有杂乱的脚步声。

“这不是！”马跟心在野锅背后发现了一捆茭子头。

众人一看，果然如此。

“怎回事？”得铭打开窗子，探出头问。这时，他发现院里进来好些人。立刻预感到，出事了。他手忙脚乱穿上衣服，冲到院里。

“这是怎么回事？”徐晋东指着放在他院里的那捆茭头问。

谢得铭一拍手：“老天爷，我说啥……”他哭叫着软软跌在门口台阶上。

“怎哩，怎哩！”得铭老婆和十七八岁的闺女，惊慌失措地边穿衣服边跑了出来。当她们得知，从他家搜出贼赃时，抱头大哭起来。悲痛欲绝的号啕声，在黎明前的黑暗间，传遍全村。

徐晋东见状，心里如打碎五味瓶，酸甜苦辣辛，什么滋味都有：“农民，两眼只盯着自己小家庭的农民。你何至于拿这么点点微不足道的高粱穗子，给我出如此大的难题呢？赵庄刚刚处理了村革委会主任，潘寨又跳出个小队长。与其说处理你，还不如说处理我呢？双杨的村干部，为啥如此跟自己过不去呢？”徐晋东尽管自己心里窝着一肚子气，但他看到这种情景，同情淹没了怨恨。他为谢得铭惋惜，为这一家红通通的人痛心。他深感不值得啊！徐晋东再无须多说。他对谢得峄说：“你留下，做做思想工作，要注意从正面教育。”其他人一个个不言不语，干部们的心情，大都跟徐晋东差不多。他们对得铭一时糊涂，做下这亲者痛，仇者快的没脸事，感到抬不起头。这该怎向社员交代呢？

徐晋东和搜查人员，撤离现场时，天已大明了。

饭后，徐晋东正准备先跟谢得铭坐下来交谈交谈，可巧，公社广播通知，让他马上回公社。徐晋东只好交代一下曹明海和邓彬：“事情虽说是放绳偷盗，但数量不大。待我回来再说。”

徐晋东回到公社，毛毛告诉他：“你外甥打来电话，说你孩子生病，要你马上回去。”于是，他立刻赶回徐沟。到家后，才发现孩子既没有生病，外甥也未曾到过家里。改瑛笑着说：“不知是谁给你打的电话，反正自留地该收割了。动弹吧。”

徐晋东走后，邓彬因桃园发生流血事件，要他去处理，也走了。

曹明海对此奇案，总持怀疑态度。他将魏牛牛叫到大队部，问：“牛牛，你亲眼看见谢得铭背回茭子的？”

“嗯。”牛牛呆头呆脑地答道。

明海用套话的口气，缓缓地问：“黑地半夜，你怎么看见是谢得铭？”

牛牛慢吞吞地说：“进了他院的。”

明海分析了一下，认为这个老实人，说的是老实话。那么，会不会是别人偷田，发觉护秋人员后，溜进他院，尔后逃掉呢？可是，从他院里搜出赃物，看田的又证明，听到谢得铭回家的开门声。这两步棋，便将他作案确凿，人赃俱在，坐实了。明海又探问道：“牛牛，你怎知道谢得铭放下茭子回家的？”

“他家院墙有豁口。”牛牛头上渗出细小的汗珠。不过，在明海看来，这是正常的。今天牛牛能回答这几句话，也实出他预料之外。但他还是不放弃在牛牛身上做文章。明海突然问：“你讲的话，都是真的？”

牛牛不作声。

“说话。敢不敢保证？”

牛牛战战兢兢，道：“你问跟心。”

“我问你，不问跟心。跟心的话靠不住。我相信你的话。你对我说句老实话，得铭偷田是不是真的？”

牛牛终于费劲地憋出两个字：“真的。”

这次谈话，以曹明海失败告终。但曹明海怎么也不相信马跟心和建龙会如此负责尽职。建龙是四队社员，跟得铭有成见，选队长时，他投反对票。马跟心为啥与得铭作对呢？何况百分之百不会讲假话的魏牛牛，也铮铮做证，该怎么解释呢？反过来看，谢得铭为啥要出去当毛贼呢？

他家劳力多，女人会当家，光景过得润泽泽的。今年费了好大神通，才选上队长。怎么一向没有这毛病的人，会突然昏了头呢？人称算破天的曹明海，竟然感到一筹莫展……曹明海万没想到，自己步了何子毅的后尘。此事不知徐晋东怎定调，处理得轻了不行，重了也不妥。这当儿，他才领悟到，当时选队长时，徐晋东不参与任何意见的态度，是何等的高明。

在潘寨还有个人需要介绍。他就是新近接了曹三明班的那凯文。这后生也是潘寨工作队的成员，晚上在自己家里住着。当他清早起来，得知谢家出了这宗大事后，吓得魂不附体。他跑到谢得铭家时，一家人正抱头大哭。他呢？鉴于这种丑闻，无法下口问。只好也抱头哭了起来。他哭得益伤心。因为谢得铭如花似玉的姑娘，正在跟他热恋。他刚到公社，她家出现此事，肯定会殃及自己。后果不堪设想。说不定会步曹三明的后尘，滚回潘寨。也说不定他因此要割断同她的暗系红丝。这不是霹雳轰顶吗？

“别哭了！”谢得峄紧锁双眉，愁云满面，“哭有啥用？”

“他大爷，不知哪个损阴德、葬良心的贼小子，陷害咱。你得做主啊！”得铭女人边哭边对得峄说。

“捉贼见赃。”他指了指寄放茭子的地方，“哪来的？”

“老天爷，我把谁家娃填苦井里了，这样恶毒地坑害我！”谢得铭冤枉地对天长叹。

按过去看田规矩，只要将脚印打到你门上，你送不出去，就是你偷的。而今，将赃物摆在眼前，有啥话可说？即便浑身是嘴也说不清了。

那凯文看着自己的情人，两眼哭得冬枣样，心痛得要命。他心里暗暗萌发过一个念头：她本来跟跟心搞过一段恋爱，后来跟自己好了，跟心一定怀恨在心。而且，听说她和跟心告吹的主要原因，是她爸不同意。今天，她家出此等蹊跷之事，莫非与之有关？他这一刹那的犹疑，很快化为乌有。他不敢这样想。在这件事上，最没有发言权的就是他。他是公社下乡人员，谢家的未来女婿。动辄两头犯说法。

谢得铭一家人，像龙抽了筋，蜷缩一团，心灰意冷，不知所措。他们都觉得无脸见人。谢得铭想处理队里的事情，但他现在披着一张贼皮，怎么出去领人们动弹。难道自己要逢人便说："我没有偷……"

谢得铭终于站了起来。他在屋里四下寻找东西，席子下、风箱底、瓮旮旯……"爸，你找啥？"他闺女问。

"我的记工本哪了？"得铭心不在焉地搪塞闺女。

"在你书箱里放着，你到哪找呢？"

"我是找去年的……"得铭拉开柜底层抽屉看了看，拨拉了拨拉，"算了，不找了。"

这时，得铭女人正在恍恍惚惚，胡思乱想："徐晋东书记、曹明海扶持你当队长，巴不得盼你干出个名堂来。这一下全完了，这不等于当众给他们脸上抹黑吗？他们如果怕羞成怒，能轻饶你吗？凯文刚去了公社，他还能登这个贼窝的门吗？闺女的婚事一吹，她能原谅你吗？老大是大队主任，他的脸往哪搁？他不怪你吗？唾在脸上就是疮，跳进黄河里也洗不清了。从此，在潘寨名誉扫地，怎能抬起头做人呢？"她正这么无边无际往坏处想，忽然听到父女俩谈话。她睁开眼一看，得铭正扬头往嘴里塞东西。她打了个愣怔，突然意识到他在干啥。"啊呀！你干啥？"她发疯般起来，冲得铭射去。其时，已经晚了，一帖皱巴巴的发黄旧纸，从得铭手里飘落到地上。"妈，你干啥？"

"你爸吃上耗子药啦！"

"怎呀，妈，怎呀？……"

"快去叫你大爷，叫凯文，叫明海……"

一霎时，赶来好些人，大都主张用自行车往医院送。魏宪恩老大夫也赶来了。他主张送往大队保健站，由他和赤脚医生急救。这个意见很好。于是大家七手八脚，强制把谢得铭往保健站送。

“你们别瞎折腾。我根本就没喝啥。”得铭脸色煞白，给众人解释。

“喝上了，喝上了。这不是包药的纸吗？”他女人浑身打抖并嘶声哭起来，“你不敢丢下俺，后生们动手，赶快抬他去保健站！”

其实，就在他家也能灌药抢救。魏宪恩生怕担责任。得铭是干部，魏牛牛是他孙子，偷盗集体是犯法的事。自己不请自到，万一有个三长两短，如何开脱？

到了保健站，魏宪恩同赤脚医生，强制给得铭灌药。“捏住鼻子。”魏宪恩吩咐赤脚医生。

得铭张开嘴将药喝进肚里，立刻便哇哇呕吐起来。谢得峄来了。他问询了一下魏宪恩，知道时间不长，没有生命危险。他稍平静了些。他面对痛心疾首的弟弟，心里感到既痛楚又害臊。屋里屋外引来这么多瞧热闹的人，成啥体统？谢家祖宗的脸也丢光了。当他等得铭平静下来，躺在炕上休养时，教训道：“你怎么会想起走这条路？大不了赔一捆茭穗子，值得赔一条命吗？你活得才没见过个事呢！”

“我没有啊！”得铭几乎是号叫着赔。

“什么没有？”得峄有意当着众人面顶问。

“什么也没有啊！你们都在冤枉人！”

“你没有偷茭子，一下说不清；没有喝药，是真的？”

“我的真话现在谁也不信了！”

“但愿没这回事。大家各干各的事去吧。”得峄借机驱散围观的人们。

“喝上了。他大爷……”

“快闭嘴吧！”得峄给弟妹一个眼色。制止了她的话。然后又对魏宪恩说：“幸好你今天在家，不然送到医院，不论喝上没喝上，张扬出去都不好听。”

“不管怎样人没事就好。你做做工作，劝他往宽处想。”魏大夫一副老中医救死扶伤的神情。

谢得峰将得铭扶回家后，对弟妹和侄女说：“这事张扬出去名声不好。不是咱偷的，还用寻死？一死了，不是你偷的也成了你偷的。永世不得翻案。女人见识，懂个啥？”

曹明海和那凯文也闻讯赶来了。他们见得铭安然无恙，首先放心了。明海伸手摸了摸得铭的眉棱骨说：“尽做些傻事。”

“跟上鬼了，不由人嘛。”得铭女人抱怨地说。

“跟上鬼不打紧，不要叫鬼跟上就行。”曹明海颇有见识地说，“事情不大，不要闹大。你这么一胡来，徐书记怎看呢？这不是背上牛头不认赃、畏罪自杀，对抗公社吗？小错变成大错，一错变成两错。我们怎向群众交代？”

“明海，刚才是场误会。得铭喝的不是药耗子药，是女人们胆小，乱喊开来的。”得峰扭扭捏捏，强行给明海做解释。

她闺女和凯文都低头陪着流眼泪。这种压抑气氛，使在场的人无不难受。但谁也无话可说。都有一颗受伤害的心灵，刀剜般烈痛。

谢得铭只觉浑身骨软筋酥，连说话的力气也没有了。但他心里边清楚，只是说不清楚罢了。反正死也不会承认偷窃一事的。

徐晋东在家忙乱了两天自留地活计。便告别改瑛骑车回公社。当他行至滹沱河大桥上时，迎面来了位女郎。俩人同时下车并各自将车向桥栏杆靠了靠。改婵问：“回家去？姐夫。”

“嗯。”徐晋东答应一声。又反问：“怎么一遇就遇到桥上了？”

改婵笑了笑：“总共连这次才两次，有啥稀罕的。”

晋东又问：“你怎知道我回家呢？”

“我是问你呢。我怎么知道你是回家还是干啥事？”她给晋东一个顽皮的笑靥。

“这就对了。我还以为你在监视我的行动呢。”

“监视？不应该吧”她笑了笑，意味深长地说，“我得替俺瑛姐操心着哩。”

徐晋东笑了。他怕有熟人路过看到刺眼，便说：“到了公社里可不敢瞎说。走吧，你去哪？”

谁知改婵并没有去的意思。她突然压低声音，神秘地对晋东说：“姐夫，我有要事跟你说。”她将头伸到晋东耳边，谈了她对发生在潘寨的怪事的看法。她认为这是桩冤案，谢得铭无论如何不会干出这事。他当队长，贪污几十斤粮食，不是易如反掌的事情。何必到地里去偷呢。“姐夫，你千万慎重，别上了坏人的当。”

“谁是坏人？”

“跟心和建龙，全村人没一个说他们好的。他们能为队里捉贼？鬼才相信呢！”

“这你就不对了。重证据，不能以人论事。坏人做好事，也要表扬；好人做坏事，也得处理。”晋东欲走，改婵拉住他的车子，又迫不及待地说：“还有呢，我听俺公公——就是魏宪恩说‘那天晚上深更半夜，他们喊叫牛牛’。这里边说不定有鬼？”

“哪天夜里的事？”徐晋东突然意识到，这个情报很重要。

“就是捉得铭的那个晚上呗。”

“你还知道些啥？”

“别的，没来得及问呢。”

“好，好，你多加操心。我不会轻率处理此事的。还有话再谈吗？”他想走开不谈这个话题。

“那个跟心，一肚狗杂碎，啥坏事也能做出来。”她还在这个思路上打圈子。徐晋东不想跟她谈工作上的事。两手握把做出走的架势，又问了句：“牛牛是你啥？”

“侄子呗。他叫我婶娘。”

她还想说啥，徐晋东向她打个招呼，便走开了。

徐晋东来到潘寨，社员已经收工了。他回到工作组，问邓彬："情况怎么样？"

邓彬难为情地抱歉着说："我也是刚刚进门。那天你一走，唉！桃园弟兄俩因为分家，打得头破血流。把我揪去处理那事去了。"

徐晋东没说啥，同邓彬随便扯开别的事。不一会儿工夫，谢得峄来了。他走进家里，二话没说，将一张写满字的纸，交给徐晋东。徐晋东接住一看，是谢得铭的检查书。

我叫谢得铭，潘寨四队队长，现年四十三岁。九月二十九号晚上，看完电影，我回家吃了两支烟，便拿了一根绳子，从墙化（豁）口出去，往北走了一段路，把三队高粱地的茭穗扦（割）了一捆，估计有七八十斤，又从原路背回家。我把茭捆放在野灶风匣背后，就回家睡觉了。这是真的。我身为四队长，不该去偷三队的茭子。我愿接受大队和公社的处罚。

检查人：谢得铭

徐晋东看后，自言自语道："确是真的？"

"真的。"谢得峄大大咧咧站在地上，大有功成不居之慨。

邓彬看过那份检查后，往桌子上一扔："太不给咱争气了。"他又对谢得峄抱怨着说，"你这个兄弟，因一捆茭穗，使咱多少人的头抬不起来。潘寨的坏人扬眉吐气，干部们垂头丧气。咱们的工作，被坏人牵着鼻子走。这叫啥事？"

徐晋东拿出领导者的架子，给邓彬解释："不必奇怪。人的路在自己脚下。不论大人物、小庶民，归根结底，是自己成全自己，自己毁灭自己。郭玉恩是这样，谢得铭是这样，林彪、'四人帮'也是这样。别人是救不了他们的。真正老天要下雨，寡妇要嫁人，没办法的。"

曹明海也来了。他是来请命的。村里出事后，有些人趁风扬土，幸灾乐祸；有些人心怀叵测，刻意中伤。一时间，村里人言籍籍，众说纷纭。议论干部，成了热门话题。有些人，连曹明海也不避讳了，难听的话，有意往他耳朵里送。只因这一捆茭穗，牵一发而动全身。好些不言不语的人，正在拭目以待，坐观事态的发展。总之，潘寨社员，都在关注着这场戏，如何收场。

曹明海看了谢得铭的检查后，对徐晋东说："他承认了，就用不着再做调查了。下步该如何处理，事不宜迟。叫我看，咱今晚就召开支委、革委会，专门解决这事。"

"他不是党员，只能这样。"徐晋东对此事确信无疑点头同意。

曹、谢两位大队领导走了。徐晋东来到院里，望着夜幕下的大杏树，黑黢黢的，阴森森的。大队的高音喇叭，发出了曹明海通知党支部、革委会成员开会的命令声。如果说解决赵庄"6.12 事件"是为整顿基层干部，开刀手软的话，那么，今天徐晋东都该迟疑了。今天的会，自己是强打精神强上阵的。哪个人也不比哪个人精多少，傻多少，大凡潘寨人都清楚，处理谢得铭，干部们是自己打自己嘴巴。尽管如此，这个嘴巴还必须打得响，打得脆，让群众都满意。

叫吃饭的来了。是一个老汉。徐晋东和邓彬静静地跟在后边，缓缓地走去。

徐晋东和邓彬一顿晚饭还没吃完，大喇叭上又放出曹明海的声音："紧急通知，今晚上的会，不开了。"

啊！情况一定发生意外，否则，他是不敢擅作主张，将会停下来的。徐晋东怀着喜忧参半，不可名状的急切心情，火速回工作队。

他们一进院，曹明海从台阶上走下来说："咱们上当了。"

"啊？！"他们俩大吃一惊，"怎回事？"

"那天晚上，牛牛根本就没在场。"曹明海气煞煞道，"刚才，他老子告给我实情的。”

一切都真相大白了。但又有好多疑点，令人不解。首先得当面和牛牛将事情原委弄清楚。

据曹明海自信地说魏牛牛是百分之百，不会讲假话的人。这个不会讲假话的人传来了。他们不敢动火，平心静气地跟老实人谈心一般了解情况。终于，老实人讲了老实话。

那天晚上，轮到他们三人值班护秋。跟心和建龙对牛牛说：“你今天刚参加民兵护秋，天也凉，你在家睡吧，有俺俩转悠的就行了。”牛牛很感谢这俩人的关照。约莫半夜光景，他俩来喊牛牛。牛牛出去后，他们告说：“刚才，俺发现谢得铭偷了一捆茭子，背回他家。我们准备到工作组报告，但又怕发现你在家里睡觉，受批评，特找你商量。你如果不怕批评，就回家睡觉；如果怕领导责怪，就跟我们去报案。”

牛牛经不住恐吓，立即说：“我去。”

于是，三人来到工作组。

“情况紧急，必须马上将这俩人监控起来。”明海果断地说。

“等等。这是怎么回事？”晋东指着得铭的检查，问明海。

“叫来得峰就清楚了。”

“马上叫他。”徐晋东生怕二次上老实人的当，先卡自己人的口径。

谢得峰来了。

徐晋东严肃地问：“得铭的检查谁写的？”

谢得峰犹豫了一下，说：“我儿代写的。”

“是不是你兄弟亲口讲的？”

谢得峰噎住了。他佯装找烟，没有，向明海伸出手。明海一边给他烟，一边送他一声冷笑。这一笑，使得峰顿悟：他们识破了他的机关。他心中有些发虚。不知如何说为好。

“你要讲实话。身为大队主任，不能把水越搅越浑。究竟是怎么回事情？”

“就是那么回事嘛。”谢得峰坚持自己的意见，“不是他说谁说呢？”他左顾右盼，心神不定。刚才徐晋东，看过检查书，决定召开会议。为啥一下又变卦了。会不开了，又审问起自己来。他心里纳闷起来。

“叫你兄弟去。”徐晋东看出破绽，决定采取当堂对质的办法，弄清底里。

谢得峰一走，曹明海也跟着走了。

不大工夫，谢家弟兄俩来了，却不见曹明海了。

“得铭同志，我问你，你写的检查，是不是真的？”晋东郑重地问。

得铭低下头，慢慢地说：“是哩。”

“不冤枉？”

“……”得铭眼泪汪汪，道：“天知道。”

“这就不对了。实事求是嘛，是自己就是自己，不是自己就不能承认。”

“贼赃从自己院里搜出来，自己不承认，叫谁承认？你们怎么向群众交代？”谢得峰出面代弟解释。其实越解释越糊涂了。

徐晋东十分严肃地对谢得峰说：“你是大队革委会主任，支部副书记，对此事应当出以公心，慎重对待。你如果从中做手脚，这是组织纪律不允许的。得铭的检查，究竟怎么出来的，你要如实告我。因为现在，情况有变。”

得峰听到这里，才讲出实情。他说：“检查是我说，让我儿写的。”

“你为啥要这样做呢？”

“兄弟做下糗事，无脸见人。我不给撕皮，谁撕皮呢？他再不承认，事情越闹越大，闹到最后不还是赵庄的事情吗？”

“你怎写得那么具体？”邓彬问。

“我根据咱出去看的现场，按马跟心说的，写下来的嘛。”

“嗨！”徐晋东气得七窍生烟，“这是儿戏吗？怎么拿工作开玩笑？你们潘寨的干部就这水平吗？事到盖棺论定的时候了，你们还不知搞啥名堂？曹明海去哪了？”徐晋东在地上走来走去，气得呕肚翻肠。

“你。”徐晋东指着谢得铭问，“不是你偷的，为啥要承认？”

谢得铭心里清楚，事情大概解脱了。他说：“我老大逼着让我承认，我……”

“老大让你承认，你就承认？你知道承认的后果吗？”

这时，谢得铭才说：“不瞒徐书记说，到后来我一直怀疑是我侄子干的这事。我分析，他可能发现了人，没走处，拐进我院。不然，我哥为啥硬要我承认呢？”

“荒唐！”徐晋东一跺脚，“简直荒唐！”

这时，那凯文火急急跑来，报告道：“跟心招了！”

“招的啥？”邓彬问。

“茭捆子是他和建龙放进院里的。”

“他在哪？”

“大队部。明海正审问着呢。”

这时，徐晋东才得知，曹明海从这里出去，是提审跟心和建龙去了。他一定不会轻饶这两个坏东西的。晋东吩咐邓彬道：“你过去看看，不要出事。”出事的概念是致残致死的意思。当然，包括寻死。

邓彬来到大队部。大队院里黑压压站了好多人，办公室里两个受审人，正娘呀老子地鬼哭狼嚎。邓彬拨开挤在门口的围观群众，走了进去。只见跟心和建龙，被五花大绑着，俩人连在一根绳子上。曹明海边骂边打，单耳扇风，左右开弓，只管打。邓彬见状，走过去边拦明海，边乘机给两人了几个暗拳，疼得对方杀猪般尖叫。

“我操你妈的，潘寨成了你们的天下了！活人眼里揣拳头，手段好歹毒！”明海累得边喘气边蹲在长凳子上骂。

谢得峄逼问跟心："你为啥要陷害得铭？"他本来个头大，体格魁梧，加之，圆睁一双可怕的血红眼睛，益发把个跟心，吓得魂不附体，浑身抖得像筛糠一样。得峄一把铁手捺下去，像喊牲口般喝一声："你说不说？"

"我说，我说……"跟心颤抖着，"我，我想娶他闺女。他……"

"他怎么？他不给你闺女，你就栽赃陷害？"得峄手善，伸不出打人的手，只狠狠地咬着牙，抓捺了一阵，便撂开手，抽烟去了。

"借刀杀人，一箭双雕。真是用心险恶。你想把潘寨大小队干部，一网打尽。还想把公社书记捎一钉耙，用心何其毒也！"曹明海走过去，眼看又要手脚出鞘，邓彬从中拦住，说："咱慢慢跟他们算账。"曹明海蹲在长板凳上骂："你们俩别想蒙混过关，想拿娶人家闺女打掩护，纯粹鬼嚼牙叉骨。你们煽阴风，点鬼火。闹得四队乌烟瘴气，半年选不成队长。现在，一计不成，再来一计，矛头直指大队党支部，公社党委，还想狡辩。告诉你们，企图避重就轻，用障人眼目的伎俩，开脱罪责，是痴心妄想，永远不会得逞的。"曹明海上纲上线，将马跟心、铁建龙骂了个狗血喷头。最后，他又把民兵营长训斥一顿，并命令他，派两班民兵，通宵看起来。

邓彬嘱咐民兵营长："千万要派可靠民兵执勤，万万不能粗心大意，玩忽职守。让家里人给送点饭和防寒的。"这样安排后，便和曹明海离开这里。

"内幕清楚了吗？"徐晋东问。他发现曹明海情绪偏激，不知其中有啥内幕。

曹明海走后，邓彬说："明海有私人成见，当心他公报私仇，把事情弄糟了。"

"是的。明天先做得峄弟兄俩的工作，要他们姿态高点。至于明海，咱得掌握住些，公事公办。今天，背着咱们在大庭广众面前，又捆又打又骂，群众影响不好啊。”

“你还不清楚他说的后台是谁吧？”邓彬亦问亦答，“是建龙的哥叫铁建军，人送外号铁将军。铁将军跟明海第二个老婆黑蝴蝶过着。那天，张栋讲，明海用铁夹箍，夹住的那个嫖客，就是铁将军。他俩的敌对态势，沿袭给他弟弟了。”

“铁将军跟这两个后生作案，究竟有没有关系？也还值得注意。”

“我看这是曹明海多疑，铁将军虽坏，但不一定参与这等勾当。”

“铁将军究竟坏到啥程度？”

“要钱上嫖，游手好闲。下地劳动，不到收工就回去了。队长不敢不给记工。”

“这不成恶霸了？”

“谁当队长也不敢惹。他把老婆也逼着离婚了，儿子也让带走了。现在越发没有顾虑了。有人说他神经，但要钱，搞投机倒把，可精明着哩。‘铁将军’的外号，即是冷酷无情，独断门路的守门大铁锁呗。”

半路杀出个程咬金。千万不能将事态扩大，变成曹明海与“铁将军”的交手。潘寨此事虽然不大，但如果曹明海按住葫芦抠籽，硬开肠扒肚闹，恐怕不好收拾。这里的情况复杂，干部素质差，没有像赵庄党支部那样，易成共识，从而光明磊落地向群众交代。徐晋东想，这件事从一开始，自己就处于被牵着鼻子走的局面。此后，又一步一步走向他们的陷阱。跳出一个，眼睁睁又是一个。他的周围好像忽闪着好多鬼祟的眼睛，徐晋东没有一点睡意。他翻来覆去琢磨，近日，发生在自己身边一连串的戏剧性怪事，太离谱了。也搞得自己太被动了。村落里聚居着祖祖辈辈繁衍生息下来的人和家族。他们彼此之间的关系，都深深打着历史的烙印。哪怕偷一颗鸡蛋，也会把上几辈的冤仇联系起来。现在所依靠的农村党员、干部，归根结底都是农民。农村的事，经纬网络，太复杂了。凡事不可掉以轻心。

想到这里，徐晋东下了决心，从明天开始，排除一切干扰，亲自下手，从头调查。一定要将“9·29事件”，按照自己的部署，有声有色地处理下来。

“呼噜噜……”的鼾声，打得山响。邓彬太累了。

第十章　抓纲治人造声势

第二天一早，徐晋东便第一时间同邓彬开展工作，因为大队还押着两个人哩。

那凯文回避了，只有邓彬跑腿。他先传牛牛的父亲。因为是他在关键时刻，找到曹明海告密的。牛牛的父亲叫魏老聃，比牛牛强不了多少。

由老聃扯出了改婵，由改婵又扯出魏宪恩。徐晋东终于从这一家人口里，弄清了真实情况的前后原因。

魏宪恩抢救谢得铭后，觉得事情严重。那天如果抢救不及时，或者他吞下剧毒烈药，后果就可怕了。因一捆茭穗闹出人命关天的大事，其中他的干系是脱不了的。他想到牛牛。牛牛是那晚上的护秋民兵，虽然他年小，又不是班头，但毕竟是其中成员，若有啥瓜葛，他是有牵连的。那天晚上，半夜三更，几个小伙来门上叽叽咕咕。凭他的世故经验，怀疑他们在搞鬼蜮伎俩。但他是惊弓之鸟，遇有这方面的事谈虎色变。那天当他推上车子，要到公社时，迎头碰上儿媳妇改婵。改婵发现老公爹面色难看，神色恍惚。便问：“你去哪？”

“我在小咀下乡，今天不去。”老汉迟疑了一下，自言自语地说了一句话，“牛牛那天黑夜，本来在家里睡着的……嗞。”他似乎想说啥，又吸了口气，后悔了。

“牛牛怎哩？他病了？”改婵问。

“不不。”老汉吞吞吐吐没说啥，走了。

改婵望着走去的老公公，好生纳闷。她犹犹豫豫走进老大家院里（老大和父亲是一个院住着），发现牛牛父亲正准备出地。她一下解开了疑团，心里亮堂了。她当即问老聃：“哥，出事那天夜里。咱牛牛究竟在家里睡着还是在地里看田的？”

“你问这干啥？”

“干啥？如果牛牛没出去，怎能发现得铭偷茭子呢？是不是让那两个鬼，捉弄了咱牛牛啦？”

“……”老聃不言不语。他发现改婵盯着他，慢慢地说：“他在家里睡着，后半夜被他们唤走的。”

啊？原来是这回事。改婵又问：“牛牛究竟亲眼看到人家偷茭子没有？”

“……得问牛牛。我不管他们这些事。”

改婵得知这一情况后，立即骑车到公社，准备问徐晋东报讯透漏。但晋东不在公社。她计划进趟城，返回来再找一次。她还没进城，便在桥上迎着徐晋东。她有心把事情讲透。但未见牛牛面，只好先向晋东打个招呼，让他有个心理准备。自己回去再做工作。但她一回村，便听到曹明海通知开会的喊叫声。她知道事情正在紧锣密鼓地进行。于是，她连家门未进，先来到老大这边。正好，牛牛和他父亲都在。

“哥，你问过牛牛没有？”

“这不，牛牛在哩。你问他吧。”老聃好像是别人的事。漠不关心地说。

改婵问牛牛：“牛牛，那天晚上，他们半夜里才叫你出去的，是不是？”

牛牛不作声。

“你究竟看到得铭偷茭子没有？”

牛牛还是不吱声。

“你说呀！嘴烂了！”老聃咒骂。他也嫌弟妹多管闲事。

牛牛终于说出三个字：“没看见。”

“茭捆怎跑到得铭院里的？”改婵用缓和的口气套问。

“唉！你个活死人！”老聃气狠狠地骂了一句。又对改婵说：“你找干部说一下吧。”

天已黑下来。改婵不想到工作队张扬此事。至于曹明海，她见也不愿见他。于是，她推辞道：“这么大的事，须你引上牛牛去讲实情的。直接到工作队去报告才合适。”

牛牛说啥也不去。魏老聃踌躇着走出门外，他终于迈进工作队的门。向曹明海讲了实情。

徐晋东弄清魏家这一段暗场戏后，又分别跟马跟心和铁建龙谈了话。他主要想摸一下他们作案的动机和目的。

经审问马跟心不翻供。他声称就是因为得铭干预他们的婚事，而起心报复的。铁建龙的脉很难捉。他似乎陷害谢得铭的理由很多。谢得铭当过好几年小队长。据建龙讲，他一直给建龙小鞋穿。派活是派重活，分粮是后边分，验粪是压等。他跟得铭结仇的是不准他走工。当时，不论哪里招工，均是县分配到公社，公社分配到大队，大队再分配到小队。小队长是享有最终决定权的人。铁建龙走不了工，跟队长作对，也在情理之中。当徐晋东问到他们的企图时，他们都表示，是损得铭人格，弄他下台，谁也拒绝承认，与大队有关。徐晋东当然清楚，这是不能完全听信他们的自白的。但毕竟提供了他们作案的部分心迹。

徐晋东跟谢得峄交换意见。谢得峄是位典型的农村半文盲干部。

办事直来直去，说话简言捷快。当徐晋东要他谈谈这两人的处理意见时，他说：“事情已经弄清楚了。弄清就行了。狗咬人一口，人还能再咬狗一口。昨晚上，骂也骂了，打也打了。再让他们写个检查，批评一下就行了。”说到这里，他又悄悄告诉徐晋东，“明海与他们有意见！他还撺掇得铭女人用小鞋当众打呢。不能听任他胡闹。”他在提示徐晋东警惕上明海的当。

到此，徐晋东对9·29事件，心中有了底。这是一起有预谋、有准备、有目的的陷害干部，破坏秋收案件。其性质是严重的，手段是恶劣的、卑鄙的，后果是可怕的。对此务必有足够的重视。鉴于他俩都是群众，只有搞大批判，方可达到教育群众，挽救本人的目的。如何组织好这次批判大会呢？徐晋东对谢得峄说：“在支部会上定吧。”

谢得峄凉凉地说：“还不是他一个人说了算。”

事态的发展仍不容乐观。谢得峄一句话说透了“他一个人说了算”。潘寨干部素质不行。不可能像赵庄那样开支委会，定下弦来，同心协力干。

据有人反映，昨晚曹明海骂了建龙句“操你祖宗”！铁建军在外边回敬了一句：“我倒操你祖宗！”并扬言：“等他再骂一句的，我不敲他有鬼！建龙犯法骂建龙，你操他祖宗干啥！”

如果在群众批斗大会上，出现此类情况怎么办？

徐晋东立刻做出公社直接主持潘寨批斗会的决定。他要将这个权，拿在自己手中，谁也不能拿。他对邓彬说：“你马上叫彭茂华来这里。”

彭茂华与邓彬共同负责维持一个公社的治安。他个子高，嘴巴快，头脑灵敏，气宇轩昂。他有勇有谋，有胆有识，在大队干部和民兵干部中，颇有威信和震慑力。让他来主持潘寨的群众大会，是理想人物。

彭茂华到了之后。由于情况紧急，徐晋东简明扼要地将事发的来龙去脉和当前的情况、任务，向他交代后说：“事情简单，问题复杂。

调你来，就是亲自出阵，按咱的意图，恰到好处地处理此事。你的看法呢？”

“没问题。情况已经弄清了，你定下调子，我们办就是了。”茂华艺高胆大，轻松地接受任务。他回头又向邓彬征求意见问：“你说呢？”

“当心曹明海出洋相。这人可不及何子毅稳。”邓彬提醒彭茂华。他又从另一方面说：“铁将军是个亡命徒，更需要提防着。”

“谁也不用怕他们扯淡。明天的大会，布置一个排的值勤民兵。谁敢干扰咱的大会议程，我自有收拾他们的办法。”彭茂华说到这里，对徐晋东说，“徐书记，你回吧。”

徐晋东领会了茂华的意思。他离开这里，即便出现啥问题，一可以脱身，二可以为下边人担责任。如他坐在会场，有事反而不好了结。群众所谓姥爷好见，舅舅难见，大概就这道理吧。晋东觉得这样做，有利工作，便欣然接受。他说：“我见一下明海，再回公社。”他想亲自告诉曹明海，这件事全权委托彭茂华来处理。但茂华另有看法。他说：“你不必要见他。他来了，我就跟他说你到县里去了。罗书记要汇报工作呢。”他略顿了顿，接着说，“不然，他会说，躲走的。”

徐晋东认为茂华的意见有道理，也中肯。于是，骑上车子，悄然离开潘寨。

“茂华，你知道铁将军是谁吗？”邓彬忽眨着眼问道。

“铁建军呗，铁建龙的哥。潘寨的无赖，坏家伙。”

邓彬神秘地告诉茂华：“黑蝴蝶的伙计。”

“真的？”茂华突然来了兴趣，“就是曹明海用打狼铁家伙打住的那个嫖客？”

“没错。这不，曹明海总想伺机报复。”

“嗨，把陈琦误下了。该把他也叫来。”

“他对黑蝴蝶感兴趣，来看铁将军有啥意思？”

“那个人，啥都感到有意思。公鸡打鸣，他还看表呢。不过，咱不管他的事。咱现在，该把明海叫来，商量明天的会。”

“对着呢，我给叫去。”

邓彬出去，找到那凯文，说：“你是潘寨下乡人员。今后，有事没事你得来工作队。现在，唤明海去。”

明海来了。他一进家，哈哈一笑：“啊，调来位大帅！”

茂华皮笑肉不笑地表扬明海：“曹支书又立功了，还得是你的神机妙算，识破迷魂阵，凯文老丈人的贼皮披定了。”

“哪个坟里没有冤死鬼？”曹明海竟然笑纳了茂华的恭维。他掏出烟一人发了一支。

茂华嗅了嗅烟，说：“曹书记今天高兴，大方起来了。”

明海嘿嘿冷笑一声：“彭部长别调侃俺庄户人啦。俺们是穷命，不像有些人，富得抽筋，月月进票子，还抽便宜烟。”

“好我的老支书哩，你给烟，俺敢不识抬举吗？怎么反口损俺抽便宜烟？”茂华将整盒烟，掏出来，抛到炕上。

明海知道茂华的脾气，不再敢耍贫嘴。他跟支书们逗笑，是弟兄班子，但工作上翻脸不认人。在明海心里，他敢跟徐晋东耍心计，是因为徐晋东毕竟是有身份的，总得讲究点场合、尊严、形象；他不敢跟茂华称斤论两，是因为茂华武装部部长，民兵头目而已。闹不好，他敢腆起肚臭骂你。他反正不吃眼前亏。今天，他的突然出现，肯定是徐晋东调兵遣将的部署。明海四下里看了看，发现少了个人。于是问：“徐书记呢？”

“徐书记到县里开会去了。他走时吩咐，让我和老邓负责处理你们村的案件。”彭茂华直言直语，毫不客气地将自己推上负责的位置。他有意省去“协助支部处理”这句话。

邓彬接着告诉曹明海：“明天上午召开社员大会，批斗马跟心、铁建龙。”

曹明海闭口不言，显然另有想法。

"各小队全部停下生产，参加大会。你做一下安排。"茂华下达任务。

曹明海坐在小凳上，边吸烟边动脑子。徐书记不声不响去了。彭部长来了后，只管下命令。他俩一唱一和，大有逼人就范，替坏人保镖之嫌。蓦地，他想起，彭茂华是青云寨人，本村铁家的姥姥家。而铁建龙一家，是民国年间搬到潘寨的。是不是他们未出五服，亲近着哩？……总之，他大有来头。曹明海看出彭茂华的意图。他在限制自己，唯恐妨碍他们的手脚。明海总想弄清公社领导葫芦里卖的什么药。彭茂华尤其令他持疑。要是能想个办法，将茂华挫一截，这才合他的意。他横竖想在明天的大会上，大打出手，大出风头，长自己威风，灭坏人气焰，从而在潘寨大树自己的威信。这也不枉此次战役大获全胜一场。

"明海。"彭茂华发现明海城府在胸，别有肺肠，便继续主动进击，给了他个破头楔子，道："明天的会，我主持，你作案情介绍，得峄宣布处分，挑三四个民兵批判。再加上他俩的交代、检查。你看主要程序怎么样？"

明海想了想，茂华给自己划定一个圈子：案情介绍。介绍就介绍吧，大会无非就是讲案情。这里边的伸缩性是大得很呢。于是同意了。他讪笑着说："彭部长的安排，没错。"

"另外，"茂华临时动议，新增一项内容，"明天借这个机会，在潘寨召开一次全社民兵营连长会议。让他们都受受教育。"

明海对茂华这一举措，很感兴趣，他笑了："好嘛，把俺潘寨的糗事，远扬一下。名气不好，可名声不小。"

三个人总算都笑了。

徐晋东吃过早饭，便回到自己屋里，坚守阵地。今天，他虽然身离潘寨，但心还被那里的群众批斗大会所系着。他是无论如何不能离开公社的。他对潘寨的事情，是远远不能放心的。尽管有彭茂华压阵，但他恐有不测，以防万一，只好在公社里挨时间了。他躺在铺盖卷上，仰面朝天，什么也不想，唯恐有潘寨的电话。此时此刻，他想到潘寨群众大会的场面，心里很激动。他油然产生一种胜利者的优越感。

“笃、笃、笃”，极微弱的叩门声。

徐晋东坐起来，道：“进来。”

门开了，一位文文静静的妙龄美人走了进来。她嫣然一笑，亮出雪白的细碎整齐牙齿，外腮一对蝴蝶般的笑窝，如中秋月飞入牡丹丛，美中有美，妍中有妍，要怎么形容都不过分。他瞧着玉貌花容的小黄，等她开口。她竟笑而不语，只是站在那里。“你还在小咀下乡？”晋东只好主动问了。

“到县医院培训了半个月。”她低头瞧着自己一双互相搓磨的纤细手指头，无所适从地感到窘迫。

晋东下地，边倒水边说：“坐下。我到小咀，你的水倒得我很不过意。你来我家，怎么忘记给你倒水了！”他在逗她缓和气氛，并且表示，还记着她的美意。

她甜甜一笑，不作答复。

“你到县医院学啥技术？”

“人工流产，引产。”

“学会了？”

她又是甜甜一笑。

徐晋东又想到在小咀的初次见面，问：“你们在小咀下乡，社员们吃得怎样？”

“清早是小米绿豆稀粥，中午是黄糕和莜面刨渣。”

“哟，给吃得不错嘛。”徐晋东笑着说，“你沾魏大夫的光了。”

小黄笑着低垂下头，她粉嫩的脸蛋上，出现了玫瑰潮红。

“你找我有事？”晋东见她总是笑而不语，便主动问。

小黄笑意盎然。她抬起头，看定晋东，红粉青娥，杏壳明眸，羞答答道：“我想进城，你能帮个忙吗？”

晋东不假思索地回答：“这我可帮不成忙，我没有那方面的门路。”

小黄也许感到晋东的回答，太绝对了，使她难下台。她又婉转地说：“办不成也无妨。你有机会给打问的，或许有希望的时候。”

“不要耽误了你的事。我实在心有余而力不足。”

小黄笑着说：“今天办不成的事，或许明天就能。”她翻起眼皮看了看晋东，低声道：“只要心有余，就谢谢你了。不怕力不足。”

啊？晋东无论如何再不敢同这小妞交谈下去了。他再不敢用笑脸挑逗了。他平平淡淡，正正经经地说道：“小黄，如果我能帮你的忙，我会告你的。如果——”

“嘟——”院里有小车喇叭声。

徐晋东听到脚步声。他忙开门迎客。客已走到他门前。

“喔哟，是罗书记！”晋东脱口招呼。

徐晋东很抱歉地伸出手跟罗国亮书记握手。他屁股后边跟出小黄，悄悄绕开走了。

“你在家干啥？”罗书记瞟了一眼小黄，“我今天是专门来检查你的。”

晋东顺着小黄走去的方向看了看，说：“没事。”

罗国亮边往屋里走，边随手拍了一下晋东的屁股，压低声音，道：“当心犯错误的。”

徐晋东边给罗国亮倒水，边红着脸说：“放心吧，罗书记，咱做不下没米的粥。”

罗国亮还没有徐晋东岁数大。也是从农村支部书记提拔上来的干部。他没有架子，平易近人，办事很讲究实效，没有学会官僚作风。有次，他下乡，吉普车陷进小河里，他下车又推又拉，滚了一身泥巴。几个农民过来帮助启动车，夸奖说："这个好后生。"后来，这句话传开了。好些人背后叫他"好后生"。

"好后生"喝了杯水，说："晋东，三秋开始后，这是第一次检查工作。我们分三路进行。这次检查的重点是公社一、二把手的点。你的点在哪个村？"

"潘寨。"晋东不露神色，暗自庆幸。罗书记来得适时，天从人愿。这叫运气。他坐上罗书记的车，带路前往潘寨。

"秋耕进展情况怎么样？"罗书记问。

"拖拉机都出动了，中道线采取割一块，腾一块，耕一块的办法。上道线的牛犋也上马了，形势很好。"

"潘寨怎么样？"

"机器没轮过来呢。坡上碎小地块，已上牛犋秋耕，每队两犋，已经五天了。"

"今年减产幅度大不大？"

"旱坡地区减产在正常年景的三成以上。水地区减产幅度不大，碱地区好于往年。"

"潘寨的农田基本建设项目，定下来没有？是新上项目，还是老工程扫尾？"

"续修高灌防渗渠，一千二百米长，需动石料、土方上万方。咱去看看。"

傍进村，徐晋东告诉罗国亮："今天潘寨召开群众大会，批斗两个栽赃陷害小队长的坏家伙。"徐晋东扬扬得意，此等火热的阶级斗争场面，让书记亲眼见识一下，是何等的荣光。

"咱不要进去了吧！"罗书记出乎徐晋东意料的回答，使他不可思议，莫名其妙。他本以为罗书记要倍加关心地大讲特讲，甚至向全县通报此等声势浩大的活生生的大批促大干的典型事例。没想到，他竟然绕开走。徐晋东有意再吹吹风：

“‘四人帮’流毒，在农村的确大有市场。结帮营私，矛头直指革命干部，气焰十分嚣张，手段也很毒辣。我几乎上了这帮家伙的当。险些闹出人命，也险些冤枉人。”

“是这么严重吗？”罗国亮认为徐晋东故弄玄虚，扩大事态。

当徐晋东将事情过程，大略讲了一下后，罗国亮安抚他：“批斗要注意政策，千万不能出事。”

说着，车已开到会场外边。他们下了车，走入会场。会场设在大队剧场院，主席台设在大舞台上。现在正值曹明海津津有味地讲述作案过程。被批斗人立于前台。台下群众秩序井然。“上去坐一会吧？”晋东征求罗国亮意见。

“不必了。”罗国亮见此场面，老实讲，躲之不及。若不搞大批判，坏人坏事无法管束；若搞，一时过火，出了问题，上下不好交账。遇上潘寨此类场合，连徐晋东也悄悄躲在公社，跟年轻媳妇闲聊，自己上台干什么？被他们当作后盾，惹下麻烦，岂不是不沾光吗？

“走吧。”罗国亮对徐晋东说。

徐晋东对罗国亮的模糊态度，虽然有些不理想，但退一步想，毕竟带他来的目的达到了。让罗国亮亲眼看看，发生在公社书记蹲点大队的一次批斗大会，使他耳目一新，留下这样的印象：徐晋东在双杨，局面已经打开，工作有声有色。这就够了。其实，事与愿违。罗国亮对徐晋东的第一印象是，这个人会干，不实干。这么庄严的会，又是他的点，他居然撒手给武装部部长。他呢？消闲地在办公室跟小美人密谈。马上开始的大兵团作战，公社书记要亲自挂帅，担任总指挥。看其行，听其言，恐怕思想上没有做好准备。罗国亮本来要走的，不走了。

“回公社，我有话跟你说。”罗国亮进了一下会场，结果工程也不想再看了。

徐晋东本打算在潘寨跟罗书记握手送别，这下不行了。

罗国亮到了公社，没进办公室，跟着徐晋东来到书记办。马亚平过来献殷勤：“罗书记好不容易来一趟，下午走吧。”毛毛跟着提来一壶水，并另带一个待客瓷杯。他们礼节性地匆匆来去。

马亚平走到院里，向司机招手：“李师傅，办公室休息。”他又老顽童似的怪神秘地走近李师傅，向杨树枝头指了指，“你瞧着没有？”树上有几只鹁鸪，正在打盹。

罗国亮开宗明义，对晋东讲：“县里最近要召开各公社书记、主任会议，安排秋季植树、秋耕、改厕所、粮油入库和农田水利基本建设。今年的农田基本建设来势猛，规模大。大兵团跨地域作战，势在必行。全国学大寨会议，由昔阳开到北京，形势越来越好。从全国大形势看，一个波澜壮阔的农田基本建设高潮，即将出现。我们要有所准备，有所行动。作为一个前沿阵地指挥官，要充分做好打硬仗、打大仗、打胜仗的思想准备，要做好拼命决战的精神准备工作。”罗国亮有意加大敦促力。因为在确定晋东为双杨公社书记的会上，他的老上级郑平主任，说过一句话：这个人籴回米籴不回米，总丢不了口袋。这是句令人不放心的话。罗国亮想到这里，突然问晋东：“你的准备工作到位了没有？”

徐晋东顺口表态：“紧跟县委部署，决不拖县里的后腿。”

“要选中工程，集中领导，集中队伍，联合作战；要大刀阔斧，雷厉风行，迎接新的挑战！”

徐晋东听了罗国亮的吹风，心里着实有些紧张。山雨欲来风满楼，今冬的农田建设方针，就是死活不下。这种兵临城下的状态，令人不寒而栗。几年来，他在徐沟虽有作为，但毕竟是小天窄地，远远没有卷入洪流般的巨浪里。地偏村小，政策鞭长莫及。这下他算幸运，双杨是县里的平川大公社，哪项运动也不会轻易放过手的。他联想到大兵团作战的那种惊天动地的氛围，竞赛、命令、通报、解剖、批斗、检查……徐晋东确实有种紧张害怕感。他本来就体质而论，不具备学大寨干部的硬骨头精神，如要求挂帅上阵，几天几夜不下火线，他还是会有种恐惧、怯阵感。他正这样心事重重，自责力不从心，处于畏缩、彷徨的急躁中，突然罗国亮开导他："你应当及早着手准备，不要等战役开始，才手忙脚乱，被动上阵。"

罗国亮一句话点醒徐晋东。他头脑一下清晰起来，精神振作，情绪激奋。他理直气壮地向罗国亮开言道："罗书记，一个石门水库，拉走双杨将近一半的力量，而公社的领导力量配备严重不足。常在公社的脱产党委成员，只有我、陈琦、马亚平、王磊四个人。公社主任蹲在水库，老马年迈，不能出阵。公社管生产的领导等于没有。"

罗国亮没想到徐晋东来了个兔子登天，变被动为主动，向他提出带抗议性的要求。他承认徐晋东的牢骚是能站住脚的，也是他的压力压出来的。这很好。"马上给你配备足够的领导力量，你的意见是啥？"

"公社必须有主任主持行政工作，管全社生产上的事情；我建议水库配备一名副职去负责。另外，我提议，让武装部部长、保卫干事参加党委，再增加一名副职。"

"还有啥要求？"罗国亮问。

"没了。"

"完全满足你的要求。"罗国亮让徐晋东如愿以偿，满心喜欢，"武装，保卫两人参加党委一事，你打个报告给组织部。"

"好。谢谢罗书记关照。"

"这是应该的。"罗国亮诚心诚意地说。

徐晋东做梦也没有想到，今天办了这么大的事。心情自然由衷地高兴嘞。院里，李师傅打着一只鹁鸪。它的翅膀打断了，在院里跑动，扑棱。王磊和毛毛帮着撵赶、逮捉。

徐晋东打开房门，边看他们扑捉边问罗书记："水鸪鸪肉也能吃？"

“可香呢。你没吃过？”罗国亮美味到口般咂着嘴，说，“不光好吃，还治胃病呢。瞧你瘦得猴样，吃上几个灰鸪鸪，用不了半年，能长我这么胖。”他笑了，别人也笑了。这时，李师傅走了过来。罗国亮说：“李师傅，把这个鸪鸪给徐书记留下，让他开开斋。”

“行啊！双杨有的是这东西。”李师傅扬了扬手中的猎物。

饭后，罗国亮要去石门公社。徐晋东、马亚平、王磊等出来送行。徐晋东说：“欢迎罗书记来指导工作。”

罗国亮笑着跟诸位一一握手，并说：“我检查工作，变成现场办公。今天给晋东省了不少事。”

这时，李师傅从车里拿出五个鹁鸪来，笑着说：“差点都忘了，给。”他给晋东递过去。

“都给俺留的呀？”

“这有啥客气的。没多少肉。”李师傅显得十分慷慨。

“那就谢谢了。”徐晋东接住，交给王磊。

“看看，今天徐晋东硕果累累。政治上、经济上都收获不小。”罗国亮指着晋东，跟大伙开玩笑。他坐车上，向大家招招手，走了。

第十一章　云龙风虎遂人愿

一天，徐晋东在党委办公室，摘抄各家生产进度。隐约听到前院有吵吵声。毛毛推开门，报告说：“杨秘书跟一个拉毛驴的人吵开了。”

徐晋东好似没听到。他心里很烦，公社搁上这么个生葫芦，成天跟社员吵吵。

"保准又是要救济的，锥尖遇上枣核子……"王磊说道。

毛毛叫上钰香躲在马头后，听一听红火。

"你也是个坏东西！"杨利民骂，"脑袋就像个猪头，生产队没德行了，养活你这号懒虫。你腿断了，不能走？"

"你杨秘书有权，把我开除出农业社。"后生叫二郎猫，不敢发火，油嘴滑舌耍贫嘴。

"撒上泡尿，照照你那个头相。想叫开除你去城里当工人呢？没门儿！"

"算了，算了。"那位四十开外的陌生人，刚才跟杨利民吹胡子瞪眼地争执，现在一改态度，从中调解着说，"这位小伙，今后出地不能骑驴，若再叫我碰上，二罪归一，轻饶不了你。"

杨利民听了这几句话，大惑不解，十分纳闷，这是个干啥的？

"徐晋东在不在公社？"来人问杨利民。

杨利民审视了一下不速之客：观其貌，貌不惊人；听其言，言外有音；看其行，毛手毛脚庄户人。可是，刚才他凶神恶煞，像抓住俘虏般将人和毛驴弄进公社，还被杨利民误当成生产队长管教社员呢。显然发生误会了。现在看来，这人有来头，不知算个啥佛爷哩。但杨利民才不管你什么神道呢，他用鼻子哼一声："后边。"像打发乞丐一样，轻慢无礼。他又对二郎猫说："你不赶紧牵上你的死毛驴滚，赖公社干啥？想讹顿饭呀！"

二郎猫牵上毛驴慢慢走了。这时，毛毛走进办公室对来客说："你找徐书记吗？在党委办公室呢。"她引上客人向后边走去。

徐晋东正在算盘上拨拉。客人走了进来。王磊定了定神，道："这不是老田吗？"

来人不客气地冲徐晋东喊："晋东，来你门上，怎这么大架子？"

晋东抬头一看："嗬呀！是田主任！"他忙扔下手里的笔，站起来，握手致歉，“对不起，对不起！你怎稀罕地来了？”

“命令如山！敢不来吗？”田主任笑了一声，“给你当助手来了。欢迎不欢迎？”

“真的？太好了！”徐晋东兴奋地说。

田主任叫田子荣。原来是南峡公社革委会主任，是徐晋东当年的顶头上司。由于这人，肯出力，工作任劳任怨，所到之处群众关系都处得很好。他来双杨当主任是再合适不过的人选了。他断定，这是县革委会主任郑平的格外关照。估计罗书记近日来双杨，也起好作用了。

王磊郑重地握住田子荣的手，说：“欢迎、欢迎！热烈欢迎田主任的到来。”

田子荣笑了笑说：“咱知道咱是干啥的就行了。来了就是一家人，欢迎就好！”

“走走走，到我那厢居聊去。”徐晋东将田子荣引到自己屋里，还没等他开口，田子荣便遗憾地“唉”了一声，说：“今天初来公社，一进大门，那个小个子，小脑袋。”说到这里，他解释了一下，“这样称呼有点不礼貌了，大概是秘书吧？”

“是的，革委会秘书叫杨利民。”

“这个人我听说过，说道得很。一进门，被他不问青红皂白，呛得闭口无言，十分难堪。”

接着他讲述了过程。

原来，田子荣进了双杨村，正好碰上二郎猫骑在毛驴背上，哼着淫词滥调，堂而皇之地穿街而行。他气得忍无可忍，秋收大忙时节，三秋会战在急，走路还需小跑呢，这人居然悠闲地骑在驴背上穷乐呢。再者，大街上骑驴成何体统？这不是人前放屁大街上唱，戏场院梳头菩萨殿浪，四大没样吗？

“这后生，瞧你像个啥？”田子荣教训二郎猫。

二郎猫瞅一眼田子荣，不怀好意地喊一声毛驴："驾！"

他又不高不低地说："狗逮耗子多管闲事。"

"你说啥？下来！"田子荣命令般喊。

后生不理他，只管吆驴前行。

"毛驴背上鞍架是驮庄禾的，你下来不下来！"田子荣立棱起眉眼，怒火冲天。

二郎猫见话头挺硬，知道遇上正经人了。他连忙跳下驴背，用脚踢了一下驴屁股，骂："操你娘的！快走！"

"你还骂人？"

"谁骂你了？还不人叫骂驴了？"

"走！"田子荣一手推车，一手上去拽住驴缰绳，拉上就走。

二郎猫是双杨村有名的又懒又油的二流子，他才不在乎这些鸡毛蒜皮的扯淡事呢，赤脚的还怕你个穿鞋的？他跟在后边进了公社。

他们走进公社大门，杨利民一见鞍鞯笼头，襻胸纣棍，全副武装的驮田牲畜，心里十分反感，断定是坡地农民来了。他问："干啥？"

田子荣便气煞煞指着后生道："大街上骑毛驴，成啥样子！"

杨利民把田子荣认成生产队长，不客气地呛他道："成啥不成啥，回你们队说去。公社还管你们这等闲事？"

"你怎这样讲话！"田子荣碰了一鼻子灰，气得直跺脚，"你们双杨，就这摊子？"

"这摊子怎么了？人骑毛驴也来公社打官司？"

"牲畜是生产队半副家当，是拿来驮庄禾呢还是驮人？真是岂有此理！"

这时，杨利民发现这个推自行车的，不是二郎猫的队长。他也初步弄清了他俩的关系。于是，教训了几句二郎猫。田子荣从中调停，才把这件事拉倒。

田子荣对徐晋东讲述后，说："也怨咱好管事。回头还得跟杨秘书解释一下，不能初次见面，就把关系搞僵。"

晋东不以为然地说："老杨岁数不小，修养不行。他群众基础差，跟伙计们也难处。有的社员背后骂他杨阎王。"

两位曾是上下级关系的同志，今天相逢在双杨，成为战友、同僚。对徐晋东来说，他觉得并无所谓。今天是社员，明天当支书，成了一村之主，后天不当了，又是社员。其他干部也亦然，无所谓。他没有形成官场名缰利锁，虚荣固执的正统观念。何况，他是属于那种相当超脱的人。世上人与世间事，在他眼里，无非是机遇、命运和主观追求的暂时表现。不存在天经地义，不在乎才华盖世，无须沾沾自喜、盛气凌人；也没必要自暴自弃，怨天尤人。在一块共事，时间是有限的。像田子荣这种人，坦率赤诚，肝胆相照，难得啊。田子荣呢？他初听到调动消息，心里感到别扭。但回头想，如今兴火线练兵，由基层提拔干部。好些大队支部书记一跃而为县委书记的大有人在。区区公社书记，算啥稀罕事？这叫新生事物。加之，徐晋东回县工作一段时间，论文化，论实践，均没啥挑剔。其人不可小视，凡事有独到的见解。田子荣给他当副手，甘拜下风，量不会受窝囊气的。正因为如此，他才敢以老上级老朋友自居，还没来公社报到，就在路上捉了个四大没样的泼皮，作为向徐晋东的进见礼。没想到，适才遇上杨利民这个"阎王"，不问青红皂白出口伤人，使他弄巧成拙，反受了顿不明不白的冤枉气。

徐晋东向田子荣将双杨基本情况，做了一番介绍后，又特别提到，他来双杨后，那两起事件的悬乎。两起事件即赵庄"6·12事件"，潘寨"9·29事件"。徐晋东颇有感悟地说："这地方人，倚河夹官道，刁得很。凡事须当心啊。"

他俩正推心置腹交谈着，马亚平推开门，走进来，笑着说："你们惯熟，谈的……哈哈哈。"他接着说："徐书记，县委组织部打来电话，要我到部里一下。”

“大概是调你回县吧。”徐晋东心中有数。

“哟，我一来你就走，不能再扶持个一头半年？”田子荣挽留。

“嘿嘿，人老了，组织上会考虑的，我进去看看是咋回事，再说。”

“好。你去看看往哪调。”

“单位无所谓。到哪也猫老不逼鼠了。”马亚平坦率地笑着，容光焕发，富态股股，作别而去。

田子荣也站起来道：“老伙计，今天算打个招呼，后天正式来报到上班。”

“家里有事，可以安顿安顿。怎么，这就要走了？”

“得早点回去。公事私事都须做一下交代。”

“那就不留你了。你已经不是客人了。”

“好好好，一家人不说两家话。”田子荣欲走，又回头压低声音，“用不用跟那家子坐一坐？”他指杨利民。

徐晋东一摆手：“不必。别理他就是了。”

田子荣赞赏地回答一句：“我看也是。”他显出大丈夫气概，一骗腿，骑上车子，昂然而去。

毛毛站在话务室门口，远远地问徐晋东：“徐书记，这就是新来的主任？”

徐晋东笑着反问她：“怎么？你猜摸着他像个主任？”

毛毛扬头一笑，算作回答。

猛然间来了个田子荣。徐晋东对这么个搭档，不由得浮想联翩。一九六二年田子荣到徐沟下过乡。那时候，田子荣未到南峡公社，徐晋东也没当支书。当时，田子荣下乡任务主要是：禁止开小块地。徐沟土地多，单干倾向严重，家家户户大开小块地。他们卖了高价粮买高价车子，娶媳妇，盖房，大发困难财。田子荣由于工作认真，成天在地里撵赶开小块地的人。人们对他恨之入骨。田子荣不但在村里亲自检查、登记，与众为敌，还到公社、县里汇报，说徐沟的小块地成灾，社员们单小块地的粮就足够吃。等等。众怒难犯，人们窃议，想轰走他。这时，村里有个茬儿头人物，贫农身份，他对保管说："明天把老田的饭，派在我家。"他出面收拾老田呀。当田子荣从县里又来到徐沟，天已不早了。晚饭便派在这茬儿头家。他给专门做了一荆笄粗糠窝头，田子荣一见，大吃一惊，这是喂驴也不吃的东西。"老田将就些吃吧。咱徐沟百姓可怜哟，现在已经揭不开锅了。"女东家给舀上一碗小米稀粥，清得能照见人影，筷头下去，连一颗米也捞不起来。田子荣跑了四五十里路，肚里饿得咕咕叫，干生气又没辙。第二天他告别徐沟，再没去禁止小块地。

七十年代初，徐晋东当了支书，田子荣担任南峡公社副主任。徐沟搞了一项截潜流引水上山梁的大工程。田子荣亲自坐镇并身先士卒，带头实干。当挖到铺山石，见了潜流水时，他兴奋极了。别人几班倒，他连轴转。最后，吐了血。是徐晋东护送用平车送到医院的。这人工作上了手，不要命。

徐晋东想了好些往事。总之，此人是位将才，当助手是理想的人选。他正这么围绕田子荣展开遐想，突然，房门"咣"一声响，随之走进一个人。

"哟！我说谁这么硬戳，原来是成老先生到了。"徐晋东乐呵呵笑着迎接。

"怎么？我踢你的门，也感到奇怪吗？"成轩昂从近视镜里盯着徐晋东，"坐镇双杨四五个月了，也不回去看看穷弟兄们，像话吗？"

"啊呀！成老弟，不瞒你说，公社事情乱如麻，忙得焦头烂额。你问今天是哪月哪日了，我也闹不清。早没有时间、星期概念了。"

"这就不叫第一把手。你得学会大权独揽，小权分散，该糊涂的难得糊涂啊！"

“有些事，不能糊涂。紧把关，紧操心，还出问题呢。”

“你也学会唱高调了。世上离开谁，地球也转呢。天塌不下来的。”

成轩昂的高论，使徐晋东大吃一惊。真所谓三日不见，当刮目相看。成部长居然有这么傲气十足的破天荒气魄。若今天不是当面听到，决不相信是出自他口里的话。成轩昂大学中文系毕业生，研究马列著作很有造诣。他讲党课，很有系统、条理，人们听起来耳目一新，津津有味，在小县城算得上一个权威理论家。他两耳不闻窗外事，一心只读理论书。成了众所周知的老夫子。也终于将身子弄坏，骨瘦如柴。

成轩昂跟徐晋东无所不谈，每每互相调侃，成为彼此乐趣。今天两人相见，仍不例外。晋东边给他倒水边问：“老成，近日理论上又有啥新的课题？”

成轩昂哈哈一笑，不予理睬。在他眼里，徐晋东是个不学理论，不听首长教导的任性旷达之人。他不但鄙视别人的说教，还时常有自己一套理论，令成部长哭笑不得。这不，他又有谬论发泄了：“你不讲限制资产阶级法权了？也不讲批判唯生产力论了？对对，这都过时了。这和日历一样，过一天撕一页。现在是，真理标准。这对吧？实践是检验真理的唯一标准。我真奇怪，世上发生什么事，或者想要发生什么事，都有放之四海而皆准的理论。现在，我弄明白了，理论是工具。”

成轩昂反驳他：“你快别胡诌了。当了书记还是这么信口开河，不受约束，农民做派。你当着手下人，也兴这么胡言乱语？”

“我坐在台上，比你还马列主义呢！”徐晋东一笑，“这话只能跟你讲，因为你是县里的理论泰斗。跟你这么说，是想讨得一些真经嘛。”

“别孔圣人门前卖书本，显示你的小聪明了。我今天不跟你谈这些。我有重要情报告你。”

“嚯，钦差大使角色，我慢怠了。有啥大事，快讲嘛。”

“这几天县里中层干部动荡不小，涉及双杨的好几个人，你接到通知吗？”

“没接到任免通知，但有的谈话了。”

“我告诉你：你们仝主任免职了，马亚平调回县农工部当副部长了，田子荣来当主任。还有，给你派来个专管水库的副书记，叫罗彪，你认识吗？”

“不认识。”

“知道你也不认识。这人本事很大。”成轩昂吸一口烟，慢慢地给“本事很大”做注脚：“论工作能力，拿得起，放得下，是帅才；若摸着他的脾气，闹你也是一把手。有才的人，多数是这样。”

“唔？是这么个人。多大岁数啦？”

“比你我都大。大也大不了多少。当兵的出身，原城关公社副主任，趾高气扬，尾大不掉，与书记分庭抗礼，时常闹得不可开交。你须当心啊。”

“工作上是怎个帅才？”

“能吃苦，有解数，有胆略，会吹善擂，能号令部下，打开局面。”

成部长一片美意，徐晋东自然领情。不过，他听了大儒先生的介绍后，另有看法。他又试探着进一步摸罗彪的底细，问：“既然有这样神通，为啥书记不容他，闹矛盾呢？”

“一山不容二虎。霍熹城担心他夺权。”

徐晋东笑了：“这就是霍书记的不对啰。一个小小公社书记的宝座，哪至于到非殊死搏斗这一步不可！”

“高！你有这个境界，肯定不会萧墙祸起。”

……

由于成轩昂推荐，罗彪人未到，名先来了。不过，徐晋东总认为，与人相处，必须亲自共事，不能轻信他人。人是没有绝对好人和绝对坏人的。但毕竟先入为主，他不能不问，就对罗彪其人有了芥蒂。

一天，公社正在会议室召开大队支书、主任会议，徐晋东的动员报告结束了，田子荣在安排具体任务。这时，王磊走上台去，趴在晋东耳朵旁说：“罗彪来报到，在外边想见你一下。”

徐晋东回答：“告诉他，就说正在开会。”

王磊走了。

徐晋东此举，完全来自成部长的好心告慰。他在给罗彪摆架子。有意称罗的骨头。而罗彪却蒙在鼓里。他以为徐晋东对工作如此认真，一刻不敢离开会场。

大约一个多小时后，罗彪实在等得不耐烦了。本来今天是报到，打招呼，不见书记面也可以。反正他的工作在水库，这是县委定下来的，出于礼节和对徐的尊重，才执意面见一下书记。一来作为请假，例行公事；二来认识一下，加深印象。不料，这么难见。他难免有些烦躁。但想了想，既然打招呼要见，就必须见上。不然，初见面失礼，留下一个不好的印象，不利以后工作。他决定到会议室门口，死等。

陈琦出来了。罗彪认识，又让他捎话，叫徐书记出来一下。陈琦返回会议室，告诉徐晋东：“罗彪来报到，在门外想见你一下。”

徐晋东点点头，但一直没有出去。直到散会，他才走出会场。

徐晋东一出门，罗彪上前，自我介绍道：“徐书记，我叫罗彪，组织上让我来双杨任副书记。组织介绍已交给王秘书了。我想跟你坐坐。”

徐晋东见罗彪相貌堂堂，举止言谈，落落大方。他很有礼貌，也谦逊和蔼，没有因冷慢表现出丝毫不悦情绪。他恳切、坦然，对徐晋东很尊重。因而给书记留下很好的印象。晋东自责着承认：此人比自己有涵养，自己不该以小人之心，度君子之腹。于是，诚心诚意地说：“家里坐，家里坐，让你久等了。”

罗彪跟着徐晋东走进书记办，因为有事，急着继续他的自我介绍：“徐书记，这次调我到双杨来，组织上安排是上石门水库。不知你的意见如何？”

徐晋东早听成轩昂掏过小耳朵了。但今天听罗彪亲口谈出此事时，心中仍难以克制喜悦之情。此人到石门，是独当一面的一把手。县委有眼力，委以重任，太理想了。他给罗彪介绍说：“工作艰苦，生活困难，责任重大，经费不足，人员难管理，通讯不便。全靠你独立工作，开拓局面了。”

“只要公社党委相信我，水库上的困难，我有信心……”

“县委相信你，我更放心。老罗，石门水库上的事，全权交付你了……”

罗彪要的就是这句话。只要公社不干扰，不去吹毛求疵，他多重的担子，也敢挑，受死也乐意。这不，俩人几句话，便彼此肝胆相照，一个想要权，扑开身子大干一场；一个想甩去包袱，卸点担子，这岂不是一拍即合，正中下怀的事嘛。紧跟着，县委组织部、人事局的任免通知，也行文到达公社。双杨公社的领导集团，发生了一次较大的变更。组成了一支生机勃勃，富有战斗力的领导集体。彭茂华、邓彬批准参加公社党委，名正言顺入了阁。

至此，双杨公社的领导班子，珠联璧合，相对稳定下来。

第十二章　送旧迎新盛空前

公社迎来送往有沿袭下来的惯例。除一、二把手举行隆重的新旧交接仪式外，其他人都是听懂便饭。公社人员大流动以来，最早带着行李上任的是田子荣。马主任虽然没有离开公社，但组织上已经谈了话。谈话即命令，像戏台上摘掉乌纱帽一样，已经失去权力。他不便指派公社事务工作了。后勤一摊，暂没人管，徐晋东只好亲自出面。为了省时省事，徐晋东要李葆定准备一次集中的欢送欢迎午宴。他要将这次所有动的人，集中一块热闹一次。因为这类事情的开支，公社不补，除吃伙食节余外，不足部分个人出钱。八大员们，有的遇到此类场合，悄悄躲开，省几个钱。徐晋东和李葆定打招呼的意思很明确。李葆定八面玲珑，总会将事情办得如人所愿。然后落得在领导面前被一顿夸奖，满脸荣光。

田子荣是个坐不住的人。他一到公社，便急切地要到下边转。即熟悉情况，检查工作。而徐晋东一下抽不开身，马亚平正好也想到下边和各村干部告别一下。于是，他毛遂自荐，主动提出陪田主任到各大队走一走。他说："按说，应当由仝主任引上田主任，去见各大队干部。仝主任不在，我去有点降低田主任的格儿。"

"有个带路的就行了，原来还没格呢。"田子荣不注意这些官场上的逢场作戏语言，赤裸裸说了这么一句，使马主任老脸有点失色。徐晋东看在眼里，赶忙挽救局面："本应当我陪二位去见基层领导。我实在走不开，只好委屈你们互相关照，一个告辞，一个新任。"他又对田子荣说，"马主任是公社通，下边威信很高。今天能陪你下去介绍情况，实属难得的机会。"

"过奖、过奖。哈哈哈……"马主任爱面子，此时才觉得体面起来。

"不过奖，马主任当年当部长时，我才在红泥湾教书着呢。"田子荣笑着说。

"好了。你们去走走吧。"徐晋东打发二位起程后，便埋头构思"七七年冬季农田水利大兵团作战方案。"

田子荣和马亚平一前一后骑上自行车驶出公社大门。马主任本意是想他前边带路，一边走一边向田子荣介绍双杨的地形地貌，作物布局，干部个性等他所熟悉的基本情况。他说起啥都是一套一套，有头有尾。

而田子荣听起来十分麻烦。本来一句话就能说透，他啰啰唆唆卖关子。俩人还没到岳堡，田子荣便脚跟一硬，蹬着脚蹬，嗖、嗖飞驰了起来。他想的是，立即逮住大队干部问他个闭口无言，给他个下马威。马亚平见田子荣丢下他，独自扬长而去。他停下来，莫名其妙地望着即将消失的田子荣，又是个气，又是个笑。既然望尘莫及，只好将车子掉转头，向来路上返回。当田子荣突然想起后边的马亚平时，马亚平早回了公社。老马坐在他那把铺有棉垫的小凳上，品起茶来。他用指头随便敲击着桌面，心不在焉地憧憬着依依惜别的双杨公社。是啊！不知不觉，十个年头了。他本想借此机会，再次看看双杨的山山水水、渠渠道道，没想起遇上个急脚鬼田子荣，火燎屁股似的跑了个没影踪。他望着即将告别的屋顶、墙壁，三年一粉刷，都是他负责领料操办。从此将推给他人，与己无缘了。由此他联想到伙食账，李葆定说有节余，但并不多。伙房后喂着两口猪，那只小的，猪崽钱还欠着未付。公社农场从公社院里砍走十三株杨树，也未作结算……他正这么仔细考虑着自己手里遗留的事情。门一开，田子荣来了。“咳！”他一拍自己的脑门，“我心里一急，脑袋里就走了弦。神不知鬼不觉蹬着车子跑了个没远近。实在对不起马主任。”

“没啥，没啥，你心里有事，重任在肩，我能理解。只是怨我年老腿迟脚慢不中用了，哈哈哈……”马主任有田子荣这一道谢，什么都满足了。

“不对，不对，您德高望重，能陪我深入下去，我却……太不礼貌了。您多多原谅。”田子荣走了出来，自言自语道：“又把半天的时间白白过去了！”

傍午，罗彪骑一辆新飞鸽车驶进公社大院。他后边跟着一个后生，车子上驮着他的行李。田子荣一见，心想：“有多大架子，还用个扈兵。”他这人有个特点，每每心里想啥，嘴里就说啥。有些不能说的，他也总要在脸上、嘴上、眉眼上表现出来。人们一目了然，比撩起他的肺看心还明白透彻。他和罗彪认识。并有前嫌，他眼瞅着罗彪身后的随从，问：“来了？”

“你也来了？”罗彪下了车边走边回问，直向徐晋东屋走去。

“嘘！”田子荣打量一番罗彪整洁、讲究的衣着，四平八稳的步伐，怎看怎不顺眼：“哪有公社干部的样子！”

徐晋东见罗彪用一个小伙给带来行李，便边招呼客人进家，边喊：“毛毛，开一下四号房间。”

“怎？”罗彪问晋东，“是不是给我开家？”

“是哩，咱们领导都在这一排，你住四号。”

“不必了。我马上要上水库，这卷行李临时放一下就行了。”

“那好，放我炕上吧。今晚上睡客房也行，咱睡一块也行。”

于是，小伙子解开捆绳，将一卷行李搬到徐晋东屋里。

这里的房子，都是靠后墙是炕，前边是地。领导们一人一间房子，其他人有的两人一间，有的三个人、四个人不等。炕下有灶火，可以烧柴热炕。

罗彪胖，屁股靠炕沿上站着说：“有啥安排的，你早点安排。周书记催得很紧，要马上去水库。”

晋东说：“这次人事变动较大，迎新送旧是公社的惯例，这次计划集中一天闹。我问问葆定，看能不能明天办。”

他开门站院里喊：“毛毛，叫葆定来一下。”

毛毛回话：“葆定不在，到水库上去了。”

“他到水库干啥？”徐晋东心里琢磨，他是不是准备会餐的事。正这时，李葆定回来了。车子后边长拉拉带着一只像羊又不像羊的死动物，头软软耷拉着，被捆绑在车子衣架上。

“啥东西？”徐晋东问。

“狍子！”葆定下了车，头上汗流满面，得意扬扬地回答。

“哪来的狍子？”

“山上打的。”

这时，罗彪也出来看狍子。送行李的小后生，便走了。

“吃过饭再走嘛。”晋东挽留。“他是城关的，离家不远，让他回吧。”罗彪不客气，然后对小后生说，“路上慢点。”

徐晋东、罗彪、田子荣等都去看李葆定带回的猎物。那是一只很大很肥的狍子。据说，山上很多，还有野山羊。虎豹也有，但为数不多。李葆定说：“咱用五块钱买下的，皮子归人家本人。”其实这是他胡编的，搪塞领导呢。实际他是找上水库，让一个打生的给打只狍子。并说是公社欢迎新来的水库负责人罗彪，徐书记特意让闹只狍子的。他声言负责向水库领导请假，并给记出勤。打生的说：“你给我二十发子弹，也不用请假记工，我给你一只肥狍子。”

葆定一听，有门儿。他讲价还价道：“一言为定，给你十发。以后如果多要下，白给你。”

“行。”对方很痛快。

李葆定连忙从水库下来，找到彭茂华。如此这般一说，茂华便交给他二十发子弹。他除拿回这一只肥狍子外，内扣下十发步枪子弹，还可做一次此类交易。

有这只肥狍子垫底，会餐一定错不了。徐晋东立即通知王磊，让公社人员明天回来开会。“先把老邓叫回来，扒狍子。”葆定提议。

“行。叫他马上回来。”晋东认可，并嘱咐王磊。

晋东发现那凯文在，便对他说：“你去水库，通知全主任他们，明天回公社开会。”那里没有电话，仍靠传话联络。

王磊找到徐晋东说：“明天的仪式很隆重，应当请城里的摄影师来照个集体相。其一，马主任在了十来年，又是德高望重的老革命。……”

“可以嘛。你负责请一位来就是了。”

有关人员各自忙起来。葆定进城采购，毛毛和钰香打扫会议室；王磊进城联系摄影师；康师傅磨刀、发面、备饭；邓彬扒狍子皮、开肚肠、剁肉。大伙动手干了起来。罗彪静静地考虑，明天在见面会上，应当说些啥，甲、乙、丙、丁，在脑子里盘旋。

只有一个人例外，那就是田子荣。他心急如焚，眼看秋收工作上边越拧越紧，他那天同马主任半路分道扬镳后，心里窝着一肚火。他找到徐晋东说：“书记一定忙得没时间，能不能给我半天时间，召开一个大队主任会。我和各村大队主任见了面，就能开始工作，下去总不能像杨利民那样将我戳洗一顿。”他确实像热锅上的蚂蚁，坐卧不宁。不过，徐晋东不同意：“先和公社干部见见面，再和大队书记、主任见面。别急，营生在手里呢。”田子荣不知该往哪跑，心里干着急又没事干。他对明天这么大摆宴席的做法，实在看不惯。虽说是欢迎自己，也怪别扭。这有个啥欢迎的？你不欢迎，我也要来；他不欢送，也得走。这是组织安排。你就是组织部棋盘上的棋子，往那放你，不由你，闹这些俗套干啥。但他初来乍到，有的领导还没见面，不能由自己使性子。何况，他想到这里，又退一步想：明天和大家见见面，说上几句客气话，也有好处。他在来路上又发现割倒的庄稼地里漏镰小谷黍不少，高粱头落地不注意，甩在地里的颗粒也不少。都是浪费！这地方人，真不像话！懂不得珍惜粮食！岂有此理！

但他忍了又忍，要接受初来双杨的前车之鉴，不能再碰个钉子。他向公社走去，他发现公社围墙有处豁口，从那里跳过去，可以省走好多路。于是他便俩手一扳矮墙，轻松地跳了过去。没想到，他一下跳进女厕所。毛毛正在解手，吓得“啊呀”情不自禁失声喊叫。田子荣回头见状，赶忙小跑。他的心被毛毛雪白的腚片，刺激得怦怦直跳。“今天又办了件糗事。”他赶紧走回家躲起来。但又不放心，怕毛毛没看清是他，在院里大喊大叫，岂不欲盖弥彰，越描越黑，更叫他难堪。于是，他又惶惶然走了出来，站在门口，观察毛毛的动静。其实毛毛看清是田子荣。她见田子荣站门口，像个小偷，知道他的窘迫因何而来。她看也没看他，径直向话务室走去。她怕羞着他。她也不准备和任何人张扬此事。但田子荣望着毛毛那副正经样子，心里嘀咕：这娃是不是怀疑咱是有意呢？她一旦想不开，弄出乱子，怎么办？一时间，田子荣的心里像十五个吊桶打水，七上八下，忐忑不安起来。田子荣胡思乱想，杞人忧天越想越后怕。于是，悄悄走进徐晋东家。他俩是隔壁门挨门。

“坐。”徐晋东不知在写什么，随便说，“你出去转转？”

“唉，人不走运，放屁也能砸到脚后跟。”田子荣一嘟噜脸，老大难看。

“怎？”徐晋东知道他爱管事，以为又碰上茬儿头，刺了手。

“我从东边的地里回来，只说翻墙豁，别绕大门，少走几步路。没想到，你那个女厕所没南墙。一下闯进去了，毛毛正在厕所。闹得人家娃很尴尬。你看，咱这不是，没事找事。”

徐晋东淡然一笑：“这有啥挂在嘴上的必要？说这干啥？”

“咦！”田子荣蛮认真地说，“不知毛毛怎想的，万一找你反映，你也有个准备。我也提前对你声明，此系误会。”

“哈哈哈，”徐晋东望着田子荣那副又担心又认真的紧张神色，朗朗笑着说，“谁也不要说。再说，当心毛毛找你麻烦！”

“唔，对。”田子荣点点头，“我根本没看见啥。”说罢，光明磊落地笑了出来。

此刻，门一开，毛毛提着一壶水，走了进来。“田主任也在。”她打个招呼，然后，将桌上的空暖水壶放地下。边往里灌水边说：“徐书记，刚才，田主任……”

她说到这里，田子荣嗖一下箭似的向门外射去。他将几乎正在弯腰倒水的毛毛戳倒。结果开水冲向外边，溅起水泡，将徐晋东的脚烫了一下。

“怎啦？”毛毛大惊失色，瞪起一双大眼睛，粉嫩的大脸盘上，飞起红晕。徐晋东哭笑不得，装着一副道貌岸然的尊者姿态，慢慢说：“你说啥？”

“我说田主任怎了？那么着急地往院里跑？”

“谁知他发现了啥西洋景，我是问你，你刚才说田主任怎着？”

“田主任要各大队书记、主任花名。我记着在你这里。”

“我有统计表。我让他摘抄一份行了。”

“那我就不找了。”

“别找了。你也别找田主任讲了。”徐晋东有意安咐。

他怕毛毛再尾追进田主任屋，他成了惊弓之鸟，又不知吓得出啥洋相。

第二天早饭后，双杨公社开始红火起来。伙房里的鼓风机、菜刀，都响了起来。一阵一阵的狍子肉香，飘在被杨树覆盖的公社大院里。下乡的公社领导和一般干部、社员们，接二连三地回来了。

十点钟，党委办公室围坐着十七八个人，也就是公社班子全员。徐晋东主持会议，他说：“今天召开双杨公社全体人员座谈会。会议内容是：欢送仝主任、马主任，欢迎田子荣主任、罗彪副书记。我代表公社党委，对马主任、仝主任的荣调，表示真诚欢送。希望到新的岗位，继续发扬在双杨的奉献精神，做出更大的成绩。并希望今后对双杨的工作多加关照和支持。双杨干部和群众怀念你们，你们也不要辜负大家的期望。同时，我代表公社党委对田主任、罗书记的到来，表示热烈的欢迎。希望你们能给双杨带来勃勃生机。希望我们的班子更加团结，为党和人民做出更大贡献。接下来，下边请即将离任的、新来的各位同志，向大家说说离别赠言和见面心语。”这是标准的官场官腔，也是例行公事式的泛泛而言。

虽说是欢送欢迎会，气氛也是严肃的。人事调动纯粹是组织运行，本人无条件服从。走得愉快，不能表示出半点勉强和为难情绪；来得安心，只有改变这里山山水水的决心，不说有拈轻怕重挑肥拣瘦的犹豫。即使座谈会，也没有嬉笑轻浮之举。尤其是徐晋东主持会，更令人生畏。谁发言，都要认真打腹稿，好似一篇即席演说。这样，虽说会议缺少活泼和生气，显得有些沉闷，但都说的是心里话，也是事关人格、工作、友谊、团结等方面的话，实则都有益。这也能在即将离别时，彼此肝胆相照，解除前嫌，将工作中的误会或恩恩怨怨，一笔勾销，各自再不持成见。所以谈心告别，是任何场合都不能替代的机会。尤其马亚平主任，说得更使人动感情。他说："我在双杨十来年，前前后后的领导也好，同志们也好，对我很尊重，给了我很大面子。而我由于年事已高，腿脚迟慢，做事也往往丢三落四。特别是分管生产和机关工作，我是力不胜任。对大家的生活，关心不够。公社这个家，当得不尽人意。尽管主观上想搞得好些，但心有余而力不足。今天和大家告别，希望同志们对过去的事，就让它过去罢了。瓜甘蒂苦，今月古月，新陈代谢的规律而已，望大家高抬贵手，谅解我这个年近六旬的花甲老人就足够了。"

此刻，陈琦将手里的小笔记本打开，照本宣科道："奉命为谨，练达志成；上和下睦，八面圆通；老马识途，天衣无缝；双杨十载，赫赫留名。这是我给马主任的赠言。"原当初，他欣然命笔的意图是想在众人面前褒贬老马，开个玩笑。结果当他发现座谈会很严肃，他知道自己是不能插科打诨，冲淡主题的。但他的精心佳作，怎想也得显露一下。于是，便如此这般和盘托出，公之于众。这几句文绉绉的成语堆砌，又激起不同人的不同凡响。

第一个不高兴的是田子荣。他虽是个教师出身，但又经多年从政，且一直在公社基层，实际上他成了农民干部。语言是交换信息的工具，他从不在字眼上下功夫。今天见陈琦，扛着二饼眼镜，文质彬彬，对马亚平歌功颂德，一副谄媚邀功丑相，心里顿时烦起来。这不明明是给自己来个下马威吗！他气呼呼干急肚里没墨水，一时想不起，该怎么来个锥尖对枣核，警告一下这个道貌岸然的知识分子，让他知道，姓田的也不是吃素的。想到这里，他突然脱口而道："我说。"说出了"我说"才恍然大悟，自己没说的。但既已喊出去，不说也得说。他只好依老为实道："咱是粗人，土坷垃司令，不会秀才——"这本来是句顺顺溜溜的歇后语，他也说惯了，但突然打住，这场合怎能说呢？何况有几位女同志在场。他脸红着笑了："后半句就别说了。总之，不会文摆。下去干，咱还是收割不惧。有啥不周不到地方，同志们多批评。咱不敢和马主任比，人比人，比死人，毛驴比马骑不成。"哈哈哈……人们失声笑了，不光笑他说的话，更想笑他那副矫情饰貌又颇为自得的神态。

彭茂华看出了田子荣的矛头所指，他又觉得陈琦的恭维词是画蛇添足，多此一举。他闭口不言，暗自观阵。罗彪不能不表态。他心里对上述人员的发言，从内心蔑视。尽要小聪明，卖嘴巴，叫人牙痒。他不与他们论高低，往一块扯，而是平心静气，实实在在，说："组织上让我来双杨，负责石门水库工作。石门离公社远，又没电话，联系不便。希望今后得到大家的支持，共同把水库早日建设好。"他简单的发言，使人们感到突兀。因此也有人暗想，此人话语简单，心地难测。

"谁还发言。"徐晋东扫视一下会场，提示。

"老邓，说吧。"陈琦搡了一下邓彬。

"咱是哈巴狗追狼，凭它跑哩，凭它叫哩！咱能说个啥？"邓彬边笑边说。

"不是赤尻子追狼吗，怎么又成哈巴狗追狼啦？"彭茂华逗他。

邓彬回击："你快说吧，怎么老踩人的脚后跟？"

"这句话说得好。"徐晋东表扬邓彬，他又向茂华点点头。

“说说吧。”

彭茂华成了公社党委成员，入了阁，心中自是高兴。他正准备说几句官场话，突然院里有汽车鸣喇叭声。人们扬头向外张望，只见县委周副书记下了车。徐晋东和田子荣出去迎接。

周书记还带着一位干部，有的人认识，有的不认识。“他叫赵振沂，协助罗彪上水库，是公社副主任职务。”周谦介绍。

“啪啪啪”，徐晋东带头鼓掌，表示欢迎。实际是对周书记的到来表示欢迎。周书记是位憨厚又平易近人的领导。他讲究求实，不摆花架子，不讲时髦话。不过他来双杨公社遇上徐晋东正合适。徐晋东不唯上，不压下，不崇拜，不死心眼儿。他正好自己甩开手干。而周书记遇上姓徐的，要比前任王书记走运得多。今天，他是知晓了双杨举办欢送欢迎会，特意带上赵振沂赶来的。想让彼此见见面，认识认识，下步有利工作。他对田子荣也熟悉。田子荣来双杨也是他挑中的人。那是个能吃苦，肯实干的庄户干部。周书记的到来，为双杨的全体人员座谈会增添了新的内容。他一席随性的谈话，使大家紧张的心情松弛下来，不断发出笑声。他的讲话，每每将城内大街上的下等名人拉扯出来，有时连他和他老婆的宫闱之言也能泄露出来，怎不引人发笑。当他听说，今天中午有狍子肉时，手痒得实在无法忍受，终于提上小口径步枪，偷偷走了。他不论到哪里，吉普车后仓总带着一支小口径步枪。

刚散会，还没开饭。徐晋东让人找周书记去了。找的人没回来，他回来了。从车上大大咧咧下来，对司机说：“把那只兔子提下来。”

“这么快就打住个兔子？”人们走上来，赞扬周书记的枪法。周书记喜不自胜，美滋滋道：“这有啥办法，它要往你枪口上碰嘛。”他那副自得、幽默、诙谐劲儿，使人不由得要发笑。

周书记有个特点，爱吹牛。他说他会照相，人们又没多见过他的作品。他还说他会打太极拳，人们也没见过他表演。他说他的枪法百步穿杨，要打兔子的腿，绝不会打碎脑袋。这次，总算圆了他的脸。“这几天，只要到白菜地走一走，提它只兔子，还不是手到擒来。打兔有打兔的路数。你们瞧，枪子儿不是从脖子穿过的吗？这叫功夫，枪口再略微高一头发那么一点就将兔头打烂了。”周书记给大家卖狗皮膏药吹牛皮逗笑。

“那就不叫打生的了。”有人插话和周书记取笑。

哈哈哈……周书记笑得两眼眯成一道缝。

张栋一旁观看着周书记。他一言不发，心里想：周书记一副方面大耳佛像样，出家当和尚，总是个好僧人。

开饭了。二十来个人，围了三桌。每桌一盆狍子肉，还有下水、炒菜，大家边说边喝酒。这是一顿非常丰盛的午宴。狍子肉虽然吃起来有点干，但味道可口，大家嘻嘻哈哈，尽情开心。特别有周书记的逗趣，更叫人不由得捧腹大笑。他一本正经地说：“狍子这种东西外表看没有一点自卫能力。但实际上凡世上动物，都有天生的自我保护功能。狍子靠啥呢？它的肚皮下生着一个臭囊袋。如遇上虎、豹、狼等猛兽，它便喷放袋里的臭气，野兽们一闻到臭气，便不敢接近，赶紧逃走。”

“真的吗？”多数人不知他讲的是真是假。

“这是常识。所以说，狍子肉，童男童女不能吃。吃上要变成腋臭。”

“哈哈哈……”大家笑了，“结过婚的不怎？”

“结过婚的阴阳相接，已经具备抵抗力了。”

“啊呀！毛毛、钰香，你们只顾贪嘴，连对象也找不到了。”

“凯文也别吃了，当心对象跟上跟心跑了！”

徐晋东也趁机开言道：“你们未婚青年，不听周书记的话，非要吃，我也没办法。但家里人找来，我可不负责。”他开玩笑，也是一本正经。脸上没有周书记笑虎虎的憨相，使人感到不是开玩笑，而是训话。钰香心里把握不来。不知这两位领导，说的究竟是真还是假，放下肉不敢吃了。

“钰香，真的不敢吃了？”

“俺吃饱了。”钰香无所适从，矫情自饰地欲走。

“钰香比毛毛精明。你瞧毛毛吃得多下口，三五天后就成了带味的姑娘了。”哈哈哈大家笑声不断。

饭后，周书记和徐晋东、田子荣商量着将公社上水库的人员确定下来。除罗彪、赵振沂外，团委书记苏芸芷仍留水库。林如海党校学习回来，也不上去了。今年的农田水利会战，徐晋东想把主战场设在水库。对此，周书记持保留意见。他看出徐晋东的用心，想拉这张虎皮，掩饰公社面上的工作：“水库要抽人，下边的农田建设要大搞。你们两颗头，别指望拿水库做挡箭牌。”

“反正一只手捂一个耳朵。你把我们半个公社的力量抽走，这下只剩二百名壮劳力长年战斗在水库。”

“别强词夺理，反正今年的农田建设，要做好特别准备。今年地委派工作组要来咱县蹲点。初步决定，进驻两个公社：一个城关公社，一个双杨公社。这也是对你们的支持。”

“来不来，悉听尊便。来了，欢迎。不来，正合适。”徐晋东不冷不热地表态。

“还是来了好。地委毕竟比我们高一级水平嘛。”田子荣补充。

“地委工作组进驻大队后，要大力支持，充分调动这些人的积极性。这对双杨的工作，肯定有好处。除此之外还要注意关系。”周谦发现徐晋东无所谓的神色，便一针见血地警告这个山沟里没见过世面的农民书记：“地委工作组虽然落脚在大队，但是连县委也是他们工作的对象。你懂吗？”

他望着徐晋东发出企盼的眼光。他是关照晋东，别错把老虎当家猫看，自找麻烦。晋东完全心领神会。他面带笑容，宽慰周书记：“放心吧。地方工作组是请也请不来的客人，何况是上司的上司。我懂你的意思。”

“懂就好。”周书记准备走了。他又告徐晋东和田子荣：“林如海学习回来，就不上水库了，交回你们公社了。”

“丢不了。”田子荣嘿嘿一笑，“周书记想得实在周到呢。”

“你顺便将马主任的行李捎上，怎么样？”徐晋东说。

“可以，连人捎上也行。”

“嗨！”田子荣揪一下徐晋东衣角，“这不合适吧？叫老马说咱撵人家走。”

徐晋东一琢磨，承认自己有点操之过急。他要今天走，他会想到的，何必自己多嘴多舌，下逐客令呢。他看了看这个貌似粗鲁的田子荣，心细着哩。多亏他提醒，不然好心做了坏事情，临走叫老马不高兴。晋东立即对周书记说：“你走吧，让老马帮我们熟悉一段工作再离开。”

“他不能走。扶上马，还得送一程呢。”田子荣补充。

“好好，那我走了。”

小车屁股一冒烟，周书记走了。

客走主人安。徐、田的心总算平静下来。

第十三章　开会又上心术战

王磊将县委红头文件交给徐晋东阅知。这是县委关于区、县工作组布点的安排。在学大寨的形势下，对一九七八年的工作安排，于一九七七年秋便开始行动。这是一个信号。徐晋东看了一下文件，地委工作队在本县进驻城关、双杨两个公社。每个公社开三个点。由于地委工作队强大力量的介入，县工作队的力量显然减少了，只开三个点。这样，区、县两级共开六个点。地委要求开点村庄，为一般大队，不要上山也不去公社重点村。对地委工作组，县委也特别提了几条注意事项和要求。看来，地委工作组的到来，对县委也有压力。

王磊又将县里的几份简报送给徐晋东。这是几个公社的快讯，有的讲秋收、秋耕，有的讲秋粮入库，有的是农田水利建设第一号战报，有的将兵团作战的战场、规划绘了图……山雨欲来风满楼，徐晋东如坐针毡，感到形势的严峻。人家们已经掀天揭地，龙腾虎跃，自己还稳坐钓鱼船，心中无数。曾一度想以石门水库作理由，想蒙混过关，这难道不是掩耳盗铃的蠢举吗？现在不是向谁交账或是用铮铮理由回答上级的时候，而是看你人山人海、轰轰烈烈、雷厉风行、大张旗鼓的场面。这是时代的主旋律。你不能拿徐沟的小天狭地做经验，贻误战机。如铸成事实，是没有给你改过的时机的。他想找田子荣商量，但田子荣一早就出去，晚上才回来。人家骑着车子一天转十几个村庄。真正废寝忘食，事无巨细。没几天，全公社人们都知道：双杨来了个田子荣。

“老王，通知全体党委成员，今天晚上召开党委会。”徐晋东对王磊说，“会上，你将县委的这个文件和通报宣读一下。”

“水库上的罗彪和赵振沂也回来？”

“最好都回来，起码得一人参会。”

王磊领命而去。

公社以党委为领导核心。有个革委会牌子，但没有具体组成人员。只有革委会主任和副主任是理之当然的成员。别人呢？没有明确。只是事务性工作研究会叫上革委会秘书。一切大事均在党委会或扩大的党委会上决定。党委会的内容由书记决定。其他领导有啥要在会上传达、研究的，要事先向书记请示批准，方可在会上进行。徐晋东打开红旗笔记本，记着：9 月 15 号晚召开党委会研究：1. 党委成员分工 2. 区、县、社三级布点 3. 农田水利大会战……

晚上，双杨公社党委办公室，灯光明亮，气氛严肃。大家的心情不言而喻，都感到压抑、紧张。作为县里的平川大公社，在急风暴雨来临之前，肩负的重任是谁也清楚的。作为公社领导核心的党委成员，谁也愿为自己的集体赢得上级好评，增光添彩。但他们都知道，集体的成败，关键在书记。今天，党委成员全体到齐，大家精神饱满，做着战前准备。

“开会。”徐晋东将小红旗笔记本往办公桌上一放，“今天，我们研究的问题……”他将议题先通报大家，然后说：“逐一进行研究。”

所谓“党委成员分工”，即是书记宣读他的权力分拨单：田子荣负责农、林、牧、副、公社机关；陈琦负责党务、青、妇、武、治安；林如海负责社队企业、民政、教育、文体、卫生；罗彪负责水库，赵振沂协助。彭茂华、邓彬、王磊均为专职干部。徐晋东负责全面工作。

关于“布点”问题，大家看法不尽一致。有的主张要给地委工作组搁重担，这些人毕竟职位高、水平高。将赵庄之类的村庄，让他们去开点，肯定会创造经验并带动全社工作的。有的主张，将最差的五花八门烂摊子，交给地委工作队。让上边整治一下，为公社出点力。党委会的规矩，是少数服从多数。但一般情况，正常工作程序，从来不推行少数服从多数的举手或投票表决办法，而是最后由书记根据大家意见拍板的。徐晋东有自己的主意。一个赵庄事件，他便领略到上级蹲点的教训了。遇到难题他们可以借故下来，或一走了之，反正一年一换。而公社干部是走不了的。自己的光景得自己过。虽然上边将他们的工作组看得十分重要，而工作组也每每锐不可当，但徐晋东总有个陈旧的想法：村里的事得村里人办。公社的工作不能寄希望于上边的临时工作队。于是徐晋东开言道：“我的意见：公社仍划三大片，西片我去赵庄。”大家一下敛声屏气睁大眼，寂若无声，等待下文，“田子荣东片蹲双杨；陈琦中片驻潘寨。彭茂华跟我，林如海跟老田，邓彬跟陈琦。”

书记扛了大头，别人还有啥说的。

“地委工作组的点，我的意见：一个片上定一个村，最好三道线上各选一个点。”他的话音刚落。彭茂华接着说：“西片定桃园大队。”桃园大队是下道线，盐碱下湿地。他将该队推给地委，起码一年内，有问题能找个替死鬼。站在片的利益上讲，不能不承认茂华的机灵。陈琦见茂华要小聪明，立即报告：“中片是明苑庄。”明苑庄是个大中等村子，在中道线上。地处公路边，什么工作也马虎不得。剩下田子荣，他只好在三道线上，寻觅一个坡地村庄。“那就定青云寨吧。”林如海心里叫苦：“青云寨总共不到三百口人，而且老实人又多。”

当徐晋东宣布县工作队的三个点也按区工作队的样子定时，陈琦发言了：“这下，不能让茂华先定了。”

“陈书记先定。老大个人成了娃娃了，争起先后。”茂华笑着挖苦他。

“不，这下该田主任先定了。”陈琦发扬风格。

“你们先定，这有啥先后争头，一家人还说两家话。”田子荣的领导表态，又让他俩钻了空。

“那我们定岳堡。”陈琦不谦虚，也不让茂华。他知道，如果他一嘴软，茂华一定会又有理又占便宜。

“那我们就是王村了。”茂华说，王村是二道线。

“咱又是三道线了。”林如海向来在会上不说话。但此刻实在忍不住了，真是憋得哑巴也说话了。他说了句没用的牢骚话。“他们包了三道线，省的咱爬坡。”田子荣宽慰林如海并确定，“东片是小咀。”

到此，提前确定的一九七八年工作队进驻的点，都落实到大队。东西中三大片，上中下三道线，区、县、社三级共九个点，做出网络式的经纬布局。接下来要研究的是农田水利基本建设问题。王磊首先宣读县委的通报，给大家一种紧迫感。徐晋东说：“形势逼人，大家听了兄弟公社的安排，就知道咱在哪个位子上。说透了，农田基本建设是最能有形地体现学大寨的场面。今年是啥形势？全国学大寨会议，由昔阳县中途搬到北京开，可见它的分量。当今，学不学大寨，是革命不革命，真革命假革命的分界线。什么叫真革命，什么叫假革命，就看你对农田建设的态度。双杨怎么办？大家发表意见。”

田子荣接着说：“城关能在九龙岗摆开万人大会战的战场，咱就不能找个九龙滩，九龙沟，集中八九千人马会战？”

“前年咱在盐碱滩上大会战，一下占领万亩滩。现在还没着落哩。”陈琦担心徐晋东心血来潮，再开一个万亩战场，那双杨就遭难啰。让社员们骂得公社干部头上也不长毛哩。因为现任领导中，他是唯一知情者。

“石门水库，完全可以作为双杨一个农田水利工程主战场。那里，咱们双杨常年放着两个民兵连二百人。如再增加车辆、劳力，突击完成炸山运料任务，这是扎扎实实的工程。”罗彪发表意见，坚持将双杨的会战工地定在石门水库。这样，对他这位刚上任水库总指挥的领导来说，当然是求之不得的事。既加快水库进度，掀起轰轰烈烈局面，又在县里和民工中树起威信。“瞧罗彪，一上水库，便鸟枪换炮，变了容颜。”谁说的？

“那里是石头工程，山沟窄小。人少了造不成声势；人多了，施展不开。开山炸石，运石上坝，人稠地窄会出事的。”田子荣随便说了几句。会上没有人表态，都不置可否。徐晋东手握水笔，不抬头。田子荣又换了个话题说：“今年县里摆的阵，是明显不过的。咱们又对着城关。两个公社的地委工作组，恐怕是督阵的。城关那么大的战场，咱们把战场拉到石门公社的山沟，离公社二十多里。那里吃住恐怕都有问题。”

田子荣的发言虽然不精练，也没有啥层次、逻辑，但很实在。他毕竟是二把手，负责生产，更何况徐晋东曾是他的下级，这方面的经验要比晋东多得多。他肚里有啥就说啥，舌头底下压不住一颗米粒。他心急的是，这些人都能沉住气：“大家说说。”

“下边在哪摆战场？今年要的是大兵团作战。”罗彪问。

“水库能上多少人？”彭茂华问。

“可上马车六十辆，再增民工三百人。”罗彪回答，“加上原来县专业队和公社兵连四百人，也不过七八百人，完全可容下。”陈琦持反对意见：“我认为，田主任提的很重要。今年有地委工作组，他们会上水库吗？显然不可能。叫我说，不如在青云河的老虎湾，拦河造地，那里一万人也能铺开。红旗招展，标语林立，喇叭高唱，想咋折腾都行。试想，这阵势和他城关九龙岗有啥区别？他九龙不如咱一虎嘛，这样摆开战场，区、县工作队肯定满意，看有看头，干有干头，说有说头，照相拍电影也有镜头。公社统一指挥，统一调度……”陈琦是个乐观派，好激动。说到激动处，身不由己，站起来，手舞足蹈，跃跃欲试。彭茂华心里鄙夷地失笑：做梦娶老婆，尽想好事。将全社劳力拉到你们潘寨片？没门儿！

“老虎湾纯石头河，地一冻无法施工。那工程铺开，三年五年见不了效。”彭茂华反对，“干脆以片会战，就近方便，劳力也好调动。万亩方田内未完工的可以继续整地，打井。”

……

大家的讨论，不管有无私心，均有一定道理。特别引起徐晋东重视的是田子荣所说的区工作队。不过，徐晋东对区工作队的评估，与他们不同。他既不重演“万亩稻地”的教训戏，又不开老虎湾的对抗赛，也不到石门水库，与县专业队混战。他有他的主导意见。他的意见令大家吃惊，也将激烈的争论，由高潮跌入低谷，使人遗憾。他究竟抛出了什么绝招，最后拍板呢？

这里，必须将石门水库和万亩水稻方田的来龙去脉介绍一下。石门水库距双杨二十多华里，是一座库容四百多万立方的中型水库。库底、库周围均为岩石，没一点沙土。库面是青云河上游唯一的开阔地段。此地天造地设，一个瓶颈葫芦口，名曰石门。实在是天然水库的绝好处所。早在一九五八年便隆重开工。曾调动数百民工来这里搬石垒坝，计划堵住石门口，蓄起青云水。但后来销声匿迹，偃旗息鼓，夭折了。一九六五年学大寨的时候，双杨公社的领导们又眼馋地看中了这块肥肉。于是二次上马，再度向石门发起总攻。人山人海，炮声隆隆，激战一年。人与石头拼，不像挖土容易，大堤上的人像只蚂蚁，虽说石门小，但靠人的脊背和肩膀，挑出一个拦河大坝，谈何容易。于是，又悄悄散摊，无人问津了。一九七二年，“抓革命，促生产”，不知怎的，双杨的领导们，又一次在石门做文章，想促成大坝的落成。于是三上石门，这次炸药充足，还配备四十辆平车，浩浩荡荡，四百民兵扎营石门河滩，摆开决战。县委特拨款两万，表示支持。干了半年，因故再次下马。

这次水库上马，是公元一九七六年的事，屈指算来，已是第四次兴师动众，摇旗呐喊，征服石门山了。这次开工，与往年不能相提并论。首先，石门公社通了公路。在青云河边开凿公路，着实是一件天堑工程。这是石门公社党委书记朱大宽，拼死拼活带领石门人民花了五年时间，在悬崖石壁上劈出的血汗路。路通是第一保证。其次，这次的领导由县委和双杨公社共同负责，民工是由县专业队和公社民工队联合组成的。资金由县政府负责。民工大队记工，水库补助。这不，这次罗彪出任双杨公社副书记、水库总指挥，就是由县里决定的。周书记任了政委。此项工程虽然庞大，但县、社合办，不能全记在公社账上。农田水利大兵团作战，这里又显得渺小，放不下多少人。而且县专业队，是由各公社抽调来的民工。全县出人，怎么能算作双杨的工程？简直是笑话！徐晋东一概清楚。但罗彪既然提出来，而且有一定理由支撑，不能不表态支持。这毕竟是公社直接管的最大一项工程。对它持啥态度，这是不容徐晋东打马虎眼的，必须明朗化。在场的党委成员，都清楚这项扣在双杨头上的愁帽，马拉松拖了二十年，至今仍叫人倍感头痛。罗彪虽然是公社副书记，但水库总指挥不是徐晋东分工指定的，而是县委任命的。他是接替原公社第二把手仝主任的班。这是明摆着的。

双杨还有一项棘手工程，“万亩方稻田”。一九七五年，公社在跑步进入共产主义时刻，心血来潮，将靠近滹沱河岸边的十多个村庄的荒滩、耕地，按片规划为万亩方田，统一种稻。然后，根据村庄大小，将地分给全公社四十个大队经营。要求机、电、井、渠、田、林、路七统一。整齐标准，成龙配套。由于滹沱河的水不能保证灌溉，原则上只能靠打井供水。而稻地大部分还没有开垦出来。井呢？基本上靠柴油机抽水。加之，上边半坡地农民不习惯作务水稻，投资又大。万亩稻地，现在只能大胆地报两千八百亩。其余那七千二百亩仍是镜花水月。怎么办？前任领导既已规划，而且动手实施，县委又特别重视。你能打马虎眼儿吗？这步如何走，正如陈琦说的，是公社党委必须回答的问题。徐晋东深知，这是一艘搁了浅的船。不拉不行，拉也不一定会见效。各村都是修修补补地挖渠、打埂、平地工程，能造啥声势？能干几天活？地一冻啥也干不成了。特别使徐晋东警觉的是，地委、县委工作组能领上几个人干这等东鳞西爪的活计吗？这也叫学大寨？简直是应付人的工程。但不干又不行，全看个人造化了。

徐晋东还有个私心，不可告人。大工程一开，等于将自己推上一个生死攸关的致命擂台。论体力，论魄力，论精神，论雄心，都是时代的弃儿，让这样的领导驾辕，难免被“一不怕苦，二不怕死”的革命拉套骡，开压在车轮下，碾成肉酱！

在如此严峻形势即将到来之际的党委会上，徐晋东果断拍板：一、给石门水库派六十辆马车。二、以大队为战区，各自选定工程。三、“万亩方田的续建”。

最后他说：“这是党委会的决议，大家有意见吗？”大家感到有些突然，这不就等于什么也没研究，六十辆马车就交账了吗？但大家一时又没啥高招。一个个大眼望小眼，都在揣度书记的心思。

此刻，办公桌上的电话铃“叮铃铃”响了起来，王磊顺手拿起耳机，问：“哪里？”然后，将耳机交给徐晋东，“县委办的电话。”

徐晋东在电话上接到周书记的指示：明天地委工作组十五人，要进驻双杨公社的有关大队。要求书记亲自到所驻大队，将有关事项安排好。徐晋东放下电话，对田子荣说：“明天地委工作队就来啰。”

田子荣说：“我让李葆定到粮局找老何批点会议所需白面。”说毕便站门口喊，“葆定，你过来！”

葆定遵命站在田子荣面前：“田主任，啥事？”

“明天地区工作队要来，中午的饭是馒头杂菜。白面嘛，我写个条，你找老何批上一百斤会议细粮。”

“嘛，保证没问题。”

此刻，王磊站门口又喊：“毛毛！”

毛毛应声而到。王磊分派任务：“明天将会议室打扫干净，地区工作队要来。将水杯、暖壶、茶准备好。”他当着书记面将工作分派后，又给书记当高参：“明天一早全体人员清洁大院。这你得对杨利民说一下。”因为杨利民管理此项工作，还保管着扫帚、锹等工具。徐晋东对田子荣说：“你去安排一下。”田子荣噘起嘴，心里不免有些不快。他和徐晋东并肩坐在办公室，为难地说：“几件烂工具，干脆明天都拿出来，让葆定保存起来，省得麻烦。”

徐晋东说：“无所谓。”他又对王磊说，“拟个通知，让桃园、明苑庄、青云寨三个大队，明天上午将工作队住的房舍整理好。”

“没问题。”王磊立即起草通知。

“还得准备车。”徐晋东对林如海说，“老林，你安排，让打井队的汽车送一下。”

“行。”林如海又说，“青云寨村南，有段路被洪水冲坏，不知修好没有？汽车过恐怕有问题。”

“你亲自去看一下。汽车过不去，让大队派平车来拉行李。”

“行行行，总不能让人家背上行李进村。”

下乡工作队进村，本来是件常事。自己骑上自行车，带上行李，找支书或大队主任报到就行了。各大队都有专门为下乡人员准备的住房。室内配有脸盆、暖壶等用具。也有的是住户家的闲房。只要不是地富反坏阶级敌人的房子就可以。但也有例外。林如海盘算向徐晋东汇报青云寨的情况：青云寨土改时，没收了地主分子的三间大瓦房，但没有拆走，至今一直和这家地主同在一个院，同走一个门。三间房现在是下乡工作队的住房。平时，县、社下乡人员，都不管这等闲事。大队安排那里住那里，地主也不吃人。何况这家老地主已死，他儿子还是个教师，怕啥？但这次是地委工作队，不能疏忽。作为双杨公社四朝元老的林如海，不能不将这个情况向书记报告：“徐书记，青云寨工作队的住房，是地主的房，不知道怕不怕？”林如海是个老实、憨厚、处事小心的老好人，说话不会玩弄华丽辞藻——磨盘捣石头，石（实）捣石（实）。

“怎么要住地主的房？”徐晋东奇怪地问。

“土改没收的。”林如海解释。

“没收了的房，就是大队的。怎么你还要说成地主的房？！”徐晋东对林如海没事找事的啰唆，心里不耐烦，“本来事情乱如麻，你窝窝囊囊添啥麻烦。”

林如海出言慢，他的话还没有说清楚，就被徐晋东顶回来，呛得他闭口无言。他心里委实委屈。但他毫无怨言，知道自己没有把话说明白。他又唯唯诺诺重新给徐晋东解释：“房虽然是队里的，但和地主家在一个院里。不过，地主是个教师，写得一手好毛笔字。咱公社门外墙上的标语，就是他写的……”

“别说这些。工作队由大队安排就是了，你提这事干啥？”

好心人林如海碰了一鼻子灰。其实他是自找的。他不讲，徐晋东也不清楚，不清楚的事就没责任。他讲了，徐晋东就知道了。知道了又是件小事，管与不管总有干系。这不是添麻烦吗？

“这些寡淡事，管它干啥？快去看你的路吧。”田子荣帮书记将林如海支开。他全没想到，此刻时已午夜零点，去看啥路？

田子荣和徐晋东相随着走出办公室，他们边走边聊。田子荣说：“看起来，只要党委一班人努力团结干，没有过不去的火焰山！”

“咱们的撕皮工程多。既要有轰轰烈烈的战场，也得为老百姓着想，不能没有扎扎实实的见效工程。”徐晋东是面对双杨的现状，如何开辟农田水利战场而由衷地感慨。

田子荣猜测书记是有感而发。他作为二把手，理应与书记相互配合。于是，他默默地跟着徐晋东走进屋子，严肃地压低声音说：“今天会上，我看那个人的苗头不对。咱们得提防着些。”

徐晋东知道他指的是罗彪。但他认为没啥。为自己分管的工作据理力争，这也是正常的。只是他对个人荣誉感看重些罢了。有个人荣誉感的人，往往工作上要强，大可利用他的这种积极性。对田子荣这位老领导，徐晋东是了解的。为人处世实实在在，工作起来兢兢业业。但在官场上，却显出头脑执着，遇事不善分析，且不冷静的问题，往往造成“公公背媳妇游五台山——出力不落好”的结果。他不善于搞政治，对人的复杂头脑，往往看得很简单。今天，他眼见的罗彪硬往水库上拉人，扩大他个人的权力，把偌大一个公社丢开不管，心里实在冒火。但他不敢和罗彪唱对台戏。罗彪其人他是有过领教的。当面对答，自己根本不是人家的对手。只好把话窝在心里，向书记表示。哪怕半夜不睡也得说出去，不然，晚上睡不着觉。

“老田，这没啥。我心里清楚。咱今年都是初到双杨。石门水库是双杨的翻身工程，咱要支持的。给六十辆马车，试试看。”

“上车是应该的，车在下边也用不上。只是……”田子荣皱起浓眉，噘起嘴，嘟囔道，“显得咱俩脓包，人家厉害，顺着他的道道走。”

徐晋东失声笑了出来：“无所谓。还是咱拍板算数嘛。”他心里好笑，这个老田还怪有心计的，“陈琦不是也争工程吗？”

“嘿嘿。”田子荣苦笑一声。

徐晋东看出田子荣的用心，但他不置可否。只是含糊道：“这下好了。三级兵将战双杨，各人向自己争吧。尽他们的马跑！”

田子荣点点头：“咱这步棋高。”他看了看手腕上的表，“咦！快一点了。睡吧。”

第十四章　工作队驻点双杨

翌日。天高气爽，秋阳火红。双杨公社一清早便忙起来。首先是田子荣站门口喊叫：“起、起、起！打扫卫生啦！”他在院里转了一个圈。见没人开门，便跑到伙房揿电铃。这个电铃，只有一个用处：开饭。有人不知今日怎么这么早开饭？有人还在猜测这个早早拉响的开饭铃时，田主任从后院喊到前院：“起床，起床，怎么还不起！”他到杨利民办公室前敲门：“老王，起来拿家具，打扫卫生。”老王应一声：“嗯！”磨磨蹭蹭，并不见起来。

待人们一个个走了出来时，田主任早从伙房里提溜出满满一桶水，用瓢往院里泼。他挽起裤腿口，裸露出大红秋裤，上面溅了花花的泥点子。李葆定将浇菜园的水管和厨房用的水管对接起来，老长老长，从井口可以接到最东边徐书记门前。他对田主任说：“田主任，你站开，操心水溅到你身上的。”说着，拧开水龙头，双手抱起水管，并且使劲捏小喷口，让水成水枪般射出来。人们夸奖道：“还是葆定的办法高。好好洒水，今天将公社大院喷得湿漉漉的，真正是清水洒院，黄土垫道。”

彭茂华站门口，点起一支烟，道：“这一喷水，干干净净，啥事也办了。”言下之意是，还用扫啥？

邓彬揉揉睡意蒙眬的眼窝，说：“人们都在，干脆把那些烂茄子、西红柿、葱也收拾掉算了。”

田子荣立即回答：“还有那么多茄娃娃、绿西红柿呢？怎能处理掉？”

“指头大的茄娃娃，要它干啥。”邓彬问。

“中午还待客呢。”

人们互相递一个偷笑，各自找件家具，动起手来。那边邓彬猛不防将水喷向牛婧兰。牛婧兰蝎子蜇似的尖叫一声，跑回屋。她站门里，隔着玻璃骂：“梧鼠！梧鼠！”

大家开心地笑起来。自此，邓彬的梧鼠美称便传开了。

饭后，该下乡的都走了。罗彪要上水库。他对徐晋东说：“我上水库了。开会时再催促一下这几个大队的民工。”

他将一张写有各大队未上水库人员花名的表交给徐晋东。这些人的名字上去了，人未上去或者请假下来，未按时返库。隔些日子便需公社做工作督促上去。“至于马车问题，”罗彪说，“什么时候上去，都可以，我做好接收工作就是。”

“要按车下定额，完成后，方可下来。工作场地窄，千万注意安全。”

“水库上面的事，你尽管放心。我自有安排。你集中精力抓下边的工作吧。今年看来，上边拧得更紧。”

徐晋东沉着、稳健，一字一句向罗彪交代：“水库是公社直接抓的唯一工程。事关大局，你要辛苦些啊。”

罗彪品咂着徐书记这句话的分量，显然是对自己刚才表态的纠正。

水库不是独立的工程，它已列入公社今年农田水利大兵团作战的一个战场。从而他名正言顺成为公社的一员挂帅先行。想到这里，他顿悟了：他不能以县委任命，专管水库，挂公社副职之名的身份，向徐晋东谈工作了。这时，他才知道，徐晋东给他六十辆马车的真正含义。不过，罗彪是个不认输的大肚汉。莫说六十辆马车，再多的人马上来，他也会支派开的，韩信领兵，多多益善。他始终自信：天大困难难不倒他，多大工程吓不倒他。“好！徐书记，什么时候检查，你带上去就是了。”言语间，眼里表现出一种自信又胜券在握的坚毅目光。

两书记的手紧紧握在一起，彼此对视片刻，这是一种临战前的同志式的互相理解、信任与期望。后果如何不得而知，但此刻能取得共识，一切语言都显得苍白无力。

徐晋东送走罗彪，看了看房屋，大都挂上了锁子。只有田子荣在办公室和王磊核对生产进度。毛毛和钰香正在打扫会议室。这时，从大门外赶进一辆毛驴拉的平车。

“干啥？”徐晋东问。

“接工作队的。”赶车人是个四十岁开外的农民。

“你们是青云寨的？”

“对。”

“你们村的路没修好？汽车进不了村？”

“没问题。”

“汽车能进村，拉来平车干啥？”

“队长说，林主任有指示，叫做两套准备。”

唉，这才窝囊。连这么件事也要办得如此保险。他一摆手：“快回去！工作队统一用汽车往下送呀。”

农民将毛驴拴在一棵杨树上，说：“我还得找杨秘书领上娃的布票，给儿子上户呢。”说着向革委会办公室走去。

小毛驴撅起尾巴，叉开腿，“哗哗”给撒了一泡尿，屙了一摊粪。杨秘书将那位农民从办公室推了出来：“一清早把院扫得干干净净，叫你那个牲口糟蹋的不像样，成啥体统。快，马上清理掉。”那农民自知理亏，向杨秘书要了张锹，铲了起来。办完这桩倒霉事，才去领娃娃出生的布票。

马亚平主任给徐晋东打来电话，他是以个人关系特别关照晋东的。他说：“一定要处理好这几方关系。地委工作队政委是高铎，地委组织部部长，参加地常委。工作队队长是彭秉如，是行署劳动局局长。他长驻双杨，四十岁左右，正是血气方刚，敢上刀山，入火海，正是干大事业的年华。你要多向彭局长学习，借好这个东风。好了，你要正面领会我的意思。”徐晋东只说了句：“谢谢马主任。”便放下电话，无言静坐。是啊，马主任虽然走了，心还牵挂着双杨。不对，应当说，关心着自己。他回味着马主任言中之意，言外之意。须知他是位官场久经磨炼的老手，既然这么特意关照，必有缘故。徐晋东坐在办公室出神地遐想，王磊以为他对马主任的电话有误解，便赶紧做解释：“马主任是个好人。”

王磊论人正如文艺作品中的人物：不是好人便是坏人，连中不溜溜的人也不存在，那叫“中间人物论”。徐晋东知道他的大脑是如此黑白两块结构，便一言不发，信手拿起“生产进度表”看了起来。他死死盯着“农田水利工程”项目，觉得深邃、莫测，使人心悸，惴惴不安。

“嚓！”一声刹车响，一辆大卡车停在大院。工作队来了。

徐晋东、田子荣、王磊连忙到外院迎接，周书记和一位陌生首长走下卡车驾驶室，敞车上站着十几位干部。

周谦对徐、田说：“这位是地委工作队队长彭秉如同志，他是地区劳动局局长。”然后，他又给彭队长一一介绍徐晋东书记、田子荣主任、王磊秘书。其时，杨利民站办公室门里，从玻璃上观看这些客人。

“先让同志们到会议室歇歇脚，喝口水。”田子荣关照。

“好的。”彭队长向车上一挥手，“把行李扔下来，听公社安排。”

于是，大家将行李卷有的扔，有的递，弄下来。每人手里拿着一张铁锹，提着牙具小兜，都穿着军绿秋鞋，迅速从抓蹬下了车。

“这位是副队长马士隆。”彭队长介绍，“地区公安处副处长。”

马士隆跟徐晋东握手，这是一位胖墩墩的壮汉。他爽朗地笑着说:“你是我的父母官。”

徐晋东不知话从哪说起，一时有些失言道：“不敢，不敢。”

周谦从旁解释:“你不认识？老马是双杨村的。”

“对对，马老槐同志的三儿子，对吧？”徐晋东有所耳闻，现在终于对上了号。

“一点不差。我回家乡了。”

其时，王磊指挥大家将行李卷搬到会议室，有的放在屋檐下的台阶上。锹呢？统一靠在小会议室的马头下。

田子荣发现地委工作队员们，行动雷厉风行，纪律井然严明。他骤然产生一种仰慕心理。瞧人家地委工作队的精神面貌、装备、阵容，就高双杨一筹。他心里盘算，公社干部也得每人配备一把铁锹。

小会议室两间房。中间是并排两只大办公桌，四周围着办公椅，桌后三面的墙壁下围着长条板凳。西面像学生的教室，有一块三十厘米高的讲台。遇有开会，这里是主席台。台后有一扇门，通着大礼堂。主席台后面的墙上挂着领袖像。正面墙上醒目地挂着一幅“双杨公社万亩稻田规划图”。今天因为是座谈式接待工作队，不是什么严肃的会议，故大家都坐在大办公桌周围，也有几人靠墙打坐。会议室很干净，毛毛和钰香忙着给客人倒水。

周书记作为负责双杨的县委领导，首先做了开场发言。他讲了几句双杨公社的基本概况后，便代表县委和他本人表示对地委工作队的热烈欢迎和衷心感谢。大家鼓掌，他笑得红光满面，也拍起了回敬手。接着他说："明天县委工作队也要下来了。"他用祥和的善眼端详着徐晋东和田子荣，"双杨公社如今兵强马壮，天时、地利、人和，注定你们要大干快上。"讲到这里，他又盯住地委工作队的彭秉如："彭局长年轻有为，有勇有谋，地委派出这样优秀的干部，下农村带领社员学大寨，山水不变才怪，旧貌焉能不换新颜！"

这几句给彭秉如脸上贴金的话，让一直紧绷着脸的彭秉如终于破颜为笑了。他举起手："过奖了！"

"下面呢？"周书记恭敬地面向彭秉如，"请彭队长做指示性发言。"

"不敢、不敢！"彭秉如站起来，说，"先请徐书记和田主任把双杨的基本情况，特别是我们要蹲点的桃园、明苑庄、青云寨的情况，诸如干部思想，支部类型，阶级矛盾，生产状况介绍一下。我们表示欢迎！"他带头拍手，全体工作队也热烈拍手。徐晋东也只好学着周书记的样子，站起来拍手，表示回敬。田子荣手忙脚乱，也站起来，拍手致意。主客都拍手，彼此笑了起来。

徐晋东的心咚咚咚跳了起来，脸上热辣辣的。内疚自己一时冲动，又将发言顺序弄颠倒了。

徐晋东冷静下来，按照自己早准备的腹稿，用座谈式的发言，说："首先，我代表公社党委和全社两万革命群众对地委工作队的到来，表示热烈的欢迎！"在一阵掌声后，他接着说，"对地委给我们双杨这么大的支持，我代表公社党委和我本人，表示由衷的感谢。接下来，我将双杨公社，尤其是和工作队有关的情况，向各位领导，做一汇报。"于是，他从公社党委领导分工，东西中三大片包干，下、中、上三四道线自然面貌，以及石门水库，万亩稻田工程，做了简略的说明。最后，他说："公社党委研究决定，今年的农田水利工程是——"大家立刻全神贯注，一个个的目光射在这位貌不出众，话不惊人，单薄瘦弱，缺少威严的小个子书记身上。连周书记也有点吃惊。因为从县学大寨办公室得知，双杨公社的工程，尚未定下来。这一情况，他在昨晚座谈会上，也和彭秉如通报过，怎么今天突然宣布？他不但张大双目，连嘴也张开了。那副紧张的神情，近乎失态。而彭秉如呢？更觉得有点突然。本来，昨晚在县委领导与工作队领导座谈时获悉，城关是九龙岗大战，动员数村社员，集中治理，而双杨则未定下来。他们很庆幸。因为工程未定，在定工程时，可以加上自己的意见。如果，像九龙岗那样的大工程，工作队跟着公社的部署干活，对自己所蹲大队没一点好处，还影响年终汇报。双杨的工程如何定？彭秉如心里有个小九九，一定要坚持自己的主导意见。不然难得下来一次，能空手回去吗？现在，徐晋东突然宣布工程，岂非先发制人！

徐晋东知道，自己这句话的分量。这是他们最关心的事。他故意沉稳地发布新闻似的说："公社只抓一项拳头工程：石门水库。全公社面上的工程，是完善万亩稻地的'方田'建设。各大队工程自定，这叫重点工程党委抓，面上工程统一抓，大队工程大队抓。也可以说是重点保证，完善工程，遍地开花，各显神通。谢谢大家对双杨的支持和配合。"

徐晋东突然结束了他的发言。以至于听的人还似乎在专心致志地等待他的下文。好像还应当讲几句，才能收场。不到画句号时，却画上了一个圆圈，令人费解和不满足。也有人细推敲，书记的讲话，已经说明了，没啥挑剔的。彭秉如反应最敏感，一是双杨的情况与县委通报的有出入。二是工程的决定，对他们不算妨碍，反而大大有利于发挥工作队的作用。他们可以决定所在大队工程，此乃正中他下怀。不过，他对这个小小公社书记的发言，耿耿于怀的是收尾一句话："谢谢大家对双杨的支持和配合。"这话出自公社书记之口，令他厌烦。小小徐晋东夜郎自大，不知天高地厚。须给他点颜色看。于是，他不管田子荣说不说话，也没有一句礼节性的官场谦辞，赤膊上阵，自我介绍道："我叫彭秉如，地委派驻贵县工作队队长，兼双杨公社工作队队长，临时支部书记。"言下之意是告诉徐晋东，"本人不只是双杨公社工作队队长。"他又指着马士隆说："他叫马士隆，地区公安处副处长，双杨工作队副队长。"马士隆站起向徐、田致意。彭秉如又指着一位四十多岁的妇女道："她叫朱美琰，地区妇联副主任，双杨工作队副队长。"朱美琰坐在椅子上，仅用眼神向徐、田打了个招呼，表示本人在此。"其他同志们，均为地区骨干，属于本单位老中青结合的对象。"接着，彭秉如依座次一一将每个人的单位、姓名做了介绍。由于彭队长严肃、认真，腔口高亢，场面分外寂静、庄重。即使笑容常在的周谦书记，也悄然失去笑纹，专心恭听。彭秉如将他的精兵强将亮牌后，脸上现出得意的光彩。他心想这里边哪个人不比你徐晋东、田子荣大？彭秉如接着说："昨夜，当我们接到县委送来的蹲点大队名单后，连夜进行了研究。现在，我宣布进驻各大队工作组组长名单：彭秉如，明苑庄；马士隆，青云寨；朱美琰，桃园。"接着，将各村队员也一一公布。待这一套自我介绍、标榜程序进行完，才言归正传，上了讲话正题。他是这样开始正式发表演说的："根据地委左书记安排……"地委左书记叫左阳，彭秉如将左书记的旗号先打出来，鸣锣开道。至于左书记怎说的，谁也不知道。这里只有听到彭队长生茬茬的嗓子在发表司职演说。他将左书记对全地区学大寨形势的分析，地委决心、口号、目标、措施、讲得神乎其神。他将左书记对这批工作队的要求、希望、使命，讲得无比炽热，给人一种摧山搅海、生死一搏的兵临城下之感。徐晋东对身边的王磊说："让毛毛提壶水来。"王磊悄悄离去。田子荣以为徐晋东支使王磊取笔记本。他立即从口袋里掏出个小红旗笔记本记起来。彭秉如十分自信自己的演说才能。小小双杨弹丸之地，岂能入他眼里？

彭秉如正口干舌涩，毛毛进来给他倒了一杯水。这位仙女般的姑娘，在给其他人倒水时，彭秉如乘机扫视了一下会场效果，他重点在徐晋东身上。他只以为此刻的徐晋东掩面失色，万没料到他神色怡然，好像在凝神静气想啥天外奇观。倒是周书记大张两眼给了彭队长一个满意答复：

我在认真听讲。这使热血沸腾的彭秉如很气馁，看来，徐晋东是个烧不烂的榆木脑袋。下乡遇上这样的搭档，算倒大霉了。他一片赤诚，目的是促使双杨公社与地委工作队拧成一股绳，并驾齐驱，奋勇直前，杀出一个新局面。而这位公社书记居然泰然处之，如对牛弹琴。他何必白费口舌。于是，彭秉如明智地好自为之，结束了自己用心良苦的即席演说。

散会后，王磊从办公室拿出脸盆、毛巾，招呼大家洗手。因为马上就要开饭了。

徐晋东招呼周谦、彭秉如、马士隆等进伙房，坐在小地桌前。这也是公社的规矩，只能供领导就座，即使有了客人，领导也不能随便坐在别处。其实，坐这里还不及蹲院里自由呢。按田子荣的安排，今天中午是白面馒头，素杂菜。今天的馒头又白又软乎。康师傅的手艺还可以。这给田子荣脸上增光不少。几个月来，公社吃的白面，一直是去年生芽麦子面，比玉米面还垫牙还难吃。徐晋东将桌上的筷子给彭秉如、周谦、马士隆一一搁在碗上，说：“吃吧。”他自己也五个指头伸开，抓起一个热腾腾的大馒头，歪了头，啃下一口。这口可口的白面细粮，刚吞进徐晋东的嘴里，还没来得及咀嚼下咽，田亮平风风火火跑进来喊：“哎呀，大事不好！水库出人命事故了！”

“怎么回事？”徐晋东站起来问。

“拉下四五个重伤号。一个不行了，送在公社医院，那几个往县医院送去了。”

徐晋东、田子荣撂下饭碗，便往出跑。院里停着打井队的车，正在待命送工作队。“快，把伤员先送县医院。”徐晋东指了指车。“司机在哪？快点！”田子荣命令启动车，又赶忙去找司机。

街上人们慌慌张张心神不宁，个个神情紧张、茫然。

徐晋东直奔医院。其时，几个后生正抬着伤员往病床上安顿。他二话没说，伸手摸了摸伤员的腿：天呀，已经冰凉，浸手。

徐晋东只对医生说了句：“尽一切力量抢救！”便失神地退了出来。田子荣惊慌失措闯进来，问：“没啥事吧？”

徐晋东摇摇头：“完了。”

田子荣一拍手，冲进抢救室。抢救室内死寂无声，慢慢地终于听到医生的声音：“没希望了。心脏停止跳动已经时间长了。”

负责运送伤员的水库民工，有的哭了起来，有的问：“咋办？”

咋办呀？徐晋东想到的也是这个问题。总不能将死人停放在病床上吧。

“医院有没有空房子？”徐晋东问医生。他对这个医生还不认识。

“没有闲屋。”医生回答。显然对找屋子停放死人不满意。公社医院是没有太平房的。

“佟院长呢？”

“出诊去了。”

“医院谁负责？”

“各管各的事。我负责门诊。”

“小黄。”徐晋东发现小黄也在场，便问，“你能找到佟院长吗？”

小黄说：“他到赵庄出诊去了。”她悄悄到徐晋东跟前低声说，“东北角，有个空房，锁着。”

徐晋东没作声。即便有，医院没有负责人，谁给开？

田子荣说：“搭个席棚吧。”

就在这时，林如海突然蹦出来。他知道东北角有间闲房。那是前任院长的家属走后，未交出钥匙的房子，里边放着些铁炉子、木板之类的东西。此刻的林如海见两位领导作了难，便来了火气。他大喊一声：“小张，把东北角那间房打开！”

“我没拿钥匙的。”

林如海到伙房找了把砸炭铁锤，走过去，“咣、咣”两下便将门锁捣开，说：“将死人停这里！”接着他又对双杨的一个社员说，“从你们村找个给死人洗盥、剃头、装裹的人来。”

徐晋东、田子荣见林如海将死人做了暂时安置，俩人离开医院，回公社商量处理后事去了。

徐晋东一进公社院，才想起地委工作队的人马还未送下去呢！送伤员的车，还未返回。不知路上再死人了没有。

周谦书记赶回县里，看那三四个重伤员去了。

徐晋东和田子荣坐在党委办公室，一时不知该如何处理死者后事。工作队有的人在院里踱步，有的在会议室休息。他们见发生死人事故，知道一时顾不来关照他们。

“用不用把罗彪叫下来？”田子荣问徐晋东。

徐晋东慢吞吞道：“算了。这么大的事故，水库上乱哄哄的，离不开他。”

“听说赵振沂进城了。”

“但愿再不要死人。”徐晋东在办公室走来走去，“下午，我送工作队入村，你和林如海把死人安置好。晚上，通知家属。怎么通知，谁去通知，待我回来再说。”

“车还没回来，先打开咱们的屋子，让同志们休息一下。”

“对。让毛毛和钰香将领导们的家全部打开。”

徐晋东又对田子荣说：“让毛毛通知牛婧兰、彭茂华、邓彬、佟百川，迅速回公社来。”

“对着哩，咱得把力量配得足足的，以防不测。”

“还有。你告诉李葆定，准备好家属的夜饭。”

徐晋东在一片阴沉沉的心境下，考虑着这个“人命事故”的问题。

王磊走进来，对两位愁眉苦脸的领导说：“吃点饭吧。”

这时，田子荣才觉得肚里饿了起来，立刻道：“走走走，吃几口再说。”说着拉了一把徐晋东，向伙房走去。

王磊已经吃了饭。他也跟在后边，边走边说：“工作队都安顿好了。连你们的屋子，也让彭队长和马副队长占了。”

整个公社大院，鸦雀无声，笼罩着乌云。本来是欢天喜地迎接工作队的热烈场面，突然被悲伤和焦虑充满了空气。此刻，山上，县医院的情况还不清楚呢？怎不叫人担心。

“嘟——”一声汽车喇叭响，隆隆的大卡车开进公社大院。啊哟，回来了。

“伤号怎着？”田子荣火急火燎跑前问。

“当时不要紧，医院收下了。有一个严重，需要转院。”司机跳下车，脸色蜡黄，双唇干灰。

“拉进城几个受伤的？”

“四个。”

“听说，水库上还有几个轻伤号。啊呀，一个哑炮爆炸，造成的祸。”

彭秉如和马士隆等人也出来，打听情况。

徐晋东对王磊说：“通知工作队，上车走吧。”

“司机还没吃饭哩。”王磊说毕，又对司机说，“赶快到伙房吃上个馒头，送下工作队的同志们，他们还要去赵庄接死者家属呢。”

王磊喊叫工作队搬行李上车，准备出发。

此刻，林如海回来了。他对徐、田说：“一切都办妥了。洗了身子，剃了头，买了一身秋衣，一身布衣，鞋、袜子、帽子都穿戴好了。”

徐晋东心里很吃惊，这个平时少言寡语，软弱善良的软性子人，今天怎么如此果断和勇敢。刚才手持斧头砸开门锁，令他佩服，但当时也总认为他是因为有自己和田主任在场，给他撑腰，他才敢这样做，现在看来，林如海一个人默默地居然把这些事也办妥了。他不得不刮目相看其人。这个林如海在关键时刻，还是位干将。可见，人不能貌相，也不能凭印象出发。

七零八落的脚步声，丁零当啷的铁锹碰击声，响过一阵后，工作队员齐戳戳站了一车厢。司机也发动开车。徐晋东喊：“彭队长下来。”彭秉如摆摆手：“我就在上边，不下去。你带路吧！”

徐晋东和田子荣再三喊叫，彭秉如执意不肯。徐晋东只好坐进驾驶室说：“开车。”

“路线是青云寨—明苑庄—桃园。”徐晋东告诉司机后，便陷入沉思。今晚这台戏，不好唱哩。而对这等涉及社员生死的事，他顿时感到手足无措，忐忑不安。

此时此刻，他哪有心思，周到地考虑送工作队的事情。

青云寨到了。汽车开到村里，支书已经等候多时了。徐晋东跳下车，向车上喊：“青云寨到了。”于是青云寨的工作队员，吻哩隆咚，跳下车，递下行李、武器。

“这是青云寨支书铁迪厚同志。”徐晋东向工作队介绍。他又给铁迪厚介绍：“这位是工作组组长马士隆同志。他是咱双杨村马老槐的儿子。”

“欢迎、欢迎！”铁迪厚和马士隆握手后，再没等徐晋东介绍，他早已一一捉住其他队员的手，点头、朗笑，亲热得不可开交。这是位年近五十岁的老支书。他性情古怪，笑起来大笑，骂起来大骂，笑脸变怒容只在一刹那。这些原本计划要对工作队细细介绍一番，但今天没这心境了。他草草对铁支书说了几句话，便上车走了。

车到明苑庄，一直开到大队院内。因为工作队就住在大院里。明苑庄的支书也在等着。他叫李福杰，四十多岁，说话慢悠悠，喜怒哀乐在清癯脸上很难分辨。他总保持一副冷漠的态度，轻易不发火，轻易不急躁。他在工作上，有自己的主见。爱学习，对文件报纸看了又看，每每都能从中提出自己的看法。也爱钻牛角，公社会上发言，不像别人，张嘴就说，说到哪算哪。他考虑成熟后，才发言，而且有头有尾，如遇哪个伙计不识时务地从中打断，或插话，他便毫不客气地当场回击，态度严肃，十分正经。由于敢于和公社扛膀子，捍卫本大队利益，颇得一些本位主义社员的拥护。他这些优缺点，不好用几句话说明，也不能当着李福杰的面谈长论短，只能放在以后再谈。明苑庄距潘寨只有三华里。当年是潘仁美野外游乐打猎的场所，故名曰明苑庄。明苑庄居云口下游，以水地为主，也有旱地、坡地。生产条件较好，有一千四五百口人。彭秉如来这里蹲点，论天时、地利都不错，是他大展宏图的用武之地。

至此，徐晋东只剩最后一站便完成送工作队的任务了。所遗憾的是，今天事不逢时，正遇上死人丧事，好端端一个喜迎喜送场面，被一片阴霾掩盖起来。桃园是他片上的村庄。但徐晋东的对公社包片，特别是他这一片，不太关照。一个公社书记，总归是管辖全公社的。管好一个大队、一个片，算啥本事？县里能认可吗？全公社人民能满意吗？但上级的决定必须如此。倒是彭茂华对西片十分关心。他知道给西片争些啥，也总亲自出头。这也是他明智的地方，这无疑会得到徐晋东的赞许。桃园大队名字好听，其实是一片碱滩。由于离滹沱河近，而滹沱河的河床高，地里村里的水，很难往出送。冬天白茫茫，春天水汪汪。房子越来越低，慢慢陷入地，往下挖二尺就是水。这里不能打窖，也不能挖墓。埋死人只能挖三、四尺深，将棺材按下水里，上边搁上土，多少年死人不腐。这也导致雪白膀肿的裸体总现出地面。这里的人很苦，很复杂，不甘心生活在农村的人多。但近几年由于引进配种水稻，使他们受益匪浅。桃园的支书叫雷大年，眼睛大，不说话，没文化，天不怕。他见工作队是位女队长，便首先扫了兴。心想女人来能干啥？白管饭。朱美琰热情地想和这位本本分分的农村支书握手、交谈。但雷大年，没动手，树桩似的站在那里，使朱美琰很尴尬。她只好腼腆地笑笑："老支书今后多支持我们的工作。"

雷大年不自然地说：“我不能支持你们，你们要支持我。”

哈哈哈……大家笑了起来。

“好！你们谈，再见！”徐晋东举起双手，打个招呼，立即爬进驾驶楼。

党委会议室坐满了人。徐晋东一进办公室，便知道他们正在等待研究处理死人后事。一个个显出悲哀、着急的样子。徐晋东直走到正面大办公桌旁，靠墙的那个位置坐下。那是他的专用椅，谁也不轻易去坐。他坐下后，看了看他所叫的人都在场，就等他议事了。

“死者的后事，已经办妥了。”王磊首先向徐晋东报告。

“啊？已经办妥了？”徐晋东很吃惊，“不可能吧？”

“是装裹好了。”

废话！徐晋东早已知道了，谁用你多嘴！

“棺材也买下了，放在医院。”林如海补充。他受到徐晋东的表扬后，一发自作主张，将棺材买下。此刻报告书记。

徐晋东听了，没说啥，心里感到满意。这是应该做的事。

此刻，田子荣说：“死者叫姜寄生，赵庄人，父亲叫姜元春，母亲叫赵蝴蝶。据说，这娃正是潘寨曹明海的儿子，让蝴蝶带到赵庄的。”

“既然姓姜，大概与曹明海无关系？”徐晋东问。“是的。不过，还有个情况。姜元春和赵庄的郭玉恩是亲弟兄。郭玉恩是给了人的。”

“是吗？”徐晋东听到这个消息，很震惊。这不冤家路窄吗！

“没事！把郭玉恩一并叫来。他如果不和公社配合，不愁收拾他。一个留党察看的犯错误党员，聪明些，正是他立功时候。”彭茂华给徐晋东撑腰。

徐晋东骤然来了情绪：“好。把郭玉恩也叫来，还得叫上何子毅。至于家属嘛，或者父母都来，或者单叫父亲来。”

“最好不要叫黑蝴蝶来。先把死人拉回去，再说啥就好办了。”

“这不由咱，到赵庄视情况而定。由彭茂华负责，邓彬、佟院长、牛婧兰去赵庄叫家长去。你说呢？”徐晋东征求田子荣意见。

“行，出发吧，时间不早了。”

“多穿点衣服，小心着凉。”王磊吩咐大家。

送走报丧人员后，周谦书记打来电话。他告诉徐晋东，送往县医院的四个伤员。一个严重已经转太原，其他三人不要紧，已经抢救过来，住了院。他明天去水库，看看那里的情况。

彭茂华带着人首先来到何子毅家，天已黑了下来。公社人们找支书，这是正常事，谁也不以为然。何子毅一听出了事，并了解到他们的来意后，忽眨了几下眼皮，道：“这事不能找郭玉恩，咱得先通知姜元春。”

“行。听你的，快将元春叫来。”

姜元春是个牧工，还在地里。子毅让人去羊圈传回姜元春。

这是一位四十六七岁的农民，一副老实巴交、憨厚、善良面孔。他一进家发现这么多公社干部，心里咚咚跳得慌了神。他以为是来传他，追究前几天丢失无头羊的事呢！本地规矩，牧工丢羊，只要找回身上一件东西，哪怕一只蹄腿也行，分文不用赔偿。如果啥也找不到，就叫“无头羊”，须追究责任，并赔偿。即便赔小队羊，也用不着惊官动府，这么大闹呀！他发现一个个神色不像闹他，都十分客气，有的让他坐，有的给递过烟，而且还打着火，使他一时手足无措，受宠若惊。他又发现佟院长也在场。查羊案还用医生吗？他心慌马乱，不知出了啥事。“老姜，你是个好同志，贫下中农的骨干，和你说话用不着绕弯弯。要革命就会有牺牲，这也不用大惊小怪。你要挺得住，我现在告诉你，寄生在水库上出事了。”彭茂华不紧不慢对姜元春说。

姜元春不动声色，面无表情地问：“咋了？”

“经抢救无效……”

“死了？”

……没一个人敢吭气。慢慢地，佟院长说：“是的。”

姜元春举起了拳头，重重捣一下大腿，便双手抱头，蹲了下去。人们再说啥，他始终一句话也没有。最后，当彭茂华说：“你一人回公社呀，还是叫上他妈。”

姜元春慢慢地说：“我现在啥也不知道了，叫我哥去吧。”

“我给叫去。”何子毅不等公社领导表态，便自告奋勇，前去叫郭玉恩。因为他知道，姜元春一定要让郭玉恩出面解决的。他是个没主意，没嘴，没办法的死老实人。这么大的事，能不靠胞兄吗！以姜元春名义叫郭玉恩合情合理，比公社大队请他去名正言顺。这一点，连彭茂华也佩服何子毅的小精明是高招。

何子毅叫来郭玉恩。这个被公社撤职的受处分党员，见了公社领导，难免没光落色，不自然。但他不愧为和美国兵拼过刺刀的汉子。他见弟一筹莫展，失去领头筋，死狗般窝在墙角。他知道此刻姜元春的心境。他有意提高音调，给兄弟打气，做主，道：“坚强起来，要革命，就有牺牲，死人的事是常有的。光愁有啥用。当年在朝鲜，我们一个连一仗下来死得只剩六个人，照样咬紧牙关往上冲！”

这几句话，还像个老党员，老革命。彭茂华很佩服郭玉恩，在大是大非面前态度坚定，爱憎分明，和公社配合得可以。这时，他突然想到处理郭玉恩时，自己也说过一些过头的损他人格的话。自己毕竟年轻，在这位老革命面前，还是个学生。他给玉恩递上一支烟：“徐书记的意见，让家长现在回公社，商量处理后事。”

“出了事，按出事说嘛。天灾人祸，有啥办法！”

人们将姜元春扶入驾驶楼里，彭茂华说：“老郭，你陪着坐进去吧。”

“我坐上边吧，叫婧兰坐里边，风小。”

“不，这是任务。你的任务，就是做好你弟的思想工作和安全工作。别再客气，上吧。”彭茂华近乎命令般，催促他上车。

郭玉恩再没谦让。

秋深，夜静。冷风袭来，冻得敞车上的人们，直往一块挤。但他们谁也不说一句话。他们的使命还未完成。说不定，今夜要往赵庄跑几次呢。

徐晋东、田子荣他们将姜元春迎进党委办公室，招呼他坐下。其他人各找其位，随便坐下，都不敢走开。

“给倒缸水。”徐晋东说。

王磊从他的里间，给倒出一茶缸水，放在姜元春脸前：“热热地喝上口，天气凉。”

“吃了饭没有？吃点饭吧。”田子荣说。

姜元春好像才喘过气来，慢慢地说了一句：“吃龙肝凤髓也没味了。”

“肚里饿，就吃上些。”郭玉恩说。

“不饿。”姜元春强打精神说，“我见见寄生，他在哪？”

“他在医院。”徐晋东招呼大家带姜元春去医院。

姜元春撩起苫面纸，看了看仰面朝天，安静地躺着的儿子，没有哭，没有喊，只是抚摸着儿子头问：“孩子，你的伤在哪？怎么好端端的就成了我的冤家！”他又在寄生身上摸。

“伤在背后，内出血。”佟院长安慰姜元春。

“唉！老天爷！”姜元春仰天长叹。

当姜元春返回办公室后，背靠墙蹲在那里。任人劝说，再也不肯往椅子上坐了。郭玉恩说话了：“他好那么蹲，就让他蹲着吧。徐书记，田主任，你们看怎么解决，说吧。”

“老姜，”徐晋东首先做思想工作，“这次水库出事……”他自己承担责任，不管是瞎眼炮爆炸，还是现场塌石。总之，是领导有责任，对死者家属要有个交代。接着他又谈工程艰巨，工作面狭窄的客观环境。最后谈多亏公社广大群众的支持，用下定决心，不怕牺牲的忘我精神，苦干、实干，才使水库进度快，质量高。

“老姜，你的儿子光荣牺牲，为双杨人民立下永垂不朽的功勋。我们公社，对你们家长的心情是理解的，给实际生活带来的困难是同情的。你现在，有啥说的，尽管说吧。”

姜元春双手抱头，一句话不吭。

郭玉恩开导着说：“事情已经出了。你先打个底，死人总得安葬吧，活人总得生活吧！你有啥说出来，公社领导再考虑，偌大的公社还能亏你一个人？”

“唉！”姜元春听了兄长一席话，长长叹出一口窝在肚里的气，“冤家！这娃十个月头上，他妈抱着来到我家。后来，我又有了个儿子。他妈总说我不亲后儿子。其实呢？说句天地良心话，我心里还偏爱着寄生呢……”他停下来，才想起要抽烟，摸了摸屁股后边，没带着烟锅。郭玉恩问：“想抽烟？”他顺手给掏。王磊连忙递过纸烟，并打着火。

姜元春接着说：“那天，这娃不想走。我骂了几句：小队送你上水库，你从水库下来不归队，两头都不管，成了游民，这行吗？这娃走后，他妈恶恶恶和我干了一仗，说我不疼寄生，逼上水库受罪。唉，你看，老天不睁眼，怎么总和我作对，绳子哪里细从哪里断！他妈是个病人，气得厉害了，差点扳挺（休克）……”

“这么吧，寄生的后事，领导们关心，会妥善处理。你也得拿个意见嘛。要多少钱，还有啥条件，别不好意思，直说吧。”何子毅催促姜元春提条件。“把我的二儿子安排了。再给上我八百块钱，我啥话也不说了。”姜元春干脆利落地提出要求。

大家一听，通情达理，条件并不苛刻，都很赞赏。

郭玉恩说：“只要把二小子安排了工作，钱给上多少都无妨，让领导看着办吧。”

姜元春没吭声。

“棺材和穿装总共花了多少钱？”徐晋东问林如海。

“五十三块八毛四。”林如海回答，“连剃头、洗身子都有了。”

田子荣给徐晋东用手指头比画了两个六。

事情能如此顺利地解决，出乎徐晋东意料之外。于是，他当即拍板：让他二儿子走工，只要有招工的，第一个就是他走，公社将指标下到赵庄，赵庄照顾本人。钱嘛，给六百六十元，包括棺材等安葬费。

姜元春没说啥。郭玉恩对何子毅说：“大队照顾上三十斤黍子，他没黄米面。”

“行。”何子毅满口答应。

当时不兴写什么字据一说，只要领导说了，就行了。群众对领导是绝对相信的。事情圆满解决，只等姜元春表态，将寄生装棺入殓，星夜送灵回赵庄，便完事了。此刻，突然院里有响动，脚步声很紧。人们不知有啥情况。正在张耳静听，办公室的门咣一声推开，闯进一个女人来。

“寄生怎了？”她站门口问。

无人回答。

“你是？”徐晋东估计是死者的母亲。所谓黑蝴蝶了。明知故问，但也就得问清。

“她是寄生的妈，叫赵蝴蝶。”何子毅给介绍，“元春婶，你先坐下。我们正在商量这事。”

“啥事？我问寄生怎了？”黑蝴蝶盯着何子毅反问。

“你既然来了，估计已经知道了。寄生没了。”

“真的？你不哄我？我的娃好端端走了，就没了？”黑蝴蝶边说边哭了起来。她突然走到姜元春跟前，举脚踢了一脚骂道：“这下你高兴了！给你除掉害了！成天嫌俺娘俩！”

“坐下、坐下……”王磊拉她，被一甩手丢开。

“我的心咀子呀——”黑蝴蝶突然放声号啕起来。寂静的公社大院，顿显得阴森森的，可怕起来。“我那娃呀，没人亲的可怜儿呀！不开眼的老天爷，为啥叫我不能活呀！”她一把鼻涕一把泪哭得人撕心裂肺，浑身冷麻。

此时此刻，什么语言都无用，只好任她放声哭。儿子暴死，怎能不心疼，心疼怎能不哭？突然，姜元春也放声哭了起来。粗犷又痛苦的男人恸哭声，震撼着整个公社大院。郭玉恩也揩起眼泪……

“你劝劝，不要让她太伤心了。”徐晋东对何子毅说。

他本来安排牛婧兰在场，就是为做女人们的工作。不料，牛婧兰是个姑娘，没有多少社会经验，显得束手无策。此刻，她拉住赵蝴蝶的手，哀求着说：“大娘，别太难过，你歇……”

何子毅也凑到脸前说：“元春婶，这是徐书记……”他还没有把话说完，黑蝴蝶一头扑向徐晋东。她上去抱住他的脖子，便哭叫着说：“徐书记，我的亲人，天塌下来了！我喊天天不应，叫地地不灵，我只能叫你徐书记了。徐书记，你说我该怎么办呀……”

黑蝴蝶这一突然举动，弄得大家大眼望小眼，失了神。

只见徐晋东脸上沁出了汗珠。他后仰着头，想离开这女人，但被这女人死死抱着。

“婧兰、婧兰。”徐晋东只喊叫婧兰，不说干啥。牛婧兰过去拉住黑蝴蝶的两只手，边往下拽，边打劝：“婶子，你冷静点！”

“我的娃娃，我啥也不顾了，我也不要脸了，命都不能活了……”

彭茂华一听这几句话，说明她一切正常。于是果断地抓着她的胳膊说：“别这样，坐下说嘛。”他暗暗使劲将黑蝴蝶从徐晋东身上扒下来。徐晋东如释重负，长出一口气，才觉得浑身被汗湿透了。

这时，彭茂华突然发现手里拽的黑蝴蝶，像龙抽了骨头，软软贴在他身上。他一看，黑蝴蝶两只白眼睛上翻着，十分可怕。“哎呀！”他吓得六神无主，连声喊：“咋了！咋了！”

“她有这毛病。”郭玉恩镇静地说。

黑蝴蝶休克过去了。茂华将她抱起来，放在一个长条靠椅上。佟院长说：“别慌。”他听了听心脏，量了量血压，然后用银针在手指上扎了几针。慢慢的，她长长呼出一口气，活了。

姜元春自从挨了老婆一脚后，背着墙蹲在那里，泥菩萨般，微闭双眼，一动不动。他放泼哭号了一顿，又蜷缩在原地。他连黑蝴蝶休克过去，人们急得七嘴八舌吵吵时，也丝毫未动。这一切，田子荣看在眼里。看来，不把黑蝴蝶的思想工作做通，问题不等于解决。他感到自己应当出场了，须替书记扛一下杠子，这才算得上二把手呢！但他苦于没办法。再死下一个人，就不好交代了。他急得像热锅上的蚂蚁，团团转。后来，终于想出了个办法。他干脆利落地说：“是这，寄生他妈，你听着，刚才研究决定：让你二儿子走正式工，公社给你们六百六十元抚恤金。”说到这里，他一下慷慨地显示出公社主任的权威来：“我个人作主，再加给二十元，总共六百八十元。”说完这几句后，看了看大家，又安慰黑蝴蝶道：“人死后，天鹅说成扁嘴也活不了啦，这是实的。”

“行了，田主任又给加了二十元，这就给面子啦。盼咱二小子有出息，就是你们的福了。”郭玉恩借机给弟妹做工作，也给领导解围，一举两得。

黑蝴蝶本来也不是个棘手女人。当她得知寄生出事后，一下哭成个泪人，连魂灵也跑到九霄云外了。但徐碧云专门跑到家，给她出主意，道：“人死了，哭有啥用。你还不快去公社，看怎处理后事。这般时候，领导没辙，最怕女人哭闹。你只要找准徐书记，他总得给你个满意的答复。堂堂一个公社，能亏了你。”经碧云一开导，果然，黑蝴蝶一下心里亮了。立刻让二儿子用自行车带上赶往公社。当她听了田主任和郭玉恩的意见后，觉得很满意了，后悔不该对徐书记出洋相。此刻，她倒有点不好意思起来。她坐起来，慢慢说：“感谢领导，反正俺是塌了天啦。今后，离不了领导关照。这死人回去，面没面，油没油，怎打发哩。”

此刻，何子毅道：“元春婶，大队借给你五十斤黍子。再给你五斤平价油。行了吧。”

黑蝴蝶点点头：“借给黍子，秋后可不能扣俺的口粮黍子。”原来，生产队的口粮，小麦、小杂粮（如黍子、豆类、谷子等）均限额配给，最后用玉米、高粱关门包底。黑蝴蝶的意思是让扣玉茭、高粱。

“行行行。”何子毅表态。这种场合，作为一个大队支部书记，也有安慰家属和帮助家属解决困难并尽快协助公社办完后事的义务。

林如海一直坐在墙角。他知道自己的位置，也知道自己有几斤重。他习惯于默默地参加任何会议，和静听别人争吵，但他绝没有打盹的习惯。他反而比别人听得更认真。别人争吵，谁说了几句啥话，他也记着。此刻，他知道，一切问题已经解决。该收场了，于是他对郭玉恩说：“老郭，今天入殓，还是明天入殓？”

郭玉恩做不了主，他征求元春的意见。元春说：“连夜回吧，省得白天麻烦。”

“那么，我去。”林如海开门便走。

“大家一齐过去，连司机叫上。”田子荣说。

“你不要去了。”田子荣对徐晋东说。他发现徐晋东精神倦怠。

徐晋东感到太累了，也没有过去的意思，便送客道：“老姜，田主任过去送你们，我就不去了。”

“徐书记，后天打发（送殡），你也过去吧。”

徐书记招招手：“好，你们要节哀，保重身体。”

一伙人马，在黑黢黢的夜色中，涌出公社。徐晋东一头扎在炕上的行李卷上，便呼呼入睡。

此刻，东方发出鱼肚白，天已快亮了。

第十五章　农田会战近眼前

田子荣、林如海等处理完丧事，康师傅已经起来捅开炉子，准备做饭了。他们照旧在打响开饭铃后，准时到伙房吃饭。在小饭桌上，徐晋东对田子荣说："定班子的事，再不能推了。今天叫回陈琦，咱们先碰碰头，立即开始这项工作。"

"是的，县里催了好几次了，再拖要挨板了。"田子荣边吃边说。

"今天，县工作队也要入村了。"王磊提醒。

"他们来了，你接待一下，然后让他们自己下去就行了。"徐晋东说。

"把他们的名单留下。"田补充。

"这没问题。"

县工作队一年一换。他们根据公社的安排，往往直接到大队报到。点上负责人到公社打个招呼，就可以了。

徐晋东所说的定班子，是指各大队一九七八年的支部、革委会的领导班子的改选问题。大队党、政班子，一年一换。因为从秋后的农田建设开始，已经标志着又一个工作年度的开始，故班子改换，在每年的秋后。近几年逐渐提前，随着农田建设时间的提前，班子交接也逐渐提前。有的公社，一开镰便着手改选班子。他们说，还有个好处：可以防止小队干部瞒产私分。也就是从秋收始，便进入下年的工作序列。每年定支部班子，是公社党委一件大事。一个大队，如果没有一个好支部，说到底是没有一个好支书，工作便一损百损，从而给公社增添好多麻烦。只要把支部班子定下来，大队革委会便好办了。

为啥大队党支书最难确定呢？首先，公社党委要先提出候选人名单，即公社党委意见。但又必须通过全体党员选举认可。这两者之间是有矛盾的。往往越与公社贴得紧的人，群众越不拥护。党员是群众的代表，他们首先不支持。而偏重村里狭小利益斤斤计较，患得患失的干部，公社又不会用。因此，在确定大队支书人选时，简直是一场严重的路线斗争，反映在公社领导集团内也往往看法不一。

双杨的大队班子，之所以迟迟未定，徐晋东有他的想法。一来，自己来公社时间不长，田子荣更短，不太了解情况。二来，今年他工作了半年，结果却是一个夏旱连秋旱的灾年，他不抢这属于自己一半的苦果。第三，区、县工作队进村后，再定班子，比较客观，也是对他们的尊重和支持。现在条件已成熟，而且县委已经发下红头文件，届时要组织首次农田建设交叉大检查。形势紧急，不得不夜以继日，一天等于二十天干了。

为了清静，避免干扰，徐晋东、田子荣、陈琦三位书记到最后一排的小会议室，召开秘密会议。

公社三巨头，统筹三大片，掌握着四十余个村庄的命运。

“今天咱们的任务是：把各大队支部书记的人选定下来。这是一九七八年所有工作中最重要的一项。认不准一个人，贻误一村工作，就是一年。这是事关全局的一项核心工作。咱们先拿出一个意见，然后，让各个工作队和公社跑面的同志们去做工作，尽快在三两天内全部定下来。”

徐晋东打开笔记本，这样一字一句，没有任何表情，讲法一般宣布会议内容。

陈琦取下眼镜，擦拭了一下，又重新戴起来。然后正襟危坐，掏出笔记本，庄重地进入角色。他知道，下边有几个复杂支部，这些地方，一旦走漏了风，他们获悉了公社内定人选，抑或得知召开支部党员大会的日程表，会一夜间串通一气，将敌对者撂倒，并在支部大会上，闹得僵持不下。而今天这个正副书记会，显然带有秘密性质。其中，数自己职位最低。书记、主任是一、二把手，又是公社的核心。这个小会，实在叫他捏一把汗。一旦走漏会上风声，除自己外还有何人？他心里警告自己：慎之又慎。他也随时警惕有人来拾密。

田子荣对下边的情况益发不摸底。他来的时间短，又忙于事务，对基层干部的了解，委实心中无数。他用征询意见的口吻问："咱们是一个一个支部过呢？还是分开类进行呢？"

"你的意见呢？说说看。"徐晋东让田子荣提办法。

"咱是不是分成三类：动的、不动的、可动可不动的。这样，咱把不动的放过，先研究动的，再研究可动可不动的。"他说完，看着徐晋东，等他发表意见。

"行。中片不动的支部有……"陈琦不等徐晋东表态，便迫不及待地数说起他管辖的中片大队来。

"你动与不动的依据是啥？"徐晋东问陈琦。

陈琦动了动脑子，一下豁然开朗。他自信地认为揣准了徐晋东的用意。于是兴致勃勃，滔滔不绝地讲他的观点：咱们双杨的工作，近一两年之所以像老和尚的帽子——平塌塌的，原因就是基层干部软。想当年，赵庄一、二、三把手的年龄加起来不足七十岁。干起工作，真正雷厉风行，有声有色。咱今年选人，首先一条就是得有干劲，有闯劲，不怕风险。让这样的铮铮硬骨头后生当支书，不怕轰不开局面。不然的话，人家城关一个九龙岗热火朝天，万马奔腾。咱是虽然遍地开花，但却不争妍，死气沉沉，能不挨批评吗？……陈琦几次想让徐晋东打断他的话，由徐接着说下去，但徐晋东稳坐钓鱼台，一言不发。陈琦见扇风没点起火，明智地停下来。

田子荣看了看徐晋东。只见他对陈琦的夸夸其谈，神色泰然地只听不表态，心里沉不住气了。事实上，也该他发表自己的意见了。他看着徐晋东，再看看陈琦，边看边说：“你倒是讲得有理，当今时代，没干劲，没朝气，三棒打不出个响屁，雷大年式的干部，确实不行。不过，我加上一条，要与咱公社贴得紧，拴得牢，咱能指挥动的，像郭玉恩式的闯将，咱还是少用为好。”

“形势逼人，只要公社硬，强将手下无弱兵，怕啥？我这个片上就喜欢曹明海式的干部。尽管脑袋瓜过于机灵，好耍小心眼，但头上有火，能拿得起，放得下。”陈琦也是个不用心计的人，随便讲的。

这时，田子荣突然发现自己刚才点了西片两支书的名，那是徐书记的片，人家好坏不清楚吗？但他既已说出，也收不回来，索性直捅下去:“什么东片、西片，我情况不及你们熟悉，咱就这一锅粥。叫我看，按一、二、三类支部分别办：三类支部，坚决更换，宁叫撑破，不能哄过。二类支部，慎重考虑；一类支部不动。”

此刻，徐晋东沉思着说：“你们讲得都有道理，都得参考。看人议事，得具体对待，一个人和一个人不一样，一个村和一个村不一样。依我看，什么标准也用不着定，标准就在咱三个人心里。咱一个支部一个支部过。”千锤打锣，一锤定音。于是，三个书记逐一议定大队党支部书记候选人名单。

徐晋东在确定大队一把手的问题上，决不含糊，谨小慎微。他实际上，从一到公社，便对各大队支书注意起来。人的因素第一，领导起决定性作用。他肚里对各大队的现状有本账，对各大队支书有本账。一个大队一本账，一个人一本账，哪能画出四十多个条条框框的标准呢？这就是田、陈不可理解徐晋东所谓肚里的标准的奥秘。

三个人将全公社各大队支部书记，一一做了认定。凡有争议的均服从徐晋东的意见。就全公社整体来看，其中有新提的“年轻兵”，有稳局面的“老黄忠”，也有敢闯敢拼的“猛张飞”，有老谋深算的“诸葛亮”。这些人，相当大一部分是正常的组织安排，也有少数是有意调整，抑或对特殊村庄的特殊措施。不管怎样，三位书记一上午便将全公社的大队支书部署下来。

“今晚上召开党委会。”徐晋东将笔记本一合，结束了秘密会。

徐晋东回到自己宿舍，炕上那一卷行李上四脚仰天躺着一个人。他进去，那人也没有立即坐起来，仍用报纸盖着脸，好像睡着了。徐晋东坐在椅子上端详着这个人的脚、腿，猜测究竟是哪一位。他本来很累了，想上炕略展展腰，哪怕一两分钟也好。但这位不速之客，无礼地霸占了他的被褥。他忍不住上去扳动了一下那双大脚，没料到，那脚一蹬，睡着的人，猛地坐起来，道：“你看是谁？”

“哈哈，我还当哪来了个占我铺的呢？原来是你！”

“没想到吧。”成部长神秘地笑着，说，“我是你双杨工作队的队长啦！”

“欢迎、欢迎！”

“你不敢不欢迎。”他看了看表，“我在你炕上，整整睡了一小时二十分钟。问谁都说不知道你哪啦？你是不是躲这穷弟兄呢？”

“部长驾到，欢迎还来不及哩！岂敢怠慢。”

“你的老前辈也来了。”

“哪个老前辈？”

“看，吃水忘挖井人啦。”

“是郑主任？”

“你就认得个郑主任？”

“马亚平？”

“不对。”成部长轻轻一笑，“王则峰不是你的老前辈吗？”

唔！他说的是双杨的前任书记。

“他去哪了？”

“找你们的妞儿们去了。”他揶揄一笑，“公社里的仙女都是你们的干粮。”

徐晋东拍他一巴掌：“老老实实的大儒，也爱浑说？”

“哪有不吃肉的猫。”成部长说到这里，突然想到什么，立即从他那个帆布兜里，找出一个笔记本，又从笔记本里找出一条纸，颇为得意地交给徐晋东：“物归原主。”

徐晋东接过来一看，上面写着：“公元一九七六年八月十三日上午二十四分，此啮书蟊贼被逮捕入壶，罪该如此。”他笑了起来。这是他在宣传部无事干的无聊所为。当年，他捉到一只小老鼠，扔到一只废铁壶里，上面加了这个纸条。后来，不知怎，竟跑到成部长手里，而且保存到今。

晋东一笑：“那时闲得没事干，才有心情和老鼠开玩笑。”成部长却从另一个方面，自语道：“我总觉得奇怪，这么个淘气鬼，也能当书记？”

“当得还可以。就是，太忙了。”

“你再忙，我还是建议，万不可丢掉学习。”成部长回到正经话题上。

“听说离开部时，部长让你带半导体收音机，你硬是没要。太遗憾了。你下来很需要有个收音机，随时了解国家形势。不能只顾埋头拉车，不抬头看路啊！还有你想写小说，不能片面强调生活，不看名著……”成部长与好友见面，有说不完的心里话。他看准徐晋东是个才华横溢，而又孤芳自赏，很有个性的怪人。也是一个与自己交心的契友，但愿他平步青云，仕途风顺。他总想用最有说服力的语言，口吻生花，使他发振聋发聩，从而确立大展鸿鹄之志的人生观。但每每失望。他可惜徐晋东缺少一种奋发，自励，上进的雄心。他总想点石成金，可谓用心良苦。但人各有志，禀性难移。他既赞叹、羡慕，又惋惜、同情。他颇费心思的一席推心置腹的循循善诱，说得自己很动感情。然而，当他下炕，走到办公桌前一看，徐晋东早头趴桌上睡着了。

成轩昂端详着老朋友消瘦的面孔，疲惫的倦态，心里顿萌怜惜之心，公社太费人了。他蹑手蹑脚，轻轻地推开门，来到院里。

王则峰串了几个门，便想找徐晋东聊聊。成轩昂摆手，发出禁止入内的信号。“不在？”王则峰问。

“太劳累了，说着话就睡过去了。”

“听说，昨晚一个通宵处理死人。咱到树下坐坐吧。”

树荫下，有个水泥抹的小平墩，供人们下棋闲坐。成轩昂和王则峰并排坐上边，闲聊起来：“则峰，公社这房，是你经手盖的吧？”

“是哩。”王则峰垂头丧气叫屈道，“不是盖这房，还寻不下败兴呢。”

“官不修衙，客不修店呗。”成轩昂未揣王则峰的心病，随便附和。

“唉，自古老牛力尽刀尖死，伺候君王不到头。”王则峰被贬职，置之人事局的“人库”，一肚牢骚。

成轩昂有意岔开话题道：“兴建这么一处大院，费劲啊！”

“有人领料就好办。世上事情，只要敢开头，就会有结尾的。偌大的人民公社，盖不起这么几间房子？”

“这是王书记的气魄！”成轩昂吹捧王则峰道。

王则峰突然说：“成部长给我换个地方，让我去小咀吧。”

“行。”成轩昂满口答应，正合了他的意。原来他还不想去小咀呢。正好兑调一下。“一言为定。”王则峰特意站起来，跟成轩昂握了握手。

他今天所以临时变卦，要改去小咀，是受徐晋东三上小咀，鞭打慢牛的启发，另有所谋的。王则峰今天听人们讲了徐晋东抓住小咀这一落后典型，一举打开局面，推动夏锄工作的做法，深有感触。自己为啥不能也如此呢？这是他来双杨下乡的伟大抱负。

此刻，从公社大门外跑进一个披头散发的地滚子女人。她五十多岁，腰长腿短，大屁股，走路外偏脚。她走到成、王跟前，猛不防双膝跪下，磕头如捣蒜：“各位领导，救救我，我被二夹生欺负得没法活……”

成轩昂知道她烧香找错庙门，站起来便走开。

王则峰正眉正眼，态度威严地训斥：“你这女人，有啥话站起来讲！闹啥名堂？我既不是神，又不是鬼，你给我磕的啥头！”

“二夹生打我，公社得给我做主！老天爷！”老人哭了起来。公社院里聚集了好些人。王则峰匆匆喊一句：“我不是公社领导！”便躲开是非之地。公社院里是不能允许社员来耍无赖的。徐晋东见围着好多人，没有一个采取措施制止。只有田子荣骂道：“泼妇，再胡闹……注意点！”

杨利民见有下乡的，没有出来干涉制止。王磊干急插不上嘴，而且有徐晋东在，怕惹出麻烦。徐晋东见状，只有亲自上阵了：“这位妇女，你是哪个村的？”

“小咀村三队的，俺叫三桃子。”

“你告谁？”王磊问，“这是徐书记跟你说话，老实讲来。”

“二夹生，没头鬼沙，把我的二升小米偷上走撒。他还……”

“你找大队干部去！”徐晋东推手道。

“韩愣小不管。”

“有啥事回村里解决。”徐晋东给她解释。

“你们是领导还封建迷信，佟院长给俺侄媳妇收生都不怕！我老人身子怕啥！”

“呸！”杨利民骂。哈哈哈，人们笑了起来。

“三桃子，我跟你说，这是县里派来的工作队，下午就到你们村。有啥事找他们。”徐晋东说到这里，随便问成部长，“轩昂，小咀是谁去？”

“王则峰。”成轩昂回答。

王则峰后悔不该主动要求去小咀，怎么未入村就先进入角色了。木匠扛枷，自作自受。

“好嘛，就是他。”徐晋东指着王则峰说，“咱们双杨的老书记。你回去找他。”

王则峰一拍胸膛：“我下午就到你们村，你回吧！有啥冤枉，我给你做主！”

“谢谢各位领导啊！”

三桃子吊着个大屁股，迈着外偏脚，后拽着身子，走出公社。

“活宝！”杨利民骂。他对王则峰笑笑：“又一个赵庄的金怀老板。”

“赵庄有人说：徐书记就爱腌臢。”陈琦笑着道，“我和彭茂华跟上也不沾光。”

“沾大光了。爱腌臢总比爱美人名声好吧！”田子荣更正。

“对着哩，不然怎么王书记当即敢拍胸脯！”

“也想捞个爱腌臢美名儿吧！”

哈哈哈……大家开心地笑起来。

叮铃铃……康师傅的专用电铃响了起来。

吃完简单的午饭，一个个走出伙房，各自方便。

“我们走了。”成部长对徐晋东说。

“今晚开党委会，你也参加吧。”

“算了。我得去大队报到。党委的决议，我们无条件执行就是了。”成部长说。

“不休息一下？”徐晋东又问。

“不了。客走主人安，你快抓紧时间休息一下吧！你心力交瘁，太劳累了。瞧你那副头脸，来公社少说也掉了十斤肉。”

“没有。本来就瘦。”徐晋东满不在乎，觉得身体蛮可以。

“好，走了。”王则峰推着带行李的烂自行车，笑容满面高高扬起一只手，显得故作精神，朝气永存。

徐晋东、田子荣、陈琦、王磊等和县工作队同志们握手送别。“王则峰书记快点走吧，外偏脚老板还等着哩。”陈琦逗王则峰。

他们送走客人，还没有回家，门外驶进一辆吉普车，屁股后边卷起一股黄土。车停在他们跟前，下来的是周谦书记。

周书记本来体胖、个矮，菩萨般的慈容，今天成了个黄土满身，灰眉土眼的活动泥胎了。人们看着他这副狼狈不堪的稀松样，没有笑意，都有几分同情。他本来爱挂笑的脸上，埋着愁苦的阴影。

众人将周书记招呼到党委办公室，他不客气，一屁股坐在临门一把椅子上，显得精疲力尽，情绪不振。

“没吃饭吧？”田子荣问。

“吃了。”周谦扯着嗓子地回答，声音也不像平常圆润。

王磊给倒了杯水，又用电话喊毛毛打洗脸水来。然后拎起一把笤帚，说：“走，到院里我给你扫扫身上的土。”

“从水库下来的吧？”徐晋东问。一看车的模样和人身上的土，便知道是从水库上下来的。

周谦苦笑一声，表示没问的必要，也算是回答。他到外边让王磊给扫掉身上、头上的土，又洗了把脸，才好像焕发出点容光，也有了点精神。他劈头问徐晋东和田子荣：“你们计划农田水利工程哪天上马？”

“好些大队已经上马了。”田子荣回答。

“那不叫工程。我指的是秋后大兵团作战的大工程嘛。你们知道不知道，全县恐怕数双杨最差劲！工程项目迟迟不报，工程迟迟不开！叫我在县常委会上给你们都没法打掩护。”

“今晚召开党委会，马上开始。”田子荣回答。

“现在不是召开什么会的问题，是要工程，要场面，要人数，要进度的问题。你们知道不知道，县委三五天内要巡回大检查。我刚从水库下来，水库上的马车，一辆也没有落实！我告诉你们，首先要检查你们一、二把手包的点。”说到这里，他发现陈琦也在，又补充一句，“还有你三把手的点也放不过！”

陈琦笑了笑：“欢迎领导检查，早等得心痒难搗忍不住了。”

周谦一白眼，又是个气又是个笑：“你多半也是个乐观派，到时候罗书记来了，恐怕你哭也哭不出来呢！敢笑！”

陈琦索性一扬头，张大嘴哈哈大笑起来。徐晋东和田子荣对陈琦的不协调插曲，报以失笑。不过，徐很快收敛，言归正传：“周书记，送县医院那几个伤号没怎么样吧？”

“一个重伤，送太原了。那几个不要紧。死了的这个呢？你们处理完了吧？”

“处理完了。让二儿子走工，给了六百八十元钱。一次了结。”田子荣汇报。

“行。办好了就不用记挂了。死人的事是可怕的。”

“水库工人的情绪，没啥影响吧？”徐晋东问。

“有罗彪在，水库上的事，你们不用操心。水库形势比以前大有好转，井井有条。领导带头，以身作则。罗彪也十分辛苦，起早贪黑，滚战在石坝上。你们必须把支援马车尽快送上去。趁热打铁，促他一下。也是对他的鼓励和支持嘛。”

“你今天别走了。参加我们的党委会，表示支持和重视。怎么样？”徐晋东试探着问。

“我马上得回县里，晚上传达教育学大寨会议精神。”周谦略顿一下，又对这几个公社领导说，“我在县分管教育、文化、卫生。你们知道不知道，医人、艺人、教书先生都是我管的。”说毕，他得意地来回扫视着几个洗耳恭听者的脸色，显得扬扬得意起来，意思是非我莫属，谁能拿得下：“这些人，就是生产队的车倌，工厂的司机，再难闹不过的人。”

“你是县里通古博今什么都了解的大秀才嘛。”田子荣笑着给高谈阔论的周谦脸上贴金。周谦笑纳了。他现出本来的慈善面孔。笑眯眯、憨绵绵，大肚弥勒佛般腆着肚，站起来，向门外走去。

“怎么？真的就走呀？”徐晋东打趣着挽留。

“我不走，影响你们的工作。”周书记说着，径直向车上走去。

车屁股后一喷烟，便跑了。

徐晋东长出一口气。他是求之不得让周书记快点走。走了就清静了。他刚才是怕周谦留下，在党委会上讲话。他讲话没有煽动性，没有震慑力，调动不起紧迫感来。说简单点就是不威严。往往严肃的会议，他能一句话走了气。老好人当官，人不怕。徐晋东想到这里，突然自问自：你是个啥角色？比周谦厉害在哪？当前形势，已经误下程头，当务之急是奋起拼搏。不然，真的挨县委的板子不成！他感到了压力和紧迫，心急如焚，火烧火燎不安起来。

“晚上八点开会，通知已经发了。”王磊发现徐晋东若有所思，凑过来搭讪着说。其实，他也清楚，徐晋东知道，广播上已发出通知了。

“电话上，再告知一下彭秉如。”徐晋东望着杨树顶端的一只黄鹂鸟，好像是在对它说话。

“区、县工作队长列席党委会，这是上边的规定。他们一定清楚。”王磊辩解性的解释，使徐晋东很反感。他回头喊：“毛毛！”

毛毛应声而到。“通知在明苑庄下乡的彭队长，晚八点来公社开会。”徐晋东命令般说。

王磊讨了个没趣。杨利民得知后，舒心地偷偷一笑：“溜沟子被屁崩了。”他在心里得意得心花怒放，手舞足蹈。没想到今天有如此痛快的开心事。

双杨公社党委会议准时召开。

徐晋东一如既往坐在他那把发号施令的椅子上，宣布开会。他开门见山，将会议内容通知大家：一、改选基层支部事宜；二、农田水利大兵团作战即第四战役的组织安排事宜。

大家都掏出笔记本，正襟危坐，一副严肃认真，紧张慌乱的感觉。因为今天是临战前的决策性受命会议，谁也不知自己将被派往哪个风口浪尖，担当什么艰巨重任。特别使大家头顶发凉的是，在王磊坐的那把椅子上，黑风风安插了一位“索命金刚”。他是地委工作队队长彭秉如。他参加党委，显然是给小小公社一个压力。

徐晋东通告会议内容之后，便将农村四十个支部书记（山上两个小支部，向来不包在内）的情况，做了简略的剖析。他是冠以县委的既定部署“大部分不动，少数调整”的原则，为自己的决策做后盾的。他在三人碰头会上，确定要动的支部书记，一个一个点卯，并将接替的人选也提出来。其他便不多言一句。“这是我个人意见，大家同意不同意？”徐晋东问。

大家表示同意。

“好，通过。”徐晋东看着王磊说。

王磊虽然今天挪了个位子，但仍把会议记录簿守得紧紧的。他马上记下：全体通过。

“大队支部的改选，要求在今天会后接着搞，连夜定下来。”徐晋东发出命令，“各片的负责人，务于明天八点前将改选名单报回公社党委。”

一般支部，都能根据公社的意图，改选支部。也有遇上钉子的。有的支部党员联合起来，要换掉支书，也没办法。其中有的公社干部采取策略，费些周折，最后也能如愿以偿。也有的挽留不住，终于被党员选下去的。不过，这种情况不多。徐晋东将支部改选时间推至不能推的今天黑夜，令人分外焦虑。时间太紧。但事情往往是这样，越紧张，效率越高。半夜召开紧急会，参会人员到得越齐。他还以为中苏边境出了问题。

“第二个问题是，农田水利建设大兵团作战的有关事宜。”徐晋东一字一句故意字斟句酌，敲出它的分量，“先成立公社总指挥部。”

政委：周谦，副政委：徐晋东。

总指挥：徐晋东，副总指挥：田子荣。

下设三组一室：政宣组、工程组、后勤组、办公室。

政宣组组长陈琦，下配保卫、武装、妇联、文教等职员，负责保卫、巡查、秩序，民兵火线集训，宣传、评比、报道等工作；

工程组组长田子荣，下配农业、林业、水利等工作人员；负责工程规划、测算、检查、验收等工作；

后勤组组长林如海，下配供销社、医院、社办企业等单位负责人。负责物资供应、机具调配、平车、马车管理、工具修理、加工、医疗等事宜。

办公室负责上下联系，掌握情报，传递信息。主任王磊。

水库为独立营，罗彪兼营长。

公社领导、骨干、一般干部、“借用员”们，都分配了任务。连大师傅康有明也委以夜间执勤、传递情报的重任。一场全民上阵的大决战即将开始。屈指算来，经过夏锄战役，小突击，三秋会战，这已是第四战役了。这也是一年一度的最后一个大行动，也是体现人海战术最精彩的场面。更是衡量公社政绩最权威的代表作。因此，辛苦一年，成败在此一举。哪个公社不是拼命干！

各大队的指挥部，要求效仿公社，成立起来。

有了领导班子，下来的工作便是确定工程实施方案了。

“各大队的工程，要求三天内全部上马！”徐晋东发出命令。他接着说：“今晚改选支部，凡按公社意图定下来的，明天上午将革委会，青、妇、武的组织全部定下来。未按公社党委意见选下的支书，报回公社，审批后方可宣布任职。明天晚上九点前，必须将工程项目报回公社。”

会议气氛越来越紧张，一个个低头只顾往笔记本上记！心里越来越急躁，这不要拧出屎来吗？这横空出世的局面。长出三头六臂也难以招架，但都不敢吭一声，大气不敢出。这就叫形势逼人。这么紧迫的任务，纷繁的事项，重要的时刻，谁敢顶风出头？这种会，是全凭书记一人往下发布命令，不容许讨论和提出异议的。如果一搞民主，啥也闹不成。

“还有，也是最重要的一点。党委会后，三组一室负责人，接着召开小会，将自己的任务、目标、措施、方案、部署等事项做出书面报告，需要分解下去的，尽快落实到队。”

“电话通、广播通、道路通，村村做到三通。”王磊急不可耐地高声自言自语。弄得人们莫名其妙，心想这笨人莫非脑子出了问题。但谁也不敢笑，也不能笑，说透了，谁也没有笑的心情。只是发出奇异的目光。王磊发现自己走了神，说了不合时宜的话干笑一声，收敛面容。

“同志们。”徐晋东来公社近五个月，这是第一次使用“同志们”三个字。分量有多重，参会人员只需自己掂掇，“现在是十月三号晚十一点二十分，离全面吹响进军号角，只有三十个小时了。六号的现场会究竟在谁家召开，八仙过海各显神通，看大家的本事啦！”

“对着哩，革命加拼命，拼命干革命！风口浪尖显英雄！徐书记的安排我举双手赞成。”

谁也没料到，一直坐在王磊椅子上的彭秉如，突然兴致勃勃地即兴表态。他不但态度庄重，声音洪亮，而且是站起来带着激动的感情，发表这番革命高调话语的。短短几句话，将徐晋东的安排升了格，使会议气氛更加紧张。他不仅仅是个人表态，而是对参会者、公社党委的正面压力。大家面对如此兵临城下的严峻场面，不寒而栗。各自做着拼命一搏的准备。

徐晋东借东风已达目的，宣布散会。

散会后，各片片长带着自己片上的人员，立即奔赴各大队。他们真正的工作迈开步。双杨大地半夜鸣钟，喇叭骤响，从四面八方传出召开党员大会的紧急通知。

此时此刻，公社只有一位闲人：徐晋东。他的片长实际上是由彭茂华代替的，茂华代他奔命去了。他回了屋子里，连灯也未拉，一头扎在行李卷上，死猪一般睡过去了。

第十六章　午夜行动定班子

按照公社党委的决议，各片连夜奔赴各大队，首先将支部的新班子定下来。这样，大队的事情就推给支书办了，工作也踢开了，回头再抓总指挥部的工作，这是大家的共识。但操作起来，各有各的一套办法。

彭茂华代替徐晋东主持西片工作，比较起来数他较为省劲。因为他可以扯虎皮，吓唬人。有时也确实动真格，所以，所管大队都给他留一份。要说大队干部见了他甚至比见了徐晋东另加三分惧色。他到书记面前告状，百发百中，因为书记给他留一份话语权，若不支持他，他给尽力吗？加之，彭茂华有办法取巧的地方太多了。他还有个底牌：他汇报好过关。这样，他便往往心思天马行空，显得格外潇洒。而今天，他却感到肩上的压力，不比平常。第四战役是整个冬天的事，不能凭嘴皮汇报蒙混过关。各大队支书是关键人物，一定要认准人，保证按徐晋东意图拿下来。任务虽重，彭茂华还是忙里偷闲，稍动脑子，便有捷径了。原来，三大片除领导和一般干部外，还有借用的“员”。这“员”是各片的跑腿送信、收取情况、传达命令、要挟大队干部的角色。这些人在公社活跃得很，既靠大树好乘凉，又熟悉下边情况有深厚的群众基础，实在是公社和社员中间架设的五彩金桥。西片的“员”是农技员田亮平。这小伙有头脑、肯吃苦、还有点文才，人生的也标致，对上对下，自有一套应酬办法，八面玲珑，左右讨好。这种角色也不好扮演，有时须将公社的秘密暗送乡下；有时又将村里的秘密，偷报公社。不然怎能取得上下青睐呢？

茂华将田亮平叫到自己屋里，说：“我给这几个大队支书写个条子，你马上送去，越快越好。”

田亮平自然是百般依顺。他虽然是星夜奔波，但情绪十分饱满，毫无怨言，恨不得马上持令出发，去敲支书的大门。

彭茂华趴在桌子上，龙飞凤舞，立即写下一道令：“情况紧急。公社党委决定：今晚改选支部。务于六点前，将改选后新支部花名、分工报回赵庄工作组。特告。”

田亮平看了看，问：“没别的了？”

“你跑的这几个大队，支书都不动，连选连任。这个条子，有工作组的交给工作组，没工作组的亲自交给支书。”

“行。”亮平满口答应，也是保证。

“不得打折扣！出了问题你负责！”

“没问题。”

“送完通知，到赵庄找我。”

“好的。”田亮平是赵庄人。他为给彭茂华撑腰壮胆，颇有把握地说。“我很快就转回去了。”

彭茂华和田亮平等人同时骑车，驶出公社。

陈琦的通讯员仍是水利员那凯文。他让凯文将各大队支书（明苑庄例外）集中到潘寨，开了个临时小会。会上，将公社意图传达了下去，并要求认真执行。

陈琦片最难闹的是潘寨。党员们齐了心，要往下扳曹明海。党员会上显得分外紧张。陈琦讲了公社的意见后，让大家讨论，酝酿。党员们紧绷着脸，流露出敌对情绪。“投票吧！”意思很明显，他们已经串通，决心将曹明海选下去。

“咱们交换思想，对原支部做一下评论。肯定成绩指出缺点，洗手洗澡，轻装上阵，挺起腰杆，继续革命。”陈琦提示原班人马不动。

沉默。陈琦看了看党员们的脸色，一个比一个难看。

“我同意陈书记的意见。”谢得峄表态。党员们对他没意见。他问心无愧，坦然地说。

“党员们投票选出支委，支书由公社党委指定。”有的党员仍坚持自己的权利。曹明海如果选成支委，支书便跑不了。问题的症结是他恐怕连支委也进不了。

“这是组织原则，当然是这样。不过，我们应当记住党内的纪律：要团结，不搞分裂；要光明正大，不搞阴谋诡计，不阳奉阴违。我们要把态度亮出来。”陈琦说到此处突然指着谢得峄问，“你同意我提出的五名候选人吗？”

“同意。”

“你呢？”陈琦问另一个心中有数的党员。

“同意。”

他有目标地逐一问下去。其实，村里党员总共十八人。决定是否超半数的关键就那么几个中间派。他们是举足轻重决定事态的人物。他们终于不好意思当着曹明海的面表示反对，点头赞同了。“已过半数，不往下问了。我相信后边的党员也同意。退一步讲，即便不同意，也已经超过半数。现在党员散会，留下支委分工。”

曹明海在陈琦艰苦的斗争中获胜，继续担任潘寨支书。

一般支部，要换掉支书，容易通过，而勉强保留支书，阻力较大。因为支书要执行上级政策和命令式的指挥，得罪少数党员在所难免。一村之家长的支部书记，能多少年连任下来的实在为数不多。有些出人头地的全凭公社硬保。好些退休回乡的县处级、地师级干部，不信改变不了穷山恶水的面貌，不信学不成大寨。毛遂自荐出任支书的大有人在。但干上一两年，大部分不行，只好认输。农村支书这碗饭不好吃哟。

陈琦拿下潘寨这个堡垒后，看了看表，已经三点半了。他回工作组后，张栋还没有回来。他忙于跑机耕。陈琦得抓紧时间休息，六点还要接收支部汇报，同时安排各组织改选事宜。他刚躺下，高音喇叭上传出曹明海命令式的紧急通知："各小队社员代表请注意，现在马上到大队开会。选举七八年大队革委会成员。各社员代表同志，请立即到大队部参加紧急会议。代表同志们，四点准时开会，不到者，按本人自动弃权对待。"

陈琦翻了个身，骨骼像散了架似的，软不可支。

三片最辛苦的是田子荣。本来他包的是公社所在地双杨片，就近方便，有诸多有利因素。但他是个扎扎实实埋头苦干的实干家。他对党委的安排，模范执行，不打折扣。他以吃苦为荣，实干为乐。从内心蔑视那些取巧奸猾、耍油嘴贫舌的轻浮派。田子荣一散会，便风风火火对林如海说："你去哪呀？"

"主任安排我到哪，我就到哪。"林如海和田子荣搭档是天衣无缝，俩人一想就想到一块了。

"这么多队，能跑来吗？这该怎么办？"田子荣急不可待地问林如海。

"有工作队的别去，咱们三个人只能跑三个队。不算山上的，还有七个队。"林如海早就盘算好了。他有他的巧办法。他见田子荣心急如焚，站也站不住，走也走不了。他嘿嘿一笑："这么办吧。"

“怎么办？”田子荣盯着他，好像有了救星。

“咱从社办企业抽几名党员下去，不行吗？”

“行行行。你快说，能抽几个人？”田子荣来了情绪，“我把王磊叫上，也能顶个人。”说着喊：“老王！”

“怎哩？”王磊已经躺在床上。

田子荣走到窗前，央告着说：“快帮咱搞一个队。”

王磊实在不愿意被抓差。按理，田主任指派杨利民才对，但杨利民他惹不起，不敢使用。自己还得跟上受冤枉苦。但他是个被人使唤的人，田主任张出口，能不圆这个脸吗？

田子荣一下将人马集中起一大群。然后，紧急动员，分别布置任务。基本上一村一人，分赴各大队。临出发，东片通讯员即线务员冯恩元，想找个帮手。他去敲李葆定的门。

“谁？”李葆定问。

“起！叫你下大队，改选班子呢！”冯恩元假传圣旨。

“真的？”

“半夜三更，谁哄你？全公社现在闹翻了天，你还睡太平觉？”

李葆定急忙穿衣。

田子荣发现丢了个人，左右一看，远处发现了冯恩元：“老冯，你干啥？”

冯恩元回答：“我叫李葆定和我一块去。”

“废话，他不是党员，能参加改选支部工作？”

这话李葆定听到了。但他已穿好衣服，走了出来。他很机灵，立刻对田主任说：“我炕上睡着个党员哩！叫他去吧！”

“谁在你炕上睡着？”田子荣奇怪，怎么还有如此逍遥自在的人？

“翟五旦！”李葆定有意高声说。

“好，打他起来。”

翟五旦是公社林场场长，常年在山上。他下了公社，见哪家有空，便随便去叼空休息。不料，今天被抓了差。他揉了揉疲惫的困眼皮，跟着冯恩元出发了。

冯恩元是位年近五十岁的退伍军人。以前是通信兵，会修电话。五十年代公社安第一部电话，他便被选中调来公社当了线务员。老冯和公社是同龄人，六朝元老，年岁又大，谁也不好当通讯员使用。据他本人讲，他懂无线电活计，但这乃屠龙之技，在公社派不上用场。公社有时急抓人，让他去办点事，他总要找个代理人抑或助手。他除修电话、修电线之外，做啥工作都很自卑，蚍蜉戴盆，担当不起。今天，捉葆定捉了个翟五旦，实在是天遂人愿。翟五旦人称一山王，兼任山上孔雀崖等五个小村庄的包队干部，号令南山，耀武扬威。让他来完成这项任务，大马拉小车，实在是万全之策。翟五旦今天有圣旨在握，益发狐假虎威，气壮如牛。他没有章程，进了村，不管张王李赵，皇帝老子拳打脚踢，嗯哩隆咚，便将事情办了。这种人办事效率高，往往拿上鸡毛当令箭，不管三七二十一，以办了事为原则。

田子荣调动起这么多“虾兵蟹将”，全面出击，村自为战，不能不说是技高一筹，但也是多亏林如海高参锦囊妙计。田子荣给大家安排任务后，只见一大堆人，在夜色下，浩浩荡荡涌出公社。他心里别说有多兴奋：兵多将广，唯我田某。

田子荣勇挑重担，哪里艰苦到哪里。明知山有虎，偏向虎山行。他这片最棘手的大队是双杨。双杨虽然是公社所在地，但什么工作也上不去，单项排队总在最后几名内。据成部长说，全县大部分公社所在地的大队，工作上不去。究其原因，无非三条：其一，公社占人家三尺土，难免糟害，自然给留点面子，凡事灭不下情，不硬抓；其二，其他村的公社工作队，吃住在村里，而唯有公社所在地吃住在公社，对大队工作蜻蜓点水，浮在面上；其三，远来和尚会念经。大队干部和群众，对公社干部不像别大队那么崇拜，紧张。他们视而不见，如此而已。总的说，灯台下边是黑的。

田子荣独身闯双杨，这是别无选择，理所当然的事。即使是老虎口也得爬。果然，他没说几句话，便被双杨的党员围攻了。本来是支部改选党员大会，一下变成向公社发起攻击的，诸如帮助公社整风的提意见会议。田子荣看了看阵势，只不过那么几个人在摇旗呐喊，煽风点火。他们以公社盖新房占用了耕地，不给他们免农业税为由，说支书出卖大队利益，个人捞取政治资本。支书杨步驰是个四十大几的老实人，秃嘴笨舌，不善应酬。对村里的奸猾茬儿头，缺少制裁手段。他也不好向上反映，这就益发助长了一些人的嚣张气焰。徐、田对双杨的情况也不清楚。徐晋东对田子荣说："越是这样，越不能让他们得逞，双杨还得无能鬼杨步驰干。"

双杨的党员不像潘寨，要求利用选举往下放支书。而是明目张胆，赤裸裸提出，要杨步驰下台（事后证明，党员们的意见是正确的）。田子荣说不服大家，急出一头汗。党员们益发肆无忌惮地吵闹开了。领导是靠尊严来维系体面的。一旦被众人看破马脚，视为同辈，便说不清理了。田子荣眼看捅炸了马蜂窝，站起来道："大家不要走开，我去公社找徐书记来！"

田子荣敲开徐晋东屋子门，草草将双杨党员蓄意闹事做了汇报，并催促着问："现在党员在大队等着，怎么办？"

徐晋东火儿了。他一拍桌子："岂有此理，共产党管不住共产党员！叫他们派五个代表来见我！"

田子荣没吭声，扭头跑到双杨大队，传达了徐书记的指示。他带了五名激进分子来见徐晋东。

徐晋东面色严峻，十分可怕。他坐在他那把椅子上，劈口问："你们五名都是党员吗？"

“是的。”他们异口同声回答。

“你们知道我是谁吗？”徐晋东逼视着这几个闹事党员。

“知道。你是公社徐书记。”

“你们双杨的共产党员，选举过我吗？”

“……”他们不敢回答。互相交换了一下眼色，知道徐书记上了正题。

“你说！”徐晋东随便指定其中一个人，“选过我没有？”

“没有。”

“你们承认不承认我是双杨的书记？”

“承认，那还能不承认！”

“为啥？”

“……”他们又不好回答了。这是严肃的党内组织问题，能随便瞎说吗。如果说错，今天徐晋东可是要扣帽子抓人的。他们感到紧张。

“这叫组织服从！”徐晋东猛地站起来，“这是我党的规矩。下级服从上级，个人服从组织。”

“徐书记，我们不是那个意思。我们只是认为，杨步驰没有革命精神，工作也拉公社的后腿。但双杨党员的意见是和公社一致的。”

“我们认为，杨步驰同志并不是理想的支部书记，你们有啥意见，可以书面提出来，组织定会考虑。但是，这次改选，一定服从组织安排。不能干扰公社的部署。”

“我们听徐书记的话。”

“好。把你们的名字留下，回去做工作，保证支部改选顺利进行。”

田子荣带上五名党员走了。天也快亮了。徐晋东二次跌在枕头上。

这天夜里，数彭秉如的工作进展得最为顺利。他让支书李福杰召集党员开会。会上气氛十分热烈和谐。大家都知道，村里来了地委工作队。队长是地区劳动局局长，官大得很。他们风尘仆仆一入村，半夜三更便开会，精神令党员钦佩，一个个喜气洋洋地来参加党员会。加之，李福杰工作有方，私心杂念少，能给村里办事，颇受群众欢迎。当然也赢得党员支持。说改选支部，实际上是党员的又一次认可。选得心情舒畅，当得理直气壮。彭秉如面对如此场面，从内心感谢公社党委给他们物色了这么个好村庄，好支部。这为他下步开展工作，奠定了基础。他是个彻底的革命派，天下险事，人间困难，他都有决心去战胜。如果面对敌人封锁的碉堡，他就是董存瑞；如果遇上溺水儿童，他就是罗盛教。这绝不是夸张，其人的骨头如此而已。

彭秉如三下五除二，将明苑庄的支部班子定下来（原班人马未动），接着研究大队革委会班子。所谓由群众选举革委会成员，只是革委会主任、副主任、会计、保管几个人，其他部门干部，由部门产生后，参加革委会。明苑庄的革委会主要成员，群众意见不大，基本满意。党员可以代表群众。这样，大家议定，等天明，边下地劳动，边以小队为单位通过大队干部人选。这办法好，又民主，又不耽误生产，也用不着支部干部、工作队把持着进行。彭秉如觉得好像有神助着似的，出乎意料地顺利。天时、地利、人和，看来今年的时运一帆风顺无疑了。为了抢时间，他决定，党员散会，主要干部留下研究农田基本建设工程。这样，他一黑夜干了两天的活儿。

根据李福杰等人的提议，明苑庄的工程摆在青云河岸边的一块荒滩上，叫鹿鸣滩。听了大队干部的介绍后，彭秉如感到十分理想，这里是一片未开垦的处女地。地形凸凹不平，有下湿滩，靠黄土崖，取高垫低，做一拦水坝，可旱涝保收田三四十亩。这里是可以集中全村劳力，调动所有车辆，容纳上千人的战场。而且又在公路不远处，交通方便，地域开阔，不论怎样布置战场都可以施展开来。况且离村不远，拉电也方便。彭秉如天一亮就随同大队干部，来到鹿鸣滩。

“好、好、好！”彭秉如拍着李福杰的肩膀，竖起大拇指，激动得连喊三声“好”。他站在最高处的一个小土崖顶，张目俯瞰，眼前恍惚出现了红旗招展，标语林立，人头攒动，车辆如梭的热闹场面。啊！明苑庄，这里不久要变成园林化的鹿鸣滩。

李福杰是个宠辱不惊且主意很硬的人。他的笑，给人的感觉是勉强而为；他的恼，人们看了是捉摸不透的谜。恼之后，也许跟着来的是破颜一笑，也许突然发起牢骚，怒目而视。但有一点是肯定的，他没把握的话不说。他有事埋在心里，家里还有个私人笔记本（不是工作笔记本），专门记载一些人的言行。据说，他五十年代走工，在工厂领导一班文艺宣传队。“六二压”回村后，也没发现他有啥文艺才能，只是听说会拉晋剧大胡，但很少听到他拉。有人请他拉一段，他轻易不露手。刚才，他被彭秉如重重拍了两下肩膀，心里老大不高兴。当他发现彭秉如看到这片牛毛荒滩喜得手舞足蹈，表现出那副书呆子相后，心里顿生厌恶之感。这有啥高兴的？即便一晚上老天爷给明苑庄齐齐整整放下四十亩水地，有啥了不起？明苑庄地头地垴，不知丢掉了多少地！近年来，增加水地，深翻土地，杂交配种，冬闲变冬忙，一年庄稼二年闹，粮食增加多少？瞎折腾。这个姓彭的一看就是个独显其能，爱出风头的张扬人物。

彭秉如兴致勃勃地回工作组和同志们谈了大好形势。他吃过早饭，便亲自带领工作组上阵，到鹿鸣滩测量、规划、布置工地。他们干得特别卖劲，绘图、打桩、计算，充分发挥各人的长处。他们忘我工作，真正一身泥巴一身汗，干得实在扎实。他们能为社员干这么点实事，觉得浑身痛快，不白吃老百姓的饭，也不枉地委的重托。如果他们下乡一年，能将这块千年的处女地开垦为良田，那是多么荣耀的事业！老百姓说不定会为他们竖面碑。他们亲自动手，粗活细活都能干，可谓文武双全，精兵强将。彭秉如尤为得意，强将手下无弱兵。他可以毫不夸张地说：“自己是铮铮硬骨头好领班！”他的事业一定会节节高升！当别的大队正在改建领导班子时，明苑庄已经悄然开始了大兵团作战的前沿部署工作。地委工作组亲自上阵，脱鞋下水的苦干实干精神，在明苑庄很快传为佳话。社员心中又传出地委工作组要给明苑庄投资水利款五千元的谣言。一时间，村里洋溢着喜庆、企盼的热烈气氛。工作组呢？也感到由衷的兴奋。

双杨公社的支部改选，专指山下四十个农村支部。粮站、医院、信用社、供销社、公社机关，共有三个机关支部。都是由行政一把手兼任，两个以上单位的联合支部由公社党委指定，说选举只是走那么个过场。山上五个小村是两个支部，一个由林场山大王翟五旦兼任，另一个支部书记是翟五旦的父亲，已经七十五岁了，也物色不下个接班人。实际上翟五旦怕年轻人夺了权，不予培养纳新。凡公社开展的运动，这几个支部均隔岸观火，永远不会处于水深火热的浪潮中。

每年改选支部是公社一项大任务，往往几天、十几天都拿不下来。问题复杂的，需公社集中力量，一个一个去攻克。今年，这个农村支书出身的徐晋东斗胆，一夜间大动干戈，来了个速战速决。实在是缺少经验的蛮干，风险大得很。他自以为得意，故意制造紧张气氛，采取突然行动，显示大势所趋，形势逼人的非常措施。另一方面，也反映出徐晋东当时紧急的心态，临阵磨枪的做法。

终于出了问题。

当徐晋东刚刚二次跌倒身，享受临明觉时，毛毛敲门。

“谁？”徐晋东从迷糊中，艰难地揉开双眼，问。

“徐书记，彭部长来电话，让你立即去接。”

不好。徐晋东跟着毛毛走到话务室，拿起插在话务台上的耳机，问：“茂华？”

“徐书记，出问题了。桃园支部的改选，没闹成。把雷大年选下去了。”

“怎搞的？”

“地区工作队那个女的，叫朱美琰，她没经验，让党员投票，结果雷大年落选了。”

“这里边一定有鬼，谁在结党营私捣乱！没有小集团搞非组织活动，能选下去吗！我不信！”徐晋东气得训斥彭茂华。彭茂华闭口无言。这能怨到他吗？

任徐晋东大发雷霆，彭茂华一声不吭。此时公社处于极度紧张的关口，徐书记为片长的西片，平地一声雷，爆出冷门，作为徐书记保镖的自己，责无旁贷要负一份责任。尤其昨晚，自己未亲自到桃园面告朱美琰。徐书记追查下来，能不怪罪吗？

“桃园支部的改选，公社党委不批！”徐晋东命令彭茂华，“到桃园调查去，马上回公社汇报。”

彭茂华受命后，立即和田亮平奔赴桃园。他本来是个血气方刚，大刀阔斧的公社干将。这次失策，觉得有失脸面。他气冲冲地来到桃园。桃园虽然情况复杂，但在他心目中，弹丸之地，不足挂齿。他对农村这些闲汉向来应付自如。何况党内出现问题，有“组织原则”四个字，便可不费吹灰之力，予以解决。

果然不出彭茂华预料。当他找到工作组问询了选举过程后，便断定是某人搞的鬼。于是他找来雷大年，又让雷大年找来几个党员，三下五除二，便把事情弄了个一清二楚。当下将桃园党内的阴谋家，退休干部方亮揪了出来。

方亮是食品公司干部。他退休回村后，看不惯村里的事，尤其对雷大年不满。他想给儿子批屋地，被雷大年卡了。他串联了几个党员，便在选举中，轻而易举地将雷大年选掉了。他以为雷大年在公社是吃不开的支书，闹下他没啥。党员有选举权和被选举权，这是堂堂正正行使一个党员的权利。他这一手拙笨的伎俩，并不高明。总共十名党员，选举三名支委。只要稍加左右，便可得逞。而彭茂华调查此事，只要问上一两个党员，便可一目了然，水落石出。事情就这么简单。

原来，朱美琰召集起党员，大家谈笑自如，一团和气。她看了这些憨厚农民，有种阶级同情心。中国就是靠这些土牛木马的贫穷农民，打下江山的。现在，理应帮助他们尽快摆脱贫困。农村党员是贫下中农的先锋代表，下乡就得依靠他们。当她宣布开会内容后，九名党员都没啥异常表现。方亮微笑着说：“老朱看吧，怎选也行。俺们村贫困，党员也不多，文化不高。今年全指望区工作队帮助俺们哩。”

方亮几句冠冕堂皇的米汤，灌得朱美琰有点脑涨。她认为，在农村搞投票选举，也是学习城市，正规选举的常事。于是在思想一时麻痹下，便轻易正规行事。“咱们也搞投票选举。”

“不会写字的呢？”雷大年问。

“找人代写。”

这样便给方亮留下个空。

彭茂华问清原委后，气得火冒三丈。这不是成心捉弄朱美琰，故意跟公社捣蛋吗？他立即传来方亮，升堂问案。

“方亮同志，你是个参加过工作的老党员，干吗要在选举中做手脚？”彭茂华一针见血，逼视着问。

“彭部长，我遵纪守法，从来不懂得啥叫做手脚。”方亮若无其事，一副大大咧咧，满不在乎的样子。他对彭茂华这个驹齿未落的嫩蛋蛋，从内心持蔑视态度。

“你对三羊和巨明说过，不选雷大年当支书的话吗？”

“没有。”

“如果说过呢？”

“说过又怎？我连说话的权利也没有啦？党员不选木头人当支书，犯啥法？”

“对，承认就好。杜宝贵的票是你代写的？”

“是。”

“你写的是谁？”

“他让我写谁我写谁。”

“他让你写谁？”

“照我的写。”

“他知道你写的是谁吗？”

“不知道。”

“好，你现在跟我到公社。”

“干吗？”

“去见徐书记。”

“我还当蹲牢房呢！”

“走吧。”彭茂华站起来催促方亮。

“怎么走？”

“回家推上车子，跟我走。”

方亮一出门道：“正找徐书记还找不到呢。”他脚跟硬硬地腾腾走了。

彭茂华向田亮平一摆手：“跟上。”

于是彭茂华、田亮平尾随而去。朱美琰束手无策，不知何去何从。一时三心打二心，拿不住主意。不知下步该怎么办。她目送昂首阔步，悻悻然而去的方亮，以及跟在他后边耀武扬威，愤愤然的彭茂华，心里油然产生一种自己被押上被告席的感觉。

“朱主任。”同志们仍按地区妇联副主任的头衔称呼，“咱们去向彭队长汇报吧。”

“哎呀，我怎么如此愚笨，竟没想到向咱们的队长汇报。”朱美琰恍然大悟。她向雷大年借了一辆半新旧自行车，打发一名年轻工作队员向明苑庄驶去。

当彭秉如获悉，桃园选举出事后，很感吃惊。他正在鹿鸣滩做治滩规划，听到这消息，立刻到公社找徐晋东商谈对策。如果说地委工作队初入村不了解情况的话，公社难道也不摸底吗？……彭秉如带着一脑子问号，来公社面见徐晋东。

徐晋东正为此事犯难，不知彭茂华将带来啥消息，下步该怎妥善处理。突然彭秉如抢先而到。

“啊，是彭队长？”徐晋东勉强一笑，算作欢迎。

“树欲静而风不止。桃园党内出现问题，你知道吗？”

“知道。已让彭茂华——他是公社武装部部长，调查去了。”

“桃园党内肯定有阴谋分子，决不能轻易放过。”彭秉如一大堆帽子，劈头盖脸飞来。他见徐晋东没有共鸣，也不持异议，接着说：“一定要揪出幕后操纵者，这是危险分子。”

徐晋东看了看眼前这位激进分子，他神色庄重，目光如炬，动了感情。他心下佩服彭秉如的党性强，觉悟高，看问题尖锐。他不敢怀疑有丝毫装腔作势，故弄玄虚的伪君子心理。相比之下，徐晋东显得渺小，觉悟低下。自己虽然对双杨五名代表，进行扣帽子式的训斥，那完全是服务自己的工作。今天发现彭队长确实动了感情，可见人家的确是为维护党的团结，防止修正主义分子投机取巧，真心实意搞革命的。想到这里，徐晋东和彭秉如有了共识，他坚决地说：“一定不能让某些人得逞！”

“对着哩！公社党委就要硬起来！”彭秉如鼓励徐晋东后，又加了一句，“也要注意，说不定醉翁之意不在酒。”

说罢，彭秉如告别道：“徐书记，我正在明苑庄的鹿鸣滩搞平整河滩的规划。得赶紧回去。桃园事件有了结果，告我一声。”说毕，匆匆而去。

徐晋东送走彭秉如，心里倏尔闪过这么个念头：“醉翁之意不在酒”是啥意思？彭队长为啥会这样提出疑问？没等他脑子里作过多的思考，彭茂华和田亮平，已经带来一个干部模样的农民。

“这是谁？”徐晋东站门口问。

“桃园退休干部方亮！”彭茂华回答。

“桃园支部选举会，就是他幕后操纵搞散的。”

徐晋东回头走进屋，坐在椅子上。茂华和方亮随后跟入，田亮平回自己屋去了。

“你是从哪退休回村的？”徐晋东问。

“县食品公司，收猪卖肉的。”

“怎回事？茂华你先说说。”

“事情很明白，桃园是地区朱美琰同志负责包的点。她召集起党员，总共九名，进行投票表决。结果，将雷大年落选了。原因是，方亮同志在会前就和叫三羊、巨明的两个党员串通，不选大年。选举时他又利用为杜宝贵代写票的机会，没投大年的票。这样，加上大年没投自己的票，就超过半数了。”

“是这么回事吗？”徐晋东问方亮。

方亮有心做解释，但又想，没必要了，反正就这么回事。于是点点头，承认道：“是这回事。”

“一个老同志，受党教育多年，退休回村，理应协助支部工作，不该搞这些名堂。支部人选的确定，这是上级党委的事。一个普通党员，你怎么出来左右公社的工作。这不是选不选雷大年的问题，这是对待公社党委的态度问题，也是干扰县社部署的行为。你知道事情的严重性吗？”徐书记批评方亮。

“上批下联，揭批‘四人帮’正好还没对象哩，你不是自投罗网，送上门的猪吗？”茂华挖苦带教训，指责方亮。

方亮忍无可忍，终于火了：“彭部长，你小名叫老圪旦。一来，邻村上下，乡里乡亲，前年腊月我还批供给你一颗猪头；二来，我也不是想篡党夺支部领导权，我们党员是想叫小拴当。小拴还是你的表弟！你从哪方面也不该咬住我不放。我也是……”

没等方亮讲完话，彭茂华气煞煞截住他的话道：“别提小拴，看他党员分上，如果按亲戚说，我当下能照脸给他个耳光。你当支书当得这么不要脸！”

“你想打我也行……”方亮站了起来。

“坐下。”徐晋东示意茂华别多嘴，他令方亮坐下后，道，“你这种行为的性质、后果、影响已经既成事实。你说怎么办？”徐书记问方亮。

方亮立地换了副头脸，恳求徐晋东：“徐书记的批评，我百分之百接受。我已经做错了，请徐书记高抬贵手，原谅原谅吧。彭部长，你也别记恨我，大老粗干部，抬头不见低头见……”

“问题是桃园的支部改选算不算数？下步该怎撕皮？”

“这好办。我在公社不回去了。让桃园党员重新选支部领导，我弃权了。你们怕我回去捣乱，不放心，我就坐公社院里，寸步不挪！这行了吧。”

“好了，你出去吧。”徐晋东逐走方亮后，对茂华说：“你说怎么办？”

茂华立即回答：“重选。我现在就去。”

“行。”

彭茂华又征求徐晋东意见：“赵庄的主任，你有个意见没有？”

“你和何子毅商量去吧！即便选不上理想的人，也无碍，和党内不同。”

“那我就下去着手办了。有啥事电话联系。”

“该拿的你拿起来，别等我，以免误事。”

徐晋东打发走彭茂华，忙自己的去了。

方亮真的坐在公社后排房的屋檐下，微微不动，直等到王磊催他走开，说桃园的改选已顺利结束，他才启程回家：“这下好歹没我的瓜葛了。”

按说，在八仙过海，各显神通的一夜征战中，出现这么个小插曲，到此为止，收了场，也不算啥。但偏偏事情没那么简单，它暗暗埋下爆炸的引信。这是后话。

第十七章　山雨欲来风满楼

像一颗炸弹在双杨大地爆炸了。当双杨公社各大队还在整顿班子，议定工程，做准备时，明苑庄的鹿鸣滩上，突然打响农田基本建设大会战的炮声。人山人海，车水马龙，鹿鸣滩刹那间面目全非。上马人数之多，工程安排之快，出人意料之外。谁也不会相信，几个陌生外地人，入村仅仅一天多时间，就能如此神速地将这么大的工程铺开。不可想象。

彭秉如，三十八岁，出生太行山里的一个小山村，从小家寒，没念几天书，便当了小放羊的，所谓戳羊屁股娃。十七岁上当了工人。由于他酷爱学习，什么事也爱出人头地。加之，脑瓜灵便，学啥也来得快。这样，在煤矿很快被人们发现，是个人才。他不但聪明、爱学、向上，而且能吃苦、不怕累，也不贪玩，不走歪门邪道，很受领导器重。在班组，义务性的记工员、宣传员、卫生员之类小职小务，他十分喜爱干，大家也乐意让他干。这样，他自觉不自觉地走上了干部道路。从井下到井上，从基层到领导，一步一步步入政坛。可以说，彭秉如青云直上，官运亨通。他正是春风得意之时，去年荣升地区劳动局局长。今年下乡蹲点也是他向组织报名要求的，主动到第一线劳动锻炼，到学大寨的风口浪尖上经受考验。他对他的前程充满无限的信心。对于出身贫穷的工农干部，这是多么自豪的选择。

彭秉如和四名工作队员的行李卷，往明苑庄一扔，第一件事，不是打开铺盖，洗脸，打尘，而是坐在行李卷上，召开了大队支委、革委会。

他下车伊始，好像就有点夸夸其谈，但他有他的意思。这是他到明苑庄的“就职演说”，也是政治性表态。果然，不但明苑庄干部刮目相看，连随他下乡的伙伴也大吃一惊。彭秉如是一位敢上天揽月、下海捉鳖的实干家。他说的道理很简单：共产党人凭着不怕死赢得群众，打跑蒋介石，夺取了天下；而如今保江山，学大寨，治贫致富，也要有这样一不怕苦，二不怕死的精神。你想，一个人连死都不怕，天下有啥困难克服不了的。彭秉如绝不是说在口头上的口头革命派，而是言行一致，身体力行的实干家、真革命者。他从撂下铺盖始，便召开大队干部紧急见面会。会后吃了饭，便骑车到公社参加党委会。半夜散会后，立即召开党员会，在会上，选支委、分工，议大队干部人选，定工程、议方案，直到社员叫吃早饭。饭后，他马不停蹄，率领工作队和大队主干到鹿鸣滩亲自搞规划、测量。在兴致勃勃，废寝忘食的鹿鸣滩规划中，还插了个小曲，跑到公社为桃园支部选举出事，进行了交涉。

下午，明苑庄发生了震惊每个人的特大新闻：彭秉如在大喇叭上做动员报告，要求明天早上五点，明苑庄除学生娃子外百分之九十的人，到鹿鸣滩参加农田基本建设大会战。以小队为单位做饭，送到工地。此时，明苑庄有的干部在搞大队班子的改选，有的在搞规划，小队干部做分配，场里还没完工，一部分社员在秋耕。但所有这些营生，都得放在二上。至于非生产性的赤脚医生、电磨工人、林业队、副业队、老人老汉都得到鹿鸣滩，只要走得动的就得去。彭秉如的讲话不但有说服力，号召力，也富有感情。他说：“我的铺盖卷现在还没有打开。今晚上，我们得协同大小队干部，划分工地，安排车辆，还得将电接到工地。我们工作队计划用今晚一个通宵，将标语、竞赛标准、工程示意图、战斗口号等搞出来。几个晚上不睡觉无所谓。没有这种精神来明苑庄干啥？愧对先人，愧对明苑庄贫下中农、广大革命群众。我们宁愿脱皮掉肉，也要为明苑庄改天换地做出贡献。为此，我们在村口又挂上意见箱，专门接受革命群众对我们的监督……”他的声音出现哽咽，也许是太激动的缘故，也许是太疲劳的缘故。

他的讲话太费劲了。关了麦克风，方感到头昏眼花，心绪恍惚。但他抱住头，静静歇了一会，便又恢复了元气。

彭秉如带领工作队和大队干部、电工等忙了一宿，鹿鸣滩工地布置就绪。

翌日清晨五点，明苑庄的高音大喇叭上突然放出“向前、向前、向前，我们的队伍向太阳……”的解放军进行曲。周围村庄的社员们都听到了。这是个信号。它标志着双杨公社七七年秋季农田基本建设大会战冲锋号角吹响了。它比公社要求的时间提前一天。那年月的人是非常听话的，他们充满一种盲目的崇拜感。对发生在眼前的事，都觉得新鲜，即便理解不了，也得服从和紧跟。一九七六年夏天，正当夏收紧张时刻，突然掀起莺歌燕舞的全民文艺活动高潮。几百个铁梅、几百个李玉和以及浩浩荡荡的文艺大军，开到城里，接受检阅。老百姓眼巴巴看着小麦在穗头上发了芽。

明苑庄的男女老少，除学生外，一齐向鹿鸣滩涌来。有的是真心实意到这里劳动，有的是应景，有的来观看，有的是来混饭吃。因为家家断了灶，凡能走动的都得到工地。一千多人，没用半个小时便像赶会一样，熙熙攘攘聚集在鹿鸣滩。鹿鸣滩离村很近，是傍青云河靠土崖的一片荒滩。为啥叫鹿鸣滩，没有文字记载，也没有民间口头流传。从这个名字上看，显然同明苑庄是一码事。明苑庄是当年潘仁美到这里打猎、观景、游园的处所，紧挨他的行宫潘寨。既是游猎场所，里边肯定有呦呦而鸣的鹿。这里叫鹿鸣滩，便不足为奇了。可以想象，当年这里是树成林，草成茵，花满大地，水碧清，天上飞的，地下跑的尽显神通的乐园。姹紫嫣红好一幅活动的风景图。历史是前人的脚步，如今，鹿鸣滩摆的是战天斗地学大寨的战场。他们将要把荒芜了多少年的鹿鸣滩开发出来，治理成园林化的农田。不是当年供潘仁美游乐，而是为国家产粮，为革命贡献，支援亚非拉。瞧，意义多大。

明苑庄的群众为啥一呼而应，闻风而动，迅速地赶来鹿鸣滩参加农田会战呢？这是一种蕴藏在人们心底的潜意识在起作用。表面上看，是大喇叭上的呐喊，形势所逼。实际上人们心里有种好奇感、感恩感、良心感。当人们一传十，十传百，得知工作队夜以继日地忘我工作，尤其是彭队长入村三天头上了，还没打开行李卷，上下眼皮连合也没合一下，人们感动了。他为啥？他为谁？他是一位难得的为明苑庄群众谋福利的真共产党员，真革命家。就像当年发动群众抗日的八路一样。他们的精神感动着群众。也有的群众出于好奇心，想亲眼看看，这几位来自上边的大干部，是怎样同他们干的。下乡的年年有，像这样的下乡干部少见。人家吃国家饭的，还能和咱一块干，咱一个庄户人，为啥不干！凭良心也得去干。当然，也有些人觉得无聊。在他们心里，到鹿鸣滩拉土，和去年到县里大校场参加文艺检阅一样，供领导闲散龙心而已。反正叫干啥就干啥，每天给画一道道（记出勤）就行了。

彭秉如见群众来得如此多，确实出乎他的意料。由此可见，只有落后的干部，没有落后的群众。只有人民，才是创造历史的动力。他激动异常，忘记了几天的疲累，兴奋地首当其冲，指挥着各个队伍，并按原计划，进入各自工地。他俨然成了鹿鸣滩工地上的总指挥。在他的指挥下，没用多大工夫，群众便井然有序地找到自己的位置，各自干了起来。刨崖的，填土的，修路的，铲土的，肩挑手推，马车拉，红红火火的。

彭秉如拨开人们，将自己带的锹交给一位推平车的后生，说：“咱俩交换一下工具。”当后生弄清彭队长的用意后，死不放手。他怎能将平车交给彭队长推呢？但彭队长执意要换，并给后生解释：“我试推几车，再还给你嘛。这行吧？”

后生迟疑着将车交给彭秉如，接过彭队长手里的锹。彭秉如不但推车要领能掌握自如，倒土也能巧妙地使劲大撒手，利用惯性冲击力，将土倒得干干净净。众人看后，暗暗在心里点头，彭队长真行。

在彭队长身先士卒地带领下，工作队员一个比一个干得出色。尽管天已凉气袭人，但他们很快就头上冒出热气。这种实干精神是无言的号召。谁也不甘落后，推车的人们暗暗和彭队长竞赛起来。车一快，上土的也得加油，刨土的速度当然也被拧得紧紧的，没有喘息的机会。霎时间，工地上便你追我赶，热火朝天，沸腾起来。真正如工地上方块标语牌写的："下定决心，不怕牺牲，排除万难，去争取胜利。"当时人们的口号就是这样的，行动也是这样的。精神变物质，在那年代确是实实在在的现实。人们，一旦自觉地向一个目标进攻，即便凭简单的工具，其力量也是可怕的。鹿鸣滩上发生着翻天覆地的变化，进度之快，令人吃惊。

在工地的一端尚残存着村堡围墙遗迹。当年这一带是华夏北大门。特别在明代，十里一铺，五里一堡，城池堡寨，遍地普建，都筑有统一标准的围墙和防护门。这些工事与长城联成御敌网络。遇有入侵者，鸣钟而关门，拒敌于野外，鸣锣而开门，遍地皆兵，将敌围于兵民的包围之中。从残留下的村寨堡墙的质量上看，非常标准地以十厘米一层，筑起去的。这些工程，包括长城应当说是人民自觉响应国家号召构筑的国防工程，决不能说成是为统治阶级卖命，被迫而为的奴隶成果。它是历代人民渴望和平、安宁的象征。

彭秉如非常欣赏那段堡墙的修筑质量，他用米尺量了一下，不论哪一层都是十厘米，几乎到了绝对的程度。古人干活多实在，多诚心。想到这里，他看了看工地上的热烈场面，不由得眼里涌出泪水。从古至今，人民群众是创造财富的英雄，是国家进步的基石。这是他下乡第一天的收获。从而他忽地产生了一个汇报主题：依靠群众，战无不胜。

八点，各小队的保管给担来了饭：小米稀饭，玉米面窝头。窝头按份上，稀汤管饱喝。社员们大都口袋里装一根干咸菜。工作队和社员一样，按份吃窝头。人们在风地里啃窝头（老百姓叫猴头），吃得分外香。

彭秉如走到一位八十来岁的老太太跟前，弯下身子，十分恭敬地问：“老奶奶，你多大岁数了？”

老人耳朵不太背，笑了笑，回答：“八十三了！”

彭秉如笑着点点头：“你老人家这么大岁数，还来参加会战，我非常感谢你，向你致敬了！”

老人似乎听懂了，摆摆手：“不加斤添两哩，小雀放屁还加风哩，应当谢你哩。”

老人边说边不时移动着两只三寸金莲。

像这么大年纪的老人，能来参加劳动，他的意义，不在乎他本人能干多少活，做多大贡献，而在于这种精神。这种精神可嘉，令人钦佩。对年轻人，是个鞭策和教育。利用吃饭时间，工作队员们向大家宣传了这样的好人好事。

牛婧兰在县里参加完妇女工作学大寨会议后，骑着车子回到公社。公社前排后排均是锁掌柜看门。整个大院，静静悄悄，鸦雀无声。她知道，这几天形势紧张。她在县里参会期间，还被组织到城关九龙岗工地参加过半天劳动。目的是为参观那个大兵团作战的场面。她暗暗替徐晋东捏把冷汗。人家城关书记有威望，有经验，有基础，在城关喊一声地动山摇。徐晋东和自己一样，来自小天窄地，没见过什么世面，能不能在双杨打开局面，跟上这形势，她好像有种预感：难。作为半边天的她，又不能为他实实在在地支撑起所谓半边天，暗暗感到有愧。同年战友，一样的命运。双杨工作的兴衰，好像和王则峰在时不一样，现在似乎与她关系大了起来。尽管徐晋东见了她总是板着个脸，但她总觉得，他越是这样，与自己的关系越不同一般人。他总护着她。按说，这也是正常的情理之中的事。这种共同的机遇，共同的命运，使他们虽然年龄相差甚远，但心情却是相通的。短短几天，上岗前的集训，感情也是真挚的。牛婧兰来到话务室。话务室里只有一个毛毛。她正在给王秘书誊写一份报送稿。

“就你一个？”牛婧兰问。

毛毛抬起头问：“你散会了？”说着扬头一笑，表示热情。

牛婧兰走进屋里，站在毛毛身边，看了看她正在誊写的稿子，问：“领导们都下去了？”

毛毛调皮地一笑：“连杨秘书也下去了。”她放下手里的笔，坐在炕沿边，将凳子让给牛婧兰。她看了看牛婧兰脚上穿的军绿球鞋，问：“准备干多大事呀？”

婧兰一本正经地说：“我还特地买了顶皮帽子。看了城关那阵，心里真害怕。”

毛毛又是扬头一笑，置之事外。她很幸运，不用到工地吃土。在双杨公社，人们总好把毛毛和牛婧兰放在一块谈论。连下乡的来了也每每说：“毛毛比牛婧兰漂亮。”抑或：“妇联主任比毛毛漂亮。”

无心中将她俩推向一对矛盾。更可笑的是，有次，公社田亮平、李葆定之类的年轻人，聚在一个家里灰说。李葆定说：“亮平，假如毛毛和婧兰都要嫁给你，你选哪一个？”

田亮平说：“那我就拿上一根绳子，找棵歪脖爬腰树，寻无常。”

“为啥要死呢？”

“哪个也不想丢呀！”

哈哈哈……小家伙们开心地笑了起来。这话，被路过门外的毛毛听到了。“缺德鬼！”她心里暗暗骂一句，走开。这句话，她一直憋在肚里。今天，难遇俩人碰在一块。她忽然产生说出这句话的念头。由于人们不负责的瞎说与品评，她似乎发现，婧兰对她产生了嫉妒心。毛毛觉得冤枉，咱凭啥能和人家妇联主任攀比。全是男人们瞎编派的结果。想到这里，她决定将这几个嚼舌头的小鬼，出卖给牛婧兰。让婧兰收拾他们一下。于是，毛毛给牛婧兰倒了一杯水，放在总机桌上，说：“喝吧。我还有句话要跟你说呢。”

牛婧兰当然不知毛毛要说啥，但观察她的言行动作，显然不是公事。

“是这样的。”毛毛一五一十，向婧兰讲了那天晚上她听到的浑话。

牛婧兰听了不以为然一笑了之。“这个田亮平、李葆定，欠打！”

“你问他们去！我给做证！”

“这些无聊事，叫领导知道，都得挨骂！他们瞎说，咱何必认真。”

毛毛一笑：“咱叫田亮平拿上绳子找歪脖爬腰树去。”

哈哈哈……两位大姑娘开心大笑。

“嗒嗒嗒”电话交换机上的显示牌掉了下来。毛毛接通，一问是县委办公室通知：“各公社书记，明天到县招待所报到开会。巡回检查工程。”

牛婧兰一听这个消息，吓了一大跳。双杨工程还未上马。特别是徐晋东蹲点的赵庄，肯定要去检查，怎么过关？她立刻决定，马上到赵庄向徐晋东报告这个特别消息。但使她扫兴的是，毛毛马上叫通赵庄，转告了这个通知。

这样，牛婧兰只好到潘寨找陈琦汇报会议精神。

当牛婧兰路过明苑庄村边时，发现了鹿鸣滩工地的红旗，她断定这里已经开工。当她绕道来到这里一看，不禁大吃一惊。原来这里已经人山人海，干得热火朝天。那么多人聚集在工地，真够气派。虽没有城关九龙岗上的人多，但也实在够一看。她悄悄问了问村妇联主任，知道地区工作队在这里打响了第一炮。其火力之重，纪律之严，是别的地方不可比的。

牛婧兰耳闻目睹鹿鸣滩工地的战况后，再也抑制不住内心的激动，改路向赵庄驰去。她为双杨有这样的工地而高兴，县里检查总算有个看头。但她又隐隐觉得，这对双杨是个压力。为啥彭队长能在一二日之内，发动起如此多的群众参战，而双杨公社领导的点上，却毫无动静或小打小闹？相比之下，不挨批评才怪。她一口气跑到赵庄。

赵庄村口有片苗圃园地，大约够二十多亩，管理得可以，是何正魁的得意示范苗圃。牛婧兰心事重重，只顾蹬车前行，突然从苗圃走出一个人喊："站住！"

牛婧兰猛地吃了一惊，她一撩腿下了车，问："干啥？"

原来拦路人叫何静仁，二十出头的小伙子，穿着整齐的中山服，分头梳得光溜溜的，一表人才。小伙子将手里的一个笔记本打开，伸到牛婧兰脸前，说："你给讲讲这句诗是什么意思？"

婧兰心里咚咚跳了起来，她知道何静仁是赵庄前几年的支部书记，所谓三青年闹红赵庄的其中之一，因其他两人，一个公社推荐上了北京大学，一个选调县里当了某局办公室主任。他一气之下，精神失常。但他绝不是社会上的一般疯子。此人，专找下乡干部麻烦，说的一套冠冕堂皇的话，谁对他也不能怎地，只好哄弄着甩开了事。牛婧兰看了看何静仁本子上记的诗句："莫愁前路无知己，天下谁人不识君。"她本来不懂唐诗，又不得不给这个疯子解释。只好糊弄着，道："我知道你就是赵庄大名鼎鼎的何静仁嘛。怎不识君？"

"哈哈哈……"何静仁朗声大笑，蔑视这些诗盲俗人。他翻过一页，又道："你念念这首诗。"

牛婧兰瞅空，骑上车便跑。好在何静仁并没有去追赶的意思。

牛婧兰一拐弯，迎面来了一帮人，头里是白纸引魂幡，后边是抬大杠舁着红棺材。啊！她吓然止步了。原来这是姜元春儿子出殡。因破四旧将八音鼓班限制了活动，红白之事，均静悄悄履行执事。俭省节约嘛，也倒好，正合了农村没钱人的心意。

牛婧兰见黑蝴蝶被人扶着缓缓走来。她动了恻隐之心。这个黑蝴蝶还算刚强，居然没有倒下去，还能这样送出儿子来，也不见哭，不见流泪。牛婧兰打住车子走上前，轻轻搀扶住黑蝴蝶："大婶，节哀吧。"黑蝴蝶发现是公社妇联主任的一只热乎乎的嫩手，一下失声哭了起来。她边哭边说："徐书记还来吃了一块糕！你进家吧！"

牛婧兰潸然泪下，哭了。黑蝴蝶和牛婧兰离开棺材，坐在路边的石头上，对泣饮声。于是杠头传递暗号，加快脚步，迅速抬棺出村，向姜家坟地冲去。

牛婧兰擦干眼泪找到徐晋东。她本来是向徐晋东报告城关九龙岗的战场和明苑庄工地的情况，她的出发点是给徐晋东提个醒，好有个准备。这是出自一个姑娘的小小心意，关照晋东而已，体现出彼此关系不同一般人罢了，没有别的用意。但徐晋东正为赵庄的工程项目不理想而心烦意乱，闷闷不乐。他对何子毅的聪明，感到厌恶，他感到何子毅不如郭玉恩勇猛，好指挥。赵庄今年又让民兵营长杨杰当了主任。杨杰倒不属于太精明一类人，但太马大哈，这俩人搭配在一块，想轰开局面，搞个运动，难呀！彭茂华本意是想往出推荐他的民兵干部，但对赵庄工作不利呀！徐晋东曾建议让何正魁出任主任。彭茂华哈哈一笑，否定道："那是个榆皮鳖，滑得把鬼还闪得跌马爬呢！"徐晋东既然将大权交给左辅右弼，就得有人家看法，不能画出圈圈，让人家钻。但他心里暗暗叫苦。桃园出事，赵庄处境不祥，谁的责任？上下评说，肯定是姓徐的，责无旁贷。而只有他心里清楚，哑巴吃黄连，有口难言。工程好多处，大队有，小队也有。渠路需配套、整修，多年遗留的工程，需"擦屁股"，还有新开平田整地项目。如此零碎烦琐的工程，叫啥大会战，怎么让领导来看。徐晋东对何子毅、彭茂华的反复解释、叫苦，越听越烦，呛他们道："现在要的是大工程，不是不搞工程的理由。"徐晋东正在气头上，牛婧兰辛辛苦苦地找来了。她走近徐晋东他们跟前，发现三个人的脸色都很难看。她顿感自己来得不是时候，但她抱着一肚好心，总认为能给徐书记宽宽心，也救一下彭、何的驾。她径直走到徐晋东跟前，拘谨地说："徐书记，我们开会时，到城关九龙岗劳动半天。啊呀，人家那工程……"

她发现徐晋东不感兴趣地走了。牛婧兰尴尬地跟着边走边说："咱明苑庄的工程也不小，彭队长五点钟在大喇叭上集中人……"

徐晋东听到明苑庄的工程，心里自是高兴，觉得县里检查可以引到那里。但又听牛婧兰絮絮叨叨，什么彭队长亲自喊人，他便觉得有点触着痛处。这不是当着彭茂华和何子毅，将自己的军吗？他回头狠狠看了牛婧兰一眼，问："有没有别的事？"

牛婧兰吃惊地看了看徐晋东，今天怎么如此可怕。她说："没啦。"徐晋东肚里的无名火，冲牛婧兰喷了过来。他突然问："你的啥亲人死了？"

牛婧兰张大一双惊魂未定的眼，望着这位自己心里崇拜且喜爱的领导。

彭茂华也吃惊地瞪大一双莫名其妙的眼，不知天下发生什么事。

要说，还是何子毅鬼。他虽然是一个大队干部，但他心里明得镜子般，知道徐书记心情不快是冲着他来的。但这句话是借题发挥。他呢？只好就坡骑驴，顺手牵羊，道："你的亲人没死了，怎哭红了眼？"

何子毅一句话点醒了彭茂华和牛婧兰。原来，牛婧兰和黑蝴蝶刚刚哭了一阵，两眼红红的，还挂着泪痕。彭茂华看了看牛婧兰，勉强破颜一笑，总算打破沉闷的局面。

牛婧兰腼腆地苦笑着解释："我今天不走运。一进村遇上了疯静仁，拦住让我念他的臭诗。好歹甩脱疯子，刚一拐弯，迎头来了姜元春儿子的送灵队。"

"甭说也知道了。你和黑蝴蝶抱头痛哭了一场。"何子毅逗婧兰。

婧兰不说了，她默认了。

"双杨公社，尽这么些软弱心肠，慈善家，能学成大寨吗？"徐晋东指桑骂槐发泄心中的怨气。明天到县城开会，说不定后天就来双杨检查。牛婧兰自认倒霉，来得不赶巧，好心做了驴肝肺，当着大队干部面，挨了一顿戳，心里冤枉。只好知趣地走了。

“怎呀？”何子毅喊，“牛主任，来了赵庄能不吃饭，你可千万不能走呀！”

“我得到潘寨找陈书记汇报呢。”牛婧兰边走边说。

“下午一块去吧！”徐晋东挽留，表示对自己刚才的过头话，赔情道歉。

“你们有事，我也得赶快回来的。”牛婧兰走了。她没有回头，眼里噙着满眼眶的泪。

彭茂华始终未说一句话。他知道徐书记对他一天来的工作是不满意的，尤其赵庄到现在都没定下大兵团会战工程，他怎能高兴呢。刚才对牛婧兰的施威，甚至失身份的损人，咒骂，是杀鸡骇猴，给他点颜色看的。他不禁有点惶惶然，甚至大惊失色。有次徐晋东开玩笑说：“我的命运掌握在你的手里。”这岂是玩笑？县委检查，如赵庄砸锅，自己负什么责任？他有点惴惴不安。暗琢磨：不给何子毅点压力，他油头滑脑，故弄玄虚，还会装出一副可怜巴巴的为难相，说什么不是看在徐书记和彭部长面上，我这个支书早不当了。其实呢？他求之不得。

在赵庄，靠他拿云捉月，扭转乾坤，是痴心妄想。不过，退一步讲，当一天和尚撞一天钟，这是双杨第一大村，又是书记的点，即使不成样板，也得交代了上级，跟上形势嘛。彭茂华想到这里，对徐晋东说：“徐书记你下午回吧。明天报到开会，还得做准备。”

徐晋东皱着眉头，闷闷不乐地回答：“有啥准备的，不过是来赵庄看工程嘛。”

“虽然咱的工程并不小，但是不在一块，看起来不过瘾。”何子毅极力辩解。

“别打肿脸充胖子啦。叫我看，徐书记你下午放心地回吧，我不信赵庄没有明苑庄的鹿鸣滩！”

“我放心不放心，也得走。赵庄的事，只能交给你们俩了。”

徐晋东胸有成竹。他现在已经将主意转移到石门水库，这是对付上级的一着高棋。看外表，他慢悠悠，似乎在艰难地思考如何渡过这一难关，心里却激动异常，恨不得一下抛出这一绝招。这叫调虎离山，不，应当是金蝉脱壳。他突然对彭、何二位说：“你们俩干吧，我走了。”徐晋东这一突然举动，使彭茂华、何子毅目瞪口呆，不知所措。好一个“你们干吧！”这么简单！

徐晋东将清早的一毛钱，四两粮票，交给彭茂华：“中午饭不吃了。”随即匆匆而去。何子毅望着徐晋东的背影说：“真的走了？”

彭茂华一下火了，黑风下脸来骂：“要说你们赵庄是属核桃的，就得敲打！王书记当初来闹得你们八十岁老人还得清早起来做广播体操呢！那你们就舒服了！眼下全县大搞农田水利会战，你们堂堂赵庄，两千多人口的村庄，按兵不动。你们简直不像话！”

彭茂华最后一句话，不是严重的批评，而是带感情的泼骂。这话出自一个公社干部之口，其分量之重，精明的何子毅是掂得出来的。他张目眨眼，愣在那里。

“下午，把杨杰叫上，咱到明苑庄走一遭！”彭茂华略缓和一下口气道，“他们能办到的，咱为啥办不到！子毅同志，认清形势，不惜一切后果，上，这是唯一的出路！”

“彭部长指到哪，咱打到哪！赵庄绝不落他们后！”何子毅重新振奋精神。当事到临头，危在旦夕之际，是赵庄保他，还是他保赵庄？他立地有了主意，果断地向彭茂华一挥手：“部长，回！”他腰杆子挺得笔直，精神抖擞地捋袖捏拳，跃跃欲试，大有试看天下谁能敌之势。显然胸有成竹，胜券在握。

“对着哩，这才像个赵庄书记！”彭茂华赞赏着给何子毅鼓气。

徐晋东骑车飞回公社后，立即让毛毛广播通知：下午召开各大队支书紧急会。又告毛毛，马上将田主任召回公社。

田子荣正在下边定班子，定工程，忙得不可开交，脑子里一塌糊涂，偏偏喇叭上又通知他回公社。他心里干气没办法，别人正在马踩车，这时又叫回公社挨刀呢！但这是命令，只要有口气，就得回。

当田子荣满身泥土，气急败坏地见到徐晋东后，上气不接下气，迫不及待地问："啥事，快说。下边可是墙底下埋人着哩！"

徐晋东看着疲惫不堪的田子荣，知道他受苦了。工作量大，要求急，他因为实打实干工效也不高。因此，毛毛草草的脾性，益发显得神经质地紧张。这没办法，不论哪家上不去，都不是批评的问题，而是解剖、亮相、撤职的问题。一、二把手逃不过的。徐晋东十分理解这位当年的领导，今日的助手，此时此刻的心情。他知道，老田比他更急躁。

于是，他故意稳了稳情绪，说："明天下午我到县城报到，参加工程交叉检查会。"

"哎呀，说不准后天就来检查！"田子荣的眼瞪得圆溜溜，六神无主。

"最迟是大后天。"

"怎么呀？非检查咱俩包的点不行。"

"不。明苑庄彭队长已经提前上马，铺开工程。据牛婧兰说，百分之九十的劳力，都上去了。咱让检查他的工地去。"

"这行吗？"

"肯定行。这是对彭队长工作的支持。也是我们发扬了风格。他求之不得去检查呢。"

"还得看一处吧？"

"记住，咱今年的主战场在水库。我已发出通知，下午召开支书会，明天必须将马车如数送上水库。我去水库接收。"

"这倒也是实实在在的工程。"

"下午支书会上，立下军令状：明天马车上不了水库，各自的工程拉不出总人口的百分之五十的劳力，支书就地免职，主任做解剖、交代。”

“对！这叫斧头打凿，凿入木，一级拧一级。咱死也得找个替死鬼。”

“下午的会，你别参加了。明天面上的事，就交给你了。”

“行。”田子荣有了主心骨，先到明苑庄看工程去了。

“发扬风格”这是个新概念，须记实。

车到山前必有路。临阵磨枪，不快也亮。徐晋东送走田子荣，终于安心地仰面朝天，躺在自己的行李卷上。

毛毛给提来一壶开水，倒满暖水瓶，问：“徐书记，给你杯子里倒上水吧。”

徐晋东随便“哼”一声，又坐起来问：“牛婧兰回公社没有？”

“回来过。”毛毛以为问牛婧兰从县里开完会，回来没有。

“她对你说啥没有？”徐晋东知道，牛婧兰和毛毛关系最好，俩人知无不言。他想了解一下牛婧兰是不是受不了他的高压，思想上不愉快，产生别的想法。而毛毛以为牛婧兰将她俩的私房秘话，告给徐书记。她不知这个讨吃鬼牛婧兰，是怎么对徐书记讲的，使她陷入尴尬境地。但又不得不回答，即便打马虎眼，也得开口呀。于是她扬头一笑：“我俩开玩笑哩，没啥正经话。”

“她还开玩笑？”徐晋东有点不解，“她的眼没有红着？”

“没有，一点都没有。”毛毛肯定地回答，但她不知徐书记为啥要刨根问底追问，又自问自答地说：“红啥？没有。她就那么个软性儿，动不动流眼泪。”

俩人说的两回事，就这么互相怀怀疑疑，将话对答过去。

毛毛瞅空溜了出去。

院里，王磊秘书高声问：“韩愣小，你下来了？”接着他又发表议论道，“你是第一个报到的。数你远哩，数你来得早哩。越近的越能沉住气。”徐晋东听得清清楚楚。他心想：当教师出身的人，总爱发表个评论。不怪人们嫌他啰唆。但他认为，像王磊这种人，公社是少不了的，精神可嘉。

匆匆忙忙的自行车，一辆接一辆飞进公社大院。谁也知道，这是临战前的非常会议，不敢贻误战机，自寻倒霉。

第十八章　主动请战征石门

早六点，徐晋东便将自行车胎的气，打得足足的。向石门驶去。他一晚上睡得很香，清早显得神采奕奕，精神焕发。特别使他兴奋的是，昨天的会，非常理想。他宣布从明天早六点开始，双杨公社农田水利建设大兵团作战全面打响。他讲的不是工程问题，不是组织问题，也不是技术问题，而是单刀直入，全民运动，参加会战，打响第一炮。多年的经验，任何生产运动不冠以政治名头，是搞不起劲头的。他在会上，向各大队支书下达了军令状，将全力以赴！姓徐的决不会蠢到惜指失掌，丢车保卒。当前双杨最大的政治就是搞农田水利建设，谁在这个问题上头脑不清，无异于飞蛾扑火，自找灭亡！

徐晋东一出公社门，便发现路上有马车的吆赶声和清脆的鞭子声。夜色中，可以看到，上水库的马车早已从各个方向，向青云河会集。他脚下生风，像有机器带动似的，车轮沙沙沙飞驰得风火轮般快。他每逢赶上一辆车，便总要问一声："哪个村的车？"或者"谁带队？"

按他的命令：六十辆马车，编为双杨公社车队直属连。马车多数是一头辕，两头套，三匹大牲畜，共将近一百八十头骡马。人呢？一员车把式，一名跟车的，一位领队的。一车三人，也是一百八十人的队伍。

这在战争年代，也是响当当，实实在在的一个地方后勤连。水库的县专业连队，公社民工连，均为百名建制。单双杨公社投放在水库的强壮劳力，就是三个连，近四百人，一百多头大畜，六十辆胶车。加上，县专业队两个连，这里的场面也够壮观的。

根据徐晋东的要求，每辆马车上做就一面小红旗，写上大队名。要求各大队领队的是副主任。而有的大队，因种种原因，没有干部上水库，只好临时任命一个车上角色充当副主任。好在各大队副主任一级干部，徐晋东是不认识的。

路上，徐晋东还发现有两位妇女，一问，才知道是桃园和岳堡的革委会副主任。其实，岳堡的那位是妇联主任冒充的。

当徐晋东的车子驶进青云河的山沟里，便再也蹬不动了。他只好徒步推车上山。一辆马车上有个人喊："徐书记，坐车上吧。"

徐晋东听声音耳熟，但一时想不起，此系何人。他正走得累了。但见车上装着饲草饲料，还有三个人的行李，喂牲畜的木槽堆得满满的，便说："我就走吧，车上不好搁放车子。"

"没事。"说着车已停下。

当车上人帮徐晋东将自行车搁在谷草上，让徐晋东坐在前边合适处，车又咣哩咣当行走开时，徐晋东才忽然想起，这位熟人是谢得铭，潘寨四队长，几乎被无赖所害。"你成了副主任了？"徐书记问。

"上水库就是副主任。"谢得铭老实地回答。

"回去还是小队长？"徐晋东问。

"听陈书记的安排嘛。"

哼！这个陈琦，惯会玩这些不高明的手腕。徐晋东坐在马车上，在陡险的山崖公路上颠簸。使他欣慰的是，今天的马车队，上得很早。

马车的宿营地在石门村。当车路过石门水库时，天已亮了，徐晋东跳下车，说："得铭，把我的车子捎到石门村吧。"说毕，便向沟里的工地走去。

罗彪正在同民工一块，往坝上背石头。他背的那块片石，比他胳膊长，比他头粗，看起来相当吃力，正低头一步一步往上走。徐晋东知道此时此刻，不是说话的时候。他正在用足气使劲，不能干扰他的执着心。他有意走开，到别处看了看工程。两边是悬崖石山，大堤全部是石头砌就。偌大的大坝，往上扔一块石头，简直是黄河里下挂面，太微不足道了。但它再小也总得占个空间，积沙成丘，细毛攒毡。蚂蚁啃骨头的精神，就是这么体现的。

当罗彪“咣啷”一声将肩头的石头扔到大坝乱石中后，徐晋东走过去喊了声：“老罗！”

罗彪发现徐晋东出现在眼前，惊喜地问：“你什么时候来的？”

“刚才呀。”徐晋东笑着回答。

“才从公社上来的？”罗彪还在问。

“是呀。”

“你多会就起身了？”

“六点。”

“回指挥部吧。”罗彪再没问，知道有紧急事。

徐晋东边跟着罗彪走边说：“我今天带来马车队啦。”

“我说怎么刚才有几辆马车，鞭子甩得脆响。”罗彪面露喜色，没想到，徐晋东如此重视水库，支持他的工作。他竟然亲自带队送上水库。原来，县委要求，在百天会战中，县专业队和公社民工各完成上坝石头三万方，而公社党委主动请战，增派一个马车连，保证任务五万方，瞧，公社一下成了八万方。他一上水库，形势为之大变，这是多光彩、荣幸的事。罗彪是个十分自信又自尊的人。凡事争强好胜，不服输。今天，又遇上如此体贴自己的书记，从内心感激。他看到冷风中摇摆的徐晋东，便将自己放在坝上的黄大衣，给他披上。徐晋东说：“你披着，刚才出了汗，别着凉。”

罗彪固执地使劲给他披上：“你这身体，比我差远了。我经常锻炼，哪一天不背半吨石头。”

“领导带头参加劳动，但不能真正当成劳力。那还能吃得消，又劳力，又劳心。”徐晋东看着被山风吹得又黑又干燥的罗彪，从内心佩服此人的忘我精神。这一点，他的差距很大。罗彪所以在水库有威信，这也是其中一项本钱。

“徐书记，估计能上多少马车？”罗彪问。

“六十辆。一辆不得缺少。你找个人现在就登记，报到。”

“好，好。”罗彪赞许地边走边说，“好！”

六十辆马车是党委会上他争取到的项目，但他不相信能如数上来，也没想到公社党委会如此重视远在异地他乡的遥远工程。在农田水利大会战的紧急关头，谁有粉也是往自已脸上搽，而徐晋东居然亲自带队上山，岂能等闲视之？

“下边的工程安排好了？”罗彪试探地问徐晋东。

“村自为战，遍地开花。今天停下一切工作全部将劳力拉上第一线。”

“不管怎样，咱双杨不能挨批评。要接受去年全县三干会上解剖双杨的教训。”

这是罗彪发自肺腑的话。他虽然好大喜功，希望水库增兵增将，战绩辉煌，但当徐书记出乎意料地关照水库工程时，他又怕影响了下边的工程。如果下边眼眉前的工程挨了批评，他于心不忍。

“我给你送来马车，也给你送来任务。一定要加强管理，单车核算。随时向公社和各大队通报完成石方情况。”

“这你放心，我让赵振沂管理车队。”赵振沂是公社副主任，罗彪表示重视。他们俩边走边谈，来到工程指挥部工棚。

赵振沂和公社团委书记苏芸芷闻讯进来，向徐晋东问好。

徐晋东一一握手，表示慰问："你们在山上，和罗书记受苦了。"

"芸芷，你去登记上库马车。把上库的时间、负责人写上，将马车统一编号。"

"我要求负责人是大队革委会副主任，不过估计也有顶替的。"徐晋东补充。

"你现在就去接待车，住宿嘛，老赵，你去再落实一下，尽量安排好些。"罗彪支派他们分头工作。回头又向徐晋东说："县里的会，定了时间没有？"

徐晋东故意沉着地回答："明天。"

"啊？明天？你啥时回县？"罗彪更感到吃惊。县委农田建设大检查，重点在农田，绝不会上水库来的，即使到石门路过看一看，也绝对不是重点检查项目。这是县社合办工程，谁也清楚。今天要报到，徐晋东怎么来这里稳坐钓鱼台，拿的啥主意？

"下边安排好了？"罗彪显出十分关注的迫切心情，中肯地问。

"今天全面上马。三大片组成三个兵团，你这里是公社直属营，三团一营，火力够重的了。"

"太分散了，恐怕县领导有看法。现在是看表面做花样文章，有声势，闹热烈就行。"

"咱今年有靠哩，彭秉如队长在明苑庄已经大闹开了。单一个明苑庄上工地人数就在千人以上，足够一个兵团。"

罗彪发现徐晋东说话总带风趣，毫没有紧迫感，心里踏实了些。这个貌不惊人的农民，思想却深不可测，虽共事时间不多，但他佩服徐晋东的胆略和胸怀。他在大是大非重大问题上，始终头脑清醒、冷静，善于把握时机。在他心里，徐晋东是个有头脑的称职书记。今天，六十辆马车若全部上来，住宿和工作面都有问题。但这只能怪自己，也只能由自己解决。现在决不能将这些困难暴露给徐晋东。因为这是徐书记和自已曾经讨论过的问题。从这点上看，自己显得矮了一截。虽在计划中，但出他所料。罗彪见徐晋东坦然、自信，一副大将风度，他也恢复了他大肚汉的昂然派头。

“晓梅。”他站院里，向墙那边喊。

“嗷！”一个姑娘的答应声。

“饭好了就端过来。”

“好！”

不一会。一位敦敦实实，眉眼周正的姑娘，用盘子端来几个冷菜：黄、绿豆芽，海带丝，小葱拌豆腐。还有一瓶二锅头。

“咱吃吧。”罗彪和徐晋东坐在炕上，围着几个凉菜，斟上酒，品咂了起来。

“老赵呢？”

“他已吃过饭了。现在有事，别管他，自己人，惹不下。”俩人喝过几盅，晓梅给送来一碟炒鸡蛋。罗彪问：“有肉没有了？”

“有炖猪肉片。”

“行，来一盘。”

徐晋东也不谦让，端来啥吃啥。跑了二十多里山路，正饿着哩。炖猪肉来了，盘不大，却满满的。罗彪说：“晓梅，你敬上徐书记一盅酒。”他又对徐晋东说：“她叫晓梅，是王屯堡的，饭做得很利索。”徐晋东刚才听口音以为是山里人，判断错了。晓梅满满倒了一杯酒说：“徐书记辛苦了，我敬你一盅酒，请赏脸儿。”

徐晋东端起酒杯说：“不客气了。老罗，你也倒上一盅，算作陪酒吧。”

罗彪说：“行，我也陪上。”

于是三人，各饮一杯。喝毕，徐晋东问：“怎么，我刚才听你口音，以为是山里人。”

晓梅笑了。罗彪说："她是故意学人家石门人的口音呢！"

晓梅见徐书记脸上有了笑容，便放开胆，又倒了一杯，说："徐书记，按理，我应当敬你三盅。这是第二盅。"说着举了起来。

徐晋东看了看这个不打眼的姑娘，心里嘀咕：罗彪手下无弱兵。我倒看看这娃的本事。于是，接住酒说："你还得陪上。"

他本想唬住她，不想起，晓梅转身从柜子里取出一个大酒杯。她满满倒了一杯，足有八钱酒。她笑眯眯端起来，对徐书记来了个双瞳剪水，道："徐书记看起眼，我太荣幸了，特用这个杯，以表真情。"她又回头，征求罗彪意见："你说呢！罗书记？"

罗彪知道这姑娘的酒量，拿起酒瓶，看了看瓶里的酒，说："这么吧，你用那个大酒杯，我和徐书记用我们这个小酒杯，喝完这一斤酒为终。"

"行。徐书记，你的意思呢？"晓梅仍是笑眯眯地满不在乎。

徐晋东吃惊地审视着这位姑娘，人不可貌相，徐晋东险些上了她的当。但他决不能在一个少女嫩妇面前认输，仍是兴致盎然地回答："中。"

于是，由晓梅斟酒，三个人喝了起来……

此刻，田子荣正连车带人，掉到了岳堡的碱水坑里。

田子荣清早比徐晋东还起得早。当昨天徐晋东将公社担子交给他后，他知道虽然短短临时几天，但这是要命的白刃格斗阶段。他整整一晚上，翻来覆去，没有睡意。他既担心这么大个公社，打不开局面，交不了账，又憧憬着在自己领导下人如潮，旗似林，遍地一片农民军的壮观场面。

他五点钟打开广播，向全社人民宣读"双杨公社农田建设总指挥部第一号令"。他十分激动地读着每一个闪光的革命字眼，念起来是那么带劲，上口，充满豪情。舞文弄墨是徐晋东的拿手好戏，但他亲自起草文件，这却是第一次。

命令要求，从即日停下所有非基本建设的工作，包括秋收秋耕扫尾工作，凡走得开的社员一律上工地。没工程的，总指挥部有权将该队劳力拉出来支援别的队。

今天，田子荣手中的权力大得很。他播完命令，又即兴发表动员演说。直至口干舌僵，精疲力尽，方告结束。平时，田主任也爱在广播上讲话，那是讲技术，讲形势（公社形势），提要求，下任务。他是个闲不住的人。他心忙，口忙，手忙，脚忙。清早起来，他发表一席广播讲话，然后蹬车下队。他一连跑了七八个大队，连社员也放不过。他每次都要从社员手中要过锄头，亲自在垅眼里示范几下，并告诉社员，留苗，株距等注意事项，方满意而去。今天益发重任在肩，责无旁贷。他能不着急吗？书记到城参会。面上的事全靠他一人唱独角戏。不采取紧急措施行吗！尽管一夜没合眼，现在仍是精神倍增，充满激情。他着意将本来就紧锁的双眉，拧成圪旦。

田子荣驶出公社大门，便听到各大队的喇叭活跃起来。有的重播公社一号令。有的作骂阵动员，有的宣布本大队命令……田子荣不管听到哪家说啥，他都高兴，九九归一，是发动社员参加会战。是啊，准时六点，他看了看手腕上的手表，先向双杨大队走去。

双杨村的街上，已经有了人，“吱吱呀呀”的开大门声，接连传出。田子荣没心情管这些人。他直奔大队部，逼住杨步驰问：“你的工程定了没有？”

“定了。平整稻田一百亩！”

“扯淡，谁家的稻田还用平整？”

“是荒滩，开垦稻田。”杨步驰纠正。

“当心抓你活典型。”

……杨步驰踉脚搓手，吓得发抖。他是个无能支书，挨了一顿训，没说一句话。田子荣不辞而别，骑车夺路而奔。他转了几个村子后，向岳堡进发。

天刚亮，雾气腾腾。田子荣头脑里尽是事，乱如麻。他今天必须到各大队走一走，掌握个大体情况，县领导来了，有问必答，不能顶了板，一问大张嘴。最好能看看各家工地，尤其是大村大队的工地，大体知道个方向，冒说也能胡诌个差不多。今年，徐晋东布了个遍地开花大会战的阵。他本来心里狐疑，恐怕洒醋，但徐晋东主意既定，没别的办法，紧密配合就是了。田子荣独自心心念念，胡思乱想，脚下的劲始终不减。这样，在风驰电掣般地疾飞猛进中，终因看朱成碧，将车骑进路边的一汪水潢。哗啦一家伙，连人带车跌入水中。这地方是盐碱下湿滩，水位很高。行车大路，每年需往高加土。路面两边的低凹荒滩或耕地每每聚积大小、深浅不一的水池、水坑。而路面上，也不时有浅浅的水汪。这样，一不小心，或眼花缭乱，掉到水里的事，偶有发生。田子荣闯入的水滩，不深，最深处也不超过二尺。但就这盈尺有余的一汪水，把田子荣主任滚成个落汤鸡。水和泥把一身衣服，弄成泥菩萨。他气急败坏地从水里爬起来，将车子扶起，赶紧往出走。

当田子荣将自行车搬到水外的荒滩上，审点时，发现车把倒过来，对着他，来了个一百八十度的大转弯。“你娘的！”他使劲扭了一阵，也不见归位。折腾了半天，才发现把手被大梁卡死了。“真见鬼！”他专心修理他遭难的交通工具。

“田主任！”一个熟悉的声音喊。

田子荣猛回头，原来是农机员老张栋喊他。

“田主任，你咋啦？”张栋已经将车子丢在路上，跑了下来。他没等田主任回答啥，便一目了然是怎么回事啦。他把田主任的车子提起来边走边说：“快快快，赶快回。这么冷的天气，冻坏人呢！”他不容田主任分说，走了几步，突然想到，田主任成了这模样，一路上人们瞧着像啥话。他想到在岳堡的拖拉机，又对田主任说：“你稍等等。”说罢，慌慌张张骑上车子返回岳堡。

不一会儿，张栋亲自开着“铁牛”嘟嘟了过来。他将两辆车子，扔上拖斗，让田主任坐进驾驶室，神不知，鬼不觉，一口气开回公社。

寂静的公社大院，突然奔来一辆发狂的“铁牛”。铁牛拖拉机是不能随便进公社的，怎么如此嚣张地闯进机关？杨利民从办公室扫了一眼，发现田主任在里边坐着，张栋老家伙开着。他以为是田主任抓回的俘虏车，今天明文规定全部机具停下来，投入基本建设。一定是老家伙不听话，激怒田主任，扣了回来，不然为啥开进公社院不说，还要停在他门口。要不是看在田主任面上，早被他拦在门口，呵斥开了。田主任扣车与他无关，他懒得过问，连门也没出。

李葆定、康师傅和毛毛，看到噼哩隆咚，发疯般开来一辆拖拉机，不知发生啥事，总像田主任发了火的样子。他们不敢贸然跑出去，探头探脑，张望着往出挪步。毛毛远远发现，张栋将一身污泥的田主任护送回家，才大吃一惊地向李葆定通报：“哎呀，不好了，田主任被人打坏了。”

李葆定、康师傅、毛毛三个人跑了过去。

“怎啦？田主任怎啦？”他们吃惊地问，并推门。家门已经被张栋从里边扣了起来。这几个人见状，又不敢再问。只能惴惴不安地在门外踌躇徘徊。

原来，老张栋是半截子医生，懂些简单的医学常识和民间偏方，还会针灸。他让田主任脱去湿衣服，睡在被子里，给使起功来。有序地从上到下搓擦、按摩皮肤。他舞弄这套医术，惯会装腔作势，人们看了又想看，又觉得可笑。但他一本正经，做作得更精彩到家，动作更熟练规范。好在此刻，没有人能看到这番神奇表演。田子荣平时最反对张栋这些妖术。但今天，身临其境，亲自接受老家伙的按摩，觉得手上好像有火似的，使身子顿时热起来。他心里嘀咕：世上事说不清，说不定老张栋真有些功夫哩！

张栋有张栋的经验，也有张栋的想法。田主任掉水坑，是他发现的，也是他用车接回来的。刚才进了公社也没有人发觉。

待张栋将田主任用被盖好，让他休息时。田子荣心急得要跳出来，他问："老张，我的衣服，湿透了没有？"

张栋没有正面回答，却问他："再没有衣服了？"

"都在身上穿着呢！"

张栋想了想说："衣服好办，我到伙房炉子上烤去，一会儿就烤干了。不过，这里边有个问题，我还得请示一下田主任。"

"啥，快说！"田主任最讨厌张栋说话啰里啰唆，拐弯抹角。

"有人问起，这衣服是怎么弄湿的，该怎解释合适呢？"

"这有啥解释的，跌在岳堡路边的水潢里啦！"田主任呛白张栋，但又感到口气生硬，接着放平心气补充道："给我看看，葆定有没有件衣服，借给我穿穿。让康师傅和毛毛给我烘烤衣服。"

"我有件棉大衣，还有条旧毛裤，你先将就穿上。"

老张栋这下敢出去宣布这件事了。他取上自己的棉大衣、毛裤给田子荣送来，又拿上他的湿衣服送到伙房。几个人也不开饭了，为田主任忙乎起来。烤衣服的，找衣服的，说衣服的，红火起来。原来田主任的内衣，是红色的，屁股上补了两块碗口大的烂布补丁，裤口已破碎了。毛毛一个人只管瞧着那一抹红偷笑。康师傅给她解释："赚钱不多，老婆娃娃一大家，哪有好衣服轮给他穿！是个可怜人呀。"

田主任穿着张栋的毛裤，李葆定的绒衣，毛毛的褂子，外披张栋拖拉机的工作服蓝棉大衣，心急火燎地来了伙房。下边已经忙成"一塌糊涂"了，咱还在这里睡大觉哩！成何体统！毛毛见状，低下头忍不住直想笑。康师傅问："田主任，先吃点饭吧？"

田主任一脸阴云，他两眼瞅着葆定、毛毛手里的湿衣服，问："干不干哩？”

“马上就干了。田主任，你先吃饭吧。你吃完饭，衣服就烤干了。”

田主任恼悻悻地坐在饭桌旁的小凳子上，把大衣往怀里裹了一下，像个大肚老婆。毛毛终于绷不住了，“扑哧”笑了起来。慌乱中，她打了一下葆定：“你为啥往火上推人的手！”

田子荣正在气头上，有火无处发，立地一瞪眼骂道：“混啥哩！尽是些讨吃鬼！”

李葆定糊里糊涂被毛毛诬赖，又被田主任臭骂，心里实在叫苦不迭。这事，只有舀饭的康师傅心里清楚。

杨利民等得不耐烦了，干吗这般时候还不开饭。他一个人提了把壶来到伙房。当他得知田主任掉到水里后，放下壶，站在大霸王炉子前，看了看葆定他们手里的湿衣服，慢慢发起牢骚道：“这地方的人，一个个不听话呀，就得武力镇压呢！”说到这里，他对田子荣说，“你一个人累死也不抵。打蛇要打七寸，寻到要命处。你今天出去，先把双杨的狼不吃，抠住屁股扔他臭水坑，看他们干不干！还用自己往水坑掉？当主任当得下贱哩！”

毛毛眼看又绷不住脸，要出声了。李葆定赶快走开，以免再受连累。

田子荣大口大口嚼着玉面窝头，偶然吻噜噜喝一口小米稀汤。他将汤在嘴里噙一下，才猛地咽下，好像有意用劲往下冲击未吃进肚里的窝头。他对杨利民冷嘲热讽，信口开河的胡诌，视为废话，充耳不闻。他心里正在想他的心事：吃了饭，马上二次出发，一扫双杨两道线，给他们个神仙一把抓。一定要家家掀起人海大战高潮，迎接县委大检查。

徐晋东被水库女炊事员晓梅，多灌了几盅酒，有点飘飘然。罗彪说：“徐书记，你躺躺。我出去看看。你放心吧，水库上别说一个营，一个团咱也能指拨开。”他这是实心话。罗彪气度不凡。他是个雄才大略的人。也是个爱面子，愿为知己者卖命的人。他对徐晋东的宽仁大度敬佩不已。

从而对徐晋东有一种尊重、爱戴、关切的心理。这两种人一块工作，自然是互为填补，皆大欢喜的。

徐晋东躺在罗彪的铺盖上，双手锁起来，垫在后脑下，仰面朝天，养起神来。他的脑海里空落落的，静悄悄的。晓梅牙别口清地劝酒，双瞳剪水的回眸，在他眼前萦绕。他心里向往，却不知道此时此刻，在双杨大地，在石门水库发生了啥。

就在徐晋东屋外的青云河沟里，几十辆马车，横七竖八地搁在乱石河中。有的将骡马卸下来，喂草料；有的拴在车辕上，或石头上；有的还在车上套着。他们正在等候分配住处，落实具体任务。

车队负责人，正在围着赵振沂乱吵吵。赵振沂原籍四川人，五十七八的年纪。他从小参加革命，打过日本人，打过国民党，剿过匪，赴朝和美国兵交过手。枪林弹雨滚战大半生，虽然身上负过多次伤，但神奇般活了下来。转业后，他在本地找了个对象，又年轻又漂亮。他如今年老多病，老态龙钟，小媳妇嫌他在家碍手碍脚，总不给他好眉眼。他呢？也知趣，只要有一点办法，也不想回去。于是，他主动要求上水库，给老婆个放心。他现在就像青云河里的卵石，没一点棱角了。那天，当罗彪安排他在石门村找房子，找窑洞，落实六十辆马车的人畜住处时，他答应得很痛快，但一转身便忘了个干净。后来，罗彪也催促过。一来罗彪思想麻痹，认为上不了这么多，便要求不严；二来，这地方找房子，确实困难。村子小，群众贫寒，空房舍本来不多。水库的指挥部，后勤人员也占了几户房子；再加上大马虎赵振沂，这样，便闹下麻烦。今天，这么多车拥挤在河里，怎么办！

罗彪稳住徐晋东，到河滩一看，马车越来越多，路上还一直在往来走车。他心里有点毛。这个老没用的赵振沂，恐怕连一辆车也没有安排下去。他只好找到石门村支书，讲了情况危急，无论如何得伸出友谊之手，救他燃眉之急。村支书见他说得恳切，况且有几次交往，认为老罗可以共事。于是，找来几个村里的头面人物，分头做动员工作，让社员并屋腾炕。河东还有已搬迁的旧窑洞，只要略加清理，糊窗、安锅，即可住人。一时间，石门人忙乎起来，都不讲报酬，不讲条件，尽量为远道而来的阶级弟兄，川下社员，解危济困。

罗彪又到民工那儿，强行腾出几间工棚。他的主意是，不管怎样，先将人的行李，牲畜草料找一个放处，落了脚。就可以打发车辆拉石头上坝，不然，堆在河里，让徐书记看了，能对自己满意吗？口口声声要车上水库，说没问题，现在即闹成这狼狈局面。没有一个适合的住处，他们能在山上安营扎寨吗？百天会战，整整一个冬天呢！这是迁就的事吗？他只好采取应急措施，哪怕自己不睡觉，也得给这些车倌们找到房子。不然，他们掉转车头，回双杨，自己怎向徐书记交账？这般时候，他没有任何借口为自己开脱责任。赵振沂是有名的大马虎，说不动他，再说急了，他倚老卖老，会说："怎么，我和小日本拼过刺刀，和美国佬打过交手仗，活捉过蒋介石的营长，大江大海啥没见过？"罗彪没这本钱，即使有也不能说。他是罗彪不是赵振沂。他还在虎心旺旺地注视着自己的前程。他最后找到河东两处废窑洞，看了看，搬走人时间不长，维修工程不大。他马上调来民工连四十名壮劳力，抢修。要求赶天黑必须拿下来。罗彪大刀阔斧，果断采取特别措施后，马车逐步疏散。将行李、草料放一个去处，将车赶上工地投入运石战斗。罗彪到中午，总算长长出了一口气。

其实徐晋东已经发现马车停在河滩，也发现他们根本就没做安排马车的后勤工作。他心里对罗彪产生了看法。如今天安排不好人畜宿营地，再这样混乱下去，县里来检查，能交了账吗？这就是所谓双杨公社直属营马车直属加强连的赫赫战场？"徐晋东站出来，介绍一下！你布的什么迷魂阵！"

徐晋东给罗彪留了点面子，没有出去，让他有个偷跑的机会。待到中午，徐晋东检查车辆上库情况时，哪怕临时迁就的窝铺。大部分车马也已经有了归宿，徐晋东心里明白：只要应付过来势凶猛的首次大检查，以后的事就好办了。

当徐晋东从苏芸芷统计的马车报到表上发现，桃园大队的马车未到时，他当机立断，决定拿桃园支书雷大年开刀。军法如雷，就地执行。他等不得回公社，就在石门水库试刀。徐晋东立即当众宣布：撤销桃园支书雷大年的支书职务。

罗彪深知书记之举，关系重大。为充分发挥这一决定的现实意义，警告兵团大战中的官兵，增强公社权威，显示水库的重要，他当即以石门水库火线快讯形式，起草了通报：桃园大队党支部书记雷大年同志，因不执行公社总指挥部决定，未能按时将马车送上石门水库，造成不良影响。经公社党委决定：撤销其桃园支书职务，特通报全社。

罗彪让徐晋东过目后，派专人火速送回公社，广播通报。徐晋东又给田子荣和王磊写了一个条子，通知他们执行。

午饭后，徐晋东在大坝上，对双杨两个民工连和马车连（直属营）做了简短的带有火药味儿的督战报告。他提出：会战一百天，上坝八万方（石头）。不达目的誓不罢休。

徐晋东讲过话，便走出大坝，骑车下山，直奔县城。

此时此刻，双杨天地间正传出以上决定。今天是毛毛代钰香播音，她的颤音软绵绵，但人们听起来，特别吃惊。当正在工地干活的桃园工作队长朱美琰，听到这一惊心动魄的可怖消息后，立地昏倒在地。她万万没想到，下乡两天时间，接二连三出问题。她下乡前的豪情壮志，乐观表态，看来已成泡影。开船便遇打头风，怎么她如此不走运，偏偏来到桃园村。人，一旦失去精神支柱，便支撑不住自己的身体。她的昏迷震撼了在场群众，都认为她这两天劳累过度，累倒在工地。人们无不怀着崇敬的心，为她的献身精神所感动。于是，立地围过好多人，七手八脚，将她抬上平车，要往公社医院送。

彭秉如听到了桃园支书被罢黜的消息，使他很愤慨，双杨公社干吗尽和区工作队作对！他不由得变脸失色，怒发冲冠。但他当着群众不好发作，只是恶狠狠地自言自语道："这是啥政策？"李福杰在旁看得一清二楚，没哼一声。

第十九章　百日会战千头绪

彭茂华听到桃园支书被撤职的消息后，知道给自己添了麻烦。他没有敢直接去桃园，因为那里有工作队，自己也摸不透徐晋东的底，去了不好说话。他也不敢再在赵庄待下去，生怕此事引出连锁反应。也担心雷大年、朱美琰等找他来回话。他立即回公社请示徐晋东，心里有了底，就好应对局面了。

不料，徐晋东已从水库进城去了。他只好向田子荣请示。

田子荣半下午，就从下边转回公社。一二两道线上的主要村庄都跑遍了。形势大好，十分喜人。村村有行动，男女老少齐出动。从河滩到半坡，人欢马叫战犹酣，好一派战天斗地农民兵团大会战。田子荣心里高兴，脚底生风，穿村过寨。今天除清早在岳堡水滩糟糕透顶的事情外，剩下事都一路顺风，所向披靡，真令他开心。他决定，晚上召集总指挥部三组一室负责人会议，明确宣布，各司其职。要求从明天六点开始，分别进入会战总指挥部的运作行动。他让王磊下达召开公社总指挥部领导成员紧急会议的命令。王磊自然马上拟稿，转钰香播放。大部分大队，已将广播线拉到工地。公社的声音，直达工地，覆盖无余。

田子荣正在醉心于即将召开的总指挥部成员会上的措辞，突然门一开，闯进个比门高一头的人来。他一看是彭茂华。心里奇怪，怎么我的通知刚播出，你就回来了？比孙猴子还快？

“田主任，徐书记不在，你说桃园这事怎么办呀？”彭茂华一句话将田子荣问了个大张嘴。他根本就不知道撤销雷大年职务一事。他还以为彭茂华仍然说桃园篡党夺权一事呢。“闹了半天，那事还没解决了？”田子荣瞪大生气的两眼逼视着问。

“啥事没解决了？”彭茂华也急起眼反问。

“你刚才说桃园的啥事吗？”田子荣缓和了下口气。

“雷大年被撤职后，桃园的支书谁来当？”

“谁把雷大年撤职了？这不是半夜翻黑哩？”

“你莫非还不知道这事？”

“谁和我说来，我能知道！”

“公社喇叭上已经广播了，雷大年因没有把马车送上水库，被就地撤职了。”

“这是徐书记的决定。王磊！”田子荣一急，突然喊了一声王磊。

王磊应声而到。

“是怎回事，你快说，雷大年怎被撤职的？徐书记有啥安排？”

王磊从口袋里取出一字条，递给田子荣。田子荣心慌地夺过来，草草一看，上面写着：“老田老王：雷大年没有按时将马车送上水库，影响极坏。为严肃党纪，根据第十二次党委会议的决议，予以撤职。我已在水库宣布，请马上广播全社，特告。徐晋东。”

“你怎么不早告我？”田子荣风风火火问王磊。

王磊解释：“你一进门就安排我起草会议通知。我还没来得及告你这事呢。”

“徐书记没有留下意见？”

“没有。我也是只见到这个条子。”

“国不可一日无君。这么办吧，现在在场党委成员只有咱三人。咱研究一下，该让谁当支书。茂华，你情况熟悉，拿个意见。”

“对着哩，你们片上的事，其实你就能拿了主意。一个小村支书没啥大不了的。”王磊发表他的高论。“那个村子，太混乱了。正经物色个领导，比登天也难。叫我看，索性让党员选举吧。给他们个痛快，选在哪里算哪里，反正就那么六七头烂蒜。”彭茂华想把责任推掉，他也确实心中无数。

“那里有工作队。让工作队召集党员商量吧。选下谁也抵上雷大年。”王磊顺着彭茂华说。

“行。就依你们二位的意见，茂华负责，通知地委工作队，今晚务必定下来。”

彭茂华因参加总指挥部会议，便写了个条子，让李葆定送给朱美琰。葆定找到工作组，朱美琰正在床上盖着被子睡觉。原来，她从工地上，被人们用平车拉回来。大家的本意是要往医院送的，她执意不肯，生怕张扬出去，名声更不好听。于是，送回家休息。

陪朱美琰的有一男一女，肯定是工作队员了。李葆定自我介绍道：“二位领导，我不知该怎么称呼。我是公社的事务员，朱队长既然睡着，就不惊动她了。我把这封信，交给你们。待朱队长醒来，劳驾转交一下。”

那位男的接住看了一下，葆定估计他也没看完。只是略扫了一眼，便顺手丢给那位女的。女的认真地看了看，说：“我们朱队长病了，这事让公社领导来解决吧。”

说着将信退给李葆定。葆定吃了闭门羹。那男的发泄心中的抑郁，道：“朝三暮四，官僚十足。”

葆定发现气氛不对，准备溜之大吉。如再多嘴，恐怕自招苦吃。“好，诸位坐着，我走了。”李葆定刚要走，被朱美琰叫住了。原来，她并没有睡着，也没有病到不省人事。她睡在那里，听到李葆定来了后，两个队员的反应，便断定是和她的心病一码事。肯定是通知雷大年被撤职，再选一个新支书的。这事，本该由公社正经领导来处理，怎么能凭一个条子，派伙管员来履行党内组织处分的决定呢！但她又发现自己的工作队员，言辞偏激，担心这小鬼回公社，加油添醋，引起公社和工作队的矛盾，给彭秉如和整个区工作队带来不良影响。下乡本来是到学大寨第一线锻炼人的，怎能一下来就弄出矛盾。她坐了起来，脸色煞白，精神萎靡，少气无力地说：“你别走，把那个条子给我。”

李葆定掏出彭茂华的信，交给朱美琰。自己立在墙根，等待发落。那位出言不逊，咄咄逼人的男工作队员，也凑上去看朱美琰手里的信。

朱美琰看过后，平心静气地给李葆定解释：“马车今天清早三点钟就打发启程上路了，至于为啥没到水库，情况不明。现在，雷大年正找去了。”

“说不定掉山沟，摔死了！”男工作队员悻悻地往坏处说。

“你告彭部长和田主任，叫他们来调查处理。我们把具体情况反映上去，供公社领导参考。”

“要是这情况，我回去告他们吧。朱队长身体虚弱，不适应下边的环境，请多加保重。”李葆定很会看风使舵，也能说几句官场客套话。

待李葆定一走，朱美琰便打发这一男一女，向社员借一辆车子，飞向明苑庄。他们向彭队长将桃园事件始末及现在状况，做了详细汇报。彭秉如听后，果断地说：“咱不能执行公社的决定。今后，凡有咱地委工作队的大队，一切事情必须通过工作队。不然，咱有权拒绝执行。咱们蹲在哪个村就得为哪个村的社员，谋利益，给干部做主。不能由他们瞎折腾。”

朱美琰得到彭秉如的支持，心里觉得宽松了些。对发生在桃园党支部的事件，她不再心慌意乱，惊魂未定了。她似乎通过这件事，才真正弄清，工作队是属彭队长领导的。

李葆定返回公社。公社大院里骤然热闹非常。院里停着一辆二套马车，围着好些人。准备参加总指挥部成员紧急会的人已经回来大半。他们就马车发表各自的意见。

原来，这辆车就是桃园失踪的上水库马车。车倌叫牛本路，五短三粗，一壮汉。他起先歪头仄睖，强词夺理，后来好像绵软了。雷大年也在场。他说话本来就不痛快。此刻，面对公社这么多领导，更显得秃嘴笨舌，有理也表达不出来。只是一口咬定一句话："怎就走进城里啦！"

"浆糊脑袋，一辈子也说不清一句话。左说给骡子打掌子，右说给骡子打掌子，你耳朵聋了，听不见！"车倌骂雷大年。

彭茂华见雷大年可怜巴巴，被这个车倌骂得好无道理。便迎头截他："你是桃园社员，得服从安排，调动。叫你上水库，你把车赶进城，还有啥理由，嘴里不干不净，伤损人。"

"辕骡的铁掌掉了。上山尽是石头路，不打新掌能行吗？"牛本路质问彭茂华。

"你知道山上没有配备打掌的，你分明进城买煤嘛，车上麻袋装的是啥？"

"我顺路捎的，这也有错吗？我的辕骡不打掌根本连石门也上不去，钢蹄钢得就没法走了。"

"你这个人怎么胡搅蛮缠，尽强调自己的理？"邓彬也批评这个肇事呆汉。他指责道："你非进城不可，也该路过公社，请个假。现在，造成多大的影响。"

牛本路窝得一肚火，冲邓彬道："我不知公社的门朝哪开！也不认得谁是头儿，我只知道吆赶这三头牲灵！"

"呸！你这个畜生！你骂谁！"彭茂华跨前一步，一把捺住牛本路的衣领。

“怎，想打？”牛本路双手抱住彭茂华拽他衣领的手。

“打你怎的！”彭茂华飞起一只手，“啪”一个耳光，然后猛推，牛本路跌了个马爬。他被打倒在地后，突然发现，马车下绞车磨杆的绞棍。他拎在手里，站起来，冲彭茂华扑去。须知公社这么多人，他能讨了便宜？众人七手八脚，将他缚住。

陈琦站出来发威风道：“会战第一天，就遇上绊脚石，这还了得！”

田子荣接着说：“说你破坏农田会战，反大寨，一点不冤枉，后生！水库点名，就差你一家！你们支书因此被撤销职务！你知道吗？你现在来公社，不但不认错，还想动家伙！牛吃掉赶车的，想翻天呀！”

田子荣一摆手，招呼大家：“开会！”

人们跟着田子荣往党委办公室走。大年急了。他尾随在田子荣屁股后，低声下气地恳求道：“田主任，把他放了吧。放了吧。叫他赶车上水库吧。”

“离了你们桃园，水库也要修成呢！”田子荣边走边回答。

“田主任，把牛大头放了吧……”看来牛本路也叫牛大头。

彭茂华一把手将雷大年拨拉开道：“看你那个架势！跟上他受处分，还要为他说情。不么，你就没威信，叫上水库逛进城，挨刀去了！”

“彭部长，把他放了吧。”雷大年又恳求彭茂华。

邓彬给雷大年出主意：“你趁这个机会，教训教训他。场面上也好看些。官打民不羞，你不是支书，也是老党员。树树自己的权威。”

大家都走进办公室，雷大年不敢跟进去。他听了邓彬的话，觉得有道理。于是，从墙根底的树梢捆里抽出一根锹把粗的杨树棍，黑着脸，向牛大头走去。他到牛大头跟前骂道：“桃园村尽出你们这些没德行的败家子，啊！在村里干坏事，不说了。还要来公社丢人！啊，我的支书也不当了，我不当支书也得管教管教你！你牛大头听着，再敢干坏事，小心你那个脑袋，我操你娘的！”说着用杨木棍虚打起来。

牛大头被捆得浑身难受，听了田主任、陈书记的定罪，觉得很可怕。反大寨的帽儿，他是清楚的。当他又听说，雷大年因他的车没上水库被撤职，知道事情闹大了。他实在不敢再逞能了。但后来发现，雷大年骂声高，打声轻，原来在虚张声势，给人看。他明白了雷大年的用意。于是高声说：“打吧！你打吧！啊哟，妈呀！啊呀！”雷大年见牛大头很会装模作样，索性绰起绞棍打起了树。

杨利民看得清楚：老老实实的雷大年，也懂得耍花招。他走出办公室喊道：“雷大年，打死公社的树，你得赔呢！”

林如海到厕所解手，正好碰上这一幕闹剧。他一个人又是个气又是个笑。回去悄悄在田子荣耳朵上说：“雷大年又骂又打，把牛大头教训痛了。让他领上人，回去吧！”

田子荣正担心，万一雷大年走了，事情就不好办了。不如趁大年为他说情，来个就坡骑驴，了结此事。于是，对邓彬说：“你出去，批评一下，让大年领他回去，很快送上水库。”

邓彬走到牛大头跟前，严肃地对雷大年说：“雷大年，你知道被撤职不知道？”

“知道。”

“因为啥？”

“马车没有上水库参加会战。”

“对呀！你在村里是干啥吃的？连个车倌也管不住？这会在公社虚张声势，你是个打人的？别给公社演戏了，这不是活人眼里揉沙子吗？我们有事，顾不来处理这些鸡毛蒜皮的事。你计划怎么办？”

“送他上水库。”

“今天连夜送上水库。”邓彬命令般说。他又对牛大头说：“你这后生，背上牛头不认赃！做错事，还发狂！这里怎么能是你撒野的地方！

胡闹！”说着，伸手给牛大头轻轻捶着背，慢慢地松了绑，开了手铐，说：“回去吧！”

彭茂华因接收了李葆定的汇报，知道工作队有抵触情绪，也赶出来，对雷大年说：“大年，今天看你的老脸上了，把马车赶快送水库。回去后，只要一天找不下接班的，你还得负责一天。”

雷大年跳上车，急于离开公社。他没有回答彭茂华的话，对大头说：“走吧。”

牛大头敢怒不敢言，哭丧着脸喊一声：“哳！”叫起套，启动了车。茂华顶问：“大年，你听清我的话没有？”

“听清了。——我是撤了职的支书，叫干啥干啥。”

“对！还叫你负责桃园的工作。”

二套马车滚滚开出公社大院。

彭茂华无可奈何地摇摇头，“啊呀，这团活宝。”随即自我安慰般失笑一声。

杨利民走过去，绕着铐牛大头那棵杨树看了看，说：“把杨树也打得没皮了。这个雷大年！”他是有意挖苦公社领导。彭茂华假装没听到，径直向办公室走去。

党委办公室，田子荣正坐在昔日徐晋东的那把专用椅子上，吆五喝六，点兵布将。他号令各路将帅，奉命出征，各司其职，履行总指挥部所赐各自的职责。他要求立即把双杨公社面上的会战工作，有声有色有序地开展起来。田子荣慷慨激昂地说：“我今天检查了三个团的工地，形势一派大好。百日会战，今天是第一天，头一炮打响了！”他很兴奋，充满了胜利的豪情。他接着看了看放在面前桌子上的《今日快报》说：“据王秘书统计，今天上马劳力，总计一万二千余人，这是多么庞大的一支农田建设大军！城关号称万人会战，也算不上老大！”他说到得意处，不由得歪了头。当他说到巩固阵地，发掘潜力，再鼓干劲，发展大好形势时，强调："大工程就是大干社会主义，为千秋万代子孙造福的事业。因此叫革命。为了这个革命的胜利，同志们处理问题，要当机立断。"

他颇为得意。田子荣不愧为当年在基层学大寨的泥腿子干部。一着急文武带打，什么也能用得上。

田子荣给诸位鼓了鼓劲，以壮行色。从明天一早开始，公社总指挥部督战巡查队，将以政工、宣传、后勤等名义分别驰骋于各个村落、工地、道路。

散会后，别人的点，大都安排就绪。可以在公社休息了。唯独彭茂华这个代片长，抑或现在所谓三团长。被弹丸之地的桃园闹得不能安宁。他只好再摸黑前去桃园，处理问题。他一路上，心烦意乱，忧心忡忡。他认为地区工作队，成事不足，败事有余。听葆定说，还横挑鼻子竖挑眼，很有情绪。这些人咬文嚼字，背政策条文，比很多人强，但面对现实处理问题差得远啦。生产队，就是被上边这些风派书呆子作为政治战场，做了牺牲品的。今天他们如果和公社决定相抵触，他将决不退让，必须尽快将桃园甩开，不能叫小石头绊脚。彭茂华向来大马金刀，雷厉风行，何况这又是执行徐晋东离开公社前所授权于他的紧急任务。不能拖泥带水，婆婆妈妈。徐书记宣布的事，坚决执行。田子荣同意让党员重选支书，完全可行。看他地区工作队能有啥高招。

当彭茂华带着一肚子气来到桃园大队办公室时，这里正在召开"桃园大队农田基本建设指挥部"成员会议。朱美琰主持，工作队人员都在场。他们在逐户检查未出勤人员，逐队（两个队）检查未停下的其他营生。雷大年也坐在当头正面，显然仍在行使支书职权。这一点，彭茂华认可。他对雷大年就是这样安排的。他能如此听话，总算公社没白培养他。他毕竟是多年老支书，能经得起考验。但自己既然来了，就得执行公社决议。他将朱美琰叫到院里，告诉她公社的意图，要民主选举新支书。

朱美琰是个六十年代初的大学毕业生。自己在某工厂做工会工作。后来，到区工会，又调到区妇联，是个文人，也会编些活报剧、对口词之类的文艺宣传材料。她从小在城里长大，对农村工作没有经验。这次下乡，是为了到农业第一线锻炼，在学大寨的熔炉中经受考验的。实际上是下来镀金的。一个不与工农结合的知识分子，必定一事无成。她自己对知识分子这顶帽子感到的是压力。因为工农干部是革命的基本力量，她极需要的是工农化。万没想到，农村这么复杂。短短两天发生了令她震惊得不可思议的事情。她最初听说到桃园下乡，心里十分高兴。桃园这个名字多美。肯定风景秀丽，山清水碧，人也格外多情，一定是难得的世外桃源。没想到是这么个棘手村庄，又穷又烂。对村里发生的事，她本来也不愿插手，公社来管，她求之不得。但今天得到彭秉如的指示：凡驻我地委工作队的村庄，公社的决议和命令都得通过工作队去执行，不能将工作队架空。她心里有了这个底数，也弄清楚自己是为地委来工作的，有自己的顶头上司。彭秉如队长的话就是组织的意见。她对彭茂华为难起来。

“彭部长，我初来咱双杨，对桃园情况了解不多。雷书记的错误，我也有责任。本来已经派出去的马车，谁知在半路开了小差。”她绕绕弯弯，彭茂华断定她在打花枪，和他转桌子，没有配合诚意。于是他便没有礼貌地打断她的絮叨问：“朱队长，雷大年已被公社党委撤职，今天我来通知桃园支部和你们工作队，马上将新支书确定下来。”

朱美琰见彭茂华如此武断地行使公社职权，把她放在一个被通知的角色上，使她连气也换不过来。她不能再文质彬彬斟词酌句地给彭茂华解释了，只有直截了当地讲了。她说：“彭部长，根据我们彭秉如队长指示：凡进驻地区工作队的村庄，公社的决议、命令，都得先通过工作队同意，而后执行。因此，雷大年的撤职以及谁来继职，我没征求彭队长的意见。”

彭茂华十分恼火。他的嘴向来不饶人，今天岂能败在一个女流手下？他疾言厉色地反问：“难道公社党委的决议还得通过你们才能执行？这有点喧宾夺主吧！你们既然要重审公社党委的决议，请告知你们彭队长，桃园的事我们就不管了。”

朱美琰没有前台对答的经验。她心一急，便思路紊乱，顺口道：“我们在桃园蹲点，当然要包桃园的工作请彭部长放心。”

咦？这女人胆大！彭茂华转念一想，正好。她既这么说，干脆趁机将这个缠手的包袱甩给她。这不正是脊背痒给了个挠手手？他立刻表态道：“好，朱队长，那我告辞了。桃园的大事小事交给你了。”

没等朱美琰反应过来，彭茂华长腿一骗，骑上自行车走了。他赶回公社，已过午夜。

彭茂华发现田子荣家的灯还亮着。便叩门走了进去。田子荣正一手端着一茶缸开水，一手拿着一块窝头，边吃边喝。他见彭茂华破门而入，知道刚从桃园回来。便问：“处理了？”

彭茂华嘴里不干不净，大声道：“屁！他们管，叫他们管去！咱省心些更好。”

田子荣见彭茂华受委屈了，连忙将手里的半块玉面窝头递过去说：“压压饥吧！我储存下的干粮。”

彭茂华要不是饿得头晕眼花，他是不肯从田子荣手里接过窝头的。他认为田子荣太邋遢，不卫生。现在，肚里饿得像被狼掏了，饥不择食，哪管卫生不卫生。他二话没说，接过来便大大咬了一口，贪婪地嚼了起来。

田子荣眼巴巴地看着到嘴的干粮转眼跑到彭茂华肚里。他只好咽口馋水，喝白开水。他等着彭茂华吞下那半个窝头后，打听一下桃园消息。当他心不在焉地将眼光扫到彭茂华脸上时，使他大吃一惊：彭茂华脖子挺长，瞪大两眼像电影镜头里“定格”人物，动也不动了。“啊！彭茂华！”田子荣吃惊地喊叫一声。茂华翻着白眼，显出难以言表的致命鲠喉感，危在旦夕。田子荣断定他是噎住了，连忙递过手里的水，又轻轻捶着彭茂华的脊背。边捶边说：“喝口水，慢慢地就下去了。”

彭茂华难受了足有十分钟，才缓缓恢复了元气。“啊呀，跑得口干了，没喝水就吃窝头，几乎卡死。”彭茂华总算活了过来。田子荣放心了，长长出口气，笑了笑说：“不管怎样总算是下去了。”他心里好笑：吃得太着急了。

当彭茂华向田子荣汇报了桃园情况后，田子荣窝了一肚子火。公社工作不能快刀斩乱麻，就碍手碍脚，会拉起筐箩斗动弹，引出好多麻烦。但他想了想也只能照茂华的意见办。不然会引起更大的牵连，等徐晋东回来后再说。于是他对茂华说：“对着哩，咱惹不起还躲不起？”

茂华有情绪道：“公社只有两颗头，还明文规定一二把手。现在跑出特把手来。哼！乱人当家，下边不好工作呀！”

“你不知道，地委工作队，县里也给留着一份呢！咱不能和人家冲撞。桃园问题只好搁起来。待徐书记回来再处理吧。”

“好，反正我是个执行的。谁的话我也听。”

田子荣见彭茂华使小孩子脾气，哄弄着说：“天不早了。快睡吧。”

彭茂华边往出走边说；“一国三公，啥也闹不成。”

田子荣听到这句话赫然哑口无言，他怀疑是冲他而来的。

第二十章　打坝造田百年计

双杨公社从领导到一般干部，按照总指挥部的分工，各司其职。他们离开蹲点大队，集中在公社，统一行动，分赴各战场，执行任务。

陈琦挂帅，率领彭茂华、邓彬、牛婧兰等干将，耀武扬威，雄赳赳地排成一溜纵队，驰出公社大门。邓彬屁股上，特意别着德国造二把盒子枪，红绸子显露出来，分外耀眼。他们政宣组的任务是保卫、教育、宣传。陈琦的巡查小分队，首先来到双杨村。他们在街上没发现什么情况，于是直奔工地。根据公社总指挥部的要求，要红旗到地、学习批判到地、标语到地、民兵军训到地、工程示意图到地。挑战书、应战书、决心书、光荣榜也到地。双杨工地布置得还算可以。陈琦一行，个个神气十足地张眉努眼，寻觅毛病。

邓彬问："你们村管制人员有没上工地的没有？"

"没有。他们是担心不准他们上工地呢。"

"让他们干重活，这是改造他们的好机会。"

彭茂华又将民兵连长喊过来，指着码在工地上的步枪说："把枪口塞上，注意保养，要勤擦拭。"

陈琦对杨步驰讲过，出勤人数不理想，大语录牌不醒目等问题后，便带人马飞驰而去。

他们未到小咀，半路上发现一个路标。这个路标很特殊，是一只雕漆精致的巨手。拇指、无名指、小指屈着，食指和中指并拢着指向一个方向，下面一个木板上书："裤裆沟工地"。他们几个人看着这稀世古董，相视而笑。社会主义工地的指路标志，居然弄出个千年古代的神器，还叫个裤裆沟？真不伦不类，不可思议。

彭茂华讪笑着说："这东西是过去銮驾上的物件，遇有唱戏、祈雨什么的，扛出来助威风、讲排场。全副是二十四架还是三十六架，咱也弄不清了。"

"韩愣小是不是也想搁大路边显威风呢？"邓彬嘲笑着说。

"反正墙上挂草垫，不像话（画）。"陈琦边说边顺着这个手指的方向走去。其他人紧跟。

"这只手是啥意思？"牛婧兰边走边问。

"銮驾都是些奇形怪状，五花八门的怪物，天知道那是啥意思。"彭茂华给做着不明不白的解释。

"对着哩，得叫他取掉。"陈琦肯定地说，"尽出洋相。"

路上，彭茂华笑了笑对邓彬说："你来公社进步不小，什么时候学下这么几句高水平话？"

邓彬知道茂华在戏他。索性嘴朝天吹起来："这算啥？你把本州三间房看成间半了，金銮殿看成猪圈了。"

"邓大人看成梧鼠了！"牛婧兰逗他一句。

哈哈哈……几个人破颜朗声笑了起来。连邓彬也笑了。

小咀的裤裆沟工地在一个深山沟里，只有走到那里才能发现，无怪用如此路标做导引。王则峰在这村下乡，他一定也在工地。

"咱先找王书记问问情况。"邓彬傍到工地说。

"咱还是先找韩愣小合适。因为咱是检查工作，别让王书记引起误会。"

"你说得有道理，不光这里，到哪也不能先找下乡的，人家还当咱要他们的汇报哩。"陈琦停了停，又说，"不过，来这里找王书记就是对他的尊重。老领导会理解的。”

“咳！”邓彬突然想起一件事，“那天王书记刚到公社，就结识了小咀一群腌臜，有个像只肥鸭子，叫啥来着？”

“三桃子！”牛婧兰抢着回答。

“还是牛主任熟悉自己的兵。”邓彬奚落婧兰。

“又上你当了，这个梧鼠。”

“说正经的，婧兰，你见了三桃子，可不能像见了赵庄的金怀老板，哭得两眼泪婆娑。”

哈哈哈，陈琦朗声大笑，羞得婧兰满脸绯红。

“三桃子的官司怎了？你们知道不知道？”陈琦问。

“肯定赢了。”彭茂华说，“咱公社擅长以腌臜取胜。金怀老板在徐书记跟前打了个赢官司；三桃子再在王书记跟前打个赢官司，这就红火了。”

“这有啥红火的？”牛婧兰不解地追问。

“半边天走红嘛！腌臜还这般厉害，别的就可想而知了。”陈琦猜透彭茂华话中之话，然后又放声笑道。

邓彬也醒过来了，悟到他俩的居心，便回头向婧兰眨一下眼，露出酸溜溜的嬉笑。

“尽是些王八蛋！”牛婧兰弄清他们的叵测之心，骂了起来。这是女娃娃们的得天独厚的拿手本事，多大的领导也敢撒娇。如果换成男的，多么委屈也得默认，不敢回击。

哈哈哈，这几个被骂作王八蛋的大小头目，益发开心地笑起来。

“咳！注意，到工地了。”陈琦警告大家。于是一个个绷起脸皮，驶进山沟里的造田工地。

陈琦心里明白，他们到这里是走过场。小村小沟小工地，道路偏僻，谁来这里检查？只有他们来。来的目的表示没有忘记这个地方。“生死簿”上有它的名字，就是了。至于工地的政治气氛、宣传形式，均扯淡。不过，工地上也有红旗和活动标语。老远可以望到一个小席棚，是指挥部，麻雀虽小五脏俱全。他们还没到指挥部，便被王则峰喊住了：“喂，陈琦！”

“嘿，是王书记！”几个人打住车子，向王书记劳动的地方走去。

此时，村支书韩愣小也闻讯走了过来。

“检查工程来了？”王则峰笑着打问，表示欢迎。

“好难找的地方。”陈琦笑眯眯道，“王书记这工地选好了。”

“选就要选好的嘛。还能叫社员白流汗水？”王则峰接着又侃侃而谈，“小咀虽穷，但人穷志不穷。穷则思变，要干要革命嘛。你们瞧，百分之八十的人都来到工地。”他向韩愣小示意，让他做汇报。

韩愣小从口袋里掏出一个小本本，歪了头，认真地翻找着要找的页码。他找到后，两眼盯着小本本，给念了起来：“裤裆沟造……”

愣小刚一开口，陈琦便笑了起来，将愣小的汇报打断。

“这个裤裆沟工程，实在有点不雅……”陈琦笑着批评。但他立刻看到王则峰认真的面孔，便收敛笑容，转口道：“这么吧，有关工程，不管裤裆沟也罢，膝盖梁也罢，等田主任来了，再汇报吧。我们是看宣传，管政工的。这里不错，工地虽然不大，但是政治气氛很浓，有王书记在，我们一百个放心。”他边走边笑，“不过，我们在来的岔路口，发现你们那个指路的木雕大手。闹不清那是个啥玩儿？做工精细，大金全包，十分考究。”

“殿里放着，兰法拿出来，插在路上，怕你们来了找不到工地。”愣小给解释。

“过去那是干啥的？”邓彬问。

“在龙王殿放着，恐怕是龙王爷的手吧？那指头指向哪里，哪里下雨。”

“你瞎说吧？”

“我估摸着是这样。”愣小看了看几位领导，“反正现在栽那里，正好指路，还能省钱。”

“龙王爷的手指向裤裆沟，裤裆沟就下雨？”陈琦带着笑反问。

愣小闭口无言，难以对答。他知道，陈书记在取笑他。

王则峰还不知道这回事，没听过什么龙王爷的手，指路的手，经他们互相问答，他才弄清个眉目。原来社员上工地不走那个大路口，所以王则峰还没见那玩意儿。

茂华对他说：“估摸是过去鸾驾上的东西。俺村庙上也有副鸾驾，记得有那么个手指头指向上方。”

“唔，是那东西。”王则峰恍然大悟，“那叫指天。皇帝就是真龙，他命令老天风调雨顺，普济民生。本是金銮殿上的东西，民间也效仿作为神器使用。”

王则峰果然像个书记，学识渊博，说得头头是道。

“听清了吧。”陈琦对愣小说，“是叫老天风调雨顺，不是叫你裤裆沟下雨！”

“不论怎样，取掉就是了。这时候，拿出清朝的神器，不伦不类，成啥名堂。”王则峰果断地对愣小说：“愣小，立即取掉那个‘指天’！”

愣小原地不动，张开嘴突然喊：“兰法！”

猝不及防，邓彬又被吓了一跳。他气得瞪了愣小一眼，说：“真是好嗓子！”

“再见！”陈琦和王则峰握手告别。

牛婧兰心里惦念着路上说到的三桃子，但时机不对，不敢多嘴，跟上陈琦匆匆而去。

他们离开小咀工地。陈琦说：“同志们，路上不能耽误，咱直奔赵庄！”

几人蹬着车子，从小咀飞驰而下，然后沿公路，直达赵庄。

赵庄是这次大检查的重点。赵庄支书何子毅，在彭茂华的高压下，终于大刀阔斧干了起来。他真正不顾一切后果地出手，违心地做了第一次傻事。他将赵庄的农田水利大兵团队伍，拉上正南沟布阵。正南沟在赵武灵王庙的西侧。一九五八年，何正魁他们就大胆地提出治理正南沟方案。曾经拉上男女一千多劳力，滚战了一冬一春后，便收旗卷伞，再不提它。今年，精明透顶的何子毅居然又在正南沟动了干戈，实属高压下的应急之举。这事谁也得喝彩，并支持。当徐晋东今早在电话上得知这个消息后，他高兴得几乎发了疯："好！"他拍着桌子说，"赵庄有魄力！赵庄的工程太好了！"

谁都知道，徐晋东高兴的不是赵庄工程本身。徐晋东没费多大的心机顺其自然行事，局面竟然焕然一新。他的"点"，出其不易，展开那么大的工程。这样的工程怎看、怎说、怎吹，都不过火。这是利于千秋万代的社会主义工程。他向县里首当其冲举荐的彭秉如"点"上的工程，更是获得了好评。表现了地区领导的风范，公社领导的风格。除此之外，双杨公社队队有工程，村村大会战，美其名曰：遍地盛开大寨花。更有甚者，双杨公社的境外水库，特设直辖营，新增一个马车连。在全县只此一家。这不，徐晋东后来者居上，在县委会上，一夜间成了黑马式的新闻人物。明天他将八面威风地领着县委、县革委会的检查大军，浩浩荡荡地开进双杨大地。今天，陈琦他们的工作格外有劲。一想到明天的检查阵容，便豪情满怀。他们可以说是开路先锋。

赵庄工地的全称叫：赵庄正南沟工程。此工程系改河、打坝、蓄水、淤地、养鱼、植树、灌溉等，可以综合利用的庞大工程。一九五八年看中是好工程，时间过去二十年，仍然是好工程。上游打数道石坝，下边筑一道土坝，上游蓄水造田，下游蓄洪水为水库。多少年后，水库淤平，可新增良田近百亩。这么好的规划，这么大的工地，这么具有潜力的正南沟，确实是一件改天换地，造福子孙后代的工程。赵庄，历年是双杨的窗口。

陈琦的督查小分队，未到正南沟，远远便望到沟口土崖顶上的一面红旗。因是上坡路，他们推着车子走。

“你们瞧，那面红旗下，就是五八年正南沟工地的集体伙房。炕、锅台、蓄水池现在还保存着。”茂华兴致勃勃给伙伴们介绍。

“是不是今年又在那里做了伙房？”牛婧兰问。

“没有。那里早成了羊倌的天下，不但避雨、歇脚、圈羊，还打野鸡呢。”

“你也去打过野鸡？”陈琦问茂华。

茂华笑而不答。

牛婧兰说：“肯定去打过，彭部长好枪法。”

“你怎么知道他好枪法？”邓彬问。

“你忘了给公社打狍子吃？”牛婧兰给他拿出证明，“枪法不好，能打着？”哈哈哈……大家开心地笑了起来。

牛婧兰不知他们为啥如此朗声大笑。她怀疑又上他们当了。这些人，见了老百姓平头正脸，装模作样，私下里一有空便想方设法讨便宜，卖弄小聪明。其目的无非是博得一笑，仅此而已，无聊极了。她也以笑回击他们。哈哈哈……

“你笑啥？”陈琦问。

“你们笑不叫我笑？我想笑啥笑啥嘛。”牛婧兰自我解嘲。

“报告组长，我解个手！”邓彬打住车子，边往路边走边说，“今后下乡别引女人们，干啥也不方便。”

“哪怕你蹲在当道屙屎呢！谁管你哩！”牛婧兰冲他一句。

“你走吧。”陈琦也打住车子，准备方便。

于是，茂华也打住车子。索性来了个男性小集体行动。牛婧兰一人前边走了。

正南沟传来“咣、咣”的开山放炮声。

正南沟工地果然不愧为赵庄老大哥的工地。近千人，集中在沟里，还有五十五头铁牛、三十辆拖拉机和马车、平车，可以说，车水马龙，人山人海。开山炸石的、土崖放炮的、刨的、担的、拉的、垫的、打硪的，工地上彩旗飘扬，语录标语林立，沟掌的山上，已经做就两个赫然大字：农业。一字占一山垴。“学”字正在砌着。看来是“农业学大寨”五个大字无疑了。

陈琦一行进入正南沟工地。领头喊硪的唱道：“首长来到正南沟，伙计们打硪要加油哟！”

抬硪的后生们和着唱：“要加油哟！”将石硪举过头顶，依节拍撒手蹾了下去。打得地还颤抖呢。接着领唱的是：

“书记部长并肩走呀，邓干事别当独角牛哇！”

“这位半边天我不熟呀，该是二小的亲三姑哇。”

牛婧兰怕他再编排啥，紧走小跑，到前边去了。

在山上的石坝工地。后生们正在往坝上背石头。这里工作面窄，车是运不上去的。当陈琦他们走上来时，碰上疯静仁正在训斥人：“你是个什么党员！开除你！回老家去！”他指着一块石头说：“抬起来，搁在何静仁背上！”两人抬起那块巨石，放在静仁背上，静仁果然一步一挪背上石坝。

原来，何正魁在这里领工。因为何正魁是半截子石工，懂得些石头活计常识。结果，被疯静仁逼走了。疯静仁拽上何正魁要俩人比试背石头。如果背不上去，就开除党籍。弄得何正魁无法工作，只好躲开了之。

何静仁益发被胜利冲昏头脑，对陈琦他们狂言妄语，不可一世。

“陈书记，如果你们是真革命，不是口头革命派，就来背石头！陈永贵副总理还背石头，你们芝麻大个官，算啥！”他指着一块石头，“来，背嘛，背不上去的，都是口头革命！”

别人不和他较嘴，一个疯子，惹他干啥。彭茂华不吃这亏，因为他和醉鬼一样，说的都是咽喉上的话，叫你下不了台，吃不了兜着走。茂华一捋袖口，对何静仁道：“我说静仁，你别逞能。你想和我较量也行，你得听我的。我是公社领导，对不对？”

“对！怎么较量，听你彭部长的。有眼的还怕你个瞎子！”

“静仁，再胡说，当心我揍你。你听着，咱选两块石头。”彭茂华一手抓起一块石头，说，“咱一手抓一块石头爬山，谁爬得远，谁赢。谁输了……”

“开除党籍！”疯静仁抢着说。

“不。谁输了，用自己的手打自己的脸，一连打十下。怎么样？”

“行。你先走，我先走？”

“你先走。”

何静仁一手抓一块石头，向山坡上走去。当他手指无力，提不动时，便坐在那里。茂华让邓彬上去做了记号，并取下那两块石头。彭茂华人高手大，当兵练过抓砖，手头功夫，常人难比。他潇洒地提着那两块石头，一口气向山坡冲去，超过何静仁好远一段。他回头说：“何静仁，认输了吧。”说时，手里仍提着那两块石头，看样子，力气根本多得很。

疯静仁向彭茂华伸出大拇指：“彭部长，真革命！”

“说个真革命就完了？”彭茂华不留情面，咄咄逼视着疯子。

“我打！”疯静仁举起自己的手，“啪，啪”打起了自己的脸。

陈琦过去拦住静仁的手：“别再打了。老老实实干活去吧。”

彭茂华训斥何静仁道：“你再欺负何正魁，干扰工作，当心我收拾你！”说着故意握紧拳头，在何静仁脸前晃了晃。

何静仁其实没胆子，惊恐不安地问：“彭部长，我打了几个耳光了！”

彭茂华鄙视地瞅一眼静仁的狼狈相，说：“欠下吧！改天算账！”

陈琦巴不得早点甩开这个疯子，招呼几位同人，离开这里向山下走去。牛婧兰不时回头，生怕疯静仁追上来。

陈琦他们来到工地指挥部。指挥部是用杨树杆搭就的工棚，顶上插着两面红旗，写着：赵庄正南沟工程指挥部。

何子毅趴在临时办公桌上，正在写什么，发现陈琦他们来了，连忙放了笔，站起来迎接客人。

“子毅，你这工地可以嘛！”陈琦开口就表扬，“徐书记说啥也不在潘寨，死活要来赵庄。瞧瞧赵庄这工地多气派，明天徐书记来了，保证一百个满意。”何子毅笑了笑，掏出待客烟，递过去，然后谦虚地说：“恐怕离陈书记的潘寨差得远了！你说对不对？”他问彭茂华。茂华接茬道：“陈书记叫赵庄闹怕了，才明智地善退到潘寨。今天，怎么说徐书记死活要来赵庄？”

彭茂华揭了陈琦的底。陈琦哈哈一笑：“究竟子毅把茂华招待好了，吃谁的饭，落谁的家。说话也不一样。”

“陈书记是大学生，说话有水平。不过，这是彭部长的工地，他理应以赵庄为家。”子毅说着，用眼有意瞟了一下，挂在墙上的工程总指挥部分工名单。

陈琦领会，便说：“赵庄是县里检查重点，你们也准备得齐全，索性仔细看一眼吧。”

他首先看指挥部组织机构：

政委：彭茂华，总指挥：何子毅

“我说何支书。”陈琦问何子毅，“彭茂华的政委职务是谁批准任命的？”

何子毅不慌不忙，振振有词地回答：“公社党委。”

“哈哈，你还挺理直气壮。茂华你知道吗？”

“不知道。按说子毅，这可不能开玩笑，这政委应当是人家徐书记的，明天来检查，县领导看到，不是闹笑话吗？”

“公社党委谁批准的，是不是徐书记？”陈琦问何子毅。

“公社党委指定，凡有工作队的地方，工作队负责人就是政委。彭部长是俺赵庄工作队负责人，当政委有啥错？”

“不对。赵庄是徐书记的点，他是负责人，你是故意装糊涂。心里又不知揣着啥诡计。”

“和陈书记我哪还敢开玩笑。这是徐书记亲口对我说的。他说赵庄有啥事，找彭部长，他是工作队负责人。若要不信，你们去问徐书记。我长几颗脑袋，敢让彭部长取而代之？那不成了桃园的篡党夺权了吗！”

何子毅说得他们心悦诚服，但都知道这个人，不好对付。一时难猜他葫芦里卖的什么药，彭茂华平心静气地用商量的口吻对何子毅说：“我受苦扛重担，给你们当跑腿的，这行。但我是行者，不是唐僧。明天来检查的是徐书记的点。这，你应当明白。”

“那我把你的名字勾掉，写上徐晋东不就行了。”

“对。就这么简单。”

“陈书记、彭部长的指示，能不执行？”何子毅恭恭敬敬道，“领导们看还有啥差错地方，及时指出，别给徐书记闹笑话。”

这时，何正魁恼悻悻，嘟噜着脸，走进指挥部。他既不跟公社领导打招呼，也不叫子毅的名字，冲着大家，发牢骚道：“不把那个疯子管住，县领导来了，啥娄子也能戳下！”他本来被黄土盖了一层的老皮脸上，就够难看了，又翻动着血红的一双小眼，翘着两撮苍白胡子，更显得令人害怕，也可怜巴巴的。

在急需年轻人掌权的岁月，何静仁本来是幸运儿。生在赵庄，又是高中生，人才、口才、文才都可以。出身又好，天时地利都占了。三个小伙棋逢对手，在抓革命，压生产的形势下，敢闹敢干，在革命化的道路上，颇有独到贡献。那名扬全县的全民做广播操活动时，他就是总教练。站在新开辟的小广场的台子上，年轻英俊，一表人才，谁不羡慕呢！但偏偏命运捉弄他，他的助手提干的提干，推荐上大学的上大学，纷纷远走高飞，好似坐上直升飞机天马行空，好不威风。而他，却以村里需要，走不开为由，在光荣的广阔天地继续革命了。他想来想去，这里边有文章，肯定有别人搞鬼。他总觉得自己一个初出茅庐的嫩娃，在被别人耍！从此钻进牛角，返不出来了。于是，他精神失常了。他头脑里所恨的一是王则峰，二是何正魁。是他们断送了他的前程。他每次碰到公社、县里的下乡干部，便来了疯劲，总想胡搅蛮缠。而他又总爱在大队部附近游转。明天，如果县领导来了，他真能口出狂言，将好端端的事弄坏。何正魁的提示，不能不引起注意。

热火朝天的工地上，出现一个政治疯子，不能不说是一件大事。当然，何正魁之所以郑重提出这件事，是出于他的私心。他被何静仁欺负得实在忍无可忍，又没有好的办法。只好借机向陈书记奏一本。

陈琦对何子毅说：“子毅，明天必须管住何静仁，不能让他来工地捣乱。”

何子毅看着陈琦，眨巴了几下眼，若有所思地说：“明天不叫他瞎说胡来，就是了。他也是个年轻力壮的小伙子，怎能不参加劳动。”他想了想又道，“能把一个疯子管理在工地劳动，也是思想工作的成绩嘛。”

何正魁给何子毅泼冷水：“啥疯子！祖上没德，本人没福，还想当官哩！官瘾难过，憋疯了！不嫌丢人！赵庄就出这典型。还想往桌面上抬！”他掏出烟锅，塞进嘴里，气得浑身哆嗦。

何子毅见触犯了元老，赶忙赔笑脸：“我是有意给陈书记说开心话哩！咱怎么会真的提说他呢！”

何正魁只顾抽烟，气得肚皮鼓一下，瘪一下。

“明天你怎管疯静仁？”邓彬问何子毅。他揣摩他们要动手脚，采取手段，限制他的活动。不然怎能管住。

“有办法。”何子毅得意扬扬地对邓彬讲，“毛硝点豆腐，一物降一物。赵庄有个狗司令，何静仁独门怕他。让狗司令管何静仁，他比绵羊还老实。”

何子毅不愧为赵庄一能人，他这一招厉害。疯子的大脑也不是完全成了糨糊。他是有的清楚，有的糊涂。子毅抓住他的弱点，对症下药，问题便迎刃而解。

原来赵庄的何马马，就是何拐子和徐碧云的儿子，天生狗见怕。不管谁家的狗，多么凶恶，多么护主，只要见了何马马，便摇尾乞怜，百般献媚。何马马在大街上，随便指着串街野狗，喊一声：“过来！”那畜生便老老实实，摇着尾巴，走过来，任何马马作弄它。人们给何马马送了个“狗司令”的外号。一九七五年冬，曾几次全省统一行动，在同一个晚上，所有村庄紧急戒严，干部民兵进家入户，搜查不明真相的流窜人员。这样的大行动，对那些盲流人员，乱窜人员，无疑是一个天罗地网，也是一个无处脱逃的厄运。而作为当时赵庄党支部书记的何静仁，率领民兵完成这一任务时，受到狗的无情扰乱。一犬吠影、十犬吠声，刹那间，将全村的狗惊动起来，乱咬乱叫，使秘密行动处于公开被动局面。后来，何静仁想到狗司令。他动员狗司令为先行官，悄悄翻墙入院，把狗镇住，而后，别人再行动。这办法果然灵。狗司令为这么大的对敌行动立下汗马功劳。当然，而后在全县统一部署的灭狗运动中，狗司令仍出过不少力。何静仁在与狗的斗争中，亲眼看到何马马的英姿飒爽，无畏豪情，使他折服了。他俩有如此微妙关系，难得何子毅独出心裁，善自为谋，想得周到。如其然一顶愁帽轻易解脱，这就是何子毅的高人之处。

陈琦轻轻拍一下何正魁的肩："老革命遇到新问题了。别担心，有子毅运筹帷幄，赵庄的天塌不下来。"他笑了笑，准备走了。

邓彬见桌子上放着麦克风。他有意向外，寻觅了好一阵，始终没有发现有电线接到工地指挥部。他断定没有电。他知道的事，尤其是鬼事，不弄个底清数明心里怪难受。于是临走问子毅："你桌上放的麦克风还有电？"

"当然有，没有电，要它干啥？"何子毅认真地回答。

"摆设让吓唬人的吧！"邓彬不相信地笑着说。

"咳！当你屁股上的小家伙呢！吓唬人！"何子毅对坐在一边的那位姑娘说："小瑛，叫送电。"

小瑛走了。果然，电来了。何子毅望着邓彬，一句话也不说，显得是那么扬扬得意。"放支歌！"他告小瑛。立即工地上传出："公社是棵长青藤，社员都是藤上的瓜……"的歌声。

几个公社干部起初丈二和尚摸不着头脑，不知是怎回事。彭茂华一听，明白了。这不是发电机声音吗！他们大队有台供映电影用的发电机，抬到工地，派上了大用场。"行。何支书的总指挥当好了！"邓彬夸奖着何子毅。他又觉得不和子毅再说句啥，有点欠缺似的，于是随便又问："这小闺女，怎么我挺面熟？"

何子毅扬起头，眨巴着眼似乎在引发邓彬的想象，他启发地说："何止面熟？你真的不认识？"

邓彬摇摇头。

"她就是金怀老板的闺女，名字叫小瑛。想起来没有？"

邓彬拍着脑袋，恍然大悟："他不是在电磨房吗？"

"对。现在荣调了，成了指挥部的播音员啦！"何子毅说着向小瑛一摆手，"过来，认识一下公社几位领导。以后来了，要热情接待。这是陈书记……"

不等何子毅把话说完，小瑛便接茬道：“我都认识。这是陈书记，这是彭部长，这是邓干事，这是牛主任。”姑娘一一微笑致意，表示认识。

“原来都认识。那怎么不见你打招呼？”子毅问小瑛。

小瑛赧然一笑：“有你在，俺打得啥招呼？”说毕，有意做出一副嗔怪支书当众批评她的撒娇作态。逗得人们都笑了。

“这姑娘演戏，肯定是个好角色，脸上有戏。”陈琦赞赏。

“这闺女俊气，伶俐。鸡窝里孵出了凤凰。”邓彬本意是夸奖，想在这姑娘跟前，显示他的学识。不料，这句民间成语触犯了小瑛，她一鼓眼，质问道：“邓干事，你怎把俺娘看成草鸡？”

邓彬被突如其来的反击弄得抓耳挠腮。他急中生智，顺口回答道：“草鸡能孵出凤凰，是你妈有本事嘛。”

陈琦替邓彬挽回局面，插嘴补充道：“向来龙生龙，凤生凤，金怀老板是老凤，才有这小瑛姑娘的小凤，你说对吧！”他问小瑛。小瑛笑了，不置可否。

“快走吧！”彭茂华揪一下陈琦。

陈琦和何子毅、何正魁一一握手：“祝贺赵庄取得更大胜利！”

他们走出工地。彭茂华说：“老邓，你今后见了大姑娘、小媳妇说话注意点。”

“有啥注意的？”邓彬满不在乎地说。

“你刚才几乎叫那个抱窝草鸡的闺女，给你个下不了台。”

“下不了台才好哩，我多和她串上几句，有啥可怕的。”

牛婧兰见邓彬厚颜无耻地打肿脸充胖子，便回敬道：“邓干事是个猪八戒。”

“又不叫梧鼠了？”陈琦问婧兰。

“你们仨，一个鼻孔出气，占老实人的便宜。”邓彬笑着自我解嘲。

他们说笑着一拐弯，正巧与田子荣率领的工程检查组碰了头。

“哈！碰上你们了？”邓彬首先叫了起来。田亮平、那凯文等人疲累地笑脸相迎。

田子荣急着问：“情况怎么样？”

“形势大好！”彭茂华回答。

陈琦笑呵呵开言道：“在田主任的正确领导下，哪有不成功之理？”

田子荣笑嘻嘻道：“不敢，不敢。大家的成绩。”他心里急着想尽快看到工地，用眼色管照了一下彭、邓、牛等，问：“你们走了？”

“走了。你们看去吧。”陈琦回答。他又问田子荣：“田主任，明天咱们怎么配合县检查团行动？”

田子荣一挥手：“回公社，晚上再说。”

“好，我们走了。”

“好，我们来了。”

两班巡视督查人员，挥手告别，各自走开。

第二十一章　扎基层以身作则

翌日。早饭开得特别早。田子荣三下五去二，将两碗白面条送进肚里，便一抹嘴说：“走。”于是，属于他领的兵，赶忙吞完饭，撂下碗筷，紧跟田主任而去。

田子荣今天将林如海的后勤组和他的工程组，合并为一组，由他带领出动。今天的任务与昨天不同了。今天首当其冲的工作，是迎接县检查团。这次由县委书记、县革委会主任带队，对全县农田水利基本建设进行交叉大检查的行动，其规模之大，力量之足，任务之重，要求之严，都是空前的。据昨天徐晋东透露，各公社书记都有些紧张，大有兵临城下之感。田子荣听后，怎能不着急呢？

昨天晚上，田子荣根据徐晋东电话上的意见，做了具体安排。并且已在广播喇叭上发出紧急通知。会战开始，各村工地虽然独立作战，自成一家，但必须服从公社统一指挥。连作息时间也是统一的。社员因事外出，必须公社批准，不然按盲流人员对待。路上没游民，街上没闲人，家家锁大门，只见标语不见人。

今天重点检查赵庄和明苑庄两家工地。但检查团要在一二道线上转一圈。宏观上看一下全社概况。重点检查工地的事情，交陈琦办去了。田子荣负责大面上的诸多事情。第一件大事是必须保证道路畅通，接受上次车陷岳堡的教训。

田子荣每到一村，发现问题后，便留下一人处理，他领的人马继续前进。留下的人，解决了问题后，再撵赶主力部队。田子荣的劲气不知有多大。他一马当先，率马以骥，别人岂敢怠慢！一个老张栋早上一出公社门，甩在狼不吃那儿了。

这些小伙虽然心不服，但都被田子荣整得腰酸腿软告草呢。他们如此急神撵鬼地在全公社兜了个圈子后，于下午四点前来到明苑庄工地。因为按昨天预估，县检查团也是这个时候到达双杨。

县检查团是由县委、县革委会会领导及主要农口部局级领导和各公社书记组成的。主要领导乘坐小吉普，是指挥车。后边两辆东风牌大卡车，乘坐一般人员。车上横放着几排党校老式凳子，供人们坐用。由于一路黄土埋人，每个人身上落满尘埃，就像刚从土里刨出来似的。

车队进入双杨界。指挥车的前排首席座位，徐晋东是法定占有人。车队驶入哪个公社，哪个公社书记便是这个位子上的客。一来负责带路，二来随时回答领导问题。后排座位上，是县委书记罗国光，县革委会主任郑平，地委工作队政委、组织部部长高铎。这三位领导一个比一个严肃，天生的领导形象。徐晋东单独接触这么大三位领导，还是头一次。根据他昨晚的安排，沿路贴满了标语。特别在进入各队工地的路口，都竖立醒目的标志，并写明工程名称，距路口多远。以供领导参考。“这好。”郑平主任说，既有气氛，也为检查提供了方便。“地一封冻，这些浅土层工程，就无法搞了。”罗国亮提出问题。

徐晋东回答道：“谁家停下工，拉他的劳力，支援有工程的队。赵庄的工程大得很。”

“赵庄工程在什么方位？”罗国亮又问。

“在正南沟，离赵庄约三华里。”

“路好走吗？”

“须步行一段即可到工地。”

这时，郑平想起来了。正南沟那地方，他去过。于是，他给罗国亮和高铎解释：“那条沟，早在五八年就计划筑坝、蓄水、造地，但没闹成。”

“今年还是五八年那方案？”高铎突然问了这么一句。

“差不多。只是规划做得更细些。”徐晋东在瞎说，蒙混过关。

“计划几年完工？”

罗国亮见高铎一提五八年工程就反感，知道他对徐晋东的解释不满意。他便接过来，问下去。

“计划三年完成。”

徐晋东正担心他们无休止地盘问下去，突然发现路上的指示牌：赵庄正南沟工地。“到了。这是去正南沟工地的路。”徐晋东向领导介绍。

“时间不早了，去不去呢？”罗国亮征询高铎的意见。

“我随你们走。”高铎摆出一副高高在上的架子。

郑平立即建议：“我看今天让晋东占点便宜吧。咱早些赶到明苑庄，好好看看彭队长的工地，更有说服力。”

“是的。”罗国亮接着说，“看彭队长的点，意义大，影响大。反正是双杨的工程嘛。”他说到这里，见高铎不置可否，便指示徐晋东：“不去正南沟了。直接到明苑庄。”

徐晋东巴不得尊口大开，给他一条活路。他如释重负，喜在心头。

车队向明苑庄的鹿鸣滩工地开去。

指挥车停在距鹿鸣滩工地400米的路边。本来，小车可以开进工地，但大卡车进不去，只好这里集中，步行到工地了。

郑平从吉普车里钻出来，向后边的大卡车喊：“下车。”于是，车上的人们登着马槽栏板，跳下车，向领导这里围过来。

“这是地委工作队彭队长蹲的点。”郑平随即向大家介绍道。然后对徐晋东说，“走吧。”

徐晋东带路，罗书记为首，高部长随后压阵，郑平领队，浩浩荡荡几十号人马，走向鹿鸣滩。

按常规，检查团到哪家工地，由该地负责人出面汇报。即使是检查某公社书记、主任的点，也是该队支书汇报。因为，毕竟蹲点领导是处于辅佐地位。而他们一入鹿鸣滩工地，迎接首长的却是地委工作队队长彭秉如。他把手里的锨往地下一蹲，紧走几步，抢上前去，一手拉住高铎的手，一手拉住罗国亮的手：“欢迎，欢迎领导和同志们检查批评。”

彭秉如喜扑扑迎来县里的检查团，本想放开嗓子，放开思想，给领导和参会者讲一讲鹿鸣滩工程，由勘测到开工到掀起如此高潮的前前后后，一展工作队的叱咤风云，身先士卒的创业风范。但他一开口，使面前两位领导，大大吃了一惊。他的嗓子沙哑了。

高铎吃惊地凝视着彭秉如，他下乡短短几天，面目全非了。嘴唇干裂，扑出满嘴的燎泡，双眼血红，面色无血。把个人怎么弄成这了？他没有显出大惊小怪的样子，但心里暗暗怜悯彭秉如。他几天来，吃了多少苦，付出了多少心血，不用问，从他脸上便一目了然。多好的同志啊！

罗国亮和高铎比，显然沉不住气。他失声惊问：“老彭，你怎么了？”

彭秉如不以为然地回答：“不怎么！工程进展顺利，群众积极性很高……”

“彭队长，你别说了。我是问你，嗓子怎么哑了？眼怎么充满血丝？嘴上怎么布满火烧般的水泡！晋东！”罗国亮喊一声。

其实晋东就在身边。他说：“在。”

“你是怎么搞的！你就拿地委工作队给双杨打饥荒呀？彭队长累得成了这模样？你知道不知道？”罗书记怏怏不平地批评徐晋东。作为向地委工作队赔情道歉的一种态度。

“哎！”彭秉如做出不能接受的怨言，“罗书记，你怎么能批评徐书记？我又不是个娃娃，也不是来当客人的。脱皮掉肉，理所当然。”

这时，路过他们身边的一位社员说：“彭队长是个好人，比俺们社员还能受哩！”

“他的铺盖卷，至今还未打开过呢！牙具还在兜里搁着。”这是明苑庄的工作队员在做介绍。

徐晋东哑口无言，老大难堪。他万万没料到会出现如此尴尬局面。“李福杰呢？”他问站在身后的田子荣。

田子荣将正在拉车的李福杰，一把拽住，拉过来，很生气地推给徐晋东。“你来汇报，怎么躲躲闪闪？”徐晋东不客气地指责明苑庄支书李福杰。

李福杰苦笑一下：“我躲什么？工地情况彭队长比我清楚，叫彭队长给首长们介绍吧！彭队长这几天，太辛苦了，替我们做了很多工作，我们十分感谢！”

徐晋东不愿听他的废话。他请示罗书记：“让这村的支部书记介绍一下情况吧。”

罗国亮没有正面回答徐晋东。他阴沉着脸，思索了一下，提高声音道:“同志们，集中一下。”他亲自出面，招呼参会人员，到这儿集中，还是头一次。罗国亮的破例举动，引起人们的注意。

罗国亮亲自上阵，站在一处比较高的土丘上，说:“明苑庄的工地叫鹿鸣滩造地工程。工程大家都看到了，和咱们所到之处的工程，没啥两样。我这里要特别向大家指出，同明苑庄社员们同吃同住同劳动的地委工作队队长彭秉如同志。他来到村里没几天，我刚才见了面，真有点不敢认了。彭队长，大家认识一下，就是这位——”他指着彭秉如，让大家看，“你们看到了吧？他没几天时间，双眼熬红了，嘴唇干裂了，嗓子沙哑了，面色疲惫不堪，一看就知道，他是劳累过度。刚才一位社员说，他比社员们干劲大，据工作队同志们反映，他下乡四五天，连铺盖卷还没有打开。同志们，我们交叉检查各公社的工程，归根结底是检查一、二把手的工作，没有像彭队长这样革命化的领头人，是不会有这么大干快上工程的，即便有也是巩固不下来的。今天，来到双杨公社的明苑庄，给我最深的印象是彭秉如同志的这种精神。大家想想，我们县委、县革委会派驻各乡镇工作队，开点五十八处，公社一、二把手开点三十六个。哪有像彭秉如同志这样脱鞋下水，不分昼夜苦战在第一线的呢！我提议，咱们向彭秉如队长学习，灵魂深处闹革命，老老实实，扎在工地，为建设大寨县，做出自己的奉献……”

罗国亮在工地发表了即兴演说，将对工程的检查，改为向彭队长学习。把会议的主题，由促工程，转为促思想。而像彭秉如这样真正脱皮掉肉，那可不是凭说嘴皮能奏效的。罗书记树起彭队长这位典型，首先，对徐晋东、田子荣是个直接的威胁。明苑庄作为双杨公社的旗帜，无疑是彭秉如的血汗结出的硕果。使他们相形见绌，自惭形秽。人家能，你们为啥不能？

罗书记的讲话，情真意切，是发自内心的肺腑之言。他动了感情。当他说道:“地委领导和同志们来我们县，能这样以身作则，忘我地扑开身子干，为了啥呀？彭队长仅仅下来四天时间，把壮壮实实，红光满面的一个后生，变成面色憔悴，连说话都说不起来的状况，令人痛心，使人敬佩！希望双杨的干部，对地委工作队同志们的生活予以关照。特别是彭队长，应当立即停止上工地，马上回去休息。这是组织决定……”他说这些话时，眼里噙满泪水。听会者，默默低下头，一个个反省自责。社员们见状，都张大眼向这里张望。

罗国亮的现场讲话，触动了与会者的灵魂。郑平主任接着做了自我检查式的发言。

他说：“刚才罗书记的讲话，对我启发很大。彭队长的献身事迹，的确太感人了。我本人承认，和彭队长相差太大，不可同日而语。省委提出领导参加劳动的制度，我总是找种种借口落实不了。和彭队长一比，显得自己很渺小。离党和人民对自己的要求，差距很大。我也希望大家，以彭秉如为榜样，真心实意对照一下自己……”

郑平主任以工农干部特有的诚实，做了对照式的自我检查，对这次现场检查的内容，增加了活的思路。看来，树工程样板，首先得树彭秉如式的领头人形象。郑平当众解剖，对大家是个鞭策，其目的无非是调动大家的积极性，启发他们的阶级觉悟，使他们迸发出冲天的干劲，献身于这空前绝后的伟大事业中。

县委、县革委会领导对彭秉如的表扬，使彭秉如感动不已。他拉住两位领导的手，谦虚地说：“一切都才刚刚开头，我做得还很不够。这几天是累了些，这也是逼出来的。这里的工作，落下步子，只有夜以继日赶。一赶，身子有点不适应。请领导放心，没啥，我会保护革命本钱的。”

这时，一直默默不语的高铎部长，接住彭秉如的话说道：“我们什么都看到了。这里的工程不错，上马劳力男女老少，发动得也充分。这我们都放心。只有对你的拼命主义不放心。你现在回家休息。”

彭秉如再没说一句话，表示诚恳接受，无条件服从。

太阳落山时，县委的庞大检查团，离开明苑庄。田子荣、陈琦他们骑车回公社。

“罢、罢、罢！县太爷们总算走了。”田子荣有种演员卸装的轻松感觉。

“咱们也可以吧？”陈琦总是那么乐观。

“全唱了彭秉如的戏了。究竟远来的和尚会念经嘛。”彭茂华不冷不热地说。

“咱们如果都像他，都得回家休息。这么大公社，谁管呀？”田子荣心直口快，将肚里憋的气话，信口讲了出来。

“你是不是还有点不服气？”陈琦激将地问。

“叫他和咱摽住干上一天，见个高低！”

“说精神呢，也不是比力气大。瞧今天罗书记讲得眼里泪汪汪的。彭秉如这面旗树起来，对咱只有好处没坏处，反正离不开双杨和明苑庄。你说呢？”陈琦又是笑着说这些正经话的，其意难测。

“说不清是好是坏呢！”彭茂华坦然地分析道，“今天当着那么多人，不是等于告了咱公社一状吗！你们没听到他怎说的，说咱们的工作落后了，逼得他，把身子累倒的。这话的矛头所指不是秃子头上的虱子，明摆着嘛。”

他停了停，又道，“肯定工程是大家的功劳，树个人形象必定要找垫脚板子的。这是明不假的事嘛。”彭茂华向来口不择言，刀刀见血。

田子荣再不敢作声了，跟上彭茂华这张嘴惹是非呢。

正好，邓彬喊了一声：“注意，前边瞧！”

他们已经上了公路。前面迎头来了位骑自行车的女人，头上罩着鲜艳的黄色头巾。“你们说那是谁？”邓彬扬扬得意地问。

“你家里的？”陈琦问。

“不敢。过来你就知道是谁了。”

说着，那女人已经过来了。

“改婵，你不参加劳动，乱窜啥哩？”邓彬有意搭讪并吓唬着问。

“谁说我乱窜？收工了，不叫回家？”改婵下了车。

“回家怎么转到这儿啦？”邓彬也下了车。

“我想去哪就去哪，你管得着？”

“徐书记进城开会去了。”

改婵一骗腿，骑上车子跑了。

彭茂华回头笑了笑，挖苦邓彬道：“佻！蛤蟆跳门限，又蹲屁股又伤脸。”

田子荣臊情没拉地埋怨邓彬：“我还当真是个游窜的呢，闹了半天，你是想摘花哩！”

“我想逗耍一下徐书记的小姨子，你们没配合好。叫她轻易跑了。”邓彬颇感遗憾地说。

“田主任，这就算检查完了？”林如海轻易不开口，不知怎的，他突如其来，问了这么一句。

“这还不完？反正就这么回事。雷声大，雨点小，胆小的能吓坏。”田主任矫情自饰，为自己充好汉。他根本不知林如海的用意。

“今天，徐书记白白挨了顿批评。赵庄那么好的工程，连看也没去看。”林如海为徐晋东叫屈。别看他不善言语，肚里亮堂着哩。

“挨批评是说咱没照顾好地区工作队，也不是说工程没上去！当众批评这，有点节外生枝！”彭茂华说。

“不管怎，咱得向彭队长学习，这一点是肯定的。”田子荣平心而论，对彭秉如的精神是佩服的。“今天，我让李福杰叫个医生去看看。明天，我去慰问。你们谁去？”

“田主任一人就代表了。党委、革委会、全公社二万人民，都有资格代表。”陈琦给田子荣戴高帽子。

田子荣呵呵一笑：“这倒不假，当之无愧。”

哈哈哈……大家笑了。

天，悄悄黑了下来。这些不知疲累的人们，说笑着回了公社。

第二十二章　实心办事天照应

田子荣越想越觉得他去明苑庄是当务之急。首先，他堂而皇之，代表公社党委、革委会、全公社二万人民向地委工作队表示慰问，这是情理之中的事，也是对上级派来工作人员的尊重和关怀。再者，明苑庄工作队成绩显著，为本社增了光，公社党委去表示慰问，也是理所当然的事。再说，县领导对彭秉如评价很高，当场给予表扬并树为领导干部的旗帜，又特别指出，公社要多关心工作队同志们的生活。徐晋东受到批评，心中一定惦记着这事。赶他回到公社，自己已经妥善应付，岂不是二把手的职责吗！总之，他想到去明苑庄专门看望彭秉如的诸多必然理由。于是，他想了一通见面后的官场礼节性言词。便兴高采烈，准备出发。

“你去哪？”王磊问。

“去明苑庄，看看彭秉如队长。”田子荣边回答，边欲走。

王磊立即发出制止他开路的叹息声：“唉！”然后纠正田子荣的话，“咱们去，不能使用‘看看’一词。那是上级对下级的用语。”他说毕，特意地弹掉纸烟上的残灰。

田子荣嫌王磊吹毛求疵，多嘴多舌，一噘嘴来了个不屑一顾，踢倒支架便走。王磊没料到，田子荣这么草率，竟将他的肺腑之言，当成耳边风。简直叫人遗憾透了。但他又想到田主任向来做事鲁莽。他单枪匹马到明苑庄，一旦言语不周，不是自找苦吃。想到这里，他立即推出车子，骑上便追。

杨利民看得清楚，他失笑一声："哈巴狗！"

未到明苑庄，王磊已经赶上田子荣。他说："田主任你多会儿骑车也是这么快。今天，除了我，恐怕谁也追不上你。"

田子荣见王磊主动跟来了，心里自是高兴。毕竟多个人，比独自孤人强，显得庄重些。他又是党委秘书，主持摊子的，陪本人此行，理所当然。他想到这里，又见王磊十分看重这件事，就问："咱用不用买点吃的？表示一下心意。"

王磊不假思索地回答："那不能。那是资产阶级人情关系。革命同志关系，看看就行了。"

"不用带点啥，也行，咱去了后，叫李福杰关照就行了。"

"买点白糖，橘子罐头。"王磊参谋道，"这不犯错误。"

田子荣对王磊这个点子，很赏识。三个臭皮匠，抵个诸葛亮。这王磊也有用得着的新点子。

田子荣和王磊来到工作队住处，锁掌柜看门。田子荣心里恼火，这个李福杰，啥也干不成！昨天揪住耳朵，再三叮咛：一定要让彭队长休息好，不准再上工地。这是组织决定，县委意见。你怎么连这么点事也办不成。今天，如果罗书记杀个回马枪，鹿鸣滩就有好戏看了。"灭门知县"能饶了你、我吗？他对关键时刻，不与公社配合，向来刚愎自用的李福杰，着实恼火。

不识时务的王磊，说："工地就是战场，就是火线，共产党员轻伤不下火线……"

田子荣瞅一眼说教先生，心事重重，走了出来。他的计划打乱了。看来，他们得到工地找彭秉如。这样一来，问题就多了。到工地上，人们总以为是检查工作。他准备好的所谓慰问呀，感谢呀，什么的话，当着群众怎么说？再者，自己责怪李福杰，没有将彭秉如留在家里，而自己去工地，仍劝说不回彭队长，益发显得无能为力，自讨没趣。他忧心忡忡，推着车子，往村外走。王磊保镖似的，护卫在后。一个低头和地神爷拧眉，一个扬头，向老天爷问路。

突然，王磊喊道："李福杰！"

田子荣猛一抬头，果然发现前边站着个李福杰，就像从天上掉下个人来，好生奇怪。

"田主任和王秘书来了？"李福杰迎接过来。

"你干啥去呀？"田子荣问。

"两个木工在三队修平车，工地还等着用，我去催一下。"他又告状似的埋怨道，"后勤组工作上不去。我不管不行。"他的意思是别说我离开工地游游转转。因为他就是好游游转转，不爱扎根在一个地方干活，担心田主任批评他。其实田子荣此刻见到他，喜出望外，哪还有管他闲转悠的心情。

"彭队长呢？"田子荣问。

"在家里休息呢。昨天，县领导点名要重点保护，公社党委又指令我，做好照管工作。我今天特意让工作组小白陪彭队长休息。赤脚医生负责医药调理。"

"工作组锁门着哩。"王磊迫不及待地说。

"不能吧？"李福杰不信。

"不信，你去看看。"王磊肯定地说。

"我刚从工地回来。他绝对不在工地，这一点是肯定的。"李福杰将找木工的事丢开，带领田、王二人来到工作组。但一眼看到，门都锁着。

"糟糕！"李福杰一拍手，想了想，"说不定到公社医院了？"

"你的赤脚医生呢？"田子荣问。

“哎，对了，找他去。”

李福杰又匆匆带二位领导去找赤脚医生。赤脚医生是个部队上回来的复员军人。他接受诊治彭队长任务后，当然高兴甚不甚甭到鹿鸣滩吃黄土去了。彭秉如就是疲劳过度，饮食不规，起了火，吃几片调胃下火药就行了。他刚刚从工作组那儿出来，回家放下药箱，没坐十分钟，李福杰带着田子荣、王磊进了他院。

这可把个小小赤脚医生吓坏了。他满以为是来捉懒汉的。这几天，公社广播、大队广播，一个劲地喊叫，男女老少齐出动，村里家里没闲人。一旦让公社抓了游民，将要受到严肃处理。

“我刚刚回来。一缸水还没喝完呢。”赤脚医生吓得惶惶然，连忙跑出院解释。

“彭队长呢？”李福杰问。

“彭队长？”他一时弄不清哪个彭队长。在他头脑里是出现了彭部长。因为彭部长负责收拾游手好闲的社员。

“工作队彭秉如队长，你不是给看病去了？他哪去了啦？”王磊给明明白白重说一次。

“唔！是问彭队长。他去桃园了。”小伙一下解脱了。原来是打问彭队长的消息。

“去桃园干啥？”田子荣信口随便这么说了一句。似乎在自问自。

“桃园支书撤职后，还没有支书哩。”王磊提醒田子荣。

唔？是这么回事。田子荣刚刚舒展开的眉毛，又聚拢来，像两只吐丝的春蚕。他扫兴极了。今天怎么如此不走运？他心里憋闷，有气没处发。姓彭的带病上了工地，被县太爷发现，他给公社奏了一本，说公社工作落下步。如果，他今天带病到桃园，一旦再被上级发觉，岂不是又有了话把。今天，一定要找到彭秉如。田子荣对李福杰说：“好了，我们去桃园找他去。”

王磊不愿意去，嘟哝着道：“让李福杰派个人，叫回来见吧。”

田子荣回敬一句：“蛇蚤大脸儿，好大面皮！”

王磊自认倒霉，后悔不该使之好心。人一使好心就要吃亏。他现在只好跟着田子荣走，不能半途而返。李福杰望着这两个死心眼，老受头，笑着说：“你们亲自去，好，我派人不一定能叫回来。人家是大领导。”

“田主任，王秘书，走呀？”赤脚医生受了场虚惊，轻松地打告别招呼。李福杰等田子荣、王磊一走，便掏出小本本，记下此事。

田子荣、王磊一个心往桃园赶路，所经之处，不管红男绿女，不管摇旗呐喊，只当没那回事。干部下乡，本来是要同社员一起劳动的。你没有锻炼，吃不下苦，反映出你平时参加体力劳动的缺陷。有啥大惊小怪的。领导场面上的批评，只能场面上接受。如此罢了。而偏偏遇上实心眼的田子荣，把领导的话看成圣旨。再加上笨军师王磊，这两人碰一块，合适了，不撞南墙不回头。一条道走到黑。他们谁也懂不得绕道走。只想找彭秉如，全不管桃园是个啥地方。

来到是非地，不会没是非。田子荣和王磊一头扎进是非窝。

原来，桃园的支部书记雷大年，因马车没有按时到石门水库报到，被徐晋东就地宣布撤职后，引起地区工作队的反感。朱美琰认为是公社找她的麻烦，接二连三曝光，等于对她的惩罚。尽管她得到彭秉如的支持，维系原状，但这毕竟不是长远之计。而且这样糊弄着的领导班子，叫她无时无刻牵挂着，宛如心上搁了块石头。这事彭秉如本想立即来了解情况，苦于明苑庄工作脱不开身。今天，山雨已过，可以喘口气了。于是，他来了个顺水推船，名义上服从组织命令，老老实实在家休息，待大家出地后，他便同小白来到桃园。

彭秉如的身份是工作队队长，负责管理双杨、城关地区工作队工作。他很明智，没去工地。让小白将朱美琰从工地上唤回来。

朱美琰打开锁子，让彭秉如和小白进到家后，开口不问冷暖，好像有多大冤屈似的，喃喃道：“彭队长，我实在不忍心给你添麻烦……”她显然肚里有好多话要倾吐，但没有往下说。她看到彭秉如唇干舌焦，面容憔悴，知道他吃的苦，比自己多。面对这样的领导，她动了恻隐之心，确实不忍心将自己的困难，再加到这位好胜心强，不怕苦不怕累的同志身上。话到嘴边，只好咽回肚里。

彭秉如是个大刀阔斧，务实干部。他没有朱美琰想得那么细。当他一见朱美琰面带愁容，而说话又畏畏讷讷，心里很是不痛快。加这些序干吗？白浪费时间。他没有安慰，也没有启发，避开她的啰唆，问：“那个被公社撤了职的支部书记，怎么了？”

“还由他支撑着局面。”

“公社没来人？”

“来过。”她如实回答，“我听你的安排，没跟他们说个啥。”

“这个支书怎么样？”

彭秉如理直气壮拿起了这个事。

“是个半文盲老干部，抗日时入的党，叫雷大年。论能力，论水平，不行；论人格，论党性，可以。群众说：大年当支书，办不成事，坏不了事。”

朱美琰介绍雷大年后，望着彭秉如，等待他的高识远见。她小心翼翼、唯命是从，生怕说多了话，惹队长不悦，不敢再絮叨下去。

彭秉如若有所思地揣度着事情的始末，分析道：“这么个支书，又是个小村庄，公社为啥执意在这里做文章……”

朱美琰点点头，心心相印地说：“我也是想不通，总感到有点小题大做。党员不选他，车倌要笑了他。撤职后，公社党委又没立即任命支书，这事总觉得有些令人费解。”朱美琰看了看彭秉如，发现他两眼盯着墙角那把铁锹，猜测他另有所想，不敢再往下说了。但她停住后，彭秉如仍不动声色。朱美琰又一转舌头道：“不过，咱下来是服从当地党委领导，配合工作的……”

彭秉如突然打断她的话，问：“你的意见呢？是用这个支书好，还是不用这个支书好。如不用，谁接班为好？”

朱美琰的心忐忑不安地狂跳起来。这事她吃不准。短短几天时间，发现农村工作非常复杂。农民，不是她从书上看到的勤劳、淳朴、善良、老实。奸猾刁钻，评头品足的大有人在。一旦自己认错了人，错拿了主意，由此闹出麻烦，不是自己引火烧身，自讨苦吃吗？何况，事情十分明显，公社与彭队长的看法，俨然有别。自己贸然表态，这个彭队长又是个舌头底下压下住一粒米的直杆子。到时候，将自己推出去，弄得跟公社关系搞僵，落个猪八戒照镜子，两面不是人，年底工作总结，怎么写？

朱美琰正在左右为难时，田子荣推开门进来了。你说事情有多巧。这叫天遂人愿，随了朱美琰的愿。对田子荣来说，这叫自投罗网。彭茂华躲之不及的地方，田子荣找上门来。朱美琰做梦也想不到，猛地来了救星。她没等彭秉如和田子荣开口，便情不自禁地说：“啊呀，田主任，你来得太好了。”

田子荣以为朱美琰夸他有见识，有辛苦，终于在她这里找到彭队长。于是咧开嘴一笑：“皇天不负苦心人，只要不出双杨，走哪我也能找到。”

田子荣一句话，说得朱美琰茫然若失。她一时泛不起话，不知该如何应承。

“你找谁？”彭秉如问。

“找彭队长，你嘛。”田子荣开心地回答，“组织安排能不尽职吗？”他总以为追到桃园，劝他休息，无论从哪方面说，是对彭队长的关心、照顾，是一件理直气壮，颇为得意的事。

“俺们跑到明苑庄，经调查，知道你来了桃园。田主任关心你的身体，马上又来到这里。啊呀，我看你面色不好看，确实需要好好休息，吃点药。农村工作得沉住气，不能一口吃个胖子。”王磊诉苦表功，带同情、教训，一席不入时的说教，在座者没一个感到舒服的。

“王秘书的话很有水平，我接受你的批评。”彭秉如挖苦王磊。

王磊不识阵。他竟自鸣得意地恬然一笑：“这是对彭队长的关怀，不能说成批评。”

田子荣发现彭秉如、朱美琰，连小白在内，均板着面孔，没一点热乎劲，似乎他们到来之前有谈话内容。对他俩的匆忙表白，无动于衷。初进屋，在朱美琰脸上，绽开的喜色，一晃而过。她不断地在看彭秉如的眼色，心中显然有事，不敢说。

“你们有研究的工作？”田子荣察言观色后，正正经经问，也制止了王磊自以为是地卖弄拙嘴笨舌，以授人口实。

“田主任来得太适时了。我们正准备到公社找你去呢。”彭秉如开诚布公地摊了牌，“桃园支部的班子问题，该怎么办呢？”

田子荣知道又揽下麻烦营生了。他将翻毛皮鞋脱去，盘腿坐炕上，拉开架势准备就此事对垒。他从口袋里掏出半盒纸烟，抽出一支递给彭秉如。彭秉如摆手制止：“这几天上火，不敢抽。”田子荣顺手将那支烟扔给小白。小白说声“我不会抽”，将接到手的烟，转交给王秘书。

田子荣伸长下嘴唇，叼起一支烟。又慢条斯理掏出火机，歪头看了看，断定没啥问题，这才用大拇指使劲一打，扑出火苗。他将火点燃早已放在嘴上的纸烟，然后深深吸一口送到肚里，再让它慢慢返出来，那烟雾悠悠然从他嘴里腾空而起。田子荣啥时学会这套磨时间把戏，令王磊费解。不过，田子荣装模作样的表演，使人一眼看透他的空虚。外表的慢节奏做作，反映出内心的激烈不安。他无以应对答彭秉如提出的问题。这才叫，走不得，说不得，不说也不得。他后悔不该贸然赶来桃园。但既然闯进来，火坑也得跳，该怎就怎吧。他在头脑里运筹了一番，终于豁出去了。

“彭队长，是这么回事。我们公社有公社的制度。地委工作队所包大队的事情，由工作队负责。这并不矛盾。”

田子荣这几句话，冠冕堂皇，留有余地，说得很客观。

“这不是矛盾不矛盾的问题，是公社对地委工作队和桃园支部的态度问题。既然工作队包的大队，由工作队负责，为啥撤销桃园支书的职，工作队不清楚？”彭秉如沙哑着嗓子，情绪激动，看得出他动了怒。

田子荣不敢抗衡，果断回答：“彭队长，公社的事，我可以做主。桃园的事情，全权委托朱队长处理。雷大年如合适，继续当支书，公社收回成命。”他来了个以退为攻，给了个如愿以偿。蛇大窟窿粗，由你。

“好，一看田主任就是个痛快人。我们按你的指示办。”

彭秉如立刻做出反应，恭维田子荣。

“不敢。这是我的意见。不过，我的意见，我敢负责。公社工作就得当机立断，错了我承担责任，与工作队无关。”

朱美琰想插嘴，但思前想后，没法开口。她对这两位工农干部的直面无私，敢做敢为，深感敬佩。她对自己优柔寡断，多愁善感，自怨自艾感到内疚。既然彭队长已经表态敲定，自己还有啥辩驳的？只好顺其自然，坐观事态的发展了。唉，盼来个救星，立地化为泡影。这下，名正言顺，桃园这个皮球，踢给了她。

田子荣金蝉脱壳走了。王磊紧跟其后。至于他们来桃园本来的使命，早丢九霄云外了。啊呀，多玄，几乎不可自拔。田子荣有种脱离险境的轻松感，这才是烧香引出鬼来了，好心没有好报。不过，今天总的说，没有打了败仗。他连自己也不敢相信，自己居然有如此机灵的应变能力。他觉得这一步棋高明，一了百当。闹不好，与公社矛盾升级，后患无穷。这下好了，大不了一个小小桃园，由他们折腾去。田子荣又想到徐晋东回来怎交账的问题。今天，显然有点自作主张。不过，他想，作主就作主了，没啥了不起。

田子荣逃命似的从桃园奔回公社。

田子荣和王磊一离开工作队，彭秉如便趾高气扬地对朱美琰说："咱研究吧。该怎么办，咱们说了算。"

朱美琰为难地说："我一人的意见，恐怕不全面。最好把工作组的同志们叫回来，开个小会，征求一下他们的意见，再定。"

"行。小白，叫去。就说工作队员开紧急会议。"彭秉如快刀斩乱麻，立即让小白跑腿传令。

不一会，四名工作队员，扛着锹回来了。

当彭秉如提出，让大家议定桃园支部领导人选时，大家争论十分激烈。有的认为，雷大年三棒子打不出个响屁，大队工作靠他根本没有指望。难怪搞选举叫选掉了，上不去马车，叫撤职了。本来就不行嘛。有的人持异议：雷大年虽然能力有限，但为人厚道、老实、听话，与工作队配合得密切，叫到东不去西。这也是难得的美德。有的说："檀木雕下的佛，灵不灵，光是个稳。"

"干脆另找人选吧！一个窝囊废。咱们跟上受窝囊气不说，能搞出啥名堂？"

大家的意见很尖锐，也都切中要害，均一针见血地指出雷大年的优点和缺点。此人，就是这么块料。

彭秉如听了大家的发言，见朱美琰瞻前顾后，不敢拍板，便挺身而出，一力承当地说："我看，咱们来个皆大欢喜。同意公社意见，撤掉雷大年支书职务。再物色一个新的、有作为的接班人。大家说，怎么样？"

"好！"大家表示支持。

"给雷大年个副支书吧，我看见他特别可怜。"朱美琰挽留雷大年。

"那好说，咱先考虑如何产生支书人选吧。"彭秉如随后又说，"大家先提一下候选人名单。"

"嗨！"一个工作队员说，"总共九名党员，清水河里扔石头，一眼看到底了。有眉有眼的，还数那个小拴呢！退休干部方亮，让公社扣了顶篡党夺权的帽子。叫他干，他也不干。”

“牛小拴当过工人，六二年回村里。这人有点头脑，当过几年小队长。人们嫌他轻嘴薄舌，讨奸取巧，不选他了。现在担任副主任，跑外给马车揽点营生什么的，还算勤快。这个人——”朱美琰想给他下个结论性的定语，一时吃不中。

“有才缺德，是不是？”彭秉如问。

朱美琰迟疑地点了一下头，勉强承认。

“我怀疑牛大头，耍花雷大年，也是他从中作祟！”有人揭发。

问题好像越说越复杂。彭秉如陷入不可自拔的局面。但他忽而有了办法。“咱们来个大民主，相信群众，相信党员，让全体党员投票表决，不提候选人，谁得票最多，谁当支书。”

“公鸡头，草鸡头，不在这头在那头，反正跑不出桃园这九个党员。不存在篡党夺权一说。这么搞，在工地上的树林里就可表决嘛。”一个工作队员侃侃而谈，颇有见识地扶彭秉如的下巴。

“如果这种形式可取的话，我同意这样办。”朱美琰表态。

“选出后，报公社党委批准认可，不违反组织原则。”彭秉如做出决定，“如果成功，还是一条经验呢。”

桃园大队党支部，就这样进行了大民主投票改选。结果，牛小拴得票最多。他理所当然地当了支部书记。

当王磊从电话上，接到桃园工作队报来新当选的支部书记后，立即告给田子荣。田子荣听后，用脚一踏地：“老天有眼！这叫天助我也。”他欣喜若狂，独自哼起小曲。这是他极少有的激动情绪。他从桃园返回公社后，最担心的是雷大年继续任职。这样，不好向徐晋东交账，也有失公社威信。同时，他也担心公社同志们有看法，对他指指点点，使他难堪。这下好了。看来，巧诈不如拙诚，老实依然在。田子荣哈哈一笑，对王磊自我表功道：“今天若不是咱去桃园，换个别人，非闹僵不可。”

言下之意，非他莫属。而王磊接着道：“那当然，堂堂一社之主任，办不了这么点事还成？羞煞咱了！”他本意是对田主任溜须拍马，极尽奉承之能事，没想到，话到嘴边词不达意，冒犯了田子荣。使他满脸通红。

“嘴比脚后跟还笨，想说飞来凤。你办错多少事，怎没羞死一次？”田子荣批评王磊。

王磊碰了一鼻子灰，感到很大冤枉。今天若不是我姓王的一片好心，主动陪你去桃园，你能如此得意吗？他自认倒霉地反驳道：“我陪你到桃园，一片忠心，没想到你回来，卸磨杀驴，使我十分痛心。”

田子荣扑哧一笑：“别人说咱俩是笨人。我今天才发现，实心人办事天照应哩！”说毕，他得意地笑了，王磊也得意地笑了。

第二十三章　铁将军炮轰公社

这天晚上，公社人们睡好了。徐晋东、田子荣都感到惬意，美滋滋睡了个香甜觉。连邓彬也柳暗花明又一村，坦心地一觉睡了个大天明。这些人和指挥作战的司令部一样，仗打响之前，主要工作在司令部，仗一旦打响，拼刺刀的是战士了。不过，树欲静而风不止，一清早，便有人报信：公社门外的迎街墙上，贴出了一张“炮轰公社”的大字报。

王磊急忙跑去看了看，将内容一字不漏抄下来，送给徐晋东看。徐晋东看了看，对王磊说：“不要管这事。无所谓。”

王磊回到办公室，将抄下的底稿随便丢进抽屉，不再管这些闲事。

一会儿，田子荣火冒三丈在院里骂道：“放他妈的狗屁，啥东西！大字报就写些混账话！”他推门走进徐晋东屋，“你知道了吧！不能绕这鬼魔！”

徐晋东摇摇头：“别理这些事。”

“啧儿！你这人，宽容大度，也不能到这种程度！大字报就叫造谣、骂人！撕掉它算了！”

“不，不要动。让大家都知道，双杨有个铁将军。让他继续表演下去。蛇未出洞，你就打。它还敢露头吗？人家有名有姓使用合法的大字报，批评公社，对与不对，不能打击。这是光明正大的行为。咱们得保护人家的权利。”徐晋东给田子荣解释。田子荣想了想，认为徐晋东想得比他周到，看得比他远，对待这事的态度也比自己高明。于是狠狠吸几口烟，不置可否，独自悻悻然离去。他回到自己屋里，又专心研究起铁将军的大字报：“炮轰双杨公社”这是大标题，拳头大的毛笔字。下面写道：“县革命委员会郑平，从来不是革命人，是个黑帮。他舅是个大汉奸，他是个小汉奸。徐晋东瞎了眼，把小汉奸认作他爹！曹明海大坏种，跟着姓徐的欺压百姓。人民总有一天，打倒这些害人虫！”下面具着“铁建军”的大名。铁建军即铁将军。在“铁将军”下边，又用小字写道：“郑平老家伙是棵毒树，徐晋东是毒枝，曹明海是毒瓜。刨倒树，砍断枝，砸烂瓜。”

田子荣越看越气。牛吃掉赶车的，有天没世界了。现在又不是“文化大革命”那时候。随你不负责地攻击任何人。不过田子荣又冷静地分析：“大鸣大放、大字报、大辩论”的武器，并没有收回，谁敢擅自制止或压制。反咬一口，这是上纲上线的问题。田子荣好自为之，不敢再掀天驾雾，歪头仄睖耍厉害了。但他心里总感到憋闷、窝囊。他抽过几支烟后，突然产生了一个好主意：向郑平报告去。

田子荣草草吃过饭，准备到县走一趟。正巧，潘寨的曹明海来了。他在院里，见到田子荣后，从自行车衣架上将压在那里的一张有光纸取下来，气煞煞交给田子荣。田子荣打开一看，和公社门外的那张一模一样。

他问："哪来的？"

曹明海说："大队部门上。"

"你来。"田子荣将曹明海带进自己办公室，说，"公社门外也发现了一张。"

"唔？贴到公社门上了？"

"是的。你来得正好。我准备去趟县里，向郑主任汇报一下，顺便拿上你带来的这张大字报，让他看看。"

曹明海忽眨着眼，心里盘算，该如何收拾这个孬种。他心里愤愤然，问："等你请示回来，再接触本人？"

"对。徐书记不让理会这事。他说，贴大字报是光明正大的行动。让大家看看，好。"田子荣说毕，张开眼望了望曹明海，意思是：咱有啥办法，只好到县里报告郑平主任。

曹明海心里估摸：官越大，顾虑越多。郑平主任不会有高招。他匆匆和田子荣打个招呼，便扭头出门，一骗腿骑上烂自行车走了。

曹明海未进村，迎头碰上那凯文。凯文跳下车，拦住曹明海说："工地上出事了！十辆平车的气全被放光了。"

曹明海不慌不忙问："把胎割了？"

"不是。把气门针拔掉了。"

"小爬虫！"曹明海嘴里信口做出判断性的结论。

"人们动弹开没有？"曹明海问那凯文。

"等你上去看现场。是一个人，大脚印。"

"走。"曹明海上车便走。那凯文随后紧跟。

曹明海来到工地，将现场看了看。认真地端详了一阵那个大脚印，又盘了一段作案者的步子。曹明海对村里人的脚步颇有研究。这人鬼大，心计多，跟足印，盘路数有套科学办法。他不是死盯住足印硬追，而是在岔口、绝处、必经之路处，重点跟踪。所以他跟足印的速度，比常人走路快得多。其次，他鉴定足印不像公安人员那样，绘图、拍照、量前量后、量宽量窄，而是看脚步。即左右脚前行时的跨度、方向，脚着地时前后使劲处，提脚时的用劲处等等。这是关键。全村人的脚，一般大小的很多。特别是近年来时兴买球鞋、布鞋，这种鞋总共也不过几个号，大都一样。而脚步，却没有一个人同另一个人完全一致的。村里男人们的脚步，曹明海大都可以一目了然，果断认定。有时，他碰见一个人问："你昨天到底干啥去来？"

对方奇怪地反问："你怎知道我去那儿来？"

"你的脚没长在头上呗！"曹明海首先肯定而自信地回答，表示他没有认错对方的足印。

久而久之，人们对曹明海的跟足迹辨人，十分崇拜。他呢？有时故弄玄虚，亦发显示他如同神明一般的能力。

曹明海一下便认定是铁将军的足印。他显示出无所谓的样子，说："把气门针安上，打足气，干活。这有啥大惊小怪的。可能是神经不正常的人干的。拔掉气门针值几个钱？"他一阵宽宏大量地喊叫，人们不再窃窃私语，议论纷纷，都拎起家具动弹开了。

人们不理解，曹明海今天怎么把如此严重的破坏事件，轻描淡写，说得无足轻重。有人说："支书今天是阳婆从西边上来了，给了个慈善心肠。"

"叫谁说吧，这叫偷气门针？这明显是破坏生产嘛。"有人看不惯地发牢骚。

"啥灰人也有哩，这就是耗子舔猫鼻，没事寻事。"

"等着瞧吧，有好戏看哩！人家睡着也比咱清楚，不会轻饶了的。"

"哎，你们见大队部门前的大字报没有？"

"铁将军的胡言乱语，那叫啥大字报！大字报得有理有据，以理服人，那叫骂阵！啥事不抵。"

"想抵啥事？大字报贴多少也没人管！现在人们看也不看。"

潘寨工地上，人们悄悄议论着这两起新闻。曹明海不管听到与否，充耳不闻。他今天倍感狼狈。一张疯狗般的大字报，上下三级领导，被公开咒骂、污蔑。虽然，徐书记宽大为怀，不让纠缠这件事。但既然发生在潘寨，而且对他本人也予以攻击，说明铁将军寻衅滋事起因在于他曹明海。曹明海自认，他在潘寨已经失去多数人心。今年当上支书全凭陈书记保驾。本来，他事事讲究方式，件件格外用心，总想把村里的事办得上下满意，既完成上级布置的任务，也维护群众、党员的利益。但落花有意，流水无情。不称心的事，总是逼上门来。曹明海心里烦躁难忍，这个铁将军几年来一直跟他对着干。真正的眼中钉，肉中刺，不除此害，心不安。他越思越想，越觉得铁将军欺人太甚。这流氓嚣张、野蛮，无法无天，竟然敢在太岁头上动土。不修整他一下，还想没梯子上天呢！但他深知，想整治铁将军，必须找到下手处。他是大法不犯，经常捣乱，装痴卖傻，硬充好汉。对这种人须"培养"他一下，让他的坏成个气候，方好下手。

晚上，曹明海在大喇叭上发表滑稽的讲话。他先讲会战的形势，本大队的出勤，好人好事等事。接着，转入骂阵式地告全村社员演说。他讲的是昨天晚上，工地平车的气被放光，气门针被拔跑一事。他说："咱们潘寨如今出了小人物，小爬虫。居然深更半夜，冒着寒风，跑到工地，去拔一个五分钱的气门针。这种小猫小狗的小动作，只配三岁孩童去办，可留在工地上那个死人脚板印，有一尺大。堂堂大汉，担惊受怕在黑天黑地，干了件破坏性的报复勾当，共拔了十个气门针。十个气门针，加起来能卖五毛钱，可以买二斤九两食盐。可怜呀，同志们，潘寨队穷，人穷，作案也穷。如此可怜的扰乱、破坏，我为他心酸，掉泪。奉劝这些人，再不要干这小孩子玩耍般的破坏活动，衷心希望这些人，积极投入会战中去！"

曹明海极尽挖苦、讽刺、激将，把个铁将军气得如雷轰顶。他摩拳擦掌，恨不得撕烂曹明海的嘴皮。他当下决定，给姓曹的一个更大的报复行动。

曹明海得意地关了扩音器，回头关照预先安排来的三个民兵。这三个民兵正是上次陷害谢得铭的魏牛牛、马跟心、铁建龙三人。这是曹明海的精心策划。

“今天晚上，你们三人有个特殊任务，到工地去站岗。昨晚上，有人将平车放跑气，咱们须提高警惕，以防万一。你们如捉到破坏分子，可以送到工作队。如看明白是谁，共同前去工作队汇报。”说到这里，曹明海机警、诡诈地扫视三个人一眼，“今天你们三个人的负责人是魏牛牛。你们俩，得听他的。”

铁建龙、马跟心、魏牛牛一个个心里像揣了只兔子怦怦直跳。他们知道曹明海今天的特殊任务，一定不怀好意。又猜不透其中的奥秘。官有十条计，九条民不知，何况鬼明海。明海命令般说：“现在出发，不要回家。”

三个人走出大队，铁建军说：“怎不怎，咱得拿上防身家伙吧！”

“我家有铁铙钩，长柄镰刀。路过门前，顺便拿上。”魏牛牛说。

铁建军、马跟心只好跟上这个老实人，执行任务。他们心里暗暗猜度：为啥叫这个窝囊废做领班头呢？为啥又将他们三个犯错误的人委以重任呢？是对年轻人的考验，还是别有用心的暗算？谁也心中无数。跟着老实人执行任务就是了。不管怎说，书记亲自授命，去担当捍卫集体财产重任，是一件神圣任务，须当心对待。

他们路过魏牛牛门口，牛牛回家取出几件铁家伙，每人一件执在手中，兴冲冲在夜色中向工地进发。

“今天，一切行动听牛牛指挥。”马跟心表态。

“那当然。牛牛诚实，明海看得起眼来。咱俩已经落下灰名誉了。

今天得立功赎罪呢。”铁建龙花言巧语给牛牛灌迷魂汤。

这时，牛牛一亮手中的大手电说：“我还带这呢。”

“摁灭。”铁建龙立即制止道，“当心泄露目标的。”

“是的。咱今天是秘密行动。注意保密。”跟心附和，并说，“把它给我。”

三个年轻人在静静的夜色笼罩下，进入执勤工地。

魏牛牛说：“今晚，咱三个人站三个地方。从哪面来了人也能发现。”

建龙说：“来了人不等于搞破坏，你发现就能抓？他或偷或破坏，总得有行动。抓贼要抓赃嘛。咱不如三个人坐崖下，守卫工具。有了情况，我们听你指挥。”

“好。这办法好。你让我们单独行动，睡了觉你也不知道。明天，曹支书问你时，你怎交代？”马跟心给牛牛说破利害关系。

“也行。”魏牛牛同意了。三个人向背风崖下走去。

铁将军决定当晚对曹明海实行报复。他气得两眼冒金星，一时拿不定主意该采取什么手段才壮观，有意思，方显英雄本色。一个鬼头鬼脑，耍娘儿们的流氓，居然统治了潘寨，骑爷们头上为所欲为，真正岂有此理。他在空空如也的屋子里来回走动。

铁建军生来天不怕，地不怕。奇怪的是，好多女人追求他。别人打伙计，采春花，要花钱，而铁将军馋吃懒做，哪有钱？追逐他的女人，都是倒贴。连黑蝴蝶当年也是让铁将军白享受。现在，他和何淑蓉打得火热。夏天，魏牛牛父子到东房去睡，淑蓉一人西厢待月。铁将军通夜与淑蓉如胶似漆，凤友鸾交，魏老公假装不知道。而到了冬天，魏牛牛父子回到一条炕上。这下，铁将军不能自由来往，只得伺机而动。不过淑蓉暗送方便，铁将军不避讳人。这样，他们撮合的机会并不少。

此刻，铁将军认为昨晚到赵庄送淑蓉妈这件事，毋庸说，立了一功。今天，淑蓉理应送上门来。怎么天已经黑下来这么久，还不见她的影子。

正这时，传来曹明海的骂阵声调。他一气之下，啥也抛九霄云外了。全部精力集中到对付仇人曹明海身上。

铁将军终于找到一把菜刀，他咬牙切齿，在磨刀石上，使劲磨砺一番，便恶狠狠向外走去。

铁将军本想找到曹明海，二话不说，给他一刀，方解心头之恨，让他提着血淋淋的脑袋见鬼去吧。但他做贼心虚，有点不敢。他恍恍惚惚，六神无主，神不知鬼不觉，又来到工地。他进入工地，便油然萌动一种杀机。如果曹明海露头，说不准他真敢将菜刀扔他脖子上。因为，他此时此刻的心境坏透了。总之，这里的一切都归曹明海所有。他，铁建军，两手空空，穷光蛋一个，连偷偷摸摸上嫖都不敢。你老婆不准老子占有，连睡淑蓉也眼红得滴血，恨不得把她老子治死。不是你曹明海揭发，公社能捉住淑蓉她爹？ × 你祖奶奶。铁将军径直向戳在一块的平车走去。

这不是平车，这是曹明海。铁将军举起菜刀，狠狠地砍了下去。他砍得车胎发出一种瓮声瓮气的“嘣、嘣”声。他的家伙钝，使足劲，连砍数下，才剁烂里外胎，“嗞”一声，跑光了气。他不解心头之恨，又向另一个车胎砍去！

突然，一股刺眼的光束射了过来。接着，好几个人喊：“不准动！”

铁将军呆若木鸡，一时反应不过来，这是被啥人俘虏了。他正分析这突如其来的天兵天将，突然一个人叫：“建军叔！”

他听得真切，这是魏牛牛的声音。

原来，当铁将军腾腾的脚步声走来工地时，三个人同时听到了。在黑暗中，慢慢地也发现了人影。他们一直按兵不动，等待来人的行动。看他是干什么的？当铁将军将一个平车胎砍坏，放跑气时，马跟心说：“用不用亮手电？”

魏牛牛也确乎像个班头，接着说：“亮吧！”

当马跟心手里的光束，捕捉到作案者后，三个人吃了一惊：原来是铁将军！马跟心吓得失魂落魄浑身哆嗦，立即灭了手电。这位生铁阎王，神鬼见了也怕三分。今天被他们抓获，他们还有活头吗？这时，他才猛悟曹明海的别有肺肠。建龙是他弟，牛牛是他干儿子。唯独自己是两旁外人。干脆，三十六计偷跑为上。他揪了一下铁建龙，暗中通串，准备逃跑。他附在建龙耳朵上说："我什么也没看见。"

建龙灵机一动："我什么也没看见。"他要包庇他哥。

魏牛牛发现了铁将军，一下没了辙子。铁将军虽然人说粗暴无理，但牛牛对他却很有感情。从来不产生畏惧心理。今天，逼在这刀山上，该怎么办？昨晚，他还同自己一块星夜往赵庄送姥姥。平日，他是自己屋里的常客。他横躺竖卧，妈都乐意。今天，能当贼活捉回去吗？但不捉不行，这是党支部的任务。牛牛三心打二心地问："跟心。"

此刻，跟心和建龙脱兔似的撒腿便跑。魏牛牛眼睁睁看着两个伙伴跑光了。他一急，"哇"一声放喉大哭起来。在这寂静的山野旷地，显得益发令人毛骨悚然。

魏牛牛惊天动地的干号，把马跟心和铁建龙吓坏了。他们以为牛牛被铁将军砍了一菜刀，若闹出人命就事大了。他们不敢跑了。马跟心用手电向崖下照去：魏牛牛嘴张得有碗口大，仍在号丧般使劲哭叫。铁将军借着手电光看清是牛牛。便走过去问："牛牛，你这是怎哩？"他以为别人害了牛牛，远处谁亮手电光来，他也不清楚。

牛牛见铁将军站在他跟前，便收敛住哭，说："今天支书让我负责看平车，你怎么来破坏？我回去怎交账？"

铁将军想了想，自己中了曹明海的计，上了那小子的当。但大丈夫行不更名，坐不改姓，自身做事自身当，怕他个鸟！不给牛牛出难题，于是问："牛牛，还有谁值班？"

"跟心和建龙。"牛牛抽泣着回答。

"狗熊！"铁将军骂了一声。向黑暗中喊："跟心，马跟心，你算个人就出来！我也不杀你们！你们准备怎处理我，我动也不动。”说着，有意将手里的菜刀狠狠甩在地下，以表诚心。

“我们听牛牛的。他说怎么办就怎么办。”跟心在远处回答。

“牛牛，建军叔不为难你，大不了赔一条破胎呗！”

魏牛牛冷静下来，对铁将军说：“支书叫送你到工作组那里。”

“行。你们把我捆起来，送到工作组。”铁将军敢做敢当，昂然表态。

马跟心和铁建龙走过来，和魏牛牛一碰头，三个人谁也没带绳子，没绳子怎么捆人？

“平车上没有拉绳？”铁将军提醒他们。

牛牛到平车上解下一根绳子，有大拇指头粗。跟心说：“快算了吧。想捆的话，进工作组门时，再捆吧。”

就这样，四个人向工作组走去。一路上，铁将军信口胡诌，无非就大字报上的东拉西扯。别人连个屁也不敢放。

潘寨工作组只有张栋守营盘。陈琦、邓彬投入公社的巡回检查工作，晚上回公社休息。张栋因为年岁大，况且是个犯了错误的干部。他不敢放手工作，有他不多，没他不少。林如海打发他回了点上。至于机耕工作，已近尾声。公社已经把工作重点转到农田建设上。他呢？忙里偷闲，在潘寨转转工地，吃顿派饭，应场数而已。今晚，那凯文也在。他白天在工地参加曹明海的破案，也参加劳动。由于今天发生炮轰公社和破坏会战事件，他傍晚来工作组同张栋聊了半夜。看时间不早了，他便睡在邓彬的铺上。

张栋正睡得香，听到有敲门声。他喊：“凯文！凯文！”

那凯文被喊醒后，也听到捣门声。“谁叫门？”他问张栋。

老张栋知道没好事，便说：“你出去看看。”说着拉亮电灯。

门外见屋里亮起灯，知道行动了。便不再推门喊叫。

那凯文穿衣，张栋也坐起来。他想摸出大烟袋，过一下烟瘾，但没找到手，只好磨磨蹭蹭穿衣。自从上次马跟心他们诬陷谢得铭事件发生后，工作组的墙院加强了防卫，人们不能轻易入室了。

门开了。那凯文引进四个人。张栋不解地一个一个看了看，都认识，而且是陷害谢得铭的原班人马，只是多了个铁将军。

“你们干啥？”张栋问。

“他偷割平车胎，被我们抓获了。”魏牛牛吃力地说。

张栋看了看铁将军，果然腰里系着一根绳子。他再看下去，绳子的另一头，系在魏牛牛腰里。张栋问：“是你抓获了他，还是他抓获了你？”

“我，还有跟心、建龙，抓获了他！”

原来快进工作组门时，魏牛牛说：“进工作队呀，就先拴起来吧。”他去捆铁将军的胳膊，但绳子粗，他人笨，不会绾捆人疙瘩。于是索性拦腰拴住，就像捆草似的，绕了一圈。他为了表示工作认真负责，另一头系在自己腰里。一看就知道，他是尽职的。敢与坏人同生死。张栋一眼看穿他们的把戏，失笑一声道：“快都解开吧，别糊弄人啦。你们说清楚点，究竟是怎么回事？”他指着跟心说：“你来说，痛快些。”

马跟心三言五语便将事情的来龙去脉，交代清楚了。铁将军供认不讳。

张栋弄清楚事情的原委后，从自己笔记本上撕下一页纸，放在炕桌上，说：“你们写个东西留下。”他将自己的水笔放在纸上。

“怎写？”马跟心问。

“就把你刚才说的过程，写明白就行了。”

“啊呀，我写不了。牛牛写吧！”

魏牛牛说：“建龙写吧。我写不了。”

“很简单，就写某年某月某日晚上，铁建军到工地砍车胎，被谁谁谁值勤民兵抓获。”

魏牛牛笨拙地拿起水笔，写道：“母年母月母日……”张栋一看：

“唉！你连个某年某月也弄不清！比我都瞎得深。”

站在一旁的铁将军早忍不住了。他说：“来，我写吧。”他是五十年代的老初中生，文化程度当然高，还当过几天教员。张栋想了想，让他写更合适。

铁将军龙飞凤舞写道：“公元一九七七年十月二十五日半夜零点，我手持菜刀，到工地砍坏平车外胎一条，当场被魏牛牛、马跟心、铁建龙抓获，并用平车拉绳捆起来，交到工作组张栋、凯文手，等待处置。铁建军，人称铁将军。”

张栋看了看，传给那凯文，说：“给念一念。”

那凯文原文照读一遍后，大家都佩服铁将军的文才和敢做敢当的胆量。张栋从自己帆布兜里找出随身携带了三十多年的印色盒，让铁将军按手印。铁将军狠狠地摁了一下，一个椭圆形红色指纹，留在笔记本纸上。

“你们都各自走吧，我的任务是汇报领导。怎处理那是领导的事。”张栋打发他们走开，吸起了小兰花，毫无睡意。

那凯文觉得此事非常蹊跷，真正天奇地怪。那几天，本来没有看工地一说。今天，曹明海安排人站岗值班，而铁将军偏偏去闯网。曹明海比诸葛亮还算得准。他专门指定魏牛牛带班，又是那几个灰人。牛牛也是受人指派的。今天这么大的事，却要他负责，简直是一场天大的玩笑。铁将军貌似强大，实际是糨糊脑袋，总跳不出曹明海的手心。想到这里，忍不住对张栋说：“老张，你说怪不怪，曹明海一算就算准了。今天，让魏牛牛负责，实在是棋高一步，太妙了。你知道魏牛牛和铁将军是啥关系？”

张栋耷拉着眼皮，慢条斯理道：“估计他和铁将军没关系，都是男的，有啥关系？”

那凯文告他：“铁将军和魏牛牛妈，打得火热。不是野儿子，他能老老老实实来负荆请罪？”

“他不叫负荆请罪，叫就擒伏法。”

“今天，曹书记这一招高极了。这叫瓮中捉鳖。”

第二十四章　黑蝴蝶情缠书记

当那凯文将铁将军的供认状交给曹明海过目后，曹明海得意忘形地说：“果不出所料。”

那凯文恭维道：“你的卦真准，谋无遗策，大家都佩服。”

曹明海神气地自我吹牛道：“孙猴子本事再大，也跳不出如来佛的手心。”

他将那页小纸，交还凯文后说：“小小潘寨，有几个饿虱子！想来我眼窝里揉沙子！瞎枯龟孙们的狗眼了。”他对凯文交代任务，“你，把它送到公社，面交给领导。”

凯文接过那页笔记本纸，问：“还有别的吩咐没有？”

“没有。”曹明海果断地回答。因为，他已经把一切事情做好了，用不着调查、落实。他感到理直气壮，不免露出扬扬得意的骄傲神态。

那凯文到了公社，只有田主任在家。他将铁将军的自我检查交了上去。并将昨晚捉拿铁将军的经过大体叙述了一次。田子荣噘起嘴，放下脸来，认真研究这铁将军是何等类型的人，为啥敢肆无忌惮地尽管大打出手，执意反动到底。

田子荣昨天到县里找到郑平主任，想把铁将军“炮轰公社”，指名谩骂三级领导的大字报，向郑主任报告，抢个头功，也送个人情。不料，县政府门口，已经出现了同样内容的大字报。

那里有十来个人围着看，他过去一瞧，果然是铁将军的大字报。“这家伙疯了！”田子荣没有去报告的意义了。但他想了想，还是去找郑主任，交换一下意见为好。

中午，田子荣找到郑平家里，将心里话对老领导倾诉了一番。最后提出铁建军为所欲为的作乱行为。特别是他指名道姓，攻击郑主任，给领导造成不良影响。事情出在双杨，他和徐晋东自然应负责任。话间，既有自我检查，也有请领导谅解的成分。同时提出请求领导明确指示，处理这起造谣、污蔑领导事件的措施、办法。这也是他撇开徐晋东私下找郑主任的由衷所在。

但郑平主任的态度令他失望。郑平说：“要正确对待群众的大字报，有则改之，无则加勉。即便有过头的话，也不能求全责备，一棒子打死。徐晋东是啥意见？”

田子荣点点头，道：“和你的意见基本一致。”

“这就对了。经过‘文革’的干部，要敢于在大风大浪中锻炼。一个铁将军有啥大不了的！”

田子荣没啥说的啦。他服了。灰人作乱，就让他表演吧。领导的水平高、肚量大。一个铁将军量是秋后的蚂蚱，蹦不了几天。小鱼翻不了大船。由他去，能怎？他见郑平吃的是高粱面和玉面窝头，便观言察色，自自然然道：“郑主任，你手头有粮票，给我拿上五十斤。”

“干啥？”

“我给你搞点大米。双杨的大米很好。”

“不必，不必。千万不必。”郑主任连连摆手，“你就在我家吃饭吧。”

“不，不，我到街上还有事。”田子荣有点头大。匆匆离开郑主任的家。

当他走到街上，打住车子，蹲在马路边一个小树下休息时，才想到今天干了件糗事。此刻，郑主任一定对老伴说：“一个老老实实的同志，也学会溜须领导了。又来送情报掏小耳朵，又要给孝敬大米。这人一定居心不良，另有图谋。”其实呢？自己一片好心，并没有半点私心杂念。他臆想猜测的结果，使他脑门上沁出细细的汗珠。此刻，他肚里也咕咕叫着，饿了。于是，不管黄道黑道，本人臣心如水，问心无愧，就是了。他使劲将烟蒂在马路边的阴沟盖上拧灭，准备登程回公社。

田子荣刚一往起站，本村一个后生骑车冲他走来。

“子荣叔，俺婶说，家里没喂猪的了，叫给你捎个话。正好这里碰上你了。”

田子荣有了新情况。他立即忘记饿，骑车直奔酒厂。原来，他家年年喂两口肉猪卖任务。主要饲料，除家中自留地、猪饲料地收获的秕壳外，经常从酒厂买酒糟。他来到酒厂，因为是老关系、熟人，马上开票，装酒糟。他用自行车驮了一百五十斤酒糟，一口气跑了四十华里路，赶天黑送回家。因为没和徐书记请假，今天一早，便回了公社。

他累坏了。躺在炕上，放乏。

田子荣对铁将军其人，大体了解。面对这种不识时务，自投罗网的家伙，怎处理都不过分。白纸黑字红手印，人赃俱在，没啥话可说。但他欠了欠乏困的身子，又想到铁将军的大字报和郑、徐二位的冷漠态度。他也多了个心眼，三思而后行。他停了停，对那凯文说：“凯文，事情是这样的。不是田主任给你出难题。这个事嘛，一来出在潘寨，你们的点，陈琦负责着；二来，这是涉及破坏的案件，按总指挥部分工或公社正常工作分工，都归邓彬管。如果我插手，好像有些手伸得太长，况且咱也认得自己这几下子。闹不好，又落个背黑锅。你还是找找他们，如果找不到，到赵庄找徐书记汇报一下。”

那凯文听了田主任的一席话，心里很畅快。按那凯文原来的意图，也是找邓彬、陈琦合适，再不行找徐书记去。碰上田主任不能不汇报。

他虽然找到田子荣，但心里总担心，他火冒三丈来一个撒手锏，弄不好，一村一寨的反招麻烦。此刻，他推了手，凯文反倒很高兴。

那凯文在赵庄工作队找到徐晋东。他正在写会战报告。当那凯文将近两三天发生在潘寨的事情，概略地向徐书记讲述一遍后，出示铁将军的自供书，让徐书记看。徐晋东看过后，失笑一声："像条好汉。"他又问那凯文，"这人是不是神经有问题？"

那凯文说："有时，就像神经不正常，把老婆孩子赶跑了。还打老子。但要钱，搞投机倒把做买卖，一点也不神经，精明得很。"

徐晋东正聚精会神写总结，被这突如其来的凯文，搅乱了。他不愿意在这件事上，过多纠缠，推给他们办好了。于是，告凯文："你对陈琦说，就说已经见过我了。这是一起蓄谋已久的有意破坏，不然为啥单选在这两天晚上，而且纯粹是扰乱、破坏性质的。但铁将军毕竟不是阶级敌人。看他态度如何，先按人民内部矛盾处理，如态度不好，报送公安局，按破坏分子抓起来。具体处理意见，让他和邓彬、明海商量着办。"徐晋东的意见很明确。凯文见徐书记有事，心不在焉，便准备走了。

"铁将军写下这个东西，给你放下吧？"凯文征求徐晋东意见。

"行。"徐晋东不经意地随便回答。

那凯文再没敢多嘴，识时务地退了出来。

凯文出门，黑蝴蝶迎头走了过来。他们原是一个村的，认识。

"徐书记在吗？"黑蝴蝶问。

"在。"那凯文边说边走。

"急神撵鬼的，有啥急事？"黑蝴蝶追着问。

"铁将军半夜砍平车胎，被抓获……"凯文突然意识到，面前这个人有干系，立即住嘴，拔腿便走。

黑蝴蝶发现凯文神不守舍，又慌忙中行色匆匆，一溜烟走了。她心里暗忖，铁将军又出啥事啦？干吗要偷砍平车？这人做事没有底儿，啥大破天的祸也能戳下。徐书记一定还在不畅快，该进去不该进去呢？她正在院子里踅摸着，门一开，徐书记出来了。

“咦？是你，有事吗？”徐晋东本来想到院里转转，展展腰，衔接一下，被那凯文打断的思路，不料碰上黑蝴蝶。他自从认识黑蝴蝶以来，和这女人也接触过几次。她无非说些伤心话，提醒徐书记，早些安排她二儿子走工。徐晋东说些安慰之类的话。徐晋东从来没有叫过黑蝴蝶的名字。他认为这名字太花哨，好像赖女人的外号，不好开口直呼这名儿。蝴蝶呢？总是一副伤感的哀情，加上故意作态，俨然东施效颦，给人一种美人遭磨难的同情心理。由于她儿子献身水库，即使全民上阵的大会战，也不勉强她。她呢？有时也想到人多的地方，散散心，做些自己乐意做的营生。她不参加劳动，绝没有一个人跟她攀比。她今天心里烦躁，又想到儿子的工作问题，便信马由缰，来到工作组。其实呢？也没啥说的。

“徐书记，你的事多。我和你说，千万别忘记俺二小子的事。我可婆婆妈妈就说这一句话。徐书记，我全托付给你了……”

徐晋东劝说黑蝴蝶：“我记着哩。最近，两个地方要招工。一个是西山煤矿，一个是地区轴承厂。”

“呀呀呀，俺可无论如何不去下煤窑，两块石头夹人的地方。俺可伤心了。去那个什么轴厂就好。”

“行行行。这事，我不会忘记的。你放心吧。”说到这里徐晋东关心地说，“我看你，还没有恢复健康，要多加保重。”

黑蝴蝶摇摇头：“唉，命苦人，罪没受完呢。”

这时，赵庄大管家何大冬，见黑蝴蝶纠缠徐书记，没完没了。他便想过去将黑蝴蝶支开。因为徐书记有事，看样子又不好意思逐客。她一直磨蹭下来，不是徒劳干扰？管了多年大院，还没这点眼色？

何大冬伺机过去插嘴道：“蝴蝶，你有心病，手里不鼓捣点活计，反而麻烦。大队要些缝囤席绳子，正是你干的活。把麻拿回家里，抽空挣点工分。”

黑蝴蝶听了何拐子的话，心里美滋滋地倍感亲切、温暖。何拐子今天太阳从西边出来了，主动关照自己，使她受宠若惊。平时，见了何大冬，拐着条腿，腆着肚，亮豁着裤带上的一大串钥匙，吊着个脸，就像谁欠他半升料豆子似的分外讨人厌。大队这些缝缝补补、吃吃喝喝的舒服活计，向来都是大队干部家属和有脸面的女人干，哪能轮上她黑蝴蝶？今天，何拐子主动把这活交给自己，她当然求之不得了。黑蝴蝶心里高兴，面上没有表示出啥。她平平静静反问：“你靠得住我吗？不怕调换了大队的物料吗？”

“哈哈，傻媳妇，你把叔看成啥人了？我还不了解你？”说着踮起拐腿一扭身，并向蝴蝶招一下手，向库房走去。黑蝴蝶跟着何大冬去领麻。

徐晋东趁机返回屋里，抓起笔，不管有词没词先将工作架势拿起来，以防黑蝴蝶二次找来胡扯。

黑蝴蝶领上麻，夹在腋下，没有很快走，她对大冬说：“他叔，不论哪天你把徐书记的饭，派在俺家，穷人也有份穷心哩。”

何大冬说：“今晚上没派出去饭，就在你家吧。”

“中午他在哪吃的？”

“他来得迟了，人们都在工地上。我在大队伙房给做了碗面条。”

“那好。”黑蝴蝶扭身飘飘然而去。

晚上，徐晋东跟着一位十一二岁的姑娘去吃饭。他出了大队院，曲里拐弯，跟着小姑娘抄近路，穿烂院，来到一家熟悉的门前。这是谁家？他想了想，啊！这不是姜元春黑蝴蝶家吗？他们大儿子出丧那天，他来看了看，算作安慰。不就是这个院吗？

徐晋东一进家门，黑蝴蝶笑盈盈迎了过来问:“徐书记来了？请上炕。”她显然着意打扮了一番，腰里系着蓝底白花围裙，穿一件紧身驼色毛衣，头发梳得油亮放光。她一改过去愁容苦面可怜相，显得风风韵韵，姿色妩媚，喜色盈人。

“唔，派在你家吃饭啦？”徐晋东随便问。

“今儿去大队，何拐子说晚上没派出饭，叫我管饭。”黑蝴蝶说到此处瞟了一眼徐晋东道，“我说，管就管吧，请还请不到哩。”

“俺们在赵庄蹲点，哪一家也要轮到呢！自家人，粗茶便饭就蛮好的。”

“想吃好的，俺也没有。俺这人家，不干不净的。徐书记不要笑话，不要见外，俺就领情不尽了。”

黑蝴蝶边说边将准备好的凉白菜丝、炒鸡蛋、烩山药粉条和一碟酸菜放在炕上。又打开一瓶高粱白酒，给斟满一盅，放在徐晋东面前。徐晋东知道，这是她下午去大队约下的派饭。当时，下乡的到了村，如遇有想请的，只要和派饭的打声招呼，便自然派到他家了。徐晋东不好说什么客气话。但心里感到有愧。人家把一个儿子死在水库，想让儿子走工，这是正常不过的事。还用特意请一顿？唉！农民办事真难啊！他让黑蝴蝶二儿子他们一块吃，但都害怕似的躲走了。徐晋东见黑蝴蝶如此盛情，便只好领盅喝几杯，以表诚心。“姜元春吃过晚饭啦？”徐晋东突然想起他不在家。

“他早吃过饭，上羊圈了。”

“羊圈还在果园那里？”

“是的。一冬天就在那儿。”黑蝴蝶拿起酒壶，给徐晋东倒满盅里的酒。

“行了。我本来不喝酒，今天见你这么隆重，不喝点，也不是你个心思。只好应酬三盅。再多了就上头了。晚上还有事。”徐晋东给解释。

黑蝴蝶理解，便不再劝酒。因为下乡工作人员，最忌讳吃派饭喝酒。有人一喝酒就上头，脸红得关公似的，走在街上，特别惹人讨厌。

黑蝴蝶给端上饭：荷包鸡蛋白面条。徐晋东关照他们一块吃。才发现两个小鬼早无影无踪了。

“俩小鬼哪啦？”

“管他们哩，到大队俱乐部活动去了。”黑蝴蝶两眼盯着徐晋东说。“你慢慢吃吧，要醋不要，我给倒点。”

“可以，少来点。”徐晋东将碗递过去。

黑蝴蝶用一个小勺，舀了两勺醋，将碗递还徐晋东时，说：“你也爱吃醋，俺做的醋可酸呢。”说毕嫣然一笑。

徐晋东心里犯了疑：这女人不地道。得赶快离开。他没敢再找话题，端起碗，只管往肚里拨拉。面条刚出锅，烧嘴烫舌，弄得吸溜打拍，颇为狼狈。

“徐书记别着急，我给您把这碗晾着。”黑蝴蝶坦然侃侃而谈。显示出她光明磊落的纯洁心地。

徐晋东感到内疚。人家好心好意招待，无非为早点安排儿子，并无别的图谋，更无啥恶意。这又不是地富拉人下水？何必这样疑心生暗鬼，自我暴露自己的肮脏心地呢？他想到这里，心里平静下来，放慢进饭速度。这时，他又想到，今天的饭钱怎付。以往遇到此类情况的办法是饭前准备好，悄悄塞在菜盘下，抑或别的地方。以免推来夺去，都很难为情。今天，他一个人本来也好办。但一来饭前没准备；二来，饭食这么丰盛，留下五分钱，三两粮票，有点寒酸。徐晋东心里琢磨，留下一元钱，官盘脸，差不多。他边吃边盘算，趁她背转身，在锅里舀面汤的机会，迅速将钱掏出来，塞在盘下。如此这般。

黑蝴蝶眼巴巴盯着徐晋东，尽管没有说多少话。但徐晋东从她那多情的眼光里，发现了女人所特有的诱惑魅力。他低头只管吃饭。黑蝴蝶搔首弄姿一直在他身上打主意。

待徐晋东按照自己设计好的部署，自认为聪明不过地将钱悄悄留下后，便轻松地放下碗，往炕下挪身子，准备走了。

黑蝴蝶眼疾手快，首先将压人民币的盘一端，便亮了底，露了馅。她拿起那一元钞票，拦住徐晋东。徐晋东两条腿伸到炕沿下，脚还没有入了鞋，便被黑蝴蝶堵住了。

他很尴尬。“这点钱，是制度、纪律，不留下不合适。”

黑蝴蝶站在他面前，拦着他，有板有眼分辩着：“徐书记，这就见外了。你今天头次上炕端俺碗，我没和你哭穷吧？”

徐晋东连忙回答：“没有，没有。”

“也没提俺二小子的工作吧？”

“没有，没有。”

“也没提俺寄生吧？”

“没有，没有。”

黑蝴蝶眼里泪汪汪，但没有溢出来。她克制着说：“我怕你吃不好饭，也怕你说，俺这人家不能来。徐书记，俺庄禾人，天塌下来，也认命。你对俺们太好了。我今天收下这一块钱，不是说你在乎这点钱，我心疼啊！良心上下不去啊。”她说着说着，眼里的泪水滚了下来。徐晋东也动了感情，特别是提到死去的寄生时，他木然了。他对这位女性，产生了怜悯，同心，谁家儿子不是娘身上掉下的肉？他只好给解释：“你家的情况我很同情。这一元钱，我就不给你留了。”他说着，从黑蝴蝶手里取过钱来。

此刻，黑蝴蝶身不由己，依偎在徐晋东身上。这也许是她的毛病，上次她儿子死后，当着那么多人，紧紧抱住他要儿子。难道你能说，那是赖女人的举动吗？一个人，一旦遇到不可抗拒的灾难临头后，往往会出现失控反常现象。今天，因为一块钱，又勾起她的心病，这实在是自己聪明反被聪明误，自食其果。徐晋东只有家长般安慰黑蝴蝶。人说地方官是父母官，此刻，他似乎感到它的实在意义。农民有事，靠的就是，一方父母官呗。你需高姿态，像对待亲人那样体贴、关怀，不能有别的邪念。他极力开导，劝慰她。

黑蝴蝶痴情失态的身子，渐渐向他逼压。突然她闭起眼失神地将头扎在徐晋东的胸前，呼吸紧促，嘴里发出情欲的呻吟。等待渴求着徐晋东的认可。

徐晋东吓坏了。两手抱着黑蝴蝶，生怕她有不测。此刻，黑蝴蝶近乎休克状态，她等待徐晋东的狂吻、拥抱。她使劲压来，将身子交给他，哪怕抛到九霄云外，都是幸福的。但徐晋东只是一味地劝说："蝴蝶、蝴蝶，你的心，我理解。你醒醒，你听我说。你睁开眼，这样不好。蝴蝶……"

徐晋东吓得魂飞天外，平生还没有见过这种场面。她不知黑蝴蝶是有啥病？一旦休克过去，将闹成啥事？那我就彻底完蛋，一切都完了。此时此刻，徐晋东简直是六神无主，真魂出窍。他想把她抱起来，放炕上，休息一下，定会理智过来的。但又怕她死死抱着，滚在炕上，成啥体统。他掉转身，将她的屁股靠在炕沿上，想脱开身，安慰她。现在，他反正不能离开这里。后果不可设想。他做梦也不会想到，事情弄到这地步。

他最初对蝴蝶动了恻隐之心。如果她想在他身上施些女人小温存，他准备自然接收，坐收渔翁之利。你送来的，我又没有主动索取什么，即便以后领导追查，自己也理直气壮，有偷跑余地。因此，他顺其自然，在她挑逗时没有翻脸拒绝。不料，事情一发不可收。黑蝴蝶的病又犯了。

时间在悄悄流逝。黑蝴蝶等待的没有发生。她终于理智地，松开了双手，叫了一声："徐书记。"声音那么忘情，恳切，温柔，痴迷。

徐晋东如释重负，劝说道："你太激动了。你的心我理解，但我们是吃国家饭的人，身子不由自己。"说到这里，徐晋东拉起黑蝴蝶的手，摸了摸说："看，手都凉了。快，我帮你上炕歇歇。"

黑蝴蝶一甩头发，突然含情脉脉地说："徐书记，你的心我也理解了，你是个好人。你别怕，走吧，啥事也没发生。"

一切恢复正常，徐晋东化险为夷。他暗暗长出一口气，准备走了。

黑蝴蝶尽管没有得到徐晋东的公开认可。但她与他的心，激烈地碰撞了一个回合，彼此心心相印，关系暗自相契，也达到了她的目的。此刻，她心里悬着的事，并没有忘记。她见徐书记要走，便再不能延迟了，机不再失，必须抓住这个难得的机会。她娓娓动听地叫了一声"徐书记"。然后像自家人，格外亲切地说："我告诉你，潘寨那个铁将军，你可千万别招惹他。那个人是大牲灵的骨头，贼的胆，什么灰事也能干出来。你可千万千万别理他。当心贼咬一口，入骨三分，受他的害。"

"你对他熟悉？"徐晋东不知为啥黑蝴蝶突然提起此人，她怎知铁将军干了坏事？他把黑蝴蝶和铁将军的风流韵事早忘记了。

"他骨头有几两重，我也知道。"黑蝴蝶暗示徐晋东，她与铁将军的不寻常关系。

徐晋东想起来了。张栋给讲过，陈琦也讲过，何正武老婆是铁将军星夜送回赵庄的。他和何正武的闺女过着哩。你注意，掏雀掏出蛇来的。黑蝴蝶又提醒徐晋东别麻痹。徐晋东随便一笑，道："谢谢你的关照。至于铁将军，直到现在，我还是按人民内部矛盾对待。你不妨转告他，回头是岸。"

黑蝴蝶淡然一笑，向徐晋东飞眼传情，道："俺是为你操心，管他回头是岸呢，还是不回头是苦海呢！"说到这里，又转换一种撩逗式的打情浪语："牛头不对马嘴，叫人心酸。"

徐晋东心领神会，这已经不是把他当书记看待，而是朋友式的嗔怪，暗送秋波。他没心情恋花戏蝶，但又想借机让黑蝴蝶给铁将军泄露他的天机。于是正儿八经道："反正我现在对他是宁拉勿推的政策。"

黑蝴蝶甜甜一笑：“对别人呢？嘻嘻。”

徐晋东有点头涨，茫然问：“啊？你说啥？”

黑蝴蝶走过来，擦着徐晋东的身子，站到家门前说：“我家的门，从外边是拉，从里边是推，爱拉爱推，全由你。”

徐晋东云天雾地说：“对对，我推。”他推开门，走了出来。

徐晋东终于逃难似的迈出黑蝴蝶的大门槛，啊！他顿感一身轻松，愉快，想笑。今天这事，多玄，多神，多险啊！这时，何大冬在扩大上喊叫：“公社徐书记，吃过饭速回工作组，县委郑主任来了。徐书记，请马上回工作组，郑主任有请。”

徐晋东听到后，心里又犯了难。郑主任来干啥？突如其来，亲自找到赵庄，有啥急事？他又猛然怀疑，刚才是否有人来黑蝴蝶家找过自己？如果有人来过，那就糟了。

徐晋东提心吊胆，向工作组走去。夜幕早已拉了下来。

第二十五章　在其位更尽其责

徐晋东回到大队部，见一辆绿色吉普车停在当院。他到大队办公室找到郑平主任，说：“让你久等了。”

郑平主任说：“刚来了，时间没十分钟。”

“走吧。到工作组那厢坐。”徐晋东将郑主任引过工作组，司机留在车上打盹。

“吃过饭吗？”徐晋东忽然想到是否还没有用晚餐。

“吃过了。在你公社吃的。”郑主任边说边从自己随身携带的黄帆布挎包里，找出一份报纸，递给徐晋东，“你没见到吧？”

徐晋东一看，头版头条，用核桃大的仿宋体黑字横排题目是：滹沱河畔战犹酣。压题插图为战天斗地的激战场面，副标题是：地委驻明苑庄工作队旗开得胜，初战告捷。

不必细看内容了，徐晋东高兴得咧开嘴笑了。不管地委、省委，战斗是在双杨打响的，战果是留在双杨的。这从哪方面看对双杨都是有百利而无一弊。他对郑主任说：“别看文章，我敢保证，所写的都是真实的。因为，真的也写不完。彭队长是真正忘我的革命者，我佩服。”

“光佩服不顶事。得想办法把地委工作队的经验推开，让在全县开花结果。你们双杨更是近水楼台先得月，应当比县里行动得早些。”

徐晋东听郑主任的话外之音，他今天是来促本官来了。他这人老实，越是他提拔的干部，他越拧得紧。他的工作方法简单：老老实实说话办事，对上对下从来不会弯弯绕绕要心计。但徐晋东不知县里要采取什么行动，因而自己也无法决定，先走一步啥棋。今天，郑主任来的意图就是要催促一下徐晋东。因为，下午他和县委书记看了地委机关报对明苑庄工作组的报道，俩人交换了意见。认为彭秉如已被地委树为工作队旗帜，县里不能没有反应。而且，工作组入村短短几天时间，干了很多工作，一下子把个沉睡了多年的村庄沸腾起来了。这再一次证明毛主席说的：只有落后的领导，没有落后的群众，他俩观点一致，当即拍板：在明苑庄召开一次全县工作队员现场会。以县委名义，郑重号召：全县干部向彭秉如同志学习，向明苑庄工作组学习。为了把这次别具一格的现场会开好，郑平提前来双杨打招呼。

“县里的会，最好开在公社后边。公社开多么大的会，你们研究个意见。开会前，以公社党委发个文，表明公社党委的态度。”郑平主任恳切地等待着徐晋东的表态。他原以为徐晋东会特别高兴的。像这样，他亲自上门，亲自参谋，互相切磋，实在是难得啊！这也是对徐晋东的格外关怀。他应当理解。

徐晋东弄清郑主任的意图后，反应平淡，这使郑主任很失望。徐晋东对激进的运动风派人物，向来冷眼相视，这是其一。其二，他没有被人牵着鼻子走的习惯。由于这两块痼疾相扰，他一下转不过弯来。

“怎么？公社是不是对彭队长有看法？”郑主任试探着问。

“没有。绝对没有。从他们几天的表现看，任怎说都不会过头。”

“那是对县委的决定，有看法？”

“郑主任说到哪啦？我怎么会是那种人？”

“那你为啥迟言慢语，没有一点积极性？”

“我，我是考虑公社该怎么办？”徐晋东在撒谎。

“我现在是要你的态度，并不是要你的办法。犯不着放眉拉脸考虑吧？”

徐晋东被老领导批评得头上沁出了细小的汗珠。郑平主任严肃地对徐晋东说：“你要好好向彭队长学习。你想过没有，如果彭秉如是公社书记，他所开创的局面，就不只是一个明苑庄，而是双杨四十多个大队。”徐晋东点点头：“对着哩，我的差距很大。”其实他心里老大不服气。如果姓彭的是公社书记，他连一个明苑庄也恐怕搞不起来。徐晋东自以为得意，心目中藐视一切。即使最崇拜的领导也不屈就。这是徐晋东当领导的致命弱点，最后悲哀的根由。

郑主任见徐晋东未能接受自己的良苦用心，对他的冷漠、迟疑的暧昧态度，颇感失望。如果他对彭秉如有看法，定是嫉妒心理，这种心胸狭隘的门户之见，是农民意识的具体表现。一个自诩其为氽米氽回氽不回，总丢不了口袋的老实人，眼下打上了问号？郑平面对情绪欠佳，心有所顾的徐晋东，不知他今天哪股筋抽住了。只好郑重其事地告诉徐晋东：“今天我来的意思是和你打招呼，做好接待县委工作队的现场会的准备工作。哪天召开会，电话通知。别的嘛，仅仅是我的个人意见，供你参考。”郑平站起来，把小兜一提。徐晋东抱歉地一笑：“郑主任走了？”

郑主任以关怀的口吻嘱咐：“你也早点休息，不要太累了。”

“没事，你放心吧。县委在明苑庄开会，是对双杨工作的支持，我理解，一定要配合好。你只管放心走吧。”徐晋东作为补充性的几句话，表达了他的态度。也是对自己刚才暴露给老领导固执己见的反省。本来是老领导对自己的偏爱，反而傲睨自若，任性使性，实在不近人情。临走，做检讨就算完了。好在，郑平根本不会责怪下边的鸡虫得失，坦荡荡道：“我相信你会闹好的。”说着，俩人握手告别。

何大冬见小车亮开灯光要走，立即拖着腿，前去开大门。送走郑主任后，何大冬又提了壶开水，给徐书记送过去。他边给竹皮暖壶里加水，边说：“徐书记，烫烫脚。”然后讪然一笑，“疯静仁又来胡作乱，我把他赶跑了。首长车在，咱不能闭了大门。”这是向徐晋东来邀功。徐晋东果然十分感谢何大冬，认为他办了件重要的大事。如果今天凭空再加上个疯静仁，这场戏就更暗淡了。幸亏何大冬有经验，采取了有力的防范措施，委实救了一驾。不然，太对不起郑主任了。

“对着哩！就应当这样。管理大院，不光是扫扫刷刷，还得有点政治头脑。”徐晋东表扬何大冬。何大冬自然喜气洋洋，乐不可支。

何大冬走后，徐晋东长长吁一口气，总算安心地坐了下来。他没一点写总结的心情，想重新回味一下，一天发生的事。

郑主任虽然不辞劳苦，亲自来传递信息，安排工作，但他认为无足轻重。县工作队去参观区工作队的会，县里借地召开，与他的关系实在微乎其微。只需告诉李福杰，准备一顿饭就成了。至于郑主任颇费心计地为他操心，让他提前有个表态性的举动，他充耳不闻，不准备照办。对彭秉如的拼命精神，他甚至嗤之以鼻。干部参加劳动，如果形成和社员拧着干，牵着社员鼻子走的局面，不会维系多长时间。他有他的经验。一九七三年滹沱河水库大坝进入攻坚决战阶段，命令全县人民总动员，各公社限期完成任务。各大队书记带队到水库决一死战。啥时完成大队任务，啥时回。当时，工地上和徐沟并排三个大队。一个是退休老干部回村当了支书，叫王义。老汉将退休金八百多元，支援了农业社。他不信以自己的老党员精神带动不起一个大队。他在大坝上是和社员一样推平车。人老了，又瘦，没有体力劳动的锻炼，但雄心不减，黄忠不服老。另一个大队支书是平川大村庄的气派。人家不但不推平车拉土，连工地也不上。每天，大半前晌，用一条大布袋装着白面饼，送到工地慰劳民工。隔三天两日回村宰羊、杀猪，带上工地。人们干劲大增，完成任务很快。徐晋东既不去拉车带头，也没钱买白面饼慰劳。他在大坝上用铁锹摊土。他每逢见王义将满满一平车土，吃力地推上大坝，便诚心诚意地劝说："老王，别推了。"老王少气没力地说："行。"他说的行，是能推平车的意思，不甘退下阵来。但没几天，他服气了。终于，被社员熬倒他了。他回村杀羊去了。据说，他拉不动车了。徐晋东如果把公社干部领到明苑庄，发一号召：都向彭秉如同志学习，决战在工地，会得到什么结果呢？他们毕竟不是农民。因此，他对郑主任的一片好心置若罔闻，束之高阁。

想这些事，太累人了。还是静静地回忆一下黑蝴蝶吧。

这女人打猛看，十分普通，随便站七八个女人，不一定一眼能发现她。然而她很耐看，越细瞅越灼人。她眼里有种含蓄的情火，慢慢将你全身烧遍。然而，徐晋东独自笑了笑，总算装模作样，挺了过来。她不敢说，徐晋东是浪蝶狂蜂，对她已表钟情。这个距离和她保持得好，下步更须谨慎把握，不得乱了方寸。不然后患无穷。她对铁将军的分析，很中肯，即便是和铁将军藕断丝连，为他着想，她的观点也是高明的。想到这里，他觉得他对凯文所交代的意见，与黑蝴蝶不谋而合。这难道是偶然的吗？黑蝴蝶……徐晋东不知怎，辗转难眠，没一点睡意。下公社来，首次发现睡不着的觉，并不是一件舒服事。

街上传来民兵们从俱乐部走出来的嘈杂声，七零八落的歌声。使他尤其产生共鸣的是有人唱《打靶归来》。“日落西山红霞飞，战士打靶把营归”的歌声，他听到有种格外亲切的感觉。好像这首歌是属于他的歌。想当年，指挥徐沟民兵唱这首歌，在全公社的比赛中，一举夺冠的场面，使他终生难忘。男女二重唱，女的里边有个可心人。不过，她远走他乡，很难见面了。

夜深人静，影影绰绰从遥远的地方传来悠长的吆喝声“儿——哟”。这是农村牧工吆喝的特殊行业专用声调，一般老百姓不使用。吆喝声慢慢地由远而近，最后来到了大队前。徐晋东分辨出了口音：这是姜元春，黑蝴蝶的男人。她头嫁吃了曹明海贼头鬼脑的亏，二嫁找了这么个死眉瞪眼的老实疙瘩。据何子毅说，放羊的数羊，是将羊群逼在一个狭路上，让羊三五个，五六个往过走。牧工呢，三个、八个，十二个这样加着数。这得有速算能力的人。而姜元春是用鞭竿点着羊屁股一头一头过数，总是难以数准。后来，姜元春发明了科学的高明查羊法，即死认。他将全部羊的形象记入脑际。他只要站羊群瞄扫一遍，便会发现丢失哪几只羊。笨人也有巧办法。他所以能娶回黑蝴蝶，说不中也有巧计谋。

徐晋东吓得出了一身汗，老老实实睡着了。

徐晋东的固执己见，客观上落伍了。县委对明苑庄的现场会，十分重视，认为这是干部思想革命化，构筑反修防修钢铁长城的堡垒战，其动作之快，声势之大，要求之严，评价之高都是空前的。东风吹，战鼓擂，革命化的干部队伍，就要有彭秉如精神，脱皮掉肉，在所不惜。

郑平的吉普车直接开到明苑庄。

“彭队长，县委请你回县，有要事商谈。”郑平不会花言巧语，亦不会恭维、客套。他开门见山，原盘原碗直端。

彭秉如早已听到风声，也知道郑主任的来意。他也直言相对：“郑主任，你来了，就等于县委来了。有啥事，就这儿谈吧，我可是走不开的。”

郑平坦然承认自己的地位：“我可做不了罗书记的主，何况县委。不过，我可以把事情给你提前交代一下。”接着，郑平将县委计划在明苑庄召开全县工作队现场会的决定通报给他。并说：“这次会，高铎部长也十分重视，要你在会上介绍一下明苑庄工作队的经验。你不回去行吗？”

郑平看了看彭秉如，又加重语气道：“事关重大，非回不可。不然我不会专程来请。”

彭秉如哈哈一笑：“不要搞得神乎其神，吹得越高，跌得越低。会上，我把我们干过的事，如实说一下就行了，用不着材料，一上纲上线，反而使工作被动。我们也不好意思。”

“这些话都很好。你到县里向高部长、罗书记讲吧。”郑平实实在在的话，倒堵住了彭秉如故意卖弄关子的自谦说教。

彭秉如作难地解释：“不跟你回县吧，不服从县委的领导，犯组织性错误；跟你回去吧，这里实在放心不下。好多工作已经沾在我手上，甩都甩不掉。”他又求救似的向郑平诉苦，“这里干部的素质不高，工作基础也差。他们在群众中，没有威信。因此，工作组一入村，显得八面威风，似乎来了救星。其实呢？不是咱配称大王，而是此地无老虎。”

“你快收拾一下，上车吧。这次会，县委十分重视，把它看作干部革命化的战略性会议。叫你这一说，半文不值，岂有此理？”郑平虽然是个工农老干部，但有经验，看问题也尖锐。他从彭秉如的谈话中，发现他有贬低别人，脱离当地干部的思想。但只能藏在心里。

“好好好，我执行命令，跟你走还不行吗？”彭秉如笑着，从口袋里掏出一串钥匙，交给小白吩咐道：“这个是大队门上的，这个是开扩大的。”原来他这几天，每天早早起来喊叫社员起床，出地，并讲重大新闻，本村好人好事，工程进展，秸秆沤肥等工作。把门上的钥匙也掌握了。他走后，这些事只有小白能接替。小白年轻，有文化，有上进心，体力也行，跟他很紧。彭队长有事交代给小白心里也放心。

晚上，罗国亮、郑平、高铎来到招待所彭秉如房间。这是一九七五年新盖的高级客房，两张床，还有个卫生间。“这房可以，挺宽敞的。”高铎赞扬。

郑平给解释：“这是前年盖的。拆掉一座旧州衙门大堂，和一处古庙才穷打抢闹，盖起这么个招待所。也算破旧立新产物吧。”

罗书记笑了笑，说：“郑主任，快别露咱的穷家底儿了。让高部长、彭局长见笑呢。”他微笑着看了看二位，道，“言归正传，谈工作吧。高部长、彭局长在下边很累，抓紧时间聊聊，早点休息。”

“好好，言归正传。你们讲吧，啥意思？”高部长盘腿打坐在床上，摆出一副唯命是从的样子，令人发笑。但他从来不笑，周眉正眼，如若一尊木雕。

罗国亮接着说：“县委认为彭局长在明苑庄的经验，很宝贵。这不是一般的工作队蹲点开创新局面的方法问题，而是以身作则，脱鞋下海，苦干实干，自我革命的典型。这种精神，县委认为，正是全县工作队员，乃至县、社干部亟待解决的问题，雪中送炭……”

“我说罗书记。”高部长打断罗国亮的话，“帽子太大了。”

“不。高部长，这是我们的实心话。彭局长的事迹，有过之而无不及。”罗国亮恳切地做解释。

“工作刚开始，还不到做结论的时候。用不着这样提前开支票。”高部长是个正统的组织工作者，说话办事，一是一，二是二，毫不含糊，也不骑墙。罗国亮的宝盒未开，没亮出红心，便被高部长劈头一棒盖了下来，弄得很尴尬，似乎有点弄巧成拙。他想再做说明，但顾虑重重，欲说还休，终于卡了壳。

“是这样的，高部长，”郑平出面救驾，“俺们准备在明苑庄召开全县工作队员现场会，推广地委工作队的经验。正如刚才罗书记说的，彭队长身先士卒的苦干精神，地委报上也介绍了。我们理应趁热打铁，在全县推广。”他说到这里，回头看了看罗国亮，意思是让他接着讲。

罗国亮会意，直截了当地说：“今天，请来高部长和彭局长，做个指示，给我们指导一下。”

彭秉如一直心安神泰，坐不窥堂，显示他的清高，超脱。其实他的心里很不平静。他带队下乡，旗开得胜。地委机关报以令人醒目大标题，报道他的业绩，一鸣惊人，震动全区。如果，县里能召开规模盛大的现场会，更有难以言喻的作用。但他需要冷静、沉着，高部长是啥意见，他还不清楚。从眼下这几句官腔看，似乎存有异议。他得投石问路，探探水深水浅，不然，高部长会有看法。

彭局长发言了：“我还是在明苑庄，对于郑主任讲的意见，我认为本人贡献一般，不可沽名钓誉。请县领导三思。”

“彭局长太谦虚了。所以我们要召开这样的会，不是给你个人树碑立传，而是为教育大家，促进干部参加集体劳动，保证省委提出的一、二、三劳动制度的真正落实。”罗书记一语破的打出省委牌子，无疑是提高一下本次会议的政治成分。

“高部长的意见呢？”郑平请示性地问。

“可以。你们的想法很好。做法嘛，可以研究一下。你们计划怎么个开法？”高铎表态支持。

罗国亮不失时机地汇报道：“集中全县下乡工作队员三百六十余人，用一天时间到明苑庄实地参观。采取看、听、议、学四个步骤，贯彻会议精神。看是看工程，看工地，看工作队员的住宿、劳动、学习、工作等情况；听是听经验介绍；议嘛，放在各公社工作队去讨论；学呢，各自回到蹲点大队去落实。”

“这四个步骤，也只能这样。这么多人，一天的会，看看听听就行了。按你们的安排，明苑庄工作队的事迹报告，是不是交给小彭了？”

“是的。彭队长做一个自身革命化的精彩报告，罗书记重点讲话，你也得做重要指示。”郑平给他们分工，看来主持会的角色是他无疑了。

“小彭成了学毛选的积极分子啦。”高部长看了看彭秉如，“讲讲也好，实事求是，怎干怎说，给大家鼓鼓劲，你说呢？”

彭秉如不好表态，谨慎地回答道：“我服从指示。领导让讲，只好献丑了。不过，这叫打着鸭子上架，强人所难，我可是没一点准备。”

“照报上登的内容，变成自己的话，就可以了。”郑平以为他说的实心话，诚心诚意交换意见。

“那你准备发言材料吧。”高铎安抚彭秉如。他又近乎自言自语道：“谁叫咱来了罗国亮、郑平管辖之地呢？不上梁山，逼上梁山。”

“啊呀！高部长，这玩笑开得我们受不了，担当不起。”罗国亮毕恭毕敬，虔诚地道歉。

“不是嘛，你们很会借水行舟。小彭给你们当宣传员，我还得吹喇叭。”哈哈哈……几个人同时笑了。紧张压抑的气氛，活跃了一下。但他们谁也没有想到，高部长突如其来，扭转话锋道：“省委要求干部参加劳动制度，并不是指下乡的，也不是靠一个彭秉如能带起来的。打铁先得本身硬，你们的态度呢？”

高部长这一问，矛头直指他俩，躲之不及。

“诚恳接受高部长的批评。我们每天忙于事务，会务，总是抽不出身来，扎扎实实同社员一块参加劳动。火车头不跑，怎能带起车皮跑。”罗国亮做了自我检查。

郑平接着道：“我本人不但不能善始善终参加一天劳动，连我蹲的点，也很少看一下。我的劳动出勤登记簿，早不知哪去了。今天，高部长抓住了我的致命要害处。我们成天叫嚷要领导带头，以身作则，其实自己早置身事外了，明苑庄的会，不但要彭部长讲正面材料，我更要做自我解剖。只有领导敢于亮丑，才有说服力。”

高部长刻板的脸上，没有丝毫放松舒展的纹路。他说：“不一定无限上纲上线，自己骂自己一通了事。你们实事求是地将你们的劳动情况做个通报，就行了。”

彭秉如心里直想笑，这叫皇天无亲，唯德是辅。彭秉如本来又想当众出风头，又觉得赤膊上阵，有点老王卖瓜的窘迫感。这下好了，他和县里两个头儿形成正反两个典型亮相，会议规格实质上是提高为地委现场会。

罗国亮和郑平面面相觑，有口难言。本来想讨好上级，警告下级，自认八面圆通，十全十美，万没想到，被高部长顺手牵羊，耍了猴子。县委召开的会，县委领导做检查，这叫啥会？罗国亮心里有底，大不了在报告中联系一下自己，足够了。啥通报不通报。何必作茧自缚，引火烧身。在会上通报一下，会后就能改过？实实在在去小队参加一百天劳动？是根本不可能办到的事。

郑平认为高部长批评得恰到好处。他下决心在大会上亮相，做深刻检查，以表诚心。一个党一手培养起来的工农干部，不下决心脱胎换骨工农化，就会蜕变为党的败类。这是多么令人后怕的事啊！

果然，在明苑庄召开的全县工作队员现场会上，郑平主任做了痛心疾首的自我检查。他将自己的一张钢锹带到会上，发言时指着它说:“这是党和人民给我的劳动工具。同志们，大家看看，它已经多日不用，生锈了。这不是一张锹生锈变质的问题，而是一个共产党人，革命干部思想腐朽，斗志衰落，远离贫下中农的铁证。同志们，那天我见到彭秉如队长，憔悴的面容，心里十分难过。蜕皮掉肉，这句口号谁也会说，真的干起来，像彭队长那样，不容易啊。多少年来，我们为什么学大寨总是流于形式，学不到真经呢？关键就在这里。工程上不去，产量上不去，教育上不去，九九归一说到底，是领导干部思想上不去。在明苑庄如果没有彭秉如这样的好队长，能有这样的工程，这样的局面吗？建设大寨县，县委是关键。我今天，带头亮相，目的是痛下决心，痛改前非，脱鞋下水，洗心革面，当好学大寨的排头兵。”

郑平的解剖，情真意切，人们很动感情。大家都知道，他是县里最辛苦，最厚道，最关心下级的领导人。县里的重差，工作上的难题，下边的矛盾，他都出面，亲手解决。为人正派，办事公道，深受下边尊重。今天的检查，人们认为不知为谁当替罪羔羊。他惯会被人捉弄，还不以为然。

郑平的发言，使人触及灵魂。但彭秉如的正面讲话，显得软弱无力。尽管彭秉如颇费心计地在发言稿上斟词酌句，精心构思，但人们听起来，总是有种有目的而干的浮夸印象。听会的人交头接耳，小声叨叨者，不在少数。“注意会场秩序！”罗国亮主持会议发出警告。本来是郑平主持会，罗国亮做报告。现在变成罗国亮主持，高铎做报告，郑平和彭秉如发言。这时，老谋深算的高铎部长，才意识到该会由原来形式上的喧宾夺主，变为内容上的喧宾夺主。彭秉如本来是唱主角的，眼下压不住阵，他益发脸色苍白，神色黯然。罗国亮每喊一次“注意会场秩序”，他的心便陡然“乍”一下。他承认：他失算了。强龙不压地头蛇，他后悔不该将郑平的发言放在彭秉如前边。

彭秉如死气拔力，讲得口焦舌干，总算结束了这场自我表述。

徐晋东作为东道主，管理会务。他指挥工作人员提水、倒水、搬桌凳。然后潇洒地坐会场外边，做局外观阵人。

这时，郑平才佩服这小机灵鬼讨了便宜。自己一根肠子串肚过，上上下下跑了个没情由，到头来还得做检讨。徐晋东泰然处之，岿然不动，不拈花惹草，反倒气出得匀匀的，

自在逍遥，落了个清心省事。

当三百多辆自行车的庞大车队和一辆吉普车，离开明苑庄后，徐晋东握着彭秉如的手道：“谢谢彭队长。今天是明苑庄历史上最光彩的一日，多亏你的忘我奉献。”

“这有啥可谢的。三八俩人的土摊摊会不值得大惊小怪。”彭秉如本来心境欠佳，大会发言近乎洒醋，而徐晋东幸灾乐祸，又来酸言醋语挖苦人。彭秉如哪肯吃这一套，当下反戈一击，杀了个回马枪，聊以自慰。

徐晋东假装不理会彭秉如的恶意，以傻卖傻地进行纠正道：“哪里话，彭队长可不知道俺乡下的事。一个小小几百人的村庄，能迎来地委级领导、“县太爷”和全县三百多名精英，历史罕见，够伟大的了。好多老人老汉连吉普车也没见过。”说到这里，他见彭秉如态度冷漠，便知趣地一笑，“再见了。”他向彭秉如伸出手。

彭秉如认为徐晋东不识时务，死乞白赖在他跟前夸能斗智，令人讨嫌。他送瘟神般伸出软软的手指，让徐晋东拉了拉。

徐晋东气急败坏地回到公社，一进家，成轩昂部长长长地躺在炕上睡觉。他坐了起来，又从身边的炕上摸起近视镜戴好，劈口问晋东：“你说今天这会叫啥会？”

徐晋东被彭秉如冷若冰霜的慢怠，搅得心烦意乱。他本来对今天的会，从始至终都持有自己的观点。此刻，见了成轩昂，平时警戒甚严的嘴上卫士，被赶跑了。他放肆地、漫不经心地回答道：“那叫割上屁股敬神，神也得罪了，人也疼死了。”

“哈哈哈……”成轩昂朗声大笑，“你这家伙，当了书记，野性不改。你不看这是啥地方？”

徐晋东自觉失言，不好意思地说：“咱是关起门说话，谁也听不到。”

“毛毛，进来吧，站门外干啥？”成轩昂向外喊。

徐晋东推开门，道：“别咋呼！毛毛听到，怕啥？”

“对着哩，你是希望她们听到，但你是怕罗国亮听到呢！对吧？”

“叫罗国亮听到，还了得起吗？”

成轩昂坐炕上，取下眼镜，边用手绢擦镜片，边说：“一不该来明苑庄开现场会。看工程，没规模；看人，没阵容。二不该郑主任做检讨，论劳动，论辛苦，论威信，论人品都挨不着他。毛遂自荐，强充数，人们不服。三不该，把开这样的会的调子定得太高。这又不是抓革命，批唯生产力论那时候。四不该——不说了。”

“说嘛，搞理论的向来是空谈。”

“四不该，放跑徐晋东，让他钻了空。理该让徐晋东做检讨，这才名正言顺。”

“你这句话说得幸好迟了。”徐晋东笑着，坐在椅子上，得意地跷起二郎腿，“那天，郑主任来找我，意思就是让我们公社先开会，找差距，把彭秉如这个典型树起来。”

“你没有买郑主任的账，对吧？最后木匠扛枷，自作自受，捉了他的大头。”

徐晋东悠然自得地默认：“我不买账是有意的。郑主任做解剖，我是没有料到的。如果料到，我甘愿代劳。”“滑头鬼！人老实，不在官大官小。我最同情郑主任，或许是同病相怜吧。”

“我同情你，但不是同病相怜。我可是能顶住老婆的人。”

“去你娘的蛋！说着说着就上你当了。”

毛毛开门进来送水，徐晋东立地正言厉色，绷起脸来。

“毛毛，徐书记的爱人来过公社没有？”成部长问。“没有。”毛毛笑着回答。

“你也没见过？”

“没有。”

“听说过书记夫人的趣闻吗？”

“没有。”

“你快别胡扯了。喝水不喝水？”徐晋东将一缸开水，放在成轩昂脸前的炕上。

毛毛提着空壶出去了。成部长问徐晋东：“毛毛肯给你送水，还是钰香肯给你送水？”

“瞧你费心的，管得隍城外头了。”

“肯定是毛毛跑得勤快。一看这妞就有眼色。”

“你今天没话找话，尽说些废话。你怎么也学会在姑娘身上做文章。”

“跟你学的呗。”成轩昂一本正经，抬起头，从近视镜上头瞅晋东。

晋东边喝水边随便扯开话题，道：“今天晚上，为了你的到来，让伙房做面条吃。怎么样？”

“够朋友。”成轩昂从炕上下了地，手里抱着茶缸，说，“还得让毛毛给搬来一套干净客被。我晚上有要事跟你切磋。”

“是吗？谢谢你了。”

“从今天的会，可以看出，县领导是着意奉承，结果弄巧成拙。据我所知，高部长对城关会战，有看法。他与城关霍熹城，已经产生分歧。你呢？处境并不乐观。这个彭秉如，一看就是风派人物，雄心勃勃。你今天已经得罪了他。如果今天换成你做典型材料介绍，为他吹喇叭，你想，他是什么心情？还有……”成部长说得徐晋东心服口服，并反省自己。

“如果你傲骨不敛，一味大马金刀，满不在乎，当心栽跟斗。须知长安路上无坦途。我郑重提醒你，当头目的人是要有自己的贴身耳目。”成轩昂语重心长地开导徐晋东。他自认为比徐晋东老成练达，才如此谆谆教导，以尽知己者的责任。“晚上，咱俩分析一下你当前面临的形势，以及应采取的措施。一定要注意绊脚小石子，在风华正茂的锦绣年华，切记不能摔跤，不能干出一失足成千古恨的蛮事。我这话绝非危言耸听。”成轩昂极其庄严地盯着徐晋东，宛若一个严师上司。

徐晋东对这个一向办事拘谨、胆小如鼠的学究文人，十分同情，也非常友好，俩人无事不谈，亲密无间。但他对成轩昂今天刮目相看，似乎第一次认识。成部长的提醒，使他震惊。他千言万语，只有一句话：“你今天来得太及时了。”

“我羡慕你的胆大，无畏；又担心你任性，傲逆。你这个影子老缠着我，我能不来吗？”

徐晋东动感情了。朋友千千万，知己有几人？像成轩昂这样的契友，天底下难找。他的批评击中要害。一针见血，触到痛处。不是吗？他对郑主任的不恭，今天县委大会上对他的冷落。彭秉如对他的讽刺，蔑视。黑蝴蝶家的失足。这些事，被成轩昂几句话，编织成网，兜头向徐晋东罩下来。他不寒而栗，心有余悸。他初步领略到在其位，谋其政，不可掉以轻心。

第二十六章　“浓烟滚滚”学大寨

不出成轩昂所料，没几天，彭秉如和徐晋东便发生了矛盾。尽管徐晋东对成轩昂的忠告，心领神会，处处手提羊肝大拿心。他步步防备绊脚石暗算，但最后还是被蹉脚砂子，绊了一跤。

情况是这样的。随着天气的变冷，各大队的劳力，悄悄发生着变化。有的偷偷打柴，有的搞家庭副业，捏泥火炉，编柳梢篮子、簸箕，补焊锅，修风箱的，也有的赶马车去西山拉炭。总之，会战的气氛在削弱。这情况，各大队不一样，全在村里自己掌握。虽然公社的决定没有变，广播上，天天发号施令，仍在大造舆论，但领导们的状态不言而喻，客观上已经出现松一口气的心情。徐晋东的主导思想是，工程要搞，须维持住既有场面。社员个人的事也要办，要看情况办。一天，他在赵庄下乡，在去吃晚饭的路上，迎面碰上一个背柴的人，那是孙羊羊。当他发现徐晋东走来时，吓得两条腿颤抖得站也站不住，更不用说走了。但徐晋东一拐弯，走了。他没去过问这件事。他知道，社员从小队分不到多少茭秆。茭秆大部分铡碎沤了肥。家家户户一冬天的土炕，全凭烧柴火供暖。社员抽早搭黑，能这样搞，不能说是赖社员。谁知这孙羊羊，得寸进尺，瞅空又偷偷去河畔割柴。这次，被桃园工作队抓着了。他们以为是桃园社员，后一审问，才弄清是赵庄的。孙羊羊说："徐书记看到还不管哩！你们拦我干啥？"工作队不容分说，将一大把柴火截留在工作队，放孙羊羊回去。

原来沿滹沱河畔，长有很茂盛的蒲草，二三米高。每年沿河村庄的社员，全指望这蒲草过冬。他们将蒲草按地界划分，权属很明确。待蒲草干枯后，集中打蒲。这期间，外边走工的都请假回来参加打蒲。有的人家把邻村的亲友叫来，帮着干。开蒲滩后，两三天时间，便打光了。而就这两三天，家家院里堆满蒲，足够一冬天烧，像羊羊这赵庄人，是去偷割的。他们想正大光明去割，一是等人家大面积收割后，二是到稀疏低矮的地方割。这已经形成传统。孙羊羊的蒲草被扣留后，朱美琰将此情况，向彭秉如做了汇报。她说赵庄人动摇了桃园社员的军心。群众呼声很大。如果他们不去打，被赵庄人一黑夜能打光。

彭秉如听了很生气："你不该将孙羊羊放跑。该把他让民兵押回公社处理。"

朱美琰为难地"唉"了一声："人家孙羊羊可凶了。说什么徐书记还不管哩，你们算老几？"

"真有此事？"

"孙羊羊说的呗。瞧那口气，不会有假。"

"岂有此理！"彭秉如气得脸都发了紫，哪有这样的书记？阳奉阴违，两面三刀。耍的啥政治流氓手腕！他将朱美琰的车子，踢倒支架说："走，咱到公社找他们去。"

"你带着我？"

"没事。"

彭秉如骑车，朱美琰坐在后边。他们一出明苑庄，迎面来了个背蒲草的。齐齐整整一大背，城墙价向他们这边移动。

“放下。”彭秉如命令。他气得七窍生烟，简直是乱来。社员不参加会战，当逃兵，经营起自己的资本主义家庭副业。岂非咄咄怪事!

背柴火的社员，找了个小土塄，将蒲草慢慢放下。他知道自己触犯了彭队长的禁律。但他有充足的理由：一来他在水库动弹，请假回来的；二来，这是在岳堡做媳妇的妹妹，让他帮忙打蒲，临走，赠给他的一背河蒲。他认为这理由相当充足，不会闹多大麻烦的。他从蒲草垛下走出来，连身上头上的碎小毛草也没顾得打，就连忙从口袋里掏出纸烟，给彭队长敬献。彭队长没有接烟，却索要他手里的火柴。他立即递过去，并随之再次将一根纸烟孝敬上去。他以为彭队长是要上火柴，自己点烟吃。万没想到，彭队长二话没说，走到蒲草垛前，“噌”一下划着火柴，然后将手里的火苗扔向他的蒲草垛。干柴见火，立刻哔哔啵啵燃起了大火。

火借风势，霎时间，浓烟滚滚，火焰炽人，房高一背柴，立马付之一炬。这位农民眼睁睁看着自己的一背柴，化为灰烬。里面还有背柴的麻绳和割蒲的镰刀。

“走，跟我们到公社！”彭秉如好像捉到俘虏，威严地命令。

那农民不敢去公社，知道去了没好事。他讨饶道:“彭队长原谅我吧。我是水库民工，昨天给岳堡的妹妹打蒲。她赠给我一背蒲的。”

“你说啥？昨天在岳堡打蒲？”彭秉如紧紧追问。

“是的。人家全村人放假，大打了一天。河滩的好蒲，已经打完了。”

“谁叫放假打的？”

“下乡的回家了，没人管，村里自己偷打的呗。”

“真有此事？”

“我拿脑袋担保。”

“好的。你反映的这个情报，相当重要。念你有立功表现，别去公社了。今后，决不能再犯。记住了吧！”

“记住了，记住了。谢谢彭队长。”

彭秉如和朱美琰急神撵鬼地走了。那社员找了根干柴棍，在冒烟的灰堆里找寻他的镰刀片，不知还能用不能用了。

彭秉如带着朱美琰风驰电掣般地驶进公社大院。杨利民正坐在办公室门口晒太阳，嘴里叼着烟卷。他一眼发现彭秉如后，视而不见，旁若无人。彭秉如也未打招呼，直蹬到徐晋东门口。不料，锁掌柜看门。看了看田子荣屋，门也锁着。他俩只好到党委办公室找王磊了，可王磊也不在，问了一下毛毛，说刚出去，可能到医院了。彭秉如只好和杨利民打招呼了。

“杨秘书，徐书记哪去了？”彭秉如客气地问。

“不知道。”杨利民回答得很干脆。

“田主任呢？”

“不知道。”

“王秘书呢？”

“‘行食’去了。”

“啊！寻谁去了？”彭秉如没听懂这句话的意思。此地人，把狗发情乱跑，叫作“行食”。

“不知道。”

“我们有事找领导，领导不在，你可以负责吗？”

“负不了。我有那本事，当领导呀。”

“那你是干啥的？”话挤话，彭秉如问杨利民。

杨利民弹掉泛烟灰：“看门照院，撵野狗，赶野猪。”

“你这人怎么这样讲话？难道不认识我吗？”

“不认识。你多会叫我认识过？”

“庙门不大，佛爷倒不小。”彭秉如火儿了。

“这是地委农村工作队彭秉如队长，在咱明苑庄蹲点。”

朱美琰出面介绍，以缓和气氛。杨利民站起来，提着骨牌小凳，回了办公室。意思是：有话来办公室讲。

彭秉如受了窝囊气，知道和杨利民说不下个是非曲直，只好忍下这口气，记在领导账上，一并算。

彭秉如和朱美琰走了。毛毛过来问杨利民：“杨秘书，彭队长来干啥？”

“谁知道他！就认得个头儿。”

“我看见这人可怕呢！”

“官不大，派头不小！不知有多大的架子，来了公社趾高气扬。叫谁怕他！”

毛毛扬头一笑：“啊呀，把俺村人们叫他拧得连饭也吃不迭。”

“嘻嘻”，毛毛一缩头，做了一个无可无不可的神态，表示对自己信口胡诌的责备。

事有凑巧。彭秉如带着朱美琰从公社出来，正准备回明苑庄，路上发现有辆马车，拉着满满一车焦炭。

“从哪拉的炭？”彭秉如问。

“西山黑虎沟。”车倌坐在车辕里手，扬着长鞭鞘回答。

“你哪村的？”彭秉如问。

“桃园。”

朱美琰听说桃园二字，仔细审视车倌，那不就是送上水库的牛大头吗？她跳下车，问：“你不是在水库干活，怎么拉了炭？”

“眼看天冷了，不早点行动，大雪封山后，能拉吗？”

“谁让你拉的？”

“支书呗！”

“你往哪拉呀？”

“大队呗！”

“这炭干啥用？”

“啊呀！天寒地冻，离开炭要命。社员要分，学校，大队办公室，下乡的，赤脚医生，都要生炉用炭。一车不够，还得拉一车。”

“水库指挥部批准你的？”彭秉如问。

“包任务了。百天会战，我保证完成任务就是了。管不着我拉炭。”

“你这车炭够多重？”

“四千斤。”

“两吨？”

“对。”

“拉得不少嘛。”

“在水库拉石头，咱也是头一名。不嘛，敢走四五天到西山拉炭。”

彭秉如听了牛大头得意扬扬的自我表功，心里亦发来气。他看着那齐齐整整一大车炭，委实说，比刚才那一背干蒲，要动火得多。但，这是工人老大哥从地下掏出来的煤，又烧炼成焦炭，马车走了四五天从大山上拉运回来的，况且又不能一根火柴化为灰烬。事情显然没有一背蒲草那么简单。也就是说，问题的性质越来越严重。这事，说不定是公社有意让干的呢。

彭秉如问朱美琰：“你知道这事的背景吗？”

“不知道。一点消息也没透漏过。”

“这件事，比偷割蒲草更严重。你回去做一个详细调查。然后将处理结果报告我。炭，无论如何不能分配到户。”彭秉如捞稻草捡出大王八。他吩咐朱美琰后，便激动起来，立刻把自行车交还朱美琰：“你骑车回吧。”

“你怎回？”

“离明苑庄不远了，你走你的。”他向朱美琰摆手，示意马上走。

朱美琰只好骑车走。她又犯了愁，为啥问题老在桃园出？！

他大步流星向明苑庄走去。没有一点找徐晋东的兴趣了。在会战掀起高潮之际，现场会又刚刚结束没几天，双杨竟然接二连三出现此等怪事，是可忍孰不可忍。彭秉如又把矛头对准徐晋东：我在明苑庄没命地开辟局面，县委因此召开隆重现场会，给你脸上不贴金？分明我拉车，你坐轿。而你姓徐的非但不感谢，还冷言慢语，阴阳怪气，挖苦人。足见水平之低。彭秉如越思越想越觉得材料典型，应当大书特书，曝一下光。他回了工作队，第一句话，就是对小白说："写稿。"

朱美琰蹬车回到桃园，精疲力尽，心灰意冷。她只说是找彭秉如妥善处理这一既成事实的区区小事。不料，这事未解决，反引出大事。本来是赵庄的事，又引发出桃园的事。这才是引火烧身，自找败兴。她走进工作队，一眼看到那靠在墙根的一大垛干蒲，心里顿觉绞疼，头晕目眩，眼花缭乱起来。马上，牛大头的马车也赶回来了。炭该往哪卸？难道也堆在工作组院里？这成啥地方啦？

朱美琰此刻似乎隐隐约约产生这么个念头：农村的事，越管越多，越管越复杂。但她不承认管事为差。正因为农村有这些小资产阶级热土，才派驻工作组嘛。她坐下来，静静地休息了一会，觉得身上有点力气了，决定先找支书牛小拴。现在燃眉之急是先处理焦炭，万一分发到社员手中，事情就棘手了。她打发人将支书找来。

"小拴同志，牛本路去西山拉焦炭一事，你可知道？"朱美琰问。

牛小拴吃惊地反问："你怎知道的？"

朱美琰将路遇一事，告给他。

牛小拴知道纸里包不住火，便一五一十向朱队长做了交代。原来，牛小拴上水库慰问他的民工时，牛大头悄悄对他说："迟几天，我再去西山给社员们拉一车兰炭，过冬。"

小拴说："不敢，会战正在紧张阶段，你敢临阵脱逃？不接受上次教训？”

大头摇摇头：“我的车是水库头一名红旗车，咱保证能完成公社下达的任务。这叫山上山下都不误。再说，我给赵振沂老头儿家里扔下一块炭，啥说法也没有。你放心吧，出不了岔。”

牛小拴一想，自己上台后，能给社员办这么件好事，也是深得人心党心的事。于是他对牛大头说：“要去，你得向水库领导请假。批准后，再下山。”他明知牛大头是个头脑不足的二百五，蛮干得很，不会听话地照自己的嘱咐办。但必须这样说，以备事发后，推卸责任。果然，一切按自己预料的来了。

“朱队长，”牛小拴低头认错，“牛大头去西山，曾对我说过，但我没允许。我让他向水库领导请假。车是交给水库管理的。我估计他肯定向水库领导请了假。”

“唉，好我的小拴同志。马车上水库是拉石头。水库领导怎么会让请假回村拉炭呢？绝对不可能的事。车马上要进村了，你看将炭卸在哪里合适。反正，不能动。等待处理。这是彭队长的指示。”

牛小拴难为地领命而去。

茂华在赵庄，听亮平说，孙羊羊偷割桃园的蒲草，被桃园工作队将蒲草扣留了。彭茂华想了想，认为这里头有文章，不能把主动权让给他们。赵庄的人，赵庄的事，他们自己应当拿起来。就是按发生在桃园的问题处理，作为公社会战巡查人员，也有权过问。如果被桃园工作队将问题反映到公社，他们就被动了。

彭茂华主意一定，便让田亮平找来孙羊羊。孙羊羊虽然个子大，但胆子很小。自从他给郭玉恩当帮凶，被彭茂华收拾后，他对彭茂华格外殷勤。打头照面，老远就热情地搭话。这次擅离工地偷割蒲草，又惹下麻烦，肯定公社不会轻饶。田亮平一说彭部长有请，吓得连忙往厕所跑。他讨告田亮平：“好好关照一下哥。彭部长那拳头，就像块生铁疙瘩！”

说着，抖抖起来。

“没事。今天不会打的。”田亮平给孙羊羊做工作，“他只是问问情况。”

“怎不怎，给哥说上些好话。”

田亮平将孙羊羊带到工作队。彭茂华还没有开口，孙羊羊便一瘫在地，吓得屁滚尿流，只管给彭茂华作揖：“彭部长，高抬贵手，孙羊羊罪该万死……”

彭茂华一拍桌子：“孙羊羊，你疯了，闹啥哩！我也不是泥胎壁画！你的狗头不值钱，我可受不起！”

“起来。”田亮平抓住他胳膊，拉起来，看了看彭茂华。茂华示意让他坐下。田亮平说：“坐这个凳子上。”

彭茂华没有发火，平静地问：“孙羊羊，你昨天干啥去了？”

孙羊羊迫不及待地将事情的原委，原盘原碗地端了出来，不敢说半句谎话。因为他的证据已经压在桃园工作队。他战战兢兢交代完过程后，恳求彭茂华：“请彭部长关照，在咱赵庄办吧。”

彭茂华对孙羊羊说：“我只知道你昨天下午没出勤，根本不了解你去桃园河滩偷蒲。你既然做了交代，我就得处理。走吧，跟我到桃园。”孙羊羊听说到桃园，发出疑问目光。

“到桃园就知道了。”茂华看了看孙羊羊，“回家推车子，带上背柴绳。”

彭茂华、田亮平，带着孙羊羊，三人骑着车子，只一会工夫就来到桃园。正好，朱美琰刚从工地回来。

“朱队长，赵庄孙羊羊，昨天私自擅离工地，经查是到桃园河滩割蒲。本人交代蒲草被工作队扣留，有这么回事吗？”

朱美琰正为此事犯愁，便说：“有的事，那不，蒲草在墙根扔着。”

“原计划让桃园出个证明，回去好做处理。现在，赃物已见，又是在工作队，一切都免了。我们要狠狠批评，处理这个无组织、无纪律的自由散漫社员，前半年酗酒肇事，已经被批评过一次了。”

“既然这样我们就交代给公社了。那柴呢？”朱美琰问。

“你们工作组烧炕用了吧。”彭茂华说。

“我们可不用。你既然处理人，连那柴也一并处理掉算了。”朱美琰看见那枝枝杈杈的柴草，心里烦得不行。

“也好。那就送桃园学校，让老师烧炕吧。”彭茂华又喊，“孙羊羊，把柴背上，送学校去。亮平，你同他一块送去。”

彭茂华果断处理完这桩跨队案后，自觉十分开心。桃园人还没开滩打蒲，赵庄人倒下了手，能饶你吗？如把孙羊羊弄到桃园批斗，会引起两村矛盾。这对在赵庄下乡蹲点的徐书记、彭部长，脸上均无光。如果不尽快了结，那背柴放在桃园工作队，支眉现眼，谁看见也要议论。赵庄人有时间来桃园干私活，桃园人倒没时间，说明啥问题？总之，孙羊羊引出的祸，快刀斩乱麻，一刀两断。他又感到朱美琰是个好人。人家没说半句挑剔的话，也没有得理不饶人，言三语四。看得出，对公社很尊重，确实是个好人。

彭茂华知道赵庄还会有人去冒险。每年隆冬来临前，人们没命地往家里搂柴，不然，过不了冬。他为了杜绝类似事件再次发生，以免给朱美琰和徐书记带来麻烦，心机一动，有了办法。他对孙羊羊说：“孙羊羊，今天这事，不做处理。你在十天之内，暗地注意，看赵庄谁去河滩打蒲。如发现有人去，立即报告我。如你不负责任，或包庇他人。我告诉你，那时候，二罪归一，加重处理你。”

“是是是，彭部长交代给我的任务，保证完成。”孙羊羊说。

“这也是你主动立功的机会。”田亮平提醒。

“我知道，彭部长刀子嘴，豆腐心。对我够仁义了。”

“别给我灌迷魂汤。十天后，见面。”彭茂华公事公办，不跟他搞个人私交。孙羊羊认得清自己，知道该离开了。他借故解手，到一边磨洋工，有意跟彭茂华和田亮平拉开距离。

彭茂华回到公社，见徐晋东的门开着，便进去，想顺便谈一下孙羊羊这事。徐晋东正和林如海坐着。谁也不说话，看样子，已经有好一阵了。林如海见彭茂华进来，也不打招呼，不问一声，只是呆呆地看着彭茂华，好像不认识。彭茂华也没跟林如海打招呼。他看了看俩人并没有啥谈的，便问："徐书记，你现在有事？"

"没有。你有啥说吧。"

"赵庄孙羊羊，就是打金怀老板的那个大个子灰猴，昨天偷跑到桃园河滩割蒲，被桃园工作队逮住了。人放回去了，蒲草留在工作队。这事你知道吗？"

"不知道。"

"我觉得，把蒲草搁在区工作队那儿，太刺眼。我下去处理了，把蒲草送学校，孙羊羊在赵庄处理。我罚他站十天暗岗。保证赵庄人再不能去桃园，招惹是非。"他说这话的意思，既不是请示，也不是要徐书记表态。反正事已办妥，说说而已。

徐晋东情绪不佳，他慢慢地说："刚才老林说，昨天明苑庄一个社员，是水库民工连的，到岳堡割蒲，被彭队长截住，当场烧毁蒲草。"

这时，一直默默无言的林如海接茬儿道："更严重的是，岳堡全村放假，大割了一天蒲草。这事，彭秉如一概都清楚。明显看出，对咱公社有意见。"

这时，茂华才弄清林如海跟徐晋东默默相视无言的根由。窥一斑知全豹，会战形势松懈下来了。茂华揣测徐晋东是在考虑扭转局面，巩固战绩的措施。同时，也在筹划对付工作队，步步紧逼。火烧蒲草是对公社发出的警告信号。岳堡的砸锅，更是火上浇油，激怒了彭秉如。他无论如何都不能接受这个现实。要说，也怪成部长工作上的麻痹大意。

“是周谦亲自打电话叫回去的。”林如海解释。

“岳堡趁成部长不在，放假割蒲，真正和尚打伞，无法（发）无天了。”彭茂华气恨地说，“处理岳万金！”

此刻，徐晋东如芒在背，大有身处被动，右倾大暴露的感觉。他不知为啥，几桩怪事，都与他有干系。赵庄是他包的点；岳堡的成轩昂是他的老友；水库是他直管。这几件事，他责无旁贷。他也扪心自问：难道不是自己的责任吗？为啥在赵庄看到社员打柴，要有意回避？

岳堡归林如海他们东片管辖。彭秉如没找到徐晋东，正好碰上林如海，便将一肚气撒了出来。他指桑骂槐，把林如海闹得瞠目结舌，闭口无言，最后抱头鼠窜。其间，有些难听话，他还没敢和徐晋东直说。怕给自己找来麻烦。他见徐书记犯了难，心里很不是滋味。后悔不该给领导添麻烦。此刻，他心里暗暗琢磨，该采取个什么有力措施，收拾这残破局面，也出出憋在肚里的气。经彭茂华一提，他灵醒了。对，收拾岳万金！这个牛皮灯笼！想到这里，他站起来，悄悄出去了。心里狂风大作，面上密云不雨。他说岳万金是牛皮灯笼，其实他也差不多是个羊皮货。

林如海干工作，向来是来去匆匆，默默行动。他管的事，事前不请示，事后不汇报。他轻易不跟领导闲坐。自己吃多大苦，受多大罪，也习惯于埋在心里，但如果给领导带来麻烦，则于心不忍，总感惴惴不安。今天，彭秉如不但教训自己，连徐书记也指名道姓：“你告诉徐晋东，真学大寨，就要对这些歪风邪气，彻底革命。”林如海不得不含着骨头露着肉，有分寸地向徐书记做汇报。尽管打了不少折扣，但总是说明了彭秉如的意思。林如海心急如焚，恨不得一步迈进岳万金的门。一切祸根，就是岳万金引起的。那不是烧社员的柴，而是烧公社的威信，向公社示威。不，是烧我林如海的心。操你祖奶奶的。他骂人了，骂岳万金。只在心里骂。

“岳万金！”林如海直奔岳万金家，天已黑了。

岳万金没答应，但从家里走了出来。他慢腾腾地迎接林如海。

“成部长呢？”

“县里调回去有事。”

“好。你趁他不在，全村放假打蒲草！对不对？”

“林主任，进家，是这么回事。”岳万金知道来意后，自知理亏，讨好地劝林如海，“回家我详细告你。”

“这有啥详细不详细的。明苑庄一个社员，从你们村背回一背蒲草，被彭秉如队长当场烧毁。你知道不知道？”

“不知道。”

“你们是不是把蒲打了？”

“是哩，但不是放假，是提前收的工。”

“别鬼嚼牙叉骨，你老老实实的人，怎也要起滑头？现在，徐书记跟着你还得吃家伙！你知道不知道，你该当何罪？”

“这有啥罪，大不了撤我的职，还怎？”岳万金火了。

“你说啥？撤掉你的职就完了？你睁大眼睛看一看，当前是啥形势！人家明苑庄大干社会主义，你岳堡大搞资本主义。就你们怕冻！什么共产党支部书记！你跟我走！”

林如海越说越气，最后暴跳如雷，气得眼睛像要喷火。

人说，兔子急了也咬人。真的。岳万金女人见一向老老实实，大话不说的林如海，今天大发雷霆，吓得连忙走过来，救驾道：“林主任别气。他就这窝囊劲气。你有话好说。”

岳万金见林主任如此发怒，知道问题不是那么简单。他不敢再冒犯这位一团和气的老奶奶。他作自我检讨：“林主任，我承认错误。我只顾自己，不顾全公社影响。客观上，破坏了全公社的会战大好形势。我情愿做检查，受公社党委的处理。”

林如海的气稍微消了消。他其实是要挟岳万金，真正跟他走，他也不敢往回带。半夜三更，带回公社怎么办？岂不是又给徐书记找下麻烦。他见岳万金软了，也来了个顺手牵羊："就按你说的办。写检查。明天送给我。"说完扭头便走。

"林主任，吃了饭走吧。"

"不了。叫你气饱了。"林如海急匆匆推车出门。

岳万金人称牛皮灯笼，凡事心里有底，里明外不亮。他被林如海劈头盖脸，骂了个狗血喷头，知道林主任今天受委屈了。他也是个被人使用的老黄牛。今天发火，必有缘故。他闭上眼睛，静静地想了想。终于将仇恨凝结在明苑庄那一背蒲草上。彭队长在明苑庄乘风破浪，大干社会主义，把岳堡的柴火当资本主义东西烧掉，真乃彻底革命者。想到这里，一向苦眉铺眼的岳万金，心机一动，有了主意。他心想："这把沙茶壶又滚了。"他不像林如海，能找到一个杀恶气的替死鬼。他顿生杀机的对象不是对中某个人，而是滹沱河岸边的蒲草。

他找到小队长说："你派一名社员，把咱河滩的蒲草点着火，全部烧掉。"

小队长吓了一跳，无缘无故，干吗要火烧蒲草？

"怕影响明苑庄学大寨。昨天，明苑庄有个社员，背回一背干蒲，被工作队当场烧掉，还指控咱是资本主义。咱来个主动革命，烧光它，免无后患。"

小队长知道，岳堡人们已经打了一天蒲草，家家院里堆积如山。河滩剩下的都是二等、三等蒲，每年开滩后，明苑庄人来收割这些次等蒲草。今天，一火烧光，他们可就两手空空。一冬天挨冻吧。

"支书，等上天再下手不迟。烧光蒲草，明苑庄人对咱也有意见。况且咱有些七老八少人家……"

"我今天晚上还要写检查。你能延迟吗？明天清早我就得到公社送检查，赶那时，必须烧光。”

“不怕火势蔓延，烧到桃园吗？”

“有咱村的河隔着哩，怎能烧到那面，它又不会飞。”

“好。我亲自去点火。”

黑漆一团的滹沱河岸上，突然亮出火光。刹那间，火焰腾空，浓烟滚滚。岳堡河滩，一房高的干蒲草，烈火熊熊迅速漫延开，哔哔叭叭，天地间变成可怕的沸腾恶浪。西北风吹来，带火的柴草，满天飞舞。直到夜深人静，火势还在寻找它的吞噬物。整整一夜，双杨沿河东线蒲草，变成冲天火海。

岳万金早早起来，站在房顶上瞭望，河滩已烧成黑色世界，西边还有余火在燃烧。他蹬梯下房，骑车去公社。

当岳万金将检查交给林如海后，加了一句说明：“我已经将蒲草烧光了。”

“啊？你烧了哪的蒲草？”林如海以为他效法彭秉如，把社员割回家的蒲草烧了。

“河滩上剩下的蒲草呗。”

林如海想了想，问：“叫你写检查，谁叫你烧蒲草？”

“我自已决定烧的。这叫自觉斩草除根。免得岳堡社员要割，明苑庄人眼红得不行。影响人家学大寨。”

林如海听了牛皮灯笼有板有眼的分剖，认为这件事做得很好。这下，彭秉如没说的了，公社也腰杆硬了。没想到，岳万金还有这么高明的点子。林如海猛地拍一下岳万金的肩膀：“好！干得好！”

林如海将这一特大新闻，立即报告彭秉如。

“彭队长，我郑重向你报告：岳堡河滩剩有蒲草，一黑夜烧了个精光，彻底革命了。”

“真的？”彭秉如喜出望外，他一下想到，这是他那一把火引出的硕果。这下好了，明苑庄人别走的站的，念叨那些馋人的蒲草。从此，不会再出现因为割蒲而不出勤的人员了。

“好。公社的这项措施很得力，像个学大寨的气派！”

“彭队长的批评，能不接受吗？我立即去岳堡批评了那个支书，追查了责任，责令他反省做检查。”

“是岳堡支书主动采取的措施？”

“是的。农村干部，只要你一抓，他就有办法。”

“好好好。这叫自觉革命，全局观念。应当推广。”

“岳万金的检查，马上就广播了。”林如海又告彭秉如，“徐书记还不知道呢。”

彭秉如听林如海说徐书记，他忽而想到小白的报道稿。这又添了活生生的素材，太生动了。须催小白，尽快拿出底稿，以便早日见报。

林如海见彭秉如思想走神，不知在考虑啥问题，便走了出去。

“你走呀？”彭秉如说，“林主任！”

“嗯。”

“经常来转转，欢迎你。”彭秉如伸出手，跟林如海握手。林如海随便应酬着拉了拉，便匆匆而去。

第二十七章　西线突发夺蒲战

林如海将岳万金的自我检查交给钰香，并吩咐：“立即播出。”林如海得到彭秉如的赞扬，心里益发有了主意：这件事的确办好了，现在要马上播出，成为双杨头号新闻。这是会战以来，第一个支部书记在广播上亮相的。这对地区工作队是一个尤其友好的安慰。他暗暗地为公社做了一件非常及时而重要的工作，这对徐晋东是解围也是声援。他跑到伙房，向康师傅要了两个窝头，倒了碗开水，一个人坐在小饭桌前狼吞虎咽干了起来。

钰香半土半洋的普通话，从广播上传出来："下面播放岳堡大队党支部书记岳万金同志的自我检查……"

林如海听后，觉得有点突如其来，应当在前边加几句话，说明前因后果。他顿觉闹坏了。于是放下水碗，站起来，跑了出去。但刚出门，又扭头返回来。心想算了待播完后再加吧，中午和晚上还要播。

徐晋东因昨天彭茂华和林如海反映，地区两个工作队处理社员割蒲草一事，心里闷闷不乐。今年夏旱连秋旱，是个灾年。社员们大都得吃供应粮。粮食少，柴草也少。眼看寒冬即至，不让准备过冬的取暖柴炭，群众怨声载道，会影响明年生产情绪，或者迫使一部分人盲流。而现在，会战形势又不容松劲，加之，地区工作队工作很硬。昨天的教训，应当引以为戒。他现在，思想上出现了矛盾。公社大局紧迫的形势，与社员可怜生活所求，在他心里出现了争执，该怎么办？他无论如何不敢左右形势，但遇有网开一面的灵活现象，他决不认真苛究。成轩昂推心置腹的形势分析，使他不得不提高警惕，否则乌纱帽说摘就被摘了。

徐晋东的情绪一落千丈。简直糟糕透了。陈琦见徐晋东心事重重，便过来，想给书记开开心。他向来风趣乐观，又是个好大喜功的常胜将军。他那个嘴上总是笑嘻嘻的。今天他进了徐晋东屋，一屁股坐在炕沿上，说："徐书记，到俺们潘寨走走。哟，形势一派大好。不管怎样，把铁将军闹住了，叫干啥干啥，可老实了。"

徐晋东经陈琦提说，他才想起自从在赵庄交代那凯文后，再没有过问铁将军其人。听了陈琦的一席话，觉得有必要了解一下这尊凶神恶煞的铁将军的情况。他提起些精神，问："你怎处理的？"

“哈哈，我治住那小子啦。我告他，你想坐禁闭，徐书记一句话。坐班房回来，必然在村管制，只需你规规矩矩，不许你乱说乱动。如果不服管制，无产阶级的铁拳制服你。这是一条路。另一条路，在村劳教一个月，以观后效。我一拍桌子，喝问他，选哪条道走？他吓破苦胆了，连忙讨告，情愿在村接受改造。”陈琦沾沾自喜，得意扬扬，“就这样，放他劳教队，可听话了。”

“这不合适吧。铁将军现在还不是阶级敌人，怎么能管制劳动呢？”

“他情愿呗。哈，这几天，让他们去改厕所，每天三个。”陈琦不等徐晋东吹毛求疵地问话，又滔滔不绝道：“工地，每天休息时唱歌，已经学会三首歌啦。那天，老民兵，新民兵，进行了打靶比武。民兵连还准备组织一次工地摔跤比赛。……云口水地区人欢马叫。”

陈琦正给徐晋东做大好形势的汇报。他虽然号称报喜不报忧书记，但刚才讲的都是实话。徐晋东正听得入神，

此刻，钰香播放的岳万金检讨，打断了陈琦的夸夸其谈。

“怎么回事？”陈琦问。徐晋东向陈琦摆手，示意听广播。

他们听了听，知道是岳万金的检查。徐晋东问陈琦：“你知道吗？”

陈琦一捩脸：“我刚刚回公社，怎么能知道这回事呢？我给叫过王磊，问一下。”说着，站门口喊，“老王，老王，你过来。”

王磊应声而至。

“谁叫岳万金在广播上做检查？”徐晋东问。

“我不知道。”王磊很干脆地回答。他正纳闷这是怎回事。他以为是徐书记安排的呢。因为，平时，他主管广播，重要广播稿要通过他审查的。

“简直是笑话。徐书记不知道，我不知道，你主管广播的也不知道。一个党支部书记，怎能莫名其妙地在广播上做公开检讨！”

陈琦两手搓着，看样子心痒难熬，实在忍无可忍。管党务的书记不

批准，谁敢把支部书记随便弄在广播上亮相，岂有此理。

“我估计是老林搞的。”王磊提出怀疑。实际上，他发现林如海到过播音室。“用不用叫老林过来？他在呢。”

“叫他过来！”陈琦没等徐书记表态，便取而代之，下了命令。

王磊叫林如海去了。

钰香此刻，念道：“……为表示我的决心，彻底斩断资本主义后路，我已在昨晚，将河滩蒲草一火烧光……”

“啊？他放火烧滩？”徐晋东吃惊地瞪大了眼。

林如海刚跨出伙房门，迎头来了王磊。王磊站住说：“老林，徐书记叫你。”

“徐书记叫我干啥？”林如海见王磊一副得理不饶人的吃劲模样，知道凶多吉少。

“你让钰香播万金的检查？”

“对。怎么？徐书记追查这事？”

“你走吧。过去就清楚了。”

林如海巴不得向徐书记交底呢。这件事得到彭秉如的赞赏，有啥不对的地方。他大步大步地急急走进徐书记的屋。

“徐书记找我？”林如海一进屋便问。

“岳万金的检查稿，是怎么回事？”徐晋东打起官腔问。

“情况是这样的。徐书记……”林如海从头说起。他唯诺唯谨，将他昨天到今天的工作，做了如实汇报。最后，特别提到彭秉如队长对此事大加赞赏。言外之意，不言而喻，想扯大旗做虎皮。

“老林，你辛辛苦苦，出力不少。但岳万金的检查和烧滩举动，会引出连锁反应，后果不堪设想。”徐晋东边说边考虑，该如何收拾这局面，“你把万金的检查取过来。”

林如海丈二和尚摸不着头脑，小跑步到钰香那儿取检查稿。

“这么大的事！不经领导审批，擅自播放。这种做法，本身就是错误的。”王磊发议论。

“今后，不经你签字钰香不得播宣传稿。”徐晋东对王磊说，又扭头向陈琦道，“你告给钰香。”

林如海将岳万金的检查交给徐晋东。徐晋东看了一遍，说：“我看这个岳万金是别有用心，趁风扬土。老老实实的支部书记，怎么会干出这种莽撞事来。”

“是不是你强迫万金写检查。”陈琦问林如海。

“我昨天是发火了。态度不好，命令他写出检查的。”林如海解释。

“对一个支部书记的处罚，要经过公社党委。你的做法有些过头了。他针锋相对来了个彻底革命。”

“事情发生在东片，田主任不在，我就应当承担责任；再说，会战分工，我负责后勤。我认为，都应当我管……”林如海讲的是实心话。他不是争权，而是主动去负责，替领导分忧。

“你管后勤就放火烧滩？”陈琦夹笑带说，道，“东片岳堡烧滩，中片明苑庄遭殃。你说是不是？”

林如海被陈琦的轻口薄舌激怒了。他据理力争道：“原来你把问题翻看了。岳堡放假割蒲，我批评错了？彭队长火烧掉一背蒲草，并追究来源。岳万金斩草除根，免除后患，有啥不对！这是对地区工作队的支持，这是大干，大革命……”林如海气得说不下去了，“啊呀，老天爷，我林如海能害明苑庄吗？”别人见林如海动了怒，气得浑身打抖，都不便开口，知道林主任在受屈。歇了歇，林如海又开言道：“难道咱公社还准备让明苑庄放假去割蒲草吗？人家彭队长大大表扬了我，表扬得我还脸红呢！你陈书记，在徐书记面前，参我一本，我怎得罪下你了……”林如海眼泪汪汪。

陈琦见林如海可怜巴巴，受了委屈，自悔自己刺得人家太痛。于是，给林如海消气，道歉：“老林，我是话接话，信口开河。我没有给徐书记参过本，说过你的坏话。徐书记可以做证。我这人说话考虑不周，开玩笑往往过头。我承认错误，你别误会。我不是来找徐书记告你的。”

徐晋东接着道：“我也不是批评你做工作做错。我是担心有后遗症。咱们提出来，心中有个数，但愿没有啊。对彭队长的态度，咱们要形成共识，一定支持。”他扬了扬手里的检查稿，“放我这，再不要播了。”

徐晋东略作定夺后，对他们说：“你们各干其事。王磊，通知李福杰和岳万金，现在来见我。”

徐晋东送走几员干将，独自考虑起李福杰和岳万金这两位支部书记来。岳万金人称牛皮灯笼，会上很少发言，会后很少找公社谈工作。他对此人，了解不够。李福杰比岳万金开朗些，他好动脑子，经常身上带个小本本，大事小事，私事公事，好记在本本上存档。人们对他的笔录，总有种担心，暗暗叫他刀笔吏。刀笔吏文质彬彬，看上去像个县干部。他又爱好学习，报纸、小说、历史、农业常识，他摸起啥书看啥书。因此，说起话来，由于肚里有点墨水，自觉不自觉要显示出他的知识水平。这俩人需要当面锣，对面鼓，敲打响亮，不能引起两个村的矛盾。这工作，只能他来做。

李福杰和岳万金同时来到公社。俩人相遇在门口。

“岳万金，你还活着？”李福杰一本正经问。平时，他俩很少开玩笑。此刻，万金心虚，一看刀笔吏那眉眼，知道并非儿戏，这是真心在诅咒。

岳万金边骑车进公社大门，边回答：“你也活着！”

“我还当昨晚上，火烧死你个孙子啦！”李福杰骂。

万金没理睬李福杰，径直找徐书记而去。李福杰跟在后边，继续骂：“土默川的狼，善眉善眼吃人呢！”

万金先进徐晋东的办公室，坐在靠东墙的炕沿上。李福杰随后进，坐在靠西墙的炕沿上。李福杰掏出烟，点燃一支独自抽起来。他跟岳万金来了个城隍爷挨面，彼此谁也不理谁。人心昼夜转，天变一时间。

徐晋东见状，立刻将自己的眉脸整顿了一番。他比他俩还阴得可怕。你们干下有理的了，等我给你们说下情话，是怎的？

徐晋东冷了冷场，压了压阵，开言道："岳万金同志，你的检查我看了。"说了一句，没有再说下去。他盯着万金有片刻工夫："很不深刻。你带头破坏公社会战，搞小动作，收买人心。你的党性哪去了？"

岳万金默默无言，低头认错。徐晋东继续讲下去："就你懂得关心社员生活？你知道公社没有统一安排吗？"

徐晋东站起来，在小小砖地上，走来走去。他突然问："万金同志，你为啥火烧蒲草？"

岳万金见徐书记站在脸前，逼问，不敢不回答。这才开口道："林主任要我写检查，并见行动，拿出措施。"说到这里，两眼惶惶然看着徐书记，意思是，我就放火了。

"你村社员割回蒲草，你把剩下的付之一炬。这就是你承认错误的行动？挽回影响的措施？"徐晋东坐回椅子上："无稽之谈！"

"林主任说，明苑庄有人背回一背蒲，被工作队烧掉了。说是资本主义。与其背回去烧资本主义，不如在河滩烧掉，走社会主义。"

"我说万金同志，这话再不能讲。今天，福杰也在场，我把话告你们两位支部书记：不能在群众中造烧资本主义的舆论，也不要和地区工作队烧那一背蒲挂钩。彭队长处理那个逃兵的措施，绝对正确。我们要坚决支持。你说呢？李福杰同志。"

李福杰皮笑肉不笑，冷冷地现出一瞬苦笑容，道："社员们今天在工地上，大骂开了。"

"骂谁呢？"徐晋东问。

"骂岳堡人，骂岳万金。实际上是骂公社，骂大队。"

徐晋东发现李福杰有情绪。这里边牵涉到区工作队。他和颜悦色地开导李福杰:“福杰同志，遇事冷静点。万金的举措，公社应负一定的责任。给明苑庄带来的影响和损失，我们尽量缩小。岳堡的蒲烧了，大不了多走几步，到别处去割嘛。公社会有统一安排，无论如何不得各行其是。当前，正是会战最紧张时候，万不能泄气，更不能把国家、集体的利益，放在个人利益之后。岳堡的教训是深刻的。”徐晋东又站起来，走到李福杰跟前，加重语气，道，“地委工作队，对明苑庄，以及全公社工作的开展，起了不可估量的作用。明苑庄所以热火朝天，能出现这种前所未有的局面，功劳全在工作队。我们应当感谢，全力支持。”

“徐书记，只管放心吧。现在明苑庄一切权力，都在工作队。连马车把式，到哪拉土，拉石头，都得听工作队支派。再还要怎支持？”

徐晋东知道，李福杰已经跟工作队有了摩擦。他不是诚心实意谈心里话。他是在诉苦，推卸责任，向公社摊牌。这人固执，有心计，再谈下去，不会有啥好结果。他会越扯越远，发泄肚里的牢骚。今天，只能就此作罢。不过，他也清楚，彭秉如的过“左”行为，已经引起民怨。岳万金火上浇油，更加剧了矛盾。李福杰虽说社员在骂岳堡，骂岳万金，实质在骂工作队，而不是骂公社和大队。本人只能好自为之，力所能及到这个地步了。他不愿未卜先知，去预测明苑庄的事情。

李福杰从公社出来，没来得及回家，便找到一个水井台，独自坐那儿，凝神静气，专心一意地回忆着记起了笔记。

岳万金从徐晋东屋走出来，心里忽忽然总感不快。他觉得好像不该就此了此，便信步来到钰香的播音室，问：“钰香，林主任哪去了？”

钰香还没开口，毛毛抢着回答：“林主任跟上你挨批评了，不是找你去了吧？”

岳万金牢骚满腹地说：“我跟上他挨批评，还没处说呢！”

“那正好。半斤八两，画了等号。你俩谁也不欠谁的账。哈哈哈……”毛毛一扬头，笑了起来。

岳万金被毛毛笑得也无可奈何地笑了，他见毛毛拿他开心，也凑趣道：“啥地长啥苗，啥葫芦开啥瓢。公社一个毛桃丫头，也这么八面玲珑，花言巧语，蒙混庄禾人。”

哈哈哈……两个姑娘同时笑了起来。毛毛边笑边说：“岳书记会讲话呢！平时嘴抿得紧紧的，人们以为不会说，其实是，真人不露相。”

岳万金憨憨笑着，颇为满意地走了。

“人们叫牛皮灯笼，心里可亮堂哩。”钰香悄悄向毛毛指画着说。

岳万金被两位姑娘逗玩了一阵，轻松地驶出公社大门。本来他要回村的。突然，发现老远的地里，坐着一个人。再一看那人正坐在井台上，埋首干什么。他忽而想到李福杰，是不是那家伙坐那儿，搞阴谋诡计。他锁住车子，小心翼翼，轻手轻脚走了过去。

走近了，他也看真了，那是李福杰。他正在记笔记。岳万金像猫逮老鼠鬼鬼祟祟，绕到李福杰身后。他站在李福杰身后，身子前探往下一看，李福杰在笔记本上写道：“……岳万金说，明苑庄工作队烧掉一背蒲草，说是岳堡资本主义的黑货，告到公社。蒲草既然是资本主义的东西，他烧掉是革命行动，与明苑庄人没相干。……”

岳万金站李福杰身后，居高临下，伸出一只手，猛地去夺李福杰怀里的笔记本。李福杰正沉浸在刚才徐书记的房间，极力回忆他俩说过的话。突然眼前出现了五个挓挓挲挲的手指头。他受惊了，猛地一扬手，站起来。他以为遇上鬼了。当他惊魂未定，恍恍然睁眼细看时，发现是岳万金站在跟前。“你干吗？”李福杰问。

岳万金被李福杰出乎意料的一头撞在鼻子眼上，此刻，鼻子里淌出鲜血。他不以为然，用手一抹，下半个脸及鼻子，嘴，都是血。岳万金还要夺李福杰手里的小本本。并骂：“刀笔吏，你记上……”他发觉了自己在流血。

“快止住血，你鼻子出血了。”李福杰给撕下几页笔记本上的纸，递给岳万金。

万金接过李福杰手里的纸，塞住鼻孔，但血仍然在流。他从口袋里掏出手帕使劲堵塞，急得李福杰也手忙脚乱起来。“快走，到医院吧。”

岳万金瞪了李福杰一眼：“你好狠，打人！”

“啧！这还像万金说的话吗？我分明没看着你，恐怕是头撞的吧？”李福杰在做解释。如果万金真的翻脸不认人，诬赖自己，也是说不清的。

万金蹲在井旁，殷红的鲜血从他手指间，手绢上流出来，叮叮滴在地上。

“你怎不作声，悄悄跑我背后。我看，不要紧吧，是鼻子出血……”李福杰搭讪着安慰。

过了一会，岳万金的血逐渐地止住了。脸上，手上，皆有血迹。虽然在井旁，但机器已拆回，停止了使用。岳万金并不在乎这血的处理，而是惦念着李福杰手中的笔记本：“你记上干啥？”

李福杰无所谓地轻轻一笑：“工作笔记嘛，你当支书敢没有笔记本？”

“我的笔记本是记会议决议，领导讲话，你记我说这说那，居心何在？”

“我记上，只供我参考，与你有啥关系？我也不是告你的状。你也没说反动话，怕啥？”

“你让我看看，我就放心了。”

“那可以。不过，咱得有个君子协定，不能看我前边的。”

“我只看今天记下的，看你以前的干啥。”

“那行。”李福杰将本子掏出来，翻到刚才记的页码，让岳万金过目。

岳万金通通看了一遍，认为虽然与原话有些出入，但大体笔录如实，看不出什么恶意。他将本子交还李福杰：“记这有屎的用。无怪人们叫你刀笔吏。‘文化大革命’搜出来，是黑材料。”

李福杰一笑了之，并不在乎。

“你们明苑庄别骂我，我是被逼出来的办法。你们彭队长烧了蒲，还告到公社革我的命。要骂，骂姓彭的吧。”

“你不说，我也清楚。谁也不比谁愣多少。”

“那么，你一见面就骂我！”

“我不骂你，骂谁？”李福杰摊开两手，意思是这不明摆着嘛，“明苑庄人只能骂你，骂岳堡。还敢骂谁？”

牛皮灯笼心里清楚李福杰的处境，理解他的苦衷。因此事关系重大，不必再往下讲了。他向李福杰苦笑一声，算作告别，用手捂着鼻子嘴，走了。

李福杰被岳万金搅乱了思路，只好就此作罢，回家再记。他临离开此地，发现那鲜艳的红色血迹，分外刺眼。心里立地恶心起来，萌发什么不吉利的预感。于是，掊了些土，两手掬起来，撒在血迹上面，掩盖起来。这样，也避免人们发生误会，以为俩人动了干戈，受了伤什么的。

岳万金的检查播出后，立即在全公社引起强烈反响。尤其是沿滹沱河岸和接近河滩的村庄，人言籍籍，议论纷纷。街头巷尾，人们的话题集中到蒲草上。人们过冬指望蒲草。农田建设不准割蒲草。公社让烧蒲草……岳万金放假割蒲草犯了路线错误，多亏烧掉河滩蒲，才保住党籍。

在赵庄，孙羊羊自从领了彭茂华的圣旨后，得意忘形，揎拳捋袖，不知想干啥。他总想活捉一个俘虏，到彭部长那儿请功。人们发现孙羊羊这几天，头上栽扫帚上晃得不行，知道有啥秘事，在他心底藏着。于是，好多人，总想打听个水落石出。黑石头悄悄问：“羊羊，你有事没事，在村里转，有啥目的？”

“我有啥目的？随便转悠转悠，又妨着你啥啦，鬼人操鬼心。”

黑石头从口袋里掏出一瓶高粱白，在孙羊羊眼前忽绕着，“让俺老婆炒个山药丝，咱就酒。”

“别吹牛，估计装的是冷水。你咋会舍得买酒喝？”

“你瞧，原封未动。昨晚上，我一黑夜给毛眼眼把猪圈的粪挖出来，赚了两块钱，外赏一瓶高粱白。”

孙羊羊跟着黑石头回家喝酒。酒入舌出，三盅酒下肚后，便将老师傅卖了。“我受彭部长委托，监视咱村人下河滩割蒲，一旦发现立即报告。”

黑石头听了大吃一惊，原来这家伙当了暗探。无怪乎这几天形迹可疑，鬼头鬼脑。“河滩的蒲不准割？”

“今年桃园驻有工作队，厉害得很，是个女的。我割了一背蒲，被她没收了，多亏彭部长亲自下去，才算办完了此事。”

“办完了？”

“蒲送给学校。我嘛，责令负责咱村的工作。”孙羊羊自鸣得意地“咕噜”一口，将一盅酒倒入肚里，“连他何子毅、何正魁老东西，犯在我手下，概不留情！”孙羊羊肆言如狂，不知天高地厚地吹起牛来。

第二天，赵庄的正南沟工地上，默默地传递着一个消息：孙羊羊暗地监视赵庄人割蒲。如此严密的安岗步哨，设密探措施，多年少见。人们不禁黯然失色，连干部们听了都觉得吃惊。加之，岳万金的公开检查，益发引出众口纷纭的混乱局面。

本来，这几天，随着天气的变冷，人们都在担心过冬生计。今年是灾年，但冬天的粮食没问题，要挨饿是明年的事。如果，不闹回柴火，煤炭，挨冻不比缺粮好过多少。在人心惶惶的情况下，任何风吹草动，人们都十分敏感，在这里军心不定，谣言四起。有人说：桃园上水库的马车，早已撤下来，从西山拉回焦炭。有人说：明天桃园开河滩打蒲，人家闹够后，也要放火烧。有人说：公社已做出决定，全部烧毁资本主义的草……

黑云压城城欲摧，众口熏天。赵庄的正南沟工地上，一时流言蜚语，人心蠢蠢欲动。人们不谋而合，准备下手抢滩。在这种形势下，干部们也睁一眼闭一眼，任凭社员们叽叽咕咕，不加制止。他们知道，众怒难犯。何况干部也是社员，同样在考虑如何越冬的问题。再加上，公社指定孙羊羊做密探，拍开村干部闹人，他们有点冷心。当人们谈及桃园蒲草时，何正魁说："啥是桃园的？好好的耕地，还打破村界统一划片治理呢？荒滩上的草，就成他们的了？"

说这话时，工地上人很多。连狗司令和疯静仁也听到了。人们对老革命的话，心领神会，一个个心里拿了主意：今晚偷袭桃园滩。

晚上，赵庄人吃过饭，家家户户，不约而同，都忙了起来。磨镰刀，结麻绳，钉鞋，做起割蒲准备工作来。孙羊羊本来掌握了这个信息，他从下午收工，一直蹲在桃园的路口，直到夜深人静，冻得不行，才扫兴地回了家。按过去的习惯，人们抽工夫，忙里偷闲打蒲割柴，下午或迟或早溜出去，傍晚或者夜幕笼罩大地后，背柴入村。这是多年的习惯。孙羊羊焉能不知。后半夜他死猪般睡着了。

鸡叫头遍，赵庄有开大门声。这信号一传十，十传百，很快遍及全村。起先，人们鬼鬼祟祟，互相抵防着，生怕遇上孙羊羊之类的积极分子，抓了头名典型。后来，发现有些干部、党员也加入这队伍。而且人员从四面八方汇集而来。于是一个个胆大起来，也悄悄说开了话。刹那间，黑压压站了一街人。他们自发地向桃园滩进军。男女老少杂牌队伍，一溜长蛇阵，涌向滹沱河岸。

当孙羊羊的老妈喊他快去割蒲时，天已大亮。孙羊羊跑到街上一看，有背蒲回家的，有搭着空绳出去的。人们急匆匆没命地奔走着。谁见了孙羊羊也不说一句话，不看一眼，生怕抓住话柄。孙羊羊吓得当下尿了一裤子。吓破他苦胆了，敢阻拦哪一个，敢找彭部长报告哪一个？他不由自主地摸了摸准备挨打的脸。然后，突然破口大骂："赵庄人，我 × 你祖奶奶！"赵庄人没一个搭理他，只管干自己的。

孙羊羊振作起精神，准备到公社报告去。他没有自行车，需要借一辆骑上去。但谁也不肯借给他，连好言语也没有。万般无奈，只好跑步而去。孙羊羊大步流星走出村，回头看了看，已经望不到割蒲大军了。这才放心地跑了起来。他跑得汗流浃背，仍在坚持跑，跑比走快。他心想，如果迎头碰上彭部长，他首先得表扬这跑步精神。后来，越跑越没劲，累得实在难以支撑了，但他口里念着，跑啊，跑比走快。孙羊羊精疲力尽，跑不动了，还在坚持小步跑。此刻，与其说跑，不如说走。跑步没有走路的速度快了，还在跑。

当孙羊羊跑进公社大院，第一个发现他的是杨利民。杨利民认识这团活宝。他打孙羊羊耳光，跳起来才能够着脸。“干啥？”杨利民问。

孙羊羊大口大口，喘着气，累得要死了。他断断续续说：“彭、彭，我找彭部长。”

杨利民看着孙羊羊这副狼狈相，像小雀漾气呢。于是，讽刺着道：“有啥大事！是不是日本人打到赵庄啦？”“不，不，不是，杨秘书。是，是赵庄人，打桃园的……”

“啊，灰你娘的快说。赵庄去了一个营，一个连？带啥武器去了？”杨利民故意大惊小怪斗这狗熊。

“不，不是。”孙羊羊定了定神，道，“是全村人打蒲去了。”

“扯你妈的蛋！打蒲，你找彭部长干啥？”

此刻，正好彭茂华骑着自行车，从外边驶了起来。杨利民笑了笑说：“快，来得正好。孙羊羊找你有紧急情报说赵庄人打到桃园了。”

彭茂华见状，立地脸拉得越长了。他知道，赵庄出问题了。

赵庄停工抢割蒲草，人数之多，影响之大，远远不是岳堡能相提并论的。彭茂华正在愁眉苦脸，束手无策之际，王磊不识时务地，兴冲冲拿着一张报纸，对彭茂华说：“好消息，又一个头版头条，大块文章。”他边说边将报纸递给彭茂华，让他也高兴高兴。

彭茂华吓了一跳，他面对王磊那副不开眼的整头脸，又是可怜又是狠。别人滚油浇心，你是东吴招亲。明明报上为工作队表功，你却说成给公社增光。眼睛瞎得一胳膊深。他把报纸丢给王磊，没吭一声，便迈开长腿，大步大步向话务室走去。他边走边说：“挂羊头，卖狗肉。公社就叫他们搅乱了。”

彭茂华对毛毛说：“叫邓彬。”

毛毛问：“在哪？”

“不知道。”

“不知道在哪，我怎叫？”

彭茂华又对钰香说：“打开广播叫。”

钰香一笑：“还不到广播时间呢。哪能随便开机。”

彭茂华扭头出院，踅了个来回。看了看，公社里有用的人没一个。在家的都是没用的。他像热锅上的蚂蚁，无目的地干着急。其实，叫回邓彬又有啥办法，法不责众。

在桃园，当大清早起一声吼喊：“赵庄人抢蒲啦。”唤醒沉睡的人们后，桃园的人便疯了似的，一齐冲向河滩，与赵庄人争夺起蒲草来。他们知道，在这个强大的霸主面前，是讨不回公道的。只有各管各，去抢蒲，抢到多少算多少。于是赵庄人，桃园人，一齐下手，割的，抢的，背的，拉的，哭的，骂的，哼喝呐喊的，乱作一团。一个个如狼似虎，睁开血红的眼睛，没命地拨开长镰，大显身手。有人手指头流血，也顾不得包扎，有的人脚趾头掉了，也不觉。那场面，如咆哮的山洪，势不可挡。

支书牛小拴，发现赵庄人大兵压境，明火执仗来抢蒲，吓得龟缩回大门里头，吓得直打战。他惹不起赵庄这个庞然大物，又怕桃园人找他麻烦。一时慌了手脚，失了神。

牛小拴当支书，本来是靠收买党员，毛遂自荐要为桃园办实事，而获得选票，成为支书的。他三十来岁，猴气十足，对上边既不迷信，也不尊重。对自己很自信，对工作害霍乱病，冷一阵热一阵。当朱美琰批评他动用马车拉炭，并责令他保管好炭，不得交给社员后，他明里接受，暗里有自己的主意。当他将牛本路拦在街上，说明工作队意见后，牛本路当下将炭从车上卸下来，便吆上车走开。群众闻讯赶来。牛小拴见状，没了主意。“支书，怎分呀？”

有人问。

“按户分，还是按人分？”

“收现钱，还是记账？”

……

人们七嘴八舌，争相打问。好多人担来箩筐，准备担炭。一个个喜形于色：“咱小拴支书还是替群众办事哩！”

“好书记！”

小拴看了看这场面，如果他说一声不准分，简直会被唾沫淹死。拉回炭不给社员分怎呀？往你家搬呀？孝敬工作队呀？这时，大队会计，保管也来了。眼巴巴都在等着支书下令分炭。

小拴终于下了决心：分！他将分炭任务交给会计、保管后，便隐藏起来。原本自己这个支书还是拾到的呢，至今，公社对他啥态度，还摸不准呢。他对当支书，没多大兴趣。大不了，撤掉这个没几天的支书了。当朱美琰发现群众分炭时，生米已做成粥。她找小拴，小拴无影无踪。她气得敢怒没法说，只好揉揉肠子，忍气吞声，听其自然。前车可鉴，她没有去向彭秉如做汇报。

当牛小拴向朱美琰说明情况时，朱美琰没有批评小拴。她只是说：“小拴同志，我并不是吃在桃园，住在桃园，不关心桃园人民的生活，而是形势不允许。咱这一车炭，恐怕要引出大的麻烦喽。”她和社员滚战一块，已经有了感情，对社员的呼声心领神会，心心相印。但她是工作组组长，不能妇人之仁，失去原则。她对小拴说：“让牛本路明天一早上水库去。

其他的，再说吧。”

小拴听了这句话，伤心的泪水直往肚里掉。原来，牛本路卸炭后，回家刚吃过饭，便被水库民兵捆上走了。这是杨杰奉罗彪之命，来捆走的。如果今夜不送车上山，明天下来，恐怕就是捆自己了。这事，朱队长还蒙在鼓里。小拴见她可怜，不忍心对她讲了。只要将车送上去，就没事了。小拴面对朱美琰，只好等待“再说”了。他最害怕黑脸彭队长。那人身上长瘆毛，令人起鸡皮疙瘩。他清楚，朱美琰所谓“再说”即是听彭队长穿鼻。牛小拴正在为分炭一事牵肠挂肚，苦不堪言时，又碰上赵庄人疯了般，像洪水涌来。面对这种事态，他胆战心惊，左右为难。他是赵庄的女婿，宁肯丢支书，也不能断了赵庄的路。牛小拴想了想，还得用老一套办法：三十六计，走为上计。他趁工作队和社员未找到自己门上，溜出村，绕道去了赵庄。路上，他萌生了一个念头：找何子毅去。

桃园工作队的尚丞荣，眼看时间到了。怎么今天没有人来叫吃饭。他到外边观望，发现人们神色匆匆，慌慌而去。他产生了怀疑，当他再往前走，一下发现通往赵庄的大路上，人流如潮，柴垛似浪，黑压压一片。再看，桃园人们也急大眼睛，拼命似的带着家什，奔向河滩。他二话没说，掉头跑回工作队，大喊：“啊呀，大事不好！赵庄人，桃园人一齐出动，抢蒲了！”

正在刷牙的朱美琰扔下牙具，奔出门外。她连牙膏白沫也没来得及擦，惊慌失措地说：“怎呀！怎呀？这怎……”

“我找牛小拴去！”尚丞荣不等朱美琰回话，便跑步去找。

朱美琰做梦也不会想到，农村如此复杂。她早知这样，说啥也不当这个工作组组长。小小桃园，怎么尽出怪事。本来，下乡前信心十足，决心到第一线锻炼，干一番事业，年底，满载而归。万没想到，如此棘手，叫人心碎啊！她此刻，多么需要一个强有力的男人，站她面前，撑腰做主，控制局面。她想到彭秉如。他如果站在这里，肯定会有办法的。

可惜，他不会来。

时间不长，尚丞荣回来了。他没有找到牛小拴，听人说，小拴向村外匆匆而去。朱美琰哭笑不得。在机关，人们总说，农民老实、憨厚，农民最能代表中国人。其实呢？这个牛小拴简直滑头透了。一有风吹草动，一遇棘手事，便溜之大吉。等事态平息下来，他才出来。他知道，过了午时不杀人。啊呀，好一个狡猾的牛小拴。朱美琰坐在炕沿边，自我作践道：“咱们连饭也吃不上了。”

尚丞荣在街上，有人交给他一份报纸。他一看是地区小报，上面有小白写的文章。此刻，他看了个大概后，将报纸递给朱美琰，并说：“小白不调查就写稿，把咱那车炭，做了典型。”

朱美琰无心赖意，没有看报的精神。但一听说炭的事，便神经过敏般，摊开报纸贪婪地看起来。看着，看着，她看不清字了，模糊一片，接着头晕眼黑，天旋地转，软软跌在炕上。人们连忙扶起，已经面无人色。

“朱队长，朱队长……”工作队里乱了营。

一会儿，朱美琰苏醒过来。她说：“别怕，我有这毛病，没事。”

尚丞荣等人，决定要送她住院。朱美琰坚决不肯。她担心工作队出事。尚丞荣心想：让朱队长去住院，是最好的甩手办法。但他们忙了半天，连一辆平车也找不到了。全村男女老幼，大小车辆，倾巢出动，大战河滩去了。

滹沱河岸边的荒滩上，弥漫着一场规模空前，轰轰烈烈的夺蒲大混战。

第二十八章　心系社员备冬寒

徐晋东、彭茂华、邓彬、牛婧兰、田亮平，一行五人骑车来到赵庄。赵庄村里静悄悄的，街上没有闲人。偃旗息鼓，人们自知理亏，今天自觉都上工地了。他们进了大队院，何大管家拐着腿，表示欢迎。他正在喂猪。

“五个人？”何拐子问。他准备午饭，今天的饭不好派了。

“五个。”彭茂华回答，“子毅在哪啦？”

“在工地吧？我给叫他。”拐子热情地周旋在他们身边。他知道今天徐书记心里不高兴。赵庄人不给书记赏脸。他心里有愧，尽量多陪个笑脸，献献殷勤。

彭茂华征求徐晋东意见后，说：“算了，别叫了。”

随即，彭茂华打开工作队房间的锁子，进屋休息。突然从正房冲出个疯静仁来。静仁眼睛血红，见了徐晋东他们先是一笑：“徐书记和彭部长来了？”

“你从哪出来的？”彭茂华问。

“党支部办公室呗，一个共产党员，难道不能坐坐办公室？”

人们不再搭理他，都进了屋。

疯静仁心里清楚，知道徐晋东引来一哨人马，是处理赵庄人停工抢割蒲草事件的。他毫不客气地大大咧咧尾随着公社干部，走进工作组。牛婧兰吓得只管躲他。

“我们有研究的，你出去吧。”彭茂华撵疯静仁。

何静仁从口袋里掏出一盒烟，他抽出一支，看了看，又插回烟盒，并将烟盒仍装在口袋里。然后向彭茂华伸出手：“部长，给根好烟抽。我的烟见不得亲朋、首长。”

“我给你根烟，你得出去。我们有事。”

“我不要烟，也不出去。我有话要跟徐书记说。一个共产党员，有话不能跟书记说，你叫跟谁说？”

“你有啥说的？”徐晋东问。

“我告诉你，徐书记，赵庄人抢蒲就是何正魁的主意，老家伙是总指挥。你若要不信，狗司令做证。他在工地公开讲，河滩蒲草不是桃园人种的，谁割是谁的，我胡说一句，摔死在温都尔汗。”

“好了，你的意见我们知道了，你出去吧。”徐晋东好言相劝。

何静仁不走：“徐书记，我还有句话对你说。赵庄不打倒何正魁，永世不得安宁。”

“你走不走？”彭茂华火儿了，在何静仁脸上顶问。他瞬间变脸，咄咄逼人，想收拾他。

何静仁怕彭茂华那两只铁爪（手），准备走了。他边往外走，边说：“现在是走资派还在走，何正魁早应该挨枪子儿……”

“滚！”彭茂华大吼一声。

疯子走了。何拐子又防范严密地关起大门。大院安静下来。

徐晋东让大家休息了一下，便分配任务道：“茂华和邓彬去一下桃园。把那里的情况摸清楚。我们仨，到正南沟工地上看看。”

“我们如果结束的迟了，就不回来吃饭了，别等。”彭茂华对徐书记说。

“行。看情况办。”

牛婧兰看着邓彬，想跟他俩去桃园，但不敢说。邓彬知道她的心事，临出门悄悄戏说：“跟俺走吧。”牛婧兰一捩脸，没理他。

徐晋东带领着田亮平、牛婧兰准备去正南沟工地走一遭。一来看看工程进展情况和出勤劳力，二来了解一下昨天夺蒲大战的内幕。

徐晋东在赵庄大街上走着，发现偌大的赵庄大街小巷，今天分外干净。又发现家家户户，不论大门严实不严实，都上了锁。有的破大门，也挂上了根本不起作用的锁子。他又用心一想，街上连晒太阳的老人老汉也没一个了。这里边定有缘故。当他们走到何正武门前时，大门上也加了大铁锁。他老婆常年卧床不起，半身不遂，难道也下地了。显然是，家里有人的大门，也锁起来了。他豁然开朗，终于解开这个谜。

“你们俩发现啥情况没有？”徐晋东问田亮平和牛婧兰。

田亮平用手挠了挠自己的头皮，搭讪着笑了笑：“啊呀，我发现俺村的街道，干干净净，从来没有这么扫过。”

牛婧兰道：“那还不是怕丢掉撒在街上的蒲，才扫街嘛。”

“肯定是扫蒲草，把大街扫光了。”田亮平断定是这样。

“你们再用用脑子，看有没有别的怪现象？”徐晋东边走边说。

俩人交换了一下眼色，都不敢再贸然发表自己的高见，以免发生笑话，引起书记对自己的看法。

“你们看，家家户户紧锁大门，大街小巷没一个坐街闲人。”徐晋东指着门上的锁子，深沉地说。

“唔，是哩。过去，家里没人，也不锁大门。今天不知怕啥？都挂上锁子。”牛婧兰幼稚地发出疑问。

“怕人们进院，搜蒲哩。”田亮平大胆地分析，并指着一个园子里的柴火说，“你们瞧，外面围着茭秆，玉茭秆，里面是蒲草，能看出来。”

徐晋东没吭声。他面对赵庄这么大一个村庄，家家户户，不约而同，采取了如此防范严密，高度警惕的统一措施，心有所动。这无疑是群众自发行动。这种用于对付敌人的办法，对待政府、公社，他心里酸楚楚的。群众割柴，越冬取暖，有啥错？想当年，自己在村里当农民，每年冬天冒着寒冷跑十五六里路，上山打柴。为老婆孩子一家人过冬，不惜往返三十多里，去受罪。而如果遇上干涉的人，或者一火烧掉背到家的柴，心情更是不言而喻，他越看心里越难过。为官一任，造福一方。虽说大干社会主义大工程是千秋大业，但眼下群众的燃眉之急，不能无动于衷。相信别的公社，都不会如此苛刻，自己当了十多年社员，怎能不知其中的奥秘。他没有走出村，去工地，而是领着两个年轻人，在村里转了一圈。

当徐晋东他们准备返回大队部时，街上发现了一个人。那人正披着皮袄，坐大门口的死树墩上晒太阳。他们走了过去，那人纹丝不动，泥塑木雕般，呆呆痴坐着。

“喔，你怎不出地？”徐晋东站他面前问。

那人仍死了般双手捂脸，脑袋扎裤裆，跟地神爷拧眉。田亮平知道是孙羊羊。他说：“羊羊哥，徐书记跟你说话，你怎不回答？”

孙羊羊慢慢抬起头，两只手从脸上拉下来，露出一对蛆枣般的眼睛，他哭得泪水长流，泣不成声。

堂堂五尺男子汉，号称赵庄人物头的孙羊羊，怎么如丧考妣。徐晋东认识他，问：“你怎么啦？有啥过不去的地方？”

孙羊羊见徐书记耐心询问他，心里想：难得这机遇。此刻不说啥时说。他止住哭，道：“徐书记，我过不去的地方太多了。该从哪说呢！”

徐晋东耐心地劝他：“你慢慢讲，我没事，听着哩。”

“徐书记，我谢谢你啦。”孙羊羊站起来，走到徐书记跟前道：“我叫孙羊羊，就是打金怀老板那个孙羊羊。那天，我给老妈割了一背河蒲，刚走到桃园，被工作队没收了。彭部长知道后，处罚我站十天暗岗，监视赵庄人去打蒲。结果，我没有完成任务。昨天，全村人打蒲。我跑到公社找彭部长报告，他一句话没说，让我滚出公社。我知道我的事没完了。

彭部长这一关，是过不去的。

“还有，村里人知道我给公社站岗，侦探情况，都向我进攻。说我是公社暗探，连话也不跟我说。昨天，我去公社，连车子都借不到。返回来时，又饿又气又败兴，四十里整整走了一天。我去公社报告了赵庄人偷蒲，惹下众神恶鬼，全村人怒气冲冲，恨不得把我一口吃掉。这不，我今天连工地也不敢上了。白白丢掉一个工。我愧对赵庄父老，我猪八戒照镜子，里外不是人。唉，徐书记，我还有过不去的鬼门关。人家全村人大抢河滩，家家院里堆满过冬的柴草，我连一根蒲草棍也没有拣到。你说我老妈怎过冬？……”

孙羊羊好像孤儿找到妈，只管倾吐肚里的冤屈。连站在旁边的牛婧兰和田亮平，也为他捏一把汗。孙羊羊绝非信口开河，句句说的是实话。这里连彭茂华也告下了，不用说何子毅了。奇怪的是徐书记一直专心地听着。中间没有插一句问话，也没有打断孙羊羊的絮叨。应该说，徐晋东对孙羊羊是没有好感的。他无论如何不会听一个被自己收拾过的灰人的奸言诈语。孙羊羊是赵庄十大灰人之一，有啥过不去的地方？他的话，在田亮平心里一向是阎王爷的告示，鬼话连篇。但今天所说，基本属实，他不敢在徐书记面前鬼嚼。

孙羊羊肚里的话，叨叨完了。但徐书记还在侧耳静听，好像没听得过了瘾，孙羊羊还应当讲下去似的。田亮平和牛婧兰一时敛声屏气，不知如何是好。

原来，徐晋东想到自己的老妈。她一个人住着间破平房，每年冬天全靠山柴、羊粪过冬。现在，是该回去打几背山柴，齐齐整整，跺在院里，让老人哪时烧，哪时抱个方便。可是，今年连回一天的时间都挤不出来……我还不如个孙羊羊。居然连老妈的大事，都忘了个精光。老妈现在仍在烧煤面。煤的火焰小，不暖炕，人常说，家暖一条炕嘛。唉……

“徐书记，”孙羊羊叫了一声。徐晋东从徐沟又回到赵庄，回到孙羊羊大门前，“你是个好人，得帮我渡过独木桥。”

徐书记心有感触，同病相怜地说：“其实，我也有过不去的独木桥。我的老妈，在家里挨冻，还不及你的妈呢。”

在场的三个人，同时睁大眼，对徐书记，另眼相看。这话，显然是失言。此时，此刻，能这样讲吗？牛婧兰触景生情，忙走开几步。田亮平大胆地插嘴道：“羊羊哥，你说的，徐书记听清了。我也全记住了。公社会妥善处理的。怎么，徐书记，咱到那边走走？”

徐晋东向孙羊羊告别：“你讲了实话，谢谢你。”

徐晋东一言不发，大步流星走回工作队。

“你们说，群众销迹灭赃，关门闭户，在防备谁？”俩年轻人不敢回答。

“在防备我们！”徐晋东自己解答，“近乎坚壁清野的措施，保护蒲草，提防我们。我们今天，倒是没有去工地，假如去了，也是不受欢迎的人。我们和老百姓处于这样冷战式的对立状态，可悲啊！”

田亮平给徐晋东倒了碗水，放在他面前的炕上：“热热的，喝吧，这阵走得累了。”除这类话之外，他什么也不敢说。

牛婧兰不理解徐晋东的心思，但为他担忧。公社当前处于这种按下葫芦瓢起来的状况，他作为一社之主，居然对一位落后群众，当面说出那样的话。又对两个小卒卒，说出这样的耸人听闻的言论，叫她不由得为徐晋东这个年友捏一把冷汗。万没想到，这个人有这么大的胆量。她想岔开话题，没话找话道：“彭部长和邓彬不知中午回不回来了？”

田亮平走过去，看了看徐晋东手腕上的表：“才十点五十分，回也不是时候呢。”田亮平见徐书记打呵欠，精神不振，便矫情饰貌，婉转地说：“徐书记，你歇着。我回趟家，顺便再看上几家。我是本村人，目标不大，也不引人注意。”

“回到赵庄，还能不回家？你家没劳力，恐怕没打下多少蒲。”

徐书记反倒对他家的事，很关心。

“我也去看看。”牛婧兰趁机来了个金蝉脱壳。

田亮平为难地一啧嘴，不置可否。但牛婧兰已经在催他：“走呀。”

徐晋东多么想清静地进入真空世界，他懒洋洋地一歪身，斜靠在铺盖卷上。亮平和婧兰见书记下了无言逐客令，彼此会意，悄悄走出工作组。一出门他们顿感一身轻松，打开大门，落荒而逃。

“我发现你在领导面前，可会卖弄聪明呢！巧言令色，知冷知热。”牛婧兰讽刺田亮平。

田亮平恼羞没拉地赫然无着，道：“哪里呀，我今天见徐书记言语行动间流露出一种矛盾心理。不知他心里想啥？只怕回答得不顺心，惹人家生气。你不看我，一句话也不敢说。”

“啧啧，这还是不敢说呢！你是在粉饰自己吧。”牛婧兰眄视他一眼。

“我在你跟前粉饰自己有啥用？你能把我转正？”田亮平没有发现她脸上稍纵即逝的红晕，接着自我挖苦道，“我在徐书记跟前，总有点紧张。正如俺村何正魁说的，何仙姑回娘家——云里来，雾里去的。我是不知所云。”

“哈哈哈……”牛婧兰推一下亮平，褒贬着说，“越说你会说，越会说啦？何仙姑是谁，是你姑妈？”

田亮平笑了笑，给婧兰解释：“何仙姑是八洞神仙之一，据说，是个赖女人，又是专门解决光棍们的困难，所以成了仙。”

“哟，成了仙也是光棍的仙吧？无怪你这么熟悉、崇拜。”

……

田亮平和牛婧兰一路呱啦，走大街，串小巷，还没有到自家门前，忽然发现了一个人。“你瞧，那是谁？”田亮平悄声问婧兰。

婧兰说：“你一个村的，不认识，问我？鬼鬼祟祟的，肯定不是个正经人。”

田亮平和牛婧兰对视了一眼，颇为神秘地说：“那是桃园的牛小拴。”

牛小拴也发现了他俩，看样子企图拐进一个小巷躲避起来。

“小拴！”田亮平喊了一声。

牛小拴站住了。他稍打定心后，问：“是亮平和牛主任？”

田亮平问：“你去哪？”

“回村。”小拴看了看田亮平，又看了看牛婧兰，好像要从他们的脸上，找出他要找的疑问，“你们干啥？”

“赶快回去吧，彭部长和邓干事，正在桃园找你呢？”

“找我干啥？”

“你回去就知道了。”

“啊呀，凶多吉少。”牛小拴摇摇头，“这俩人找，没好事。”

“脚底登擀杖，自己不稳当。个人屁股下没屎，怕啥？”

牛婧兰批评他。

田亮平笑了笑，道：“彭部长是你表弟哩，怎么也不会难为你。”

“你快别提那事啦，那人六亲不认。”

“没事，无非社员割了一天的蒲呗。赵庄人去割，你们村人跟着去割，有啥怕的？”田亮平给牛小拴做思想工作。

牛小拴“唉”了一声，苦不堪言地道：“单割蒲，我才不怕哩。”

“还有啥更悬乎的事？”田亮平问。

“你说嘛，或许俺能帮你忙。”牛婧兰打劝、开导。

“唉，”牛小拴说出心里话，“俺村社员把一车兰炭分光了。”

“是不是明苑庄工作队报道的那车资本主义炭？”亮平问。

“是哩。”

“报上不是说，你们封存后，等待处理吗？怎么会分光呢？”

“社员要分，有啥办法？”

“你们村的社员让雷大年惯坏了，简直无政府主义。”

“要你这个支书干啥哩？肯定是你让分的。”牛婧兰盯着他，“是不是？”

“是哩。”牛小拴无可奈何地承认。

“那你顶风犯上，自找苦吃。”田亮平又告他，“你赶快找徐书记承认错误吧。”

“徐书记？”牛小拴瞪大眼，发出大惑不解的眼神。

“怎么？不敢去找？”亮平问。

“丑媳妇怕见公婆？迟不如早，早不如快。如果工作队给你定了结论，徐书记也不好说话了。你犹豫啥？”牛婧兰催他。

“徐书记在哪？”小拴问。

“就在赵庄。要去，现在就去。”亮平说。

牛小拴拍了一下头，后悔不迭地说：“我从桃园，跑到赵庄，就为找徐书记？”田亮平弄清了小拴的来龙去脉，一针见血地戳破他的伎俩道：“嗯，原来你是疥蛤蟆躲端午哩！来你丈人家躲灾避难来了？”

牛婧兰接着说：“躲了初一，躲不了十五。当书记还能躲，简直是笑话！”

“跑了和尚，跑不了事（寺）。再说，这是点啥事？批评上几句，就尽了。”

“我压根也不想干了，把印交给雷大年算了。这差事不是个人干的。”

“怎不怎，你找徐书记去吧！再跟公社和工作队捉迷藏，当心受制的。”

牛小拴失神得不知所措。

原来，昨天当牛小拴见事不好，逃之夭夭后，绕了个半圆圈，去了赵庄。赵庄和桃园一样，整个村里乱了营。他知道去哪也不是他该去的地方。他揣测何子毅不敢去参与抢蒲大战。于是，他到了正南沟的赵庄工地。果然，何子毅在向阳湾，坐在平车辕条上抽烟。在偌大的寂寥死沉的工地上，两个人都彼此发现了对方。但谁也没理会谁。何子毅仍在抽自己的烟。团团烟雾在他眼前、头上缭绕。车辕上整整齐齐排列着十个烟蒂。牛小拴向何子毅走过去。按赵庄家规，牛小拴老婆叫何子毅叔。牛小栓呢？当然也得叫叔。他恭恭敬敬问："子毅叔，你一个人？"

何子毅慢慢抬起头，看着牛小拴，忽眨着眼问："你来干啥？"

"唉，"牛小拴坐在子毅对面的一辆平车上，少气没力地说，"和你一样。"

子毅苦笑一下，不解地问："我在正儿八经工作，坚守岗位。你大老远地跑来俺们工地，没啥图谋？怎么能和我一样？"

子毅几句话把小拴说得闭口无言。原来他认为何子毅在山沟躲灾避难，所以说和他一样。结果，何子毅冠冕堂皇地声称是坚守岗位，岂不成天大的笑话。

"兵不离营，马不离站。俺们赵庄，差不多每天都有上边领导来检查工作。我坐这儿，他们谁来了，我也理直气壮。大不了，说我无能统不住人，不能说我领着社员干私活吧？也不能说我临阵脱逃吧？"

牛小拴对何子毅肃然起敬。今天他一席话，才初步领略了何书记的神机妙算。姜还是老的辣。他庆幸今天来找何子毅是绝路逢生。他本来想找何子毅算账，把抢蒲大战的罪名，归到赵庄。但此刻说这话无用，况且俩人辩论不下结果，是非曲直也须上边定。眼下。向何讨个高招，回去能蒙混过关，是当务之急。牛小拴将自己纸烟屁股，掐灭后，站起来，走到何子毅身边，规规矩矩加入到了何子毅的烟蒂队列。然后。给何子毅敬上一支道："接上。"子毅接住烟瞅了瞅烟丝，又在车辕上蹲了蹲，然后跟残剩的半截烟头接起来。

"子毅叔，其实社员自发到河滩打蒲，没啥大不了的。谁叫咱不给放假来。"

"放假？那是困难时期，收买人心的官样文章，六十条规定的。现在啥年月了，还说放假？过去的皇历，用不上了。”

“按你说，咱也和岳堡的岳万金一样，写检查，做广播？”

“他宣布放假打蒲，咱也没宣布！你没宣布吧？”

“俺村人是说听说桃园扣了孙羊羊的蒲草，还要像岳堡那样放火彻底革河滩蒲的命，才明火执仗去冒险的。”

“孙羊羊的蒲是工作队扣的，我不清楚。”

“今天，还让工作组扣去，你别管。”

“这不，我就来赵庄了。”

“躲灾躲难来了？”

“不。我有要事，请教你呢。”

“啥？”

“俺牛本路牛大头拉回一车焦炭。工作队发现后，不准给社员分，让等待处理。结果，社员们逼着干部分光了。”

“所以地区报上说扣了一车炭，结果是你们分了？”

“是啊，明知故犯，这比割蒲性质更严重，你说是不是？我怕二罪归一，闹在公社大会上收拾呢。”

何子毅认真地询问了那车炭的前前后后。他动了动脑子，便给牛小拴参谋：“你把责任推在会计、保管身上。你先处理他俩。”

“他们让吗？分明是我分配人家俩干的事。”

子毅咂一下嘴：“他俩更好推卸责任，社员自己动手往家里担炭，你说会计、保管不应当拦住记个数字吗？”

牛小拴仔细想了想：“行。这步棋高！”

“今天别回去。这阵，咱们两个村已经捅炸马蜂窝了。明天悄悄去见会计和保管，如此这般捏弄一番，屁事没有。”

牛小拴受高人指点之后，在岳父家住了一宿。他今天选择傍晌午时辰，准备偷偷回村与会计、保管密谋后再露面。不料，正巧遇上田亮平和牛婧兰。

牛小拴被田亮平和牛婧兰说得三心打二心，五心不定起来。不知是回村对，还是见徐书记对。

“我们走了，你自己看着办吧。”田亮平说毕，和牛婧兰真的走了。

牛小拴想了再三，终于不敢去见徐晋东。他又抄原路，绕道回了桃园。

徐晋东一个人躺在炕上，越想越伤心。自己是来自老根据地农民的儿子，今年又值大灾之年，如不采取点灵活措施，保护群众积极性，公社将失去人心。明年的生产必定受挫。而且，全员出动，强打蒲草一事，足以引起警惕。与其被动，不如主动为好。索性公社做一决定：全社放假两天，准备过冬柴火。要关心群众生活嘛，县委知道了，又能怎样？

徐晋东打开笔记本，趴在桌子上写道：

想当年，恒山砍柴，汗流尽，心高兴，为阖家老小添温暖，度严冬：人间自有真情；

看今朝，滹沱禁草，耍威风，昧良心，逼黎民百姓锁大门，防鄙人：愧对江东乡亲。

徐晋东写下这么两句近乎对联式的诗文后，又挥笔断然疾书道：打马回长安。下午，徐晋东带领彭茂华等一行五人，静静地撤出赵庄，回了公社。他们中午，是何壬澍亲自给做的白面揪片儿。因为人们都下了地，派不出饭。他们汹汹而来，悄悄而去。连支书何子毅也没晤面。他从何静仁的骂、孙羊羊的哭、拐大冬的溜，足以洞察赵庄人之心态。够了，再将弦绷得紧些，来了赵庄恐怕连饭也吃不开了。

徐晋东回了公社，田子荣也已从家里回来。徐晋东随口问他：“回来了？”

田子荣兴致勃勃地自我表功道：“伙计回家办了三件事：给羊打回二十麻袋梨果树叶，足够一冬一春喂了；刨了一崖畔扁榆，背回九大背柴；还卖了一口猪。这不是三件大事嘛。”他由于内心激动，觉得非常满意，又适逢知己人，不免要多说几句："俺村有个西崖沟，十几丈深，沟畔上长满扁榆树。过去，老是烂大山刨。那家伙前年死了，没人敢刨。我今年发了一财。其实，腰里拴根麻绳，上边攥住，手拿快小镢，啥事也没有。"讲到这里，田子荣美气得笑了。

徐晋东道："你，有力气，又舍得用，自然会变成财富嘛。"

"对着哩。"田子荣沾沾自喜地说，"只要咱靠自己的力气，刨闹光景，谁也没说的。"

徐晋东看着他，一字一句道："不一定。如果你遇上彭秉如，一根火柴烧掉你二十麻袋果树叶、九背柴火呢？"

"啊？！"田子荣的眼珠，滴溜溜转了起来，"又发生啥事？"

当天晚上，钰香播出一条令人吃惊，又欢欣鼓舞的消息："公社紧急通知，各大队从明天开始，务必给社员放假三天，用于个人干私活，共同备冬度灾。"

双杨大地，顿时家喻户晓，欢腾起来。钰香的声音，人们第一次发现是那么银铃般动听、可亲。

第二十九章　身正不怕影子歪

当彭秉如听到公社通知放假的消息后，惊讶得张大嘴合不拢。他万万没想到公社会在这般关键时刻，做出令人失望的如此决定。这简直是不可思议，开政治玩笑。这几天，工地上出现了人言籍籍，甚至指桑骂槐的抱怨情绪。特别是，以岳万金烧蒲为借口。"他坏了心啦，置明苑庄人于死地，他也会不得好死！"社员公开骂岳万金。有的故意截对方道："你怕啥？河滩烧毁，山里补。南山上的柴，你能砍光？"

"放你娘的屁，一天跑上三十里路，背一背柴！"

也有从另一面设言托意，讽刺人的："你这个人，没听岳万金做检查，人家烧的是资本主义的蒲。过几天，咱堂而皇之，去享受社会主义的柴。你这人脑袋里住壁虱着哩？"

彭秉如听到这些，总觉得与自己有关。他如芒在背，脸烧耳热。这几天，他正想方设法，调动社员的积极性，加快工程进度。在现场会后，更是决心开拓更新的局面。尤其是小白的第二篇大作发表之后对社员的工作是一个促进。这般时候，亟需公社的配合，众志成城，上下拧成一根绳，才能保持工地生动活泼，长盛不衰的热烈气氛。而今居然做出泄革命群众志气，迎合极少数人心理，置县委的号令于不顾，如此狂妄的决定。他真不知怎么对待公社的荒唐措施。

彭秉如找到李福杰问："福杰，刚才公社的放假通知，你听到没有？"

"听到了。"福杰平平静静地回答。

"咱怎么办？"彭秉如两眼盯着李福杰，捕捉他脸上的微妙变化。

李福杰故意摆出一副木头人的样子，迟迟缓缓道："公社叫咋办，咱咋办。"他回答毕，连眼皮也没睁，丝毫没有征求彭队长意见的意思。

彭秉如果断地说："咱不能放假，不能停工，不能泄气，不能和学大寨形势唱反调！"秉如有些激动，声音难免高些。

李福杰对彭秉如进驻明苑庄后趾高气扬，盛气凌人，不把他放在眼里，一手夺了他支部书记的权，耿耿于怀，好大不满。但苦于人家以身作则，埋头苦干，深得群众爱戴，俩人相形见绌，才不敢与姓彭的抗衡。不过他心里窝的气，总要寻机往出发泄。李福杰看着彭秉如，针锋相对地回答："我不能不听公社的话。"

彭秉如气得肚皮都快爆炸了。他稍加冷静后，又想，村干部是怕公社的。工作队毕竟是临时的，给人家做不了多长时间的主。李福杰的回答，情有可谅。于是，他又换了口气说：“有工作队的村庄，工作队可以自主做出决定。不行，我去县委反应去！让罗书记、高政委来处理这件事。”

李福杰一笑了之。他知道，去找谁也没用。社员眼巴巴等着这一天，好不容易遇公社开了口，谁能阻挡住？

彭秉如见李福杰不置可否，不知他心里想的啥。又说：“公社的决定是错误的，做了群众的尾巴。”

“不。公社的决定符合民心，是及时的。不然，群众自炸了，也没办法。”

“怎么？会造反不成？”

“有后台，也是深得人心的后台。彭队长，今年是灾年，口粮人人分到手了，柴火需要自己动手，集体没有保证。这几天，人们对过冬柴火的需求，心急如焚。公社的决定，他们几乎喊万岁啊。”李福杰语言尖刻地讥讽彭秉如。

“呔！”彭秉如一踏脚，火冒三丈，“你是什么支部书记，简直是修正言论。”

李福杰没有生气，也没有反驳，但不等于接受。他只在心里怄气：“也不是我做的决定，成啥修正言论？有本事找公社去！”

彭秉如见李福杰不声不响，再没说一句话走了。

彭秉如立即召集工作组全体人员，开紧急会议。他要教育群众，组织群众，武装群众，使明苑庄干群、党群，形成共识，以铁的事实，证明群众是支持大干社会主义的。他深信，东风会压倒西风的。

彭秉如说：“关键的关键，是将鹿鸣滩工程今年开工，明年受益的伟大意义，讲彻讲透，做到家喻户晓，人人皆知。这是造福后代的千秋大业。决不能让眼前利益，迷了心窍。我们要有信心去发动群众。同志们不要忘记毛主席的教导：只有落后的领导，没有落后的群众。现在‘四人帮’的‘唯生产力论’不存在了。我们理直气壮抓生产，百分之百没有错。

大形势下总有小环境，小气候，不然，全国早建成大寨县了。我们要开辟新局面，就要奋斗。同志们，团结起来，曙光在前，干！”

在彭秉如队长的激励下，队员们个个摩拳擦掌，跃跃欲试。总想在明苑庄打出个新世界，他们有的心里庆幸，双杨公社出台了如此愚不可及的政策，这对锻炼他们，考验他们，提高他们，鞭策他们，都有说不尽的好处。今年跟上彭队长，这个血气方刚的队长，一定在旗开得胜的基础上，节节胜利，善始善终，最后夺取全盘胜利。强将手下无弱兵，在这场只可意会不可言传的斗争中，他们个个心领神会，没命地干起来。

“文字，我包了。”小白首当其冲道，“我还要制作一部咱们治理鹿鸣滩的幻灯连环片，从地区拿来幻灯机放映。”

“好！”大家鼓掌。有的报名撰写宣传稿，有的要重换工地大标语，有的重换擂台赛上英雄榜……都毛遂自荐，承担任务，准备通宵达旦夜战了。

彭秉如在大队的喇叭上，作了与公社决定针锋相对的演说。他慷慨激昂，绘声绘色，讲得滔滔不绝，口若悬河。真不愧为地区大干部，不愧是富有煽动性的演说家。他要求社员，明辨是非，分清长远利益与眼前利益，国家利益与个人利益的界限。他号召社员，为美好的社会主义的明天，为明苑庄美好的明天，要一不怕苦，二不怕死，去建设鹿鸣滩。为祖国社会主义大业，加砖添瓦。这才是一个共产党员、共青团员、民兵、革命群众的应有表现。当他最后，带着无产阶级的感情，发出“明天，咱们明苑庄不放假，鹿鸣滩继续开战”的命令后，彭秉如自信百分之九十的群众是拥护的，支持的。

彭秉如从大队部走出来，准备回工作组。他在街上，发现了一位担水的老人。他认识这位年逾花甲的老汉，于是走上去，一把拉住扁担，说：“老大爷，你放下，我替你担上吧。”

“不用。我能挑得动。”老汉执意不肯。

彭秉如以为是老汉不敢让他挑，益发手里使劲，要夺下扁担。老汉吃不住施压，就地一歪腰，将两只水桶放下。桶里的水，一下就溅了出来。老汉手握扁担问彭秉如：“彭队长，你有啥事吗？”

彭秉如本来是急于回工作队，安排明天的大事的。他路遇老汉，临时萌发了一个念头，想顺蔓摸瓜，捞个群众活口。怎奈，这老汉倔得很，连替他挑水也不容分说，防范严密的拒之一边。他本想就此走开，但老汉又主动打问。他便又来了情绪，嘘寒问暖，接近后道：“大爷，你白天劳动，晚上还得挑水，一定累吧？”

老汉回答：“不累，受苦人，惯了。”

“我见你每天出勤。你一定对咱鹿鸣滩工程很关心吧？”

“对。每天挣工分。”

“大爷，应当说，每天去参加劳动。工分嘛，那是理所当然的报酬。”

“吃分喝分指分过，离开工分没法活。”生古老汉断然回答。

彭秉如开导老汉道：“大爷，咱们建设鹿鸣滩，是社会主义事业、革命事业，学大寨的具体行动。你能坚持每天到工地劳动，满出勤，这就是为革命做贡献嘛。你应当感到自豪。你说对不对？”

“对，对，自豪。”

“你对咱们治理河滩，一定很满意，对吧？”

“对，对，满意。”

“你一定有决心，大干一冬天，为革命献出余热的。”

“对，我要大干一冬的，不过，我没有余热，有的是愚劲。”

“好好好！这话讲得太好了。余劲比余热更生动，形象。”彭秉如很欣赏这老头。进一步，问：“大爷，你对大干社会主义的认识很高。家中没啥困难吧？”

“没有。”老汉果断地回答，“粮分回去，水我担回去，有啥困难？”

彭秉如听了很感动，这才是一位真正的贫下中农革命群众哩。看来，对待农民，关键的关键，在于发现和培养。瞧这语言多朴实，感人。他有意再诱导老汉一些中肯的地道农民的心窝里话，这是任何华丽俏语，革命辞藻不能代替的一线炸弹，其威力无边。君不见，报上批判“臭老九”什么的人，文人撰稿，作者属上某社员名字，为的是沾工农兵这一职业的光。

“大爷，今年是灾年，但你却说没困难。这种体谅国家的精神，难能可贵。我相信，困难一定有，你自己克服掉了，对不对？”

“对、对。困难不大。”

“大爷，这叫自己的困难再大，也是小事；国家的困难再小，也是大事。个人服从国家嘛。你说对吧？”

“对，对！个人的事都是小事，个人的事成了大事，国家还能成立？”

“好，好！”彭秉如不由得拊掌赞叹道，“大爷，我在工地上早就发现你不同于一般人。你的阶级觉悟很高。话讲得太好了。你所说的自己的困难都是小事，这是成全大局的胸怀。你能讲讲，你的小困难吗？”

“没啥可讲的，大不了缺七天的粮，一晚上的柴罢了。”

“这么点困难太小了。如果，人人都像你这样……”彭秉如听了老头的话，认为是高风格，高姿态，为国家分忧的具体行动。这种来自农民口里的伟大哲理性语言，是何等显浅易懂！他全然不知，此老汉对他一根火柴烧掉儿子一背蒲草，怀恨在心。

倔老头，在彭秉如犹豫中，挑起水桶彳亍而去。

彭秉如回到工作组，见同志们干得热火朝天，心里自是高兴。他看了看，小白正在撰写文章，题目是：今年是荒滩，明年变良田。彭秉如指出：“你这个题目不行。”

小白给解释：“农民最看重现实，对遥远的希望呀，理想呀，我发现兴趣不大，不如几亩地的感情深，诱惑力大。”

彭秉如一挥手：“这没有从政治方面来考虑。就事论事，也有问题。

首先，鹿鸣滩不是荒滩，它是河滩、河槽、土丘、老崖结合在一块的综合性地形地貌。其次，良田也不准，要改成园田。我们要建成高标准园田化稳产高产田。”

“当地农民称赖地，叫狗不啃地。小白，改成今年狗不啃，明年什么来着？”一个队员提议。

“明年园田化。”另一个补充。

“狗屁不通，越描越黑了。你们干你们的吧，待会儿议吧。”

小白因为题目，被彭队长指责，情绪一波动，打乱了思路。他不大高兴地结束了关于标题的议论。

“彭队长，工地标语牌上的标语，我拟了一条：揭批‘四人帮’，建成大寨庄。你看怎么样？”

彭秉如对插在周围的标语牌，很重视。一个字方圆一米，字与字间隔五米，成半圆围在工地崖上。它十分醒目、壮观，增加了整个工地的庄严、肃穆。今天更换需要认真动一下脑子。原来是革命加拼命，无往而不胜。他对引用毛主席这条著名语录，颇感得意。如果更换成揭批“四人帮”，建成大寨庄，显得平平庸庸，既没有磅礴的气势，也没有深刻的精蕴，更不会有号召力。另外，彭秉如总想和当前双杨形势联合起来，既有所触动，但不能露出马脚，有含沙射影之嫌。同志们不会理解他的心意，也不可能有这样高的水平。还是引用伟人名言好，既省心，又没有挑剔。但他想了想，一时难以称心地搜觅现成的豪言壮语。彭秉如想来想去，一个闪念在他脑子里打转：工作队的政治水平，战略思想应当公之于众。好，出手了。

彭秉如突然灵感显灵，脱口而喊：“站在明苑庄，看到全世界！”他问大家，“怎么样？”

“好！太好了！”几个人异口同声回答，有的翘指称赞，“彭队长高！”

彭秉如豪情满怀，激动不已，情不自禁地挥毫泼墨，大有唤起工农千百万同心干之感慨。

经同志们通宵达旦的苦战，临近第二天时终于大功告成。他们在彭秉如带领下，冒着清晨的寒风，跑到工地，干起来。他们要赶在社员出工之前，将工地旧貌换新颜，给大家个一鸣惊人：睡了一晚，工地上发生了魔幻般的变化。从而，增加对工作队的神圣感。

他们正在工地忙乎，小白发现远处有人行动。他登高远望，三三两两向村外走去。有的向滹沱河方向，有的向南山沟方向。“啊呀！大事不好！明苑庄人也散了！”小白向诸位报告情况。

彭秉如站上去观望了一下，道：“我回村，在大喇叭上做思想动员工作，你们设法堵截，尽量做工作，不准自流。对少数无组织无纪律分子，要严加处理！党员、干部加重处理！”说毕，他急如星火，穿地奔回大队。

小白他们草草将工地上该换的换了下来，该贴的贴了上去，便去要道路口，奉命堵截散伙人员。潘寨人发现工作队向他们走来，知道情况不妙，拔腿便跑。小白他们边呼喊边追。社员们有的向东，有的向西，四散跑开。他们也无法去捉拿。八个人才抬一个死人，何况这些宛如受惊的脱兔，能拽住几个？临回村，他们终于夹拉带推，弄到工作组四五个老人。以此，向彭队长交账。

彭秉如在喇叭上，讲得舌敝唇焦，但人们就是不听。他从大队部出来，遇上几个肩襻麻绳，手拿镰刀，去打柴的社员。他便苦口婆心，去做工作，让他们顾全大局三思而行。但那些人不言不语，匆匆而去。连平时对工作队笑脸迎送，尊敬得五体投地的一些老实人，今天也一反常态，警惕地远离他们。彭秉如百思不得其解。

彭秉如回到工作队，见几个萎靡不振的老人，哭丧着脸向他求饶：“彭队长，放我们出去吧！扑搂点柴火，好过冬啊。”彭秉如见状，心烦得要命，弄回这些死老人老汉干啥？一旦有个三长两短，不是自找麻烦吗？

他连连摆手："去去去，愿干啥干啥去。"

众人见队长秋风黑脸的怪怕人，谁也不敢接近多嘴，空气都凝固了。

"小白，出去看看，饭派在谁家？"彭秉如想赶紧吃过早饭，到工地上去，看看究竟能去多少社员。此刻，他的心情很差。他本想雄心勃勃，一展政治威风，想在明苑庄测试一下人心所向。客观上也是测试群众对自己工作的认可程度。他相信一个共产党员，以自己忘我的革命行动，为当地老百姓谋福利，鞠躬尽瘁，死而后已，群众一定会支持的，理解的，天大的困难也会跟着自己走的。如果一个共产党员，党的基层领导人，没有这方面的吸引力，中国革命会节节胜利吗？从他头天入村，连耄耋老人也到工地参加劳动，便更对此理论坚信不疑。但清早的所见所闻，令他心灰意冷。不过，退一步想，任何地方都存在先进、中间、落后三方面的人。今天，工地上能去一半或三分之一，也是胜利。

小白回来了。他说："走吧，在会计家。"

潘寨的会计叫杜晨旺，四十五六年纪。年轻时在供销社工作，困难时期回了家。他因为不受老婆欢迎，经常闹别扭吵架。后来，干脆把铺盖搬到大队部住。他回家吃饭，老婆不理他，他也不理老婆。这样，僵持了一年，至今仍维持这种状况。有时，派饭轮到自己家。他便用白粉笔写在灶火门上，通知给夫人。今天，本来不轮他家管饭，但处于这种非常时刻，谁家也不接收管饭。他们一来怕耽误个人营生，二来怕工作队搜根问根，不好招架。无奈，他只好从大队称上白面，回自己家里做饭。因为彭队长有令：不准大队开灶。他知道，家里人都早早出去搂柴火去了。他故意佯佯误误，慢慢腾腾，待老伴锁门后，才回去做饭。不过，他的饭简单，将白面和好，擀成片儿，灶膛里塞把柴，马上便熟了。

彭秉如急急忙忙吃过饭，便率领四位同人向工地奔去。

工地上，空空如也，一片死寂。昔日，早该上工了。今天难道连一个人也没有？彭秉如不说一句话，别人也不敢多嘴多舌，无端招惹是非。

当他们确信今天不会有人来上工时，太阳已经老高了，望着空无一人的工地，怀着难以言表的心情，缓缓走开。

“李福杰，这个阴险的蛀虫！”小白悄悄地嘟哝，“我们再也不能一味姑息下去的。”

路上，彭秉如问：“会计的车子，在不在那儿？”

“在呢。”小白回答。

彭秉如再也没问啥，别人再也没说啥。一路上，就这么一问一答。

徐晋东做出破天荒的决定后，知道全公社成了什么状况。他让公社人员，也干私活。不愿回家的，留在公社，坚持工作。这样一来，公社只有他和田子荣、王磊，连康师傅也回家了。李葆定代理师傅。毛毛看管话务、广播室。杨利民也锁起革委会办公室门走了。

田子荣非常遗憾，回吧，刚从家里回来，身上乏困难忍，亟须休息。不回吧，白白浪费三天时间，实在心疼。不过心疼归心疼，他其实早已筋疲力尽，一晚上呼噜打得震山响。开早饭了，他才摇摇摆摆提着暖壶进了伙房。

“没几个人了，咱中午改善生活。”李葆定笑呵呵，给大家报告好消息。

“又吃酸下水呀？”毛毛笑着问。

“啧！”李葆定咂一下嘴说：“你怎总是哪壶不开提哪壶。”

今年夏天有一天，李葆定也是见公社人少，买些猪下水，准备给领导改善一些生活。但中午，来了三位不速之客，打乱他的计划。他将下水放在库内，第二天端出来，已经有了腥味儿。李葆定一拍手：“糟了！好好一件事办坏了。”但他眼睛一转，便来了主意：“康师傅，多加醋，重炒一下，没事。”

人们吃时，发现酸味太重。“康师傅失手倒的醋太多了！”李葆定给大家解释。

“啊呀！不对！”陈琦嗅了嗅，“带味儿啦！”

康师傅笑而不语，露了馅。从此，人们每每以此为话柄，奚落李葆定。

徐晋东心事重重。他没有在嘴上计较的心情。吃了两颗莜面拌捞饭疙瘩，便撂下碗筷走了。他没有像桃园支书，逃之夭夭。也没有如赵村支书何子毅，躲在向阳湾放烟幕弹。至于，会不会走岳万金的路，那是县委的事。他坐等上门官司。他知道，今天头一拨人，该是地委工作队的客人。他们是肯定要找上门来论长论短的。

奇怪，快到中午了，公社里风平浪静，连昔日的闯门客也没有。地委工作队、县委工作队，都没有来人询问有关停工、放假的事宜。似乎他们都理解公社采取这一措施的必然性。看来天下本无事，庸人自扰罢了。但愿如此。晋东心不在焉地打开新来的《红旗》杂志浏览起来。

原来彭秉如一气之下，骑车直驰公社。他要和徐晋东面对面论个高低。他风风火火奔到公社大门口，脑子里倏忽闪过一个“杨利民”的形象，便脚下一使劲，将车子超过公社大门。他没有进公社，又不知该去哪儿，只好临时变卦，到供销社避嫌，歇脚，考虑下步去向。如果徐晋东不在，像上次遇上顶门棍杨利民，生说白道，蛮不讲理，怎么办？公社干部，多数是农民习气，任凭多大的官，也不放在眼里。特别叫他胆怯的是那个杨利民。一个典型的“瞎白丁”干部，蛮愚至极，与他能论出个啥高低？秀才遇上兵，有理说不清。学大寨，看起来，难啊！从双杨公社现状来看，十年八年也恐怕不行。

彭秉如正站在供销社柜台前，心神恍惚，犹豫不决，不知该如何是好时，听到柜台后边一个男人的声音：“三斤，三斤。”

“今儿下午，要给县社送去呢。四季度的任务，还没有完成哩。”一个女人的声音。

“我让林主任做下半年计划时，多下点任务，啥也有了。还在乎公社这斤斤数数。”

“人家城关公社，三季度采取售一斤鸡蛋，补一斤小麦奖励政策。结果超额任务，夺了全县红旗。瞧咱林主任有啥招数？”

“如果咱公社完不成任务，林主任也有苦伶仃办法。哎，快拾，三斤。四斤也不要。”

“你不晓得，鸡蛋政策性损耗只给百分之一，根本下不来，改天再来取些，今天就两斤吧。”

“三斤，三斤！今天公社有要事。彭秉如队长要来，待客用呢。”

“待客也不能净吃鸡蛋吧，这是国家收购物资嘛。”

“别啰唆，三斤。徐书记今天心情不愉快，坐办公室等挨批呢。”

“你别动不动就拿徐书记开路，人家等挨批评还对你说吗？”

“不哄你。今天咱公社统一停工、放假，让社员干私活。这是徐书记的决定。他担着风险哩。他是真正为民做主的好书记。”

“罢罢罢，约上三斤快去吧。每次过来，总得依你。”

一男一女的对话，结束了。

接着，彭秉如发现，从柜台后走出个后生来，两手抱着小白瓷盆，里边放着鸡蛋。他脸上充满洋洋得意的微笑。彭秉如一时想不起，这后生叫啥？姓啥？但从他刚才的对话猜出，他是伙食管理员。

“彭队长？”李葆定失声打问。他万万没想到，说曹操，曹操到。刚才不知说了句啥，牵涉到彭队长。他一时想不起来，总之，是他信口胡诌的。不知有碍无碍，反正以赔礼为好。他点头哈腰，笑容可掬地连称：“彭队长，彭队长。”并且机灵地把鸡蛋放在柜台上，从腰里掏出一角钱，说：“买洋糖。”售货员们笑着把糖块抛在柜台上。李葆定抓起来便孝敬给彭队长：“彭队长，我知道你不抽烟，吃糖。”彭队长拿起一块，塞到嘴里。李葆定将其余的，硬给他塞在口袋里：“走吧，中午在公社吃饭！”他又笑嘻嘻地说，“俺们知道你就会来的。”

“怎知我会来？”

“社员放假了，你还不来公社走走？”李葆定夹说带笑，挤眉弄眼掩饰他心中的不安。

彭秉如道：“不进去了，我到县里有点事。”因为他如果不说到县里，来供销社啥也不买，这不明摆着，要到公社的吗？到公社又超过公社，这能行吗？他在这种情况下，竟能随机应变，改口说成去县里。

彭秉如真的脱身去了县里。

彭秉如走后，李葆定头上冒出细细的汗珠。他问大家：“你们莫非不认得姓彭的了？”

“俺们不认得！”一个矮个子女人跄他。

“我在里边没说啥吧？”李葆定问。

“说啥不说啥，已经说了。怕啥？怕也不抵了。”另一个年轻的说。

“泼地下水能收回去！”矮个子女人又一句。

李葆定红着脸，一扬手：“不跟你们说，我问俺野姑嫂子吧！”随即两眼远远盯着野姑问：“野姑，刚才，我没说啥过头的话吧？”

“前言不搭后语，说的叫野姑嫂，怎么改口叫野姑？别理他。”矮女人追过来，撺掇野姑。野姑是彭茂华女人，不能像她们奚落李葆定。她笑着说：“你在里边说，买上鸡蛋招待彭队长，人家在外边听到了。”

李葆定两手一拍，恍然大悟。刚才的确说过这句话。糟了，糟了！他端上那盆鸡蛋，抱头鼠窜，屁股后，留下一串嘻嘻哈哈女人们的讥笑声。

“李葆定滑头鬼，天生一副宦官相。见了咱狐假虎威。瞧他见了彭队长，一副摇尾乞怜奴才相。”矮女人挖苦李葆定。

“这种人吃得开，惯会逢场作戏。”

“哎，哎，你们听说没有？李葆定跟他小姨子过着哩！”矮个子发布新闻。

“你听谁说的？”野姑问。

“不信，算了。”矮个子失望地一撇嘴，“这还能刨根问底？等杨秘书过来，你们问问。”

“他的话没听头。”野姑否认。

“谁的话有听头？”矮个子反问野姑，“人家不说茂华跟他小姨子过着！”

“呸！”野姑笑着红了脸。

哈哈哈……四五个售货员一起大笑起来。今天，柜台分外清静。人们都拼命干私活去了，谁还来这里？

李葆定本想将彭秉如去县城一事，面告徐书记，通个信息，也是一功。但他担心话中失言，怕徐书记顺蔓摸瓜，揭出老底，不是自找苦吃吗？他又转念一想，如果野姑回家对彭茂华讲了这事，茂华那张嘴，比康师傅的刀子还快，随便割人一下，都够呛。那时，徐书记会对自己有政治看法的。李葆定想找个擦身而过，或忙乎干活的刹那机会，告给徐书记个大概。此事，千万不能同鸡蛋混为一谈。

终于，李葆定听到毛毛接电话的声音：“叫徐书记吗？请等等。”

他知道毛毛走路步子大，徐书记马上就过来了。他连忙提了个空茶壶往外走，计划在党委办公室前相遇。果然，正好，一步不差，李葆定急忙道：“彭秉如进县城里去了。”

“啥时候？”徐书记问。

“十来分钟之前。”李葆定欲走。

“你在哪儿见着？”

“供销社门口。我进，他出。我叫他来公社，他说进城呀。”

徐晋东再没问，走进办公室去接电话。

李葆定总算按自己的策略，完成了一桩任务。他提着个空壶，转了个圈，经话务室门前，回到伙房。

徐晋东从办公室出来，本来就阴沉着脸，益发显得令人生畏。田子荣问：“啥事？”

“县委召开整党整风会议。”

“何时开？”

“明天。”

“几天？”

“一天。”

“几个人参加？”

“单我一人。”田子荣再没有问，徐晋东再没有说。

“听说彭秉如到县里去了？”田子荣又换了话题。

“很可能。”

“是不是报告咱放假一事？”

“不必管他。”

“小心些。”田子荣瓦起眉头，十分庄重地提示徐晋东，“不能以己之心，度人之腹。人家来下乡是一年见收成，与咱想的不一样啊。”

“不做亏心事，不怕鬼叫门。两万人口的生活，咱得负责！”徐晋东似乎在自我安慰，“大寨要学，人也不能冻死。”

田子荣再也没有话可说。他想替书记分忧，但过去从未有这样的先例。书记是当家的，擎天柱，功过谁也无法代劳。他只能是书记的羽翼，左右手而已。田子荣直望着徐晋东的背影走回屋里，他才推开门，回了屋。昔日的小村支部书记，今日公社重任在肩，真不知受得了受不了。他屈指算，徐晋东来双杨，满打满算，不到半年，官场经验可谓差矣。整风的滋味，他大概还没有真正地尝过。初生牛犊不怕虎，是不知虎的厉害。他一个人坐立不安，绕地转。突然，他推开门，一股冷风飕一下窜了进来。公社大院，静得可怕。

第三十章　老首长诚恳点拨

彭秉如确定，先找顶头上司高铎。他来到城关公社的西关大队，即高部长蹲点大队，找到了高铎。他在高部长面前，敬三分怕七分。也许是多年组织人事工作的原因，部长养成的职业性格：严肃、言短、深沉、阴郁。下级在他面前，总感到不安，有种阴森可怕的感觉。他那双犀利的目光，总是从眉毛射出来，在你身上猎取什么。加之，他好在对方身上刨根问底，而总是回避回答问题。这样，多数人敬而远之，免得招惹是非。彭秉如找到高铎，虽有点胆怯，但他这次带着特殊使命，自信会得到赏识的。对他来说，今年能一块下乡，也是天赐良机，三生有幸。彭秉如在西关工作组找到高铎部长。他正在专心看文件。

“高部长。”彭秉如进了家，见高部长一人埋头看文件，便轻轻报了到。高铎慢条斯理，难舍难分地将眼光从文件上抽出来，射向彭秉如。

“嗯，是秉如！”高部长显然没想到是他，“坐。”

高铎上下扫视了一阵这位充满虎虎生气的干将，容颜虽不像前些时的憔悴，但风吹日晒留下的黪肤纵纹是明显得增多了。那双炯炯有神的眼，布满血丝。毫无疑问，他的双手，肯定是老茧满掌。

“你过来。”高部长示意彭秉如。

彭秉如以为让他看绝密文件，促促不安地走了过去。

“伸出你的手来。”高铎严师般爱抚地看着彭秉如。

彭秉如像小学生接受老师的卫生检查一样，腼腆地交出两只手，猝然等待。高铎捧起手来，摸着彭秉如布满血泡的手掌，连连赞叹：“好样的，这就是无言的答卷。”高部长交回彭秉如的手掌后，好像给他做结论似的道，“真金不怕火炼！火炼才能见真金！”

彭秉如被领导夸奖得满脸通红，浑身不自在。他赶紧趁机一语破的道：“高部长，我今天来向你汇报个重要情况，双杨公社从今天起放假三天。所有的工地都偃旗息鼓，瞎班啦。”

高铎听后并没有显出惊奇的表情，也没有急于追问根由。他的眼神定格在面前的文件上，危然端坐，俨然老僧入定。彭秉如感到阴森，甚至恐怖。是他猛地将老部长的雅兴、情趣，兜头泼了一桶冷水，才出现如此尴尬的局面。他心慌马乱地自悔，不该冒冒失失，报忧邀功。但事已至此，只有听之任之了，并须当心，千万不能在这位老谋深算的尊长面前要小聪明，以乐慆忧。这样反而会欲盖弥彰，更加被动。

“你们明苑庄也瞎班了？”高部长终于说话了。

“嗯。”彭秉如嘴里答应，心里想，老部长为啥引用自己一句俗话。

“你没做工作？”

“做了，但群众不听，没一个人上工地。”

“大队主要干部也没去？”

“那个支部书记，阴沉沉的，更是个极右。他说，公社的决定，群众喊万岁。”

“真有此事？”

“亲自听他讲的。”

“……”高铎闭口无言，威严地盯着彭秉如。

彭秉如有点马蹄乱。如果高部长认真追究这件事，他须和李福杰三曹对案。李福杰是农民，反咬一口，不知深浅。他后悔不该牵扯到这带政治问题的个人干系上。“不过他当时说的，是群众高兴得快喊万岁啦！”

彭秉如喃喃解释。

“嗯？”高铎发出质疑的顶问。他分明对彭秉如的前后矛盾，自我否定的两面态度，产生了怀疑：“究竟是群众喊万岁，还是快喊万岁了？”

“高部长，是这样的。”彭秉如神经紧张地分剖道，“支书说，群众高兴得快喊万岁呀。原话就是这么说的。”

“农民考虑的是个人的事，想的是眼前的油盐酱醋菜。他们根本不关心国家大事，也不为后代儿孙着想。所以，才需要我们工作，需要共产党人的带头。”高部长顿了顿，“干社会主义千秋大业，难啊！”

彭秉如洗耳恭听，再不敢贸然多嘴。他今天扮演了个告状人角色，一言一行，均须慎之又慎。他本来是堂堂正正来反映公社的决策问题，不知怎的曲里拐弯，转到个人成见上。他向来光明正大，不做暗中陷害人的勾当。他对自己刚才言行的及时纠正，尚为满意。此刻，他宁愿白跑一趟，也不愿触怒高部长，对明苑庄施行高压政策。那样，一旦群众起来，跟工作队作对，问题就复杂了。农民，本来就是小资产阶级嘛。走社会主义道路，不是一朝一夕的，需要共产党几代人的努力奋斗。多少年来，总是批小脚女人走路，但初级社到高级社，再到人民公社，最后到小队核算。这是小脚女人走路的结果，还是“大跃进”的结果？这是个无人敢问津的禁区。彭秉如似乎对双杨公社斗胆冒天下之大不韪，停工、放假、搞私活的举措持怀疑态度。或许这并非百分之百的错误决定。他正这样不着边际地胡思乱想，突然高铎道：“你看看这个。”

彭秉如的眼神猛地回到高铎手里的文件上。他接过文件一看，是省委绝密文件，标题是：关于开展整党整风，一批双打运动的决定。

彭秉如默默地阅过文件，从内心里感谢老领导对自己的器重，信任。他近乎乞求般压声屏气问道：“高部长，马上就贯彻？”

高铎一字一句道：“先在公社一级传达。明天报到开会。”

“唔。”彭秉如表现出一副如愿以偿的乐观心态。他知道，一场暴风雨又要席卷大地了。对他来说，这无疑是难得的机遇。因为下乡搞运动，不但自己逃避了运动，反而还要运动别人。这对一个领导干部来说，尤为侥幸。

“你参加公社党委，有啥事，只管在党委会上讲。”高铎对彭秉如发出指示性的告诫。这话意味深长，字斟句酌，耐人寻味。

彭秉如想了想，心领神会，愉快地点点头：“行。”

彭秉如从高部长家走了出来，一身轻松，如释重担。他忽然发现万里长城上空凝聚着一片乌云。他惬意地自语道：“来吧，暴风雪。”他做梦也没有想到，在突然降临的暴风雪中，他居然成了龙王爷的兵将，拨云布雨，天马行空。啊！天助我也。

徐晋东骑车来到县招待所，报到开会。他按每天一斤粮票、四毛钱的会议标准，交给管报到工作人员，领上饭票后，工作人员告他：“郑主任有请。”

“在哪？”

“办公室呗。不在办公室，你找一下。看来是急事。”

徐晋东没有再问。他心里一口吃了个月亮，明得照人影呢。自古是有祸躲不过，看来该发生的事发生了。这大概是序幕。郑主任个别谈，是对自己的关照。问题不严重，他向来不会三薄两厚送人情的。徐晋东感到不走运的是适逢召开大会，动辄会上就会亮相，解剖，这都是不足为奇的。

徐晋东敲开门走进郑主任办公室，郑主任正同罗国亮书记研究什么。罗书记和徐晋东握了握手，便出去了。

郑主任没有跟徐晋东握手，也没有让他坐。他好像没有感到徐晋东的存在。他抽出一支烟，吸了起来。屋子里空旷、寂静，办公桌上的小闹钟，“嘎哒，嘎哒”，走得分外来劲。徐晋东第一次发现，闹钟的声音是如此的可怕，令人毛骨悚然。

“双杨停工了？”郑平突然问。

“放三天假，让社员打柴过冬。”

“这也用搞统一行动？”

“不公开让他们搞，偷偷摸摸也要搞。与其睁一只眼闭一只眼，不如索性放假，统一行动。这样，奸猾人占不了便宜。”

“一个公社书记，应当随时想到，自己是火车头，是带领大家奔社会主义的急先锋，干吗老是做群众的尾巴？你这样一搞，不光是组织生产方面松了劲，更是思想上也泄了气。气可鼓不可泄，咱们当领导的，尽管成天喊叫拧得紧，紧得拧，六对六，拼命干，但有几家能真正把工作搞上去的？上次我就跟你讲过，要抓住彭秉如在双杨的机遇，认真向人家学习。人家下来没几天，成绩突出，连续两篇报道，分量都挺重的，对双杨工作，无疑是个鞭策和促进。你知不知道，你这种自由行动，对当前形势，特别是明苑庄的名誉是一个背道而驰的反动。”郑平炯炯眼神落在徐晋东身上：“你不能麻痹大意，掉以轻心。当心全区通报，抓个运动典型。我今天给你打个预防针。”

郑平站起来，在一间房的小小地上，同徐晋东面对面，互相默默相视无言，彼此都能听见对方心脏的跳动。

“停工之事，你回去妥善处理吧。公社马上要开始整风，你要争取主动，自觉将责任承担起来，认真向县委写出检查，力争从轻处理。我今天是受罗书记的委托，代表组织跟你谈话。你一定要正视自己的错误。”

徐晋东在严肃的郑平主任面前，唯有俯首帖耳待命。他知道“组织”二字分量的含义。那是坚定无比的铁腕概念。

徐晋东从郑平办公室出来后，晕头转向，心有余悸。他似乎还没有全面领会郑主任的意思。让写份检查就完了？这就是从轻处理？他担心的是大会曝光，当活靶子，做众矢之的。因为，他目睹过，运动开始，总要预先找个“挨刀子的”，杀一儆百，以壮行色，美其名：“典型开路”。他最怕这一着，叫赶上风头。好多积极分子为掩饰自己在运动中可能遇到的问题，表现自己的积极态度，疯狗般去撕扯、乱咬自己的同僚，甚至好友。此例，屡见不鲜。而往往以事后平反画上句号。但当时的风口浪上，闹得不当人，寻短见的也不乏其人。今天，郑主任没有表现出，让他上台亮相，做典型引路的迹象。看样子，这冷雨冰雹不会落在他身上。但他深知问题严重，一直忐忑不安，心神不宁，因为自己心里有鬼。他暗暗做好挨整的准备，有备无患嘛。应当有这个常识：此系党内的家常便饭，不要感到陌生。他自己告慰自己。

会议开始后，罗国亮书记做了动员报告，并安排了议程。徐晋东心里稍稍踏实了些。他又从会场的祥和、平静气氛，感觉到了温良恭俭让，也没有杀气腾腾的斗争氛围。他心里暗暗庆幸：此事善过了。徐晋东逐渐恢复平静心态，进入会议角色。

参会的第二天中午，徐晋东蹲在院里，刚吃完两个白面肉包子，正在喝蛋汤，县革委会通讯员来叫他：“到何主任家里有事。”

徐晋东打了个愣怔，吃了一惊。他首先想的是，何主任莫非给自己暗送凶信不成？

何主任叫何子煜，他在县里不熟悉的地方工作，也没有揽权的欲望。因此，工作上看，他与双杨没啥关系。所以徐晋东考虑，他会暗中帮自己忙是因为何子煜是赵庄人。赵庄人以他为骄傲，奉为太师爷，动不动进城找老何。今天，突如其来，老何传他，恐怕凶多吉少。

徐晋东匆匆将一大碗蛋汤送进肚里，便直奔何主任家。他正慌里慌张走路，突然一位姑娘迎头拦住他：“老徐！”

徐晋东一看，是剧团刀马旦演员聂艳茹。他心不在焉地问：“你去哪？”

姑娘红着脸说：“俺妈叫我……”说着，从手里提着的布兜内取出一盒饼干，道：“你拿着。”

“我要你的饼干干啥？笑话。”徐晋东其实心里清楚，是他在宣传部时，对艳茹与同屋女伴打架一事，做过处理。她大概以为徐晋东偏向她庇护她了，感恩戴德，特意酬谢的。“快快放回兜里。”徐晋东近乎命令般地说。

“俺妈说，我遇上好人。叫我无论如何，给你留下。”姑娘羞涩地硬往徐晋东怀里塞那盒饼干。

徐晋东知道这姑娘的心意，但他此时此刻，哪有给她解释的心情。何况大街上，人来人往，同一位如花似玉的姑娘，拉拉扯扯成何体统？他面对温情厚意的妙龄少女，只好违心地发脾气：“你听话不听话？这么大的姑娘，听不懂话！”他又补充道，“对你们那件事，我是秉公处理的。根本没有偏你的意思。你别误会。我有事，走开。”

徐晋东脱身走了。聂艳茹痴痴地望着他的背影，心情久久不能平静。终于，揩去两眼角的泪珠，收好那包饼干，意往神驰地返回来路。

何主任住着两间公房，一个独立小院，是比较阔气的住宿了。徐晋东一进院，便听到屋里有说话声。他没打招呼，推门而入。屋里同何子煜坐着的是何子毅和何正魁。徐晋东见状，心里松宽了些。他知道，这是另一幕戏了。

“坐下。”何子煜示意徐晋东，也和为徐晋东到来而起立恭维的何正魁和何子毅打招呼。

他们坐下后，何子煜倚老卖老，没允许他们多说废话，开门见山地说：“晋东下午还开会，长话短说。他们俩来我家，是看望你来了。”他转向何正魁和何子毅，“有啥说的，你们讲吧。”

何正魁往徐晋东眼前挪了挪椅子，十分亲切地问：“没事吧？”

“啥？”徐晋东似乎领悟到些意思，但又不能贸然作答。只好装腔作势。

“俺赵庄这个灰村子，给你惹下麻烦，捅下娄子。听说，县里把你传进城，俺们不放心，来看看。”

“徐书记，今天，俺们赵庄提前一天，复工了。俺赵庄给你带来些不应有的影响，也不知县委对你怎谈的话？”

徐晋东没有正面回答这两位基层干部的问话。他在考虑如何向他们解释。这还需要摸摸他们的来意，才能定夺。以免他们将事情搞砸。

“这里也没有外人。”何正魁用明察秋毫的眼光审视着徐晋东，然后狠狠地说，“听说，那个姓彭的到县里告下你了，真有其事？”

“俺们准备见罗书记。叫他今天亲自去俺村走访群众，也到工地看看社员们的出勤人数，劳动干劲。用不了十天，就可以把放假的营生赶出来。”

“这叫磨刀不误砍柴工！”何正魁补充。

“关心群众生活，注意工作方法。我们认为，公社的决定太英明了。”

“六十条规定，社员还得过星期呢，那是三十年不变的政策。”

何正魁和何子毅一替一句，说得振振有词，头头是道，好像公社决定停工打柴是天经地义，合情合理，是绝对正确的决策。徐晋东闹清他们的来意后，心中自是十分感激。他们是代表群众，为自己做后盾来着。但他审时度势，思忖再三，不敢将实情告诉他们。如果他们得知县委要他写检查，听候处置，肯定要找罗书记。这样，给县委领导带来不必要的麻烦，也对自己没好处。如果事情搞不好，后果不堪设想。

徐晋东发现他们动了感情，越说越离谱。尤其是在何主任家里，凉腔冷调，狐疑猜测，一旦泄露出去，连何子煜都要受牵连的。徐晋东微微带笑，心平气和地说：“谢谢你们的一片好意。你们说的都没有根据，纯属谣言。我根本没有犯错误一说。我是接到电话，进城参会的，这何主任是清楚的。今天上午大会，下午讨论。布置整党整风工作。你们哪也别去，谁也别找。公社决定统一放假，是为了更好管理群众。解决了群众的后顾之忧，才能安心干活嘛。”他看了看何子煜，求他做工作。何子煜会意，家长般对何子毅和何正魁说：“你们书记没事，用不着你们担心，回去好好领导社员大战正南沟，干上一冬，干出个名堂。以实际行动，给徐书记脸上争光，牙要长在心里。”他看了看手上的表，“吃饭。吃过饭再走。”

“不了。我们街上还有约会的人。他们等着我们送消息呢！”何正魁说。

“谁等你们呢？”徐晋东问。

“李福杰、岳万金。”何子毅回答。

“他俩同你们是一路？”

“是哩。他们等我们探听情况的消息呢。”

“胡闹。快快回去，快快回去。”徐晋东不容分说，连连摆手。

何子煜也站起来，道：“快快回去。别捕风捉影，无事生非。”

何子毅和何正魁走了。

徐晋东本来要同何正魁他们一块走的，何子煜说：“你坐下。”

徐晋东老老实实坐在原位，听候老首长的训导。他说：“我们在朝鲜战场攻取一个山头，上级命令不惜代价，让我们务必于六点前占领制高点。一营开始进攻，结果伤亡太大。营长看弟兄们一个个倒下了，下令撤退。团长命令我的二营上。我带领全营将士，猛冲猛攻，终于冲上山头。接着是一场面对面的拼刺刀肉搏战。清点人数时，全营有战斗力的只有三十二个人。战斗结束，一营长被撤职，我晋升副团长。革命工作不能心慈手软。”讲到这里，何子煜意味深长地用手势做了个果断的示范动作。

徐晋东颔首称是。他对老何用心良苦的现身说法，心领神会，从内心感激不尽。这是用银钱都买不来的金玉良言。当局者迷，旁观者清。何主任对症下药的开导，对自己尤为重要。武将的勇敢、果断和敢于压倒一切强我之敌的气魄，是取得胜利的必备内因。优柔寡断，前怕狼后怕虎，畏首畏尾是文人的致命弱点。秀才造反三年不成，恐怕就是这个理。徐晋东听了何子煜的小故事，对一将成名万骨枯，颇有新的理解。何子煜所以要给自己讲这段经历，其用心是明显不过的。他是赵庄人，面对赵庄本家族，有些话是不能硬讲的。他心里，对徐晋东停工也好，打柴也罢，为民施小惠的做法，是持遗憾态度的。一个赵庄人，尚且如此，别的领导怎看？徐晋东对自己凭良心办实事，关心群众疾苦，为民解忧的做法，主导思想上产生了动摇和怀疑。

徐晋东从何子煜家出来，感到怅惘不快。何家两种不同的态度，令他惴惴不安，内心矛盾起来。农民的淳朴、真挚，使他问心无愧；而何子煜的启蒙箴言，又使他猛然醒悟。在官言官，不能当作儿戏。徐晋东自然又想到，他那篇“检查”文章，该如何撰稿？是真作，还是假作？是蒙混过关，痴心不改；还是痛改前非，重新做官？

徐晋东踌躇满志，郁郁不乐。还有点时间，他去财政局按八折交了买手表钱，准备去参加下午的小组讨论。

“徐晋东！”一个声音喊。

徐晋东站住一看，是城关公社书记霍熹城。霍熹城是大学毕业生，戴着朱色眼睛，大背头，虎背熊腰，一表人才。他气度非凡，言辞尖利，一笔好染。平时，挺胸腆肚，傲然昂头，凡人不搭话。他对未脱农民俗气的徐晋东，根本看不在眼里。貌不惊人的徐晋东，是个怪人。他站在谦虚人面前，矮人家一头；站在骄傲者面前，高他一身。特别是，去年元宵节县城组织会演时，霍熹城因嫌安排城关节目不理想，对晋东发了顿脾气。对此，徐晋东对他耿耿于怀，见面睥睨而视，从不拿正眼看他。而霍熹城呢？比他还目中无人。

今天，怎么改了性了？霍熹城主动跟自己打招呼。

“噢！是霍书记！”

“下午咱在哪讨论？”

“在县委会议室。怎么，你上午没参加完会就走了？”（临散会安排讨论事宜）

“罗书记找我谈话，让在大会上做表态发言。咳，有啥表头。”霍熹城用貌似谦虚的语言，表现出骄傲的姿态。

徐晋东嗤之以鼻，匆匆走开。

第三十一章　两阵对垒大对打

双杨公社党委办公室，正在召开公社党委会议。党委成员一个不差，连水库上的罗彪、赵振沂，工作队彭秉如也准时到了。人们按习惯，各自找到各自的座位。谁也不说话，空气都快凝固了。不知为什么，会议未开始，一个个都未雨绸缪，先进入角色。

会议气氛是由徐晋东造就的。他早早威坐要位，满脸杀气。他似乎在刻意审察每个人的心机，将进入办公室的每个成员，直盯得浑身不自在。他今天召开党委会，一是传达会议精神，二是安排本社贯彻县委会议的措施。按说，这是正常的党内活动，上传下达，照猫画虎，例行公事而已。用不着制造紧张空气，也不需要如此危言正色摆架子。这是贯彻会议精神，又不是进入真枪实弹的面对面、背靠背，刺刀见红，触及灵魂的揭盖子阶段。何必人为地过早绷紧党内斗争的弦呢？徐晋东心里有种难以言表的苦衷。他清楚，公社这次运动不会风平浪静，在座的已经有人瞄准他。运动没开始，他就动手写检查，而且是被人所告，实在窝囊。特别使他气愤的是，他在做人阶，有人踏着他的肩膀登攀。自己居然成了“万骨枯”中的一枯骨。岂有此理！

徐晋东不会笑里藏刀，也没有宰相肚里能撑船的修养。他近乎赤膊上阵，表现出怒目而视的面容。大家虽然从公社近几天接二连三发生的不测事件中，判定书记的日子不好过，但县里会议精神，县领导的态度，均不得而知。于是，面对徐晋东的态度，田子荣左顾右盼，观言察色，如坐针毡，好不自在；罗彪目中无人，自命不凡，他傲然而坐，大有自立门户之态；陈琦忖度公社形势，露出自鸣得意的神气；彭秉如心中有数，他对徐晋东居高临下，看其狐假虎威的刻意伪装，暗自发笑；彭茂华高度警惕，严阵以待，随时准备为徐晋东当保镖，做后盾；林如海忧心忡忡，自认倒霉，他捉摸，他又将成运动中的瓮中之鳖；赵振沂需要回次家，他还在苦思冥想那不翼而飞的三块钱；邓彬目不斜视，专心致志地打开笔记本，正襟危坐；王磊将会议记录簿端放桌上，上边再搁一支黑色钢笔，便万事大吉，任嘴里的烟雾袅袅升起，若无其事。

“今天的党委会，两项议程。第一，传达县委召开的公社书记会议精神；第二，研究我社开展整党整风和‘一批双打’运动的具体方案。”徐晋东今天摆开了官架子，打起了官腔。他刻意要把会议气氛搞得严肃、正规，政治浓度大些，以免有人乘隙乱言。徐晋东传达上级会议精神，从来不按大会程序传达内容；也不是以首长的讲话，全盘贯彻。而是将会上的文件、讲话、讨论、发言等，汇总一块，变成他的材料传达。这样，主题明确，重点突出，举纲张目，要言不烦，接收人有种一目了然的清晰感。今天，他还是这样传达。就这样，徐晋东仅用三四十分钟，便将三天的会议精神传达完了。

对邓彬之类人来说，十分欣赏徐书记的报告，有一种耳目一新，好记好领会，不拖泥带水，洋腔洋调的感觉。对彭秉如来说，心里却感到不畅。如果撇开会议前提，这简直就是徐晋东作为县委书记在做报告。彭秉如越听越觉得不是滋味。徐晋东闭口不提罗书记讲，抑或郑主任说，而是滔滔不绝，口若悬河地直往下贯。这未免太狂了吧!

会议进行第二项：公社党委、各支部均实行开门整风。“一批双打”是整顿社会秩序的运动，是党对社会实行统治的措施。“一批，”徐晋东说，“批‘四人帮’反党集团打着红旗反红旗的修正主义路线；双打，也是两打：一打地富反坏阶级敌人的破坏活动；二打资本主义势力的猖狂进攻。”

最后，徐晋东让大家发表意见，展开讨论。

罗彪首当其冲，发表胸有成竹的高见。他道：“开门整风嘛，第一步，召开全社支部书记会，传达精神，同时给公社党委提意见。接下来广泛征求基层党员意见。然后汇总起来，逐条对正整改。‘一批两打’嘛，把下边的阶级敌人，捉回几个，公社集中批斗也行。声势搞大点。这样，党委的战斗堡垒作用也发挥出来了，阶级敌人的嚣张气焰也打下去了。”

罗彪根本没有彭秉如存在的意识，他还要高谈阔论，好像坐家里做文章一样，需要啥材料，他就找些啥材料，搭配起来，就是糊弄上边的好文章。徐晋东插话，制止他洋洋洒洒的高谈阔论，道：“老罗提出召开支部书记会和批斗阶级敌人大会，这是必要的。但，搞对敌斗争，不能简单化，要稳、准、狠。我们这次党内党外运动，都要扎扎实实，不搞虚假。”

罗彪坚持他的意见：“这不矛盾。全公社被管制的地富反坏——邓彬，多少来着？”

邓彬被罗彪突然点名，迷迷糊糊回答道：“二百多个。”

“是啊！二百多个，按一半计算，能串他一百。欲加之罪，何患无辞。”罗彪津津乐道，好像他是个行家里手，显出老马识途的自信优越感。

徐晋东敲桌子制止住众人的打岔。他说：“当前，资本主义势力的进攻，是我们工作的重点。必须刹住这几股歪风：贪污盗窃，投机倒把，聚众赌博，殴打干部，阴谋夺权。对一些集体经济内部的资本主义倾向，要采取果断措施，予以制止。比如：作物自由种植、产品自由销售、粮食自由分配、资金自由支配，重副轻农，外流单干，铺张浪费，大吃二喝，蚕食集体，损公肥已，瞒产私分。等等。”徐晋东言简意赅地发表自己的看法，他接着又讲，“党内要开展一联三查：联系自己查斗志，查作风，查方向。解决五种人掌权，整顿软、懒、散班子，严肃处理一批违纪党员，大张旗鼓地表扬一批模范党员，恢复我党优良传统。直到最终解决党员真学大寨、真革命的世界观问题……”

彭秉如发言了。他很老练地肯定了大家的意见，也对运动表了衷心拥护之态，还高度评价此时此刻开展此运动，乃是决定中国命运的一场革命。正因为如此重要，他感奋之下，才以一个双杨党委成员的身份，发表内心的诚挚意见，其中绝无丝毫个人成见。他在拐弯处，没有使用“但是”二字，表示他的意见是没有意见的意见，是浑然一体的诚心，治病救人的良药。

“……打铁先得本身硬。作为处在运动中的公社党委，既是对象，又是领导。我认为，只有先以被整对象亮相，洗心革面，甩掉包袱，然后才能轻装上阵，理直气壮地领导下边运动。”彭秉如接着打开笔记本，正式向公社党委提出自己的几点看法。徐晋东一看彭队长拉开架势进入角色，知道是蓄谋已久，精心准备的炮弹，要发射了。他有意没有关照自己的笔记本，木然端坐，处之泰然。

彭秉如的发言有理有据，有条不紊，切中要害，触及灵魂。

徐晋东在彭秉如发言后，看了看表，时间已不早，便做了简短的会议总结性发言。他对彭秉如的意见，是这样回答的：“彭队长今天给公社党委提出十一条意见。这虽在今天会议议程之外，但促进我们的工作，提前走了一步。他所列举的事例，基本上符合事实，至于下的结论或定性是否准确，我认为是次要的。言者无罪，闻者足戒。下步开门整风是要专门请基层干部，党员代表，给党委提意见。今天会议到此结束。”

徐晋东突然宣布散会，是他的态度。他对彭秉如有准备地向党委发起进攻，从心里感到恼火。从彭秉如十一条的搜集看，是颇用心计的。有的情况，不知怎能到他手，难道他在双杨短时间内，就布有耳目？布下耳目又能怎？不过会上提提意见而已。如果他不安心于一村一队地下乡，而是要伸手公社，想捞稻草、钓大鱼、发横财的话，徐晋东看他还嫩着，远远不是对手。

人们在考虑，彭秉如这十一条有根有据、上纲上线的意见，大有来头，有的与自己挂钩，担心有牵连。有的在判断，矛头所指的意图是啥。有的佩服彭队长有勇有谋，敢做敢为，像个工作队长。总之，人们脑子都在转动。这说明彭秉如的发言触动了党委一班人。如果人的大脑可以亮相，那么此刻十颗头里的脑神经像十架风车，呼呼地飞转不停。突然一声令下：散会。这时难免出于惯性，每个人的大脑，还得任他再转几圈，才能慢慢停下来。

茂华首先站起来，有意“拍”一下笔记本，叫醒大家，然后扬长而去。别人互相用眼色检点着，站起来，往出走。谁都知道，此举等于给了彭秉如一记耳光，他们担心后果不妙。田子荣有意跟彭秉如搭话：“老彭，不早了，住下吧。”

彭秉如笑着说：“没事，走惯黑路子啦！”他又故意诙谐地说，“双杨支书叫狼不吃嘛，我也是狼不吃。”

田子荣和彭秉如拉住手，呵呵笑着，并肩走出办公室。

田子荣送走彭秉如，随后进了徐晋东屋。他是一百个不放心。他自找个地方坐下，点起一支烟，摆出长谈的架势。徐晋东坐自己那把椅子上，面对田子荣，等他说话。

田子荣吹了吹烟头上的泛灰，奇怪地问：“他怎么知道那么多的事？

我看，这里边有——啊呀！”他两眼盯着徐晋东摇了摇头，等他表态。

徐晋东阴沉的脸上，不动声色道：“无所谓。鸡毛蒜皮，明摆着的事。他今天点出来，只有好处，没有坏处。”

“我是担心，他不会说说放下。工作队显然和咱有意见。”

“有意见也好，没意见也好。他们下乡，只给他三个村子。公社事情想插手，没门儿。”

“人家是地区来的，门槛儿就大，提防着些为好。”田子荣犯了愁肠，同徐晋东商讨对策，“我看咱主动上门，征求意见，把关系搞得热火些。再让咱那三个村的支书，在生活上多关照些。总之，凡事咱须活泛些。哄死人不偿命。”田子荣见徐晋东拧着眉头，不置可否。又说：“我去走走，顺便对咱那三个支书，也往醒里点一下，都是些整心眼儿，瓷眼鳖。”

“别去。烧得香多，引得鬼多。有事则去，没事绕道。”徐晋东没一点妥协余地，气咻咻地回答田子荣。

田子荣一片丹心，碰了个钉子。他转动着眼球，百思不得其解。这二把手实在不好当，靠前不对，担心有夺权之嫌。退后也不对，提防拆台的帽子。他居中周旋，化解矛盾，有啥不对？他摸不着彭秉如的底儿，也揣不着徐晋东的心。在这种情况下，只好听徐晋东的。他不便再说啥，惆怅满腹地轻轻推开门，走了出去。夜，已经深了。一轮皓月高悬当天。它的周围，环绕着一片彩色斑斓的月华。田子荣抬头观望了一阵，心事重重地摇摇头：要变天了。

“田主任还没休息？”

田子荣听到有人问，回头观看，远处影影绰绰，站着一个人。他走过去几步，发现是林如海。

林如海一直在等待着田子荣。他心里有话，想跟田子荣交谈，但不敢到田子荣屋。因为田子荣紧挨徐晋东，如果他到田子荣屋里，生怕影响徐晋东的休息。他也担心徐晋东怀疑他俩，半夜三更，嘁嘁喳喳，搞啥名堂？因此，站在他门前，变声押气地和田子荣打招呼，等待田子荣走过来，再开言。田子荣走过来，俩人彼此看清后，林如海边往自家屋里走，边对田子荣说："你来一下。"

田子荣知道林如海为人老好，办事谨慎，杏叶落下来也怕打着脑袋，但每每总被石头砸伤头颅。一搞运动，他便杯弓蛇影，总觉着自己有问题。于是疑神疑鬼，首先脚下蹬擀杖自己不稳当起来。你瞧他，又慌了手脚，连说话的声音都变了。

田子荣尾随林如海踱进家。他见林如海愁容满面，似有话要说。便直言不讳地问："有啥事？"

林如海拉开小办公桌抽屉，取出一盒烟，给田子荣抽出一支，递过去。田子荣两眼盯着林如海，接住烟，给他打气道："没事别寻事，有事别怕事。咱两袖清风，一身正气，怕啥？"

"唉！"林如海长长叹一声，"反正咱是个老'运动员'了。每逢节骨眼儿上，咱总出问题。你在会上，看出来了吧？"

"啥？"田子荣实在不知道林如海指的啥。

"啊呀！"林如海解释，"彭队长给公社那十一条意见，我想来想去，我是祸根。"

"你又神经过敏了。你在公社是几把手，自己想兜揽，也轮不上你。连我也在二梁上搁着。徐书记一面承当。刚才，态度明朗，对彭秉如的意见，根本就不予理睬。"

"是呀，我在会上，已经看出了徐书记的强硬态度。他俩越这样，我心里越害怕。"林如海往嘴里塞了一支烟，又立即取下来，在桌子上蹾了蹾，再放在嘴唇上。他心不在焉地要来田子荣的烟，将他嘴上的烟点燃。吸一口，取下来，用大拇指头肚，绰一绰烟屁股。他不厌其烦，反复着这个无聊动作。

“没事，这又不是‘文化大革命’。怕啥？莫不说没事，有点工作上的差错，改了就行，有啥大不了的！”

“啊呀。”林如海摇着头，固执地否定田子荣的看法。

“彭秉如队长，振振有词一个钟头的发言，有名有姓点过名的，只有我一个人。他还点过他自己的名，说公社套购鸡蛋招待彭秉如。我分管财贸，这和点我的名有啥差别？两次把我和徐书记列为矛盾的对立面。你说，能行吗？啊呀！我越想越后怕。”林如海手也哆嗦起来，拍打烟屁股的大拇指，次数越来越频繁。终于，将烟火也拍灭了。带火的烟屑，掉在地上，他也不管，仍在拍打。以至于整个烟的烟丝也快掉完了。

田子荣本想给林如海开导开导，壮壮胆，但苦于没有使林如海能够信服的言辞。他十分同情林如海，一个只会默默无闻埋头苦干的老好人。越是这种人，越受人欺负。多数领导是欺软怕硬，运动来了，就推出林如海抵挡一下。平时的会上指责，也每每指桑骂槐，指着林如海骂别人。这种情况，谁也清楚。林如海是替罪羔羊。但有啥法？谁叫他无能来着。

田子荣不忍心立即离开林如海，又没有什么灵丹妙药解救他。他心里急躁起来，将一只脚横放在炕沿上，翻起绒裤，清理起裤腿里边的白皮碎屑杂物，边用手指搔小腿肚上的痒痒。腿上的白皮立即飞扬起来。他痛痛快快，搔了个舒服，又噌、噌，揪了几下腿上的毫毛。这才狠狠拍打了几下外裤和绒裤上的积尘，将裤子翻了下来。此刻，他抬头关照林如海。林如海瓷菩萨般，挺身端坐椅子上，面部没有任何表情。田子荣心里好笑，比老僧入定还定得死哩。所不同的是，他手里还捏着那半根几乎空了心的烟。

“老林，瞌睡了，睡吧。”田子荣怜悯地劝林如海，“你这个人思想不开朗，总好杞人忧天，自找苦吃。这个毛病不好。”

林如海惨笑一下，苦水直往肚里咽。一次被蛇咬，十年怕井绳。在批判资产阶级法权时，外强中干的王则峰，居然抓了他连襟为反面典型，将林如海已经买回家中的飞鸽车（批供物资），责令退回供销社，并公开做检查，在报上曝光。弄得林如海几年抬不起头。对于一个公社干部来说，这是多么失脸面的事。这不是自找苦吃，而是历史经验。他受的委屈，挨的批评，谁理解？无怪他总是自暴自弃，也从未见过有扬眉吐气的时候。这种创伤心态，田子荣几句话能医得了吗？

田子荣见林如海唯唯诺诺，精神一直振作不起来。他本想回自己屋睡觉，在临走之前，突然想起几句新的话题。他说："你跟徐晋东不熟悉，我和他共事多年。这人傲，看起来刚愎自用，威风凛凛，其实呢？心地挺好。他没有害人的想法，也不会踩着别人的肩膀往上爬。他是个敢做敢为，敢于承担责任的领导。你不能用旧皇历，看新时日。"田子荣一席肺腑之言，林如海顿感心里亮堂起来。如果徐晋东真是这样的书记，林如海情愿代他受屈，为他解忧，即使再当次替罪羔羊，也在所不辞。如此一想，果然海阔天空，豁然开朗。林如海脸上露出希望的笑容。他看到了曙光，驱走了埋在心底的阴影。田子荣见状，甚是高兴。他自吹自擂道："话是开心的钥匙，想通了吧！"

林如海不好意思地说："不么，我有话总想找田主任谈。"

田子荣益发自鸣得意起来。他大有尊长荫庇晚辈的赫赫家威，深情地嘱咐林如海："休息吧。明天到下边转转，看看各家出勤情况。"

林如海为明天又有一番忙忙碌碌的事干，立地精神抖擞起来。于是响亮地回答："没问题！"

田子荣兴致勃勃推开门走了出来。突然发现从后边走出一个人来，正好碰了头。"谁？"田子荣问。

"我。是田主任，你还没睡？"这是田亮平的声音。他边说边走，想尽快离开田子荣。

"你干啥去？"田子荣后音重重地追问。

"去伙房喝了口水。"田亮平吞吞吐吐，嘟哝着说，"晚上吃得咸了。”他说话间，溜回前排自己的宿舍。

田子荣发现田亮平形迹可疑，不知他搞啥名堂。于是，他多了一个心眼，悄悄到伙房门口查看。却发现门上挂着一把大铁锁。亮平显然不是进伙房喝水。那么，他夜深人静，鬼鬼祟祟，前后院乱窜什么？他疑惑地回了自己的屋子。终于，他想到了那三个大姑娘。今晚谁在？是牛婧兰吗？根本不可能。是毛毛？平时善眉善眼，仁义礼智，会年轻轻干出这丢人败兴的肮脏事？那么，是钰香？她更不像做这风流事的妞儿。啊呀，日怪！田子荣本来是个毛毛糙糙的粗人，他哪知这其间的窟窍？没想到，公社大院的夜晚，还如此活跃。他真想敲开徐晋东的门，将他的重大发现告给书记。但听了听，徐晋东已发出均匀的鼾声。他便心痒难挠地睡下了。

第三十二章　犹惊弓鸟又受惊

令彭秉如吃惊的是，公社党委紧接着党委会，便召开了公社机关、企事业单位、各大队党支部书记、区县下乡工作组组长会议。会上，徐晋东代表公社党委，也代表他自己，向下边做了自我检查。这是开门整风的第一步。他的检查，虽然洋洋洒洒讲了一上午，但小本子上只有几条提纲。徐晋东将彭秉如的十一条意见，全部包括了进去，还戴了许多莫须有的帽子。与其被动挨批，不如主动亮相。这样，反而堵死了一些人的嘴，也化解了一些矛盾。这更是徐晋东得心应手的领导艺术，是立即呼风唤雨，转换风向。他小题大做也好，张冠李戴也好，表现姿态也罢，反映水平也罢。总之，将人们知道的，不知道的，是他的，不是他的，是错的，不是错的。他一总兜揽无余，一人承担起来。因此，博得了一些人的同情和好感。徐晋东利用上下同志们感情上的认同，巧妙地由个人检查转到“一批双打”上。他慷慨激昂地表示，要把双打运动坚决地打个漂亮仗，不获全胜决不收兵。彭秉如听到这里，失笑一声：果然按这个公式来了，以打代整。这是金蝉脱壳妙计。但他有啥法？公社这辆马车是由徐晋东驾驭着的。

今天的会议，是徐晋东的独角戏。他不允许任何人在会上插嘴，干扰会议主题。散会前，他给各支部书记布置的任务，是深入发动党员提意见，帮助公社党委搞好整风；立即组织队伍，培训骨干，开展支部整风和“一批双打”。这样的安排很科学。边帮助公社党委整风，边自己开展整风和对敌斗争。明眼人谁都清楚：连自己屁股下的屎都揩不净，哪有帮助别人的心。也就是说，不论哪个支部都在小心谨慎地考虑自己的问题，将公社的矛盾，掩盖起来。任务一布置，跟着的就是汇报。反正权是好东西，掌在谁手谁主动。连彭秉如也只好眼巴巴，跟着公社的指挥棒转。他心里又是气，又想笑。

政治是残酷的，政治斗争是复杂的。不论徐晋东大会上的公开检查，出于何种动机，抱有何种目的，要的什么伎俩；也不论彭秉如洞若观火，心谤腹诽，何等蔑视。总之，徐晋东这一招出手不凡。首先，他为同仁承担责任，将党委同志们的错误，一人担当，赢得了手下人的支持。其次，他敢冒天下之大不韪，下令全社停工，准予社员自由办私事，而又把这责任，自己承担起来，当众检查，上了路线错误的纲，从而得到广大基层干部、党员的拥护。别的除外，单就这两点而论，徐晋东在双杨已经站住脚。但他无论出于什么动机，也不该干出此等担风险的傻事。“人心”放在宦海的筹码上，是微不足道的，是轻如鸿毛的。领导的赏识，才是重中之重。升官晋级的捷径，重如泰山。这一点，彭秉如是理解的。他难以理解的是徐晋东。非但不当时代的弄潮儿，反而逆形势而搞小动作。这种人，也配当书记？他担心，党的农村集体化事业，坏就坏在这种人手中。眼不见，心不烦。他对自己昨天的发言，问心无愧。看来，公社整风，他是不能袖手旁观的。尽管今天徐晋东的自我检查，开了个帽子工厂。但有些问题，确实谈得也诚恳。对一些工作中的共性问题，检查得有过之无不及。这是徐晋东对运动的态度。下步如何？还得走着瞧。彭秉如深信，公社单就在大是大非上的问题也不是一个检查能说过去的。他只能边搞明苑庄的运动，边帮公社整风，双管齐下，责无旁贷。

会后的双杨，如一石激起千重浪，整个双杨公社，从公社机关、社级企事业单位到各大队的党支部、团支部、民兵连、贫协会、四十多个支部，五百多党员，有工作队的，没工作队的，都纷纷动起来。虽然是一个会，是一个人传达的精神，但各家都行动起来，各有千秋。大会，小会，党内党外，广播喇叭，黑板报宣传，铺天盖地，造成了一个革命运动的声势。

在这多如牛毛大似海的人间浩瀚工程中，想全面反映真实情况，同时有一百张嘴也无法说清。这里只能管中窥豹，略见一斑罢了。

如此说，还是从林如海说起吧。他听了徐晋东的大会发言，犹如洗了个温水澡，浑身舒服。他心里暗暗佩服徐晋东是个好书记。首先不欺软怕硬，也不野心勃勃，眼睛也未长在头顶上。他是个好书记，也是个好人。好人与好书记是两码事。这只能在林如海的心底储存入档。他把自己点上的工作铺开以后，便到东片各村了解情况。林如海和田子荣做搭档，是再合适不过的一对了。田子荣急神撵鬼一清早能跑八九个村庄，一路指手画脚，婆婆妈妈，好像乱了方寸。林如海喜欢一个人悄悄串村子。遇上啥事，小心地记起来，永葆和颜悦色、平易近人的态度。这样，俩人自然而然，各走一条路。奇怪的是，彼此心心相印，往往不谋而合。俩人从来没有发生过争执或面红耳赤的事。

今天，林如海来到青云寨。这是他晚上睡不着觉，想好的点子。他要和马士隆拉拉关系。马队长自从到青云寨蹲点以来，一直坚守岗位，与社员同吃同住同劳动。他不爱乱窜，连公社也是去过有数的几次。说话平平静静，本本分分，一看就是个老实人。也许是本乡人的缘故吧，他十分检点自己，没有半点架子。他对公社人，都很尊重。这些年，老实说，像青云寨这类村庄，吃不住出风头的下乡干部来折腾。正因为这样，林如海才敢和马士隆接触。

马士隆正在工地上挥镢刨土。他见林如海向他走来。便停下手里的营生，问："林主任，来了？"

林如海老远就伸出手，抱歉地说："怎么能叫马队长抡铁家伙？"

"没啥，没啥。"马士隆握住林如海热情的手，"哪有你们公社干部辛苦？"说着，给林如海掏出一支烟。林如海摇摇头："不会抽，你抽吧。"其实，林如海抽的是霍乱烟。有时也假眉三道吸几口，装潢门面。今天他在马队长面前，吓死也不敢出那风头。

"自从马处长回了咱公社，一直没有正儿八经坐下聊聊。早就说来呢，老是不知忙些啥。今天，我说啥也得向马处长请教请教。田主任也让代他向你致歉。回到家乡，俺们关照不够。"你别小看林如海平时是个没嘴的葫芦，但倘若打开话匣，官场上的客套话，还挺会应酬的。

"自家人，别客气。我也没主动去公社拜访父母官。我家两个老人，经常给公社添些麻烦。心里很感内疚。"

"啊呀，说得哪里话。你父亲是咱公社的骄傲。老革命，老前辈！今后有啥困难，只管找我。这是四五十年代，汗马功劳赚下的。"

他们两人，为了不影响社员劳动，边拉呱边向空闲场地走去。马士隆见林如海今天分外来情绪，言谈间发现他似有目的，要找他办事。于是，他说："林主任，干脆咱回家聊聊吧。你说呢？"

"好好好。"林如海巴不得等他这句话。

原来，林如海听了徐晋东一席仗义执言的自我剖析后，心情十分激动。他一晚上辗转难眠，总想为公社办件增光添彩的大事，以报答领导对自己的庇护和器重。想来想去，他想到马士隆身上。马士隆的大兄在福建某地区任党委书记，二兄抗美援朝中阵亡，他排行老三。他父亲年迈，是村里第一个党员，合作化的第一任社长。五十年代的省级劳模。在全县享有盛名。他母亲是农村妇女，老两口一季度享受民政抚恤金二十元。公社十块二十块，逢时过节也去慰问。马士隆来下乡，他完全可以给引进好的项目。只要这一炮打响，瞧林如海在双杨是啥光景？徐晋东脸上，又是何等体面。

俩人一路随便交谈着，来到工作队。林如海一进家就说："天冷了，一床被不行吧？"

马士隆说："没事。每人都有棉大衣，加上本身衣服，晚上浮盖。有的人还有棉花毯子。"

"浮火没问题吧？"

"没问题。这还得感谢徐书记，要不是公社宣布放假，放松了绷紧的弦，村里趁机赶马车拉回几车炭。现在，恐怕就困难了。"

"因为这事儿，徐书记挨上边批评，还得公开做检查。"

"咱们关起门讲话。当领导的，如果不懂得关心群众生活，一味逼着群众苦干，终究不是好领导。"

"啊呀！你讲得太好了。一听就是自家人，讲实心话，我今天算来对了。马处长，家里老人们有啥困难不用客气，只管找我。我分管民政、财贸、社队企业。照顾老人的事情，我都能包了。"林如海一拍胸膛伸出一把手摊在马士隆面前，扳指头："钱，民政管着；奇缺商品，吃吃喝喝，供销社咱管着；家中有活计，使用个劳力，社队企业有的是。"他还在往下扳第四个指头，被马士隆阻止住了。

"林主任，可不敢张扬这些。我妈是有那么个毛病，总爱哭穷。人老了真没办法。我们弟兄俩，虽不算孝子，也不缺他吃的，穿的。公社千万不敢搞特殊。咱公社单烈属恐怕有几百户吧？”

“单部队前方殉难的烈士家属，就有三百二十多户，不包括地方牺牲的民兵和群众。”

“是呀，抗战时为国家做出巨大牺牲，新中国成立后仍得为国家分忧，继续照顾这些英灵的老老小小。你管民政，是该把这项工作做好的。你说，林主任！”

林如海勉强地笑了笑，表示认可。但他心里明白，谈何容易？这么庞大的数字，能管照过来吗？有些村好些，有些村差些。哭的哭，笑的笑。谁叫他住在双杨来？青云寨有户烈属，迁到内蒙古。据说，全公社只有他一户烈属，甭说有多吃香了。正如，双杨只有一个马士隆的父亲一样，怎说都好办。林如海不好谈这些正儿八经的工作，尤其是概念性的，理论性的，泛泛而谈。他爱谈具体事情，转口便说：“要想将民政工作做好，首先得把社队企业搞上去。咱公社如果能扶持一两个年利润在万元的企业，公社的光景就好过了。我这管民政的副主任，也就腰杆硬了。”

马士隆没有理解林如海的意图。他根本不会想到，土眉土眼，老气横秋，一向少言没语，给人一种朝气不足，暮气有余，充满自卑感的林主任，居然会借人的嘴，把话引到他的意图上。他不假思索地顺口说道：“那当然。手里无刀杀不了人。有些富公社，财大气粗，腰杆也硬。像你林主任掌管半个双杨何等气派。”

林如海不好意思地笑起来，这简直是异想天开，说笑话。咱是那种人吗？他发现马士隆也是个老实人，说话不会绕弯儿，也不爱动小脑筋。这种人，需要把话说透，直端出来，才肯接受。林如海将脸一抹，赤裸裸说道：“马处长，你没听懂我的意思。我是说，你在地区也有一定权力，你哥在福建是地委书记，你们能不能为咱双杨公社的社办企业，办件实事。支持一下公社。”林如海终究露出笨人的聪明。

马士隆如梦初醒，怪不得林如海今天如此殷勤，嘴像刷子似的，喋喋不休，东拉西扯，原来醉翁之意不在酒，是来放长线钓大鱼来着。马士隆从来没有想过这件事。他是个公安人员，侦破案件，维持社会治安是他的职责，而对什么社队企业之类的事，连概念也不太清楚。他对那些破房烂院内的所谓企业，看一眼都嫌心烦。那叫啥企业，还不如过去私人作坊准确呢。他至今还闹不清，公社企业与水利专业队有啥区别。前几年，公社建有专业队，浩浩荡荡几百人。大队记工分，公社带队干活。后来解散了。半拉子工程扔下无人问津，随处可见。他对公社企业的印象，就是这般萧条、不景气。因此，谈起来，索然无味。林如海让他为社办企业办实事，岂不是赶着鸭子上架，一个笑话而已。

“林主任，不瞒你说，我对公社企业能帮个啥忙？”

“哎，瞧马处长说得多谦虚。俺又不是叫你来指导生产需要懂业务。你能给咱点啥资金或项目性资助，都行。咱们是老区，能不能从这方面找个由头？”林如海心想作揖是求人，叩头也是求人。反正既张开要口，就都直说出来。他眼巴巴企盼着马处长的金口玉言，能给他带来福音。

“今天我只能答应你，日后我留心一下这方面的事就是了。哪时有了希望，我再告诉你。怎么样？”

“谢谢马处长。我本来估计今天初见面也说不成话，能得到马处长这样的回答，我就十二分满意了。我今天上来，也是受徐书记、田主任委托，不是我贸然而来的。也不是张开口合，飞起来要落。这下我回去也好交账了。”林如海又把马士隆将了一军。

马士隆本来是应酬，推诿的下场话，不料，又被林如海咬住，要等他的回音。这下，马士隆才真正意识到，在外身居要职，抑或充个一官半职的均应当为家乡办点实事。像林如海本不是双杨人，干上几年就走了。但他这种为公社办事的实心，确实使人感动。公社干部就是这么些半干部半农民的特殊角色，难啊。马士隆情真意切地对林如海说：“林主任，你这种为公社操劳的精神，令人钦佩。我是个双杨人，又举家吃着共产党的饭，老人常说，吃水不忘挖井人嘛。理应为双杨办点实事。我给我福建的老大去封信，看他能不能助一臂之力。总之，林主任今天张开的口是要合的。”马士隆笑了。林如海也笑了：“是的。你不给我答复，我就一直张着口。”

“行。林主任很有工作方法。”马士隆说到这里，突然想到，公社刚刚召开过会，全社范围内兴师动众，摇旗呐喊，正在开始进行党内党外的整治运动。为啥林主任逍遥自在来这里谈起社办企业之事？而且是受命于徐书记、田主任？这有点节外生枝，与形势格格不入的不协调感觉。于是，马士隆笑微微地夸奖林如海，道：“起初，我还以为你上来，检查整党工作呢？”他言下之意，林如海已经清楚。“没想到，你在我身上打主意。”

林如海红着脸说：“我是做具体工作的，没有政治头脑。”

“不是这个意思。”马士隆哈哈一笑，“我是说你工作方法，会忙里偷闲，乱中取静，去搞你的本职工作。”

林如海听到老马对自己的赞扬，心中自是欢喜。他美气地自我吹嘘道：“论公社的忙，一年四季闲不下。这是最消闲的时候。”接着，林如海给马士隆诉苦般讲述：从腊月开始备耕，滚压土地，植树，春种，夏锄，小突击，三秋，定班，整风……哪有闲工夫？其实，还有一点，林如海是不愿说。那就是他的小算盘。他向来不好与人斗。别人欺他，他信奉唾面自干的娄师德处世观。有人怄他，他充耳不闻，挨拐是福。党内批评也好，支部生活会也好，凡需要做检查的，他都首当其冲。在会上，他左顾右盼，看见谁也不像个做检查的，唯有他干这事最合适。于是，他打头炮。天理昭昭，今天在运动中，跑下来为自己的本职工作活动活动，算啥辛苦？这些话，当然不能对马士隆讲了。

马士隆见林如海是个老实人，彼此谈话很投机，便将一件本不应该告他的事说了出来。他说：“林主任，不知你们公社头头们听到没有。下边有件事情反响较大。”

“啥事？”林如海不解地问。

“万亩稻地。”

“有啥反响？”

“沿河出地村庄，要求收回他们的耕地。起码得包人家的农业税。上边村庄，不愿下去种稻，成本太高。青云寨今年，每斤毛稻成本为九毛八分钱，倒贴八毛三。”马士隆摇摇头。

“这是王则峰手里办的事。说啥也没办法。生米已经做成粥了。”

“据说，规划过的耕地，荒了的也不少。真有其事，公社应当设法采取措施。这样看，生米没煮成粥，白白浪费了。”

林如海奇怪地看着马士隆。他是个不爱乱窜，不爱多管闲事，不爱搜集情报的人，为啥对公社“万亩水稻”的来龙去脉及现状，如此清楚？“啊呀，马处长，我真的不太清楚下边的这些意见。不知道徐书记和田主任清楚不清楚。你怎么这样头头尾尾一目了然？”

马士隆意味深长地给他一个不必细问的手势，然后警觉地打起官腔，道：“要尊重事实。别问谁说的？我是一家人不说两家话，才和你提示的。千万不能当成正儿八经的意见或反映。你清楚吧？”

林如海就是个清楚不清楚，马马虎虎点头应承。他从马士隆的脸色上，好像发现了什么秘密。但不便多嘴，他知趣地来了个装腔作势，给马士隆一个放心。他自己却落了个不放心。

林如海和马士隆告别后，心中有事不说话。他独自骑在车子上，低头凝想马士隆给他留下的问号。马士隆是搞公安的，他的话决不是信口雌黄，随意出口的。那么，“万亩稻地”后面，有啥文章呢？林如海的脑海里浮现出彭秉如的形象，顿使他怵然出一身冷汗。自己就是因为盲目崇拜彭秉如，斗胆责令岳万金做检查，才酿成公社一连串的突发性事件的发生，直到现在还在向纵深复杂处发展。这里边始终将他裹在其间，惹火烧身，不能自拔。幸遇徐晋东海量，才网开一面，他能自由自在，坦然无虑到青云寨一走。今天，如果听信马士隆只言片语，凭猜测去向领导汇报，万一事态发展严重，老鼠拉木锨，大头在后，自己又成了搅浑水的罪魁。饶事不成，戳个窟窿，这是何苦来着。林如海越想越浑浑噩噩，陷入深渊。他对走访马士隆其人，是福是祸，尚难预测。但眼下给他带来的左右为难，是实实在在的。自己了解到的情况能不和领导透风？这副职有啥用？不给领导当耳目，不是聋子的耳朵吗？

世界上的事情，只要沾了林如海的边就复杂化了。而奇怪的是本来简单的事，每每到了林如海头上就真的复杂了。无怪林如海胆小如鼠，杞人忧天了。疑心生暗鬼，用在林如海身上，最合适不过了。

“林主任！”林如海正在难解难分进行大脑混战。突然被人一喊，几乎从车子上掉下来。他扬头四顾，寻觅声音的来处，但昏昏沉沉不知到了啥地方，也弄不清是上午下午，更不知碰上了谁。

“林主任！”又一声努劲拔力的呐喊。

林如海这下发现了对方。原来是社队企业管理员柴眉坤，在另一条路上喊他。

“干啥？”林如海停住车子大声问。

“木厂出事啦！”柴眉坤向他扬手。

“啊！？”林如海这一惊非同小可，赶紧将耳朵掉向柴眉坤，等待可怕的消息。而柴眉坤居然没有立即向林主任回话，报告情况。林主任约莫等了十几秒钟，见眉坤没反映。他腆起肚骂：“我操你妈的柴眉坤，驴粪堵你喉咙了，怎不说话！”

柴眉坤被骂醒了。立即报告道：“木厂熏窖失火了。”

林如海没有搭理柴眉坤，兀自骑车飞驰而去。还算万幸，没有林如海心里想的那么可怕。但这不祥之兆，足以使林如海惊魂不定，踌躇几天了。绳子总从细处断。偏偏在这马高镫短时给姓林的露脸。

柴眉坤掉转车头，紧追着林如海去了木厂。

第三十三章　真枪实弹揭盖子

贯彻公社会议精神最积极、最认真、最辛苦的还是彭秉如局长。他自从一脚踏入明苑庄，便和这里的人民群众，山山水水，发生了难舍难分的缱绻之情。他好像进入一个理想的新世界。这里的一切他都感兴趣，这里的工作永远做不完，真正是大显身手的广阔天地。明苑庄自从来了工作队，在老百姓的眼里，工作队就是村里最高领导。什么党支部、革委会统统放到第二了。而彭秉如也正是精力充沛，事必躬亲地为村里办了好多实实在在的事，才赢得群众如此盛誉。

彭秉如看到公社办事拖拉，右倾保守，缺乏革命朝气，和事佬当家，心中实在愤愤然。如此大好时机，大好河山，让这拨人贻误战机，葬送前程，简直是是可恕孰不可恕。整党，一批双打，实在是伟大的部署，战略性的方针。对他来说，犹如雪中送炭，亦似猛虎添翼。他那颗激动异常，按捺不住的心，跃跃欲试，恨不得将这些拦路虎一朝整光，两下打尽。为这方革命有功之地，修好前进的康庄大路。这实实在在是彭秉如的一番心愿。为此，他回到明苑庄立即召开会议，着手工作。他蛮有信心，在这次整治党内外蠹虫的战斗中，一定要像刚入明苑庄，立即掀起农田建设高潮一样，打一个八面威风的速决战。这样，对公社是个鞭策、促进，也是一记当头棒喝，在双杨四平八稳，一团和气的领导集团中，唤起一些人奋进的自觉行动，对明苑庄是再塑革命形象，再创蹲点经验，再显斗争锋芒，再攀新的高峰的二次征战。他胸有成竹，胜券在握。

彭秉如为了按自己的既定策略办，首先，召开的不是明苑庄的会，而是明苑庄、桃园、青云寨三村工作组长碰头会。这个三人会议，是在明苑庄工作组召开的。彭秉如、朱美琰、马士隆，两男一女，严肃得脸上快要落霜了。

彭秉如说："对公社的意见，要抓住本质的东西，上纲的问题，要有共性，要形成合力。要用事实说话，数字计算，要有名有姓，要有真凭实据。不能捕风捉影，不能道听途说；不能抓住芝麻丢了西瓜。总之，要用对党对人民负责的态度，去投身这场火热的斗争……"

朱美琰倾心静听，点点滴滴记在心中。她在笔记本子上认真地记着，力争将领导的原话记下来。这样，执行起来，才有依据，不会出偏差。桃园几次突发事件，简直把她弄蒙了。农村工作千头万绪，乱如麻，任你脚踩薄冰大操心，也有失脚的危险。何况这场运动，是政治运动，阶级斗争，是面对面，人与人的较量。万一出偏差，后果不堪设想。她听了公社徐书记的动员报告后，心中无数，有种怯阵的为难情绪。今天，彭队长给吃偏饭，关起门开小会。她才有回到娘家的热乎感觉，在她谨小慎微唯命是从的纯洁心灵里，多少得到些安慰。从而，她也蓦然找到有形的，可操作的工作程序：彭秉如让怎么办就怎么办，跟着领导的指挥棒转是没错的。

马士隆对彭秉如敦促他们集中力量给公社提意见，帮助整风，持冷漠态度。他有他的主见。他一来是下乡的，充其量是一年的任务，客人而已。客人是不能喧宾夺主的。二来，自己是双杨人。父亲从地下党员转到地上，从土改到合作化，一直是农村干部，是共产党在这里开天辟地的元老之一。历届公社领导都很尊重他。加之，长兄在外位居要职，形成马家在双杨的尊严地位和崇高威望。这次，自己回家乡下乡，理应为本乡父老办点实事，留下好名声，起码不能干出有损马家声誉的事情。如此看来，彭秉如鼓动他在运动中，集中火力，对准公社开炮，是万万不能轻率盲从的。他对彭秉如如此严肃、认真，一丝不苟的工作态度，原本是理解的。作为工作队负责人，就得有负责人的样子，重任在肩，尽职尽责嘛。这又是新的战场，新的工作，手忙脚乱，操之过急，是正常的。还有一点，据说，彭秉如已列入地委书记左阳的夹袋中人物，下乡镀金是关键一步。他能不心急如焚捞取点本钱吗？

但是，马士隆无论如何不能排除，此人在强行出人头地的疑虑。这样，马士隆暗自制定了自己的行动准则：慎之再慎。他对彭秉如针对公社联合行动，持反对态度。下乡蹲点是帮助基层工作。谁蹲在哪个大队负责哪个大队的工作，何必再打出地区工作队的旗号，另起炉灶，搞什么联合、统一、集中？无非是突出个人，独显其能罢了。这叫名不正，言不顺。马士隆不言不语，自有自己的主意。任彭秉如言之谆谆，他却听之不管。可惜彭队长一席慷慨陈词，落到马士隆身上，都成为东风吹马耳，竟白费了口舌。

彭秉如从马士隆的行为举动上，察言观色，已经有所发现。发现他图谋与自己唱反调。这种人是最危险的，后院起火最可怕。他突然想到马士隆是当地人，身上骤然打了个寒战。再看马士隆亦发像个内奸。于是，他谨慎地将话说得圆滑些。他又特别对开始讲的话，略加粗审，对过头的或能引起误解的，又做了婉转的诡辩式说明，留下偷跑的余地，莫看自家人，须防仁不仁。彭秉如的讲话，接近尾声，他故作镇静，佯装没发觉什么，专心致志在自己的匡俗济时高调主讲上。他被马士隆干扰了情绪，终久没讲到理想的境界，识时务地草草收场了。使他告慰的是，支持他工作的，包括他自己在内，占到工作队的三分之二。这是个绝对多数的数字。

彭秉如宣布散会后，立即打发他们起程。他扬头往被褥上一躺，方感心劳意冗，百感交集。好一个马士隆，阴阳怪气，尾大不掉，竟然连笔记本都不打，实属狂妄。从他那睥视的眍瞜眼神上，可洞烛其奸。活脱一个心怀叵测，别有肺肠之徒。这使彭秉如大伤脑筋。姓马的显然在向自己示威，公开其蔑视领导的傲慢态度。这表明其人刚愎自用，傲睨自若。是个难与为伍，不好接近的人物。他鉴于此，很精明地没有将会前准备的调查提纲，转给他们查看。本来，他要让马、朱，为他做“万亩稻地”“石门水库”的详细调查，还计划跟踪调查一二位公社领导蹲点劳动的真实情况。但因马士隆的眍瞜眼睥视他，而改变初衷，原意未遂。他只笼统地点到万亩稻地工程，石门水库存在严重问题，民怨甚大而已。如果马士隆能像朱美琰，该是多么理想的搭档。唉，朱美琰温文尔雅，善气迎人，多好的同志。可惜，性子太绵，只能为他工作，不能替他工作。

彭秉如被马士隆无言的抗议，弄得扫兴了一阵后，立刻又精神焕发起来。马士隆大不了不配合，有啥了不起。何况对公社的触动，毕竟是次要的。在这次运动中，自己唱主角的舞台是明苑庄。只要明苑庄的工作有声有色，轰轰烈烈搞起来，彭秉如这台戏就唱红了。公社怎么样，那是它公社的事，是他徐晋东的事。至于马士隆的小算盘，益发扯淡，纯属另一码事。他能消极怠工，让他画地为牢，自食其果去吧。九九归一，我的阵地是明苑庄。明苑庄既能在农田水利基本建设中，创造奇迹。那么，整党整风，“一批双打”理当本人的拿手好戏。彭秉如想到此，情不自禁地喊：“小白！”

小白应声而到。彭秉如像元帅下达总攻令似的：“通知党团员，贫下中农代表，晚上开会。”

小白亮出手里的钥匙串，抛起又跌回手心，然后掉转身，敏捷地走了。他给彭秉如留下一个满意的精干利落印象。

彭秉如立刻沉浸在即将出现的讲台上。这是一个关键性的动员会。讲话一定要富有艺术性，具有政策水平，要有号召力，要使大家坐立不安，跃跃欲试，要力求人人争先恐后投入这场革命运动。今天要亮出自己的气魄、决心。一个软弱无能，瞻前顾后，在群众面前，挺不起腰杆，树不起威信的领导，谁肯跟上白白送命？尤其对领导集团的意见，哪个群众不怕秋后算账？“文化革命”使人学精了。现在确记不能使用那一套，要有新的鼓动手段。今天，就是自己登台表演的序幕，成败在此一举。彭秉如聚精会神在琢磨着开场白及讲话腹稿。

明苑庄大喇叭上，传出小白清脆、明快、严肃的普通话。他播的通知，立刻在全村社员中传开了。

“又搞啥会呀？”人们互相打问，猜测。

“福杰，今天的会是干啥？”一个叫贾来来的党员问同行的支书。

“我和你一样，磨道的驴，等着呢。”福杰满腹牢骚。

“怎么？又像‘文革’撇开支部闹革命？”

“咱村早撇开了。这不，开会我连早知道的权也被夺了。”

“管他们哩，你省心些。”来来和李福杰的关系很好，说话自然有倾向。

“他不叫你省心嘛，成天找些毛病。趁这次整党，你们党员快把我赶下台算了。”

“叫你当，不当不行；不叫你当，想当也不行。谁叫你是党员来！沉住气不少打粮食，听见蝼蛄叫还不敢种谷呢！”

贾来来和李福杰低声拉呱着，向大队会议室走去。会议室三间房，是党、团员、民兵活动场所兼会议室。东面墙上贴着俩领袖标准像，下边是主席台，台上放一讲话桌子。台下是长条板凳。室内灯光辉煌，已经有人捷足先登了。几杆铜旱烟锅，熏得满屋雾气腾腾。李福杰和贾来来找了个靠墙的凳子坐下。

“怎么你才来？吊儿郎当的，成啥党员？”一个贫下中农代表戏弄来来。

来来没急于搭理他，待坐好后，才回敬一句：“那么急，也没养你妈头里！”

“你慢，也没有住在你娘肚里！”

“人人不大，好说句讪话。像你妈没成色。”

“你小时候拉畔，你爹一直叫来来。毛驴以为喊它靠里走，一直把你挤到塄下，有这事吗？”

来来笑着攻击对方道:“小时候没娘，到大话长。不是你妈养你跌昏头，连爬出你妈水门的事，也能说出。”

哈哈哈人们笑了。有几个女人发出嘘声。

“快了。荤的快端出来呀。”

人们在说笑中，接二连三，走进不少人。这种会，一般缺席的很少。都想来打探个情况。小白点了下名，基本上差不多了。来得早来了，没来的不来了。

“开会。”彭秉如出场了。他坐在主席台上的会议桌后，面向大家，严肃地宣布。他今天特意刮了刮胡子，整了整容。显得精神抖擞，气度不凡。人们都另眼相看，肃然起敬。人靠衣裳马靠鞍，他今天俨然一位堂堂大干部，比工地上那副寒酸样儿，有天壤之别。

“明苑庄的共产党员、共青团员同志们，贫下中农代表同志们……”彭秉如用极其规范的称谓，上口的抑扬顿挫腔调，开始了自己精心准备的讲演。

三间房坐满了明苑庄的政治骨干分子，今天没有大小队干部。这些人，虽然大多数没有掌握明苑庄的要害之权，但他们能参加这样的会议，感到荣幸。

彭秉如首先信誓旦旦地对在座的给予充分信任和勉励，随之循循善诱，给大家灌注精神激素。其目的是调动起这些阶级兄弟、农村台柱子、党团员的积极性。只有这些骨干动起来，运动才能轰开局面，突破缺口。穷追猛打，钓住大鱼。其间有些人，便飘飘然自鸣得意起来，将彭队长视为救护神。彭秉如将基本队伍捧得差不多时，话锋一转便给大家下达任务。光荣而神圣的使命，落到每个人的头上。

彭秉如号召大家集中火力，揭发明苑庄的问题。而对公社的问题，他策略地做了启发、诱导，始终没有明火执仗提出赤裸裸的要求。这是怕扭转方向，给李福杰等明苑庄干部钻了空子。对公社的揭发，须放另一个会，以免冲淡主题。加之，在座的多数对公社的问题都不太了解。彭秉如颇费心计地将这些细枝末节都考虑到了，用心可谓其极。尽管这样，对会议进展，他还是感到不尽如人意。不仅如此，在这个会上，他正式确定了与李福杰的关系：这是个他潜在的祸端。

彭秉如的话音刚落，李福杰便跃然而起，慷慨激昂，大放厥词。他气昂昂地引火烧身，给自己扣了顶假学大寨帽子，信口罗列诸条众所周知的所谓罪状。有的明则检讨，实则表功，声东击西，给彭秉如制造假象，搅乱脚步。他说："公社不说理，依仗职权，强行霸占我村十亩耕地做了砖窑。任何手续不办，现在我们村还得出农业税。"

彭秉如一听，十分吃惊，思想一下集中到李福杰的发言上。

李福杰接着说："公社的水库领导，不讲思想教育，只拿工分收买。我大队去年拨回工分高达八千六百多个。每人平均七百个工分。比农田地劳力高出近一倍。"

彭秉如示意小白："做好记录。"

"水库跟大队要粮要物，向来不备价，不给钱。前年拉走一马车白菜，去年拉走一拖拉机山药，今年春天要了五百斤黄米。还拿走一副马车旧外胎。这是填不满的苦井。"

"还刨走咱五棵大杨树。"有人补充。

"那是地里长的东西，账上没看到。更令人难以理解的是，公社企业搞包工。这是明目张胆跟学大寨唱对台戏。公社三令五申，不准大小队搞包工。一说'包'，人们不寒而栗，吓得出一身冷汗，资本主义货色嘛。如果准许包工，农田地的活计还用发愁吗？还用组织浩浩荡荡的夏锄战役，三秋会战吗？”

“公社刹资本主义手软。咱明苑庄拧住劲，学大寨，男女老少在工地苦战，有的村散伙打柴，搞个人安乐。公社不但不阻止，还大开方便之门，索性全社放了羊，成啥体统？大寨就是这样吗？现在，我们村群众骂干部，不关心群众生活。弄得干部左右为难，里外不是人。”

李福杰的检查也好，向公社提意见也好，到此，其矛头婉转地刺向工作队。李福杰当众煽风点火，向工作队施加压力。他夸夸其谈，摆出好多问题，其用意是甩给工作队，看他能怎么办！

起初，彭秉如信心十足地欣赏李福杰的发言。随后一步一步，被李福杰牵入死胡同。特别使彭秉如坐立不安的是李福杰别有用心的借刀杀人。他说：“朝里有人好说话，本人人小帽子低，说话没人理，跟公社吵过几次，屁事不抵。这次整党，使我们幸运的是，来了地区工作队，我希望彭队长能为明苑庄争回这个理。算清这笔账。”

这话多阴险。彭秉如只有招架之势，没有还手之力。敢不兜揽吗？

彭秉如忍无可忍，决定再不能任他主宰会场，牵着鼻子走了。是该反击他的时候了。不然，他得步进步，信口雌黄，自己会越来越被动。

“李福杰同志，”彭秉如截住李福杰的发言，“今天是党团员、贫下中农的会，咱们当头头的既是动力，也是对象。我建议你的发言控制些，把宝贵的时间让给大家。咱们的重点是解决明苑庄的问题。你斟酌着，自觉把握尺寸。”

“完了。”李福杰将没说完的半句话，也不说了。“我再说一句话，就是独断专行，无组织观念。”他当面给了彭秉如个眼吹火。

彭秉如处于尴尬难堪的位子上。

“我给说上几句。”贾来来打破僵局，“咱村干部不硬，公社叫尿几股尿几股。别村水库的马车能拉炭，咱村为啥不能？资本主义路上的炭咱不要，社会主义路上的炭在哪儿？眼看大雪封山，干部沉得气匀匀的，不知拿的啥主意？孩子不哭娘不奶，冻死娃娃也是社会主义的人嘛。”

有人悄悄笑了。这贾来来还有句巧点点话呢。

“公社杨利民扣住俺儿的三项费不给，至今连口粮也拿不回来。这是利用职权，卡人咽喉。叫活不叫活了？”一位贫农代表兀突地贸然发了几句牢骚。

“公社对水库管理不严。工人拿上雷管、导火线、炸药，随便炸树墩，将柈子拉到城里卖钱。个人发财，没人管。这不是资本主义是啥？”

“咱村有的闺女出嫁好几年，不在外上户。有了娃娃还要上在咱村。老女不离宗，不像话。分口粮，留自留地，就是不劳动。”

“自留地集体代种，每人只给一百斤毛粮，有些少。”

“我提一点。”李乃成举了一下拳头，“咱村大队干部，动不动在油坊打平伙，是吃队呢，还是吃自己呢？”

“与其吃自己，还不如在自己家里吃呀！”

“大队干部定补上工，干啥又记啥工，一年下来五六百个工。游游转转，撇浮油，也要赚工。”

“我当这个二百五吧，”一个贫下中农代表说，“我听人们在街上吵吵，说咱村到口外买马，贪污了钱。馒头是没发酵好的，内里人不说，别人谁知道？”

“贪污了多少，讲出来。”有人质问。

“身正不怕影儿斜，不要脚底踩擀杖，自己不稳当。”贾来来顶了回去。

“要有真凭实据，以理服人。这是大会，不是粪堆上唱野腔。”

“我知道，我是绕事不成，戳个窟窿。到头落个正月的高跷，半截不是人。说得对，供领导参考，没说对，就当我放了个屁。”

这时，彭秉如站起来压阵：“注意，大会发言很踊跃。不论谁发言，都不准他人插嘴打断，更不准质问，批评。今天希望大家知无不言，言无不尽。言者无罪，闻者足戒。大家继续敞开发言。”

农村开会，总是这样。要大家发言，必须引导，也必须耐心等待，往往起初东一榔头，西一棒槌，离题万里，不着边际。而慢慢地，便会上了正题。

“我说。”李乃成带着感情，开言道，“要么不说，要说就说透，隔靴搔痒，不抵事。咱村的买马案子，已经全村海传，大队垫上盘缠路费，从口外买回六匹马，走到口里卖掉三匹，从中贪污很大一笔款。据说，每人分赃一百多块。这是副业大队长郎福海办的事。”

会议开始有火药味儿啦。

“马案算啥？把油坊的问题查一查，几年不清账。单麻糁一项，走漏也不在三百二百。”有人支持李乃城，又提出大队油坊问题。

李乃成顺蔓摸瓜，就坡骑驴道：“这不是秃子头上的虱子，明摆着的事吗！干部到别处是撇浮油，捞油花花，到油坊是喝油、舀油。多少年，有眼的哄瞎子。群众有嘴装哑巴，说了抵啥用。过去也向下乡的反映过，但都不是擒妖的。一个个揩揩油嘴，拍拍屁股走了。今年，我看彭队长一身正气，无私无畏，是个擒妖的。希望彭队长把油坊的问题彻底查一查，打一打油坊的耗子。”李乃成激将彭秉如，也给彭秉如摆出难题。他总想山羊钻栅，露自己的花脸。他的揭发，矛头所指，触及一些人的利益，立即遭到受害者的反击。

油大师傅路郯琛的儿子叫路三恩，立即报复李乃成。他声东击西，扭转方向道：“咱村的阶级敌人十分嚣张，有偷听敌台广播的。地主的儿子也是地主成分嘛。随便盲流到内蒙古拉戳锯（横锯），回队不交款。这是啥问题？比贫下中农还自由呢！”

原来李乃成的姐夫是地主分子，外甥拉戳锯赚钱。戳锯也叫过江龙锯，专门锯大木料。路三恩所指，众所周知，也是事实。这些复杂的内幕，钩心斗角地互相揭发，彭秉如他们是只知其表，不知其里。他们只看到会场上，红红火火，争先恐后地发言，目睹被发动起来的群众，带着阶级感情，是那样的知无不言。他们从心底承认，人民，只有人民，才是推动历史前进的动力。群众漫无边际的揭发，使彭秉如大吃一惊，也大开眼界。农村的问题真是千奇百怪，应有尽有。这使他心满意足，受益匪浅。他索性也不加制止和引导，任其自由发表意见。听听这些农村新鲜事，也是一大收获。

“咱村有的闺女十七岁，就结婚了。谁给介绍的？”

“去年冬天，请粮站人们吃饭，用队里的双头（怀胎）大绵羊，换杜会计一只二岁羯羊。不用秤挂，断圪堆论个头，这叫啥做法？”

“兽医下来劁猪、骟驴还要大米、羊毛，有这规定吗？咱交的保槽费做了啥啦？”

“公社企业人员，不交小队记工款，而要分口粮。拖拉机站借了俺队一百块钱买拖拉机，三年不还。耕地要现钱，只好不耕。”二队长发言。

……

鸡毛蒜皮，南瓜葫芦；无中生有，道听途说；人身攻击，以牙还牙；种种光怪陆离现象，来了个泥沙俱下，淋漓尽致。彭秉如大快其心，不是如愿以偿，而是大大出乎意料。他看了看李福杰，萎靡不振地龟缩在墙角，连烟也懒得抽，会一开始时的嚣张气焰，荡然无存。这使彭秉如更加心驰神往，斗志昂扬。

散会后，彭秉如丝毫不感到疲倦，精神格外饱满。真可谓满载而归。他没有睡意，好像别人也感同身受，一样的兴奋，激动。于是召集回工作组全体人员，星夜安排工作。他说：“我们要发扬连续作战的精神，一鼓作气，战斗下去。现在，趁大家脑子未休息，会上的发言，都记忆犹新，咱们来一个集体会诊，将小白的笔记一一核实，逐条对正。大家的意见呢？”

“行。”几个人表示支持。心里其实都巴不得一头跌在枕头上。

彭秉如亲自把关，全体人员，逐一“过电影”、对笔记。

“劁猪、骟蛋的事情也一起记？”有人问。

“当然，那是原则问题。生吃白拿，多吃多占，可见公社一级的腐败嘛。”彭秉如给大家解释，“现在整理记录，不管有用没用，用大用小，都记上。凡群众提的，咱都给一个满意的答复。我们要梳成辫子，分门别类去对号入座。我们要由锹头转到笔头，这是活生生的阶级斗争，生动的政治课堂，望同志们千万别错过这大好时机。我提醒大家，劁猪骟蛋，也是炸弹！”

经彭秉如一鼓动，果然大家的乏困被驱散了，于是聚精会神地头碰头工作起来。小白执笔，别人补充。

此时，刀笔吏李福杰一个人在家里开了个通宵夜车，也在做笔记。

其实，明苑庄今晚被指名道姓点了名的，以及旁敲侧击暗示了的，抑或自己有同类问题的，有几个能睡着觉的呢？

宵分寂寂，流星闪闪。明苑庄沉浸在可怕的夜幕下。

第三十四章　情报频频各有谋

徐晋东在第一个大会上，既做了假学大寨的自我检查，又传达布置了会议精神，加上彭秉如的帮忙，“通通通”放了一气炸弹，连群众批评提意见，也能姑且凑合过去了。散会后，他将大家全部打发下去，任他们的马跑去吧。反正各有各的小天地，一个羊一片草。他呢？抓紧时间处理积压的文件、琐事，并惬意地忙里偷闲，独自闭门逍遥起来。这已经是下午的事了。

甩脱压在身上的当务之急的政务后，他想到的第一件，非常紧迫的大事，就是立即消灭身上的虱子。人说虱子不咬忙人，其实不然。成天不失闲的徐晋东，每每遭到小家伙的突然袭击，干扰他的工作。今天到了它们灭顶之灾的时刻了。他对付这些虮虮虱虱小动物，有绝招。他将贴身的衬衣、秋衣、裤衩、袜子，一齐扔在脸盆里，然后浇上滚水。他还不放心，用烧火棍的另一头，搅动，翻腾一阵，直到虱子死尸在水上漂了起来，才心满意足地坐凳子上，跷起二郎腿，悠然自得起来。

徐晋东正在得意忘形地欣赏他的赫赫胜利，突然“哗啦”一声有人推门。门早被他从里边插死了。

“徐书记。”是毛毛的声音。

“干啥？”徐晋东问。

“给你送来份文件。”

“你拿回去。待会我去取吧。”

“你干啥呢？”毛毛问。

“你这娃，叫你走开就走开，管我干啥哩！”徐晋东笑了。

毛毛笑着走了。

徐晋东试了试指头，仍烫得不能下手。他急得想尽快投一投处理掉，以免再有人来干扰，但遗憾没准备下凉水。于是，他马上想到，只要用拨火棍挑出衣服，将水泼在院里，不就销迹了。这样处理后，他堂而皇之到伙房打凉水，即使有人赶巧进家，也不会发现漂在水面上的虱子。

在公社，没有做过统计，大概除过牛婧兰、毛毛她们几个姑娘外，大部分人身上有这种小动物。不过，大部分人正如徐晋东偷偷摸摸处理，不好意思公之于众。但决不隐蔽本人有虱子。公社的几个人屈指数来，唯一敢冠冕堂皇暴露自己身上虱子的人，只有张栋。他即使蹲在党委办的地上听会时，也会将摸到的大虱子，用食指和大拇指对捏着，慢慢地放在他正燃烧的烟锅头里，然后听到“叭”一声放个小炮。其时，他不管别人盯着他没有，连眼皮也不睁。

徐晋东迅速处理完第一件事，马上进行第二件事：洗澡。他到话务室，找到毛毛，取上文件，并安咐她：“我到伙房打上水，准备洗澡。你去从外边给我锁上门。有人找我，就说出去了。”

毛毛一扬头，笑了笑，问“何时开门？”

“半个钟头后。”徐晋东说罢向伙房走去。必须抓紧时间，一个电话或一个人来找，啥事也办不成了。他的作息时间表，没有白天黑夜，上下班之分。

徐晋东所谓洗澡，无非在自己洗脸盆内，洗一下上身，再洗两条腿，两只脚。这就够舒服了。他正在使劲搓身上的污垢，院里有咚咚的脚步声。接着，来人说话了。

“家里有声音，怎么锁着门？”这是田子荣的声音。

“我没听到，没有吧？”这是林如海的声音。

徐晋东停止了活动，一个人直想笑。

“走吧，明天早上再说吧。”林如海打岔，劝田子荣。其实，他也听到屋里有声音。知道屋里有人。既然门上挂锁，说明必定有秘密事。在这种场合，走开为妥。以免自找麻烦。而田子荣总认为他在和某人谈工作上的保密事。这种事，他是不会对自己保密的。田子荣不进去看看，心痒如猫抓，难过得不行，他哪会听林如海的指拨。

“晋东，一个人钻家干啥哩？”田子荣站门外喊。

“我洗澡哩。”徐晋东答话了。

哈哈哈……田子荣笑着道：“洗澡怕啥？还用关门闭窗？”

徐晋东从门缝扭出钥匙，让他们开了门。田子荣和林如海一先一后走了进去。田子荣瞅一眼徐晋东：“我洗身上老不避人，咱又和人家澡堂不一样，全脱光了衣服洗。”

“有人进来不雅观。尤其女娃娃们。”徐晋东说着，揩干身子，穿起衣服。林如海给倒掉盆里的澡水。

田子荣坐在炕沿上，边抽烟边自笑一下说：“我发现你这人，越在风口浪尖上，越能沉住气。你竟悄悄地搞起个人卫生来了！我说，老伙计，下边可是乱营了。”说到这里，他显露出故有的警惕性，抑或叫防人之心不可无的表情。他那双滴溜溜的眼球，在告诉徐晋东当心出问题嘞。徐晋东深知田子荣其人，他虽比林如海胆大开化些，但基本上是一个类型的人：走路不忘回头看，路上卧死狗，手拿半头砖。他随时提防有人作祟，在他身上打主意。徐晋东对他这些小毛病，作为多年的挚友，了如指掌，不以为然。但他深深感谢田的为人。他对人的提示，尽管言过其实，抑或子虚乌有，但他的出发点是百分之百的忠实。

“咱苦口婆心讲了一个上午，就是叫下去乱嘛，不乱还能揭出问题。”

“嘿！”田子荣乜斜一下眼，寓意深刻地道，“兔蹦哩，蛇窜哩，各有各的打算哩。你听老林说说，下边有情况了。”他向林如海努努嘴，要他给徐晋东往上端。

林如海没有得到徐晋东的允许，“吭、吭”干咳了两声，不敢开口。他见徐晋东看他，才问：“怎么，徐书记，我说一说吧？”

徐晋东催促着道：“说嘛，有啥痛快些，口袋里倒西瓜，咇哩隆咚，一下全亮出来。”

林如海双手提住屁股下边的骨牌凳子，往徐晋东跟前挪了挪，压低声音道：“我今天下午到青云寨和马士隆坐了一会。啊呀，那可是个好人，马老槐的三儿子。他还有个大哥在福建省当地委书记，今年正月还回来一次。我本来找马处长，想了解一下，公社企业的门路……”

“你这又扯到六国去了。”徐晋东截了一句。

“打短截近，往刀口上说。”田子荣急不可待地为林参谋。

“好好好，我是想介绍一下马士隆的人格。是这样的，徐书记，马士隆很有策略地给咱通风报信，说咱公社万亩水稻方田，下边有反映，下道线上道线都有意见。”

“这要翻腾起来，了不得哪！波及四十个大队呢。”田子荣眼神惶惶然，看了看徐晋东，要他掌好这个舵。

“下边有意见是正常的。”徐晋东平静地说，“那事，本来是胡闹。不顾客观，只图表面，口号冲昏头脑，给后人留下一桩致命事。但事已至此，咱们只有硬着头皮顶，回头路是没法走的。有啥问题，让下边讲，咱们尽快解决，以断后路。”

“你说得有道理，好斧不怕疙瘩柴。这是咱们的工作。老林讲的，是现在有人串联，搞小活动。你知道不知道，彭秉如已经开了小会，布置了任务，矛头对准咱公社。今下午，听木厂一个工人说，在桃园下乡的尚丞荣跑到王屯堡了解群众对稻田的意见。这不是非组织活动？下乡蹲点，怎么可以乱窜？这里边问题严重呢！”

徐晋东虽然对彭秉如有看法，但没有想到，他会在下边搞这些活动。要真是这样，未免有些越俎代庖，欺人太甚。徐晋东终于被田子荣、林如海激了起来，心里愤愤然，火冒三丈。但他在田、林面前没有发作，也没有表示什么，以极大的克制压下了怒火。他老成沉稳，绵裹秤砣，不露声色地说：“这事，不同一般。不能信口开河，随便揣测。要注意真凭实据，要看事物的本质。千万慎重，不能乱表态。我们注意观察就是了。”他顿了顿，“事关重大，有情况通风。”

“咱总不能把着个雀儿就没毛了。糊里糊涂被他们牵着鼻子，往枉死城送。”

徐晋东意味深长地点点头，然后问：“还有别的吗？”

林如海立即道：“啊呀，今下午木厂失火了，幸亏是熏窖，损失不太大。”

“我知道了。那不叫失火，你总爱把事情说玄。熏窖本来是用火熏板嘛，稍一温高，火大些，就燃烧起来。怎么叫失火呢？啥叫失火？没事寻事，扩大事态。”

“对对对。我把厂长骂了个狗血淋头，还叫他写出检查。这样看来，处理得有点重了。”林如海被徐晋东批评得浑身舒服。本来担心以干扰运动，制造麻烦为由，拉出他亮相。不承想，书记说这不叫事故。怎能叫他不开心呢。他今天拉上田主任来找徐书记，主要是汇报木厂失火事故。因怕吃家伙，才把青云寨马士隆的掏耳朵当成正事，一总向徐晋东做了汇报。现在他觉得十分轻松。不由自主地站了起来，准备走。田子荣心里有事，晚上还要在双杨参加党员会。他也下地和徐晋东告别。

徐晋东送走田子荣、林如海，回头坐下，心觉遗憾只洗了半截子澡。不继续打水洗吧，不像个营生。脚上的污垢被水泡起来了，不除去，心里总觉得有些肮脏。他正在心心念念，独自徘徊。毛毛提着一铁壶开水过来了。她一进门，抿住嘴笑了笑，然后问：“田主任和林主任怎开了门进来的？”

徐晋东也笑了：“人不能做鬼事。咱以为外边上了锁就没人干扰了。没想到，田主任在院里听到家里有响动，非要弄个水落石出不行。我只好给他们扔出钥匙。”

毛毛扬头一笑：“我说怎么了。我过来给开门来了，他们俩早进去了。”她说着将徐晋东的暖水壶，放在地上，给灌开水。

徐晋东等毛毛把水壶倒满后，说：“给脸盆倒上些热水，再给打点凉水。”

毛毛问：“怎？重洗呀？”

“再洗洗脚，这次别锁门了。”徐晋东尴尬地说。

毛毛脸有点发热，似乎感到自己问得多余，匆匆推开门走了。

吃过晚饭，徐晋东经过彻底清洗，身上倍感爽快，一个人在灯下，打开最近一期《红旗》杂志。赵庄的事，他信得过彭茂华。让他多出头，一来自己省心省事，二来他也能得到锻炼。因此嘛，他现在能在大家忙得不可开交时，静坐灯下独享清闲。

“笃、笃、笃。”三声不轻不重，不紧不慢的敲门声。

“进来。”徐晋东漫不经心地随便应了一声，仍在看他的书。

门“吱扭”一声开了。但没有人走进来。徐晋东也没去理会。找他的人太多了，应接不暇。进来就接待。不进来，走了更好。他继续埋头在《红旗》上。

“啪、啪、啪。”三下拍手声，不太重，脆响。

“谁？”徐晋东有点讨厌其人，大冷天，打开门不进，搞啥名堂？他探过身子一看：哈，是他小姨子改婵，直挺挺立在当门，像位站殿女菩萨。“原来是你？”徐晋东问。

“你当谁？”改婵问。

徐晋东将手里的书撂在桌子上，毕恭毕敬地接待这位内客：“请。”

“可以进去吗？”改婵还要讨价。

“啊呀！什么时候学下这么套繁文缛节，啰里啰唆的。”

改婵边往进走，边随手带上门。她站在徐晋东面前认真地说：“俺瑛姐教我的。她说进你姐夫办公室，要先敲三下门，人家允许进，才能进去。”

“胡诌。”徐晋东用右手食指点着改婵的眉棱骨嗔怪地说。

“不信？你回去问问俺瑛姐。她不说我怎知道这规矩？你不说，她怎知道这王法？”

“算了，算了，快坐下，立客难打发。”

“官大了，就得有大架子嘛。不然，怎叫抖威风。你不看包文拯，三打三呼，兵丁衙役站满台子，才耀武扬威地踩着锣鼓点，颤着纱帽翅登场。”她还模拟着包拯，握紧拳头，咬紧牙关，耸了耸肩。徐晋东哭笑不得，这个半吊子小姨子，真没办法。

徐晋东无可奈何地摇摇头："你快别出洋相了。我充其量算是双杨公社的大社员罢了，连芝麻官也谈不上。你可不敢在群众中胡乱言传，井底之蛙，没见过个大老天爷。"

"看看，知道你就贬低我呀！不说这些闲言淡语了。我今儿是来向你告状来着。"

"嚯！告状！状告何人？"

"你们公社李葆定。"

"他怎啦？"

"他呀！狗戴帽子装人，把你们领导哄得团团转。"

徐晋东见改婵不说了，问："就告这状？"

"要说的还在后呢。"改婵拉长脸，正颜厉色地说，"听陈琦书记在喇叭上讲，公社、支部要整党啦。俺村今晚召开党团员会，我没资格参加人家那会，还不能来公社反映？"

"好、好，欢迎。是啥问题，说吧。"

"李葆定这小子，獐头鼠目，可不是个玩意儿。他到俺村据说是给公社调剂小杂粮，不知怎就串进谢焕先家。也许她男人是保管，沾了当干部的光了。当时，谢焕先躺在炕上，说肚里有点不舒服。李葆定声称会扎针按摩。她信以为真，就让他给作怪。结果，这小种，把手伸进焕先肚里，胡搋摸。焕先是个老实人，白白让人家搋摸揉搓了一通。她最后硬说不痛了，不看了，才喊退了这个鬼。姐夫，你说，你们公社是啥地方？用的啥人？"

"真有其事？"徐晋东似乎将信将疑地问。

"这是焕先一五一十跟我说的，一点不假。"

"放肆！"徐晋东心里很恼火。他是忌讳公社人员在群众中出丑的。

"他是不是党员？"改婵见晋东怒气冲冲，知道动了肝火，又小心地问。

“不是。”徐晋东冷冰冰地道，“不是党员也得处理他。”

“你准备怎处理呀？”改婵试探地打问。

“一个临时人员，打发走，算了。”

改婵看了看晋东那副严厉的头脸，心里犯了难。如果李葆定找她算账，拉上她去质对，就砸锅了。焕先宁愿吃哑巴亏，也不肯张名赫扬，去丢人败兴。她是随便坐下拉呱的，可没有让自己来公社告状的意思。今天徐晋东一气之下，若立即通知李葆定，装上行李回家，这事可闹大了。那小子不是个好茬茬，倒打一耙也够受的。改婵琢磨了一阵，改换了口吻，却似体己人说知心话，道：“姐夫，我说这事，你慎办。我内心是想叫你知道，李葆定不是个好东西。你要提防些，当心他给你脸上抹灰。至于这事嘛，你还是别提为好。因为焕先的为人我知道，她不会站出来做证。我呢？虽然是她亲口对我讲的，毕竟是听她说的。况且……”

改婵低下头不说了。

“说嘛，还有啥原因？”

改婵摇头不言不语，只是双眸对着徐晋东秋波荡漾。徐晋东触电似的心脏加快了跳动。彼此两颗心在剧烈地克制，在克制中，保持着外表的冷静。片刻，理智战胜了感情。改婵打破僵局，腼腆地说：“怕人们说长道短，给你添麻烦。”

徐晋东彻底明白了改婵深夜告状的动机。他对她的温情由衷地感激。对她来反馈下边的此类信息，也倍加满意。这是难得的情报。虽说是远房小姨子，但终归属于内亲关系。在这门亲戚中，尤其举止须检点，不得越轨，更不能在公社传出桃色新闻。他安慰改婵道：“你的心我理解。这件事我不会大惊小怪的，现在暂不接触本人。以后，也不会出卖你，放心了吧？”

改婵嫣然一笑，两个笑靥倏忽出现在脸上，格外增添几分艳色。

在徐晋东眼里，改婵妩媚的笑，是她最美的瞬间。他不敢这样面对一位二十八九岁的少妇胡思乱想，这样会犯错误的。他向外张望了一下。意思是，天色已经不早了。她该走了。

改婵会意，站起来，张罗着走。

“怎？走呀？”晋东礼节性地问。

“你辇我嘛，我敢不走！”改婵嗔怪地翻起眼皮白他一眼，嘟噜着嘴，拍了拍手里的手套，然后扎好黄色棉头巾。

“用我送你一下吗？”晋东赔礼般安慰。

“谢谢你的好意。路上没鬼。”

晋东不自然地对她的顶撞，报以苦笑。改婵含情脉脉，剜他一眼，推门而去。院里留下沙沙沙的自行车擦地皮声。

“啊！我的天！”徐晋东轻松地长长出了一口气，总算打发走了。他突然又感到惋惜，好像失去什么。他推开门，偌大的公社大院，寂静无声。前排房的屋脊上空，映出公社前院的杨树头。凋谢掉绿叶的枝梢，在寒风中摇曳，将淡月、星斗戏弄得时隐时现，忽明忽暗。

徐晋东信手拿起办公桌上的近期《人民日报》，想静下来看看。但心猿意马，没有一点精神，只好随手丢开。为啥出现这种罕见的百无聊赖，无所适从的情绪，徐晋东也实在说不清楚。他坐在炉子旁，手里玩弄着捅火炉的钢筋炉锥，时不时瞅准一个砖缝，扎了进去，再拔出来。其时，他想起自己在初中时，将一根炉锥砸进砖缝，致使值日生，眼看打过上课铃，却怎么也拔不出捅炉子的家伙，紧赶小跑，迟到了一分钟。这个恶作剧所捉弄的就是通讯组的席铭。席铭同他的关系一向较友好。他从小是个马大哈。记得有次数学老师在黑板上做示范习题，要他站在下边回答得数，他说了几个数字后道：“再加上一个圈子。”老师火儿了：“什么圈子？这叫再加上一个零。”引得大家哄堂大笑。席铭这个“圈子”一直留在他的记忆中。人，一旦为自己做过笑柄，将永远留给社会。对改婵应理智再理智，不能感情用事。人，手里握点权，你有啥好，人有啥效。如果专想好事，就意味着腐败、自毁。君不见，马主任十几分钟的快活，黑锅背到现在。十几年过去了，仍不能把腰挺起来。想到这里，徐晋东蓦地闪过一个可怕的念头：改婵那多情的一笑，简直是夜叉的狰狞伪装！

徐晋东正这么不着边际地胡思乱想，突然，咚、咚、咚，走进一个人。没等徐晋东反应过来，来者已经矗立于他面前。徐晋东抬头一看，原来是李葆定笑眯眯来给他献殷勤，左手一碗羊下水，右手一瓶高粱白。

“干啥？”徐晋东已经猜着葆定的意思，但还是打过场式地问。

李葆定笑嘻嘻地说：“我今儿回家，把羊杀了。带回些羊杂割，公社没别人，咱俩吃吧。”说着，将羊杂、酒放在炕上，又从裤口袋里掏出两双筷子，一对酒盅。他见徐晋东稳坐不动，又没话找话，讪说道：“二岁羯羊杀下三十二斤肉。杂碎也炖烂了，挺香。”他见晋东仍两眼瞅着炉子盖，便“咂”一下嘴给解释道：“这酒也是我买的。供销社关门了，我敲开门，买来的。”

徐晋东得到改婵的内情报告后，心里对李葆定这种肆无忌惮的下流行径，着实恼火。一个小小临时人员，打上公社这把大伞，也要在社员中浑水摸鱼，得空就捡便宜。这种桃色新闻一旦张扬开，对公社是莫大的影响。他对油头滑脑的李葆定，产生了一个“打发”念头。但他无论如何不能以“潘寨摸肚”事情为由，进行处理。那样，势必将改婵牵连进来。

徐晋东看着笑容可掬的李葆定，心里说：今天不处理你，是改婵的关系。你现在想用一瓶酒、一碗臭下水收买我？也未免太聪明了吧。其时，他发现李葆定将吃的、喝的及用饭、进酒的家具一一摆好，又躬身劝说：“徐书记，吃吧。割好的杂碎等会就凉了。”边说边不自然地搓手边咂嘴踱脚，一副低声下气的可怜相。徐晋东突然动了恻隐之心：

李葆定此举难道是来赎罪吗？他怎知道自己做的事败露了呢？他与改婵一前一后应该是偶然的巧合，不能把人家一片好心当作驴肝肺。李葆定这些小手腕是本性所定，绝非偶然。而且，真的从家里带来点美餐孝敬自己，反而讨个没趣，碰一鼻子灰，以后谁敢接近自己？连李葆定都碰得头破血流，别人只有敬而远之。这不是钟馗开店，逼得鬼也不来了，成了孤家寡人不成！

徐晋东想到这里，破颜一笑，脱掉鞋，上了炕。李葆定两手作搀扶状，张罗着帮徐书记上炕，随即喜形于色，也甩掉鞋，上炕盘腿打坐，同徐晋东打对面，动作起来。

几盅烧酒下肚后，两人立刻亲热起来。李葆定是第一次跟书记单独会餐。他不会轻易失去这个机会："徐书记，我今天是向你做检查来了。"

"啊？"徐晋东立刻又回想到改婵提供的情报上，难道这后生真的洞察到我的心不成。他停住筷头盯住李葆定，等他下文。

李葆定放下筷子，说："那天，我到供销社买烂鸡蛋，在柜台里边说，中午招待彭秉如队长，没提防人家正好在外边听到了。听说，彭队长把这事专门当作一条意见向公社党委提了出来。"

徐晋东听到这里，不感兴趣，用筷子指一下葆定："吃吧！"

李葆定对徐晋东这种大肚量做派，不胜感激。但又有点摸不着头脑。他小心翼翼地问："徐书记一定知道这事吧？"

徐晋东似是而非地哼哈着说："无所谓，鸡毛蒜皮的事。"

"徐书记，这一条意见，记在我头上，犯啥错误由我承担，这与公社任何领导都无关。"

"好，你今天把这件事说清楚，我心里有了底儿，这就行了。"

"谢谢徐书记！"李葆定举起一杯酒，徐晋东主动碰了一下说："以后办事，老老实实，不能信口开河，指着爷爷化布施。"

"一定接受徐书记的批评。"

“还有。今后要是下去搞点啥，少拉公社这张虎皮。”

葆定给徐书记斟上一杯酒，苦笑着解释：“有时候不打上领导的旗号，下边不买账。我要打也是田主任和林主任，徐书记的旗号我从来没打过。一亮你的金字招牌，就露馅了。因为下边都知道，你是不会让我下去搞这搞那的。”

“这么说，田主任和林林主任同意你打他们的金字招牌？”

“今天不瞒徐书记说，两位主任都私下默告过我，为给公社解决伙食上的问题，必要时候，可以打他们的旗号，而且不必征求他们本人意见。”

“真的？”

“当然真的。”李葆定说到这里，觉得失言了，随即一拍膝盖，“啊呀！徐书记，我今天喝得多了。”

“不多，你很清醒嘛。”

“刚才说啥来着？”

“没说啥。”

“我是不是出卖了田主任和林主任？糟了，我今天又犯错误了。”

“怎么，又你一人担着？”徐晋东笑了。

“徐书记，我刚才是喝上酒瞎说呢！田主任和林主任根本没有让我下去狐假虎威，有时急了是我的临时策略，吓唬他们哩。我是武大郎卖棉花，人软货轻，若不拿上鸡毛当令箭，自己给自己壮胆，谁肯买我的账？”

徐晋东知道李葆定在耍花腔。但他理解下边人员的苦衷。公社干部的伙食确实难搞，又要吃得好，又要花钱少，七嘴八舌，众口难调。找李葆定这么个外圆内方的人也委实不容易。田主任嘴碎，多亏李葆定八面玲珑，巧于应付。公社伙食能搞到现在这样子，就算可以了。

“葆定，来，再干一杯。”徐晋东没有接葆定的话茬儿，而是让他喝酒。李葆定两只百倍警惕的眼睛，充满血丝。他茫然不知书记的意思。他虽然举起杯，但画满问号的两个眼球，始终没离开过徐晋东的面部。徐晋东随便笑了笑：“你只管看我干啥？喝酒嘛。”

“我今天喝的酒并不多，怎么老出问题，前言不搭后语。”

“不。你并没有前言不搭后语。是我不愿听这些属于你们的事情。”

唔？是这么回事。李葆定一颗悬着的心掉到肚里。随即，他放心地伸出筷头，搛起一团下水，馕了起来。当他费劲地摇动腮帮咀嚼时，方感在书记面前露出失态的不雅穷相，但事已晚矣。

徐晋东望着李葆定，心里有几分同情和怜悯，也有几分鄙视和厌烦。这些人，搜墙觅缝地在自己身上做文章，无非是想让自己给他们点好处罢了。唉，这有啥法？谁叫自己来当书记呢！这一切都是正常的。这都是正常的。

“来，徐书记，再干一杯！”

“好了，不敢再干了。”

“没事，俩人连半斤还没下呢！”

“半斤就多了。咱该休息了。”

李葆定见状，观言察色，不敢再弄嘴弄舌，自讨没趣。他好自为之，放下手中的酒杯。

夜，慢慢地走进它的深处。此时此刻，各大队党支部，召开的整党、“一批双打”动员大会，正在严肃、紧张的气氛中进行着。

第三十五章　荒滩交手为哪般

朱美琰到明苑庄接收了彭秉如交代的任务后，火急火燎地赶回桃园。

她是个以老为实、本本分分、领导指向哪里奔向哪里，脚踏实地干工作的忠实党员。她认为，个人服从组织，下级服从上级，这是一个共产党员的起码组织原则。党组织分配给自己的任务，就是党中央的指示，层层下达，落实到自己肩上的天职。作为一名党员，无条件接受，竭尽全力去完成，是天经地义的革命纪律，神圣使命。她多少年如一日，不敢越雷池半步，并以此为荣，乐此不疲。今天，她听了彭秉如的内部传达，更使她感到自己肩上责任的重大。彭队长的声音如雷贯耳："对公社和大队要开展整党整风，对社会上的阶级敌人、资本主义势力要狠狠打击，给以毁灭性的迎头痛击。举起社会主义的快刀，大杀资本主义歪风。"

这叫朱美琰着实坐立不安。她深感力不从心，担心不能使彭队长满意。不过，彭队长不但发出号召、命令，而且做了具体指示。他对在双杨公社党委举什么旗，走什么路，煞费苦心地做了一番剖析。彭秉如特别指出公社党委在治理滩涂，万亩改碱种稻工程上，动作缓慢，措施不力，右倾保守，贻误战机。公社党委做了群众尾巴，使工程虎头蛇尾，局部搁浅。他讲到此工程系双杨向公社核算过渡的基础措施时，慷慨激昂，大动感情。他对坐等共产主义到来，不怕中国改变颜色的不肖党徒义愤填膺。他看着朱美琰和马士隆，瞄准公社发出自己的肺腑之言：“想保命，别革命，革命就要拼出命。”彭队长会后给朱美琰下达任务：收集周边村庄群众意见，摸清基本情况，汇总起来，形成炸弹，猛轰公社。这是他对她的特殊关照，撇开马大隆讲的心里话。

在返回桃园的路上，朱美琰意识到：这次运动，他们工作队逮便宜喽。有头衔没头衔的都成了动力，逃过了当对象的挨整厄运。无怪彭秉如呼风唤雨，无所顾忌。朱美琰对彭秉如佩服得五体投地。连他那脱口而出的即兴发言，也无不暗中叫绝。朱美琰心领神会，自己只有拿出全身解数，效忠领导就是了。

朱美琰决定派尚丞荣去王屯堡等村庄按图索骥，收集情况。

尚丞荣是位三十来岁的年轻小伙子。他工作很积极，乐于挑重担，也有眼色，经常在朱美琰面前晃荡，提建议，反映情况，说笑话，谈形势。在桃园工作队中，他是被朱美琰看重的工作队员。别人窃议：尚丞荣是朱美琰的贴身干将。加之，尚丞荣一表人才，心灵手巧。他会修理半导体收音机，会用扑克变魔术，会写美术字。总之，小本事不少。即使不会，也一学即通，不通也能糊弄人。他也机灵地习惯于揣摩领导的心思。见瞌睡就递枕头，不迟不早，正是时候。朱美琰本来也没当过什么受人伺候的领导。下乡来到桃园，对尚丞荣的效忠，简直受用不安。她对这位潇洒俊逸的傅粉何郎，认定为人中吕布，马中赤兔。今天，要事当头，她理所当然想到的是尚丞荣。

其实，朱美琰对尚丞荣只知其一，不知其二。这后生由于小脑特别发达，除工作外，在日常生活中，好行小惠，独显其能。他总是沾沾自喜，扬扬得意。无形中，将别人置于等闲地位。加上，他爱讲别人的笑话。而且模仿性特别强。他总爱将道听途说拣到的逸闻趣事，绘声绘色地加以表演。有时连某领导的癖好，讲话口语把柄，也当作取乐笑料加以模仿性的表演。这样，好些人在一阵笑后，感到不快，甚至厌恶。被他讥笑的人，耿耿于怀，埋在心底。尚丞荣还有个毛病，他说某人某件事总好过头，或者加枝添叶。如果有人和他对质，落实究竟是一还是二。他却认为无所谓。他甚至会说，按照某人某性，是应当说这句话。或者应当这样做的。言外之意不是他没说对，而是对方没做对。实在叫人哭笑不得。

尚丞荣接受任务后，欣喜若狂，立即单枪匹马徒步出发。他脚下生风，不知不觉来到了王屯堡村边。前边有个拾粪老汉，他准备立即工作。这个担着两只箩筐的拾粪老汉，看到他想回避，已经迟了。俩人相遇在王屯堡河滩的稻地埂前。本来是素不相识的阶级弟兄，却出人意料地发生了一场激战。在记述他们交战之前，须先交代一下背景。

节令已进入冬季，滹沱河畔大地封冻，寒风凛冽。热火朝天的农田水利基本建设，虽然仍在喊叫，"六对六（六点出地，六点收工），天寒地冻不停工。"但昔日星罗棋布的工地上，呈现出三种景象：领导坚强，工程合理，社员有积极性的，顶风雪，冒严寒，工地上红旗不倒，继续大干。有的干到大年三十，甚至在工地上过年。这是一类队，也是少数队。领导虽有积极性，但没有选中好工程，社员看不到希望不买账，即使勉强去到工地，也是以晒太阳，应付上边检查为主。这属于中游状况二类队。最差的三类队，既没有像样的工程，也没有较好的领导班子。五分钟热度过去后，除了几个铡秸秆沤肥、滚压土地的外，大部分社员自行方便，歇了起来。像王屯堡这些靠近滹沱河的村庄，没有深土层工程，精湿的碱地一封冻有啥工程可干？

尚丞荣瞄准的这个拾粪老头，叫郎计狼，人们叫计郎，有的也叫狼计。因为是姓郎的收养了姓郎的孩子，所以起了这么个名字，取其意，应当写作郎寄郎。但村里人们，习惯成自然，大部分人唤他狼计。这老汉年近六十，生得古怪，凡人不答话。

"老大爷，你干啥？"尚丞荣出于礼节性问话，却见老汉肩担箩筐在拾粪，自己属实是明知故问。这实在有点不高明，忘记了自己的身份，忘记了形势。狼计拾粪本来窝着一肚火。过去他曾当过几年饲养员，冬夏雨常，能挣个日工，每年下来比田地劳动力多拿百十多个工。今年和队长干了一架，饲养员也被下放了。这不，眼下没事，有面子的可以挣个游游转转工，他呢？只好担上箩筐去拾粪。自古拾粪在路上拾。而今由于冬天放野牛，拾粪的难免走进田地去拾牛厕的粪。这种做法，自己也深知理亏。但从集体地拾回粪，再拉到集体地，来回转个圈，自己能拣点“分”。狼计正在干这种公开不公开的事，正巧尚丞荣问他：“你干啥？”

狼计恼羞成怒，一瞪眼回击道：“你管我干啥不干啥？”

尚丞荣碰了个无名钉子。他以为老大爷听错了他的话，忙赔着笑脸解释道：“老大爷，我是说，你拾粪呢？”

“怎？你告我的状去呀？”狼计两眼发出逼人的凶光，“呸！”

“你怎么这样讲话？”尚丞荣实在忍无可忍，上下审视着老头说。

“这还是好的呢！你再敢多嘴，当心我的粪杈头子。”狼计说着掉头走开。

尚丞荣平白无故受了顿窝囊气。他气得七窍生烟，火冒三丈。一个地区堂堂工作队员，又是受命做调查的特使，就这样被一个农村糟老头侮辱、呛白，自己善罢甘休，拱手放走。让同志们知道后，不笑自己是天字第一号废物才怪。尚丞荣想到这里，大步赶上去，口气冷冷地问：“老头儿，你要去哪？”

郎计狼其实认识尚丞荣。他在抢割蒲草时，亲眼见尚丞荣阻拦社员打草，并且把他当作桃园社员，还想从他手里夺取镰刀。当时，他急于割蒲，没时间跟他吵架。但他把这笔账牢牢记在心里。今天遇上他，正好发泄一肚子私愤。顶呛他几句后，他本来打算就此罢休，走开了之。不想起这后生不识时务地尾追上来，并且添了几分得意色彩。他回过头，不怀好意地回答道：“我去阎王殿。你也想去？”

“站住！”尚丞荣怒发冲冠，吼叫道，“你这老头儿，不识抬举。我好心好意，跟你说话。你狗咬吕洞宾，把我当啥人看？”

郎计狼冲尚丞荣道：“我看你像个台湾特务！”

他气得圆目双瞪，无名火直往上冒。他信手便拉住老汉的箩筐，由于生气，手脚重了些，道：“看你这老汉一大把年岁，怎么这样讲话？胡言乱语，信口雌黄！”

狼计一甩箩筐扁担，将粪撒了一路。他手持粪杈，照尚丞荣屁股上给了一家伙。并瞪起牛蛋似的两颗大眼睛，像审贼介喝在脸上问：“鬼鬼祟祟，看你就不地道！”说着上去一把抓住尚丞荣的领口，老头看去萎靡不振，在寒风中摇摆，伸出巨手，铁爪似的有劲，“拿不出证据，跟我走！”

尚丞荣眼看着被老头抓了俘虏。他如果束手就擒到王屯堡，成啥体统。自己是下乡干部，领导分配任务，可以说是钦差大臣，被一个不明真相、貌似阶级敌人的土鳖哼鼻瞪眼，动手动脚，视如土芥，真乃奇耻大辱。好汉不吃眼下亏，即使发生误会，自恃自己是一身正气，公务在身，有啥大不了的。如果这老东西真是个形迹可疑，心怀鬼胎的坏人、特务，贼喊捉贼，自己首当其冲，一举识破，到头来不是大功一件吗！他没有考虑别的，在这一刹那间，决定了自己的反击措施：他随手夺住粪杈把，想来个缴械擒拿动作。但老头使劲一拽粪杈把，铁粪杈头便从尚丞荣手里撤出去。尚丞荣的手心被劐破，鲜血流了出来。他扭身绰起扁担，与郎计狼交锋。扁担长，而且两头有钩箩筐的铁钩。这样，铁器对铁器，长把对扁担，张牙舞爪，丁零当啷，对打起来。俩人素昧平生，无冤无仇。特别是尚丞荣，一肚好心，反遭老头无端刁难。最终实在逼得忍无可忍，才奋起反击。但他始终底虚，而且从未跟人动过家伙，只好虚张声势，夹喊带叫。他想让老头觉醒，住手，迅速停战。而郎计狼虽然不惧生死，但一来这场无名干戈是他引起的，二来见尚丞荣手上出血，他有点胆寒。因此，他的粪杈头专门往尚丞荣的扁担上打，似乎专为听响声似的。不管怎，两人正在旷野挥舞家伙，甚为嚣张。

彭茂华从赵庄骑车下来，老远发现两人在厮打。起初他以为是耍呢。当他越来越近，发现是真家伙干架。他立即发出镇山大喊："住手！"但交战双方，不知没听到，还是不理论他，仍在"咣当""哗啦"地对阵。

走近了。彭茂华看清楚，其中一人是尚丞荣。另一人不知是何许人，但肯定是农民。他急忙从屁股后掏出手枪，朝天发出一弹："咣！"

尚丞荣和郎计狼都听到了，这是枪声。他们回头看，大马金刀的彭茂华，左手推车，右手举起红缨盒子枪，向他俩发出警告："放下手里的家伙！"

尚丞荣见有了救星，首先扔掉那晦气榆木扁担。他主动走开，向彭茂华方向靠近。郎计狼仍握着粪杈，虎视眈眈，威风凛凛。

当彭茂华发现这个头戴狗皮帽的老头正是王屯堡的郎计狼时，心里不由得一怔：原来是这位凶煞。他看了看尚丞荣，小尚向他发出求救的目光。希望他抱打不平，为自己撑腰。但彭茂华暗暗只往肚里咽苦水，他在郎计狼身上是有所领教的。那是前年的事。公社在抢墒下种战役中发出紧急动员令。要求各队下种人员，必须带一面红旗，插在醒目的地头堰堎，作为标志，以便公社检查。当彭茂华来到王屯堡，发现地里有摇耧下种人员，却不见红旗。他便高声吆喝批评道："你们是哪个队的？干吗不带红旗？"

郎计狼正在帮耧，拢着马头，大步流星走着。他听到彭部长批评后，心里怒火一下冒了出来："你别叫喊，惊了马，想怎呀！"

彭茂华可不是个吃素的。他从不受人窝囊气。任你天王老子，不给留情。他没有还嘴，等他们将耧摇到地头，一声令下："停下！"

摇耧把式是副队长，彭茂华不认识："刚才谁骂人？"

副队长叫汪马驹，立刻给彭茂华赔不是，求饶：“彭部长，红旗在这儿。”他说着从地头的黑袄下，抽出一块红色布，遮遮掩掩，向彭茂华示意。并说：“俺到了地里，一往出亮红旗，不小心把马惊了。带着耧撒腿就跑。多亏郎计狼力大，硬是拽住马僵不松手，才没捅下娄子。若不是人死命擒住，连耧斗壳也被踢散了。”

茂华听了汇报后，仍打着官腔严肃地批评道：“有话说嘛。插红旗是公社党委的决定，我来检查是执行公务，有啥错？”

“没错，没错。”马驹一味地讨好，连连认错。其时，跟耧后打石砘的社员也过来帮腔，讨人情。

彭茂华教训他们道：“我是代表公社的。人民公社是一级政府，万岁机关，你们这种态度是什么问题？公社社员莫不说对领导，就是对待一般同志，也不能用这下流不堪、肮脏透顶的粗言恶语中伤吧！”

“我听不懂你的话。我是粗糙人说粗糙话，本来天生是和牲口打交道的人！”计狼猛地瞪大眼球，冲彭茂华反击。两社员见事不好，生怕计狼闹乱子，连推带搡，马驹还轻轻给了他一拳，以示管教，也给茂华赏脸。

彭茂华见马驹给撕皮，恰到好处地指点了工作上的几句话后，便独自离去。当他走远时，听到郎计狼故意发出侮辱他的话：“老子革命时，他还在他爹小腿肚里走精着呢！”彭茂华脸上一股一股冒热汗，对这个野蛮人的侮辱，心里干气不咬牙。

这场小风波过后，彭茂华总想打探这个撒野的愣头青的底细。结果了解到，这是个有名的天不怕，地不怕，敢和阎王爷打交手架的亡命之徒。抗战时，郎计狼弃家上山，跟着区游击队打游击。凭着他年轻体壮胆大无畏，干了不少除奸灭害的漂亮事。

有次，城东关的村长，死心塌地效忠日寇，把参加八路军的两名军人家属，密告日本鬼子，予以杀害。郎计狼领命，在清明节那天，趁伪村长上坟祭祖之机，用菜刀将其砍死在坟地。

新中国成立后，让他在县里、区里工作，他说什么也不干，执意回村放羊。因脾气不好，失去羊户，归田种地。他在村里不管闲事，蚊子不让扫着眉毛，谁也不敢轻易惹他生气。他在王屯堡只怕一个人：老婆。他在村里是只虎，在家里是只羊。不过，他的家中情况是复杂的。他怕老婆，老婆怕儿子，儿子怕他。形成三角抗衡势力。他骂儿子为：稆生豆子（野种）；儿子骂妈是：母夜叉；老婆骂他是：灰牲口。好在狼计还有个闺女，处在中间状态，不管家里事。她就是水库炊事员郎晓梅。

彭茂华了解这些大概情况后，知道这尊凶神是硬碴儿。便躲之不及，不敢萌发半点报复之心。今天，突然闯入网里，叫他进退两难。

彭茂华见状，想到的第一件事就是立即将盒子枪入套，别在裤带上。他已经悟到：它是不该出鞘的。随后，他打住车子，冲天一笑："老尚，怎么大水冲了龙王庙，一家人不认一家人啦？"接着他对尚丞荣说，"这位老者是有名的老革命，抗日英雄嘛，叫郎计狼同志。"他又向计狼走近几步，用一种自家人口吻，压低声音道，"那是地区工作队尚丞荣同志。"

彭茂华向双方做工作后，尚丞荣有些难堪，不管怎，一个国家干部，工作队员，与一位农民打架，实属失身份，违犯纪律的行为。他尴尬地给彭茂华掏出一支烟："彭部长多包涵，今天有点冒失。"

彭茂华见计狼仍在敌对地怒目而视，便弯腰把滚在路边的箩筐拾好，又从计狼手里要来粪杈，给往箩筐里装粪。尚丞荣深知今天与这陌生老汉翻脸，自己有责任。立即蹲下，用手往箩筐拾冻牛粪片。郎计狼直看着两位年轻人，把他的粪担收拾好，才架起扁担，担着牛粪，扬长而去。他始终没说一句话。

待计狼走后，彭茂华与尚丞荣头对头蹲在稻地埂上边抽烟，也交谈起来。

“彭部长，”尚丞荣十分亲切地叫了一声，“这老头是不是精神不正常？”

彭茂华鄙夷地一笑：“在他老婆跟前绵得像个猫儿。啥脾气也没有。”

“开头，我很尊重地叫了声老大爷，想跟他说几句话。他劈口就骂人。好像他和我有世仇似的。你说彭部长，世上哪有不见面的仇人！这老头，好怪的。”他说着伸出手，让茂华看他受伤的手心。伤口不大，只是割了一道小口，血已止流。

“太不像话了，太不像话了！双杨人，尽是些野猴、刁民。这些家伙就得六〇年饿一饿，才老实哩。”彭茂华言下之意，是代表公社给尚丞荣些安慰。他信口骂自己的社员，不犯错误。

“不不不，彭部长，你这样讲，我受之不起，益发感到内疚。一个初出茅庐的年轻人，与抗日功臣陌路相逢，动起干戈，实属不该。你千万别张扬，为兄弟做点好事，终生不忘。”尚丞荣近乎讨饶、求情般向茂华提出保密要求。

彭茂华看着尚丞荣可怜巴巴的窘迫样子，心里纳闷：你一个人来这里干啥？怎么引出这场自找苦吃的干系？但他不便问。他怀疑丞荣是受命而去王屯堡的。他有意扯开话题，道：“你回桃园让赤脚医生包扎一下吧，不要感染了。”

“不要紧的，我的皮肤好。”

茂华见尚丞荣没有回桃园的意思，便又说：“你是去王屯堡？”

尚丞荣支支吾吾道：“本来想去转转，看看王屯堡河边的冰场。不料中途碰上麻烦事。弄得我心神不定。这事……”

彭茂华一眼看透尚丞荣有难言之隐。他既不想回桃园，也不响亮说出去王屯堡，吞吞吐吐，心中必有回避他的事情。于是，他果断决定，改变线路，返回赵庄。他说：“那么，老尚，我就不客气了。我得返回赵庄，午饭没有退。”

“好好好！你干你的吧。今天，给你添麻烦了，多多包涵。”尚丞荣显得轻松起来。

彭茂华长腿一撩，骑上车子，向来路飞去。他今天是到西片各村了解贯彻公社党委会议精神。本来，他习惯于几个人一块跑，红红火火，有说有笑，到了下边遇上什么不测情况，人多势众，火力大，好处理。但今天，他是拿了份好心，让田亮平和牛婧兰俩人一路走。他光杆司令行动。因为他发现牛婧兰和田亮平卿卿我我，窃窃私语，经常一块交谈。他观面色，瞧眼色，有所觉察。这一对男女，春情蒙发，眉来眼去，似有爱慕。他不妨做点好事，给他们创造条件，促成早熟。不料，反给自己招来这晦气的路遇之苦。好在已经解脱，量情再不会有啥纠葛了。他轻松地蹬着车，奔回赵庄。遗憾的是，王屯堡等几个村庄的情况没有掌握。不过，凡贯彻会议精神的检查，各村大同小异，姐姐穿上妹妹的鞋，差不离。无非参会人员，学习文件，讨论情况，即使坐那里随便填表汇报，也大体不差。彭茂华应付这些官场公差，是个有头脑的人物。他还有句口头禅：咱在办事，不是事在办咱。瞧他那潇洒劲，便知其人不凡了。

和彭茂华相反，十分自信，充满娇气的尚丞荣，此时此刻，可以说，狼狈不堪，进退为难。他雄心勃勃的，要到王屯堡，干件出乎同志们意料的漂亮事。不承想，时运不济，开船便遇顶头风。没到村，半路遇上生铁阎王。到头来，还被批评有眼不识泰山，无端冲犯老革命。多悬乎呀！尚丞荣凝心静气想了想，挨打受伤是小事。眼下的问题是：

自己前去王屯堡完成任务，还是打退堂鼓，收兵回桃园？

尚丞荣踌躇着在出事地踅来踅去，一向以能言善辩，八面玲珑自居的他，今天显得十分笨拙。老家伙走远了，看样子已经快进村了。他要回村说些啥？彭茂华风驰电掣般飞跑了。他回公社要说些啥？他们肯定要加油添醋，把自己贬毁得不成人样。遭人诽谤，人格受侮，还在其次。

如果老家伙找到工作组奏你一本，恶人先告状，反咬一口，怎么办？一时，恍恍惚惚，心烦意乱，如坠入万丈深渊。他感到茫然。真所谓飞机离跑道——没辙了。

尚丞荣经过一番苦苦的自我反省，折磨后，突然猛悟：这一切均为自己假设，个人吓个人。他堂堂尚丞荣，岂能被一个发狂糟老头吓掉魂？他算什么老革命，充其量一个不怕死的鲁莽汉罢了。怎么能被这种人干扰自己的部署，阻碍革命工作。他想到这里，昂然挺胸：路遇小飞虫，蠓子扑眼罢了，一巴掌扇开了事，想到此处，丞荣独自笑了。他重整衣冠，再抖精神，然后扬眉吐气，举步向王屯堡进发。

第三十六章　身处困境朱大姐

尚丞荣虽然挺胸、腆肚，正颜厉色，脚跟硬硬地走进王屯堡，但色厉内荏，总担心拾粪老汉的影子出现。今天见鬼，堂堂正正的工作，变得畏首畏尾，提心吊胆，做贼似的心虚，真乃败兴至极。不过，他理智地退一步想：小不忍则乱大谋。现在，需要的是忍气吞声，谨慎第一。他彬彬有礼地向街上行人，打听支书、大队主任的所在。终于他找到大队主任家，因为支书不在村里。

尚丞荣来到主任王步岚家，只见院落宽敞，十分热闹。两口半大猪，正撅起尾巴，叉开四蹄争夺猪食桶里的泔水。几只草鸡环绕在猪周围旋转，视机抢啄一半粒米星子。唯独一只大红公鸡，傲然注视着来人，并一拍双翅，引颈长鸣：“喔喔！”声音洪亮、悠扬，十分悦耳。大门两边，一边一棵两人搂不住的大杨树，甚为壮观。树下有几箱蜜蜂，数万只忙碌的酿蜜工蜂发出一片嗡嗡声。正屋家里有人，正在说话。

尚丞荣见没有人出来接待，便立在家门外，问："这是王主任家吗？"

"进来吧！"一个男人大声说。

家里，王步岚正在接待供销社的客人。在公社一级的单位，可以说最数供销社的人吃香。他们不论主任、售货员，下到村里，都有朋友，从来不用吃派饭。今天郭淦主任和野姑来王屯堡督促收购任务的扫尾工作。已近年终，该村的羊绒、辣椒、鸡蛋什么任务均未完成。他们下来跟干部见面，督促抓紧时间交货。同时，他们也将返还品白赤糖、暖水瓶、碱面、免收布票的布料等送货上门。对王步岚来说，走运气不用大早起。他正打算找郭主任，没料到郭主任不请自到，他送货上门来了。步岚公私兼顾，热情地先请到自己家，中午先喝酒就是了。王步岚是属凤凰的，无宝处不落。大凡村里当主任这个头衔的人，有两种：一种是精通农业，老实巴交，埋头苦干，任劳任怨。村里有啥政治活动，大事小事均由支书去办。他一概不管，所谓只拉车不看路的务实干部。另一种是脑筋灵泛，油嘴滑舌，唯利是图，无空不钻的村油子。这种人，当支书靠不住，不能重用。但他又有点本事。这种人，有利少不了他，有害尽是支书的。王步岚就属第二种型号的大队主任。他正在和郭主任、野姑讨价还价，公私搭配，敲定买卖。

"郭主任，我姓王的说话，驷马难追。鸡蛋保证超额任务，压倒小咀，你笑啥？不信？"

野姑捧他："信哩，王主任说话，抵写约，哪能不信。几号完成？"

"今天是二十三。二十四、二十五、二十六，对，二十七保证完成。羊绒，辣椒，吃过饭，我带你们到各个小队保管库看，尽数卖给你们。"他又笑了笑，"够意思吧！王屯堡绝对不允许下边胡闹，一点也走漏不了。"

"好。你们是大村子，就得有老大哥的榜样作用。你看人家赵庄！"

郭主任激将王步岚。他总担心被这个卖嘴老油条蒙混住。

王步岚转动着滴溜溜的一双深陷于眼眶内的黑眼球，哈哈一笑："郭主任，今天野姑也在，我王屯堡落在赵庄后，羞死了。几天后，你们算盘一打，就要大排队了。到时候，咱三人六只眼，走不了你，也跑不了我。行吧？"王步岚拍胸翘指，大吹大擂，表示他的决心。

"但愿那时候，不要把王大主任羞死。那俺们可担当不起。"野姑逗哏他。

三个人互相看着，各自会心地笑起来。

此刻，王步岚见时机已到，适时地边笑边说："咱说过公事，说点私事吧。我今天可是有过不去的火焰山，仰仗二位高抬贵手，助姓王的一臂之力。"

"你有啥事，看俺有没有你索取的芭蕉扇。"野姑揶揄他。

"既张口就有希望。这事，你给办就行。"王步岚边说边顺手从口袋里掏出个钱包，"嗞"一声拉开拉锁，从里边拿出一沓布票道："这是今年的布票，快作废呀，给换成新的，共两丈六尺五寸。"

野姑毫不含糊地伸手接过去，道："这事包在我身上，刚才说定的，你可不能食言，出尔反尔。"

"话是一句。铁板钉钉，没变了。"步岚又两眼瞄住郭主任道，"儿子要结婚了，媳妇要辆'东方红'车，这事你得关照喽。"

"东方红"自行车，郭主任就有分配权。有面子的大队干部，可以享受。它比"飞鸽""永久"牌档次低，难度不太大。所以，王步岚才敢向郭主任张口。郭主任没有像野姑兑换布票那么果断承应。他犹豫着问："什么时候用？"

"想明年正月娶。"

"那不行。一季度的已经排了队，轮不上你了。"

"一季度轮不上，二季度也可以嘛。"王步岚正眼巴巴望着郭主任，突然尚丞荣叫门。唉，这个不识时务的讨吃鬼，怎么正好这时候扑来？王步岚心里充满怒火，哪有好气。

其实，王步岚在和郭主任讨求“东方红”车时，已经瞟到院里有个扫帚星出现。他也认识尚丞荣。知道他是在桃园下乡的工作队队员，不知叫啥名字。下乡本来是暂来暂往，又是地区的，离老百姓可远着呢！属凤凰的王主任还不清楚这个理儿？适逢他闯在红灯上，哪有好气！

尚丞荣轻轻拉开门，慢慢走进家。他很谦虚地向屋里人，略弯腰致意，表示歉意，打搅你们了。但又不好用言语表示。也是他今天命拙。本来巧舌如簧的他，此刻显得束手无策，拙嘴笨舌，无法打开局面。

“你找谁？”王步岚假装不认识，很生硬地问。

尚丞荣微微向前一倾身，毕恭毕敬地问：“找王主任，您就是吧？”

“是。我就是。”王步岚本来在炕沿边和郭主任并排斜坐着，野姑脱掉鞋，盘腿坐在炕上。此刻，王步岚下了地，给客人让开一个位子，道：“你坐下。”然后，他坐在风匣板上。

“你是不是在桃园下乡的？”王步岚揣测地问。

“是是是。”尚丞荣一下来了情绪。王步岚这一问，打消了他好多顾虑。尚丞荣猛地觉得神清气爽，展活起来：“我叫尚丞荣，地区工商局工作。来桃园时间不长，您怎认得？”

“我开会见过你。在明苑庄鹿鸣滩现场会上见的，对吧？”

“对对对。我去参加过会。您真好眼力，也好记性。”尚丞荣说到这里，问：“这位是？”

“这位是供销社郭主任，那位女同志叫野姑，是售货员兼保管。”

“对不起，你们一定在谈工作，我打搅了。”

“不客气，都是自家人。你有啥先说吧。”郭主任客气地礼让。

“你一定有事，你是客人，先给你办。”王步岚其实是想尽快打发走他。

尚丞荣觉得为难起来。面对供销社这两位同志，该不该讲呢？今天，既然找到主任门上，一定有事，不讲说不过去；要讲出来，一旦传回公社，会不会影响工作队的形象？偷偷摸摸搞材料，有点作祟心境。但尚丞荣一想到彭秉如，便立地来了勇气。收集问题，帮助公社党委整风，名正言顺，理直气壮。何必心怀叵测，躲躲闪闪。讲！尚丞荣扫视一下郭主任和野姑，然后将目光停在王步岚身上，坦然道："那我就不客气了。是这样的，我奉俺朱队长之命，来王屯堡了解有关公社开发稻田工程的遗留问题。据有人反映，公社一九七五年，统一规划出万亩稻地。可是至今，有的未打井，有的打井未配套，有的配套未种稻……"

"有的种稻不见稻，有的见稻放了羊，形形色色，五花八门。我说，小尚同志，"王步岚嘴像刀子似的砍了一通，道，"这些事，你得去公社了解。俺们下边，两眼墨黑，啥也不清楚。"

"不。王主任，我是要你们大队的情况。这不能说不知道吧？"尚丞荣轻松地顺口反问。

"俺队种五百八十亩稻子。其中一百多亩基本不见收成，连籽种，电费也贴了。"

"按公社规划，你们大队应当种多少亩？"尚丞荣掏出笔记本正襟危坐，绷着脸记起来。

"大概是一千挂零吧？"王步岚边说边用眼光扫视了一下郭主任和野姑，显出不耐烦的表情。

"那就记上一千亩吧。其中新开荒滩多少？"

"不知道。"

"啊？"尚丞荣看定王步岚，"这说不过去吧？"

"怎说不过去？省长来了，也说得过去。有的荒滩是产量地，有的产量地是荒地。一九四七年土改定的产，今年三十年过去了。三十年河东，三十年河西。俺村河滩年年变，水淹了就是滩，开垦出来，就是地。

你问这话，我怎回答？”老奸巨猾的王步岚振振有词，将尚丞荣呛得闭口无言。

“这么说，其他大队种你们村多少耕地，多少滩地，你也不清楚了？”

“不光我不清楚，谁也不清楚。当时，只用测量仪器照直线，测水平，谁还管你耕地不耕地。地是国家的，谁种不一样？没粮吃给你救济，够不够三百六，保证供应嘛。划给别人，省得俺学大寨，动工程。”

“王主任，你不要急躁。我这是工作。你还是耐心地给我几个数字，哪怕大概数字也成。比如，划给别队的地，现在已治理的有多少？打了多少井？利用起多少？还有多少无人问津，甚至将原来的耕地也荒了的有多少？我们的意图是催促公社，尽快加大领导力度，早日完成这项造福子孙的巨大工程。”

王步岚扑哧一笑：“这么吧，小尚同志，你想要这些数字，只有公社秘书杨利民清楚。你只要找到他，啥数字也有，何必到下边抓瞎？”王步岚往黑豆地送小伙子。他本来知道，尚丞荣是掌握公社的材料，要下手闹公社。他故意装作糊涂，荐他找公社顶门权杨秘书。这分明往虎口送他。

尚丞荣似乎已经识破这个眼睛滴溜溜的老油条。他知道再跟他白磨牙帮，不会有啥结果，便采取了果断的收尾措施。“王主任，这么吧，你把刚才说的情况，写个东西，压上大队公章，给我带走。可以吧？”

“可以。”王步岚没打‘圪吭’，立即回答，“不过，尚同志，咱是公事公办。你得先给我亮出，压有公章的工作介绍。”

王步岚这一招一出手，将尚丞荣顶了个愣怔眼。他如鲠在喉，憋得连气也喘不过来。万没想到，这个乡巴佬，突然来了个反戈一击，使他哑子吃黄连，有苦难言。他一时心猿意马，乱了方寸。他下意识地望着这个眍瞜眼，心里愤愤然，干急没办法。他只好打肿脸充胖子，摆出一副盛气凌人的高傲架子，道：“那好，王主任既然提出这事，我只好回去补办手续了。”

“今天嘛，那就对不起老尚同志了。”王步岚欠欠身子，准备送客。

尚丞荣识时务地伸出尴尬的手，轻轻拉了一下王步岚的手，又对郭主任道:“郭主任坐着，再见了。”他扬起手和野姑打了个告别招呼，然后，推门而去。

王步岚瞭着小尚走出大院后，对郭主任和野姑说：“这不是司马昭之心，路人皆知吗！他们闹公社，还拉咱做替罪羔羊。给压公章？没门儿。”

“啊呀！我今天才亲眼看到王步岚的才干！”郭主任有意在吹捧王步岚，“起初，我并没有识破真正用意，以为是正常工作。你那眼光锐利，话也犀利，一语破的，给了他个没招架，不吃兜着走。哈哈哈……”郭主任点头默认：这个王步岚是个人才，他是折服了。

“他是公社的哈巴狗。郭主任还把他吹得天花乱坠，云里雾里，坐了飞机呢！”野姑夹说带笑，褒贬王步岚，“把人家一个年轻后生，羞得满脸通红，怯狗似的溜走。不够意思。”

王步岚憨憨笑着，知道野姑是从另一个角度，表扬他。她是彭部长夫人，故敢这么反表扬他。他从野姑嘴里听到自己是公社的哈巴狗，十分受用。

尚丞荣离开王屯堡，向来路走去。他心灰意冷，烦躁透顶。一向恃才傲物的他，今天碰了一鼻子灰。你即使有天大的才能，同这些土牛木马能辨出个高低？该自己倒霉。啊哟，他感到腰软肚硬，两条腿酸困，难拿难放，不听调用。这是饿了吧？是的，天不早了。这个势利鬼王主任，连顿饭都不管，连让字也没有。尚丞荣边走边对今天的晦气，做反省。他在诅咒过王步岚后，暗暗骂上几句那个疯狗般的老狼。然后，又想：今天朱队长也有责任。一不该派自己一人出阵，二不该不带介绍信，三不该去王屯堡。吃一堑，长一智。回去后，即使带上介绍信，他一个人绝不去招惹是非。这儿过去是跨州越界的边陲要塞之地。外地人来了，须当心，吠非其主，陷入泥淖。是的，回去得向朱大姐奏上这一本。那么，今天的路遇，王主任的刁难，该如何向她汇报。尚丞荣向来会编故事似的描述一件事情的来龙去脉。今天该怎狗尾续貂呢？他感到脸红耳赤，不好信口胡诌。特别是路上的遭遇战，如果嘴一溜，言过其实，无疑是对自己的贬低。甚至给伙计们留下笑柄。若隐瞒其事，一旦彭茂华传扬出去，到头来越描越黑，自食其果。尚丞荣一时间，云飞雾罩，左右为难。岁末严冬，天气寒冷。尚丞荣丢掉魂似的在滹沱河畔踟蹰而行。莽莽滩涂，时有浅潴白冰，矮杨荆棘丛。再前边是碱地稻田。他在埂间，缓缓消散心中的愤懑与抑郁。不识时务的一只白河鸟，翘着尾巴，蹦着俏腿在他身前身侧亦歌亦舞，两个炯炯有神的小眼，滑稽地在他身上寻觅着什么。尚丞荣烦透了，弯腰拾一块小坷垃，照小家伙抛去。河白铃机灵地向前飞去，约莫二十来米处，又落在路边。这次是在一枝一尺盈余的芦苇秸顶端。它仍得意扬扬地婉啭啾鸣，奚落没落人。待尚丞荣走近它时，没等他猫腰，早一跃身扑棱棱飞了。蹬得那棵干芦秆晃来晃去。尚丞荣往前目测，小东西在他预估的地方着地，落了下来。这次，他没生气，反而独自笑了。笑得出了声，哈哈哈……原来，小鸟是逗我开心。在这荒野漫漫，寒风凛冽的孤苦惨淡境遇中，竟有如此活泼、多情的小天使。他爱上了它。于是，小心翼翼，放轻脚步，给它个友好的表情，全神贯注地盯着这只精灵小生命。你若真的知我心，与我有缘，再往前飞一程。他是多么渴望它，活蹦乱跳，伴他同行。

小鸟跟尚丞荣淘气了一阵，终于“啾啾”叫着飞走了。但它留给尚丞荣的是轻松、愉快、忘我的遐想。七八里路，不知怎走过来的。他一抬头，呵，桃园已到。桃园，他今天第一次感到严峻、阴冷，以至于毛骨悚然。不是桃园，它是朱美琰。啊！这位赤诚、忠实、厚道、善良的老大姐，是那么慈祥，那么淳朴。她任劳任怨，从无怨言。她对自己寄予厚望。这一切他都深有体会，她可谓慧眼识英雄，是真正的伯乐。他很同情她，总愿意替她分忧。为此，他不怕别人风言风语，醋意损他。即使付出一定的牺牲，也在所不惜。因此，他欣然领命，独闯王屯堡。今天不幸，不见阎王被鬼打了。一个大队二把手，将自己逐出王屯堡，而且对工作队是那么不礼貌。加上，路遇疯狗。这些事直端给朱大姐，她一定会郁结心中，愤懑多时。不如加枝添叶，粉饰一下，给她个满意答卷。岂不皆大欢喜。想到此，尚丞荣精神焕发，神气扬扬，昂然出现在桃园。这实际上是他的故伎重演，亮出看家本事。他的主意既打定，如何诓骗姓朱的，那是易如反掌的区区小事。

朱美琰正在为难时，尚丞荣给她带来一线希望。这益发使她对尚丞荣赞不绝口：头角峥嵘，年轻有为，合格的革命接班人。在派出尚丞荣后，又派出几人分别串村，为彭秉如下达的使命奔走。她呢？在桃园也做了专门采访。可是，事与愿违，她没有获得彭队长所要的东西。特别是上道线上，对下河滩垦荒种稻，十分反感。去一趟来回二、三十里路，加之旱蛤蟆怕水蛇。到头来，一斤水稻成本在七八毛钱，甚至一块多，产一斤水稻倒贴五六毛或者块钱数来，劳民伤财，苦不堪言。王村支书乞怜着说："你们高抬贵手，可不敢再给公社施加压力了。我一听说稻地，就想撒尿。"

如此情况，怎向彭队长汇报？朱美琰不会说谎，只有如实汇报。哪怕彭队长当面发火，也只能让他发了。她正忧心忡忡，五内俱焚，为难见彭队长而焦虑时，尚丞荣回来了。不知怎，尚丞荣一见朱美琰将一路上饥饿、劳累、惆怅的狼狈相，全部抛到九霄云外。代之而来的是春风满面，容光焕发。朱美琰见状，不知怎的，陡然精神倍增。她眼光里的尚丞荣是常胜将军。今天载誉归来，一定不负众望，只等她美言为他洗尘了。"朱队长，你交给我的任务，圆满完成。"尚丞荣兴致勃勃，未等朱大姐问话，便主动汇报。一句话带来满屋春风，在座的同志们，为尚丞荣这位洛阳才子鼓掌祝贺。尚丞荣乐呵呵笑着，一一向诸位谦虚地致谢。“王屯堡的大队主任叫王步岚，大个子心直口快，是个农村难得的有头脑人物。他强烈要求我们，敦促公社重振七五年革命精神，把稻田革命进行到底。”尚丞荣说到这里，唯恐大家有疑，需要用句王步岚的原人原话，从而证实他的真实性。他想了想说：“王主任还说，人家前任书记王则峰能买起马，徐书记来了还鞴不起鞍子？”

朱美琰失声笑了。别人也愿信其真。这样都觉得松口气，小尚为他们分了忧。真乃英雄出少年。如果不是尚丞荣解围，他们桃园工作队，在彭队长的天平上，显然缺少砝码。至于具体数字，尚丞荣总算精明，没有说成绝对的，说大队主任是大体数字，需要等会计回来，再订正。这样，便留下偷跑的余地。尚丞荣将满肚冤枉、委屈，埋在自己心底，而乔装打扮，给朱大姐和同志们增一份荣誉，添几分光彩和欢悦。这种精神，他既不觉得得意，也不感到辛酸。他好像牛拉车，狗看门，顺理成章的普通事情。

当尚丞荣送朱美琰上路，去面见彭队长时，心里“咯噔”动了一下：我是可怜朱大姐这样的老黄牛，巴不得为她分点忧，让她心中宽慰些。但不知能否达到自己预期目的，万一由此给朱大姐带来不测后果，好心做了坏事，那将是一辈子的遗憾。但愿好人得好报。“朱大姐，一路顺风！”尚丞荣情不自禁，冲口而出，喊了这么一句。同志们都愣怔眼看着他。朱美琰脸红了，浑身触电似的麻了一下。怎么能叫“朱大姐”呢？工作队也罢，下乡人员也罢，是革命的小集体，同志关系，革命战友，怎么能大姐、大哥称呼？尚丞荣知道自己失言了，腼腆地赧颜窘态，无地自容。幸好一位同志给他解围道：“没啥，叫大嫂都没错。”另一个插科打诨，凑趣道：“叫你大哥，也没错，对吧？”

“对。”他话一出口，猛然悟了。随即哈哈一笑：“你真坏！该挨揍！”

其时，尚丞荣蒙头蒙脑，也跟着笑了起来。

“世界上的事，怕就怕认真二字，共产党就最讲认真。”这是毛主席的话，金科玉律，放之四海而皆准的真理。彭秉如其人，就是这句名言的化身。当他召开明苑庄党员、贫下中农代表会后，宛如闯入琼阁，到处是宝。贫下中农，共产党员的肺腑之言使他感动至深。他们是如此赤诚，对工作队是如此信任。而明苑庄的明争暗斗，乌烟瘴气，种种光怪陆离的社会渣滓，集体蠹虫，则均在运动打击之列。他越看小白的笔记，越觉得重任在肩，责无旁贷。他立即给每个工作队员下达任务。有的深入群众搜集情报；有的顺蔓摸瓜，取证录口供；有的监视有关人员的行动；等等。总之，彭秉如已经一丝不苟地全身心投入运动，进入角色。当朱美琰突然出现在他身边时，他有点茫然，好像不可思议。我这么忙，你来干啥？难道桃园不也如此吗？他看了一眼朱美琰没来得及问话，便又埋头在他的笔记本内。朱美琰见彭队长忙得焦头烂额，没敢多嘴，自找个地方坐下。她等他腾出手，汇报工作。

彭秉如忙乎了一阵，发现朱美琰还独自坐着，便问：“你来干啥？有事吗？”

朱美琰走到他跟前说：“来向你汇报工作的。”

“嗳，汇报工作到公社。”他看了看朱美琰又心不在焉地补充道，“你们桃园在西片。今后，凡运动中的事，直接跟公社接头。”

朱美琰哭笑不得。原来他给布置的任务，自己提心吊胆，当圣旨般去完成，他现在却忘记了。她此时此刻又发现彭队长埋头在明苑庄的天地里。他已经在自己的点上，做起运动的文章来了。而自己还在完成他给布置的作业，显然又迟了一步。她在这个寂静的小屋里，感到气氛压抑，人缘陌生，产生一种孤独感。

“朱队长，你喝水吗？暖水瓶里有水。”小白发现朱美琰若有所思，神情恍惚，怀疑他们有点冷遇，使她悲凉起来。他放下手里的笔，欲去给倒水，朱美琰按住小白：“别动，别动。我喝自己来。”

彭秉如仍没有从他专注的材料中走出来。他深有感触地对朱美琰自言自语地说：“抓住时机争分夺秒，发动群众穷追猛打。农村工作，大有作为。明苑庄起码有两案，已经在劫难逃。”说到这里，兴奋地给朱美琰伸出手掌，扳指头道：“一个上口外贩马投机案，一个油坊窝点贪污案。我们已经拿在手上了。”他一攥拳头，表示出拿在手上的分量。他是给朱美琰鼓气，也给她个示范作用。但愿她能大刀阔斧，在桃园打开局面，将运动轰轰烈烈搞起来。

朱美琰没有心领神会，感同身受，而是自卑起来。农村工作，她越来越感到复杂，棘手，顾头顾不了尾。彭队长是工作队领导，他的话要听，有啥指示也要照办。因为工作队员的年终鉴定，是领导的事。他就是直接的顶头上司，比高铎还关键。地方党委的工作部署，必须紧跟。因为工作队是带着蹲点队，以公社为卫星旋转的。他被彭秉如这种革命加拼命的精神，突飞猛进的工作效率折服了。相比之下，自己是心力交瘁，应接不暇，怎不叫她惭愧内疚呢。

朱美琰在返回桃园的路上，百无聊赖，心灰意冷。狂风骤雨即将压境，小心人难免操小心。朱美琰乘兴而来，败兴而归。她踽踽而行，此刻比尚丞荣路上的心境还差。

刚进村，朱美琰迎头碰上小拴。他骑着自行车，头戴大绒帽，两帽耳忽扇着，匆匆蹬车赶路。“你去哪？”朱美琰问。

“去赵庄。”小拴下了车，“你去哪？”

朱美琰没有回答他的问话，又问道：“去赵庄干啥？”

“徐书记在赵庄，去汇报工作。”

“汇报啥？”朱美琰有些吃惊。

“贯彻会议情况，还有啥？”小拴说得很轻松。而美琰却大大吃了一惊。桃园还没有铺开工作，挖出案子，怎去汇报？她自然联想到彭秉如和小白的一大堆材料。

“你怎汇报呀？”朱美琰担心这个冒失鬼捅下娄子。

“咱怎做怎汇报，实事求是。”

“啊！咱还没有揭出什么大问题，还没有整材料，立案……”

“咱已经开了会，布置下去就得了。”

“那能行吗？”

“行不行，就是个那！咱这些小村小队，啥也是老和尚的帽子——平塌塌的。公社也不靠咱打粮食。”他说着，一骗腿，蹬上车子走了。

他给朱美琰留下又一个担心。幸好，公社是对口大队的主要干部，他们从不直接找工作队。工作队在公社眼里，辅佐支部工作罢了。这一点，朱美琰并没有领会到。她望着旋风般飞走的牛小拴，心里自忖：这个人肚子里有鬼。

第三十七章　黑虎豹水库显威

一天，石门公社书记朱大宽，突然走进罗彪的工地办公室。所谓工地办公室，也就是罗彪在石门村的住房。

“哪股风把你刮来的？”罗彪慢吞吞问。

朱大宽没有回答问话，把皮袄脱掉，只是四下寻觅什么。

“我也没藏你们石门的姑娘，你鬼头鬼脑，操啥邪心？”罗彪仍坐那里，戏谑他。

朱大宽摘下眼镜用嘴呵了呵，又掏出手帕，里外擦拭了一阵，揩去眼角的眼秽，将镜子重新戴起来，方走到罗彪跟前问：“天黑了，怎么不点灯？”

“嘿？你半天操这心？”罗彪边说边顺手噌一下，划着火柴，点燃煤油灯。家里一下明亮起来：“你好好看看。”

朱大宽给罗彪解释：“我一进你的家，眼镜片雾得什么也看不到了。只听见你说话，不知人在哪儿？”

罗彪这才恍然大悟。原来他是个高度近视眼，从冷风地闯进家，天又黑下来，遮蔽了视线，自己反怪人家鬼头鬼脑操邪心。天下冤枉事太多了。“快坐下喝口水。”罗彪将放在炕桌旁的暖水瓶拿起来，给大宽倒了一碗水。

“伙计，”朱大宽压低声音，对罗彪说，“有件重要事情和你打个招呼。石门大队治保主任那天向公社汇报，说石门大队近几天连续发生丢羊事件。他们怀疑是你们水库民工偷的。我们已经向县公安局报了案。我来跟你打个招呼。”

“这里边人很杂，什么人也有。催一下公安局，早些来人。一旦闹出这些坏东西，轻饶不了他。左右一批双打还没对象着呢。”

“公安局来了人，关照的。”朱大宽担心罗彪不欢迎公安局来破案，特来探探罗彪的口吻。此刻，放心了许多。

“没问题。让他们吃住在这里。”罗彪是个大肚汉，也是个正派干部，根本没有本位主义，给了朱大宽一个放心答复。他十分满意。

“好。我走了。”朱大宽拎起皮袄，告辞。

“吃过饭走吧！”

“不了。回公社还开会呢。”

朱大宽脚步重重地走了。

罗彪聆听着朱大宽的脚步声渐渐远去，心里火气冲天。什么王八羔子，兴风作浪，敢于顶风作案。他心里暗暗盘算，必须抓住这一难得的机遇，大打出手，闹他个龙腾虎跃，不亦乐乎！罗彪想到这里，预感到石门水库将马上要掀起又一个整治高潮。自从，武力收拾牛本路（私离水库拉炭，被捆上来示众）镇住灰碴赖皮后，水库上一度时间，风平浪静，天清气朗，没出现什么乌七八糟的勾当。最近，歪风邪气又有抬头。这几天，早有所闻，有的赌博，把菜票、饭票都输了。有人打架。有的，这不，偷羊。五花八门，形形色色。这些乌烟瘴气的东西，必须采取铁的手腕，给以迎头痛击。他是个宽猛相济，软硬兼施的政治老手，对水库大几百人的工地，成竹在胸，运筹帷幄。此时此刻，他心情激动，跃跃欲试，就像猎手瞄住准星，企盼着奇迹在刹那间出现。

天遂人愿。第二天下午，县公安局便派两名警察来到石门水库。当领头的干警出现在罗彪面前，并说明来意后，罗彪高兴得双脚跳起来。他希望公安局来人，他也估计公安局会来人的。但万万没想到会是黑虎豹！黑虎豹在他心目中，简直是尊无往而不胜的凶神，四大天王！虎豹是他最崇拜、佩服的干警。此人生得块头特大，高有一米九，重有一百一十五公斤，狮子眉，牛眼睛，伸出胳膊比单薄人腰都粗。他往那里巍巍一站，简直是铁塔一座。他将百十来斤重的人，一把提溜起来，像抓住只兔子。加之，此人粗喉咙，大眼睛，说话像洪钟，吼一声，地动山摇。他眼睛怒睁，宛如虎视鹰瞳，十分可怕。无怪作案人，见了他，就像小鬼碰上钟馗，不打自招，魂不附体。

黑虎豹本名叫郝寅瑭，奶名叫虎豹。不知谁暴露他的乳名后，一呼百应，马上传遍他所能涉及的范围。因为，虎豹其名与他本人十分相吻合，名副其实，当然不胫而走。郝与黑，在当地人的读音中，差别不大。加之，他脸色黝黑，布有麻斑，名字前冠以黑，再合适不过了。于是黑虎豹这个赫然威名，在全县可以说家喻户晓。即使不认识他的人，也知道这个名。耍钱、偷人、投机倒把，这些作奸犯科之辈，总是祈祷遇狼遇虎，千万别遇上黑虎豹。其实黑虎豹并没活吃过几个人。他凭一副狞狰面孔，庞然大物的身材，把人镇住了。谁见了他，只要他一瞪眼，便屁滚尿流，六神无主。一次，他到南山抓到两个形迹可疑的外地盲流分子。他要带他俩回县。这两个外地人，死活不跟他走。黑虎豹突然一声喊，将其中一人的耳鼓膜都震破了。他找来根麻绳，命令他俩叠罗汉爬下，然后，撩起绳子，往肩膀上一搭，背着两个人，送到公安局。

罗彪实在欣赏黑虎豹的果断、森严和对坏人的威慑力。他做梦也没想到，如此名震全县的大警察，会光临水库破案。人们见黑虎豹出现在大坝工地上，都暗暗提心吊胆，捏一把汗。衙役进村狼进院，黑虎豹来了，没吉利事。

罗彪把黑虎豹和另一名小警察姚琨从大坝上带回自己的办公室。

“你来了，我就放心了。”罗彪坦然地对黑虎豹说。

“你啥放心了？”虎豹嘿嘿笑着问，声音刺耳刺耳的。

“破案放心了，还有啥放心的？”

“破案不破案，三两只烂山羊，与你们修大坝有屁的关系！”他把警帽抹下来，皮大衣脱掉，小姚帮他放在炕里边。

“咦！你这是怕我不重视你的工作，来了个激将法吧？我说，虎豹兄弟，你这次在水库立下奇功，我大大有赏。”

“哈赏，别空口压空话，糊弄姓郝的。”

“嘿！你是不见兔子不撒鹰！要个保险。”罗彪打开地下的一个柜子，从里边取出一瓶酒，对黑虎豹晃了晃，“你瞧这是啥？”

黑虎豹随便看了看：“啥酒？我看看。”

“你见也没见过，甭说喝了。”

“哟！罗总指挥今天怎么一下气粗起来，究竟是啥玩意嘛？”

“茅台酒。你瞧！”罗彪让虎豹看了看商标。

“真的？”黑虎豹眉欢眼笑，一下来了情绪。几句玩笑话，真的亮出家底。这可是井底蛤蟆蹦到井沿上，见了大世面喽。

“老罗，现在就干了它。朱大宽那几只烂山羊的事，包在我身上了。”

“哈咳！”罗彪神采飞扬地将酒重新放入柜子里，得意地啧着嘴，故意做出馋他的酸溜溜样子，“我这是庆功酒。有名号呢！”

“好好好，罗总指，我现在就去抓那几个偷羊贼去！怎么样？”黑虎豹大手一拍胸，声音分外刺耳。

罗彪猛然吃了一惊，无怪犯人怕他这声喊。确实能把人吓破胆。他见黑虎豹是那么认真，武将作风，天不怕，地不怕，后悔不该过早出示犒劳品，刺激他。这种人，一发憨，啥没底事也能做出来。于是，他故意慢腾腾道：“今天休息好，明天的事。我还想借你们的东风，把水库上的歪风邪气，整治一下。”

“嚯，原来，你是就坡骑驴，腿一撩就现成了，拿茅台诱我上钩。我说罗总指，我可是奉命例行公务，只为朱大宽找山羊。”

“一家人不说两家话，凭我的一番心意，你也得帮这个忙。帮也得帮，不帮也得帮。”

“我是一个媳妇，两个婆，该听谁的？”

“都听。你破了案，咱在大坝上，组织现场批斗大会，顺便连那些小爬虫，捎带得陪斗一下。一举两得，我沾你的光，不耽误你的事！”

“嗨！还是罗总指会蒙俺这四肢发达，头脑简单的直筒子，行！咱就来个就看尼姑就烧香—— 一事两便。但有一条，你得明天把邓彬叫来。”

“没问题。哪天庆功，咱叫上朱大宽。”

“好好好！听罗总指的安排。还有啥捎带的，不要儿看母丑，不好开口。石门水库，没虱子多几个人，吃不住一收拾。”

黑虎豹大大咧咧吹起牛来。罗彪心里乐开了花，眉飞色舞，喜形于色，笑眯眯恭维虎豹道：“这才像赫赫有名的大警察呢！”

哈哈哈……大警察仰头大笑。

罗彪安顿好黑虎豹和小姚的住宿后，便召集赵振沂、苏芸芷及石璋等和五位连长，加上百天会战马车连连长杨杰，开了一个紧急秘密会议。

石门水库的拦河大坝上，车水马龙，人山人海。坝上竖着大标语牌：谁英雄，谁好汉，背上石头看。每人给发一件烂麻袋做的垫背。把垫背衬在背上，徒手倒扳着石头，往上背。“哼哧，哼哧”步步要劲，全拿力拼。马车分上下道，一辆跟一辆运行。坝上坝下吆赶声，下坡“磨杆”发出刺耳的尖叫声，像炒豆子似的往坝上扔石头的咣咣声，此起彼伏，响成一片。在这天寒地坼的隆冬，人们头上腾腾冒热气。没有揉压出硬功夫的人，几块石头，便硌破人脊梁骨。有的脊背吃不消，换在肩膀上扛。肩膀便被压得肿了起来，鼓暄暄的，像发面馒头。就这样，每个人在咬着牙，拼命上。谁也不肯当软蛋受批判。人，都有上进心，都想往人前站。自己不行，就暗下决心，与自己斗。不信自己能低人一头。搬石头，修水库，凭的就是这种精神。远远望去，大坝上下，如蚂蚁搬家，星星点点，缓缓移动，真正是蚂蚁啃骨头，愚公移山。无怪从一九五八年开工，四起三落，这是第四次上马，执意要堵住石门口了。

自从黑虎豹住在石门后，人们窃窃私语，猜测水库上出了啥人？那些鼠窃狗盗之辈，狗苟蝇营之徒，无不心怀叵测魂不附身。大难即将降临，谁是灾星，尚未开盒罢了。

跟往常一样，工地上人欢马叫，热火朝天。尤其是黑虎豹进驻指挥部后，人们格外检点，手提羊肝大拿心，唯恐灾星降到自己头上。石头大些，无非多卖点力。跑得快些，无非多滴点汗。心里有鬼的，益发豁出命卖力干。

罗彪带着一队人马走上大坝。人们一眼看到的便是黑虎豹。那些过去不认识黑虎豹的人，甭问别人，也敢肯定是他。一块来的还有赵振沂，苏芸芷、邓彬、小姚等人。

罗彪对新提升为工地指挥的石璋说：“停下工来，集中到大坝上开会。”

一声号响，石璋喊：“就地停工，马上集中，大坝上开会！”

人们立刻停止干活。正在上坝的马车，不敢停下，继续吆喝着牲口，甩着鞭鞘，往坝上冲。

沟里传上问话：“马车倌用不用上去？”

罗彪回答：“一辆车留下一个看车的。”

“快点，快点，按连集中。从左到右，县专业队一连、二连、三连、双杨民工一连、二连。马车连在这边！”石璋站在一块高大的石头上，指手画脚，行使职权。

大坝上的石头林，高低参差不齐，人们找到自己的连队随便入了伍。黑压压一片人，鸦雀无声，死一般寂静。罗彪手握半导体喇叭，宣布开会。他说：“今天，我们在工地上召开执法大会。下边，由公安局黑……”他顿感失口，怎么在这种场合，能叫黑虎豹呢！有失体统。但一下想不起黑虎豹的大名叫啥来着。这时，谁也看出了罗彪的窘态，小姚想提醒他，叫“郝寅瑭”，但没等他开口，黑虎豹便自我介绍道：“我叫黑虎豹！”

会场上，没一个敢笑的，依然寂若无人。罗彪吭吭了几声，接着重新打起腔调，说：“由公安局虎豹同志，宣布执法名单。”

黑虎豹低声对罗彪说：“让大家坐下，注意秩序。”

罗彪随即吼喊道：“大家就地坐下，注意秩序！”

人们把麻袋垫背解下来，垫在屁股下，暖暖和和坐了下来。

黑虎豹黑风着头脸，十分可怕。他圆睁牛眼，环视一下民工，突然用他牛吼虎啸般的嗓子，宣布道：“把何计成逮捕起来。”

小姚向早已瞄准的目标走去。他将鬼计成一把抓起来，首先给双手戴上手铐。然后，五花大绑，带了出去。人们无不捏一把冷汗。

黑虎豹待鬼计成押在自己身后，趁坝上坝下的人，屏声静气，一齐对准他之际，突然喊：“马跟心！”

马跟心神不由主，应声而起：“到！”

“捆起来！”

小姚十分利索地给马跟心戴上刑具，披上法绳。送他到鬼计成一边。

“铁建龙！”黑虎豹又一声吼。

铁建龙又一个当场被逮捕。他俩是被曹明海暗算后，唯恐再往火坑里推，才主动要求上水库的。

黑虎豹一连下令，逮捕了十二名工人。所有参会人，不寒而栗。这些人中，有的是众所周知有问题的。但有些人，平时没听说有啥大的不轨行为，也被铐了起来。这样，在场的谁也不敢保证，自己不会被绳之以法。一种恐怖感，笼罩在大坝上。

黑虎豹宣布完逮捕名单后，对小姚、邓彬说：“小姚、邓彬，把这些坏东西，送二虎寺！”

二虎寺是一处旧庙，后来改修成看守所。人们习惯叫二虎寺。二虎寺成了监狱的代名词。小姚和邓彬张罗着行动。罗彪出场了。

“老郝同志！”罗彪很尊重地称呼起老郝。他此刻也想起，他叫郝寅瑭。“这十二个人，都有严重问题，应当接受法律的制裁。尤其是，偷盗石门大队的山羊一案，性质恶劣。其目的不能仅仅看成是偷羊这样一件单纯案件。他是意在破坏水库同石门的关系。必须严办。至于那些毛毛狗狗，小蟊贼。我看，老郝同志，你相信我，我要严加处理。让他们在大坝上劳动改造，悔过自新，重新做人，立功赎罪。大坝上任务很重，一人抵两人用。你网开一面，给我老脸留点面子。”

“不行！王子犯法，与民同罪，一个也不能宽大、轻饶。”黑虎豹黑着脸，十分绝对。

“不看僧面看佛面。你一下串走我这么多人。我怎么向周书记交账？我怎修水库！”

“一批双打嘞！凡是‘四人帮’的社会渣滓，有多少闹多少，一网打尽！对这些扰乱社会治安，兴风作浪的坏家伙，不能手软！小姚，带上走！”

黑虎豹大手一挥，不容分说，勒令犯人开路。于是，十二名民工，立地成了阶下囚，被押下大坝。人们一个个心惊肉跳，知道他们要走向大牢，狴犴在和他们招手。天有不测风云，人有旦夕祸福。本来就一天见不到阳光的深沟狭谷，此刻越发阴霾可怖，朔风凛冽，黑虎豹将一伙犯人，押到水库指挥部院里，对罗彪说："罗指挥，用你水库的拖拉机，给咱送他们到二虎寺。"

罗彪边走边说："你能不能回家，喝口水？"说着使劲拽住黑虎豹的袄袖，往家里拉。黑虎豹半推半就，跟着罗彪进了家。

罗彪一进家，便说："你逮走我一个班的人，我怎修水库？"

虎豹说："再有的话，一个连也得带走，王法如炉，对敌人还能手软！"

"这不是敌人，是有毛病的人。我负责教育，若再发现不法行为，二罪归一。你捉谁，我也不拦。"

"你这个大指挥，就这样以权压人，逼我就范。"黑虎豹声音强硬，好像动了肝火。

"我连水库的人都管不了，还敢管你大警察，只是和你商量罢了！你能不能冷静下来，咱共同一个一个再过滤一下事实。"

"听你的。你说吧！鬼计成、马跟心、铁建龙三个偷羊贼，算不算犯法？该不该蹲班房！"

"还有……"俩人声音低了下去。

院里的犯人对罗彪感激涕零。这样好的领导，自己不该给人家脸上抹黑。他们对黑虎豹久闻其名，如雷贯耳，今天身临其境，亲身领教，更加心惊胆战。他只来了两天，竟如此利索地铐起这么多人。可见神通广大，张口吃人。这些人当中，大多数深知自己没啥大不了的问题，都是皮毛嘎渣儿。但一旦锒铛入狱，就要受皮肉之苦，那可不是开玩笑的。人人心中，默默祷告，企盼着罗彪这位救苦救难的大菩萨拯救他们免遭此难。

一会儿，黑虎豹出来了。他立眉竖眼，对众犯人一声喊："站好！"大家规规矩矩，面向黑虎豹站起来。

"把鬼计成、马跟心、铁建龙，带走！其余人，便宜你们了。"他扭头对邓彬说："交给你了。怎处理，听你们罗书记安排。"

小姚带着鬼计成等三名罪犯坐上拖拉机，进城去二虎寺了。

邓彬将其余人，一一松绑，开铐，然后带到民工连工棚，请罗彪训话。罗彪做这方面的工作是位老手。他根据这些人向黑虎豹交代的口供，不论大到偷羊，小到偷夜壶的偷窃行为，也不论大到三十、二十块钱，小到几斤饭票，几毛菜票的赌博。从头上数到脚下，骂了个狗血喷头。大家低头认罪，心悦诚服。最后，罗彪讲了当前政治形势，水库任务。要求这些人，哪里跌倒哪里站，为水库建设，水库整风，做出最大的奉献。当夜幕降临，大坝上吹起收工号角时，罗彪才结束了训话。被黑虎豹吓丢了魂似的九位民工，总算安然无恙，幸免于难。他们是不幸之中的万幸，一个个回连队，准备吃饭，别的什么话也不说了。只有赵庄的鬼计成，潘寨的马跟心、铁建龙，三个偷羊贼，被关入二虎寺大牢。黑虎豹上水库，大功告成。

当晚，罗彪屋里的小炕上，设下庆功宴。罗彪做东，黑虎豹坐主席，还有朱大宽、赵振沂、邓彬。凉菜是山药丝、绿豆芽、萝卜缨酸菜。热菜还未上。罗彪笑容满面，对入席的诸位道："今天，郝大警察立了大功，特设薄宴，以示慰劳……"

"别扯淡，快拿出你的茅台来！"黑虎豹急不可耐，打断罗彪的祝酒词。

"别急，略沉一下气。好酒不怕巷子深。我再说几句，咱们今天特请朱大宽书记……"

"我说，罗大指挥，你能不能别秀才入洞房……"黑虎豹又贸然开野腔。哈哈哈……大家笑起来。

“啊呀！好你大警察哩！幸好我们苏芸芷不在场。”罗彪指责黑虎豹。虎豹坦然而笑：“她在我还不说哩！叫她来嘛！喝酒没一个妞，不热闹。”

“好好，我给叫去。”邓彬边说边下地出去了。

赵振沂手摸下巴，望着朱大宽意味深长地眯起细眼取乐。朱大宽挨黑虎豹坐着。他用肘子搡了一下虎豹：“真的有茅台，还是混呢？”

“你问罗总指嘛。”

“真的。我多会说过空话。”罗彪得意扬扬，摆出一副偌大架子。

“他怕我给你找不到那三只山羊，被你赶出石门呢！”虎豹回头看着朱大宽，“那天，他激励我呢！大开海口许下我的。今天能不作数了？”

朱大宽喜出望外，拍着手说：“今天没想到能喝上茅台，罗书记！快拿出来，咱先看看是啥玩意儿。”

“你没喝过吧？”虎豹问大宽。

“听说过，见也没见过。”大宽回答。

“你喝过？”罗彪问虎豹。

虎豹故意抹一下馋嘴：“今天，在水库上捉了几只小兔崽，就受到罗大指挥的茅台招待。真是，人不照应天照应，走运气不在打早起！”

“为朋友卖掉黄骠马，罗总指够意思。”朱大宽也帮腔。

黑虎豹又说：“啥够意思，这叫捉鳖不在水深浅！”

哈哈哈……众人笑了起来。

罗彪也笑了：“黑虎豹说啥，也没关系。大警察嘛。”

邓彬推进苏芸芷，说：“来了。”

“俺不会喝酒。”苏芸芷腼腆地说，脸红到耳根。这种场合，她实在不乐意参与。

“没关系，你吃嘛。看俺喝，给倒杯酒，这能吧？”虎豹劝道。

“倒酒能。”苏芸芷准备上炕。

“邓彬，你从那个破柜子里，取出茅台来。我知道，就在那里放着。”虎豹边说边斜一眼罗彪，言外之意，全在其中。

邓彬摇摇头：“我吃粮不管闲事。”说着同苏芸芷上炕，入席。

罗彪下地打开柜子，郑重地捧出茅台酒，双手高高举起，让大家看。然后道：“这是县常委的待遇。他们有些人买不起，周书记给弄来的。”

“县常委算啥？罗国亮书记工资还没我高呢！小不点个书记，还能喝得起茅台？”黑虎豹天高皇帝远，口出狂言。

“喝茅台。”大家应和，眼巴巴瞅着罗彪手中的稀世珍宝。

“喝！”罗彪将酒瓶蹲在邓彬脸前的桌子上，“你打开瓶盖倒酒。”

邓彬打开瓶盖，嗅了嗅：“果然好酒。”

赵振沂夺过酒瓶：“我来吧。我没学会喝酒，学会倒酒了。”

“好好，今天就让老赵执酒，别人不要参与。”虎豹两指头捏起小酒盅，在桌子上“叭叭”，磕了两下，急迫地等待着这神圣的琼浆玉液。

“第一杯，是大警察的。”赵振沂探过手，小心地给虎豹斟满杯中酒，“第二杯是朱书记的。”

“先给大东家罗书记嘛。”朱大宽用手掌捂住酒杯。

“你是客人。”罗彪对朱大宽说，“别客气。”

“地头蛇！”黑虎豹嘿嘿一笑，“镇山大王！”

“有你就红火了。”邓彬恭维着逗哏儿。

“地头蛇也不及你这如虎似豹的大警察！”朱大宽笑着回击。

“强龙不压地头蛇！你说，罗大指挥，你反正领教够了。”

“不敢，不敢，我们朱大宽同志，对水库可支持了。”

“你们瞧，不打自招，瞧他吓得。”

“酒都斟满。喝！”

“我拿空杯喝？”黑虎豹亮出空酒盅。大家又都笑起来，原来不知啥时候，他早偷偷把一盅酒灌肚里了。于是，赵振沂再给他满上。共同举杯，开始饮酒。

“好酒，托罗书记的福，洪福齐天了。”朱大宽赞不绝口。

“啧儿！”虎豹咂着舌头，舔着嘴唇，“贵人吃贵物，咱这穷胎饿肚，也品不出个啥滋味来。”

“慢慢喝，自然会尝出连神仙都羡慕的珍馐佳酿是什么味道。”

“喝！”虎豹一扬头又一盅下肚。他不管别人喝不喝，像苏芸芷、赵振沂几乎滴酒未沾，他亦不予理会。但愿他们少喝些：“罗总指的嘴，朱大宽的腿，有名四扬，谁不佩服。听说，罗总指在大坝上讲话，连石头也激动得点头呢！真有其事？”他嘲笑着问罗彪。

“给大警察倒酒。”罗彪提醒赵振沂。

接着，罗彪继续开讲：“据说，茅台酒是贵州茅台地区的一个山泉里流出来的水酿造的。操作程序，十分考究，几经酵醅，深窖密封储藏，经九寒九暑，方开坛装瓶。其醇，其香，其爽口，其清幽，其味甘，其……”

“别耗子钻进书箱里，咬文嚼字了。什么其这其那，我看你尽胡编捏的一套，哄山汉哩！你快喝吧！”

“喝！”罗彪举起酒杯，一饮而尽，“真正秀才遇上兵，有理说不清。”

不知七零八落过了几巡。赵振沂手里的酒瓶，已经底朝天了。

“完了？”罗彪吃惊地问。他好像刚开始要喝，没想到一斤酒已报销了。

“再取去。”黑虎豹对罗彪说。

其时，炊事员郎晓梅送来热菜，一盘猪肉焖粉条，一盘金针炒蘑菇。

“再取也没茅台了。晓梅，拿两瓶二锅头来。”

“嗯。”晓梅答应一声走了。

“唉，没让娃娃尝杯茅台酒。”黑虎豹遗憾地说。

“都喝过了。后勤人员和连长们，那天周书记上来，每人一杯，都品尝过了。”

“他说的话是不是真的？”虎豹问苏芸芷。

“真的。”芸芷不假思索，干干脆脆回答。

赵晓梅送来酒，罗彪接住，传给赵振沂，说：“来，先给我斟满满一杯。”

罗彪将一杯酒举起来，对黑虎豹说：“郝寅瑭同志，劳苦功高，我敬你一杯酒。”

虎豹不客气地接住，问：“你怎连黑虎豹也叫不来，在大坝上讲话打了怵？”他不等罗彪狡辩，命令道，“罚你一杯。”

罗彪只好认罚。

“名演员有艺名，名警察能没警名吗？黑虎豹！我的警名。”

“好，好！经你这一解释，今后叫黑虎豹就名正言顺了。”

“借花献佛，感谢大警察同志，给俺们破了案，兄弟敬你一杯酒。”朱大宽向黑虎豹举起酒杯。

虎豹受之无愧：“拿来，三只羊换下一杯酒。”

邓彬向虎豹敬酒：“你来水库，给我帮了大忙。大灭坏人威风，请接受兄弟敬酒。”

“行。邓彬脱掉黄皮没几天，也学会几句官话乱谈。”

虎豹接住酒，问罗彪：“你们今天矛头对准我一个人？”

罗彪摇摇头：“我敬朱大宽一杯。”说着举杯，“感谢朱书记对水库的支持。今年，马车初上来无着落，多亏你来救了驾！”

“全国一盘棋，何尝咱们的关系。喝！”

“敬罗总指三杯，感谢茅台酒招待。”虎豹对罗彪。喝！

郎晓梅又送来两道热菜：肉片活捉绿豆芽，烩豆腐。芸芷扒在她耳朵上，嘀咕了几句，晓梅一股风走了。

“你搞什么小动作？”虎豹问芸芷，“来，碰一杯！”

“我敬你一杯才对嘛。”

“我喝我的，你陪半盅可以吧？”

喝！大家正在酒酣淋漓，兴致勃勃，郎晓梅送来一大盘大杂烩、一盘鸡肉。

“菜完了。”晓梅站桌前报告。

“你的菜做得不错，奖你杯酒。”虎豹本意是逗她一玩。

“谢谢郝叔。”晓梅接住酒一饮而尽。

哟！黑虎豹大吃一惊。这女子气度不凡。他又让赵振沂倒了一杯：“你找个杯子，咱碰一杯。”

晓梅从从容容，拿起芸芷的杯说：“俺俩人碰个杯。来！”说着，“叮”一声，与大警察碰了个响杯，随之一饮而尽。论喝酒，一般人在大警察眼里，也是小菜一碟，何况一位妙龄少女，不足挂齿。他当然不会放在眼里的。他对晓梅这种气魄，来了兴趣。于是，他对大家说：“啊呀，我发现这女子是个人才！”

“谢谢夸奖，山村土丫头，没见过世面。今天愿陪您喝个畅快。”

口气多大。虎豹叮咛一句：“喝几杯？”

郎晓梅不慌不忙，道：“奉陪到底！”

“好好好！”赵振沂立地来了情绪。他这个老顽童，身体有病，不能饮酒，谁也不硬关照他。但他爱参与这些活动。一来可以吃些好菜，二来乐在其中。凡喝酒，他总要把壶，并声明：谁也不能夺权。他公道，会斟酒。此刻，他知道有好戏看了。于是，特意将袖口撸起，利利索索，斟起酒来。他倒，他们俩喝。别人笑而不语，唯恐打断这硬碰硬的较量。

每人大概喝下二十多盅酒后，谁也不示弱。黑虎豹宣布暂停：“我出去方便方便。”

原来虎豹有个变通的办法。他在刚挦下的一堆鸡毛里，找了一根鸡翎，张大嘴，将鸡翎伸进喉咙猎扫几下。于是，便干哕得呕吐起来。他悄悄倒腾一阵后，又重归座位，继续对饮。

一直喝到斗转星移，夜深人静，大家也兴尽意阑，罗彪出面，说:“没酒了。没酒了。想喝明天到城里买上酒，再喝。”

黑虎豹骂道:“你虎头蛇尾。开始是茅台到后来连二锅头也没了。不够意思！”

“我承认。不知道你如此海量，准备不足高抬贵手，原谅吧。”

“郎晓梅，你记住。改天，咱用瓶子喝。”黑虎豹两眼血红，十分怕人。他盯着豆蔻年华，白皙粉嫩的郎晓梅，恋恋不舍地离席。

“奉陪到底！”郎晓梅面不改色。

第二天，大家吃过早饭，黑虎豹宿醒未解，仍在酩酊大醉。他打着响亮的鼾声，震得山音还嗡嗡回响呢！院里四脚仰天躺着房东的小猪，人们以为死了，却又慢慢地苏醒过来跑了。原来，它是吃上黑虎豹吐出的酒食，醉倒的。

第三十八章　爆炸新闻反应灵

正当全县“一批两打”运动如火如荼，穷追猛打，进入高潮时刻，双杨公社爆出冷门。一桩历时十五年，涉嫌十四人冤狱，震动全省的特大杀人案，破获了。

那天，罗国亮书记、郑平主任，周谦、公安局长、黑虎豹等人，乘两辆吉普车，突然开进双杨公社大院。王磊迎进党委办公室，立即通知徐晋东接见。徐晋东正在小会议室，接受部分支书汇报。他当即中止汇报，去见顶头上司。

徐晋东一进办公室，还没等他笑脸相迎，表示欢迎的礼节性问候，郑平主任便开门见山，说："南关杀人凶手，现有知情人举报，就是赵庄的孙羊羊。现在就去逮捕。"

两句话把徐晋东说下个大张嘴。这种场合，他还是第一次历经。一时不知该如何回答。"现在，让公社保卫干事配合一下，立即抓人。别的再说。"罗国亮冷冰冰说。

"邓彬在潘寨下乡。"王磊回答。

"顺路，过去叫上他。"黑虎豹急着出发。

"走。"公安局长带着黑虎豹和另两名警察夺门而出。

办公室留下几个人，一个个铁青着脸，沉甸甸的。这种紧张、死寂的空气，终于被郑主任打破了。"现在还得保密。"他瓦着浓浓的剑眉，对徐晋东和王磊说："如果此案破获，前两起涉嫌冤案的善后工作，还得公社配合县里做。"

"不论怎样，不能出问题。今天，只能给你们吹吹风，有所准备。好在事情悠得时间久了。"罗书记十分庄重、严肃地说，"孙羊羊，你认识不认识？"他问徐晋东。

"认识，是个灰家伙。公社收拾过。"

"打金怀老板的就是他，对吧？"周谦插了一嘴。

郑主任掏出一个小笔记本，打开给徐晋东看："这些人，你记一下，心里早有个底儿。"

晋东看了一下，认识一个人：岳万金。还有几个，听说过不对号。这是岳堡、王屯堡两村，因此案坐过禁闭的人，共十四名。周谦说："罗书记和郑主任，你们回吧。我住下来，跟晋东慢慢谈吧。"

罗书记、郑主任喝了杯水，正准备启程，电话铃响了起来。

王磊拿起耳机问："喂，哪位？"

"罗书记接电话。"是公安局长。

“我是罗国亮。啊？”

“孙羊羊已经逮起来了。”

“好，带回城里再审。”

“他已经招了。我们让他认鞋。他一下就跪下说，是我的鞋，南关护田人是我劈死的。”

“呔！”罗书记喀一下，放下电话耳机，说，“孙羊羊已经招了。他就是凶手。”

郑平与周谦悬着的一颗心，跌进肚里。此刻，与其说他们高兴，不如说担心。此事干系甚大，岂是案件。俩人心心相印，麻烦事谁也逃不脱。

郑平和罗国亮坐车回县了。周谦跟在徐晋东屁股后，来到徐晋东的办公室兼宿舍。他长吁短叹，甚是不安。时间不久，邓彬回来了。他到徐晋东屋汇报逮捕孙羊羊及徐碧云密告孙羊羊的前因后果。接着，周谦又将当初此案发生后的侦破过程，详细地述说一遍。尘封多年的积案，终于浮出水面。

昨天，赵庄赤脚医生徐碧云跑到孙羊羊家，与孙羊羊披头散发干了一架，弄得沸沸扬扬，满城风雨。人们都看了西洋猴，众说纷纭。臊得徐碧云无地自容，恨死了负心贼孙羊羊，实在咽不下这口气。

原来，孙羊羊和徐碧云，勾勾搭搭，已经多年。今年春天，徐碧云买了一口小猪娃，送给孙羊羊喂。这已经是老搭档，情理之中。年前宰后，对半分。昨天，孙羊羊没通知徐碧云，擅自将猪屠杀。傍晚，给送过半扇猪肉。何拐子收下后，心中很憋气，怎么光板板只给半扇肉？他等徐碧云回家后，亮出猪肉给她瞧。徐碧云气得两眼直冒金星。近日，他耳根下听说，孙羊羊与毛眼眼眉来眼去不正经。心想果然狗杂种变了心。于是，怒冲冲直奔孙羊羊家。

徐碧云一脚踢开孙羊羊的烂大门，孙羊羊在院里正撅起屁股，用铁簸箕撮炭。她没理他，径自进了家。炉子上正在煨猪血。孙羊羊知道这位凶神来者不善，轻轻推开门，蹑手蹑脚地走了进去。他一眼望见徐碧云怒气冲天，满脸杀气，像尊站殿周仓，已经骨酥了。

“我问你，猪的下水哪啦？”

“在哩。”

“油呢？”

“在哩。”

“刀头肉呢？”

“屠家中午吃了。”

“放你娘的骡马屁！一顿能馕七八斤肉！那些东西呢，给我！”

“今年没喂好了，借过……”

“借过啥？”

“借过毛眼眼一斗玉茭子……”

“呸！狼心狗肺！野叫驴！你当你祖奶奶不知道。早就看中毛眼眼的碾转转屁股了。”

孙羊羊把煨血锅端下去。心不在焉地撒了撒炉灰，又挓挲着手烤火。他又将裤带上别的烟锅摸下来，取过炕上盛烟的茭皮栲笼，准备熏旱烟。徐碧云又发现炕上一双手做布底鞋。她火上浇油，断定是毛眼眼送的。果不其然，她拿起一端睨，布袼褙千层底。不是她有谁！于是，质问孙羊羊：“这是哪个婊子做的？”

“……”孙羊羊低头不语。

“说，哪个骚塌天，卖八岔的孝敬你的？！”她恶狠狠地撒泼野骂。

孙羊羊实在忍无可忍，王八头上也有三分鬼火。这鞋本来是姐姐给做的，平白无故被她血口喷人，糟蹋一通。他火儿了，一字一句对徐碧云说：“鞋是我姐姐做的。你不要欺负好人。”

“谁欺负你了？”说着顺手捞起一挓搌布，朝孙羊羊甩去。她气得嘴唇煞白，不住翕动。搌布甩在孙羊羊脖子里，精湿一团，泔水淋淋，串肩入肚。孙羊羊气急败坏地反击道："你今天想怎呀？"

"想戳死你！"

"你戳死吧！"

"怎，你当我不敢！"徐碧云走过去，一咬牙，飞起一只手，给了孙羊羊一个单耳煽风。

孙羊羊站起来，一胳膊打倒徐碧云，伸出大手在她小腹拧了一把："老子抓坏金怀老板的臭糕，你来验伤。今天拧坏你个贱货的，看叫谁验？"徐碧云吃了亏，哭叫着爬起来，顺手抄起铁炉锥，咣啷哗啦打了起来。邻居过来，好不容易拉开。徐碧云夹哭带骂，不堪入耳的肮脏话，难于笔录。她为了当众示威，临出门，用铁炉锥将孙羊羊大门上的插闩拗坏，关和楗都丢到地下。她在人言啧啧的嘘嘘嗤笑中，逃之夭夭。

徐碧云一晚上未合眼，天刚破晓，她便蹬车，直接到公安局告发了孙羊羊杀人一案。

事情须追溯到公元一九六二年秋天。那正是夏历八月晦朔之夜，岳堡支书岳万金领着三名民兵正在巡逻护秋。忽然听到滹沱河北岸有喊叫声。隔了一阵听到河水哗哗响，似有人过河。岳万金指派民兵，严密监视河里情况。果然，有人偷渡过河。又见一人爬上岸，贼头鼠脑窥视，大概是在探路。突然他发现了岳万金，倏一下，潜入水中。领着后边的人，顺流而下，落荒而逃。

当时，正值困难时期，人都饿坏了。这年秋天，收成可以。农民千方百计往自己家里搂粮。明捎暗拿，已成为群众的普遍现象，十人九贼。据上边传达精神：社员自己种的庄稼自己收获，不叫偷叫拿。于是，各村干部只好严加防范。自己社员是小偷小摸所谓"拿"。外村侵入，就是放绳垛背，谓之偷了。加强护秋，是唯一的办法。岳万金发现来人远去，与己无关，自然不去管他。

天不亮，公安局来了十来个人，将岳堡包围。首先，拿到的是岳万金和那三个护秋人员。当时急急审问了一下，知道他们是护秋人员，他们又将半夜涉水偷渡人员的踪迹、去向，指给警察。最后，岳万金说：“王屯堡人，尽是贼。前几天，俺村还抓到过一个人，偷俺村玉茭棒。”警察听了岳万金的话，立即到王屯堡侦察。但对他们不放心，临走讲：“你们哪也不能去，听候指派。”将岳万金等人，囚于岳堡。

警察在王屯堡河岸边发现了六七个人的上岸足迹。但很快进入草滩，无法跟踪。吃早饭时，地区公安处带着警犬，来到岳堡，又从岳堡到王屯堡。人们传开惊人的消息：南关护田人被杀死了。

恐怖骇闻，不胫而走，马上传遍全县、邻县、全省。这简直是明火执仗的盗寇，杀人越货的匪徒。县公安局局长领队，全体干警出动，集结王屯堡，二十四小时，轮番上阵，监视动向，掌握线索，限期破案。党支委会、党员会、治保会、民兵会、团员会、妇女会、贫下中农台柱子会，管制分子会，不法社员会，一个接一个召开。利用会议发言，观言察色，寻根问底，启发觉悟，鼓励立功，对任何线索，都抓住不放。经过几昼夜奋战，明察暗访，终于将怀疑对象锁定到七个人头上。在侦破过程中，王步岚立了头功。他是王屯堡看田的。他在那天晚上，曾发现郎计狼、汪马驹等人过了河北岸。公安局第一个怀疑对象是郎计狼，此人鹰眼猎猎，狡猾奸诈，成为重点要犯，于是立刻拘捕。在出事现场，得到的唯一证物，是丢下的一只家做布鞋。当亮出该鞋，让郎计狼试穿时，郎计狼的脚肥而短，根本插不进脚板。但结伙偷盗，凶手是否是丢鞋人，亦不能确定。何况，只有将所有出动人，关起来，才能滗水见鱼。郎计狼不能排除在外，暗中监视起来。第二个对象是汪马驹。当他将自己的脚，放进那只旧鞋里边后，不大不小，十分合脚。他一下吓得魂飞魄散。他回了家，昏头转向，找了把刨粪铁爪，便向自家祖坟走去。到了坟茔，他跪在父亲坟前，放声痛哭，哭得十分恓惶，有人发现他这般模样，走过去想劝说一下。不料，他怀疑来抓他，举起铁爪，照自己头上刨去。立地鲜血直流，面无人样。消息传到侦破组，大喜过望，这叫不打自招，分明此地无银三百两。凶手就是汪马驹。于是，立地传讯，包扎伤口，进行逮捕。为了保险，将汪马驹供出的同伙，全部逮捕，共七人。

在牢中，背铐侍候，皮带审讯。七个人，谁都招供。但口不归一，对不了号。逼供出来的是假的。一个月、两个月、半年、一年过去了。始终审不出个结果。省委三令五申，施加压力，勒令破获此案。县委感到头痛，如此重案大案，侦破不了，不光无颜面对江东父老，而且向省委交不了账。就在这左右为难，进退维谷的绝境中，全国开展“四清”运动。

好！强大的“四清”工作组进驻王屯堡，二次侦破此案。所谓“四清”是党在农村开展的一次清政治、清物资、清组织、清思想的社会主义教育运动。其对象是整治农村不法干部。而进驻王屯堡的工作队，是项庄舞剑，意在沛公。工作组是由县委书记、公安局长、农工部长、县委办主任、县妇联主任、双杨公社党委书记、武装部部长、副主任等要员组成。当时，任办公室主任的周谦为工作队队长，农工部长的马亚平，公社武装部部长的林如海，都是强有力的工作队成员。工作队开进王屯堡后，王屯堡人又一次陷入惊恐万状的不安之中。他们担心狱中人狗急跳墙，不知会胡扳出什么好人，贼咬一口，入骨三分。天下冤死鬼太多了。

经过狱内狱外，反复核实，最后元凶从汪马驹转到郎计狼头上。理由是郎计狼是左手当家的左撇子，被杀时的伤口是左手所为。于是他的口供，经过启发、诱导、大体可以定案了。其时，省委秘书长，亲自代表省委下来督战，限期结案。不料，公开审理此案时，法院院长，为犯人辩护，与省委秘书长顶撞。他以证据不实为由，拒不签字。公开审判没有结果。随后，秘书长将法院院长传到省里，大骂了一个晚上。但胆大包天的法院院长，宁愿丢官，不予加盖昧心朱色大印。郎计狼侥幸未被枪毙。事情又拖了下来。

不知谁向县委书记投寄匿名信，陈述南关杀人案是岳堡岳万金等人所为。公安局上了岳万金的当。当公安局侦破人员，回忆当时情景时，才恍然大悟：那个看似老实，人称牛皮灯笼的岳万金，确实是指鹿为马，对他们放了烟幕弹。而真正凶手，就在岳堡。于是县委又派县社政工人员，以下乡名义，进驻岳堡，调查此案。这已经是一九六五年的事了。当时赵振沂在组织部，王则峰在农工部。他俩也是成员。工作组仅用一个月时间，便写了报告，断定南关杀人事件是岳堡岳万金等人干的。于是，释放王屯堡人，作为悬案暂挂。正式逮捕岳堡岳万金等七人。岳万金是复员军人。他入过朝，当时头上飞机遮天盖地，轮番扫射，十分猖獗。那时，他是怕。而入狱后，背铐连明昼夜不下手腕，连吃饭、喝水也像驴似的用嘴去找。身上的虱子，顺裤腿往下掉。这时，他不是怕，是难受。恨不得一死了之。但他承认杀人，又不知在哪杀的，怎杀的，说不下个子丑寅卯，徒遭武刑，没有办法。背铐七十天，手铐七个月，他不知是怎么熬过来的。后来“文化大革命”开始了，在混乱中，岳万金等人，以证据不力，作为悬案，释放出来。出来后，他才得知一个狱友，死在牢中。

随着时间推移，领导的调迁，人们对震惊全省的偷盗杀人案，渐渐淡忘了。万万没想到，徐碧云突然死灰复燃，又点起这把火。实在让人谈虎色变，大伤脑筋。

孙羊羊的案卷，很快转到法院，审清了。原来，那天孙羊羊、何拐子等七人，渡河行盗。被南关看田人发觉后，来势凶猛，只听到追赶声，不知有多少人。孙羊羊掩护着何拐子逃跑。耳听身后有人追到跟前，就在即将被活捉时，孙羊羊用手里的镰刀，向右钩去，只觉得镰刀头紧巴巴拽了一下。那人跌倒了。他和何拐子等人，慌不择路，向河畔跑去。他们泅渡到岳堡，碰上了岳万金他们。又折回水里，顺流而下，到王屯堡。

上岸后，沿河滩又向西卖路十里，才分散开，各自回家。孙羊羊镰刀钩人一事，对何拐子说过。何拐子警告他：此话千万不能再对人讲，烂在肚里。但他却告诉了徐碧云。

孙羊羊供认不讳。他的右手缺少拇指，向来不能操用工具。这是实证。黑虎豹和小姚，拿上那只赃鞋，到小咀找到孙羊羊的姐姐三桃子去对证。三桃子一见兄弟那只鞋，是自己亲手做的，货见本主会说话。她也确认无疑。这才是踏破铁鞋无觅处，得来全不费功夫。如此简单就把十几年的特大要案，大白于天下。

鉴于孙羊羊态度老实，又是过失杀人，时间也已经年久月深，经高级人民法院批复，判处孙羊羊无期徒刑，免于死罪。在判处孙犯的同时，法院将前两起冤案做出赔偿决定。对王屯堡一个丢掉煤矿工作的，政府负责去恢复工作；对离了婚的，外加二百元抚恤金，对死在狱中的，安排其儿子的工作，并赔偿其坐监误工的钱。按说，善后工作已经十分周到了。大部分人认为，还了清白，悬案不悬，也就算了。但问题还是发生了。

新年即将来临，周谦、徐晋东、田子荣分别代表县委、县革委会和公社向坚守岗位的区县工作队表示慰问。吉普车驶出桃园，准备从下路到岳堡。前边一个拾粪老头，慢腾腾走着，一根扁担担着两只箩筐，拦住去路。司机鸣喇叭，那老头好像根本听不到，只管横着扁担，霸占着只能过去一辆车的土路。老头身穿黑布吊面皮袄，头戴猫皮捂耳朵帽，大概是个聋子。

司机只好停车。车一停，田子荣立地打开车门，跳了下去。他跑步上前，拉住老头的扁担，喊："站开！你不看车过来。"

老头掠过脸来，立眉竖眼，不怀好意地呛他："这是你家的路，搬回你炕头上去。"

"嗨！你怎么说话，你知道我是谁？！"

“我管你谁不谁！”老头虎视眈眈，咄咄逼人，向田子荣挑衅。田子荣以为碰上精神不正常的疯子，不敢贸然上硬的。

其时，坐在车上的周谦和徐晋东，走下车来，看看究竟发生了啥情况。当周谦和徐晋东走到老头跟前时，那老头突然将扁担一撂，苫披的皮袄一丢，举起手中的拾粪铁杈，照周谦的头上就打。由于用力过猛，铁杈头飞出老远，周谦只挨了一粪杈把。人们还在愣怔中，老头已经接二连三，向周谦打了过来。田子荣、徐晋东慌忙出战，夺杈的，抱身的，司机也奔了过来。几个人终于把这个突兀行凶的老头紧紧制服下来。两只胳膊倒剪在背后，生擒活拿，不然他还要行凶。这老头昂然挺胸，扬着头，不说一句话。周谦被无名棍打得土眉灰眼，狼狈不堪。摸了摸头上暄起馒头大个小脑袋。他不觉疼，只是眼花缭乱，像进入梦境，不知陡然发生的这场闹剧，情系何故?

“王屯堡的，带上他走。”田子荣恼悻悻，气恶恶，嘟噜着嘴低声咒骂：“啥子东西！”

周谦一听王屯堡三个字，一下豁然开朗。他这几天心里总是怀疑有事。他在王屯堡有亏心事。这是众所周知的。但他们谁也没当回事，以为风平浪静，云过雨过没事了。而受害人都耿耿于怀，至死不会忘记的。周谦用手帕揩了揩眼，走到老头跟前仔细一看：啊呀！确是郎计狼。他忙赔笑脸（笑不起来的笑脸），道：“你是郎计狼？”

郎计狼对天喊一声：“杀人犯！”

啊，大家都怔懵，也都没辙了。

“你拉上周书记前边走吧。”徐晋东对司机耳语。

周谦见老头正在气头上，对徐、田吩咐道：“别难为老郎，自己人。”说着，坐上车，溜之大吉。

“周谦，我操你祖宗！”老头带着破音仇视地嘶叫着骂。

徐晋东和田子荣，互相介绍给郎计狼。郎计狼对他俩没意见，而且是父母官，不敢得罪。态度温和下来，说：“认识。”

徐晋东和田子荣蹲下来，用手给老头把撒扬在路上的牛粪、驴粪重新拣回到箩筐里。徐晋东又发现老头的秃头粪杈把，赶快到周围，低下头寻觅起粪杈头子来。

“你找啥？”田子荣问。

“粪杈头也不知飞哪啦？”

“啧，在那边呢。”田子荣粗中有细，粪杈头当时刚一抛，他就盯住那飞物。他担心射到人头上。果然，他到那个方向一找，便找到了。

于是，徐晋东给郎计狼把皮袄披好，田子荣挑上粪担，送郎计狼回家。

郎计狼铁青着脸，像刚刚被降服的野牛，瞪着深仇大恨的怒眼，又警惕地噤若寒蝉。他昏昏沉沉跟着两位公社的头头，挨回村。田子荣挑着粪担，越走越泄气。他又觉得上了徐晋东的当。他瞥了一眼徐晋东。徐晋东目不旁视，面色煞白，喜怒哀乐忧，什么情绪都看不出来。神鬼莫测。田子荣心里发着牢骚。其实，徐晋东心里像开水煮沸，浇心般难受。周书记深入工作队点上，是来拜年，慰问第一线坚持岗位，宵衣旰食的区、县同志们，又有一、二把手陪同，竟遭坏人毒打。在轰轰烈烈的一批双打运动中，不是全县的轰动事件吗？周书记伤轻伤重，尚不能肯定，县委处理此事的态度，也不知深浅。周谦当年任工作队长，诬良为盗，并要判死刑，确系责任重大。徐晋东对玩忽职守，屈从上司，草菅人命的人，向来嗤之以鼻。特别是对农民持轻慢无礼的家长作风，长官意志的草率态度，从心里愤愤不平。此刻，他很同情郎计狼。一个死里逃生的两世人。徐晋东一肚愤懑，憋在心头，蹙于眉尖。他默默地送郎计狼回家，后事如何，只好且听下回分解。自己充其量一个上蹿下跳中间斡旋角色罢了。

徐晋东和田子荣在沉闷的默默中离开王屯堡。

徐晋东一双血红的沙眼，在飒飒北风猎扫下，清泪滚滚，满脸衰败气色。田子荣心软了。他断定，徐晋东心里苦水比他多。于是，动了恻隐之心，总想为徐晋东分点忧。但谈何容易，怎么分忧呢？田子荣只好开诚布公地肝胆相照，给他做一番解释，消除误会。“说实在话，我担粪无所谓，回家啥苦也受哩。我是为你着想，堂堂公社书记，让主任给一普通草民挑粪，有失威信。”他言毕，恳切地等待着书记和颜悦色的答复。而徐晋东仍死板地绷着脸，并专注地举目向前直视，但远近不见周书记的车。他正纳闷地担心，周谦书记是否头部受伤严重，急速奔医院去了。越想越不安起来。

田子荣看出徐晋东的心思，忖度着说：“怎么把咱撂下，他跑了？”

徐晋东心情烦闷时是不愿意开口的。他情绪潦倒地用手捂着冻红的耳朵，背着风边走边说：“走吧。走快些。”

寒风刺骨，飞沙扑面。他们穿着并不能御寒的冬衣，俩人被冻得涕泗横流，狼狈不堪。

第三十九章　郎晓梅引发大波

周谦书记被打的消息，不胫而走，霎时传遍双杨，传遍全县。

当罗彪在山上获悉周书记遭遇坏人殴打的消息后，暴跳如雷，怒发冲冠。平心而论，比谁掘了他家祖坟都愤恨。“岂有此理！”他没心思在坝背石头，兀自在家里、院里踅来踅去。“他妈的！成天喊叫双打，双打，结果却让坏人打到书记头上，没人管！”罗彪三尸暴跳，七窍生烟，恨不得长出双翅，飞下山，活捉凶手，为周书记报仇。

罗彪愤愤不平地骂：“姓徐的，姓田的，俩人保驾一个书记叫挨了打！羞死了！有啥脸当书记、主任，真他妈领导瞎了眼！”罗彪正在无目的地发泄自己心中的不平，气得五脏六腑都快爆炸了。此刻，郎晓梅提着一铁壶开水，给罗彪送来。她见罗指挥发脾气，小心怯胆地走进家，灌满暖水瓶又压低声音，用秀女特有的温柔，娇声嗲气地问："罗书记，杯里沏点茶吧？"

"甭。"罗彪满脸怒容，齐茬茬回答。但又接着说，"气也把人气饱了！"

晓梅试探地卖乖道："罗书记又有不顺心的事？"

罗彪正好一肚怒气无处撒，不遇时的晓梅多嘴多舌，引出罗彪指桑骂槐一通牢骚："周书记平白无故被坏人打得头破血流。这叫啥世道？"

"被谁打了？"

"王屯堡一个灰猴！自从逮了赵庄孙羊羊以后，过去坐过禁闭的那些家伙，翻天了！张牙舞爪，不识抬举！"

"谁？"郎晓梅失神地张大两只杏眼问。

"一个叫什么郎计狼的坏分子……"

"哐当"一声，郎晓梅手里的铁茶壶掉到地上，半壶开水浇到晓梅脚上，裤腿上。罗彪吓得目瞪口呆，不知这闺女怎了？他忙弯腰揪她的裤口，脚下一滑，撞在晓梅身上。晓梅推开罗彪，跳着脚，直"呀呀咿咿"叫。接着的戏，是郎晓梅呜呜哭着跑了。罗彪如堕五里雾里，大惊失色地张望着晓梅跑出去的身影。他担心这姑娘诬他猥亵。这是走到哪也说不清的丑闻。

罗彪由愤怒到担心，由替周谦抱打不平，到为自己提心吊胆。他想跟踪出去，问个究竟，又怕当面反咬一口，被别人看作欲盖弥彰，反而被动。若不予理睬，又担心人言啧啧，为啥从他家哭出去？作为领导，却冷若冰霜，不理不睬，是何缘故？他正自设答案，自己推翻，陷于不能自拔的处境中。赵振沂不声不响，走了进来。

赵振沂站在地上，看着甩壶泼水的惨状，默默无言地拾掇起来。罗彪瞧着老头，一声不吭。俩人面对面相持几分钟后，赵振沂平心静气地问：“你知道了？”

“啥？”罗彪怀疑担心的事情发生了，难道晓梅……

“你不知道？”赵振沂倚老献老，颇有几分老成持重的装腔作势，“打周谦的郎计狼，是晓梅的父亲。她……”

“呔！”没等老赵把话说完，罗彪勃然大怒，“原来是这关系，”他肚里长长出口气，险些把我吓死！“好，这太好了！”罗彪立地又精神抖擞起来。吓得赵振沂连连后退。他知道，罗彪要在郎晓梅身上下手了。他来的本意，是想探一下罗彪的口气，看他是否会因郎晓梅父亲的罪恶，嫁祸于郎晓梅。何况晓梅在水库，很受人们欢迎，连罗彪在内，也不能说个不好。不料，他没说两句话，罗彪一触即发，怒不可遏。他只好打消这个主意。

饭后，罗彪把郎晓梅叫到他办公室，问：“烫得不要紧吧？”

晓梅忧伤地回答：“起了些燎泡，右脚面上蜕了一层皮。”

“到医疗室，多带点药。”

晓梅一听这句话，知道大事不好，灾星临头了。果然，罗彪四平八稳，坐在炕上，说：“你爹的事，与你无关。你在水库干得不错。我一向对你的工作是满意的。这你应当清楚。从来没有指责过毛病，也没有批评过。现在，我只好忍痛割爱，打发你下连队。如果，你不愿意背石头，可以回村，另换一个人来。”

郎晓梅泣不成声，一言不发。罗彪解释道：“我不这样做，对不起周书记。你老子粪权杀人未遂，多亏徐书记、田主任招架。不然，那天闹下人命了。你父亲恐怕成了名副其实的杀人犯。以后，他会不会一意孤行，县里怎处理此事，我一概不清。我所能做到的就是辞掉你当炊事员。炊事员掌握着指挥部全体人员的命运，不能掉以轻心，失去警惕。这利害关系你也许不懂。”

郎晓梅知道没希望了，深深弯下腰给罗彪鞠了一躬，哭着出去。她走到大门口，又返回来，问:“罗书记，我请三天假，回家取些衣服，行吗？”

“行。你今天移交一下。明天回去。”

小小指挥部的火头军，有啥移交的？郎晓梅把伙房、库房钥匙，交代给赵振沂，去收拾自己的个人用品。如果有顺车，她今天就想离开水库，一会儿也不想待了。

赵振沂心酸得暗暗掉下几滴老泪。他是个不怎么回家，回家后也没有温暖的可怜人。在水库上也没有知己，连共同语言也没有。他工作上敷衍塞责，不受领导看重。虽然管后勤，管小食堂，也是看领导的眼色办事，似磨道的驴，听喝着呢。他深知自己是无能之辈，从没有出头露面的时候。他在水库唯一能解闷，又说得来的人，就是郎晓梅。领导们上坝后，往往一老一少，闲下无事，互相聊天，逗玩。老顽童赵振沂又有许多小小滑稽的笑料。他把“正”、“王”、“上”等字翻倒写好，让晓梅认，晓梅认不得。他呢？笑眯眯把字端正，再让晓梅认。晓梅笑得前仰后倒，被这个老朽捉弄得实在开心。一次，他问晓梅：“你能把水圪堆起来？”晓梅摇摇头：“你能？”老汉慢条斯理给她吹牛：“我能把水堆得尖尖的，就像粮食囤那样，锥起来。我还能把水头向下，倒栽起而不流动。”

“真的？”晓梅来了兴趣，“你表演一下。”她从水缸里舀了一瓢水，给赵振沂端上来，放在桌子上。她想象的是，将这一瓢水，神奇地堆起来，倒扣过来，开开眼界。不料，赵振沂只用小拇指尖，在瓢里蘸了一下，然后慢慢地往桌面上，滴了一点水，说：“你瞧，这不是堆起来吗？”晓梅笑得两眼眯成一道缝。这个老顽童鬼点点不知有多少。她指着赵振沂说：“你甭再表演，我也清楚了。露水不是头朝下吗？对不对？”赵振沂笑而不语，乐在心里。今天，突然打发走这女孩子，心里实在难受。有心向罗彪挽留，但他认得清自己，蚂蚁戴眼镜，没那么大脸面。他正坐立不安，心烦意乱，晓梅告他说有拖拉机下山，她今天就走了。

“谁下山？”他问。

“县专业队二连，说新年开晚会，有买的呢。”晓梅说罢，去搬她的行李。

“怎么，连行李也往回拿。”

“不来了。”

“留下铺盖。你听我的话，不要任性。”

“赵主任，人家开除我了。我能死皮赖脸，讹住不走？”

晓梅不听劝，扛着行李卷向河沟走去。她知道老赵说话是没风的。赵振沂帮晓梅提溜着装有零碎东西的毛巾兜，跟在后边，送她上车。

临开车，赵振沂突然想起个人。他对下山人员说：“给黑虎豹捎个话，让他近日来趟水库。越快越好。”

拖拉机启动了，赵振沂一扬手：“切记！切记！”

车上人们笑了。他是个四川侉子，人们听成“强奸、强奸”了。

郎晓梅回了家把手里提溜的毛巾兜往炕上一扔，便抱头大哭起来。她哭得泪像断线珠子，一颗一颗只管往下滚。

“怎了，怎了？一进门，黄不说，黑不道，抱头就哭。”

她妈急得团团转。不知闺女出了啥事。她见晓梅不言不语，抽抽噎噎，十分伤心，便边数落边启发地叨叨：“十八九岁的姑娘了，早年间早当妈了，还这么没出息。有啥话，得说呀！咧开嘴，只管哭。有啥用！”

“我被下放了！”晓梅冲妈赌气般要脾气。

“因为啥？”

“你们做的事，还问我？”

晓梅妈想了想，和蔼地问：“是不是因为你那个牲口老子，打了人家县里那个周书记？”

“……”晓梅没搭理妈，眼泪涟涟，去洗脸了。

“你老子那个毛驴脾气，一辈子吃不完的亏。去年没被枪崩了，今年也是个吃枪子儿的人。迟死不如早死，快快死了，咱也清静清静。娃子们跟上他受不完的害。”晓梅妈发了顿牢骚，又问，“说了半天，下放你哪啦？”

“坝上背石头。”

晓梅没好气地冲妈。她又狠劲用梳子，把头发随便梳了几下，然后使劲一摔。梳子射到地下，“叭”一声，折断了。她妈瞧闺女摔匙打碗，正在气头上，没敢再火上浇油，指责她老子。转而开导道:“下放就下放呗。别人上水库，不都是背石头嘛。往年间，人们常说，唱戏不唱旦，受苦不做饭。啥了不起的高贵工作……”

晓梅越听越烦闷。这个家她一天也不能在了。连自己的母亲都不理解自己的工作，不同情自己的处境。而是挖苦、贬低自己，庆幸自己下放到坝上背石头。无怪父亲粪杈行凶要往死打周书记的。他们压根儿就不关心自己的前程，因此不尊重周书记，还要置人于死地。看来，罗书记有眼力，有头脑，看透了父母亲的心机。他下放自己是完全正确的。她想到这里，由悲哀、伤心，转到气愤、憎恨。她望着喋喋不休的母亲，越看越来气。平日，我怕你，是因为你豪强、爱气，怕伤了心，这是做女儿的孝心。没想到，你在女儿受委屈，受凌辱，走投无路时，却凉不丁奚落人，雪上加霜，真叫为小的冷心呀。她在一刹那，突然暴发了凶猛可怕的郎计狼式的家传野性。她突然猝不及防地从抽屉里抽出一把剪子，向妈刺去。幸亏，她妈已经发现了她的不正常举动，眼疾手快地架起她的胳膊。其实，只这一架，晓梅便清醒了。“你怎呀？”她妈哆嗦着手，连哭带喊地问。

“我不活了。”晓梅转而向自己的咽喉刺去。

“我的老天爷呀，姑奶奶呀！”晓梅妈嘶声号啕，夺下晓梅手里的剪子。

吵闹声惊动了街坊邻居，立刻拥来一哨人，看热闹。

日落西山后，郎计狼伛偻着腰担着粪筐回来了。一进家，被老婆破口大骂，从头到脚，都被骂得凉透了。他被骂得狗血淋头，哪有吃饭心思。他抽出烟袋，独自面壁吃起来，后悔自己上了汪马驹儿的当。六二年去河对岸偷田，也是他的勾魂鬼主意。依自己的主意是向西走，偷外县的。听上他的话，蹚过河，险些送了命。临死鬼打劝，那天又被他怂恿起来，一粪杈没打坏周谦，把闺女的饭碗打掉了。真他妈窝囊透了。明天，找汪马驹鬼孙算账去！狗娘养的炮捻子！他面对家庭中的两员巾帼女将，吓得魂飞魄散，有啥可怨的。只好迁怒于汪马驹儿，给自己叫屈。

黑虎豹听说水库叫他上去，二话没说，立即登程。一来他包着双杨、石门公社的治安。二来他牵肠挂肚，思念着晓梅。他倒不是看人家人样儿俊，水葱般吸人，而是留恋那天的对饮场面。喝过多少酒，从没有那天开怀、痛快，真正醉死也无悔。天下竟有如此海量的美女，难得啊！当他兴冲冲直奔指挥部后，发现赵振沂老头像旱死的葵花，蔫蔫地耷拉下头。

“晓梅呢？”黑虎豹问。

“她被打发了。”

“啊？”黑虎豹大吃一惊，“因为啥？”他似乎有点不相信。

“打周书记的郎计狼，是晓梅的老子。”

“唔？”虎豹恍然大悟，是这么回事。“她回家了？”

“连铺盖也带走了。叫你上来，就是想借借你的福口向罗书记讨个情，挽留一下晓梅。”赵振沂恳求黑虎豹。“像这娃泼辣、能干的人，不好找啊。”

黑虎豹仰天哈哈一笑：“你个老朽，不怪人家叫你看大门，管后院。真正没有头脑。她老子打周书记，是政治问题。炊事员是要害岗位，我负责治安，能说这讨情话吗？一旦她放点毒花，谁的责任？”

“你的警惕性蛮高。那就没希望了。”赵振沂失望地说。

“你是不是又用下哪肥女人做饭？”黑虎豹突然转口问。

“临时凑合，是隔壁的邻居。”

“啊呀呀，我一上来闯进伙房，想找晓梅拉拉。不想起一个肥女人，叉开双腿，坐在小板凳上奶娃娃。”说罢，恶心地瘪着嘴，摇头揺鼻，酸眉辣眼，十分难受。“狼碰上也要撒奔子跑呢。”

“哕！”黑虎豹干哕得几乎像猫吣食，吐了出来。他站起来问，“是不是你捎话叫我上来的？”

“我是捎过话。但别人是否也捎过话，我就不敢担保了。”

“好了。”黑虎豹张罗着戴手套，要走。

“怎？”

“下山。”

“天黑下来了，还能走？”

“天塌下来，也得走。”

黑虎豹黑脸落霜，傲然不辞而别。

赵振沂送虎豹走远，蔑视地咯起一口痰，“啐！”吐在大门口的山石上。

黑虎豹上山白跑一趟。几天来，对赵振沂老家伙斗胆指派他的行动，愤愤不平。心想：“老东西活得不耐烦了，竟敢使唤我。我黑虎豹也是你赵老头使唤的人吗？天大的笑话！”但这些烦心事，大警察转脸就忘了，睚眦屁事，记它干啥！虎豹在公安局又听到这么个消息：公安局领导要逮捕郎计狼，捉进来收拾一下。但周书记不同意，此事，就这么了。他心里琢磨，既然周书记不同意惩办打他的凶手，难道他能同意开除无辜的晓梅吗？想到这里，他又想上山教训一下罗大指挥，两瓶酒灌醉他，让他收回成命，招晓梅上山。但又一想，这他妈不是又走了赵老头的路？何况，人家水库的人员，有咱啥相干！这不管到天外去了？不管，不管！

黑虎豹自己骂自己：灰你娘的，不管，不管。——晓梅不当炊事员，你能跟她再喝酒？不行，这事就得管。大警察一骗腿，骑上车子便向王屯堡驶去。

黑虎豹一进郎家院，一家人面面相觑，吓得浑身打战。他们，知道担心的事情终于来了。

“郝，郝同志，我，去趟厕所，不，不跑。”郎计狼骨酥地请示。

黑虎豹还没意识到啥，大大咧咧，回答：“想走就走想跑就跑，腿长你身上。”

晓梅走前为父亲讨情道：“郝叔，你看在俺爹年老体弱分上，捆得松点。”

啊！黑虎豹如梦初醒，前后左右看了看这一家人，然后放声哈哈大笑起来。“误会了，误会了！”大警察对晓梅说，“我今天去赵庄有事。路过你家门口，听说你下山了。顺便看看嘛。怎么，你们当我抓你爸来着？”

一家人如梦初醒，慢慢掂量，这是梦还是现实。

“我告诉你们：周书记是个好人。他不让处理这件事。”说毕，又补充一句，“这可是听人说的。”

一家人转惧为喜，庆幸是场虚惊。晓梅给大警察倒水，她妈让座，计狼从屁股后抽出别着的旱烟锅，都表示出热情招待贵客的殷勤样子。气氛一转变，晓梅妈便自自然然絮叨起来。首先骂老东西招惹是非，茭秆扎老虎，自寻死；转而为晓梅叫屈，又将前天一家人寻死觅活，闹翻天的情节，讲述给这位彪形大汉听。量情这么大的人物，手里还能没权。她把他当成救命菩萨，恨不得掏出心来，给他看。世上的事，就是这么怪。黑虎豹向来讨厌唠唠叨叨，啰里啰唆，今天不知怎，被晓梅妈说感动了。他好像就是天地间唯一能救助这家人的尊神。虎豹试探着问：“晓梅，你还想上山当炊事员？”

“县专业队二连要我给做饭。”

“你去吗？”

“我没脸去，丢人现眼的。如果领导知道后，再被踢出来呢？”

晓梅妈祈祷着说：“这位同志，你行行好，帮俺晓梅，跟那个谁来着？”她问晓梅。

“你别多嘴！知道个啥！”晓梅截住妈，不准讲话。

“只要能让晓梅还当侍候头头们的炊事员，我给周书记磕头也行。”郎计狼眼泪汪汪，对虎豹表态。

“走吧。”黑虎豹突然说了这么一句没头没脑的话。

“去哪？”晓梅问。

“水库呗。还当你的指挥部炊事员。”

“郝叔开玩笑。人家罗书记开除我了，不会再要的。”

“谁说话也不是铁笔铁砚。只要你爹送你去。我想，罗书记不能不要。这事，我包了。”

“真的这样，俺们就谢谢你了。”晓梅妈感恩戴德几乎要趴下磕头。

“有一条，”大警察对郎计狼说，“你年岁大，我叫你哥哩。你得跟我一块去。上了山，听我的安排，为了娃们的事，该委屈你，就得委屈点，不能动不动蹦起二股半犟筋，那要坏事的。”

“听你的。叫我含驴粪蛋见罗书记也能。”郎计狼回答。

“行。打捆行李，现在就走。”

“我的行李专业队二连留下了。提上一个兜就行了。”晓梅边说边忽哩哗啦将卫生用具，学习用品等扔进兜里。

“你不去赵庄了？”晓梅妈怕耽误了人家的公事，提醒一句。

“啊？”大警察信口说的谎，早丢到爪哇国去了。

黑虎豹带着父女俩一路走，一路想，该怎和罗彪斡旋此事。

他是想让郎计狼当面向罗彪承认错误，也为晓梅说几句下情话。这样，罗彪也好向周书记交账。再则，既然周书记在县里能宽宏大量，不记小人仇，罗书记何必节外生枝给周书记找麻烦。这样或许看在大警察面子上，事情能圆满了结。但当他走近水库，尤其看到坝上的醒目标语，和工人们拼死拼活干活这种氛围后，使他有点惴惴不安，心悸起来。当前，正值双打运动向纵深发展之际，一旦公安局传言是假，郎计狼要严办，自己今天扮演了个什么角色？大警察立地虎起他的面孔。事到如今，只好将错就错，假戏真演了。他对郎计狼说："快到指挥部了，只好委屈你，来。"说着，取下挂在裤带上的手铐，给郎计狼带上，又从口袋里拉出一根细麻绳，将郎计狼捆绑起来。他这一举措，把晓梅吓得目瞪口呆。她不知这位冒失鬼，演的什么戏。"这叫周瑜打黄盖，愿打愿挨。"黑虎豹对晓梅说。

晓梅顿感羞愧难容，为自己来山上做饭，让父亲扛枷带铐，给人家磕头赎罪。实在丢人现眼。她一时也不知如何是好。就这样，跟上大警察走，简直无地自容，恨不得一头钻入地缝里。若不跟上走，又怕郝叔不答应。她骑虎难下，进退两难。没办法，只好违心地跟在后边，走了一步又一步。

此刻，罗彪办公室，周谦正在振振有词地批评罗彪。原来周书记今天上水库看看近来形势如何，了解一下有啥问题。这是例行公事。隔半月二十天，他总要上来走走。今天上来后，罗彪为他受屈大发议论。先是批评公社软弱无能，老好人掌权，不给县领导做主，连个安全工作环境也没有。接着又指责县委，对此事麻木不仁，措施不力，刀把子掌握在手里当拨火棍用，长敌人志气，灭自己威风。周谦认为他对自己有感情，尽说些偏激的话。当领导做工作怎能感情用事。罗彪只是给他解释，承认自己有不可推卸的责任。郎计狼的心情是可以理解的，等等。当周谦书记坐在饭桌前吃饭时，发现郎晓梅不在了。他问："晓梅呢？"罗彪不敢直言相告。赵振沂正好奏本："伙房重地，怕她不可靠，为他父亲报复，被开除了。"周谦将筷子叭一下往碗上一搁，站起来就走。

“干啥去？”罗彪问。

“不吃了。”周谦恼悻悻回答。

罗彪见状，也只好撂下饭碗，尾随周书记，回到自己宿舍。

“你简直不像话。你不是开除郎晓梅，你是给我脸上抹黑。你上午一套尾大不掉的傲慢牢骚，我就已经听不下去了。郎计狼打我，是有原因的嘛。由于我的疏忽几乎枪毙了人家。这你不知道？要是‘文化大革命’闹清此案，不打烂我的头才怪，一粪权算啥？你也造过反，对不对！只许州官放火，不许百姓点灯！你不调查不研究，不经我同意，替我报复。你这是啥作风？”

一向以老奶奶和稀泥著称的周谦书记，今天红着脸，从头至尾批评他的得力干将罗彪。罗彪知道，周书记有涵养，肚量大，轻易不动火，不发牢骚。今天的反常举动，知道自己的行为触怒了他。罗彪有理没理，一句话不说，今天不是说话的时候。正在这批评者与被批评者，双双处于心情不快，犯难时，黑虎豹押着郎计狼闯了进来。周谦瞪大眼吃惊地望着院里。罗彪知道有情况，也扭头去看。俩人丈二和尚摸不着头脑，不知大警察演的是啥戏。

当大警察将郎计狼带进罗彪办公室，周谦才看清，原来是郎计狼。而罗彪本来不认识郎计狼，晓梅也未跟进来，他还蒙在鼓里。大马金刀的黑虎豹本来是让郎计狼向罗彪认错，他从中调和，不料，周书记在此。他措手不及，张大了嘴。一时不知该将郎计狼介绍给谁接收。须知，周谦又是分管政法的书记。

“你这是干啥？”周谦问黑虎豹。

“……”黑虎豹支支吾吾，秃嘴笨舌，说不出个子丑寅卯来。

“怎么回事吗，不说话！”周谦逼问。

“我把他闹来，拾掇拾掇！”黑虎豹终于这样回答。

“谁让你捆上来拾掇的？”

“我自己。”

“有拘留证吗？”

“没有。”

“因为啥捆上水库拾掇？”

“让罗书记教训他一下。”大警察求救似的看着罗彪。

“这是谁？”罗彪莫名其妙地问。

“我叫郎计狼。”郎计狼这才弄清，这位胖子就是罗书记。

他双膝一屈，跪了下去。“罗书记，我打周书记，罪该万死。”

周谦勃然大怒，“啪”一击桌子。指着黑虎豹大骂：“你胆大包天，胡作非为！谁给你随便捆人的权利！”

大警察狗熊似的连忙拉起郎计狼，先开了铐，又轻轻捶着背，松了绑。

“你就是晓梅的父亲？”罗彪也过去帮助解绳，并毕恭毕敬地说，“叫晓梅还上来做饭，什么事也等于没发生。我一人承担责任。”

周谦的怒气并未消。这种性子内向的人，一旦认准个理，轻易不放过。他气咻咻地对罗彪说：“叫三个民兵来。”说着，走过去，把黑虎豹的枪下了，抓起捆郎计狼的绳子，说：“就用这根绳，把虎豹捆起来，送回公安局。”

说毕，坐在桌子边，给公安局领导写信。他气得嘴唇都发紫了。

黑虎豹愁容满面，听候发落。

罗彪左右为难，不知该如何收场。万没想到，今天闹下这么大的祸端。

“哎！叫你干啥去呢？怎动也不动！”周谦发现罗彪仍站在地上，二次发出命令。并把写好的信，交给罗彪。“信随人走，面交公安局领导。”

“周书记，今天的事，我一个人承担。虎豹也是一片好心。是我一时冒失闯下的祸。不过，周书记你得宽容谅解我们。我所以没明没黑在山沟卖命，就是因为有你这能给受苦人做主的领导，你向来能给手下人撑腰，再给我们一次机会。”

“我把你们惯坏了。不知假传圣旨，打着我的旗号，办过多少坏事！事关我政治生涯，人身安全的大事，你们竟如此胆大妄为！太放肆了！郝虎豹，我今天要下你的枪，送你二虎寺蹲班房！”

“周书记，”郎计狼弯下腰，恳求道，“天大的事，是我捅下的乱子。是我让这样做的，我有错改错嘛。你千万不能冤枉他们。”

“老郎，我不怪你。你的心情我理解，再打我几下，也应该。不过，现在总算捉到凶手，破了案，还你一个清白。我是气他们这种随心所欲，为所欲为的简单武断作风。我当年如果不是他们这种草率、武断作风，能冤你坐牢，险些送命吗？周谦又回头教训他俩，前车之鉴，你们为啥熟视无睹，拿工作开玩笑！”

“我们的错，我们胡闹……”

“我们接受周书记的批评……”

说着，说着，周谦气也消了下来，心也软了。他指着罗彪、黑虎豹道：“我叫你们能气死！”

黑虎豹，心里有谱了。管他哩，歪打正着，了掉一场公案。

罗彪结结巴巴地说：“大家都没吃饭呢，闹点饭吃吧。”

虎豹突然想起晓梅，忙道：“晓梅上来了。”

“在哪？”罗彪问。

“在外边呢。”

“太好了，叫她到厨房做饭。”罗彪接了周谦的信，拃成疙瘩，扔进炉子里，向周谦讨情道，“周书记再包涵一次吧。”

周谦脸上由阴变晴，出现了血色。他将虎豹的手枪，丢给虎豹：“下不为例。”

第四十章　铁将军应时逃难

陈琦觉得太沉闷。尤其是水库上运动开展以来，有声有色，出手不凡。政治上过得硬，生产上一定上得去。罗彪越来越显出他的政治风范。这对陈琦压力很大。他心里的对手，就是罗彪。现在压倒了他，无论如何得奋起直追。加之，彭秉如那里全面铺开运动，已经找到突破口。西片赵庄，一桩陈年大案的破获，也能冒充运动成绩，混过去。自己无声无息，实在窝囊。他是个不安分守己，好出风头的外向型人物。尤其在运动中，总爱轰轰烈烈，出人头地。近日，还有一事，使他耿耿于怀。马跟心、铁建龙两人，本是潘寨人，为躲灾避难上了水库。结果他们作案，被公安局逮捕。这成绩记在水库账上，成了他罗彪的功劳。这家伙见好事就伸手，投机取巧，无孔不入。郎计狼打周书记，发生在王屯堡。这也是他中片的事。罗彪也隔山探海，插手干预，悄悄让黑虎豹把人捆到山上收拾。书记、主任听之任之，由他折腾。虽然陈琦没有卧榻之侧，岂容他人鼾睡的狭隘地方主义，但却深深不满罗彪这种越俎代庖的放肆行为。

陈琦召集邓彬、张栋、那凯文等开了一个思想动员会。会的宗旨是振作精神，掀起高潮，把潘寨的运动推向一个新的高峰。潘寨虽然开过大会、小会好几次，问题也捋成辫子，进行分析，解剖，但大体上都是些鸡毛蒜皮的搪塞过关琐事。真枪实弹，刺刀见红，还谈不上。鉴于这种情况，陈琦和支书曹明海交换意见后，决定召开群众大会，再动员，向纵深进发。

在大会上做报告的陈琦，由于心情激动，讲话腔口分外生硬、严厉，措辞尖锐，火药味显得很浓。这样，他的讲话难免要刺到一些人身上，也难免言之偏激。按说，发动运动，这也是正常的。不然，是点不起火的。但问题发生了。

陈琦在台上讲，铁将军在台下嘟哝着骂。先是自言自语，嘀嘀咕咕，后来，越说越高，参会群众都回头看他。陈琦也听到了，坐在主席台两侧的邓彬、曹明海都听到了。起先，人们以为他发泄上几句牢骚，收敛下来，也就算了。没想到，铁将军得寸进尺，越来越趾高气扬，到后索性对阵起来。

"你干啥？"陈琦指着铁将军喝问。

"我骂你，怎么着？再把老子弄白旗队劳改……"

邓彬哪有好气："你扰乱会场，出去！"他上去揪铁将军的领口。铁将军飞手一个巴掌射在邓彬脸上。会场出现紧张气氛。邓彬狠狠踢了铁将军一脚。会场有所骚动。

其时，铁将军和邓彬扭在一起互相厮打起来。老实讲，邓彬硬打，不是铁将军的对手。没多大一会儿，邓彬吃了不少亏。曹明海见势不妙，指派了几个民兵，一哄而上，将铁将军缚倒在地。这下，邓彬倒过手来，骑在铁将军身上左右耳光，只管打。直打得两手发了麻，方停了下来。然后，用铁将军的裤带四马攒蹄地将他捆住手脚，又让大队保管，取来一根抬材杠绳，将铁将军横拖倒拽出会场。大家继续开会。会议气氛更加紧张起来。

邓彬的脖子、颧骨、手背，均有手指抓破的血痕。他从笔记本上撕了页纸，按在伤口上，殷红的鲜血不断洇了出来。

散会后，铁将军怎么办？总不能不管了吧！"送回公社去。"陈琦对邓彬说。于是，派俩民兵，背着三八式步枪，送铁将军到公社。

徐晋东和彭茂华，从赵庄回公社。傍到双杨，发现前边路上，俩民兵押着一个被绑着的人。他们骑车赶上去，徐晋东捩脸看了一下，只见那人头脸膀得没眉没眼，甚为可怕，不知是何人。彭茂华说："哟！今天陈书记发威了。"

"那是谁？"

"铁将军呗。"

徐晋东再没说一句话。心里又犯了愁。捆人容易放人难，这又不知给惹来啥麻烦。他们默默无言，驶进公社大院。陈琦早恭候在办公室门前。一见他俩，便迫不及待地说："正找你们呢。"

"把铁将军捆回来了？"茂华问。

"你们见来？"

"快进公社大门了。"

"来来来，进办公室我给汇报情况。"陈琦把徐晋东、彭茂华拦进党委办公室。他一五一十，将铁将军如何捣乱会场，不听劝阻，动手打邓彬的情节向徐晋东做了汇报。其间，难免加油添醋，给铁将军头上栽赃。徐晋东打心底没有认真听这些陈谷子烂芝麻的过程。现在关键是，你把人捆回公社，公社怎处理？现在，太阳已经落山。给公安局打电话，就陈琦以上所述事实，恐怕不会派人来接收的。徐晋东心里像搁了个秤砣，不知该如何是好。其实，陈琦一回公社，就向公安局汇报，请求将铁将军关禁闭。但吃了闭门羹。公安局要公社处理。这是王磊告徐晋东的："公安局根本不接受。"

铁将军，这是头难于驯服的野牛。现在五花大绑，看眉脸，已经打得够呛了。再施王法也吃不消，也不能继续了。如何做工作，怎放他回家，给什么处分，留什么尾巴？而且，陈、邓还得乐于接受，也得能在政策上站住脚。两全办法实在难啊。

开饭了。徐晋东坐在小凳子上，突然心生一计：喝酒。李葆定和康师傅对书记的临时动议，没有准备。他们只好有啥吃啥，酸菜，土豆丝就酒。陈琦、彭茂华、王磊到了，邓彬受了伤，闹情绪。王磊从他家拉了出来。接着，田子荣和林如海也回来了。几个人团团围住小桌子，喝开酒。人们都觉得，今天的酒喝得没来由。一来没有准备，几盘菜太寒酸。二来，没心情。因此气氛沉闷闷，酒盅慢悠悠。而徐晋东强打精神招呼同志们喝，心里却是在磨时间。他是打死老婆盼夜长，费心地琢磨酒后的这台戏该怎唱。他没有和田子荣、林如海多讲此事。这种事，靠他们俩是望梅止渴，没希望的。他正这样怀着难于言表的心情，应付场面，消磨时间。突然，负责看守铁将军的两位民兵，慌慌张张，跑进来报告："铁将军跑了！"

"怎跑的？"徐晋东问。他心里几乎高兴得笑出声来。

"小会议室和大礼堂通着门。他从那个门，进到大礼堂。大礼堂后窗，好几块玻璃掉了，一定是从那跑的。"

"叫你们好好看着，怎么就叫跑了！"徐晋东装模作样批评两个站岗民兵。

"捆着呢，还能跑远？追就能追住。"王磊发表自己的高见。

徐晋东没好气地呛王磊，道："你去追他去嘛，谁拦你！"

王磊被顶撞后，认清自己了。忙改口道："唔，这么黑的天，是没法儿找。要有十五的月亮，就好了。"他搭讪着走开。

"你们回吧。"徐晋东对潘寨那两位民兵说。

人有隔宿之智，事有片刻之变。一桩愁肠事，立马成泡影。徐晋东太高兴了。这种天造地设的意外结果，不论怎说，要比他这位书记官冥思苦想，用尽心机谋出的办法高明十倍。车到山前必有路，船到桥头自然直。徐晋东轻松地回了自己的宿舍。在徐晋东心里，对邓、陈功过勿论，两家拉平了。不论怎么说，铁将军不会占到便宜。现在，铁将军虽然逃离公社，当了捕客，隐遁起来。但能保证没有后患吗？要从长计议，不能操之过急。这就是徐晋东维持政局的哲学。

约莫九点钟，县革委会主任郑平给徐晋东打来电话：“你们公社有个铁建军？对不对？”

“是的，有这么个人，大号叫铁将军。”

“这个人现在在邙泷部队营盘，你们去弄回去。”

徐晋东一听，心里老大不高兴，刚刚把鬼退了，怎么能叫找他去？这个铁将军跑到部队营房干啥？于是他问：“郑主任，你怎晓得他在部队？”

“部队冼团长给打来电话，让去抬人。”

“告给冼团长，我们不去理他。”晋东心中说，好容易逃走，再捉回闹麻烦。

“这是个什么人？”

“扰乱群众会，不听劝阻，和公社干部打起了架，被民兵捆了一绳。”

“要是这样的话，我告冼团长吧。”郑主任放下电话。

徐晋东放下电话，自言自语，道：“这家伙两条飞毛腿跑得好快，一会儿就跑到邙泷了。”

“可是个灰疙瘩！”毛毛笑着说。

“你认得？”徐晋东问。

“还是我的表哥呢！人家跟俺家不对付，说俺爸黑办了他家的元宝。”毛毛给徐晋东解释他们的关系。

“他叫你爸舅父？”

“是呢。我叫他妈姑母。早死了。”

唔？还有这么层关系。

徐晋东回家没有十分钟，电话又传。这次，是县委书记罗国亮出场了。“晋东，你那个铁建军怎么回事，闯进部队营房，耍赖皮不走。”

徐晋东又给罗书记，将对郑主任讲的话，尽量在用词上取得一致，重述一遍。最后，表态：“我们不搭理他。部队是军事要地，能让一个不明真相的歹徒，随便闯入，难道没有办法了？让士兵拉出去，甭管他。有啥不测，我负责。”

“不是谁负责的问题，现在他要求在部队避难。我们维护同部队的关系，要妥善处理此事，别给部队出难题。”

“罗书记，部队不应当有为难。逐他出营盘，轻而易举的事。他们又不是大使馆，不存在避难一说。”

“喀嚓”罗书记挂了电话。

徐晋东手握耳机，不知所措。半天，他才缓缓放下。等了一阵，再没有电话。推门出院，万籁俱静，群星满天，寒气袭人。

原来，铁将军被关进小会议室后，不知要怎拾掇他。他初进去，抱着听天由命，坐以待毙的绝望态度，既入牢笼，怕有啥用。伸头一刀，缩头也是一刀。起先，他想从后窗上钻出去，后来又发现墙上有门。他走过去一推，开了，啊，里边是大礼堂。大礼堂很大，后边堆些木料，废机器，后墙的玻璃窗，破了好几块。他毫不费劲地在玻璃上将捆胳膊的绳子磨断，然后蹿上窗台，溜之大吉。他一逃出公社，没命地奔跑，只怕后边有人追来，把他用枪撂倒。他抱头鼠窜，跑了一程，并没有发现有人来追。这才稍稍松口气，开始考虑，往哪跑，才能躲过此难。铁将军平时哼鼻子瞪眼睛，貌似强大，其实外强中干，纸老虎，被邓彬几个斗嘴，打得如丧考妣，惊魂不定。铁将军慌不择路，漫无目的地边奔跑边想，家是不能回的。突然，他想到部队，军事管理区。他一口气奔到邙泷部队营盘，二话没说，便闯进岗门。当门岗战士发现他窜进门时，已经跑进去了。战士勒令他站住，而且手里的枪栓哗哗啦啦响着，再跑就开枪了。铁将军不敢不听命令，跪下求告：“解放军同志，有人要杀死我，请救救命。”说着，磕头如捣蒜。

值勤门岗，一句话没说，把铁将军拉起来，送到团部。

冼团长打初，以为是个坏人，立即报告郑主任。结果证实也不是公社和县里捉拿的要犯，便打发他走。铁将军死皮赖脸，说啥也不走。冼团长和罗书记通报后又打问道，铁将军系双杨公社岳堡人士，便让勤务兵，从伙房弄了点饭，给他吃，又到卫生室，给消毒，揞药，医了一下皮肤伤痕。因为他们团在岳堡附近那几个村庄，种有三百亩水稻，对这几个村庄的社员，分外关照。其实铁将军哄了他，钻了这个空。

铁将军磨蹭了一黑夜，离开营房时，东天已呈鱼肚白。他从部队营盘走了出来，才觉得浑身难受，头昏眼花。当他来到滹沱河岸边，突然天旋地转，眼前金星乱舞。他知道身体支撑不住了，蹲着靠在岸边，双手捂眼，小憩一阵后，渐渐神态清醒过来。他必须找个歇脚的地方。去哪儿呢？他边横过滹沱河冰面，边在脑子里搜索他的亲戚朋友。太贴近的不能去；太疏远的也不能去；堂堂正正的亲戚不能去；有公社耳目的不能去。这样，踅来摸去，实在没有个合适去处。最后，他突然想起一个人：小咀村的三桃子。三桃子跟他婶母是盟姐妹。她经常去潘寨，有次他还用自行车送她回小咀。对，这是个绝对与外界没有政治关系的可靠户。谁也不会想到，他去她家。到她家暂避风险，不会不留，也不会走漏风声。对，对！主意既定，直奔小咀而去。

孙三桃，人们都唤三桃子。人样儿生得不怎么样，主要缺陷是部位不规范。屁股大而坠，腿短而外偏，腰长没脖子，头大五官小。加之，说话五音不全，嘀里嘟噜，人们总是用眼乜视他。但她又没有自知之明：“我也不少你们一根肋骨。”她不争气，好赌气，不服气，常生气。不过三桃子跟人相处，有副热心肠。凡不嫌弃她的人，她都乐于帮忙。做出的营生蛮可以。纳鞋底、捻毛线、绗被子、缉鞋口、绲边、缲边、捏寒燕儿，样样精通。她有时，因为一口气跑到公社，也想乌鸦插上鸡尾巴，冒充凤凰哩，但往往被人们冷嘲热讽，斗了狗熊。那次，碰上王则峰正巧来下乡。他拾到个秤砣当元宝。

那天，她高兴极了，一路小跑赶回小咀。进村后，没有回家，先找到支书韩愣小，有板有眼地说："我到公社！告下二灰头！等着吧，新书记打发旧书记，专门是我叫来的。"王则峰几句话，把她激动得不知像吃了几颗麦子的供仙馍。愣小嫌她讨厌，用手势打发她走："去去去，烦人哩！"

"我回家拾掇我的耳房。王书记来了，住俺家。"

"好嘛，正好还没有住处呢！你快拾掇去吧。"

就这样，三桃子把王则峰"抢"到自己家，给腾出一间房，住了下来。

铁将军做贼心虚，躲躲闪闪，回避着人，窜进三桃子家。三桃子一见，大大吓了一跳。这个啥人，打清早起，闯了进来。铁将军知道她没认出自己来，便叫了一声："三桃姨。"三桃还是没有认出铁将军来。

"我是铁建军。"

"哟，我的天，俺娃这是怎了？掉崖下跌的？马蜂蜇的？膀眉肿眼，红青黑青，啧啧，姨姨好心疼哨。"

"唉。"铁将军长长一声喟叹，抱着头潸然泪下。看神色惶惶怛怛，心里必有难言处。

三桃子再没有问。从泥火炉里边，掏出一个烧煳的玉面窝头，边吹边叼左手倒到右手，右手倒到左手，将灰磕掉。她递给铁将军说："吃吧，烧好了。我再给你舀碗稀饭，锅里还有爉茭子面鱼鱼馏窝头。"

铁将军接住烧焦的窝头，正张嘴要吃，突然听到院里有个熟悉的声音在说话。他立地来了个"定格"姿态，侧耳静听。接着神色不安地问："姨，院里谁说话？"

"你吃你的。没事儿。是在村里下乡的王书记。"

"啊？！"铁将军几乎跳了起来，惊弓之鸟，草木皆兵。何况王书记！

"坐下。"三桃子使劲按他一把，并家长般给他做主地说："只管吃你的饭。他在咱家住着。可是个好人！"

铁将军任怎说，屁股上像扎了根刺，坐不住了。逃出虎口，又入狼穴。无论如何，这里不是销声匿迹之地。“姨，他不路过咱这厢吧？”

“不。”三桃子蛮有把握地回答。她又不放心地问：“你究竟是啥事？闯了啥祸？”

铁将军抑郁不安地诓骗三桃子：“村里诬赖我耍钱，工作队罚下四十块钱。我拿不出，他们就打我。”

“呀呀呀，原来是这点子事。俺村耍钱的也不少，人家王书记叫耍钱鬼，扫了一天大街，就完事。还有咱那个二灰头。潘寨自古就样儿多，气杂。土改年间，把一个叫二红莲豆的穷民头，拉在河槽里，结果被乱石打死。啧啧，俺小时候，爹要把我嫁到潘寨，俺娘贵贱不肯。看看，还是俺小咀好，平平安安，哪有你们这些穷毛病。”

三桃子絮絮叨叨，东沟扯得西洼，啰唆了一阵。铁将军倒是平静下来。三桃子的老汉子是饲养员，大儿、二儿分门另过。家里还有个三儿子。他已经二十多岁的人，没成家，不成气，经常惹是生非，给三桃子找麻烦。他成天不着家，撂下饭碗就没影儿了。家里天塌下来也不管。这样，铁将军在走投无路的绝境中，只好待了下来。

王则峰与三桃子家的关系处得相当和谐。王则峰来双杨下乡，是有目的的。他手里弄下的万亩稻田工程，因骑虎难下，殃及各项工作，当年产量锐减，被县委大会解剖，弄得他声名狼藉，贬谪回县。他一肚子不服气，不信那是拐子的腿。只要徐晋东新官上任三把火，拨开手大抓一下，是会成功的。他来之，一则参谋，搞好前后书记的关系。二则参与，亲手参加这项宏大工程的续建。三则，人在情在。量情徐晋东给留点面子。这样，只要将此项工程弄个差不多，他东山再起就指日可待。但当他苦口婆心地向徐晋东移交工作后，又驮着行李，重返双杨下乡，想伺机而动时，令他失望的是，从此再没有见过徐晋东跟他谈工作。杳无音信，将他打入冷宫。他越来越感到徐晋东有意拆他的台，给他难堪。于是，工作消极，牢骚满腹，渐渐悻悻然绝望起来。王则峰竟然与三桃子交谈起来。三桃子受宠若惊，逢人张口总好说王书记说啥说啥来着。以在全村兜售她与王书记的亲密关系。她将她的醉红枣，倭瓜子，腌酸菜，送给王则峰尝鲜。一个连村里流鼻涕的毛孩子都不敬重的老人，能跟公社书记拉家常，实在是天地间的罕事。

三桃子见铁将军倒在炕上睡着了。她便踱出院里，找些毛头营生，边心不在焉地鼓捣，边张大嘴注视王则峰的屋里。她见王则峰屋里没有别人，量他没事干。于是，小心地向耳房走去。她慢慢拉开门，笑嘻嘻问："王书记？"

王则峰正在看《红旗》杂志，发现老房东，便说："进来吧。"

三桃子小摇小摆地走了进去："你说，王书记，一树果子有酸有甜，一父儿子有忠有奸。你们八路军干部，也一样，好人有，灰人也有。"

王则峰不经心地坦然一笑："对着哩。你三儿子就是个奸臣，不及你大儿子。"

"唷！"三桃子奶声细气地拉长声调，鼻子嘴搐在一块，益发丑态淋漓。好在王则峰已经看惯了。"俺说的是，潘寨村，因为要钱，逮住往死里打。要不是跑得快，王书记，活扒皮呢。"三桃子向王则峰献乖。

"你说的是谁？"

"俺外甥，叫人家下乡的公社干部，打得都没人样儿了。"

"你外甥是潘寨的？"

"可不是嘛！"

"你怎晓得打坏了？"

"他就在俺家里躺沙。"三桃子话一出口，知道失言了。但她没有办法。这是她的处世准则。平时没有多少人跟她交言，特别是有眉有眼的前头人。一旦像王则峰这种身份的人跟她聊，她是知无不言，言无不尽。她心善、心热，对人讲话，从不会捣鬼，也不必要捣鬼。肚里有啥嘴里说啥。尽管刚才铁将军左右叮咛，怕见王书记。她倒好，马上向王书记一五一十，交代了个清楚。王则峰对公社发生的任何新闻，都分外关注。他站起来，说："看看去，是个谁？"

"他睡着了。我告你，他叫铁将军，人们都这样叫的。"

"喔，是铁将军，认识。"

"你认识？"

"认识。"

"怎认识的？在他村下过乡？"

"我打过他。"

"你也打人？"

"打。共产党不打好人，还不打灰人？你那个外甥可是个灰碴儿。"

"啧啧、啧啧！你这么好的人，也动手打人？"

"我们吃公家饭的，就像唱戏的一样，戏做在那里，小锣敲着，不由自己呀。"

"瞎说，也不是耍猴子，小锣一敲就爬竿。"

"哈哈哈……"王则峰深有感触地笑了起来，直笑得眼里溢出一滴辛酸的浑浊泪水。

三桃子从王则峰家出来，没有在院里停脚。她拽着大屁股，鸭子似的歪着跑回了自己家。她一进门，见铁将军呼呼睡得十分香甜。她拿起扫炕笤帚，在他腿上轻轻一打，道："快起来！"

铁将军睡梦中吃了一惊，睁开一双血红的眼，问："啥事？"

"王书记知道你来了。他说认识你，还打过你哩？是不是？"

"他怎知道我的？"铁将军这一吃惊，非同小可，惊慌失措地问。

"是我告他的呗。你别怕，人家可是个好人……"

铁将军没有犹豫，跳下地便走。他站门口四下观察一下，残垣断壁的土板墙，靠这边有个豁口。墙外是土坡，下边有路。他毫不含糊地选中那个去处，准备越墙而逃。

王则峰见老房东突然扭身走了。心里猜测，铁将军是双杨公社一大碴儿头。又嫖又赌，啥灰干啥。他向来恣行无忌，能甘心忍受皮肉之苦？一定是来，借他姨的嘴，跟自己串通了解些政策，想报复陈琦他们这拨公社头们哩。不知怎的，王则峰此时此刻竟然很同情铁将军。如果公社出了乱子，才可了他的意呢！铁将军为啥不跟公社拼呢！一个无头光棍，跌倒站起来一般高，怕啥？他出于一种幸灾乐祸的心理，想跟铁将军攀谈攀谈。起码能了解一下，铁将军事件的前因后果和兴师动众的场面。或许他从中撺掇几句，狼吃掉羊也好，羊吃掉狼也好，袖手旁观者，均为一乐事也。他本来不是遇事生风的人。今天出于鸣不平，抑或发泄心中旷日积怨，他脑子一膨胀，动了助纣为虐的邪念。他立即信步走出门外。正巧，院那边站着铁将军。

“建军！”出于职业病态，王则峰口气生硬地呼喊铁将军。他对铁将军这号人，有先天性的夙愿，说话调门儿总是高八度。

铁将军正陷入惆怅，猛听到喊贼似的一声吼。他回首一看，王则峰迎他走来。啊哟，不好！他断定王则峰跟徐晋东穿一条裤子，于是，如鼠见猫，撒腿便跑。他从早已选中的矮墙豁口，箭一般射了出去。

“不要跑！”王则峰命令般喊。

鹞子叫雀，越叫越远。铁将军如受惊的兔子，没命逃跑。王则峰不理解铁将军的心情，还不死心地站墙豁口，用手做喇叭状，贴在嘴上，居高临下，向远处喊叫：“铁建军，你不要跑！”

铁将军野马似的奔跑，王则峰逮逃犯似的喊叫，惊动了小咀村的狗们，一同狂吠，如临大敌。霎时给这个静静的小山村，笼罩了一层可怖的乌云。不明真相的人，惴惴不安，担心村里又出了啥事。

王则峰立于烂墙破豁口，呆了一会，兀自摇摇头。显出十分遗憾的神态，一件遂心事，失之交臂。俄顷，他顿悟，铁将军是因为突然发现了自己，才慌不择路，越墙而逃的。他简直吓破了苦胆。王则峰面向墙外，俯瞰着小咀村错落有致的山庄院落，极目滹沱河及大半个双杨公社，自言自语，愤然道："双杨的双打，如此怕人！"

三桃子听到王则峰站墙口，独自一人叽咕，不识时务地轻轻踟蹰到跟前，问："你跟谁说话？"

"不识泰山的落难狗。"王则峰如颂诗文那样抑扬顿挫，节拍分明，流畅，朗诵着回答。他指铁将军。

三桃子一副热心肠，冷丁碰了一鼻子灰。她惊愕地仰望着两眼瓷笃笃望天道的王则峰，断定不是句好话。于是，她没好感地轻轻"啐"一声，心里说"你才是条落难狗呢。"

双杨往事

任秉友　著

陕西新华出版传媒集团
太白文艺出版社·西安

第二部

相持

第四十一章　赌注押在红黄上

过了一个春节，变化最大的是田子荣。他首先是行头焕然一新。深蓝色哔叽中山服一身，崭新的蓝涤咔解放帽，一双土色翻毛皮鞋，真是够阔气的，分外显眼，惹人注目。这是人们有目共睹的。其实，田子荣真正的变化，在他心里。新年伊始，他简直心花怒放，有说不出口的高兴。他恨不得一天之内将他的兴奋情绪，找个媒介，传递给有关人士。他心怀一团火，摩拳擦掌，跃跃欲试。于是他立即打开他的记事本，专心致志地描绘起他心中的蓝图——公元一九七八年的生产计划。

所谓计划，即将全公社各种作物的种植面积要求和产量要求分别下达到各大队。其实，县革委年前就已经以文件形式下达给各公社了。田子荣面前放着县革委的分解任务表。有些项目照猫画虎，只要将县革委的数字分到各大队就成了。这就是令田子荣兴奋不已的所在。该加码的硬加，该压缩的坚决压缩，他要大刀阔斧大做文章。今年田子荣要大打出手，大显神通。他偏不信南峡的花双杨不结果。去年是灾年，总产不足千万，但他脸不红心不跳，因为他是秋天来的，收成好坏，与他基本无关。今年呢，他责无旁贷，有了南峡经验，他非常自信，胸有成竹，认为自己胜券在握。面对生产计划分配表，他下了狠心，要采取果断革命措施，成败在此一举。

田子荣要在高粱、水稻上刺刀见红，决一死战。双杨合作化以来，粮食产量，总是在五二、五三年的基础上徘徊。除掉其他因素，经济作物的干扰也是一大原因。自由种植在双杨这地方，仍很盛行。小队长们主意很硬，就是不听话，他们一意孤行，我行我素。如果今年不抓几个典型，狠狠收拾一下，哪能在双杨打开局面？他在南峡实行以粮为纲，号称红海洋，即大面积一色配种高粱。到秋后卖爱国粮，单百万大队就七八个。瞧瞧，当年是啥气派。来了双杨，头一年就碰了一嘴灰，难怪解剖王则峰，活该！

高粱，加码！水稻，硬压！县革委给双杨的水稻任务是一万亩，人均半亩。实实在在说，照往年，连三千亩也落实不了。这就得做工作，得斧头打凿，凿入木，一级压一级。其他如薯类、豆类、糜黍、烟叶、辣椒等作物，坚决压减。田子荣一个人在做大文章，心里自是充满一种泼墨染大地，山水绕指柔的豪迈气概。

公社的生产计划，主任一个人拨拉开就行了。田子荣的生产计划做成后，如法炮制，列一张表分到各大队。他心里十分满足，怀揣一把撒手锏，今年定要闹出个名堂！

田子荣兴冲冲地拿上计划，让徐晋东过目。因为生产上的事是主任一手抓的，县里的落实生产计划会，也是主任去参加的。主任秉其政，负其责，天经地义，毋庸置疑。故这也他是抱着让书记看看而已的态度去虚应故事。

徐晋东对那些官样文章并不在乎。他当了支书多年，深知生产计划到了小队是什么概念。每年首先考虑的是人的口粮和畜生的饲草。多少年，就这么本老皇历，换汤不换药而已。于是，徐晋东漫不经心地说："你弄出来就行了，改天在党委会上通报一下。"

田子荣认真地说："那也得你先过过目，心里有个底。"

徐晋东信手接过八楷纸做的计划表浏览起来。他一眼看到，水稻总计一万亩，不由得皱起了眉头。计划即使不能恰如其分，也得大体差不多，不能剃头洗腚子，大差一脊背，这不是开玩笑嘛。但他没有一针见血地指出这个天文数字，怕挫伤田主任的自尊心。他故意慢慢地看了个仔细，然后用商量的口吻说：“就是水稻的面积太大了些。”

田子荣被戳到痛处，立刻拿出挡箭牌道：“县革委下的任务就是一万亩。”

“明知没有那么些稻地，偏偏要求种那么多，自欺欺人。”徐晋东发表着自己的意见。

田子荣知道书记是指桑骂槐，批评自己不负责任。他心中甚是不满，愀然作色，嘟哝着说：“下级服从上级，咱照葫芦画瓢，没错。”

“嘿嘿嘿。”徐晋东无可奈何地笑笑。他理解田子荣只能如此上传下达，照本宣科。这时候他根本没想到田子荣是煞费心机地为了在这计划上先声夺人的。

田子荣在得到徐晋东认可后，马上唤来毛毛和田亮平，交代了任务。田亮平字写得工整，负责刻蜡版；毛毛负责油印。傍晚，整整齐齐一沓文件已经送到田子荣手里。田子荣很满意。

到杨利民那里，加盖上双杨公社革委会的公章。他拿到党委会上，送到每个委员手里时，已成正式文件。再让王磊压上党委公章。公社诸事繁杂，不能四平八稳，按部就班，搞程序化。田子荣对自己隔一出二三，少吃咸盐少口干的做法习以为常。如不这样果断，啥也干不成。身为主任，通权达变，居之不疑。

彭秉如接到双杨公社的生产计划文件很激动，特别是水稻任务的赫然巨数令他生畏。他年前曾为此事大喊大叫，目的是敦促公社想大的，干大的，一鼓作气，将万亩水稻田落实下来，但最终不了了之。没想到，今年一开春，公社竟然有如此大的气魄。如此大干快上的精神，他自比不如。对自己年前的一些过激言辞，深感内疚。他转而想到，如果趁水稻插秧，将鹿鸣滩新开发治理的荒滩变成稻地，乃又一奇迹。他再仔细研究了一番明苑庄的各项任务，边分析边生出一个念头，何不借公社这令出如山的红头文件，狠抓一下明苑庄的水稻面积呢？对，他得身先士卒，从我做起，给公社树一楷模。现在，整党、双打仍在进行，下种前要再掀起一次全民上阵高潮，内容是平田整地，争分夺秒，抢在时间前边，不违农时，准时插秧。这是一举数得的大好事了。

彭秉如越想越兴奋。公社这一计划，对他们明苑庄来说，好比雪中送炭，锦上添花。他奉为珍宝，爱不释手，马上对小白等工作队员讲了自己的看法。小白参谋道："咱何不敲锣打鼓到公社送一恭贺喜报呢？"彭秉如想了想，觉得有道理。这一举措公社肯定欢迎。这是对公社工作的支持，同时，也可改变一下同公社的关系，消除误会，携手共进，何乐而不为呢？

当彭秉如扬眉吐气，笑逐颜开，带领着明苑庄的工作队敲锣打鼓给公社送去大红喜报时，公社里的人们目瞪口呆，丈二和尚摸不着头脑。杨利民站门口观望，起初，他怀疑是谁家没收了吹鼓手的家具，给公社送来了。王磊走出办公室，一眼看到喜气洋洋的彭秉如。甭问，这肯定是好事。于是，他老远就笑脸相迎，并举起手，准备接他们送来的喜报。

党委会门前，彭秉如的队伍一字排开，停了手里乐器，准备举行仪式。家在公社的所有人员都出来了，连杨利民也远远站在一边看。

"领导有谁在呢？"彭秉如问王磊。

王磊看了看在场人员，他是唯一的党委成员。正准备说"我就是最大的领导"时，田子荣慌慌张张骑车进院。王磊瞧着了："喂，田主任，这里专门等你着哩。"

田子荣随便打住车子，走了过来。他先跟彭秉如握了握手，两眼忙乱地四下看了看，问："啥事？"

彭秉如没有正面回答，恭恭敬敬地将田主任引到党委办公室门前，并将他的帽檐往正里扭了扭。接着，整衣敛容，仪态端正，对着大红喜报侃侃念道：

“贺词：

七八年，开门红，
双杨公社气象新；
“整党”“双打”出奇效，
立竿见影有行动；
党委革委决心大，
“生产计划”显神通；
万亩稻田百顷黄，
双杨大地半壁红；
大刀阔斧闯新路，
共产主义指航程；
披荆斩棘不畏难，
革命人民齐欢迎；
地委下乡工作队，
支持公社闹革命；
送张喜报表寸心，
预祝今年获全胜。
——明苑庄下乡工作队”

彭秉如朗读完喜报，让小白将喜报呈送田主任。田子荣笑得两眼眯成一道缝，边伸出双手接边点头。他接过喜报，转身交给王磊。为表示重视，他对王磊说：“给咱贴在办公室。”说罢，又学着彭秉如整衣敛容，有一番感慨要发。他突然想起，应当鼓掌欢迎。于是，边拍手边号召大家：“表示欢迎！”他拍过手，借此机会，来了个即兴发言。他荣光满面地向工作队和公社人员，介绍了自己今年在生产上的革命措施。他感谢地区工作队闻风而动，这是对公社的极大支持：“彭队长的觉悟高，水平高，一眼看出我们公社今年的出手不凡！”啪啪啪，彭队长带头给他鼓掌，田子荣也拍了起来，公社人员和工作队队员一齐鼓起了掌。

田子荣将彭秉如一行送走后，对王磊说：“还是地区同志们的水平高嘛，看看人家是啥态度。”

“那当然！”

田子荣对王磊的奉承、巴结一向视而不见，听而不闻，但心里绝不反感。而刚才几句话，虽然是扶他的下巴，却听起来不入耳。不怪陈琦、彭茂华等人常常对他嗤之以鼻。他总逞强，以不知为知，装腔作势。

田子荣从党委办公室匆匆走出来，一眼望到自己的车子还孤零零地立在前排山墙下。山墙上用水泥抹着大壁栏，最近，也没有换上新内容。把彭秉如的贺喜报贴在这里，不比党委办公室好吗？人来人往，非常醒目。他正这么打算时，却听到前边院里杨利民跟柴眉坤在说话。杨利民问：“眉坤，你说彭秉如来干啥？”

“送喜报嘛。”眉坤回答。不敢多说半个字。

“送他的喜，还是送咱的喜？”杨利民继续问。杨利民个性刁钻古怪，特别是对这些“员”们，平时连哼也不哼一声，哪有主动说话的时候。他但凡刻意搭讪，总别有用心，往往借题发挥攻击他人。柴眉坤深知其人用心险恶，且田主任站在不远处，不敢随声附和，亦不知那大红喜报的真正含意。他只好装模作样，难为情地用手抓挠着头发，说：“啊呀，咱头脑简单，理解不了。”说着就想走，好避开这左右为难的残酷处境。

“我看他是被明苑庄的油案、马案弄得吃不开饭了，来公社求救来了。”杨利民津津有味地高声发表自己的见解。他这是专门说给田子荣听的，单一个柴眉坤，他才懒得开口呢。

柴眉坤不敢胡应承，赶紧溜了。

田子荣将自行车支架一往起踢，噌、噌、噌，推回自己屋里。他叼起一支烟，一脚踢开门，跑到党委办。“王磊。”田子荣火烧火燎地吼叫。王磊从套间应声而出。

“把喜报贴起来。”田子荣命令般说。

“我刚才想贴，一个人拿不定主意，你看贴哪个地方合适？”

“就贴正面墙上。”

王磊找出浆糊，立刻把喜报贴在墙上。田子荣上下左右瞅了一阵，对王磊说：“你听着，这是一份庆贺公社在生产计划上闹革命的喜报。关键是这两句话。”他倒握着鸡毛掸子，用掸子把指点着喜报上的“万亩稻田百顷黄，双杨大地半壁红”两行字，问：“你知道这两句的意思吗？”

“那还不清楚，万亩稻田就是咱公社的万亩水稻方田规划嘛，半壁红就是公社半边天一片红嘛。”

田子荣手里的掸子不由得跳起来，又被摔在办公桌上，发出惊人的“啪”的一声脆响：“胡说，怪不得柴眉坤弄不清呢？”田子荣歪头仄脑，批评王磊，“万亩稻是今年的落实数字，什么规划？半壁红是今年一万亩高粱，什么半边天一片红？今年咱要同心协力，上下拧成一股绳，大抓这两个万亩。只要抓住这两个万亩，人均一亩丰产田，总产就是千万。你懂吗？这就是彭秉如高瞻远瞩，一眼识破天机的要害之处。你负责，让公社人们都来学一学。人家地区工作队敲锣打鼓、郑重其事地来贺喜，咱却辛言辣语挖苦人家，真是岂有此理！”田子荣训斥了一顿王磊，随后又放下架子，对王磊说：“我是讨厌咱那个货哩。”他向前排房努努嘴，“对人家地区工作队冷言冷语。叫彭队长知道了，寒心哩！”

王磊听到田子荣掏心掏肺的最后一句话，心里一下乐开了花：“他是咱公社成事不足败事有余的一霸。”

田子荣怕隔墙有耳，连忙岔开道：“言归正传，喜报上的核心内容，一定要人人明白，个个皆知。如再出现想当然地信口开河，那就——”田子荣将“虎”塞在嗓子眼里，没说出口。只是警告王磊：“勿谓言之不预！”

人民公社是大生产队，一年四季催耕催种，管生管死，公社主任理应是大管家。什么时候也没有消闲时间。冬天，除了农田基本建设外，还要往地里送肥，秸秆沤肥，刮老崖、古坟、荒滩的肥土杂质。这几天下了一场雪，县委发出紧急动员令：男女老幼齐出动，参加扫雪积水运动。即把覆盖在路上、滩上的雪，扫到田地里，增加土壤水分。于是，扛扫帚、担箩筐的，拎锹、木锨的，还有拿铁簸箕的，一溜长蛇阵，向村外走去。他们聚集在大道旁等检察官来过目。田子荣骑车督阵，沿村检查积雪队伍。因为这是有时间性的，若是被太阳一熔化，岂不渗入非耕地，白白浪费老天爷所赐的雪水吗？他在大雪地一口气跑了十几个村庄，一回公社，就碰上彭秉如给公社送来喜报。待他处理完喜报后，方觉得彭秉如棋高一筹。自己呢？相形见绌。抓生产计划的落实和抓扫雪判若天渊，根本不是一码事。这是名副其实的抓住芝麻丢掉西瓜。咱要西瓜、芝麻一齐抓，都不能丢掉。田子荣想到这里，立即做出决定：明天召开支书、大队主任会议。

公社有个不成文的规定抑或规矩：凡召集支部书记的会必须经公社书记同意。因此，田子荣只得给在赵庄下乡的徐晋东打电话，说明情况，准备得到他的许可。

“晋东，明天计划召开支部书记、大队主任会议。”田子荣说。

“什么内容？”徐晋东问。

"生产上的事。"生产上的事很多，而抓生产方面的工作，离了支部书记是不行的，这也已经形成习惯。明天开啥会，自然拿"生产上的事"答复。徐晋东在春耕即将来临，备耕已经开始的关键时刻，敢不批准开生产上的会吗？公社工作，归根结底要看年终的产量。粮食是重中之重，是硬任务。徐晋东毫不犹豫地同意了田子荣的意见。每年春节后大约一星期左右，就得召开一次生产的会。

徐晋东对田子荣近乎命令般的口吻感到不悦。性格可谅，思想不可忍，绾好缳子让自己钻，特别是给他打的这个电话，连让他回去参加会议的礼貌性套话也免了。田子荣似乎在回避什么，躲躲闪闪。他产生了怀疑。不管怎样，他得回去参加会议。凡有支部书记的会，只要他在公社，就得参加。不然就是，对支书不尊重，对工作不支持，不重视。他准备叫上彭茂华一块回公社。可是他适才又想到：明天的会，没有通知工作队负责人。不参加就不参加吧。反正，公社下任务是针对大队干部的，而有的工作队取而代之，包揽村里琐事。这些村庄，大队干部回去交代给工作队也就完事了。也罢，兔跑蛇窜，各有各的打算。不可强人所难。徐晋东是吕端大事不糊涂，此类事，他认为无可厚非。

出乎徐晋东意料之外，田子荣在支书、主任大会上，大讲特讲生产计划上的革命措施，斩钉截铁地发誓，要实现"两个万亩"指标。他一反常态，没有如过去一样讲生产，反而头头是道，样样精通，一套一套地传授经验。如果保证不了"两个万亩"的实现，其他的都是纸上谈兵，卖狗皮膏药。他讲得感情冲动，措辞激烈，并且指名道姓，点大队的名，点大队支书、主任的名："赵庄何子毅、杨杰，你们是老大哥，不能搞大国沙文主义。两个千亩完不成，别怪刀下不留情。"会场气氛肃然紧张。人们奇怪，今天田主任是吃上虎胆了，还是喝上酒了？而田主任呢？他第一次深有体会地发现，人凭气概虎凭威。今天，他连讲话的用词都神奇得恰到好处，振振有词，格外上口。台下鸦雀无声，人人屏声静气，洗耳恭听。田主任的精神越来越充沛，自信心越来越强。他心想，如果还是蜷缩在书记羽翼下，甘当辅弼，唯命是从，双杨哪还有出头之日？田子荣讲话向来气贯长虹，情绪饱满。今天，他的心情更加激动，对双杨红海洋、黄海洋，自信万无一失，秋后必能石破天惊，大获全胜。从此改变双杨人民的饿肚子的处境，结束吃返销粮的历史。这是彪炳千秋的温饱工程，其意义怎么说都不过头。

田子荣讲了两个“万亩”的意义、任务、决心、措施，最后，扯起虎皮：“这是县委、县革委的宏伟蓝图，双杨决不拖县委的后腿。哪一个敢胆大顶风恣睢，就地免职。”讲到这里，他颇为严肃地警告大家：“希望诸位不要走雷大年的路。”他这一“匕首”，刺痛了坐在他身边的徐晋东，他不由得浑身打了个冷战。

如果说徐晋东对田子荣今天的大出风头早有觉察，又坐观其恣意发挥，任其随心所欲表现，是大将风度，是一把手应有的姿态的话，那么这场会议使他惊愕地对其刮目相看。这个向来勤恳、务实的助手，这个人，到县只开过一天会，怎么如此嚣张、放肆。雷大年是自己免职的支部书记。此事欠妥，反响不佳。而田子荣当众揭短，触其痛处，居心何在？不以往来鉴，必以售其奸。徐晋东深信，田子荣幕后有人，而且是高人。他的内心波澜起伏，又若无其事地端坐主席台正中，为田子荣的滔滔演讲压阵。台下人徐晋东自始至终都坐着，认为他是田子荣台前表演的幕后操纵者。好多人对他们的配合默契崇拜备至。殊不知，俩人心中已有隔阂。这是一枚定时炸弹，却不知啥时爆炸。

田子荣结束了所谓开春首次生产报告后，心里感到很充实，安民告示已经公之于众，今年成败在此一举。要说，田子荣贸然破天荒提出双万亩高产田实属大胆，也担着风险。但出于形势所迫，也出于紧跟、服从任务的思想，才横下一条心，来了个“更上一层楼”。要吼就像雄狮吼，要飞就像大鹏飞。当年南峡就是靠红海洋打响的。今年在双杨初试锋芒，相信不会失策的。徐晋东也是南峡人，他应当设身处地，为自己这个马前卒鼓掌、撑腰。他期待徐晋东的拍板表态。

徐晋东怎么想呢？他除了怀有个人成见外，单从工作上考虑，他认为田子荣拍桌子、瞪眼睛，用强硬手段压任务的做法是不明智的。他若执意这样，势必引起混乱。不但“两个万亩”落空，其他作物也将失去控制。而且，万亩稻田的落实，如果先发生连锁反应，那必会出现一连串的缠手事。加之，他看到彭秉如的贺喜报，心中十分恼火。这是借题发挥，火上浇油，其用心实在是田子荣难能识破的。一个水库负担就够重了，再加上一个万亩稻田，双杨农民活不活了？县里压，工作队逼，田子荣以毒攻毒，三股力量绞起来，双杨公社不乱套了吗？田子荣，三日不见，刮目相看，简直变成王则峰第二了。今天宁愿会后吵一架，闹个面红耳赤，鸡犬不宁，也不能给田子荣一点面子。他本人的态度，必须当面亮出。于是，徐晋东慢腾腾说：“我没啥说的。散会！”

田子荣气得怒发冲冠，恨不得一脚踢倒办公桌。

第四十二章　正副职各有所思

会后，徐晋东骑车去了赵庄。田子荣从双杨开始，先在他管辖的东片逐村督战。这还是双杨联手以来，第一次在路线上有分歧。徐晋东采取冷漠态度。他不予支持，就等于反对、拆台。他胸藏城府，自信对付一个姓田的，只需左萦右拂，不用费吹灰之力。权力加心计，使他产生狂妄的傲视心理。田子荣向来对于县委的红头文件不打折扣。为贯彻上级精神，拼死拼活，一丝不苟。加上自己今天的主观发挥，他认定今年的计划抓住了纲。他正暗暗庆幸自己这步可心棋时，偏偏徐晋东当家不支持，使他心急得几乎往出跳。要说，每年生产计划的落实，不是三个会、两个会能解决的，也不是十天半月能定下来的，总要到最后，土地种饱种满，下种节令已过完，才算盖棺论定。看来，循规蹈矩、轻车熟路，与敢想敢干、敢为人先的较量谁胜谁负，尚不能过早下结论。要“天时、地利、人和”三统一，不是单单由一个人的主观意愿所决定的。双杨萧墙起狼烟，战场就在滹沱河畔，且看如何交锋。

赵庄蹲点人马都在场。何子毅和杨杰在公社领会了会议精神后，立即召开二十四个小队长会议，往下宣贯。何子毅请徐书记他们参加会议，增加火力。徐晋东没有去，让彭茂华、牛婧兰、田亮平去参加，他对彭茂华说：“照公社分配任务落实。咱不多参与具体意见。原则上与公社保持一致，策略上灵活点。”

彭茂华心领神会。赵庄有书记在，他上有靠下有照，凡事随波逐流，用不着犯难。他对田子荣挑担不换肩，一味跟着县里指挥棒转的做法有自己的看法。赵庄向来是是非之地，不可掉以轻心。他秉承徐晋东旨意，在会上唱了几句高调，没有要求采取紧急措施，落实两个千亩计划。特别是水稻，现在有的队连地还没有平整出来，有的连井也没有，有的有井没有配套机器。万亩方田的规划，有相当一部分，还没有落实到小队。如此状况，说赵庄插千亩水稻，不是开玩笑吗？徐晋东之所以心有定数，是因为他吃透了下情。现在，他坐观成败。如果田子荣能如愿，他求之不得，情愿甘拜下风。到时候，那既他的功劳，也是自己的成绩，何尝不高兴呢？问题是根本不可能。徒劳的蛮干，撞倒南墙碰破头，最后，只有失去自己的威信。他只好稳坐赵庄，观动向，然后伺机而动。田子荣唯恐得罪县里上司，又别出心裁，搬来南峡的“红海洋”经验，想守株待兔，一鸣惊人，可谓邯郸学步。那就让他快马加鞭，尽自己的马跑吧。

第二天一早，杨杰来到工作队。他总是笑眯眯的。一进屋门，见徐晋东仰躺在铺盖卷上看报，彭茂华在洗脸，田亮平从院里撮回一铁簸箕的小块炭，正往炉子里添。杨杰大大咧咧站定，四下里观看一阵，开言道："毕竟徐书记在，有点规矩嘛。"

"杨杰，你大清早来干啥，快说。别没话找话，陪搭讪说。俺多会没规矩来着？"彭茂华抹一把脸，边搓香皂边搭话。

"嘿嘿。"杨杰看一眼一本正经埋头看报纸的徐晋东道："啊呀，还用我撒你的炉底？那天，我吃过早饭来了，你们的铺盖还没叠好，灰桌冷板凳，我才给扫了扫地。"

"你胡说，想挨打呀？"田亮平手持铁火柱，挥舞着。

杨杰哈哈一笑："瞧，你们就是怕我在徐书记跟前奏本呢！"说着又不管徐晋东待听不待听，探过去说："徐书记，彭部长和亮平可是俩好同志，村里人们评价可高哩。"

"你别阴一套阳一套，胡说八道。就这样儿，还能当赵庄的主任？"彭茂华批评他。

"言归正传。走吧，我叫你们吃饭呢。"

"今天的饭，派在你家啦？"徐晋东问。

"昨天，俺大拐子黑夜才告诉的。"

"分明中午就告诉你老婆了，你怎么说黑夜才告诉的？意思是没做准备的随茶便饭？"彭茂华故意宰他。

"快走吧，误下程头不误店。亮平，你去叫上婧兰。"杨杰笑盈盈说。

"瞧这个杨杰架子多大，吹笙还得个捏眼儿的。"

田亮平一出门，杨杰给茂华丢了个眼色，又冲田亮平努了努嘴。彭茂华没搭理他，反而撵他道："快走吧！狗逮耗子多管闲事。"

杨杰是特意招待公社领导的。他头一年正儿八经担当大队主任。在公社会上，被田主任指着鼻子压任务，老实讲，他有点马蹄乱。他路上曾向何子毅讨对策。哪知何子毅刀搁在脖上也不慌神，满不在乎地说：

“哪里黑了哪里住。他们能办到的，咱也能办到。沉住气不少打粮食。”杨杰看了看，没辙，只好大胆跟徐晋东探讨此事。不然，他担心以田主任那个火燎鸡毛脾气，他会被拉上台，收拾一顿。

杨杰的老婆就是妇联主任冯彦岫，俩人是在俱乐部活动时自由恋爱结婚的，彼此性情有些相似。杨杰眼眶大，嘴头粗，多才多艺，且滑稽、风趣，也有气魄。他还是个时髦人物，留着大背头，戴着时尚的前进鸭嘴帽和闪亮的铜链手表。民兵每次参加公社比武、检阅，都由他带队。他分外英姿勃勃，气宇昂扬，大有勇冠三军之气概。因此，赵庄民兵营经常代表公社参加县里活动。杨杰还会唱歌，站在凳子上打拍子指挥，也是潇洒气派，风度翩翩。冯彦岫人不出众，皮肤偏累，但身体壮，爱参与社会活动，性格开朗，常好干男人活计。当时，她担任铁姑娘队队长。她爱杨杰，芳心暗许，而杨杰那时对她没有意思。他们的结合，是由一次偶然的大胆玩笑弄假成真的。有天，杨杰想开冯彦岫的玩笑，信口道：“彦岫虽然脸黑，四肢粗笨，但是她——”他没有敢说出去，有人撺掇道：“说嘛，但是她怎样？”

杨杰临时变卦，改口为：“她的两个肩膀也硬嘛。”

哈哈哈，人们知道杨杰诡辩，串话了。何子毅也参加进来揭杨杰的短道：“这脸黑、四肢笨和肩膀硬是啥关系，怎么能用但是？”

“狗屁不通！”有人嘲弄。

杨杰向来说话随便。于是，在何子毅的讥讽下，索性说了出来。他笑眯眯看着冯彦岫，重复道：“彦岫虽然脸黑，四肢粗笨，但她怪有女人风韵的。”

此刻，冯彦岫毫不羞涩地脱口而出：“你羡慕就给你！”

啪啪啪，大家鼓掌，有的打呼哨，弄得杨杰老大难堪。万没想到被冯彦岫倒打一耙，将了自己一军。他不服输，自信打牙犯嘴，不会吃亏。于是大声道：“当着这么多人，你说话算数吗？”他想压一压彦岫的威风。

“谁坐蜡谁是王八！”冯彦岫严肃道，一副认真的样子。

“定了！一言既出，驷马难追！”何子毅拍板。

噢！大家同声合调，为他俩喝彩叫好。就这样，杨杰不愿在赵庄当王八，欣然同冯彦岫结婚。公社由核心小组变成党委时，冯彦岫也成为了党委成员。因她奶着一个没过生日的孩子，故很少参加活动，徐晋东还没有见过她。

徐晋东一行四人来到杨杰家。冯彦岫已经将饭准备好了，大炕上铺着崭新绿色漆布，放一张红方炕桌，桌上放着绿豆芽盘，内有红、白两色皮炖和猪头肉，还有腌蒜瓣、苦荞粉、苹果罐头，瓮盖上放一荆箅，上面是包好的饺子。“怎么还用这样准备？”徐晋东问。

“大正月天，这是家常便饭。”杨杰边开酒瓶盖边笑着回答，“何况，堂堂正正党委委员，请公社领导吃饭，有啥说的？”

打初，徐晋东一愣。这个杨杰，玩世不恭，怎么拿这开玩笑？后见茂华也默认，方顿悟：冯彦岫是党委委员。他先前误以为杨杰拿自己充党委委员开玩笑。此刻他心里产生了一种愧疚感，连自己手下的兵都忘记了，实在有失尊严。

杨杰和彭茂华是哥们关系，自不用说。他跟徐晋东实实在在没有打过交道。徐晋东走到哪个大队，向来是拿书记是问，除非书记不在，才找主任。但杨杰视徐晋东为老友，一点不拘谨。他摆好酒盅，郑重其事地一挥手：“咱们喝酒，彦岫煮饺子。”他随即领盅，干了起来。

“今天是杨杰请我们哩，对吧？”茂华逗杨杰。

“请你们干啥？拐子找在门口，我能拒绝？堂堂赵庄革委主任，能不遵守制度？笑话。”

“还有堂堂党委委员哩！”牛婧兰也凑趣。

“党委委员，也得听我指挥。叫她煮饺子，不敢下面条。”

“吹牛皮不犯国法。”田亮平笑着说。

大家见徐晋东没有被逗笑，一个个便适可而止，收敛情绪，低头用饭。

“徐书记，俺赵庄的生产计划，已经向二十四个小队长宣贯下去了。”杨杰突然转到正题上。

“能落实下来吗？”徐晋东问。

“啊呀！不瞒书记、部长说，叫我看，咱赵庄，今年一项也落实不了。”杨杰毫不掩饰地摊牌道，“赵庄总共五千五百来亩土地，单果园就一千亩，还不包括三十五亩苗圃。科研队一百亩。各小队除去给社员代种的自留地、猪饲料地和瓜瓜菜菜，夏粮地、大秋作物只剩三千余亩，如果照公社下的任务，沿河一片黄，靠山一片红，别的捏花椒面也捏不来。明年，牲畜也得吃高粱秸。”

“你们就这样落实了？”徐晋东问。

“开了会，把数字落实下去了。”

“小队长有啥反应？”

“咱们千条计，他有老主意。你抓的他不干，你不叫干的他要干。”

“那你这个主任，就等着就地免职吧。”徐晋东一本正经地说。

杨杰不敢轻率地回答，嘴里嗫嚅着什么，打算搪塞过去。

冯彦岫已把饺子煮熟，盛在大盘里，端到桌子上。她边关照徐晋东他们吃，边说：“免掉他这个主任正好。要知道，你们在赵庄下乡，跟上不沾光呀！书记的点，什么工作也是公社的样板。你说对不对，徐书记？”

徐晋东边吃边说：“你说对一半，大不了不沾光罢了。赵庄的工作还是赵庄干部做，我又不能包揽。不过，咱们要往一块想，劲要往一处使。你们一个是主任，一个是公社党委成员，对赵庄今年的生产计划究竟有啥看法，有啥想法，说说嘛。”

“说说水稻究竟能落实多少亩？”彭茂华提示。

“去年实际插稻秧亩数是一百八十亩，收获面积连一百五十亩也没有。”杨杰亮出真红心。

“上报公社多少亩？”

“咱郭玉恩怕挨批评，多报了七十亩，整整捏成二百五。”

徐晋东很生气，原来，他们在捣鬼。自己包的点尚且如此，别处可想而知。他压了压火，又问杨杰：“赵庄最好的小队，插了多少亩？”

“最好的是四队，插了二十多亩，长得也可以。”

“亩均产多少？”

“六百出头。”

“可以嘛。咱就以四队为榜样，今年每队二十亩，怎么样？”

“啊呀！”杨杰为难地摇摇头，“好几个队连一亩也没种。七五年打了十八眼井，贷款在银行压着。有的没配套，有的水泵和柴油机坏了，有的连当年规划的地片也找不到了。橛子也叫人拔走烧了火啦。”

“一个队二十亩，二十四个队才四百八十亩，连公社下达任务的百分之五十也不足，还要打折扣。不管你有多大困难，这个数字一定要完成。不然，别怪不给你留情面。”徐晋东严肃地给杨杰施加压力。

杨杰继续支吾：“俺村祖辈先人也没种过水稻。桃园、王屯堡尽给了些狗不啃的烂荒滩地。当年开荒，水稻只长苗子，不抽穗，连籽种也闹不回来。白贴肥，贴工，贴电费，群众接受不了。”

“舍不得金子弹，打不得凤凰来。你刚才不是说四队水稻能产六百斤嘛。当年开荒，亏点本，也得干。人家王屯堡白白拿出地是让你们种稻，不是放荒。你只讲客观，做群众的尾巴，把人的主观因素抛在一边。对新生事物，种植上的革命，抱残守缺，故步自封，这何年何月能学成大寨？如果让二十四个小队长牵着你的鼻子走，要你这大队干部干啥？要赵庄的党团员干啥？如果连这个保守数字也完不成，趁早和何子毅到公社辞职。”

杨杰被徐晋东批评得搔头抓耳，简直是孙悟空大闹天宫——慌了神。他在晕头转向中，伸出筷头夹起一个饺子，本意是想往徐晋东碗里放，不知怎放在婧兰碗里。婧兰慌忙喊叫：“我不要。”弄得一向八面玲珑的杨杰益发尴尬、窘迫，兀兀无措。好在气氛紧张，谁也不敢插科打诨，才使杨杰解脱出来。

饭后，徐晋东他们一出大门，杨杰披上皮袄，便要出门。冯彦岫问：“去哪？”

“你少管闲事。”说着匆匆而去。

“中午的饭？”冯彦岫提醒他注意。

“随便。”

杨杰跑到何子毅家，前腿刚跨进门槛，就说：“大事不好！”何子毅看着杨杰这副慌慌张张的神态，平平静静眨了几下眼，不紧不慢地问：“啥大事？这么大惊小怪，惊死你老子吓死妈的。”

“徐晋东发火了，命令咱种四百八十亩水稻，一个小队二十亩。如果保证不了这个数字，啊呀，你，我，都难交账！”杨杰不说了，何子毅还在侧耳静听，其实他是在分析杨杰这番话的来龙去脉。

杨杰见何子毅凝神静气在动脑子，又煽风点火道：“徐书记发了火，怪吓人的。连彭部长都不敢吭声，别人更是吓得连气也不敢出。按说，他给咱减了一半任务，可是咱连这一半任务也完不成。”

“徐书记厉害就厉害在这里。他逼你跳起去摘果子，你得拼命跳；田主任逼你跳起去摸飞机，你会拼命去跳吗？”

杨杰和何子毅来到工作组，面见徐晋东。徐晋东将生产计划落实到水稻一项上。别的他估计问题不太大。如果能抓住水稻这一项，也算不错。他开诚布公地给这俩大队干部讲了水稻二字上的政治内容，也讲了赵庄在这一敏感问题上所承担的责任。最后，他强调，现在可以停下一切工作，集中力量治理稻地，打一歼灭仗。不然，都要挨批评，谁也过不了关。“子毅、杨杰，你们应当清醒地明白，咱们是同舟共济渡难关，千万不要栽在水里。”公社被一个水库、一个水稻搞得焦头烂额，惶惶不可终日。徐晋东有苦难言。徐晋东动情地说：“县委下了决心，狠抓杂交水稻这一拳头项目，咱们社是大拇指公社。种稻多少，是对县委的态度问题。田主任那么急，是事出有因。不过，我退一步，在赵庄按一半完成。百分之五十二的责任我负，百分之四十八的责任，你们两位必须负责到底。”

“行！明人一言，快马一鞭！我们决不能给徐书记脸上抹黑，拉公社的后腿。四百八十亩任务完不成，我何子毅拿党籍做保证。”

“好！有啥困难，多跟茂华他们商量。”徐晋东对何子毅的表态很满意。赵庄能保证四百八十亩水稻，他对上可以交账，在公社也能站住脚。即便再打点折扣，四百亩也凑合。这个数字是他对县情、社情做过推测后，预估出来的。他十分自信，自认为万无一失。

田子荣对小本本上的数字十分乐观。他跑到哪个村，哼鼻子瞪眼一耍威风，大队干部不管啥原因，都会给他个满意的回答。不然，当下过不去。他最欣赏的是一红一黄，只要抓住这两方面，就能大展身手。当他来到小咀村，找到王则峰，谈起他的雄心大志时，俩人一拍即合，十分投机。王则峰喜出望外，大肆吹捧起田子荣来。

“有远见，高明；有魅力，果断；有谋略，适时；有勇气，胆大！”王则峰倾其智囊，搜肚刮肠，极尽歌功颂德之能事，给田子荣鼓气。他兴致勃勃，书生气十足，摆出一副文人墨客的理论家风范对田子荣道：“我原来对徐晋东抱有希望，认为他有文化，有实践，无保守，敢闯新路。经过这段时间的观察，我才清水河里扔石头，一眼看到底了。他优柔寡断，谨小慎微，保守畏葸，鼠目寸光。靠他掌舵，双杨的万亩水稻田得猴年马月了，别指望实现。”他略略停了一下，两眼炯炯有神地看着田子荣道："今天，你老兄大驾光临，没想到带来这么大的喜讯。这是双杨人民的福分。看来，双杨万亩稻田，指日可待；双杨旧貌换新颜，即在眼前。"王则峰拍着田子荣的肩膀："田老兄，兄弟支持你！士为知己者死！小咀的任务，包在我王则峰身上了！"

田子荣被王则峰一口气吹得云天雾地，浑身舒畅。他乐呵呵地掏出小本本，对王则峰说："咱们小咀的水稻五十亩，高粱三百亩。"

王则峰不以为然地回答："知道，生产计划我已看过了。"他又开始了高谈阔论："只有不敢想的领导，没有不敢干的群众。开弓没有回头箭，一定要接受我的教训，抓而不紧，等于不抓。你要集中全部力量，大搞突击战，歼灭战，速决战，把其他工程立即停下来！所有劳力，现在一齐拉到河滩工地。距插秧还有三个多月的时间，完全可以拿下来。"

"我知道，你这里没问题。岳堡、王屯堡沿河几个村庄没问题，明苑庄彭队长那儿也没问题。不过，像赵庄，青云寨等村，恐怕问题不小。"田主任扳着手指头，跟王则峰分析形势。

"是这样。"王则峰大有军师之气宇，出谋划策道，"万亩稻田是县委下的指标，县委工作队所包村庄，理所当然，应率先完成。还有，地委工作队支持不支持？"

"彭队长敲锣打鼓，给公社送大喜报，他的态度和你一样，举双手拥护。"

"对嘛。下一步，就是你们的事了。徐晋东的赵庄怎么办？陈琦的潘寨怎么办？你的双杨怎么办？只要你把双杨的工作搞上去，将徐晋东一军。这叫不上梁山，逼上梁山。如果他不识阵，在稻田大战中一败涂地，那么他就只能老老实实步我的后尘。到时双杨属谁，那恐怕是另一回事了。"

田子荣连连点头，暗暗折服。他对则峰推心置腹的剖析心悦诚服。在自己处于被动的节骨眼上，能有这样的至交挺身而出，实乃心照神交之友。话说在点子上，落音也好听。他还是第一次发现王则峰是如此有头脑的人物。

这时小咀支书韩愣小同一个青年后生走了进来，他是来找王则峰商量还水库欠工问题的。那个青年人是水库民工，叫杜文逵。韩愣小一进屋，发现田主任也在，便说：“正好，田主任也来了。俺百天会战，差下水库一百二十个工。马车差六十方石头。现在，下来追人来了。罗书记叫必须派人上去还工。”

“怎就差下工啦？”田主任问。

“有个病号，上去三两天就下来了。还有几个请假的。俺的马车牲畜不行，车胎也烂得不敢多拉石头，没完成任务。”愣小解释说。

文逵道：“罗书记安排，凡欠下人工、车工的，必须补齐。”

“什么罗书记！”田子荣一下发火了，“双杨跟上这个烂水库，就倒霉了！填不满的苦井。一个百天会战，人马拉上几百号，连过冬炭都拉不上。现在，结束会战了，还要往上拉人！不能！一个人也不准上去！”田子荣歇了歇，又道：“哪一年的工平衡过？不能说一笔勾销，现在也只好等完了再说。现在备耕工作已开始，水库不得干扰。”

文逵被训斥得目瞪口呆。真是神比鬼大，哪一个爷爷也不好惹。他只好默认倒霉，讪讪走开。

“对着哩！”王则峰给田子荣打气：“水库想咋干就咋干，凶得很哩！”

“硬是徐晋东惯的，得寸进尺。说透了，那是县里的工程，公社是喝泔水绷断大肠，白填瞎老窟。”田子荣信口发牢骚。他本来就对罗彪有成见，此刻，在王则峰的怂恿下，来了个借题发挥，逞口舌之快。

“还要山药、小杂粮呢。今天，又拉走俺三百斤黄米面。”韩愣小趁机又奏了一本。

“有了就给，没有就算了！”田子荣悻悻表态。

“给的是车牧工补助粮。好多人家已经没口粮了，供应粮啥时发放？”

“快了。第一批先给你们解决。”田子荣紧接着又对韩愣小说：“刚才，我跟王书记已经谈过了。小咀的水稻必须按计划种植，不得打折扣。现在马上组织劳力，平整土地，修渠打埂。”

“俺还没有柴油机呢？”

“买。没钱贷款。”

“俺村人是山汉，不会干水活。插稻弯不倒腰。”

“你从你妈肚里一跌出来，就会当支书？”田子荣抢白愣小。

“晚上开会，我们研究。公社下达的任务，一定完成。”王则峰从中解释，为愣小开脱僵局，也兜揽了任务。

田子荣要走了。他一出家门，就被三桃子拦住去路。

“田主任，行行好。我家揭不开锅，瓮底朝天，已经喝了两天糊糊。”

“你的粮哪去啦？才正月就没吃的？”

“总共也没分回多少粮，被俺那个三灰头粜了一口袋，把瓮底扫得光光的，连耗子也饿得串门去了。”

田子荣今天和王则峰一席肺腑交谈，心情分外畅快。这个寒碜老人又是王则峰的房东，于是，他慷慨地说：“救济你五十斤粮，拾块钱，叫你三灰头到公社找我去。”

“谢谢田主任，救命恩人。”

田子荣欲走，又回头问：“你三灰头叫啥？”

“叫三毛，韩三毛。”

田子荣向王则峰打了个手势：“走了。”

“欢迎田主任再来。”王则峰高声送别。

第四十三章　三人言和意不和

杜文逵是明苑庄老会计杜晨旺的儿子。由于他父母关系不正常，父亲在大队部躲灾避难，母亲与大队副主任郎福海打得火热。他日渐长大，总想离开这个是非之地。他自从上到水库便很少回家。在水库上尽力表现积极，唯恐被除名下山。罗书记看中了这小伙，水库上有啥应急事，常常打发他去办。这次催人催粮，在小咀被田子荣没头没脑训斥了一顿，他十分扫兴，没有再去别的村寨，掉转车轱辘回了明苑庄。

晚上，他从喇叭里听到田主任在公社发表广播讲话。田子荣的督战报告充满火药味儿。他措辞尖锐激烈，腔调坚定、铿锵。他向全公社发布大战“万亩稻方”的动员令。他认为，这是双杨人民大打翻身仗的致命工程。现在，天时、地利、人和都已具备。可以骄傲地说：万事俱备，只欠东风。东风是啥？就是他今天的动员令。东风吹，战鼓擂，现在双杨谁举旗？唯我田子荣不怕鬼。有山自有攀登者，有水就有弄潮儿。田子荣在讲到停止一切大小工程，全部人力、畜力、机动力开赴稻滩时，对流散人员讲了如下的话：“不允许有任何闲散人员逍遥于街头、门口、炕头，对这些人，发现一个，捉一个，强迫参加会战，包括社办企业合同工、水库民工。”

文逵支棱起耳朵一字一句可听了个清楚，他几乎能一字不漏地背下来。因为水库上是听不到公社喇叭的，所以他相信这个消息对罗彪来说至关重要。这几天，水库上的形势是比前阶段松了些。可一旦流窜回家的民工被捉到稻滩，对水库的影响也不好。于是他准备明天一早就急速上山，抢这份头功。杜文逵正在酣睡，突然耳边好像传来家门响动声。他以为天亮了，是他母亲早早起床了。于是，他慌忙摸着电灯线，一拉，看见地下站着郎福海——他妈的情夫。他还当是在做梦，揉了揉惺忪的睡眼，看清了，的确是郎福海。“你干啥？”文逵问。

他妈也趴在枕头上问：“你来干啥？”

郎福海怔了一下，对文逵说：“我专门来告诉你，明天一早你赶快上山去。田主任下了命令，各村要捉游民。你当心彭队长拉你去河滩修稻地。”

“你就来告诉我这事？”文逵问。

“是啊！我知道你今天住下没上山嘛，一散会我就跑来告诉你。没想到你们母子倒睡觉了。”郎福海有板有眼地回答，把事情说得天衣无缝。

“啊哟哟，可吓死人了。我还当贼来了。”文逵妈趁机耍花招，打马虎眼，遮儿眼目。

“我下山是罗书记安排，有任务，又不是溜回来的逃兵，捉我干啥？”文逵冷冷地说。

“公社头们各扫门前雪，谁也嫌自己碗里肉少。”郎福海失笑一声，显出老于世故的神态。他见文逵没反应，便说了一声“你们睡吧”，就推开门走了。

“哼！自己碗里肉少，就吃别人的？”文逵骂道。

“睡吧。明天还得早些走呢。管他们谁吃谁碗里的肉，横竖没你的事。”文逵妈平心静气就事论事地说。

说者无心，听者有意。杜文逵猜疑妈觉察到他话里有话，有意用话敲打他。俗话说，说着病，豁出命，即便自己的儿子，也不会饶过。今后，无论如何不敢胡言乱语，扫刺妈了。以后自己得少回家，避免闯网。他想到这里，像被掐死了，再没吭一声。翌日。杜文逵离开家，像脱笼的鸟，身上感到分外轻快。他摇头晃脑，蹬着自行车，驶出明苑庄。村里人们正在往滩地走，河滩工程已打响了。他本来是沿村催人上水库，还捎带要些小杂粮、蔬菜，没想到被田子荣当头一棒。现在只好打马回长安，返回水库向罗彪交账去。杜文逵是个腿勤、手勤、眼勤、嘴勤的人，却实在爱管闲事，爱听小道消息，爱多嘴多舌，爱向领导进谗言，掏小耳朵。这后生优点不少，缺点也不少。对领导来说，很需要这种人。难怪人们说他是罗彪的“得用”。这个“得用”的绰号，贬义很深。此地人在死人灵前，做一对童男童女纸人，火化后陪死人到阴间去效劳。这对纸人女曰“听话”，男曰“得用”。人们给文逵冠以“得用”，足见其讽刺意味之浓。

杜文逵急如风火，没命地踏着脚蹬飞奔。一路上坡，他却像行驶在平地一样。本来，一出青云寨的山路，骑车只能下，不能上，上去的车子，都得人推着走。而今天的杜文逵总想蹬着跑，不惜一头水、一身汗的代价。他除了向罗书记邀功外，还有个私心。他近来发现郎晓梅总爱跟他没话找话说，而且笑容可掬，眉飞色舞，大有打情骂俏之态。这使他萌发了一种求爱欲，有事没事，总想往罗书记那儿跑。因此，他不知用了多大劲，只管赶路。终于，“喀嚓”一声，自行车链条撅成两截。这时他才发觉，自己用力太猛了。

杜文逵满头大汗，推着车上搭有死蛇般链条的自行车，走进罗彪居住的院里。罗彪从屋里发现这个风尘仆仆的后生，他由衷地欣慰。这生后办事，他放心。瞧这精神就令人钦佩。

“唉！罗书记，大事不好。”文逵一进家，劈口就来了这么一句话。

“别急，慢慢说，把头上的汗擦一擦。”罗彪亲昵地抚慰，又给他倒了一杯开水，放在桌上。

“我在小咀村碰上公社田主任，他正同王书记不知说啥。人家一听说，水库督催欠工大队补工，就突然发火了。变脸失色地教训我：百天会战结束了，不管欠多少工，一个不补！还说什么，双杨跟上烂水库倒大霉了。”

罗彪一听气得七窍生烟。但他没有发作，用最大的忍耐力克制着，只是不时用鼻子轻轻哼一声，表示对文逵的信任。

杜文逵看了看罗书记，知道他的话打中要害，揪住了罗彪的心。又接着说：“还有句话，也不知该说不该说。不说吧，窝在肚里难受；说吧，好像老婆们翻舌。”

“说，有啥只管说！”罗彪近乎命令，也实乃恳求般催促道。

“田主任不但耍态度，还带上‘把子’，骂人哩。我说，我是执行罗书记的指示，来完成任务的。人家说：罗书记倒是鸟！”

“啪！”罗彪听到这里，一拍桌子，把给杜文逵倒好的一杯水震倒了。水洒泼了出来，将桌上的文件洇湿了。没人管。

“他妈的！流氓！他倒是个鸟！”罗彪气得咬牙切齿，“含血喷人，先污自口！不嫌寒碜！他还放啥屁？”

杜文逵知道这句话是不该说的，罗彪一拍桌，吓得他浑身打了个冷战。这分明是从中挑唆，里外反叛，三人一对面，吃亏的是自己。但一碗水已泼在地下，没法收拾了。此刻，罗书记还要文逵讲田子荣诽谤他的话，文逵一下变得呆头呆脑，木讷起来。正巧，院里走进郎晓梅。她瞟见文逵来了罗书记这厢，等了半天，没见过伙房那边。于是她提了一壶水，假模假式地来给罗书记送水。她听家里静悄悄的，暗骂这个跳蚤货莫非蹦了？但她发现那个狼狈的烂车子尚在院里，心里踏实了。她大摇大摆提溜着一铁壶水，走进屋，装出突然发现文逵的样子：“咦？你也在！”

文逵脸红得就像关公。他正愁下不了架，就来了救星。文逵前言不搭后语地说：“我晚上还没吃饭呢。”说着扭头便走。

“你不要走。”罗彪说，“再谈谈情况。”

文逵难为情地搔首挠耳，吞吞吐吐道：“没了。我肚里存不住话，一说就说完了。”

晓梅见他们在谈工作，加满暖水瓶后，便看一眼文逵，道：“那我就给你做上饭了。”说完，扭着屁股走了。

晓梅这一走，把文逵的魂都勾走了。罗彪见小伙子心不在焉，也没再打问的心情，有这么几句话足够了，他打发文逵去了。其实，文逵是不敢说了，本要继续说的话，充其量才倒出一半。

杜文逵来到前排指挥部伙房院，赵振沂正坐在堂屋檐下晒太阳。前几天下了些雪，一变天，他的旧病便会复发。他咳嗽得喘不过气来。文逵等他咳嗽完，问：“这几天又犯病了？”

“啊呀，阎王爷又翻腾我的档案哩。这他妈的活不下去了。”

“过了冬就没事了，天气已经暖和多了。”

晓梅听到文逵在说话，伸着两只和面的手，走了出来。她笑盈盈地将两只手伸给文逵，说：“劳驾你给我绾起袖口。”

文逵笑着回答：“瞧这大师傅，架子多大。”说着，一只手握住她白嫩的胳膊腕，一只手将秋衣、毛衣使劲往大胳膊上推。

“刚才，罗书记生谁的气？”晓梅问。

“生谁的气，也是我引起的。”文逵又用眼神关照了一下赵振沂，接着说：“下山要人要粮，被田主任黄不说，黑不道，劈头盖脸，骂了个没情由。回山上，向罗书记汇报，还没等我把话说完，他就拍了桌子。”

“你在领导面前不是挺会说的嘛，怎么碰了一嘴灰？这后生，精明人尽办些懵懂事。出门看天色，进屋看脸色，见了领导要识火色。你还是年轻毛嫩哩。”赵振沂倚老卖老，又吹嘘起来。

“人不走运，寸步难行。”文逵指着车把上那根油渍渍的链条，“刚出了青云寨，就把链条绷断了，这就是没运气的征兆。”

“快别说了。”晓梅警告般安抚他。说着，跑回屋里揉面去了。

“吃谁的饭，落谁的家。胳膊总不能往外扭。赵主任，你说对不对？”文逵继续跟赵振沂诉冤。

“罗书记总不能怪你反映情况吧？”

“怪我不怪我，都对着我拍桌子，发牢骚了，还不是冲我来的。人家田主任也不在场。”

“揽吃揽喝，不要揽打揽骂。你这娃听老叔说，少说句话，谁也不会把你当哑巴卖掉。”

“是这样，赵主任，我的话还没说完，罗书记发火了，吓得我不敢说了。”

“等他心顺了再说。你急啥子？怕过了今天没明天呢！真是的。”赵振沂颇为老练地开导杜文逵。

杜文逵想了想，还是赵侉子老成，明事理。刚才对罗书记说的那几句话，也实在冒失。这已经说出口，后悔也没用。“还是老革命有水平。我就听你的高见。”文逵磨蹭着，在赵振沂跟前，不想走开。赵振沂早已猜透他的心事，醉翁之意不在酒，伙房里有吸铁（磁）石呢。于是，老头打算成全他这番美意，道：“时间不早了，你到伙房帮帮厨，省得闲站着。”

“我能干啥？”

“你不是拉二股弦（风箱拐）的把式吗？”赵老头笑眯眯地逗他，并指着说，“烧火千万别忘记揭锅。”

杜文逵痴情着迷于郎晓梅，趁机来了个遵命照办，溜进伙房。

罗彪与田子荣之间积怨已久，彼此言和意不和。田子荣性子急躁，涵养差，且说话不看场合，不注意维护别人的尊严，对同志缺少善意的理解。他在小咀的信口开河，貌似威风，其实他是个无心计，没胆量的蹩脚人。出于情绪激动后的脱口狂言，委实是捋虎须，终会自取其咎。

老实讲，在宦海沉浮中，他远不是罗彪的对手。当杜文逵鹦鹉学舌，将田子荣的话，原盘原碗略加调料，奉献给罗彪后，罗彪不但义愤填膺，怒发冲冠，甚至在考虑，如何立即将田逐出双杨而后快。身为公社主任，对水库采取敌视态度，进行人身攻击、诽谤，是可忍孰不可忍？不同他拼个高低，石门水库还能建成？

罗彪本想等周谦上水库后，一章奏准，调离双杨，一了百了，免绝后患。但一宿辗转难眠，思来想去，田子荣如此放纵，绝非偶然。他身后定有人支持，徐晋东是不是墙头上的草？抑或对水库产生成见，也未可知。这件事，不能置若罔闻。但有一条，水库既定政策不容改变。急需下去以此开刀，与徐晋东交涉，瞧瞧他的态度。诚然，直到现在为止，他认为徐晋东是个有头脑，没野心的人，凡事会理智、明断的。

罗彪气势汹汹，搭乘下山的拖拉机直奔公社。他是个抓铁铁上留指纹，踩石石上有脚印的硬汉。他自信毙虎者饱餐虎肉，畏虎者葬身虎口的立身之道。一般同人，都不敢惹他。惹不起，躲得起。田子荣何尝不是如此呢？

罗彪回到公社，院里停着好多车子。他知道，正在开会。好，正中下怀。他径直走到会议室，又走上主席台，人们立即给他让位。他绕过田子荣，紧挨徐晋东一屁股坐了下来。徐晋东问他："你刚下来？"他"嗯"了一声。田子荣正在做报告。他俩随即各自正襟端坐。

今天的会是大队支部书记、革委主任例会，即每隔七八天，开一次生产会，如没啥专门的会，便叫例会。今天，工作队长也来了。正值春耕大忙即将开始之际，大队干部回来单填表也得一个钟头。什么出勤人数，生产进度，调种，购肥，水井配套，救济粮款发放，还有一批双打运动中的案件摸底，进展情况，盲流，投机倒把，挖集体墙角，等等，只要有时间，大凡在公社分管点什么权限的头目，都要向大家"拜个年"。有时，补充的发言比正式讲话用的时间还多。过去，往往不吃中午饭，连轴转，一直开到星星满天才散会。自从徐晋东执政以来，这种马拉松会被杜绝了。但下午两三点散会，是家常便饭，大家已经习以为常。这种会，领导们的发言次序是以职位高低排列的，先书记，后主任，再副书记、副主任、秘书，依次类推，不一而足。

田子荣今天情绪饱满，斗志昂扬。这是他来双杨后，第一个由自己确定作物计划，布置一年生产任务的关键性会议。一年之计在于春，若错失良机，则会铸成大错。他在计划蓝图上的大处着眼，大家风范，得到彭秉如队长的赏识和前任老书记王则峰的大力支持。他喜不自胜，大有如虎添翼，蛟龙得水之感。因此，他的讲话斩钉截铁，铿锵有力。不但对支部书记喝令如山，而且每每有意向徐晋东发出挑衅，其手段是旁敲侧击，打着娃娃妈就出来了。他说："区、县、社三级工作队，死守阵地，各负其责。特别是大村大队，坚决不允许阳奉阴违，各自为政。"其矛头所指，会场上下人员均一目了然。田子荣有他的小九九。区工作队彭秉如给他撑腰，县工作队王则峰态度明朗，成轩昂的岳堡，水稻没问题。这样，重头戏就在公社。徐晋东能把赵庄拿下来，等于把工作做了百分之八十。但他看得出徐晋东始终态度暧昧。这不能不说嚆矢欠佳，令人担忧。

田子荣将大战万亩稻滩的任务定于首位，神圣不可动摇。这是当前压倒一切工作的中心任务。县里要召开四干会（县、社、大队、小队），公社召开三干会。紧锣密鼓，瞎子拉驴，不敢松手。身为主任的田子荣，迫于县委的压力，又想在双杨成大名，脑袋发热是自然的。但他这倥偬之举，似乎是被一些人的迷魂汤灌得冲昏头脑。

徐晋东对田子荣狐假虎威，不知天高地厚的狂妄，怀恨在心。他是个心高气傲，不容侵犯，而又内不外露的老手。有人说他老谋深算，把人出卖，还自以为住姥姥家呢。有人说他有涵养，宰相肚里能撑船，不跟人们一般见识。众口难调，不管人们怎么评论，不到盖棺论定的时候，过早下结论都是不妥的。

徐晋东对田子荣一意孤行发起的这场稻田大战，心里敢恨却不敢咬牙。田子荣这一折腾，对今年全年的生产将有不可低估的影响。盲目下达作业任务，调集全社劳力战河滩，势必搅乱下边正常的耕作秩序。

徐晋东心里琢磨，田子荣使出浑身解数，终不会径情直遂，如愿以偿的。但他这一举措所造成的损失，将是无法弥补的。该怎么办？他心中有数：只要自己不跟田子荣拧住死抠万亩稻田，事态不会不可收拾的。

对突然闯入会场的罗彪，徐晋东摸不清其底细。看面色，今天阴云密布，不知是刚下过雨，还是要来这里打雷。待田子荣啰啰唆唆结束了他的讲话后，罗彪没有征求徐晋东的意见，便开言道："十分难得的机遇。我讲一下水库的问题。"

徐晋东十分恼火地瞪了一眼罗彪。今天怎了？一个一个比人主家（死人的娘家）也硬！莫非看我头皮软，把我当王则峰第二对待？他有心让罗彪待一会再说，但忍了忍，没去阻止。

"水库百天会战已经结束。根据公社党委的决定，会战所差工、石头要如数补足。所以，要求欠工和石方的大队尽快上人，不得贻误。公社有个别领导，不经党委研究，擅作主张，对水库工作横加指责，干涉篡改党委决定，不准水库齐工。这是非组织的个人意见，我特作声明，予以否定。百天会战是党委的决定，文件尚在，谁在背后搞鬼！说什么，公社跟上水库倒霉了，水库不是公社的工程！这简直是胡说八道！村夫俗子的狂言滥语……"

罗彪鹰扬虎视，俯瞰着会场。他趾高气扬，得意忘形地发表他充满火药味的演说。其语气之硬，态度之横，措辞之烈，要求之严，与田子荣刚才的作为相比，有过之而无不及。会场死一般寂静。徐晋东对罗彪的矛头所指，起初还云里雾里，后来越听越明白了。他与田子荣向来有成见，今天暴发了。他真枪实弹，瞄准田子荣，一通连珠炮，将田子荣打得蔫头垂脑，像霜打了的茄子。徐晋东又同情起田子荣来，自己没脑子，跟着领导指挥棍转，一急躁，口出狂言，在所难免。而一时不慎，伤害同人，反遭人身攻击。自己只有招架之势，没有还手之力，还会当众出丑。这对工作不能说没有影响。反之，如果田子荣真的那样，诽谤罗彪，指责水库，在下边信口胡诌，也实在有失主任尊严。罗彪训他一顿亦在情理之中，压一压田子荣的骄纵气焰，使他受挫，或许对双杨人民的损失会小些。

徐晋东想到此，突然豁然开朗，心里理出清晰的头绪。今天，罗彪贸然闯来，发了一气牢骚，也不尽然是狂奴故态，旧病复发，他还把水库工作做了重点安排。这岂不是一件好事？实在是不期而遇的快事。二龙相斗，蜥蜴遭殃。但自己是啥人？岂能任凭他们天马行空，各自为政不成？不能允许二龙相斗；亦不能坐观二虎相搏，必有一伤。要借水行舟，各打四十大板，使他们各退一步，相生相克。这样握在自己手里的纲，就可张合自如，循序璧合。这实乃天道无亲，神施鬼设。且看如何开刀。

罗彪的即席发言越说越动情。一不做，二不休，反正已经撕破面皮了。于是，他单刀直入地说：“对水库有意见，这是工作，不能嫁祸于我罗彪一人。我修水库有啥罪？有人骂我是个鸟，鸟是个啥东西？”

“谁骂你来着？”田子荣信口回击。

“你骂的人，不认账了？你是个啥东西？你是个啥玩意？背背历史！”

……

两人刀光剑影，剑拔弩张，对峙起来。会议室空气一下子紧张得像要爆炸，有人担心身上溅到血。徐晋东一拍桌子：“闹啥哩！都住嘴！谁再说一句，我就把他逐出会场！”

罗彪、田子荣气煞煞不忍善罢甘休。“今天是开会，不是吵嘴，有啥意见，党委生活会上谈。会议到此，不往下进行了。”徐晋东果断地一劈两开，接着又说：“水稻要种，水库要修，但是，社员也要活。去年，全社吃返销粮八十万斤，今年要是再重演七七年的情况，咱们在场的，有啥颜面见双杨父老，不如自杀去。社有社情，队有队情。各自回去，面对村情，拿出十二分力量完成公社各项任务。各位在座同志，每人肩上搁副重担，你们是尽到十二分力量，还是十分、八分，自己清楚，我们更清楚。鉴于当前生产形势，水库百天会战所差工，放在小突击时再补，与公社党委的决定不矛盾；凡在稻田万亩方内的井，必须配套，必须种稻。沿河村庄稻地鼓励超计划完成；中上道线一定要尽力向河滩进军，开发生产资源尝试种稻。但不能不讲成本，贴上钱到荒滩闹革命。”徐晋东先左右开弓打倒交战双方，排除掉肘腋之忧，然后推出自己的主张。

支部书记心里清楚，千锤打锣，一锤定音，以大书记为准。这是大多数人的主心骨。也有打算哪家拧得紧，先应酬哪家的。至于急生急养，顾头成不了尾的大队也不少，另当别论。

徐晋东生怕言多语失，被罗、田杀个回马枪。因此，他趁二人还没有苏醒过来时，抓紧给了一闷棍，悬崖勒马，果断结束了会议：“别的不讲了，散会。”

人们听到一声突如其来的“散会”好大一会儿，没有一个人敢站起来带头走的。终于曹明海站起来，说：“散会了，不走等啥呢？”大家迟疑地站起来，往出走。

“没有填表的，到办公室填表。”王磊喊叫。

“来来来，拿上作物新品种介绍文件，还有磷肥使用说明。”田亮平招呼。

“给妇联主任捎上文件，三八节要求要搞活动，庆祝哩。”牛婧兰也站在门口，出一个人给一份通知。

罗彪、田子荣余怒未消，各自甩袖而去。徐晋东不失虎威，他有意不睬他俩，显现出高情逸态与超然自得的大丈夫风度。他跟彭秉如、马士隆、朱美琰、成轩昂等区县工作队负责人一一握手，挽留他们吃午饭。他喜形于色，刻意塑造大度豁达，遇物持平的一把手形象。但人们心知肚明，认为他这一套故弄玄虚的逢场作戏，无非是为了掩盖他内心的空虚罢了。谁不为今天公社的丑闻，替他害臊呢！

“今天收了个早工。”支书们喜扑扑地骗腿上车，驶出公社。

“今年闹不好，一开始就马蹄乱了。”杨利民幸灾乐祸地饶舌。

邓彬淡然一笑：“谁知道他们盐怎么咸，醋怎么酸的！”

“牛不知角弯，马不晓脸长。都够恶心的，一丘之貉。”

“向上抛石头，当心砸自己的头。少说话抵吃药呢。来吧，给我拿本笔记本。”邓彬岔开话题，担心跟上杨利民受制。

杨利民打开柜子，取出一个绿色塑料皮小笔记本，扔给邓彬。邓彬悄悄地感谢道：“够意思。”别人是牛皮纸封面的红旗笔记本。这是杨利民对邓彬的特殊照顾。因他经常跟随邓彬下乡抓赌、查夜过打人瘾。

邓彬因上次同铁将军发生干戈相搏事件后，公社没有采取惩处措施，似乎两人斗殴、打架，落了个平官司，一直耿耿于怀。他曾对陈琦公开讲过：“跟上你这领导，取回经来唐僧受，惹下祸害行者当。被铁将军打得红青压黑青，谁管呢？窝囊透了。”

陈琦也认为当头的欠公允。若此事出在水库，公社肯定不会如此善罢甘休。那个未惩之徒，至今逍遥法外，无人过问。这就是所谓双打？但他不能定乾坤，领导不声不响，他只好给邓彬做思想工作了事。吃一堑，长一智，今后好自为之，适可而止。今天，徐晋东发脾气，对田、罗的个人攻击不分里外，一概予以斥责，大大挫伤了罗某不可一世的嚣张气焰。罗彪其人不过尔尔，陈琦舒服得拍胸脯呢，邓彬也高兴得偷笑呢。

邓彬还在革委办同杨利民闲扯，陈琦风风火火在院里喊叫：“邓彬，快推上车子走！”

“去哪？”

“潘寨。”

“不吃饭就走？”

“你不看彭队长，早跑到治滩工地了。明苑庄的声势，比去年一开始大战鹿鸣滩壮观多了！”说着，哈哈一笑，“中片形势，压倒元白！”

“啊？压倒哪个元白？”

“你不懂，快走，快走。”

邓彬一出办公室，罗彪迈着龙骧虎步，稳健地走了过来。“你干啥去？”邓彬问。

“上咱的山，还干啥去！”罗彪边走边说，满腹牢骚。

“那也得吃过饭的吧！”陈琦喊他。

“气也吃饱了。”罗彪径直向大门外走去。

罗彪走后，陈琦找到李葆定说：“罗书记徒步上山了。如果路上没有顺路车（平车、马车、拖拉机），得走四五个小时。你去给他送点干粮，让他带上。”

李葆定得到任务后，携带干粮骑车紧追不怠。

第四十四章　四马车驰骋双杨

彭秉如与李福杰在治滩工地上，鼻子对鼻子，眼对眼，当众吵了一架。从此，将潜伏于他们心中的成见公开化了。

彭秉如旗帜鲜明地支持田子荣，他要坚决地完成八百亩稻田的任务。

在春耕大忙即将来临之际，备耕工作紧抓不懈之时，他再次发动全村男女劳力，掀起稻田大会战高潮，展开各队间的红旗竞赛。这种做法，违背民意，比大战鹿鸣滩，要失人心得多。李福杰更是气得两眼冒金星，肚子胀得顶心疼。单修滩，白费人力，并没啥！哪怕赶到河里洗石头，也无所谓。而下步面临的问题是：打井、买机器、育秧、插秧、薅稻……本来是旱蛤蟆，没有种稻经验。一人一天连一分稻秧也插不进去。照这样，浩浩荡荡在河滩上折腾上一年，秋后社员岂不是要喝西北风？当他忍无可忍时便不顾一切后果地与彭秉如吵了起来。

彭秉如在工地上，对小队长们说："你们必须死守阵地，坚决完成任务不动摇。哪家稻地完不成任务，哪家的劳力就不能拉走。这叫破釜沉舟，决一死战。"

李福杰针锋相对地说："你是不叫明苑庄人活啦！"

"啊？！你——李支书，你说啥？"

"你箝住明苑庄种八百亩水稻。这跟往死抬明苑庄人差不成多少。"

"走！我不跟你耍流氓，到公社！"

"你下放了我，把事情做绝了。"

"你侮辱领导，造谣惑众，煽风点火，居心何在？"

"大帽子压不死人。你秋后一拍屁股走了，丢下的屎屁股谁来擦？你现在撤了我的职，我屁也不放一声！"

"我成全你这个要求！"

"彭队长，那就从这儿开始，有事别找我！"

"走吧。到公社再做议论。"

彭秉如召集的工地小队长会被冲散了。两个人的意见泾渭分明，小队长们有了一线希望。其实，多数小队长与李福杰交换过意见，彼此心心相印，只是密云不雨，等待时机而已。今天，暴发了。李福杰斗胆犯上，说出大家的心里话。他们自然打心底里佩服支书。亲不亲，当乡人。如果从外地调一个支部书记,恐怕就与彭秉如合辙了。他们中有人悄悄说:“咱们一齐到公社说理去。”

“行。支部书记保驾。”

“不行。那叫群众闹事，反而会把事情闹大！”

“咱瞧瞧他们这步棋怎么往下走呀！”

“别说了。饶事不中，戳个窟窿！”

彭秉如把锹交给小白，独自走了。李福杰扛着锹尾随而去。一个小队长跑上去，替他拿下锹来说:“我给你捎回去吧。有啥事，回来再说。”

李福杰满不在乎地说:“撤了我的支书，尽了！”

他们没走几步远，从上边拥来一行人马，领头的是胖墩墩的陈书记。陈琦加快了脚步，他边走边回头关照:“走快点，学人家的经验，就得有人家的精神。曹明海，你瞧明苑庄的八卦龙门阵，红旗如林，人山人海，千年荒滩今朝……”他说不尽了，笑了笑，仍兴冲冲走得飞快。

彭秉如和李福杰发现陈琦领着一拨人走来，都站住等候。

“你们俩准备去哪？”陈琦老远就招呼着问。

“准备找你去呀！”彭秉如略迟疑一下回答。

“这不来了，还敢劳驾彭队长找？我们是来向你们学习的。让潘寨干部开开眼界，解放一下思想。哈哈，我这叫借东风！”说着给自己带领的大小队干部介绍:“这是地委工作队彭秉如队长，那位瘦高个子叫李福杰，明苑庄支书，大部分人都认得。”陈琦又对大家说:“咱今天是来明苑庄治滩工地召开现场会。那是工地，我路上讲了，红旗如林，车水马龙，干劲十足，庞大的工程。现在，咱们请彭队长给咱介绍一下这里的大好形势，大家鼓掌！”陈琦带头啪啪啪拍起了手，并笑眯眯地邀请彭队长。

彭秉如被这个雷声闪电一股脑来的陈琦将了一军，弄得他实在难为情。陈琦不是讲话作难，而是来的不逢时。该怎么讲呢？难道能把李福杰的话给潘寨干部端出来不成？但如果按既定方案和盘托出，又恐李福杰横射一箭，当场又露馅。他一时真不知该如何办。如果关系正常，推给李福杰讲也能金蝉脱壳。但他俩正在较劲，根本不能这样做。匆乱中，他急中生智，话就到了嘴边，突然巧妙地一反口道：“明苑庄是中片陈书记的管辖范围，这里情况数他最了解。我岂敢班门弄斧，画蛇添足？陈书记，你就别谦虚了，把咱的情况，给潘寨同志们讲讲，再去工地上看看不就行了！”陈琦不知内情，被彭秉如几句恭维话吹得头脑发了胀。他嘿嘿一笑：“一家人不说两家话，走，跟上我到西边看看再说。”陈琦带着十几个人，一股风一般迅速走了。

李福杰侧目而视，彭秉如噘着嘴，愁眉蹙额，跟地神爷拧眉。他显然在考虑，如何对付这个地头蛇李福杰。李福杰不辞而别，返回工地。彭秉如见状，也别无选择，只好等待陈琦副书记来断这桩公案了。

陈琦带上一帮人，走马观花，看了看，说：“耳听为虚，眼见为实。明苑庄能办到的，咱们潘寨也应当办到。究竟如何办？曹明海负责，回去采取措施，雷厉风行，立即行动。”陈琦一摆手，说：“回去吧！”

陈琦惯会见风使舵。他不管水库、水稻，亦不管田子荣、罗彪，他见可而进，知难而退。水稻要种，声势要造，但最后能落实多少，伺机而定。他决不会硬逼、硬压。他的办法，高就高在让干部主动去干，硬当官僚不做老包。而彭秉如却恰恰相反，他将自己的革命热情，毫无保留地奉献出来，这是引发他与李福杰矛盾的内在原因。

当彭秉如向陈琦汇报李福杰破坏稻田会战，抵制落实生产计划的无组织行为后，陈琦感到意外和吃惊。一向高高在上、叱咤风云的彭队长，怎么向自己请示汇报工作？但他又从刚才彭秉如尊重他的情况考虑，这或许也在情理之中。陈琦未使用心计，心直口快，又出于朴素的同志感情，他劝彭秉如道：“这么大的事，你应当叫李福杰出头露面，拿在手上干。他有困难找你支持搂后腰才正常。反正公社是叫他交账的。你如果包办代替，他又歇了凉还有意见，这叫出力不讨好，反落一身臊。”

陈琦近乎教训的一席话，使彭秉如十分反感。他本意是想借公社的拳头收拾李福杰，没想到陈琦城墙上跑马——尽绕圈子，而且将自己指责一通。这个油头滑脑、轻嘴薄舌的陈副，使彭秉如大失所望，后悔不该跟他谈此事。他是一个华而不实的轻挑鬼。如果照陈琦的意见，依靠李福杰，那他会将你悬空搁起来，卖风干羊肉，能干成啥？陈琦诸公心血来潮，便发号施令，然后骑车转村督战，要求下边急急如律令，照此执行。而他们所谓蹲点跑面，实乃蜻蜓点水式下乡，游丝飞絮般跑面。不以为耻，反以为荣，还堂而皇之传教于人，真谓双杨之不幸也。难怪双杨多少年山河依旧，面貌未改，究其原因，无非这里没有真懂马列主义、真干革命的干部罢了。

彭秉如为了在明苑庄干出一番成就，不枉蹲点一年，恨不得一口吸尽西江水，夜以继日，废寝忘食地辛勤工作。他与群众实行“三同”，不饮盗泉，鞠躬尽瘁。他在工地过年，逐家访贫问寒，可以说三年不窥园，一心无二献忠心。这乃众目昭彰，有口皆碑。而陈琦竟然贬之为包办、代替，白惹一身臊。岂有此理！彭秉如准备回击一下这个道貌岸然的浮华之辈。他以其人之道，还治其人之身，学着陈琦浮泛轻薄之腔口道：“陈书记一腔美意，怕彭秉如犯了错误，贻误工作，实乃肺腑之言。可惜，鄙人愚拙、顽固，朽木不可雕也。这种过河不往身上溅泥点的精明活计，实在难以做到。我在明苑庄已经陷入烂泥滩了，啥时出水，再看两腿泥吧。”

陈琦冷静地听完彭队长辛辣的讽刺、挖苦后，方知自己今天又办了件傻事。笤帚疙瘩大个脑袋，还想打尉迟恭的脸呢！人家堂堂彭秉如，睡着不比自己清楚，何必多嘴，天大的笑话。好心做喂猫食，活该。可陈琦的优点是知趣，凡事不强出头。他平心静气地恭听彭队长发表高见。最后，他客观地说：“李福杰是个茬儿头。他如此嚣张，实在不像话。不过，凡涉及支部书记的问题，都得徐书记亲自点头。我一个人不好表态。实在对不起。”

“我给公社添麻烦了，是我对不起公社。”

俩人又谈了一些无关紧要的闲话，便离开了。彭秉如望着精神抖擞、健步劲履而去的陈琦，心里想：人不交不知心。这后生褒贬与夺无动于衷，看来是个豁达大度汉。他的话，或许有些道理。但对于那种只考虑个人得失的投机做派，自己向来持蔑视态度。三军可以夺帅，匹夫不可夺志。他指的路，鄙人视为禁区。痴心不改，终无悔。

陈琦没有回头看。他心想：此地起风了，今后少谈片上长短，走路绕开明苑庄为上策。今天带领潘寨干部来参观是失策。潘寨的事，还是拧曹明海，逼着鸭子上架。曹明海鬼精鬼精的，比李福杰点子更多，不能让他牵扯住。公社领导们乱套了，明苑庄也发生内讧，矛盾公开了。明争暗斗，形势严峻。陈琦越走越慢。他油然产生一种不求有功，但求无过，坐山观虎斗的明哲保身念头。对付曹明海的办法是，只能压担子，不能挤牙膏。对，今天带他们看了明苑庄的工地，回去怎么干，由曹明海拍板。日后有啥麻烦，自然由曹明海负责。这只虎非让他去骑不可。对，现在就脱手，索性连潘寨村也不去了，干脆回公社一走了之，待观观东西两大片动静再说。陈琦主意既定，貌似轻松地检查工地，随后溜之大吉。从此他简直如躲灾避难般窝在公社。

彭秉如又急又气，简直两眼冒金星，恨不得长三头六臂来应付局面。他急的是，工地上阵容摆开了。八百亩工程，已落实到小队。还有渠、路、水井的配套工程，银行贷款买的井管、水泵、柴油机等一系列物资都准备得差不多了，而大队干部，因为运动触及他们的切身利益，一个个站在岸边看火。这还在其次。突然跳出个李福杰，明目张胆反对治理滩涂，发展水稻。这怎能不使他生气呢！李福杰撂挑子并不可怕，可怕的是他还是个绊脚石呢！但这事需要征求公社意见，得到认可，才能宣布。是免职还是撤职，这是由组织决定的。但他又苦于脱不开身，何况跑到公社也不一定能找到徐晋东和田子荣。即使找到，如果他们的态度和陈琦的态度一样，又该怎么办？真叫人左右为难，焦急万分。加之，外查马案的人员，年前已经回来，结果也令人气馁。这益发助长了郎福海等人的气焰。李福杰敢于赤裸裸跳出来对阵，这也是一个原因。油案工作组正在加劲赶工，力争有较大突破。但需要做艰苦的工作，现在下结论还为时过早。经李福杰工地一煽动，小队长们肯定要趁风撒土，眯下风头的眼目，制造混乱。彭秉如实在心力交瘁，头昏脑闷，初步感到应接不暇。在他正狐疑、惆怅、举棋不定之际，小白跑回工作队，报告给彭秉如一个新动向："李福杰要小队长明天派车到火车站拉磷肥。"

"你听谁说的？"彭秉如问。

"我亲眼见的。"小白肯定地说，"李福杰还说，彭秉如想拔我这个眼中钉，量他没那么大的权力！"

彭秉如一下跳起来，吼叫着说："你叫李福杰来工作队来。"

"是！"小白领命而去。他早看不惯李福杰趾高气扬、老谋深算的臭架子。这个拦路虎早就该踢开，不然，工作队在明苑庄还能站住脚？阴沟里翻船不成？小白想置李福杰于死地的想法，比彭秉如还急切。他一口气跑到河滩工地，找到李福杰，说："老李，彭队长找你？"

"找我干啥？"

"不晓得。"

"他不是已经撤了我的职，还找我干啥？"

小白见李福杰出言不逊，架子不倒，心里实在恼火。他有心呛几句，但又怕崩了，没法把他叫过去。于是，小白放弃跟他怄气的打算，换上一副恭维的面孔，道："李书记去了就知道啦。别误会彭队长的一片美意。"

"脑子在哪长着？"

"李书记，你怎么骂人？"

"骂也是骂我自己，我敢骂谁？何况这也不是骂人的话。"

小白弄不清这句粗话的真正含意，只好打马虎眼道："无论什么，先跟我走吧。彭队长在工作组等候着呢。"

"他不能来工地？"

"他还要到公社呢！你快走吧。"

"是不是往公社送我呀？"

"看样子也差不多。你去了就知道了。"

"那好。走吧！"

李福杰跟着小白，来到工作组。彭秉如从一张《山西日报》后探出头来，逼视着刚进门的李福杰："福杰同志，我正式通知你，免去你明苑庄支部书记的职务。"

彭秉如不说了，注视着李福杰的表情和反应。李福杰等了一会儿，见彭秉如一直地盯着他，闭口无言。他想了想，本来有好多话要说要问的，但一口气咽在肚里，全忍了。他只是辛辣地讽刺："我的党籍开除了没有？"

"我通知你的是免职。"彭秉如重复决定，没有回答他的问题。

李福杰就在对方重复决定的一刹那，突然又萌发一个呛口的回复。

"我的支部委员被免去没有？"

李福杰这一刀厉害。彭秉如对李福杰的处理，本来是在小白怂恿下，当机立断采取的措施。他自信，先斩后奏，万无一失，量他徐晋东不敢不允。地委工作队的来头，他应当是清楚的。他只考虑免去李福杰的支书职务，使他削官为民，就没啥干系了。万没想到，李福杰反戈一击，提出这么个钻牛角问题。彭秉如被逼在此刻，索性一不做，二不休，干脆斩草除根，免除后患。

号称刀笔吏的李福杰，肚里墨水不多，但酷好咬文嚼字，死抠字眼儿。他讲经说法，打笔墨官司，独具一格，高人一筹。现在，可以说，他将了彭秉如一军，杀了个回马枪。彭秉如恼羞成怒，气狠狠，瞋目而视，声音嘶哑，斥责道：“你出去，不服气，到地委告我去，别在这里诡辩！”

“好。我听彭队长的话，一定遵照你的指示办。”李福杰话中有话，仿佛阴毒地剜了他一眼，愤然而去。

彭秉如意识到，李福杰决不会善罢甘休。他一定会煽阴风，点鬼火，搅浑水摸鱼。但他心中有数，量他蚂蚱腿上生臁疮，没多少脓水。就让他表演吧，越露骨越好，越疯狂越好。彭秉如立刻想到，必须尽快整顿支部班子，物色支部书记。

原支部老家伙们多数与李福杰一样，一窝狐狸不嫌臊，臭味相投，不能重用。必须找一个由工作组自己培养的党员来接支书班，才能同心协力，同舟共济，开展工作。想到这里，彭秉如自然感到心眼明亮。多长时间深感棘手，又苦于无法奈他何的李福杰，没想到自己倏然跳出来，自取其咎。这样不费吹灰之力，便扒他个精光。从而为工作队的兴师动众、大显身手，扫除了障碍。新举一个支部书记，起码不能像李福杰那样不听话，跟工作队扛膀子。谁就此职，是当务之急。

彭秉如召开工作队全体人员会议，通报了革除李福杰支书一事，并征求大家意见，共同挑选一名称职的支书。

工作队员们下乡数月，成天跟群众生活在一块。他们除了谈正事外，也常常坐一块闲聊，有些人彼此关系相当密切。因而，他们收集到村里好多稀奇古怪、闻所未闻的罕人、罕事的消息。有些人的隐私也不加掩饰地往桌面上端。对李福杰其人，褒贬甚殊。有人说他特别狠毒，是个烂人；有人说，无毒不丈夫，管不住烂人，哪还能当干部。众口纷纭，不一而足。今天突然将他罢官，谁来接班，大家心中都在嘀咕。一个社员说得好：沙子里原本就没有宝贝，难道刨上一万年能刨出夜明珠？只能筷子里拔旗杆，将就材料罢了。村村有个陈永贵，不都成了大寨队吗？这是群众的看法。

白邴崇首先发言道："这次一定要物色一个同咱们一心的。老百姓说，谷要自种，儿要自养。这支部书记呢，咱也要自己选定，要吸取李福杰的教训。"

"这话不对。"彭秉如当头一棒，打了回去，"咱们是来蹲点搞运动的。建设一个革命化的领导班子，选中一个革命领头人，是我们义不容辞的天职。这才能达到我们人走工作在的目的。不能同农民种谷、养儿打比喻。况且，在共产主义思想已经萌芽的今天，儿子、谷子也不一定是自己的好。不然，从外地调种，杂交种，该怎么解释。"

人们心里笑了，但都不敢出声。他们中有一位女同志，也认为彭秉如信马由缰，说得有点混淆界限。小白对彭队长的批评，虽然不那么心悦诚服，但也不感到沮丧、气馁，又顺着彭秉如的话，道："我刚才的发言太狭隘，典型的农民意识。我们要搞五湖四海，胸怀世界。不能拉帮结派，搞山头。对明苑庄的支书人选问题，我看李乃城可以胜任。那人有头脑，有气魄，能接受新生事物，肯定能同我们摽住劲干。"

彭秉如发现白邴崇又回到这个使他烦恼的话题上，怎么能在会议上一说就溜嘴呢。但他又实实在在清楚，这是秃子头上的虱子，明摆着的事。存心遮掩，反而显得欲盖弥彰。倒不如来个瞒天过海，一步跨越干脆利落。于是，他以急迫的心情，要求大家道："这么着，咱只提人名，不做介绍。怎么样？"

这样，大家立即表示，同意让李乃城就任新支书。彭秉如最后发言："我也同意。"此地无老虎，猴子称大王。平心而论，李乃城不是个理想的人物。但情况所逼，只好鹿死不择荫，拿他临渴掘井仓皇上阵。不然，工作队夺村支书权，包办、代替等莫须有罪名，会从天而降。老实讲，彭秉如此时此刻似乎有种危机四伏的预感，陈琦的放火不烧身论调不时萦绕在耳际。他匆匆到公社这个一级政府所在处汇报工作。

公社里徐晋东不在。正好田子荣前脚刚进门，彭秉如后脚跟了进来。当彭秉如开门见山，将明苑庄的情况向田子荣汇报后，田子荣猛地站起来，情绪激动：“撤李福杰的职，大快人心。我表态支持！明苑庄这么好的形势，不乘胜前进，而是打破头楔子，这叫啥支书！”田子荣一顿大义凛然的愤激表态，令彭秉如五体投地。这才是一个堂堂正正、是非分明、立场坚定的基层领导干部形象，典型的工农干部。“好，有田主任做后盾，明苑庄的工作一定会节节胜利，步步登高。”彭秉如奉承田子荣。

田子荣用坚定的语气嘱托道：“不怕，你尽管拨开大干，天塌不下来！”他很感激彭秉如的大力配合，临时动议，决定支持彭秉如一下。他说：“我给你三百元救济指标，凭你手谕找我领取。”

彭秉如当然十分感谢。他正准备告别，听到院里车子响了。他推开门一看，正是他要找的徐晋东回来了。他对田子荣说：“我再见下徐书记。”

“走。”田子荣自告奋勇，带彭队长共同去见书记。

徐晋东这几天真乃不顺心事常八九，可与人言无二三。他见田子荣怒容满面，两道剑眉像决斗的雄鸡站了起来，心里早已沉塌塌的，有所准备。他坐下来后，耐心地听彭秉如汇报明苑庄的问题。他们下乡以来，很少如今天这样向公社汇报过工作。徐晋东心中有一本账。今天不是太阳从西边出来，而是铜铃打鼓——另有音。徐晋东默默地专心听彭秉如的叙述，田子荣在旁敲边鼓，做诠释或评说。总之是为彭秉如鼓气、叫好。徐晋东见田子荣如此急切地给彭秉如吹喇叭，唱高调，火上浇油，他产生了疑心。他们观点一致，举旗抓纲，名正言顺。至于内心是党性表现，还是缺少独立思考的盲目应付，人心隔肚皮，实乃渺渺且憧憧，令徐晋东茫然。徐晋东又退一步想：总之，现在自己已成为夹缝中的人物，进退维谷。这是活生生的事实。

徐晋东做了一番分析后，面对彭秉如的逼宫，田子荣的撺掇，当前大气候的风向，他只好明人做暗事，违心地对彭秉如说："我尊重你们工作队的意见。相信明苑庄的工作会百尺竿头，更进一步。"这话很客观，加上徐晋东语气平平，态度含糊不明，使彭秉如好似碰了个棉花球，心里干气没法表现。

这才是：

徐晋东言不由衷，口是心非，官场卖官腔；
彭秉如随时制宜，大匠不斫，神仙下凡问土地；
田子荣执一不二，赤胆忠心，给个棒槌当成针；
别忘记，石门水库，还有位总指挥；
罗彪威镇石门，坐守一方，老虎屁股摸不得。

呜呼！四驾马车驰骋于双杨。一位神圣一炷香，一个将军一道令，铁猫过来也要被扭只耳朵。无怪这里长草不长苗，三尺土叫苦不迭了。

第四十五章　小人得志多是非

彭秉如离开公社时的心情怎么说呢？可谓是穿上孝衫拜天地——悲喜交加。他喜的是顺利得到了徐晋东的认可。另外，还得到了田子荣的特别优惠关照——赐给本人三百元救济款发放权，这当然是喜事啦。令他悲愤的是徐晋东那副阴险狡黠的面孔。那深邃的眼神和死板的脸色，足以反映出他是个心腹沉沉的皮里阳秋。李福杰是否有他的支援，也值得注意。总之，彭队长乘胜而归喜大于悲。不管怎么说，公社光明正大地支持了自己的行动。而田主任赐的权，在明苑庄社员心目中，是实实在在的权力，它比尚方宝剑还令人羡慕。他有种如虎添翼，纵马驰骋的感觉。他想：这叫吉人自有天相。区区徐晋东那个小小脸色，实乃哂笑，何足挂齿？但愿明苑庄一马当先，别的大队能跟随着，万马奔腾起来。这样，田主任的三百元钱，便一本万利。等到秋天黄如浪，红似火，双杨一片新面貌。这是何等令人憧憬啊！

彭秉如宣布李乃城为明苑庄书记后，村里有一阵小小的波动。对旧干部看不惯，有意见的人，暗暗庆幸。也许树倒猢狲散，随着李福杰的垮台，他周围那帮食客，撇浮油的，都要受到牵连。也有对李乃城有成见的，担心猫儿得势凶如虎，利用手中权报复。不管人们怎么议论，李乃城一夜之间便成了明苑庄的一号人物。他袍笏登场已是铁的事实。

李乃城个子不高，不到一米六。年轻时，人们唤他“三小人”，他勃然大怒。后来，人们当面顺应乃城的心理，又叫他“三大个”，他默认。于是，“三大个”便成了他的代名号。“三大个”在五八年全民大炼钢铁时名噪一时，火线入党。他是个有头脑的人。他善于分析，肯动脑子，从而能紧跟形势。毕竟识时务者为俊杰嘛。

因为他会一些小手艺活计：焊脸盆、茶缸、煤油灯壶，修锁子、配钥匙，磨推子、剪子、抢剃刀，修拉锁、雨伞、焊补钢种锅；钉镲子、饸饹底，等等。他骑一辆基本由钢筋焊就的自行车，带一个小木箱子，便可以走村串户，开张营业。他瞅机会便溜出去，拣几个零花钱。由于他会钻空，又有张长舌头嘴，谁当干部也拿他没办法。他是个党员，和大小队干部一般井水不犯河水。他当过大、小队干部，处理大凡小事也利索。总之，李乃城就这么个人物。自从工作队入村后，他也不敢乱窜。

他每天扛锹上工地，言语又多，工作队员很快都认识了他。他不管参加啥会，总要发言，也能掌握火候。由于经常在外干百家活，耳听六路，眼观八方，经见得多。他第一次见工作队员，也是一见如故，谈吐自若。不过，他给人留下的印象，是轻浮、油滑。

他自信自己知道三多二少，懂得天高地厚。决不像李福杰扛上家伙不换肩，压死不可怜。这样，火镰三家快，明苑庄的工作又风风火火地开展了起来。李乃城在喇叭上的喊叫，代替了工作队。没有金刚钻，谁敢揽瓷器活？李乃城新官上任三把火，恨不得上天揽月，下海捉鳖。背靠彭大队长的参天大树，一展雄姿。他这里正狐假虎威，坐视契机想试不老宝刀，而杜文逵自投罗网，送上门来，从而又引发一场轩然大波。

杜文逵听说李乃城夺了李福杰的权，心里有些私愤。他除了他父亲杜辰旺和他妈的情夫郎福海与李福杰是一手人马的关系外，还有别的事不便出口，但始终怀恨在心。而李乃城对他也向来不用正眼看。俩人关系十分冷漠。今天，杜文逵借水库之威，想给李乃城这老家伙一点见面礼尝尝。于是，等李乃城在大喇叭上发过威风后，杜文逵便大大咧咧走到大队部，找到李乃城说：“乃城叔，听说你当书记了。我特来找你谈件事。”

李乃城道：“有事开口。”

“咱明苑庄欠水库绿豆拾斤，大米一百二十斤，白菜六百斤。罗书记叫送上去呢！”

“知道了。”李乃城掉头便走，再没有搭理他。

“哎，你给不给？”文逵语气强硬，近乎强制着说。

“你向我要，我问谁要？我也不会屙绿豆，尿大米！”

“我办的是公务，罗书记让……”

“驴书记也墙上画虎吃不了人。你别拿上鸡毛当令箭吓唬人！”

“你这是啥态度？打狗还得看主面，你骂我事小，扫刺罗书记是啥意思？”杜文逵不示弱，咄咄逼人，不断挑衅。

“小家伙，你别吃里爬外忘了自己姓啥？你想在老叔名下逞能，娃娃，银匠铺里打锄钩——走错门了。”

俩人正在犟嘴，彭秉如因找李乃城，走了过来。当他弄清原委后，突然，思绪顿开。他迅速将田子荣、罗彪、徐晋东以及桃园的朱美琰，过电影般串了起来。当然他也是这个人际链上的一环。于是，他居高临下，审视过杜文逵后，问：“你不在山上背石头，跑到下边乱窜，有啥凭据？”

杜文逵不以为然地回答：“我是石门水库指挥部后勤组的联络员，专门负责督促各村支援水库物资的落实。”

“现在，全社头等大事是万亩稻田大会战。所有游民，发现一个收留一个，到工地参加会战。”彭秉如随即向李乃城使了个眼色。李乃城会意，伸手便拉住杜文逵的胳膊道：“听清了吧，走，到工地挖土去。”

“啊？你们要捉我挖土？我找罗书记去！”

“不行。劳动上两天，再去找罗书记。”彭秉如森严地下了命令。

这是彭秉如对田子荣万亩方田大会战的声援，也是有意对盛气凌人、横无理的罗彪的制裁。去年工作队一入村，他便借水库会战之机，大耍个人淫威，斗胆私自从桃园绑走牛本路。这显然是对工作组的蔑视。这件事，彭秉如一直耿耿于怀，总想报这一绳之仇。今天，他终于如愿以偿。罗彪究竟是狼还是虎，本官倒要领教领教。

李乃城拿杜文逵开刀，他难掩笑容干瘪的脸上增添几道皱纹，像雨后蚯蚓，头尾蠕动。那是心中惬意的翅膀。

李乃城跟杜文逵有缩怨。每逢看到这小子，便条件反射般，气得肚里咕噜咕噜叫。今天，彭队长出面收拾他，实在是老天有眼。自己何不顺手牵羊，让这个活靶子自我亮相呢？于是，李乃城摆出支书架子，对文逵道："走吧！工地请。"

杜文逵再不敢傲睨，悻悻就范，乖巧地去了河滩工地。

李乃城为了扩大影响，显示自己的权威，亲自将杜文逵押送工地，并宣布："这是水库开小差逃兵，被捉来工地参加会战的。"他穿过整个工地，一路宣传，实际上是游工地示众。弄得杜文逵抬不起头，心里赶气不咬牙。

杜文逵自认倒霉，在工地劳改一天，晚上鼻塌嘴歪，一脸晦气，回了家。他妈窦等弟见儿子灰眉土眼，萎靡不振，像刚从墓里爬出来的，心中忐忑不安。当她婉转地试探着问了几句，都遭到儿子的无言反抗。他默不作声，当妈的只好给他掴打掉身上的灰土，张罗吃饭。等弟素有"潘金莲"的雅号，思想很解放。但在儿子面前，她越来越拘谨了。加上上次那晚文逵那反常的沉默与那句语意双关的话，使她越想越心虚。儿子大了，有心计了，自己这么明来暗往，招蜂引蝶，他脸面上是不好看的。而且这样下去，会影响儿子的婚事。于是，等弟小心翼翼地陪着儿子吃过饭，便借口东隔壁要引酵，抽身溜了出去。

窦等弟穿街过巷，去找郎福海。她要通知他，她儿子回来了，今晚千万不能去。上次，他冒冒失失闯了红灯，弄得十分尴尬难堪。虽然他诡辩了一通，实在牵强，自欺欺人罢了。等弟去福海家从来不回避人，明人不做暗事，串个门子怕啥？谁不去谁家，谁家忌人行呢？她心不跳，脸不红，就像没那么一回事一样。无怪人们叫她潘金莲了。

等弟走进福海家，福海以为她是为文逵的事来找他的。于是破口大骂李乃城："人小离心近，总共黑豆大颗心，还叫蛀虫蛀了半个。咱擦亮眼睛站高处瞭着，瞧他能蹦跶几天？"福海见等弟没那么急迫地配合他，便说："你坐下。"他又情不自禁地诟骂彭秉如道："姓彭的鬼迷心窍，听奸臣害忠臣，看他能有啥好下场。罗书记不收拾他才怪哩？水库不是国家的工程？你凭啥阻止人家的工作？要我是文逵，尿他们也没有闲空。”

“啊？你这一大气拉起笸箩斗动弹，指葫芦骂莴瓜，说的啥呀？怎么又把文逵拉扯进去了？”等弟不解地问。

“今天文逵被弄到工地，挖了一天河滩，你还不知道？”

“哦，原来是这么回事。我说怎么回到家里嘴噘得能拴个驴，问死不吭声。谁把他抬到工地的？”

“刚才我不是对你说了嘛！土地爷的拳头，一对坏锤！”

“是彭队长和乃城？”

“除过他俩，还能有谁？”

“这事，完了没有？”

“明天叫文逵早早上水库，就没事了。明苑庄还想管人家县里的水库？瞧他们怎么向罗彪交账！”

“管他们那些事干啥？没事就好。明天一早，我打发文逵走了就是了。”等弟边说边向福海靠近。她一双水汪汪的多情大眼，给福海送去浑身的柔情。她那双眼会说话，比她人称阿庆嫂的嘴，还要伶俐几十倍。

当等弟猛然想起，儿子在家等她，她是借口去东隔壁取酵时，心慌得嗯嗯像飞了起来。这时，她后悔不该又给儿子留下创伤。她从郎福海的热被窝里爬出来，匆匆穿好衣服，便推门走出。等弟行至大门道时，有人从背后猛然抱住她。

等弟十分老练，她没有喊叫，只是轻轻地问：“你是谁？”她以为遇上“铲嘎渣儿”的了。村里这种人有的是，每每冷冻一黑夜，蹲在外边守候。这叫铲黄糕嘎渣儿，逮暗便宜。被迫者老实依从，啥话也别说；如若不从，马上喊叫，弄你个臭名远扬。等弟强忍受辱，任其发泄。她知道，这不是个老手，是个没见过老天爷的孱头，不是个大庙的神圣。待等弟脱身细看时，背后原来站着两个人。一个是浠庚，李乃城的儿子，另一个是十六七岁的毛娃娃。等弟心里纳闷，这浠庚平时见了人毕恭毕敬，知大识小，大娘长大娘短地叫着。她为了不牵扯郎福海，温柔地哄弄他们道：“咋不咋？开门走吧。”

俩小伙开了大门，一前一后，围着等弟走了出来。“咱去哪？”等弟卖弄风骚地挑唆年轻人。

“反正不是去你家。”浠庚不买账，冷冷回答。

等弟看出了奥妙，知道有名堂，又故意佯装无事人般说：“不能回俺家，今儿俺文逵在呢！”说毕哧哧一笑，边走边扛了一下浠庚，“这么冷的天气，你们为啥半夜三更跟一个老娘娘周旋？”

“走吧。辰旺大娘，俺们是执勤民兵，听人指挥的。”

“啊？”等弟站定问，“你们民兵是捉坏人，捉我干啥？我破坏你的啥了？”

“我们吃粮不管闲事。叫等在那里捉拿人，我们就捉人。你跟我们到工作队走一趟吧。”

窦等弟知道露了馅，索性破缸破摔，威吓浠庚道：“李浠庚，你老子当支书，你捉奸。叫你捉奸，你为啥强奸？你抱住我浑身上下摸摝扭捏，猥亵遍了。你舒服够了，又要往工作队送。你做事太绝。送就送，我倒要向彭秉如讨个公道。明苑庄成你们父子俩的天下了。”

李浠庚才不怕她诈唬呢。一来刚才抱她的不是自己。二来，即使拣她的零碎便宜，也没留下印记，无所谓。他揶揄着道：“强扭的瓜不甜。你说了谁会相信呢？你若宣传出去，我才光荣呢。”

等弟见这一招失算，又在心里酝酿新的招数。她走到一堆高粱秸秆前，灵机一动，猛一下来了个屁股蹲。她坐在秸秆上，死活不走了：“你们有本事，抬我走。你口口声声要扭我的瓜，我看你怎么扭？”

李浠庚不是窦等弟的对手，黑天半夜，若是跟她纠缠下去，恐怕没有好处，这女人啥事都能做出来。于是，他对小青年耳语几句，让他注意看守，自己向工作队报告情况。待李浠庚走去，窦等弟猛地用脚踹倒小青年，噻地站起来，又踹了他一脚后，才撒腿跑去。

小青年爬起来，屁股蛋生疼生疼的。他四处看了看，等弟早旋风般跑远了。小青年吓得浑身筛糠，不知身上哪里受了伤。这女人比疯狗还凶，他焉敢去追？

窦等弟宛若破桄而出的野狸，寻着阴暗处没命地奔跑。她七拐八拐，沿小巷，穿烂院，抄近道，越大街，终于安然奔入自己家的大门。她上气不接下气，小雀漾气般张大嘴吸气，又迅速闭住两扇大门，然后下了楗关。这才背靠大门，松口气，心里踏实了。她侥幸逃出虎口，自有一凡虚惊过后的庆幸心境：“呸！任你小子坏似鬼，吃了老娘洗脚水。看哪个王八蛋敢进你祖奶奶院里，逮你老娘来！”她将耳朵靠在门上听了听，似乎没有脚步声，谅他们不敢来上门作乱。当等弟心安理得准备回家睡觉时，一迈步，她才发现丢掉一只鞋。大门道也没有，确实是丢了。唉，活败兴。怎么会丢掉鞋子呢？她穿的是一双自己做的千层底夹鞋。她缉的鞋口，小有名气，针凿女红，半道街为上乘。会不会是证据？她刚刚平静下来的一颗心又像长了翅膀，扇了起来。最后，她思索了半天，终于想出一条妙计。这才踏踏实实，悄悄走回家里，上炕就寝。儿子文逵本来酣睡如死猪，早已进入异国梦乡，但被一轻一重的脚步声惊醒了。

窦等弟在被窝里，大睁两眼，没有丝毫睡意。透过窗上玻璃可以看到，一弯下弦月挂在中天。鸡叫头遍，喔喔声悠扬沉闷。鸡不叫，狗不叫，也要天明哩，不输不耍也要穷哩。人世间的事，就这么山不转水转，石头不转磨转。周而复始，日升月恒，瞬息万千。儿子大了，脱下的鞋比他爸的大。母子俩睡在一条炕上，是有些不雅。更不必说给她带来的不便。如果日久天长，再这样下去，可使不得，须尽快给文逵找个媳妇，另外住开。自己呢？也得想个长远办法。总不能在儿子媳妇面前躲躲闪闪，藏头露尾，让他们说短道长。倒不如索性搬铺盖到福海家了事。等弟放展两手，平平搁在肚上，心呼嗒呼嗒跳着。他们眼馋、嫉妒，想方设法作践你。想尽馊主意，不让你遂心。鬼头鬼脑的三大个就是祸首。等弟也想到杜辰旺，如果他是郎福海，自己还用走这条黑路？一个无用的骗人。她不免憧憬那终日同郎福海生活在一块的快慰。天临明，她睡着了。直到文逵起床，她还在香甜的睡梦中。

杜文逵与母亲同床异梦，睡了一宿。他心里有事，于是早早醒来，准备上山。趁此刻街上无人，一走了之。

等弟醒了。她连忙坐起，拉了条裤子往头上套，窟窍不对路，还愣使劲撑，再使劲头能从裤裆钻出去？越急越乱套。她像疯了般顾头不顾尾，胡乱穿好衣服，给灶膛塞了把柴，从锅里拿了两窝头，说："吃上几口再走，身上能暖和些。"她撅起屁股，从躺柜底下拨拉出一双棉鞋穿上。

起初，文逵以为母亲慌里慌张是怕耽误了自己吃饭。后来发现，她用两只棉鞋顶替一只夹布鞋，又做贼心虚地将那一只布鞋塞到堆着烂鞋破衣的破茬瓮里。接着他母亲提醒他道："啃上两窝头，早早上山去！别跟那些没尾巴的牲口们生气。"随后又说："我出去有点事。"她便挎了个箩筐匆匆开门走了。

等弟边回忆昨晚的回家路线，边低头寻觅自己的鞋。她一直寻到那堆高秸秆处，也没有找到。她屁股蹲下的凹窝还在那儿，像母鸡的下蛋窝。她在那里翻了一阵，也没有。远处有人走来，她慌忙扭身走开。她又从原路返回家，天已大亮，还是没有找到。唉，这鞋恐怕到他们手里了。她立刻决定，按昨晚在大门下想出的主意办。

窦等弟将柳条箩筐顺大门扔回自己院里，径直向李福杰家走去。

李福杰撤职后，满腹牢骚，气恨不下。他正翻开他的流水笔记，一条一条找彭秉如的问题，心想：他彭秉如成全我下台，我成全他倒霉。为了完成这部大作，他专门到新华书店买了一本字典。大门还没开，他听到有人敲门，便趿拉着鞋去迎客。门一开，万没想到是窦等弟。她向来风风韵韵，姿色盈身，今天显得有些神劳形瘁，气急败坏。“他福杰叔，咱村有鬼了。”说罢，一双水汪汪的大眼睛直勾勾盯着李福杰：“向你诉说我的苦衷来了。”

“进家，进家。”李福杰知道来意后，喜出望外，立即关上门。

等弟走进屋里，跟福杰女人打过招呼后，便开门见山道：“他福杰叔，你说怪呀不怪。昨晚俺文逵母子俩睡着了，清早起来，发现我的一只鞋丢了，家门也开了。你说这是啥事？”

“你们就一点动静也没觉着？”

“没有啊！你知道，昨天黄不说黑不道，把俺文逵捉到河滩，修了一天地，还给他戴了顶游民帽子。他是罗书记让催粮的后勤工人，你说冤不冤？俺们气得肚皮都鼓了，一黑夜睡得像死了一样。临明又发现鞋被偷了。丢鞋事小，我怀疑这里边有鬼。自从你不当（支书），怪事一桩接一桩。这还不是诬陷他们要闹得马案、油案里边的人。”

李福杰心里明白。他又故意问了些细枝末节，便给等弟出主意道：“你现在马上到妇联主任、治保主任、贫协主任那儿报案。今天偷你的鞋，明天就要偷你的人，居心叵测，这叫投石问路。你若默不作声，这个人就会花鼠吃谷，顺秆秆来。”

“啊呀！你可一句话说到我心上了。我琢磨琢磨，也会这样。好，我这就去。”

“慢。”李福杰突然想到，治保主任虽然跟他关系不错，但那人是个愣头青、二杆子，谁当支书支持谁，墙上草两边倒。不如避开他好。于是，又贴心地吩咐等弟：“别找咱治保主任去了。那人嘴不牢，好抢头功，当心他坏事。”

“好、好。小婶听你的。以后有啥，再来讨教。他们杀不了蛮子杀鞑子，反正要闹个鸡犬不宁才舒服。”

“别说这些。咱不在其位，不谋其政，一个自在老百姓，管人家怎折腾哩！想宰割谁就宰割谁。”李福杰撺掇等弟，又冠冕堂皇地说。

“呸！他们想在我身上打主意。墙上挂草垫——没门儿。”等弟又换一副嘴脸，对福杰女人说：“他婶，我走了。”

窦等弟离开李福杰家，心里盘算：先到贫协主任家，再到妇联主任家。治保主任家，也得去。然后回家，伪造爬墙现场。不是鱼死，就是网破。不闹你个家破人亡鬼吹灯，老娘死不甘心。

第四十六章　四处奔波同战斗

昔日的杜文逵自以为抱着罗彪的粗腿，内心有种自鸣得意的优越感。沿村找干部，开口就是“罗书记叫怎么怎么”，甚为得意，理直气壮。今天却像小偷似的提心吊胆，溜出村庄。他倒不怕他们怎的，充其量白受一天罪。但名誉不好听，站人群中也不光彩，被强迫来干活的。何况，迟迟不上山，贻误水库事情，也不好向罗书记交账，起码不会办事。他蹬着车子使劲奔驰。他见到罗书记有一肚话要说，但怎么说，需理出个头绪，不能像上次随便开口，要有个顺序。说话很关键，好马出在腿上，好汉出在嘴上。如若说不好，有理官司会变成没理官司。杜文逵打心底里嫉恨三小人。他忍不住想：首先，在罗书记面前，要把三小人送进去。这家伙一上台就拿我开刀，不知居心何在？就说那年撅他媳妇，丢了他家人，也是开玩笑惹的祸，也不是把他娃扔苦井里，世仇世冤没完没了。他又忽而想到彭秉如，他好没情由，何苦跟我过不去？莫非……“啊呀！”他大吃一惊：“这几天，村里人言啧啧，街谈巷议，都说油房清库、查账、核实，让社员盖章，弄得非常神秘，说里边问题大得很，有一个贪污集团。这还能跑掉当会计的父亲？还有郎福海、李福杰。对，对，还有妈从中搀越、挑事。村里白天黑夜，都有明岗暗哨。人心叵测，隔着肚皮，各有各的主意。唯有妈不识阵，死命瞎扑，缠住郎福海当玉皇爷的金拐棍哩。迟早要抱住香炉打嚏喷，自寻灰呢。今天，她神色匆匆，张皇失措，大清早起，窜街上干啥？还有那一只鞋。都是问号。”想到此处，文逵忽然联想到有人称赖女人为破鞋。难道干过那外道事，就得丢一只鞋回家？或者是暗号、忌讳、情物？他胡思乱想，百思不得其解。也难怪他，童男子看桃花字典，中生字。

杜文逵思绪缥缈，忘记了冷，忘记了累，一路上坡，缓缓而行。当他快到青云寨时，从双杨路上来了一个女人。他认出来了，那是苏芸芷。不用瞧她脸面，单从她那坎山步伐上便可辨认无疑。文逵平时不大同芸芷拉呱，一来没时间，二来与人家有差距。人家是公社团委书记，水库政工委员，何况青年男女一块，授人口实图个啥？不过芸芷可没有啥想法。她是刚从农村提拔出来的铁姑娘队队长，还保留着铁姑娘的风度：打掌家做鞋，大黄方格头巾。走路总是那么一撅一撅的，路面若不瓷，估计都能被她的脚尖剜起一块土。

文逵等芸芷走上来，主动问：“这么早，你急得上去？”

“早起遇上夜游神了。你怎么比我还早？”芸芷笑着走上来。

“我今天有点事，早走了些。”文逵理屈词穷，一下说不明白。他倒是满肚冤屈，想跟芸芷说，但又忍住了。毕竟这女子来得太突然了。

芸芷走到跟前，说：“推上车子走吧，半路拾到个伴儿。不知道是你运气好，还是我的运气好。”

文逵没颜落色地说：“你的运气好嘛。遇上狼我能给抵挡一下。”

“我看要是真正碰上狼，你能把我推给狼，掉转屁股跑了。”芸芷逗他。

“哪能哩！前年打狗运动中，我徒手打死王屯堡一只狗，民兵们打平伙吃了。”

“你露开空儿，可能吹哩，小心把石门山吹倒，修不成水库的。”

文逵笑笑，推着车子，跟上芸芷走。“你哪，还不如把车子放在青云寨呢。”芸芷给文逵出主意。

“噫！那可不行。我下来时还要骑呢。今天咱是往上走，如果下山，我不是带上你，轻轻松松就下来了。”

“哟，还是你嘴乖巧嘛，惯会卖假人情。不过嘛，罗书记看你是二道扣桃疙瘩，打心锤锤。”

芸芷直言直语，弄得文逵臊情没拉，老大难堪。他心里想，人们都说芸芷愘，生得粗笨，说话直侃，办事没有脑子。今天这几句话，说得他心悦诚服。芸芷眉脸五官并不难看，周眉正眼，没啥毛病。只是不灵活，不爱俏，缺少姑娘们的妩媚、潇洒风韵。用她自己的话说：“我不爱佻！”

何止不爱佻？她好多事做得近乎古板。早在上学时，她利用下学回家吃饭之便，挎一只箩筐，沿路拾粪。冬天冻得不行，她就把她奶奶的老人帽往小里改了改戴上，穿着大裆裤，在家做棉鞋，活像个小小子，人们叫她半头砖。她凭着粗胳膊、壮腿、铁肩膀，当了铁姑娘队的队长。身体单薄的后生都不敢与她掰手腕。她参加工作后，先被分配到县妇联工作。她憋闷得不行，主动要求来到水库，得到了个职务：公社团委书记。她背石头很来劲，这是她的用武之地。搞工作她嫌麻烦。罗彪拿她也没办法。有次，罗彪让她处理一起民工纠纷，她没等罗彪交代完就干脆回答：“我干不了，谁管你那些事。”罗彪耐心地解释：“要在游泳中学会游泳。这是你分内的工作。”

“我才不跟他们游泳去呢？好活死他们哩！”

“你这娃，搞工作不能任性。做思想政治工作，就得从这些具体事做起，不然，讲政治是句空话。”

“背石头就是政治。外边女工们还等我着哩。”她转头走了。

这句话把罗彪哽得半天喘不上气来。“背石头就是政治。”他久久地咀嚼这句出自笨芸芷口中的哲言。

不管怎样，苏芸芷总算成功水库入了阁的人员。杜文逵满肚苦水直想倾诉。他同芸芷拉呱着走了一段路，便自然而然地向她诉说明苑庄遭难一事。他从李乃城抗交水库摊派说起，说到罗彪在下边大队干部眼里没地位，彭秉如如何如何小看他。又说到自己做了替罪羊，白白闹到工地劳改了一天。这哪里是收拾他自己，打狗还得看主面。这还不是把矛头指向了罗彪。他说，水库的人到下边都要按游民对待，捉到工地劳改。咱们快点走吧，若迟了，让青云寨马士隆捉住，也猫喝烧酒——够呛。“你瞧，我昨天被拧得，两只手上打满了泡。”他伸出手给苏芸芷看。

“明苑庄真的这么厉害吗？”

“何止明苑庄？这是公社党委的命令，现在压倒一切的一切，是万亩稻田会战，就像去年冬天水库百天会战一样厉害。”

“啊？原来是这么回事。那得说给罗书记，让咱水库上的人操心些，别叫他们扣了游民。”

“那就看你的本事了。上次，我汇报田主任的原话，险些捅下娄子。罗书记跑下公社，质问田主任，两人大吵一架。徐书记拉也拉不开。你看玄不玄。”

“看把你吓得。他们打破头才热闹哩，咱瞧红火。”

文逵心里说，这就带出愣气来了。跟这种人说话，需留一手。但他又后悔自己已经把话兜老底对人家讲了。舌头送人家嘴里，后悔也来不及了。他回忆自己的话，句句是事实，没多少水分，即使她和盘端出，也没啥可担心的。这本来就是事实嘛。这次吓死也不敢胡掺和了。

文逵和芸芷约莫走了一半里程，后边来了一辆吉普车。车到他们前边，

“嚓”一下停下来。车门打开，探出周谦书记的头，向他们打招呼：“坐上吧。”

“我有车呢！芸芷，快上。”文逵督促芸芷。

芸芷紧跑几步，一下爬了进去。车上只坐着周书记一个人。

“你下去干啥？”周谦问。

“‘三八’节到了，要求水库上开个庆祝会。”

“哟，还要庆祝一下哩！”

“怎么，你还不知道？看你这个书记当得怕不怕哩！”

周谦笑了笑，不置可否。

“周书记来俺水库有啥大事？”芸芷问。

“怎么说成你的水库？我是水库政委，你闹啥迷糊？”

“政委也老不来，见了稀罕的。再不来，就成歪委了。”芸芷笑着说。

周谦批评道：“这个芸芷可能说怪话、愣话，没深没浅的。”说毕，又加了一句，“就是背石头有劲！”他为了缓和空气，逗芸芷道：“咱今天到坝上比试比试，看究竟谁力气大？”

“那我可不敢。比倒我，你功也有了，名也有了；比倒你，我拉下圪蛋了，左右人们还说我愣哩。”

“嘿……”周谦笑得十分勉强。没想到，芸芷还有那么明智的头脑哩，话也说得挺逗人。

“周书记，我正正经经向你反映一件大事。你听不？”

“看你愣的，反映问题是工作，我怎能不听呢？”

“那我就说了。昨天，水库上的杜文逵，就是跟我一块推车那后生。”

“认得。”周书记回答。

“他到明苑庄催要水库摊派粮，结果没人给，还被逮到工地劳改了一天。说水库人只要到下边，不管有事没事，都按游民对待。”

“真的？”

“不信你问文逵嘛。这是公社命令，下乡的彭秉如亲自处理的。说不定连水库上的人，也要抽回大队修稻地呢。”

周谦没有再追问下去。一提到水稻，他便哑口无言。这是自己套在自己脖子上的绞索。今年，县委提出五万亩稻田的宏伟设想，给双杨的任务是一万亩。他心底精明，但没有办法，只好走一步说一步。水库是他分管，双杨公社工作也是他分管。对于芸芷提出的问题，他义不容辞，责无旁贷，还需再拉上徐晋东。饭，一口一口吃；事，一件一件做。越在这荆棘丛中，越需要冷静。这就是领导的水平。这件事，需慎重处理。罗彪责任心强，把自己管的工作看得高于一切，缺少全局观念，也固执己见。如果芸芷或者文逵的话，被送进罗彪耳朵，定会戳起他的火。在人面前发牢骚，使人下不了台。这是老毛病了。想到这里，周谦对芸芷说：“你不要对罗彪讲这些事。告诉文逵，先找我谈谈情况再说。”

“说正经的，文逵还不敢对罗书记讲呢。正瞌睡，你拿个枕头给我。”芸芷随随便便像跟一般人唠话似的回答。

吉普车行至大坝，苏芸芷说：“停一停，我就在这儿等文逵。”

周谦说:“你到大坝上也行，指挥部也行。不一定一个人站这里死等。”

“不行不行，我就得在这里死等。一旦他半路搭上车，神不知鬼不觉，跑到罗书记那儿，我不就辜负了周书记的委托。你又会说，这个愣芸芷，办事（四）办出五来了。”

周谦笑了。这姑娘蛮有套理由，谁说不能干？他放下芸芷，开车前行。每次来水库，他总要先上大坝，看看工人们，看看大坝，观察一下两边岨山和岜山衔接处的隐患等等，然后，拉上罗彪回指挥部。大石坝虽说不是在一天一天增高，但起码可以一月一月见长，工人们干劲十足，形势一片大好。他岂能不高兴呢？每逢他上来，看到罗彪同工人们一样，扛着石头，哼哧哼哧往大坝上运，心里就热乎乎的。这样好的同志别的啥也不用说了，单拿这点与工人们同甘共苦的精神来说，难能可贵呀！

人说罗彪厉害，厉害就厉害在这里。不容易啊！他不比谁少背一块石头，又不多拿钱，人不为己神鬼怕。撅你谁，谁也没说的，谁敢不服气。领导同工人们战斗在一起，共产党员不分职务大小，一律平等，这就是任何工作取得胜利的保证。这石门大坝的建设，靠的就是这种精神。别小看罗彪肩上的石头，那是样板，是标准，是命令，是泰山。从去年的进度看，再有两年实现大坝收顶，肯定有保证。

周谦的车绕到上边石门村，再顺河返回大坝。他下车后，观看了一下热火朝天的工地，随即随便搬了块力所能及的石头，缓缓向大坝走去。工人们都认识他，一个个都笑脸相迎，到了坝上，周谦将怀抱的小石头，有意咣一声丢在那儿。顺便问一个工人："罗彪呢？"

"那不是！"工人向坝坡努努嘴。

周谦看了半天，在人如蚁的搬石行列中，找不到罗彪。直到罗彪向他走来，他才恍然大悟，原来这个披烂帆布衬垫的黑汉就是他。大坝上的风大，长年累月，他以坝为家，风吹日晒，皮肤黝黑，手背皴裂，手掌臌趼先不说，那春风吹破玻璃瓦的山风席卷而来，简直黄沙埋人。周谦瞧着罗彪这身穿戴和辨不出肉色、血色的灰黄面孔，鼻子一酸，眼里掉出泪来。他连忙用手揩泪，并打遮掩道："哟，坝上的风真大。"

"今天这不算啥，顺山沟抽来的西北风，简直能将豆颗大的沙子卷起来，再往人脸上打，风顶得人连气也出不来。"罗彪给周谦介绍，"有人还被风沙打破脸。"

"人说城门洞的风，后娘的心。这石门就是个大城门洞，风的流速跟水一样，河床越窄，流速越大。这里的风格外劲大。"周谦说到这里，伸手掂了一下罗彪肩上的包脖子垫肩，"这是从哪儿弄来的？"

"邵璋的姐夫，在火车站搬运装卸队里，人家那里发下的劳保品。"罗彪说着，取下那个物件，拿在手里，给周谦看。

"这东西不错。又能挡风沙，又能垫肩，咱们给工人们每人做一件。

量情也用不成几块钱。”

“有两块五六，差不多了。”

“行，每人做一件。衬背上背石头，也能垫肩。你说呢？”

“成。就按你的意见，我安排就是了。”

罗彪边向周谦介绍近日工地动向，边向坝下走去。到了河里，周谦看了看手表说：“今天早着哩，搬几块石头再回去。”

罗彪见周谦情绪高昂，便将那个包头垫肩递给周谦，道：“索性你试试，扛上几块石头看看它的作用。”

周谦也效仿罗彪，正儿八经武装起来。罗彪搬起一块约莫十五六斤的石头，给他搁在肩上。周谦挺着大肚吃力地向坝上走去。罗彪搬了一块百多斤的巨石，跟在周书记后边。有的工人客气地说：“俺们搬吧，还用周书记扛石头！”

周谦知道自己肩负的这块石头，没有女娃们搬的一半重，但他深知它的分量，远远不是十斤、二十斤的问题。他无愧地回答：“小雀放屁，还加风哩。大概往坝上扔一块石头，就要占一分空间。”

“咱这真是蚂蚁啃骨头的精神。”罗彪在后边说。

“愚公移山精神。”周谦补充。

罗彪怕累着周谦，硬拉他回指挥部，说有情况要向他汇报。其实他没有什么向周谦汇报的。罗彪个性强，工作上敢作敢为，有啥困难，他自己去克服，有啥责任，他自己承担。从不想找领导做靠山，也不想拉别人去垫背。他不是那种在领导面前嗡嗡嘤嘤，显山露水的低能儿。他在水库独辟蹊径，自有套操纵自如的谋略。而周谦不贪权，不自傲，不唯我独尊，不怕别人说他没本事，只要手下人把事办了，少给他找麻烦，他便心满意足，乐在其中。他每每对人炫耀自己的领导艺术：“放手，信任，依靠，少干扰。他是人，不是木偶。能这样做的领导，是高明的，有领导艺术的。”如遇听话者是朋友弟兄，他便沾沾自喜，得意扬扬，再加上一句诠释“如我其人，就是尔也”。他对罗彪如此，而罗彪对手下却大相径庭。他在水库一声喝到底，寸步不让。今天周谦破例，第一次提出要给工人每人做一件帆布包头大垫肩，至于他如何操作还另当别论。有一条是肯定的：罗彪绝对要有钢使在刀刃上。

罗彪同周谦边随便交谈，边回指挥部，即罗彪办公室兼宿舍。俩人扫了身上的黄土，又洗了脸。郎晓梅给提来一壶开水，一人倒了一杯，便盘脚弯腿打坐炕上，喝起白开水。那天，罗彪听到田子荣的不逊之言后，心烦意乱，无名火陡发，跑下山热扑扑跟他干了一仗，怄了顿气。回水库后，并非不悱恻、恼火，只是打落牙齿往肚里吞，出于大局，忍一口气算了。这话，他今天也不打算跟周谦谈。他从不在领导面前诋毁同志。如果下边他们反映，那是他们的事，自己身正不怕影儿斜。

周谦从窗玻璃上，忽然发现有个人影在大门外探头探脑晃了一下。他忽然想到芸芷。于是，对罗彪说：“你坐着，我出去略走一下。”说着，匆匆出去了。

周谦一出大门，果然是芸芷站在门外。“你找我吧？”周谦问。

“快跟我走。”芸芷近乎命令的口吻。

周谦书记纳闷：“跟上你干啥去？”

“啊呀，你忘了，我可记着哩。我给你交代一个人。”

“哦，你是说杜文逵吧？”

“不是他有谁？我把他留在晓梅屋里，还不放心，又站在罗书记门外等你。”

周谦咧开嘴一笑：“你办事真认真，太老实了。”

“本来我就是进南门出北门，直来直去的老实人嘛。不是老实，还叫我出来当干部？”

周谦笑而不语，这姑娘真是老实得可爱。

听了文逵叙述事件的始末后，周谦觉得问题虽小，但大有来头。这是当前双杨公社内部以及与工作队之间，意见分歧、各自为政的表现，在没有闹清问题症结前，不能盲目做单方面的工作。这又是涉及地委工作队的事，尤其需慎重，必须对症下药，稳妥处理。他没有说啥，只是安顿文逵，别跟人声张。随即去跟罗彪告别。

“那也得吃过饭再走吧！”罗彪见周谦心不在焉，忧心忡忡，知道他心里犯难。

周谦看了看手表：“到公社吃吧。”说着，招呼司机发动车，一溜烟走了。

“半夜想起个朝南睡。家中坐得好好的，嚯地跳下炕跑出去，就立马要下山。真是的。”罗彪嘴上囔囔，觉得周谦莫名其妙。

“我知道。”苏芸芷对罗彪说。

“你知道啥？”罗彪问。

“周书记不让告诉你。”芸芷正正经经说。

“他不让告诉我，你就不告诉我吗？”

“不嘛，我就不敢告诉你。”

罗彪没有再问下去。既然周书记不让告诉自己，就说明自己不该知道。不该知道的事情，不知道为好。

周谦坐在吉普车上，被山间坎坷砂石路颠簸着。他因为有次坐前排被颠起来，头撞在车玻璃上，碰了个大疙瘩，自此后轻易不往前排坐。他从杜文逵谈到明苑庄的形势、气氛看，双杨的春耕备耕工作是掀起了高潮。但互相争劳力，争时间，争权力，表现得突出起来。这倒也是正常的。上边一拧，他们心里一毛，势必火烧眉毛顾眼下，引发出一连串麻烦。下边再急，也不能在罗彪身上打主意嘛。他吃你这一套吗？胡闹。这事，非找徐晋东才能说个子丑寅卯，过来过去。不然，他无法见罗彪。只有先跟他统一认识，他自觉去抓，才能将初露苗头的阋墙风波，化干戈为玉帛，杜绝互相抵牾，保一方平安。周谦被王则峰弄得焦虑了，加之最近被郎计狼打了几粪杈把，使他又联想到南关冤案的沉痛教训。这使本来就谨守谨小慎微、循规蹈矩的立身之道的他，更加防微杜渐，不敢越雷池半步。他一听到罗彪的特命钦差被彭秉如和明苑庄新支书当游民处理，便立地产生一种山雨欲来风满楼的预感。因为上次罗彪同田子荣在主席台上，面对面顶牛，撕破脸，进行人身攻击一事，早有耳目告诉他了。一波未平，一波又起，岂是儿戏。这不单是田、罗矛盾的继续，而是升级。既有公社同水库的矛盾，又有工作队的介入。对于此事，作为分管双杨和石门水库的自己，妥善处理，义不容辞。他一路上凝神静气，冥思苦想：总而言之，必须尽快找到徐晋东。东吴兵，还得东吴将。公社接二连三出现问题，他既不汇报，也不处理，居心何在？“这是个执拗不阿，又有独到见解的小领主。对付他，要么不需要心眼儿，要么多一个心眼儿。总之，不能用固有的成见看他。”周谦心痒难耐地要见徐晋东，但他到公社后却弄了个张飞睡觉——大瞪眼。谁也不晓得徐晋东到哪儿去了，他已经五六天没回公社了。

王磊只是热情地接待，张罗着让李葆定和康师傅给周书记备饭。他们刚吃过饭，他又趁机吹嘘一番公社工作，标榜他的天才舆论：“其一，万亩方田大会战，男女老少齐上阵。其二，三级干部，都上阵，公社怎能不空空。其三，书记带头……”

“算了，算了，其五、其六找不到徐晋东也不抵。党委秘书不知道书记的去向，这是失职。”周谦对王磊想高谈阔论，又笨嘴拙舌；有心卖弄文墨，又腹中空空的拙笨表演实在心烦。本来嘴拙脑子笨，还想卖弄小聪明，往往画虎不成反像狗。跟这种人打交道，实在难讨个痛快、明白。“你究竟能不能尽快找到徐晋东？”周谦急切地问。

“那还不能！咱在广播上发布紧急通知，他立马就回来了。”

“有把握吗？”

“没问题。兵不离营，马不离站，书记还能不听党委的调遣？”

“啊呀。我看你这人尽唱高调。怎不怎，你给通知吧，让他马上回公社来。”

公社广播，正播放田主任的督战报告，洋洋长篇大论。钰香先停下他的讲话录音，改播“紧急通知”：“徐书记，请马上回公社，有要事研究。”反复播了三次。如他在治滩工地上，是可以听到的。即使听不到，也会有人传话的。因为凡公社领导的讲话，都要打开高音喇叭播放，可以覆盖整个双杨平川大地。

毛毛得知周书记找徐书记后，给赵庄何大冬打了个电话。她问清了徐晋东的去处：上赵庄南梁果园去了。那里可能听不到广播。于是，她将这一情况告诉了周谦。

周谦左右不顺心，益发在肚里打结。他边往话务室走，边沉着脸说：“该怎么办呢？”

周谦接住毛毛给打通的电话耳机，问：“你是赵庄？”

“是。我是赵庄何大冬。”

“徐晋东在不在赵庄？”

“徐书记嘛，他有时在，有时不在。不在的时候多。”

“我问你，现在他在不在你们村？”

“不在。”

“刚才你不是说在嘛，怎么一会儿就不在了？”

“刚才说他在南梁果园，不在村里。”

“南梁果园也是你们赵庄，怎不是一回事？你叫他尽快回公社来。”

这时毛毛接过话筒说：“老何，跟你说话的是县委周书记。”

“啥书记也不沾。大队没人了，我是唯一照看摊子的。要我这一条半腿去南梁找人，来回少说也得两个钟头。”

“好了，好了。”周谦生气地将耳机一挂，“乱弹琴。”

周谦急急忙忙上了车，小吉普屁股哧一声冒了股黑烟跑了。

本来准备送他的人们，被他不辞而别的冷面孔弄得十分尴尬。王磊说："这人向来能沉住气，今天不知有啥事，毛了。"

毛毛仰头一笑："你们没看见，两眼窝的眼眦，能扒半升。"

哈哈哈，人们笑了。向来不哼不哈与众人不入流的杨利民，今天也不知怎么，竟也踱了过来，参与言论。他不管三七二十一，信口发表自己的高见："我看今年双杨戳拐（出事）呀！这般时候啦，不抓春耕，上上下下像戳乱了的马蜂窝，乱成一锅粥了。"他发现没有人敢接应搭话，又补充道："去年吃国家供应八十八万斤，今年得一百万。这才应了小咀人的鬼话了——今年不如去年，比明年强。"

李葆定想附和杨秘书，又不敢议论这些有妨碍的话题，于是无病呻吟，牵强附会地说："啊呀，今年就是热得早，咱礼堂门前，都有蚂蚍蜉啦。"说罢，抬头看了看天，又看了看杨利民。

杨利民、王磊、毛毛等人的脸，同苍天一样，穹窿穆穆。

第四十七章　人民公社大农业

周谦的车，直驶赵庄南梁。路上，他才猛然想起，应该带上李葆定给他跑腿。因为赵庄的千亩果园，李根本不知到哪儿找去。车只能开到南庙圪垴下，想去南庙这个林业队队部，还须徒步爬三四百米的坡。他身材有粗没长，活脱一个汽油桶，怎能在陡峭的委蛇小道上攀登呢？看来，只有让司机去抓瞎了。

这几天，徐晋东行踪不定。有时骑车串村，有时在稻田劳动。已经三天了，他同牛婧兰在赵庄林业队劳动。林业队一部分人整地塄，挖鱼鳞坑，技术人员修剪树冠。徐晋东在徐沟时，曾学过修剪技术，他跟着技术人员剪枝整形，牛婧兰去挖土填坑。林业队人员中午不回家，午饭在南庙吃。林业队每人补贴二两小米的稀粥，各人带上干粮，大锅里一馏，便是一顿美餐。徐晋东和牛婧兰清早从管饭家带上干粮，理所当然享受这二两小米的补助。每天中午，吃得肚皮圆圆的，靠住小塄，往太阳下一躺，要多舒服有多舒服。如果能照常关饷，每天干这活，大概比做皇帝好出百倍。

徐晋东正在小憩，牛婧兰跑来喊他："徐书记，下边来了辆吉普车。"

徐晋东知道，又是领导们找他来了。只好站起来，伸伸懒腰，说："我下去看看，如果要我走，你替我交了饭钱。"

"行。用不用我下去？"

"不必了。你对他们说上一声，就说我走了。"

周谦的车刚刚停在南庙下，徐晋东便走了下来。

"好，总算找到你了。"这是周谦见到徐晋东后的第一句话。

徐晋东强打精神，装出一副困惑的样子："怎么还加个'总算'？我不在公社，就在赵庄，有啥难找的。"说着笑了。

"上车，回去再说吧。"

"车没回头的路，倒车吧。"

司机笑了笑："这叫啥路径呢？"他探出头，看着后边，一直往下倒、倒。大约倒了百十米远，才找到个掉头的小弯，回转车头。

周谦对徐晋东产生了看法。他每每在紧急关头、关键时候要手腕，斗心计，避重就轻，推卸责任。这不，正在春耕备耕、大战河滩的紧要之际，他却隐身南山，在花果园放风呢。田、罗两位哼哈二将，对自我工作较真，俩人又互不相让，发生内讧。为了工作，有点本位思想，也是正常的，较劲急冲，大前提是对头的。但作为一社之主，不积极统帅一班人，沟通思想，排除隔阂，却躲灾避难到赵庄南庙修行，真是岂有此理。说严重点，这是出卖同志，撂挑子的失职行为。他讨厌徐晋东拿工作开玩笑嬉皮笑脸的样子，简直是油头滑脑，玩忽职守。他对徐晋东有了成见，但他又明智地记着：对此人，须多一个心眼儿。因此，他只好化恼怒为无言。一路不说话，只给徐晋东脸色看。

徐晋东一上车就发现今天空气异常。首先是周谦的难堪尊容：厚嘴巴紧闭，小眼球定格，两脸嘟噜着，比下巴颏都下。细端详，整个面容呈现的不是黑云霹雳的可怖，而是泪如泥淖的蔑视，不是严酷、冰冷，而是萎靡无奈。一个宽容、厚道的人，即使想施个威，装个虎，也每每画虎类犬，没人惧怕。徐晋东心里想笑，真是杞人忧天，有啥大不了的事，量情天不会掉下来吧。他很同情这位心慈面善的领导，辛辛苦苦，任劳任怨，体谅下情，排难解忧，对下属的关怀无微不至，实属好人。但在徐晋东眼里，他有些过于谨小慎微，唯精唯一。此刻，他只好识时务地也来个闭口无言。他时不时有意张望车外野景，路边的树、电杆、喜鹊窝、散牛、群羊，飞云掣电般向后退去。

回到公社，徐晋东说："周书记略到办公室歇息片刻，我收拾一下屋子。"随即，他呼喊毛毛、钰香，一霎时，将炉子生着，屋子打扫干净，并打来一壶开水。家里热火起来，才请周书记入室。

周谦腆着肚，慢悠悠地从党委办公室走出来。奇怪，他反而不着急了。也许是在办公室洗过脸，掸过尘土，喝了杯水，又看了看王磊的生产进度统计表，目睹公社平平静静的大院，有所感悟的缘故吧。天下本无事，庸人何必自扰之，莫非上了愣芸芷的当不成？他虽然没有显露出多么高兴的样子，但俨然又有着书记派头，大腹便便，迈着八字步，向徐晋东办公室走去。

徐晋东热情地将书记接到屋里，然后用毛毛送来的待客茶泡了一杯茶水，放在周书记面前。他找了个凳子坐下说："这几天，公社人员都下去了。”这是对周书记“总算找到你”的解释。

周谦平静地坐在徐晋东那把椅子上，问：“万亩稻方工程，这几天正在紧急会战？”

“是的。除了山上五个小村庄，村村有任务，都参加整地打埂、修路、挖渠工程。”

“好嘛。今年万亩水稻的任务，能完成了？”

“等到插完秧，才能确定。”

“下边积极性挺大？”

“参差不齐，问题不小。”

“首先，公社需要有决心。世上无难事，只要肯登攀。没有过不去的火焰山。”

“……”徐晋东接受不了，没有表态。

周谦又问：“田子荣干啥哩？”

“抓稻地的落实，成天在会战工地。”

“他是不是说过，水库工人回村，可以按游民对待，捉到工地强迫劳动？”

“不光对水库，对公社企业也一样。”

“水库催粮跑腿的杜文逵，被明苑庄干部捉到工地劳动。这事，你知道不知道？”

“知道。”

“啊？你知道？”

“知道。我听田子荣在广播上，点过杜文逵的名。”

周谦心里愤愤，又问：“罗彪同田子荣，在会上干过一架？”

“言语相激。田子荣担子太重，力不从心，有点手忙脚乱。罗彪受人挑唆。”徐晋东还想说啥，看了看周谦的脸色，没有自讨没趣，戛然而止。

“上次较量是有人挑唆，这次把他的办事人员扣到河滩，也是有人挑唆？”

“……”徐晋东无言以对。他实在不知道内情，他只是在赵庄喇叭上听到田子荣以反面典型，点过杜文逵的名，他根本就没有去过问此事。他心里清楚：“出事了呀！”他有意回避，坐观事态发展。今天周书记亲自过问此事，他只好虚与委蛇，敷衍塞责。

“你想过没有，如果罗彪二次下山，与公社论个长短，你将怎么答复？”

周谦开导徐晋东，让他设身处地想想后果。罗彪其人，他们清楚，向来不是吃素的，怎么会甘心受这窝囊气？周谦的用心徐晋东一概领会，但徐晋东有徐晋东的主见。今天，周书记既然风尘仆仆，从山上找回自己，又坐这里语重心长地化解矛盾，足见一片诚心。论地位，他是顶头上司；论工作，人家坐镇水库，分管公社；论责任，俩人彼此都责无旁贷。话既谈到这里，应当推心置腹，跟他肝胆相照，再不能闪烁其词，明人做暗事了。唯一的办法是要一针见血，和盘托出，然后与他一论正误。

徐晋东故意冷场，给周谦一个自责的假象，使他平静下来。然后，又十分注意分寸地说：“周书记，咱俩是一根绳上拴着的两只蚂蚱，你跑不了，我蹦不走。双杨大地看起来热火朝天，人山人海，敢冒天下之大不韪，掀起春季大会战，在全县独树一帜。实际上，人心惶惶，颇有烦言，都担心春耕备耕放了气，抓水稻岔了气，到秋后大瞪两眼没了气。双杨已经连续遭灾，再来一个灾年，社员的确支撑不住了。”

对徐晋东牛头不对马尾的解释，周谦百思不得其解。自己问的是下边弦上得太紧，影响与水库的关系，他怎么扯到河滩会战不得人心的事上了？这个深奥莫测的解释，是想迷糊阳婆爷？

“说吧，索性把话说完，说透。”周谦慢慢眨了三下眼。在徐晋东眼里，那眼皮的分量是深沉的。第一闭合好像说：我是石门水库政委；第二睫毛吻合，意思是我乃县委副书记；第三次上眼皮落下，才告诉你：我也分管双杨公社。

“是的，你既然分管双杨，到秋后，我不好交账目，你脸上也不沾光。现在田子荣被县委的万亩水稻任务压得昏头转向，盲目组织会战，号令如山，大而化之。他执行县委指示，我不能阻止，不支持就是对他的支持。如果今年硬逼插秧万亩水稻，恐怕春播推迟，夏荒提前，大减产也随之成定局。那些去年一斤毛稻跌到一块左右的大队，将面临又一个年馑。再衰三竭，群众经不起那样连年折腾喽。关于明苑庄扣留水库人员参加会战，那是彭队长一手所为，与田子荣无关，他充其量在广播上点了一下名而已。罗彪为啥不下来，他下来就好办了。水库人员不动，但不能在村闲着，也不能干私活，影响下边工作。如果是办公事的，来公社加盖一个公章不就行了嘛。我恳求你，向县委转达我的意见——双杨今年顶多能落实四千亩水稻。”

周谦耐心地听徐晋东诉完苦，发完牢骚，摊了牌后，再加上一个问号：“还有啥？”

“没了。”徐晋东知道，他在放长线钓大鱼，想摸摸自己的底究竟有多深。

周谦对徐晋东的肺腑之言基本上可以理解，他讲的是真情。但，不是出自一个书记口里的真情。这是普通老百姓的看法。由此，足见徐晋东难能办成大事。他对县委指示阳奉阴违，以不变应万变，将田子荣置于前沿阵地，以至于引发出与罗彪抗衡的事端。在彭秉如与水库发生摩擦后，他又坐山观虎斗，还大言不惭地但愿罗彪二次下山来。这是借刀杀人，从中渔利。周谦摸清了徐晋东的底后，心里运筹帷幄了好一阵。他有点狗吃刺猬没法下口。如果对他这种妇人之仁、儿女情长的哀叹论调宽容默认，就会在客观上助长了老好人掌权的右倾保守势头。如果直言不讳，一言以蔽之曰：错误思想，恐怕秋后算账。那时候，他恐将责任一箍脑推给自己，再一去六二五，脱帽逃跑。这人心数神鬼莫测。本来是心急如焚，想找到他妥善处理公社与水库的关系，没想到，他将这么大的包袱甩给自己。扪心自问，骑在虎背上的徐晋东和自己，同病相怜，惺惺惜惺惺，应当同情。要知道，大形势大方向是不容打折扣和任意曲解的。人骑在虎背上，要么一鼓作气累死虎，要么甩下虎背被虎吃掉，二者择选其一。如何选择成了生死攸关的大事，这是不能开玩笑的。

最后，周谦终于采取了天衣无缝的金蝉脱壳计，善退徐晋东。他说："晋东，你刚才一席恳切的肺腑之言，代表了双杨人民的呼声。我理解，也同情，但不能支持。我要跟县委保持高度一致。县委给双杨下的任务，我肩上也有一份责任。咱们要千方百计，尽心竭力去完成。至于能落实多少，那是个实际问题，战争年代也有攻不下的堡垒。现在，我们必须拼命去攻，就像田子荣、彭秉如那样，竭尽全力，废寝忘食，万亩荒滩大决战，只能胜不能败。今年县委的重心既然押在水稻上，你就别三心二意，另有图谋。要死心塌地在水稻上做文章，这是党性的测试，也是唯一的选择。一个水库，一个水稻，双杨的希望所在呀。"说到这里，他忽而想到刚才脑子里出现的两只虎。两羊（双杨）驭两虎——他心里暗暗叫苦，多不吉祥的胡思乱想。突然，他又拐了个弯，顺口说道："只要抓住这两水，双杨这两棵参天大树，就可枝繁叶茂，挺立天地间。"

"但愿如此。"徐晋东没有心悦诚服，只是敷衍应付。

周谦觉得，自己要说的话都说了，听不听在他。政策交代给他，话把没有留下。骑的这只虎，想找别人为替罪羔羊，恐怕难。

周谦最后是这样收场的："水库上的政策不能更改，不要没事找事，制造麻烦。春耕备耕，'一抗双保'，也要放在议事日程上。生产上的事，瞎子拉驴，不敢松手。每年紧抓慢抓，也难免出问题。这事你比我清楚，不多唠叨了。”

徐晋东边点头承应，边说：“是是是，已经领会你的意思了。”

周谦从双杨公社出来，情绪不佳，心悸忽忽。他好像总有种预感：双杨今年要出事。领导间钩心斗角，各行其是；工作上顾此失彼，各扫门前雪。本来，大正月应当实现开门红，一年之计在于春，好的开头是成功的一半嘛。而双杨则出师不利，矛盾迭起。实在不是好征兆。今年双杨再砸了锅，自己不好向县委交账。没想到，这地方如此费干部。他提着一颗不踏实的心回了县城。

徐晋东送走周谦，心中打起小算盘：周书记说一千，道一万，万变不离其宗。他总是围绕他的身份、名利转圈子。罗彪、田子荣、彭秉如又何尝不是呢？事到如今，自己竟也快跳不出这个圈子了，他理应挺身而出，围绕自己的身份、责任、名利大作文章。一个给自己做不了主，伪心地替别人做嫁衣裳，当维持会长的领导，落到底也是个和事佬，好好先生。双杨这块地方，既然党交给自己来负责，就要真正负责，对党、对人民、对良心负责。一个公社党委书记，不管一年干多少事，受多少次表扬，归根结底是秋后算账。粮食上不去，一切都是空的。正如老百姓所说——人是铁饭是钢，一顿不吃饿得慌。这是铁的事实。什么水稻，什么水库，什么县的指标，都不能代替粮食二字。现在必须排除上下左右干扰，坚决地在力争今年丰产丰收上做文章。这样，即使犯错误，被罢官，也心里明白，不是骑上老母猪打仗，窝窝囊囊，糊里糊涂送了命。当官一任，献身一方。守着这么好的水地、碱地、旱地、坡地，如再遭一个年馑，简直是最大的失职、耻辱，无颜面见双杨父老。徐晋东心里酝酿着一个狠心的快刀斩乱麻的撒手锏。将军脖子上能跑马，宰相肚里能撑船。如今的书记，眼睁睁不是文宰相，而是武大将。仗如何打，战场摆在哪，他必须有所决断。将在外，君命有所不受。现在，必须有这种果断、勇敢、敢担风险、闯新路的气魄。

徐晋东主意既定，立刻让王磊发出召开小队长、支书、主任、工作队长会议的通知。

第二天一早，参会人员川流不息，络绎不绝赶来。会议如何进行，会上讲什么，谁来讲，出台什么新招数，谁都被蒙在鼓里。连田子荣也急眉滑眼，心里浮躁地嘟囔：“闹啥哩，闹啥哩。”其他领导更是一问三不知。他们随生产队长进入会场，听会而已。这么多人的会，是在大礼堂召开的。由于气氛紧张，谁也不敢到最后边或远离前台的地方图自在。

这么大的会居然破例没有召开公社领导集团小会，主席台上一改过去昭穆就座的论资排队惯例，只是孤孤单单坐着徐晋东和田子荣两人。田子荣将彭秉如拉了上去陪坐。台下的人们窃窃私语，互相传言，说昨天徐书记跟周书记，两人密谈一下午，不知啥情况。今天突然召开大会，连公社副职也不清楚闹啥。有的问：“是不是中央有什么指示？”

心里犯疑，猜测最急迫的是公社头目们。当前又搞政治运动，又搞生产运动，又正值春耕大忙时刻，如再来一个中心，又不知耗费多少时间和力量，也不知哪方人遭难。既然是周谦书记单独传达给徐晋东的密令，多数与政治有关，山雨欲来风满楼，瞧瞧这煞风景的会场，便可见一斑。陈琦庄重地坐在前排正中，有意掏出笔记本，放在膝盖上。

“今天召开的是紧急会议。”徐晋东这样宣布会议的开始，会议二字前加上“紧急”二字，就甚话也别说了，这叫非常会议。非常会议就有非常措施，请不要拿陈规陋俗责难。这是徐晋东精心炮制的冠冕堂皇的开场台词，接着，他便有条不紊、慷慨激昂地抛出他的观点，有意制造紧张气氛。须知，这么大个公社，这么多事，任怎样说，都有其典型活例。

最后他说：“我们理直气壮抓生产，保证农业大丰收，这就是政治。我们是抓革命促生产，不能停下生产闹革命。”他还提出：“春耕大忙时，保证人有饭吃，畜有草料，地有籽种。欠水库的粮食，暂停交付；属小队的劳力全部归还小队。水稻要大种，高粱也要大种，但有一条，必须保证当年能丰收增产，必须还权于小队。一句话，秋后拿粮食说话。”

徐晋东为了压制别人的发言，防止左右他的部署，分散下边精力，他硬是一个人霸着讲台，把独角戏唱到底：“鉴于我社实情，现在我着重宣布：春耕备耕是当前的中心工作。中心只有一个，任何干扰，小队长有权拒绝。”

坐在台上的田子荣、彭秉如如坐针毡，越听越不是滋味。田子荣脸热耳烧，他对这活人眼里揉拳头的欺人做法，深恶痛绝。他心想：“打狗还须喊醒，你怎么能把我从热火朝天的工地上突然调回公社，在大小队干部面前曝光？这不是灭我志气，长你威风？拆我的台子，垒你的墙？一块共事，联手兄弟，能这样狠毒吗？”他勃然大怒。准备照用罗彪对待他的办法，惩治徐晋东。难道万亩稻田，万亩高粱的“黄红”理想就这样葬送他人之手？这是县委……他头脑里一出现“县委”二字，立地清醒了：徐晋东如此狂，是昨天周书记作的怪。徐晋东向来老练，不办冒险事，一定是县委新指示。他想到这里，出了一身冷汗，要不是多想这么一步，险些又犯冒失错误。他掏出一支烟，塞到嘴里，狠狠吸了两口，又感到轻松起来。经过这段时间的工地操劳，他实在疲惫不堪，而工程进度却慢得可怜。派在工地上的多是老人和残疾人，应付劳力。他眼见工程越摊越大，海编筐蓝难收沿。这样的会战，再拖延下去，恐怕会越哭越没泪了。贻误春耕，也是可怕的责任。今天，徐晋东代他承担责任，果断挥舞权力棒，打了水稻，也打了水库，集中精力抓春耕，实实在在讲，是对他的支持。“对！对！”他自言自语嘟囔着。

“对啥？”彭秉如悄悄问。

“啊？”他装聋作哑，打马虎眼。

彭秉如失笑一声，再没搭理他。彭秉如对徐晋东全力以赴抓春耕是理解的，认为此举英明果断。他也相信，这是周谦所为。

徐晋东正准备收场，王磊前来耳语几句。他停下报告，道："县委罗书记来了，稍停一会，我去看看。"

徐晋东紧走几步，下了主席台，去见罗书记。罗国亮是跑去平川公社，检查春耕备耕工作的。当徐晋东汇报正在召开大小队干部春耕备耕会时，他很满意。他没待多大一会，便告辞了。他没有做啥新的指示。春耕工作是每年周而复始的第一仗。县委对双杨强调的还是万亩水稻的宏观控制，罗书记当然是清楚的。

徐晋东送走罗书记，春风得意，健步登上主席台，一屁股威坐皋比，赫赫炎炎，道："罗书记来检查春耕备耕工作，他的重要指示，上边已讲到了，不再赘述了。县委紧锣密鼓拧公社，公社势必雷声炮仗拧你们。请同志们予以理解。现在，散会。"

小队长们今天格外高兴。生产小队，一般二十至三十户人家，百八十口人。主要任务是搞生产，维系全队人的生活。

徐晋东万万没想到，罗书记适逢其时出现了。他心想：这是天助我也。他情绪分外高昂，在大家质疑的态度面前，有意趾高气扬，又冷若冰霜，显示他的权力至上，为他提出的号召做盾牌。大家几乎没有一个人怀疑，徐书记发号的施令，是来自县委罗书记的面谕。

第四十八章　撩蜂挨蜇自讨苦

生产小队的事情，国家干部、工作队都显得无能为力，英雄无用武之地。他们充其量只能监督小队长，不准劳力外流，别的插不上手。滚压土地、出圈沤肥、翻晒籽种、整修农具、落实地块作物、调购籽种化肥、车牧工补助、羊圈栅梢、驴鞍缰辔、耕畜灌药、修渠垫路，挨着的便是埯瓜点豆，春耕下种。这些事情是小队的业务，不论谁当小队长都想给社员多谋点福利，少挨点骂。

小队长只盯着自己的小队，一个粮食一个钱。这样一来，河滩万亩方田工地上，这里一堆，那里一伙，散了班子。二三道线上的小队长，有的连稻子也没见过。可想而知，他们对种稻是啥态度了。

彭秉如的态度十分消极。刚刚掀起的稻田会战，被徐晋东一个会摁灭了。小队长最讲实效，把计划种的稻田，集中在井周围，平整一亩种一亩，又要求平分鹿鸣滩新开发的地。彭秉如听之任之。他这几天本来已经发现了群众的对立情绪，他们消极怠工。有位老汉说："反正，一开镰就拧住修地。与其种上收不回来，今年索性甭种，一年省事。"这是对公社和下乡的抓基本建设的评论。众怒难犯，适可而止。他只好借徐晋东的指挥棒，掩人耳目，马虎收场。对徐晋东的安排，他认为是县委主要领导的意见。他不怀疑这是徐晋东顶风抛出的戛戛独造的新招。田子荣请假回家搞自己的家庭生产去了。彭秉如让工作队协助大队，将鹿鸣滩平整出的地，平分到小队。今年无论如何要插秧，见收获。其时，他的精力便集中到去冬开展的双打案件上来。

其实，自运动开展以来，一个马案，一个油案，始终纠缠着他。内查外调，清库核账，明察暗访，人证物证，费了九牛二虎之力，总是被一些人往黑豆地引。一个明显的问题，也越来越繁杂，歧路亡羊，无从下手。这使他大伤脑筋。农村，看起来简单，实际十分复杂。有些事是不能用常人的思维判断的。例如：老奸巨猾的大队会计杜辰旺，他老婆窦等弟跟郎福海明铺夜盖打得火热，把他赶门在外，到大队院避难。而他却跟郎福海沾皮扯肉说不清啥关系。他们在马案、油案中，都是重要嫌疑人，而窦等弟在中间不知扮演啥角色。他怀疑郎、杜间的暧昧关系是精心设计下的圈套。一个管副业，又是村里的一霸；一个管账，实属吸群众血的蛀虫。两人共占有一个女人，后者又拱手献给前者，彼此关系又恩仇共济，外方内圆，实在是耐人寻味。他断定：他们之间，问题很大。现在继续攻守同盟，与工作队转桌子，兜圈子。对此，他决定顺藤摸瓜，捣毁狡兔三窟，揪出深藏于明苑庄的魑魅魍魉。那天晚上，监视村里夜间活动的执勤民兵，有目的地去偷听窦等弟跟郎福海的暗中活动。不料，他们除去叽叽喳喳行大淫演外，啥有用情况也没得到。那个小青年险些冲动得死在屋檐下。幸亏浠庚架起胳膊，连拉带拖，才弄到大门下，不然，当窦等弟鬼鬼祟祟走到大门底下时，这些瓜葛彭秉如哪里会知道。他知道的是，李浠庚给他交回一只窦等弟的破鞋。

彭秉如想：窦等弟绝不是单单为寻乐事，深更半夜去找郎福海。这其中定有内幕，除了单线联系，暗送情报，沟通口径，从而偷梁换柱，搅乱阵线外，还有啥值得如此痴心卖命的理由？于是乎，他将窦等弟半夜丢掉的鞋，以及李浠庚捉奸一事，交给白邴崇，让他去跟李乃城一块收拾窦等弟。即使她拒不交代她是福海与杜辰旺之间的牵线人，也起码得承认，这种男女关系败坏风俗。当然，既成事实后，可以冠以拉干部下水之帽。抓住窦等弟或许是两案的突破口，要案是该收网的时候了。

支书李乃城受命后，一笑两龇牙："这个姓郎的和潘金莲，活在我手下了。不叫你娃粉脸上留下两道泪痕，也得叫他娃娃空守冷房半年。不给你郎福海点厉害，不知道马王爷几只眼！"

晚上，李乃城和工作队小白，坐镇大队办公室，派人传唤窦等弟。近日，杜辰旺为了清静，在大队隔壁的三队烤烟房院里，找了一间房栖身。办公室这边说啥，他是听不到的。所以，三大个安排在这里与等弟谈话，是没有什么非议的。

"我先问你，叫我干啥？"

"叫你坐下就坐下，当然有话跟你说。"

"我也不是犯人，叫坐哪坐哪。站着又怎的？"

“呀哈，你不是犯人，难道不是社员？我支书管不了你这个社员？”

“你这个支书就管我坐啊？”

小白见两人顶牛斗嘴，从中调解道：“别误会，有话慢慢说。等弟同志，支书让你坐，是对你的尊重，别误解。”他险些说出“别不识抬举”，“今天叫你来，是有点事情想了解一下，希望你能很好地配合。”

窦等弟气悻悻地将屁股靠在小炕沿上，给了他们个背影。小白本来的安排是让李乃城跟她谈话，他帮腔，压阵。现在看来，情况有变。潘金莲一进门就乒乒乓乓，与李乃城干了一个回合。为了缓和局面，避免矛盾再一次一触即发，只好由他出面迎战潘金莲了。

“是这样，同志，咱们村自从开展一批双打运动以来，革命群众揭发出不少严重问题，有政治的，经济的，作风的。我们地委工作队，经过梳辫子，结对子，基本上掌握了真凭实据。为了敦促干部自觉革命，洗手洗澡，轻装上阵，我们做了大量的思想工作，也采取了一些组织措施。现在问题到了结案时候，需要给有关人员一个思考的机会。在这段时间里，不允许别人去干扰，串联。今天叫你来，意思已经说明白了。杜辰旺会计是你的丈夫，不论你们的关系如何，没离婚就是夫妻。”白郦岽说到这里，想看看这位明苑庄美人的反应。但等弟平平静静，面不改色，一双不怀善意的眼睛慢合慢睁，充满敌意。

“听明白了吗？”李乃城问。

窦等弟理也没理，像根本没听到一样。

小白见苗头不对，又主动接着对她深入探讨：“还有一件事，需要跟你谈一下。郎福海身为明苑庄副业主任，在马案、油案中，都牵连进去了。我们已限期让他反省。在他的问题没有弄清楚之前，任何人不得单独跟他接触，尤其是你。你是杜辰旺之妻，不能在他们中间搞串联。这对你也有好处，免得被人们说长道短。”

“说我啥长，道我啥短？白同志请还我个明白。”等弟开始反攻了。

“怎？你还想猪八戒倒打一耙？”李乃城早忍不住了。这泼妇不见棺材不落泪。非把她拷住，否则不肯就范。他已经捉住了把柄，她还在不识时务地挣扎，岂不是徒劳一场？乃城两眼圆睁，逼问道：“你半夜三更到郎福海家里干啥？”

“你见来？你捉住了？”

“还用把证人拉出来，当面鼓对面锣对质？”

“有骨头，把证人拉来，我倒是看看明苑庄啥孙子给老娘脸上抹黑！”

“别嘴硬！有件东西，你来看看是啥？”李乃城将窦等弟的破鞋出示，对着她虚晃了一下，“铁证如山。”

窦等弟早就猜中他要走这步臭棋。她一见自己的鞋跑到了小人手里，并且作为证据要挟自己，无名火蹿头顶直冒。她咬牙切齿，怒不可遏地走到李乃城跟前，凶煞煞地反问：“原来是你在作孽，耍流氓！”说时迟，那时快，窦等弟两眼瞪着李乃城。她嘴里在骂着脏话，一只手从西式裤口袋里，“欻”一下掏出一团东西，以迅雷不及掩耳之势，照李乃城脸上甩去。李乃城被突如其来的飞来物打得脸上火辣辣的。他昏头转向，还没等他反应过来，等弟将手里的一团东西向李乃城嘴里塞去，并骂道：“你爱，就好好尝尝，这比鞋有味！”

这时，李乃城醒悟了。他一手拨开泼妇的胳膊，一手照她脸上掴了个耳光，并跳起来，与她厮打。小白见事不好，急忙从中阻拦，并呵斥等弟的放肆行为。两人再没有动手，乃城骂她：“娼妇！破鞋！死不要脸的臭女人！把男人赶门在外，拉干部下水，你是个啥玩意？”

窦等弟将头上的毛线头巾取下来，拿在手里，以混淆早装在口袋里的月经带。她不哭，眼里没泪；她指头锥尖般指着乃城骂道：“你当支书有权，明欺暗害！我要告你！告你这个流氓支书。”

“你告去！真没天理了。半夜三更，东跑西窜，被民兵逮住，还嘴硬！告我？我还怕你个淫妇？”

“啐！你再敢损我，当心撕烂你的嘴！左一个娼妇，右一个淫妇，你见了？我问你，我的鞋怎到你手里啦？你半夜跳进我家，谋心不善。发现我儿在炕上睡着，就偷走我的鞋！你说，是不是呀？”

“你是只疯狗，乱咬人！我不怕，有证人！”

“你是个流氓，官公羊！谁不从，就加害谁！我也有证人！”

白郦崇见事态恶化，单他们两人同这个泼妇是谈不下个啥结果的。况且，窦等弟扬言要上告。鉴于这段时间村里的复杂情况，他初入村的锋芒有所收敛。他准备汇报彭秉如后，再作打算。小白制止住两人的诋毁谣诼，互相诟骂后，说：“今天，对等弟的谈话不成功。改日再说。但有一条，窦等弟必须配合工作队，也可以说是遵守运动中的群众纪律。这就是：不能夜间单独活动。特别是不能接触牵涉到马案、油案的当事人。你能不能办到？”

“单单管制我一人呢？还是大家都一样？”

“首先弄清概念，这不叫管制。其次，这也不是对一个人的约束，这是对明苑庄全村人的规定。”

“行。大家走桥上，我还能走桥下？工作队的制度我怎能不执行？真是的。”

小白对这句话挺满意。这女人虽厉害，凶煞，但不糊涂。他看了一眼李乃城，其意思乃城领会了，即是准备让等弟走了。

“不能。”李乃城气煞煞道：“便宜她哩！白白让她扔核武器炸弹，炸了个四不像，就完了？”

“活该！谁叫你贼喊捉贼，诬陷好人！没用烂鞋赏你嘴巴，够便宜了。”

“你今天不给我说个过来过去，低头认罪，就别想走出这个门！”

“你有权，想怎样就怎样！只要工作队让你！”

白郦宗发现院里有响动，这是周围群众闻讯赶来，瞧热闹的。如此僵持下去，对工作不利。尤其跟一个名声在外的破烂货无休止地纠缠，引出她不少肮脏龌龊的下流话，必然影响工作队的形象。李乃城也缺少政治头脑和工作经验，要么口出粗言恶语，要么无限上纲。居然连核武器也牵扯进来了。这不是天大的笑话！幸好等弟不了解核武器是当今世界上最灭绝人寰的可怕家伙，才不了了之。若再放任他们无边无际地攻击下去，不知要闹出啥名堂！简直是开国际玩笑！丢中国人的脸呢！其实，白郦宗根本就没有看清窦等弟是用女人使用的月经带打的李乃城，他压根儿就不清楚那东西打人的深刻含意。他只看见是软料，比铁器、木器轻得多。李乃城即使挨了打，也不会伤着骨头破了肉，没啥大不了的。于是，白郦宗庄重地发表自己的意见道："我代表工作队宣布，今天跟窦等弟的非正式谈话，告一段落。现在休会。等弟，你可以回家了。"

李乃城眼巴巴看着等弟一甩门走了，白郦宗竟将他的指控当作儿戏，不予理睬，他实在不知所以然。今天这事实在窝囊，蛤蟆吃黄蜂，倒挨一锥。不但被她一张烂布嘴破骂一顿，还被她的冲运东西糟蹋了一番。这个白同志怎么黄不说，黑不道，糊里糊涂收场。用这样的武断作风对待极力扶持的基层干部，未免让人有些心寒。无怪李福杰跟他们尿不在一把夜壶里。乃城正在忿忿然，憋着一肚闷气。白郦宗批评他道："我说老李同志，你岁数也不小了，农村情况也熟悉，应当把这事情处理好。你怎么从一开头就步步被动，引火烧身，让她咬住你不放。多亏我在场，为你救驾。不然，你简直不可收拾。"

"怎么，她再厉害还能把我吃掉？今天我跟上你够败兴的了，被人家血马布打得，十年也翻不过殃来了。"

"啊？对！我还没批评你呢！"

白郦宗潜心考虑李乃城的言语失误，以此作为不成熟谈话的理由，向彭队去交账。他根本没有听进李乃城的诉苦，也根本不明白李乃城近乎黑话的农民世界专用语。因而，又继续他的思路，批评李乃城。经这一批评，李乃城才恍然大悟，原来，这个白面书生，弄不清啥叫“核武器”，看来“血马布”更不理解了。唉，他哭笑不得。大概，他连那泼妇用啥打他也闹不清。于是，他问：“小白，你知道不知道窦等弟用啥打我来着？”

“还不是手巾一类的布料东西？怎？打着你了？有伤了？”白邴崇以为李乃城要反咬一口，讹她养伤看病钱。

“哈哈哈……嘿嘿……”李乃城伤心地惨笑起来，笑着笑着鼻子一酸，哭了。男儿有泪不轻弹，只缘未到伤心处。他打落牙齿和血吞，有口难言，伤心的血一点一点往肚里咽。

窦等弟从大队部出来，没有搭理那些窃听新闻的好事之徒，径直走回家里。当她准备开门时，屋里“啪”一下，电灯亮了。她知道是谁，拉开门一看，果然是福海，个子高高地立在当地。

窦等弟一见到福海，心里就有种踏实、胆壮、满足、开心的感觉。只要有福海站在她跟前，天地间什么凶神恶煞，她都不惧怕。真所谓赴汤蹈火在所不惜，一夔已足矣。这种心理感觉，对别人来说，是不可思议的。今天的风言风语：工作队要揭盒盖子呀，大队这几个人，都逃不脱，有的恐怕要蹲班房。她的被传讯，也是他们煞费苦心的插曲，想从中捞取稻草，并恐吓她，不准这，不准那。他们的小算盘，等弟一概清楚，说九说十，无非是限制她去福海家。今天，她从大队部出来，心灰意冷，以为福海被监控起来了，两人难见面了。没想到，他冒着风险，居然提前来到她家。这益发使她感动得热泪盈眶，浑身酥软。她情不自禁地一下跌在福海的怀里，像受了莫大委屈的孩子躺在母亲怀里似的，呜咽起来。福海抱着她安慰道：“甭尿（理）他们。看他们能把咱怎样，连根毫毛也不敢拔我的！”

福海像哄小孩似的把等弟抱起来，平平放在炕上。又不放心地问：

“他们问你啥来？”

“三小人那个干羊头，像撒了青的叫驴。今天他没占了便宜。管叫他十年八年不翻殃寻晦气。”等弟颇有得意之感。

“他们没问你些啥？”福海急于了解的是有关他的经济问题上的线索。

“不叫去你那儿。还说，你们的事要亮红心呀，保准是诈唬哩。三小人狗跟上狼嚎哩。他知道个啥？”

“他们连你的人身自由也限制了？扯淡，别理他们。”

“反正小心点好。让那些民兵娃们捉住，跟他们纠缠不清。你来，我迟早给你留着门。”

“我现在是重点对象，他们没缝缝还想下蛆哩。不能大意。”

沉默了一会，等弟问：“工作队多会走呀？”

“下一年乡。去年秋后来的，今年秋后走。大约在九十月份。”

“哟，还有半年哩！”等弟屈指掐算后说。

“别看他们叫驴上嫖——喊得凶，可要叫他们没下场哩。我在内蒙古比在咱县还熟悉哩。他们再跑十趟也是瞎子点灯，白费蜡。咱穿袍子撒尿，理也不理他们。”

“你吃过饭没有？”等弟突然问起来，并坐了起来。

“吃了。你还没吃过晚饭？”

“算吃过了。正吃着被叫走了，晦气。”她整了整乱蓬蓬的头发，又下地将给火炉加了几块炭，蓝色的火苗立地熇熇蹿上来。

“家里也不冷，你还加火呢？”

“你觉得不冷，我可冷呢。”等弟看着火苗回答。她脸上被火光映得忽明忽暗闪烁着，就像紫色脸在轻轻跳。郎福海今天看得格外细致。因为他心怀叵测，起了不良之意。他今天是来跟等弟告别的。包藏祸心，不敢显露。

原来，这几天工作队对他们的问题，穷追猛打，刨根问底，他们脚底蹬杆仗，自己本就有错，都有些心虚。他们的问题都是串着的。如果有一人顶不住，或失言泄密，便会一败涂地，一塌括子完了。今天，他跟杜辰旺坐了一会。杜辰旺的情绪很糟糕，似乎看破红尘，言语之间，有厌世轻生的迹象。这使郎福海既害怕，又产生了一种怜悯恻隐之心。他孤单一人，像个流浪汉。在大队待不下去了，又跑到烤烟院。工作队一直认为他是重点怀疑对象，弄得他心烦意乱，走投无路。一个人辛辛苦苦，为家庭、为大队操劳多少年，没功劳也有苦劳。到晚年，家庭却没有了。他的大队会计眼看也兔子尾巴不长了。他下步该怎么办？郎福海设身处地为他想了想，最后劝说："你回家吧。自己的家，有功有理，怎不回呢？"杜辰旺无奈地缓缓摇头，不置可否。

"我这几年对不起你，罪该万死。你对我仁至义尽。上天有眼，我郎福海起誓：从今再不去你家，破坏你们的温暖家庭了。"

杜辰旺毫无反应，仍是缓缓摇了几下头，长吁短叹，说"你还是不了解她。"

"旺兄，我了解不了解她，这无关紧要。我不跟她鬼混，这由我。男人说话，权当写约。"

"不，不。你不去，她会找别人的。反正，我是被她抛弃的人。"杜辰旺说到这里，老泪纵横，悲痛欲绝。

"不，旺兄，她跟我说过。除了我，再不跟别人厮混。"

辰旺木然不语，如痴似呆。

郎福海见状，对自己的错误，深恶痛绝，认为不可饶恕。一块共事多年，而如今闹问题，又公认是团伙。实际上，两人关系一直不错，经济上有些啥也互相支持。今天，他处到这般境地，家里逼，上边逼，作为联手兄弟，再不能逼他了。若自己再不同情，伸出友谊之手，不就正好中了工作队的计？这样对谁也不好。如果自己这时还不悬崖勒马，回头是岸，就会断送一切。杜辰旺一旦有个三长两短，自己将无脸在这个世界上活着，自己会猪狗不如。这样，他主意既定，即来向窦等弟告辞。

窦等弟在泥炉前伫立着，她发现郎福海今天心事重重，举止失常。等弟又想：大概是他的问题大，担心出事，故心有余悸，愁眉不展，哪有贪花作乐的心思？她想到这里，顿然产生一种恐惧感。如果福海真的有大问题，被锒铛入狱，她可怎活呀？她瞧着郎福海失神落魄的样子，思想起自己的家境，三小人对她的凌辱仇恨，她万箭穿心，痛苦不堪。等弟心里越苦，越不愿意将自己的苦处分给福海。她对他情深义重，着迷般眷恋。她最担心的就是郎福海另选新欢，抛弃她。她敢断定，如果有哪一个女人发现郎福海的奥秘，肯定会不顾一切地与她展开生死争夺的。这是她对福海一往情深的内在原因。她在郎福海遇到困难时，应当多给他点温存、体贴，使他在精神上和肉体上享受一下来自女人的异性温存。

话，总得说。这样顾虑重重，打死老婆盼夜长，不是个事。

“我们的事，看来要动手了。”福海终于开口了。

“你的问题大不大？”等弟关切地问。

“磨道还愁寻个驴蹄印？”郎福海用无可奈何的消极态度说，“人想要闹你，唾在脸上就是疮。辰旺哥也可怜巴巴……”

“别提他。一听到他就心烦。”

“唉！”郎福海长长地叹息一声，“人心都是肉长的。”

“看把你心好的。要是个女人。”她胳肢他一下，想逗他的笑。

没想到，郎福海非但没笑，反而哭了。他将等弟的手拉到自己脸上，让她感觉自己的泪水。

“你怎了？”等弟问。

“工作队派民兵监视起我了，今后恐怕见你的时候少了。”

“别瞧他们张牙舞爪的，雷声雨，一阵子，过几天就没事了。”

“我们的事，只要辰旺哥一句话说漏，就完了。”

“那人心地善良，不会害人。”

“是怕他胆子小，担不住呢。”

“那没办法。人无能是天生的。”

“你不能关心他一下吗？”

“……”

“我不忍心再这样下去了，也不能再这样下去了。”

“啊？你今天原来是城隍娘娘得喜，心怀鬼胎！说，究竟为啥？”

“工作队会利用我们的矛盾，挑拨离间，攻破缺口的。”

“你跟他的关系不是挺好的吗？”

“唉！扪心自问，怎能好了呢？言和意不和，笑在面上，狠在心里。人说，夺妻灭子，不共戴天。怎能好了呢？”

“甭说了。天鹅说成扁嘴，也不抵。想图利索，甩掉我，办不到。你当初发疯了，把我害成这样，人不人，鬼不鬼的。到如今，想不要就不要了，没那么容易。”

“我不是绝情断义那个意思。我是说，咱们得观观风头，遮遮世人耳目。待风头过去，再行方便。这行吧？”

“你观他们风头，我观你的风头。你如果另有娼妇勾引，我决不会饶恕的。”

“行。多少年的伙计，还信不过我？”

“痴心老婆负心汉。男人们狼心狗肺有的是。”

“瞧，刀子嘴，豆腐心。亲起来，恨不得一口把人整吞了；骂起来，又恨不得把人咒死。”

“啪！”等弟亲昵地拍了一下福海的背，然后狠劲搂过他的头，疯狂地吻起来。

第四十九章　实心人误搭鹊桥

徐晋东来到了水库。水库是公社第二，罗彪是公社副书记。而政委周谦则是县委副书记，比自己官职大得多，这里不能掉以轻心。自从那天他将周书记软化而去后，另起炉灶，召开了独断专行破开荒的大小队干部会议，总感觉掩耳盗铃，随时会有上司来追究稻田下马的责任。不过，事态如愿。他今天上水库，与其说是对周书记的敬重，不如说是对罗彪的胆怯。周谦书记不与自己顶牛、抬杠，这是领导的水平。谁都清楚，上下级发生口角，言语相交，作为上司领导有失尊严。而罗彪是自己的副职，一旦发生争执，失睦，同样是自己吃亏。舆论可畏。

徐晋东在大坝上随便站了站，看了看，便同罗彪回到指挥部。对于罗彪负责水库，他十分放心。罗彪的责任心强，业务水平提高很快，没多长时间，便成为内行。而自己一窍不通，冷不丁上来一次，哪能指手画脚。况且水库工程还有县水利部门的行政、技术人员，总归罗彪领导。

徐晋东心猿意马地对罗彪察言观色，他总担心罗彪要给他个难堪。罗彪能跟田子荣当众牙还牙，眼对眼，失情破脸干一场，怎不会同你徐晋东枪对枪，炮对炮，见个高低？为了工作，为了一口气，哪怕封豕长蛇，老虎肚里也敢爬一遭。不然岂能成为罗彪？但徐晋东没有从罗彪的脸面上，言行上看出不悦情绪。他同过去一样，一路上边慢慢走边笑着谈这谈那，言语间总是流露出他的自信、自强。他很少自责、自馁，不愿在领导面前提困难，谈晦气，不论何时见面总是十分自信。但今天，徐晋东是底清数明，诚心实意上来，跟他谈心，解释下边情况，消除误解和隔阂的。他与田子荣争吵后，立马上了水库，再没问及长短。明苑庄武断对待水库人员，也未给公社施加压力。自己大会上宣布，暂停水库小杂粮、补助粮的供给，也未征求罗彪意见。一而再，再而三，引发水库涟漪，难道他竟然不知吗？一个坦然荡荡，畅所欲言。一个小心翼翼，洞察秋毫。

当徐晋东和罗彪坐下来，谈及田子荣与他发生面红耳赤一事时，罗彪摇摇头："那些不愉快的事，谈论它干啥。我那天真是气炸了，才下山跟他较量。正好赶上公社开会，给公社造成了不良影响。那种人，不值得跟他见高低。一着急，啥话也能说出来。"他很宽容。对徐晋东谈到当前牺牲点水库利益保证春耕工作的时候，罗彪没啥异议："一年之计在于春，事关全年大计，当然理应重点抓。"第一回合，彼此十分投机，徐晋东对罗彪感慨万千。须知，罗彪不是欺软怕硬，而是吃软不吃硬。

徐晋东跟罗彪谈及第二件事，是这样开口的："你认识明苑庄的李乃城吗？"

"不认识，是个干啥的？"

"游乡串村，焊灯壶，抢剃刀，钉镲子，配钥匙，干些零零碎碎的小活计。前些日子，被彭秉如看中了。现在成了明苑庄的支书。"

"李福杰不干了？"

"嫌他倔头倔脑，碍手碍脚呢！等于撤职了。公社一点情况不摸，人家来了个先斩后奏，给公社等好窟窿钻。"

"唉！今后，再出现类似情况，公社该出面干涉的。他们待上几个月，一拍屁股走了，戳乱马蜂窝，还得公社来收拾。"

"我也这样想过。就拿明苑庄让他做试点去吧。下不为例。对了，李乃城个子不大，外号叫三大个。政治上不成熟，是个小炉匠人物。"

"县工作队没啥新花样吧？"

"没有。连青云寨和桃园，这两个区工作队包的村，也挺平稳。"

"你要提防王则峰，暗中煽风点火，拨弄是非。田子荣就是上了他的当。那个人，别看他工作上书呆子气，心里野心勃勃，还想东山再起，杀个回马枪呢！"

"他对免职不服气，我倒清楚。但若有东山再起的想法，那就太不自量力，可笑又可怜啦。"

"不能拿一个人的办事能力去衡量他的坏事能量。有的人，就是成事不足，败事有余。千万莫以己之心，度他人之腹。"

罗彪推心置腹跟徐晋东交换意见，提供情报，这既是私交方面的心灵沟通，又可以说是工作上的顾全大局。徐晋东对王则峰曾经有所不解：为什么他要返回双杨下乡？但他退一万步也不会想到，王则峰居然有再作冯妇的觊觎，无怪他与田子荣一拍即合。原来包藏祸心，企图借尸还魂。他是让田子荣为他编的破筐篮收边拢沿，证明他的伟大。如果真的是这样，王则峰其人，值得注意。尽管在徐晋东心里，对王则峰做过这样的结论：想入非非，大脑复杂；拙手笨脚，行动幼稚。但还须留心设防。他对罗彪的赤诚之心，打心底感谢。但他又不能将田子荣与王则峰的暧昧往来告诉他。

徐晋东深表理解。他若有所思地说："在万亩稻地问题上，他的态度很坚决。去年秋天就怂恿公社大张旗鼓，全面上马。"

"是啊！他在这里跌倒，还想从这里往起爬嘛。司马昭之心，路人皆知。那件事，你要头脑冷静。我在水库上也听到工人们的反应，他们认为这纯属盲目蛮干。他撺掇咱给他擦屁股，想借用咱的手，为他编织美梦。这样他捞上稻草，还会反戈一击。尽想好事。"

对罗彪入木三分的分析，徐晋东一半相信，另一半他认为言过其实。他料想王则峰没有这么大的野心，也没必要想这么远。他倒是对罗彪产生了怀疑。自己分明开门见山，跟他交了底，这次专门上水库谈谈下边的情况，解除误解。怎么罗彪的兴趣却在他人方面与公社方面？他闭口不谈明苑庄事件，难道此人真的宰相肚里能撑船，或具有唾面自干的宽容情怀吗？他还须将话题转到明苑庄上。

“我看王则峰同彭秉如有相似之处，秀才造反，三年不成。彭秉如甩掉李福杰，扶起李乃城是步错棋。李乃城是刁小三，跑龙套把式。有些事，连公社也背着。那天对杜文逵就是他在彭秉如的授意下胡闹的。”

罗彪以为仍在说杜文逵反映田子荣一事，那分明是田子荣在小咀受王则峰挑唆，出狂言，损他嘛。怎么张冠李戴，今天又扯到彭秉如头上了？于是，他打个马虎眼，道：“那不怨彭队长。无所谓。争争吵吵，没意思，让人笑话呢。”

徐晋东以为罗彪有意回避此事。他感到莫名其妙，陷入沉思。罗彪故意打岔，驴唇不对马嘴，这是啥意思。徐晋东不能再说下去了。罗彪向来刚愎自用，有事一人担着，遇事也不欢迎别人掺和。他大概是怕徐晋东插手，干扰他的部署。难道他会图谋报复，居心叵测，采取措施吗？从他今天的言谈上看，不会的。莫非周谦上来，已经化解矛盾了？徐晋东想到这里，说道：“周书记那天从水库下去，专门到赵庄找到我。我们回了公社，他没说些啥就走了。”

“他那天上水库，着着急急，也没说些啥，又着着急急走了。最近，县里没啥大的动向吧？”

“没听说。”

“是不是他老伴子病重，去太原呀？”

“也没听说。他去太原，着着急急来咱这儿干啥？”

徐晋东不清楚。罗彪心里盘算：要是他去太原给老婆看病，很可能想从水库借点钱。但他又难以启齿，于是空兜一圈，走了。

可惜他俩左思右想，都猜错了。

这时芸芷将文逵一把推进罗彪办公室，说：“你自己说去吧！徐书记和周书记一样，总算没我的事啦。”

没头没脑两句话，把徐晋东和罗彪弄得莫名其妙。芸芷早笑着走了。

“啥事？”罗彪问文逵。

文逵搔首挠耳，不知该从哪儿说起。他希望徐书记解围。因为既然周书记对他讲过这事，两人一定交换过意见。何况徐晋东今天又亲自上水库，应当说，早跟罗彪通风了。但徐晋东闭口无言，袖手旁观。

“你从哪个村转回来的？”罗彪又问。

“从孔雀崖、部垴那儿。”

“到那几个村干啥去来？”

“老赵让搞些莜面给指挥部。”文逵嚷嚷。

罗彪没吭声。他停了停，又问：“下边村庄跑完了？”

文逵看了一眼徐晋东，不敢如实汇报下边情况。徐晋东发现罗彪态度严肃，口气生硬，对文逵居高临下，一副家长架势。而文逵支支吾吾，闪烁其词，一副仰人鼻息的下作相。他心里佩服罗彪治人有方，又从他两人的对话中发现其中榫卯不对口。这又是怎回事？罗彪直到现在还当着自己的面，追问下边村庄的事，这葫芦里卖的啥药？如果说上次会上是有意跟田子荣过不去的话，那这次就该接受自己的统一安排。是不是他还被蒙在鼓里？徐晋东不得不开口表态了：“老罗，我正要对你讲这事儿。下边春耕大忙已经开始，咱们公社劳力紧张，前些天又大搞稻田开发会战。现在情况告急，会战全面取消，稻田各自安排。水库上，当前要发扬风格，支援春耕。那天，我在会上已做安排，涉及供水库的补助粮什么的，推后再了结。现在，人要有饭吃，畜要有料喂，地要有籽种下。你们上边，先用国家补助粮周转生活。”

徐晋东尽量用通俗易懂的解释，婉转地做罗彪的工作。罗彪听后，说：“春耕是大局。水库上理应配合。至于吃粮嘛，先尽国家补助使用，无非多啃几顿骨头就是了。”

徐晋东对罗彪通情达理的回答，由衷地高兴。到此，他在大小队干部会上，发号施令，独断专行的尝试，画上圆满的句号。他看了看文逵。文逵踌躇无着地问罗彪：“罗书记，我走吧。”

“这几天到连队劳动去吧。”

“行。”文逵奉命而去。他出门时，有意蹒跚地走，似乎因下山赶路伤了腿，想借此给领导留下一个好印象。

吃饭时，苏芸芷问文逵：“你怎说的？”

文逵眨一下眼，意思是别问这事。但苏芸芷进而抖明亮底说：“你被人家当游民捉走，强制下河滩，还装模作样，打肿脸充胖子呢。”她说话向来谁也不回避，估计在屋里吃饭的徐、罗二书记都听到了，但他们谁也没有去搭理，均当作耳边风置之一边。罗彪最忌讳在领导面前，暴露自己管辖的事。芸芷说的是真是假，他定不会此刻刨根问底，拨草寻蛇。何况他也不好哪壶不开提哪壶，专找没意思。

文逵担心芸芷还要瞎说，端着碗走开了。芸芷笑着，正正经经地对文逵说：“文逵，我告诉你：今后，再不能到晓梅屋里借枕头睡了，瞌睡了回你屋里睡去。”

哈哈哈……人们善意地笑了起来。芸芷以为笑文逵呢，也不笑强笑，跟着大家笑起来。其实，在场人除了笑文逵与晓梅隐情被芸芷点破外，更想笑的是，这个傻乎乎的芸芷，居然说出很幽默的笑话。

第五十章　碧云探监施好心

春忙开始后，小咀的裤裆沟工程也停了下来。王则峰今天特意到那里浏览了一下，昔日喧闹、热烈的劳动场面，变成冷清清的死寂山坳。一对红嘴乌鸦在沟上空翱翔一阵后，抿着双翅，一头钻入老崖上的窟窿里。“啊！乌鸦称霸裤裆沟，禽兽交瞳何日休！”王则峰即景生情，望鸦吟诵。他的心情潦倒、颓废，难于言表。由他亲手开发的双杨万亩稻地，是颇有远见的革命创举。不是吗？今年县委五万亩水稻基地的出台，来自谁的发明？而今将他孤家寡人，丢在一个区区小山村，无人问津，简直岂有此理。自古到今，尚未见过如此卸磨杀驴的，能不叫人憋气吗？更有甚者，徐晋东自从来到双杨，执意跟自己过不去，总是踩前人脚后跟。刚刚掀起稻田会战。田主任英雄所见略同，竭尽全力摇旗呐喊，大造声势。但好景不长，开工二十多天，就被徐晋东的自由种植论冲垮了。

王则峰独自一人在裤裆沟工地上踅来踅去，心烦气躁，怆然泪下。若如此听天由命，坐观事态发展，自己的前途，将眼睁睁被徐晋东毁于一旦。那个孱夫田子荣是指不上了，尽管再耳提面命，也等于对牛弹琴。他天生就是鞠躬尽瘁，死而后已之料。老黄牛精神有余，虎略龙韬之才不足。他与徐晋东为伍，必然南风不竞。周谦与自己有成见，怎么办呢？最终，王则峰认为只有赤膊上阵，一决雌雄，才是改变命运的捷径。想到这里，王则峰攥紧拳头，冲乌鸦窝打了一个黑虎掏心拳，高兴地转身离开裤裆沟。他要面见县委书记罗国亮，直言进谏，将徐晋东中辍工程，自立山头与县委离心离德之事，一一报告。教他作茧自缚，自食其果，方知王某厉害。

王则峰兴冲冲回到三桃子院。三桃子院里人来人往像赶会似的。王则峰不知发生了啥事，拨开人群一看，三桃子正与一个面目狰狞、衣着寒酸的女人厮打在一块。两女人既不大声吵闹喊叫，也不互相动手动脚、攻击对打，她们只是纠缠在一块顶牛。陌生女人比三桃子高，她弯腰抓着三桃子的领口，喝问："你交不交？你藏哪儿了……"

三桃子两手抱着那女人的手，近乎哀求道："老天有眼，阿弥陀佛。我没藏你闺女呀！"

看样子，两人打的无头官司，一个要人，一个说不知。要人的像个气煞钟馗，阴森可怕；求饶的如管制人员，连说话都变了音。也许牵拽时间长了，要人女人的红布裤带头子耷拉出一尺长，粉红亵衣也露了出来，三桃子逐渐连肚皮也裸露出来。其实三桃子男人就站跟前，他束手无策，袖手旁观。俩女人爱怎样都行，没事。若男人动手，事情就麻烦了。

王则峰用严厉的腔口问："你们这是干啥哩？"

"王书记，你快给说道说道。好我的老天爷哩。人家找我要闺女来了，我家里连只猫儿也藏不住呀！"

"放开！有话来我办公室讲。"王则峰盛气凌人，虎视眈眈，威慑着这个母夜叉。他特意将他的寄宿小房，称之为办公室。

"你别诈唬，你早不是书记了。"这女人原来认识王则峰。王则峰狠狠瞪她一眼："不是书记就不能管你了？"

"现在又是咱公社书记了！"有人奚落这女人，"你别有眼不识泰山！"

王则峰听到这句话，心里一动：众人是圣人，圣人口里没空言。这是多好的征兆。今天与这丑陋娘们碰着，莫非是天缘巧合，内有因果不成？

那女人思量着，再这样下去，也没下场，不如借机另寻茬口。于是，她放开三桃子，对王则峰说："行。你给我解决，我就找你。"她一手揪着褪下去的裤腰，跟在王则峰身后，向东边小屋走去。

"啊哟，谢天谢地！老天爷！"三桃子就地一滚，叩了三头，不知给天给地，还是给众人。大家戏谑着："快别磕头了，找媳妇去吧！"

王则峰坐在不足方丈的小炕上，升堂问案："你叫什么名字？哪村的？"

"我叫腊花姐，赵庄人。赵庄叫我金怀家。"

这个名字好像在哪儿听过。王则峰想起来了。当年他和何正魁在赵庄踏青，忽然前边不远的路上，有个女人当着他俩面，褪下裤子解手。他气炸了，问何正魁："莫非是个疯子？"何正魁边绕开道走边说："鬼见愁蜡花姐。咱阴阳方士蒋金怀的老婆。人们叫她北极熊，就近看，能把人吓死。"此后，王则峰总躲着她。他对她有些胆怯，人不要脸鬼都怕。不想今天在小咀又见面了。郭玉恩就是被这女人告倒的。赫赫有名的金怀老板，就这可怕模样。难怪县通讯组席铭说，赵庄女人俊的太俊，丑的太丑。自己在赵庄时间不长，体会不深，今天才大开眼界，发现赵庄居然有这么丑的女人。

"我说腊花姐，你无缘无故来小咀找三桃子要什么人？"

"王书记，你怎一开口就木匠斧子一面劈，说我无缘无故找三桃要人？我怎不问你要人？"

"你有啥证据，要的啥人？"

"我闺女在电磨房开票，被她三儿勾引走七八天，至今下落不明。你说我不找她要人，找谁要？"

"我在这院里住着，什么情况也清楚。他三小子叫韩三毛，一直就没离开过家，怎么能到赵庄勾引走你家闺女？这不现实呀！"

"啊？原来三儿在家！刚才三桃说，他儿丢了。哄我，我非跟（她）拼命不可。"

这时，王则峰才知道说漏了嘴，与三桃子口径不一，给这泼妇钻了空子。“走，对质！我见到三小，非掴（他）嘴不可！他把闺女寄哪个鬼窟啦？”说着，想伸手去拉王则峰。两眼像惹恼了的公猴。

王则峰有点紧张，这女人臭名远扬，今天，自己须提防着。于是，他缓和一下气氛，问:“你闺女在赵庄电磨房，怎么就和韩三毛联系上了？”

“徐碧云勾魂鬼。那个骚塌天，卖——”卖什么，她没敢说出这句挂在嘴边的话，改成了“女流氓”。

“我告诉你，想找到你闺女，先对我讲讲来龙去脉。我帮你分析一下情况，不要说脏话、骂人。听明白了吧？”

王则峰对此事有了兴趣。丑闻出在赵庄，且赤脚医生徐碧云也参与其中。内里还牵连到谁，他不能胡猜，但这里定有蹊跷。借这女人的一张脏嘴，翻腾一下赵庄的锅底黑灰，何尝不是一件快事?

这里，不管王则峰如何断这桩公案，也不必相信金怀老板的个人之言。这是件复杂的男女青年恋爱纠纷。事态的发展，令人触目惊心。

这得从徐碧云说起。她自从醋意酣发，到县公安局告发孙羊羊人命一案后，前思后想，觉得自己大错特错。这害了羊羊不说，还在自己心上重重剜了一刀。她每每半夜惊醒，出一身冷汗。她扪心自问，亏心损德，葬良心。千日好，百日好，一时不好害他蹲牢，实在后悔莫及。她心里的苦处，能对谁说呢？这简直是张天师家里闹鬼——说给谁也不信。世上没有卖后悔药的。徐碧云经过一段时间的反省、折磨，终于决定：探监。她要当面向他赔情道歉，请他谅解。但怎么去呢？怎么向监管警察登记，说明身份呢？如果孙羊羊执意不见她呢？毋庸讳言，这都是摆在她面前的难题。好一个忏悔，说得多轻松。孙羊羊人头没落地，也是沾了时间拖得太长，时过境迁的光。不然，早呜呼哀哉了。后悔也没用，现在人模人样去探监，仇人相见，分外眼红，有你好戏看的。想到这里，徐碧云难免心有余悸。孙羊羊的影子又总是在她眼前晃绕。

一旦他提前释放，回村后恐怕也与自己过不去。不如及早表达自己的情愫，求他谅解，毕竟曾如胶似漆恩爱多年。

徐碧云日日翻来覆去地在内心搏斗，一直辗转难眠，找不到良策。终于，机会来了。一天，小咀三桃子到弟弟家管照留下的破家业。徐碧云也去了。她来到孙羊羊的冷落的院里，触景生情，拉住三桃子姐姐长姐姐短地哭了一鼻子，并伤心地向三桃子诉说了自己的一肚委屈。自然，三桃子受宠若惊，又给徐碧云揩泪，又安抚她。三桃子也哭了起来。最后，徐碧云啜泣着对三桃子说："我跟姐姐说的，都是撩起肺说得心上的话。我要到监狱跟他见见面，掏出我的心让他看看。好姐姐哩，我那天跟上鬼了，自己的腿不由自己支派，鬼催着进了公安局。现在，我吐出真红血，也是苏木水了。"

三桃子是个软心肠的女人。她对徐碧云和孙羊羊的关系，悉底精明。最后，徐碧云告发孙羊羊，她也清楚。但当她看到徐碧云泪流满面凄惶的悲惨可怜样，从内心同情这个女人。她相信，一个女人的心是坦诚无瑕的，那一念之差，定是鬼魂作祟。不然，两人好得如蜜甜，怎会因几句驳牙斗嘴就去报官呢？三桃子一片好心，想为徐碧云解脱困扰，便出主意道："好妹妹哩，一个嘴里长不出两舌头，一家人不说两家话。改天，叫俺三毛跟你一块去。顺便给他送点可口的吃的。你看怎样？"

"那敢情好，谢谢姐姐了。"

人世间的事情，千头万绪，白云苍狗，着实不能主观臆断。这令徐碧云怅恍了好久的一桩心病，曾使她心胆俱裂，趑趄不前，仰天长叹，没有办法。而经三桃子指点后，起初她还持疑惑试探态度，认为三桃子臭手捏不出香糕来。但当她和三毛去到监狱后，一切都出乎意料。她的顾虑畏葸都是多余的，孙羊羊跟徐碧云见面后，抱头大哭。若不是警察干涉，还不知要干出啥忘情的举动来。当徐碧云要跟他道歉、忏悔时，孙羊羊制止了。当徐碧云又按自己的想法，对孙羊羊好言相劝时，又被制止了。孙羊羊有孙羊羊的想法。他用几句话便说透了：“那天晚上，我做了一个噩梦。梦见一个素不相识的陌生人，站在我头跟前，对我说：‘孙羊羊，还我脑袋。’我一看，这人果然没有头。我说：‘我多会拿你的头了？’那人道：‘你没拿我的头，也得拿你的头还我。’说着向我伸过手来。我感觉到不是手，是爪子。我惊醒了。”孙羊羊说到这里，问徐碧云，“你说，这是不是那个冤死鬼索命来了？”

徐碧云心里很畅快。她知道，孙羊羊说的不是假话。这个梦，帮了她的忙，也帮了孙羊羊的忙，能使他少些痛苦。天网恢恢，冤各有头，罪有应得没啥说的。当徐碧云和孙羊羊告别时，孙羊羊突然想到件大事，说：“碧云，尽管政府宽大处理，没治死罪，但阎王爷饶不过我。我的头，早被死鬼取走了。少则三五天，多则一月二十天的阳寿了。家里那点筐篮草筛，你管理起来，也算咱相好一场。”徐碧云今天是提着心来的。孙羊羊宽大为怀，对自己旧情不忘，新怨不记，已经感恩不尽。他一旦无常，愿他在天之灵，别阴魂不散、萦绕惑乱就谢天谢地了，如再有贪心奢念，则天理难容。徐碧云立刻想到他姐三桃子，那可怜老人。于是诚心诚意地对孙羊羊说：“你别胡思乱想，梦毕竟是梦。不过，你那房院没人照管，也是个零落破废，不如交代给你姐，他三儿子也没媳妇。让三毛来替你照看。你哪时出去，讨吃也有个立棍的地方。你听我一句话，就这样定下来。”碧云没等羊羊回话，便向外边站着的韩三毛喊一声：“三子，你过来。”

韩三毛走了过来。徐碧云将刚才的意思，从头对他复述一遍。然后问羊羊：“对吧？这是你的意见。”

孙羊羊“嗯”了一声，道：“是我交给你的，你看着办吧。”

就这样，穷光蛋韩三毛一夜间成了有三间正房，两间小东房，一处院落的中等人家。孙羊羊虽是光棍，但有徐碧云作为精神支柱，光景过得不算衰败，房屋院落整修得有条不紊，清清利利。手用农具一应俱全。

在徐碧云的说和下，孙羊羊同意将这一切明给徐碧云，暗交三毛管理，因为还有两甥的干系。

徐碧云得意扬扬，领着韩三毛凯旋。她决定，送佛要送到西天。尽快给这后生找个对象，把他的户口下在赵庄（她在赵庄说话好使，下一个人的户是有把握的），也了却一桩心愿。韩三毛呢？一个山村穷娃娃，由于对自己的家庭、前途失去信心，在村里好逸恶劳，常调皮捣蛋，属教不属管，又好给小队长穿小鞋。人们叫他三夹生，意思是没蒸熟，欠火着哩。但这后生长得俊秀，并不像他妈抱蛋鸡似的臃肿，乡间人们称这号人为长着个“捉鳖相”。徐碧云颇费心机地在赵庄给三毛筛选下金怀老板的闺女蒋小瑛。

蒋小瑛窈窕淑女，玉貌花容，一表人才。但她没念几天书，只有高小文化，也就比三毛略高一筹。她天真、活泼，办事落落大方，干净利索，且伶牙俐齿，善于辞令。因此，她被大队干部看中，到电磨房开票，农田会战时，又抽到工地当广播员。小瑛有一对水汪汪的大眼睛，双瞳剪水，就像中秋节的月亮，令人倾慕不已。

徐碧云穿针引线，将小瑛与三毛巧作安排，两个年轻人一见钟情。韩三毛不必说，再比小瑛逊色五成，他也会相中的。几天前，他在小咀还是坚持自己的择偶标准：女人、活人，就行。现在，疥蛤蟆卧在兽头上——一步登天。赵庄的一枝花居然与自己有了缘法。他喜从天降，乐不思蜀。他打开老舅的家门，打开老舅的铺盖，那里成了他与小瑛约会谈情的幽居之所。这三毛生得鬼精。他在小瑛面前低声下气，极尽温柔婉娩之能事，讨小瑛欢心。他还信誓旦旦地对小瑛表态，对天盟誓，言说海枯石烂不变心，赴汤蹈火不回头。他的三寸不烂之舌，把个小瑛说得心花怒放，神采飞扬。可怜纯洁少女心，对韩三毛一往情深，陷入爱慕情海，不能自拔。加之，徐碧云从中拉纤成全不同一般。她在小瑛眼里是赵庄的能人，是小瑛崇拜的人。她医术高明，办事果敢，而且身材苗条，话语正直，谁见了也陪个笑脸。一样样的话，出自徐碧云嘴里，余外风大。小瑛以徐碧云给自己做媒人感到自豪。因此，她将自己的终身大事，三锤两下便拍板表态定音了。不料，当她回家对她妈说及此事时，她妈不问青红皂白，一口否定，坚决不同意嫁给小咀山汉。一朵鲜花插牛粪上，万万办不到。尽管徐碧云到家里给腊花姐做过好几次思想工作，嘴唇都快磨破了，她也不搭茬。金怀老板除了从心底蔑视小咀这个村庄和韩三毛这个黑屁股山汉外，她主要的心病是：孙羊羊是杀人犯，判了二十年有期徒刑，那处绝了后的烂房院成了孤坟鬼窟，能住人吗？一旦孙羊羊提前释放出了监牢，三毛还不得乖乖滚回小咀。她咋忍心让小瑛去山圪崂受罪，那个抬头见山不见人的穷山梁！腊花姐还有一个原因：徐碧云是个大破鞋。由她做媒，不是跟上乌鸦走，能有好下场？狐狸说教，意在偷鸡，她有好心眼吗？但她吓死也不敢说出口。一来，自己灾灾病病，常劳累动用人家。二来，孩子们成家后，生男育女，少不了请人家接产收生。三嘛，一旦惹了她，她两条长腿走遍半个双杨，到处编派诽谤，无中生有，给人脸上泼脏水。小瑛怎出手？鉴于这些原因，腊花姐吭吭哧哧，说些模棱两可的话。因为她所谓能摆在桌面上的理由，都被徐碧云一一否定了。嫌小咀村不好吗？把三毛的户迁到赵庄；怕房院不保险吗？让孙羊羊出具画押证明。但金怀老板一口咬定不同意。任徐碧云有天大本事，咬不开果壳，别指望吃到果仁。就这样蒋小瑛情窦初开，含苞待放，与韩三毛情投意合，耳鬓厮磨，常在孙羊羊的旧居私相幽会，卿卿我我。金怀老板执意不允，她认为：我生我养，从一鞋底大养活成了人，翅膀一硬就想飞，没门儿。于是她暗中监视起小瑛来。她曾趁他们在孙羊羊屋里约会相聚时，一头闯了进去，顺手绰起个扫地扫帚，照三毛头上就打，要不是三毛机灵跑得快，还不知被她怎发狠收拾呢！

没办法，韩三毛只好偷偷离开赵庄。梁园虽好，不是久留之地。但他对继承舅父这副家业，十分可心。暂回小咀，躲上几天，再做定夺。他将希望寄托在徐碧云身上。徐碧云对他说：牛头不烂，多费把柴炭。你等着吧，只要小瑛不变心，终究是你的老婆。

韩三毛回家后，将几天奇遇一五一十跟爹妈说了。三桃子对徐碧云感恩不尽，不是屁股下坠碍着走路，她早跑到赵庄，去感谢这位菩萨奶奶了。没想到，几天后，突然闯来青面獠牙金怀老板，一口一个要俺闺女。三桃子知道她闺女跟三毛搞对象，但确实没来过小咀。由于自己底虚，生怕发生意外，不论腊花姐怎样骂她不像人的话，在她身上如滚肉刀一般，她都好言相劝，不敢回一句差字话。如果小瑛真的发生意外，三毛就跳进黄河也洗不清了。娶不成老婆事小，吃官司事大。这时候她才似乎明白：哪有好事，原来这是狗吃尿泡空喜欢，娶媳妇娶回个二性子，先喜后忧。

王则峰将金怀老板叫走后，三桃子像热锅上的蚂蚁，整日迈着两条外偏腿，一双萝卜天足穿着手工纳底布鞋，在院里转圈子。她时不时张望东耳房，唯恐母夜叉冲门而出，再次厮打。她口念阿弥陀佛，保佑小瑛安然无恙。三桃子的老公靠墙蹲着，两手十个指头奓开，抱着扎在裤裆里的头。

王则峰总算费力地从腊花姐嘴里听出了来龙去脉，起码知道三毛跟她闺女搞恋爱，她反对。而不知怎么，闺女突然失踪，这才引发了这场“要人”官司。王则峰很遗憾，这么长的故事，除了婆婆妈妈儿女情长的一塌混沌外，没一点有用东西。

他进一步探索着问：“腊花姐，我问你，你对我讲的话，有没有讳言？”

金怀老板将讳言理解成会议，于是回答：“谁给我管这开会？你赵庄下乡，徐碧云屁股上有蜜哩！一巴掌遮天……”

王则峰无可奈何地失笑一声，想阻止她的胡乱喋喋。但当他听到徐碧云的名字后，又油然来了兴趣："好，你往下说吧。"

"说啥？王书记，你给开会，找俺小瑛。如果俺小瑛有个三长两短，我跟他家没完！"

王则峰知道从她嘴里得不到啥讯息，继续让她飞溅唾沫星子，只会污染空气。于是声色俱厉地说："腊花姐，你听我说。你闺女绝对不在三桃子家里，如果她被窝藏起来，我负责。我现在郑重要求你，一、尽快回村，到别处寻人。二、向赵庄工作队如实反映情况。三、不要找三毛的麻烦，让他也协助找人。听明白没有？"

金怀老板双手一合，"啪"一声，然后将两只皴裂的粗笨手，手心向上摊在王则峰面前，问："你推土入窖，糊弄三岁吃屎娃哩！我回村去哪找？工作队管这事吗？我不找韩三毛找谁？我实话对你王书记说吧，先打橛子后拴驴，我跟他家没完。找不回小瑛，白刀子进，红刀子出！"

王则峰面对龇牙咧嘴、恶言恶语的金怀老板，感到倥偬惶惶，心神不宁。这女人像个疯子，一旦迁怒于自己，耍赖放泼，胡搅蛮缠，谁也没办法。估计徐晋东就是被她逼得走投无路，才豁出命去斗胆收拾郭玉恩的。对这种缺少教养、不懂理路、凶神恶煞之女流，不能只管正面出击，须来个缓兵之计。自古哄死人不偿命，先将她善退再说。不然，即使不跟自己纠缠，和三桃子干起来，自己坐在这里也交不了账呀！

"腊花姐，你不要生气，听我对你说根底。你来小咀村，是找人哩，还是闹事哩？不用你回答，我知道，你是找闺女哩！天下父母一样的心，我也有儿有女。但你想想看，你一直在小咀村蘑菇，你闺女可能越走越远。你在这里耽搁的时间越长，找闺女的难度越大。夜长梦多，一个大姑娘只身出走，情况相当紧急，我以……"怎么说呢？王则峰略作运筹，飞快"囔"过"曾是"二字，说："双杨公社党委书记的名义，郑重要求你：立即回村，把情况汇报给工作队、大队。让他们撒开人马去找寻你闺女。不然，后果不堪设想。找人是当务之急。

你这个当妈的，应当能听明白我王则峰的话。怎么样？腊花姐！”

腊花姐点一下头：“你的话，我听明白了。你是好人，我听你的。我现在就回赵庄。不过，有句话留下：先打橛后拴驴，走过……”

“对对对，你今天已经打好橛子了，哪天拴驴拴马，再做一论。”王则峰退鬼不过，顺水推船往走逐她。

腊花姐并不说走就走，她向王则峰提出要求：“王书记，给赵庄开个条子。”

“啥条子？”

“我不拿条子，怎去见人家？”

“哎！关心群众生活，注意工作方法，群众的柴米油盐，都得管。人命关天的大事，怎能不管呢？”

“管不管，你给条条，有啥难的？你帮人帮到底。吃糕别怕油嘴。书记就是俺父母官。”

王则峰暗暗叫苦，今天不走运，碰上这破娘儿们，搞得实在伤脑筋。眼看走呀，又得陇进蜀，要起条条来了！这不是强人所难：“我说腊花姐，条条不能开。他们在赵庄下乡，就是赵庄人民的父母官，你去找没错。”

“王书记，你给我条条我就走。”言下之意，不开条条，她不走。

王则峰无奈，想了想，这老板，当初凶凶不可一世，像头母老虎，如今充其量要个白纸条条，她又认不得字，偃鼠饮河，胃口不大。满足她这个要求又何妨？王则峰打开钢笔，飞快地写了几句话，然后折叠起来，塞入信封内，交给腊花姐：“去吧！没话可说了吧？”

金怀老板接住信，不声不哈，扭头出门。三桃子忙赔笑脸，低声下气巴结金怀老板，这个可能成为亲家的冤家：“你回去好好想想，估摸她去啥地方？俺也……”

“你婊子立牌坊——假装正经。骗子手说良心话！”金怀老板恶狠狠回敬三桃子。三桃子自讨没趣，圪嘟住嘴，再没敢哼一声。

金怀老板迈着两条筷子腿，望着天走了。三桃子摇着外偏脚，将其送出门外。

街上人们瞧着这一对罕世活宝，个个心里直想笑。有人说："鱼寻鱼，虾寻虾，王八攀得鳖亲家。瞧那两种人，怎仿来着？"

哈哈哈——众人开心。淹死河里，笑死河外。

当金怀老板兴冲冲在赵庄工作队找到彭茂华，把王则峰的手谕交给他后，事情发生了意想不到的逆转局面。原来，王则峰草率搪塞，信手撰了几句话，发生了严重笔误，引出一段轩然大波。

他的信是这样写的："晋东、茂华：你们好！赵庄腊花姐来小咀找我房东三桃子索要闺女，说被三桃子儿子拐骗遁逃。此事，实属乌有。请你们不要帮助她找人。此致，谢谢！"

彭茂华反复看了几次，再三推敲，捉不准王则峰的意图。既然她闺女出走与他房东无关，那么他何必多此一举，让金怀老板带信找徐书记？可他又吩咐不用管，这不分明是隐语，说明小瑛就是被他房东儿子带走了。为了迷弄金怀老板，才如此藏头露尾在文字上要花招。

彭茂华想了一阵，将信一往桌上搁，问金怀老板："你来干啥？"

"那上边写着。"

"那你走吧！"

"怎办呀？"

"什么怎办呀？"

"找我闺女！"

"你闺女丢了，怎么找工作队麻烦？"

"王书记让找嘛！"

"你看。"茂华推给她那封信。

"我不认字。"

“我念给你听。”茂华将信原文照读后，没有好气地质问：“听明白没有？”

金怀老板立地脸上横肉抽搐，嘴唇由红变紫，由紫变黑，终于像头发狂的公狮子咆哮着，号啕着，夺门而出。院里发出哓哓奔命声。

彭茂华将那封信丢在抽屉里，又加上一把铁锁。

第五十一章　恩仇夹攻陷绝境

彭茂华左思右想，觉得屁股后边有鬼。前几天隐隐约约，听说金怀老板的闺女跟一个小山汉搞成了对象，随后又听说金怀老板死活不同意，小瑛悄悄跑了。彭茂华对此事充耳不闻，也不咸吃萝卜淡操心。因为这中间夹着个徐碧云。她是个赤脚医生，经常在大队院里晃绕，跟工作队的关系较热火。她这人又是个树大招风的惹是生非之辈，要不是她从中撺掇，也未必能发生此事。加之，三分像人七分像鬼的金怀老板，比恶鬼还魂凶十倍，离她越远越好。不料，金杯老板今天突然闯进门，送来王则峰的信。王则峰跟现任领导格格不入，总是说真方卖假药，台上握手台下使绊，企图死灰复燃，二进宫。他是一个下乡人员，包小咀村的工作，干吗煞费心机地写这封神鬼莫测的信呢？这里边大有文章，一定包藏祸心。但他有自知之明，本人不抱油篓不沾油手。想在我身上下赌注：没门儿。他为徐晋东着想，不准备相告。

彭茂华一个人正在为金怀老板的冲撞心烦意乱，田亮平和牛婧兰骑着车子驶了进来。田亮平推开门，第一句话就是：“明苑庄出事了！”

“啥事？”茂华急切地问。

“死人了。”

“谁死了？是不是李福杰？”

“不清楚，看样子跟运动有关系，把徐书记、田主任叫去了。”

“是工作队派人到公社去叫的，指名就叫书记、主任。”牛婧兰解释。

“你们该绕道明苑庄探听一下情况。”

“不敢。走了风声还怀疑咱呢！何必没事寻事。”田亮平回答后，又补充道：“人家又是个怕死人的人。”他指牛婧兰。

“看你狗腿扯到羊胯上，自己不去，有我啥相干！”婧兰反驳。

彭茂华没有心情听他们拌嘴，心里总感到事情蹊跷，不测之事接踵而至。莫非这件人命案，又要将公社和工作队裹挟进去？他乍一下想到金怀老板那狰狞凶相毕露，鬼哭狼嚎般撒泼的可怕一幕。

“亮平，你到明苑庄走一下。让民兵连长来赵庄找我，带上七八年参加公社实弹演习的基干民兵花名册。”

田亮平知道茂华的用意，试探地说：“顺便打问一下出了啥事？”

“啧！看你这后生。你叫来民兵连长，不就啥也清楚了嘛。”

田亮平强打精神，壮意不怠地回答：“对对对！”随即一骗腿，骑上车子走了。

“婧兰，你知道不知道，蒋小瑛失踪一事？”茂华问。

“不知道。怎么，找不到小瑛了？”

“唉，马尾提豆腐——没法提了。这里边还圪搅进咱老书记王则峰呢。”

“与他有啥相干？”

“世上的事情就这么千丝万缕，错综复杂。”

“估计小瑛出去是徐碧云出的点子，吓唬她妈的吧？”

“徐碧云长着两片擦炕嘴，成亦萧何，败亦萧何，成事坏事都是她。”

“王书记掺和进来干啥？”

“咱不是诽谤他，有学问，没头脑，阴阳怪气，尽办些书呆子事。”

徐碧云笑了起来："人家看书还出声呢，就像小学生朗诵课文。"

按下赵庄丢人事，先说明苑庄死人案。

李乃城的口舌没有白费，终于打动了彭秉如的心，也激怒了工作队的所有人员。大家对这个淫妇没有好感。她是明苑庄"一批双打"运动中的绊脚石，干扰分子。她乱搞男女关系，被捉了奸，还恬不知耻地猪八戒倒打一耙，反咬支书夜闯她家偷破鞋，简直疯狂极了。如此女人，不给她点颜色看看，指不定还没翅膀就想上天呢！打初，彭秉如始终掌握运动大方向，矛头对准当权分子和坏分子，不能对准群众。诸如作风问题，小偷小摸，封建迷信，均视为群众中的一般毛病，不予立案。而窦等弟的问题，已经超越作为基本群众的界限。她是个集干扰运动、作风败坏、侮辱干部、下流刁钻于一身的四合一人物。在对敌斗争，党内腐败分子即将揭盖亮相之际，他们势必作鱼死网破挣扎。看来，必须扫清外围，步步为营，最后才能一网打尽。当彭秉如将自己的决定通知李乃城时，三大个激动得险些跪下磕头。他的干瘪小头立地挺得硬硬的，像栽橛。小人得志之相立显其面。马上，高音大喇叭传出三大个的命令声："全体社员同志们，请注意，吃过饭，到大队部开会……"

春耕大忙开始了，小队长们忙得不可开交。一听说停下生产开会，心里实在来气。牛犋不能停：除了四类分子不参会，可以照常下地外，不足人员，还得派社员去。而开会呢？必须保证一定的人数。于是，小队长给参会人员都记了工。哪怕八十岁的小脚老太太，只要去到会场，抵一个人头，就记工不殆。

会议是由支书李乃城主持的。他在大队门前放了一张学生课桌。他站在课桌后，大发牢骚，大讲窦等弟的罪行，如李浠庚半夜捉奸，窦等弟耍赖，调戏两青年，不上勾杆，她撒腿逃跑丢掉鞋，又大闹办公室，使用"核武器"之词，发难工作队。李乃城绘声绘色，极尽挖苦、贬刺之能，一一精心剖析，连细枝末节的寒碜磐耳话，也堂堂正正地端在桌面上。连彭秉如也羞于抬头。他几次敦促简短发言。李乃城得意忘形，滔滔不绝，根本没有停下来的意思。会场上有些人听得很入迷，感到新鲜、有意思，但好些老人生气地说：“春耕大忙时节，码住营生，瞧西洋景来了。”

“打柴一日，放羊一天。不误每天划一道道就行。管他干啥哩。”

“唉！造孽，饿死不可怜。”社员们在交谈。

李乃城的独角戏唱得过了瘾后，便挨上窦等弟登场了。

“窦等弟，你站上来，做深刻检查。”李乃城指着预先安排在前边等待的窦等弟说。

窦等弟站了起来。她用手抿了抿头发，又反过手，在臂后伸点了一下，然后走到学生课桌后，面向李乃城，问：“你叫我说啥？”

“深刻检查，认识你的错误。面向群众。”

窦等弟不愧为明苑庄的潘金莲，临危不惧，面不改色。她坦然、无视、漫不经心地面向大家，抑或面向南山、苍天，道：“我的嘴也不是烂茅坑！”

“你骂人！”李乃城气急败坏地喝道，“狗娘养的下贱东西！”

“我下贱也没有半夜三更窜进家里踢倒尿盔偷烂鞋！”

“你血口喷人！”

“你仗势欺人！”

“住嘴！”工作队小白实在看不下去了，“窦等弟，把态度端正一下。今天是批判大会，不跟你辩论！人证、物证俱在，你要啥刁？”

“白同志，你讲话文明点，啥叫刁？啥叫人证、物证？你从我肚皮上拉下人来？你拿我的裤衩头上顶来？”

“李浠庚，你站起来，说一下那天晚上的情况。”彭秉如出场了。

李浠庚见窦等弟嘴像刀子似的锋利，料自己不是对手。加之，那天晚上他那个助手也猥亵过人家，贼咬一口入骨三分，须提防着些。李浠庚未上阵先胆怯、慌恐起来。他站起来，发现满大院的眼睛、鼻孔都冲他张开，不由自主地打了个冷战。他两眼看定彭秉如，像小学生回答老师提问，道:“那天晚上，她往家里跑，把鞋丢在路上。”

“说嘛，怎么啦？”李乃城给儿子鼓气。

“我捡起来，交给工作队。”

“她怎就跑了？你还看到些啥？说呀！”李乃城急得争么替他说呀。

“说！好好彻底抖打抖打你的龌龊事！我不愿意亮你的屎屡子，你倒自个儿山羊跳栅，露出花脸儿来着。说！说说你在大门底下的事！”窦等弟喧宾夺主，反戈一击。

等弟一提大门底下的事，浠庚头发越发立起来。因为那娃的下流作为是他唆使的。如果将那孩子也拉出来，他妈一定要掺和进来，到时自己长几张嘴也说不清了。他不敢往下说了。

“你说捡到我的鞋，在哪？拿出来我瞧瞧！”

“在这儿！”早就忍受不住的李乃城高举起一只女人鞋。有人发出讥讽声。

“这只鞋是我的，是你三小人半夜窜进我家偷走的！临出门踢翻我的尿盔子！当天我报过案。”听众中有人失口笑了，有人却直想哭。正值春争时，夏争日的时节，闹啥哩!

“是我在大街上捡到的！”李浠庚毫不含糊地为他老子辩护。

“现在，进行大会批判发言！”白邴崇在彭秉如的授意下，宣布会议程序，中止了无谓的扯皮，肮脏的交谈。

按照会前既定方案，依次由民兵照文宣读，进行批判。批判文章的水平太低。发言者大都是初出茅庐的初小初中学生，革命接班人。他们奉命上阵，没有阶级感情，当然不会有火药味儿。会场开始出现小的骚动。这些学生牌的发言，毕竟没有窦等弟其人其事火爆、新鲜，引不起人们的好奇心和关注。今天会场只有一个认真听会的：李福杰，他还在用小本本做笔记。

彭秉如说：“我们今天召开明苑庄群众大会，中心议题是：继续深入开展‘一批双打’运动，迅速掀起春耕生产高潮动员大会……”他按照大小会议惯例，先讲形势， 从国际形势讲到村里形势，然后讲运动、讲斗争、讲发动群众，最后说一下生产，春天嘛，自然是送粪下种。那么，斗了一上午破鞋算啥呢？他归结为“一批双打”运动的序曲，阶级斗争白热化的序幕。打着娃子妈出头，这叫引蛇出洞。对那些负隅顽抗，声名狼藉，使众人怨声载道敢怒不敢言的吸血鬼、集体经济的蛀虫，一定要发扬“宜将剩勇追穷寇”的精神，痛打落水狗，直至原形毕露，彻底胜利。

对彭秉如的慷慨陈词，犀利发言，大家听起来相当中听入耳。集体的蛀虫由来已久，哪个仓库没耗子！群众习以为常，有啥办法？唯独听听彭队长一身正气的发言，心里很过瘾。但人们不抱多少希望，世上有人坐轿，有人抬轿，有人吹鼓，有人瞧热闹，换个干部也一样，大不了今天弄你，明天弄他罢了。

不管怎么说，会议经彭秉如力挽狂澜，没有被李乃城毁得太透，总算在一派严肃的气氛中收了场。

当彭秉如讲完话，李乃城立即站出来宣布散会。他还算明智，再没有扯起破鞋案一事。但出乎意料的是窦等弟站起来，自欺欺人道：“你们父子是老小流氓！我要到县里上告！”

李乃城眼球一转：“麻雀吃了鹰，告给鹞子不息听！瞧谁信你？”

“耗子养儿，一色色灰！你别蚂蚁戴笼头，假充大牲口！瞧你姑奶奶的，可要叫你们父子有好下场哩！”

本来要走散的人们，又围了过来。村里好些人，最爱看吵嘴和打架。如遇此事，即使是戏迷也会从戏场院跑出来，先睹为快。今天的戏，本来散了，可主演窦等弟大概没过瘾，又捎了个小折子。

“住嘴，你这女人，怎么散会后还进行人身攻击？”小白帮李乃城的腔。

“天是空的，路是通的，尽你娃的马跑！哪个王八蛋才惧你！”李乃城又不识火色地怂恿了几句。

小白拨拉了一下李乃城：“少说一句，算了！你跟她争啥眼儿大小？”

窦等弟咯了一口痰，吐在地下，又用脚使劲蹀了一下。然后一甩头发，挺胸扭腚，咯噔咯噔，目空一切地盈盈而去。

会，彻底散了，大队院一下冷落起来。有几个好事者还恋恋不舍地在门口佯说讪道，过一下自己的口瘾。“今天这会挺有意思。”一个小伙咕噜道。

“有意思请在你家再开上一天。”另一个小伙呛他，亦在逗趣。

“去你娘的，这也是往家里请的？你大概看中你等弟嫂了。”

嘿嘿嘿，几个人挤眉弄眼，嬉皮笑脸，十分开心。

“把三大个请你家叨腾上一天，那才有意思哩！”

“话说三次淡如水，再听也是那二十四句官乱谈，有啥意思。老牛尿官道哩！叫他一个人误了全村半天工。”

“啧！放心吧，都给记工着哩！”

“都记工还不等于不记工。不知谁哄谁哩。”

“你这家伙立场有问题，分明是你等弟嫂误了大家的工，你干吗说成支书误了工？”

“看你扯得宽不宽呀！人家自己的东西，不由自己？别人眼红抵啥事？”

嘻嘻嘻……又是发自内心的快乐。男人为女人抱打不平是中国人的美德，符合国际上保护妇女儿童权利一说。即使江山坏在美人手，也不遭非议。瞧这几个小伙乐此不疲的神态，便足见一斑。呜呼！红粉青娥乃精神世界的佳作，美化环境的花朵。此乃亘古人心所向，泰山不移。区区明苑庄想翻这个天？难。

窦等弟回了家，洗手做饭，烟囱里立刻冒出了滚滚浓烟。她边做饭，边在心里诅咒李乃城："这个三小人，人小离心近，一肚害人心。头干得像羊粪蛋蛋，终久死不在枕头上。老娘怎惹下你了？掏得吃了你心来？挖了你的肺来？你大会上那样糟蹋你祖奶奶！你人小尽心，想把祖奶奶羞煞，折磨死！梦八道爷去吧！老娘偏偏不遂你的意，我要活得有滋有味，更潇洒舒服呢！活活把你三小人气得挺了尸！"

窦等弟炝葱炒菜，油香喷鼻，锅铲打得铁铫铮铮响。她边泄肚里的闷气，边利索地烹饪，还不误张望院里有无动静。照理说，今天这会儿，他应当出现在院里。她想：自己被那些狼心狗肺的杂种们侮辱了一上午，现在是死是活，他郎福海不该来看看吗？他们闹我有啥用？还不是你们的殉葬品？我跟上你丢人败兴无所谓，但换不来你的温柔，实在令人寒心。自从那天晚上告别后，他们真的再没见面。郎福海黑夜躲着不来，白天也绕道回避。这使窦等弟灵魂受到创伤。人犯忧愁倍思亲。这时候，等弟是多么迫切地需要郎福海站在她面前的。只要郎福海站她身边，天塌地陷，她都不怕！但……她瞭来瞭去，院里总不见他的影子。

窦等弟心不在焉，思想长了翅膀，满心都是心上人郎福海。突然，"轰"的一声油铫子着火了。火光蹿了起来。等弟措手不及，慌忙火中夺铫，迅速蹲在地下。她的手指被火烧得钻心的疼。她将指头放在嘴里嘬吮减疼，立地出现了黑燎泡。她的手上，袖口上也蹭了些油腻污垢。再看熄火后，仍在冒烟的铁铫里，锅底剩下些糊嘎渣儿。家里充满了烟熏油焦的呛人气味儿。等弟强忍窒息的难耐，推开门站到院里。她下意识盯着大门，结果，连鬼影儿也没有。她三步并两步走回家，一脚踢翻铁铫子，愀然作色，狠狠地骂道："老天爷，瞎了眼！"

等弟无心去做饭了。她拿上头巾，撂下鸡零狗碎的摊场，出了家门。

出了大门后，一直向郎福海家走去。哪怕抱住他哭一鼻子也畅快！

“铁将军”把门。郎福海那个“巨力”铁锁，多少年来，一直挂在大门铁环上。有人在家，锁着一个环；没有人在家，锁着两个环。将军不下马，钥匙老在福海身上带着。这已经是第三次吃闭门羹了。窦等弟站在这个多少年来熟悉又温暖的老地方，心潮澎湃，浮想联翩。这个郎福海莫非真的想甩掉自己，一刀两断，图个干净？也说不准。自古痴心老婆负心汉，男儿无毒不丈夫。他们把女人当耍货一样耍，耍腻了，不管你的死活，一脚踢开了之。想到这里，等弟很害怕，她恨自己为啥就想出这个鬼名堂。但铁将军严肃死寂，吊在那里向她宣告残酷的事实。她站在门前涔涔不能自拔。忽听院里有淅飒声，等弟顺门缝窥视，里面啥也没有。大概是老鼠在烂柴秆下边觅寻秕粮充饥吧。不然，他院里除掉他是个活口外，啥也没有，响动哪里来？莫非他在家里躲我不成？等弟产生了疑惑。但经过详细侦查，家里确实没人。她伸手揣摩着那把铁锁，心里像打翻五味瓶，酸甜苦辣，什么味道也有。伤心的她泪水涟涟，直往心里滴。

当窦等弟返回自己家，看的临走时那个杂乱无章的样子原封未动，灰桌冷板凳，像日本人扫荡后的残局，实在令人心烦。这是她的家吗？俨然是个讨吃店。她看在眼里，疼在心里，侘傺无着，万箭攒心，遑遑上炕，蒙头大睡。

郎福海究竟哪里去了？他在躲她。他确确实实拿定主意要回避等弟，他决心与她快刀斩乱麻，清清利利，再不沾皮扯肉，藕断丝连。既然终究要有这么一天，那迟不如早，早不如快。今晚一旦杜辰旺呜呼哀哉，他将遗臭万年的祸胎。加之，杜文逵眼看要成家。自从那天晚上，他贸然闯进等弟家，跟小伙碰上后，杜文逵便发出敌视的目光。锣鼓长了没好戏，再大的筵席也有散的时候，总不能跟她胡来一辈子。现在到了急流勇退的时候了。识时务者为俊杰。说啥也得拿定主意，壮士断腕，不惜疼。这几天，工作队得步进步，要他的供，要他的手印。欲加之罪，何患无辞？看来，这一关是鬼门关。彭秉如不闹下个名堂，决不会善罢甘休，草率收兵。郎福海借故东躲西藏，黑夜也不回家。他今天去参加了批斗等弟的会。不过他是隐蔽在一个旮旯里，窦等弟根本没有发现他。他知道，窦等弟是项庄舞剑，意在沛公。她受了他和辰旺的害。他很同情她，但有啥法？如今自己连自己都保不了，哪有庇护她的余地。郎福海不是狼心抛弃窦等弟，致她众叛亲离孤苦伶仃，而是希望成全她。只有斩断跟自己的关系，她才有可能，破镜重圆，收留杜辰旺。再给文逵娶个媳妇，这不是红红火火一家人家吗？那时候，即使彭秉如闹得自己下了台，也在明苑庄堂堂正正是条汉子。偷鸡摸狗，拆散人家的帽子是戴不到本人头上的。这样，也为自己留条后路。彭秉如也不能死在明苑庄一辈子，只要大家众目昭彰，拥戴自己，还有东山再起的希望。

窦等弟终于识破了郎福海的计，也看透了郎福海的心。一个忘恩负义的中山狼。她也终于逮住了郎福海。

郎福海正在工作组参加面对面的交代问题会。运动由背靠背揭发问题，升格到面对面交代问题，就快要开盒见红芯了。窦等弟此刻的心已经麻木了。如果说工作队和李乃城是扒光她衣服，又泼了一瓢凉水的话，那么郎福海就是在她心口上捅了一匕首。外边丢尽人，内里伤透心。此刻，她全不顾工作队的什么保密会，郎福海的什么经济问题，那些都是无足挂齿的扯淡屁事。她坐在工作组门前，老虎吃鹿，死等。不信他郎福海能插上翅膀从窗孔飞走。小白他们打初不允许她守在门口，但遭到了窦等弟的拒绝："这是你家的地方？毛主席还叫开门整风哩！你们紧闭门窗，怕老百姓比日本人还厉害呢！"

"你坐这儿也没事，不如回自己家呢。"小白不敢硬压，见这女人今天来头不对。

"谁说没事？我等郎福海那个嫖客。"

“你等他，到他家等呗，这是工作队住的地方。”

“工作队又怎样？我找你们要我那只鞋来了。三小人半夜跑到我家，偷走了我的鞋，你们管不管？”

彭秉如让小白回家，不要搭理这个赖皮女人。她愿坐就坐吧，哪怕坐一黑夜哩。

窦等弟孤零零一个人坐了一会儿，思谋着不对。要是郎福海出来，大步一跨走了，自己能怎么办？他会心疼自己吗？他良心早被狗吃了。不如，狠狠骂他一顿，叫人听听。于是，窦等弟哭了起来。女人们的哭，跟男人们磨刀一样：决心宣战了。

“郎福海，你个没良心的跳槽老毛驴，猪狗不如的牲口，你怎忍心把你姑奶奶一脚踢开？你比三小人还歹毒！你是条狗，人家嗾你，你就咬！……”她呜呜咽咽，泣不成声，边哭边骂。

这太不像话了。彭秉如让郎福海去处理此事。郎福海只好去哄等弟。当他伸出两手，往起拉她时，等弟一口咬掉福海手腕上的一块肉，福海猝不及防手腕处鲜血直流。郎福海丢下等弟，撒腿就跑。这女人疯了。

郎福海跑了。等弟越发呼天抢地哭得凶了。彭秉如不知为啥郎福海非但没有制止住，反而使她更嚣张了。他出去一看，原来郎福海早无影无踪了。只有披头散发、不顾羞耻的窦等弟在一把鼻涕一把泪地号哭，指名道姓骂郎福海。当她发现彭秉如站在她面前时，又嘶声大骂三小人。“血头，血圪桩！挨枪子儿的！喂狼猴……”

“鬼哭狼嚎，闹啥哩！李乃城，叫几个民兵，把她拉出去！”彭秉如火儿了。其时，看热闹的群众越聚越多，越围越严。

人们把窦等弟围了个水泄不通，好心大娘劝说也不管用。“我是个要强人，但在这上边丢尽了人！”谁说也无用。四个民兵拨拉开人们，执行任务。四个后生抬着等弟的两条胳膊、两条腿，一人一件，将她仰面朝天，像死猪那样，抬上走了。她还在嘘唏哭叫，破口大骂。

窦等弟被放回她家炕上。她看着这个触目惊心的破落屋子，心如刀绞。那天她心烦意乱，看到自己的家像个讨吃店；今天她心灰意冷，看着自己居住多处的暖室，活像一穴古墓葬。如果郎福海能回心转意忽然而至，那么，她马上抱着他，死在这个墓葬里，那是多么幸福啊！但这只能是幻想。等弟想到伤心处，又情不自禁号啕起来。天已曛黑，飞云遮星。街坊邻居过来相劝，有的还搭上眼泪。人说，话是开心的钥匙，但无论什么话也没能打开窦等弟执迷的铁锁。她哭得哟，简直是一佛出世，二佛升天，石人眼里也掉泪呢。

过了一会儿，等弟的哭声越来越低。最后，终于停止了。

“睡吧。人，得给自己做主。哭死你了，谁心疼呢！”等弟万万没想到，自己的怨偶杜辰旺出现在她面前。

等弟鼻子一酸，想哭，但已经没泪了。她羞于见他。此刻心嘴子还在摆呢。但有啥法，一碗水已经泼在地上了。

“你这个脾气，终究要吃亏的。”辰旺安慰地说。

等弟很同情这个无能为力的老好人。他一辈子忍气吞声，宽宏大量，对自己的任性宽宥无忌。她扪心自问，亏负他的太多了。她看着向来低声下气、可怜巴巴的杜辰旺，说：“这是你的房子，归你了。”

“好好休息吧，你管比我管放心。”

“……”等弟没有回答，拉了床被子，假装睡觉。

杜辰旺含着眼泪给等弟掖了掖被角。他今晚如果能不走，窦等弟或许会得到足够的安慰。但他没有这样做，只是无能为力地长长叹了一口气：“唉！”然后缓缓离开这个已经习惯了没有他的家。他又回到三队烤烟房小院去了。那儿，他还抵个下夜人呢。

杜家老宅万籁俱静，真乃夜花月朝黄粱梦，一天星斗照阳关。

第二天，明苑庄爆出特大新闻：窦等弟自杀了。

第五十二章　死人文章活人做

窦等弟的溘然长逝给明苑庄上空罩上了一层阴霾，人人都有触动，家家各有一套说法。人死并不稀奇，也不可怕。一从他妈肚里掉下来，无论谁，头上都顶着个死字。自杀也不罕见，活腻了，寻无常，图个自在，迟早得走这条路。但窦等弟非同小可，她的死因与那种图自在的不能相提并论。大家众说纷纭，各抒己见。一时间，明苑庄街谈巷议，叽叽喳喳，扭唇撇嘴，指指戳戳。三一群，五一伙，街上走的，地里站的，尽数参与了这场骇人听闻的死人事件死因大猜测。有的说覆盆之冤；有的说罪该万死；有的说咎由自取；有的说命该如此；还有的说，色疯了；有的说，被人害死了……

彭秉如脚底蹬杆杖，自觉不稳当，迅速将公社两个头头叫来，以洗清自己的身子。

徐晋东和田子荣首先来到工作队。徐晋东屈指算来，这是他第三次登明苑庄工作队的门。他一言不发，稳坐彭秉如办公室，听彭秉如汇报。当他听完彭秉如的陈述后，对彭秉如和在场的工作队全体成员说："批判窦等弟没有错，强制送她回家也没有错，她死在她家，工作队没有责任。现在，死者家属也没有控告，咱们何必大惊小怪，引水入墙？"

"我们恐怕发生不测，有坏人趁风扬土，所以预先向公社领导打个招呼。"彭秉如对徐晋东的认定表态很满意，认为他这样的举动够个领导水平。也因此以尊重的样子解释。

“对着哩，我同意徐书记的意见。咱身正不怕影斜，少吃咸盐少口干。干脆，咱不理这事。”田子荣傍着徐晋东的粗腿，这个态表得干脆利落，爱憎分明。

徐晋东和田子荣金蝉脱壳，匆匆而来，匆匆而去。徐晋东心里清楚，此事后患无穷，也不是三言两语能了结的事。唯有甩开这个包袱，迅速撤离这个是非之地，才是上策。田子荣虽然觉得这样走有些简单，于心不忍，起码应当去死者家里安慰一下，才是作为公社领导的应有姿态。不管怎样，死人了，大家怜悯，是人之常情。但，他无论如何得跟着徐晋东走，在处理此类问题上，他很佩服徐晋东。如果婆婆妈妈，儿女情长，有时好心不得好报。救了落水狗，反被咬一口的事，屡见不鲜。世上的事，就是这样：闷棍打死瞎和尚，杨家欢喜马家愁，谁也管不了。他使劲蹬几下脚蹬，赶在徐晋东旁侧，道：“今年春耕形势，量情比他们往年强。”

徐晋东表示赞赏地点点头：“可以的。”田子荣发现他在敷衍了事，但他还不死心，继续往这方面引导：“已经把七百吨化肥弄到手了。”田子荣显示出自鸣得意，兴致勃勃的神态，“要说抓生产这一套，咱还算得力吧。十八个公社，数一数，有几个像咱这工把（内行）出身的？”他回头目光灼灼地看着徐晋东，等待他的认可。徐晋东决不会使他失望，也照样回敬一个严肃的首肯。田子荣对徐晋东这种深沉的思维，已习以为常，这正好给了田子荣尽兴絮叨的极好机会。一个滔滔不绝，一个沉默寡言。然而，就是这两个人，左右着双杨两万人民的命运。

彭秉如送走徐晋东和田子荣后，对伙伴们说：“没些啥！一切按部就班，该干啥就干啥。”他强打精神，有意做作假，给大家撑腰。但同人们一个个哭丧着脸，唯恐死者与自己有干系。因为他们在窦等弟身上，都动过手脚，抑或参与过意见。他们心里都在怨恨一个人：李乃城，但谁也不能轻易说出“他就是祸根”。不管怎么说，窦等弟的死，给明苑庄工作及工作队的工作都带来了不可估量的损失。小白悄悄在小本子上，信手写了一句打油诗："三寸气在破臭鞋，一旦无常活老虎。"这是他内心空虚害怕的写照。

杜辰旺抱着那一卷讨吃行李，结束了离群索居的生活，回家去了。他到公社木厂找了几个木匠师傅，搬出几块旧杨木板，给死鬼做棺材。她活着不要他，她死后，他还得要她。杜辰旺无声无泪，默默料理后事。昊天不吊，无可奈何花落去，有啥法？人死一条路，入土为安。真假夫妻就这么回事。加之，他在炕上发现了一个装"一六零五"的旧瓶子，益发清楚了。

"怎？就这样入殓装棺，就了事啦？"郎福海站在院里问杜辰旺。

杜辰旺对郎福海怒目而视，浮想联翩。掏良心说，她不是你害死的？反过来，再从另个角度说，你还不是为自己这个家，跟她断绝关系的？再掏良心说，她还不是因为两个无用的男人，一个也指不上，才得此下场吗？她死了，你居然也来了。来了好，总比不来强。你既然问这话，必定有打算。

"你说该怎么办？"杜辰旺反问。

"便宜他们哩！活活斗死人，黄不说黑不道，装啥孙子呢！"郎福海撑眉努眼，愤愤不平，大有两肋插刀之气概。他遮掩了一下手腕上的牙伤。

杜辰旺心里明白，不愿做亏心事，木讷道："斗她，是一回事。可是，她昨天是鬼迷心窍……"

"昨天到工作队要死要活，大哭大闹，你不知道？他们四个后生，四脚仰天，把人扯了五叉，抬回家，你不知道？她已经死了，你还记恨她干啥？死了的鬼，也要同你合葬。"郎福海颇有感触地道，"啊呀，你这个人！憋得哑巴也能说了话。"

"昨晚，她到工作队不是口口声声要找你吗？"杜辰旺终于捅透这层苫面纸，露出郎福海的鬼相。

“呔！你这个不分里外的木头人！当前，大难临头，咱的人又死在炕上，你还执迷不悟，为仇人开脱罪责。昨天，等弟分明找乃城要她的鞋，你怎听成找我要鞋？是我进家偷走她的鞋吗？辰旺哥，咱俩就是有多大冤仇，为了不惊动死人的在天之灵，也为给她讨个清白，咱无论如何不要自砸锅。我要跟他们闹到底。不闹个鱼死网破，还算七尺男子汉大丈夫吗？”

木匠师傅边用锛子锛木板上的枯圪节，边说：“人一死说下个啥也没用，活不了啦。”

“死人活不了，活人可能死了！他们厉害，把我也闹死！”

“死你一个？死十个垛起。有啥大不了的。”

“他敢！”

“别抬死杠了。”李福杰突然站在他们面前，“我了解几个情况。”他掏出小本子，坐在台阶上，问：“昨天大约几点钟，等弟到的工作队？谁下令将等弟揪住手脚，拖回家的？大约几点钟？你们俩都参加了会，说一下。”

“好。你给咱好好想想，想得周到一点，记得清楚一点。”郎福海知道李福杰这些时日正在收集工作队的材料。

杜辰旺将李福杰、郎福海引到僻静处，避开木匠，三个人头碰头悄悄嚓嚓，嘀咕起来。

“我的妈呀！”一声撕心裂肺的长号，文逵哭着闯了进来。直奔堂屋。在场的都感到头上炸天一样，浑身冷麻，眼里直想掉泪。

文逵跑上炕，抱着还是似乎假寐就寝的母亲，泪如雨下，泣不成声。他对母亲的突然暴死，悔恨万端。只说是过几天引上晓梅，让妈好好高兴高兴，没想到已成终生遗恨。他对上次给母亲难堪深感抱歉，只顾一时耍性子，没想到铸成终身大错。一切都迟了。他唯有放声大哭，发泄心中郁闷。他哭啊哭，哭得天昏地暗，屋角蛛丝老尘也飘落下来。

杜辰旺被儿子哭得更加难受了，也突然放声恸哭道：“冤家，你走了！我昨晚不该离开你……”

父子俩人的哭声感动了左邻右舍，好几个婆娘过来，张罗着料理后事：梳头、洗脸、装裹寿衣，不然硬了身子，更不好穿了。

“不能。先报公安局验尸。”郎福海断然主张，想扩大事态，“昨晚活活把人拖回来，撂下不管！一个人，平白无故就能死了？文逵，你一人大，一人高的汉子，光哭有啥用！你知道你妈是怎么死的吗？”

文逵不哭了，他确实不知道妈是怎么死的。辰旺也不号了，跟邻居嘟哝人死后的讲究忌讳这类事。

文逵听了郎福海一顿怂恿激将后，怒不可遏，咬牙切齿地首先咒骂李乃城：“心眼儿比蝎子尾巴还歹毒。自从跟小爷记下仇后，欺了小的欺老的，不置我于死地不甘心。老子不给你个厉害，你是不知道马王爷几只眼！”

“三小人的后台就是工作队。昨天，你妈就是从工作队门口，被四个后生像古人五马分尸那样，手脚大叉开，抬回家的。那不，动也没动，死在那里。你找李乃城，还叫那四个民兵把死人抬到工作队。”

杜文逵气汹汹地到李乃城家闹事。李乃城闻讯，慌忙钻入山药窖，才躲过这场风险。

“你躲得过初一，躲不过十五。除非你钻入鬼窟，永不出来。”

杜文逵高喉咙大嗓门，满街满巷，边骂边找人。最后，来到工作队。他问彭秉如：“彭队长，三小人不知去哪啦，我把事情说给你。”

“啥事？”

“我妈昨晚上，被四个民兵从这儿抬回去，然后死了。还叫那四个民兵，把我妈拖在这儿吧。”

“拖在这儿干啥？”

“等公安局来验尸。”

彭秉如见势不妙，杜文逵要闹事。他打怵了。他虽然知道窦等弟纯属自杀，验尸不会验出啥意外结果的。但事态闹得越大，影响越不好，对自己越不利。最好的办法是妥善了事。这时，他似乎意识到，徐晋东的超脱姿态，是耍了手腕。这时，他也懊悔看错了人。李乃城当支书是步致命的错棋。关键时刻，他比鬼还狡猾。他在明苑庄人心目中，是个跑龙套的小丑。观其上下，令他寒心，谁也靠不上。彭秉如温和地劝文逵："小弟你先坐下，听我说。"他拍了拍文逵的肩膀，意在拉近距离，摆出亲哥们似的十分相好的样子。小白立刻拿起一支烟，递给文逵。文逵受到这么热情的接待，及兄弟般称谓，感到身份有所提高，有点受宠若惊。他不能不识抬举。于是规规矩矩坐在一个小骨牌凳子上。

"是这样。"彭秉如坐在文逵对面，和颜悦色地开导文逵，"你母亲的逝世，与工作队有关系……"他不能一推六二五，事实上就是有关系。但这话实在不好开口，也实在难于回避那些有隔碍又难于启齿的话。他是等弟的儿子，能对他直说李浠庚捉奸一事吗？能对他说，你妈昨晚哭死哭活要找郎福海这话吗？如果说了，怕后生脸面上过不去，恼羞成怒，反咬一口，把事情弄坏；如果不说，又不好向他交代。这篇文章，委实不好下笔。彭秉如想了又想，只好绕开石头走路，先把文逵的气消了，心稳下来，再一步一步来。识时务者为俊杰，眼下，环境于自己不利，凡事得退一步想。

彭秉如以屈求伸，首先给杜文逵戴高帽、灌米汤，把他笼络顺，然后再做善后思想工作。他说："文逵，你是基干民兵、贫下中农，又是水库骨干。听罗书记讲，你正在接受考验阶段，你的工作很出色。这些情况，我参加公社党委，在会上也多次听领导们讲过。今天，这件不应该发生的事，令人伤心的事，竟然发生了，而且发生在你家。你的心情我理解。你打我几下我也不嗔怪。我今年三十八岁了，逢年过节，总要回去看看我的老妈，人之常情嘛。所以说，这件事对你非同小可。这也是一次最现实的考验。”

彭秉如的话，情真意切，无懈可击，把文逵说得心服口服，连连点头。

文逵又想到郎福海。这老东西居心叵测，手段阴险，分明是借刀杀人。如果不是他把父亲撵出去，霸占了母亲，母亲还用挨斗吗？还会有破鞋的名声吗？不挨斗她能死了吗？他害了死的，害活的，煽阴风，点鬼火，唆使自己去疯咬人，犯错误，为他的经济案打烟幕弹，充当替罪羔羊。这家伙比李乃城还可恶。亲妈瞎了眼白白认了他这个狼心狗肺的野汉子。他算老几？有他发言的权利吗？这不给先人丢脸吗？杜文逵经彭秉如的开导，又这么思索一番后，豁然开朗。母亲天年不遂，死而不能复活，让她尽快入土为安，歇心去吧。但有一条，彭秉如得答应一个条件：关照他和父亲。

杜文逵想到这里，机灵地说："彭队长，我听你的。党的话不听听谁的。只要你看重我，关心一下俺父子俩条棍，就感恩不尽了。"

"路是人走出来的，自己的路在自己脚下。希望你正确对待这件事，创造条件，将坏事变成好事。"

得。就这么几句模棱两可对症下药的攻心话，就把文逵打发走了。

文逵回到家，院里的木棺也拢起来了，几个老太婆给母亲穿上寿衣，洗过脸，梳好头，盖了张大麻纸，停在门板上。庄周梦蝶，归西事由，一切就绪。郎福海发现文逵回来了，又跟在他屁股后边，怂恿他去挑衅。"文逵，你找到三小人了吗？"

"没有，不知钻哪个夜壶里了。"

"找彭秉如去！人命关天的大事，不能善罢甘休！"

文逵早对他烦透了，哪有嫖客出面的道理！他反唇相讥道："你急啥？你算老几！"

一句顶鳖话，把个郎福海呛得连气也没了。赫赫有名的明苑庄一条汉，恼羞不敢怒，无地自容。看来，泥足巨人而已。他再不能在这儿待下去了。但他又觉自己不能像条怯狗，溜出门。于是他打肿脸充胖子，边走边说：“我是一片好心为你好！我姓郎的哪有害人心？你……”他好像还要说啥，却只动嘴没声音。一副过屠门而大嚼的样子，落荒而逃。

文逵对辰旺说：“爹，给开个介绍。我到公社销户去。”

辰旺立即照办。人死后，第一件大事，就是到公社吊销户籍。这样，可以领到二丈四尺孝布布票。有了孝布，别的就好办了。现在破旧立新，为死人吹鼓送殡的八音鼓班不允许活动了。只需一顿红粥，一顿素糕，就埋了。大队有规定：死一个人，借给稻子八十斤，自己去坡里兑换黍子吃糕。明苑庄实行了公墓，全村人一块坟地，地主富农另辟一块，鬼也得划清界限。这些都用不着操心。文逵骑车走了。孝布很快被送到人主家等诸亲戚。送孝报丧，告窆吊唁。

在赵庄的彭茂华打发田亮平去明苑庄传民兵连长李浠庚，然而浠庚早做贼心虚，闻风而逃了。但田亮平确实打听到是窦等弟死了，自杀的。彭茂华马上骑车回公社。他为啥对此事迫不及待地要究其所以呢？原因只有一个：他是明苑庄的女婿。明苑庄油坊的油博士就是他岳父，泰山大人。由于运动一开始工作队的矛头就对准油坊，近几天，听说闹得如火如荼，十分紧张，他有意回避，好长时间都绕道走，不进明苑庄。怕引起工作队的怀疑，给自己带来不必要的闲言碎语。蝇子不咬人，惹得人心烦。可是，当他听到死人的事时，惊觉再不能洁身自好，明哲保身了。万一是老丈人仙逝呢？总不能不过问吧？当他得知是窦等弟死了时，立刻想到郎福海和杜辰旺，他们跟油坊是一根绳子上拴的蚂蚱，牵连着呢。说实在的，他对彭秉如极“左”的过火行动，有看法没办法。眼看大形势在大变化，他还一如既往抓斗争。彭茂华一路上思绪只管往明苑庄飞，他对彭秉如有针砭之意，无坦率之心。他是个圆滑不过的年轻人。

彭茂华傍进公社大门，碰上了杜文逵。他假惺惺问：“文逵，这几天干啥哩？”他佯装不知道他妈死一事。

“找杨秘书。”杜文逵答非所问。

“找杨秘书干啥哩？”

“领死人布证。”

“啊？”彭茂华显示出吃惊样子，“听说明苑庄死了人，莫非是你——”

“我妈。”

“怎就死了？”

“不想活了。”

“唉！这才是……”

杜文逵到革委办公室找杨秘书去了，茂华说：“待会儿，来我办公室坐一坐。”文逵随便哼了一声，便搪塞过去。他知道，公社人们把这事当笑话听得挺开心呢！他也总觉得母亲死得不光彩，有啥说的。

今天，杨秘书还算开恩，顺顺利利让杜文逵领上了布票。他只说了一句话：“给国家省下三百六十斤粮。”便跷起二郎腿抽烟了。

“杨秘书，还有钱呢。”文逵畏畏缩缩，从口袋里掏字据。

“没钱。死人还给钱？”

“这——”文逵俯首弯腰，刻意将自己缩小了些，把一贴纸条递给杨秘书看。杨利民没有好眼，草草过目后，丢给文逵道：“他算老几哩！旮旯缝隙哪也想插手。”

原来，文逵在街上碰到了彭秉如。当彭秉如得知，他们已经做好死人的后事准备工作，他要到公社领布票时，心里由衷地高兴。一场暴风骤雨过去了。他很感谢杜文逵，没有无理取闹，给他制造事端。因此，彭秉如欣然答应：救济杜文逵三十元钱，用作安葬母亲使用。他在笔记本上，写了几句话，撕了下来，交给文逵：“去吧，这是我的手谕！”

文逵喜出望外，急如风火向公社飞驰。他庆幸今天没有听郎福海的挑唆。只要顺了人家的心，甜头可在后头呢。有啥闹头，多会小腿能拗过大腿？所以，他碰上彭茂华，冷冷回敬了几句话，便好自为之，干自己的事去了。事情偏偏割嘴。他被杨利民呛白后，只好规规矩矩离开办公室。这时，他才恍然大悟，彭部长刚才约他坐一会呢。于是，他推开门来到武装部办公室。

“你坐。”茂华关照了一下。

“彭部长，你看这个事情，怎么办？”文逵将彭秉如的手谕呈上去。

彭茂华看后，暗暗大吃一惊：原来彭秉如还有批救济款的权利！这事，党委会没有研究过，徐书记肯定不知道。这还不是田子荣与彭秉如私相授受搞的交易吗？他来蹲点几个月，就给了这么大的权！别人辛辛苦苦蹲一个大村，包一个边远片，却连一块钱的事也定不了，哼！溜官害民。软的欺，硬的怕。但他没有说啥，将条子交还文逵，道：“你找田主任去，别人不行。他签了字，杨秘书才认账。”

“田主任呢？”

“你看在不在后边他办公室。”

文逵欲走，茂华问：“你妈究竟怎死的？”

“喝上一六零五死的。”

“平白无故，她就喝一六零五？”

“我在水库上，什么情况也不知道。回来后，早死得硬硬的了。”

“哦，是这样。你找田主任去吧。”

彭茂华发现文逵没有为母报仇、追根寻底的意思，便不再多说一句话。他也不希望告官告吏，扩大事态。

彭茂华工作向来不挑肥拣瘦，任劳任怨，埋头苦干，从不考虑个人得失，不讲价钱。一来自己是个年轻人，正在锻炼时候；二来刚从农村提拔出来，你若不苦干谁苦干！他对前途虽没有做过仔细考虑，但总是充满信心。老老实实做好螺丝钉，哪里需要到哪里，相信党会发现有用人才，合理使用每颗螺丝钉的。这是一位农村青年刚走上工作岗位后的一般心态。“党的需要就是自己的志愿。”这并不是一句装潢门面的话。参军，复员，当小队长，提干，任武装部部长，哪一步不是党的安排？这是不以个人意志为转移的。但今天他在这个偶然的特定场合，发现一桩使他骇然惊愕的促狭勾当，从而在他这颗臣心如水的心灵上蒙上阴影，烙上问号。曾几何时，有人在党委会上提出给各片分拨点救济款，审批屋地，走工等权利，均被否定。而彭秉如若不是领导授予他权利，能那样命令般出示手谕吗？加之，他爱人路野姑也不止一次在他枕头边嗡嗡，彭秉如长，彭秉如短。他一概置之不理。这不是自己管的事。路野姑无非是想替她爸发发牢骚而已。今天，几件事遇到一块，引起了彭茂华的私心杂念，使他在心里打起了小算盘。他知道，彭秉如对公社狐假虎威，不把公社放眼里。徐晋东对他也敬而远之，内心不服气。今天，他踩住彭秉如和田子荣的狐狸尾巴，如再深入虎穴，发现什么马脚，一总汇报给徐晋东。说不定他们还有啥肮脏交易呢。

彭茂华决定到明苑庄走岳父家。

彭茂华清楚，自己虽是堂堂正正走岳父家，但徐书记决不会允许的。迟不去，早不去，偏偏这时去，没说法也有说法。快别瓜田李下，招人耳目。彭茂华对徐晋东好像有了一定认识。挨金似金，挨玉似玉，挨着木匠会拉锯。他耳濡目染，对徐晋东通权达变的运筹，神龙见首不见尾的大将不斫风范，深感佩服。今天，他萌发明苑庄之行的想法，这念头的形成，细推敲，其根源来自徐的熏陶。那么，今天此举，权当私塾弟子初出茅庐罢了。想到这里，茂华春风得意，惬怀慆慆，到供销社通知野姑，明天到她妈家走一趟。

野姑莫名其妙地问：“今天阳婆从西边上来了？”

茂华一瞪眼，色厉内荏道：“别讪说。”

第五十三章　不期而遇黄糕宴

路野姑从供销社称了一斤红糖、半斤饼干，骑了辆崭新自行车，随同彭茂华向明苑庄而去。这一对妇贵夫荣，一表人才的年轻夫妇，走到哪，人们都喁喁赞叹，羡慕不已。今天，野姑皮鞋锃亮，头发放光，皓齿明眸，绰约多姿，走在黄土枯草小路上，更衬托得如姣姣出水芙蓉，一尘不染，玉体婷婷。茂华虽没有着意打扮，也舒眉展眼，仪态万方。像这样，不是什么节日，双双对对回娘家，对他俩来说，屈指可数。

明苑庄去年收的油籽不多，加之工作队的矛头所指，人们无心懒意，油坊早已停榨。茂华的岳父路郕琛也归队劳动。野姑和茂华的到来，给这家普通人家带来了欢乐和幸福。尤其是女婿茂华，轻易不登门。他的理由是工作忙，实际上也不尽然。今天，突然临门，喜气洋洋，这给沉闷中的路郕琛带来了精神安慰。这几天，工作队找他谈过几次话，动员他揭发郎福海的问题，并称立功有奖。但他给工作队的答复，离工作队的期待差距太大。因此，他不好过关。他自己的问题，不说伙同干部贪污，单他个人在油坊吃饭，每天按二钱油计算，就算下他六十八斤油。扪心自问，这笔账算得也差不多，十八年的油大师傅，还没吃六十八斤油？是有。但要一次算清，往出拿这六十八斤油，可就犯愁哩。杜辰旺那个老婆一死，谁知问题大了还是小了？再者，党内资产阶级的头衔戴在郎福海头上，自己也不沾光。事情就越闹越复杂了。他的事，他女婿从来不过问。路过家门而不入，生怕把自己拖进去。他自己怎么呢？穷人有份穷心，我好歹是你老丈人，能低声下气讨你的情，劳你的大驾不成？今天正值村里议论纷纷，众目睽睽关注等弟的死、油案的事时，出人意料，乘龙快婿，意外登门。

路郧琛让儿子路平平到代销员那里买一瓶酒一盒烟，用以招待彭姑爷。路平平刚买好酒和烟，正欲回家，正好碰上陈琦书记。他认识平平，打住车子问："你买酒干啥？"

平平回答："俺姐夫来了。"

陈琦笑着说："怪不得呢，姑爷上门，鸡娃头疼。不光买酒，还得杀鸡呢。"说着，走过来逗弄平平，"就买这一瓶酒，一盒烟？小气死了。来，先拆开给我抽一支。"

平平信以为真，连忙给他启封。他拦住说："跟你开玩笑哩！快回去招待你姐夫去吧。"说着，骑车走了。

平平问："你走呀？"

陈琦答："不走，你也不请我。"

平平回去，将碰到陈书记一事对茂华讲了。他父亲听到后问茂华："用不用把老陈也叫来，一块喝酒？"

"甭管他。他有吃饭的地方。"茂华矢口否定，没有这个先例。他关心的是，窦等弟怎死的，杜辰旺和郎福海的态度是啥，人们有啥说法，等等。而他岳父似乎谈虎色变，对窦等弟的死持冷眼旁观态度，言语迟钝，有意回避。彭茂华对老丈人这种各人管自己，老天管大家的宿命论人生态度，向来看不起眼来。他心想："你跟他说不在一块，没有共同语言。眼看闹窦等弟是点燃炮捻子，要轰你们，天不遂人愿，捻子瞎火了。这不是给你们漏下空子，借机把这个失去引信的定时炸弹起出去。你才吞吞吐吐，之乎者也，知一不知十。他只关心他的六十八斤油案。"彭茂华心里想的不但不能对岳父讲，连野姑也不能说。他对向平平打听消息感兴趣。什么三大个偷等弟的鞋了；等弟从裤裆里拉出"核武器"了；

李浠庚捉了等弟奸了；大门洞如何铲了黄糕嘎渣儿了；等弟在工作队号丧了；四脚朝天被扯烂屁股了……彭茂华对小舅子的道听途说、民间演义颇感兴趣。而路郦琛心里早烦得忍也忍不住了：“有正经话说，没正经话一边走开。”他冲儿子下命令。他心里是想让女婿在工作队跟前美言几句，下个情。对他的问题，从轻处理。能少一斤是一斤，能减一两是一两。连自己的屎屁股还揩抹不起呢，管人家们那些闲事干啥？人们说起来，有个好女婿呢，连这点光也沾不上，丢人哩。今天，好不容易来一趟，不谈正事，只管讲那些狗零杂碎的混账话干啥？

彭茂华看出岳父的心事，便主动问：“油坊的问题，现在闹得怎样了？”

郦琛心里高兴，这句话问到心窝窝里了：“唉，给咱算下六十八斤油的问题，不包括跟干部们打平伙，分麻糁、豆饼。”接着他讲了六十八斤油的来源。

“按这种算法，算得不多，咱也实实在在吃过。”路郦琛心服口服，没有怨言。

茂华知道，搞运动就是这，唾在脸上就是疮。即使以后平反呀，纠偏呀，也是另一码事了。他对这些事，压根就没有放在心上。他定然不会为这区区小事向彭秉如求情，损失自己的尊严。

“如果能按公价算，交钱了事，也给面子了。”郦琛担心要他买高价油偿还。他又特地提出面子一说，意在敦促女婿，从中周旋，给他点面子。茂华对一钱不落空虚地的丈人深表同情，觉得他可怜。不过，仅此而已。他不会因小失大，在个人问题上犯错误。今天能来，就是给了面子。明苑庄的事躲之不及。好在岳父从不为难他。人家的处世哲学是：唾脸上手揩掉，屙头上水冲掉。挨拐吃亏是福哩。认命不认人。头发疏自己长的，孩子多自己养的。从不怨天尤人。既这样，茂华亦顺水推船，听之任之。

茂华还想听小舅子的贩来消息，听那些民间捕风捉影、编撰的热门话题，但又怕惹泰山生气。他正欲出去放风，突然发现罗彪腆着大肚子，缓缓踱来。

彭茂华连忙下炕，出门迎接罗书记驾到。茂华边热情招呼罗书记进家就座，边给岳丈、岳母介绍："这是公社罗书记，专管石门水库工程。"说到这里，他问罗彪："你怎么稀罕得下了山来这儿了？"

罗彪四平八稳坐在炕上，说："这村老会计的儿子，在水库上给我当跑腿的，是个好后生。家里发生这么大的事，我能不来看看吗？"

"对对对！"茂华听清楚了，"你到他家看了看？"

"看过了。家里穷得叮当响，当地停着棺材。我想着回公社，听说你来了，就不请自到，找上门来了。"说到这里，他对路邺琛夫妻两人提高声音道："我不走了，吃你们的饭呀。"

"好好好，请也请不到呢！"老两口挺高兴。

茂华也说："晌午了，有我吃的，就有你吃的，多搁双筷子罢了。"

"他妈的，"罗彪打罗停当，便发牢骚，骂了起来，"官大一品压死人，活欺负这些受苦的。"

茂华不敢轻易接茬儿，不知他今天这么无头烂罐骂谁呢。

"那天，"罗彪给茂华从头说起，"杜文逵，就是这村老会计的儿子，来明苑庄催人催粮，这是公事，执行公社党委决议嘛。结果他们不分青红皂白，把文逵当水库盲流人员，强制弄到工地劳动了一天。这事，我早憋着一肚火。那天，徐晋东上去囫囵半片和稀泥，不看僧面看佛面，还有个周谦书记呢！罢，咽下这口气，算了。田子荣想卡我的脖子，半路地又杀出个彭秉如，也嚣张得不可一世！"罗彪跟田子荣不睦，茂华很清楚。言下之意，他对彭秉如也愤愤不平。他这人，敢作敢为，不平则鸣，不怕干锅油气。茂华从他言语间，发现他对徐晋东也有看法。今天，既然他找上门来，不如顺手牵羊，来个投石问路，也掌握些明苑庄的情况，岂不两全？但他不愿意跟罗彪唱二人台，日后一旦走漏什么风声，他会对自己反咬一口，或产生不可估计的后果。不如将心直口快、乐观无间的陈琦一并叫来，凑热闹，有他们两位副书记在，大树底下好乘凉，自己随牛打石砘，没啥担忧。他想好后，接着罗彪的话茬儿道："你说起党委，我想起了陈书记。他也来了明苑庄。"

"啥时来的？"

"听俺内弟说，在街上碰到他。他也知道我来俺岳父家了。"

"那你不把他一块叫来？反正，今天是劳累你丈母娘了。"

"行。不是你来，我都不准备叫他。"茂华说着，喊了一声，"平平。"

"哎。"平平应声而到。

"你去工作队，看一下陈书记。如果没派上饭，叫来咱家来。就说罗书记来了。"

平平走了。罗彪督促茂华："掏钱买酒去。我今天是吃你的来着。"这时，野姑走了过来。罗彪接着说："守着个供销社老板，双职工，咱公社数你们过得好呢。"

野姑一撇嘴："咦，快别寒碜人了。今天叫罗书记喝好就是了。"

不一会，陈琦嘴笑得笸篮似的来了。

"哟，瞧我们罗书记，大肚弥勒佛价，当头正面，坐在那儿，像那么回事。"陈琦边笑边说，边和众人打招呼，"水库上叫罗总揽呢。"

"你尽乱说，光图自己高兴。不过，今天嘴上得放个把门的，说我事小，有野姑在呢！说脱嘴，闹下麻烦，吃不了兜着走。"他看了看野姑和茂华，都会意地笑了。野姑妈笑着说："说啥也开玩笑哩，没事！"郸琛也笑了："难得你们聚一块，这我就太体面了。"

哈哈哈……陈琦朗声大笑："沾光受害，把账记在茂华身上。"

"野姑，快买酒去！"罗彪再次督促，"不能叫你爹妈贴钱。"

"好好好！我就走。"野姑笑着，张罗买办。

“我们来了，把热锅头的客人，也挤到冷炕上了。”陈琦揶揄茂华和野姑。

“罗总揽和陈书记光临俺娘家寒舍，俺就是东家呗。总不能叫你们坐冷板凳吧。”野姑笑容满面，对答如流。

“不愧是供销社笑迎八方客的阿庆嫂。”陈琦不吝赞美。

野姑逗趣道：“我是阿庆嫂，你是谁？胡传魁！”

“那咱茂华是刁德一了。”罗彪笑着说，“你们三人都挺像的。”

陈琦反讥道：“罗书记居心不良，茂华分明是阿庆哥呗，怎硬让当刁德一？”

哈哈哈……几个人开心地笑起来。

他们不期而遇，适逢其会，又有野姑的逢场作戏，气氛一下活跃起来。谑而不虐，戏而不俗。给这个平时默默无闻、死气沉沉的农家院落，带来欢歌笑语，一派生机。

当他们正式开席饮酒时，下午出地的时间到了。路郸琛和平平草草吃过饭，便下地去了。这下好了，喧宾夺主，这里成了他们的天下了。

陈琦问罗彪：“罗书记，人家茂华是走丈人家，你怎么就来了？”

“你怎么也就来了？”罗彪反问。

“其一，明苑庄是我管辖，来是工作需要。其二，路平平去约我，我才来的这里嘛。”陈琦认真地说，说毕眼巴巴端睨着罗彪。

罗彪问：“还有其三、其四吗？怎么比王磊还王磊呢？”他投以蔑视的目光，并回答说：“明苑庄不是我来的地方？你这个大片长，知道不知道，自杀的窦等弟是我水库民工的家属？”

“原来如此！”陈琦恍然大悟。

“那边死丧在地，我能吃下饭吗？”

“罗书记是公事，可以让村干部派饭嘛。”

“派饭？我还怕把我当游民的抓了差呢！”罗彪有点恼怒。

茂华发现话不投机。罗彪一副过五关、斩六将的气派和自负的神态。加之，他满肚子怄气，若不循循善诱，看风使舵，顺毛摩挲，他会发牢骚，动怒气的。不说。闹出啥多大名堂，就是高喉咙，大嗓门，言语间扫刺工作队什么的，就能给自己和岳父家带来麻烦。“现在的明苑庄危机四伏，千万不能让他们感情用事，顺风吹火，特别不能从这个家里引发事端。”陈琦呵呵一笑：“没这三锤两下，敢来万岁机关蹬打！哈哈哈——”他不看罗彪脸色，兀自笑得嘴红钵钵，怪开心。

“喝！”茂华趁机劝酒，“干了吧。先喝为敬。”说着一扬头，饮清，并将酒盅底朝天，给他俩示意，滴酒不剩：“喝，陈书记！”

“罗书记干了，我才干。”陈琦仍在挑衅。他好像执意要看罗彪的好看。

罗彪蔑视地斜视一眼，大有大人不与娃娃一般见识的气度，端起酒一饮而尽，然后将盅子“梆”一声搁在桌子上。“好，罗书记清了，我才敢喝哩。”陈琦自笑自饮。

“你这个片长，怎么处理文逵妈的问题？”罗彪问陈琦。

“这不是片长的事。片长，片长，就是管片上的长官嘛，哪能管死人的事呢！这不是笑话吗？”陈琦为自己的自圆其说沾沾自喜。

“那你片上是管啥？”

“春耕夏锄秋收割，罗书记下山管吃喝。哈哈哈……”陈琦笑了一阵，接着道，“正儿八经，你从水库上，给文逵解决点困难，不是名正言顺、合情合理的事吗？”

“水库上的钱，顶多借给他措个急，哪能救济他？胡扯！”

“公社已经救济三十元钱了。”茂华脱口而出。

“是吗？”陈琦顶问一句，“这就够可以了。给罗书记面子啦！”

“给我啥面子？这是给彭秉如面子还差不多。”罗彪反拨。

“对着哩！这是彭队长批的，我发现了秘密。”彭茂华显然喝得多了，无意中泄露了秘密。

“什么秘密？”向来好奇心强的陈琦急不可耐地问。

茂华猛觉失言了，连忙喊：“野姑，再来个醋熘白菜！”

“有焯山药丝就挺好了。我问你，彭队长怎批的？”陈琦咬住不放。

罗彪对这些枝节问题不感兴趣，代替茂华回答道：“拿起笔批的，怎批的？”

“他还有批救济款的权利？”

“啥权利都有呢，你懂个啥？就知道是个片长，啥片长？白面揪片的片长！”罗彪发表自己的高见，讥讽陈琦。

“要么你甭说，要么说全乎！含着骨头露着肉，叫人难受死了。”

陈琦心痒难挠，恨不得一下钻入茂华肚里，盗出他的秘密。

“你想知道并不难。偷吃瞒不住皂君爷，杨利民肯定清楚。”彭茂华警告自己，反正不能从自己嘴里说出。

“来，二位书记，今天大驾光临我妈家，招待不周，请多包涵。现在，我代表我父亲敬二位一盅酒。”野姑见陈琦只管烦茂华，特意前来救驾。

陈琦一看，野姑腰扎花围裙，身穿鹅黄色精线毛衣，天蓝色小手帕将一绺头发绾了个扣儿，翘翘的，桃腮杏脸，月眉星眼，两个笑靥似一双粉蝶对舞。她的登场，一改沉闷的思想交锋气氛，空气顿然回到阳春三月。陈琦想起一句古诗：“对月貌花庞，饮玉液琼浆。”此乃红袖添香，神仙般境界。他笑着赞美野姑道：“瞧我们彭夫人，今天是花容月貌，巾帼英豪。”陈琦发现野姑手里拎着个锡铁酒嗉子，颇为新鲜：“哟！哪的这古董，才露出来了？”

“喝酒吧，可有宝贵东西呢。”野姑给他斟酒。

“先跟罗书记喝，拿起筷子还有大头小尾呢。”

“都是公社副书记，一齐来吧。”

“不不不。罗书记资格比我老，岁数比我大，职务比我高，要叫罗总揽呢。你清楚了吧？”

“我岁数比他大是真的，工作的职务比他的高，这也是真的，凭这两点，咱先干一杯，茂华赔上。”罗彪认可，主动请酒。

三个杯子一碰，陈琦乐得手舞足蹈，满脸开花。

当野姑、茂华跟陈琦碰杯饮后，罗彪说：“慢着，我再引见你认识一位领导。”他指着陈琦说：“这位是潘寨片上的陈片长，敬一杯。”

“嘿嘿嘿……”陈琦已经满脸通红。他的酒量离罗彪、茂华差远了。但他爱红火，好热闹，每每要煽风点火，挑起酣战。

他们正超脱自身，进入兴高采烈、忘乎所以的酒酣耳热境界，突然杜文逵走了进来。

他因为穿重身热孝，忌讳贸然出入别家门，特意将腰绖、孝帽、孝衣裤统统脱去，只穿白布鞔鞋来到路郯琛家。他知道罗书记来了这里，但不知陈书记也在场。

文逵的出现使三人脸上不约而同地失去了笑容，代之而来的是关切、安慰、庄重。

“有啥事？”罗彪首先问。

“我太不像话了。你下来是专门看我们家的，怎能让路伯……”文逵深感抱歉地一味道谢，又不知怎说为好，心里忐忑不安。

“甭说这些。你有啥事，快说。”茂华也督促他。

文逵又将那天让茂华看的条子，出示给罗彪：“彭队长批了三十块钱，杨秘书不给。”

“昨天没找到田主任？”茂华问。

“没有。”

“你要钱得找田主任，彭队长批了不顶事。”罗彪解释。

“彭队长说，田主任给他三百块钱的救济款，他批了就管用，是杨秘书刁难。”

茂华刚才所谓秘密的纸糊耗窟，被文逵一指头捅破，公之于众之后，几个人暗暗吃惊，又各怀己见。一向以老实、坦率而赢得公社人们赞誉的田子荣，居然还有这么活络的脑子？猪娃上楼，尽揎高门。罗彪怀疑，这是否是周谦的私下安排？他虽然对田子荣的伎俩暴露持幸灾乐祸的态度，但又不敢过早下结论。只是对文逵说："你还是拿上这个条子找田子荣去。我们这些人，都没有权力审批。"

"你能不能跟杨秘书说一下我家的情况？万一田主任批了，杨秘书还是不给，我该怎么办？"文逵继续向罗彪求情。

"田主任批了，他不敢不给。"陈琦帮腔。

"他不给，你敲那狗日的！"茂华冒了句凉话。

"啊呀，磕头还不行呢，敢打人家？"

"那个牲口不走，是双杨人民的害！"野姑也骂了一句。

"文逵，你听罗书记的话准没错。必须找到田主任签字。只要田主任签了字，杨秘书脾气再犟，也不会不给的。你拿上这个条子，莫不说杨秘书，就算我是秘书也不会给你钱的。笑话！"陈琦正正经经，安抚文逵。说到这里，他又动了歪心思，转口道："今天你来对了。这不，罗书记刚才说，他要帮你忙呢。还不赶快谢谢罗书记。"

文逵不知陈书记的话是真是假，也不知自己该谢不该谢，于是木桩似的立在地上，一副哭丧头脸。罗彪虽被陈琦将了一军，但不管他出于啥心理，帮文逵点忙是应该的，他向来在下边人面前不失虎威。于是慷慨地说："借给你伍拾元钱。怎么样？行不行？"

"谢谢罗书记。行了，行了，行了。"

"你看你，硬等罗书记尊口大开才谢呢。你是捉住兔子才放鹰呢。"

"谢谢陈书记指点。"

"对着呢！不是看你热孝在身，你且得替我喝盅酒呢。"陈琦办了件大事，显得神采奕奕，不可名状，"去吧，快点找田主任去。"

文逵走了。

“野姑，上大杂烩。”茂华指拨爱人，又对罗、陈说，“我看咱边吃边喝，加快进度吧。”

“行。”三个人举杯浅饮，显然是强打精神。

野姑轻盈婀娜端来一砂锅杂烩菜。锅里的菜咕嘟、咕嘟还在滚着呢，她妈还放了自己做的腌猪肉、干豆腐，加上白菜、粉条、金针、海带，是一锅货真价实的大杂烩。无论从佐料、色泽、成色哪方面看，这佳肴都如同野姑一样，令人赏心悦目，看着香吃着甜。

如果不是王则峰凶神恶煞闯进来滋事，他们的聚会应当是完美的。此刻，王则峰气冲冲，恼悻悻，破门而入，伫立于地，指头枪口似的对着彭茂华喝问：“彭茂华，你过河拆桥，是个人吗？我哪点对不起你！你乘人之危，给我小鞋穿！啊……”

他气得失去理智，脸色煞白，语无伦次。彭茂华大瞪两眼接受老书记的训斥。罗彪和陈琦面对突如其来的飞来横祸，茫然不知所措。罗彪对王则峰煽阴风，点鬼火，幕后挑拨离间，中伤同志早心怀不满，想伺机报复。今天，他倒自找上门来，正好发作。在双杨臭名远扬，还想靠田子荣死灰复燃，真是捞住根稻草就想做救命绳，瞎枯了眼。谁不知他王则峰是言语的巨人，行动的矮子。他不问王则峰青红皂白，也不管茂华是啥态度，气冲冲地将一双筷子往桌上一拍：“你还叫我们吃饭不了？”他勃然大怒，怒目冷对王则峰。

“你叫我活不了？”王则峰转向罗彪。

“我管你死活呢！”

两人积怨爆发，鼻子对鼻子，眼对眼，抗衡起来。在场人吓得忙调停、劝解。

“你们双杨人厉害，要把我吃了？光天化日之下，没真理了！”他脱掉褂子，袒露出被手指抓破的伤痕。

“王书记，有话慢慢说，先喝口水，消消气。”野姑好言相劝，“茂华年轻，有啥不当之处，你只管批评。”

“我还敢批评！凤凰落架不如鸡，老鼠耗子也想欺。”

罗彪怒容满面不言不语。茂华问王则峰：“王书记，究竟是怎么回事？我还蒙在鼓里呢。”

“你装啥洋蒜？金怀老板说，你让她找我闹事！不是你撺掇、怂恿，她敢拦在路上跟我打死仗吗？……”

原来如此。腊花姐又登场了——

第五十四章　徐晋东深宫受命

那天，王则峰在小咀裤裆沟，萌发了主动出击，力挽狂澜，大胆找县委罗书记的念头。当他回到驻地计划准备材料时，被突发的腊花姐事件冲撞告吹。他费尽口舌，采取策略，将腊花姐打发走以后，紧接又着被房东三桃子纠缠住。她好像找到救星似的巴结他，求告他，又虔诚地“阿弥陀佛，上苍保佑，南无，南无”念个不厌其烦，没完没了。三桃子的求情和祈祷没有白费辛苦。她是否感动了上天，不敢冒昧断定，而王则峰确确实实被打动了心，是铁的事实。他面对三桃子的可怜相及其家徒四壁的困境，动了仁慈之心。人，一旦处在一个挣扎不出的泥滩里，谁都有求助求生的欲望。但凡能给他伸出一只搭救的手，那都是人世最伟大的壮举。试想，如果三桃子的三儿子真的能如愿以偿，到赵庄当女婿，继承孙羊羊的家产，对这个贫穷潦倒的人家来说，那是一场翻天覆地的改变。自己若能成全其事，岂不成了这场改变的导师！王则峰想到此处，心里生出飘飘然的感觉。他俨然变成救苦救难、普度众生的观世音菩萨。他将给她家带来煦煦曙光，爽爽春风，简直功德无量也。不，这太虚无缥缈，走入唯神论的死胡同了。应当说是关心人民疾苦，保障青年合法权益，贯彻自由结婚，反对父母包办，维护农村新风尚，勇于跟传统观念决裂，敢于斗争，敢于奏响胜利的新时代新乐章。王则峰不伦不类，这么将新名词一串，自然归纳到工作队的议事日程上。如果赵庄发生干涉婚姻，威逼人命之事，而工作队又介入其中，或左道旁门，或坐山观虎斗，酿成严重后果，不自然是政治事件吗？不自然与徐晋东丝来线去，纠葛不清吗？好！王则峰郑重其事地给三桃子运筹帷幄，从长计议起来。事关重大，不可轻率。

王则峰经过一番用心良苦的缜密思考，最后断然决定：在这件事情上大做文章，咬住不放，毕其功于一役。困龙亦有上天时。不信天有绝人之路。他捋袖伸拳，趾高气扬地对三桃子说："老房东，这件事包在我身上了。这是件既涉及政治，又涉及法律的大事，舍我谁能当之大任。眼前的首要问题是必须尽快找到蒋小瑛，或者打听到她的下落。赵庄的腊花姐如再来无理取闹，由我一面承当。"

"谢谢王书记，大好人，大菩萨。"

"让三毛无论如何也要找到小瑛的下落，听明白了吗？"

"明白了，明白了。我靠王书记比祷告老天爷要强得多。"

"笑话。不可相提并论。"王则峰清高地回答。三桃子茫然就诺："是呀。"

王则峰激动的情绪过去后，立刻意识到，须尽快找婚姻法看看。一场动法的较量，看来不可避免了。

"婚姻法"须到县里找寻。想到去县里，便自然想到找罗书记奏本一事。王则峰这才回到为奏本搜寻材料的用心上。

有啥材料可寻？他可不是李福杰。平时埋头书本，背教条，急来搜肠刮肚，寻章摘句，想抗衡现实，岂不是望梅止渴，徒劳而已？

王则峰站在县委书记罗国亮办公室门外，伸手轻轻敲了两下门。他听到里边有人，但没开门。他又略略加重了点声音，叩门。门开了。他发现办公室坐着徐晋东，表情十分严肃。他又见罗书记堵在门口，便没敢迈步。罗书记问："有事吗？"

王则峰支支吾吾道："也没些啥……"

"找我肯定有事。改天再谈，今天我跟晋东有事商量。"

就这样，王则峰吃了闭门羹，垂头丧气地离开了罗书记办公室。他断定：罗书记跟徐晋东谈的不是平常事。从那副表情上便可见一斑。说不定是免了他的职。

原来，罗国亮找徐晋东是谈一件极为秘密的重大事件。明苑庄大队有人实名控告彭秉如，其罪状罗列了十二条，状纸被送到地委书记左阳手里。这件事非同小可。左阳书记让罗国亮调查核实，特别急如星火的是，要尽快妥善处理窦等弟自杀一案，千万不能让群众与工作队对立的局面发生。面对罗书记，徐晋东被吓得六神无主。因为他向来对彭秉如敬而远之，哪怕是人命事件，他也匆匆而去，唯恐沾在自己手上。今天，罗书记跟他谈彭队长的问题时，他瞎猫入瓜地，一问三不知，无怪脊梁骨里一股一股抽冷气。好在罗国亮是个平易近人的书记，他没有为难徐晋东。他也理解徐晋东的处境，将心比心，自己的处境和徐晋东的不是一样的吗？作为公社一把手，能不干涉工作队的工作，也是一大优点。鉴于此事的急迫和重大，罗国亮全权授予徐晋东一人处理，若出问题，拿徐晋东一人是问。最后，罗国亮又和徐晋东推心置腹地交换了看法，对于解决的办法，下步如何做好告状人的工作，防止事态恶化，等等，均一一头碰头做了研究、商榷。临了，罗书记破例掏出自己的钱票、粮票，将徐晋东引到县委大食堂吃了饭。徐晋东边吃饭边想：这才真正是"一饭千金”。好吃难消化，今天吃下去，什么时候才能屙下来呀？

王则峰是双职工，在城里租房栖身。他从罗书记那儿出来后，丢心失意。回到自己的家里，他也愁眉苦脸的，长长地躺在炕上。若说今天走运气吧，偏偏碰上徐晋东，冤家路窄，担心他要注意自己的来意；若说不走运气吧，腊花姐送货上门，鸳鸯案有始无末，不管怎想，对本人——三桃子的房客来说，有百利而无一害。他的心境无人能懂。

徐晋东心里乱如麻。回头看公社：

春季植树造林现场会的召开；

春耕工作检查团的莅临；

万亩稻田大会战；

万亩稻田任务的落实检查；

返销粮、救济款的分拨；

教育工作学大寨会议的贯彻；

化肥调拨、分配；

园院树株政策的落实；

给所有右派分子摘帽的安排、部署；

……

至于明苑庄死人，赵庄丢人，纤芥小事一桩，根本在公社排不上队。

徐晋东追风逐电赶回公社，将这些事情一一做了表态、安排后，便潜心钻研罗书记使命性的事件。他让李葆定到明苑庄直接找到李福杰，唤来公社见他。于是，李福杰来了。

“徐书记，你找我？”福杰进门后，客气地问。他对徐晋东有看法，没意见。

“你坐下。”徐晋东把李福杰当作自己亲信对待，“你给地委书记左阳写过一份材料？”

“不是材料，是状子。我给彭秉如整理下十二条罪名，寄给了左阳。”李福杰供认不讳，亮堂堂回答。

徐晋东慢慢摇着头，长长呼了口气，一副无可奈何的惆怅样子。

“怎么，退回来了？”

“没有。”

“不怕。徐书记，好汉做事好汉当。咱写的没一点假，敢跟他对质。他来明苑庄一镢头刨出个金娃娃，还想寻宅妈哩！心太狠了，欺人太甚……”

徐晋东一举手，给他出示黄牌，言外之意是隔墙有耳，不可造次。李福杰会意，即使自己不怕，难道徐书记也不怕吗？端人家的碗，受人家管，国家人员能跟平头老百姓比？何况这里是啥地方？能高吆二喝咒上级领导吗？李福杰用降八度的声音，跟徐晋东小心翼翼地说：“我具名具姓，盖了手印。他的问题，才写了一半。我这几天，还在写。他威逼人命，答应让文逵走工，就想了事。六队的草驴怀着骡驹，他不让遛，说没有科学根据。他叫增加营养，结果昨天生不下来，把骡驹子和草驴一齐憋死了。”

“这也是他的罪状？”

“不是他的是谁的？毛驴下骡子的事，他也要干涉，狗逮耗子的官。”

“我说福杰，不管以前给他定下十二条也好，十三条也罢，事情到此为止，再不要搜根剔齿搞下去了。适可而止。”

“怎么，是不是给徐书记带来麻烦了？”

“针不离线，线不离针。你是双杨公社的党员，他在双杨下乡，我是双杨的书记，你想想，岂止是麻烦？”

李福杰没立即回答，低头想了想，用缓和的口吻道：“即使给徐书记带来点麻烦也没办法。”

“是的。我今天就是以公社书记的身份跟你谈话。你向组织反映情况，是你的权利。你越级我也没意见。但我问你：彭秉如的十二条罪状，你对我讲过一条没有？”

“徐书记，你说到这里，我的话也不好听了。”

“说。”徐晋东情绪殷殷，出言咄咄。

“我现在已经不是明苑庄的支书，没有向公社汇报工作的义务。你不了解明苑庄情况，怪不到我头上。”李福杰得理不饶人，没给书记留面子。

李福杰与徐晋东本来就没什么旧爱宿恩，只是工作上配合得融洽罢了。今天，身为书记的徐晋东，不但不体贴下属，反而对他的正当权利横挑鼻子竖挑眼，无端指责。李福杰掂斤估两，回敬几句，冒犯一下上司，又有何妨？

“福杰同志，你把话听明白。我不是要你汇报明苑庄的情况，我是说，你向地委反映的问题我一无所知。我不知就里，怎去处理？”

“这么说，徐书记，你是受左阳书记的委派，要处理彭秉如吗？”

“你怎么今天尽钻牛角，我是解决问题，缓解矛盾。我怎么能处理彭秉如呢？”

“对了。徐书记，我之所以没有向你递呈、汇报，就是为了给你减少麻烦。我明说吧，不是希望上级来解决啥问题，我是告发他彭秉如，让地委书记知道他是个什么东西，就达到目的了。”

“彭队长到你们村，辛苦没少下，也干了好多事，对人不能只看一面。”

“他舍生忘命做样子，不是怕中国改变了颜色，而是为自己脸上涂颜色。十足的野心家。他树大根底深，但我偏偏不怕他。”

“这些话，你是否在村里也散布过？”

“我是对你书记说呢，在村里闭口不言。乱说乱道，不成了自由主义，捣乱分子！”

徐晋东发现李福杰与彭秉如积怨太深，而且心怀邪恶，肆意中伤，不达目的誓不罢休。自己因对福杰的处理点过头，现在做他的思想工作，显然夹嫌有阂。只有将事情阙疑搁手，待仔细忖度，整理出头绪，再做一论。此人天不怕，地不怕，不识抬举。

徐晋东心烦意乱，没有搭理他。只是心口不一地说："明苑庄是个好地方。"

福杰知趣地意识到，自己该走了。于是，站起来说："徐书记，没别的，我就走了。"

"好。回去好好想想，凡事三思。"

两人点头，无言告别。

徐晋东将李福杰送出门，心事重重地在心里发私愤："羊群里跑出狼来了，这倒是个吃人的东西。"

李福杰骑车驶出公社大门，心有不平地自言自语道："半路杀出个程咬金，想砍我一板斧把我吓唬住，没门儿……姓彭的你算遇上人了，我一天三刮络腮胡，你不让我露脸，我不叫你出头。咱走着瞧……"

金怀老板从彭茂华那儿出来后，蓬头垢面，疯了一般，跑到徐碧云家，边哭边将小咀之行及王则峰写信（她叫鬼单单）捉弄她，对徐碧云一诉衷肠，她要向徐碧云讨教高明办法。徐碧云，越来越觉得此事干系匪浅。这事万一闹下人命官司，自己就是其间的主谋。小瑛失踪四五天了，亲戚朋友家找遍了，还是杳无音信。大队介绍信未开，粮票也没带，她到哪儿去了？既住不了店，又吃不开饭，哪里能窝住她呢？看来，蒋小瑛很可能窝在小咀三毛家里。不然，王则峰为什么不准赵庄工作队干预此事呢？为了更有把握，她再三跟金怀老板打听证实小咀要人时的关键细枝末节处。她问："腊花姐，你到小咀究竟见到三毛没有？"

"没有，没有。好妹子，我能见上？要见他小子，我扯了……"

“你进他家没有？”

“没有，没有。在门口推搡厮打，我没给好脸，逢软肉就下手……”

“腊花姐，你打人家，人家三桃子打你没有？”

“没有，没有。她只跟说好话，跪下求我。大妹，她儿把我闺女吊膀子骗走，你说，她敢打我……”

“他老头子在吗？”

“在哩，在哩！那死老头在一边，连屁都没放，大妹，他动我指头，我薅了他马面盖上的豆芽毛……”

“腊花姐，我问你，王则峰怎就给你写条子啦？”

“啊呀！对对对！你问到点子上了。那家伙把我拉到小家，三桃子东耳房，你知道不？”

“知道，你说正经的。”

“好我大妹哩，我正经一辈子，想不正，也不行。”

“我问你，腊花姐，王则峰怎给你写的条子？”

“他说，小瑛不在三桃家，要我回去找。他给咱下乡的徐书记，写鬼条条，说让帮找人。结果是啥？好我大妹哩，我把那鬼条条递给彭长看，人家啪一下甩在桌子上，让我滚！我不滚，问他怎叫我滚。姓彭的，也不好东西，自从去告郭玉恩……”

“啊呀，你又东沟拉西洼，扯哪啦？”

“啊，我说到哪啦？”

“鬼条条上写的啥？”

“啊哟，对了，先不要管这件事。彭部给念的嘛。”

“真的！我耳不背，听清了。我不认字，瞎狗吃屎不抬头，才受他捉弄。”

徐碧云将活宝金怀老板的话，前前后后，反复斟酌一番，又对王则峰阴阳怪气的举动做了分析。最后，她认定：蒋小瑛在小咀。事情既然发展到这步，自己不出面也实在说不过去了。而且本来自己是出于好心，成人之美，结果弄到这步境地。小瑛与三毛不是旧社会，可能私奔。她到小咀隐身，是想吓唬她妈，促成婚事早成，也在情理之中。但韩三毛不该连自己也瞒着，他以为把人藏在他家就是他的了？他把金怀老板三间房看成间半了。这不是狗咬石匠——寻得挨锤吗？这件事，若自己不出面尽快交手，将来闹得双杨公社四海扬名，鸡飞蛋打一场空不说，自己好心没有好结果，臭名远扬，何苦来着。

“走！”碧云带着金怀老板二次上小咀。

“如果咱从三毛家搜出小瑛，当下我非给三毛一个斗嘴不可！”碧云真憋着一肚气。她心想：为成全你们的好事，我把孙羊羊交给我的房院给了你三毛，你们喜鹊夺了凤凰窝，在那里鬼混得火热。结果因家里不同意，不声不响，悄悄跑了。现在你们急得不行了？再急，你也不能隔一出二三，把我介绍人踢开呀！

“王则峰是咱村下乡的王书记，人说又当公社书记？”

“没的事。”

“就是被疯静仁扔出铺盖的王书记，你记着没有……”

“知道。”

“活该！他写上鬼条条不叫徐书记管这事。”

“叫我分析，他知道小瑛的下落，又不希望咱找到。不然怎么会不准工作队协助找人。这里边，皮裤套棉裤，必定有缘故。”

“大妹子，你说对了，他黄鼠狼给鸡拜年，没安好心。”

刚到小咀，一路上坡。两个徒手步行的陌生女人，谁见了也要吃惊地张目顾盼：嗬！一个美得人间少有，一个丑得世上难寻。怎就并肩走一块了？

也该王则峰倒霉。这时，他从屁股后边抢死扑活地赶了上来。越走越近，当他发现前边是何人时，徐碧云和金怀老板也发现了他。她们坐在道边专等他。金怀老板席地箕踞而坐。她面对王则峰方向，叉开两腿，黑风着脸，一副穷凶极恶刁顽相。王则峰见状，心里立刻意识到凶多吉少。

“哟，是你们二位。也去小咀，是不是？”王则峰主动打招呼。

徐碧云笑着站起来，回答：“是哩。王书记在小咀下乡？”

王则峰强笑着，信手一指：“是那个小村庄。”

“站住，别走！”金怀老板将他的车子拉住衣架。

“腊花姐，你又来找你闺女，是不是？我那天不是明明确确告知你了吗？”

“告诉我啥？你个骗子！”

“你看你，人的话你怎么总听不进耳朵里？现在，当务之急是寻人。你闺女不在小咀，别只管把希望寄托在这里，这要误事的。”

“好多人出去找遍了也没音讯，连井里、河里也找了。”徐碧云给解释，缓和矛盾。

“我问你，你那条条上写的是啥话？”

“我让徐书记和彭部长协助寻人，妥善解决你的事嘛。你说写的啥话？犯得着这么立眉竖眼，跟我斗脾气？”

“你骗人！你是不准寻人，彭茂华念给我的。一字不差！”

“诽谤！这是他对我的陷害！我问你，徐书记看过没有？”

“没有！”

“那条子呢？”

“彭茂华拿着。”

“好。我去跟他对证。”

“走，现在就走。”

“我得回小咀，安排工作，明天就去找他算账。你不叫我去，我也得去。岂有此理！”

“不行，我墙下埋人，还得动土时辰？”

王则峰现在去找彭茂华也无所谓，但被这刁女人逼着走，脸面上下不去。他推辞道：“你们去哪儿先走吧。我反正很快就去见彭茂华。”

“不行。你同我们一块走。我怕你甩开我们跑了。”金怀老板得寸进尺，这不明明是俘虏般被她押解去赵庄吗？天下哪有这道理？

“你是谁？我是谁？你这女人，怎么给了面子，还要里子？我管这事是帮你忙，与我有啥关系？你怎么能理直气壮命令我？”

“你为三桃打烟弹，要调虎离山，当我不清楚？你拿我当愣娃看！小瑛是你藏了！我向你要人，你是给人呀，还是跟我走呀？”

这时，王则峰才意识到形势的严峻，也领略到母夜叉的可怕。虽然有徐碧云在场，但她袖手旁观，明显与腊花姐一路货色，沆瀣一气。他产生了迅速甩掉这泼妇的念头。徐碧云已看出了他的行由举动，但她碍着彼此关系，不露声色。金怀老板反正瞎子拉驴不松手，只管拽住车子不放。王则峰突然一推腊花姐，掉转车头，准备向来路返回。金怀老板饿虎扑食就地俯冲过去，夹推带踢，放倒车子，并扑到王则峰身上动手厮打。

徐碧云冷眼旁观，王则峰被抓拽撕扯得灰头土脸，见势不妙，丢下车子，撒腿就跑。紧逃快跑，脖子上被腊花姐抓破几个血道道。

人不走运，祸不单行。他好不容易找到彭茂华，结果跟罗彪热巴巴抬了一杠。火上浇油，雪上加霜。谁知他的心境呢？王则峰气急败坏地飞溅着唾沫星子，指手画脚向大家表述小咀路上的险遇……罗彪要下地，转身就走。他迈着龙骧虎步，走了出去。只有野姑一人送出门外。因为，陈琦和茂华还得耐心听王则峰的虎口脱险记……

野姑的妈被这帮人折腾了一天。本以为多日不登门的彭姑爷，给她家带来了福音，没想到劳累不说，惊吓得她险些心从嘴里蹦出来。原来，多大的人物，也是这么高吆二喝，变脸失色动肝火的。她见王则峰益发不要命地闯来，如恶斗的公鸡样，实在叫她惴惴不安。“你快让他们走吧！”她对野姑下了逐客令。但这拨人，容易逐吗？

第五十五章　小咀搜人绑成亲

徐碧云瞭着王则峰惊恐万状，没命奔跑，心里好生想笑。她知道，王则峰绝不是怕别的，而是怕了腊花姐。逃跑为上计，他选择了这条千古妙计。她看了看腊花姐，又累又气又怒又伤心，一个本来就不够人样的人，被折磨得益发没一点人样了，无怪王书记要扔下车子逃走了。自己与她为伍，实在没得法，倒了十八辈子大霉了。

“走吧！”徐碧云命令金怀老板。

“去哪？”

“去小咀嘛，你想去哪？”

“咱不管那骗子啦？”金怀老板指了一下已经跑出老远的王则峰。

“你知道他去哪？”

“没骨头！”

“叫你吓跑了。”

两人来到三桃子家。三桃子一见这两人，吓得浑身筛糠般，不知该怎么接待。

“你们走得累了，先喝口水。”三桃子赶紧双手捧出竹壳暖壶给倒水，“咱小瑛还没有消息？”

“我没问你，你倒先问我？装啥洋蒜？”

“阿弥陀佛，老天爷，保佑俺小瑛平安无事，早一日回家。”

“三桃姐，我今天来亲口问一问你：小瑛失踪，你们究竟知道不知道？”

“好我的妹子哩！对天盟誓，一点点也不知道。俺三毛饭不吃，水不喝，大找了几天。”说着流出长长的眼泪。

“扯你娘蛋！猫哭老鼠假慈悲，你养个好干儿，替你抵挡门户！你才敢明欺祖奶奶。”

“你别生气。你的心情我理解，谁家也养儿养女。娘身上掉下的一块肉，怎能不心疼？不过，老天爷……”

“搜！”金怀老板向徐碧云示意。

徐碧云对三桃子说：“三桃姐，咱可是多年的关系，从来没有面红耳赤过。不然我也不会把你兄弟交给我的房院，给了咱三毛。我一片好心成全你们两家儿女，没想到腊花姐想不通，闹下这事。今天，我明人不做暗事。我屙下的我揩抹。我对你直说吧，我怀疑小瑛就在咱小咀，就在你家。我今天当着腊花姐的面，要闹个刀割水清，腾清我的身子。我已经做下猪八戒照镜子，里外不是人的事了。反正好心没有好报。现在，我们就搜人了！”

徐碧云和金怀老板开始搜查起来。三桃子坐在院里的喂猪石槽上，泰然处之。她才不怕搜呢。进了家跟进了院一样，一目了然，连个猫也藏不住，莫说人啦。

“下窖。”徐碧云揭开盖窖的一葤黍穰，命令金怀老板下。金怀老板还行，叉开两腿，脚蹬窖壁上的脚踏窝，下了窖。里边一面是山药，一面是萝卜，唯独没有人。

“找王则峰这厮。”徐碧云命令三桃子。

“哟，我没拿人家门上的钥匙。你们从玻璃上瞭吧。”

“家里有那么大个水泥柜，藏个人合适，撬锁！”

……

徐碧云威风凛凛从家里搜到院里，地上搜到地下，连小瑛一根头发也没找到。其实她这是虚张声势故弄玄虚，做给金怀老板看的。若找到人更好，找不到人，自己的心也尽了。我一个说媒的，说有的还说没的，说活的还说死的。能来一趟，就够可以的了。

“看来，人是不在。怎么样吧？”徐碧云问金怀老板，言下之意，让她的嘴里说出“回吧”。

金怀老板眼看又白白跑了一趟。几天来跑得她两脚打满泡，腰酸腿疼，实在支撑不住了。她在徐碧云盛气凌人的鼓励下，一头向三桃子撞去。三桃子在小咀，有形象的描绘：远处看地滚子，背后看席囤子，跟前看三桃子。这么个一拢通人，配上一对外偏脚，能受得了如狼似虎的金怀老板一头撞吗？三桃子跌倒在地，屁股下恰好有枝枯树杈，穿透裤子，刺入肉里，鲜血喷涌而出。三桃子杀猪般尖叫起来，她不是屁股疼得喊叫，而是害怕金怀老板再给她个致命的打击。

人们闻讯赶来。徐碧云见势不妙，长腿一撩，跨上王则峰的车子，来了个拍马不回头。

大队支书韩愣小赶到出事现场。他急得睁大两眼，一扬头吼了一声“兰法！”兰法应声而到。这时，金怀老板也想溜之大吉。韩愣小命令兰法：“不要让她跑掉，把她捆起来。”

兰法随便寻了根驴缰绳，将金怀老板双手反剪，捆起来，拴在枣树上。金怀老板看到三桃子屁股上鲜血直流，吓得浑身筛糠。

“这个破女人，来到小咀大队，还要发刁！敢动手打人！把她捆紧点！”

“赵庄人出来条狗也比咱人厉害。反过来说，若咱村人在赵庄干下这事，早洋坎肩一穿，成二虎寺的客人了。”

“别看这女人猴头马面女吊客，心眼儿毒着呢。不但把亲生闺女逼得离家出走，她还来咱村寻是生非。是看三桃子头皮软，好欺负嘛。”

“套平车。怎不怎先送三桃子去公社医院。”

人们越围越多，七嘴八舌，鼎沸嘈杂起来。这时候充分表现出山庄小村陌舍的山头观念。村里有啥事，倾巢出动，像保家卫国一样，捍卫着属于他们的弹丸领地。

金怀老板背靠一棵碗口粗的枣树，魂飞魄散，不知闯下啥祸。

当三桃子发现金怀老板被捆绑在街上的枣树上时，一声长号，说啥也不走了。她捂着屁股说她没事。她非要叫大家放开金怀老板不可。

“她打人犯了国法，不能私了。我们要送她去公社处理。”韩愣小以支书身份给三桃子解释。

“不行，不行。你们不能捆她，放开，放开，好我的小祖宗们……”

三桃子哭得泪流满面，金怀老板吓得圆瞪两眼，人们笑得前仰后倒，捂着肚子直喊娘。小咀这出戏，算达到顶峰了。

“瞧那女人，巨齿獠牙，撑眉努眼。放开她，怕活吃了你呢！”众人有意挑拨，寻开心。

“不怕。活吃了我也情愿。我求求小咀村的大干部，你们行行好。为了俺家，把她放开，放开，可怜死我那亲人。”

“她介绍信也不带，大队干部也不通过，私自闯入小咀村，行凶打人，哪有这个道理？谁知道她是什么人？说不定是台湾特务哩！”韩愣小摆出一副大队干部架子，诈唬金怀老板和三桃子，也为自己的行动做交代说明，同时也显示干部的政治嗅觉和阶级斗争的警惕性。

“啊哟，老天爷。她是赵庄人，叫腊花姐，俺们是亲戚。愣小，你不知道，是我赵庄的娘家。”

“你娘家的啥亲戚？”

没等三桃子回答，金怀老板突然发出一声尖叫：“亲家哩！”

哈哈哈……人们拍手的拍手，张嘴的张嘴，笑作一团。

“啥亲家？说清楚？”韩愣小顶问。

“俺闺女跟他儿吊膀子，搞对象，不是亲家是啥？”

“亲家见亲家，一笑两龇牙。你这个亲家怎么来打架？”

“找不到闺女急得。”

“再急也不能动手打人呀！听明白没有？”

“明白，明白。”金怀老板面对小咀干部百依百顺，不敢有半点放肆。她担心被捆在这干枣树上，冻一黑夜。

有些好心婆娘为这位可怜巴巴的女人说情，丢掉闺女够伤心了，再有个三长两短，天就塌了。愣小面对两种奇缺“人才”，着实无奈，真正臭臊冢遇上屎巴牛，臭得没人挨。何况，周瑜打黄盖，打的愿打，挨的愿挨，咱管这等闲事干啥。放开这个灰老板算了，管她们羊吃狼，狼吃羊哩。

“兰法，松绑！”愣小对助手下命令。

天刚擦黑，公社开晚饭了。杨利民到伙房吃饭，路过妇联主任牛婧兰屋门前，发觉屋里有瓮声咳嗽声，门上挂着锁。他奇怪了，站住支棱起耳朵，听了半天，再没有啥声响。鬼人操鬼心。他有偷香窃玉的毛病，对这方面的事，十分敏感，也饶有兴味。他疑疑惑惑进了伙房，有意看了看正在低头吃饭的牛婧兰。牛婧兰目不旁视，平头正脸，只管往嘴里送面条。地装得挺像。

杨利民有意慢条斯理地吃饭，等牛婧兰走后一阵，他才提着一铁壶水，慢吞吞往回走。他走过妇联主任办公室门前，提着心聆听屋里动静，果然有极低的嚓嚓声。利民想听一下是男是女，因声息太低无法分辨。他站了一会，不便多留，只好走开。这一发现，使他产生了极浓的好奇心，尤其发生在妇联主任身上，更有魔力。他神不守舍，心痒难过，总惦念着牛婧兰屋里的秘密。于是，他时不时躲在路灯影子下，窥视暗察。突然，一个光头影子在窗棂上晃了一下，快速消失了。啊！这闺女人大心大，斗胆将后生锁在屋里偷情。他心里窃喜，今晚叫你好活不成！他一直坐在办公室门口，监视着出入大门的人员。直到牛婧兰熄灯，他才放了心，那个男人没有走。

公社大院的事务由杨利民管理，来客登记是公社的一条制度。牛婧兰没有结婚，哪来的男人？

杨利民决定，查房捉奸。

他看了一下，领导们都不在。平时，田子荣因蹲点双杨，经常住公社。今晚双杨大队召开大小队干部会，估计他的会，不过十二点是散不了的。好在保卫干事邓彬在。杨利民与王磊言合意不合，矛头一直不对。他只好跟邓彬商量此事。

“邓彬，快起来。”杨利民敲门。

“干啥？”

“公社有情况。”

“啥情况？”

“打开门，我跟你说。快点。”

邓彬刚从家里跑来，身上发困得直打呵欠，实在不乐意往起坐。他咿咿呀呀，好不容易爬起来，开了门。

“咱公社隐藏下来路不明的可疑分子，咱们来个普通查房搜查，以明真相。”

“在哪儿呢？提出他来审问一下，不就成了，还用得着查房？何必饿鹰叼驴肾，掀天驾雾，闹这么大神通？”

“不查房你知道在谁屋里吗？一旦有失，不好交代。咱来个全机关查房，浑水见鱼，谁也没说的。”

“除过咱俩，全院住着几个人？你不是诚心捉我的大头，让我戴红胡子吗？”

“我负责机关事务，你管公社治安，名正言顺，有啥红胡子、黑胡子可戴。走，走，你向来果断，今天怎么成老牛筋啦？”

“你既说有生人，肯定知道窝在哪里。何必磨道的毛驴绕圈子？”

邓彬穿好衣服，准备配合杨秘书执行任务。

“在咱妇联主任屋里呢。”杨利民悄声说。

“走。”

邓彬和杨利民来到牛婧兰门前。邓彬敲了敲门上的玻璃，屋里婧兰问：“谁？”

“我。”

“你是谁？”

“你邓大爷。”

“梧鼠？你半夜三更不睡觉来干啥？”

“公安局通知，有流窜犯逃到咱县，让查户口呢。你快起。”

“真的？”

“谁跟你胡说！”

“婧兰，你起来说话。”杨利民说，“今天是机关内部查房。”

屋里像捏死了一般，一点声音也没有了。只听得见里边窸窸窣窣在穿衣服。好半天后，“咔”一声，电灯亮了。

牛婧兰拉开门，却堵在门口，说：“看吧，看屋里有没有逃犯？”

“你站开。”杨利民心里犯疑，把个后生藏在哪啦？

一间房，地下一个文件柜，一张写字桌，炕上是行李，一目了然，哪能窝住偌大一个后生。杨利民滑溜溜的眼四下寻觅了一番，忽然在婧兰堆到后墙的行李下发现了破绽。他对婧兰说：“你把被子揭开！”

“女人们的热盖窝，小衣小裳，破袜子、烂兜肚有啥好看的？要看，你自己撩去。”

这一说，利民益发心中有数，牛婧兰分明是欲盖弥彰。他从地下找了把鸡毛掸子，准备亲自挑拨。

“算了吧，当心挑出婧兰的当家宝贝！”邓彬屈面屈情，不好意思给婧兰难看，想拉后腿，溜之大吉。如果真的将婧兰的恋爱对象捉了奸，闹成啥洋戏啦？他后悔又被杨利民蒙了。正在邓彬迟迟疑疑欲打退堂鼓时，杨利民早将被子挑开，墙根底果然露出一颗放光的头来。

“啊呀！”邓彬惊得叫出了声。

原来，牛婧兰在炕上横里打着铺盖，褥子下垫着两个稻草垫子，再加上毯子、褥子，老来高。她将寄藏人贴炕置于行李背后，别人哪能发现呢？要不是杨利民有目标地瓮中捉鳖，谁也难发现蛛丝马迹。

“出来！”杨利民叱喝。

光头纹丝不动。杨利民一把抓起被子，赤条条暴露出一个穿着大红抹胸，品青小内裤，分明妙龄少女的裸体人儿来。这时，牛婧兰冲上去，将被子重新盖好，气冲冲说：“你们出去！”

“这小伙是谁？”邓彬口气温和地问。说不定是她的兄弟什么的留宿，怕查住犯错误，做检查，隐蔽起来的。

“啥小伙？你们连男女也不识了？她是女人！”

啊？女人还有光头的吗？天大的笑话，哄三岁娃娃去吧。十多年来，寺庙里头顶不秃的，只有个看庙和尚，还属还俗社员所兼，至于尼姑，已从社会上消失。故秃头即是男小子无疑了。

“你们出去，让她穿上衣服，跟你们走，行吧？”

“行。”邓彬看着杨利民，扑朔迷离，大惑不解。

“进来吧，老邓，你睁大眼看看，是个后生，是个姑娘？”婧兰挖苦着说。

“你抬起头来。”邓彬有经验，因为男人都有明显的喉头。

其实，他们心里清楚了，只是装模作样，找台阶下。

“不管男女，反正没有登记，报客。跟我来办公室。”杨利民命令那女子，“女扮男装，不是有政治目的，就是流窜分子。”

“你听我说嘛。”牛婧兰准备兜底和盘托出，因为事到临头，顾不得枝枝节节那些琐碎纹缠了。一旦她回答不好，让杨利民抓住一点破绽，打个没情由，岂不是白挨。自己护疮护出一包脓，到头来落个豆荚抽筋，两头受气不说了，一旦这闺女寻了短见，问题就大了。她对杨利民丝毫不敢冒犯，只是拽了一下邓彬的衣角，示意通融庇护。牛婧兰为了惊动公社的人们，故意放高声音，在院里说："我再给拿件衣服，当心冻着人家的！"

"你老实交代，女扮男装也好，男扮女装也好，鬼鬼祟祟，窝在公社，居心何在？"杨利民得意扬扬升堂问案，"你是哪里人？来这儿搞啥活动？不老实交代，公安局立马来人。"

这女子把她的情况，根根底底，一口气都对牛婧兰主任讲了。她来公社避难，投靠牛婧兰，满以为找到了大靠山。没想到婧兰在这两个生铁阎王面前，畏首畏尾，诚惶诚恐，一点都给自己做不了主。看来，逃出虎口，落入豹穴，今天恐怕要吃家伙喽。她看了看牛婧兰，求她保驾。

牛婧兰知道事情不大，这又不是犯法，不是丢人的事。但她觉得自己没处理好这件事，不该偷偷摸摸在公社搞这不光明正大的名堂。来客不登记，又是个男女二性子人。杨利民又是个专爱在这方面出头露脸、动手动脚的角色，自己非被他折磨作践不可。现在，只好口袋里倒西瓜，唿哩隆咚，说给他们。我这是工作，即使违犯公社制度，又有啥大不了的？

"你是哑巴！"杨利民一拍惊堂木尺。

"我替她说。"牛婧兰挺身而出，愀然作色，事生肘腋，逼人上阵。牛婧兰陡然来了勇气，她正准备跟杨利民辩白，突然有人喊了声："小瑛！"

人们愣住了。原来何钰香、毛毛、李葆定他们也闻讯赶来瞧热闹。何钰香跟小瑛同是赵庄人，她关切地说："你怎来了这儿？你妈找你找得好苦呀，简直快疯了！"

啊！这秃头姑娘原来就是赵庄丢失的蒋小瑛。一个水葱般皓齿蛾眉的花朵朵怎就成这模样？不过，邓彬着意欣赏一番，发现小瑛虽然没有长发，但还是那么顺眼受看，令人眼花缭乱，垂涎三尺。无怪历史上有烧香看尼姑的说法。小家碧玉，洵不虚传。

小瑛一肚子苦水无处倒，她见钰香大姐姐般疼她，情不自禁，委屈地“哇”一声，大哭起来。她尖细悲怆的恸哭，划破了静谧的夜空。门前杨树上水鸪鸪受到惊动，扑棱棱飞走了。

人们都说杨利民脾气灰，不合人，却不知他是怕好人不怕灰人，怕软人不怕硬汉。这黄花闺女放声一哭，泪豆豆在嫩脸蛋上一滚，他反而没辙了。要不是有人在场，他能过去给揩泪。他对牛婧兰讨好地说：“你安顿安顿，有话好说嘛。”

牛婧兰对杨利民恨之入骨，这会儿她才大梦初醒，原来他是想捉自己的奸。这家伙简直头上生疮，脚底流脓，坏透了。她火风风呛白杨利民道：“既然是你搜出个后生来，放你家，你爱怎安顿哩！”

杨利民被牛婧兰倒打一耙。他眼睁睁被牛婧兰当着大家的面，讽刺挖苦，奚落一顿，心里干气没的说。他怕牛婧兰再出变门儿，反咬一口，将他诬陷。女人们一旦放泼，跟你撕破脸，男人是讨不到便宜的。自古男不跟女斗，到此撒手算了。他对邓彬说：“你看怎么办？”

“你管公社事务，这是你的权利。我睡觉去呀。”邓彬面壁而立。

杨利民又碰了个钉子。今天运拙时背，碰上鬼了。他点起一支烟，伸出两指头夹着，深深吸了一口，然后将烟气徐徐放出，任其袅袅萦绕。

王磊也过来了，但他只知其一，不知其二，干想开口插不上嘴。其余人大眼望小眼，痴呆呆傻了眼。灯光也显得昏黄……小瑛不太哭了，仍在嘘唏啜泣。这时，田子荣蹬着啪哩哗啦的烂车子，回到了公社。今天的会不顺心，他对狼不吃软弱无能，连小队长也管不住，实在窝火，白生一顿气。他进了公社大门，发现办公室里人头攒动，似有情况。他打住车子，一头闯了进去。不料，一屋人像被冷雨打了，蔫头耷脑，回避着他。他慌里慌张，毛毛糙糙四下扫了一眼，然后靠着墙边的长条凳，半坐半站戳在那儿，正好和小瑛挨着。他强打精神问："这究竟是咋了？"

人们没法回答，不知该从何处开口。一个该说话的杨利民，被邓彬和婧兰呛了管子，闭口无言，别人谁能代庖？好在有个向来怕被别人当哑巴的王磊在场。他卖乖讨好地给田主任解围。他向田主任努努嘴，示意站他身边的人。田子荣转身侧过头一看，原来是个正哭鼻子的小后生，他认成杨利民的二儿子啦。于是，恍然大悟。他关切地问："多会来的？你爸那个毛鬼神脾气跟我一样，过一会就没事了。乖乖的，这么大了，还哭鼻子。"说着伸手抚摸着小瑛的光头，亲昵地哄弄，"明天回家，告你妈一状，真是的。"

小瑛臊情没拉地说："我是小瑛。"

"知道，二小子嘛，去年唱戏时你来的。"他压根儿不知人家叫啥。

人们哭笑不得。还是王磊像个秘书，凡事替领导检点。

他走过去趴在田子荣耳朵上掏了掏小耳朵。田子荣"忽"一下站起来，像面临大敌，将小瑛审视一番，问："你怎么来公社的？为啥剃了头发？"

这时，牛婧兰站出来告知：蒋小瑛跟三毛搞恋爱，被妈赶门在外，无奈藏身孔雀寺。结果，被一个老和尚动员得落发出家。没住几天，她闷得要命，又想亲人、亲事，便从孔雀寺女扮男装来了公社，寄宿妇联会。她投奔公社是想让领导给做主，没想到被杨利民、邓彬查房搜了出来，当流窜犯审讯。

田子荣听了牛婧兰的陈述，区区纤芥小事一件。他对杨利民说："老杨，明天给这娃搁一个结婚证。七十年代的人结不了婚，岂非咄咄怪事！她那个妈，赫赫有名的金怀老板，如再犯浑，杨秘书，这事交给你了，把她调来！哼！"田子荣在双杨大小队干部生产会上，说得舌敝唇焦，回了公社又捎了一出折子戏，实在不想再拖延了。"睡觉，睡觉。"他不管别人怎着，踢开门就走。

“小瑛咋办呀？”牛婧兰喊住他。

“你说咋办呀？跟你睡去嘛！这也得我大主任管吗？”

“不查我的房啦？”婧兰赌气刁难田子荣。这是她首次施威，在领导面前要脾气，与杨利民抗衡。

田子荣见状，只好自己放下架子和稀泥。他做作地一骨朵嘴，假装嗔怪的样子，道:“傻闺女，女人跟女人睡一块，怕啥？查你干啥？”说罢，失口一笑，哄弄道,“还兴耍小孩子脾气，真是的！”说着惺惺作态，溜了。

蔺毛毛和何钰香劝说着婧兰和小瑛归宿就寝。

公社的夜，重归宁静，一场萧墙风波过去了。而就在此时此刻，明苑庄工作队门外塞满了人。窦等弟阴魂不散，破鞋案又掀风波。

第五十六章　树欲静而风不止

李福杰自从徐晋东跟他谈话后，心里更有主心骨了。李福杰、郎福海等人便恣意兴风作浪，搬弄是非，工作队锐气受挫，变主动进攻为被动防守。明苑庄一时间，人言啧啧，众口铄金，空穴来风，借尸还魂，大有乌云压城城欲摧之势。

公开较量终于在党员生活会上暴发了。自从工作队入村后，对党支部的建设抓得很紧。“一课三会”制度，一直坚持着。党员民主生活会一月一次。工作队为了运作上的制度化，将一些固定会议、党内党外例会，均排了日程表，按月、周转。哪一天是什么会，参会人员便自觉地赴会。这天，该是党员生活会。

令支书李乃城吃惊的是，当他跨进会议室时，二十多名党员差不多已经到齐了。这是从来没有的事。他一看这些生疏的嘴脸，便知道情况不妙。

根据惯例，开党员生活会，工作队要派一至二名党员列席。今天，李乃城请求彭秉如参加。彭秉如鉴于眼下正值多事之秋，生恐有人造谣生事，毅然应诺，亲自去参加今天的生活会，并想借机向党员做一下工作通报，以求得他们的支持。小白当然也跟随他一同去，如影随身，列席会议。

会议开始后，因工作队没有拟定主题，党员以自我检查为主，批评他人为辅，人人过关。但李福杰勃然而起，措辞锋利地说："有人贼喊捉贼，栽赃陷害，致人身亡，却逍遥法外。我们大事不抓，谈什么鸡毛蒜皮、碎米烂糠的陈谷子秕芝麻事情。我要求将窦等弟之死进行专案调查，弄个水落石出。对那些责有攸归者，绳之以法。"

彭秉如不能不发言了。他问："你说透，谁在致死人命，逍遥法外？"

"既然彭队长要我说，那我今天在党员会上，为捍卫正义，两肋插刀，在所不惜。我有真凭实据，不怕以权压人。窦等弟某月某日清早，曾告诉我，有人半夜进入她家，将她的一只鞋偷走。那天晚上，杜文逵正好回家，在炕上睡着。她当时让我看过她留下的那只鞋。结果，批斗窦等弟会上，李乃城亮出了丢失的那只鞋。因为这，等弟气不过，掏出月经带打了李乃城。而工作队认定李乃城手里的鞋是等弟被捉奸后丢掉的，谁相信呢？自古，捉奸要双。既然捉了奸，为啥不把两人捆在一块？为啥不拿裤子、裤衩、裤带作为凭证，而拣一只破鞋做证呢？这是一桩弥天大谎，吃奶的娃娃也不信……"

"你血口喷人，颠倒黑白，无中生有。窦等弟死了，你才假惺惺出来搞翻案！真凭实据在哪？就是等弟对你说的那句话？你养得好儿好女，怎么伪心地坑害人？"李乃城气得面无人色，暴跳如雷。

"不要耍赖，发野。今天是党员会。说着病，提方案。豁出命也改变不了事实。"

彭秉如严厉地阻止他们的舌战，道：“福杰同志提到的这个问题，事关重大，其性质远远超过我们党内生活会所能包罗的范围。我表态：工作组要设立专案组重新调查、核实，一定要搞清楚。今天的生活会，不要再纠缠此事。”

“我说几句。”一向不爱多嘴多舌的老治保主任说，“关于刚才福杰说的那桩事，等弟拿上鞋也找过我。说不知谁进她家，偷走了鞋。后来开了批斗会，我也弄不清那只鞋是怎么回事。”

“等弟丢鞋那天清早，也对我说过。”妇联主任也出场作证。

“跟我也说过。”郎福海表态。

三人成虎，足以证龟成鳖。这是多么可怕的佐证。

彭秉如眼睁睁发现这是一个团伙，但无可奈何。而且像明苑庄这么复杂、棘手的村庄，他还是初次领略。他想打退堂鼓。先用缓兵之计，将他们的气焰打压下去。然后放长线钓大鱼，再将明苑庄盘根错节的历史背景深究固里，弄明真相。彭秉如对这几个人的表态既不肯定，也不否定。今天无论如何不能在这个问题上驻足纠缠，须尽快绕过去。他转变策略，给党员们讲了一席当前的大形势、小形势，号召每个党员要以饱满的热情，带头投入春耕工作中，保证今年百尺竿头，更上一层楼。最后，他以这几天生产忙，夜短，不影响大家的休息为由，要求乃城结束会议，有啥会后再说。

会议总算散了。

但李福杰、郎福海纹丝不动。待人们走得只剩下他们几个有共同需求的人时，李福杰说：“明天等弟就要发殡，死人一埋，这码事就算完了。”

郎福海激将着说：“咱不能就这样，窝窝囊囊，由人家牵着走。等弟若不是咱们的人，会遭此难吗？公社派来老汉奸干啥？分明调兵遣将，借刀杀人，称咱们的骨头哩。”

“三小人，小人得势，威逼人命，不能善罢甘休轻饶他。把死人抬他家，让他打发。便宜他哩，给上三十块钱就想完事！除非明苑庄死得没人了……”

几个人挑头，有些不明真相，打抱不平的，狗跟上狼嗥，也尾随其后。他们一伙人跃跃欲试，向李乃城家拥去。李乃城回家刚刚睡下，便被这帮人的恶骂声惊醒。今天，被这些老手们从热被窝里闹出来，他已经六神无主，魂飞胆裂。他的下巴不由自主地颤抖起来，上下牙齿打得嗒嗒嗒响个不停。没有金刚钻，谁敢揽瓷器活儿？你以为八九百口人的支书好当的吗？

人言籍籍，七嘴八舌。有的骂他倚势欺人；有的嘲笑他起了花心；有的叫他到杜辰旺家，谈明天的丧事；有的让他带上等弟的鞋去对质……李乃城战战兢兢，唯唯讷讷。眼看人们越聚越多，他急中生智，猛地来了拼命精神。他一挥手，说：“你们别吃不倒人主家打鼓手，有本事的跟我走！”

“去哪儿？”郎福海问。

“工作队呗！”李乃城得意扬扬地回答。

“我还当去省里、县里呢，工作队有啥了不起？走！”

“走！”众人簇拥着李乃城，去找工作队。这些人的本意是想拿李乃城做替罪羊，给工作队施加压力，敲警钟。暗示工作队对他们的问题，睁一眼闭一眼，折中完办。他们星夜滋事，其目的就是趁热打铁，来个兔子登天。据说，兔子急了，来个仰面朝天自卫。当老鹰俯冲而下，伸出利爪子抓它时，兔子舍命用长后腿，撕破鹰的嗉子，给予致命回击。这就是兔子登天。李乃城将人们带到工作队大门前，说：“到了。你们喊吧。”

“你找工作队，也不是俺们找工作队。你叫谁喊？”

李乃城无奈，硬着头皮喊了一声：“彭队长！”

没人回答。

“彭队长，起来吧！”

屋里亮起了电灯。“谁？”彭秉如问。

“我，李乃城。”

“干啥？”

“你，你，起来吧。”

“我问你干啥？”彭秉如急迫地问，不知又出了啥玄乎事。

“……”李乃城不知该怎么回答。

“乃城，究竟是啥事嘛，怎么不吭气啦？”

“他们，人多呢！他们要翻等弟的案呢！”

“阎王不打你鬼嚼啥哩，谁翻案啦？”李福杰低低骂。

不大一会儿，彭秉如出来了。他十分恼火。这帮人恣肆无忌，不给他们点颜色看看，简直不知天有多高，地有多厚。树欲静而风不止。彭秉如打开大门，一眼发现大个子郎福海。不用问，其间少不了李福杰，即使不作声也是不出头的蛆。他没好气地问：“你们要闹啥？”

“明天等弟要出殡下葬。这件事须尽快弄清楚，不然……”

“郎福海，你的问题马上就会盖棺定论的。死人的事，当然与你有关系。什么关系，这是我们要给你下的结论。你现在回去反省你的问题，如在这件事上扇阴风，点鬼火，企图掩盖你的罪恶，办不到！在场的，你们听着。”他说到这里，命令般对李乃城说，“乃城，把这些人的名字登记起来，明天交给我。”说到此处，他狠狠地“哼”了一声，扭身回去，并将两扇大门“咣”地关了起来。

这些人的鸭子嘴一个个扁了，谁也怕扯上一顶反党帽子，终生吃亏。于是，蔫头耷脑，各回各家。

彭秉如虽然用几句狠话镇住了这些不法之徒，但他心里总有点胆怯。如果这些人联合起来，做伪证，指鹿为马，也是件伤脑筋的事。自己身正不怕影子斜，不怕被恶意中伤，嫁祸头上。但李乃城素质差，能担保不被这些人揪住辫子吗？他一晚上辗转难眠，挖空心思，琢磨着如何跟这些家伙展开斗争。决不能让他们钻这个空，趁机造谣惑众，引发事端。此事须慎重，不可掉以轻心。明天窦等弟的事宴，工作队要派人去控制局面，威慑衅事者，这叫正面出击。另外，须很快报告公社这里的新动向。想到这里，彭秉如又感到犯难。一来，自己与徐晋东总感到陌生，话不投机，事不合辙，只愿少见他。二来，近日李福杰、郎福海气焰嚣张，有恃无恐，他怀疑与彭茂华在他岳丈家聚会有关系。公社这几个人，是否与前任支书李福杰、副业主任郎福海有千丝万缕的瓜葛，实难下结论。其三，罗彪下山，究竟是为安慰文逵，帮助料理后事，还是别有用心，搜根剔齿，报一箭之仇，也难定夺……如此看来，必须面见徐晋东，非他不能妥善解决。彭秉如感到捉襟见肘，难以应对。

徐晋东自密室接受罗书记使命后，对明苑庄的事关注起来。他对李福杰的固执己见、不识时务耿耿于怀。他本来对彭秉如操之过急的革命行动持有看法，从心底不赞成。但时至今日，不管这些了。自己乃一社之主，保证上边下乡人员的工作环境是义不容辞的责任，这就是地方官的天职。遭到李福杰冷遇后，他打算抄小道找见杜文逵做工作。直接面对一个普通社员，单独谈话，这是他入驻双杨以来首开先河之例。

原来，徐晋东来到赵庄，彭茂华向他交代了几件事。第一，他拉开抽屉，将王则峰写给他俩的信交给徐晋东。原本不打算有劳徐书记，后因事态繁杂，不得不出示原件，说明原委，腾清自己的身子。第二，他向徐晋东汇报了关于彭秉如写条批救济款，以及田子荣授权彭秉如三百元救济款的新情况。第三，他将李乃城的逸闻趣事，略举一二，并告诉徐晋东："那是个极不称职的干部，工作队跟上他恐怕要吃亏。"他在反映时，尽量摆出雍容大度、客观公允的姿态。事实上，彭茂华反映的情况，都是有事实依据的。

徐晋东本来就是个深沉的人，现在又在心里搁上一件深沉的事，整个人益发显得阴郁、古怪。他脸上没有任何表情，呆滞地听完彭茂华的汇报后，兀自伸出手指头，轻轻地捋磨着耳朵垂子，回味近日公社发生的一连串事情，以及彭秉如、王则峰、田子荣、罗彪诸人的言行举动。他善于从矛盾中跳出来，声东击西，遥控操纵。这个固有的禀赋，总是鬼魂似的伴随着他。他在默默地进行着激烈的运筹，显出练达、娴熟的政治风范。明苑庄这步棋，是当头炮，要果断釜底抽薪。

彭茂华又想到一件事，虽然无关紧要，但也该告知徐晋东。他说："据罗彪书记说，杜文逵跟王屯堡郎计狼的闺女订了婚。"

"杜文逵是谁？"

"就是自杀的窦等弟的儿子，在水库上跑外交。"

徐晋东没有吭声。

"明苑庄旧干部跟工作队的关系很紧张。"茂华平平地说。

徐晋东仍没有啥反应。过了一会儿，他说："茂华，你现在把刚才说的那个后生叫来。"

"杜文逵？"

"对。"

茂华迈开长腿，到街上随便抓了个差，要求其将杜文逵唤来。

杜文逵来到赵庄工作队。徐晋东问："你妈的后事，安顿好没有？"

"安顿好了。明天出殡安葬。"

"听说，水库上还救济了点钱？"

"罗书记借给我五十元。"

"嗯，公社救济了你三十元？"

"对。大队借给一百斤稻子，换回八十斤黄米。吃的也有了。"

"事筵上，还有啥困难？"

"行了。徐书记，领导够关心的了。"

“你还有啥要求？”

杜文逵没有思想准备，也不知道这话的含意。他一边搪塞着一边讷讷打怵，不知该怎回答。徐晋东对文逵的无憷、发蔫深感遗憾，这般时候，不来个狮子大开口，还等何时？杜文逵也在考虑，徐书记既然如此大方地摊牌，让他提要求，必有不可告人的秘密。不然，他为啥那几天对此事躲之不及，冷眼旁观，今天一下来了个一百八十度大转弯，主动涉足其间？茂华见状，策略地提醒文逵：“文逵，徐书记很关心你家的事。人死不能复生，但活人的事是活做的。你理解徐书记的意思吗？”

文逵的脑子略活动了一下，便絮叨开了：“我打发我妈的事，有些亏空，但问题也不大。只是，我妈一死，回家连个做饭的也没了，父子俩人两条棍，水库上也不是个长住久安的地方。找个对象吧，人家还嫌咱没工作……”

“你别绕得太远了。你的意思是啥？直端出来嘛。”

“那天，彭队长说，给我找个工作。不知道是说心宽话呢，还是哄弄我呢？他秋后掉屁股一走，还不是人一走，茶就凉……”

“这个文逵会说话呢。”茂华笑了起来。

“这么办吧，彭队长说话是算数的。既然承诺了，就得办。他答应的事，跟我答应的一样。他走了，我给办。行吧？”

“谢谢徐书记了。”文逵高兴得不知该说啥好，他一捩脸，看见彭部长在微笑，又赶紧道：“谢谢彭部长。”

“咱们说话要算数，你明天不能听信别有用心的人的挑唆，按你村乡俗，把你妈入土为安。成吗？”徐晋东问。

“徐书记放心，埋我妈是我的事，别人谁也别想插手。”

“行啦，行啦。文逵，你回去啥话也不能跟别人说。不然，事情闹坏，你想办的事也没希望了。”茂华赶紧叮咛，怕他嘴不牢，得上便宜还卖乖，把事弄坏。

"彭部长，我要瞎说，你打我嘴巴！"说着，不知怎么，"啪"一声自己打了自己一个嘴巴。

"你这是干啥哩？"徐晋东吃惊地问。

"表达我的决心嘛。明天埋掉我妈，后天我就上水库了。"文逵信誓旦旦地表态。

茂华递给文逵一支烟，说："好，回去忙你的事去吧。"

文逵一出赵庄，心里高兴得直想喊："晓梅没跑了，我有老婆了！"

在明苑庄，有人提心吊胆；有人幸灾乐祸；有人蠢蠢欲动；有人暗做手脚……一般来说，凶杀，恶死，不管天灾人祸，死人一埋，便告结束。闹事者往往会抓住出灵的机会，罢葬刁难。人死后，人主家即死者的娘家和娘的娘家最厉害。他们孝男穿道袍，孝女悬百褶裙，重孝服远出门外，在下首列队跪迎。待人主家长驱直入，进入灵堂，叩首毕，孝子们再搀扶入席，酒饭款待。长子、长孙得向人主家汇报死者生前病况及侍奉、临终情况，陈述后事的安排，交代死者遗嘱。晚上，人主家要开棺验尸，与死者告别。人主家闹事，屡见不鲜，尤其是非正常死亡。孔夫子的繁文缛节渐渐淡化。现在各村有各村的一套礼仪，这是根据儒家思想的承袭水平而自定的。在明苑庄这个也算平川的中等村庄里，不乏腐儒老朽。但这些人多半隐蔽谢客，不参与社会活动。取而代之的是村里的支书或主任、会计这些头面人物，因他们不懂旧的礼节，只好以破旧立新为由，自立零乱从简而操持法规。如今，丧事不大，搅扰不小，且牵涉村里所有上层人物。谁来当总领，执事呢？杜文逵犯了难。

田亮平这几天在各村推广玉米杂交新品种，这天转回到赵庄。他对茂华有意无意地说："明天曹明海要到明苑庄出风头。"

"出啥风头？"

"人家是窦等弟的娘舅表兄，人主家的人主家呗。"

"他掺和什么？胡闹！"

“你忘了？曹明海和李福杰是儿女亲家，两人一个鼻孔出气。一个前边按党纪国法闹，一个背后依传统风俗家规闹。小人李乃城，明天腹背受敌，可有好洋戏看喽。”

彭茂华听后心里一震，这不分明闹事吗？自己既然知道了，就不能装聋作哑，任其为所欲为。因为他已经发现，徐书记在明苑庄问题上，态度有所转变。他呢？一向是徐的倚重人物，对徐晋东忠心不二。为了捍卫徐晋东的权威，他捆打挝揉，什么手段也可使上。他又敏感地意识到这件事非同小可。于是，他对亮平说：“你告诉徐书记，让他知道一下。”

“不必吧？我是随便跟你拉拉嘛。”

“你随便跟我拉，我可不能随便听。快快快！”茂华引上田亮平立即找到徐晋东，鹦鹉学舌，再拉一遍。

徐晋东听后，不以为然地说：“亮平，去告诉明海，不准他去搅稠稀。”他认为这么一句话就可了事，因为他已经做妥文逵的工作，只要儿子不翻腾，别人不是多此一举？再者，连个支部书记也管不住，这还行吗？

徐晋东十分心烦。一件本来与自己无关的区区小事，自己又亲自做了家属的工作，本以为高枕无忧了，结果又突然冒出这么个消息。这才是治丝益棼，越绞越乱。他不愿再费心神，干脆对彭茂华说：“这件事，交给你了。明天你去坐镇指挥，埋掉死人，以不出问题为原则。”徐晋东没说出的话，茂华一概清楚：“不能触犯工作队。”

茂华不大不小吃了一惊，这可是桩棘手事。

有奈无奈，书记的指示，万丈深渊也得去跳。“走。”茂华立地带上田亮平，直奔明苑庄。茂华心里清楚：这是为工作队保驾护航，给彭秉如当马前卒。但他没啥怨言，干的就这差事嘛。

当彭茂华和田亮平来到杜文逵家，找到杜文逵和他父亲杜辰旺时，发现这父子俩人正在为请总领一事闹别扭呢。当地风俗，打发老人是孝子的事。诸如：给亲戚报丧送孝，择吉日吉时，请办事人员，等等，均得长子出面。配偶是不能操持这些事的。就是灵柩起材、下葬，断弦人连大门也不得迈出一步。他只能在家里默默看守空房子。文逵年岁不太大，不老练，凡事须老子检点。但在确定总领人选上，父子俩发生严重分歧。

杜辰旺提出让郎福海当总领。总领是事宴上最高领导，全盘负责人。他也寻思：郎福海是自己人，一来办事靠得住，贴心，不会抛米撒面，形成浪费；二来等弟确实爱他爱得不顾生死。她的死，自己是清楚的。那天虽然没有过去看她，但隔着一堵矮墙，什么话也听得清。她是在找郎福海呢。自从郎福海跟自己交过心后，便洗手不干，与她一刀两断了。郎福海也是一片好心，成全自己一家人。但她离不开福海，最终酿成这场大祸。活时没见上，死后让她看个够。自己也只能尽这点微薄之力了。俦侣一场，天壤壬郎，自己也问心无愧，对得起冤死鬼了。但这话不能跟儿子启齿，纵有千言万语，吃不住儿子一句话反驳。

杜文逵视郎福海为仇敌。他与母亲通奸，喧宾夺主，给父亲戴上绿帽子，把父亲赶在门外。最后，他为了掩护他自己的贪污行径，还将母亲推上绝路，害得自己家破人亡，声名狼藉。到头来，还要将他举敬成总领，执掌丧事大权，岂非认贼作父，玷辱先祖之耻事？这样做杜家会被世人嗤之以鼻，指指戳戳，以后怎抬头见人？不能这样做。文逵因为受到彭秉如、徐晋东的青睐，许以厚报。他对李乃城本来恨之入骨，但考虑到事后好向徐书记、彭队长交账，也好理直气壮索要回报。于是他违心地含辱忍屈，提出要李乃城当总领：“谁家办红白事宴，都是支书坐镇嘛，咱还能例外？”

杜辰旺坚决不同意。仇人相见，分外眼红。三小人，杜辰旺看见他就犯心病。他给抬材打墓也不用。是杜家人，就永世不跟他容情。一辈冤魂三辈仇。

彭茂华听了父子俩的顶牛后，突然意识到，这是自己肩负使命的症结所在。总领是关键，是要害人物，自己当仁不让。他倏忽萌发了自己毛遂自荐，出任此职的想法。亲自指挥，谁敢来拔爷的虎须！本来一筹莫展，忧心忡忡，一下豁然开朗。他没有细琢磨，激动之下，来了个指山卖磨。他一拍胸脯，道:“你们父子俩别争吵，此事包在我身上。”

“啊？”父子俩不相信地注视着彭部长，不知该怎么回答。

“你们该准备啥，按部就班，做你们的。总领人选，下午就走马上任。”彭茂华人高马大，堂堂然立于他父子二人面前，俨然铁塔一座！不，是危难时出现的救星。文逵若不是重孝在身，能爬下叩几个响头。

当局者迷，旁观者清。彭茂华兴致勃勃，骑车驶出明苑庄。他准备返回赵庄与徐晋东交换自己的意见。路上，田亮平问:“彭部长，你准备让谁当总领？”

茂华得意扬扬地回答:“我给他们当。这算啥营生？”他又自诩道:“我在村里抬材打墓，啥也干过。虽是力巴，踢打两下，挺利索。”

亮平没有奉承他，只是用鼻子笑了一下，不置可否。“怎么？你不相信？”茂华问。

田亮平默默蹬着车子走了一段路，道:“叫我看，你出面不合适。你想控制、掌握，得另改名目。”

“啥名目？”茂华不解其意。

“开追悼会。”

“她算啥，能开追悼会？不能！不能！”

“你是公社党委成员，能搞封资修那些死灰复燃的东西吗？”

“啊？！”彭茂华一下恍然大悟。亮平指破谜团，一句话点醒懵懂人。“公社党委成员”一顶帽子，使他不寒而栗。他慌忙长腿一撩，下了车，气煞煞将车子随便一打，结果后胎“乒”一声，爆了。他也不理会这一声爆炸的后果，只是就地打磨旋，连连问亮平:“怎呀，怎呀？这，这，这……怎呀？这算闹下糊糊了，你怎么不早提醒？”彭茂华踅来踅去，如芒刺背。大话海口已经说出去了，怎能反悔？“亮平，快给想办法……”

亮平心里不毛，冷静地想了想，终于想出个两全办法。他认为办法比较成熟了，才给彭茂华献了出来：“彭部长，我看有一个人，可以救你的急。”

“谁？”茂华迫不及待地问。

“老汉奸。”亮平平平静静地说。

彭茂华拧住眉头，想了想，然后一拍大腿，道：“啊呀！太好了！走，找老家伙去。”

“你的车子爆胎了。”

“先把它放在路边。咱骑上你的走。”

老汉奸何正魁，在赵庄是数朝元老。他爱看闲书，识闲字，古往今来，涉猎面很广。党内党外，民事治安，家族礼仪，红白喜事，他都可以充个内行。他还有个特点是，善于不懂装懂，以一知半解之长掩盖不知不解之短，也能逢场作戏，虚应故事。总之，场面上露不了馅，丢不了底，是个老于世故、八面玲珑的圆滑人物。他在什么场合也不怯阵。

彭茂华知道何正魁在科研队劳动，他和田亮平直接来到科研队试验田。这是一处窝风、向阳、平坦的小沟坝地，小气候特点很明显。何正魁正背过身用镢头刨粪，其他男女队员有的用肩挑，有的用锹铲。彭茂华走过去，只听何正魁正在津津有味地给人们讲什么今古奇观。他又在卖关子：“我一张口，人们便失声叫好。什么叫失声？失声就是情不自禁，口不由人，忘乎所以，像在梦中，旁若无人。这时候，忽然发自内心深处……”他发现屁股后边的听众鸦雀无声，有点反常。转过头一看，“哟，是彭部长驾到！你看，我好像有多大架子，不理不睬，其实……”

“来来来。”彭茂华向何老头摆摆手，“放下镢头，你跟我来。”

茂华给何正魁掏出一支烟，然后打着火机点燃。他找了个小塄蹲下

（因为何正魁总好靠塄蹲），说:“老何，有个重要任务，需要你帮一下忙。”

何正魁慢慢吸着烟，看了看茂华，意思是谈吧。

茂华接着道:“明苑庄杜辰旺老婆明天出殡。这事，你也大概听说了。虽然事情没有谣传的那么玄乎，但毕竟有些不清不楚。详细情况甭说了。他村里干部四分五裂，大部分人都在这个死人身上打主意。工作队对咱们这儿的民俗民规不甚了解，徐书记很重视明苑庄的工作，让我亲自去协助东家将此事圆满处理。现在，我第一道关，就过不去。明苑庄也不算小的村庄，可连个总领也找不下。没有一个可靠的能号令三军的总领，明天的戏怎么唱呢？”

“想在咱赵庄物色一个总领？”何正魁问。

“说对一半。但不是物色，我是来请你老将出马，助我一臂之力的。”

“不能。”何正魁毫不犹豫地断然回答。

“老同志啦，给我点面子吧，我已经在明苑庄夸下海口啦。”彭茂华又掏出一支烟，向何正魁求情。

何正魁翻动着可怕的白眼睛，傲视着彭茂华道:“败我先人的兴，丢俺赵庄的人哩！我何正魁是给一个大破鞋，做灵前跑龙套的？天大的笑话！”

彭茂华碰了一鼻子灰，但他仍不死心。他今天委实骑在虎背上了，心急如焚。他又婉言相劝:“老何，这不是为死人装门面。如果单为她，我不嫌丢人吗？”

“你别给我灌迷魂汤，等牛打滚，马生角，再说这事吧。”

彭茂华见老家伙一口咬定不放松，心里干着急没办法。他听了何正魁讲出的“迷魂汤”三个字，忽有所悟。这老东西就爱让人吹捧、夸奖，他所谓的灌迷魂汤，只要把他灌醉，醉汉不怕虎，啥也敢承揽。想到这里，茂华显出为难的样子向何正魁诉苦:“老何同志，我有多大本事，敢来惊动老革命？这是公社党委的意见，大家早分析过了。明天谁出任总领，必须做到新旧兼顾，秋毫无犯。估计衅事肇乱的，还有人主家，娘舅家，这帮人非以毒攻毒，拿民俗、民风整治不可。而能担当此大任的党内可靠骨干，偌大的双杨公社，唯有你首屈一指。你如果能再找出第二个人来，推荐一下，我带他见徐书记去。”

何正魁见彭茂华正颜厉色，说得头头是道，他不敢肯定，这是否在糊弄他。而且糊弄他有啥用？这是开玩笑的事情吗？于是他丁是丁，卯是卯，认真地问：“彭部长，君子口里无戏言。我见你说得很恳切，照你这么说，这是件任务啦？”

“对对对，对对对！是件不可公开的秘密任务。”

彭茂华又把何正魁鼓励一番，并谈了些具体情况。终于，属黄忠的何正魁又抖起了老精神，决定前去明苑庄小试不老宝刀，大展风头本色。他风趣地对茂华说：“你给我这个角色，跟抗战时期地下党员当村长一样。”

“哈哈哈……”茂华和亮平会心地笑了起来。他俩想起他的诨号“老汉奸”。

“这事情还有一比，叫围魏救赵。只不过咱不是救当年赵国的赵，而是救你彭部长的彭家。”

“不敢，不敢。只可意会，不可言传。”彭茂华笑着又给何正魁递了一支烟。上卦不灵下卦灵，“老家伙”上钩了。

“这么说，彭部长，非得我这个老朽粉墨登场献丑不可？”

“自然。老将出马，一个抵俩。我是三顾茅庐，你来个六出奇计。”

“多谢彭部长抬举了！恭敬不如从命，我明天就拿上你的鸡毛当令箭，杀出赵庄了。”老何又风趣地眉飞色舞，显现出戏剧性的顽童神采。

“走走走，现在就得杀出赵庄。”

彭茂华拉上何正魁，匆匆离开了科研队工地。

第五十七章　灵前风波灵前了

徐晋东将明苑庄死人一事撂下不管，推给彭茂华后，自己置身事外。他心中有数，茂华肯定不会给自己找来麻烦。但他又转念想到彭秉如。他缺少农村工作经验，一步不慎踏入泥潭，便会不能自拔。不如调虎离山，请他来赵庄，放松放松，顺便交流一下思想感情，岂不是一举两得的好事吗？他也好投石问路，刺探关于左阳书记手中的举报材料，彭秉如是否有所觉察。这都属党内绝密，不可轻率，只能察言观色而已。于是，他一早起来，让田亮平去明苑庄将彭秉如请到赵庄。彭秉如不知就里，看样子十分火急，不去不行。他只好随亮平奔赵庄。这就是徐晋东瞬息万变的策略。他不但自己退避三舍，还连彭秉如也一并邀来。他们远离是非之地，岂不乐哉？无怪人说他神龙见首不见尾，神出鬼没，尽要谋略。

彭秉如来到赵庄，从徐晋东慢条斯理，稳坐钓鱼台的神态上发现，这里是没啥急事的，他倒放了些心。徐晋东笑着问："大概连脸也没洗吧？给，擦上一把。"他把湿毛巾递给彭秉如后，补充道："擦过脸，吃饭。"

彭秉如心里纳闷，这是唱的哪一路戏？既不是开会，也不像汇报工作，又没有上级领导，他平白无故，急如星火，将自己调到这里，干吗呀？他估计应是为明苑庄死人的事，但昨晚的情况他又不知道嘛。他想问，潜意识又劝他：沉住气，不能自己揭锅。揭得早了，要吃生饭。此人深沉，难以捉摸。

“我今天在你百忙中，请你来赵庄，帮我办件大事。”

徐晋东终于开口了。他不能将自己的本来想法和盘端出，亮给彭秉如，那样，彭秉如是不会接受的。他能在风口浪尖上躲灾避难吗？他来明苑庄下乡，两袖清风，一身正气，何惧这些土牛木马，奸人之雄，造谣惑众？何况脸面上也下不去徐晋东心里一清二楚：这些人，这些事，就得彭茂华去办。

“我能帮你办什么大事？”彭秉如似乎感觉到徐晋东在故弄玄虚。

“吃过饭。我带你登高望远，再向你叨教。”

“咱走吧。”田亮平检点。

“今天在大队赤脚医生徐碧云家吃饭。你听说赵庄丢人一事没有？”

“好像有人说过。说是一个叫腊花姐的妈，把闺女打跑了。是不是？”

“腊花姐不同意闺女看中的对象，一怒之下，打跑了闺女。而给闺女说媒的，正是徐碧云。你想了解这事，她是最权威的见证人。”徐晋东边走边说，面带微微笑容。

“我哪有闲情逸致猎这等奇事？”彭秉如摇摇头，话不投机。

“今天的……”徐晋东又想从今天的饭上找话题，但话一出口，立即感到不对了。他是想说今天的饭一定可口，人家干净，人也风韵。但一想，这益发倒了彭秉如的胃口，人家在明苑庄是除过地富反坏管制人员家，挨门逐户派饭。啊呀，村里可有邋遢人家，进了家，那股异味足可以使你闭气。但这人家，照样得吃，贫下中农呗。人家是这革命情操。徐晋东在赵庄的处境很好。每逢他来了，拐腿保管，可会献温存呢！如果将这话说给彭秉如，岂不是得上便宜还卖乖，自讨没趣吗？

彭秉如看到徐晋东吞吞吐吐的作态，突然产生了疑惑。莫不是设的陷阱吗？今天本来是自己请他到明苑庄处理问题，结果他来了个先下手为强，将自己软控在这里。如果今天明苑庄的事，由于他本人不在而扩大事态，造成恶劣影响，不是自己的责任吗？他警惕地上下审视了一下徐晋东。徐晋东没话找话道：“今天的天气不错……”

彭秉如好像证实了自己的分析，神情紧张地问：“徐书记，今天我可是离不开明苑庄的。如果有啥办的，改日再说，怎么样？”

徐晋东望着彭秉如正颜厉色的侃侃而谈，笑容转瞬即逝。他瓦眉一想：吠！怎么把人家的大事忘了呢？他抱歉地给彭秉如赔情道：“怪我，怪我！我怎么把这事忘了呢。我说，彭队长，明苑庄死人那事，昨天我已打发彭茂华全权负责处理去了，事前不用请示，事后不必汇报。芝麻大点区区小事，他会妥善处理的。咱不必管这些事。”他看了看彭秉如，似乎还不放心，又问：“怎么，你还不知道这事？”

“我只听说，从赵庄请了个老汉奸去当总领。”

“啊？”徐晋东吃惊地问亮平，“怎么能从赵庄调人去执掌？东吴兵还得东吴将嘛。他能指挥了明苑庄的人？”

这时，田亮平不得不开口了：“明苑庄的干部都有夹嫌，文逵跟他爹意见分歧，没办法才从赵庄请的何正魁。老何去了，没问题。今天，彭部长和邓干事也要去的。”

“不过，这老汉奸多经广见，经验丰富，人缘也好，三村五里，很有威信。相信他们会处理好此事的。农村这些事，你是不太了解的，只需过了今天就没事了。”彭秉如见徐晋东说得恳切、实在，又有田亮平的坦诚佐证，一切迹象没有虚伪、捏造的感觉。又看徐晋东不像个搞阴谋诡计，踩着别人肩膀往上爬的野心家。这个憨态本分的田亮平，亦不是趋炎附势幺么小丑。他相信他们的话，也相信明苑庄不会有啥意外发生。他感到猛地来这里，虽有些兀突，但既来了，与其依违两可，倒不如索性顺着徐晋东的路走一走，悉听尊便，何尝不可？

彭秉如随同徐晋东、田亮平到徐碧云家吃过饭，便跟着他俩向赵庄南梁走去。他们首先来到正南沟。彭秉如在交叉检查农田建设工地时，来过这里。那时，人山人海，炮声隆隆，红旗飘扬，夯歌嘹亮，一派热火朝天大干快上的动人景象。现在，死寂沉默，萧瑟凄凉，荒沟秃垴，童山濯濯。工程贪大求功，不见效果，纯属应付运动的摆样子工程。

与明苑庄鹿鸣滩工程相比，彭秉如觉得自己显然功高一筹。他面对此情此景，很有一番感慨。而徐晋东却视而不见，滔滔不绝地对他讲开无稽浑话：新中国成立前，两个小青年在这沟里放羊，闲下无事，俩人便“掏宝”逗玩。他们的赌物是羊粪蛋。起初论颗，次后论升、斗、笸箩。两人赌恼了，逐渐加码升级。于是，拳头出鞘，打了一架。他们互相不服气，坐下来，再掏拳头宝。最后，押注上到：一正南沟羊粪蛋。结果输了。掏家不掏了，逼着索要一正南沟羊粪。于是，由拳打脚踢到放羊鞭鞘、鞭杆、羊铁铲，结果输家将赢家一羊铲劈得头破血流，昏死在地。他眼看闹下人命，掉转屁股就跑。他跑到口外给蒙人放羊，一走就是十几年，直到解放后，土改了才回来。

徐晋东津津乐道，而彭秉如听着索然无味。一个公社书记，搞政治工作的，为啥竟然对这些社会无聊之事，有偌大兴趣？滑天下之大稽！他不可思议。他想发表一番颇有见识的议论，但总被徐晋东捕风捉影的儿女情长之琐闻打断。这就是他所谓请来议大事的大事？彭秉如忽然在脑海里闪过一个讯息：小说匠。唔，是的，他曾胡编杜撰过小说，也算得上一个舞文弄墨的小知识分子。豆芽长一丈高，也是菜。彭秉如对徐晋东心怀芥蒂。文人误国，秀才造反三年不成，说到底如此尔尔。今天自己心系明苑庄，万一闹下乱子，汇报上去，自己下乡不是千里打柴一火烧吗？而他却轻重倒置，别出心裁来南山观景，十足书呆子气。他如此想来，益发无意于跟他闲扯下去了。他问晋东：“徐晋东，你今天真的有啥事同我协商吗？”

“不不！不是同你协商，是向你请教。不属于你下乡蹲点的工作范畴。”

彭秉如面对徐晋东的斯文隐晦态度，越看越惴惴不安。

徐晋东早看出他的心情。他眯缝着眼对着一个高高的山崮顶上说：“到那里，登高望远，才能说清楚。”彭秉如顺着他指的目标，昂首仰望：嚯！峭崖嵯峨，一条羊肠小径迤逦而上。崮畔上边可以望到雪白的梨花。

“看上去远，其实走起来也快。”田亮平给彭队长鼓劲，也为徐晋东帮腔。他今天是个多余人，多余人就得说多余话。

爬山怕慢汉。彭秉如终于猫腰撅屁股，跟着他俩蜿蜒蹑到顶。人站到梁上，天地豁然开朗。原来这梁上是一片平坦开阔地段，雪白的梨花，粉红色桃花，分界列阵，争芳斗艳，恬静盎然；横向望，坡梁垴堰，亦乃花的天下。它们悄然给黄土塬献上春的礼赞。花蕊花瓣敞开幽幽春心，接纳融融春意。树枝儿上的花朵被狂蜂浪蝶轻歌曼舞，酣嬉淋漓的亲吻醉撞，弄得婀娜百态。不时有失宠的残花徐徐坠地。纵览果园，花海茫茫，金曦荧荧。屏息侧耳注目，芬芳馥郁的花香，沁人心脾；嗡嗡泷泷，似笙管细乐，天籁靡靡之音。树顶冠枝不时传来此起彼伏的莺啼鸟啭。巧妇鸟、白头翁、红叫雀、金翅儿，尽情亮喉雀跃。忽而微风淅淅骤度，花片蜂蝶纷纷群舞。花的白色海面，泛起粼粼碧波。这时，整个赵庄千亩果园沉浸在摇曳、动荡中，简直巧夺天工，绘成一幅天女散花的宽银幕电影镜头。啊，韶光淑气，风景这边独好！

徐晋东有意绕道正南沟，这条未开垦的处女地，抄后路盘旋而上，想让彭秉如吃点跋涉之苦，好真正品尝一下“山重水复疑无路，柳暗花明又一村”的境界。“怎么样？”徐晋东默默地伫立他身旁，待他饱览一阵后，笑着问道。

“这就是你今天给我的任务？”彭秉如带着讽刺意味反问。

“我记着一句唐诗：忽如一夜春风来，千树万树梨花开。这是描写塞外雪景的，尔今在塞内看到的是唐朝诗人梦幻境界，只不过隔一座恒山而已。这里自古戎马咴咴，战事频频。”

彭秉如哭笑不得，贼猫不改偷鱼性。游园赏花，吟诗咏叹，这不是贪花作乐，闲散龙心吗？他有心说：你是猪八戒取经，时刻不忘回高老庄当女婿。脚踩两只船，终究要往水里掉。但他话到嘴边突然想到，玩笑开得过分，会伤感情的。

“彭队长，接到县委通知，要我和彭茂华到县进行军事培训。会前要求将本公社的地形地貌，作一战备军事草图。你瞧：北临滹沱河，南靠五台山，跨河穿山有备战公路，横有大沟壑十几条，咱身后是赵武灵王庙，相对制高点。”

彭秉如看了看指手画脚的徐晋东。徐晋东继续他的地形地利剖析，他如数家珍，道：“全公社民兵营、连的武器，总共有全自动、半自动步枪二百四十条；四三式、六五式冲锋枪六十支；八二迫击炮、六〇迫击炮十门；四〇火箭筒八具；五大轻机枪四挺。弹药充足。全部武装起来，是一个陆地作战团。”

“唔，你是民兵团政委喽。”彭秉如恭维徐晋东。

徐晋东满口承应道：“那当然嘞。未雨绸缪，请你大驾登山，给我参谋一下。”

徐晋东发现彭秉如聚精会神北望横亘于视野，曾负载数千年万里长城的陉岭，知道这位凡事认真的同志，已进入状态。他静静地恭候着，待彭秉如的眼神回眸到他身上时，才给彭队长做向导，道：“句注雁门，天造地设，一丸泥堵关；天险、地利二门锁城，千军难破。自古京畿要塞，中原北钥。今日备战，尤为突出。”……那毕竟不是他们的事。但塞内塞外之中山，宋、明两朝界岭，却亘古不变，长眠不醒，横在他们眼前，是伟大的现实。

彭秉如感同身受，油然想到一句古诗。他情绪高昂地说：“晋东，我还记下一句《出居庸关》，班门弄斧，念给你听：马后桃花马前雪，出关争得不回头。多绝妙啊！大概就是现在这个季节的诗吧。”

“是的，山阴面，仍然白雪皑皑。”

兔走乌飞天正午，文韬武略论“春秋”。且住。

第五十八章　王则峰大显神通

田子荣是双杨公社最辛苦的人，也是挨骂最多的人。行政事务、生产、生活，一塌括子事都得管。眼看生产计划的落实已经到了落锤定音的关键时刻，他大会小会讲得嘴皮快磨破牙，恼了，笑了，方法使尽了，但全社生产计划的落实状况，他仍心中无数。这还得有待下种完毕后，方可定论。双杨地形复杂，作物繁多，落实计划的工作量，要比南崃大得多。特别是水稻，这是扣在双杨公社三级干部头上的紧箍咒。无论谁提起来，都头疼。这不仅仅是完成上级下达的任务问题，而是受苦于前任领导头脑发胀规划下的万亩地盘。它尸首躺在那里，明摆着，不是凭唬鬼瞒神能遮掩过去的事。实心眼儿的田子荣，骑着破永久自行车，闻鸡起舞，两头不见日，奔奔波波，辛辛苦苦整天疲于奔命。他不求如父杜母，芳名留世，但愿丰年稔岁，问心无愧，就知足了。

这天，他终于发现了新大陆。在岳堡村外的荒滩规划区，小咀的稻田，简直令人耳目一新。这里由王则峰带头，韩愣小挂帅，兰法领兵，组成小咀大队水稻专业队，开赴岳堡荒滩，摆开战场。人们的干劲很大，工效明显。他们将分配给他们的九十亩水稻任务，全部按照当年的标准：机、电、井、田、渠、林、路七配套，整修了出来。现在，大轮廓已就绪，阡陌埂畦亦平整出眉目，有的已经开始插秧。田子荣发现后，喜出望外。他立地绕四周，步了一匝。然后喜不自胜，挽裤口，下泥滩，跟王则峰一块干了起来。他将愁闷冰消瓦解，浑浑噩噩的糊涂脑子里，也陡地开朗起来。

“做梦也不会想到，小咀大队一鸣惊人，创了全公社记录。”田子荣夸奖王则峰。

王则峰洋洋自得地批评田子荣：“这就不够个老朋友讲的话了。你怎么能说没想到？咱俩心有灵犀一点通，你的号召，我能不响应吗？”

“嘿嘿嘿。”田子荣道歉道，“是的，是的，王书记确是有水平，有远见，又有办法的老领导。你能在小咀办到的事，在双杨其他地方，都应当办到。最后进的地方，创造了最先进的样板。宝贵，宝贵！咱俩还有句现成话，这叫英雄所见略同。”

“还是我们田主任是这个！”王则峰竖起大拇指。

田子荣连忙扔下手里的铁锹，像助战似的，也给王则峰竖起大拇指：“哥儿俩好！”

俩人互相吹捧一番后，田子荣对韩愣小说：“愣小，回去把你们支部是如何落实水稻种植计划的经验，写个材料报回公社。不，直接给我。”他又给愣小参谋似的说：“王书记是大笔杆！请示指导一下。他今年分到你们村下乡，是公社对你们的照顾，吃偏饭啰。”

韩愣小大眼睛慢慢眨了两下：“俺八字没见一撇哩……”

“嗨！看你这后生！孔圣爷门前卖书本，在俺们面前还摆文哩！你知道啥叫八字没一撇？‘八’字先一撇，后一捺，总共两笔。没一撇是啥也没有的意思。你这九十亩稻地，展油活水，开了出来，怎么能说八字没一撇？哈哈，用词不当。”田子荣今天对这个一向不予重视的小村干部，怀有好感。他又特别嘱咐：“哪天插完稻秧，立即向公社报捷！”

工地上男女二十多人，一个个袒胸露背，干得满头大汗。两眼井，都是十二马力柴油机带动，银色的水龙，像吞云吐雾，哗啦哗啦地从地下喷了出来。他们边平畦，边水溻，边施肥翻地，随后插秧。这里的滩，不论是荒了的，还是不毛之地半荒的，或是耕地，都是平坦的。所谓整地，只需打埂，开渠，扣荒就成了。原来，他们报给公社有一眼井，田主任信以为真，也没有重视这儿的事。今天，平白无故，又冒出一眼井。田主任一打问，才知道，前年就打下两眼井，只是一眼盖着，没用罢了。

有心栽花花不开，无心插柳柳成荫。一向被视为小村陌舍老落后的小咀，居然焕然一新，独树一帜。真使人情不自禁一声吼：天下英雄谁敌手？曹、刘，生子当如孙仲谋。田子荣飘飘然有点乐疯了。他的欢乐心境，无人知晓。他脚踩“烂永久”，飞奔急驰，走到哪，第一句话便是：“小咀稻地如数落实，你们怎么办？”他操斧伐柯，理直气壮，情绪分外饱满。这个偶尔拾到的典型，从此成为田子荣喝令各大队种水稻的王牌。无怪田子荣得心应手，舞之赫然。他一亮这面牌，没有一个大队不心服口服：“小咀能完成，我们理应完成！”言下之意是他们还能落在小咀后边？人们对小咀的奇迹，持疑惑态度。有人独自忖度：恐怕狼吃掉鬼了，连影儿也没有的事。三老四严的田主任一定上当了。在下边，不知哪个支书，有人说是曹明海，给田子荣送了顶“三老四严”桂冠。人们一传十，十传百，都知道三老四严是田主任。所以不胫而走，得到公认是恰如其分，名副其实，取其老实严厉的形象，惟妙惟肖罢了。

不管怎么说，小咀之谜该给读者交代一下。

当王则峰在裤裆沟触景生情，奋起拼搏之志后，出师不利，几经受挫。他受了些难以启齿的隐痛，实在窝囊透顶了。蝴蝶纷纷过墙去，却疑春色在邻家。他总是怀疑自己时运不济，喝冷水也硌牙。怎么能把“请你们帮助解决”误写成“请你们不要帮助解决”呢？险些被母夜叉吃掉。最后，自食其果，有口说不清，白挨。他心慵意懒，决心认命算了。从此蛰居小咀，秋后背上烂麦秸（行李）回家完事。一个被妖魔鬼怪腊花姐作践的人，三年内恐怕翻不过殃来。他情绪一落千丈，埋头故纸堆，研究方块文字。

“一片花飞减却春，风飘万点正愁人。”王则峰低沉吟诵，孤独哀叹，一幅无可奈何花落去的悲凉伤感情景。此刻，韩愣小破门而入。他是受村里热心肠的老党员，老年人，以及广大社员的推许，才来向王则峰书记着重交涉此事的。原来，这几天小咀村的火爆新闻是韩三毛的飞黄腾达。它令全村人垂涎三尺，有些人眼红得简直要滴血。一个游手好闲，吊儿郎当的三夹生，待在家里，好事接踵而至：娶下如花似玉的媳妇；获得一副全盘家当；迁户到赵庄。这比天上掉下的肉馅饼还肉馅饼呢！人们在羡慕眼红中，又自然联想到事出有因。为啥这个破落户一跃为村里创造了众目具瞻的奇迹呢？议论中，人们都把眼光集中在王则峰身上：“不是王书记住她家，能有这好事吗？”

“三桃子把王书记管待好啦，给办了这么大的事。错过王书记，三夹生能探上这菜盘？”

“人家在赵庄下过乡，知情悉底，才能天缘搭配。没听三桃子说，亲家找上门来，王书记几句话就打发走了。还说，你甭着急，打在网里的鱼，跑不掉。”

“这么大个人物来咱村，不能是光给三桃子办事吧！咱们就不兴沾点光？”

“对！三桃子今年光吃公社救济也不止三十、二十。那还不是王书记的面子？”人们众口一词，要让王则峰给小咀办点实事，大家沾点光。于是，向支书韩愣小提出建议，敦促他与王书记交涉。韩愣小一想：全公社大部分村庄通了电，只有小咀至今未通。如果今年让王书记帮助跑一跑，能把这件事办了，小咀就洪福齐天了。享受现代化文明生活，结束黑暗的煤油灯世界，这是件多么伟大的事啊！于是，韩愣小当机立断，找上门跟王则峰谈及此事。

“我能办了这事吗？”王则峰从杂乱的心绪中解脱出来，反问。

“越大的领导越谦虚。这几天，村里人吵翻天了，你听到后，躲在家里，连门也不出了。”愣小不愣，但说话直端，不讲方式。这是山庄小村人的习惯。

“是吗？村里人吵啥？”王则峰以为村里人得知他被腊花姐纠缠、糟蹋一事后，幸灾乐祸，偷开心呢。

“村里人说，你住在三桃子家，不能光给她家办事，俺小咀村也得沾点光。好几年人们吵吵着，想通电。但村里没人，跟电业局说不上话，公社也不重视。今年，刚好遇上王书记来俺村蹲点，十年九不遇，你得给俺出把力，小咀村人民永世不忘。”

韩愣小一席话，实实在在，明明白白，恳恳切切，又充满期待，令王则峰受宠若惊。他暗自开心：原来，我在小咀人民心目中，有这么高的威望！他想了想，自己没给三桃子家办啥事吧？

“人们一口同音，说三夹生好戏连台，还不是沾了你的光？”

王则峰边点头边说：“这倒是事实。”

“肯定是事实嘛。群众的眼睛是雪亮的。你也当过公社书记，俺们这小村陌舍，要么不来下乡的，要来，也是混日子的，啥事也不给办。今年，正好遇上你来了……”

王则峰一下精神焕发，跃然而起。他侃侃而谈，对愣小发表政见演说似的道：“韩愣小同志，我实话告你，君子无戏言。你这个小咀村支书，要求我办这件事，我答应了。”他“啪”一下，用手掌拍了一下自己的胸膛，表示决心。但他接着又说：“但你们得给我捧场，须知我来小咀蹲点的任务，是保证万亩方田的落实，这是县委给我的任务。而架电不是我下乡的分内工作，你知道吧？只要把小咀的水稻按计划完成，我去说架电做事就能理直气壮。知道吧？这叫工作！不是个人关系。”

韩愣小听清楚了。王书记讲得明明白白，恳恳切切，实实在在。打初，他有些犯难。虽然王书记拍了胸膛，敢做保证，但自己不敢拍胸膛。小队长们对种稻特别反感。尽管这项交易很合算，但他犹豫不决，吱吱唔唔，不敢擅作主张，一锤定音。在小村庄，是没有一人说了算的先例的。“你去召集个会，如果大家意见一致，能通过，咱马上行动。现在虽然种稻晚了点，但还来得及。”

韩愣小外表看着迟钝，但到了关键时候，也有三分机灵。他站在三桃子的崖畔上，嘶声喊叫：“兰法！”

兰法应声而到。“立即召开支委、革委会。”愣小下达通知。

会上一致通过，百分之百完成公社下达的水稻任务。队长们积极性很高，建议各小队抽人组成专业队，由大队领导。他们还怕整地迟了，公社阻拦不让扩大呢！各队于是马上派十名强壮劳力，去突击整稻地。每人中午补助二斤黄米面。结果，原估计五天的营生，只用两天就完成了。当田子荣发现他们的战绩时，工地上已经是常年专业队的人员了，突击队人员早撤回小咀了。山坡地区的人，虽不是投机取巧、八面玲珑的剔透人，但大账算得很清楚：充其量小咀人多付出点汗水尽了。以自己不值钱的劳务，去争取国家资助，甭细算，划得来，蚀不了本。

王则峰春风得意，重温旧梦。小咀的成功，证明“万亩方田”的科学性。在最偏僻、条件最差的地方结出硕果，闯出新路，其他地方有啥讲条件的余地？有了这一手材料，未竟之志，如运诸掌。他来到工地，脱鞋下水，带头干了起来。兰法是专业队队长，虽不懂生产，但跟着人们干活还是行的。愣小也豪情满怀，以身作则，摆出一副大干的样子。社员们见状，一个个汗流浃背，大干了起来。火车跑得快，全凭车头带。干部能下海，社员敢擒龙。这场面十分感人。无怪田子荣发现后，感慨万千。

人的积极性一旦调动起来，尤其是集体的力量，简直不可估量。小咀新开稻田的进展速度，出人意料地快。这其中的缘故，局外人是一概不清的。

王则峰猫儿得胜欢似虎。他自信自己大显身手、大展宏图的机会到了。他把小咀在岳堡占地的名称，由原来的“南圪峤”，改为“新长征”；将水稻专业队，定名为“北伐”队。接着向公社党委、县委做了报告。小咀大队组建“北伐”队，由大队主任阮兰法挂帅，开赴岳堡村，大战“新长征”。县社号召积极响应，完成任务不打折扣；旱蛤蟆敢闯江南路，定叫荒滩换新颜。秋天领导来检查，稻浪滚滚心澎湃。他意气风发，扬眉吐气，手中的笔如飞似舞，跃然纸上。他抑制着激情，一气呵成。然后，塞入两个牛皮纸信封。一封送公社，一封亲自去面呈罗国亮书记。

王则峰骑着自行车，一路下坡，锐不可当，两耳呼呼，所向披靡。他此时此刻的心情，用一句古诗形容最恰当了，“春风得意马蹄疾，一日看尽长安花。”本是一员败北胥吏，谪戍小咀，眼看山穷水尽，壮志化泡影，没想到龙腾虎跃，荆棘丛中杀出一条康庄道，难道不值得庆幸吗？这一手厉害着呢。不单单是给双杨树起一面旗帜，对全县水稻基地的战略部署，也是锦上添花，难得的典型。“哪里跌倒哪里站，敢笑黄巢不丈夫！”王则峰欣欣然越过公社，直奔县城。

这次，王则峰没有敲罗书记的门。他像凯旋的将军，不是气凌霄汉，而是理直气壮地走了进去。罗国亮正在伏案批阅公文，见王则峰站到跟前，立即搁下手中的笔，问：“有啥事？你坐下。”罗国亮平易近人对任何人都一视同仁。

王则峰将写好的材料呈了上去，道：“罗书记先看一下这个报告。”罗国亮以为是对他免职的申辩，抑或自己的鸡零狗碎的事情，他接在手里，准备放下，让他走。但发现王则峰笔挺挺立在他办公桌前，只好礼节性地用手翻开过目。他看了几行字，才知道是关于落实水稻种植计划，组建专业队大战荒滩的报告。他一下来了兴趣，和王则峰握手，并表扬他：“你这样干很好。有些人就是经不起考验，只能胜，不能败。他们不会像你这样，在逆境中找到自己的突破口。越是困难的地方，越能造就革命的干部。你在小咀这一创举，发人深思。你不仅仅是使一个多少年默默无闻的小山村焕发起青春，闯出了新路，更重要的是为我们好些有志于报效祖国，而又埋怨没有得到重用的同志，树立起一面光彩夺目的旗帜。我一定要去看看。下步要注意田间管理，一定要争取有个好收获，不要挫伤社员的积极性。”

王则峰被罗书记大大表扬一番，心里自是甜美。他是个善于抓机遇，而且敢于乘胜逐北的激进者。这时，他又故态复萌，向罗国亮发起政客式进攻。他口出狂言道：“罗书记，我在小咀今年要办三件大事：第一，大战裤裆沟，垫地二十亩。这项工程，已见成效，初步告捷。第二，治滩种稻九十亩，全面完成上级指令任务。不拉公社后腿，这项工程已经就绪。第三，通电。希望县领导对我们小咀的工作给以支持，特别是通电，需要县电业局资助。”

罗书记听后，觉得依情顺理。一个下乡工作人员，不但要带领社员苦干实干，也要为群众谋点实际利益。比如通电问题，这是山区社员十分迫切的希望，县里正拿出一定资金，逐年消灭无电村。像王则峰这样的好同志，下乡后，仍坚守在双杨这样的三类小村庄继续战斗，而且成绩斐然，县里就应当给以支持。他当即表示：“则峰同志，你只管坚守岗位，在小咀把前两件事顺顺利利搞下来。至于你提出的架电一事，我让他们将小咀列入今年的计划之内就行了。越是群众有积极性的地方，我们越要大力支持。”他笑了笑又说：“这就是群众骂我们，狗往粪圪堆上屙的政策。”

啊！小咀人民盼星星，盼月亮，望眼欲穿的通电生活，在罗国亮这里，居然如此简单，一张嘴之劳而已。王则峰呢？出手见果，一切来得如此迅速。他激奋之下，连老婆也忘了，掉转车头，原路回了小咀。当他把这惊人喜讯向群众宣布后，村里立地沸腾起来，消息传遍家家户户，大人小孩手舞足蹈，喜气洋洋。那多年翘首企盼憧憬的光明世界，好像已经来到眼前。一些好事者夸大要电者功劳，益发将王则峰神化起来。

人们对王则峰如此快捷的办事效率赞不绝口，诚挚感谢。有人遗憾地说：“去年要是早张一口，现在明晃晃的电灯一拉，啪一下就亮了！”

“人心没尽，上了神桌还想往磬里屙呢！中秋节拉上电来，就阿弥陀佛了。”

韩愣小通知大队保管：“王书记吃派饭，每天另加一斤黄米面补助。”瞧瞧，王则峰在小咀一鸣惊人。他简直是小咀人们心中崇拜的偶像，神通广大，不可一世。王则峰否极泰来，扬眉吐气，沾沾自喜。他是龙王爷放屁神气熏天，美极了。

王则峰有个老毛病：得意总要再往。天是空的，路是通的。胆大漂洋过海，胆小寸步难行。他站在小咀高梁上，又萌发了在水稻上做大文章的雄心壮志。他心旷神怡，风度翩翩，东山再起，胜券在握。于是，信口吟诵李白诗一句：但用东山谢安石，为君谈笑静胡沙。吟毕，一挥手，哈哈大笑起来。

李福杰牢骚满腹。如果说，置他死地的彭某人是只虎，那么为虎作伥的就是徐晋东。人眼是向上看的，人心是朝下长的。

他眼看彭秉如、李乃城一路狐鼠就要遭殃，结果徐晋东施展魔术来了个呼风唤雨，化险为夷。这使他倍感狼狈。他心里蠢蠢欲动，总不甘心。他想：“你躲过初一，躲不过十五。不信你能一手遮天。党纪国法，天网恢恢，看你们能有几天红？小本本就是证据，有理走遍天下。”

曹明海正准备到明苑庄为亲家出一出这口冤枉气，地委下乡的有啥了不起？逼死人命，逍遥法外，天下哪有这个理？旧社会王子犯法，还与民同罪，今日是啥时代？明苑庄人被工作队擒死了，连个响屁也不敢放，村里死得没人了？没牛耕地，抬出三小人当书记！真乃佘太君招亲，活背杨家兴呢！曹明海有脑子，嘴巴快，精通社会上那一套、有文化，在潘寨及三村五里，也算得上个人物。但他是有组织约束的人。徐晋东捎来一句话:“不要去明苑庄搅稠稀。”他便两手耷拉，没辙了。这天，他来稻田地检查落实情况。因他们村的稻地与明苑庄毗邻，正巧碰上了李福杰。亲家相见，没话也得策措几句应酬话，拉一拉。这是人之常情，理所当然。而他们俩可远远不是见面只说三分话，未可全抛一片心的泛泛而谈。他们避开众人，找了一个清静地方，绵羊吃草头碰头嘀咕起来。

“来看你们的稻地?”李福杰情绪低落，慢条斯理地问。

“陈书记拧得不行，死活要完成任务。”曹明海埋怨，无奈地说。

“哈！数他沉不住气，听见雷声就是雨。”

“公社被王则峰将了一军，益发有些马蹄乱。”

“王则峰老迂夫子，能将啥军?”

“啊呀！马粪还有一发呢。人之置死地而后生，绝招往往出在绝处。”

“他有啥绝招?困于小咀，可怜巴巴的。”

“咦！今年小咀种稻九十亩，一亩一分不少！给了公社个全满管待。这一着，凶得很呢！”

“哼！他知道猫尿在哪长着?公社?顺了姑情逆嫂意。还说不清是啥下场呢?何况，从小咀到岳堡，十大几里路，跑瘦了。高射炮打蚊子，得不偿失。”

“结果如何是另一码事，眼下完成任务看态度，这不是一年啦，二年啦，向来如此嘛。你们村怎么样?”

“这几天绵和了些，不像以前那么放肆、凶横了。昨天，姓彭的让我负责检查各队的育秧情况。管他哩，横顺每天能歇着。”

“对！叫我看，这是个信号。他大概对三小人有所认识了。”

“物以类聚，人以群分。人家臭味相投，跟咱格格不入。无非是打一巴掌揉一揉，手段而已。”

曹明海转动着滑溜溜的眼珠子，摇了摇头。他持否定态度，并狡狯地一语道破："他怕你了！"

李福杰与曹明海的诡秘撮聚，窃窃私语，李乃城看得清清楚楚。他虽没听到他们说啥，但知道他们的阴谋。黄鼠狼和狐狸结亲，臭味相投。鬼亲家见面还有人话？肯定说自己的坏话。于是，他心如火焚，恨之入骨，恨不得上去一人赏他一个脖子拐！他本是个油滑轻薄之人，江山易改，本性难移，当了支书也丢不掉小炉匠的暗扭暗掐鬼画符。他收了工，将一小队长留下，如此这般，面授机宜。

原来，当年规划万亩方田时，标下的椿号由于淹没在荒草、烂泥中，受人畜践踏，禽兽摊刨，好些都无影无踪了。李乃城前几天就发现潘寨越过地界，在他地域内动工整地。当时，因都是荒滩，无所谓。今天，他顿生邪念，何不来个顺手牵羊，不费吹灰之力，将这片已开垦的处女地拿过来呢？于是，他将这片地的所属权，告给一小队长。一小队长见是便宜，便打通渠路，与他的稻地连成一片。

李乃城对自己的所做的手脚，自信十分高明。如果以后潘寨闹麻烦，也是一笔说不清的糊涂账。几天过去了，无声无息。明苑庄一小队长，索性一不做二不休，越界向潘寨地盘挺进，几乎将潘寨水井以东的稻地侵吞一空。李乃城左看右看，十分得意。一夜间，他的稻田便扩大了几十亩。这一招，似乎报了一箭之仇。鸠形鹄面上，平添了几分春色。

曹明海其实早知道了。他传令队长，不要声张。让他们贪得无厌，掠夺去吧。嘴大吃下去，还得屁股大屙下来呢！若屙不下来，就憋死他娃们了。要说，李乃城对曹明海，可是小巫见大巫。他想跟曹明海斗心眼儿要小聪明，真是张天师门前刮旋风——可笑不自量。

第五十九章　平地一声惊雷起

陈琦向来好大喜功，走形式主义，对上级报喜不报忧，对下只打雷不下雨。他蹲点潘寨，大权不揽，小事不管。任凭曹明海一手遮天，呼山喝岭，文武带打，开展工作。但陈琦的情报工作搞得很出色，不管潘寨也罢，中片也罢，党委分管的工作也罢，问起来他都有头有尾，枝枝叶叶说得一套一套的。他还善于上挂下联归纳综述，使人听起来耳目一新，条理分明……他惯会总结归纳成几个对偶、排比句式，讲起来，既上口又生动活泼。再加上他的抑扬顿挫的语调，滔滔不绝的口才，时而押韵，时而诙谐，他的汇报变严肃干枯为谈笑风生。人们听起来聚精会神，从不怀疑他是沽名钓誉做的花面文章。而陈琦把他的这种圆滑战术，定名为“提篮下去采中药”。有人一笑置之，有人暗暗学之。特别是一些初出茅庐的年轻人，对陈琦这一手娴熟的政治操作佩服得五体投地。工作省力，群众拥护，领导满意，何乐而不为呢？偷偷给陈琦当私塾弟子的大有人在，牛婧兰就是其中的佼佼者。

陈琦那天在彭茂华岳父家，取得了意想不到的收获，可以说是重大发现。首先，王则峰与罗彪的暗战已经公开化，明火执仗，势不两立。其次，王则峰与彭茂华也发生了矛盾，俩人变脸作色，在赵庄“丢人”问题上纠缠不清。王则峰与田子荣是摽在了一块，彭茂华与徐晋东是虎狐一气。还有，彭秉如因死了人，绊脚碍手，颓丧不振，逡巡不前。于是乎，他飘飘然，走路似飞，如生双翼。这种良好感觉，只有陈琦才能领略到它的真谛。他逍遥自在，乐不可支。吹皱一池春水，干卿何事？不料，急脚鬼田子荣，一头撞进潘寨工作组，劈口一句话："小咀百分之百完成水稻任务，你潘寨怎么办？"他说毕，两眼急得牛蛋似的盯住陈琦，要他回答。

陈琦猛地被降得目瞪口呆。真有这事？他略打一个"定心"，便清醒地怀疑起来。王则峰前几天被腊花姐打得鼻塌嘴歪，狼狈不堪，不知跟上彭茂华到赵庄，弄下个啥结果。他泥菩萨过河，自身难保。没过几天，小咀会出现这等奇迹？这不是无影传吗？不可能的事。他习惯性地信口雌黄道："不会的吧？田主任，小咀是个蚊子，不是飞机。"说着，随口一笑。

"谁跟你开玩笑！这是工作！别人急得心跌出来呀！你是嬉皮笑脸，闹啥哩！"田子荣勃然大怒，大发雷霆。

陈琦自知理亏，收敛笑容，毕恭毕敬，谛听主任训示。

原来，关于蚊子、飞机，田主任有个笑话。去年秋天，田子荣从被窝里爬起来，迷迷糊糊，趴在桌子上写材料。因为他的笔头总找不到要找的那个字，每每住笔凝神。突然，他发现了奇迹。透过玻璃窗，他看到两架飞机，徐徐在天空飞翔，紧跟着，三架，四架，不断有飞机猎空而来。一开始，他不以为意，过飞机有啥稀罕的。可是，当他快结束材料时，仍发现有飞机在过。他突然想到：今天怎么过了一清早飞机，而且多数向东飞？他猛地喊了一声："晋东！"

徐晋东正在门前台阶上刷牙。他答应："怎哩？"

"啊呀！你还没发觉，今天过了一清早飞机。你瞧，现在还有呢。"

徐晋东不以为意地边刷牙边说："哦，我没看见。"

"是不是边界紧张？"田子荣站起来，准备走出去，同徐晋东分析一番。不料，他这一站，才猛然大悟。原来自己看到的是窗外的蚊子。他自嘲一声，将屁股回归原位。

这事情本来已到此为止了，但田子荣又将此事对徐晋东说了一遍。有次，徐晋东拿这个故事取笑田子荣：“你是不是又把蚊子当成飞机啦？”随即他给人们讲了这个笑话。人们听了，越思越想越想笑。大家心里暗暗称快叫绝的，不是这个笑话本身，而是它出现在田主任身上，太恰如其分了。但田子荣是公社革委主任，带贬义的话是不能讲的，特别是当着面。今天陈琦不识火候，肆无忌惮地戏谑领导，实属冒昧，活该挨克。

田子荣为啥这么大火气呢？因为他手中攥有实实在在的典型，真金不怕火炼。因此，他盛气凌人，不可一世。沿村点卯，大吹大擂。他决心奋起最后一搏，在红、黄二字上不动摇。据他观察，潘寨龙行旧道，有应付交差摆花架子的迹象。他心中不悦，正想罗茬找借口。不想，陈琦将之轻率地当儿戏，触犯了田主任的虎威，撞在了枪口上。田子荣秉笏披袍，以大主任身份批评陈琦后，并没有善罢甘休。他颦蹙着眉头，对陈琦说：“走！到岳堡亲眼看看！耳听是虚，眼见为实。”

“不敢，不敢！今天田主任太认真了。你说的话，我还能不相信？我若跟你去盘量小咀稻田亩数，让人们知道后，不成笑话了！田主任放心吧，我们中片决不拉公社后腿，潘寨也要大干快上，立即掀起学小咀、赶小咀的高潮。小咀能办到的事，潘寨理所当然要办到。连小咀也比不上，怎么学大寨呢？”

陈琦这么油嘴滑舌一狡辩，表态，田子荣破颜一笑，阴云密布的脸上出现了阳光：“这还像个陈书记嘛。”他又向陈琦赔情道歉道，“不管怎，咱弟兄们没意见，恼了，笑了，都是为了工作。工作上去，咱脸上都有光；上不去，挨戳，也都不沾光。你说是不是？”

“是哩！田主任说话，向来是铁钉铆在钢板上——结结实实的。没含糊。”

田子荣会心地笑了，陈琦也开心地笑了。

陈琦送走田子荣，心里越想越稀奇。小咀是啥地方？狗窝里能养出麒麟来？王则峰这几天是秋后茄子，没些看头了。大眼韩愣小，只会喊声“兰法”，连个“一抗双保”也弄不清是啥，他能干出鲜亮事？按说，这是梦中说梦。但偏偏出自田主任之口，他是不会添油加醋，逢人说项的。陈琦的好奇心，使他又产生了一个别出心裁的念头：莫不是田子荣真的又把蚊子当飞机，让小山汉捉弄了他不成？很有可能。他这样离奇古怪一想，便立刻产生了识破庐山真面目的浓厚兴趣。于是，他骑上自行车，来了个暗度陈仓。

当陈琦怀着捉鬼的心情，突然出现在小咀的稻田里时，干活的人们都感到很惊奇，来了个张飞纫针，大眼望小眼。陈琦扬头，用近视眼概略一观，片张不小。左右巡视，渠路、地埂，笔直整齐；畦子里，已汪上水，正在平地翻耕。人马十几员，干得挺卖劲。他一下傻了眼，难道这是真的？鸡毛确是飞上天？他猛然又想到对田主任下的保证，小咀能办到的，潘寨理所当然能办到。于是，茫茫然，不知所措。

王则峰早已发现了陈琦。他从陈琦的行为举动中，一眼看出他是董卓进京，不怀好意。故意低头挖泥，假装没有发现他。陈琦扬头腆肚，视察似的观察了一阵，突然喊：“韩愣小！”

“在。”愣小立即答应，并从畦里泥腿赤脚走了出来。

“今年能落实多少水稻？”陈琦摆出一副高高在上的官架子。

“九十亩。”愣小没有含糊，不打含糊，堂然而答。

“地是啥时候整出来的？”陈琦降了点温，口气亦平和了些。

“就这几天。早些时候整出了三四十亩。”

“干得不错嘛。村里群众对种稻挺有积极性？”陈琦试探地问。连愣小也猜透了他的用心。

“是的。过去大米饭是供奉神的祭品。现在要不是共产党领导走社会主义道路，俺们小咀人能来这里种稻吗？党号召垦荒种稻，这是一次作物革命，我们还能靠住摇钱树打盹？全村社员异口同声，一致拥护：

组织北伐军，大战新长征；红黄双丰收，天堑一年通。”

“哈哈哈……”陈琦扬头大笑，并给韩愣小鼓掌。他说：“愣小成精喽！几天没见，刮目相看。这几句话，要水平有水平，要认识有认识，上台做演讲用，也会博得全场喝彩。行行行，王则峰的徒弟出山了，名师出高徒。”陈琦很赏识这个一向默默无闻，不显山不露水的韩愣小，人不可貌相，也不能平量，谁做下八大碗，也会往出端。

这时，王则峰从人堆里走了出来：“陈书记，你这话讲得鄙人担当不起呀。”

陈琦吃惊地将眼镜往上推了推，问：“你半天在哪儿呢？我倒是没有骂你，骂你吧，都叫听到了。”说到这里，陈琦笑着问：“你是不是有意藏在人群里，捉我的把柄？”

“开啥玩笑！我刚下去没干多大一会儿，量情你也不会一下飞了。急啥？”

“老书记嘛！我实在是有眼不识泰山。这么大的领导脱鞋下水，跟群众滚战一块，你在小咀这一仗，漂亮得很，给双杨树起一面旗帜。不光开垦稻地，连人也培养出来了。瞧瞧韩愣小，一下变得能说会道，一套一套的。全是你的功劳啊！”

“不不，这是群众干的。群众是真正的英雄。咱来蹲点，只能抛砖引玉，起个吹喇叭作用嘛。”王则峰得意扬扬展示伟大的谦虚。

陈琦指着地头的庵棚、锅灶说：“后勤工作也准备得不错嘛。”

“中午要吃饭，晚上要有人看水。”王则峰向陈琦咂一下嘴，“远征作战嘛。”

陈琦忽然又联想起，刚才韩愣小的那几句顺口溜，什么北伐呀，长征呀，是个啥意思？于是问：“愣小先头说的北伐、长征、天堑是啥意思？我还没弄清楚？”须知，他是各方面的猎奇老手，焉能错过？

王则峰正也想给他介绍。于是，一呼一应，拉开话匣子：“原来这片荒滩，岳堡人叫南圪峤。既不好听，也别扭。我们改名为新长征。”

“改得好！”陈琦点头。

“为了便于统一行动，统一管理。我们组建了水稻专业队，定名北伐专业队，意思是向北开发荒滩处女地，也有北伐闹革命的蕴意。”

“行。也鼓舞斗志，一语双关。”

王则峰接着解释：“今年小咀人决心跑步进入先进队行列。旱、涝有保证，‘红黄’夺丰收，一年跨长江。这不是天堑一年通吗？愣小，再把咱的口号给陈书记汇报一下。”

陈琦立即掏出小笔记本，蹲下来，搁在膝盖上，做好记录的准备动作，然后对愣小道：“说吧。”

韩愣小大眼皮慢起慢落碰了一下，对陈琦说道：“组织北伐军，大战新长征；红黄双丰收，天堑一年通。”

陈琦一字不漏记下后，笑眯眯一合本，站起来，恭维王则峰道：“还是老将出马，一个抵俩。祝你成功！”他伸出手，跟王则峰使劲握了握，以示祝贺。

原来，上级对各大队的粮食亩产做出统一的几个等级标准。凡亩产达到四百斤的队叫达纲队，即达到全国农业发展纲要的要求；亩产达到八百斤的大队叫过河队，意思是达到黄河以南的标准产量；亩产达到一千二百斤的大队叫跨江队，它已经达到长江以南的亩产标准了。根据这一标准，公社对各大队提出达纲、过河、跨江的要求。小咀现在的奋斗目标是达纲。达纲，年年喊叫，年年落空，吃供应倒是真，谁敢奢望过河？而今，王则峰一声号令，组织“北伐军”，挥师“新长征”，提出响亮口号：天堑一年通！这是何等英雄气概！真乃五八年的豪言壮语：喝令三山五岳开路，我来了！以前将长江视为天堑，王则峰将率领小咀人民一年飞越。无怪田子荣如获至宝，到处兜售，真是令人兴奋的豪言壮语。

陈琦看了看白色塑料膜覆盖的秧苗，整整齐齐，虽然颜色不是墨绿壮色，但也凑合。另一片还没有发芽。“怎么这是后补的？”陈琦问。

“二茬秧子。”愣小答，“我问过岳万金，不迟。”

陈琦点点头，又用近视眼扫猎了一下干活的人们，便和王则峰打了个招呼，准备离去。但他忽然又想到个话题，便问韩愣小：“王书记中午也在地里吃饭？”

“跟俺们一样。在谁家派饭，谁负责给带干粮。中午野灶上一馏，白开水送下。”愣小照实汇报。

“王书记，你可以到公社灶上吃饭去嘛。”陈琦显出关心的样子，“老书记了，还拿啥心？”

“不。下乡就是来当社员，同群众同吃同住同劳动嘛。这就挺好。”王则峰颇为得意地回答。

“你能坚持‘三同’，是俺们学习的榜样。不过，要注意身体，小咀到这里，来回没有三十里路？”

“实际走的只是一半。走这段从小咀下来的路，比坐在炕头上都美气，不用蹬一下脚，就飞下来了。太舒服了。”王则峰想说风趣、诙谐话，但有点生疏，牵强附会，带着股秀才书生味儿。

“金盆虽破，分量不减。老书记还是老书记，不减当年勇！”

陈琦给王则峰一个满意回话，然后扬长离开新长征地。他没走多远，返回头望着小咀北伐专业队的人们，兀自失笑一声，自言自语道：“这不是穿新鞋，走老路吗？花样倒不少，说什么北伐军，新长征，真正笑煞中国人。”

陈琦对王则峰自我标榜、夸夸其谈的革命措施和大胆行动一眼看穿，认定其不会有好结果的。王则峰不甘寂寞，不顾客观条件，拼命挣扎，孤注一掷，才在小咀抛出如此荒谬的决策。他的这一套伎俩，人们早有领教。试问他怎下得了台？蛤蟆脖子短，全凭嘴叫喊。只管摔跤不记滑。

这种唱高调，讲形式，图眼前，不顾后果的做法，屡次三番，重复表演，实乃江山易改，本性难移。今天大言不惭，上风吹火，借公社号召，一举掀起小高潮。到秋后呢？能红、黄双丰收，天堑一年通吗？笑话！说尽黄河只为水，打不下粮食，只会两手揩鼻涕，有啥辙子？莽莽九十亩，投多少工，铺多少肥？抽水、农药又得多少钱？生荒饿死鬼地，能打多少粮？这笔账一算就白瞪眼了。只有田子荣才会拾到竹筒当箫吹，相信这是个货真价实的典型呢！陈琦自命不凡，深信自己洞察秋毫，清水河里扔石头，一眼看到底。他坦然乐归潘寨，自恃卓尔不群，傲然扬头皤腹，视察田间下种春苗情况去了。

潘寨是水地区，正值春暖花开，杏雨梨云之际，纵横游览，风景这边独好。

陈琦对田子荣的警告，虽然心里有了底，但必须传达给曹明海。鞋大鞋小不能走了样子。一旦田主任问起曹明海，他还需装聋作哑，甚至反咬一口，“我没听说过。”任何事都不能往自己身上揽。于是，他晚上将曹明海叫到工作队，说：“今天，田主任特意来督促稻地的落实。据他讲，小咀大队已经全部不打折扣地完成了公社下达的九十亩任务。我去亲自看了看，一点不假。你说，咱们怎么办？”

陈琦想摸摸曹明海的底，看他有啥见解。没想起曹明海比他更狡黠，他的回答，叫陈琦大吃一惊。曹明海双脚蹲在板凳上，大放厥词，道：“这有啥大惊小怪的。小咀干部够㞞势（没本事）了！我要当小咀村支书，开它三百亩荒滩，一人一亩稻地。天旱有水稻，雨涝有旱地。旱涝保收，气死龙王爷。闹腾三五年，索性迁到平川，不比摔死花鼠弯死蛇的小咀好几十倍？他那个穷地方，站起来五八，跌倒四十，死活一般大。咱潘寨好赖也是水田水地千数来人的村庄，能跟他们比？”

曹明海一席超群拔类的高谈阔论，把陈琦引向了想入非非的境地。陈琦觉得曹明海所谈确有一定道理。难道王则峰真如曹明海所言，来个高瞻远瞩，早涝保收？这也说不定。这个眼睛空荡荡的曹明海料事如神，无怪人们说他把鬼还哄得跌马爬呢！他把小咀种稻之谜一语道破，而潘寨呢？

“咱潘寨是老大哥，啥工作也不能落伍。我早就打听清楚了，徐书记在赵庄只要求完成百分之五十。这是何子毅悄悄向我透的风。咱呢，六十，行了吧？你陈书记在党委会上，能交账了吧？书记五十，我们六十，走到天边也站得住脚，怕啥？咱村的水稻，陈书记放一百个心好了。公社怪罪下来，有我一面承当。”

“你不敢瞎说，赵庄真的是完成一半吗？”

“连一半也完成不了！整天打壶还认不得锡？何子毅那班子，驴走牛不拉，谁哄谁呢？只不过徐书记会干，彭茂华钻干罢了。”

“住嘴！”陈琦见曹明海又得意忘形，不知天高地厚地海说起来，立即拦住他，“说咱的水稻，如何保证完成任务，别东沟拉西洼，管得隍城外头。”

曹明海叼起一支烟，愔愔坐在凳子上，就像被捏死了。老实讲，曹明海无论从哪方面也不佩服公社这几个头目，只是他不得不委屈在土坷垃罢了。任陈琦怎么要派头，他也不服！他把人你几两骨头也称出来了。公社？他才不服盐店这杆秤呢！

陈琦本来是想跟曹明海交换一下看法，然后他王婆卖瓜，自卖自夸，发表一番高见，不必将小咀这个小玩意放在心上，咱仍然按照生产计划，不大走样儿去办。蛇钻窟窿蛇知道，别人只是瞎估摸而已。但被曹明海不着边际的狂妄之谈，弄得犹豫不决起来。他转又而不敢对小咀的行动矢口否定。曹明海突然又冒出赵庄的秘密内幕，这也使陈琦大惑不解，不敢肯定，亦不敢否定。

俩人无言以对，彼此心扉半关半开，时间在岑寂中渐渐流逝。

“反正，我把田主任的指示传达给你了。”陈琦终于开口了。

“我早知道了。”

“你见他来？”

“每天出地路上不碰一次，也得碰两次。”

陈琦对曹明海无可奈何地说：“那就行了，早说这句话早完了。”

“陈书记，咱潘寨飞不高，跌不低。关键时刻，是公社的避风港。王则峰在赵庄，闹得好时翻天覆地，八面威风；闹得没处栖身了，就来潘寨避难。你说对不对？”

“你老好评论公社。谁也说你聪明，头小伶俐，为啥尽说糊涂话？”陈琦抓住曹明海话柄，乘机来了个报复。“这是你我谈论的话题吗？”

曹明海冷笑一声，拉长了脸。

曹明海走后，潘寨工作队难免又要议论一番。张栋向来不参言交语，木头人儿似的呆坐一旁。邓彬想说，又插不上嘴，只能被冷落一边。那凯文不用说，跑龙套角色。

陈琦哭笑不得，毫不用心地搪塞道：“不错嘛。还有啥感想？”

第六十章　实弹演习意外生

彭茂华陪徐晋东参加县武装部军事知识学习，打靶训练十天后，返回公社。这时，春播工作基本结束，开锄还得一段时间，他抓住这个机会，组织了一次民兵军训的实弹演习。

这是武装部部长的本职业务工作，也是彭茂华最紧张、最得意、最感精神焕发、权力至上、行使权柄的时刻。他已经是个有三四年经验的部长了，指挥训练、演习，轻车熟路，心中有数。打靶射击场地仍设在青云河的大旋湾老虎滩。彭茂华胸有成竹，指挥若定。他像个临战的指挥军官，一道一道下达命令。警戒路口设岗步哨，射程以内插红旗竖标。他特聘几位退伍军人，协助操作训练。

“射击！”

步枪“叭叭”，机枪“嗒嗒嗒”响了起来。射击目标的背景是岑岑高崖，不会发生问题的。

徐晋东为了表示对武装工作的重视，也来参加射击。一块来的还有林如海、牛婧兰、邓彬，他们照着老崖嘟嘟嘟打了一通机枪，便骑着车子走了。

这里，彭茂华继续行使他的指挥权：“发炮！”

“轰！轰！”八二迫击炮弹、六〇炮弹，一发跟着一发打了出去。目标划定在青云寨东南的土坡上。那里插有红旗，并配有报讯员出示命中情况。

由于发射场地距明苑庄不远，这里又有几棵树冠很大的杨树，总少不了有些瞧热闹的闲人聚集在树荫下。有人手痒得简直无法克制，稍会一点射击的，便佯说讪道，向彭茂华讨情，想过一过打枪的瘾。彭茂华一声喊：“往远站！”需要给点面子的，便留下活口：“完了的。”

射击将近尾声。一颗六〇炮弹落地后没有爆炸，成了哑炮。

彭茂华还没有这方面的经验，是臭炮还是因故未炸，他不敢贸然做处置决定。他一方面命令看护炮弹着陆现场，一方面发布停止发射命令。他想了想，决定再延长一段观察时间。如果炸了就算了；如果一直不炸，还得请求县武装部妥善处理。在这段时间，还可以进行手榴弹投掷。因为已经运来三箱手榴弹，扔掉它算了。

手榴弹不能在河槽里扔，他带上民兵上了梁，找了个安全地形，指挥投掷。参加演习的大都是新入伍的民兵，首次上阵，难免有些紧张。但彭部长示范并详细讲了操作方法与步骤后，他们一个接一个上场地投掷。第二箱手榴弹，刚打开，便出了意外事故。事故出在魏牛牛身上。

魏牛牛论其家庭出身和主要社会关系，是不能沾手武器的。但鉴于他本人老实，表现不错，而又是隔代先人的问题，潘寨支部允许他参加基干民兵。这中间，曹明海还有小心眼儿。当他被点名出场时，心里有些害怕。手里这个铁锤，一声爆炸，铁片横飞，是杀人的武器。他有些身不由己，头里嗡嗡直响。当彭部长发布投掷命令后，他昏头转向，迷迷糊糊，竟将手榴弹扔在了脑后。啊，出了事故！

彭茂华眼看抛在地上的手榴弹嗞嗞冒烟并还在打转示威，而魏牛牛距手榴弹不过咫尺。这哪还有活头？在这紧急关头，他一个箭步冲了出去，将牛牛按倒。他的长大身躯，覆盖在牛牛身上。手榴弹“轰”一声爆炸了。当彭茂华从黄土中爬起来，才吃惊地发现，牛牛的脚上鲜血直淌。啊呀，受伤了！

原来，牛牛被茂华按倒后，他的两只脚不知怎的翘了起来，结果脚上中了弹片。实弹演习中最担心的事，还是发生了。

彭茂华立即撕下白衬衫布条，给牛牛进行止血急救措施。他看了看，别处没有伤。于是他一方面指定民兵干部负责收拾摊场，一方面指派五个民兵，轮流替换着背牛牛，往公社医院赶。

他撒开长腿，赶往医院，组织医生，进行急救。

医院院长佟百川是外科大夫，他亲自动手，进行包扎、处理。但由于踵骨踝骨被炸毁，手术复杂，公社医院条件有限，中途佟院长护送其到县医院进行医治。彭茂华紧跟在魏牛牛身旁，一直到下午六点多钟，才算妥妥当当，魏牛牛被安置在县医院的病床上。其时，魏牛牛的父亲魏老冉，母亲何淑蓉，也来看了看，发现问题不大，都没说些啥。而且这是军训，挂花受伤之事，应当说是在正常之列，没啥可挑剔的。然而彭茂华心里却惴惴不安的，他是担心万一铁将军喝上酒，无理取闹，胡搅蛮蛮，借酒发疯，给自己找不必要的麻烦。他虽然不惧怕铁将军，但毕竟铁将军如同疯狗一样，尽管不怕他，也不愿意让他向自己发起进攻。毕竟需使出浑身解数，才能对付他。好在，铁将军没露面。

这件意外的事故，弄得彭茂华太狼狈了。直到现在，他只吃了一顿饭，根本顾不上肚里的事情。他将魏牛牛安置好后，下一步需要马上给武装部写事故报告。想到这里，他突然想起青云寨山坡上还扔着一颗夭炸炮弹呢。于是，他的心一下呼扇起来。已经一天了，那个看守炮弹的民兵，会不会擅自离开去吃饭呢？万一出了事，今天祸不单行，后果简直不堪设想。他这样往坏处一想，恨不得插上翅膀飞到山坡，亲眼看到那个屁股朝天，一头钻入地里的家伙，安然无恙，原封不动才放心。茂华心急火燎，真乃不经一事，不长一智。原来出事与平安没有严格界限，仅在方寸之间。他一时乱了手脚，不知该先到武装部请示，还是回双杨监视，抑或打个电话，托人去替岗保护……他一出医院，迎头碰上铁将军。冤家路窄，怕谁遇谁。人的时运来了，就是这么硬往一处赶。“彭部长……”铁将军打招呼。

“顾不上。”彭茂华没搭理铁将军。他边走自己的路边心里咒骂：野老子出来添啥麻烦！

“你干啥去呀？”铁将军不死心，仍在追问。

“有紧急事，你有啥以后再说。”茂华本来心里犯病，见了他就发愁，何况眼下是啥时候，一句话也不想跟他多说。他边说边走，紧张得就像屎到门口，迟一步也不行。

铁将军见状，紧跑几步，撵了上去，拦住去路，说：“彭部长，我有重要事情对你说嘛，你——”

他对着茂华的后脑门喊：“你那颗臭炮弹，不要了？”

“啊？”茂华听清了，“你怎么知道有臭炮弹？”他驻足，回头问。

“我给你送回办公室了。”铁将军走上前来说，“我就是专门来告你这事的。”

彭茂华好像做梦似的，他看定铁将军，迟疑地问："你给送办公室了？"

"是的。我听说牛牛出事了。到了公社医院，你们已经走了。又听人说，一颗炮弹落在山坡上没有爆炸，等待处置。我上去看了看，量情它也没啥事。我就用手掐开土，取了出来，抱回公社，放你办公室了。"

"真的？"

"这还敢乱说？"

"没人看着？"

"有。赵庄的一个后生看着，是他送到办公室的。"

啊哟！彭茂华一下喜出望外，没想到铁将军会办出这么件鲜亮事情。他有点不好意思，难为情地掏出一支烟，递给铁将军，道："我正想起这件事，急着去处理，所以你跟我说话，我没心情回答，也实在不愿意耽误一分钟。啧。"茂华给铁将军道歉、解释，最后用一声"啧"表示遗憾。

"我看见你慌里慌张的，就知道有事。我估摸，你应该就是为这件事着急呢。牛牛仅伤到了脚后跟，我看没啥，离心脏可远呢！"

彭茂华对铁将军今天知情达理的几句话，颇感入耳受听。而且他给办了一件非常了不起的大事。不是他来通告此事，他现在能安安静静待在这儿吗？了不起！人，是变化着的，不是一成不变的，不能戴上有色眼镜看人。今天的自己，站在铁将军面前，显得渺小。"嗨！吃饭去。"茂华突然想起，大事已告一段落，该吃点东西了。

铁将军也饿了，再者，难得跟彭部长一块下饭馆。于是，俩人走进饮食业饭店，一人要了两碗面条，嗯溜哨马，吃了个干净。接着，一人又要了一碗面汤，放在餐桌上。茂华掏出烟，一人一支，抽了起来。

"你就不怕那颗炸弹爆炸了？"茂华不解地问铁将军。

铁将军漫不经心地说："要炸早炸了。撞在地上还没炸了，我轻轻地取出来，它怎么会炸呢？”

“按说谁分析也是这样的，但就是谁也不敢下手。你胆子大。”

“一九六九年桃园和王屯堡的插队青年打群架，闹下人命，不就是我第一个闯进持刀对垒的屋里，擒拿凶手的吗？连公安局的人还是跟在我屁股后边进的家呢。”

铁将军趁机又得意扬扬，讲起他的壮举和勇敢。任他怎么吹牛，彭茂华对他是了如指掌的。要不是今天立了功，茂华说话连正眼也不看，还请吃饭？但人是感情动物，既然坐一块，总是有缘的，免不了说些心里的话。茂华今天确确实实对铁将军的主动临危救急，感激不尽。危急关头，本来担心他添麻烦，万万没想到，他帮了大忙，真正出人意料之外。过去，茂华一向凭印象将他看得狗彘不如，实则是偏见。今天刮目相看，需重新认识。

“建军，说老实话，我今天有点失胆，生死就在那么一念之间。如果，我再犹豫一下，现在，不是牛牛牺牲，恐怕就是要我的命了。”

“是悬乎着呢。要是闹个缺胳膊少腿，也够惨的。”

“啊呀，还有三箱手榴弹呢！我想起来就有点后怕。”

“你干脆把这三箱手榴弹交给我吧。”

彭茂华警惕地看着这个不逞之徒，狗改不了吃屎，他怎么会提出这样的要求。手榴弹的管理权限只限公社武装部，连大队民兵连也不往下发，你是什么人，斗胆提出要三箱手榴弹？

“这不是开玩笑！爆炸武器，能交给你？”

“我要它干啥？我是说，我给你处理掉，不就好了！”

“你怎处理？”

“俺村后有条蒿檩沟，有二十多丈深，拉着火儿，扔那里，不是万无一失的办法吗？”

彭茂华想了想，对铁将军的办法产生了兴趣。反正每年县武装部发下来的训练弹药要尽数报销，不得搁置，存放。把剩下来的手榴弹一打趸儿扔它万丈深沟，岂不是一件省心、安全，又能交账的事吗？“好，改天，我叫你，咱们一块到那里，完了，我还送你一个手榴弹箱子呢！柏木做的，放米不出虫。”

“谢谢彭部长。”铁将军十分高兴，他又叮咛一句：“说话要算数，不是哄我吧？”铁将军跟他把话敲响，说死，以防变卦。

“大丈夫一言既出，驷马难追。我多会说话不算数过？”彭茂华气吐云霓，显示出他的得意神采。

精明强干的彭茂华，却聪明反被聪明误。他将一步一步顺着这条道往下走。

几天后，彭茂华约同铁将军，用自行车将包裹起来的手榴弹箱，带到蒿檩梁上。蒿檩梁在潘寨村后的代王庙上。据民间口口相传，在战国初年，赵襄子杀害代王后，代王冤魂不散，在这道黄土梁上，借一株茼蒿投寄阴灵。结果，这株普通蒿草，竟长成数丈高的一棵檩材。于是，此地被命名为蒿檩，此梁修建代王庙，从此香火不绝。现在，代王庙仅存废墟一片，蒿檩已成传说。蒿檩梁上童山秃岭，濯濯无物，连棵落鸟的树都没有。

铁将军将手榴弹箱扒去伪装包皮，扛上梁顶。又找寻了一处有利地形，便开始做销毁准备工作。彭茂华站在崖畔探出头往沟里看了看，悬崖峭壁，沟深不见底，是个好地方，绝妙极了。彭茂华打开箱盖，拿起一颗手榴弹，对铁将军说：“你扔过没有。这样，咬开盖，钩出环，套在小拇指头上，然后一扔。”说着，他将手榴弹往沟里丢去。过了一阵，只听到沟底返回沉闷的爆炸声。在这空旷的山野深沟，这声音显得很微弱。

手榴弹扔完了，彭茂华心头一桩心病终于去掉了。他轻松地回顾一下这里的地形，心中暗忖：以后的手榴弹，我看，这里是总去处。

“好了！”彭茂华对铁将军说，“这个箱子归你了。”他显出大丈夫说话驷马难追的气度。

铁将军怡然慆慆，喜不自胜。他抱着那绿色精致大物，简直像一道士穿上登云鞋，想升天呀。

铁将军跟在彭茂华身后，往梁下走去。他边走边说：“彭部长，我有句话，不知该讲不该讲？”

“啥话？”

“你看，现在时间不早了。咱下去路过我家门口，你能不能到我家吃顿饭？权当我派了顿官饭。”他见茂华没有立即回答，又接着说，“光棍饭简单，我这也不是请你，怕啥？”

彭茂华对铁将军这个突然提议，打初不以为然。认为他是空言虚语，俗套人情，嘴上让一让罢了。何况一个光棍，能做成个啥饭？但随后发现他说得很恳切，不像要花枪，而且表明不是请客，怕自己不敢沾边。他心里想：铁将军虽然名誉不好，但在公社算得上个茬头。况且，他对陈琦向来有看法。他的话水分大，说好能捧上天，说坏能灭在地缝里。邓彬呢？头脑简单。这样，他们对铁将军所下的结论，也不一定百分之百正确。今天，铁将军又为自己办了一件窝在心头的事，去他家吃顿光棍饭，有啥大不了的？

“你这样说的话，我不去也得去。今天，特约你同我办这事，就不拿你当回避人看待。吃顿饭又算啥？”

“好好好，彭部长赏光了。”

铁将军带着彭茂华，很快下梁回了家。当彭茂华大大咧咧跟着铁将军走进屋里后，才大吃一惊：家里有个三十八九岁的女人。“彭部长，这是魏牛牛他妈，叫何淑蓉，你认得吧？”铁将军介绍。

“认识，那天牛牛出事后，到过医院，对吧？”

那女人低着头，“嗯”了一声。茂华知道，这就是赵庄何正武的闺女，铁将军的情妇。这时，他后悔不该来了。但事已至此，再走，有点不好看。何况，牛牛还在医院，跟他妈坐一坐，也是情理中的事。

“牛牛的伤不打紧，但恐怕不能痊愈，要留下后遗症。”茂华对何淑蓉说。

“大不了是个瘸子吧。没些啥，怨他笨哩。彭部长看得起我，培养他，谁承想，他不用心，出了事，给你添些麻烦。”

何淑蓉低垂着头，半睁着眼，用缓慢温柔的自卑语调，跟彭茂华交谈。茂华第一次跟她接触，感到这是个知情识理的女人。尽管过去听到过一些关于她跟铁将军明来暗往的风韵故事，但自己也不在意，管人家那些个人事干啥。他发现何淑蓉虽然边干活边跟他拉呱，但总是低着头，从不抬起眼正面看他一下。茂华心里纳闷，对何淑蓉说：“莫不说十六七岁的娃子们，大人也心跳呢！头一颗不好扔呀。我有责任，进行得有些仓促。”

“人家多少人没事，偏偏他就往后扔？俺牛牛脑子迟钝，说的话重了，连东南西北也弄不清。你多辛苦辛苦，指教他吧。”她边“啪嗒”“啪嗒”拉风箱，边说，“多亏彭部长救他，不然他连命也没了。俺从心里感谢彭部长，又栽培他，又掩护他。”何淑蓉两眼定定瞅着灶火门里的火苗，火光晃在她脸上，忽明忽暗。

她正在大铁锅里做山药粉皮呢。将糊状粉浆舀在一个圆形白铁皮模具里，然后放入开水锅里，略加火，便熟了。她用竹筷轻轻挑起，投入凉水盆里拔着。粉皮一张一张，从她手里，被扔向冷水盆。

“彭部长，躺下歇一歇吧。咱这条件太差，庄户人。”铁将军递给茂华一个八角枕头。

“不乏，坐一会就行了。咱们都是庄户人。我离开村也没几年。”

茂华点燃一支烟，消磨时间。

铁将军张罗着剥葱，洗酒盅，边讪讪说道：“今天，淑蓉来帮忙，总比咱吃光棍饭有味道。”

“要不是为彭部长来，我何时会来你家做饭。”淑蓉搭腔，开脱自己。

“情真，情真。你的心情，彭部长一定理解。咱牛牛不是彭部长邻村上下庇护……”下面的话没有说，他看了看茂华，一切都在不言中。

“日后，少不了彭部长管照。好心有好报哩。”淑蓉慢慢吞吞，像在对粉皮说话。

茂华考虑，她儿子受了伤，还在医院，她怎能心情愉快呢。这是人之常情。作为一社民兵的领导，应当给她做做思想工作，这乃党之规矩。于是，他开言道：“我说牛牛他妈，你也想开些，别难过。牛牛挂了花，这是完成训练任务，光荣负伤。现在，受伤致残已成事实，木已成舟。但我要向党委郑重汇报，妥善处理。你要放宽心，相信党，相信我，会给你个满意答复的。”

何淑蓉勉强一笑：“老天爷，你可使我折福呢。我可没有一点点奢望。受那么点伤，算啥事？人没死已经是不幸中的万幸了。”她顿了顿又道：“我就这么个天生没出息相。你不要以为，我见了你头头脸脸，故意给难看。你可是俺家的恩人哪。”

“开化些好。跟武器弹药打交道，受伤在所难免。说句自私话，只是不该发生咱头上罢了。”

何淑蓉低头腼腆一笑：“是哩。人心都是朝下长的。”

铁将军拿上白酒的盅子，何淑蓉端来调上佐料的凉粉皮。于是，茂华跟铁将军对饮起来。“少喝点。”茂华一开始就警惕地约束自己，这里不是恣意的地方。

何淑蓉和好一块白面团，用一根大擀面杖擀成薄片，再劐成细长条，准备揪成片。她又在锅脖上，备下一碗鸡蛋，慢慢地一颗一颗磕开，往锅里荷包。

彭茂华喝酒纯属应付。一来人员不对，二来人家儿子出了事，自己反倒来献殷勤，问心有愧。看得出，何淑蓉刚才那不自然的一笑，也是以乐慆忧，遮人眼目罢了。十指连心，儿子受伤，她能不心疼吗？他越想越不自在，决定赶快吃过饭，离开这里。

何淑蓉自从牛牛一出事，就在眉间绾起了疙瘩。她倒不是担心儿子残废，脚后跟丢一块骨头，大不了跛足，拐腿罢了。今天，当铁将军对她说明去蒿檩一事后，俩人便决定，在这里招待一下彭部长，顺便探听一下他的态度。于是，她大胆地冒险来到铁将军家，她一个上午祷告着菩萨保佑，如愿以偿。她来铁将军家招待彭部长，背负着村里人的闲言碎语，指指戳戳，魏家尊长有啥刻薄、横讼，都不屑一顾，置之度外。她背着佛爷偷念经，吃奶总得解开怀，若瞻前顾后，误了程头。为儿为女下了地狱，她来了。而彭茂华也来了。当她初看到高头大马的彭部长时，心咚咚跳得像怀里揣着个兔子。她不光自己的脸羞得没地方搁，她真担心彭部长一见面，掉头就走呢。谁不知道，自己是历史反革命分子何正武的闺女。但还好，彭部长平易近人，坐下来跟自己聊了起来。他不但没有责备、埋怨牛牛，还给自己做解释、安慰。她心里不用说，渐渐平静下来。她手提羊肝大拿心，一点也不能给彭部长留下坏印象。她要和彭部长拉近距离，又必须保持一定距离。

铁将军今天无疑是立了双重功。他尽可能说大年初一的好话，敲好边鼓。“彭部长，牛牛是个好后生，老实圪旦。这件事，你只管批评他，教育他，但还得让他上阵锻炼，吃一堑，长一智。好钢是锻出来的嘛。”

“接受教训，要过细地规范动作，只能鼓励，不能批评，牛牛是我看得起眼来的老实民兵。”

“好好好！”铁将军竖起大拇指，他今天要的就是这句放心话，“彭部长，不是我当面夸奖你，公社里，我最佩服的就是你！”

“嗨！你喝得酒多了吧？”茂华的话很冲，嗓口也硬。

“他不会说话。”淑蓉连忙替铁将军讨情，并大惊失色地看着茂华的脸色。

茂华再没吭声。他看着何淑蓉，心里想：原来你也会正眼看人嘛。一双大重眼，地包天扁嘴，但很有姿色。她本来失神端望着彭茂华，等他霁颜回眸，缓和气氛，不想彭茂华半天无言。她落了个大眼白看。她忽而反应，看得时间有些长了，于是涨红着脸，赶紧“啪，啪”，往锅里揪面片儿。

茂华匆匆吃过饭，立即下炕穿鞋，擦把汗，与这一对偷情男女告别。其实，他今天所为，又何尝不是偷偷摸摸着干的呢。

就在此刻，潘寨村沸沸扬扬，议论纷纷，不知发生了什么大事。铁将军出去一打问，才得知，田主任领着农机站拖拉机，将潘寨十来亩辣椒毁掉了。彭茂华一听这消息，知道田子荣动了干戈，发了火，革命动了真格的。而自己匿身这里，不就是鬼鬼祟祟，暗室亏心之辈吗？他吓得慌里慌张，顺着铁将军指点的一条小巷陌道，曲里拐弯，溜出潘寨，回了公社。

公社院里树荫下，杨利民跟李葆定正在静静地对弈。

第六十一章　老田小田要毁田

田子荣气得大发雷霆，怒不可遏，在草坪、地埂上踅了一阵，还是没办法。他丢掉几个烟蒂后，指头差一厘米就戳到李乃城的眉棱骨上，恨恨骂：“饭桶！饭桶！撒泡尿照照你那个头相，笤帚疙瘩镂人人，材料不好，心眼不少。你还想讨曹明海的便宜，买牛捉了个猪，眼睛瞎了个枯。”田子荣恨铁不成钢，李乃城一点也不给彭队长赏脸。这样的支书，要他干啥。“你干这事，彭队长知道不知道？”田子荣问李乃城，他指的是李乃城偷占潘寨稻地一事。

“不知道。”李乃城如实禀告。

“走！找他去。”田子荣是想当着彭秉如的面，把这个没用的三花脸支书教训一番。不料，李乃城告诉他：彭队长已经离开明苑庄五六天了。

“他干啥去了？”田子荣问。

“到城关检查那个工作队的工作去了。”

“疥蛤蟆躲端午呢！”一到关键时刻，用人比捉鬼还难，靠墙墙倒，靠鬼鬼跑。田子荣对着李乃城，越看他越来气。

原来，李乃城要小聪明，将潘寨去年开出的稻地吞食为已。小队长在李乃城授意下，得寸进尺，由蚕食到鲸吞，将整整一个小队的稻地，五十多亩，当作自己的土地管理起来。而潘寨人无声无息，看样子，他们今年不打算种稻了。眼下，已开始插秧。李乃城左思右想，觉得不对头，生怕中了曹明海的闪门计。他鬼人做鬼事，操鬼心，心里总有鬼。殊不知，李乃城自作聪明，小猫小狗用泥捏鬼呢，曹明海的泥鬼早晒干了。李乃城担心越陷越深，于是，三小人便将事情原委如实告给田子荣。田子荣听后，大吃一惊，当今时代，还有这种罕世怪事？他气得暴跳如雷，是可想而知的。

不管归谁，对田子荣来说并无所谓。但一女许两家，总有一家要落空，明目张胆欺上瞒下，浑水摸鱼。真是岂有此理。

田子荣一春天催耕催种，跑得脚腿发麻，腰酸腿疼，为的啥？还不是呼庚呼癸，求个丰衣足食，人欢马叫吗？而偏偏有这不逞之徒，一栖两雄唱对台戏，给人添麻烦。他想了想，当前公社形势安堵如故，大可放心。明苑庄工作队受了点挫折，彭秉如败棋有胜着，借故高飞，美其名曰：行使他地委工作队总队长的职权去了。不过生产上有小队长把关，放不了大气。他站在这片不知鹿死谁手的稻田里，终于将对李乃城的不满，迁怒于曹明海。

潘寨是陈琦的点，水地区，吃粮多，分红高，由于经济条件好，一好遮百丑，凡事不落伍。曹明海财大气粗，万事不求人，傲气十足。在落实生产计划方面，他是钉子户。他们总是千方百计，压缩粮食作物，偷偷扩大经济作物。这笔账，小算盘一打，十分划算。粮食多，卖爱国粮，能卖几个钱？哪如经济作物划算？但田主任是算公社的账，说是以粮为纲，全面发展，在粮食过不了关的情况下，只好抓纲抓粮了。曹明海不满地说：“以粮为纲，全面砍光。”他对河滩改碱种稻，抵触情绪很大。曹明海公开在群众大会上讲：“这叫革命田。为支援亚非拉做贡献，远征种稻。”听起来冠冕堂皇，实则怏怏不悦。可好却碰上有眼无珠的李乃城，头削得尖尖的，想占便宜，上了曹明海的当。田子荣看透了曹明海的用心，立即决定调他来这里，三人面对面，处理此事。他到潘寨稻畦方，让在那儿插秧的一个小伙，回村叫曹明海过来，他跟李乃城等着。不一会，曹明海便来了。

“明海，这片稻地是谁家的？”田子荣问。

“俺四队的。”

“为啥不插秧？”

“……”曹明海知道露馅了。一来，田主任口气生硬，眉眼严正。二来，明苑庄三歪点（他给李乃城送的诨号）也在场。他理直气壮地回答道：“马上就插。”

田子荣对曹明海的狡猾诡辩，一眼看穿。他冷笑一声：“秧子呢？”

“那不是！”曹明海向附近一片地膜秧床努努嘴。

“那是我们的。”李乃城紧接着表态。这个老奸巨猾的老狐狸，贪心不足，把自己整出的说成他的，还要把稻秧说成他的。他担心的事，果然发生了。

曹明海眼一瞪，向小歪点发起进攻：“这地方是你们明苑庄的，对吧？你们的地你们养种，天经地义，要什么套子？好汉做事好汉当，何必婊子立牌坊，给田主任出难题？”

曹明海这么一搅和，倒把个田子荣弄蒙了。他只好退一步，拿出主任架子，对他说：“明海，咱别弯弯绕绕，都是支部书记，打开窗子说亮话，直来直去，究竟是怎么回事？”

明海指着李乃城：“你说吧。”

李乃城后退一步，似作谦虚，实乃虚伪地回答：“曹书记说吧。”

“你是原告，你说才对呢。”

“我告你干啥？”

“你不告我，田主任叫我来这儿干啥？这不是明摆着的事嘛。”

“不存在原告，我现在要问的是这方地究竟是谁的？明海，你说。”

“公社说是谁的，就是谁的。那年公社规划给我们，既没有发土地证，也没有跟明苑庄写约据。今年明苑庄黄不说，黑不道，光天化日之下，就把这方地抢回去种了。我们有啥办法？”曹明海振振有词，气冲牛斗。

“去年，你们四队把规划内的地种了玉米，并扩占我们的地十几亩。有的事没的事？”

“我刚才说了，这地，哪怕一把土，本来是你们的。你们叫种，俺们种，种也不领情，这是公社任务。若不叫种，阿弥陀佛，谢天谢地，谢你三大个。”

曹明海讲话，老是这么阴阳怪气。田子荣眼睁睁看着两家支书在白眉赤眼打贫嘴官司。最后，田子荣的表态还是有水平的，他抛开他俩的胡搅蛮缠，开宗明义地说：“公社的意见始终一致，这片地是规划在万亩稻地里的地。不是给谁的问题，而是要求种稻的问题。谁家种稻归谁家！”田子荣表了这个态，连看也没看他们一眼，一骗腿骑上车子跑了。

田子荣火冒三丈，心中暗暗诅咒：“白日见鬼！”他沿田间大路小径，转悠而去。

曹明海望着田主任头不回，脸不捩，主意硬硬地走了。他知道，这个球踢给了他俩。他无可奈何地失笑一声，道：“乃城，这下你的目的达到了。”

“啥？”

“装啥洋蒜？你傍上田主任的粗腿，还不是抬我下来要的一句话嘛。”

“啥话？”

“哈哈，头小灵泛，见窟窿就钻。你占了我们的地，又担心我们找后账。这下，心歇下了。”

“你们不要地了？”

“我要回地，秧子不愁，其他队剩下的也足够的。而你育下的那秧往哪插？你让社员白翻地施肥，怎交账？你三大个的头不怕社员揍掉！”他卖他的字号，又落个顺水人情。

“按你这么说，我得谢谢你呢。”

“你当然得谢谢我！我如果要弄你，老实讲，你嫩着哩。何况，人们会谣传，说我替亲家出头，报复你呢。你们俩的关系，我也清楚。”

“你这几句话，我承认。疙瘩宜解不宜结，我有空得跟你亲家坐坐呢。”

“那你就放心大意，插你的秧吧。”曹明海也走了。他没走多远，又回头笑了笑，道：“我回家磨镰刀就是了。”他心里独自偷笑：“给你狗三歪点个不放心。”

李乃城虽见曹明海鬼头鬼脑嬉笑着，但他还是琢磨起他这句话来。难道，他真的等稻子熟了，拿上镰刀来收割不成？他仔细盘算了一回，量情他不敢。今天有田主任的仲裁，谁种归谁，他凭啥来抢收？李乃城火速回村，通知一小队长：立即插秧。他人小声宏，调子一下打得很高。

俨然一副一村之主的气派。

这段时间，是落实生产计划的收获时节。田子荣从王磊统计的生产进度表上，一项一项摘录下来。玉米、高粱、谷子，都有了关门数字。他对这些数字很感亲切，基本上与计划相吻合。万亩高粱没问题，还有点保守呢。水稻刚开始插秧，数字还没有上报。县里为保糖厂，给各公社分配的硬性甜菜任务也完成了。他心里很惬意。虽然遇到了李乃城和曹明海这两个投机取巧的干部，但区区小事一桩，这也是正常的。东边日出西边雨，道是无情还有晴，田子荣对这处山水沃土投入了各种各样的人生感情，寄托着无限美妙的理想追求。他与它的命运画上等号绞在一块。田子荣风平浪静回到公社。他刚刚在自己宿舍坐下来，田亮平便来找他汇报工作。

田亮平是农业技术员。这几天，田子荣抽回他，专门跑面，核实作物的落实计划情况。他的工作重点是经济作物。经济作物与水稻正相反，家家想扩大面积，多闹点钱。田亮平因对陈琦产生个人成见，总想借机报复。本来，亮平与牛婧兰搞得火热，俩人海誓山盟，暗暗约定。而陈琦却不以为然地对牛婧兰说："你是国家干部，又有职位。他呢？农民，临时工。无论从工作，还是从才华看，都不般配。正如老张栋奚落你们：人对眼儿不说丑俊，瓜好吃不在老嫩。你要三思，不要一时冲动，落成终生遗恨。年轻人往往感情用事。我不是离间，破坏你们的婚事，我是担心你们不会白头到老。"要说，陈琦的话没有丝毫恶意，也十分诚恳。这是铁的事实，只是别人不说罢了。作为公社专管政治思想工作的陈琦，把这些话预先给婧兰说透，实在是对她的关心、爱护，也是一种责任。这种真挚的同志间的肝胆相照，不能不说是一种伟大的感情。谁知，牛婧兰在和田亮平私下聊天时，嘴不牢靠出卖了老师傅。田亮平听后，大吃一惊。心想：原来道貌岸然的陈书记，还搞这小动作。你拆散我们的鸳鸯，难道你想采春花不成？于是，他对陈琦暗暗怀恨在心。今天，终于捉住了他的把柄。

原来，田亮平经过认真核实，发现潘寨四队超种辣椒十来亩。四队就是曹明海所在队。正巧，他回村后得上便宜还卖乖，扬言田主任公断，四队稻地归明苑庄了。丢了的高兴拾到的愁，明苑庄三小人把四队的愁帽当凤冠抢去了。四队老牛脖子耐圪锯，到头来，田主任还得上门公断。曹明海公开宣扬丢稻地，其目的是堵其他小队的嘴，免得攀比、起纠缠。却没想到，说者无心，听者有意。田亮平将这番话，别有用心地向田主任做了汇报。

“田主任，曹明海在大街上对人们宣传，说他们四队今年不种稻是你批准的。稻地被明苑庄三大个抢占后，你公断的。”

“他就这么对社员说的？”田子荣问。

“岂止这么说，还讲了些尾大不掉的阴阳怪话。咱也学不来。”田亮平摇头撇嘴，颇为作难。

“什么阴阳怪话，一句也忘了？”

“什么丢了的高兴拾到的愁了，什么四队老牛脖子耐圪锯了……”亮平边说边回忆着，“还有，四队的愁帽，明苑庄当凤冠抢走了。”田亮平咂一下舌，“总之，人家是夸功呢。抬高自己，灭低别人，向来就是那人。”

“哼！”田子荣本来对曹明海就有看法，曹明海上上下下哪点他也看不惯，可就是有人支持他！

“陈琦也在场？”田子荣又将矛头转向陈琦。

“他不在跟前，但他知道。”

“一丘之貉。”田子荣掏出烟，想不管这等闲言碎语。

“今年，潘寨的辣椒，队队超种。单四队，就超种十来亩！”

“又是四队！”

“曹明海就在四队。”

“这四队倒是独立！”田子荣口沸目赤，怒气冲冲。他再三确认：“你的情报准确吧？”

“敢打保证，没半点水分。”

“好！不给他点厉害，不知阎王爷是干啥的！”

“算了！谁不知道，潘寨做啥也要占便宜。四队去年秋天发生那事后，徐书记也感情上不一样，拉着笸箩斗动弹，快忍一忍，算了吧。”

火怕浇油人怕激！田亮平几句话，把田子荣激将了起来。“我今天就拿四队开刀，属核桃的就得敲打！你到农机站，带台拖拉机过来。”眼下正是插秧时候，不把领头羊打住，就要放野羊了。曹明海少种稻子，还扬言我批准的，造谣生事，危及全社。这股贼风不禁，偷袭难断。但他又深知自己在曹明海、李乃城面前的表态，给他们漏下偷跑的空儿。现在，捉住扩大种植辣椒面积的路线错误，正好二罪归一，大打出手，以镇全局。

不一会，田亮平带来一台挂犁“55 铁牛”，停在公社大院里。

“跟我走！”田子荣威风凛凛，骑车带路。

田亮平带着拖拉机紧跟在田子荣后边。

黄土路上，黄土滚滚。嘟嘟嘟，拖拉机黑烟腾腾。田子荣怒气冲冲，奔上潘寨。他们驻足于四队的辣椒地边。“叫曹明海。”田主任指挥亮平。

曹明海来了。

“明海，你汇报公社的辣椒面积实在不实在？”田子荣劈口质问。那一双倒竖起的眉毛，已经说明了一切，曹明海也不是个愣子。

“不实在。”曹明海不敢嘴硬，低头认错。

“超种多少？”

“亮平清楚。”

“四队超种十亩，是不是事实？”

“是事实。”

“好！今天你的态度可以。但，我郑重告诉你：曹明海同志，迟了。拿工作当儿戏！我今天要用拖拉机将超种的辣椒全部扣掉！”

辣椒已经破土出地，鲜嫩的幼芽匀匀点点，布满垄沟，欣欣向荣，生机勃勃。娇小绿色的生命沐浴在融融煦日下，银光闪烁，谡谡玉立，它们正为不日将称雄这块风水宝地而翘首企盼。

“你有意见吗？”田子荣见曹明海不吭声，逼问一句。

“没有。”曹明海泾渭分明，态度坚决地回答，“对这些不听话的队，公社就应该这样制裁。”

“好！”田子荣回头，准备向亮平下达行动命令，但发现大队长谢得峰，四队长谢得铭兄弟二人也来了。他们耷拉着脑袋，像卖不了的干草，戳在那儿，噤若寒蝉。

“你们知道我们来干啥吗？”田子荣问他们俩。

“知道。”弟兄俩少气没力地同声回答。

“知道来干啥？”田子荣再问一句。

“收拾俺们的辣椒来啦。”谢得峰说。

“什么收拾你们的辣椒！这叫落实生产计划，杀资本主义的自由种植歪风。身为大队主任，连这点水平也没有！”

谢得峰无言以对，心里老大不服气，但吓死也不敢顶撞一句。

“是俺们的错，完全接受田主任的批评。”谢得铭人赃俱在，不敢抵赖，只好诚惶诚恐，唯命是从。

“在事关路线的原则问题上，决不手软。谁敢与公社顶风抗衡，就这般做法。亮平——”田子荣两眼炯炯，如临大敌。他慨然发布庄严命令：“超种部分，全部毁掉，一苗不留！”

田亮平此刻对自己扮演的角色无地自容。他面对曹明海、谢得峰、谢得铭，屈面屈情，问心有愧。但田主任的命令，他是不能不执行的。于是，犯难地哭丧着脸，畏畏缩缩，向司机说：“就这块地。”

司机上了驾驶台，拖拉机嘟嘟嘟冒出了黑烟。这时，谢得峰弯着腰走到田子荣跟前，保持只有一尺许的距离，恳求道："田主任，能不能留下一半？俺也好向社员交代。"他是个没文化的倔汉，如此委屈乞求话，是他心灵酸楚到极点的写照。这时，田子荣也有点良心萌发，于心不忍，自古毁青苗是欺天大罪。但他既已摆下龙门阵，如果善罢甘休，狼狈撤军，一定舆论哗然，其影响远远要大于正面教育。此乃万目睽睽关注之事，不能妇人之仁，当断不断，留下心慈手软的影响。他正这么自我鼓励，自相矛盾地掂量着，曹明海咄咄逼人地训斥谢得峰道："说那些废话干啥？割上一半，留上半截血圪桩，丢人呢！"狡黠的曹明海怕羞成怒，指桑骂槐，似彻底的革命派干部。田子荣火上浇油，怒目横眉，指着仍原地待命的拖拉机手，骂道："你等啥时辰哩！"

田亮平也赶紧挥手指路。拖拉机终于像头发怒的狮子，咆哮着，带上铁家伙哐啷咣当，冲进辣椒地，奔驰起来。犁铧翻起的黄土波浪滚滚而来，幼苗被活活覆盖在下面。年青的拖拉机手被田子荣骂火了，他掉过机头，本来准备来个正月十五跑旱船，一个大"8"字，就足以毁坏殆尽。但田亮平积了些德，他阻止住了："按耕地，一犁一犁挨着来。"这样，无论改种啥，都不必再耕了。司机消了消气，只好按亮平指拨的耕了起来。他对田子荣骂他等时辰气恨不过，这是等到午时挨刀的意思嘛。

一只小灰雀栖在一株枯蒺藜秆顶，嘤嘤不止，它是惧怕这个翻天覆地的庞然大物？还是同情与它朝夕相处的门前卫士无辜惨遭不幸？

田子荣办事向来这么认真。他一直守在地边，直到完全、彻底，寸苗不留，才骑车离开这里。

晚上，何钰香播出震惊整个双杨公社的战斗檄文：《公社对自由种植已开杀戒》。文章措辞激烈，旗帜鲜明，两条道路两种思想斗争之弦，彀弓强弩，如临大敌。好些大小队干部，暗暗捏了一把冷汗。

田子荣坐在公社台阶上，听完广播，颇为得意地对王磊说：“给县广播站转抄一份。”

王磊不假思索地回答道：“知道。这么大的事，咱还能不向县新闻部门报道？”他略顿了顿，大发感慨道：“这才叫真抓实干，敢于碰硬的领导水平。”

田子荣离开王磊是找田亮平去了。他对田亮平今天的表现，尤为赞赏。值此关键时刻，应当鼓励一下，使他再接再厉，乘胜前进，紧密配合自己，一举促成在双杨开展向资本主义势力，秋风扫落叶的强大攻势。

他对田亮平说：“今天打了个漂亮仗，气可鼓，不可泄。今后就这样泼泼辣辣地干。不管他公侯王爷，头上长角，身上长刺，一律同罪，概莫能外。”

田亮平虽然嘴上支支吾吾，点头哈腰，迎合田主任的美意，实乃沮丧到极点。他从一见到谢得峰、谢得铭弟兄二人那当儿，心里就有些后悔。都是些邻村上下的社员，抬头不见低头见，何苦这样明火执仗，坑害他们呢？如果自己不主动揭发汇报，田主任哪有这场戏呢？特别是当他目睹谢得峰堂堂五尺汉，卑躬屈膝向田主任恳求挽留一半青苗时，他简直难受得捣心呢。他回到公社，思前想后，越想越觉得做了件损人不利己的事。潘寨这件事，虽然名气不好，受到批判，但对陈琦来讲，充其量丢丢面子罢了。而自己今后到潘寨，恐怕不好开展工作了。陈书记会不会刁难自己，徐书记又是啥看法，还在其次。这件事发生在今天，太冒失了。而田主任却自鸣得意，一副凯旋将军的样子，勉励自己勇往直前，再立新功。亮平听了，心中亦发惴惴不安，徘徊不定。万一田主任头脑发胀，来个穷追猛打一律同罪，自己将如何跟他配合？马前卒不好当啊。

“怎么，是不是身体有点不舒服？”田子荣见田亮平精神萎靡，揣测着问，“是不是中午太热，中暑了？”

“头里边有点闷，过一会就好了。”亮平做出酸眉辣眼，确乎有病的样子。

“去医院取点药，休息休息。”田子荣吩咐几句便走了。

田子荣刚出门，杨利民幸灾乐祸站院里失笑着问亮平：“田亮平，你丈量潘寨的辣椒地来？”

亮平没有回答，听到这问话，倍感心烦。这杨利民惯会捅人痛处。

“你给田主任当参谋，把曹明海的辣椒毁了？”杨利民高吆二喝，开心地说，“对不听话的大队，就应当这样制裁。不然，公社说话抵放屁哩！谁尿呢！”

这时，那凯文正好提溜着一铁壶水，从伙房走了过来。杨利民指着他说：“凯文，你那个岳父，人拉不走，鬼推急跑。去年跟上你险些送了命，那是你的情敌陷害他。今年是跟上谁，鬼打得不由他了，超种十亩辣椒！田主任抓了典型，活该！老田小田毁田！干得漂亮！”

凯文羞得抬不起头，赶忙溜回自己宿舍，再不敢露面。

田亮平听到这几句刺耳的话，仰天长叹：“天哪！”随即跌在炕上的铺盖卷上，就像死了一样直挺在那里。

第六十二章　田子荣护法金刚

田亮平成了双杨众口纷纭的人物：小田带上老田到潘寨毁田。人们上上下下异口同声，都说田亮平报复潘寨，暗地偷量四队辣椒地，撺掇田主任图穷匕见，赤膊上阵，毁坏青苗。“锄田日当午，汗滴禾下土。”不吝挥汗成雨去保护禾苗，这是祖祖辈辈先人先哲的遗训。由感情升华到崇拜，由崇拜到迷信，以至于形成尊敬五谷神的虔诚信仰。如今，虽然讲革命，讲科学，破旧立新，但五谷杂粮始终居首为纲，不敢怠慢。叫喊归叫喊，认识归认识，像老田小田毁田之例，虽不是绝无仅有，但也毕竟是寥寥寡见之事。于是，人们品头评足，窃窃私语，也有担心此灾星降落到自已头上。随之而来的是流言蜚语，千夫所指。田子荣执法如山，敢于大刀阔斧捍卫社会主义阵地，是理所当然的天职，无可指责。而田亮平却是小丑跳梁，搬弄是非，从而成为人们诽谤的话把子。诸如杨秘书指着鼻子数黄瓜道茄子者，不乏其人。一时间，田亮平如芒在背，坐立不安。最使他害怕的是曹明海的一击。

晚上曹明海、谢得峰先后来到工作组，并听了广播上的批判文章。如此狼狈局面，在曹明海就任支书的历史上，还是头一次。人们的心情彼此差不多，唉声叹气，默不作声。

“我就不信，单咱潘寨多种辣椒？”谢得峰终于憋不住了，冒出一句牢骚话，“田亮平这小狗，为啥咬住咱不放？”

“背上牛头不认赃。自已有问题说自已，你连潘寨的事情都管不了，管人家别的大队干啥？”陈琦虽然心里有怨言，但决不能当着大队干部抱怨公社领导。他用领导者的口吻，批评大队主任。

谢得峰给陈琦解释：“要知道背牛头的不光咱，一碗水端平，咱还有啥说的？”

“端啥平？你把潘寨这碗水先端平。”陈琦一字一句道，“再翻你两个十亩，恐怕也端不平。”

谢得峰不再争辩了。略停一下，谢得峰又对陈书记说：“唉，反正你跟上俺也不沾光，陈书记蹲的点，被抓了典型，全社曝光。”

“人家还洗手洗澡，自我解剖嘛，陈书记的点都被开了刀，别的村有啥说的？这样做，威慑面大，效果好嘛。”陈琦夸夸其谈，自圆其说，一副正人君子，宽宏大量的高姿态。但人们都知道，这是打肿脸充胖子，掩耳盗铃的自欺欺人之谈。

“节令不等人，那块地种啥，得赶紧下种。”那凯文突然插了这么一句。

“这不是又上了老路的当嘛。”曹明海冷不丁阴阳怪气地发表谬论。

“扯得南山背后了。那你补种上十亩猫莠子草。”陈琦呛他。

曹明海皮笑肉不笑地一龇牙，又引来了一个话题，道：“陈书记，叫我说，你有些盲目乐观了。论及威慑面，恐怕你不及徐书记。我就不信，在赵庄的磨道里，找不到一个驴蹄印？”

曹明海一刀见红，将陈琦哽得闭口无言。不识时务的凯文给明海解释：“赵庄的辣椒不超种。”

明海对这个乳臭未干的黄嘴茬儿蔑视地回敬道：“这里挨不上你乱插嘴。今天这事，我想来想去，想不通。叫我说，你们工作组也应动动脑子，想一想了。刚才，陈书记想一人包揽，我不赞成。叫我看，问题的根子，还在四队长谢得铭身上。”

“当然了，他是队长，他种辣椒，根子肯定是他嘛。”陈琦表示同意。

“非也。”曹明海得意地卖弄个关子，“祸根就是他那个千金小姐，月里嫦娥。我注意到，田亮平住咱村调查所谓作物落实情况时，往谢得铭家里跑的次数不下十次。他去干啥？明显是谋心不善。你那凯文论才能、本事，哪方面能抵得上田亮平？他能不嫉妒吗？”

“不可能的。”那凯文一言以蔽之曰，“不会有这事的。”

“你年轻毛嫩，懂个啥！”曹明海煽阴风，点鬼火地溅事，“英雄还难过美人关呢。你不要以为万事大吉了。要成婚，你们赶快结婚，免得给队里添麻烦。”

曹明海天上一句，地下一句，这里一刀，那里一棒，反正对田子荣收拾他，抱不满情绪。他总不从正面看这件事。他含沙射影，血口喷人，闹了个乌烟瘴气，才解心头之气。

谢得峰被他刺到痛处，去年那桩事，确实是侄女的原因。今年这事，怎么又要往侄女身上扯？但他不敢否定曹明海的话。

陈琦对曹明海心怀叵测的个人恩怨之谈，持鄙视态度。他本来是要严正批评的，或者准备召开支委会，统一认识，纠正错误，接受教训，跟上公社部署走。同时，制止一些人钻在小天窄地夜郎自大，信口开河，对公社的声誉造成不良影响。但他眼下顾不得考虑这些，他这个马大哈还是被曹明海造谣中伤，引发出冥冥思绪，令他茅塞顿开，以至于将推波助澜的曹明海丢掉脑后。

曹明海的本意是想给田亮平扣顶作祟的小帽子，替自己解臊。他的话纯属无稽之谈。但陈琦却想到田亮平与牛婧兰的情缘上去了。俩人眉来眼去，形影相随，热火得不行。但自己出于对他们终身大事的关怀，曾对牛婧兰开诚布公讲过一席肺腑之言。如果她不从正面理解，抑或女人心软重感情，俩人依偎一块，啥话也能讲出去。一旦她……他想到这里，不由倒吸一口冷气。这几天，见了田亮平，他佯说讪道，是有些不正常。但这事，怎能跟曹明海的海外奇谈连在一块？这哪能生搬硬套往毁辣椒一事上扯？这岂不是胡闹，成了曹明海第二了？陈琦心烦意乱，总想抛开这些鸡零狗碎事情。不爱动心术的人，动心术是场灾难。他绕个小圈子，还是回到老路上:“明海，明天召开大小队干部会，统一认识，顾全大局，再鼓干劲，势夺丰收。”

“还得是陈书记的水平，话说顺耳，落音也好听。”曹明海笑着说，“你是不是见我今天说了几句牢骚话，准备明天抬会上，让我当反面教员呢。不怕，陈书记，曹明海懂得三多二少，能翻过阴阳。”

“本来就是正面形象嘛，支部书记成了反面人物哪还行？”

“对着哩，俺们在公社领导面前，就像孩子见了妈，总想要个娇，卖个憨，让大人们管教管教，才安心。到了会上，其实咱比谁都有认识，也有个高姿态。你说对不对，陈书记？”明海说得入情入理，恳挚坦诚。

陈琦哈哈一笑，他乘机勉励曹明海：“这是对你的考验，明天一定要把这个会开好，开出水平。气可鼓而不可泄，给田主任一个回头看。明天，我把田亮平叫来，在会上，让他将全公社的经济作物摸底情况，向大家通报一下。这样，大家才会心服口服，回到正确路线上来。你们说，怎么样？”

“好好好，你能把小田叫来，咱的会，一定开得比你预想的好。”曹明海求之不得，让田亮平交出家底，自己挨批评也心甘。

“凯文，你明天去叫田亮平，晚上来潘寨参加会议。”陈琦向那凯文交代任务。

凯文犹犹豫豫地问：“如果他不来呢？”

“哪能都由他呀？我是副书记，难道指挥不动他？”陈琦自吹自擂，标榜自己手中权力。

这时，张栋给凯文出点子，道：“你不要说来参加会，就说陈书记让他来填表呢。至于填啥表呢，你就不知道了。”

凯文觉得耍鬼捉弄亮平，情理不容。都是一般般高的朋友兄弟，受得一样的苦，将心比心，为他们去欺骗自己的朋友，下不了手。

“老张的主意没错，就这么办。”明海见凯文不爽快，给他打气。

陈琦听到了，直言不讳地说：“耍那些把戏干啥？你传达我的意见就对了。”他总是把问题看得那么简单。

田子荣这几天不光把种植作物关，还要把捉苗保苗关，一年之计在于春，这是公社主任首要的重任。这空当儿，田亮平离开赵庄，执鞭随镫，紧跟他左右，发挥了农业技术员的参谋作用。田主任对他颇为赏识。他准备乘潘寨胜利之东风，再接再厉，一举对那些自立门户，胆敢扛膀子的队，刀下不留情。他给亮平鼓了鼓气，在公社广播摇旗呐喊的舆论助阵下，正揎袖踏脚准备出发。这时，出现了新情况。

公社医院院长佟百川慢慢地推开门，走进了田主任的办公室。佟百川是六十年代初的本科生，他很文雅，总是那么平平静静，有头有尾，说话办事从不见慌张和忙乱。人们对他很尊重。他的医术高明，医德也受人崇尚，是在双杨享有盛名的白衣战士。他对田主任说："我给你反映个情况：小咀村有个韩二毛，他把家里的粮食偷卖了。老婆两天揭不开锅，一气之下就喝了半瓶敌敌畏……"

"怎了？人死了没有？"田子荣急切地问，打断了佟院长的话。

佟百川接着说："人是抢救过来了。但那女人说，回去还是个死。家里有点粮，紧寄慢藏却被他男人搜寻到，然后卖了。有两个孩子，这家人挺可怜的。你调查一下，给点救济。"

"灰棰！我认得，是三桃子的二儿。这人坏透了！外号叫二夹生！"田子荣边吸烟边语无伦次地骂。烟雾从鼻子、嘴里喷出来。

"就这，我走了。"佟百川轻轻推开门，返回头再跟田主任打个告别招呼，才迈步出门。

田子荣气得满地打磨旋。佟院长反映的情况，可以说十万火急，相当重要。去年是大灾年，吃供应粮的村庄不少。像小咀村，一年差七个月的口粮，供应粮已陆续发放。县委特别指示：不准饿死一个人。为此，公社采取了好多措施。对于特困队，危险户，从下到上重点保护。县委要求，对重点户，公社直接负责。救济粮、款，面对面落实到本人，以防中间出现纰漏。像韩二毛这人家，田子荣的内部笔记本上没有名目。他只掌握着三桃子。一旦因无粮断炊，闹下人命，就是严重失职的政治错误。自己守土有责，万万不可掉以轻心。

田子荣决定：立即上小咀。

这时，那凯文拦住田主任说："陈书记让田亮平去趟潘寨。"

"干啥？"田子荣心烦地问。

“参加大小队干部会，让他通报一下各队……”

没等那凯文把话说完，田子荣怫然不悦地回答：“不行，告诉陈琦，叫他把中片的危险户，再摸一次底，明明白白告诉他：有情况不报，饿死人他负责！”

说毕，带着田亮平匆匆而去。

田子荣直奔小咀村，他没去惊动王则峰，直接到大队找支书韩愣小。不大工夫，韩愣小回来了。

“愣小，你们村出了啥事？”田子荣问。

“啥事？没有啊。”愣小耗子跌在面瓮里，发白瞪眼呢。他以为田主任来检查自由种植情况。

“韩二毛老婆是怎么回事？”

“啥事也没有。那女人是面瓮的蛆，糊涂虫，她吓唬人哩，喝了点不知什么水水，去公社医院灌了几口大粪糊糊，回来了。”

“你这情况怎掌握的？”

“听人们说的。”

“放屁！”田子荣勃然大怒，“什么支部书记！人命关天的大事，你在这里开啥玩笑！什么水水子，什么灌大粪糊糊，你身为小咀村党支部书记，玩忽职守，胡说八道。我问你，他家是不是两天没吃的了？”

“……”

“说嘛！怎么不作声？”

“不知道。”

“你报公社的危险户中，为啥没有韩二毛的名字？”

“……”韩愣小吓得魂飞魄散，不知所措。

田子荣见状，压了压火气，委婉地说：“今年小咀在种稻问题上给公社立了功，前几天大大表扬了你们。功归功，过归过。今天你不要惊慌，咱去他家看看情况，回头再商量办法。我掌握的情况，可不是你说的那么简单。韩二毛家究竟有没有粮食了，咱得底清数明。”

“那是个青皮灰茬儿，又馋又懒，管不住自己的手，大队只好不管他。”愣小镇定下来，给田主任解释。

“咱现在是说，他家有粮没粮，揭开锅揭不开锅，不管别的事。四类分子也不能饿死，青皮茬儿就不管啦？”田子荣说到这，见韩愣小说不下个子丑寅卯，干脆道：“走，到他家看看。”

二毛家住着三间土窑洞。院里挺干净，没猪呀、鸡呀。田子荣和愣小、亮平进了家，只见三桃子在板子上擀红面。这是高粱面里边掺和些榆树皮面粉做的红面条，吃起来很好吃。三桃子边擀面边流着眼泪。炕上横躺着一个女人，那肯定是这窑里的女主人啦。炕上，还有两个孩子，大点的有五六岁，男孩；小些的只有两三岁，女孩。小家伙两手抱着一个白小碗正在唵生面。鼻子、嘴、脸蛋上沾满了面粉。她见我们闯了进去，吃惊地停止了贪婪的觅食行为，张目注视。

“做饭呢？”田子荣问三桃子。

三桃子先低下头，用袖口擦掉眼泪，然后哭丧着头脸说：“我给端一升面，……”她想说啥，但再没有说出口。噙不住的热泪扑簌簌，像断线的珠子，滚了下来。

“一点吃的也没有啦？”田子荣问。

三桃子引着田主任他们，一个挨一个揭开瓮盖，翻过盆底，三间土窑洞空空如也，一贫如洗，家徒四壁。

“你二儿子呢？”田子荣问。

“那个狼不吃的货，不知道到哪个山上旋饭去了。”

愣小给田子荣解释：“到孔雀崖放羊去了，那里管肚饱吃饭。”

“他不管老婆娃娃？”

“管还能成这摊场？”

“走吧。”

田子荣离开这里，回到大队。韩愣小将韩二毛家的大体情况，向田子荣做了汇报。韩二毛：贫农成分，现年三十三岁，娶妻翟黑眼，系本公社孔雀崖人氏。夫妻俩生有一儿一女，均未上学。一家四口人，分了三点二个人口粮（儿子六周岁以下百分之七十，闺女三周岁以下百分之五十）。欠小队口粮款八十多元。韩二毛不好好参加劳动，去年让他当牧工，他半路地偷梁换柱，把队里的好羊偷换成赖羊，母羊换成公羊。最后他错把自留羊当队里羊换走，才露了馅。这种人，不能依靠。他三天打鱼，两天晒网，游手好闲不说，坏毛病越来越多，爱喝盅烧酒，爱跟人压拳头宝，丢三镘儿他到代销员那儿买上二两酒，什么也不就，扬头咕咕咕倒进肚里，一咂嘴完事。他没钱了，就赊，赊得多了，就偷家里的粮卖。打完饥荒，再喝，再赊。耍钱也输不少钱。就这样，家里有了内贼，把口粮很快扑腾光了。

翟黑眼不像个山里女人。她不善言谈，心眼又窄又小。因为管不住男人的馋吃懒做，每每吃了上顿没下顿，光景过得很凄惶。她拖着两个孩子，时不时到婆婆家蹭顿饭。到街邻隔壁，借米借面，差不多伤嘴失脸借遍了。队里也曾给过救济，有时，一到他手，连家门也不进就转给别人了。日前，韩二毛看了看一无所有的家底，便腿肚朝村上了山。黑眼前思后想，这西瓜光景轱辘到多会也没个好结果，迟不如早，早不如快，一狠百狠，终于拿定了主意。她将两个孩子带给三桃子，瞅见瓮旮旯儿有个药瓶子，就打开盖子，扬头喝进肚里。……

这时，兰法来到办公室。他知道田主任来干啥，进门后，便报告一新情况："田主任，韩二毛回来了。"

"啊？真的回来了？"

"我亲眼看见的，脊背上搭着一嘟噜山药，回家去了。"

"叫他去。马上来办公室。"田子荣好遇捉住这个鬼了，迫不及待地要见他。

“就说田主任叫他，马上来大队。”韩愣小吩咐。

兰法应声而去。

“毕竟还是个人，省得给打闹点山药。”田子荣冷笑一声，自言自语。他是给自己做工作。这个人是可以教育过来的，要有信心。

“人里也少有，他妈给孩子送点稀罕吃的，他也能下手叼一半塞嘴里，枉披一张人皮。”

“他比他三兄弟还烂？”

“一锹挖出一对瞎佬。砖模脱不出瓦片，三桃子还能养下好儿子？”

“不对。你连个韩二毛都教育不过来，怎能管住小咀全村人？”

“啊呀，田主任，他那德行，是拐子的腿，已经没治了。三毛到了赵庄，俺算除了一害！这个二家伙……”

正说着，二家伙来了。他刚从山上下来，脸上像垩了层白灰，鹄形菜色，没一点血色。

“你叫韩二毛？”田子荣一本正经，严肃地问。

“我叫韩二毛。”

“认识吧，这是公社田主任。”田亮平给介绍。

韩二毛翻起死羊眼睛，看了看田子荣，不置可否，又低下了头。

“你这几天干啥去了？”

“到山上当小放羊的。”

“盲流。”

“家里没吃的了，打闹点。”

“你还有家？”

“有。”

“家里有啥人？”

“一个老婆……”

“一个老婆还养活不了，想要几个呢？”

“两个孩子，共四口人。”

“你看家里没吃的，走了。丢下老婆孩子，是不是？”

“……”

“你老婆寻死，你知道不知道？”

“……”

“你是哑巴，怎不作声？！”韩愣小喝问。

“这会儿知道了。”

“要不是抢救及时，早见阎王爷了。如果你女人死了，韩二毛，我告诉你：你就是凶手，杀人犯！国法不容！”田子荣感情冲动，伸出食指指着二毛说，“你今天一五一十，给我交代清楚：你家分过多少口粮，自留地打下多少粮，供应粮领过多少，救济粮、救济款拿过多少，你把这些粮弄哪啦？为啥一样样的人家，别人有吃的，你家饿得逃生的逃生，寻死的寻死，你今天，给我交代不下个情由，韩二毛，姓田的轻饶不了你！”

“你家的情况，田主任都知道了。你老老实实讲吧，别想蒙混过关。”愣小一针见血，指给他出路。

韩二毛知道鬼不过去了，只好避重就轻，边想边交代。

“小卖部欠账，”二毛看了看窑顶，“三十八块。用一百斤茭子打了饥荒。”

“就这一次？”

“……还有一次是十二块，用二十四斤黄豆顶账了。”

“怎就欠下小卖部这么多钱？”

“打酒，买烟，买盐，还买过煤油。”

“主要是喝了酒，对不对？”

“差不多。”

“耍钱输掉多少？”田子荣突然问。

“……”二毛闭口不作声了。

“说，输给谁了？”

“灰大肚九块，臭圪旦五块三毛，三瞎佬、背锅子都是十一块。”

“有没有别的啦？”

“慢牛还赢过三块八毛钱。”

“还有别的没有？”

“大丑人家里打过一次平伙，花了一块三。”

“你是属牙膏的，挤一下，出一点。到底输过多少钱？”

“没了。”韩二毛首鼠两端，搪塞着做了肯定。

“真的没了？”

“没了。”

“也算。输给这些人的钱，都付清了？”

“卖掉粮食，给了人家现钱。”

“愣小，你负责，把二毛以上交代出的人，一个一个传来。”田子荣安排后，蓦地想到，这又不是处理赌博，叫来添好多麻烦。干脆——他又纠正道：“这样吧，你把谁赢过韩二毛多少钱，记住。当事人如果如数退了这笔钱，就甚话也别说。如不交钱，把人传来。听明白没有？”

“听明白了。”愣小领命而去。

待了好大一阵，韩愣小只带来了一个人。他向田子荣汇报：“别人都认账，把钱如数退了。”接着，愣小一桩一桩向田主任交代，将人民币点了过去。最后，他指着带来的那个人说：“他叫韩忠云，人来了。”

“刚才就没个韩忠云嘛。”田子荣以为他搬错窑口，张冠李戴了。

韩愣小走到田主任跟前，囔囔道：“就是灰大肚。”因为他叫韩忠云五叔呢，不能喊“灰大肚”。

“哦？对。”田子荣弄清了，他问：“韩忠云，你有啥说的？”

“田主任，我赢二毛的钱是实，但又输给慢牛了，你现在问我要，我穷得撅指头哩！拿啥给？”

“你们赌博一事，我叫邓彬来专门处理。今天不追根究底，我是解决翟黑眼寻死的问题。你们把她的口粮赢去，致使她喝药寻短见，人命关天的大事。你现在来我跟前耍啥花枪，叫啥冤屈？”

灰大肚原以为理由十分充足，但被田主任批评后，不敢乱咬乱攀。财去身自安，认败兴就是了。他无可奈何地看了一眼愣小，发出求救的眼光。

愣小还算开通。他说：“五叔，自己洗脸自己光，别拉扯别人。那样互相扯皮，还有个完？何况邓干事还要上来处理。今天，你没钱，我昨天卖羊皮卖了六块钱，你先拿上。不足的，你出去借一下。”

“好侄子，就这吧。”灰大肚站起来，对田主任道歉道：“田主任，庄户人不会说话，有啥差池地方，多担待。钱嘛，我出去周旋一下，凑足，给你送来。”

“田主任，咱也吃饭吧。下午，叫俺五叔把钱送来就是了。”韩愣小作保似的从中夺量着说。

“行。”田子荣肚里早饿得咕咕叫唤呢，“是不是跟王则峰一家吃呢？”

“他回家了，昨天走的。”愣小边走边说，“就到我家吃吧。”

“这事，他回来后，对他讲讲，再排查一下，看有没有类似韩二毛这样的人家。”

“没问题。王书记这几天给俺村联系架电呢。”

“好事嘛。他能给小咀送上电来，是给你们村办了件大事。”

他们吃饭时，灰大肚给送去四块钱，并对愣小说：“叔借上你五块钱就行了。”说着放下钱，走了。

这样，韩二毛嘴里说出的输注，足数返回。总共四十块零一毛钱。

田子荣装上这笔钱，饭碗一放，便对愣小说：“我们回大队，你去叫那老婆汉子去。”

田子荣今天很顺利。这件事，到此便可以告一段落了。剩下的事，是对韩二毛加以批评教育。浪子回头金不换。这种人一旦改邪归正，将会是队里的好劳力。他们来到简陋的大队办公室，坐在杨木长板凳上歇息。不一会，愣小带着韩二毛来了。翟黑眼没来，三桃子来了。

“叫你媳妇，你来干啥？”田子荣没等他们进家便顶了过去。

“俺媳妇不精神呢。我来顶杠子，有啥话，对我说吧。”三桃子似鼓楼底下的麻雀，耐惊耐怕，啥世面都没见过。

“你这老板，真古董。分门另户，财务两清，媳妇的事情你能顶？你儿子也不同意。”田子荣说着笑了。三桃子也笑了。

“不用我这老板顶，我给叫去。老天爷，我知道救命菩萨到了。”老人说着，迈开外偏脚短腿，沙、沙、沙，走了。

“走、走、走。”田子荣没等三桃子走出大门，便决定亲自登门结案。

他们二次来到二毛窑洞，翟黑眼没有横躺在炕上，而是垂头坐在窗台前。她看到这么些人来了，连屁股也没挪，坐着不动。她鹄形菜色，眼泡肿肿的，迟疑不决地呆坐着。

“黑眼，公社田主任来看你来了。”愣小首先介绍。

“我看她干啥！我是来处理问题来了。”田子荣直截了当地说，“黑眼，你家的情况我都清楚了。责任是韩二毛的，他游手好闲，馋吃懒做，还长着三只手。家里有了毛贼，把粮食盗光了。今天，我把他输掉的四十块零一毛钱追回来了，分毫不差。”说着，田子荣将一沓票子掏出来，递给黑眼。黑眼迟迟不敢接。三桃子噌一下从田子荣手里夺下来，交到黑眼手中：“你拿好！别叫二灰头再输了。”

“我说，二灰头，你再敢动这钱，当心我官法如炉，给你个不客气的。”他对黑眼说：“这钱，无论如何不能交给韩二毛。你需买啥，自己亲自办。你办不了的，交给你婆婆代办。这是其一。其二，我今天特别救济翟黑眼粮一百二十斤，外加红薯干六十斤。愣小，你们五月份的供应粮、救济款领回来没有？”

“杨秘书让后天去拉。”

“行。这样，总可以果腹饱肚了。还有其三，韩二毛参加队里劳动，再不准盲流外出。今天，大队支书在场，二毛妈也在场，我的话说清楚没有？”

“清楚了。田主任是俺一家人的救命恩人，感谢毛主席培养的好干部。”三桃子抢先絮叨，以表感激。

“今天，田主任在百忙中，专门上来给你家办事。你们应当感谢。韩二毛也在场，我当着你的面，说你几句，你家里，老婆管不住汉子。你呢？管不住你的手，偷偷摸摸，小圪捣；你也管不住你的嘴，常好喝二两猫尿。光景过成日月了，老婆娃娃喝西北风吗？你怎么忍心？我担心，田主任好心好意，把钱追回来，批给你救济粮，你毛病犯了，又能败光。”愣小批评。

“不敢，不敢。我发誓，再不耍钱喝酒，保证不从家里拿一把粮食。我如果再犯老毛病，你们打死我我也没的说。”

田子荣听了他俩的对话，心中产生了顾忌。韩二毛沉痼太深，不能听他骗子嘴里的话，需有措施。单凭几句话是挽救不了这个家庭的。你瞧翟黑眼那样，无怪韩二毛在这个家里为所欲为呢。他突然想出一个绝妙的办法：“这样吧，你的保证，我记下了。但我还得有个措施。”说到这里，他从口袋里掏出一块钱，交给田亮平，说：“你到代销员那儿，买一把将军不下马大铁锁来。”他又对大家说：“日后，黑眼负责这个家庭的财政。粮食、米面，都放在那间窑里，门上把我的大铁锁锁上。钥匙只留一把，黑眼带着。韩二毛，我告诉你：你胆敢砸我的将军不下马，胡作非为，我非打你个半死不可！”

“行！我敢立军令状，请田主任放心。”

“好！这是你韩二毛红口白牙说的话。如果出尔反尔，再度不当人，那我就军法从事，概不留情。听着没有？”田子荣随手给了二毛一巴掌，不是打人，也不是开玩笑，而是着着实实，让他吃个记心干粮。

韩二毛发誓：“我再不听田主任的话，就一头碰死！”说着自己伸出手，“啪”一下打了自己一个斗嘴。

田子荣满意地对大家说：“但愿如此。”

第六十三章　一头扎进马蜂窝

田子荣离开小咀，如释重负，一桩险些闹下人命的危险户被救出火坑。他虽然庆幸没有弄下棘手事，但心上又被饿殍的阴影纠缠起来。这是个可怕的信号，万万不能纰漏大意。因为，救济粮、救济款的权集中在他一人手中，万一出事，他责无旁贷。想到这里，他急不可待地对亮平说：“你现在回赵庄，给徐书记把咱今天的这事说一下。让他明天等我，我有要事跟他商量。”

“那我这就去赵庄了。”田亮平正准备走，田子荣又补充一句：“你回赵庄蹲点就是了，别跟我跑了。”

田亮平明白了田主任的意思，春播工作基本画上了句号。

田子荣在公社翻箱倒柜到处寻找有关赈灾方面的数字、情况。他火烧火燎的，先在杨利民那儿查找领取供应粮的数据、发放进度以及救灾款的实领情况。因为，这些数字虽然得经他手批准，杨秘书才能承办，但往往是中间环节出问题。有时，杨利民压住不给，或拖延不放，找种种自己所谓的理由。一旦被他贻误，出了问题，仍解脱不了自己的领导责任。一村一村逐队落实赈灾粮款，是当务之急。供应粮的发放是法定的政策，凡口粮不足三百六十斤的，均补足。去年，有的队差七八个月的口粮，有的队差三四个月，参差不齐。所以，今年从几月份给哪些队，也不能一刀切，要视吃供应粮多少逐步发放。现在，发放情况如何，田子荣与杨利民一并坐在办公室，逐一核实起来。

田子荣从杨利民那儿出来，又到了王磊这儿。他问王磊，近日有没有关于救灾方面的文件、通报、电话指示？有没有下边来反映的情况？有没有听到些啥？最后，他从王磊的运动笔记本上，将各队在“一批双打”运动中清库弄出来的隐瞒粮，一一摘抄下来。他马上又跑到毛毛和钰香那儿问：“今天有没有来要救济的？谁来过？”两闺女尽可能不遗漏地给他提供人名。每天少则三五人，多则十几人前来找田主任。田子荣有事忙乱是事实，但他有意躲开这些人的烦扰，也是事实。今天，他却有点发毛。听说，三桃子日前就来找过他，一旦遇上翟黑眼这种女人，不是要戳天拐嘛。

毛毛送走田子荣，关起家门，向钰香伸了一下舌头，一缩脖子，笑着说:“田主任今天又毛了。一递里跑杨秘书那儿，一递里又跑王秘书这儿，一递里又来咱这儿，哈哈，屁股没坐稳，又丢丢丢走了。”

“听说小咀村三桃子的二媳妇喝上药寻死呢，饿得没法活了。”钰香说。

“三桃子是谁？”毛毛问。

“就是那天从婧兰屋里搜出的那个小瑛的婆婆嘛。听老杨说，三桃子一家人是——”钰香淘气地压低声音，悄悄对毛毛说：“高粱面捏鸡巴，颜色配正了。”

哈哈哈，俩人笑着滚在一块，彼此胳肢着，二十来岁的姑娘，似乎情窦初开，首次闯过语言的红灯，可心着意地敞开心扉陶醉着。突然，门一开，王磊周仓般立在门口。两人吓了一跳，马上收敛笑容，拢了拢散乱的剪发头，规规矩矩，正襟危坐。

“笑是可以的，但不能这样笑。”王磊管教手下两个丫头，“这里是公社机关，一级政府，行为要检点，所谓自尊自贵。”王磊一副道貌岸然的领导者形象。

两姑娘被王磊训示，虽然扫兴，但并不气馁。她们面对装腔作势的王秘书，心里反倒觉得好玩。钰香一本正经地请教王磊道：“王秘书，俺是娃子不懂事，还待你多指教。原则的笑，是怎么个笑法？”

“也是，王秘书给俺做个示范吧。”毛毛也顺风吹火，逗王磊。

毛毛跟钰香相视哑笑。钰香说：“王秘书从来不笑，只有在领导面前，才‘嘿嘿’两声。”

“那不是自己笑，是给领导的假笑脸。嘿嘿得人身上起鸡皮疙瘩呢。”

“肉嘛哩。”

俩人又是一阵惬意舒心的快乐。

夜深了，万籁俱静。唯有田子荣全神贯注，仍在吧嗒、吧嗒拨拉算盘珠。这事情，只有杨利民一人清楚。他半夜出去跳墙头，从后小院溜走，是躲不开这刺眼的灯光的。

田子荣虽然熬了大半夜的眼，但清早起来格外精神。他自信自己又办了一件非常重要的事情。田子荣弄清了家底，准备向徐晋东汇报一下总体情况，立即拿出方案，召开会议，明令各级干部，严把这道关口，把工作做到瓮口。大灾之年，不能出现流离失所、妻离子散的惨景。田子荣想到这里，益发感到自己肩上的责任重大。他狼吞虎咽吃过饭，正撂下碗准备离开伙房，门外一个熟悉的笃笃声由远而近，大家都知道这是岳堡的老常客焦琼凹来了。

“田主任在，我就放心了。你们吃吧，我在外边等着。”焦琼凹唠叨着站在门口。

“没吃饭，吃点饭。”田主任边往门外走，边对老汉说。

“吃过了，吃过了。田主任可是个好人，关心俺这残缺不全的人。”他边跟在田主任屁股后边走，边说：“你比俺在朝鲜的马连长还热心，好人哟。”

伙房里，杨利民骂：“一来公社就给钱，惯坏了。他手里那根拐棍，就是准备来公社拄的。在村里还健步如飞哩，坏得很呢。”

田子荣大笔一挥，给焦老头批救济款五元。然后悠悠骑车，离开公社。他今天有约，要去赵庄。似乎到了赵庄，找到徐晋东，俩人彼此一碰头，顺手捏弄几个条条杠杠，立即召开会议贯彻，他那颗由翟黑眼惊魂引起的不定之心，便可重归安逸。他的身心可以说是太乏困疲累了。他总是想一朝把事做完。事实上，公社事乱如麻，哪有完的时候。在赵庄，等待他的是自投彀中。从这个惊恐跌到另一个惊恐，不是陷阱，而是辗转不能自拔。

田子荣兴冲冲来到赵庄大队，何大冬热情地在院里接待：“田主任来了？先到徐书记那壁厢歇歇。用不用叫何子毅回来？”

“忙你的吧。我找徐书记有事。”田子荣边说边向工作队那厢走。

“中午派上饭吧。”大冬是残疾军人，与田主任打交道的机会不少，格外殷勤。

“待一会再说吧。”

“好的。单田主任一人的话，中午随徐书记他们一块吃也行。”

何大冬还在说话，田子荣早打住车子，向门口走去。

屋里，徐晋东正在同明苑庄支书李乃城谈工作。田子荣进去后，发现他们彼此的脸色铁青、严肃，气氛阴沉。对田子荣的到来，徐晋东首肯示坐。李乃城木雕泥塑般没有任何表情。田子荣热辣辣的心肠，被兜头一瓢冷水浇下来，寒透了。他只好识相地在徐晋东身边坐下，慢慢观望。

徐晋东在寂静的僵持中，平静地对田子荣说：“乃城找我辞职来了。”

田子荣看了看獐头鼠目、其貌不扬的李乃城，不管心里有啥看法，事到临头，不能不开口了：“有啥困难提出来，说不干是不对的。半路地接任，半路地撂挑子，连个周年也没过。彭队长还没有回来？”

“不论彭队长回来不回来，我是决计不干了。咱没那个金刚钻，不敢揽瓷器活。我后怕得不行，再干下去，怕不知要背啥黑锅呢。”

“身正不怕影斜，听见蝼蛄叫，还不敢种谷呢。你怕啥？是神比鬼大，对那些绊脚石，狠下手来收拾他！”田子荣坚决支持支部书记的工作。

李乃城叫苦不迭地对田子荣说：“好我的田主任哩，这几天彭队长不在，猫一走，耗子就反了。村里说啥话的人也有。我听着心烦，耳朵都有茧了。甭说别的，四百亩稻秧，插在地里，水供不上，还没返青呢。”

“啊？！”田子荣一听水稻受困，条件反射般站了起来，“什么问题？为什么不开井？小队长是干啥的！”

“唉！田主任，俺村的事情牛蹄两瓣，一言难尽啊！我只好辞职不干，不抱油篓，不沾油手。人家爱咋弄咋弄，与咱无关。”

“胡诌。这是你支部书记该讲的话吗？无怪人们看不起你。自己就腰杆不硬嘛。”

“田主任对你的批评，要正面领会。他是恨铁不成钢，给你鼓气。越是困难时候，越是考验共产党员的时候。”

徐晋东担心田子荣话赶话，不留意，说出有损彭队长声誉的话。他这个人，顺肚一根肠，对任何人，一开口就是心里话，舌头底下存不住一粒米。万一在事关工作队的问题上失言，被这个三花脸支书两头白面，送了人情，必将给工作带来不利。毕竟两家关系不那么默契。因此，他截住田子荣的话。田子荣呢？实实在在还想教训他几句，工作队怎么地？但他碍于徐晋东在场，还是打住自己的即席怒气，缓一口气，用商量的口吻，向晋东说：“反正他辞职咱是不同意的。”

“即便不干，也得等彭队长回来，先征求工作队意见。”

“对着哩，鞋大鞋小，不能走了样子。工作队没有撤走，咱还能窝人家脖子。”

李乃城诉苦道：“领导不批准我辞职，我能服从。好好赖赖，咬住牙，坚持到高粱红，改换班子，总能办到。不过，我对书记、主任说心里话，工作恐怕受损失了。人家多少年一窝狐子不嫌臊，连老婆都不分你的我的。我今年孤雁入群，专惹人家嫌弃。连彭队长都被围攻得没法工作，一虎难敌众犬，我有啥辙！”

李乃城的话触动了田子荣。他认为尽管李乃城小市民意识严重，不是个当支书的料，但既任用就得支持。别的工作，可以推，可以拖，唯独作物上的事，不能等。出于一种责任心，他一下想到几百亩插在畦里的稻秧，缺水断氧，像嗷嗷待哺的雏鸟，令人怜惜同情。难道眼睁睁看着这些青苗不管，推给这个无能儿后妈了事不成？这个狡黠的李乃城，是又一个翟黑眼。这时，想到翟黑眼，田子荣才猛然想起自己今天是来干啥的。他巴不得立马到明苑庄，等他解决的事太多了。田子荣果断地给李乃城一个答复：“你快走吧，我很快到你们村。插秧稻苗，一时一刻不能断水，你传达我的指示。”

田子荣碰到诸如此类事，急生急养，抢着去干。有人嘲笑他：养娃娃的不急，收生的急。徐晋东越遇到这事，越能沉住气，他在寻根究底找症结，琢磨对策。如其然，此乃一个是军师，拈须不上阵，一个是猛将劈三板斧。再说，俩人找定盘星，焉能一致？

这不，田子荣自作主张，打发李乃城回村，自己要马上到明苑庄协助李乃城处理事端，这无疑打乱了徐晋东的部署。他心想：现在的明苑庄好像扎乱马蜂窝了。肥猪哼哼，瘦猪也哼哼。你索性不理它，有鸡也天明，无鸡也天亮。反正天不会塌下来的。李乃城是工作队一手扶上台的，而今，咱能准其辞职？解铃还须系铃人。徐晋东不会染指明苑庄的。他在窦等弟死后的旋涡中，声东击西，源头断水，给彭秉如以支持，也是罗书记面授机宜，防止事态恶化的措施。刚才，他对李乃城的批评是严肃的，不客气的，想让他破釜沉舟，回去挺起腰杆干。万没想到，田子荣狮子大开口，给了李乃城个全然管待。

徐晋东眉高眼高，目送李乃城的小人影消失在大门外。

田子荣直盯着徐晋东不悦的眼神，回到屋里，他才用解释的语气说："我有当紧事跟你商量，不打发走他，碍手碍脚的。"

徐晋东用不信任的眼光扫视了一下田子荣，问："你要去明苑庄？"

"去吧，怕啥？咱不能靠小姨养娃娃，眼看夏锄战役要打响，明苑庄的工作，先紧后松，带走气着呢。"田主任讲的是实情。但他隔岸观火，看到的是牝牡骊黄，现象而已。事实并非如李乃城所谓稻秧缺水，那么火上弄冰，简单的事。

"明苑庄最终的问题是立案悬而未决，至今没有最后开盒。你知道这盒内扣的问题有多大？有没有公社的问题？李乃城叫苦连天，真的是生产上的事吗？彭队长不在，还有其他工作队成员嘛。何必以辞职要挟公社？"

徐晋东似乎是在训斥一个不懂事的孩子。田子荣越听越不是滋味。眼下，生产在急，明苑庄群龙无首，直接影响到保苗夺丰收的大局，他徐晋东却之乎者也，唯恐溅上泥点子。对支部书记的困难处境，袖手旁观，置若罔闻，还指责别人愚鲁。田子荣执意直情径行，不听徐晋东纸上谈兵，自作聪明。他果断地回答道："明苑庄我是去定了。虎口火海我一人承当，没啥大不了的。咱别说这事了。我向你请示个问题。"

徐晋东对田子荣非异人任，敢于负责闯关的精神，从内心钦佩。但也对田子荣狂妄、傲慢的态度不能容忍。他凝伫窗外，给田子荣一个冷脸。田子荣第一次发现，徐晋东是那么可憎。他同寒蝉，也同铸石雕般兀立一侧。两鼠斗穴，互不退却。这么顶牛片刻后，徐晋东觉得没意思。他情愿去找麻烦，有啥不好呢？这样，对彭秉如以及县领导，都是天经地义的交代。如此依违两可，悉听尊便的事，何必徒然闹别扭？他佯装不解地问："怎不说？"

田子荣嘟噜着脸，噘着嘴，气悻悻地开言道："你叫说，我就说？"他本来准备了一晚上的数字，关于补供粮，社会救济粮、款，大队储备粮，上年隐瞒产粮的基础数字，启动数字；已领补供粮的大队，数量；未领补供粮的队，分别吃供数字；公社掌握特困户、军烈属、五保户……应有尽有，清清楚楚。他要向徐晋东交交家底，然后商量下步的措施。不料，徐晋东阴沉着脸，就像谁欠他五百钱似的。田子荣灰心丧气，提不起一点神来跟徐晋东搬家底，他草率地说："青黄不接，灾民日增，补供粮和救济款的发放，该研究一下了。"

徐晋东不假思索地回答："你安排吧，定下时间，告知我一声就行了。"

到此，田子荣的事似乎办完了。他挠了挠耳朵，一抬头，刚才的不快早云飞雾散，像啥也没发生过。他说："那么，就定在今天晚上八点，党委扩大会。"

"行。"

"那我走了。"

"不吃饭就走？"

"回公社吃吧。"

田子荣告别徐晋东，一骗腿，骑上自行车，匆匆而去。

田子荣刚出赵庄村口，背后有声音喊："田主任！"

田子荣仓促下车，回头一看，原来是李乃城。"你还没回去？"

"你不是说到俺村嘛，我一直在这儿恭候你。"

"你怕我不识你村路径，走到王屯堡呢？"

“……”李乃城没光落色，讪讪一笑，“田主任连村干部的灶火门朝哪个方向也一目了然，还用我引路。我是想跟田主任撩起肺腑，说说心上的话。”李乃城耍眉弄眼。言下之意，好像他跟田子荣非常情投意合。“田主任，李乃城是钻进风箱里边的耗子，两头受气。”

“走吧，咱也边走边说。我知道，你是个实心人，连彭队长也经常夸奖你的为人……”

田子荣心里又犯了难。要是不去吧，这个可怜巴巴的支书，一上午等在这里，可见十分迫切。何况，自己声言要去的。要是去吧，今天要安排会。“你吃过午饭，召开个小队干部会议，把他们喊醒叫应，谁的责任谁负。别到头来往我一个人身上推就行了。然后你就回公社办你的事。”李乃城如此这般给田主任安排。

田子荣觉得李乃城的话，言之有理。他到哪个村，其实都不拘形式，地头、街头都可以讲一番话，然后骑车而去。诸如，中午开会，亦不乏其例，这是家常便饭。李乃城邀他前去明苑庄，就这么点希望，能不答应吗？何况，从明苑庄绕下道线，再检查一下稻子的蹲苗状况，也是当务之急。于是，田子荣跟着李乃城去了明苑庄。这一去，便是一脚踏进是非地，蚊蝇虼蚤爬了一脊背，要不是撒腿跑得快，这里谗口嗷嗷，火舌烈烈，迟早被唾沫淹死。

原来，李乃城挺胸凸肚，得意扬扬引着田子荣回到明苑庄。他搬来粗腿。他要在大小队干部面前显示：我李乃城不光有工作队支持，公社也是后盾。他想借田主任的虎威，镇镇村里邪气。他本来不是车把式，却硬给赶车鞭，这实在是蚍蜉戴盆，顶挡不住局面了。见缝插针，随遇而安，是田子荣的拿手好戏。这不，由李乃城导演，田子荣主演的折子戏开场了。

田子荣来到大槐树下的聚会小广场，这里置有不少供人坐的平滑石头。李乃城正在点名。看来，人差不多到齐了。一个小队长说：“田主任是大好人，给俺从潘寨要回五十亩稻地。”

田子荣虽然听到恭维，但不敢贪天之功。他解释道：“不是我的功劳，我怎么会把潘寨的地要回来给你们？”他心里叫苦，这一鼓捣，公社少了五十亩稻。

“潘寨明海来俺村大肆宣扬的呗。他说田主任偏俺明苑庄，莫非他瞎说吗？”

田子荣不待拾茬儿。丰干饶舌，居心叵测。对付这地方人，须多长个心眼儿。

又一个人反驳道：“谁要回的地，也是好活了一队。大队跟上不得益。要我说，一队不应当独吞。你们吃肉，也该给俺撇点油花花。”

“狗扯烂羊皮。谁看见都是利，你们种去。荒滩、饿死鬼地，白给人也不要。曹明海眼睫毛空得能抖哨哨，有利他出手吗？”

这时，郎福海突然高声问：“田主任，‘一批双打’运动结束了没有？俺们这经济问题的严重怀疑对象，隔离审问后，又晾在一边，不理不睬，实在叫人难受。我要求工作队，把刀子磨得快点。”郎福海当众叫屈，惹得好些人愤愤不平。

“油案悠了，马案码了，我看捉到的雀飞了。”有人回击郎福海。

“把它翎拔掉，不就飞不了啦？”郎福海软刀子杀人。

“开会，开会。”李乃城极力嘶声压阵。

“田主任，俺村干部各自为政。你瞧这摊子？”

“田主任，俺们去年一冬天修出的鹿鸣滩，插上的稻秧全死了。”

场外的群众好像被触到痛处，一个个张着嘴，向田子荣围过来，摇唇鼓舌，慷慨陈词。李乃城站树根瘤上，一挥小胳膊，喊叫道：“不参加会的站开，无组织、无纪律！”

“俺们有话，问问主任，这有啥不对的？田主任，彭队长去哪啦？不能打死老婆盼夜长……”

“狼碰开门，狗也闯进来了。这事用你管吗？”李乃城咄咄相逼。

“我是狗呀，你是狗？”

“看你头也没长圆，连根毫毛也不敢拔！”

“拳头大个脑袋，还想开尉迟恭的脸谱呢！焊灯葫芦把式……”

人们七嘴八舌，乱成一锅粥。田子荣没想到出现这种局面，他也没想到李乃城如此没水平。明苑庄的干部、群众都有一肚怨气，新的旧的都不顺眼，打起舌战没个完。他只好发脾气道：“有啥话，也不是这般说法。什么事没个时间、地点、场合？今天是我开会，还是你们开会？我告诉大家：明苑庄不管有啥问题，当前，干部应坚守岗位，明确职责，社员应积极参加集体劳动。这叫牛耕田狗看门，各守本分。今天，我还有事，改天再谈。”田子荣对干部、社员讲了几句退场话，便拨开人群，溜回公社。啊，这村人气不顺，不知哪根筋别着呢！无怪彭秉如到头来使用了最高一计——走为上计。

田子荣狼狈地回了公社。杨利民在办公室正骂道：“借锅吃饭还嫌不过瘾，把人家的锅也端了！像个啥东西！”

田子荣没待搭理，直接回到自己的屋里。

第六十四章　赵庄果园引风波

金乌东升，玉兔西沉。流年岁月，周而复始。双杨公社的灾荒渡过了，三夏战役打胜了。转眼到了秋天，皇天不负有心人，庄稼丰收已成定局。田主任的黄、红计划，虽然未能如愿以偿，但一眼望去，红、黄二色耀人眼目。社会主义大农业的壮观丰登景象，堂哉皇哉。喜看稻菽千重浪，极目北国楚天舒。一派人欢马叫喜人景象。收获的季节，光临双杨。

将近十一点，田亮平来到徐晋东宿舍，说：“赵庄林业队，昨晚打死一个偷梨的。”

“啊？”徐晋东吃惊地问，“怎么打死的？”

“用枪击毙的。”

“你听谁说？”

“徐碧云。”

“她在哪儿呢？”

“到岳堡接产去了。她说，她儿子也在林业队护园，说不定还是她儿子打死的呢。”

看来是真的。晋东想了想，问：“茂华在赵庄吧？”

“在呢。我是昨天下午离开的。”

“走。”徐晋东决定前往赵庄，察看此事。

徐晋东和田亮平来到赵庄，街上有人叽叽咕咕，语焉不详。他们进了大队院，彭茂华跟何拐子正站在院里议论这事呢。

“回屋里谈吧。”茂华知道徐晋东专为此事来的，边迎接边这样安排。

“咱们先到山上看看现场。何子毅呢？”徐晋东急迫地说。

“等一等再说。那边已经报告地区公安处啦，估计快来了。”

彭茂华替徐晋东将车子打好，招呼他进屋里。

“你上去看过没有？”徐晋东问茂华。

茂华没直接回答。他解释道:“早上吃过饭，林业队有人向何子毅报告，说昨晚打死一个偷梨的。何子毅问：‘打死几个？’‘一个就够悬乎啦，还几个呢？’‘一个和十个一样，既然都开枪了，不如打死他十个八个。’”

“胡闹！简直是不懂王法。”晋东打断茂华的话，说，“偷梨果是毛贼，怎么能用武器镇压？谁让配备武器的？”

彭茂华迟疑了一下，这事是不能三言两语能说清楚的。树有根事有因，追根溯源还得从头说起。

原来，赵庄南梁千亩果园的西南方向，大约二华里左右的山坳隈里，居住着二十多户人家，人丁不足百口。那村子叫汕阴庄，地处三县边陲，属于三不管地带。由于汕阴庄距赵庄果园很近，又是平行回旋岜路，转一个山陵便进入果园。他们比赵庄人去果园要方便得多。汕阴庄人经常堂而皇之地来果园，割青草，放引羊；秋后搂树叶，拣树枝。有的居然在梨树地种荞麦，掩小瓜，作务起了小块地。这当然是早年间树还未挂果时的事。打初，赵庄林业队不以为意，认为靠近汕阴庄的地都属贫瘠不毛之地，他们养种，恰好省得林业队动手，反正地皮已经红了。大队干部上去检查，林业队还挺沾光。再者，对这些小村山民让得宽些，有利于保护果园树木，如若惹下这帮山法难治的刁民，到时人畜肆意遭害，损失可就大啰。汕阴庄本来土少石头多，人们生活艰辛。傍着赵庄这个庞然大物的邻家，沾点光，理所应当。自古穷沾富光，说尽了。汕阴庄的人们，跟赵庄林业队大都混得很熟，而且好几家都有姻亲关系的。

自从梨园开始挂果以来，林业队与汕阴庄的矛盾便逐年升级。近两三年来，梨树逐渐进入盛果期，保卫果园，防范入盗，成为林业队的当务之急。汕阴庄人习惯成自然，好像拿自己的东西一样，从不认为是偷盗。当赵庄林业队郑重将邻界划为禁界，严厉制止任何人进入林区，更不允许摘梨盗果，糟蹋毁坏时，汕阴庄才意识到想吃梨得偷。他们以白天到边缘地带干活为名，捎带摘几口袋回家解馋，但远不过瘾。于是，天黑下来，便三一群，五一伙地去偷梨。提山柳篮子的，掮山羊毛口袋的，搭裤子的，均满载而归。有时，被赵庄人追得急了，将梨倒在山坡上，人拔腿脱逃。有时，两拨人互相动手揪打在一块，小伤小痕，屡屡发生。这些三家村村民，弄得赵庄林业队防不胜防，屡遭侵犯。西南隅的凄风苦雨，弄得赵庄的护园民兵不敢松懈。前几天，在光天化日之下，赵庄护林人员被几个山民，头朝下扔到一丈多深的水渊壕沟里。于是，或许是赵庄首脑机关采取了果断的武力保卫丰收果实的措施。所以，何子毅开口道：“打死几个人？”

彭茂华向徐晋东大略介绍了果园的历史背景后，院里正好开进一辆吉普车。唔，来了。

车里跳下两个戴大檐帽的警察，接着从车里出来一位大个子壮汉，身着便服，笑嘻嘻老远就向徐晋东伸出手来。打初，徐晋东还没有反应过来。这么面熟的人，他是谁？

“徐书记，你好！”

啊？这不是马士隆吗？徐晋东握住马士隆的手，不知该如何发问。他在青云寨下乡，由于不好出头露面，徐晋东也很少去那边，以至于一时对不上人脸。“处里（公安处）让我来处理一下这件事。”马士隆只好自我介绍了。徐晋东喜出望外，一切均在不言中。他什么话也没有说。只是礼节性地说：“先进屋里歇歇，再上山。”

“不。马上到果园察看现场，你去不去？”马士隆问。

“去。”徐晋东说。

“上车。”

徐晋东边上车边对茂华说：“你们也来一下。”

吉普车立马开往果园。

在出事地点，死者家属及所在三岔公社书记，死者同行者一人，以及何子毅，护园民兵均已等在那里。马士隆指挥两干警先做现场记录。原来，死者叫潘高山，四十岁左右，黄裤子，蓝劳动布工作服上衣，据说是六二压工人。枪子正好揭掉天灵盖，比执行囚犯还打得在位。潘高山直挺挺的死尸爬在汕阴庄的梯田地堰里，持枪民兵是站在山下沟壑里面的赵庄果园开的枪。事件出在两县交界处，只能由地区公安处直接来处理。从现场看，打枪人大约在二百米的距离外击中头颅。昨晚还是阴雨天，黑得伸手不见五指，实属不测，令人惊诧。

马士隆指挥干警照相，绘图对方位，将伤口均做了技术处理，接下来便是调查询问笔录了。

赵庄持枪民兵是何马马、何润玖两人。汕阴庄偷梨人虽多，但与死者一直在一块的，只有一人，叫二兔。当事人均在场。

何马马从开头讲：大约半夜十一点多，他们出去巡视，当时，下着蚊子眼睛罗面雨。当他们发现有人偷梨时，他们居高临下，用四节大手电筒一照，五六个人，正在扬头摘梨，低头往袋里装。他们大喊一声："不准动！"随即鸣枪警告。讲到这里，三岔公社书记闵月恒插嘴问二兔："枪子是不是噗、噗，在你们脚下呢？"其意很明显，他希望正面回答。

二兔蛮有把握地说："不不不，枪子在天上飞呢，嗖儿，嗖儿，我知道，离头远着呢。"闵书记很失望。徐晋东当然非常惬意了。

在二兔回忆当时被打散后，他与潘高山慌不择路，摸着黑往山顶上跑时，枪声仍在"叭儿""叭儿"地响。他说："我心里叫苦，今天情况紧急呢！"这时，闵书记再次提示他，问："这时候的枪子是往山坡上打呢？还是在别处？"

"我在朝鲜打过仗，知道枪子在天上飞呢。"闵书记的意思是，子弹若是照着人的方位打的，那就是有意杀人。但二兔做老实人，说老实话，丝毫没有歪曲事实，信口雌黄。

从死者生前跟二兔并肩蹲在地畔的方向，子弹进出的方位，人的脖子的扭转半径，来判定子弹由哪个方向射来。发射枪弹的两民兵，一个在河沟东，一个在河沟西。究竟是沟东者所杀，还是沟西者所为，马士隆心中有数。现在需要弄清的是，谁在沟东谁在沟西。这时徐晋东插话了："他们是在墨黑的夜里追贼，谁还知道谁在沟东，谁在沟西？也许一会儿在沟东，一会儿又跑在沟西。"他的用意也很明显：搞乱阵脚，混淆谁为肇事者。这时，何马马明确地作出回答："我在沟东，何润玖在沟西。

我们俩始终没有交换过位置。”

徐晋东气得暗暗咬牙，闵书记乐得偷笑。

在场人谁都清楚，从马士隆他们用细米丝测定的方向上看，枪子儿来自沟东。何马马自担风险，绝不嫁祸于何润玖。当马士隆问及谁是最后打枪的人时，徐晋东又跳了出来，说：“当时，在混乱的紧张情势下，他们哪能顾及谁最后开枪呢？”他在点醒两位年轻人，谁也不要承认这最后一枪。因为，二兔已经在前边做过交代：“我和高山逃出果园，爬上半山腰，俩人并排蹲在地畔，边低声交谈，边向果园这边探听其他人的下落。突然一声震耳欲聋的枪声过后，高山便倒在地上。我从惊魂不定的状态中清醒过来，下去摸了摸躺在黑豆地里的高山，再三呼唤他也不答应。我去扶他的头，才发现他的头发黏糊糊的。啊呀！我才知道出事了，拔腿就往村里跑。在这以后，再没有听到枪声。”

潘高山是被昨晚最后一颗子弹打死的。徐晋东在逃脱责任，混淆黑白。但何马马没有接受书记的诱导，他坚定地站起来，仡仡然说道：“最后一枪是我放的。我敢保证，没一点问题。”他一副好汉做事好汉当，死不旋踵的英雄气概。他死也不做嫁祸于人的亏心事。徐晋东在何马马面前显得多么渺小。不仅如此，还有使徐晋东更难以理解的难堪场面在等着他。

马士隆问何马马：“你是发现半山腰有人，有目的地开枪，还是无意放野枪，碰巧打着人的？”

按说，任何一个长脑袋的人，都知道该怎么回答。漆黑的夜，二百米外的山头上，这还不是朝天放枪，中了野枪子。徐晋东唯恐这个愣头青再鲁莽逞能，仍先回答：“那肯定是朝天鸣枪，随意乱打的嘛。”

“不不，我在沟里，听到山头上有人说话。照住他们说话的方向打了一枪。”何马马誓死要当捍卫集体的英雄了。须知，这子弹来源，纯粹是他们自己搞到手的，可怕后果，他是应当知道的。徐晋东气得真想给他个耳光。

何子毅听到这里，也暗暗叫苦。这不是有意杀人吗？如果因为此事，将何马马逮捕、判刑，日后果园的护卫更成问题了。他灵机一动，立马表态道：“马处长，我声明一点：给林业队配备半自动步枪两支是支部决定的，子弹是我授意民兵干部，给他们的。”

“不不……”何马马又站了起来。何子毅瞪大眼，才镇住他的执拗犟劲。不过，应当说明，他们携带武器不需要支部研究。那东西在武装基干民兵家中保存着。子弹虽然是由民兵营长保管的，但散落在民兵手中的，也不为稀罕。何马马讲的其实是大实话。大队干部充其量讲过，对这些山寇野人，就得用棒子揍那狗的，打坏大队负责。这是何子毅勘察被盗现场后说的。何马马等积极分子便来了个真枪实弹武力镇压。

马士隆的工作程序进行完之后，同双方商定：赵庄先付死者家属三百元款，用于安葬费用。其他听候处理。

徐晋东跟闵月恒握手送别，道：“闵书记，实在对不起，给你添麻烦了。”

闵月恒苦着眉眼，摇摇头：“我们羞于见人，无地自容。”

等送走丧家，徐晋东便招呼公安处客人回赵庄吃饭。午饭已经吃到晚上了。何子毅边热情关照马士隆等领导，边抽空对站在身边的何马马说：“照旧坚守岗位。如让你坐禁闭，一年大队给你记八百工。”徐晋东给了他一拳：“快点走吧。”

徐晋东怪他当着马处长的面说些废话。大队保管何拐子做好了白面揪片、荷包蛋，他又端出酱醋、腌萝卜菜。这就是上等待客小灶饭了。

马士隆等匆匆吃过饭，天已经黑黢黢的。他们要回地区，上车走了。

马士隆自始至终没有再谈及此事，尽管何子毅几次试图探探马处长的口吻，但都自讨无趣。马士隆守口如瓶，啥也没给他们留下话柄。

第二天，徐晋东吃过早饭后，便赶回公社。王磊告诉他：“高部长要来住几天，我已经让毛毛把客房整理好了。”

徐晋东没说啥，回了自己的宿舍。这不速之客，好请难打发，这下还要住！他在城关住下个那结果，莫非又要来双杨连续作战？哼！没那么简单。徐晋东不是惧怕高部长来整人，而是怕他添麻烦。因为这批农村工作队的任务，不是针对公社当权派，也不是来整风，而是开展农村三大斗争（阶级斗争、生产斗争、科学实验），即深入学大寨运动。霍熹城是自投罗网，多行不义必自毙，一个腐化堕落分子的应有下场。他自绝于人民，不能归咎于高部长。如果自己站在霍熹城一个山头上，戴上有色眼镜，片面地去看高部长，将会倒行逆施，前功尽弃。最好的办法是敬而远之，听之任之。徐晋东一个人在作自我分析，这也是见领导前的必然心态。

院里车响，大概来了。徐晋东推开门一看，果然是高部长、彭队长驾到。他快步过去热情地接待，彭秉如给高部长介绍：“这是公社书记徐晋东。”

徐晋东笑着伸出手，但高部长压根儿没准备跟他握手，扭转身子准备进家。徐晋东伸出去的手没处搁，只好佯装挠头，抓了抓自己的黄毛，又连忙招呼高部长进到党委办公室。其时，王磊亦在一旁迎接。

高铎部长坐在一把椅子上，彭秉如坐在不远处的一个凳子上。王磊给每人面前斟上一杯茶水。他掏出烟敬献给高部长，但高部长没有接，自己掏出烟抽。

徐晋东和王磊坐在下方，准备洗耳恭听高部长的训示。但高部长不品茶，一言不发。半晌后他才慢条斯理，随便问：“双杨村在双杨公社的哪边？”

“接近东边。”王磊抢着回答。

“水稻种得不少？”

“四千六百多亩。”徐晋东回答，“这是今年的落实面积。”

高部长再没问下去。这时，彭秉如出面说了句活跃气氛的话："我在县里听人说，公社所在地大多数不怎么样，并说这叫灯台底下是黑的。"

徐晋东和王磊略略抿嘴笑了。"这是真的，好像成了规律。"王磊颇有见识地做注。

"不能这样讲。首脑机关所在地就是直辖区域嘛，怎么能拿古式灯檠作比呢？"

"是的，是的。"徐晋东连忙认可。他暗暗佩服这老头，政治水平就是高。幸好是彭秉如讲的。在他面前，需谨言慎行，嘴上多贴几道封条。

从高铎的五官上看，此人并不凶恶，和颜悦色的慈祥面孔，也没架子，衣着也朴素，说话也平易近人，不哼鼻子瞪眼，也不高高在上。

彭秉如虽然因一句插科打诨话引来指责，心中有些不悦。但区区小事，何必挂齿。他今天的角色是两头检点、一齐关照。于是，他对徐晋东说："晋东，高部长这次来，是搞社会调查的，准备在公社住几天。"

高铎说："不影响你们的工作，我就到双杨大队做调查吧。"

"好好，我们欢迎。客房已经安排好了，现在就休息一下吧。"徐晋东邀请高部长，高部长欣然而允。

将高部长安排下后，彭秉如说："我还得去城关待几天，那边工作，需要我去。"

徐晋东本想挽留他，明苑庄的问题，总要有个了断，哪怕草率做结论呢。但他既说去城关，也只好去城关了。当他跟彭秉如握手送别时，蓦然想起，春天在赵庄果园赏花时，两度曾约定金秋时节，再度梨园一游。但此时此刻，他连果园二字也不敢提及了。他倏而感到自己握的是马士隆的手，紧紧地，以至于彭秉如瞪大了眼睛，惊诧不已。

任何事情的发展，都是不以人的意志为转移的。徐晋东不敢谈果园，难道彭秉如敢谈明苑庄吗？

徐晋东送走彭秉如，回头看了看办公室隔壁的客房。窗帘门帘紧拉着，高部长一定泰然高枕无忧，进入梦乡了。他不由得产生一种轻松庆幸感。一切都很简单，并没有自己想得那么复杂。高部长说不定只是太累了，来这里清静几天，与自己啥关系也没有。自己何必戴上鬼脸照镜子，自己吓唬自己。他悄悄对王磊说："让毛毛和钰香关照高部长就行了。他不问的事，少多嘴。"因为王磊好在领导面前多嘴多舌，显红露黑。徐晋东怕他给公社招来麻烦，特意提前提醒。王磊不以领导警戒为然，反而得意扬扬回答道："上级领导莅临公社，索要情况，是你们领导的事，一般人怎敢信口开河？那绝对不可能。"他的腔口似乎在教训徐晋东，其实是表白自己的先见之明，与书记同声响应。徐晋东虽然瞧他这副神态有些不顺眼，但又谅他内拙外笨，这都是本性而已，有啥评头品足的？他内心是逢迎领导，扶下巴呢。关于王磊的噱头，见怪不怪，习以为常了。他比杨利民那个镢柄，强得多。

徐晋东对高铎的无声行动心心念念，总想探个究竟。他既不让公社领导陪他下乡，也不去地委包的点视察，而是就近方便，吃住公社，到双杨村调查。说实话，双杨大队真乃王磊所言，是什么工作也不怎么样的一个平凡大队。偌大的领导干部，把时间消磨在这样一个好坏没名气的地方，令人费解。如果按高部长吩咐，别管他，自己骑车走掉，又觉得不妥。当然，徐晋东恨不得马上骑车飞向赵庄。一来那里的事牵挂着他。二来可以躲开高铎，轻松自在，少惹瓜葛。但出于礼节，也不能恁地走开。

开午饭了。毛毛引高部长向伙房走去，徐晋东提前站在厨房门口接待。他将高部长请进屋，安排坐在小饭桌正面。今天，主食是馒头，豆荚、茄子、马铃薯杂烩菜，饭桌上还有一盘馏萎瓜，散放着带皮蒜瓣。徐晋东紧挨高铎坐着。他信手摸起一瓣蒜，边搓扒皮，边向高部长推荐："吃一瓣吧，挺辣的。"高部长连忙放下手中的筷子，拣起一瓣也扒了起来。他不多说话，饭吃得挺香。一顿饭过去了，部长啥也没说。饭后，又回他的客房去了。

徐晋东对王磊说："你看高部长啥时去双杨大队，你做向导，带他认识一下大队干部。"

"没问题，我现在就去请示。"王磊立即去了。

晚饭是小米干饭拌莜面捏成的团子，人们叫圪蛋。所谓早两猴头，午两馒头，晚上一圪蛋的三餐饭谱。没想到，高铎部长是山里人，特别爱吃莜面，粗茶淡饭，正对了高部长的胃口。他一个人吃了两颗莜面圪蛋。

第二天早饭后，徐晋东向高铎请示："高部长，没啥需要我办的，我就下乡去了。"

高部长毫不含糊地摆摆手："你办你的，互不干扰。"

徐晋东歇心了。他大摇大摆走出公社，计划到粮站用省粮票兑换点全国粮票，然后去赵庄。不料，他一出公社大门，迎头开来马士隆的警车。

"哧"一声，汽车停住了。马士隆下车来问："你去哪？"

徐晋东赶忙走过去，说："我正是等你着呢。你准备去哪？"

"你没事就一块去赵庄吧。"

"好。"徐晋东又想到高铎，便说，"地委高部长，现在在咱公社住着，你见见不？"

马士隆摇摇头："没必要见他。我索性进也不进去了，咱现在就掉头走吧。"

"好。"俩人上了车，扭头向赵庄飞驰而去。

第六十五章　工作队撤离双杨

徐晋东在公社接到彭茂华从赵庄打来的电话：汕阴庄干部携潘高

山家属，已全部取走死人处置费。果园枪击案至此画上了句号。时值金秋，公社丰收在望。现已开镰，农田基本建设尚未开始。徐晋东今天又扔掉一个搁在心上的包袱，他的心情分外舒畅。他之前一直被一些劳什子事，弄得头脑发胀。这下总算又将一件打赢没名气，打输不知有啥后果的官司，在无声无息中解决了。这件事情悄声无息地稳妥解决，多亏了马士隆。在徐晋东心中，今年的下乡人员中，马士隆是立了头份功劳的。如若不是老马在这里下乡，这件事恐怕得费好大神通，还不保要闹出些啥名堂来。想到这里，徐晋东决定将地区工作队三个点上的负责人叫回来，用座谈形式，交换一下一年来的感受，表示一下公社的心意。顺便让他们不拘形式，不限范围，畅所欲言，尽情谈一下对公社治理双杨的意见，以及对党委的希望和看法。这是一件必要的、有意义的事情。工作队向来是来不欢迎，走不欢送，直插大队。这些人，无事不登三宝殿，很少来公社走动。若是委身大队，实行三同，临走，聚会公社，水酒一杯，表示寸心，也是合情合理的事。他们不同县工作队，很难再有见面机会。这一告别，究竟哪年哪月再能见面，谁也说不清。徐晋东将自己的想法同田子荣交换一下意见后，便让王磊立即通知三个点上的负责人回公社。谁知，王磊苦笑着摇头鼓舌道：“迟了，没用了。明苑庄的工作队星夜离村，走光了。”

“你听谁说的？”徐晋东顶问。

“陈琦回来了，他什么也清楚。”王磊说到这里，问徐晋东：“用不用叫他过来，你当面问问情况。”

“算了。”徐晋东向陈琦宿舍走去。

王磊不由感慨道：“虎头蛇尾，闹了个夜走麦城。”

徐晋东一进陈琦家门，陈琦正在刮胡子。他摘去近视镜的眼，看上去使人很陌生，简直不是陈琦了。“我正计划刮完胡子，就找你谈谈明苑庄的情况。”陈琦似有重要情况，认真地说。

“那你一会儿过来吧。”徐晋东扫兴地回到自己的办公室。他知道，明苑庄之前早已埋下定时炸弹，总有一天要爆炸。前几天，彭秉如回避明苑庄，他认为这是明智的选择，其他同志，能顺利走开，不管选择在白天、黑夜，都无所谓。无非是这样的结局不完美罢了。看来，他担心的事情，又在一夜间过去了。悄悄默默，安安然然。尽管有些拦路虎，发生了些小摩擦。陈琦好大惊小怪，估计没啥惊险不测事端发生。

陈琦来了。他一进徐晋东的家门，便说道：“明苑庄矛盾总爆发，情况严重。”他是小题大做，将自己的棘手事，想方设法借助安棋儿的神通，掀天揭地，然后巧妙地推给领导的老手。这都是他惯用的老套。徐晋东明知其意，每每都被他推上风口浪尖。他呢，自然成了敲边鼓角色。今天，又一次虚张声势，来自己面前造玄之又玄的舆论，其用意，无非是想要徐晋东亲自出面去处理罢了。他心想：这下，你失算了，我决不会再上你的当。因此他故意用轻慢的态度，警告陈琦：“实事求是讲，别掀天驾雾，把蚊子当成飞机。”

陈琦碰了个软钉子，但他一点也不在乎。先把事实和盘托出，然后再掂斤估两。他来了个单刀直入，开言道：“昨天傍晚，地委工作队小院里，一下贴出十四张大字报。罗列工作队进驻明苑庄以来的四十条罪状，这是其一。其二，工作队一夜之间，全部跑了。其三，李乃城于今早，在大喇叭上擅自宣布辞职不干了。”

“大字报是谁写的？”

“李福杰。”

“李乃城哪去了？”

“来了。”没等陈琦回答，候在门外的李乃城推门而入。

“你在喇叭上辞职了？”徐晋东威严地逼问。

“徐书记，我实在是不能干了。”李乃城求情、讨饶。

“能干不能干，你不能在喇叭上辞职。谁选的你？谁批的你？难道是明苑庄群众吗？”

“不。徐书记，这个原则我清楚。我在喇叭上是对全村党员讲的，这不，我来公社接受批评和处理。反正支书是说啥也不当了。”

“去吧！”徐晋东一挥手，逐走李乃城。

“按无记名投票的办法，民主选举新支书。要不要候选人，你看着办。”徐晋东对陈琦下达指令。

“大民主，谁得票多谁当选。”陈琦立即表态。

“大字报呢？”陈琦问。

“先定下支书，再处理此事。”

陈琦话赶话，将明苑庄的问题，归到了自己身上。他定夺一下，觉得上了徐晋东的当。明苑庄的问题，如此草率处理，恐怕有后遗症。自己身为一名副职，能担当得起吗？好一个民主选举！一旦李福杰东山再起，地委工作队领导还未撤离本县，能交了账吗？到头来，上边怪罪下来，自己岂不成了替罪羊。不能，万万不能。

陈琦说：“我看这事不能这么简单。现在高铎部长尚在咱公社，此事不可掉以轻心。你再审时度势，斟酌一番。”

被陈琦一提醒，徐晋东突然想到高部长还在公社。是啊，高铎部长，每天不言不语，在公社食宿，在双杨做调查，究竟调查什么，意在何处，对徐晋东来说，仍是个谜。他差点把高部长的存在淡忘了。经这个吹嘘大王一鼓噪，他才恍然大悟：如此大的领导近在咫尺，岂敢轻举妄动，一意孤行？他望着陈琦，暗暗佩服这个貌似粗鲁的马大哈，头脑比自己复杂，不愧是个大学生。他再不敢执牛耳，滥耍小权柄。霍熹城之鉴，须当心啊。徐晋东用商量的口气，征求陈琦的意见道：“要么，待我跟高部长谈谈再说？”

“你不是说，高部长有言在先，互不打扰，不理社事吗？你说了，他未必听。”

徐晋东想了想，认为陈琦言之在理。这事，不能主动向他抖包袱露馅。反正明苑庄工作队已走，待听听彭秉如的反响，观观明苑庄的风向，然后切中时弊，对症下药，采取措施，补偏救弊，不是既稳妥又周全的高招吗？于是，他收回成命，对陈琦说："此事不必热处理，冷一冷再说。"

陈琦心里很满意，恭敬不如从命。

陈琦刚走，何子毅便接踵而至。其实，他早来了，听到屋里有陈书记的说话声，便回避了。他一进屋，便抓紧珍贵的书记单独清静的机会，说："给马处长弄来一篓子梨，不知当送不当送？"

徐晋东摇摇头："你们的心情可以理解，但此举欠妥当。这不是明明白白说，马士隆打了偏咱的官司吗？这对马处长来说，是个侮辱。"

"问题是，刚刚处理过那事，就来个眼下报，太赤裸裸了。"

何子毅眨巴着眼，被徐晋东批评得手足无措。但他总是想感谢一下马处长，心里才平衡。徐晋东看着左右为难的何子毅，突然想到一个两全其美的万全之计。他说："马处长的老妈就住在双杨，中秋节前，你将水果送到老人家里，就说孝敬烈属老大娘的。这事，须马士隆走后办。工作队今天就撤离。"

"哦，好！这办法好。马处长的妈是烈属？"

"对！老人的大儿子牺牲在朝鲜战场，连骨头也没有回来。她是三个儿子三位兵的英雄母亲。"

"就按徐书记的意见办。"

"不是我的意见，是你们的意见。我给周全了一下罢了。"

何子毅点头，表示领会其意。

"茂华还在赵庄吧？"徐晋东问。

"在呢，今天去了桃园。听说，桃园杀了一头猪，欢送工作队离村呢。把彭部长和婧兰、亮平也请下去了。"

“真的？”

“听说，道听途说，但估计八九不离十。”

徐晋东乍听有些吃惊，为何这样宰生设宴大烹玉鼎呢？但他随后想，朱美琰好长时间无声无息，不跟着彭秉如论黄数黑，她毕竟默默无闻，在桃园办了些啥实事，怎赢得群众的拥护爱戴，这是个谜。总而言之，她既然受到一个小村庄如此盛情厚待，隆重欢送，必有其内在原因。不管什么形式，欢送总比逐走好。他转眼望着赵庄的何子毅。他又何尝不是来表示对青云寨工作队的真心感谢呢！如此一平衡，似乎对明苑庄的不逊之举是一个心理上的补救，脸面上的涂脂。事实上，桃园工作队确实与社员处得亲密无间，水乳交融。刚入村，朱美琰唯命是从，但接二连三碰了几个钉子后，她冷静地接受了教训。从此，改辕易辙，按自己的主意行事。她协助干部，为民办了些星星点点的小事，反而取得了群众的拥戴。但世上的事情，都存在两面性。正因为桃园工作队与群众感情深厚，息息相关，从而引发了来年的全社范围内的群众性闹事风波。这是此刻的徐晋东做梦也不会想到的后果。

中午吃饭时，李葆定说：“高部长结算了伙食账，走了。”

“啊？什么时候走的？”徐晋东一点也不清楚此事。

“今天上午，小车来接走的。他没有惊动任何人，老汉很自觉。”李葆定只是一个临时伙管员，也在评品高铎这样的人物。

徐晋东心里很纳闷：高部长究竟来双杨干啥，成了他的千古之谜。

向来好多嘴多舌，不甘寂寞的王磊，自然要发表一番他的高见：“高部长是搞组织调查，因此是保密行动，谁也不疏不近。”

“什么叫组织调查？”陈琦问。

“组织调查就是组织部部长做的调查嘛。”

“哈哈哈……”人们齐声笑了起来。

杨利民嘟囔道：“千年夜壶百球知。”

就这样，工作队说走就走了。时间到，意味着任务的完成。大部分人是怀着迫切的心情回单位的。这里，只有一个人应当特别记上一笔。这个人就是王则峰。此时此刻，他在“新长征”稻地望着稻稗混杂，良莠不分，野草里挣扎着活下来的稻子，长吁短叹。水稻秸秆高，头扬到天上，轻飘飘的，像芦苇花。王则峰心如刀绞，身似僵尸。他面对这最后一搏的惨景，不得不承认失败。使他一蹶不振的是，没料到失败得如此狼狈不堪。他思前想后，冥冥之中发现了好多模糊不清的面孔。有文化的，没文化的；干部、农民；年轻的，老的，男的，女的，形形色色，五花八门，走马灯似的在他眼前晃荡。他终于从这些芸芸众生中，将一个人逮住，揪了出来，使他的嘴脸，定格在自己的脑皮层上。这小子就是韩愣小，是他最后一次，彻底毁了自己的长城。

原来，自从春天韩愣小跟王则峰达成以稻换电的协议后，立即兴师动众，按照王则峰的号令，在新长征滩上，摆开战场，治滩种稻。当时，王则峰看了这形势，喜不自胜。北伐专业队的人员，人人干劲冲天，个个意气风发，有如此思想先进、艰苦创业的一支革命化的队伍，肯定无往而不胜。看来，小咀滩涂种稻这颗小小卫星，是注定要在金秋时节升天的。小咀能办到的，别队更应当办到。王则峰蹲点的队创造的奇迹，徐晋东的双杨公社，就应当创造出来。小咀能完成百分之百的任务，而双杨为啥连百分之五十也拿不下来？究竟是当年规划的冒进，还是现在工作上的右倾，不昭然若揭吗？王则峰越想越兴奋，他在新长征稻田地劳动了一段时间，待绿茵茵的秧苗插在畦里后，他便放心地转身去忙乎他的跑电事去了。

王则峰知道，小咀人们表现在种稻上的积极性，完全来自对电的殷切希望。是他抓住了小咀人的活思想，从而调动起对新生事物的敏感性。这叫一把钥匙开一把锁。他为他的灵活悄悄感到由衷的欣慰。为了达到双管齐下，互策互励，他积极地为小咀村架电奔波、周旋起来。山民们见王则峰真的给办了件朝思暮想的大事，益发对他恭维赞美，把他称之为活着的焦裕禄。王则峰呢，预感自己将要出山，益发台阁生风，自我作故，高标准、严要求，将自己委身于小咀的“光明”事业上。他决心要赶在自己离开小咀前，给村里通上电。

在新长征稻田地里，由于荒滩贫瘠地缺少肥料，远在南山麓的小咀，哪有好肥往这里送？插秧后，待稻秧泛青后，莳苗需要水肥时，成了缺奶孩儿，营养供不上，呈现出面黄肌瘦的可怜样，谁看了都扫兴。野草向来要比家苗茁壮得多，它趁机霸占这块新开垦的处女地。两次不经意的薅苗后，可怜的柔弱稻苗便处于四面楚歌的岌岌可危状态。人们看到，水稻越来越没有啥希望了，便人哄地皮，地哄肚皮起来。一台柴油机动不动出故障，不但缺肥，而且缺水也不时出现。如其然，仅仅数天时间，便成了荒草一片。时到今日，草中寻苗，苗而不秀。这不堪入目的惨景，令王则峰痛心欲绝，不由得潸然泪下。这一跤摔得好惨啊！在通电的那天，王则峰稳吃三注的雄心坚定不移。而韩愣小一直对他保密，丝毫未透露新长征地的噩耗，使他蒙受一种受骗的侮辱感。

秋风吹乱了王则峰的头发，苍白的脸上，笼罩着绝望的幽愤。他像一个丢光阵地、丢光士兵的败将，迎风挣扎。

王则峰返回小咀，到小卖部买了一斤白酒，三块腐乳，向房东三桃子要了一碗酸菜腌萝卜，同韩愣小对饮起来。

“愣小，”王则峰将一瓶酒一倒两碗，对愣小说，“春天，你来这个小屋里，说过的话忘了没有？”

“没有。王书记，我死也不会忘记跟你的诺言。”

“那就好，还算个我培养起来的支部书记。你说过啥？”

“保证完成九十亩水稻的光荣任务。”

“好！”王则峰端起碗喝了一大口酒，“现在怎么样？”

“圆满完成了。”愣小也喝了一大口酒。

啊？！王则峰勃然大怒。

“你在说啥？”他咄咄逼人。

“王书记，九十亩水稻，我们如数插秧。田主任亲自验收，为此全社通报表扬。这是铁的事实。你有啥怀疑的？”韩愣小有理有据，不卑不亢，似乎真理在他一方。

王则峰对愣小的诡辩，忍无可忍。简直岂有此理！他反问道：“种上九十亩就算完成任务了？能收获多少稻子？”

“种在地，收在天。种多少是态度问题，人的因素。收多少，是另一码事。”愣小堂而皇之地回答老书记的问话。

“你这也叫话吗？当时，我让你栽九十亩水稻，难道你理解成插上秧就万事大吉了？”

“王书记，你不要生气。去年、前年的水稻，都是这个样子嘛。”

韩愣小句句话都刺痛了王则峰的心。他虽矛头指向公社，但王则峰总觉得是戳在自己脸上。原来，他也有一肚怨气。真见鬼，稻田不管理，草荒无收，反而埋怨公社？不会撑船赖河弯，世上说不清的横理。他实在没必要再跟他纠缠下去了。谁叫自己有眼无珠上了当？王则峰转口问愣小：“春上，我也在这个屋里表过态，兑现了没有？”

愣小道：“王书记说的话，百分之百兑现了。全村男女老幼，无不感恩戴德，挂记着您。”

王则峰哭笑不得，痛楚不堪。他一片诚心换来驴肝肺。到头来，被猪八戒倒打一耙，真寒心啊！尽管愣小口头上甜言蜜语，盛赞他的不朽功绩。但他知道，人一走茶就凉。谁还会记着王则峰为他们通电所付出的辛劳呢？他又装腔作势，拉长音调道：“愣小同志，我理解你的心，你不明白我的意。我的凌云之志，毁于小咀，毁于水稻。你可能永远不会理解。你使我太失望了。”

愣小见王则峰动情地表述自己的心情，他很感动。知道自己没有跟王书记配合好，他负疚着说：“王书记，俺们庄户人，没文化，没脑筋，眼光短，见识浅。只知其一，不知其二。只说是按王书记的要求，齐齐整整插上秧，尽力管理就是了。至于结果如何，那就听天由命吧。没想到，水田庄禾难作务，野草比毒蛇还凶猛。我们山里人，制伏不了。现在看来，没给王书记赏脸儿。我实在对不起您。”

“唉！天若有情天亦老，人间正道是沧桑。皇天后土，但愿小咀人欢马叫，五谷丰登，一年更比一年强。愿咱俩的友谊地久天长！来，喝酒。别的都别说了。”

愣小看到王则峰受伤的心灵，自己感同身受地说：“王书记，我们对不起你的地方，希望原谅。今天下午，我用车子带上你的行李，送你回家。这也算是我的一点心意。”

“用不着多此一举，我会自己带上行李回去的。”

“不。这是对你的尊重，也是你的荣誉，我们的心意。”

下午，小咀村群众知道王书记要走了，好多人出来相送。韩愣小和兰法分别用自行车带着王则峰的卫生用具、杂志书籍、行李，还有小咀人们送他的草丁蘑菇，地骨朵菜，桃脯、杏干之类的土产品，护送王书记隆重离开小咀。他们一路下坡来到双杨村，愣小说：“你们等等，我进兽医站有点事，立马就出来。”

王则峰认为借此机会，跟兽医站的同志们告别一下，未尝不可？何况有两位大队干部陪着，如此郑重送下乡干部，恐怕在双杨尚属首例。于是，他也跟着愣小驶进兽医站。兽医站院里，几个兽医正围着一头被肢解的毛驴忙乎着。

毛驴被五花大绑着，不得动弹。兽医们正在碎刀取它的部件。一个兽医正将一条扒去毛皮的前腿任意伸屈，观察皮下组织运动的奥秘。毛驴疼得鼻孔涨成圆形，无光的眼还在绝望中忽眨。愣小将兽医站站长悄悄拉到一边，问：“有肉吗？”

“没呢！明天就有了。”他示意，这头毛驴还没有剔剐肉呢。

“你们这是闹啥哩？”兰法尾随进去莫名其妙地问。

“解剖毛驴呢。”一个兽医扬扬得意地回答。

啊！王则峰打了一个冷战。他是个大学生，“解剖”二字只在书本上见过。像这样惨无人道的解剖现场，他还是第一次见到。王则峰自从去年被县里大会解剖后，对这两个讨厌的汉字，怀有深仇大恨，也有种条件反射的恐惧感。这是他一直隐藏于内心世界，不可对人言的心灵创伤。今天，暴露于光天化日之下。在他脑海里，这赤裸裸生剖活扒的屠子哲学，就是唯利是图，拿上你的牺牲，捞取他的资本。解剖毛驴与解剖人有啥区别？想当年，自己站在大会台上，让人发言解剖，还不是这般手段，这般模样，将自己的灵魂血淋淋掏了出来，当场示众吗？啊！他赶紧审视了一下自己的衣着，似乎空落落，赤条条，被人扯得一丝不挂。“吭哧”，毛驴发出一声憋足劲求死的声息。王则峰惊悸、伤感、怜悯、茫然，他直愣愣待在一旁，像个木桩。

“走吧，王书记。”愣小未能如愿，只好送王书记回城了。

“啊呀！”此刻，兰法突然吃惊地说：“这不是咱三队的二叫驴吗？”愣小暗暗捅兰法一拳：“别高吆二喝的。如果知道解剖，三队无论如何不会卖的。是我担保，说兽医站想吃肉，才牵来的。我进来是想给王书记带点肉，结果还没有收拾停当呢。”

愣小的话，王则峰听得明明白白。原来，他是个瞒上欺下的老手，刽子手！他居然欺瞒社员、队长，将为他们辛勤奉献一辈子的毛驴，来了个活扒皮，活剖腹。心肠何其毒辣！这小子，不但骗人，还要骗驴，还要将蒙难的驴肉，送给自己吃。啊呀！苍天在上，我认了这么个白眼狼！他简直气急败坏，不可名状！他暗中握紧拳头，想狠狠给愣小一家伙，以解心头之恨。愣小见王则峰迟疑失神，便冲他走了过来。当他走到近前，再次敦促王则峰启程时，王则峰的右手拳头已经形成。他紧紧攥着，很有劲，只待一出手，就是世上正义的怒吼，对无义之人的反解剖。他咬着牙，憋足劲，瞅准孽子的部位，飞出了愤怒的“横空出世”……王则峰眼前一黑，软软地瘫在兽医站院里，距解剖的二叫驴不到三米。

“怎了，怎了？”愣小和兰法边搂抱、扶夺王则峰边喊叫。

兽医们扔掉手里的金属家伙，也跑了过来。王则峰脸色蜡黄，嘴唇失血，手指冰凉，眼看着眼也瞪了，腿也硬了……

幸好，一墙之隔就是公社医院。佟百川院长闻讯亲自赶来了。他有经验，边诊断急救，边说：“惊厥过去了，不要紧的。”

当他询问了发病过程后，对兽医站的人员说：“这应当说是保密工作。干吗在大院里没遮没拦做实验呢？”

佟百川用批评的口吻指责他们。虽然兽医们知道，给人看病的医院院长，要比给牲畜看病的他们地位高，有权威，但毕竟是医院头目，如此吹毛求疵，他们心里不服。“这有啥关碍，有啥可怕的？王书记大概有毛病吧！”一个兽医轻嘴薄舌地回敬。

另一个赌气小声嚷嚷：“惊死老子吓死娘的！一个没见过血臊的穷酸家伙。他们被吓，反怪我们，岂有此理！”他们牢骚着又操起刀刀叉叉，聚精会神地在毛驴身上做文章去了。

王则峰在医院里苏醒过来了。

韩愣小叫苦不迭，小小受了场虚惊。他颇为后怕地对兰法说：“人不能施好心，咱今天不图啥，却几乎戳下天拐。”

兰法却满不在乎地回答：“贵人自有天相。王书记不会有厄运的。”

这时，医院门外突然涌来一哨人马，打头阵的高声叫喊：“佟院长在哪？罗书记受伤了。”

接着，担架进来。担架上躺着壮实的罗彪，他脸面上血迹斑斑。

第六十六章　精疲力竭党委会

罗彪的伤情，经佟百川院长的临床检查后，很快有了结论。前额被片石划开一道四厘米长的口子；门牙碰掉两颗；颧骨、面颊皮肤擦伤；右脚也崴了。都是外伤，而且无多大关碍，很快就会痊愈的。罗彪被安置在病房。平平静静的医院，躺下了一位叱咤风云、拔地摇山的火线指挥员，这不能不引起人们的关注。消息很快传到公社，传到县里，有关领导纷纷前来看望。

公社徐晋东、田子荣、林如海、陈琦等先后过来查问病情，了解出事经过。接着，县委副书记周谦的吉普车也停在医院里。罗彪正在输液，他对每个人都是这么句话："不要紧的。一步不小心蹬翻了石头。"

原来，罗彪肩扛一块五升盆大的石头，一步一步蹭上大石坝。坝顶上均为丫丫叉叉的干砸石头，罗彪一脚蹬翻一块石头，身子失去平衡和支撑力，向前俯冲，摔在刀棱斧錾的石头坝上。幸好，他是肩扛石头，那石头被顺势丢在一边。如果是脊背上背着石头，可就危险了。石头压在腰脊上，还有侥幸二字吗？因为这样，才只受了点外伤，免于大难。众人听了这段事故经过，手里都捏了一把冷汗。如果今天罗彪肩上那块石头换在背上，躺在这里的罗彪恐怕是终身瘫痪的植物人了。多险啊！

打初，罗彪感到头昏一阵一阵地发作。他不告诉人们，是因为懒得开口。当深夜十点多钟，周谦来看他时，他已经清醒多了。他微笑着说："你回吧。我摔了一跤，没啥大不了的。"

“没事就好。你安心养着吧。我明天上水库去。”周谦安慰他。

“你别去。没事。”

“我平时不去，是有你在嘛。你不在，我一时也不放心。两块石头，夹着四五百号人，动不动就是人命关天的事啊！”

这时，徐晋东和田子荣轻轻走了进来。他们见罗彪的精神状态好多了，个个脸上显出喜悦的神色。“头里清醒吧？”徐晋东问。

“没事。”罗彪不以为意地回答。

“肚里也没啥吧？”田子荣跟着问。

“就这也够丢人败兴了。成天喊叫安全第一，结果，自己出这洋相。”罗彪内疚地自责其过。

“多心了，多心了。你不能扛得少一点吗？你这倔脾气，太任性。你都不看我是怎带头的？这方面，你老不向我学习。”周谦说到这里，又对徐晋东和田子荣表功般自嘘：“我连三十斤的石头也没搬过，顶多是个二十多斤。领导带头是个样子嘛，领导毕竟不是劳力。”

罗彪不服气地说：“我肩上的石头，就是命令。没有这过硬的功夫，谁服你的指挥！”

周谦淡然一笑：“瞧你！这般时候还要固执！难道我上去指挥，就没人听吗？”

罗彪没吭声。他心里老大不服气：你长年蹲下来，凭那颗蜘蛛肚，不一定效果怎么样。但他再没开口，默认自己理亏。

“咱们既要带头，又要注意身体。”徐晋东知道周谦是故意用偏激的言辞表扬罗彪，爱护下级。可罗彪有他的苦衷。他这样打圆场，又补充道：“当然，今天这事是偶然的例外，好马还有一闪呢。”

“你们休息吧。”罗彪越听越烦，对任何人的评价、议论，他都厌烦。

徐晋东和田子荣都觉得应当迅速离开，让他静静休息。但周谦一动不动，他们也不好脱身。罗彪看着三位领导，心里倏然闪过这么个念头：

何不抓住这个机会，让他们做点实实在在的工作呢？说白了，就是为水库做具体贡献。想到这里，他当机立断，破了题。

罗彪是这样开言的，他说："周书记、徐书记、田主任，你们是我的三位领导，也是石门水库的三位领导。我一时失误，出了这事，给领导带来不应有的麻烦。可是，你们知道，我是怎么出事的吗？唉，你们既然守在我身边，不肯离去，我就说了它吧。前几天，我将水库的进展情况，以及明年的打算，写了书面报告，送给徐书记。"徐书记立即回答："收到了。"

"我一直在琢磨这个报告，不知公社党委如何对待。今年冬天，能不能再来个百天会战？明年，我想大坝主体工程实现竣工，不知能否如愿。今年欠工大队，不知公社如何处理。我知道，公社因为这座水库，实在精疲力尽，焦头烂额。但只要咬紧牙，再拼搏一年，大功即可告成。我头脑里被这些问号，搅得乱哄哄的。汗珠遮住了目光，以至于一脚失误，摔倒在大坝上。"他噎气停顿稍许，才又开了言：现在，你们都来看我，是对我的关心。如果你们拿出关心我的一半时间，将水库问题研究一下，给我个比较满意的回答，就是对我的最大关心，我终生不忘。"说到此处，他向他们三人发出求援的目光。

周谦对徐、田二人说："我正准备来双杨研究一下水库问题。现在，恰好一就两便，顺便将这件事也研究一下，也到了迫及眉梢的时候了。你们说呢？"他向徐晋东、田子荣征求意见。

"可以。明天上午召开党委会，专门研究水库问题。"徐晋东只好这样表态。

夜深了。徐晋东和田子荣安排周谦和司机休息后，各自回到宿舍。公社大院鸦雀无声。徐晋东和田子荣亦在闷闷不乐，心事重重。他们生怕发出声息，惊扰了这个酣睡的大院。

徐晋东没有睡意。他信手打开搁在办公桌上的水库报告，里边有这么些数字：石门水库设计库容三百八十万方，石坝高三十三米，石方二十六点八万方……现已上坝石头十六点九万方，如果今年公社组织二次马车百天会战，则明年竣工有把握。面对这份工程报告，他前思后想，犯了难。本来，今年他原计划铁了心再不干这蚀本买卖啦。下边社员怨声载道，公社人员叫苦连天，坝上拥挤，领导担着风险，严寒冒风雪，战果却悄然归水库。数万方石头，浩浩荡荡运上大坝，而大坝只能加高三四米。一九五八年开工的水库大坝，书记调换五六任，谁搞这运动？只有自己，才偏偏干这鞭长莫及的劳什子傻事。即使努力再搏斗一年，大坝主体工程收顶告竣，而浆砌面、泄洪洞、配套工程，也不是三年两年能完成的。要想看到石门水库的水哗啦啦地流入双杨大田，恐怕也是五年之后的事了。

顶！顶的是周谦，不是县委。徐晋东突然产生了主意，明天会上撕破脸跟周书记摊牌。他是有拍板权的。大不了冷落罗彪，小有成见罢了。但他一想到躺在医院病床上的罗彪，一个修水库不要命的搭档，便又如哑巴得梦，无话可说了。

罗彪是一个长年战斗在黑紫老山沟，连自留地也荒芜不堪，甘心舍弃的人。他的这种精神，让徐晋东非常钦佩。特别是刚才眼前这一幕，更令他心软。他躺在病床上，关心的仍是石头大坝。他为此差点瘫痪。不管怎么说，这种忘我的革命事业精神是难能可贵的。固然，组织二次马车百天会战，自己的肩上担着责任，担着风险。但细推敲，九九归一，还是罗彪的重担嘛。难道他不懂这个道理吗？他恳切地要求的，是责任。他决心一年完成大坝石方工程，意味着什么？公社有这样的主动请战、冲锋陷阵的主将，不是自己的福星吗？

徐晋东辗转难眠，被许多条思路纠缠不清，吃不中定心丸。他举手捣了几下墙，隔壁的田子荣从梦中惊醒，以为地震呢！失惊大怪地喊：“咳！怎么啦？”

“你睡着了？”

“啊哟，吓我一跳。怎哩？”

“没啥，你睡吧。”

田子荣知道徐晋东没有睡意，是在考虑明天的事情。他巴不得能跟书记一吐衷肠，倒腾倒腾自已的心里话。于是，三下五除二，穿上衣服睡眼惺忪地走了过来。

“你还没睡？”田子荣问。

“没有睡意。我拿不定主意，不知明天会上该如何拍板。”徐晋东一针见血，吐出真情。

“不能，咱今年无论如何再不干去年那鳖事啦。”田子荣干脆利落地表明自己的态度，而且带着满腹情绪。他看了看默不作声的徐晋东，又带解释性地敦促道：“不知猴年马月才能受益的马拉松工程，咱手里别指望得利。咱有那两百人的长年专业队，足以打了饥荒了。何必强人所难去干远水不解近渴的蠢事。何况马上铺开的农田会战，咱俩的点上是检查重点，不知你老弟如何，反正我是连自己的屎屁股也揩抹不起。”田子荣理直气壮，敢于给徐晋东打破头楔子。

徐晋东何尝不懂此理？他面对心直口快、观点明确的田子荣，心照不宣。他跟田子荣，在对待水库问题上，利害一致。他为了探讨更加充足的理由，有意从水库角度出发，跟他通融着说：“你说的都是实话。不过，眼下的情况你也了解。罗彪在病床上向咱们提出请求，估计周谦要借题发挥，大作文章。咱们该怎么办？”

田子荣被徐晋东问住了。他没有反潮流精神，亦没有违拗领导意图和独立自决的禀赋。他只会在徐晋东面前发牢骚，意在促使按他的意思办。当徐晋东向他摊牌，要他表态时，他自然不会口出狂言，自告奋勇，明天与周书记当面锣，对面鼓，一论高低。因为他是二把手，顶风冒险的事，要挨着徐晋东。但他对罗彪向来耿耿于怀，今天，不能不发泄一下肚里的积怨。

田子荣悻悻然拉长脸道："罗彪算老几？躺医院又怎样？让一二把手为他抬轿子，充当马前卒，办不到！"

徐晋东闭口无言。他对田、罗二人同室操戈，互相埋怨有看法，却没办法。彼此五雀六燕，没啥是非可分。各抱私人成见，总是这么言和意不和，露开空就攻击对方，真叫他心烦。田子荣讲下边工作自顾不暇，不同意组织马车会战，情有可原，无可非议。但这样出口伤人，对罗彪进行人身攻击，实在有失领导尊严，也降低了自己的威信。徐晋东眼见田子荣神情迸发，使起小性子，他见微知著，断定跟他说下去不会有啥畅快的结果。于是便借故推辞着说："时间不早了，休息吧。"

"你刚才没睡意，我现在才没睡意了。"田子荣根本没有表现出要离去的样子。他拉开架势，要从头打开话匣子，与徐晋东肝胆相照。徐晋东自认倒霉，待听不待听，只好装模作样陪桩。

田子荣是个感情外露的人，喜怒哀乐常在脸上表现得淋漓尽致。他与老谋深算、言而不露的徐晋东形成鲜明反差。如此俩人做搭档，敲定泰山，其周密系数总是相加垒进，臻于完善的。不过，现象上总是格格不入，相反相成。这不，徐晋东为难之际，唤来田子荣想让他助一臂之力。不料，他却趁机发泄他的一肚苦水。他东鳞西爪，罗列罗彪的毛病与隐私。说什么罗彪与那个做饭女人不清利；说什么罗彪在水库上多吃多占，有经济问题；还说什么罗彪依草附木，背靠大树，把公社不放在眼里，等等。徐晋东听后，觉得很好笑，心想：你以为我不清楚吗？白费这些唇舌干啥？任何谣传，无风不起浪。但说这些话有啥用？没用的话，絮叨起来，听得人自然生厌。世上没一个人，不被别人怀疑、误解的，但即使是谰言，也总是与他的禀性、言行、隐私牵强附会攀为孪生弟兄的。作为领导，在这方面尤为敏感，需要海量与涵养应付之。田子荣呢，也一概清楚。他也只能是对徐晋东任性撒气，对他来说，似乎发泄就是目的。窝在肚里的宿嫌，虽不是物质，但不发出去会占空间。久而久之，憋得难受。

有朝一日倾倒出去，胃舒肠顺，腹心清爽，当是另一番心境。他的用意并非将罗彪怎么样，置他于什么地步。这当然是不可能的。他无非是向徐晋东剖白心迹，使他的良心天平上，给自己一个公正的砝码。谨防徐、罗通同一气，抛弃自己而已。

田子荣在抨击罗彪后，转而对徐晋东发出直言不讳的批评。他埋怨着说：“别的书记是恨不得将粮食抓上去。你呢，高枕无忧，漠不关心。我为万亩稻田拼死拼活，尸山血海地干，你在赵庄四平八稳，抛出折半方案。今天，我对你徐晋东打开窗子说亮话吧！我春天的红、黄战略方案之所以落空，关键是你不支持。如果你腰杆硬点，立场坚定点，对水库冷静点，赶上今年这风调雨顺，双杨公社的红、黄战略部署，将取得历史性成功。”说到此处，田子荣遗憾地拍着头，后悔不迭。突然，眼泪滚滚，哽咽着说：“你扪心自问，对得起我吗？”

徐晋东对田子荣的喊冤叫屈，痛苦不堪，既同情又可怜。他是一位不敢横眉冷对千夫指，却一贯俯首甘为孺子牛的好同志。他唯上是从，辛辛苦苦，来回奔波，任劳任怨，默默无闻。他对自己鲜为人知的苦衷，实在是有苦难言。今天，对徐晋东毫不保留地敞开自己的心扉，实乃灵魂大暴露。但对徐晋东来说，无所谓暴露不暴露。田子荣即使守口如瓶，徐也对他了如指掌。他是个没有隐私，或者说不会藏隐私的人。徐晋东绷着脸，任田子荣呕肚翻肠倒腾他的五劳七伤，满腹牢骚。他听之任之，表面上不动声色，心里却在定夺对田的结论认识。

徐晋东由田子荣的声泪俱下，联想到罗彪病榻上请求研究工程的恢恢之情，两人如出一辙，实乃殊途同归。他们都在争取自己的工作，这里边恐怕都有私心存在。他在心里默念：哼！你们都懂得要权力，要工作，要支持，难道将我五马分尸不成？我也有我的私心，我不会围着你们转的，也不会轻易受人左右。我就是我。眼泪与惨相打动不了徐晋东的心，反而更使他坚定了维护自己权力的磐石般的决心。

当田子荣从徐晋东屋里出来时，月落参横，金鸡报晓，天已经快亮了。

党委会由徐晋东主持。他今天第一次在党委会上研究自己心中毫无头绪的问题，因为他不知周谦的态度，亦摸不透党委成员的意见，这个会开得太突然。他只拿准一个主意：绝不让人牵着鼻子走。

他是这样开场的："今天的党员会，是根据昨天周书记的安排召开的，主要议题是关于石门水库。"他应当说成是农田基本建设会议，但他有意将范围缩小，仅仅局限水库，给了周谦一个小小空间。他昨天顺口提出研究水库事宜，今天徐晋东顺他的意，扎嗓子一句话谓"石门水库"。至于研究石门水库的啥问题，他只字不提。今年虽然政令照旧，县里仍然叫喊三秋会战，农田基本建设大上马。但徐晋东早从上上下下的气候上，做出判断。谁也没有否定，而且仍在领导口边挂着。但聪明人都晓得，今年降温了。徐晋东心里益发有底，不像去年乱马脚。这是他故意将农田建设这桩大事丢开，在周书记面前出示"水库"这张底牌的用心所在。田子荣一肚子怨气，怒目而视，这是他唯一的权利。他无力扭转乾坤，只能怒目而视，抑或怒目不视。其他成员提到水库，不寒而栗。人们被水库搞得焦头烂额，心烦意乱。公社人力财力被拉去三分之一，而面上的各项工作，仍与其他公社搞对手赛，全苦了公社这拨人。但他们都是听候指派，被人使用的人，参加党委会，充其量比别人多知道一些罢了。事关此类问题，无条件服从，就是顾全大局。王则峰栽跟斗，就沾了水库的光。

周谦一看徐晋东的态度，不用再看其他人的面色，也知道没一个喜气头脸的。水库成了双杨的大心病。他今天这个被徐晋东开场一句话推上前台的角色，怎不怎，总得粉墨登场亮相的。

周谦讲话了。他好像对徐晋东的刺，田子荣的怒，众人的忧，全部视而不见，置若罔闻。他的名字，暗示了他为接济人的天使。他从来不会逆风而动，也不会强人所难。他会周而复始地使用他的虚心战术，这就是他的看家本事。瞧他那看似诚实迂腐，实乃巧舌如簧的一段开场白吧。“我未曾讲话，耳热眼跳，浑身不自在。我知道，我一提水库，就成了不受欢迎的人。”经这么一句自我道歉，在场的无不调整了一下自己的面部表情，面对伟大谦虚的上司，自己却不顾大局，无非说明自己素质低下，没有政治水平罢了。周谦巡视一匝，用眼神一个一个向在座的致谢。接着周谦平平地说：“去年，公社主动请战，一个马车百天大会战，震动了石门，鼓舞了工人，今年进度出人意料地快。截断石门云雨，高峡出平湖，眼看就要变成现实。我们被现实推上风口浪尖，只能前进不能后退。水库工人没日没夜地干，社员年复一年地盼。我们眼看就要大功告成，决不能做功亏一篑的事情。”接下来嘛，他水到渠成，自自然然提出二次马车百天会战的战略方案。在这方面，他闭口不提罗彪二字。一股拢总说成他的意见，他观言察色，最担心徐晋东跟他反目。一旦弄僵，他晓得，那人主意硬，不好往顺里捋。那样，会功败垂成，抓了瞎。这不但实现不了明年大坝竣工的目的，而且对躺在医院的罗彪也是难以交账的一笔债。他不允许公社领导们发言，生怕一傅众咻，弄个一着不慎，满盘皆输。他提出再度会战石门的意见后，急转直下，避开水库问题，来了个自我解剖。他说：“一提到去年冬天石门水库半机械化大军会战，我总是觉得心里有愧。愧对公社所有同志。你们牺牲自己利益顾全大局。说白了，就是用你们的袍子，苫了我的脚面。使我至今问心有愧，感到不安。今年，我要用我的袍子苫你们的脚面。我这个一向老好人的右倾保守者，也要反其道而行之。当领导若秉持好人主义，只管稳妥，明哲保身，实际是坏领导。我今年既要抓工程，管水库，也要负责面上的工作，关照同志们的疾苦。”人们听到这里，都竖起耳朵，聚精会神，等待下文。周谦接着说：“今年只要水库仍像去年马车会战一样，那么，下边的工程都村自为战，另外书记、主任点上的工程，能开多大开多大。县里检查、评比、排队，一律由石门水库出面。罗书记、郑主任如果责怪，由我一面承当。”他扫视一下大家，又郑重其事地说：“为了名正言顺，我现在，任命晋东和子荣同志为石门水库兼职副政委。”

周谦最后几句话说在了刀刃上，田子荣为之一震，连徐晋东的心也活泛了一下。其他人也清水河里抛石头，一眼看到底。周谦已经把问题讲透了。他的成套发言，可以说天衣无缝，令人折服。他对两位领导做了安慰性工作，他们失之东隅，收之桑榆，何不落个顺水人情？只是苦了下边受苦人罢了。既如此，谁还有说话癖性，自讨没趣？

“周书记为我们想得很全面，微言大义，使我有了新的认识。今年，我本不打算再组织马车会战了。异地作战，诸多不便。但听了周书记高瞻远瞩的分析，特别是明年大坝石方收顶，这是振奋人心的一件大事。看来，五八年大跃进年代选定的项目，要在我们手上成功了。”

“我们修不成这座水库，死有余责！”周谦插了一句。徐晋东接着说：“周书记的意见，我无条件服从。气可鼓，不可泄！决战水库的二次马车会战，公社一定要精心组织，密切配合，迅速掀起新的高潮。”说到这里，徐晋东又改换口气说，“不过，今年未曾上山，先得到西山拉一趟炭，解决社员们的越冬取暖问题，这也是当务之急。”

“可以，完全可以。注意工作方法，关心群众生活。你提的很重要。”周谦立即表态，他时时紧抓机会，担心月过中秋。

这样，党委会上做出决定：组织第二次胶轮马车百天会战。即组织一支浩浩荡荡的半机械化畜力车队，开赴南山石门沟。

精疲力竭的党委会散了。杨利民站在不远不近的马头下，高声喊叫：“林如海，还不去医院看看你襟兄！”

“怎？还没走了？”林如海问。

“小腿往大腿上走呢！”

林如海急匆匆而去。田子荣也跟着前去。

“只说是秋天一红一黄，喜气洋洋，没料到九十亩稻子死了个响光。

鸡飞蛋打一场空，把个人气煞了。”杨利民冷语冰人，独自开心。

他触到了田子荣的痛处。田子荣冷不丁中了暗箭，边走边回头斜棱一眼杨利民，心里暗暗诅咒：“害群之马。”

“一个是走着被石头绊倒，险些要了命；一个是站着跌倒再也爬不起来了。平白无故出凶事，可见双杨没德性。”杨利民仍在饶有兴味地放冷炮。

周谦、徐晋东、陈琦等均向医院走去。

第三部

破新

第六十七章　山雨欲来风满楼

公元一九七八年的最后一个月，一声巨雷响彻华夏九百六十万平方公里的大地。这声来自祖国心脏北京的霹雳，十亿炎黄子孙都听到了。人人心里都预感到，中国要有个翻天覆地的变化了。但如何变，给自己带来的将是什么，谁的心里也没有定论，只能随着时光的流逝，观风望云，逐步进入社会旋涡，扮演起各自的角色，慢慢感受、品咂这个新时代的韵味。

中国农村虽然地域辽阔，但“人民公社”四个字，足可以覆盖无遗。诞生于大跃进年代的人民公社，经历了风风雨雨，已经走过二十个年头。这次历史巨变，给它带来的命运又是如何呢？生活战斗在公社的徐晋东诸人，是没有时间去考虑这些问题的。他们只能从一件一件具体的工作中，去体察、领会、掌握、实现历史赋予他们的使命。

双杨公社新的工作纷至沓来，应接不暇。山雨欲来风满楼。徐晋东身有所感，心有所悟。如今的公社，只有招架之势，没有还手之力。“群众是真正的英雄”，他对这条语录有了新的认识。双杨公社第一个将头发烫成羊羔毛的是蒋小瑛。

这天，徐晋东吃过早饭，从伙房走了出来。他一探后排房屋檐，便发现自己门口站着七八个人。他心里“咚”一下，又忧愁起来了。这些日子，人们三一群，五一伙，或单个来公社，直接找他平反、落实政策的人送走了一拨又一拨，闹得他焦心劳思，不得安生。这几个人，又不知是找啥麻烦的。

“你们哪的？”徐晋东边开门，边问屁股后边的群众。

“桃园的。”

徐晋东很冷漠，一副不欢迎他们的样子。这是他们都预料到的。他们不管书记头脸色多难看，齐刷刷站下一地。

“有啥事？”徐晋东做张做智，官气十足地发问。

“俺们来向公社反映群众意见，赵庄、王村等村庄占了俺村三百多亩耕地，说是种稻，实际上连一半也没种上……”

“他们还在俺们的地上种了玉米、黍子……”

“农业税还得俺们出……”

“与其让他们种杂粮，不如俺们要回来种呀……”

“他们不按公社要求办事，还偷俺村的树……”

“不说那，咱今天说的只是稻地，你别胡扯……”

人们七嘴八舌，纷纷有理。徐晋东铺眉苫眼，任凭人们议论纷纷。这些人讲的话，无一不是事实。这些社员煞费苦心，想好的要害之言，其实徐晋东比他们清楚得多。对群众的惨痛经历，他深表同情。但同情归同情，对这种由极“左”思潮所产生的恶果，他没有拨乱反正的勇气，生怕戳炸马蜂窝，天下大乱。他违心地采取压制、扑灭的措施，以控制局面，严防挑起事端。

徐晋东让来者都将话说完后，开始了反击。他仍采取惯用的老手段，搜根刨底，道：“你们谁是领导？”

七八个人你看我，我看你，看来看去，也没个当领导的。于是，参差不齐地回答：“我们是社员，没领导。”

“没人组织、带领，你们怎就集中起来，形成团伙，来到我办公室呢？你们什么时候开的会，做出的决定？”

“我们是代表我们自己来向徐书记反映实际情况的，有一句假话，愿以身家性命担保。”一个四十开外的人挑头回答。

“好，你把你的名字写下。”徐晋东推给他一沓稿纸。

“写就写，怕什么。”他拿起徐晋东桌上的蘸笔，蘸上墨水，浓浓地写了三个大字：牛本路。

“好。你们都把自己的名字写上。”徐晋东严肃地命令道。

“要我们名字干啥呀？”一个人担心地问。

“你们来反映问题，我不留下名字，找你们谁去？”

“本路，你拿起笔来，一并给我们写上吧。”众人提议。

“你们手断了，不能写？”牛本路不愿揽这活。

“我们的字见不得人。你赶马车出外拉脚住店还记账嘛，写不了名字？快别扭捏了，挨住写吧。”

牛本路在大家的动员下，不情愿地将他们的名字写在纸上，仍搁在徐晋东面前的办公桌上。

“你们的口径一致，底清数明，一定做过周密的调查。究竟谁是领头的，要自告奋勇站出来，让我认识一下。”

“你们不说，那就是牛本路的挑头人了。”徐晋东咄咄逼人，冷眼瞄准牛本路。

牛本路是个村里的人物头，自信走里闯外见过世面，常常站在粪堆上吹牛拍马，信口开河，人们叫他朝天嗥。他也总是办些冒失事。去年冬天，被罗彪的干将一根细麻绳捆上水库，他大话不敢说一句。今天，如果他被徐书记定为闹事头人的话，恐怕眼下又得吃亏。本来是大家的事，何必往自己身上兜揽？炒上豆子大家吃，打烂砂锅一人赔！去年的苦头还没吃够吗？牛本路见势不妙，瞅准刚刚写好的名单，猛地来了个猫替爪，一手撕纸，一手按住那叠稿纸。他飞快地扯下写有他们花名的那页纸，二话没说，推开门，撅起屁股便跑。他边跑边将手心里攥的纸，使劲揉挎后，又撕成碎块，撒在大门道路上。

其余桃园人见牛本路机灵地逃之夭夭，估计形势不好，好汉不吃眼前亏，都夺门而出，望风而遁。个别胆小的屁滚尿流，连鞋子都跑丢了。

杨利民正提上铁壶到伙房打水，哈哈大笑着说："这帮家伙唯恐天下不乱。"他冲着徐晋东的屋子大声说话，有意让徐晋东听到。随后又自言自语道："他妈的，来公社衙门口发刁！蛤蟆蝌蚪撵鸭子，想找死！"

徐晋东听到了杨利民在发牢骚，心烦得要命。他瓷眉呆眼，满腹困惑。这种过时的恐吓、戴帽伎俩，下次用就恐怕不灵了。群众，再不是呼之即来挥之即去的木偶了。他们开始索要自己的权利，向公社示威，采取相关行动将会此起彼伏，按下葫芦起来瓢。在涉及"万亩方田"的问题上，不管面临什么形势，只能采取火烧眉毛顾眼下的权宜之计，走一步说一步，不到临死不咽气。就算他吃了豹子胆，也不敢自作主张，收拾残局。善门难开，好心是不能使的。他横下心，顶到鱼死网破。

牛本路一行数人，雄赳赳地一出桃园，声言要向公社讨回公道。如今不是往年了，什么都是革命，动不动扣顶帽子，将人闹得不敢抬头。现在，中央做主，不能拿"阶级斗争"诈唬老百姓。他们异口同声：要回桃园三百亩稻地。不达目的，誓不罢休。但当他们被冷酷的徐晋东的三言两语击溃后，灰溜溜窜回桃园，各自回家。好长时间，生产队的驴粪堆上，他们成了众矢之的："本路，你讨回个啥公道？连一亩一分地也没要回来！要是我，早一头碰死了！"

"想要地，得干部出头。你牛本路算老几？公社还有你的名目？疥蛤蟆卧门口，想冒充石狮子呢。经不起一脚踩。"人们激将牛本路。

牛本路也激将众人："我好赖敢去公社找书记，你们连大队支书也不敢找，就会在粪堆上饿吵吵。走，不是孬种的跟我找小拴去。"

"找小拴有啥用？那还不是骟驴的家伙！"有人小看牛小拴。

"你别门缝里瞧人，把咱的支书看扁。不说本事大小，人家是堂堂正正党内的官，咱村里的头。召开会议，反映问题，是合情合法的。你有捉老虎的本事，你敢召开三个人的会？”这是牛本路从徐晋东那儿领教到的训诲，反过手教训别人。

“走走走，咱们一齐去找小拴去！”街上闲人一呼百应，蜂拥着向牛小拴家进发。

牛小拴的独家小院里，长着一院碗口粗杨树，将整个院落覆盖得严严实实。人们站满了林荫甬道，树隙檐台。牛小拴打初发现全村群众闯进门来，有点吃惊，吓得窜头走了魂。这人胆小如鼠，又八面玲珑，是个东风大往西倒、西风大往东倒的钻营人物。他慌忙从窗台上拿起一盒烟，站在家门口，意思是欢迎大家光临，纸烟款待。但他只顾一个一个地看过这些人的面孔，一个一个地笑脸致意，将手里的待客烟早忘记了。只是一手紧把烟盒，一手捏着刚拔出来的一支烟……

“小拴，”桃园人习惯叫小名，不称官衔和大名，牛本路开言了，“大家伙想向你反映个问题，一点也不出原则，不在框外……”

牛本路想开导一下支书，好让他排除顾虑，轻松地接受大家的意见，从而解脱自己鲁莽之举的臭名。别人早寒碜得呕呢！桃园人谁不知你那点脓水，烧成把灰，也知道有几两骨，装啥大耳朵驴呢！一个社员打断牛本路的话，粗喉咙大嗓门道：“俺们是要求你，向公社反映咱村的稻地！三百多亩产量地，凭啥白白给了赵庄？”

小拴心里踏实了，他巴不得群众来提这个要求。这倒不是他与群众想到一块，而是他在这个问题上，受过高人指点。因此，面对偏激的群众，面对这棘手问题，他心不跳，脸不热，显出老成的样子，拿出了愿当此大任的大家风范。他立刻东风拂面，喜形于色地举起烟，就近给人分发。“拿来吧！”一个社员从小拴手里夺过烟，自个给大家丢去。

牛本路总想出人头地，又见机对小拴进行政治启迪工作：“小拴子，成天喇叭上讲，十一届三中全会，重点抓经济，咱要回咱的地，还不是抓经济？再者，中央叫实见（践）检验真理大讨论，咱也讨论讨论，叫头们来实见实见？三百亩地荒了二百亩，谁看不见？”“你是桃园支书，就得为桃园人办事。瞧人家赵庄的何子毅，头削得尖尖的，无孔不入。野狗进村，连块干骨头也衔不出来！”

“那才叫名副其实的村支书呢……”

人们你一言，他一语，极尽挑唆之能事。牛小拴呢？胸有成竹地听着众乡亲争先恐后的意见。终于，他双脚一跳，伸出一只胳膊，挥了个半圆，示意社员停止吵闹。然后，他大言不惭地说：“大家说来说去，不就是一句话：要咱们的三百亩稻地，对不对？”

“对！就是这一句话。”人们众口一词，齐声回答。

“这有啥？当前，正是落实各项政策之际，咱要咱的地，有啥理亏的？咱有组织，按政策，逐级反映，直到土地回家。”

“好！像个支书！”众人异口同声，表扬小拴。

“好样的！”有人给小拴竖起大拇指，赞叹道。

小拴被捧得云天雾地，得意忘形。他欣喜若狂，操起蓝青官话道：“没有三锤两下，敢掌桃园印把？大家只管放心，你们擦亮眼睛，站在高处，瞧牛小拴的解数吧！”他打着烂腔，将严肃的支部书记向群众表态，变成卖狗皮膏药的江湖诨话，引得大家哄堂大笑。好多人并不把他的誓言当作一回事，深知他不是替天行道之人，甚至有人怀疑今天牛小拴喝了酒。

牛小拴并非心血来潮，临阵磨枪而口出狂言。而是对这个事情久有图谋，夙愿在心。他三番五次想在周边村庄煽风点火，诱发他们当发起人。但他这个小村庄的小支书，不被人看在眼里。知道他蝌蚪变蛤蟆，成不了个大气候，找他办事，终成泡影。今天，这么多群众，向他提出这个问题，实乃逼上梁山。他有足够的理由为民请命。如今正好有事同群众商量，这不正合了当前的辙吗？天时、地利、人和，牛小拴出头露面的机会来了。如此这般，他怎能不手舞足蹈，唱高调呢？

一向胆小如鼠、看风使舵的牛小拴，怎么一下变得胆大妄为起来呢？原来，他有个自信万无一失的后盾——前地委工作队尚丞荣。尚丞荣是爱显示小聪明、搬弄是非的不安分守己人物，也有几分才华，属于小知识分子青年干部。他在桃园蹲点，开船便遇顶头风，被王屯堡郎计狼用粪杈打过之后，自认倒霉，蔫了一阵。加之，朱美琰也在盲目执行瞎指挥四处碰壁后，有了自己冷静的思考，工作也稳妥下来。这样，一心到农村大显身手，大出风头，大展才华，大捞收获的尚丞荣便被委派到桃园，怀才不遇，窝囊了一年。他临走前对牛小拴说："小拴同志，我来桃园下乡一年，因为种种原因，没有给社员们办啥实事，现在，就要离开了。我有件事，总想告诉你，作为对桃园村人民的一点奉献吧。"

"那太好了，你快说吧。"小拴求之不得，巴望着这位精明的年轻小将能给桃园带来福音。

尚丞荣压低声音说："公社平调桃园三百亩耕地，这是明显的一平二调。从当前形势看，只要有人向上级反映，肯定能要回地来。"他盯着牛小拴，又关切地补充道："不过，牵一发动全身，这会给公社制造麻烦的，须慎重对待。"

牛小拴心领神会，与尚丞荣心有灵犀一点通。他对尚丞荣临别所嘱感恩不尽，并且一直牢记在心。

今天，众乡亲云集自己院落，正大光明地提出索要土地事宜，实乃民意难违。自己到公社反映，代表民众提出要求，均在党纪国法圈内，亦是自己当之重任，义不容辞的责任。这当儿他自然不会忘记尚丞荣。他又想到小尚的体己话：慎重行事。于是，当他面对大家发了一番慷慨激昂的大话后，又想到应该找个垫脚的，以防后路不测。当社员们怀着各种心情准备离开小拴家时，他又喊道："你们都知道，这事可不是我手里办的，应当让雷大年说句公道话。"

“对着哩，小拴能说这句话，说明想诚心诚意给咱村办事。咱现在就找老支书去。”一位老党员带头领着人去找雷大年。

在桃园，家家户户，大街小巷，争相谈论着有关稻地事宜。一时间，沸沸扬扬，整个桃园弥漫在一片嗡嗡鼎沸中。

牛小拴准备到公社反映群众要求，正式提出索要土地成文。他一个人跑到稻畦方田里，细细查看赵庄稻田的耕作状况。又找大队会计摘出地亩簿上的有关地名与亩数，尽量做到心中有数，有理有据。此事关联面大，举足轻重，不可掉以轻心。他在工作笔记本上，划了又划，算了又算，摆出一副大事大办的样子。他老婆是赵庄人，对小拴一百个反对。

“住嘴！女人见识，你懂个啥？你到街上听听群众的呼声。”

“哈哟！恶心死人了。屁大个桃园，闹得再凶，还不是夜壶里唱戏！赵庄拔下根毫毛比你腰也粗，你能告倒人家？麻雀蛋碰碌碡，自找倒霉！”

“你别替你赵庄人称雄了。如今不是前几年的皇历了，大寨还能扳倒呢，赵庄有啥了不起！”

“你个犟牛！不碰南墙不回头。人家多少大队不声不喝，就你桃园会说话，就你小拴懂政策？”

小拴的女人叫寇雯云，人长得不怎么样，却有两片贫嘴巴。她也爱参与村里的政事、闲事。小拴当支书后，村里益发容不下她。最突出的表现，是那声坐在人堆里的笑。笑声较前提高八度不说，还放荡不羁，纵情浪笑，使人肉麻，替她害臊。而她却扬扬得意，全不顾别人的死活。其人真的不知天下还有“羞耻”二字吗？否。别看平时东家长西家短，哪里也有她参与。今天，正当全村人来到她家时，她却像被鬼捏死了躲在家里从门缝里观阵。这就是她心眼活泛的地方。如果贸然出现在大家面前，为他们说情，有失面子；如果乒乒乓乓下一阵冷雨，将大家伙冲散，又怕引起公务事端，给小拴带来麻烦。待她弄清底细，又前思后想一番后，便开始了她的干预活动。在涉及赵庄稻地问题上，她还有个私心。原来，她还是姑娘时，曾跟赵庄支书何子毅搞过一段恋爱。最终虽然未成鸳鸯，但毕竟有过永生难忘的柔情蜜意。至今，每逢遇到何子毅抑或谈论到关于他的事，雯云总是有那一种怀情缱绻的微妙感觉。因此，当她向小拴白磨一阵口舌后，发现当家的师心自是，很有主意。于是，她见猎心喜，来了个另辟蹊径，俏走赵庄。

如果说，牛小拴伙同雷大年，在不友好的气氛中，向公社行驶，愈走愈感到茫然的话。那么，寇雯云便是实实在在喜形于色，欣喜不可自制。雷大年老气横秋，紧绷着脸。他自认为，狡猾的牛小拴是拿他当罪人般弄到公社打饥荒的。如果有风险，将自已抛出去堵枪眼。他老实一辈子，从来不会花马吊嘴，一是一，二是二，跌倒不翻身。这也是他能立身桃园当多年支书的原因。今天，他被自己的接班人指示带往公社，并授意这般讲稻地问题。他成见在心，三缄其口，摆布出一副可怕的吃粥头脸（人死后，合家吃一顿粥），使牛小拴越走越感到泄气。

就在牛小拴和寇雯云分别向他们的“娘家”行进时，桃园村闯来一位不速之客：王屯堡大队主任王步岚。王步岚是双杨公社屈指可数的白人主任。这人有经济脑瓜，近乎商人作风。办什么事总爱拨拉算盘珠看有利没利，一副奸商嘴脸，投机行径。但村里人又崇拜他的精明和管理能力，每每选举数他得票最多。他在小队长及社员中，享有一定威信。他今天来桃园，是路经此地。原来，王屯堡在他的算盘珠子上，发现了养种畜有利可图。于是，大队养起两匹公马，两头公驴，沿村配种。他呢，每每抽空，骑车打头站，开辟新市场。据说，活动范围已经跨社跨县，半径达到三十六公里。今天，王步岚出征路过桃园村，发现村里叽叽喳喳，指手画脚，到处是聚集的人群。好奇心使他跳下车来，参与了议论。他不听则已，一听大吃一惊。桃园人热火朝天谈论的，原来是万亩方田的归属问题。他心里有些不服气。没有儿马蛋大个村庄，撑破天占上你三百亩、二百亩烂碱地，居然男女老少齐出动，喧嚣一时，要闹翻天。他们全不看献出一千亩地的王屯堡主任是啥态度。他心里实在有点憋气，耳热眼跳臊情没拉的。

这时，他带领的种畜轻骑，扬头甩尾，串铃叮当，开进桃园村。街谈巷议的人们，一齐观望来自王屯堡的种畜队。领头是匹黄骠马，排二的是枣红骝马，随后是两头黑叫驴。每头公畜脑门上都戴着硕大的红标布脑缨，这是种畜的标志。一人牵着一条缰绳，扬头挺胸，迈着矫健的大步，得意扬扬，行进在桃园街上。碗口大的驥足，有节奏地起落，发出“咣当”的铁蹄捣地声。黄骠马有个习惯，每逢进一村庄，总要咴咴嘶叫，发出求爱的信息。后边的黑叫驴益发嚣张，跑蹄撅尾，扬头张嘴，发出惊天动地的“啊儿、啊儿”的吼叫声，吓得孩子们连忙跑开。

王步岚待他的配种队伍雄赳赳开到跟前，才大模大样，打着官腔对领头的说：“你们按原计划路线行动。我有点事，不能同你们一块去了。”他下了这道命令，便一骗腿，骑上车子，向来路飞驰而去。

“你们大队主任，怎么来了个临时变卦？”一位好事社员问。

“官有十条计，九条民不知。咱是个耍儿马棒子的，哪知道人家的事呢！”这话回答得不文雅。另一位配种员立即微笑着，向身边的一位老者礼貌地说：“敢问老叔，咱们村有没有发情的草驴、骒马？有的话，俺们今儿是刚出村……”这话倒礼貌，但他自己也清楚，应当找到小队长打问，这是应景罢了。可是，那位被尊重的老者却死眉瞪眼，呆若木鸡，没有任何反应。

“客人，你算问了个正经人，他是哑巴聋子。”一个酒糟鼻子给解释。

“银匠炉上钢镢子，找错门儿了。”好事人又趁机损了一句。

他眼前站着一位脸上落满蝇子屎的黑痧女人，笑吟吟地逗好事人：“你家没有发情毛驴？快快请回家去吧。”

“嗨，我家的猫，还跟你一样，见了郎猫不嚎春。”

"呸！"黑痧女人笑得合不拢嘴。

王屯堡配种人员被冷落一边，领头的突然向伙计们一挥手："回。"他又领头，向来路走去。

"怎么回呀？"其他人不解地问。

"问路遇上哑巴，主出门不利，今天不会顺的。"领头的边回答边跳上马背。他一抖手里的绷头绳，黄骠马便领头向来路跑了过去。其他三人乘坐骑随后紧跟。"嘎嗒，嘎嗒"，给桃园留下急遽的奔跑声。

桃园路上新添了杂乱的硕大的蹄痕。

第六十八章　稳住局面谋发展

牛小拴带着雷大年越走越没劲。当他们进了空落落的公社大院时，心里便有些胆寒。在他们两代支书心目中，这里是发号施令、指挥千军万马，喝令三山五岳开路的机关。今天，自己鬼使神差，居然擅自登门讨说法，索地皮，岂不是颠倒本末，犯上作乱吗？又没胆量又充满小心思的牛小拴，没有直接去找徐晋东。他先来到党委办公室。

他一进门，皮笑肉不笑，冲王磊打个招呼，道："王秘书忙呢？"

王磊稳稳坐在他的靠椅上，正经八百地回答："不忙。正在起草一个关于落实园院树株政策的报道稿子。"他边说边将笔放下，问："有事吗？"还没等小拴回答，他又发现了雷大年："大年稀罕了。你无事一定不来。"

牛小拴没光落色，闲手没有搁处，放在嘴上擦了擦，苦不堪言地趴在办公桌上。他摆出一副可怜相，低声问王磊："徐书记在不在？"

王磊看了看，这俩人丢了魂似的，脸像被霜打了，无精打采的。这个老实木讷人也看出了问题。于是问：“前几天，你们村里有几个混蛋，来找徐书记胡闹，被轰走了。你们知道不知道？”

“唉！”牛小拴一拍头，摇了几下，“实话对你王秘书讲吧，俺俩就是被村里人们挤逼得不行，才来公社找领导汇报的。”

“你们桃园，村村不大，人挺复杂。你去吧，徐书记在呢。”王磊一脸严肃地教训这台上台下两支书，并推手逐他们走。

牛小拴遭王磊一顿摒弃，无话可说。他心有余悸，惶惶不安。来到此地，才悟到自己在桃园是多么幼稚狂妄。自己所想的那一套，能端上公社的台盘吗？谁不知道赵庄是公社的桥头堡，而自己偏偏不自量力，去捋虎须。他开始在心里打退堂鼓，灰白色的脸上，沁出细细的汗珠。他这时才后悔，不该弄来这个活死人，事办不成反而添倒忙。如若现在雷大年不在场，他悄然一溜，来个拨云过海，桃园人谁知道内中瓜葛？但眼下，瓷上鳖像庙上的周仓，怒气冲冲，一言不发，戳在那里，谁能无端作罢？牛小拴想来想去，眼下是蚂蚁沿到秤杆头上，走投无路了。只有硬着头皮去见徐书记了。

牛小拴强打精神，跟王磊告别：“王秘书，你忙着。”说罢，便走了出来。

“你还不是背上鼓寻锤，自找打。”王磊蔑视、讥讽地说完后，送他们出门。

牛小拴被王磊奚落、挖苦得益发丢心失意，九回肠断。他走到院里，昏昏然不知东南西北。桃园赳赳武夫，来到公社狗屁不如。

“小拴！”徐晋东喊。

“在。”小拴这声答应非常干脆，因为这才对路了。徐书记一呼，他一应，名正言顺，天理人情。

“来。”徐晋东招呼他。

“是。”牛小拴看清楚了，徐书记在门口传唤他，他立即走了过去。雷大年带着恼怒眉眼，紧随其后。

“你们来干啥？”徐晋东不客气地问。他发现牛小拴和雷大年台上台下俩支书同时来公社，断定必有缘故。那天几个社员声言要地，被顶了回去，肯定要煽风点火，给大队干部施加压力。

牛小拴在徐晋东威严的逼视下，哪敢直说。他显出一副无可奈何的可怜样子，吭吭哧哧，道：“叫，叫老支书，说说。”

雷大年翻起可怕的白眼睛，突然从笨拙的嘴里冲出一句话：“群众要地咯。”后音挺硬，立眉八眼，似乎在发泄肚里的牢骚。小拴吃了一惊：“啊呀，疯了！”他看了一眼雷大年的吃粥头脸，心里暗暗骂：“今天领来这个老东西，要闯大祸了。”

果然不出徐晋东所料。从这两个人的颜面上看，事态发展的也许严重了。他缓和了一下口气，平平地说：“怎么回事，慢慢说。”他又发现这俩人神志各异，分明各有千秋，而且显得紧张、害怕。于是，指着炕沿说：“坐那里，说得仔细点。小拴讲。”

牛小拴被点名后，思路反而清醒了些。他稳了稳情绪，便从全村群众突然闯入他家院里说起，自然少不了添醋加油，言过其实。最后，他说：“群众的呼声强烈，我当然得来公社向徐书记反映。我实际上是来搬兵来着，单靠我这点本事，人小帽子低，说话没人理，是要坏事的。”

徐晋东深知小拴八面玲珑，没有立场，在村里也缺少威信。他这一套话，究竟有多少水分，尚需验证。他看着雷大年说：“老书记，你讲讲。”

雷大年对牛小拴一肚子愤懑，因为有人告诉他，是小拴指点人们去他家算前账的。同时，他对小拴今天勒逼他前来公社，仍是一肚子愤愤不平。他虽然口讷性憷，但心里并不痴。此刻，徐晋东问他桃园情况，他避而不谈群众如何提出向他们要地。自己不吃五斗米，还管这等闲事。

大年谨慎地对徐晋东说："王书记叫怎样，我就怎样。我向来都听公社的话。"

打初，徐晋东还没有领会透这个笨人的意思，怎么凭空冒出个王书记来？他以为这尊泥古整心眼，没弄清问话意图，便又开导着说："刚才，小拴同志讲了桃园群众聚集滋事，索要那年统一规划的土地。你还有啥补充的？"

其实，雷大年哑巴吃饺子，心中有数。他立即回答徐晋东道："小拴让群众跟我要地，我就得向王书记要地。"

哦！是这么回事。他抄小路，让别人兜圈子。你甭说，这老革命看问题尖锐着呢。一句话，将牛小拴咬得冒了一头汗。他结结巴巴，回击道："你这人阴阳怪气，说些什么话！我多会让群众跟你要地？胡说八道。"

"方亮跟我讲的。你屙出来，还能吸回去？"

"咱找方亮对证去！"

"走！"

"停下来！"徐晋东制止住他们的顶嘴，指着牛小拴说，"群众站在自己利益的小天地里，提出这些问题，你们是桃园村的核心，怎么对待这个问题呢？做过哪些说服工作？你讲讲。"牛小拴六神无主，七窍生烟，对雷大年恨之入骨。他无法回答徐书记一连串的问话。若狡辩几句，还有这个白虎星立在跟前，只好噤若寒蝉，死挨书记的批评。

徐晋东知道，牛小拴不像雷大年办事可靠。他在这件事上，究竟扮演着什么角色，还是个问号。今天必须对他喊醒叫应，敲打得响响亮亮。不然桃园的风波会蔓延到全公社，那时候就不好收拾了。他正视着牛小拴，意在逼他就范。接着说，"牛小拴同志，你是中国共产党桃园支部的书记，只有服从组织，维护全党利益的义务，没有搞山头主义、保护小集体利益的权利。"

“是，是，是。保证按徐书记的指示办事。”牛小拴战战兢兢，发誓一般表态。

雷大年见小拴鬼骨头如此狼狈，比他自己还不如，心里实在美气。他一乐，便忘乎所以，不知道足下是啥地方，口齿迟钝地说：“不当尾巴，当头咯。”

“呸！”小拴也忘记这是啥地方了，“你今天疯了，怎么总是咬我的棒子！”他像被蝎子蜇了一针，跳起来回击，“去你娘的，大夫的刀，小爷哪里疼你割哪里！”

雷大年瞠目结舌，欲想发作。徐晋东怒不可遏，勃然作色道：“放肆！”

屋里空气突然紧张起来。牛小拴自觉失言，不成体统，立即向徐晋东道歉：“徐书记原谅，我被这个老废物气炸了……”

一直在隔壁静听的田子荣，这时忍不住了。他踢开门闯了进来，破口就骂：“闹啥哩！”

田子荣一顿教训，牛小拴觉得实在冤枉。黄不说，黑不道，进门就是一顿骂，不给人一点说话余地。小拴瞟了一眼徐晋东。徐晋东低眉苫眼，活似雷大年。看来，他对田子荣的一席臭骂，是赞同的。书记、主任一个鼻孔出气，是正常的。自己再待下去，还不知让这个瓷眼鳖雷大年胡咬出啥鬼名堂呢，不如一走了之。等到田子荣住嘴喘息的时间，他迫不及待地向徐晋东请求道：“徐书记，我走吧？”

徐晋东一点头：“去吧。”

牛小拴被赦宥后，踉踉跄跄逃出门外。他一颗六阳会首，似乎不存在了，只感觉到两只脚在轻飘飘地行进。

田子荣余怒未消，指着走出去的牛小拴说：“支部书记里边，数这个东西不称职。你今天不打发他走，我还要擦洗他呢！”

徐晋东解释道：“他有他的难处。”

田子荣破颜一笑："书记可会包容手下人呢。"

徐晋东寓意深刻地说："丧门神拜年，不是好兆头。"

"量他指甲大条鱼，掀不起个大浪。"田子荣以为徐晋东指牛小拴这么个小丑。

徐晋东苦不堪言地摇摇头："我说的是万亩方田。"

时至今日，田子荣与徐晋东在这个问题上意见已经完全一致了。现在处于落实政策，纠偏的当儿，公社只有屡屡退让，承认错误而已。但在不可承受的退却中，明知理屈词穷，也得采取抵挡手段。不然，惹火烧身，不能自拔，后果不堪设想。像万亩方田这类事件，只有实施绥靖政策，拖一天算一天。能平息下去最好。田子荣对徐晋东积极捍卫万亩方田的态度十分钦佩，如需冲锋陷阵，他甘愿打头阵。他为自己主动过来，协助徐晋东压服牛小拴，感到欣慰。于是，顺风扯旗，迎合着徐晋东的心思道："知道，咱俩还能想到二岔里？牛小拴不正是在万亩方田上耍两面派吗？咱们在这件事上，一定要摽得紧紧地，决不准搞翻案。"他言语间显出坚定的态度，决不后退半步。

徐晋东理解田子荣的心情。此时此刻，他是狗吃刺猬，无法下口，自己根本无力回天。只好违心地穿新鞋，走老路，不由自主地流露出内心世界的隐秘，道："唉，不怕工作，就怕纠偏。"

"没这么严重吧？"田子荣认为徐晋东想得太玄虚了。

"是啊，没那么严重。但现在风向逆转，凡事神鬼莫测啊。"徐晋东忧心忡忡地表述自己的心迹。

"这倒也是事实。"田子荣游移不定地搪塞。在他心里，刚才的徐晋东是座巍巍铁塔，而转眼又变成飘忽不定的浮云，实在令他失望、担心。

书记与主任面面相觑，第一次尝到了空虚的滋味。

徐晋东似乎没有真正领悟到时代造英雄的真谛。庙还是这个庙，神还是这些神，权还是手中的权，然而，都不灵了。王步岚简直就是活标本。

王步岚个子高，手推自行车，还须猫腰。他大大咧咧，推着车子，行进在公社大院的甬道上。傍到党委办公室，便用他惯有的高嗓门，笑着说：“公社人哪啦，鸦默静悄的。”

王磊站办公室门口，张嘴就是衙门腔口：“你来公社找谁，就到谁的屋子去找。谁还只管在院里站呢！”

“啊呀！我今天怎么一进院就被王秘书训教了一顿？老百姓粗糙，你不知道？”

王磊绷着脸，不置可否。问：“你来干啥？”

“干啥？要俺王屯堡的稻地来啦！一千多亩地白白给了他们，四年了，够意思吧？”王步岚嬉笑嘲弄，侃侃而谈。

王磊摆摆手，示意他别在院里这么大吵大叫。

“王秘书，你还办不了这么点事？”王步岚讥讽王磊。

王磊向东边一指：“徐书记在呢！”

徐晋东早听到这个刺耳的聒噪声了。他近乎条件反射般心烦起来。他近日只要耳目中一出现“稻地”二字，便惊悸不安起来。他这几日，情绪急速下落，处境十分窘迫。对外边的脚步声，有种过敏性的条件反射，感到步步紧逼，来者不善。这不，对王步岚，他益发成见在胸。他总认为这个白人主任花马吊嘴，贼头鼠脑，不是个地道货。尽管在他家吃过几次招待饭，也喝过他养的蜂蜜，但王步岚给徐晋东留下的印象总是像孔方兄拜物教，奸猾得硬往钱眼里钻。这时，他一听到这满不在乎，如入无人之地的粗野腔调，便又恨又气又怕。此人可不是牛小拴。

“徐书记在呢，我怕你不在，白跑一趟。闹好了，你在就好。”王步岚进门就喧宾夺主，肆无忌惮地这么嚣声鼓噪起来。加之，他高大巍然的个头，再加之，他是个非党干部，徐晋东的心中，俨然面对的是一尊庞然大物。但他不敢悍然玩弄手中权术，扑灭步岚的气焰。他采取了退一步策略。

“什么事，你坐下慢慢说。”徐晋东显出领导的大家风范。

“要俺王屯堡的稻地来着。王书记手里的事，一个统一规划，就把俺一千零五十七亩产量地夺去了。现在，你得把这桩糊糊事完办了呢。”

王步岚简直是命令般对徐晋东下达指示。他见徐晋东稳坐泰山，镇定自若，想以昔日书记的威严吓唬住他。

于是，他有意轻佻地哈哈一声冷笑，道：“徐书记，俺们王屯堡人够脑皮厚了。四年了。”他伸出四个手指头，“一亩按二百斤毛粮算，一年产二十一万斤，四年是多少？八十四万。我们付出多大的牺牲呀！徐书记，你无论如何得公公正正，物归原主呀。”

徐晋东想来想去，想不出一句压服王步岚的吃劲话。面对趾高气扬的王步岚，徐晋东总想给他点颜色瞧瞧，即使有理，他也不能这么盛气凌人，毕竟还讲四个坚持嘛。他用十分低沉、缓慢的语气问王步岚：“这是你的意见，还是群众的意见？”

“是我的意见，也是群众的意见。我就是群众的代表嘛。”王步岚又加了一句补充意见，“比过去贫下中农的代表，面还广。”

徐晋东没有高招可以降服这个胆大妄为、得理不饶人的大村主任。他只好告诉王步岚：“你回去吧。待我研究后，给你个答复。”

“好好好！”王步岚咧开嘴笑了，“徐书记别嗔怪，你是公社书记，我是王屯堡主任，各有各的难处。”他站起来，从炕上拣起解放帽，准备走了。随后又多情地邀请徐晋东道：“徐书记，有时间到俺村转转。”

“少不了要去的。你做好群众的思想工作，公社会妥善处理的。”徐晋东告诫王步岚。

徐晋东送客。当俩人握手告别时，王步岚立马换了副紫脸，他宛若徐晋东的挚友，挤眉弄眼地说：“我还保存着一瓶蜂王浆呢，改天去品尝一下。”

徐晋东哭笑不得地边承诺边用握手的臂暗暗使劲推送他出门。

晚上，公社三巨头在办公室召开了紧急碰头会。徐晋东在“万亩稻田”问题上，第一步高压政策宣告失败。现在，他又抛出第二套方案。他要求陈琦、田子荣，各人将各人片上的问题，就地处理。矛盾不能向上转移。为了补偿出地大队的损失，他提出，解散公社农场，将农场四百亩稻田，归还原大队。田子荣、陈琦都悉知下情，在稻地问题上，隐患爆发在即。谁也心里清楚，谁也没有灵丹妙药。

他们唉声叹气，无精打采，只能按书记部署去支撑局面。

徐晋东没有像往常那样，将西片的工作交给彭茂华。他深知这项工作的棘手程度，因此非他莫属。这样，三颗头各把一片，不管采取什么措施，均以平息纷争、稳定局面为前提。

桃园刮起的要地风，很快沿滹沱河畔蔓延开来。实际上，各个村都在酝酿着这回事，只是因利害关系不一，其风力级别也不同罢了。这里先从东片讲一个例子。岳堡村也是个出地较多的大队，牛皮灯笼岳万金也急急忙忙找到田子荣说：“田主任，他们叽叽吵吵省得要地，俺也不是愣子。你给俺登记起来，小咀、青云寨等共占俺六百六十亩产量地和二百亩荒地。”

别说田子荣看着粗鲁，但他其实粗中有细。他听了岳万金的陈述后，亲热地拍拍这位老实厚道人的肩膀，并摆出一副一家人不说两家话的体贴样子，道：“知道，知道。不论怎样，你给咱稳住局面。叫唤的雀，不一定有米吃。咱无论如何不挑这个头。他们怎么办，咱怎么办。你说呢？”

岳万金慢慢眨几下眼，回答道：“听田主任的话。”

“对着哩。好人啥时都是好人。”田子荣刚打发走岳万金，一个人正独坐家中，屈指审点东片三道线上的情况，这时韩愣小破门而入。

“想曹操，曹操到。我正盘算你呢，你来了，正好。坐下，坐下。”

田子荣站起来，给拔了一支烟，安排就座。

“你盘算我干啥？”韩愣小问。

田子荣笑了：“你来找我干啥？”

俩人对视哈哈笑起来。

愣小停住笑，告诉田子荣：“我听说下道线的大队，一条声要他们的稻地。有这么回事没有？”

田子荣说：“不至于一条声齐来闹事要地，但此风已经形成。风源是桃园村起的。”

“田主任，我正是为这事下来的。俺村种岳堡的稻地，一垅也不要了，全部无条件退还给他们。俺们花了的整地工，打了的井，一塌刮子，一笔勾销。”

“真的？”

“这还有假。社员们说，再叫咱少贴几块钱也乐意。”

“好，好。你们把种稻当成包袱，成了沉重的负担。这下好了，丢给他岳堡，永绝后患。”瞧田子荣变得多彻底，与去年春天的态度相比，现在简直是一百八十度的转弯。他暗暗窃喜，自己片上的大队干部都是老实到家的忠良，奸顽刁钻的都在中、西片上。他们从来不生邪念歹意，总是跟自己配合得十分密切。想到这里，他庆幸自己的处境要比他们强得多。

事实上正是如此。

当陈琦跟潘寨支书曹明海谈及王屯堡索要稻地以及公社意见后，曹明海立地眼睛瞪了起来。“不能！陈书记，公社农场，是各大队摊工，平整出来的烂碱荒滩，怎么能白白给了王屯堡？他个钻天黄鼠王步岚，就会瞅这个便宜，没门儿。他倒是个生吃白拿的人物头，想在双杨出头露面，搅浑水摸鱼。告诉他，潘寨还有个曹明海呢！”

陈琦望着曹明海，不表示任何带倾向的意见。他说：“有话慢慢讲，别激动。有理不在声高，山高遮不住太阳，你给咱坐下，一条一条讲，能把王步岚闹住，算你曹明海有本事。”最后，他带着激将的口吻，点曹明海的火。

曹明海一歪头，气鼓鼓地回敬陈琦道：“我闹不住他羞死了！他有土地把子，有依据，咱难道就没依据，就让他白讹人吗？徐书记、田主任不知道，你陈书记不知道？咱顶风雪，冒严寒，七五年冬天给王屯堡搬掉多少十几米高的土墩子！填平多少碱凹蓄水池，买过多少平车，使坏多少荆筐？投过多少工？补助过多少粮？咱桩桩件件，登记在册。这还不说，打井费，投资底垫。想把这撇开，凭空要地，这简直比黄世仁还霸道！”

“你说的都是事实，但王屯堡献出产量地也是事实。咱能不能来个折中处理？双方都让点步，彼此都少受点损失。各家均发扬点风格，共同努力，给公社减少些压力。堂堂曹书记，你还没这么点认识？”

曹明海笑了：“陈书记，我知道你的理论水平高，马列主义学通了。能天马行空地灵活运用，俺们这些兵丁衙役，全不得听你左右。”

曹明海挖苦陈琦，自以为得意。而陈琦大智若愚，好像没有感觉。他将曹明海的话，做了正面理解。他坦然道：“这就好嘛。这才像个高风亮节的老支书呢。那么，潘寨的态度，是听公社安排喽。”

曹明海用他那双滴溜溜的狡猾眼球，上下审视一番陈琦，心里好生惊愕：别看此人平时谈笑无度，装憨卖乖，到节骨眼上，游刃有余，熟路轻辙，老练得很。明海心怀妒意，总不甘这么轻易败给他，让他借自己的舌头，堵住自己的嘴，得了便宜还卖乖。于是，针锋相对地回答道：“多会还能不听公社的话？只要公社一碗水端平，哪个敢不服？”

“说的稻地，你又扯到辣椒上了。”陈琦看透他在耍手腕儿，倒打一耙，制止了他的出言无状，“言归正传，说稻地嘛。”

曹明海又舌头一打滚，反噬道：“稻地怎？去年明苑庄三小人把俺一眼井的稻地讹走，今年王屯堡又出来要地。我看狼碰开门，狗也进来了。想当年，公社‘万亩方田’大会战，是何等的威风、帅气！现在，就不给俺做主了？听他们几个苍蝇嗡嗡叫，就乱了阵脚？叫我说，公社挺起腰杆，给他们个厉害！这些小虫小虾，见过个啥世面？王步岚是个啥东西？投机倒把分子。吃住一收拾，他还不是闯屎的瞎狗，天生用石头打的东西……”

陈琦彻底失败了。曹明海反唇相讥，不啻对陈琦的责难，还贫嘴薄舌斥责起公社来。他自诩为老油子。陈琦面对曹明海这样的基层干部，凡事感到头疼，啼笑皆非，束手无策。好在他有退一步海阔天空的觉悟。于是，他近乎祈求着问曹明海："你就这样绝对？一口饭能吃饱人？别的都搁外，单从我在潘寨下乡多年，咱俩个人关系，你也得给点面子，通融着办吧？"

曹明海发出长长一声哀叹："唉！"然后，说出一番颇为推心置腹的话，"陈书记，你领会错曹明海的美意了。我不是跟公社过不去，出风头。我是替公社担忧，为公社扛杠子。你想，哪个人张开口，就能喂他点甜的？到头来还不是按下葫芦起来瓢。请大夫请到猪圈里了，吃上的哼哼，吃不上的也哼哼。这岂不是全社大乱吗？王步岚、牛小拴这些无名之辈，就得俺这些人收拾他们。如果不是他们提出要地，而是公社主动调节，我二话不说，无条件服从。曹明海没水平吧，还没有这点认识？"

曹明海的舌头翻过掉过都好使，怎么说也头头是道，句句在理。陈琦不愿跟他换嘴了，精简言语道："公社的事情是徐书记定音呢，咱火燎眉毛顾眼下，你拿出一眼井，五十亩地，无偿退给王屯堡，怎么样？"

"赵庄是老大哥，他怎么办，咱怎么办。这话走到天边也能站住脚。不给你陈书记穿小鞋吧？"

"行。算话。"陈琦费了好一阵口舌，总算有了不是结果的结果。

第六十九章　书记被围王屯堡

在赵庄，徐晋东亲自出马，召见何子毅，面谕公社意见。让赵庄高瞻远瞩，顾全大局，作一些让步，给予出地大队酌情补偿，并谈了当前形势及沿河村庄的客观现状。这无非都是向何子毅说明公社和稀泥的理由。

徐晋东没有跟何子毅再说啥，倒是还想听听他的土道理，以便举一反三，从他的潜台词中筛选出护身符来。

何子毅见徐晋东不言不语，似有感受。他又进一步谏诤道："如今是亮历史丑不怕羞的时代。肚里有娃就得生，不能护疮护成一包脓。叫我说，徐书记，遮掩不是根本办法。"

何子毅的深刻剀切，言近旨远，发人深省。徐晋东仍没有正面表态，但已经有了自己的主见。他不准备采取头疼医头、脚痛医脚的贴膏药办法来缓解隐患，平息矛盾了。这将是木匠扛枷，自作自受。把本来不是自己的问题，搅成自己的问题；把本来是自己手上应做的事，埋伏下来，传给后人。实乃纸糊耗窟，不是个办法。此事再大，充其量也就是一个乱，有啥大不了的。

到此，徐晋东决定，撤回公社下乡人员，集中学习党的十一届三中全会的文件、文章，并结合现实进行讨论。从理论上，政策上，武装公社人员的头脑。这是多么天经地义，明智的应时举措。

徐晋东突然集中人员，搞正规学习运动，实在令人惊诧。往年，正是春耕备耕时节，今年正值群众此起彼伏，翻腾“万亩稻田”之际，公社闭门整饬，定有缘故。没缘故的事，徐晋东不会干的。公社人员都只顾自身，观察着动向。

原来，徐晋东眼看下边剑拔弩张，气焰熏天，他心里发虚，发毛，于是，果断采取了如此措施。这样搞，一方面防止了公社人员参与下边的山头活动；另一方面，人多势众，防范力量强。在关键时刻，毕竟是自己直接指挥的人员。除此之外，还能给下边社员造成一种严正、规范的森严气氛，不至于像王步岚如入无人之境，来公社嚣张、放肆。不但如此，徐晋东在学习中，连续召开各部门各方面的工作会议。诸如：审批社员房屋基地；审批党员；下达生产计划；下达植树任务；处理要钱的，偷盗的，行凶打架的；审定大队干部补助工；出台计划生育处罚规定；等等。公社广播接二连三，发出号令……经这样精心安排，严阵以待，并采取声东击西，侧面进攻的一系列步骤后，效果是明显的。没有哪个胆大包天的鲁莽汉闯来公社撒野。须知，不管什么形势，社员是活在公社手下的，这是绝对的。无论谁敢跟公社站队，躲过初一躲不过十五，总有等住你的时候，总有越不过这道门槛的时候。因此，人们轻易不敢踏进这敞开的朱红大门。

公社静静地过了一天又一天。徐晋东高枕无忧，偃卧在铺盖卷上，窃喜着想：任你门外闹吵吵，我在家里困我的觉。公社人员也渐渐松散起来。大家都摸清了当家的意图，他不是冲公社某些人来的。有些人关起门偷打扑克。到晚上，像杨利民这类人，又跳起了墙头。

就在双杨公社舜日尧天、四海升平的安乐时刻，突然风驰电掣，尘土滚滚，闯进一辆吉普车。车上覆盖着厚厚一层黄土。车门打开，走下一位个头不高、虎墩虎墩的中年人。王磊迎客，惊喜地问：“是罗书记来了？”

罗国亮随便应酬一下，问：“晋东在不在？”

徐晋东走了出来，打招呼道："罗书记，你早早地出来了？"

罗国亮心情沉重地径直走向办公室。王磊张罗着倒水、递烟。徐晋东坐在跟前，接受领导的指示。罗国亮没说闲情逸致的客套话，开门见山道："你们王屯堡闹得很凶呀！"

突然听到罗书记这句话，徐晋东有些茫然。他仓促中错误地领会了书记的意思。他以为罗书记是听到王屯堡人闹稻地纠纷，关心自己工作上受挫，特来安慰的。于是，敷衍着汇报："也不至于怎的。"

"闹得我不能工作了，还不至于怎的？"罗书记发了脾气。徐晋东这才弄清自己喝了阴阳水。无怪这几天公社风平浪静，安谧无声。原来，动静整到县里去了。他这才慌了手脚，连忙语无伦次地向大书记汇报。

"最初，是从桃园开始的。我们几番几次做工作，但终因问题太复杂，牵涉大队太多，双方都有理由，众生好度人难度。公社一只手只能捂一个耳朵……"

"走吧，咱去一趟王屯堡。"罗国亮打断徐的啰唆，督促动身。

徐晋东在县委书记面前，唯命是从，别无选择。他不知道罗书记受了多大的难堪，也不知他为啥执意要去王屯堡。看样子，是没有商量的余地了，只好上车带路。

绳子总是从细处断。徐晋东越不想去的地方，偏偏罗书记越要去。这里，不得不将王屯堡的支部书记提前做一介绍了。王屯堡支书叫闵梦牛，勿用剖析，生他那夜，他老子梦到一头牛。梦牛是位老革命，五十多岁。他会烧砖瓦，是窑大师傅，经常出外揽活干。这人也有头脑，不自私，是位真正的老黄牛。但自从当支书后，出外赚钱的门路没有了，只好老老实实充当套在辕里的老黄牛。由于此一技之长作怪，他心痒难挠，总盘算着抽空走几天。这样，他便将担子逐渐往大队主任肩上搁。他深信，王步岚比他料事精明，社员吃不了亏。今年开春，他发现形势松动，便索性背着公社悄悄溜出去，给一家砖窑当了大师傅。这样，对于村里工作，他三日打鱼，两日晒网。大权逐渐落入王步岚之手。梦牛很诚实，带头交款记工，队里也不吃亏。他呢，隔三岔五就回村转转。人们说他是甩手掌柜，名誉会长。最初，陈琦发现这种情况后，本想纠正，但经调查，两相情愿。何况梦牛出去也能打闹几个零花钱，就惜情护面，装了好人。如此日复一日，到今天，客观上形成大队主任管事的局面。现在村里群众闹事，干部支持，支部失控，群龙无首。这种反常的基层政权组织混乱的糟糕局面，怎向罗书记交代？罗书记到王屯堡是处理因群众上访而牵扯到的稻地问题。不管怎，首要的是召开支部会，而支部书记现在还不知在哪当烧窑师傅呢。这、这——浑身是嘴也难以说清。

“徐书记，还不拐弯呢？”司机问。徐晋东从担心的悸怕中回过神来，向车外一望：哟，早超过岔口了。他只好将错就错，懵弄司机道：“走吧，前边也有路。”说话间，他忽而又想到一个理由：“下道线路不好走。”

其实，司机早从反光镜上看出了徐晋东的思想开了小差，只是鉴于大小书记的清冷僵局，不便开言说透罢了。

车过明苑庄，在即将临近赵庄的路上，终于拐了弯，绕了个“U”形，向王屯堡进发。王屯堡越靠近，徐晋东的心“吧咚、吧咚”跳得越狂。纸里是包不住火的，一到王屯堡就露豆馇馅儿了。这出戏如何收场，徐晋东忐忑不安的心告诉他：祸出不测，不堪设想。

在王屯堡大队门口站着孤零零一个人。徐晋东老远就发现，那是闵梦牛。越走越近，越看越是个闵梦牛。啊呀，险些吓死人。徐晋东喜出望外，真乃人有七十二个救命疙瘩。这一站，就救了徐晋东一大半的命。徐晋东立马来了精神，打开车门，对罗国亮说：“罗书记，这是王屯堡支部书记闵梦牛同志。”

罗国亮走下车，问：“这就是大队部？”

“是的，进吧。”梦牛指着背后的处所说。这是原来的河神所在地。大门前有棵大槐树，属于河神爷的小铁钟仍在古槐上悬着。小院宅干干净净的，办公室也十分整齐清洁，看得出是刚刚打扫过的。徐晋东心里一下舒展了好多。他所看到的一切表明，这里平平静静，正在文明待客。

其实，徐晋东对今天这不意行动只知其一，不知其二。

原来，王步岚率领王屯堡全体小队长和一部分社员，一行五十余人，前去县委找罗书记，七嘴八舌，叽叽吵吵诉说苦处。有人说白白被夺走一千多亩耕地；有人说乱砍滥伐二千多株树木；有人说“霸走俺良田荒芜了，公粮（农业税）还得俺出”；也有人说；“毁了俺老渠，摊了俺祖坟”……总之，他们的理由十分充足。下班了，他们赖着不走。罗国亮只好答应今天去村里了解情况。王步岚呢？马上叫回闵梦牛，这其中弯弯绕绕，徐晋东哪里知道？罗国亮书记的到来，在王屯堡已是家喻户晓。

“你们村群众对稻地开发意见不小，支部是啥态度？”罗国亮问梦牛。

闵梦牛昨天这会儿，还在距王屯堡二十公里以外的砖窑上点火、烧窑，对王步岚给他闹下的这摊场，拿不起，放不下，甩不掉，踢不开，只好兜揽在自己身上。哑巴吃黄连，有苦难言。他口讷着回答：“农民，全靠三寸地皮生活。王屯堡这几年蒙受的损失，对你罗书记和徐书记说良心话，实在太大了。支部多次做群众工作，但自己也觉得理屈着呢！路是弯的，理是直的。俺们拗口得没法向群众交代。”

“这么说，群众进县里找我，也是支部同意的？”

“……”梦牛顶了板，无言以对。

“罗书记，这个村的支部工作较差，梦牛倒是个好人，但能力差些。咱是不是召开个大队干部会议，听听他们的意见？”徐晋东解围。

“开个支部会，怎么样？”罗国亮问。

“得扩大几个人。这村的主任，还在培养阶段，没有纳新。”徐晋东向罗国亮介绍说。

“有没有社员代表？”罗国亮问。

“没有。俺村不算大村庄，革委会是群众直接选举。”梦牛回答。

“那好，就召开支部扩大会。”罗国亮同意了。

“扩大到大队主任、妇联主任、民兵营长就行了。”徐晋东指定了具体扩大对象。

闵梦牛出去一招手，这些人便走了进来。原来，人们早聚集在小大门外的街面上了。街上，大槐树下，熙熙攘攘，站满了人。远处，还有向这里走来的人。这种主动参与上级领导研究工作的群众场面，还是首次见到。这些人会干啥？梦牛不免有点恐慌。他神色紧张地返回办公室，心情久久不能平复下来。

开会了。罗国亮简单说明来意后，让大家统一认识，研究具体解决办法，也从中了解事情的症结，群众的呼声。

起初，闵梦牛打圆场，当和事佬。接着王步岚一针见血，谈归还土地的意见。随后人们便不按发言次序，交叉议论开来。有的要索赔毁掉的树株，有的要赔四年农业税。汇总出来无非也就是到县里向罗书记提出的要求。这时，徐晋东不得不发言了。他说：“现在，必须面对现实。你们要地，有道理。怎么退地，退多少，井怎么办，电怎么办，这不是一句话能定下来的。我的意见，只能搞折中，协商退地，双方共同受损……”

这时，门突然被推开，一位五十岁开外的社员闯了进。他打断徐晋东的话，说：“俺不稀罕他们的井，也不需要他们的电，让他们搬走！……”

面对这位鲁莽大汉蛮横放肆的粗暴行为，徐晋东实在不堪忍受。他瞪起严峻的冷眼，斥问：“你是支委，还是群众代表？”

“怎么？还不叫说话？叫他们也受上四年损失看看！”来者不善。此人歪头立眼，继续他的狂妄发泄。

“出去！无端冲击扰乱会议，成何体统！”徐晋东勃然大怒，直指这个——啊！这不是郎计狼吗？但话已出口，成命不收。任他豺狼虎豹，打蛇要打七寸，必须给他个下马威。不然，今天难保罗书记走出王屯堡。他尽量使出狰狞可怕的面孔，威吓道：“出去！”

郎计狼在村里是不讲理的象征，眼能急成牛蛋，谁也不跟他论高低。他平时对村里的事漠不关心，今天，不知怎，心血来潮，贸然闯进办公室。其实，那天去县里，他根本没理会这件事，去也没去。

郎计狼虽然蛮横，但他知道王法。他也领教过皮肉之苦，不敢再在两位书记面前称雄放肆了。于是，只好瞪起两眼，收敛怒容，知趣地走了出去。

经郎计狼的干扰，会议乱了套。罗国亮发现，窗外有人头晃动，看来绝不是一个人的问题。他尽管怀里抱着笔记本，心不在焉地记着什么，但他头脑里走马灯似的过开电影。这种处境，使他联想到好多群众运动场面。民意不可违。一旦大多数人起来反对，众怒难犯，是须慎重对待，当心吃亏的。他的心忽扇起来，耳热眼跳，脸发烧。不祥征兆悄然钻魂入窍，使他乱了方寸。其实情况很明显，今天实在不该深入虎穴。他这样一想，祸至神昧，头脑昏乱起来。

徐晋东从会内会外的气氛看出，再待下去，就会出事。于是，果断地越俎代庖，宣布散会。他说：“罗书记今天来了解情况。如何解决，回去再商定办法。大家要安心搞好春耕生产，凡事不要忘记四项基本原则。大家应当相信，县委、公社是会妥善处理此事的。现在休会。”说到这里，他对罗国亮说：“罗书记，咱们走吧。”

罗国亮是农民出身，知道农民的脾气。今天，既然来到双杨，就得听徐晋东的安排。他立刻装好笔记本，准备离开这是非之地。

徐晋东一开门，院里站着好多人，有男有女，都齐戳戳面向他站着。

“徐书记，让罗书记给俺讲几句话。”有人喊叫着说。

“俺去县里，罗书记说，来村里解决嘛。怎解决呀，给俺个话。”

有人挑了头，随后大家便乱嚷嚷开了。院里人一吵，大门外的群众便涌了进来。那场面犹如打开的羊栅栏，人们争先恐后，抢着拥挤着，蹿了进来。霎时间，小院子里堆满了人。黑黢黢的面孔，没一个面露喜色的。徐晋东、罗国亮被阻滞在台阶上，根本走不了。这种突变局面，是他们没有预料到的。

徐晋东见状，不得不开口讲话了："社员们，今天县委罗书记是来调查我社七五年万亩方田大会战所留下的后遗症的。包括了解到王屯堡受了一定损失，也是存在的。党支部及大队主要领导，均做了详细汇报。罗书记做了认真细致的记录……"

“给退地不？”有人高声问。

“不给退地，今天别想离开这个院！”郎计狼说。

徐晋东被逼得走投无路了。他今天在罗国亮面前，是马前卒角色，送命也挨上他了。保得将军来，须保得将军去。人一旦豁出去，什么后顾之忧，全抛在脑后了。他指着郎计狼凶狠地说："郎计狼，你想干啥？"接着扭回头，命令着喊："闵梦牛，你站出来！"

戳在徐晋东身后的闵梦牛没吭声，站了出来。徐晋东指着他的鼻子问："刚才，郎计狼的话，你听到没有？"

“听到了。”闵梦牛低头认罪。

“你们王屯堡今天摆的什么阵？”

郎计狼以为徐晋东认不得他，才敢出头露面，暗地扬土。现在被徐晋东指名道姓训斥，吓得连忙退出会场。但这里边，绝大多数是书记不认识的人。他们仍混在一起，恣意起哄。

……

人头攒动，怒气冲冲。有人撺哄捣乱，打起了呼哨。

罗国亮摆摆手："同志们，安静一下。大家的呼声是一致的，都想把地早日要回来。但如何退地，不是一句话能回答的。县委要采取积极态度，力争尽快解决。"

"稻地已经送肥了，再拖延下去，今年又完了。"

"三天以内，不解决，俺们就刨地硬种了！"

有的煽风点火，播糠眯眼。喧嚣起哄的场面，一触即发。

徐晋东对闵梦牛说："我们要说的话，说完了。你带路走。谁捣乱，把谁的名字记住。"说毕，顺手揪出闵梦牛，推在他前边开路。梦牛是个好人，村里人也尊重他。但他身为支书，擅离职守，对于村里大事，他装糊涂。他自觉有愧于父老乡亲，不能理直气壮，站出来只手擎天，控制局面。事到临头，只能半推半就，执行公务。他口里喊着："站开！别堵路。"但人们越挤越紧，后面的挤前面的，闹了个水泄不通，寸步难行。

这时，一直躺在屋里的王步岚深感事态严重。他一下跳了出来，站在台阶上喊："千中有头，万中有尾。你们戳在大队院里闹啥哩！我是你们投票选的主任，我当一天，你们就得听我的！现在，闪开！"他接着走到罗书记、徐晋东前边，一把手将梦牛拨拉开。他对大家嘶吼道："有话在先，不退开的当心我手中家伙。"他举起手里的捣炭锤，挥舞了一下。然后，来了个向后转。他凭借自己的高个头优势，又采取了老虎倒碾磨的战术。他脸向后，不看前边塞路的人，肆意放开手脚，猛冲瞎撞。他屁股揎，肘子搡，两脚踢打，疯了一般大闹开来。众人见自己的主任撒了泼，料他是沐猴而冠，表演给领导看的。有的故意喊叫，有的佯骂，有的冷笑，乱哄哄的小院里炸了营。闵梦牛护送着两位书记，口里叱咤不停："闪开，闪开！"他给王步岚做后盾并助威。王步岚终于杀出一条道。

大门有人从里边上了锁。王步岚二话没说，用自己手里的砸炭斧头

“咣啷”一声，锁便开簧了。

“走！”王步岚打开门，神气地对两位书记说。门外的礓礤上，槐树下，不时送来围观群众的冷言冷语和吼叫声。

当王步岚身先士卒充当开路勇士，滚战到吉普车前时，已是汗流浃背，气喘吁吁的了。他一副狼狈相，恍惚着说：“你们走吧！实在抱歉。”

吉普车总算开出王屯堡，屁股后是纠集不散的人群。

第七十章　马亚平老马识途

双杨抖乱毛包了。沿河岸十多个大队，在桃园、王屯堡要地风刮起后，都不甘落后。群情激奋，各行其是。

首先，王步岚在救驾两位书记离开王屯堡后，再没有胆量和脸面去县里了。他来到了桃园，找到牛小拴。

“小拴，看来，靠县里和公社是没希望了。咱们是不是去一趟地区，找一找在你们村下乡的朱老人，问问政策，或许能帮个忙。”

牛小拴向来鄙夷王步岚。他对王步岚的轻嘴薄舌、夸夸其谈觉得鳖眼。他总发现王的脸上有种讪气，尤其是时不时地哈哈一笑，使人肉麻。而有些领导，偏偏欣赏花言巧语，卖嘴皮的，这又使小拴产生一种无名的嫉妒。总之，他看不起王步岚。今天，要自己同他共赴地区告状，并且想依靠自己搬工作队的粗腿。这分明是凤凰耍弄老草鸡。“我才不上你的钓钩。”牛小拴暗自心想。牛小拴虽然不愿与王步岚为伍，但愿意怂恿他前去地区惹事去。于是灵机一动，黠笑着说：“王主任，想到地区，不能找朱老人。我卖给你个真红心吧。”他挤眉弄眼，神乎其神地卖关子。

他这不熟练的做作套路，在王步岚跟前，简直是小巫见大巫，鲁班门前耍斧头。王步岚饶有兴味地俯下身，逗玩小拴道：“莫不是水道里走进骆驼吧？你有啥红心，亮出来看看。”

“正经事情，我从不开玩笑。你找尚丞荣去，保准百发百中。”

“就那个白脸书生？”

“别小看学生牌出身，肚里政策水平高着呢。”

“行，你同我一块找去。”

“我是不能走的。一来俺小村陌厍，人小帽子低，说话没人理，须跟着你们走。二来，徐书记对我有言在先，不能给公社惹是生非，制造混乱。所以嘛，我向你推荐尚丞荣。他去年就调查过‘万亩’的问题，曾对我说过，‘这里边有明显的政策问题’。我若哄你，是笸箩大的王八。”

“啊呀！原来你比鬼也精。又想吃肉，又怕腥了嘴。你是催着王八下苦井呢。你怕犯错误，得罪领导，俺们是傻子？好你个牛小拴，你这红心我领教够了。”说着奸猾地朗声一笑，然后迅速收敛，拔开腿就走。

王步岚一来对牛小拴的举动反感，二来对他推荐的尚丞荣有前嫌。他曾在自己家里冷落过小伙子，而且他料定小青年是个成事不足败事有余的鬼筛锣。他才不会上牛小拴的当呢。他枉来桃园一趟，决计自己直接去地区找朱美琰。他认定她是个可信赖的好同志。

王步岚一走，牛小拴赌气，到地区找尚丞荣。

其他村庄，到区里找领导的络绎不绝。

徐晋东没有什么辙子可施了，坐等事态蔓延发展。几天过去后，有人传讯：桃园人断了赵庄的稻田大路；又有人报告，王屯堡毁了田间阡陌路，刨了地埂……社员主动下手了，“万亩方田”上乱了阵脚。

山高挡不住南来的雁，墙高阻不住北来的风。老百姓开始有了自己的头脑。他们萌发着私心，尝试着呐喊，捍卫自己的利益，无形中隐隐约约纳入正当的呼声。他们这些行为，对固守一大二公的上层体系，自然是个冲击。

公社大院里，死样活气，大惊小怪。无不发出不可思议，又或是怨天尤人的哀叹和谫陋的悲怆。杨利民颇有预见地发表高见："瞧着吧，好戏还在后头呢。双杨可要乱呢！"

一九七九年的春天，对双杨太吝啬了。当时公社人们的萎靡情绪潦倒心态，用一千多年前的一位诗人的诗句来揭示，甚为惟妙惟肖："不知近水花先发，疑是经冬雪未销。"

错觉而已。

一天，县委副书记周谦带着地委、县委组成的工作组来到双杨。出人意料的是，地委工作组是朱美琰带队，县委工作组是马亚平负责，均为老熟人。经周谦介绍，徐晋东他们才获悉，朱美琰新近荣膺区水利局书记，兼副局长。马亚平呢，是他即将退休的最后一项使命。由这两位认真、踏实、耐心、平易的工作组长，组成解决"万亩方田"遗留问题的专案组，再加上肚量大，能容天下难容之事的周谦，徐晋东不禁暗暗叫苦。

周谦丢下工作队，走了。

朱美琰这个在徐晋东看来最没有工作能力的老好人，居然代表地区来处理此事。她的办法很烦琐、细致，主张将情况弄得清清楚楚，然后，一家一家地做工作，直到满意，无人告状。

反正有一条，在处理阶段是不能上访的。这样，马拉松战役便开始了。

公社停下所有工作，集中全体人员，全力以赴参与稻田的会诊工作。首先，凡有争议的地皮，一块一块，一方一方丈量；凡在别队地域动工的渠、道和树株，一一计量登记；凡"方田"内的电路、水井，按投资归属登记起来。另外，逐村摸底，究竟献出多少产量地，将地名造册登记后，统一到县档案馆，一一核对。还有种稻队，究竟投出过多少整地工，修路修渠工，一一摸底。仅这摸底工作，紧紧张张洋洋洒洒，干了半个月还没有结束。

一向小心谨慎、事无巨细的马亚平也叫苦不迭。这工作要做到何年何月？他对徐晋东旁敲侧击，提醒着说："你发现了吗？这个朱局长……"他撮起三个指头，捻摸着，听候晋东的反应。

徐晋东憋着一肚气，不知是冲谁发无名火，愤愤不平道："圪搅到明年，或许政策又翻烧饼，那时候，什么问题也不存在了！"

马亚平被呛得闭口无言。他上下扫视一下徐晋东：这后生翅膀硬了？还是看我已是即将告老还乡的老朽？好心好意辅佐你，反而狗咬吕洞宾。真乃好心做了喂猫食，没得情由。老马接受这差事，本来有些为难。自己已经船到码头车到站，马上悬车卸职了，何苦兜揽这糊糊事呢？但他又经不住领导的戴高帽："老马同志，来个梢头结大瓜吧！这事非你莫属。老将出马，一个抵俩。你也给老同志做个榜样，站好最后一班岗。"老马飘飘然，自信领导是肺腑之言。何况上有地区工作队，下有公社，自己居中，凡事皆有讨巧的地方。于是，便欣然答应了。来到公社，才发现自己老牛追兔，有劲使不上。他向来认为，执掌帅旗的，不怕无能，只要善于接受群众意见就好；也不怕主观，只要自己的判断正确就行。而像朱美琰，自己能力差，又不敢听别人意见。她总担心别人会暗算她。她如此无能力又主观，别人只好竖子不足为谋，冷眼旁观的。今天，他本想跟徐晋东来个心心相印，英雄所见略同。不料，晋东不开眼，当着和尚骂秃驴。他分明将自己当作王则峰发泄牢骚，岂不知，当年王则峰被胜利冲昏头脑，能听进谁讲的话？他书生气十足，一副乌托邦做派，妄想一清早跑步进入共产主义，率先革命，其气焰之盛，不可一世。今天，自己又不聪明地来收拾残局。看来，不光是徐晋东有这种想法，双杨人是不是都认为"万亩方田"有自己一份责任呢？唉，自己千不该，万不该，不该临退休来双杨丢老脸，代王则峰自食其果。

众人嘴里有毒。马亚平的屁股坐不住了。他决计尽最大努力，挽回自己的面子。不能听之任之，坐观事态发展。他立刻想到一个当年跟自己很要好的大队干部，一个在双杨很有威信的老同志。他熟门熟路，决定登门拜访。他要找谁去呢？

原来在王屯堡东，岳堡西的河边上，有一个百十来口人的小村子，叫涿雁村。行政建制独村独队。这村的支书叫忻老庙，从减租减息，扳大树那年代，一直当支书到今天，是一位久经考验的老农村干部。他从小很可怜。他妈乞讨时，将他生在一个古庙里。七岁上跟着爹打短工，十五上当长工，十六上给涿雁村财主家当了佃农。从此，负责这家财主的全部农田活计。合作化后，不管初级社、高级社、人民公社，也不管大队核算、小队核算，都是他一人当家。人说当家三年狗还嫌呢，这话用在老庙身上不灵了。他是当家几十年，谁也不嫌的“老黄牛”。他无声无息，埋头苦干。做在人前，吃在人后。哪里苦重，他到哪里。坌活、细活，水旱碱地，他都精通。有些活计，他平常一个人抵两个人受，谁也不敢去比试。他从不计较个人得失，不是无私，而是倒掏私。他白贴给队里的汗水和零碎的小件不知有多少。他走路看见个钉子，也要拾起来。年复一年，他将涿雁村治理得井井有条，丰衣足食。涿雁村产量逐年上升，人均从一千斤、两千斤，到三千斤。每年是省级劳模。但他在公社难为人先。墙里开花墙外香，窗子上吹喇叭，名声在外。一来，涿雁村子小，作物单一，搞啥也掀不起个局面，造不成个声势。二来，老庙不爱出人头地，反对虚张声势。如其然，他只能默默地在涿雁为大家操劳……不论哪股风刮来，冠以什么头衔，他反正有本老经：粮食是骨头，有骨头不愁长肉。他换汤不换药，以不变应万变。当社员劳动取消按劳取酬，按思想觉悟记出勤时，他将之改为定额思想。五亩茭子，去五个人锄，锄完是好思想，满分；否则，定为次等或者最下等。在推荐学生上大学时，给了他村一个指标。他将两个学生（均为贫下中农）叫到办公室，抟了两个纸蛋，一个写走，一个写不走，谁抓住哪个，认哪个的命。马亚平要找的就是这么个人，忻老庙。

马亚平骑自行车来到涿雁，找到忻老庙。老庙正在队里的库房小院内鞣牛皮呢。生皮子沤在大瓮里，发臭后，再捞出来，加上碱水、盐水鞣搓、刀刮后，才能成为供人使用的皮革。这气味，比臭屎都难闻。“老庙，你又在当皮匠呢？”老马边笑着打招呼，边走了过来。他不由得抽鼻子，皱眉头，被这臭腥味儿弄得好不自在。

“你稀罕！”老庙边使劲征服僵硬的畜皮，边迎客。

很明显，老马是想让老庙带他到僻静处坐坐。而老庙苦于营生刚上手，左思右想，不忍心丢下。他是让老马就在这里坐坐，弄得老马很尴尬。他点着一支烟，给老庙送过去。老庙不好意思地甩着两只腻乎乎的手，准备接烟。老马已经给他插到嘴里了。老庙吸了一口，示意老马坐在那个小凳上。老马意识到今天叫他坐冷板凳哟。于是，策略地说：“老庙，这股味儿，时间长了对肺不好啊！”

“没事，时间长了，就闻不到味了。”老庙看出了老马的心事，又问一声：“你来一定有事吧？”

“没事，时间长了，没跟你聊聊。今天有空，想来跟你坐坐。”

“你也不是外人，就在这儿拉呱吧。等我了结了这张皮子，再进家坐。”老庙略停了一下，话锋一转，道：“听说王书记病了？”

“是的，到太原检查了一下，他的状态更不好了。”

“什么病？”

“胃癌。”

“啊呀！怎么得上绝症了？”

“天有不测风云，人有旦夕祸福。老天爷的安排，没得法。”

老庙从老马不痛不痒的超然态度上，看出如今他们彼此关系平平。

官场纸薄，人走茶凉。公社是铁打的营盘，流水的兵。而只有这些维护公社的大队及他们这些烧不熟、煮不烂的老家伙，捣砸，熬走一茬又一茬。马亚平转眼离开双杨三个年头了。他虽然跟自己谈得来，但谈的也无非是作物安排、经营管理、生产技术的琐碎话题。他老马识途，属凤凰的无宝处不落。他今天既登门来找，必定有事。这几天，稻田大战弄得不可开交，他能消闲地来溜达吗？但他又很讲究面子，虚荣心强，在大队干部面前，总保持一种领导的尊严和风度。他现在是客人，如冷遇了，他会耿耿于怀，长时间郁结心中的。老庙下了决心，丢开爱不释手的营生，站起来关照着马主任，回了办公室。其实，办公室啥也没有，只有两个骨牌凳可供他们就座。

“你是双杨水稻元老，省里都有名望的土专家。”马亚平见老庙没有闲坐的心情，赶紧抓住时机往正题上引。讲完一番程式化的开场白后，他接着说：“七四年涿雁就人均一亩水稻喽。王则峰之所以大胆提出万亩方田，村村种稻的设想，其根源是受了你的启发。”

忻老庙猜不透马主任兜里卖的什么药，顺着他说：“这设想不错呀！”

“设想好是好。但回头看，工作方法有些冒失，简单化，以至于现在想落实政策，都没有依据可查。”

“没依据好解决，有依据反而不好办。地区朱队长开会开得我丢盹呢。婆婆妈妈，陈谷子烂芝麻，翻老账，明年的现在也解决不了。派人到县里查地亩把子，那不是瞎弄。俺一个南凹二百多亩地，南凹内又有十来个地名，你外来人能闹清吗？”

“你有啥高明办法呢？”

“双杨办事，都不是狗跟上狼嚎。扳不倒那几个旗杆头人物，谁说了话也不抵。”

马亚平知道，老庙指的是赵庄、潘寨、明苑庄、王屯堡等有影响的大队干部。事情虽然明显，但扳倒旗杆，谈何容易。

老庙又直截了当地说："你回去对朱队长和徐书记说一下，公社抓把捏撮劈派吧。俺们割过的肉不疼了，怎说怎行。谁不行就做谁的工作。日后，凡开稻地拉锯会议，我弃权不参加了。俺反正无条件服从公社意见就是了。俺是实在误不起工呐。"

"好，好！"马亚平被老庙几句话说得豁然开朗。双杨何止一个老庙？他对当前处于泥淖中的棘手官司，和朱美琰患得患失的仁人君子哲学，以及大队间无休止的炒冷饭争吵，涣然冰释。

马亚平有了活典型，如获至宝，火速告别老庙。他心里暗暗好笑，今天一个偶然的动机，鬼使神差走访老庙，心中愿望如愿以偿。真正是天遂人愿，迷途指航。他情绪高昂，逍遥悠闲地信马由缰返回公社，心里有种径情直遂的陶醉感。

马亚平心里有了主心骨，决心做通朱美琰的工作，尽快找到突破口，加快工作进程。不然，临回家落个老鹤乘轩，前功尽弃。如何才能使朱美琰改变方法，提纲挈领地快刀斩乱麻，尚需开启痼癖脑袋的一把金钥匙。老马苦思冥想，又进入一个新的捕捉机会的尝试中。一辈子苦苦耕耘，到老来自有天相。罗国亮希望自己梢头结大瓜，一定要给他个满意的答卷。不信扳不过朱老人的僵脖子。

朱美琰是幸运中造就的红人，她的乔迁是桃园下乡的回报。她做梦也没有想到，平平静静在桃园待了一年，会得到群众那么高的评价和热情款待。她更不敢妄想，回去后会有啥超常待遇。但偏偏出人意料地受到左阳书记的赏识，擢升为水利局书记兼副局长。她刚上任，又被委以重任，派往双杨，再度出征。这次挂帅重返双杨，与去年的小村蹲点，俨然鸟枪换炮，别有洞天。她充满必胜的信心，有一种志在一飞冲天，扶摇直上的良好感觉。这是她去年在桃园下乡一年的启示和感悟。有的人雄心勃勃，急功近利，妄图早种晚收，一朝成名，反而欲速不达，事与愿违；而不争名利，埋头苦干，虚心请教，甘拜农民为师的人，却能得到额外收获。这是她的亲身经验，她笃信不移，也是她仡仡敢于奉命赴任的潜在动力。其次，她来到双杨，自然不会忘记在桃园的前车之鉴。无论如何不能盲从某些领导的瞎指挥，抢风头，也不能受某些人的挑唆、撺掇。凡事要从自己心上过。这就是她来双杨解决纠纷的安身立命哲学，也就是不受别人左右，师心自用，别人所谓固执己见者也。但有些大队干部和老百姓很拥护她，一看就是真心实意来做工作的。

朱美琰凡事爱亲自动手。她对自己身边毛手毛脚的工作人员总不放心，对公社人员疑神疑鬼，亦不敢重用。为她效力的人日渐消沉。她成天忙于各队间的斡旋，她耐心地听取各自的意见，她深感哪家都有一肚苦水，都具有充足的理由，令她同情。她不辞劳苦，走乡串村，一一做说服工作。她含辛茹苦，费尽九牛二虎之力，也感成效甚微。这时，她才觉得自己绠短汲深，力不从心。单凭自己的热心肠，难以感动上帝，理纷解结。

账，越算越露相。井电，投工是计价的。土地呢，谁敢给土地定价？土地无价，怎么折算？工作越发受阻，矛盾越来越尖锐。每每夜深人静，朱美琰独守孤灯。她设身处地领略到农村工作的艰辛。她也深刻地意识到，去年她是一个侥幸成功者。彭秉如下车伊始，包办代替，一锹想挖出个金娃娃，结果落了个出力不讨好，败走麦城。自己如果执拗地坚持算细账，细算账，声称让谁也不吃亏，公公道道，还大家一个满意，恐怕是走入死胡同，陷入困顿，不可能实现的讷言。

这是一个月色皓皓、春夜和煦的宁静之夜。院里的杨树枝头偶然发出怀春夜游鸟求爱的呖呖鸣叫声。朱美琰奔波一天，心力交瘁。她静坐幽思，对桌上的一沓数字感到厌烦。屋里萧条、冷落、寂寞、沉闷，一向洁身自好、严于律己、忍辱负重、坦率诚挚的她，此时此刻，在萌生着嫌隙。她与身边的辅佐人员产生了芥蒂。她甚至怀疑有人在扇阴风，唯恐天下不乱。不然，为啥生于斯，长于斯的土著干部，反而袖手旁观，躲躲闪闪？

马亚平踅来踅去，终于认定，给她敲警钟的时候到了。他轻轻走到话务室，对毛毛说：“你提上一壶水，给朱队长送去。顺便观察一下她的情绪。”他知道，毛毛是个机灵鬼，一点就醒，做这工作，不会有差错的。

毛毛仰头一笑，然后去执行任务。

不一会，毛毛嘻嘻扑扑返了回来。她淡然一笑，报告马亚平道：“一个人坐着。老人好像想家了，见了我表情不是很自然。”

马亚平一听毛毛的形象描述，二话没说，立地去敲朱美琰的门。

朱美琰迎进马亚平，脸上露出一丝萎靡不振的笑意。俩人的心情，应当说，同病相怜，彼此类似。本是一轨同风的联手工作，一根绳子上系着两蚂蚱，跑不了你，也蹦不了他。但在方法上，俩人产生了裂痕。马亚平集一生经验，深知石砘不能走在耧前边。于是，自动谦让，维护朱队长的威信。今天，他深知朱美琰已经领略到问题并不像她想的那么简单，单凭自己一颗善良的心，和蔼的态度，就把世上事情办好，是一厢情愿。但他仍是礼貌地做个手势，道：“朱队长，我今天发现了一个情况，向你汇报一下。”

朱美琰开诚布公道：“瞧老马说的，你是老马识途……”无意的偶合。她一向不幽默诙谐，今天失口巧合，觉得突兀。这对老马似乎是不尊重的。

老马善于看风使舵，妙用辞令，立刻接着道：“是这样的。”于是，他绘声绘色将忻老庙的意见和盘端出，并且又列举出好几个村庄是一致的要求。老马发现朱美琰有赞同的迹象。于是抓住机会，来了一通慷慨激昂的剖析、判断，最后说：“必须在坚持有利于发展生产，有利于保护生产设施，有利于团结的前提下，落实政策。求大同存小异，工作宜粗不宜细。公社先拿出方案，让大队认可。采取蛇蜕皮办法，最后拔钉子，攻碉堡，获取全胜！”老马兴致盎然，不时眉飞色舞，伸胳膊跷拇指，跃跃欲试。从他滔滔不绝的演说神态上，看得出他自信自己具有生公说法、顽石点头的魔力。

果然，一向老成持重、恬静恭谨的朱美琰，被马亚平感染得情不自禁，突然伸出巴掌在老马肩胛上重重拍了一下，弄得马亚平魂不附体、目瞪口呆。他不知这女人使出啥圈套诓骗自己，又猜疑自己言多有失，不知哪句话冲犯了她。极度紧张的神经，使他低着头，俯仰之间冲出门外。

“哈哈哈……”屋里传出朱美琰温文尔雅的谑笑声。

隔壁的毛毛对钰香说：“听，稀罕呀不稀罕，朱队长还会笑呢？”

钰香捏声屏气，悄悄说：“大概和马主任尿到一把夜壶里了。”

毛毛顺手拧了她一下大腿：“一男一女能尿到一把夜壶里？”俩人也笑出了声。

马亚平惊魂未定，抓挠着谢顶稀发，心跳得快要从嘴里蹦出来。左右都是女人的笑声。女人就是老虎。今天本不该夜间行动。

“老马，你金口玉言好难开呀！我举双手赞成！来，咱商量一下具体方案。”朱美琰站门口，仍在激动地语无伦次。

马亚平这才如梦初醒：“原来你是点头顽石跳起来响应。啊呀，险些子把我吓死。”

“老马，你进家来嘛，在院里呆站啥子呀？”朱美琰知道自己冒失的不经之举使马亚平发生误解。这人也太谨小慎微了。她迫切地希望立刻拿出新方案，明天荡然出现一个新局面。

老马想了想，不管朱美琰出自何种心理，对女人的态度应是敬而远之。他婉言谢绝道：“时间不早了，朱队长也该休息了。”说着迈开小步，匆匆而去。

马亚平住在林如海宿舍。他进了家，心情分外舒畅。今天，终于打开了朱老人的顽固脑袋。看来，自己的意愿要马上变成现实了。工作会旗开得胜，马到成功的。想到开心处，不免哼起了民间小曲《小牧牛》。他又着意抚摸着被朱美琰打过的老地方，不知是疼还是痒。看上去斯文假醋的一个贤惠婧妇，怎么会爆这样的冷门儿？他用拇指对食指，捻了捻那根寿眉毛，然后又顺脸斜滑到耳朵垂上抻了抻。当他关灯后，躺在炕上，才发现如水的月光是那么湉湉潾潾，催人遐想。悠悠岁月，转眼皓首。当年十五分钟人间风流云雨，结果背了十五年黑锅，付出的代价太大了。多少年来，履霜之戒，夹着尾巴做人。而今眼看到了悬车致仕、告老故里的花甲之年，益发需要戴上放大镜约束自己的言行。不管朱美琰怎么正己守道，无适无莫，但她毕竟是个女人。刚才这一巴掌的感觉，就明显跟男人不一样，这是多么危险的信号。切记，她终究是个女人……

唉，同女人做事就有这么些葛藤，也这么神经过敏。朱美琰心想：想跟他加班赶工做点工作，他却如临大敌，落荒而逃，实在可笑。难道我会调戏你个糟老头子不成？朱美琰遗憾地听着马亚平细碎的脚步声走远了，一个人不由自主地笑了起来。她总算在四面碰壁的困境中，又看到了曙光。不是老马主动献策，她还真不好意思改弦易辙，另起炉灶，否定自己的前段工作呢。这些农民，自己本来一片诚心，想给他们个公道、明白。没想到他们人多口杂，得寸进尺，不识好歹。更使她伤心的是，赵庄一个农民居然这样对她说：“因为修王屯堡的烂湿阴地，浸坏了我一条腿，我至今还是瘸子。他们要地得包赔我残疾金八千元。朱队长，不多吧！”朱美琰的工作越做越冷心。她搞农村工作，本来是半瓶子醋。去年桃园的意外成功，实乃大气候荫蔽下的小气候，给她的恩赐。她却误认为是经验，今年想依样画葫芦，驰骋双杨。不遂人意的是落花有意，流水无情。终使她走入死胡同，一筹莫展。这晚，正当她处于不识庐山真面目，需要悬崖勒马，找台阶下台时，老马适逢其时走了进来。他像猜透她的心思，主动献计献策，说得头头是道，竟使朱美琰喜出望外，动了感情。以至于她突然间，情不自禁地回敬这老智囊、老油子一个赞赏的肢体接触，表示感谢。不料，自己忘记时间、地点，抑或下手重了些，反使老马惊慌失措、惴惴不安地射出门外，闹了个误会笑话。

朱美琰失笑着，随手将桌上的一堆数字材料往旁边一推，如释重负地长长吁了一口气，卸包袱地自言自语道："明天将他推上台，重打锣鼓另开戏。"

第七十一章　方田混战终收场

区县工作队进驻双杨，使徐晋东脱掉一顶愁帽。地、县两级政府总算见识到了双杨的乱子。他们的到来，对自己无疑是个解脱，起码有了挡箭牌。老百姓有句口头禅：飞起来要落，张开口要合。大家闹腾起来，光脚的还怕你个穿鞋的？当年的皇历，现在不能用了。不交代老百姓个过来过去，还他们个明白、公道，他们恐怕不会善罢甘休的。这下好嘞！只是说代表地委、县委的工作组一定会旗开得胜，马到成功。不料，事与愿违，彼此矛盾纠葛得更露骨，更复杂了。他想避坑，却大有落井的危险。

一个太笃，一个太油；一个菩萨心肠，一个谦谦君子。徐晋东心里暗暗叫苦：面对这么两位钦差主帅，该怎伺候？笃者心细如发，只相信自己，一味钻牛角；油者谨小慎微，只保护自身，没情由退避三舍。徐晋东呢，审时度势，来了个三缄其口。得，如此三帅，弹不到一根弦上，叮咚不合调。试想，问题怎能不结死扣呢？

第二天一早，马亚平早早起床，来到徐晋东屋里。他面带喜气开口一句话便是："好消息。"

徐晋东还在洗脸，慢条斯理，擦了一把问："啥好消息？"

马亚平神气地凑近徐晋东，伸出一个食指向耳朵后指了指："朱队长活泛了。"

"怎么？她走呀？"徐晋东猜测她撂挑子，准备溜了。

"不，不，不。"马亚平否定道，"情况是这样的。"

接着马亚平将昨晚对朱美琰的一通演说，再向徐晋东复述一次。他情绪益发饱满，说得更加自信。最后，画龙点睛道："这叫蛇蜕皮法，末了捋尾巴。"

隔壁的田子荣一直在听着。这时，他十分兴奋，主动过来，取代徐晋东对马亚平表态道："早该这样，憋得哑巴也说话了。春争时，夏争晌，正在春耕大忙时节，只管笼柜里圪捣啥哩！"田子荣看了看马亚平，老马笑微微，喜不自胜；他瞧瞧徐晋东，晋东展眉舒眼，换了副头脸。他益发受到鼓舞，又挺起脖筋道："下边群众人多气杂，说啥话的也有，事怕颠倒理怕翻，理说八面呢！咱们只拉弓不射箭，多会也得不到了结。马主任，你出面，我们支持。"他说了这句话后，觉得有点架头跷书记，又连忙征求徐晋东意见，道："你的意见呢？晋东。"

徐晋东对老马说："区、县领导来解决问题，我是都支持的。不管哪条路，走得通就算。朱队长如果认识到她的磕头政策不行，愿意按老马的方案进行，当然是件好事，总比这一锅端要好些。本是一笔糊涂账，就得糊涂算。"

"这不对了嘛，还能在一棵树上吊死？"田子荣欣欣然表态。

万事俱备，只欠东风。

朱美琰召开了领导组会议。会上，她将马亚平推到前台，在原来调查、算账的基础上，提出领导组解决方案，一一落实到大队头上。

如其然，召开了一次大队负责人会议，便有二十个大队认可，甩掉一半。再做工作，再开会，又甩掉九个大队。再做工作，再开会，又做通六个村庄。最后，滗水见鱼，只剩下赵庄、潘寨、王屯堡，正如忻老庙说的三个旗杆头。问题简单了，但白热化了。

公社人员兴师动众，全力以赴为“万亩方田”官司费尽唇舌，几经周折，总算逐渐解脱，各归其职，步入正常工作秩序。而虎视眈眈对峙着的鼎足态势，只好留给头们去攻克了。这三家顽固碉堡，各自为政，坚持自己的观点，谁也不让步。公社几易方案，均得不到认可。势态发展到今天，他们已经不是几亩地、几百块钱的纷争，而是人与人的较量了。何子毅向来以桥头堡司令自居，有恃无恐。他在处理队与队之间的利害事端时，象高眼高，财大气粗。要么让得很宽，要么扣得太紧。他对王屯堡上告不满，又对他们社员摊埂断道不满，因此较上劲。王屯堡的王步岚本是一马当先，敢作敢为，搞稻地翻案的急先锋。随后他又到地区找朱美琰诉说冤情，求她看在桃园的面子上伸出正义之手，为农民说句公道话。一肚好心肠的朱美琰，本来了解情况后，便毅然为民请命，带着王步岚去见地委书记左阳。左阳书记正好接待了双杨几拨上访群众，反映的都是稻地问题。于是，顺手牵羊，将这一使命委任于朱美琰。对王屯堡来说，无疑是原告。从解决稻地的结果看，又无疑是胜者。但偏偏，他们胜者不胜，为别人做了嫁衣裳。经朱美琰的丈量细算，他们对全社各队情况一目了然，这才发现吃大亏的仍是王屯堡。连一辈子诚实、无私的支书闵梦牛也拍案而起，为王屯堡鸣不平。至于潘寨的曹明海，他认为这是难得的一场公社混战。他乐于水涨船高，柴多火旺。越是在激烈的争执中，他越言辞犀利，出口成章，炫耀他的舌战才华。因此，他不怕开会，不怕辩论，不怕无休止的扯皮。再加上一条，他不畏惧当官的。这就是三旗杆鼎立的内因。表面上看，是赵庄、潘寨与王屯堡之间的矛盾，但如果赵庄、潘寨任何一家让步，给王屯堡点实惠，即可冰释前嫌，云开雾散。

马亚平策略地做徐晋东的工作："徐书记，赵庄的工作，还得你去通串通串。赵庄是老大哥嘛，总得高姿态……"

徐晋东像是给老马面子，只是笑着说："汗得从病人身上出。我去做工作，还不及你呢！现在剜谁家的肉，都叫疼呢。"

老马撮起三个指头，继续做工作道："只要赵庄再拿出八十亩地，两眼井，然后让潘寨给赵庄一眼井，就有希望皆大欢喜，问题就会迎刃而解。"

"事情一直僵持下去，实在不像话。这样吧，马主任，你去赵庄做工作；我去做曹明海的工作；让朱队长做王屯堡的工作。如果都碰了钉子，咱们回头再商量对策。"事到如今，徐晋东感到窝囊至极了。这分明不是队与队之间讲价还价，牙对牙，眼对眼的矛盾了，而是看上边的笑话。如果说，工作前期是受朱队长的好人主义、相信群众、依靠群众，婆婆妈妈的工作方法，将事情引入误区的话。那么现在人家朱队长撒手让公社和县里处理，她做后盾，仍然有这么少数几家不以大局为重，尽给公社出难题。这岂不是让他徐晋东出洋相不成！人家别的公社春耕工作轰轰烈烈，双杨却被稻田混战搞得乌烟瘴气。自己呢，络腮胡吃饧撕扯不开了。这是他从来没有遇到过的沮丧局面。马亚平眼睁睁被徐晋东将了一军，把个苦瓜礼貌地送给自己吃。他想了想，决定啃这个苦瓜。赵庄也不是龙潭虎穴。何子毅对自己一向是尊重的，估计不至于不赏脸吧。徐晋东回避赵庄，是因为他在赵庄蹲点。排难解纷，长棍不及短石头。这样做工作，或许要好些。老马将这个意见，同朱美琰一交涉，朱美琰不假思索地说："行。"她刚刚接到男人电话，说他要到省委党校学习，希望她尽早结束这里的事情。她益发惦记起自己的家事，心急如焚，坐立不安。现在，无论什么办法，只要能做通这三家工作，使自己脱身，都可采纳。

徐晋东对陈琦下达了制裁曹明海的口头通知。他对陈琦讲："你明明确确告诉他，几个月的稻田大战，到了最后的拔碉堡阶段，我的任务就是潘寨。现在通知他，潘寨无条件再靠西面的，拿出一口井。如果同意，一句话；如果不同意，明天十二点让他到三岔口，就说我有请。”

陈琦从徐晋东的难看脸色上，看出事态的严重性。他不敢怠慢，立即赶赴潘寨。一到大队，便亲自在大喇叭上喊叫曹明海，“马上回工作队，有急事。”

曹明海扔下手里的活计，立地赶到工作队。陈琦没等他坐下，便一口气将徐晋东的意见，照本宣科，通告于他。弄得冰雪脑袋的曹明海，老鼠掉面盆里了，直发白瞪眼。这事来得太突然了，万没想到徐书记发了这么大的火。他假装镇定，眨巴着眼皮，抽起了烟。“赵庄呢？”他问陈琦。

“马亚平主任包了。”

“那么，王屯堡是朱队长了？”

“对。听说，三颗头立下军令状，死包不变。”

“……只要他们接受，咱好说。”

“不，就叫你现在表态。不然，你今天中午到三岔口赴宴。”陈琦一改过去同曹明海驴驹儿弟兄的态度，丁是丁，卯是卯地说，“我马上回公社还有事呢。”

三岔口已经出了双杨管辖范围，那里县饮食业设有一个饭馆。曹明海深知徐书记三岔口请他的含意，那是鸿门宴，自己长几颗脑袋，敢让书记请。事大不如脸大，如不给徐书记这点面子，那是手搬石头自砸锅，倒霉的日子临头了。他突然扬头一声笑，然后对陈琦说：“陈书记，说到底，只不过一眼井吧？”

“一眼井你还舍不得呢！”

“大败兴都认了，最后还能落个不听话。这一眼井，给！”

“好！早有这句话，还用我白跑冤枉路？”

“怎，还想要几文路费？”

哈哈……陈琦拍了拍曹明海的肩膀，又用大手抓捺了一下，“呀，这家伙长肉了。”

“就丢下肉了。”曹明海心绪不平，回敬一句。

“哈哈哈……”陈琦又是开怀大笑。

马亚平去赵庄了。这里需要说明的是，马亚平将他和徐晋东的意见转告朱美琰时，偷梁换柱，将赵庄改为退五十亩地和两口井，潘寨再补还赵庄一口井，赵庄等于只出五十亩地和一口井。这样，他的工作量就小得多了，然后把重头戏放在了王屯堡，亦即朱美琰身上。

朱美琰糊里糊涂同意了马亚平的三人分工方案后，才悟到自己上了他们的当。数来数去，数自己的担子重，任务艰巨。加上，他们都是地头蛇，地头龙，而相比之下，自己不是天上云吗？谁怕你！她在行往王屯堡的路上，心烦意乱，头晕眼花，情绪低落到极点。这条路，她在两个多月的时间里，已经跑过五六趟了，但数今天狼狈。她已经意识到，这是最后一搏，图穷匕首见。人家俩的工作，肯定水到渠成。到头来，自己交不了卷，怎么办？这叫死治司马懿。王屯堡之行，只能胜，不能败。她心里委实感到空虚，没有必胜的二分之一把握。人说夫妻账算不清，她今天才真正体会到，双杨公社的万亩方田账也是算不清的。账算不清，理怎能说通呢？……朱美琰想着想着，脑子里突然闪过一个念头。王步岚找她上门，求她帮助找左阳书记时，曾说过这样的话：“公社平白无故将俺村一千多亩耕地划拨给别村养种，俺还得代他们出农业税。现在，村里社员要求，不说给俺全部退还耕地吧，怎么也得退一半左右？俺也少贴点。”当时，美琰见他说得中肯，也在情理之中。于是，毅然领他去见左书记。结果，这苦差事落到自己头上。今天，朱美琰心里想，我要死死咬住他这句话，为啥我来处理此事，你们得寸进尺，步步紧逼，真正人心难测水难量！对！对！朱美琰一下精神抖擞起来，好像她具备了与他们斗争的全部力量！穷鼠啮狸，只要逼得没路走，谁也会想出绝招的。

朱美琰来到王屯堡，指名道姓找王步岚。开了几次会，她也认识了闵梦牛。她也清楚，只要闵梦牛在，王屯堡的事，还是支书说了算。但她今天要跟王步岚摊牌，逼他就范。不然，她这场戏收不了场。王步岚正在大队领着公社兽医站的兽医给牲畜灌药。大队除公马、公驴外，还有一辆胶皮车上的大畜。朱美琰来到这里，王步岚一眼便发现了她。但他对这老人越看越失望，没有杨六郎的本事，就敢挂帅？这么点事，哼喝一句话不就完了？她是老婆当军，一走三圪摇，前怕狼后怕虎，啥也干不成。到头来，越哭越没泪了。就苦了王屯堡。全不念辛辛苦苦到地区找了一会子的她。

“王步岚！”美琰站在那里，原地不动喊。

“在！”王步岚猛地回头，“哟，是朱队长。”他咧开嘴笑着走了过来。

“走吧，到你家里，我有话要跟你说。”朱美琰近乎命令般说。

王步岚实在不愿意丢下这一摊子事跟她白磨牙。他倒吸一口气，显出为难的神色，推诿着说：“梦牛书记在呢，我这里，啊呀，实在……”

“你又不是劁猪割蛋的。走吧，我今天专门来找你。”

王步岚无奈，搓了搓双手说：“那我只好服从朱局长的安排了。”王步岚跟兽医打了声招呼，便引着朱美琰向自己家里走去。

“俺庄户人家茅庵草舍，又喂些猪猪羊羊，不卫生，实在见不过个亲朋五六。”王步岚路上搭讪着说，想尽快打发她走。

“我去过你家，院里长着几棵杨树。那天，你不在家里。”朱美琰边走边说，“好像在那边吧！”

王步岚笑着恭维朱美琰道：“朱局长，好记性嘛。”

朱美琰勉强笑着说：“没几天的事情，怎么会忘记呢？莫非你到我家的那场事，也忘记了不成？”

王步岚一下警觉起来，对朱老人刮目相看。这话里有话，绝非儿戏。

他首先想到，那天中午，还在朱局长家吃了顿饭，吃的是大米。人家来到自己门上，自己反而冷冷淡淡，言言语语，实在不够个礼尚往来，也不是将心比心的同志式交情。他面带愧容，无可奈何地给朱局长说赔礼下情话："瞧朱局长说的，我王步岚一辈子也不会忘记的。我土牛木马庄户人能到你这么大的官家里去打扰，就万幸了。你还管了我饭，真是哈巴狗坐轿，抬举得过于了。"

说话间来到王步岚门前。门上挂着锁。步岚上去只一拽，便开了。原来是个装潢门面的聋锁子。

"进吧，内当家的地里去了。"

朱美琰不谦让，径直走向屋里。她今天使命不凡，见王步岚心不在焉，便直言快语地说："王主任，我是来跟你辞行的。"

"啊？你走呀？俺们这问题还没有了结，你走了，谁管？"

"我今天就来了结。就看你让我了结，还是不让我了结了。"

"瞧朱局长说哪啦，这也不是咱个人事，能由我一人说了算。不过……"

"不用'不过'什么的，我先问你。原当初，你到我家说了些啥？你是怎把我拉到左书记那儿的。咱们今天一五一十，摆到桌面上，撩起肺说说心上的话。"她将医时救弊的大道理抛开，论起个人交往来。

王步岚知道，朱老人动了感情。她一向疲疲善善、忍辱负重，今天竟这么辛言辣语来论是非，翻老底。可见公社的决策机关有了新的动向。她开口说辞行，又向自己横插一刀，显然是破釜沉舟，最后的一步棋了。这么大的事，为啥偏偏要跟自己一个人讲呢？事情发展到现在，实在不是他一个人能承担得了的事了。

"朱队长，你心里有啥话，只管讲吧。我是个进南门，出北门，直来直去的粗人。凡我说过的话，跌倒不翻身。"

"那就好。我问你，你到我家，说的是王屯堡被公社白白拿走一千多亩耕地，给了别村，至今有些地还荒着。你的要求是，哪怕退一半也行，王屯堡少受些损失就谢天谢地了。我们的要求并不过分，对不对？”

“这话说过。不过……”

“别说‘不过’。你如果当时不讲此话，我不会同情你们的，也不会自告奋勇领你去见左书记的。这个差事也不会落到我头上的。而今，你们已经收回八百六十亩地，带回九眼井，还不行。叫我怎收场？”

“朱局长，俺们单荒地荒滩整出的地就一千多亩呢！”

“怎么，把人家整修出的荒滩也归还你们？”

“他们的荒山荒坡叫俺修地吗？”

“你别跟我讲价还价！今天我来告诉你：再由赵庄补给你们五十亩地，一眼井。这是三级政府组成的工作组的最后决定，也是我以个人名义来做你的工作的。”

王步岚见朱美琰亮出最后的底儿来，知道再说啥也是多余的，便推辞道：“朱局长，咱先见见梦牛书记，人家是一把手。”

“王主任，我知道，他是村里一把手。但我今天特意来王屯堡是找你的。谁叫你到我家找我去来？说句不好听的话，我今天就拿你是问。你如果做不通村里工作，我仍旧带你去见左书记。”

“我还能再找左书记去？那叫啥人呢！”

“告我的状去嘛。”

话说到这里，王步岚便无言以对。他好歹还算个闯荡江湖，见过世面的人。朱局长不是有过没回的独木桥，不会说出这种话。人心都是肉长的。他瞧了瞧面容憔悴的朱美琰，她时不时用手掌揉压一下胸口。看样子，是忍着剧痛在坚持着。王步岚动了恻隐之心，他用尊重的口吻说：“朱队长放心吧，我王步岚不是那种人。这么着吧，我先叫老人回来做饭。这件事你交代给我就行了。今晚上，我一准给你个回话，让你吃个定心丸。”

“饭不吃了，也吃不下去。那我就回公社等你的定心丸吧。”朱美琰表现出无可奈何的模样，离开了。

王步岚连忙解释道：“朱局长，我总得见过支书，才能说绝对的话，不然左右人们要造舆论说我篡党夺权，请你谅解。我估计他不会不同意的。要说朱队长来双杨，给人们办了大事，俺王屯堡人们也感谢不尽。你执意要走，我也不好强留。你回公社放心，最迟晚上，说不定下午就告诉你了。”

“好，但愿如此。”朱美琰向王步岚伸出右手。

王步岚握着朱美琰的手，一种软绵绵、冰凉凉的感觉袭来，令他惊诧不已。

马亚平的工作马到成功。他在赵庄消磨了会时间，估计朱老人的工作做得差不多了。他怕朱美琰在事先与徐晋东交换意见，从而露了马脚，便急匆匆从赵庄赶赴王屯堡。他找到闵梦牛，一打问，梦牛还不知道朱美琰来王屯堡一事。这不大不小使老马吃了一惊。他怀疑朱美琰没有来王屯堡。如果她中途变卦，肯定是识破了他的把戏。于是伙同梦牛立即找到王步岚。

王步岚故作为难地摇着头说：“啊呀，今天的朱队长变了个人。一向和蔼文雅平易近人，今天咄咄逼人，不准别人讲话。她把公社的最后决定，通知我后，便掉头走了。我让她面见梦牛，她死活不肯……”他摊开双手，做出叫苦不迭的样子，“你说，马主任，这该怎么办？”

马亚平一颗悬着的心掉在肚里。他来得正是时候。于是，他以中间人的身份出面调解道：“朱局长已经来了两个多月了。双杨这场事，实在叫人伤脑筋。她近来身体不佳，强打精神支撑局面。据说，打初是你们找她告状的……”

“对！”王步岚打断老马的话，一拍手，“她今天就是咬住这句话，等好窟窿逼我钻。”

“话不能这么说。这是我们共同研究的方案。如果任凭你们无休止地争执下去，没有领导，没有政府，什么时候能有结果呢？我劝你们，不要再站在自己小圈子里坐井观天，不识大体了。事到如今，你们应当明智地给朱局长一点面子了。”

“我好说，叫俺梦牛拍板吧。”步岚将球踢给闵梦牛。

梦牛知道王步岚的用意。他问：“朱局长究竟给咱说下个啥？”

“嗨！瞧我脑子里乱成啥了！打架忘掉拳啦。是这样，赵庄再给咱退五十亩地，一口井，就算完事了。”

“马主任，弄来弄去，我们太亏了。”梦牛平平静静说。

“不亏，哄了别人哄不了我。你们报上一千亩，实际连八百亩也没有。坐家里，膀不动，臂不摇，平地出来九眼井！打上灯笼去哪找这好事。过几年，上中道线扔掉这些稻地，还不是你们的……”

“哈哈哈……”梦牛、步岚都笑了。他们笑这老精鳖怪简直是他们肚里的蛔虫！

马亚平兴冲冲回公社。他将车子一打，便直奔朱美琰那厢。他破门而入，一进家便高高伸出一把挓挲开的手，激动地说：“王屯堡的问题解决了！”

“啊？”朱美琰以为他将赵庄说成王屯堡了，“你说啥？”

“王屯堡同意了你的意见，问题解决了。”

“你去王屯堡来？”

“刚从王屯堡回来。梦牛、步岚都见过了。”

朱美琰听到老马这句话，长长嘘了口气。随即，她软软跌在被子上，带着哭声道：“我总算活过来了！”

第七十二章　山里人笑得开心

稻田大战历时八十二天，总算风平浪静结束了。但跟着来的是一片混乱。

这年，县里的决策人萧规曹随，仍在一如既往沿袭多年的惯例。徐晋东假装沉着气，阴郁着脸说："天塌不下来。"

可以这样说，徐晋东和田子荣开门没一件喜气事。下边的情报令他们束手无策，鞭长莫及。有的报告，劳力成批盲目外流；有的反映，修古庙塑神像，牛鬼蛇神兴风作浪；有的八音鼓班死灰复燃，明目张胆为富农僵尸鸣锣开道，吹奏下棺；有人不顾集体，在自家院里办起猪场；有人大忙季节大兴土木，营造安乐窝……公社被下边的鸡零狗碎，五花八门的荒诞事情，搞得乱了阵脚，哪里出事，去哪里堵，形成旋风战术。而平地冒出的这些异端邪说，相类相从，日盛一日，野火春风般蔓延起来。田子荣将解放帽一甩，对徐晋东发牢骚道："草筛子做锅盖，走气不在一处处啦！今年戳天拐呀！"

徐晋东不置可否，接着不动声色地说了一句不着边际的话："无风不起浪。"

多少年来，下层干部习惯于具体操作，一级服从一级。只有将政治变成政策，才好掌握实施。大小队长到县里开上六天四干会，回到村里一句"今年不准留自留地了"就完了，管他东西南北风。尔今……尔今，徐晋东想，眼看中央有了精神，砍一斧子百枝摇，连老百姓也识时务者为俊杰，尽先沐春风雨露，跃跃欲试，而中间环节仍墨守成规，固守阵地。大形势出现上呼下应、中间腰封的断层态势，怎不矛盾百出，扑之不灭呢？

田子荣对徐晋东无风不起浪的感慨大有同感。他还在画地为牢，忠实执行县里的政策。今年单种甜菜会议就召开过三次。县里三令五申种甜菜，保糖厂的重要性。田子荣对一些没完成任务的队，一直耿耿于怀。思绪一乱，他的作物计划也被打乱。他怎能不耿耿于怀呢？叫他改变几十年的信仰、追求、理想，不是一朝一夕的事。而这些良莠淆杂，光怪陆离现象的出现，使他眼花缭乱，一百个看不惯。加之，女人留起羊羔头，男人穿起喇叭裤；大姑娘赤腿逛马路。这在他眼里简直是怪力乱神，牛鬼蛇神出笼。他对庸碌之辈一夜间的染丝之变，嗤之以鼻，愤然报以冷眼。他到了田间，总想对留长发，穿喇叭牛仔裤的后生，找茬儿训斥几句，心里才感到舒服些。

徐晋东对现实也接受不了。不过，他能看透内在关系。山不转水转，人类社会古今中外，都是在不断摸索，不断变革中前进的。处于变革湍流中的人，是看不到结果的，这得时间来回答。正如谁也看不到自己在地球上运转一样，不识庐山真面目。他没有对田子荣的言论发表自己的看法。世上事，该撒手时得撒手，该糊涂时要糊涂。徐晋东不再准备一马当先下去了。一次，因为撵赶瓦房的，险些被泥巴甩在头上。何苦呢？他理智地采取“一叶蔽目，不见泰山，两豆塞耳，不闻雷霆”的消极态度。

日销月铄，时光如流。春去夏来，转眼到了秋天。金秋八月吹金风，徐晋东终于等来可意事。那是个清晨，徐晋东一开门，西面走来翟五旦。五旦老远就咧开嘴笑得笸篮价，对徐晋东献殷勤道：“徐书记，上俺山上走一趟吧！”

徐晋东以为他在随便胡扯，不经意地反问："上山干啥？"

"啊呀！让你开开眼界！山上今年一派大好形势，真正的五谷丰登，六畜兴旺。大豆（蚕豆）没腰，莜麦齐胸，山药比鞋钵还大，俺老子活了八十八，也没见过这么好的年景。"

"进家。"徐晋东被这个山大王的几句话灌热耳朵。今年县里对山庄窝铺网开一面，准许包产到户。但因为山上五个小村庄被双杨列为编外地区，从来没有人去理他。好也五八，赖也四十。它们与双杨工作简直近乎没关系。今天听翟五旦这么掀天驾雾一吹，顿使沉闷郁结的徐晋东产生了兴趣。

"真是这样？"徐晋东惊喜地问。

"跟书记能瞎说吗？你今天跟我上山走走，便悉底精明了。"翟五旦发现徐晋东松了口，便继续撺掇："你已经来双杨三年了。山里人还没见过书记是个红黑。王书记还上去过一次呢。平时，俺也不敢让你上去，少吃没喝的，喝西北风呢。现在，"五旦用绘声绘色的表情加动作，"想吃蚕豆荚，咱给你馏上一荆箅；想吃锅巴羊肉焖山药，咱宰上它一只……"

"这么说，你是叫我上山解馋去呢？"

翟五旦被书记这一问，才意识到自己失言了。于是，拍一下自己的头："狗改不了吃屎。总是一二三四五，尽往嘴上数。我是叫你上山视察大好形势呢，怎么又说到嘴上了。"说着，笑了起来。

徐晋东真的动了心，想上山改变个环境，亲眼看看喜获丰收的景象。他也应当到这五个小山村走走。想当年这里是抗战老根据地，如今革命成功了，这些后来的坐享其成地方官，数年不上去看一眼，实在不像话。翟五旦热心地来做向导，一将两就，索性现在就去，一了夙愿。

"几个钟头就上去了？"徐晋东问。

"哟，这就不好说了，看走的快慢呢。反正我走四个半小时，就到家了。"

徐晋东是山区人，有爬山的功夫。一九七七年去山东参观学大寨经验，一百几十号人登泰山，下来后大都累得迈不开步了，而徐晋东还偷偷跑到荒凉的孔陵浏览了一番。他对爬山有天生的嗜好。此刻，他当即拿了主意：上山！

“该叫上茂华，上山打几个狍子，或者野山羊什么的，多有意思。”徐晋东的心绪已经跑到山岳荒野的空旷世界去了。

“我带着支半自动步枪呢。只是，你回来后要给我向彭部长要几发子弹。”翟五旦似乎什么都想好了，也准备齐全了。

徐晋东情绪高涨地向翟五旦承诺：“我打你一发，还三发，怎么样？”

翟五旦笑着：“徐书记还能亏待俺受苦人，五倍还，我更高兴。”

瞧翟五旦多么圆滑，善于钻空子。他在领导面前，嘿嘿半笑，装憨卖傻，可会巴结呢。他如愿以偿，斜十字襻着帆布兜，背着铮亮的半自动步枪，带着徐晋东徒步登山了。

翟五旦其人不凡，其事亦可大书特书，只是恐有喧宾夺主之嫌，这里只能浮光掠影，笼笼统统，介绍个大概。他是孔雀崖人，今年将近五十岁，职务是公社林场场长，也是公社分管山区一片的下乡包队干部，兼管山上五村书报信件的收发。无佛处称尊，在山上一声喝到底。翟五旦之所以在山上享有这么高的威信，与他的长处分不开。他正直、无私、能吃苦、不胡闹。人们托他办事靠得住，公社委派的任务能圆满完成，中间不“贪污”。他工作原则性强，办事挺热心。他肚里装有好多鲜为人知的逸闻趣事。他虽然文化浅薄，但讲起来荤素羼杂，别有韵味。即使在书记面前，他也不拘束。

“徐书记，爬山怕慢汉，不能性急。”

“知道。我的家没你这山势险峻，但也有这么陡的坡。”

“爬惯的山不嫌陡，俺离开这山，还不习惯呢。”

“可不嘛，人们说你走马路也是迈得砍山步。”徐晋东笑了，五旦也笑了。

“山里人怕被石头绊脚，走路抬脚高。川里人上山，不用砍山步，非碰掉脚趾头不可。”五旦看着徐晋东，说，“就像马主任那擦地皮蹓蹓步数，寸步难行。”

“看来，不会走山路也是个缺陷。”

翟五旦嘿嘿笑着，似乎觉得十分光荣。他换个话题对徐晋东道：“徐书记，咱上山第一站就是碓臼沟。碓臼沟的大号叫小香港，你知道吧？”

“嗯，听说过。大概是你说的吧？”

“哪里会是我，各人怎么会往自己脸上抹黑，好歹还是我包着的地方呢。小香港的外号是一九六四年县里一个普查人口的上海毕业的大学生给叫出去的。他在碓臼沟住了两天，下山后对人们说：碓臼沟的风俗比大上海滩还乱，那是个小香港。从此，小香港的大号便传开了。”

徐晋东跟着翟五旦跋涉在崎岖蜿蜒的山路上。说是路，其实是被山柴、岩石阻挡的一条狭窄的裸露山脊。路面上除人畜蹄脚摩擦外，根本没有人工修筑的痕迹。脚被片茬岩、卵石硌得难受。无怪女人下山要备两种鞋，一双山鞋，一双平川鞋。徐晋东边走边瞧着脚下所谓的路，心里想，多少年来，人们上上下下，一直在走，为啥竟是这般原始？显然，人走得少了，路就荒凉；路荒凉了人自然走得更少了。恶性循环，就这么个道理。人们熟视无睹，习以为常。在这里，所谓“换了人间”的概念，只是不受日伪军的兵燹之灾，土匪恶霸的掳掠欺凌而已。他想到这里，觉得常年不过问山上情况是失职行为，特别是对革命做出过重大牺牲的根据地人民。

翟五旦领头走着，还在念叨他的鬼故事“……吓得大洭沟人们不敢住，都搬走了。林场刚上来，有天晚上，一声哨子响，一个声音喊‘集合！集合！’俺五个人都被惊醒了。出去看了看，黑幽幽的山，什么也没有。”

“现在还有这事？”徐晋东突然问。

“没了。自从我给盖了个烈士庙，鸦默静悄的，不作乱了。”

“你还盖了个烈士庙？”

“当然了。每逢清明、七月十五、十月初一，都要祭奠一番。”五旦说得十分认真，并不是逗玩。徐晋东再没问啥，陷入沉思。

五旦说的大滙沟，抗战时是八路军兵工厂后方医院所在地，那里牺牲过不少抗日战士。五旦讲的是真是假实属千古之谜，然而却勾起了徐晋东的遐想：长眠于崇山峻岭僻静冷漠的地下阴魂，难道真的还有人所看不见的生命体吗？他们都是正当血气方刚，青春年华，壮烈捐躯的志士仁人。若他们的英雄壮举感天动地，巍巍青山，暗摄其容，潜录其音，那么他们的音容啥时再现，都是永葆青春，战斗不息的热血青年。五旦听到的集合声，自在情理之中。生为人杰，死做鬼雄，但愿他们与宇宙同在。

“什么时候到你的大滙沟？”徐晋东想看看他的烈士庙。

“今天中午在孔雀岩吃过饭，时间早的话，下午就可去。”

“你不是说，第一站在碓臼沟吗？怎么又跑到孔雀岩吃饭？”

“第一站是路经碓臼沟，那村不能吃饭。过去闹过赖病传染，有杨梅疮的根子。知情的谁也不在那儿食宿。”经五旦一介绍，徐晋东也悻悻然。

碓臼沟到了。山坡上挂着几家人家。徐晋东跟着翟五旦草草走访了几户山民，看房舍家景，环堵萧然，确实可怜。但人们精神面貌很好，地里院里，一派丰收景象，男人女人嘻嘻哈哈，鸡叫狗吠，十分热闹。人们听说是公社书记来了，有的扔掉手里的连枷，有的停下碾莜麦的碌碡，一齐跑来看书记是个什么样子。徐晋东很受感动，便跟大伙聊了起来:“今年收成不错，够吃不够吃？”

“够了。今年老天爷睁开眼了，开天辟地头一年。你看吧，家家院里穰草堆得连放处也没了。”一个中年人抢先开口。

“你这家伙，不会说话还爱多嘴多舌。明明是今年土地下了户，没娘的孩子有奶吃了。人不哄地皮，地不哄肚皮嘛。你才说老天爷睁开眼了，老天爷还睡着呢，连盹也不丢。”

“哈哈哈……”人们开怀大笑。

“这么说，你们今年摘去供应帽了？”徐晋东高兴地问。

“那顶愁帽压了俺多少年，今年见鬼去吧！白给俺供应粮也不要了，不知多少年的旧粮，连五谷味都吃不出来。”

“嗬！穷汉乍有钱，忘了那几年！瞧愣三彪的！”

“愣三今年光莜麦能打三石！你们看他现在，说大话就像牛吼呢！”

“你们没见？小咀的黑皮香瓜小寡妇，来找愣三两次嘞。”

“哈哈哈……”人们捧腹大笑，震得山谷回音不止。

徐晋东发现山里人豪爽、直言、单纯，他们很快活、开心。他早忘记五旦临进村的警告、禁忌了。于是，五旦扬手做告别：“你们今天见到书记了，赶快干自己的活去吧，俺们走了。书记还有事呢！”

“就在俺碓臼沟吃吧。老翟，书记还不急，你忙啥？”

“徐书记要到五个村子都看看。时间是宝贵的，不能多耽搁了。”

“十年九不遇来一趟，不容易啊！”人们挽留着说。

徐晋东被翟五旦提醒了。他婉言谢绝众乡亲的一片诚意，离开碓臼沟，向山上继续攀登。背后，一个大嗓门女人说：“她大婶，这书记挺随和呀！”

徐晋东登上马鬃岭山脊，好像一步闯入另一个世界。只觉得两耳秋风飒飒响，眼前一片新气象。向南远眺，群峰如林，浩瀚无垠。面北而望，银练般的滹沱河及京原线上吞云吐雾徐徐行进的乌龙一览无余，尽收眼底，嵬然恒山陉岭伫立玄天。啊！壮观！雄伟！低头鸟瞰，双杨不过一隅之地。在马鬃岭上的五个小村庄，阴面两个，碓臼沟领头，一个大队；阳面三个，孔雀岩为首，一个大队。站在高处往下望，沟坡梁堰，正在收割。地里的莜麦捆，比羊群都稠密。不时传来粗犷的山野高调和喊天震地的吼喊牲畜声:“想吃刀子咯！”五旦对徐晋东说:“你瞧山里人多粗，骂牲灵还伤祖宗呢！”

徐晋东不以为然道:“对牲畜说话，哪里人也不大讲文明。”

徐晋东在翟五旦家吃过饭，便马不停蹄来到大洭沟。大洭沟是公社林场所在地。这里有八千多亩大的松林，都是林场通过营养纸袋育苗种植的。育苗移栽成活率高，林子管理得好。公社林场早在二十世纪七十年代初就成为了省里的先进单位。翟五旦为省先进工作者。他对他的林区，充满自豪感。今天特意带书记上山，本意是炫耀他的林子。他一路领着徐晋东登山涉岭，嘴干舌僵地给书记讲趣闻笑话，为的就是调动书记的情绪，让他轻松地到达目的地。他非常担心，书记走半路，拍马回头，不肯上山。这下好了，总算完成了自己的夙愿。让徐书记亲眼看看他的林场和松林，对他来说，毋庸讳言，这是百利而无一害的事。伯乐一顾，马价十倍嘛。

林场到了。徐晋东看了看，一排溜六间平房坐落在悬崖峭壁下，有一块巉岩欲坠，十分惊险。这是一处群山环绕、背风向阳、山泉粼粼、鸟语花香的自然风景区。无遮拦的院里，堆着山柴、荆条、箩筐、杈耙、耱等山货，还喂着一条苍狗。见来了生人，狗汪汪汪地咬了起来，声音宽洪粗放，令人生畏。五旦施出家法，喊了一声:“呔！没眼色！”随即他快步流星抢前几步，想以自己的家长权威，喝令家犬礼貌些。狗没禁住，他打了个趔趄，险些跌倒。五旦拣起块石子甩过去，那苍狗才摇着尾巴老实下来。但它还不放弃监视徐晋东的任务，不时发出冷吠声。

一进家，五旦便指令一个六十来岁的老头:“老大，给咱到羊群里挑一只嫩嫩的羯羊，不要带蛋的羝羊。把老六也叫回来。这是公社徐书记，第一次来咱林场视察工作。”

他大模大样，指手画脚，做出一副领导者的派头。可惜的是，这位老大没有迎宾常识，竟默默地低着头走了。

“嗨，我说老大，把老六叫回来，手脚麻利些。晚上还吃呢。”

“你真的宰牲杀羊款待我呀？”徐晋东明知故问。

“看徐书记说的啥话？总共猫大个羯羊羔子，连十斤肉也剔不下，还称得上宰牲杀羊？你怕被定条罪状的话，到时你挨斗，我赔罪。”五旦边说边笑，东沟扯到西凹，没些儿边界。

徐晋东摆摆手：“无所谓，你舍得破费一只羊，就随你了。”

翟五旦嘿嘿笑着说：“框外的事咱不做。你先歇着，我看看沟外边的白菜、胡萝卜让野牲口糟害了没有。”

“你还是先带我看看你的松树林吧。”

“走。我是怕你累呢，你却好呢。行！”

原来号称八千亩人工营养育苗栽培的松树，高的一房高，低的才筷头粗。都是刨掉山柴桦树，一棵一棵植下的。虽然尚未成材，但管理得严谨，小树生机勃勃，一派兴旺景象。站在松树山坡上，可看到沿沟底小河，两边有石塄、地坝，上边种有蔬菜和薯类作物。这些小片平地，大都可以引水浇灌。五旦说，林场工人全靠这些地养活着。

“闹坏了。”五旦触景生情，又想到他的林场，“今年，山上几个工人都不在了。土地下到户，各人管各人的光景去了。我只好从川里调人。”

“川里人来，不也一样嘛。”

“差远了。钱少了不干，还经常回家。我林场受损失了。”

“找那些光棍汉，孤人，下边没牵挂，不就能安心在山上了？”

“还得找那些靠得住的，能吃苦的。混蛋家伙好歹不能要他。”五旦不好意思与书记谈这些事，显得在诉苦卖乖。他指着被灌木荆棘与参差不齐的松树混合覆盖的葱茏山野，说：“都是松林，省林业厅的专家来测量过，八千亩足多没少。”

“啊！”徐晋东顺他手指方向望去，黑绿色的波澜壮阔的林海一望无际。他想登上这道山顶，居高临下，看一看那面的景象。

“别上去了。哪也一样，都是这么高的树。”五旦以为徐晋东在看他的树株生长情况。

“上！”徐晋东不听五旦劝阻，执意向山峰顶端攀登。尽管太阳即将钻山，他仍饶有兴趣地往高里登，远里走。他的目的地终于被踩在脚下。果然，山这面仍是沟和山。一眼望去，山的那面仍是山，而且都比脚下的山峰高，寥廓嶙峋，连绵起伏，那些地方，肯定已经不属于双杨地域了。

“老五，咱们的地界在哪个山脊？”徐晋东问。

五旦将手指往外绕了一圈，将两道山脉连接起来，说：“可大喽。”

“好！原来，双杨不光有河、有川，还有这么富饶的宝山呀！植被如此茂盛，都是宜林区。将来都营造成森林，这是多么雄厚的财富呀！”

“再过几年，又一个八千亩！”五旦沾沾自喜地说，“反正俺工人，每天一人手里一把镰刀，一把镢头，刨树坑不停。春秋两季，还得启用山上劳力，突击栽苗。”五旦趁机向书记宣传他的工作，说到这里，又触犯了他的心病，“唉，今年就不好雇人啦！讲价还价，跟队里那些年不一样喽。”

徐晋东根本没有听五旦的絮叨，此时此刻，他心里涌动的心潮，并不是由这些已栽的树和未成的林引起的。他所想到的是，这无声无息沉睡多年的深山旷野，很少有人问津，包括自己，如果不是五旦热情相邀，他今天也不会站在这里。双杨林场所以能闹下这么大的家业，无非有个五旦。事在人为。如果不是五旦以场为家，将造林看成自己的天职与神圣不可侵犯的事业，那么即使有人想到创建林场，也恐怕早歇班了。任何一个单位，如果没有一个诚心实意把单位看成自己的家，当个光景过的领头人，是不会兴旺发达起来的。今年山上五个村庄，为啥变了样？无非是自己的光景都当个光景的过嘛。人说，人多乱，龙多旱，老婆们多了不做饭，是有一定道理的。尤其是纯粹靠手工耕作的山区，集体成了众人的老子没人管。一亩地种成八分，等收割进场，连半亩也不足了。而土地到了自己手，地头地垴缺几苗也要补种上，这就是现实。当年土改后，人们的生产积极性不知有多高。从公社历年产粮上看，几十年来，一直围绕在五二、五三年的水平上打圈子。值得深思啊！早在七二年自己还是徐沟支部书记时，就曾在县委三干会上，给县领导贴出一张引人注目的大字报。大字报的题目是《一道无法计算的算术题》，内容是："今年全县产量减去水利化增产数，再减去机械化增产数，再减去化肥增产数，减去优种增产数，减去农药增产数，减去大寨田增产数＝？这个差数，应当是合作化前的产量数。但是……"当时，好多人看了哭笑不得。有人说："问得尖锐，没人敢算。"现在，自己身居双杨一把手，面对自己发明的这道算术题，不觉得脸红吗？五旦的精神，在自己身上就不能体现吗？今天，看到山里人如此欢乐，庆幸，不就是领导一个政策赐给他们的福禄吗？如果将三类队全部包产到户；二类队承包口粮田；一类队可以包工、包段，不包产。这样，双杨一年产量估计能翻番。那时候，所到之处，老百姓是啥眉眼？实践上一年，秋后看结果，或许这道难题会有正确答案。是啊，认准的路就要走下去。徐晋东想到这里，面对重重叠叠邈远深邃的崇山峻岭，情不自禁发出一声吼喊："啊——哎！"震得远近群山先后返折回山音，引出山峦世界同一个声音的大回荡。

"老五，"徐晋东凝望着即将落山的太阳，若有所思地说："你今天办了件了不起的大事！"

"啊？我能办个啥？"翟五旦莫名其妙，无措手足，他对书记的不虞之誉感到突兀。

"不过，美中不足的是没有背上枪来。"徐晋东又转了话题道。

"咱这个范围内没啥野生灵，我经常打枪，都惊跑了。"

五旦给解释，说明不是自己的失误。他不理解徐晋东的心情。徐晋东是心情激动，想痛痛快快放一枪，领略一次万山丛中一冷枪，余音缭绕的境界。

“咳！”徐晋东突然听到一声麟凤龟龙般的叫声，然后惊奇地侧耳静听起来。果然，山舆深处传出悠悠坤灵般的微妙声音：“嗡，嗡，……”

“肖曰观的钟声。”翟五旦不以为意地说。

“肖曰观怎么会在这儿？”徐晋东有点不相信。

“西边那座大山背后，就是肖曰观。现在，老和尚又活动开了。”

这又把徐晋东搞蒙了。他曾从石门公社那条路去过一次肖曰观，好像方位根本不在这儿。莫非是他转向了？可五旦是不会糊弄他的。

“想去肖曰观，明天从孔雀崖那边走，顺山梁下去就是。”

徐晋东不置可否，他带着犹豫的思考，慢步下山。

徐晋东返回大洭沟，当年的破瓦残垣，仍有痕迹。他想到五旦的烈士庙，便说：“五旦，你的烈士庙呢？我怎么没有看到？”

翟五旦不好意思地笑了：“不大一点个庙，你能发现得了？”他将徐晋东引到所谓烈士庙跟前，说：“这就是。”

徐晋东一看，原来是石头垒墙，桦木椽盖顶，高不过五尺，宽不过四尺的一个矮小棚子，没门没窗，里边空洞洞的。这使徐晋东很失望、扫兴。要么，就别祭祀；要么，就建得像个样子。这成个啥体统？还恬不知耻地吹嘘烈士庙？打革命招牌！五旦可能看出了书记的心思，便打着打火机，向里边晃了晃。里边竖着一个牌位。徐晋东只看到“人民功臣”四个大字，下边的小字没看清。这里埋葬着好多为国捐躯的无名英烈。他们在残酷的年代，流尽最后一滴血，安息于静静的山垭。翟五旦赐以“人民功臣”而不忘祭祀，理所当然。可惜这个小棚太寒酸了。想当年，这里由于天时地利形成了优越条件，兵工厂、部队医院，能安然无恙地生存下来。那年月这里一定是充满革命友情，畅谈革命未来，警惕敌人骚扰，紧把手中武器，不分昼夜，坚持生产，形成热火朝天军民共同抗战的红色特区。若有幸存者，浓墨重彩，写一篇回忆录，一定是脍炙人口的佳作。可惜，他们大都匆匆而去，沙里澄金活下来的，大事不知干了多少，相比之下，区区小事而已。曾为革命做出奉献的这块热土上，应当有一座无名英烈的功臣祀庙，更应当有他们所追求、憧憬的理想之花。此乃斯人不可推卸的责任。

夜幕降临下来了。一轮上弦弯月挂在西山顶上。寂寥的山里，婵娟是那么清冷、孤傲，霄汉是那么穹窿无尽。徐晋东心里产生了一种不可名状的压抑感。

突然，“哞！”一声牛吼，划破了山谷的岑寂。山坡上马、骡、牛有序地从一条小道上走了下来，羊群咩咩地叫着也回来了，沟外传来收了工的林场工人的谈笑声。林场的一天结束了。然而，徐晋东在大汇沟收获的真谛还未开始播种。世上事，靡不有初，鲜克有终。当书记跟林场场长有啥区别？翟五旦就是楷模。人生一世，须得干番实实在在的事业，不然，愧对先烈。

翟五旦脱下自己的外衣，轻轻披在徐晋东肩上。他没有多嘴多舌，轻浮搭讪，只是心里默许：一定要将这个“庙”整修成个真正的庙。

第七十三章　肖曰观旧景重现

翌日一早，徐晋东草草吃过饭，便让五旦送他下山。他决定按五旦的提议，走肖曰观、石门这条路线，顺便看一下肖曰观、石门水库。

翟五旦还是那样子，斜挎帆布兜，肩背步枪。他今天同昨天上山比，话少得多了。一路只是介绍风情，指点山岳、地舆、河流、村庄，夸赞山上黄芪、党参、蘑菇、何首乌。他见啥说啥，走哪说哪，显出他这个山上通名不虚传，货真价实。突然，五旦一猫腰，端起枪瞄准。他正准备搂火儿，突然想到徐书记很想过一次打猎的瘾，又立即将枪交给徐晋东。他指给一个方向说：“那不是狍子？咦！三四只呢。打！”

徐晋东在大山架上扫描了好一阵，才总算发现了一个活物。他十分开心，有生以来，第一次有目的地瞄准活靶开枪。“叭！”一声枪响，狍子受惊了，竖起耳朵警惕地四下张望了一番。“砰！”又一枪。狍子奔跑开了，它们向山背后那面逃去。“叭、叭、叭！”徐晋东照着那些惊慌失措、奔命乱窜的家伙，连发数枪。遗憾的是，四五个猎物眼巴巴从枪口下逃之夭夭，连根毛也没打着。

“这几个狍子走运着呢！一个也没折损了。”五旦笑着说。

徐晋东随便笑笑：“能见到狍子放声枪，就达到目的了。真的打死，反闹下麻烦了。”

“麻烦啥哩！咱背回公社吃嘛。但你没本事打不住呗。”

“你不是送我下山后，就返回大洼沟的嘛。怎么又到公社呀？”

“打住狍子，我就不得不下山送去了。”

“那好，两省事。狍子走运着呢！碰上了我。”

五旦打趣道：“我也走运着呢，不用沉甸甸的往公社背了。”

俩人相视而笑。这个五旦，心田无私天地宽，在领导面前说话总是这么坦然、随便。徐晋东很赏识这种人，这也是自己一个人跟他上山的主要原因。

他们顺一道山梁，在荆棘丛中，拨开小径，一直向巍峨挺拔的顶端攀缘。这里根本没有路，非要说是路，也无非是撵牛放羊，打猎采药之类的人走过的地方。徐晋东跟着五旦，终于爬上山顶。他驻足环视周围，啊哟！真正的登高望远，可谓是无限风光放眼量，一览众山小啊！在那层峦叠嶂的辽阔山野，卧云升腾，紫气缭绕，苍鹰翱翔，鸟鸣兽叫，真正是一个属于大自然的自由世界。徐晋东心旷神怡，岿然昂首，他在贪婪地领略这北国大好风光，沐浴这天朗气清的纯洁恩赐。人，可以将高山踩在脚下，但他毕竟是渺小的。极尽毕生精力，春蚕到死丝方尽，能为社会做多少贡献呢？只有站在这里才会洞悉天不言自高，地不言自厚的真谛，从而蔑视那些追名逐利、投机钻营的势利小人以及长安道上可怜巴巴的名利客。其间，一只山雕正在峰峦上空巡游它的领地。

“徐书记，那棵高松树的山塆下，就是肖曰观。”五旦怕晋东在山顶上站得时间长了冻着，便找话题，让他下山。

“噢！是不太远了。”

“山上的地方，看着不远，走起来远。我看下山吧。”

徐晋东又缓缓转着身子，旋看了一圈，然后说：“下山！”

下山省劲多了。五旦捭了一根树枝，给徐晋东做拐杖，并说：“上山口干，下山腿酸，当心扭了腿。”

“没事。不过，借助一条拐杖，不光省力，还可打草惊蛇，帮助开道。”

“快到肖曰观了，肖曰观的蛇不咬人。老虎到那里，也不敢张牙舞爪。佛门之地，什么都是善的。”五旦好像给徐晋东上课。

徐晋东微微笑着，颔首认可。

“住庙老和尚道行深呢，在五台山大喇嘛受的戒。针道也不错，还会给牲畜看病，山里人尊称为活菩萨。”

徐晋东为了不使五旦扫兴，有意让他将话讲完。过了一会儿，他才说：“这里的情况，其实我很了解。”

“你还去过？”五旦有些不相信。

“何止去过。”徐晋东颇为得意地给五旦讲述了他的肖曰观之行。

那是一九七五年的事。县里头目们不知怎么，突然想起拆古庙。拆掉古庙，盖招待所。“死人的偶像”的故居，改头换面做接客使用，天经地义。上行下效，于是石门公社也打起了肖曰观的主意，欲必毁之而后快。但朱大宽想吃荤腥又怕膻，他给县委打了个报告。县里领导将这个球，一脚踢给宣传部。徐晋东受命上肖曰观实地考察。那时，肖曰观南洞北洞两处建筑群内的所有塑像都被捣毁，寺观内文物被洗劫一空。观内住着当年的住持，也就是如今的看庙老和尚。他已成了石门大队的社员，靠精湛的医道和自留地糊口。原来的儒释道三教堂综合大殿、九仙女洞、地藏王菩萨殿、关公伽蓝殿、精舍、禅房等，大都结满蛛网，鸟栖雀巢，里边塞满了畜草、山柴，有的做了牛羊圈。这都是石门大队社员自觉地利用起这些无人问津的四旧遗物导致的。但徐晋东发现这里山回路转，绿水潺潺；悬崖峭壁，鬼斧神工；古刹玢洞，别具一格。细观之，山罅嵌楼，洞外建廊；石刻比比皆是；亭台楼阁，错落有致；风景秀丽，古色古香。加之，苍松翠柏，琪花瑶草；鸟语花香，虫鸣风啸，形成了独特的优雅风光。无怪千百年来，儒释道争相跻身此地。如若毁坏，实在可惜。于是，徐晋东打了保护报告，肖曰观才幸免于难。没几年，肖曰观的钟声又响了起来。今天，再度观瞻，一定别有一番感慨。

俩人一路走一路拉呱，不知不觉，下了一座山，肖曰观就在前面山背后了。徐晋东说："你返回吧。我能找到了。"

"路上也没啥怕的啦？"五旦说。

"你不是说，肖曰观的老虎也不敢张牙舞爪施淫威嘛。"

五旦笑了，他客气地说："你绕过这个山垴，一跌下去，就是南洞。咱今天是倒取宁武，从背后来了。那我就不送了。"

"好，好！你还得爬山呢，分手吧。"

徐晋东一个人按五旦指的路线，七拐八绕地向肖曰观方向走去。他走到那个山垴，往那里一站，脚下边发出汪汪汪的狗叫声。他低头一看，小巧玲珑的南洞精舍，石铺小院，便出现在眼前。他特意寻觅到那只守观寺犬，发现它被拴着。于是，他顺山坡溜了下来。

肖曰观的秋景更媚人，微风拂拂，红叶飒飒；蓝天飞白云，空谷听足音；天造地设，琅环福地。加之，徐晋东春风得意，乐不可支。他步入此间，遂开动所有感觉器官，无处不痛快，简直是神仙般的超脱境界。

徐晋东来到北洞，只见山门上挂着一匾，上书：“肖曰寺”。这里虽然由中国国教道教始创，但多年被佛教占有。不过，这倒也无所谓鹊巢鸠占，喧宾夺主。原籍此地的东晋高僧慧远，便是佛门中国化的集大成者。这里老早便形成儒释道大团结的局面。原来，这里的大雄宝殿就塑着孔子、老子、释迦牟尼三教主像。连家喻户晓的大将关云长，也被佛祖委任为伽蓝菩萨，怒目横刀站在大殿执行警戒任务。不过，这已成为明日黄花，估计不会东山再起，旧景重现了。如今，这方庵观寺庙已成佛教一统天下了。

徐晋东走进北洞的肖曰寺，住持阇梨正身披袈裟，敲着木鱼，领着小比丘和几个善男信女诵经呢。他们手捻数珠，双目微闭，发音洪亮，声调悠扬，十分专心。徐晋东静静观察了一会儿，只听到四个字：阿弥陀佛。他没敢打扰，独自游览了一下，只见昔日荒凉的古寺，今日又活跃起来了。山崖下，几个木匠正在耍锛弄斧做活。古庙宇若不住和尚，人便会觉得阴森可怕。一有僧人，顿感祥瑞、静雅，从而萌发善心。这大概就是环境的感染力吧。徐晋东想自己虽然不信神不拜教，但在名缰利锁的羁绊下，竟敢沉醉女色，堕落腐败，实属胆大妄为，应当受到良心上的责备。尤其在佛门之地，罪愆不可恕。

徐晋东没有游览观瞻的心情了。他走马观花看了一下，便离开肖曰观，向山外的石门走去。路上，他听到深沉、悠扬的钟声，噹、噹、噹，带着铜音，在万籁俱寂的山间飘摇。他不免想起，从昨天登程，到翟五旦介绍小香港，再到离开肖曰观，短短两天时间，一路上耳闻目睹，无不新鲜。这简直是天上人间，万紫千红，山阴道上应接不暇。他第一印象是山里人变了，他们跑到时间的前边。同时，他也接触到一个多彩的人世间。

徐晋东沿着山涧边的崎岖小路，边走边想，多少年蔑视山汉、积非成是的观念，而今已当别论。响在耳边的深山古钟，缥缈的声音是如此悠扬、深邃，使他想到一句古语：铜山西崩，洛钟东应。这是世风转变的前奏曲，回音壁。忽而，他似乎又听到了碓臼沟的笑声……

第七十四章　晋东吃了豹子胆

徐晋东从山上返回公社后，暗暗下定决心：明年非将山上的“老包”请到平川不可。土地下户可大幅度增产，这不是什么科学发明，也不需要什么论证，都是妇孺皆知的事情。过去，之所以不能提及，是理论上的束缚，政策上的禁区。路线斗争的较量，引出偏激理化，赌气政策。而现在，中央大讲实践是检验真正的唯一标准，意思不是十分明显吗？

徐晋东一方面考虑如何摸着石头过河，另一方面关注着县里的动向。看来看去，县里的政策一如既往，龙行旧道。县委按部就班，老调重弹。什么四干会，学大寨；一二三，抓头头；以粮为纲，过河跨江；蹲点包队，坚守阵地；平川不准包产到户，分田单干；等等。无非孙子穿爷爷的衣裳，老一套。农业生产的周期是一年，实际操作需要两年。头年冬天便开始了来年的准备工作。徐晋东负责的是责任到户。这涉及管理上的大变革，如果不在冬天行动，一打春便事到临头，乱了套。何况，还须有制造舆论，做大队干部思想工作，提分类指导方案的时间，也得给大队干部空出做小队长及群众工作的时间，以及讨论认定形式的阶段。这样看，亟待尽快提到党委议事日程上来，先让党委一班人形成共识。

徐晋东将公社纷繁的一应琐事抛开，专心致志进入宏观上调查调整经营管理的构想世界。他首先与田子荣交换意见。

“老田，明年我准备有个大举措。不管县里是啥态度，咱公社要将山上的老包请下来。”徐晋东将田子荣叫到自己的房间，跟他商量。

这事来得很突然。按田子荣的态度，向来是下级服从上级，人大人小听话就好。县委叫东，咱往东；县委叫西，咱向西。即使有啥错，上边自然负责，与咱无关。当这么一阶半职个芝麻官，向来是执行者，哪有制定事关路线、政策的权利？田子荣皱起眉头，犯了愁肠。这实在叫他难以表态。擅作主张，另搞一套，分明与县委唱对台戏。这是儿戏吗？徐晋东从田子荣的表情上已经看出他的顾虑。这是他估计到的，也是正常的。于是他启发性地说：“今年山上五个小村庄，一年摘掉供应帽。家家户户喜气洋洋，一派丰收景象。”

“山庄窝铺今年允许土地下户，是上边的指示，好歹咱都能交账。如果咱另恣意妄为……”

“不。这一点你放心吧，咱始终是跟中央保持一致的。我所说的请老包下山，也不是照搬山上那一套，也不是命令下边如何如何。咱们只是将贯彻中央精神，变口头为行动，对下边不设禁区，不横加干涉，允许下边根据中央精神，摸石头过河。所谓摸石头过河，就是八仙过海，各显神通。允许下边开动脑筋，对症下药。究竟哪种形式适合本队情况，因地制宜，群众讨论。让实践检验一下，明年秋后再回头总结。这不存在什么恣意妄为一说。”

田子荣听了徐晋东的解释，知道他已经胸有成竹，谋略已定。他谋中的事，别人是难以左右的。但作为公社二把手，需将自己该说的话说到，至于他听不听，是另一码事。田子荣犹豫着说：“如果县委不同意呢？”

“这事既不能请示，也不能汇报。请示汇报意味着推卸责任，也意味着自砸锅。县委的态度很明确，平川不准搞土地承包。他们不敢摸石头过河，也不允许下边摸石头过河，咱请示个什么？”

“……”田子荣没说啥。他觉得此话有些聱耳。这样做未免有些尾大不掉，放肆专横。他委实难以接受。徐晋东简直是吃了豹子胆！

“我要在党委会上明确表态，此事一切责任由我个人承担。我只希望同志们积极配合工作，不要向外宣传就是了。”

“我也不是怕担责任，我是为你着想。一旦有个三长两短，别人想替你也替不下。这是明摆的事实，也是可怕的事实。”

“那好，你的提示很好，也很重要。但我的决心已经下定，改天召开党委会，出台我的构想。”

“我理所当然全力以赴。咱俩没说的。”

这件事关双杨多少人家命运的大事，就这么敲定了。

从此，徐晋东进入运筹、操持的精心策划中。不管怎么讲，这不是一件小事。当一把手，凡事顺水推舟，照章办事，便不用担心什么责任。像徐晋东顶风出台新招，当然是另一码事。弄好，跌个平；弄不好，党纪不容。虽然，徐晋东心里有底，这举措决不会失败，起码粮食产量绝对有把握增产。徐晋东心里清楚，当前中央的态度，是放松的趋向。实践检验真理也好，摸石头过河也好，无非是给各级当权者松缚，启发这些人动动脑子。在这种大好形势下，作为一个公社书记，难道没有试搞实践，摸石头过河的权利？即使秋后形势紧张，继续左的路线，大不了下一年仍吃大锅饭，还能怎样？明年好歹也要被老百姓痛骂一年。这种小农经济思想境界，是多年生活农村，特别是在徐沟当支书数年，所形成的地道农民意识。正是这种狭隘的两眼向下的感情用事心理，才使他置仕途前程于不顾，敢作敢为，标新立异；另辟蹊径，自闯新路。

决心下了。在没有上级支持、左右经验的情况下，开辟自己设计的新局面，是一件创造性的工作。徐晋东按先客观考虑，大局控制，后从微观研究，具体部署的思路，开始了自己的运作。第一，必须停止使用大寨记工法。它是致使生产管理混乱、集体产量上不去的病根。第二，实行生产责任制，因地制宜，各自认定。可以搞定额管理，小段包工；

也可以包工包产，不包投资；也可以包口粮，包产量，一包到底。第三，粮食指标一定要高于往年，各队创最高产，否则宁肯不包。油料，以及县里指令性的经济作物，要保证足数。只有这样，秋后才能对上对下交账。生产责任制的目的是增产，给国家给农民带来效益和实惠。农民要凭自己的汗水创造财富，绝不是掏空国家，肥自己的腰包。这个关口一定要把住。总之，凡涉及包产量的个人，必须与队里签订合同，大队监督执行……徐晋东通盘筹划，从方方面面，尽量考虑周全些，尽量避免草率行事。

徐晋东自认自己的土政策，抑或敢为人先的创作已经成熟，可以出台了。他便召集党委会，给大家讲了他的大胆设想。他也郑重表态，如有不测，一切责任由他个人担当。徐晋东本来就没有让大家发表同意与否的意思，只不过是将自己的主张，变成大家的行动，以保证党委的步调一致。大家呢，谁也没有反对的意见。书记是班长，既然是他谋中的事，自有他的道理。别人是维护者，尽到自己的分内责任就是了。但会上免不了要议论一番。

“好事。社员们肯定拥护，特别是三类队。单把口粮田分给户，社员就甭饿肚了。书记有这心肠，有这胆量，群众背后都给你念阿弥陀佛呢。”陈琦放言高论，谈吐自若，似有谄谀取容之嫌。不过，他正处春秋鼎盛、风华正茂的如日中天之际，谈话办事总有这么种龙马精神。徐晋东听起来自是入耳中听，满心欢喜。

“如今呢，劳动没有定额，所谓按劳分配成为一句空话。生产队十羊九牧，窝工浪费，已到了不能容忍的地步。国家形势突飞猛进，杂交高粱，杂交水稻，杂交玉米，化肥、水电，现代科技促进了农业的现代化，这本应当如虎添翼，大幅度增产才符合时代潮流。但，粮食产量就是徘徊不前。我查找了一下资料，咱们公社去年的产量，仅仅比一九三五年增产百分之十三。同志们，这是多么令人心怵的数字。不知你们的心情怎么样，我反正很惭愧。要说咱们这些人不积极工作，实在冤枉。要说大小队干部素质差，不懂农业，不懂管理也没根据。那么，粮食产量上不去，农业收入上不去的病根究竟在哪儿呢？这应当引起每个人的沉思。我们搞生产责任制，决不是标新立异，想出风头，而是顺其自然，水到渠成。咱们只起个引导，不横加干涉的作用，就足够了。叫我看，只是早一步与晚一步之分罢了。正如咱们比山上已经晚了一步是一个道理，不足为怪。”

徐晋东本来没准备说这些没有逻辑的自由表白话，但他发现人们对理论性的探讨、辩论，都饶有兴味，想堵住大家的嘴，是办不到的。会上不说，下边还要说，各抒己见，互不认输，反倒不好。于是，他即兴开口，讲出了自己的见解。这样便可在会上，向大家亮出自己的观点，以统一大家的认识。即使有人不同意他的发言，也不至于在大庭广众面前，诋毁书记，混淆视听。徐晋东这番随意地有感而发，令在场人心悦诚服，使他在公社人们心中，已经有了一定的位置，不是职位上的压服，而是品质、才华上的心服。就如牛婧兰崇拜陈琦的汇报发言，林如海崇拜田子荣的辛苦，彭茂华崇拜邓彬的打人一样，好多人崇拜徐晋东的领导风范。这也是他敢于顶风犯上，创造小气候的原因。

徐晋东在统一党委意见，制止飞短流长的清谈后，雷厉风行，立即召开大小队干部会议，一竿扎到底，向下贯彻。他在这个隆重的大会上，做了题为“论生产责任制”的书面报告。这是他精心构思的一篇文章。由于他讲的都是新的东西，深入浅出，贯穿驰骋，人们觉得很新鲜，好些人自觉地做起了笔记。彭茂华、林如海、邓彬等人，像个学生，端坐礼堂前排，专心致志做笔记。整个会场鸦雀无声，肃静异常。徐晋东讲得津津有味，因为他句句说在老百姓的心坎上，难得这么一位替老百姓分忧的官。最后，徐晋东颇有号召力地向大家发出要求：解放思想，开动脑筋；面对现实，依靠群众；巩固集体，搞活管理，立即掀起一个落实生产责任制管理的高潮，要形成全民动员，齐心协力，向生产管理要效益，要粮食的共识。誓夺明年大丰收。

会上，田子荣做了支持徐晋东报告的简短讲话，并将工作步骤、程序，做了安排。他要求，必须在年前，将责任制形式确定下来，由大队报公社审定。

这是一个破天荒的会，火爆的新闻，一石激起千重浪，在一百六十平方公里的双杨大地上，凡有人的地方，均在议论这件事关自己利害的大事。习惯于上传下达、统一指挥、摇旗呐喊、虚张声势的一些大队干部，对此均反应冷漠。包工也好，包产也好，这不仅仅是工与产的权力下放问题，这是涉及大小队干部好多权力旁落的一场革命。曹明海便是如此思忖的，他回去后，消极应付，摆出老谋深算、胸有成竹的样子。有人捧他，虎在袖筒里藏着。他笑而不答，默认其然。其实他是心中无数，飞蓬乘风，观望形势，维护已有利益呢。

由于各大队经济基础、干部素质等因素的不同，各村各队出现了千差万别、名目繁多的形式。一个由农村干部率领农民，选定自己生产方式的群众性大讨论普遍展开了。像曹明海一屁股压住潘寨，循规蹈矩，墨守成规的人不多。但举棋不定，前怕狼后怕虎，不敢撒手的干部，大有人在。客观上，双杨公社逐步进入一个动荡的多元的陌生的拉开距离的时势。有人对徐晋东斗胆发狂的可靠性持怀疑态度，“他的话算数吗？”

一个晚上，林如海不声不响来到徐晋东宿舍。他向来无事不串门，特别是领导的门。他在公社领导层，是公认的土木形骸，是自暴自弃的老实人。他自认自己人微权轻，故守口如瓶，防意如城，谨小慎微地做人。但徐晋东对他很看重，认为他是个干实事，不显红露黑的内向型本分人。因此，林如海一进屋，徐晋东便贴心地问：“老林，你来我屋一定有事。对不对？”

林如海笑着说："书记的事情不知有多少，我要是当这个书记，脑袋也得憋破了。没事还敢来干扰书记的工作？"

甭说，这老实人还有几句中肯的老实话。从他嘴里说出的话，老实不老实别人总不会怀疑。徐晋东对他尤其偏爱、庇护。他也笑了，无形中来了兴致，道："我上中学时，班主任老师给我下了个结论：满山都是树，做梁做不了柱。其实，梁就是柱子顶着哩，你说对不对？"

林如海摇摇头，笑着说："书记的话深着呢，我不敢冒昧瞎回答。像我吧，就是做栈板的料。"

"哈哈哈……"徐晋东朗声大笑。他边笑边拍着林如海的肩膀，让他坐下。

林如海将骨牌凳挪到徐晋东办公桌旁，凑近徐晋东，郑重其事地开言道："徐书记，我有重要情况向你汇报。"

徐晋东知道他是个抱诚守真、忠心不二的可靠人，同时也是个鼠目寸光、小题大做的把式。因此不以为意地听着。

林如海见徐晋东不置可否，只是平平静静做出让他讲下去的神色。

"事情是这样的……"林如海向徐晋东反映的是：公社个别事业单位的负责人，对他们包的点上，推行生产责任制，与公社有分歧。有的言言语语，牛蹄两瓣，说风凉话。还有的包队干部与大队意见不一，不敢将产量包给社员。总之，林如海发现有人横挑鼻子竖挑眼，在下边嚼徐书记舌根。

徐晋东听完林如海小心翼翼的絮叨后，心里"圪噔"一下，明白了。下边有人捣鬼，公社存在一股逆势力。这些人恐怕不只是林如海所看到的嘴脸。他们的影响和危害，不可低估。必须防微虑远，从长计议，采取断然措施。不然这些人会借助手中权力，在下边嗡嗡嘤嘤，说长道短，甚至直接干预责任制的落实。徐晋东看着林如海，心里十分感谢他给送来重要情报。而林如海呢，将心里想了好几遍的腹稿婉转道出，巴不得徐晋东盘根究底，与他探讨其间原委。可是，徐晋东神色庄重，又平平静静地听他讲完话后，坐那里纹丝不动，略停了一会，才问：“老田知道这些情况吗？”

林如海蛮有把握地说：“不知道。这些人与大队干部都有业务和个人关系。他们回避你和田主任，下边干部也不来反映。”

“好了，你不要再往下讲了，我清楚了。”徐晋东是出于保护林如海的心情。老林能来说这些话，已经办了大事。如果再说出他们些狗苟蝇营，不三不四的小口舌，反倒对他不好。而林如海显然误解了。他认为自己的多嘴多舌，给徐晋东带来不快。须知他是个向来不爱听人掏小耳朵的人，所以好些人敬而远之。林如海又想：莫非徐晋东嫌自己没把话说透，藏头露尾，让他捉迷藏？于是，他又补充道：“徐书记，我说的话一点不假，有名有姓，有时间地点，这些人煽风点火……”

徐晋东摆摆手，再次制止他的话：“老林，我不愿意从你嘴里听到谁是谁非。我知道这件事就行了。”其实，徐晋东心里十分明亮。林如海一说此事，他便知这事是谁干的。如让林如海说破，就不好了。难得糊涂啊。公社总共几家事业单位，他还不摸他们的底吗？

林如海走了。

徐晋东进入战略上的运筹决断。想让贫困村庄的老百姓一年翻番吃饱肚，享受碓臼沟人们的丰收乐趣，难啊！想走新路的人，需有攀藤揽葛，踢破一双鞋的精神；轻轻松松，一帆风顺，只能走老路，迈旧步。闯新路，就得有新招。自己想通的事，别人不一定能想通。

他对指导农村工作，孕育着一个新的举措，大胆的设想。也是排除干扰，还生产权于农民的铁腕手段。林如海的奏本，促成了他壮士断腕的决心。

到此，徐晋东又一个大刀阔斧的改革雏形，在脑海里形成。他要立即采取“杯酒释兵权”的战术，取消插手农村工作的势力。

徐晋东想到得意处，激动得一拍桌子，道：“干！”

正好毛毛提着一铁壶开水，推开门走了进来。她吃惊地看着徐晋东，问：“啥？徐书记，你要炭？”

徐晋东臊情没拉地打马虎眼道：“对、对。撮些炭，炭大火旺嘛。”

毛毛抿嘴笑着，给他暖壶里加满水，悄悄走了。她本来听见徐晋东独自喊了一声“干！”为了圆他的脸，自己佯问要炭。他倒好，真的要起炭来，真是白日见鬼，当书记还促狭人。她只好拎起铁簸箕撮大炭去。

徐晋东握紧拳头，心里充满自信：这一拳打出去，将一扫前进路上的绊脚石，自己将痛痛快快走一程。

第七十五章　开弓没有回头箭

徐晋东要撤销公社一级的所有蹲点包队工作队，这是一件关起门搞改革的小天地活动。他迫不及待，刻不容缓地通知王磊，晚上召开党委会。这事操作起来，要比生产责任制的落实简单多了，一个会，几句话，就把工作做了。因为它会得到公社干部、企事业领导人、大队干部、社员的拥护，谁都讨厌这种办法。公社里恐怕只有田子荣、林如海不大乐意这么搞。一年的中心工作，植树、春播、夏锄、小突击、秋收、秋耕，都是他们分管的。取消工作队以后，不论怎么说，对他们总有损失，无疑会加大工作量。但这无所谓，直接抓大队干部要比中间夹上这么支力量能见成效得多。徐晋东不考虑这些，他需要考虑的是：会上如何讲这件事。如果传达上级精神，没说的，各自执行就好。大凡自己独创的行动，又是县委明显不会同意的举措，总得向大家有个科学的交代。不能手掌大权，半夜想起个朝南睡，想怎干就怎干吧？莫不是老寿星吃砒霜，活得不耐烦了？说实在的，徐晋东除了决计排除林如海向他提示的心腹之患外，还有自己的小算盘。公社每一桩工作下来，从部署、检查到总结、评比，虽是对大队的，但公社所有人都包着村。一旦批评得着急了，他们便会拿出挡箭牌：赵庄还不行呢！我们有啥高招？言下之意，所有工作都得书记带头。书记包的点上开不了花，别处怎能结果？啊呀！太累了。徐晋东对此实在反感。这一刀下去，对他深恶痛绝的紧箍咒是个解脱。一个人没多少神通广大的本事，特别是死死蹲在一个村庄。面对农民的事情，锣鼓长了没好戏。能当省长、县长的人，不一定能当好村长。农村干部也是一门学问。包点毕竟是包点，如果将公社书记当作某个大队书记看待，公社工作谁负责？其他干部也一样，包点成了他的主要工作，自己的部门工作，反而撒手不管。现在，农村放手让农民自己选定生产形式，而公社干部也应当像农民管生产一样，坚守岗位各司其职。当啥官，管啥事，不能手伸得太长。这应当叫干部岗位负责制。对，对！徐晋东的思路清晰了。师出有名，名正言顺。从此，担啥卖啥，挂印悬牌，各司其职。想到这里，徐晋东又明白了一个道理：这不叫改革。这是本来应如此的事情。安官设吏，都有头衔。只是过去一律收编到学大寨的行列里，成年累月搞中心工作罢了。现在职责相符，恢复正常而已，成啥改革？如果放大胆子认识这个问题，可以说叫拨乱反正。但，此番怪论落黄泉间，谁敢信口雌黄！徐晋东一闪念便过去了。他又潜心于旧路新走的改革事由。这一步棋走出去，对公社干部来说，责无旁贷，义不容辞，有啥说的？

徐晋东考虑成熟，在晚上的党委会上，突然抛出这使人目瞪口呆、惊诧不已的意见。起初，人们以为他在考虑研究这个问题。而慢慢地从他的讲话中发现，他要当机立断，立即施行。从明天起，全部撤走待在村里的工作队。（当然指公社一级的）形势发展如此迅速，令人不可思议。这是个号外新闻。大多数干部是愿意搞自己的本职工作的。这样搞，当然喜出望外了。这是大家不敢奢求的希望，突然由天而降。谁都暗暗佩服徐晋东的胆略和高见。这也是他吃透农村工作，游刃有余的表现。最后，徐晋东说："明天召开各大队支部书记、公社企事业单位负责人、公社全体人员会议，贯彻执行。从此，取消公社划分的东片、中片、西片。三个片的片长也不存在了。下一步，"徐晋东郑重地提出，"各部门都要选定一个大队，作为自己部门的联系点。在那个点上，只准搞你自己的部门工作，不得干预大队其他工作。谁家的联系点在哪，报王秘书备考份。"

王磊觉得，如此搞与上边的安排格格不入，难免给他带来麻烦。于是，故意问徐晋东："县学大寨办公室，要你和田主任的蹲点队村庄呢。你看怎报？"

徐晋东知道这是事实。县里不但要掌握一二把手所包大队的名单，还要组织巡回交叉检查。但时至今日（一九七九年将尽），他们这套兴师动众的督战方式，恐怕维系不久了。徐晋东高下在心，古调不弹，但对上边的老一套部署，还须应酬或者周旋。他想了想，不经意地说："照旧上报。"

"若要下来检查呢？"王磊死求一计，刨根问底。

"车到山前必有路。检查就检查吧！"

徐晋东有些不耐烦。他对循规蹈矩、死搬硬套的王磊，着实有些反感。眼下，县里也处在等待、观望阶段，从工作队员迟迟不入村这一点上足见一斑。昔日，大张旗鼓的政治压力，雷厉风行，所向披靡的紧张气氛，眼见得淡化起来。不敢过河的人，只有站在河边观望、等待罢了。这是大形势。王磊站在这寸地尺天之间，丁一卯二，显示自己的政策水平，固守秘书的参谋作用。在徐晋东看来，画蛇添足，多此一举罢了。

王磊还想做一番解释，或者发表什么看法，彭茂华有意顾左右而言他道："武装部的点是赵庄。"

"好，我登记下来。"王磊正儿八经坐在自己的椅子上，"今天能定下来的，都报一下名。"

邓彬灵机一动，想说啥，但只见嘴唇翕动，不见发声。

"想说啥？"陈琦提示他，"你的点往哪定？"

邓彬笑着说："我谋中个地方，恐怕交不了账。"

"你说嘛！"陈琦声音重重地给他鼓气。

邓彬看了看徐晋东，试探着问："治安点定在涿雁，忻老庙那儿行不行？"

"哈哈哈……"大家哄堂大笑。

"这家伙头小灵泛，见孔就钻。你倒寻见个好地方。老庙那儿，几十年没有治安案件，你去坐收渔利去吧。"陈琦褒贬与夺，讥讽着说。

徐晋东接着说："没关系，去哪定点也一样。反正今后的治安工作是邓彬一个人的事了。有事拿你是问就得了。"

"啊！真的就这么搞呀？"邓彬似乎还在做梦。

"这是开玩笑吗？马上开始的征兵工作，由茂华负责。别人不得插手。"徐晋东丁一确二，说得十分绝对。

邓彬摸着头发，深感自己的担子挑起来有点吃力。

"散会。"徐晋东合上笔记本，表示会议画上句号。

这个会开得痛快。它为各大队的改革捋顺了关系，排除了干扰，也给徐晋东卸去了一副沉重担子。从此，他可以轻装上阵，理直气壮行使领导指挥权，再不必去赵庄，凡事身先士卒起表率作用了。这叫一箭双雕，怎不痛快淋漓地庆幸自己的胜利呢！他对自己这快刀斩乱麻的两步豪迈之举，颇感得意。

潮平两岸阔，风正一帆悬。

从此，双杨在风平浪静中，扬帆起航。各大队掀起热火朝天的讨论生产责任制高潮。敢于把握时机，舍得放权给农民的，首数岳堡的牛皮灯笼岳万金。他将社员的口粮田下到户，产量田集体耕种、育秧，其余从管理到产粮，一包到底。其次是王屯堡、小咀等村庄。各家形式千差万别，各小队间也不一致。总之，出现了群众自主当家，民主讨论，自觉自愿定形式的喜人景象。

海日生残夜，江春入旧年。

人们不喜爱的己未羊年（一九七九年）即将过去，庚申猴年（一九八〇年）就要来临，年关在即。双杨农村开展大讨论的生产责任制，呈现出姹紫嫣红、百花争艳、有声有色、多姿多彩的局面。这不但使徐晋东十分欣慰，连田子荣也看到了它的潜力所在。人的力量是估不透的。一旦将社员的种地积极性调动起来，地的潜力有多大，也是估不透的。变少数人催耕催种，为多数人的自觉行动，这是一次生产力的大解放。田子荣和王磊坐在办公室，一家一家造表统计责任制的落实情况。

“下边的情况已经汇总在一块儿了，咱多会儿审批呀？”田子荣问徐晋东。按当初的安排，是年底确定下来，公社随即审定。

“算了。咱不用一家一家过了，直接同意各家的方案。”徐晋东干脆利落地来了个信马由缰大甩手，“反正是试搞，各有新招，殊途同归，没啥原则问题。”

田子荣习惯于程式化的领导方式，大笔一挥，签发“同意”二字。然后，“咚”，盖上公社大印，各队照此执行。而徐晋东守经达权往往不注重这等繁文缛节，尤其在这件事上，他益发自己的孩子自己爱，绿灯引路，大开方便之门了。

“这叫尊重各队意见。实际上，也是公社的意见。”王磊自作聪明，在徐晋东、田子荣中间拉纤。

田子荣大大吸了一口烟，就地打了个磨旋。他对徐晋东这种大手大脚、满不在乎的领导作风，手心里总是捏一把汗。但他又不愿意动不动跟书记对着干。这就形成心里不痛快、脸上不自在的尴尬相。好在他转得快，俯仰之间，便想通了："反正年前最后一个会了，咱们表了态，大家歇心咱歇心，回家过年都开心。"他风趣地说，自觉推门入柗，还跟书记配合得凑合，沾沾自喜地笑了。

"过年的事情，由你安排了。"徐晋东笑着勉励老搭档。

"知道。二百斤大米，二百斤白面，已经跟粮站说好了。"田子荣得意地说。

兔走鸟飞，转眼过了大年。春暖花开，生机勃勃的大地，给人们带来新的企盼。双杨沉浸在一派充满活力，朝气蓬勃的春耕备耕热潮中。公社独步一时的新举措旗开得胜，马到成功，生产责任制遍地开花。村村队队，欢歌笑语，给柳媚花明的美好春色，平添了一笔浓浓的艳彩。在滹沱河拐弯的怀抱中，呈现出风景这边独好的醉人景象。

雪里是埋不住人的，锣是不能偷打的。正当徐晋东运筹帷幄，得心应手，准备在金猴之年，大显猴子威风时，拦路虎与他结缘了。

彭茂华来到徐晋东屋里，郑重其事地说："下边有个情况，徐书记知道不知道？人家县农工部派人在各个大队做工作，制止咱搞生产责任制。"

徐晋东一听，大吃一惊。他问："真有其事？"

"这还能说瞎话！赵庄已经召开过两次会，原来社员讨论下的方案都吹了。"

徐晋东气炸了肺。他一跺脚，骂道："搞得啥名堂，偷偷摸摸窜来活动。"他顿了顿，对茂华说，"你叫田亮平和李葆定来我这里一下。"

不一会，李葆定来了。徐晋东下达指令："你叫上亮平，马上到赵庄，把县农工部那几个人，一齐叫回公社来。"

李葆定回答："亮平出去了。我一个人去完成这桩任务吧。"

“行。必须叫回来，就说我叫他们有事。”

“没问题。”李葆定走了。

徐晋东气得肚皮鼓了又瘪，简直七窍生烟，五内俱焚。一冬天费了九牛二虎之力，谋中这个红芯，做成这件事。这些人居然不来公社打招呼，采取诡秘行动，在大队明目张胆扼杀其新生儿，何其毒也！好端端一件事，眼看就夭折了。他怎不气呢！这是迎头一拳，脚下一绊。

李葆定的任务完成得很好。两个三十来岁的青年人，来到徐晋东办公室。徐晋东一个也不认识。

“你们是哪个单位的？”徐晋东问。

“农工部的。”

“你们来干啥？”

“搞农村政策调查研究。”

“来了双杨几天了？”

“三天。”

“调查研究了些什么？”

他俩知道徐晋东的态度，也知道自己的行为触禁犯忌，闯了双杨红灯。但他们的使命，就是千方百计，设法制止这种无政府状态的行为继续蔓延。事已至此，再不能遮遮掩掩，闪烁其词了。年纪稍大些的搔首踌躇了一下，回答道：“徐书记，现在上边的政策没变，土地准许承包到户的，还是只局限于多年吃供应粮的山庄窝铺，平川大队不允许搞。”

“你们就是为这事来的？”

俩小伙见徐晋东的双眼锥子似的钉着他们，一步紧一步逼问，活像审贼，心里有些胆寒。因为，部领导给他们的任务，就是直接到大队。而现在若说不周全，招来麻烦，回去向部领导也无法交账。两番掂量后，只有自己忍了这口气，认倒霉算了。他们谁也不作声，一副理屈词穷的样子。

“你们走了几个村庄？”

“王村、赵庄，还有桃园。”

“不管什么政策，不管什么任务，你们来到双杨地界，就得来公社打招呼嘛，农工部不懂这个规矩？”

……

“你们总共来了多少人？”

俩人互相递了个眼色，一个说：“就我们俩。”

“你们马上离开双杨，到别处调查去吧。恕不奉陪。”徐晋东直接下了逐客令。

其实，徐晋东只知其一，不知其二。原来，农工部派下来的调查人员，不只这俩小伙，也不是来了三天。他们总共来了三班人马，共计八九人。五六天内，几乎逛遍双杨大部分村庄。路遇的公社干部以及大队干部，都不认为是与公社分道扬镳的另路军。一个将军一道令，公说公有理，婆说婆有理，该听谁的？原来就脚踩两只船，或者不坚定的大队干部，趁机返本还原，走回头路，双杨出现了新的混乱。

徐晋东很快掌握这些情况后，决心力挽狂澜。他绝不能坐视自己费尽心血栽培的幼苗惨遭践踏，自生自灭。此刻，他想到田子荣的发号施令，红头文件的权威性。于是，决定出台公社党委文件，以此给大队做后盾。他知道事情不会就此完结，俩后生并非无根之木，狂涛骇浪定还在后边呢。但自己既然堂而皇之，大吹大擂，做下边工作，表自己态度，促成了新生婴儿的诞生，就应当敢作敢当，挺身而出，以世上伟大的母爱献身精神，去哺育、捍卫新生儿的茁壮成长。现在，事出不意，不能视为畏途而缩手缩脚，坐以待毙。要以迅雷不及掩耳之势，采取力所能及的措施，铸成既定事实。只要生产权能拿到农民自己手上，自己做检查，心甘情愿。现在不是已经有了这个迹象吗？

徐晋东亲自起草文件：“中共双杨公社委员会关于建立农业生产责任制的决定。”在文件上，他明明确确写道：“各大队、小队，充分依靠群众，放开手脚搞因地制宜的生产形式。这是党委决定，如若跟上边政策有出入，一概由公社党委负责。”

徐晋东马上召开了各大队支书会议。在会上，做了稳定军心继续落实生产责任制的报告，并给各家发了红头文件。徐晋东拿出了自己的看家本事，即使再出现不尽人意的地方，也问心无愧了。

不出徐晋东所料，他的会议一散，毛毛便接到县里的电话通知：公社书记进县开会。

县委召开的平川公社书记会议，一是春季植树造林，二是保证生产计划的落实。最后，大会解决双杨公社自行其是，带头在平川搞土地下户的问题。郑平严肃地说：“双杨公社要在平川搞土地下户经营，未经县里同意，擅自这么搞，是不行的。罗书记为此事，专门请示过地委左书记。左书记的答复是不允许在平川大队搞的。上边政策没有变，只准山庄窝铺包口粮地下户。晋东同志，你要采取果断措施，停下来，此风不可蔓延。”

徐晋东想蒙混过关，打马虎眼，反正有责任自己负就是了。

“晋东，怎么样？没有问题吧！”郑平要徐晋东响响亮亮回答清楚。

徐晋东不说话是不行了。他给解释道：“现在，生米已做成粥了，说啥也迟了。”

“现在还没有下种，怎么说迟了？”郑平顶问。

“小队与社员已经签订了承包合同。不过，包产的不太多，包工不包产的多些。”

“合同算啥？你回去传达县委精神，否定了合同，不就完了。”

“郑主任，有啥责任我承担就是了……”

“你能承担啥责任？你这么一搞影响很大，都像你这样闹开，不乱了套吗？”郑平不给他留余地，声色俱厉地批评道。

事关政策的事，本应当罗国亮出场，尤其召开的是公社书记会议。

而罗国亮一向将工作重头戏推给郑平，特别是有瓜葛的这些搅缠事情，他才不出头露面呢。全凭郑平这位元老，依靠自己在中层干部队伍中享有的威望，处理棘手事情。徐晋东呢，既尊重又崇拜这位顶头上司。自己本该维护他的权威，不该制造难题，让他下不了台。但这是工作，事关千家万户的大事。再细想一下，对领导不会带来什么灾难。他们实在是小题大做，一副不敢越雷池半步的正统作风。面对这种状况，徐晋东在想，既不能有丝毫言语上的差池，又不能接受回去腰斩的旨意。徐晋东处于无言的挨整受戳，又不认错的僵持中。时间一分一秒地悄然消逝，空气静得要爆炸。郑平以严峻的目光，逼徐晋东就范。徐晋东低着头，一副狼狈相。他表面上诚惶诚恐，心甘情愿接受领导批评，而心里覆水不收，自信自己所做不是触犯党纪国法的行为。

顶牛。

在场的公社书记们默不作声。有的替晋东捏把汗，知他进退维谷，船行江心补漏难；有的幸灾乐祸，失笑他出人头地，独显其能，碰了一鼻子灰。突然，新近调到城关公社的朱大宽发表意见道："就让晋东搞试验吧，俺们别的公社没一家搞的。他闹成功，咱学他；失败了，拉倒。"

眼看时间到了下班钟点，人们急着要吃饭。大家见下不了台，都帮郑平的腔道："俺们都不搞。"

郑平听了大家伙的表态，心里踏实了些。起码不会造成全县范围内的混乱灾难。他担心的是，双杨的风刮遍全县。那将无法向地委交账了。这个徐晋东，原当初只说他是个即便籴不回米，也丢不了口袋的保险人物，没想到胆大包天，所行无忌。他这么一搞着着实实给全县带了个坏头，闹得县委很被动。郑平鉴于大家的通融和保证，悻悻然再没有穷究深追，算是默认作罢。

徐晋东回到公社，只字未提挨批一事。他怕动摇军心，影响下边情绪。他也很庆幸，一场不光彩的夜走麦城狼狈戏就此收场。虽当众挨了批，但终算过了大堂，估计再不会有人来干涉了。这下才名正言顺，合理合法了。徐晋东益发变本加厉，逢人说项，会上会下，大肆吹捧他的佳作。他希望唤起更多的人，更大胆，跟随他闯出条新路，一条属于自己的路。然而，下边的情况并不是以他的主观意志为转移的。他那点权力和威信，毕竟是有限的。尽管他嘶声竭力，满舌生花，说得头头是道，津津有味，而下边仍有些干部持迟疑态度。特别是中途冒出的一些农工部的人，沿村说教，标榜他们是研究政策、掌握政策的专门部门，诋毁徐晋东倡导的什么责任制。这样一折腾，下边农村干部有的便动摇起来，跟徐晋东起了心。曹明海就这样宣扬自己的观点。自然，也有好多人，不做过多地考虑，认为撑死胆大的，吓死胆小的。干。

如其然，双杨出现了五花八门、形形色色的责任制形式。

第七十六章　春色满园欣向荣

公元一九八〇年，双杨公社春色满园，瑞气氤氲。各项工作，欣欣向荣。徐晋东如愿以偿，心满意足，得意扬扬，有什么比按照自己的意愿而行事，更为惬意呢！土地交给农民，工作交给干部，两个责任制，治住全公社的大凡小事。屈指一数，全公社只有他一人没有具体工作。在党委办公室墙上贴的党委分工一览表上，他是总负责人。总负责，即是总监督。一只兔子登天，将赵庄这顶愁帽，抛到九霄云外。从此，徐晋东轻装上阵，满天飞。工作变成轻松愉快的事情。这一年，整个双杨，可以说，天官赐福，好戏连台。只能一幕一幕道来。

首先，公社干部实行岗位责任制后，工作轻松多了，一改过去长年下乡，老驴常不闲的状况。公社大院嘻嘻哈哈，红火热闹起来。人闲下来，就想闲下来的事情。不知谁提出应该买个电视。这话说到大家的心窝窝里了。不声不响的林如海，居然一个人就办成了这件事。他从双杨一个在北京国家进出口公司的人那儿，打听到价钱，又和几家企业负责人商量好摊款事宜，一切都弄妥后，他找到徐晋东说："徐书记，公社人们想买个电视，你说可以不可以？"

"买电视倒是个好事，得多少钱？咱买得起吗？"

"这我都问好了，钱也有人出。"林如海言下之意是就等他一句话了。

"谁给出钱？"

"单打井队一家也出得起，何况还有农修厂、砖厂那些单位。"

徐晋东想了想，说："要买，买一台彩色的。你打听一下，看价钱差多少。"

"行。"林如海答应一声，便走了。

没过半个月，林如海突然将彩电用拖拉机拉了回来。他这人办事就这路数，似乎有意瞒人着呢。大家高兴地围着林如海问长问短，万没想到林主任能办这么件漂亮事，个个喜从天降，乐不可言。

"日本产的东芝十八英寸大彩电，咱县里还没有进来呢。"林如海得意地给大家介绍。他还特地从县广播站请来一位技师，给安装电视。但使人遗憾的是，屏光屏幕是黑白图像，没有彩。据说，是省里转播站的问题。黑白也不错，开天辟地谁见过？电视被放在党委办公室门外，于是，每天晚上，大家围坐在院里，舒心地观看国内外新闻、体育比赛、戏曲歌舞……人们每每看着看着就情不自禁地笑起来，高声说起话来。又每每突然冒出一句："林主任真行！"把林如海夸得很难为情。有书记、主任在场，怎么能把功劳记在我名下？那一段时间，他都躲得不敢看电视。

人心都是一样的。谁给人们办了好事，人们就会把他记在心里，感恩不尽。尽管是公事，其理也一样。不是林如海积极操办，大家能享受这个福?

一天，在看电视时，徐晋东突然联想到一件事。他当下便跟紧坐在旁边的田子荣说:“老田，你能不能在沿河地带找一块好些的荒地，咱发动公社人员，一齐出动，垦荒种葵花，搞点副业。”田子荣没打定心，马上回答道:“那还不容易，只要你说句话，我让拖拉机站的拖拉机给扣上三五十亩地，种下去。咱的人马，锄楼收割就是了。”

“因为有收入，而且秋后这笔钱，可以用于同志们的福利。不能白用拖拉机。”

“知道。这些事你别管。给上点油钱，就行了。”田子荣自信地说。

“这事好办，你做主就是了。”

“我明天就去物色一块弃耕地。”

第二天，田子荣便落实了地块，带上拖拉机去开荒。大约三十余亩，原在万亩方田规划内的荒地，种上了向日葵，从而给公社人们一个集体劳动的机会。

另外，公社农场由王屯堡搬迁到岳堡，今年也实行包产到个人。

每月十五日为公社人员法定集中日，这一天是汇报工作、学习文件、检查问题、部署安排的。根据大家要求，公社广播站每月给每个部门一个晚上的专题节目，打破了农业一统天下的局面。其余时间，自行安排。

徐晋东这么左右开弓，里外整饬，一环扣一环，将所有工作成龙配套地安顿在各个人头上。不但各项工作有专人负责，还有领导分管。徐晋东呢，只剩下左右身边几个副职归他管了。副职们的工作能力都不弱，且互相间有种较劲的潜意识，谁也不甘落他人之后。如此一来，公社的事情被抢之一空。徐晋东观了观阵，欣喜若狂，放声哈哈大笑。他不由自主地开心道:“一通百通，明效大验，我成功了！”

他一桶一桶提上水，洗头洗脚，洗衣服，从此结束了虱子虮子吸他血的时代。他又到城里找成部长聊天，说混话，临走借几本大部头小说。成部长劝他看《古文观止》和《聊斋志异》。他淡然一笑："那是你的事情，我看看《红楼梦》就可以了。"

徐晋东埋头看《红楼梦》，沉浸在林黛玉心强命不强的孤苦伶仃境遇中，突然院里一声刺耳的汽车喇叭声："嘟——"这是喊叫人的命令声。一听这声音，知道来者不善。徐晋东开门迎客。

院里停着一辆吉普车。车前站着一位当官的。徐晋东一看，原来是位县太爷到了。他是副主任，姓冀，一个好训斥下边、狐假虎威的干将。他见徐晋东笑着出来接待，便先开口道："我又失算了，满以为你不在家。"他言外之意是，我对你估价太高了。

"在哩，不在还能飞了？"徐晋东心里无事，自然说话消停。

"呵！"冀主任皮笑肉不笑，讥讽着说，"别的公社书记，不光包村包队，有的包到地块、作物，一身泥一身水地脱鞋下海大干呢！你穿得干干净净就像个客人似的……"

遇这场合，徐晋东向来是不吃眼前亏的。他半开玩笑道："你是来检查工作呢？还是检查我的个人卫生呢？"

冀主任一敛笑容，作色道："当然是来检查进度的。"

"检查进度，别管我衣服脏净，也别管我坐着睡着，你到王磊那儿看去吧。我敢保证，什么工作也不会拉县里后腿的。"

冀主任吃了闭门羹，气急败坏地说："好，但愿如此！"他也不检查生产进度了，拉开门，边上车边说，"牌楼上卖肉，好大的架子！"他招呼也没打，愤然而去。

徐晋东目送小车驶出公社大院，车外壳上覆盖着厚厚一层黄土。他哭笑不得地独自摇了摇头。是啊，他们仍在按老皇历办事，多辛苦啊！反过来看，太狼狈了。小车轱辘不停，指手画脚督战，催耕催种，只怕下边哄弄他们。

徐晋东回到自己屋里，再也没有心思关心林黛玉的遭遇了。何必看三国流眼泪，替古人担忧呢。他平心而坐，想静静地想些问题。显然，如冀主任那样，气势汹汹，沿村督阵的办法，在双杨是行不通了。有的大队干部就向徐晋东反映过："田主任蛮辛苦的，动不动找到俺要进度，问情况，老实说，俺连俺的地也管不过来了，哪知道谁家锄过几亩，谁家薅过几亩？"是啊，如今到村里找大队干部难嘞！不管是土地联产下户，还是口粮田大包，放到社员手中的，不必说了；就是没有放下去的队，最低也实行小段承包。总之，大规模的集中作战形式没有了，生产责任分别落实到社员头上。干部也不例外，他们被自己家中的任务压得急，实在不愿意接待上边的巡视官。过去，他们巴不得在喇叭上喊叫他们，坐在办公室，哪怕一句话说上一天呢！如今不同了，走路还嫌腿短，紧跑呢。鉴于这种形势，徐晋东才悠然自得。再说其他公社，当前正在组织会战，红旗引路，大队伍在后，抓出勤、抓时间，人疲马乏，不可开交。无怪冀主任看见徐晋东一副清闲自在模样十分刺眼，不可思议了。其他公社是滚油浇心呢，你四平八稳是刘备招亲呢，真正岂有此理。他尽管克制着心中的怒气，很有分寸地说了几句，但还是被徐晋东给了个眼吹灰。他只好威而不猛，后会有期了。

徐晋东想到外边转转，左辅右弼均不在。他听到牛婧兰在话务室谈笑风生，又心想那不是他的伴，倘若跟她一块支眉现眼的，定要被群众讨厌。他一个人踱出公社，一出公社大门，就看见双杨大队支书杨步驰紧走小跑在前边赶路。"老杨！"徐晋东喊了声。

杨步驰空挓挲着两只手，嘴里正馕着什么吃的。他回头看了看徐晋东，假装没听到，照直走去。

"杨步驰！"徐晋东提高嗓门喊叫。

杨步驰站住了。他返回头，问："徐书记，你在家呢？"

徐晋东边往他跟前走，边说："这不是在街上吆喝你，怎说成在家呢？”

杨步驰连忙解释：“我是说徐书记没到下边，在公社呢。”他这人就如此死模活样，连个玩笑话也这般认真。

“看你着急得不一样，干啥去呀？”徐晋东问。

“我清早锄地才回家吃了点兀突饭，到地里换老伴回家做饭呢。”杨步驰边说边咂嘴舔舌，清理口中的残渣余粒。

“嚯！老伴干啥细活计呢，还得你调换上班呢？”

杨步驰笑了。“瞧徐书记说的，上啥班哩！在长道地薅谷呢。”

“薅谷还用替班？”

“不替，人家不回吧！”

“哈哈哈……”徐晋东大笑起来。外号叫狼不吃的杨步驰，也有人唤他“大日期”。意思是爱拖延，没效率，老在后，不怕被狼吃。今天，居然也紧张起来，而且被老伴箍住连头转。这是多好的形势！不是“责任”二字，会有这效果吗？支书家尚且如此，何况别人？这叫不膏油自转。

“走吧，我帮你薅一晌谷。”徐晋东眼见得杨步驰站不稳脚跟想走得不行了。

“哪能用徐书记动弹呢。”杨步驰不好意思地推诿。

“我帮你薅几垅谷，你可以早点回去休息一下嘛。不然，交不了你内当家的账。”

“嘿嘿嘿……”杨步驰识羞地笑了起来。

徐晋东边走边说：“这样，也可以给你在老婆面前，树点威信嘛。你说对不对？”

杨步驰本来秃嘴笨舌，寡言少语，被徐晋东说得益发害羞没拉地连走路也不知怎迈脚了。加之，徐晋东一向是绷着脸，开口只说工作，从不嬉戏逗笑，今天不知怎眉开眼笑有此雅兴。杨步驰支支吾吾，吭吭哧哧地糊弄着：“其实，唉，徐书记，我，我不怕家里的。”他以为徐书记的玩笑中夹杂着对他批评的成分。因为全公社人们都公认，杨步驰是最无能的书记。瞧，疏谋少略之人，也有自己的小九九。他揣测领导的心意，善自为谋，还是很老练的。不过，徐晋东诚然没有批评他的意思，但对他存在无能的印象却是事实。在徐晋东的眼里，如今越是无能领导，越显得有办法。他撒手，不至于劣马恋栈豆，舍不得丢手中那点权。接着，徐晋东问："你们双杨怎么搞的责任制？"

杨步驰左右口不连利，适遇这事实，很难干脆简洁一句话说清。他拖长声调，啰里啰唆："俺村六个小队，一家是一家的样儿。死路只一条，活路九十九。人家的办法，蚂蚁钻进磨眼里，尽道道了……"

徐晋东一听，便在心里印证了自己的判断。杨步驰不会搞主观，他肯定放手放权给小队长。一统天下时，他指挥小队长，总是驴拉牛不走，七前八后，跟他转桌子。眼下，不知小队长采取了什么高明办法，将老支书闹得连吃饭也在赶工呢。

徐晋东同杨步驰一块蹲在垅背上，薅了二个多小时的谷。他跟杨步驰东拉西扯，谈起村里的事情。杨步驰人品好，老实，办事公道，民主，他也无私，肯吃苦。他在党员里边本事不大，但很得人心，每年换届选举，他得票最多。他缺少勇猛直前的指挥才能和号召力，因此，一搞运动，他总挨批，素有慢汉不怕狼吃的诨名。他俩东家长、西家短地拉呱着。徐晋东问："村里有没有包下地块，荒了苗的人家？"

"小队长检查着哩，估计他按时完不了的，就转包给别人经营。有个社员包下地给老婆扔下就流窜走了。"

"打工去了？"

"不是。到外地打工的也有，那是闹钱去了。"

"这个人干啥去了？"

"打着个伙计，闹人去了。"

"啊？还有这人？"

“有，叫二狼猫。”

“嗯，这个人我听说过，是个干啥的？”

“二流子。游手好闲，馋吃懒做，常跟老婆吵架，还打老婆呢。他老婆到公社闹过几次离婚。”

“对，对对！我听杨利民说过这个人。把老婆的袜子偷上给了伙计，有这事吗？”

“家里的东西，老婆经管不住，逢着啥拿啥。管得厉害，就遭打。”

“家贼难防。这还能过成光景？”

“过不成了。迟早也得离婚，不离婚那女人也是个自寻无常。”

“如今还有这么坏的人！”徐晋东气煞煞地对杨步驰说，“你告给那个女人，让她到公社找杨秘书离婚。”

“找过好几次了，杨秘书不给办。”

“我回去告知他一下。如不给办，找我。”徐晋东感慨地说，“没天理了还，二郎猫成了南霸天了！”

徐晋东回到公社，已经开饭了。他到伙房洗了洗手，便就座用餐。这时，人们正议论着一个话题：“岳堡有家白事宴，请来河北面的鼓手，大吹大擂，闹得掀天驾雾，村里抵唱戏呢，红火成一圪蛋了。”

杨利民爱挑事，心怀叵测地说：“掰开咱的岗位责任制看看，是谁管这事？现在政策还允许吹死人鼓呢？”

王磊跟杨利民不睦，虽不是红黑老将不能见面，但关系平平，能不开口时，尽量紧闭双唇。俩人互相不服气。此刻，因杨利民直戳到王磊头上，王磊不得不回敬道：“咱的岗位责任制上，没有这一项。这是“封资修”死灰复燃。按政策绝对不能，但偷偷摸摸吹一吹，也无可无不可！”

“如今世道不一样了，鼓也能偷打了？”杨利民驳斥王磊。

“唏，背着公社打鼓，就是偷打呗！”王磊据理力争，死不认输。

杨利民冷笑一声，反问道：“谁家死了人用鼓，还来公社院里吹打？”他又面向众人傲慢地说，“敢来公社折腾，我掬起黄土熏跑那些王八蛋！”

人们只管低头吃饭，生怕陷入旋涡。徐晋东在场。当着领导的面，两秘书斗嘴，实在不成体统。杨利民含沙射影，矛头直对着领导，这是吃奶的娃娃也能看出来的。徐晋东不哼不哈，筷子打得瓷碗“叮叮”直响。空气紧张，谁还敢咸嘴淡舌乱开口。

徐晋东看他们还能表演些啥。他对杨利民其人，向来有看法。只是鉴于他是老同志，江山易改，本性难移，人各有自己的长短，而且不与自己直接发生工作上的关系，凑合着就是了。杨利民也不敢在徐晋东面前放肆。不过，他习惯成自然，说话从来不看前后。越当着人面，他越好独显其能，抬高自己，贬低别人。今天，人们谈起吹鼓手的又活跃起来时，他便借题发挥，信口损人。其实他并没有啥蓄谋已久的心计，但客观上还是形成疯狗般的乱咬人。反过来看，这也表现出了他的天性。而今，这些家伙又闻风而动，领导们装聋作哑当好人，他委实也看不惯。刚才，当他的话出口时，发现徐在场，有心打住，又觉得在众人面前失了面子，他不想被人觉得原来他也怕书记。于是，他硬着头皮充能，且扬扬得意。

“咬群的骡子！”徐晋东狠狠地在心里骂了一句。他“叭”一下，将碗往饭桌上一放，道：“陈琦，走！这些龟孙想反天呀！”徐晋东发火了。他被杨利民挖苦、讽刺、激将了起来。他破天荒当众以子之矛攻子之盾，给了杨利民一个回马枪。他绝不能容忍如此狂人在他面前兴风作浪。活人眼里揉沙子，你狗咬龙王爷，认错了人！

彭茂华拽了一下邓彬：“走。”他觉得两位书记亲自出马，去处理这事不太妥当。此类非小事，眼下层出不穷，防之难防。一旦解决不好，在群众中影响很大。如果引发群众骚扰，众怒难犯，事关领导形象和声誉。他和邓彬应当保驾护航，他们人多势众，力量大，总归有好处。他急匆匆尾随在陈琦后边问：“陈书记，用不用我和邓彬也去呢？”

“你们看吧。书记为这么点事御驾亲征，足见手下人无能。你们是保一方平安的，能袖手旁观吗？”

好。霎时，每人推出一辆自行车。徐晋东领头，他们随后，直奔岳堡而去。路上，谁也不说一句话。彭茂华和邓彬是保镖，临阵发挥作用而已。陈琦摸不透晋东的底。这着着急急闯到岳堡，不商量一下策略，怎么下手？到底找不找村干部？当地风俗，红白事宴都由总领负全盘责任，找不找？打问一下东家的情况，也很重要。如果遇茬儿头，有依傍的，双方干起来，怎么办？这种场合，群众是不会支持公社的。大家正在兴高采烈地看鼓，咱去了些丧门神，搞得大伙都扫兴。现在的形势，可不同“文革”时了，闹不好有挨丧棒的危险。公社有个不成文的公认规定：处理社会上打架斗殴，歪风邪气，一般书记不赤膊上阵。手下人闯下乱子，书记出面，堂而皇之去解决善后工作，理所当然。如果，书记戳下娄子，就得惊动上级，问题就升格了。

临进村时，陈琦终于忍不住了。他说：“徐书记，咱不停下来研究一下方案？”

“不用。”徐晋东胸有成竹，只管蹬车前行。

“咱直接找鼓手？还是先找干部？”

“无所谓。”

陈琦再没有问下去。这“无所谓”是啥意思？他只好边琢磨边紧紧跟着。已经听到鼓响了，他们闻声而去。

街上人来人往，有的为事宴场服务，有的忙着去看鼓。多年禁绝的八音民间乐团，又兴盛起来，人们无不拍手称快。东家出钱，大家享受，岂不乐哉。这时他们远远看到了街上围着一大堆人，将鼓手包围得水泄不通。原来这地方是碱地区，土打院墙，不吃年代，大部分人家只有二三尺高的象征性院墙。院里阴湿不干燥，又不宽敞，于是索性将鼓班请到大街上，让全村人一饱眼福。

正当唢呐头朝天，吹得围观人员叫好时，徐晋东一行赶了过来。人们知道：凶多吉少。

徐晋东拨开人群，突然出现在鼓手们面前。他双手一按："停下来！停下来！"

鼓手们七零八落住了手里的乐器。

"你们谁是负责人？"徐晋东喝问。

"我。"打鼓的一个五十大几的老汉声明，"叫姚三。"

"你们这七八个人的团伙，叫什么组织？"

"吹鼓手的，没名堂。"老头巴巴结结地说。

"有没有介绍？"

"没有。"

"属谁领导？县里批准的，还是公社批准的？"

"好的，好的。不准吹，俺们收拾家具，走就是了。"

"你们吹的什么内容？有没有节目单？"徐晋东一句赶一句追问，咄咄逼人。

"没有，没有。俺们为了红火，给人们吹个曲牌，老一套。"老班主毕恭毕敬一味讨情。

"沉渣泛起，乌烟瘴气，影响生产，扰乱社会。你们必须马上离开这里！"

"好好好。俺们现在就走。"老班主示意伙计们收摊。

于是，吹笙捏眼儿的，拍镲打鼓的，敲锣拉大胡的，一齐行动，各自收拾自己的吃饭家具。然后，闷闷不乐地骑上烂自行车走了。

徐晋东目送这批人走到干涸的滹沱河中心，才掉转头，得胜而归。陈琦他们一排溜随后紧跟，飞也似的驶出岳堡。

第七十七章　闲暇无事翻老账

徐晋东杀鸡给猴子看。他气势汹汹，返回公社，进了自己的屋子，倒了杯水，兀自平静激动的心情。

王磊站在办公室门口，问陈琦：“怎么样？胜败如何？”

陈琦带着教训的口吻，回答道：“怎么会败呢？这不是黄鼠狼吃小鸡，小达溜一件事呗。”

“现在不行了，老皇历使不上了。能撵赶走，就算莫大的胜利嘞。如果发生不测，而今是公检法独立办案，没人给咱做主！”茂华说。

“现在，公检法也没办法。首先不允许打人，不打人还能管住人？以前有句话：‘不打好人，还不打坏人？’而今坏人也不准打，你说有啥办法。”邓彬诉起了苦。

“老邓学会一点本事，还叫剥夺了。”不知多会，李葆定也参加了进来。

“啊呀，咱公社武艺最多的一个人，你怎说是一点本事？你忘了人家的大名了？”陈琦嘿嘿笑着逗邓彬，“梧鼠也叫五技鼠，最低有五种本事。哈哈哈——”他自说自笑。

“我有五技，也抵不住你那一技（记）！”邓彬反击。

“我有啥一技呢？”陈琦好奇地反问。

“书记呗！”邓彬嘴冲地回答。

“哈哈哈，这邓彬有进步，学下几手啦！”陈琦夸奖邓彬。

徐晋东一人坐在家里生闷气。他虽然到岳堡以汤沃雪，痛快淋漓地撤散了一下肚里的积怨，但心中怒涛远没有平静下来。他在公社的权力和威望，可以说一呼百应，令行禁止。人们心服口服，百依百从。这种如鱼得水的环境，益发助长了他的自我优越感。因此对杨利民当众出言不逊，明枪暗箭扫刺他，咽不下这口气。姓杨的有天无日，上了神炕还想往磬里屙呢！在公社里哼鼻子瞪眼，就像炮打了祖宗，立下血功了，人人敢怒不敢言。现在，居然将矛头对准本人，这还了得！对这种人，不需要讲什么方式方法，没必要跟他磨嘴皮，单刀直入，戳他就是了。他吃也好，不吃也好。

徐晋东听到院里嘻嘻哈哈，攒聚了不少人，当机立断，要收拾一下杨利民。他推开门，站在台阶上，不管人们正在说啥，大声叫了声："老杨！"

"嗯？"杨利民答应一声，原地未动。

"双杨村是不是有个闹离婚的？"

杨利民打了个愣怔，然后慢吞吞回答："有那么一对讨吃鬼！"

"都是人民公社社员，什么讨吃鬼？"徐晋东正颜厉色批评，并问："他们符合不符合离婚条件？"

杨利民知道姓徐的是横生枝节，挑五挑六，找他的麻烦。于是，拉长脸，两眼望着万里无云的天空说："说符合条件就符合条件，说不符合条件就不符合条件。"

"幸亏你是管离婚，如果掌了生死大权，也是这么舌头尖上的政策？"

"……"杨利民不吭声了，低头抽烟。

"认真处理好这件事！"徐晋东下一道命令，然后返回家，咣一声关起了门。

院里死一般寂静。人们一个个掉头鼠窜。

杨利民貌似强大，欺大压小，好像公社放不下他。其实，不过是个行政秘书。徐晋东处理他还不是易如反掌？像他这年纪、这德行，能掌秘书这么点权，可以说，应当知足了。如果自己不识高低，与书记抗衡，岂不是小鬼撩拨张天师，自寻倒霉吗？若在双杨栽一跟头，恐怕今生今世一蹶不振，就此完蛋。他猜测徐晋东今天对他如此盛气凌人，有意贬低他的声威，一定有人背后进了谗言。姓徐的拿二狼猫开刀，是磨道里寻驴蹄印，故意找茬儿的。他从来不管这些鸡毛蒜皮的扯淡事，今天突然大发雷霆，不能掉以轻心。杨利民又独自嘟囔道："待说他攀亲托熟，跟二狼猫老婆有拉扯，也不可能。"杨利民想到这里，眼前突然呈现出饭桌上徐晋东的头脸。自己信口开河，习以为常。而徐晋东逞强好胜，蚊子不叫扫着眉毛。他能容忍你在他眼前指桑骂槐，言三语四吗？对了，一定是自己饭间的几句闲话闯下的祸。说着病，豁出命。若是这般，他定不会善罢甘休，日后肯定还要后扫堂，闹你二进宫。

杨利民想到危险后果，立地采取果断措施，火速传令二狼猫夫妇到公社过堂。他很了解情况，将徐晋东发泄在他头上的恶水浊气兜头盖脑向二狼猫撒去。他从头上骂到脚底，一一把二狼猫人不人，鬼不鬼的丑陋龌龊行径，揭了出来。他将二狼猫骂了个八面不像人，方解了心中的怒火。然后，一刀两断，给搁下离婚证，让他们压上手印，宣告完办。

杨利民大功告成，第一次主动来到徐晋东屋里。他破口一笑说："二狼猫那个灰猴，给他们办好离婚证了。世上哪有这种人，"说到这里，凑近徐晋东，"怎说，还能把伙计引回自己家里，跟老婆一条炕上睡？"

徐晋东随意点点头，见怪不怪地说："太不像话了。"

杨利民将两个红塑料皮小笔记本丢给徐晋东，道："塑料皮的比牛皮纸的耐磨。"

徐晋东看了看，很满意，说："这么小的正好能装口袋里，以后就使用这号的。"

从此，公社公用的笔记本，一直是统一的这个规格，直到他俩共事结束。

徐晋东的心情恢复了常态。他从当前公社的庄禾管理情况看，联产承包，和不联产承包不管作业组也好，个人也好，已成趋势，效果神奇，已是铁的事实。过去那套打着按思想政治表现记工的旗号，实行一窝蜂一拉平的记工时代，眼看一去不复返了。他想就去年的收益分配，解剖一个小队。从中，他想以第一手资料，分析一下生产队分红太低的原因。现在，转嫁在农民头上的负担，名目之多，数字之大，不可想象。但不拿出一个活生生的典型，是没有说服力的。他想以确凿的数据，为农民呐喊几声。于是，徐晋东整装向赵庄出发。

赵庄村子大，水旱坡碱地均有。在双杨，不论自然条件，还是实际情况，均为中游队。来自上边的摊派也是适中、公允的队。解剖赵庄一个中等小队，足可以管窥豹，了解全公社的情况。加之，徐晋东住赵庄，对上讲也能冒充蹲点，一举两得，何乐而不为？

徐晋东来到赵庄，一切如旧。他身上还带着工作队家门上的钥匙。他吩咐大管家何拐子给派上饭，传唤十二小队会计，将去年的收益分配账簿全部带来。他今天虽然轻车熟路，悠然自得地来到赵庄，但心里有种做贼心虚的感觉。公社书记，大权在握，呼风唤雨，不可一世，这是自己所扮演的角色的公认形象。尽管自己不以为意，行若无事，但社会成规，民间既定俗例，已经历史性地将自己推上双杨大舞台，并扮演一名红脸须生的正面形象。而自己与黑蝴蝶的肮脏勾当一旦暴露，大白于天下，不用想就知道后果有多可怕。众口熏天，聚蚊成雷，还能扬眉吐气再来赵庄吗？简直无地自容，能一头撞死。淫风固然丢人，但更可鄙的是与黑蝴蝶鬼混。她是什么人？名誉扫地，破鞋而已。自己声名赫赫，干吗清清楚楚往裤里屙？如果换成牛婧兰，一旦东窗事发，犯错误也只是个作风问题。而把黑蝴蝶与自己写在一块，舆论哗然，声誉一落千丈，多少人都会替自己害臊，真乃奇耻大辱。徐晋东进入赵庄后，穿街过巷匆匆而行。他将所办事宜交代何拐子后，便闭门静候。他真害怕黑蝴蝶破门而入，由天而降。万一她再度来缠，无论如何，都要狠下心来，使她心灰意冷，打消奢望。如若再不坚定，神魂一颠倒，陷进去，后果不堪设想。如被杨利民抓住把柄，是何等不幸，自己能不费吹灰之力，制服他吗？人无私心神鬼怕，千万不能自毁长城。

徐晋东还未解剖小队，先解剖了自己。然后，他接收了十二小队的账簿，聚精会神，一个人工作起来。他要找的数字，很快便找到了。他一笔一笔登记在他的工作笔记本上。

赵庄十二队：一百零四口人，三百六十三亩地，男女整半劳力四十一个。一九七九年产粮九点五万市斤，总收入一万六千五百四十五元，参加分配工一万三千一百零一个，其中大队拨来非生产用工三千五百二十个，开支累计六千六百九十六元。每工分红零点七五元。

徐晋东看着这几组平面数据，感到索然无趣，没有达到他的目的。他知道，如今劳力浪费，已经到了不算账就没有浪费概念的麻木程度。反正大小队的分工不封顶，取之不尽。当然直接领导社员的基本核算单位，生产小队，又有一层撇浮油挣游游转转工的人。这几道关口，几层剥皮后（不包括地亩税），剩下的才按工分红。田地劳力，创造的田地收获看的一块，连五毛也分不到手了。想弄清非生产用工，还得找大队会计。于是，徐晋东又让大队会计将全年的非生产用工澄了出来。

公社石门水库：一万五千五百个；公路建勤：二午四百一十九个；民办教师：三千五百六十个；卫生保健站：一千四百个；学校修建：一千零七个；干部补贴：四千五百个；民兵训练：四千八百个；大队杂工：一万八千八百四十四个。这还不包括林业队科研队及公社企业交款记工的分红工。单大队拨给各个小队的非生产工就多达四万三千二百七十个工日。

不仅如此，小队的记工表上，名堂更多。比如，享受定补的干部，在职责范围内的误工，不应当再记出勤，而大小队均有不成文的灵活办法。

开会、检查，做生产计划，搞分配，均要记工，而且社员干啥，这些人记啥，根本无法查对。按规定，凡在县以上参加会议，均每人每天发误工补助四毛钱，回队交款记工。而实际情形是四毛钱本人花了，工，照常记。不光干部会钻空，群众也学会了。过去，不论开什么会，都是义务。正因为如此，才对经常不准参加会议的四类分子加倍扣义务工。而不知什么时候，群众开会也记工。至于文体活动，搞宣传，都得记工。还有大量的农田基本建设，特别是数九寒天，到工地上晒太阳的应付工。太好挣了，也太不值钱了。

呜呼！这账只能现在算，也只能落个自己明白。赵庄十二队，田地劳力创造的价值，七算八算，由一元七角降到七角五分。受苦人仅仅得到个零头。事情好就好在没有人去算这笔糊涂账。肉烂在锅里，反正一年老牛常不闲就是了。够不够，三百六，国家保底。分红少无所谓，天塌大家死，彼此彼此。

徐晋东一个人边翻腾账簿，边想：如果将田地投工，换成今年的责任制，更是一个悬殊极大的比例。去年还是大寨记工法，真正的邯郸学步，吃上大寨人的饭，却屙不下大寨人的屎。现在，该回头自省，面对现实，走自己的路了。遗憾的是，好些领导，仍在听指示，等命令，畏首畏尾，不敢越雷池半步。徐晋东想到这里，想将手中的材料做篇文章，向报社送去。他琢磨了一会，欣然提笔写下题目：一个生产队收益分配的调查报告。

他正聚精会神做这篇报道文章，突然门一开，走进一个人来。他回头一看，啊呀，他差点吓死！金怀老板木桩般立在他面前。她的脸像被霜打了，灰白灰白，没一点血色，宛若谁欠他二百钱。老板一言不发，将一封信搁在徐晋东面前。

徐晋东慢慢拿起来一看，上面写着“面呈徐书记”字样。他抽出信瓤，打开看了起来。

徐书记：

你好！近来一定工作很忙吧。今有一事，给你添麻烦了，即腊花姐来找我，索要一九七五年没收她家（男人蒋金怀，阴阳家）的罗盘。当时，确实没收过此物，但不知大队谁拿着。请你费心，调查一下。最好找到原物，交还本人，以脱我身。深表感谢。

另，我确诊得了不治之症。看来，阳间的时间，为数不多了。看在一个老朋友的关系上，你替我代劳了。谢谢，谢谢！

诚挚的敬礼

友　王则峰

六月二十五日

徐晋东看过信，心情十分沉重。王则峰居然这么快就要告别人生了。他重病在身，这些人还不放过他。唉，世事无常，早知今日，何必当初。可惜世上没有卖早知道的药。徐晋东出于对王则峰的同情，一口承担了起来。他对金怀老板说："你听着：这个罗盘，我负责给你找。你不要去找王则峰的麻烦。不在其位，不管其事。没有人家的事了。"

金怀老板开言道："箱柜、鞋袜，能买，有价。我那罗盘多少钱都买不到，做不来。现在丢了，我跟他没完。"

"我再跟你说一遍：这东西我负责找，有完没完，你冲我来，听明白没有？"

"又不是你拿走的，我能跟你要？"

"能，那是工作。我现在接了他的班，啥事也得接。听明白没有？"

"明白了。"

金怀老板扭身走了。

徐晋东将账簿一摞，笔记本一合，丢在一边。他被金怀老板这么一骚扰，心绪乱了起来。她还不满足，一有风吹草动，就兴风作浪。从刚才的举动上看，她是又要赤膊上阵，张牙舞爪了。这个罗盘，如果找不到，恐怕又是一场北极熊大战。此事不可等闲视之。大石头绊不倒人，搓脚沙子往往致人摔跤。罗盘，徐晋东见过一面，像个指南针。那个东西现在人们根本做不来，玄妙得很。如若丢失，去哪找？要知道，它是任何东西也不能代替的无价之物。唉，王老兄，你太执着认真了。现在，世上唯有我能为你分忧了，毕竟本人没有触犯过这只素有名气的母熊。

饭派在徐碧云家，这肯定是事先与何颠脚预约好了的事。徐碧云能管书记饭，实在也是件光荣的体面事。她不但给做好吃的，还有酒，不收饭钱。而何拐子呢？对老婆百依百顺，女人就是家中一层天，没有错的时候。他也是拿国家抚恤金的人，对国家干部总有种葛藤萦绕的感觉。虽然与公社有过前嫌，但那已是过眼云烟，是前人手的事了。他跟徐晋东很能说得来，每每唠叨些抗美援朝的故事。徐碧云满面春风，喜形于色，忙乎着招待贵宾。她干净利落地做得很韵致。放在炕上的餐具、酒具、凉菜，既干净又漂亮，看香吃甜，谁都会有食欲的。但遗憾的是，何壬澍不会喝酒。徐晋东只好一个人自斟自饮了。

徐晋东刚刚准备喝酒，突然来了位不速之客。他一进门，就说："你们两口子都不喝酒，徐书记能喝好吗？"

"就差你着呢，快上炕。"徐碧云热情地接待。何拐子坐炕上，也笑得满面开花，表示欢迎。

来者大大咧咧上了炕，然后从口袋里掏出个酒瓶子。他举起来，让大家看："我过年剩下半瓶这酒，今天和徐书记饮了它。"

"俺没酒？还用你带酒来？"徐碧云不领情，反而冲他使性子。

"哟！你的酒若抵住我的好，就喝你的。"

"酒就是了，还有啥好的赖的？"

"没见过个世面。我这是名牌汾酒，你见也没见过。"客人说到这里，回头对徐晋东说："俺们是老邻居，关系很好。我叫谭瑗，在太钢工作。

今天冒昧来陪徐书记喝盅酒，想来不见怪吧？”

“欢迎，欢迎。”徐晋东礼节性地伸出手，同谭瑗握了握。

“人家在太钢也是当官的。”徐碧云对徐晋东吹捧谭瑗。

“不敢，不敢。充其量是个工人代表罢了。”

“工人代表？那可没大小呀？”徐晋东迟疑地问。

“工会主席呗！”谭瑗坦然地笑着说。

“哈哈哈……”谭瑗朗声大笑。像是对徐晋东的过奖担当不起，开玩笑而已，实则情不自禁，得意得要命。

徐晋东再褒奖几句，益发把个谭瑗美得不知天高地厚，大言不惭地海口大开。似乎大城市的居民就是大人物，黄土坡的人就是土牛木马。他在孔圣人门前卖开了书本。俩人酒杯叮咣，话语朗朗，气氛一下活跃起来。谭瑗貌似走里闯外，见多识广，学识渊博，见过世面的不凡之人。他先吹太原，徐晋东捧他，故意让他显露一下才华。谭瑗借酒助兴，滔滔不绝地大吹大擂开来。徐晋东知道这是个吹牛大王，逗他几句，开心而已，况且一旁还有徐碧云夫妇当忠实听众。

徐晋东最忌讳谈这些具体事情。他这时不是评品他的水平了，而是担心徐碧云趁机大作文章。

果然不出所料，徐碧云登台亮相了。她斟一杯酒，笑嘻嘻地说：“还得是俺老邻居，大地方混出来的人，识大道理。你能给咱家马马下这结论，我听了这几句话，就够意思了。来，我敬你一杯。”

得。这下问题复杂化了。说者无心，听者有意。徐晋东难堪极了。这下，挨上谭瑗向他挑衅了：“错了，错了！碧云你先放下酒。今天你请的是徐书记，我是个插科打诨唱小曲的。你怎么能把徐书记放在二上？”

何壬澍连忙解围，他斟起一杯酒：“徐书记的酒，挨上我敬呗！”

如其然，东家夫妇双双举杯，向两位客人敬酒。看起来，堂堂然，倒也体面，说得下去。何拐子圆这个场，还算高明。但谭瑗决不善罢甘休，他要再向徐晋东发一难。谭瑗止住酒，道："碧云敬我酒，是因为我说了几句她可意的话。老何你敬徐书记是啥酒？"

老何道："革命同志，今天是派饭到我家，不是请的客人。我是残疾军人，多亏地方政府照顾，怎不该敬徐书记一杯酒？"

"徐书记若能照顾俺马马走工，俺感谢不尽！"徐碧云一下将酒盅对准了徐晋东。

谭瑗举杯，也伸向徐晋东："我陪着！徐书记，老何对革命贡献很大；徐碧云是白衣战士，赤脚医生，救死扶伤在赵庄深受群众欢迎；儿子马马为捍卫集体财产，与坏人展开搏斗。从哪一方面说，你也该答应我这个建议。"

徐晋东被动极了。他被三个人包围起来，向他发钳制性的求情。他只好举起杯，招架局面。不过，他还得说几句话："你们的心情我理解，但有一点我必须郑重声明：咱何马马去年发生那事，已经妥善了结了。"

"不管去年今年，俺马马捍卫果园是一片真心。"何拐子也发言了。

"这不能否定。"

"那就对了。咱喝酒！"徐碧云催着。

"喝酒，喝酒！"谭瑗敦促，"喝！"

四个酒杯终于碰到一块，他们彼此一扬头便倒入肚里。酒下肚后，徐晋东立地意识到，这不是强逼着他应允下了？

"一言为定！"谭瑗特意敲响："我再跟你老婆汉喝一盅祝贺酒。"从这一点看，不可小视，谭瑗毕竟有些手腕。

"今天徐书记开恩，俺马马的事，指日可待了。"徐碧云笑得浑身颤动。她有意搔首弄姿，做模做样，显露出矜持的样子在徐晋东面前卖乖。

徐晋东开头持蔑视态度，嘲弄大字不识几个的谭瑗，但最后居然被他算计。人家如愿以偿，自己落了个自投罗网。

谭瑗看出徐晋东神情恍惚，酒兴索然，出现琴瑟不调的迹象。他想给徐晋东张张精神，做点补偿性的安慰工作。于是又找到一个话题："徐书记，我这个人好管事，看不惯的总想说。赵庄近来太不像话了，有好多妇女到南庙烧香叩头，求神拜佛。赵武灵王的破庙里，可热闹啦。有个负责迷信活动的，还是党员，常住那儿，安身立命。这……"他摇摇头，否定道："靠泥胎壁画！这成了啥时候了？"

"是吗？"徐晋东惊奇地问。

"是哩！"徐碧云肯定地说，"去的人可多了，大部分是女人，说武灵王显灵了。"

"你去过没有？"徐晋东问。

"没有。俺才不信那牛鬼蛇神一套把戏呢。"

"去那儿干啥？塑像也被捣毁了，给谁敬纸、叩头？"

"在大殿废墟上，垒起一个鸡窝大小的棚子，里边立着一个牌位。"徐碧云给解释，并不时斜肩谄笑，使人不适。

"这么说，你还是去过吧？"

"去看过。没有烧香、敬纸。"

"每天都有人去？"

"差不多。数昨天人多呢。焚香叩头的，上莲花供的，布施灯油、蜡烛的，可红火哪。昨天是赵武灵王的生日。"

徐晋东没吭声，他满肚的不高兴。

"这跟一九六一年一样了，牛鬼蛇神纷纷出笼，搞得社会上乌烟瘴气。"何壬澍颇带不平地说。

徐晋东闷闷不乐地离开徐碧云家。他今天来徐碧云家吃饭，有种落入陷阱的感觉。这个谭瑗的出现，莫不是巧设的机关？他向来不好疑神疑鬼，防他人暗算，但今天隐隐约约产生了这种条件反射般的猜测。但这仅仅是倏来忽往的一刹那之间的怀疑罢了，很快就被丢在九霄云外去了。徐碧云不是个搞阴谋诡计的人，何王澍也是个诚实执笃的直性子人。他们不会搞幕后活动，请出谭瑗演双簧。不过，徐晋东的心情太沉重了。他来赵庄，本来心态良好，潇潇洒洒，搞些调查，为社员鸣一鸣不平，不料，接二连三的不快遭遇，使他怏怏不乐，兴味索然。他理智地回到自己身为一社之主的天职上来。

徐晋东在他的管辖范围内，是容不得自己不能容忍的事情发生蔓延的。当前，他眼皮底下冒出来的这股混浊恶水，大有翻江倒海之势。正值其他公社大张旗鼓，掀起三夏会战高潮之际，双杨因全面实行了生产责任制，才赢得逍遥，使社员不膏油自转起来。从赵庄出现的怪异现象看，好些人不识好歹，给脸不要脸，自己不尊重自己，硬钻责任制的空子。大小队干部不管了，他们便上南庙搞迷信活动。此风一旦扩散开，将直接影响田地生产，这无疑是对生产责任制的破坏。今年自己担着风险，犯上出台承包制，万一弄出什么不测后果，不但是生产管理问题，更是政治问题。给扣上顶只抓生产责任制、封建迷信大泛滥的帽子，不是正合适吗？成群搭伙上南庙，朝拜赵武灵王，这不能不说是自己搞责任制带来的后果。

第七十八章　徐晋东腹背在芒

徐晋东一进大队大门，从猪圈那边走来了何子毅。徐晋东十分高兴，正要找他，他却早恭候在这里了。

“徐书记！”何子毅首先提起精神，笑眯眯地打了个招呼。然后边冲徐晋东走来，边问：“住几天，再走吧？”

徐晋东本打算在赵庄消遣几天，现在，不顺心的事一桩接一桩，他实在没有再待下去的意思了。于是，边往家里走，边说：“看情况吧。”

何子毅今天是特意前来找徐晋东赔情道歉的。因为自从去年冬天，徐晋东在会上提出搞生产责任制这个口号后，何子毅一直是抱着观望态度的。他认为赵庄家大业大，集体优越性最能充分发挥。只要大队一声令下，二十多个小队闻风而动。无论搞啥运动，也能形成阵势，掀起高潮，打开局面。大小队一旦失去指挥权力，说话就不灵了。他在会上将公社的意见，原盘原碗端出来，交代给小队长们，至于听不听，各自把握。春上，有一半的小队，酝酿着要口粮田包到户，责任田全奖全赔，责任到人。正在这时，县农工部来了人，宣传农村政策，杜绝以户承包。他们将赵庄刚刚燃起的承包火焰，扑灭了下去。这也正中了何子毅的下怀。随着全公社形势的发展，赵庄在被动情况下，各小队分别采取了“包工不包产”的责任制形式。在公社几次大会上，徐晋东洋洋自得地吹捧岳堡、小咀等队率先垂范，做出了可喜的榜样。而向来以公社桥头堡著称的赵庄，却坐了冷板凳。何子毅难免感到难堪。加之，徐晋东取消公社干部蹲点后，很少来赵庄，偶尔一次，也是暂来暂往。何子毅认为，此乃自己没有配合好徐书记所遭到的等闲视之待遇而已。这次，徐书记来赵庄，居然连自己也没打招呼。这冷遇，使他在社员面前矮了一头。曾有人问他：“徐书记来干啥？”他居然连徐书记到了村还不知道。又有传言，说徐书记这次来赵庄，是背着干部查账，要抓典型喽。何子毅听到这些风言风语，益发坐不住了。于是找上门来，拜见徐晋东。

徐晋东和何子毅先后进了家，各自找地方坐下。何子毅谄词令色，半开玩笑半正经恭维了几句徐晋东，博得一笑。然后，点燃一支烟，显出若无其事的样子。

徐晋东也未将自己肚里的症结，披露给何子毅。他拐了个弯，问：“夏锄进展情况怎么样？”

何子毅笑了笑，说：“人叫人干人不干，办法使人团团转。包工到户后，几十年没出勤的残病人也下地了。有的人不等天上启明星落，就率领全家人上阵了。”他知道，说这话徐晋东一定高兴。接着又说道：“过去一天干不了现在一清早的营生。现在正是夏锄紧张时候，后生们半前晌就聚在树下打扑克。估计三天的活，不够两天干。徐书记，早有这办法，咱还用累死累活搞会战，沿门逐户撵赶人吗？哈哈哈……”何子毅意在歌颂徐晋东的独步天下之举、出手不凡之功。

徐晋东不以为然地说：“社员的集体观念、正气观念淡薄了，咱们也不好管理社员了。我还想，现在，其他公社正在大搞会战之际，如若县委组织检查，咱公社尽管进度上去了，但若没有集体那种红红火火的场面，跟其他公社相比，恐怕要抓瞎。”他还没有点到赵庄闲人生余事，南庙大兴求神拜佛之怪事。

何子毅呢，他一下意识到自己来了立功的机遇。他兴冲冲站了起来，在地上边走边说：“徐书记，现在的社员，完成自己的活后，总想向大队小队要活干。人们说，今年的分（蜂）有蜜了。如果县里交叉检查，你把他们引来赵庄。我可以组织四五百劳力到林业队干活。现在的社员，招之即来！”

“是吗？”徐晋东出乎意料地顶问。

“绝对没问题。你提前跟我打个招呼，咱双杨还能落在他们后边？看进度，到田间；看阵势，到果园。量他们别的公社也扯淡！”

徐晋东一下来了情绪，真正地激动起来。何子毅不减当年威，赵庄还是公社的桥头堡。只要有这一手，能把社员号令集中起来，不但又能成为人山人海的大队伍，而且这样一来，社会上的闲散游民，兴风作浪之徒，也自然烟消云散，不复存在了。好！徐晋东认真地对何子毅说：“一言为定。一旦需要你采取应急措施，照此办理。”

“没问题！徐书记一百个放心就是了。让他们见识见识咱的锄头大军。”何子毅满面春风，显得那么骄傲、自信。

出乎意料的事情，使徐晋东茅塞顿开。好多事情不能坐而论道，主观臆测。凡事须走下来，亲口吃梨子，辨别味道。自以为社员承包后，都会各管各，不属调派。没想到，他们腾出时间，想到队里多挣工分。这是坐在家里无论如何也想不到的事情。徐晋东解除了隐患，倍感舒心。

接着，徐晋东便向何子毅谈起赵庄的大搞封建迷信活动，好多群众到南庙弄神弄鬼，肆意作犯的情况。徐晋东还告诉了何子毅金怀老板的事，他慢慢地说服何子毅，最好找到原物，交还本人。不然，她要到王则峰家里作乱。王则峰重病在身，吃不住北极熊的揎门弄窗和横眉怒目的要挟。何况，罗盘本身也算中国古文化的范畴，用它测定方向，探测地下障碍物，无可厚非。只要不拿它勒财害人，搞点个人信仰就行，均在无可无不可之列。何子毅听明白了，完全理解了徐书记的意图。但他心里老大不舒服，一方面不准搞迷信活动，一方面又要给封建迷信活动的人落实政策，完璧归赵。这不自相矛盾，自打自己嘴巴吗？但他不能跟徐晋东论理。世界上的事，总有理路，但单凭理是办不成事的。何子毅忽眨了几下眼皮，便有了主意。他一副毕恭毕敬、唯命是从的谦逊态度。他用站在徐晋东方面的口吻说道：“好办。徐书记，今天晚上本来是支部生活会的日子。咱来个见缝插针，顺便就此事，挖挖支部委员的思想。大风吹倒梧桐树，自有旁人说短长。支部内的思想，就挺复杂的。”

“一个罗盘，还值得如此小题大做吗？”徐晋东不解地问。

“不，不。我说的是南庙问题。至于蒋金怀那个罗盘，会上问问大家，看谁收藏着，扔给他算了。万一找不到，还能打死胡汉要胡汉吗？”

“行。”徐晋东很满意子毅的安排。

“晚上，你也列席俺们的会，讲些意见。”何子毅生怕徐晋东没理会他的意思，又叮嘱道。临完，他又笑笑说：“好长时间没来赵庄了，有啥指示，一并讲讲。”

徐晋东本没有准备，他又不爱显红露黑，便断然回答道：“没啥讲的。按你的安排进行。我稍后去一下，也是旁听而已。”

何子毅软软地笑了笑，表示领会。

“能！怎不能管？咱们南庙是林业队占用的，谁准予让人住那里指着爷爷划布施？收受供品，扰乱人心，干扰生产。咱们现在就上去，看看究竟是在干什么勾当？”何子毅表态，要上南庙。他这是有准备地发言。这时，支部成员都同意去，徐书记也在，大家一齐出动，责任分散了。不然，上边怪罪下来，总是找自己一个人的麻烦。在这种场合，他的提议是及时的、高明的。谁也不能在此刻打退堂鼓，言必行，行必果，只好一鼓作气，整体出动了。还没有征求徐晋东的意见，大家就迫不及待要行动。这种雷厉风行的作风，无可非议，应当支持。徐晋东很欣赏这种说干就干，干起来再说的务实态度。他面对大家的冲动，感同身受，慨然表态道：“很好！马上出发。”

对徐晋东来说，有些逼上梁山的味道。这事，他完全可以绕过去的。不过，他想在赵庄开杀戒，就得亲手磨宰刀。他赤膊上阵了。事情总是这么一步逼一步接踵而至的。你既有胆量顶风出台承包方案，就应当有足够的勇气来整治它的附产物。徐晋东同赵庄党支部七个成员，在满天星斗的陪同下，向黑黢黢的南山走去。这是他第二次随同赵庄党支部全体成员上南庙了。第一次是为挽救郭玉恩上南庙召开党支部生活会，这次是主动出击解决社会精神污染的。赵武灵王生前战功赫赫，屡次到边塞行营视察。此地人怀念他，建庙祭祀。而今，殿毁像毁，面目全非。破庙已成林业队歇脚、圈羊场所，而偏偏又有人借尸还魂，在武灵王身上打了主意。他们迷弄一些愚夫愚妇，不务正业，上南庙胡作弄，乞怜武灵王消灾免难。徐晋东心里感到隐隐作痛。有共产党在，有作为党的基层书记在此，老百姓敬而远之，反而跑到黄土崖上，祈祷两千多年前的小小国王，能说与自己无关吗？政策的朝令夕改，路线的忽左忽右，党内斗争，在老百姓的眼里，久而久之，形成争权夺利的印象。做基层工作的，客观上形成了舌头没脊梁，翻过折过都一样的失信于民的自打自招角色。人，总是妄想找到自己可靠的依托，古往今来，邪风妖说，均钻这个空子。

徐晋东迈着沉重的脚步，在夜幕笼罩下，踱上南庙。南庙神焦鬼烂，一切如旧。两棵参天古柏，傲然挺拔于夜空，只是在大雄宝殿的废墟上，燃着一支蜡烛。他们走过去看了看，那里用石头垒着一个像鸡窝那么大的小棚棚，内设一木板牌位。何子毅取出来一看，上书“供奉赵武灵王之位”。棚前供有些许水果、饼干之类的食品，散乱着些纸烬灰屑。这就是大显神灵的武灵王庙了。

于是，人们找了个口袋，装了白面馍，又找了个筐子，盛了油瓶。到院里，拆毁小棚，砸烂牌位，一举捣毁传播妖言的老巢。然后有的背，有的抬，撤离南庙。

第二天，徐晋东接待了一位贵客。何静仁衣冠楚楚，举止文雅地走进了工作队。徐晋东吃惊地心想，这人不是疯了吗？可从他的眉眼五官上一看，就知道恢复了正常，精神十分振作。他腼腆地笑了笑，问：“徐书记，你吃过饭了？”

徐晋东赶忙回答：“吃过了。你——病好了？”他又问了一句。

何静仁肯定地点点头：“好了。过去，给你找过不少麻烦。实在不该啊。”他堂堂正正地抱歉着说。

“你坐，你坐。”徐晋东很赏识何静仁的才华，俩人自有共同语言。

何静仁从口袋掏出一沓纸，递给徐晋东说：“我写了篇稿子，请徐书记过目。”

徐晋东打开一看，首先闯入人眼帘的是工整秀气的一笔好字。接着他看到标题《新形势下的战斗》，下边是他文笔流利的陈述。他根据昨晚的支部大行动，下笔成文，立即写了这篇报道。徐晋东看后，虽然有几处提到自己时，用词过头，但无伤大雅，总体看是出手不凡的佳作。不愧为赵庄的后起之秀，有才之士。徐晋东看了看正襟危坐的何静仁，他的脸晒得黑不溜秋，两眼炯炯有神地注视着自己。“写得很好。”徐晋东首先肯定，给他吃了定心丸。

何静仁礼貌地站起来，说：“你是咱县大手笔，我有点班门弄斧，请多指教。”

“写这类文章，我没有你的手笔。你准备往哪送？”

“徐书记处理吧。”何静仁笑了笑，自谦道，“不成个东西。”

“那我就带走了。”徐晋东不客气地说。

何静仁碍口识羞地说：“谢谢徐书记器重。”说毕，告辞道：“我还得到林业队劳动，你坐着。”

何静仁走了。徐晋东望着他的背影，心里想：物有一变，人有千变，若要不变，除非三尺布盖面。何静仁今昔相比，不是天上地下吗？他虽然有巴高望上之心，但这又有啥可非议之处？人总想往高处走，尤其是有志之士。只是青年人社会经验少，看问题很绝对，以至于被想不通的事憋住了思路，紊乱了大脑神经。而今，神不知，鬼不觉，不知吃了啥灵丹妙药，居然一下好了。他喊了一声正在院里扫院的何颠脚：“老何，你进来！”

何大冬应声而到。“徐书记！”他进门叫一声，算是报到。然后静立地上，听候使唤。

徐晋东问：“何静仁是什么时候好了的？”

“哎呀！”何大冬望着房顶，想了起来。他嘴里念念有词，掐算了一阵，道：“今年三月十八前后，就不疯说疯道了。”

“现在在林业队干活？”

“对。还向小队承包了几亩高粱、玉米的锄耧活。”

“这么说，完全正常了？”

“是的，没一点问题了还给党员上党课呢。”

“唔？”徐晋东若有所思地点点头，又问：“他到什么地方看过病没有？”

“没有。前几年住过两次神经病医院，见效不明显，回来病情反复。今年没治没疗，一下就好了。”何大冬凿凿有据向徐晋东陈述。他是村里有名的家家通。村里发生的大小事情，各家各户的重要事项，他都爱打听，而且记住永不忘。有次，村里一个在外边当工人的回来给已故的父亲过周年，居然忘记父亲的临终日期。人们告诉他：你找何拐子去问一下，他肯定记着。何大冬呢，果然他不负众望，记得日子。

徐晋东不想再耽误大管家的营生了。他掏出早饭的钱、粮票，交给他说：“你把饭退了吧，我要回公社了。”

何大冬接住钱物，不肯离去。他咂了下嘴，又开言道：“徐书记，我告诉你件事。昨晚上，你们到南庙找的那个老汉，是钰香的叔父。钰香的妈是最信奉迷信的一个女人，她就是头。”

徐晋东不以为然。他也似乎听人说过，钰香的妈是个迷信狂热者。但未究其里，更不知她是南庙兴师动众的牵头人。徐晋东看着何拐子恳切、忠诚的态度，忽而想到一个事情。昨晚，本来到支部会上是两件事，但在支委们群情激奋的气氛下，将罗盘一事丢到脑后忽略了。眼前有个殷勤有余的好事者，不妨借他一臂之力。于是，徐晋东转口问道：“老何，我还有件事，想打听一下。你知道不知道，那年王则峰书记手里，没收过蒋金怀的一个罗盘？”

“有这么回事。蒋金怀是个阴阳先生，看阴地观阳宅，掐八字算命，啥也能鼓捣。一九七五年批判他时，勒令他交出来的。送到大队，好多人看见过。”

“你知道不知道，这个东西下落到哪了？”

“这个东西嘛……”何大冬郑重地思考起来。他是想，该怎么回答徐书记的问话，才比较圆滑。他琢磨了一阵，模棱两可地说：“这个东西有菜碟子那么大，是干部们经手的，别人都碰不着。叫我分析，王书记不会拿走的。村里的干部，就何子毅着意那玩意吧。别人的话，何正魁也不会保存它的。”他这样分析着，两眼时不时瞄扫一下徐晋东的神志，显然他狼顾狐疑，有所顾虑。

徐晋东从何大冬的脸上看出，他有七八成的把握，但不敢直说，只好藏头露尾，拐弯抹角地说些糊弄话。

“那时，何子毅是担任啥职务的？”徐晋东试探地问。

“大队会计。”何大冬肯定地回答，“另外，他还是什么来着？就是开会，他给录口供的……”

“记录员。”

“对！”何拐子十分干脆地回答了一个字。

“你当时是啥职务？”

“大队保管。”

“这东西理应由你保管才合适吧？”

“不能。咱是大队的财务保管。”何大冬难为情地笑了一下，“咱要管，就是狗逮耗子了。”

徐晋东给何子毅写了一封信，交给何大冬说：“你将这交给何子毅，就说我走了。”

何大冬接住信，心里疑惑，为啥不面对面跟他讲，要留信呢？他觉得手里的一纸信瓤沉甸甸的，里边似乎有啥与他瓜葛勾连……

徐晋东回到公社，从头又看了一遍何静仁的稿子。这是一篇吹捧徐晋东的通讯报道文章。徐晋东向来坐轿不要吹鼓的。他不需要锦上添花，夸大其事。他反对做小事说大话，自己为自己吹喇叭。他乐于默默无闻地干自己愿意干的事情。而今天，他一反常态，对何静仁的小稿子，却产生了浓厚的兴趣。他将加在自己名字前后的“正确领导”“高瞻远瞩”

之类的用语勾去，然后送给王磊。

王磊看后，高兴地说：“太好了！大长我们的志气，连续播三天。”

徐晋东说：“可以组织青妇武写专题批判文章，一定要卷土重来的这股邪恶势力扑灭下去！”

“没问题。”王磊肯定地回答。他又打开来稿统计表，说：“这篇文章你也参与了写作，给你记上一篇。”原来，按公社制度，每人每月最少写一篇广播稿，报王磊登记。徐晋东自己定下的制度，理应正身率下，带头执行。王磊溜拍书记，张冠李戴，借花献佛，想落个空头人情。而徐晋东写这种稿，还不是小菜一碟，根本不犯难。他摆摆手：“不能无功受禄。”

王磊并不感到失望，他又对徐晋东说：“他这水平不行，我得亲自动手，修改成一篇具有分量的稿子，送给县广播站。”

徐晋东只好策略地道：“不过注意不要夸大其事。要实事求是，初写黄庭。不要因文章引出麻烦。”

“我写好后，你审查一下，咱要做到一鸣惊人。”王磊很自信。他对领导向来尊重。

午饭后，徐晋东要休息了。他习惯地双手反扳着后脑门往铺盖卷上一倒，突然觉得有了问题。他审点了一下自己的被子，吃惊地发现，有人动弹了他叠的样子，而且是重新折叠过的。谁来他屋里睡过觉？按说，除过自己家里人，或自己的个人亲朋外，是不会有人来过夜的。莫非改瑛来过？不可能。她来了，公社一定会通知自己的。晋东随即找到王磊问：“我走后，家里没人来过吧？”

“没有。来了人，我还能不叫你？”王磊肯定地说。

“有人在我屋里住过吗？”

“没有，绝对没有。这几天没来客人。即使来客人，还能住书记的屋子？这不是天大的笑话吗！”王磊说了这么一气，才又回头问：“怎么，你发现丢了东西了？”

“没有。”

“……”王磊还想问啥，没说出词来。

徐晋东恐怕王磊张扬出去，众口不一，说东道西，反倒不好。于是，再没说啥。他好不纳闷地回到了自己宿舍。其时，钰香正在播何静仁的稿子。原来，徐晋东的被子，每天早上起床后，晚上怎盖清早怎叠，就地一卷，就完事了。炕席上是一条羊毛毡子。他身感疲乏之时，随时往铺盖卷上一躺，半仰不睡，一天的疲惫渐渐散去。而今，是谁胆大妄为，竟将被子大展开，四角相对，叠了起来。真正岂有此理？有人敢来书记屋里放肆，反天呀！徐晋东决心要搞个水落石出。他容不得有人在他眼里揉沙子。他要从钰香和毛毛俩人入手，戳破这个谜。她们俩拿着家门上的钥匙，谁来住过，她们一定清楚，起码有一个人是清楚的。他正一个人考虑如何破此案，王磊给他送来近日的文件。王磊也是想顺便看看徐书记屋里究竟发生了啥情况。但徐晋东只字未提，王磊四下看了看，并没有发现啥异样。

徐晋东死气沉沉的脸上，怒容满面，显然是触犯了他的平静心田。王磊正要识时务地走开，徐晋东突然说：“叫钰香过来。”

王磊点一下头出去了。

钰香刚播完那篇矛头直指她家的文章后，心情许久不能平静。她万没想到，徐书记会动如此大的肝火，去惩办那些不开窍的婆娘们。徐书记这几天心不顺。那天去岳堡闹鼓手，就是憋足了气，柳树上着刀，桑树上出血。去了赵庄，上南庙收拾香火，又不知冲谁来着呢。她正心心念念，在这件事上胡猜乱疑，突然王磊站院里喊：“钰香！”

“在！”她推开门，探出头。

“徐书记叫你过去一下。”王磊命令般告诉她。

“叫我干啥？”她习惯地问。

“过去就知道了，找你谈话。”王磊每每说话用词不当。他为了显示自己的身份，把问话说成谈话。领导对下边人员进行“谈话”，寓意不凡，不是一般问题。这是众所周知的常识。钰香一下觉察到，徐书记要打发自己呀！她顿感六神无主，心慌马乱。她想顺便给徐书记提壶开水，跑到伙房，霸王炉子上大铁壶里的水还没有开，她只好两手空空前去听候发配。

徐晋东认为何钰香比毛毛老实些，她的小脑袋没有毛毛转得快。从她嘴里打问情况，原事原说，用不着再核对、验证。钰香进来后，发现徐书记一改过去和善的面孔，生眉恶眼十分可怕。于是，她知道自己完了，立地身上发起冷，打开哆嗦。

徐晋东慢慢地问：“钰香，我问你件事情。你不要着急，慢慢想想，如实的……”徐晋东话还没有说完，就发现钰香浑身哆嗦，身不由己起来。

“你——怎了？”徐晋东问。钰香经徐晋东一问，益发上下牙齿嗒嗒嗒磕了起来。她的脸本来就煞白，此刻更加无血色，像个痨病人。徐晋东立即站门口，喊：“毛毛！毛毛！过来一下。”

毛毛跑步过来。徐晋东说：“钰香病了，你搀她去医院看看。”

毛毛扶持着钰香，从徐晋东屋里走了出来。钰香不去医院。她们路过办公室门口时，王磊发现了，站出来说：“刚才还好端端的，怎么到徐书记那一会儿，就成这模样了？”他说话向来不看前后，嗓门儿又高。徐晋东听到后，实在心烦。公社里养活这么些废物，吃谷贼！这还不是王磊通知钰香时，多嘴多舌，走漏风声。钰香定是做下见不过人的事，这还没等他问话，便吓得支撑不住了。还用再问啥？显然不打自招，真相大白了！于是火风风走出来，质问王磊：“你刚才怎么对钰香说的？”

王磊丈二和尚摸不着头，不解地问：“说啥？”

“我问你哩，你问我哩？！”

“啊？”王磊益发头大了。他不知徐晋东哪里下过雨，来他头上退乏云。但既活在人家手下，只好忍气吞声，恭候静默。

徐晋东气恨恨地盯着这个笨蛋，可恼可笑地说：“你啥也不说，钰香能成这个样子？”

这下王磊清楚了，他把一个虱子捏在自己头上了。于是，顶了一句徐晋东：“问一下钰香就清楚了。”王磊实在冤枉，辩解着说。

徐晋东没吭声，向自己屋里走去。他心里抱怨王磊：榆木脑袋整心眼儿，装啥洋蒜。

王磊无端受气，自是不快。他回了办公室，点燃一支烟，边抽边心里叫屈：怎么只拣有头发的抓？

话务室传出钰香的呜呜哭声。

第七十九章　勿论夏锄打野兔

周谦见公社灰桌冷板凳，唱了空城计，一个人独自来到供销社消磨时间。他跟彭茂华老婆野姑很熟，便站在柜台前随便攀谈起来。直到毛毛唤他，才回到公社。

“周书记，对不起！”徐晋东笑着道歉，“到哪走了走？”

周谦慢慢笑着，说：“我见你们公社里鸭默雀静，没有人。只有一个杨利民还是个镢柄。嘿嘿。”他失笑一声：“只好到街上转转。”晋东又关照：“司机去哪了？”

“别管他，人家的事要紧呢。”

毛毛提来一壶水，晋东吩咐：“买袋花茶去。”他慷慨了起来。

“你今年的事情多吗？怎么老不来公社转转？”徐晋东问。

“你这里我放心，用不着惦记。今天也是走走过场罢了。常委会上要求都要深入下来，检查夏锄情况。我若不下来，显得羊群里裹进来个牛犊子，就你特殊。”

“下来走走好嘛。我把双杨的情况，向你汇报一下。你也底清数明，心里有个谱。”

徐晋东认为，他今年的几步棋都走对了。时至今日，大见成效，公社上下，一派生机勃勃的景象。

他真想将双杨大好形势向县里领导做一汇报，让他们也对责任制有个新见解。周书记的到来，正中下怀，求之不得。这是绝好的机会。现在，到田间看青苗，看管理，无论山川坡梁盐碱地，都各有各的优势，十分喜人。越是山沟背静处，管理得越好。现在，到了彻底向县领导亮相、曝光的时候了。徐晋东准备一打趸儿，兜底向周谦书记摊牌，包括种福利葵花、撤销公社干部蹲点等。

徐晋东对这番心意，自以为得意，可以正大光明公之于世，对县委也是个合格的交账。但周谦如何想呢？

自从徐晋东去年冬天擅自搞土地下户承包，事前不请示，事后不汇报，等县委发现后，严厉批评又拒不改正，一直顶牛下来，他有失颜面。管不了徐晋东不如远离他好，这就是他多半年未来公社的原因。其间，他少不了侧面了解双杨的情况。使他欣慰的是，这里的各项工作都使他满意、放心。就是徐晋东搞取消蹲点包队，他也清楚。同土地承包一样，他知道时，生米早已做成熟饭。他这个包双杨全面工作的县常委，只好采取打鸟政策：睁一眼，闭一眼。走到今天，这个政策还不能变。

当徐晋东表示要向他做全面汇报时，他立刻制止住了：“我在岳堡路上，已经看到了。约莫七八十米的稻畦埂上，用河滩的酸刺荆棘扎起了篱笆。这是合作化以后，我第一次见到如此下辛苦管理大田作物的。

以管窥豹，双杨一定不会有苗荒草荒的现象。”

“不过，情况不尽相同。今年的距离拉开了，由于承包方式不同……”

“别说这些了。”周谦一听承包二字，就犯了心病。他今年因为双杨公社固执己见地坚持土地下户承包，与县委闹得不欢快。他呢，作为一个包公社的县常委，受到不少尴尬。他没有完成县常委统一政令的任务，自觉理短三分。双杨土地承包成了他肚里的瘤子，心腹之患。他不是不得已，连门边也不来登。徐晋东又当面饶有兴味地卖弄他的承包，真是一听就腻。双杨尽来这么些出风头书记。

徐晋东没有理解周谦的意思。他自以为得意，认为顶住县里，专心经营自己的小天地，不但省力不少，而且成绩不小，口里有话总想说。他被周谦制止后，还不死心。定了定神，又开言道：“俺今年生产进度，特别快……”

周谦又摆摆手：“不听你这些。”

这下，徐晋东终于懂了，周书记对自己这一套不感兴趣。而且，他有另外的来意。于是知趣地作挨批打算，等待周谦的下文。周谦搞了多少年农业，小小徐晋东想在他跟前指手画脚、显山露水吗？笑话。就田地管理而论，谁不清楚，有定额比没定额好，承包比定额又好。联产虽能刺激人的积极性，但这是事关路线、道路，允许不允许你搞的问题。你以为是你的发明？周谦见徐晋东碰壁后，紧闭双唇，情绪一落千丈，于是和颜悦色地说：“我在水库上，对双杨的啥情况也了如指掌，还用你说？下午，你带我到南坡打兔子，怎么样？”

徐晋东一听，破颜而笑。他立即安排周谦休息。锄耧葵花的收工了，每人车后夹一张锄，周谦视而不见，不管这等闲事。

徐晋东精神大振，情绪分外饱满。他期盼的野外捕猎是可心的玩乐。当年，明苑庄据说是潘仁美的围捕游猎场地。这里，鹿已经绝迹，唯有兔子兴旺。周谦如此安排，不管出于何种动机，总是一件快事。

午饭后冒着酷暑炎热，一支由周谦、徐晋东、李葆定、田亮平加上司机，五人组成的捕猎队，乘坐失了色的帆布吉普车，从公社出发了。

捕猎，自古喜爱者甚多。皇帝有爱好者，庶民百姓更有爱好者。有的利用驯养有素的鸷禽、良兽和家丁，有的亲操弓箭、火枪，在山野茂林，河滩湖泊，展开一场弱肉强食、生擒活拿的决斗。猎物那种大难临头、惶惶奔命的情景，实在使人开心。所以，有人爱打猎，有人爱观看打猎。童年时代，跟着耍鹰的去看抓兔子，实在快乐至极。徐晋东就这心态。老实说，他还十分畅快。路上，他看着慈眉善眼，一副菩萨尊容的周谦，心里由衷地敬佩。这人身居要职，没一点官架子，涵养极高，待人宽容到使人不安。他忽而想到，那天在肖曰观弥勒佛殿前的一副对联：大肚能容容天下难容之事，开口常笑笑世上可笑之人。这个周谦，学问不浅，大有超凡脱俗，渡世菩萨的雅量，是干部队伍中的好人偶像。

“兔子！”司机刹住车，对周谦说。

“哪哩？”周谦问。

“树林里，跑进玉米地里了。”

徐晋东急于下车。“别动。”周谦拿起半自动步枪，扒开玻璃，瞄准树林，等待猎物。

“它跑了，你能打着？我给下去撵去。”徐晋东主动请战。

“还要返回来的。”司机给解释。

果然，不一会，那只兔子又蹿了出来，它竖起两只耳朵，左右望起来。它大概想弄清楚，突然闯进它这个世界内的庞然大物，与它有没有关系。“咣”一声枪声，兔子应声而倒，发出“吱吱”的绝命惨叫声。随着枪声，又惊起一只兔子，向远处奔跑。周谦下车，向树林内追去。徐晋东拉开车门，跳下车，紧跟周谦追了上去。他吩咐亮平：“把这个死兔子拾到车上。”

周谦发现徐晋东后，向他摆摆手：“你们别过来。”

徐晋东有些郁郁不乐，因为周谦是用命令般的口气说的。这使他有失面子，当着亮平、葆定的面，显得难看。这人工作上没脾气，打兔子倒挺正经的。徐晋东只好停止前进，原地向树林内张望。不一会，司机背着枪，也进入稀疏的树林。

突然，一只受惊的兔子跑到徐晋东身边。徐晋东一声大喊："咳！"随即就地弯腰，拾起一块卵石，向跑去的兔子抛去，并指挥葆定他们："截住！截住！"

李葆定和田亮平也边喊叫边大步小跑撵赶起来，三个人喊叫围打，将野兔吓得惊恐万状，东奔西闯，最后冒死从葆定身边夺路而逃。"追！"徐晋东精神大振，下令追击。李葆定腿长，一马当先去追野兔。兔子竖起两只大耳朵，顺一条大路向小咀方向逃去。人腿虽长，却追不上短腿兔子。徐晋东他们追了一截，只好望洋兴叹，眼巴巴望着兔子向远处跑去。兔子前腿短，向上跑是最佳选择。它将他们远远甩开了。李葆定一直盯着兔子消失在一片苗圃田里，才停止监望。

"哪了？"周谦端着枪走了过来，大口大口喘着气。

"跑进上边那块苗圃地里了。"李葆定报告侦察到的结果。

周谦走了过来，顺着葆定指的方向，看了看，问："是苗圃吗"

"没问题。"田亮平肯定地说。

周谦边往上走，边说："你们这些人，石头能打住兔子，还要枪干啥？"说话间，显出气嘟嘟的样子。走了几步，又对徐晋东说："打兔子有一套科学规律，这是一门学问。你们当打过街老鼠呢？人人喊打，图红火热闹。"

徐晋东被批评得老大难看。没想到，周谦打兔子反而如此认真，有讲究。他只好给周书记承认错误道："到了上边，俺们悄悄坐地边看你就是了，再不帮倒忙了。"

苗圃地到了。原来这是一块长条形的堰地，地处这条大路东边，尽东边是深沟，塄上是小杂粮作物，上下地塄四五尺高。说是苗圃，但成活的梨果苗不多，高些的已经被移走了。地里是林檎灌木丛。周谦站在地头观察了一阵，然后示意他们安静。他走到苗圃地塄下。地塄不高不低，正好周谦一人高。他将枪搁在地畔，不用猫腰，也不需屈足，正好瞄准。“叭！”一枪。他已经找到目标了。林檎苗是横向的行子，且根部都无叶梢。人从下边看去，一清二楚。周谦慢慢往东移。

“叭！”又一枪。他再往东移……隔一会放一枪，徐晋东心里好笑，地堰宽不过十米，一只兔子从西头打到东头，还没有打死。笨蛋！什么科学学问，咋呼罢了！

周谦又从东边慢慢排住往西走。隔一会放几枪。他一直又打到西头，对徐晋东挥挥手：“进里边捡兔子去吧！”

徐晋东笑着问：“打住了几只兔子？”

“不知道。拣出来再过数吧。”

“呦！听口气挺多呢！”

于是，徐晋东、李葆定、田亮平闯入林檎地里，寻找死兔。林檎约莫二三尺高，里边也有少许空隙地，长着不少圪针、蒺藜等伤人的草。但他们那种急于收获猎物的喜悦心情，早将这些碍手碍脚的野草置之度外。不一会，每人手里便有了可喜的收获。“周书记今天打的兔子不少呢。”徐晋东说。

“共放了十五枪。”李葆定说。

“两枪打一只，还七八只呢。”亮平边搜寻边说。

三个人捡到东头，一过数，一共十三只兔子。啊！仍在一处，那么大一堆。他们将死兔提溜到西边，对周谦说：“战果累累！”

周谦美气地看看他的成果，一本正经地说：“葆定，去喊司机，把车开上来。你跟车回去加工去，晚上还要吃呢。”

“没问题。”葆定自是欢喜。说着蹽开长腿跑了下去。

“你再到里边找找。”周谦吩咐亮平。

徐晋东说：“走，再溜一次。”他招呼一下亮平，欲进地。

“你别进去了。”周谦对徐晋东说，“咱们再找个地方转转。”

于是俩人边拉呱边向小咀方向走去。“周书记，你打兔的技术蛮高的。”徐晋东诚心赞美，半下午打住十多只兔子，是他想也不敢想的事。他本来抱着兜风寻开心的心境，陪周谦闲散。不料，出乎意料地得到如此丰硕的战果，怎能不令他对周谦刮目相看呢？看来，打猎不尽图玩，的确是有一套科学规律的。难怪周谦那么认真、专一。他虽不像农村打猎人那么贪婪，但毕竟是打猎。这是需要用猎物来充实爱好者的精神需求的。瞧瞧此时此刻的周谦：喜在心头，荣在脸上，矮胖的身子虽然累，但仍兴致勃勃，精神焕发。

对徐的赞美，周谦悉数收下。他又笑着说：“要论功，你比我大。”

“哈哈哈……”徐晋东有意大笑，以此蔑视自己。接着说：“我不敢有贪天之功。”

“今天要不是你指挥公社两名后生瞎喊大叫，疯打穷追树林那只兔子，它能跑到这块苗圃地吗？”周谦笑眯眯看着晋东，接着说：“他不钻进苗圃，能暴露它们的大本营吗？”

晋东见周谦分析得很中他的意，自然心理平衡了些。他开心地笑着说：“这倒也是情真。不过，这叫瞎狗闯屎，碰巧了，谈不上功劳二字。”

“有时，瞎折腾也能弄出名堂来。”周谦随便地说。

晋东淡然一笑，但他心里觉得这句话沉甸甸的。难道自己工作上的执着、务实精神，也是瞎折腾吗？无怪他们时至今日不闻不问，冷眼旁观。就连周谦来野外打兔，也恐怕是施的迷魂阵。双杨的工作，只字不准谈，似乎自己成了离经叛道之人，成了咬人的骡子，成了他们手下一个头上长角，身上长刺的茬儿头人物。所以，他们对双杨的大好形势，置若罔闻，高高在上，都显出冷漠的面孔。徐晋东又想到，据周谦自己流露，他是在不得已的情况下，才来双杨走过场的。因此，打兔成了他此次深入基层，督促夏锄工作的主要项目。今晚上，看来少不了一场大吃兔肉的壮观场面了。大凡县领导下来，虽没有前拥后挤的隆重衙役，也少不了马前镫后的文秘随从。公社机关人员每逢见此光景，习惯成自然，连说话也十分小心，须降低八度。而像周书记，不辞劳苦，亲自动手，为大伙解馋，实乃百里挑一。县里边有的领导或一般干部下来打生，所获猎物都放在车后工具仓内，拉回家里去了。一想到吃兔肉，徐晋东垂涎三尺。他对猪、羊肉，远远没有兔肉这么嘴馋。但，他又想：难道这就是包队副书记来公社一次应得到的赏赐吗？野味佳肴固然美味，而自己心里想对领导说的话，倾吐不出去，这种压抑的痛苦，又是谁能理解，什么能替代的呢？

徐晋东面对小咀的深沟高丘，直想放喉大喊几声才畅快些。但他不能，发神经不成！他看着脖子里汗津津的周谦，一身肥膘，并没有影响他的情绪，栽沟上梁，不在话下。“我想打只雉鸡。最好打断它的腿，活捉回去。”周谦对晋东说。徐晋东这才弄清周谦为啥专到沟沟汊汊的地方寻觅的原因。他的兴趣又从兔子身上转到野鸡身上了，而且还要伤而不死的。这是他又一番心思了。徐晋东有点伤感、心冷，自己虽然资浅望轻、人小帽低，但如此伺候领导，违心地跟在其身后，未免有些消极情绪。他要向周谦索取的本来是对他工作的认可，而眼前之举却使他大失所望。他的行动明确告诉自己：晋东，成事不说，就是对你的宽容，别得陇望蜀，图谋啥奢望。是啊，一副大肚能容世上难容之事的大家风范，对徐晋东可以说是仁至义尽了。但徐晋东心里一百个不服气，他们为啥视而不见，不敢来正视现实呢？他心里绾的疙瘩，越来越大。

此刻，田亮平尾随在他们身后。他奉命复查苗圃地里的遗漏猎物，但一无所获，徒手而去。因为没有得到回公社的许可，只好向他们追来。他不敢靠近周、徐，恐怕首长议论公事，涉嫌于自己；也不能落远，担心领导使唤不方便。他明智地选择了一段不远不近的距离，并不时弄出点声响，以表示自己的存在。

徐晋东突然喊了一声："亮平！"

"噢！"田亮平高声回答。

"下午机关人们没有去套锄葵花吧？"

"没有，田主任通知休息呢。"

"你现在回去，让大家别走了。今晚上，大顿兔肉管饱吃。"

"行。"

"你告诉一下田主任，大家一起动手，做得细致些。"

"没问题。"

田亮平有了明确任务，向来路上跑去。

周谦没有徐晋东想得复杂，他专心地在找山坡上的野鸡子。

徐晋东观望着周谦，由于感情上的融洽，他很同情这位德高望重，犯而不上的上司。他在县里是执行者，并没有拍板权。怪他有啥用？何况自己一手办的事，哪能承想谁来中途支持？

须知，现在事情并没有到了盖棺定论的时候，就承包一事而言，也仅仅是开始，秋后割倒才能见收成。现在，需要再接再厉，一鼓作气，善始善终地坚持下去，靠县是没指望了。想到这里，他的脑海里突然闪现出一个念头：召开一次规模空前的大会，大张旗鼓来个回头看，再认识，让全社人民自己评说自己的事情，不求彪炳千古，但图心里明白。

"呯！"一声枪响。呶噜噜飞起数只野鸡子。

徐晋东跑前看去，山坡寂静无声，雉鸡连根羽毛也未落下。

第八十章　戴紧箍咒翻跟头

徐晋东送走周谦后，便跟田子荣商量召开总结生产责任制大会事宜。他将田子荣叫到自己屋里，开门见山地说："老田，我计划召开一个规模盛大的三级干部大会，认真地总结一下前半年的工作，你看怎么样？"

田子荣当即回答："好呀，今年咱下边的形势，说有说头，看有看头，比有比头，评有评头。咱发动公社人员齐心协力，美美地开个总结评比大会，实在是当务之急的事情。"

徐晋东早就胸有成竹，今天只是跟主任交换一下意见，切磋些具体事项而已。他接住田主任的话说："是的，首先要发动上上下下，三级干部和群众，关心这次会议。咱们呢，要做好准备工作。会上，咱们不搞评比，只搞总结。总结全公社五花八门的承包形式，究竟哪一种形式符合哪个队，这得得到群众和队干部认可。咱们只提供一个大家相互交流认识的机会。"

"还可以走下去，一个队一个队地到田间地头观看，是红是黑，一目了然，谁也瞒不住谁。"

"是的，拿出一定时间，到下边检查。会上听，走下去看，让人们心服口服，对号入座。"

"马上要挂锄沟了。要开，得快做准备。"田子荣有些沉不住气了。他想到时间紧迫，工作量大，心里自然发了毛。

于是，俩人将会议时间、规模、开法、组织、后勤等有关事项做了框架式的构想。最后，田子荣说：“按说，这么隆重的大会，应当请县委和有关部门的领导来参加，做指导，才合适。”

徐晋东早想过这个问题。如果不向县委报告，显然是偷开大会；如果向县委报告，又怕有逼县委表态认可之嫌。从周谦的态度上可以看出，县委对自己固执地搞这一套，至今仍采取不理不睬、遮遮掩掩的弃置态度。

如果自己不识时务地再去给领导添麻烦，给了面子要里子，未免有些欠明智。须知，春上郑平主任没有采取硬措施，就已经算是宽仁大度，给了自己莫大的面子了。身为领导，他是承担了责任的，而且结果未知。这不是自己有本事，而是郑主任替自己担了风险。正因为如此，自己才在公社树起了说一不二的领导形象。如果遇上别的领导，只需稍动组织措施，便可迫使收回成命。现在的自己，恐怕威信扫地，一落千丈，光景不会如此好过的。因此，徐晋东再三斟酌，还是以不惊动县委为上策。这次盛会，一如既往，仍采取自打锣鼓自唱戏的办法。只要能将自己导演的这台戏，有声有色，有头有尾地给群众唱下去，就谢天谢地了。

田子荣怎想呢？他作为辅佐角色，显然没有徐晋东想得复杂。实际上，开始他对徐晋东磊落不羁、独辟蹊径的作为，捏一把冷汗，总担心他在冒险。不过，他也佩服徐晋东的谋略与胆识，并且每每化险为夷，柳暗花明，这又使他折服于徐晋东的远见与策略。眼下，筹备的三级干部大会，对田子荣来说，太兴奋了。年初，当徐晋东突然撤销工作队时，他一百个想不通。这个晋东关起门尽瞎闹！不是看在俩人多年的友谊上，简直想跑到县里告徐一状！他将生产上的工作重担压在自己一个人身上，徐却闲庭信步，逍遥自在，真正岂有此理。但山不转水转，随着时间推移，田子荣的工作越干越省劲，越干越顺手。他成了唱红的，精神格外饱满。尤其他回家经营自留地时，老家还是草荒呀，苗荒呀，老样子。他一听这话就心烦，职业病似的恶心。说句心里话，现在召开这个大会，无论从哪方面说，还不是讲自己分管的工作，表自己的功劳？因此，田子荣没的说，紧走变小跑就是了。

党委会上，大家商量了这次隆重的三级干部大会的具体事宜。首先成立起工作班子。陈琦是资料组长，彭茂华是组织组长，林如海乃后勤总管。三驾马车开始运作。时间定在九月一日，会期三天。参会人员包括大队支书、主任、妇联主任、小队长、公社机关全体人员，总计三百余人。

会后，公社机关所有人员均被编入各个组里边，投入紧张的准备工作。重头戏在资料组，这也是徐晋东亲自抓的内容。通过这次大会，要将下边实际存在的，来自群众首创的形式，分门别类，予以整理，使之眉目一清，有条有理。这才能达到预期目的。从而使大家回头看，再认识，做比较，落定锤。为明年生产责任制的选定，打下基础。

眼看会期日益临近，各项工作正在紧张有序地进行。双杨公社充满一种人人兴致勃勃，个个精神抖擞的欢快气氛，都在力争能为三干会多做贡献而忘我地工作。

一天，徐晋东突然接到县委办通知：马上回县向罗书记汇报工作。徐晋东呆呆地坐下来，静静地推敲起来。为什么在这节骨眼上，要他出面？恐怕凶多吉少。这几天，公社闹得热火朝天，声名远播。加之，人多口杂，口口相传，本是信口开河、节外生枝的话，也能三人成虎，传到县太爷那儿去。恐怕这是砸锅的导火线。也怪自己没有注意保密，才走了风声的。如果罗书记不准召开宣扬错误路线的会，自己便彻底栽跟斗了。会议内容及开法早已传达到大队了。勒令停开，影响不比春天小。徐晋东不是马上到县去汇报，而是独坐家中搜索枯肠，寻找应对、设防的对策。罗国亮可不比郑平，徐晋东再傲也不敢在他跟前放肆、任性。想到罗国亮和郑平，徐晋东眼前仿佛闪现出一道希望的阳光。凭他的观察，罗、郑的配合是十分默契的。大凡棘手事，或是带强制性地下达任务、批评、训斥之类的事，郑平都当之无愧。他是县里的老资格，老好人，老领导，他的人品，使人们对他无可非议，甘之如芥。年轻的罗国亮深知就里，运掉自如。红脸的戏他唱，白脸的角色推给郑平。徐晋东由此看到了曙光。说不定是一件好事。也许罗书记会亲临大会，深入下来做调查。不然，他不会召见自己。

徐晋东终于理出个头绪，心里充满了信心，独自向县里驶去。

罗书记有事，县委办工作人员让徐晋东稍候。徐晋东在带靠背长条凳上，屈膝盘腿打坐下来。他静心等待召见。办公室陈设十分简陋。墙上除几面秋耕、农田水利建设、民兵比武的锦旗外，还挂着一架半导体钟表，不紧不慢嘀嗒嘀嗒地走着，一切显得是那么呆板，程式化。倒是门外，一边一兜美人蕉，给这里平添几分生气与活力。

“徐书记，罗书记让你过去呢。”一个年轻干事很有礼貌地说。

徐晋东连忙穿鞋起身。他来到罗书记办公室，周谦也在场。

罗国亮喜形于色，热情地迎接、握手，并嘘寒问暖，显出关心备至的态度。他还亲热地拍了拍晋东的膀子，夸赞道:“徐书记身子看起来单薄，实际挺结实的。”随后，他拉晋东坐在一只简易沙发上。罗国亮年纪不大，是农村知青出身。他老沉持重，经验丰富，将县里的老干部一一拿捏。今天，徐晋东果然亲使自感受到了罗书记待人的厚道、温暖，一下使他心里热乎乎的，从而使等级森严的紧张感消失不见。

罗国亮特意给徐晋东倒了杯茶水，放在他面前的茶几上。徐晋东受宠若惊，连连抱歉地说：“自己来，自己来。”

罗国亮招待徐晋东就绪后，便直截了当地说：“今天，叫来你的意思，是让你汇报一下双杨前半年的工作。重点是关于生产责任制的形式，及带来的效果、问题，客观地讲一下。用不着穿靴戴帽，成龙配套的组合，讲得随便些，真实些，最好有实例，更生动些。”他说罢，向周谦打个招呼:“你说呢？老周！”

周谦点点头:“就这么着,让晋东说吧。”

徐晋东看着罗、周两位书记正襟危坐,都打开了笔记本。从他们的态度上观察,他们对此事十分关注、重视,可见已经提到县委议事日程上了。徐晋东的心里首先排除了紧张感,也觉得用不着留后手了。他一下精神大振,准备将实际情况,口袋里倒西瓜,嗯哩隆冬全部抖出来。从去年冬天始,他全副精力集中于改革生产管理上的混乱状况。自己一手操作,反复宣传,精心培养,偏宠袒护,费了不少心血。时至今日,仍在积极筹备会议,为它加油鼓气,保驾护航。现在,领导让讲这方面的事,当然求之不得。于是,徐晋东在脑海里大体运作了一下,便如数家珍般开始了滔滔不绝的倾吐。平时,徐晋东满而不溢,从不当众炫耀自己的小才华。在公社书记讨论会上,他也从来不打第一炮,也不渴求领导的青睐。他能安然等到连山地小公社书记也发过言,等大书记点他名时才张口。而这时候,大都到了收场下班的时间。他呢,也就马马虎虎敷衍几句了事。就算到县里开会,他一向也不用秘书准备的文字材料。他有临阵磨枪、前台对答的应急本事。因此说,罗国亮从来没有领略过徐晋东的真正口才与思维能力。他认为徐晋东老实有余,灵活不足,不善表现,自轻自贱,是一头典型的北方老黄牛。这种人只顾埋头工作,不求组织进步,一辈子不挪窝,经管一个单位最合适了。罗国亮对这号基层干部,少不了几分怜悯与同情。这也许是工农干部的一个共性吧。农村干部不是有当一辈子支书的人吗?他今天单请徐晋东,倒也不是对发现了姓徐的啥意外,而是想通过他如实地了解双杨的生产责任制状况,为近日参加地委召开的会做准备。他不带任何条条框框,任徐晋东畅所欲言,也不受时间限制。这是徐晋东近来梦寐以求的机会。

徐晋东汇报工作向来不看笔记本。他凭吃透的下情和提纲挈领的统筹,游刃有余,一套一套地讲开来。他平时没用的话不说,一旦打开话匣子,讲正儿八经的事情,则声情并茂,口若悬河。这使罗国亮颇为赏识。他听着，也来了兴致。

徐晋东发现自己的话吸引住了罗书记。他像一位记者，坐在那里一边专注地听一边做记录，这使晋东十分高兴。他每每讲到得意处，便手舞足蹈，一副自我陶醉的飘飘然神气。周谦有些看不惯，坐不住了。而罗国亮则大有感同身受的快意，他也有些坐不住了。他是想，马上到双杨身临其境，深入田间，目睹为快。他不但不讨厌徐晋东的忘乎所以、有失体统的自吹自擂之态，反而生产了好感、共鸣。他心里说：如果徐晋东平时有这么点精神，可谓锋芒毕露之人才也。比如，徐晋东讲到今年劳力出勤时，说：“在水稻插秧、夏锄、夏收的关键时刻，有的村出勤率达到百分之一百零五。”

“怎么会出现这种情况呢？”罗国亮问。

“在那紧要回合，不但在外边的工人、干部，都被叫了回来，连外公社的亲戚朋友也叫来不少帮忙的。”

周谦白他一眼。这也算经验吗？你把外公社的劳力拉到你们公社，还堂而皇之，在书记面前标榜功劳呢！

罗国亮笑了笑，不置可否。徐晋东马上意识到，自己走了嘴，这句话是不能当着县领导讲的。于是，立即纠正道：“不过，俺公社是三县交叉处，亲朋好友，外县的多。”

他这此地无银三百两的笨拙解释，亦发明显了。罗国亮再次笑了起来，大有娃子亲了屎不臭的感觉。周谦心里琢磨，难道书记对责任制一事又有新的见解吗？前半年，他从地委开会回来，向党委传达会议精神时，对当前出现的生产管理上的混乱状态，有明确的态度和标准。这是当前政策。政策就是政策，是党的生命。怎么能对徐晋东的偏激做法，放任自流，不加匡正，而对他一些本位主义狭隘的自私说法一笑了之呢？是不是罗书记飞蓬乘风，没了主见，在大是大非面前风骥一毛，偏离方向了呢？他作为包社常委，由他所包公社引发的问题，当然与他有关了。

他是怕上下两位一把手书记犯道路上的错误呢。

中午，徐晋东在机关大灶吃过饭，下午未上班，便又开始向罗、周汇报。下午的重点，是谈召开三干会的准备情况。

徐晋东将要的话讲完后，罗国亮情绪饱满，面带喜色。但他对徐晋东所作的长篇大论以及多姿多彩的责任制形式不置可否，没有只字评述意见。他只是饶有兴味地说："我要到双杨住几天，下去走走，看看，但要放在你们大会之后。"他接着便对徐晋东讲当前政策，及关于土地承包方面的政策。

罗国亮对徐晋东说："你们开会，一定要有明确的主导思想。要将大家的思想统一到三不变的原则上来。这就是：所有制不变，核算单位不变，统一分配不变。在这三个不变的前提下，凡有利于发展生产，群众满意的责任制形式，都可以搞。一定要坚持五统一，即计划安排、劳力分配、产品分配、生产投资、基本建设五统一。坚决不准按人口、劳力平均分田，分农机具，分大牲畜。"罗国亮还讲了对会议的开法及注意事项，防止从一个极端倒向另一个极端，坚决不能做动摇公有制的事情。最后他说："你们会后，可以总结一下学大寨方面的经验和教训。不能从一本正经里解放出来，就不能前进。思想要解放，政策要放宽，经济要搞活。"

罗国亮的话，徐晋东句句留心。但直到结束谈话，徐晋东也没有从罗书记口里听到一句对自己工作肯定的话。看来，上面仍然不准下边摸石头过河。他想吃定心丸的希望落空了。

周谦书记最后对徐晋东指示道："回去后，一定要不打折扣地按罗书记的指示办。除山庄窝铺不能包产到户外，已搞的要扭过来。我的意见：一、包产到组，责任到人，形式好；二、定额管理到人，阶段验收也好；三、专业生产，责任到人，也好。总之，在三不变的原则下，总结经验，吸取教训，把明年的生产搞得更好。"

徐晋东这才豁然开朗，原来两位书记是给自己念紧箍咒来着。他走出古老的旧式衙门大院，觉得空空如也，一无所获。没有受到责难，也没有得到认可。三干会照样能开，只是划定了框框，给出了方向。原来，自己对罗书记的特别接见，预估到情况过于理想，现在看来，风平浪静，平淡无奇，真正对自己有触动的新发现还未见到。他只是感受到罗书记礼贤下士、剪须和药的古道热肠。罗书记还承诺到公社来考察，就个人感情而论，他似乎有种倾向，他总不是凭感情决定行动的。徐晋东对罗、周二位书记能在大会前主动赐教，拨正航向，不管自己怎么觉得不称心如意，但他们的举措是对工作的负责，对自己的关心。这一点毫无疑问。他反复回味着两位书记强调的会议要有明确的主导思想。是啊，没有主导思想，召开会议有啥用？只是，徐晋东的主导思想是放在会议结束后的行动上罢了。

徐晋东回到公社，得意扬扬地对大家宣布：罗书记对我们的大会十分关心，对我社试搞生产责任制备加赏识。他已经表态，在我们的会议结束后，马上来双杨住几天，实地调查，亲自总结。徐晋东的借东风无疑对大家鼓舞很大，各组的准备工作竞赛般开展起来。人们献计献策，洗手奉职，没明没黑地干着。

陈琦将打印好的大会典型材料送给徐晋东，这是按照徐的意图，结合下边情况，责任到人，搞出来的。据说，有些人是调动起配偶、姐弟的积极性，协助整理的。他一一审阅起来。群众是真正的英雄，这来自普通干部和“员”们的手笔，令他惊诧不已。单就对小村穷队的联产承包或者包产到户的形式总结，就让他拍案叫绝。文章名目繁多：有的是分分地，按户管理；定分定工，全奖全赔；耕畜农具，统一分配；使用折旧，所有权归队。还有的是：人劳分地，以户管理，定产定工，全奖全赔长退短补，统一分配……徐晋东一家一家过目。使他高兴的是，自己手下这拨人，似乎早已洞悉罗书记的心思。要不，怎能如此巧发奇中，硬往罗书记的三不变这顶大帽子下钻呢？好！徐晋东受到启发。

兵马未动，粮草先行。三大组工作一切就绪。公元一九八〇年九月一日，双杨公社三干会如期召开。按会议程序，头两天到下边看，第三天集中公社交流经验、总结发言。

大队人马由田子荣领着，浩浩荡荡的自行车大军开出公社，徐晋东紧跟其左。彭茂华中间指挥，林如海压阵断后。按照下、中、上三道线，既定成俗的习惯，普遍观看，重点检查。这支声势浩大的队伍，走到哪都会引起轰动。这是近年来规模空前的一次大行动，它本身就引起全社人民的关注。田子荣精神抖擞，一马当先，率领自行车大队从双杨直奔岳堡。岳堡的承包形式效果最显著。人包口粮田，劳包责任田。还制定垦荒办法，按人划荒，供水供种，其余不管，明年归队，再划新荒。这对迅速发展水稻，是个调动千家万户积极性的好办法。为田子荣心中的万亩方田，提供了捷足先登的示范榜样。田子荣特意将人们集中在荒田路边，细看当年垦荒，当年成效，个人、集体都有利的垦荒责任田。

虽然人多，但由于组织有序，纪律严明，行动起来首尾相继，还是挺齐整的。当大队人马一溜长蛇拉到赵庄果园后，人们在金黄的雪梨、红艳艳的苹果间，穿行而过。果园里飘溢着芬芳的馨香，人们望着挂在树枝上的成熟梨果，只能望梅止渴，谁也不会伸手摘一个。好些人走到树枝下，格外注意，瓜田李下，唯恐引出麻烦。直到从果园下来，人们在正南沟才有幸吃到赵庄的金盖酥梨。两篓子梨被放在沟里，由陈琦执掌分发，每人一颗，公公道道。赵庄果园自从一九七八年秋何马马枪击偷梨贼后，冉庄人再不敢来寻死了。为捍卫果园立下汗马功劳的何马马，荣升护园队长，威名远扬。如今的果园，井然有序。

田子荣从正南沟起身，八面威风率领大军进入赵庄村，风风火火地穿行而过。徐晋东在队伍中间行驶。他突然被一个女人拦住车子，着眼一看：腊花姐！

“干啥？”徐晋东问。

“要我的罗盘。”金怀老板恶眉恶眼，摆出一副决斗的架势。

“我已经向支部打过招呼，他们在给你找着呢。”晋东解释。

“啥时能找着？”金怀老板索性两条腿叉开，将徐晋东的前车轱辘骑住。

参会人们越聚越多。

“谁拿走你的罗盘了，你怎么向徐书记要？”曹明海看不下去，有些生气地训斥她。

金环老板见他是黑蝴蝶的前夫，益发气不打一处来，扬头照明海远远地“啐”一声，道：“沟里有你，叉里有你！你连自己的老婆都管不住，管老娘啥事！”

曹明海气急败坏地一跳脚，也远远地“啐”了一下：“泼妇！”众人拉曹明海走开。明海不走：“怕她干啥？当着咱这么多人，还叫把书记扣在赵庄不成！我们全公社人民的书记，是你一个人的？是你们赵庄的？”

这时，何子毅也赶了过来。他正手足无措，不知该如何收拾。忻老庙把子毅拉在一边说：“这成啥样子？你这个支书不出面，叫谁出面？”

何子毅真想拳打脚踢，美美拾掇拾掇这个白虎星，她简直给赵庄丢尽了人。但此时此刻，他连句大话也不敢说，怕触怒这只疯狗，咬断赵庄的道呢。

这时，金怀老板趾高气扬地对大家说：“我向王则峰要罗盘，徐书记揽身上。王则峰得了食癌，要死了，我难道向阴司鬼要？”

“住嘴！”何子毅突然一把手捺住腊花姐的领口，将她拉到一边，“你要罗盘呢？还是捣乱公社大会呢？”

金怀老板对何子毅还是害怕的。她老老实实回答：“要罗盘。”

“要罗盘，我给你罗盘，还不行？你叉开两条臭腿，拦住书记，成何体统？”何子毅边骂边用两只凶狠狠的眼上下猎扫着腊花姐，大有拳头伸出之势。

“何时给我？”金怀老板顶问。

“你啥时在我家找到我，我啥时给你！”子毅蛮有把握地说。

“行！”腊花姐低着头溜了。

一场风波过去了，然而浩浩荡荡的车队也中断了。这使人们有点扫兴。

“完了，索要牛鬼蛇神的家伙，还如此嚣张。咱们是作茧自缚，让这些人兴风作浪，闹得社会乌烟瘴气的。”曹明海余怒未消，发泄私愤，以挽回自己的面子。

“烂人不准惯，给他二分颜色想开染坊呢。”李福杰扶他亲家的下巴，“再怎么说，没收的罗盘，还要反攻回去？”

“快走吧。咱们如今是屙屎的被拾粪的钳住了，瞎唠叨啥！”梦牛往散打他们的胡诌。

林如海最后也赶来了。等他问清事情的大概后，火冒三丈，将车子“咔嚓”一撑，四下张望，口里念念有词：“我大不了犯错误，非收拾这个北极熊不可！不打得老妖婆叫爷爷，天底下还能容下她？”

“快走，快走！不敢延误时间了。”梦牛劝说。

“当着全公社干部，竟刁难徐书记，什么母夜叉！”林如海假虎张威地冲一个大门喊，“腊花姐！你出来！”

“林主任，在那个大门里呢！”明海故意挑唆、激将。

“啊呀！这个灰人！”梦牛指着明海责备道，“眼看落伍掉队了，起哄啥哩！”

梦牛拉住林如海的手，做好做歹打劝道：“林主任，好男不跟女斗。咱今天这么大的会，你作为收尾大将，不跟着队伍走，万一惹出麻烦，徐书记不怪你吗？”说着，死拉硬扯，将林如海弄到车上，才算离开这是非之地。

路上，曹明海向梦牛递个眼色，诡秘地道：“我是想看看林主任究竟是真动了火，还是假生气。”

梦牛笑着说：“你个坏家伙！”

第八十一章　执法犯法初听说

两天的大检查结束了。第三天，是大会的发言和总结。这天，公社大院彩旗、标语，布置一新。大礼堂被打扫得干干净净，里面横放着一排排杨木材料，用来代替凳子。主席台上的会标是：双杨公社三级干部大会。竖标是：解放思想，放宽政策，发挥政策威力；因地制宜，搞活经济，提高经济效益。主持大会的陈琦，情绪倍加饱满。

大会发言的有，岳堡的《生产形式变了样，稻田一片新气象》；小咀的《穷队要翻身，政策是保证》；青云寨的《包产到组干劲增，老落后变成新先进》；桃园的《天时地利，不如政策威力》……最使徐晋东满意的，恐怕是田子荣的发言了。他的思想终于转了弯，变过来了。多少年他以农业专家自诩，催耕催种，唯恐因自己督促不到，给农民造成不应有的损失。现在，他才恍然大悟，哪个农民都会种田，而且招数不少。他的现身说法，自我解剖，是还农民种地权、承认公社瞎指挥的道歉。他的发言很有感情，整个会场的人们产生了共鸣。参会者不是以热烈的掌声报以欢迎，而是以令人震惊的鸦雀无声专心听讲，表示对其诚心拥戴。

为大会后勤工作出了大力的，首先就是邓彬了。他一手宰杀五只羊，单这一壮举，也已赫赫功劳不可泯灭了。他简直忙得不可开交，厨房、面案，都少不了向老邓请示。今天公社社员们大都帮厨了。林如海还让牛靖兰从参会的妇联主任里边，挑选了人来捏包子。伙房内外人来人往，一派繁忙、喜气的景象。羊是翟五旦从林场赶下来的。中午，羊肉胡萝卜包子，每人一斤白面，基本管肚子饱了。何况还有羊杂汤，够丰盛的了。

后勤工作大家挺满意，前两天的午饭在潘寨和王屯堡吃的，都是黄米面油炸糕，杂烩菜尽肚吃。伙食的丰美，为这次大会增光加彩，锦上添花。纵观大会，可谓是凤凰头上戴牡丹，美上加美了。

大会自始至终在一派欢欣鼓舞、热烈欢快的气氛中进行。徐晋东虽然在赵庄遇到一点不快，但也在预料之中，并且了结掉一桩公案。它与这隆重的大会能圆满结束相比，实在是微不足道的小插曲而已。

双杨公社的礼堂烟雾缭绕，会议秩序井然。徐晋东正在做总结报告。他在大家发言的基础上，分别地域和原基础，提出指导性的意见，作为明年各队搞责任制的参考。他既考虑到罗书记的指示，又联系当地实际情况，比较大胆地号召农民，自己解释放宽政策的概念，自己理解解放思想的幅度。他豪情满怀地鼓励在座干部放开手脚，在有利于巩固集体，有利于促进生产的前提下，八仙过海，各显神通，自己闯自己的路……

正值徐晋东的侃侃发言将近尾声，林如海满脸愁云走上讲台。他跟徐晋东咬了咬耳朵，便离开了。而徐晋东气壮山河、声如洪钟的讲演似乎走了气，他的情绪一下给热气腾腾的会场蒙上了一层阴影。人们不知道发生了什么意外。

散会后，公社大院熙熙攘攘，人头攒动，人们都不肯一下离去。一个个小声嘀咕，表现出惊愕的神色。公社里的人们苦眉辣眼，有口难言，都垂头丧气陷入难堪的境地。彭茂华强打精神，对大小队干部们说："大家不要大惊小怪，事情总会有个水落石出的，都回去吧，天不早了！"

徐晋东从主席台上下来，便一屁股坐在党委办公室，缄舌闭口，怒形于色。

林如海站在徐晋东面前支吾："我可跟人家讨告呢！说等徐书记散会后，见上一面再走。人家哼鼻子瞪眼，不理咱，硬是铐上走了。就这也看在一行一道的份上，没有捆绑，只戴了手铐。"

"因为啥罪名逮的？"

"打人。"

邓彬因为打人，被公安局拘留。

徐晋东本来一天是在兴奋中度过的，万没想到，临完出了这等洋相。公社就是一个大家庭，他就是家长。家里出了事，家长能不着急吗？今天正赶上集中大会，人山人海，这个坏消息马上便沸沸扬扬，传遍全公社了，这对公社的声誉是一个作践。如果不是邓彬被铐，我们的大会应是完美无缺的。现在，人们回去的特大新闻，是邓彬被逮捕，它已压倒了会议的全部精神。

"茂华，"徐晋东指着刚刚走进办公室的彭茂华说，"你和亮平给邓彬送行李去，明天再通知他家属。"他说罢，情不自禁，眼里滚出泪水，连忙掉头揩去。

彭茂华说声"行"，扭身出去了。家里的人们大眼望小眼，束手无策。田子荣哽噎着说："怎不怎，咱得进城拾翻去呢！"

"打谁了？就没听说邓彬打人嘛。"陈琦不明真相，以为邓彬是被冤枉的。

徐晋东不愿翻腾这些心烦的事，无风不起浪，无缘无故不会平地起墓堆的。近日来，正议论着公社保卫干事，要转入县公安局，撤销公社保卫人员。他们能在自己人员头上下手，也不是轻而易举能开杀戒的。怎不怎明天进城寻根究底，打听个明白就是了。

下午，邓彬招呼大家洗锅刷碗，收拾完摊子后，又将剩茶剩饭重新加工，计划晚上吃顿庆功饭，高兴高兴。不料，饭做好了，他却到二虎寺坐了班房。天有不测风云，人有旦夕祸福。大家伙看着邓彬刚刚还洋相百出，谈笑风生地与众人边打牙撂嘴边手脚麻利地做下的饭，一个个像冷雨浇了，蔫头耷脑，哪有吃饭的心思。

双杨公社今天可谓大起大落，虎头蛇尾，空前的大会，起动隆重的仪式，激奋的心情，欢愉的气氛，丰盛的饭谱，团结的象征，处处反映出三级干部同心同德夺取明年更大胜利的信心和决心。就会议本身而论，可以说完美无缺。但最后邓彬之事，成了爆炸新闻，公社丑闻，消息传开，全公社哗然。这不能不说是对如此隆重大会的玷污。徐晋东和田子荣长吁短叹，狼狈不堪。这心态，用乐极生悲来形容恰如其分，简直合适到家了。

夜幕降临，笼罩住公社大院。死寂的沉闷中，人们都在想着一个问题：邓彬究竟因为啥被扣押走呢？

翌日天明，徐晋东和田子荣草草吃了点饭，便向县城进发。昨天，田子荣要到县里指找领导，刨根底，索要自己的人，其实是向有关部门做交涉的意思。

“咱今天先找谁？”田子荣在路上问徐晋东。

徐晋东慢慢腾腾回答：“见佛烧香，先弄清情况。”

“我看咱先到公安局吧！”

田子荣边分析边看着徐晋东的脸色，徐晋东还被蒙在鼓里。拿邓彬开刀是个幌子，恐怕大头在后呢。他越思越想，觉得事情有些蹊跷。

“我说，晋东，这事咱们得斟酌斟酌呢。要不直接找罗书记？”田子荣见徐晋东不吭声，又急切地问。

“不用，咱先到公安局。”徐晋东不愿意在路上跟田子荣胡说八道，生怕隔墙有耳，走了风声，闹麻烦。田子荣见状，只好作罢。

徐、田两位当家的，到县里了解邓彬被捕一案，低声下气，曲意逢迎，以弄清事由为目的，走访了好些人。最后，终于真相大白，彻底弄清来龙去脉，俩人灰溜溜，傍太阳落山，返回公社。

看来，事情很复杂，还需从头说起。

十多天前，潘寨的何淑蓉因被铁将军殴打，气恨不过，跑到县公安局，告发了铁将军偷盗铁平车一案。原来，何淑蓉自从跟魏老聃离婚后，虽然没与铁将军领过结婚证，但一直非法同居，也形成事实夫妻。做夫妻远不如打伙计有情谊。一个锅里吃饭，难免锅碗瓢勺磕碰。加之，铁将军过惯了孤人生活，一个人肚饱不管别人。而何淑蓉在魏家是掌家的，魏老聃是她的家奴，使唤起来服服帖帖，她也任性惯了。来到铁将军家，谁也不服谁，谁也想改变对方，夺取一家之主的领导权。这样，吵嘴争执的事经常发生。铁将军爱晚上出去串门子。何淑蓉因为社会风气变坏，担心门户，每每将大门上了闩。铁将军只好爬墙入宅，焉能不生气？她稍加反抗，便会遭到毒打。久而久之，这女人便忍受不了蹂躏，逐渐变心。于是，她终于等住了机会。铁将军有一天不知从什么地方弄回一辆铁架子平车，眼看土地要承包到户，离了平车是不行的。他将平车拆卸开，把两个轮胎寄在玉茭囤子里，又挖了个坑，把铁家伙埋于院里。他万没想到，何淑蓉悄悄跑到县里告发了此事。县公安局委派黑虎豹破此案，并让邓彬配合。这样，俩人便着手收拾铁将军。

因为有内里人告密，黑虎豹破此案是大瓮里捉鳖，手到擒来。他与邓彬商量了一下，便将铁将军传唤到大队部。

“你叫铁建军？”黑虎豹打起高腔审问式地问。

“对。干啥？”铁将军满不在乎地反问。

“这是公安局郝队长。”邓彬给铁将军介绍，以灭他的威风。

铁将军对邓彬从不拿好眼看，两人宿怨太深。他用轻蔑的口气白了一眼邓彬，道：“人们倒叫我铁将军，有鸟用！”其意思是别拿“队长”二字吓人。

“放肆！”黑虎豹的拳头一击桌子，“放老实些！”接下来，黑虎豹整了整眉脸，喝问：“铁将军，你干过什么违法的事？老实交代！”

“我没有干过违法的事，你别吓唬我。”

“坦白从宽，抗拒从严。你自己交代呀，还是等我们给你拿证据？”

铁将军心里动了一下。他原以为是闹他赌博，现在看来，似乎不像。赌博是有证人，怎么会是证据呢？莫非，他们怀疑到平车上了？不可能的。铁将军仍嘴硬地辩解道：“你们既然有证据，问我干啥？”

“你老老实实交代吧，把平车寄哪里啦？”

铁将军一听说平车二字，吓得六神无主，脸色骤然变得苍白。但他又冷静了一下，断定是冒诈。既然问藏在哪，说明他们不清楚下落。于是死硬顽抗道：“我偷谁的平车？”

“你偷的你问我们？我看你是属核桃的，不敲打你不舒服。”

“……”

“再给你三分钟时间。”黑虎豹伸出戴表的手腕看了看表。

“你自己主动交代，可以从轻处理，对你有好处。”邓彬打劝。

“别猫哭老鼠，假慈悲了。放了三年羊，还识不得个狗和狼！”铁将军白眼以对，恶狠狠地说。

“不识好歹的混帐！”邓彬习惯成自然地顺手擂了一拳。

“你干吗打人！”铁将军就势搡了邓彬一肘子。

黑虎豹走过来，掏出手铐，对铁将军说：“伸出手来！”

铁将军被铐起来后，黑虎豹说：“走，带我们到你家取赃物。”

铁将军引路来到他家门前，大门上了锁，何淑蓉不见踪影。

“钥匙？”邓彬伸出手向铁将军索要。

“我没带着。”铁将军脸平平地回答。

“撬！”黑虎豹下了强行命令。

邓彬就在近处找了块石头，铛！铛！两下便砸开了。

黑虎豹心中有数。他从院里找了把铁锹，根据何淑蓉提供的线索，在西墙根下，只挖了几下，锹头便触到铁辕了。邓彬接过锹，又挖了一阵，一辆平车的铁上棚便裸露出来。

“这是啥？”黑虎豹照铁将军屁股上就是一脚，“说，偷哪的？”

“……”铁将军见事已败露，无法遮盖，乱了方寸。但黑虎豹又问偷哪的，说明他们没有原告，也没有把握。于是，又负隅顽抗，抵赖道：“我家的东西。你说偷谁的？”

“啪！”“啪！”黑虎豹里外耳光，甩了上去，“嘴头倒硬，你再刁！”他又指挥邓彬，“捆起来。”

邓彬掏出准备好的法绳，解恨地抽了两下。然后一溜霎时，五花大绑，捆了个结实。

铁将军脖子里的青筋立刻暴了老粗，突现出来。

“说不说？不说？邓彬，再往紧里拧一扣！”

邓彬照办，解开背上的活结，然后一咬牙，往紧里一抽，疼得铁将军娘呀老子叫了起来。“我说，我说！”

“这不对了，老实交代还用皮肉吃苦吗？”

邓彬给松绑后，铁将军缓了缓气，服服帖帖，交代道：“我老实对你们说，这平车不是双杨的，也不是咱县的。我是从三道梁公社那边偷回来的。”

“这话是真的？”

“真的。咱们县没有这种平车。”

黑虎豹大功告成，吩咐邓彬看守犯人，他进家搜查。不大一会，便从粮房里提溜出一副平车铁圈和车胎。令黑虎豹惊奇的是，他还发现了一个木制手榴弹箱。这可是违禁东西，铁将军家怎么会有这物？他打开盖子看了看，里边放着二踢脚炮七八个。黑虎豹倒掉麻炮，将箱子扔在铁将军面前，逼问：“这是哪来的？”

“我拾到的。”

"拾到的？炕头上拾热粥去吧！你还想尝尝刚才那滋味吗？"

"真的，老邓！我去蒿檩沟割草，从那里捡到的。"

邓彬一见手榴弹箱，吓得大惊失色。他早听人风言风语，传小道消息，说彭茂华与何淑蓉不三不四，有瓜葛。现在看来，确有其事。这还不是彭茂华给他们的吗？当他听铁将军说是捡到的时，心里祷告：但愿如此。于是，他有意跟铁将军顶正刨明道："确实是从蒿檩沟捡到的吧？"

"敢打保证。公社人们看着我是敌人，谁肯给我这么一个箱子用？"

"也行。你先跟我们走吧。"黑虎豹窃喜，打兔子碰见黄羊，好运气。

这时，铁将军心里明白了：是何淑蓉揭发的他。这个臭婆娘，心肠够狠毒的。

"你老婆呢？让她关门来。"黑虎豹始终没见到他女人露面。这时，他看到砸坏锁子的两扇大门敞开着，才想到需要找回内当家的，看守门户。

"咱走吧，她会来关的。"

"她去哪了？"

"鬼才知道她躲到什么阴曹地府里了。"

邓彬知情。他对虎豹说："咱走吧。告诉邻居一声就行了。"

于是，黑虎豹、邓彬将就范的铁将军押解上路而去。

黑虎豹到公安局补办一张拘留证，然后将铁将军送往二虎寺蹲牢。

这宗案件，黑虎豹办得十分利索。公安局呈报检察院，要正式逮捕铁建军并判刑。

检察院接到案件后，首先接触犯人。接触犯人，首先询问破案程序："打没打？上刑没上刑？逼没逼？"

铁将军这个久经锻炼的老手，一下腰杆硬了起来。他一五一十，头头尾尾，向检察院做了如实交代。使检察院人员大为吃惊的是：他们居然未办搜查证，就私入民宅，侵犯公民权利。这种行为，本身是违法的。如其然，检察院打回公安局的案卷，并开始追究当事人的责任。而铁将军呢，一下抱住玉皇爷的大腿，吃上劲了。他返回监狱，便来了个绝食。

事有凑巧，正值省人大派员检查监狱工作，铁将军喊冤鸣不平。捉鳖不在水深浅，只要碰在手跟前。检查人员顺蔓摸瓜，兜底将这个案子翻了筋斗。责令公安局追究执法人员的违法行为，铁建军盗窃一案，须从头取证，依法律程序进行。这样，铁建军被释放了。公安局重新委派干警，从人证、物证、手纹脚印等方面弄材料，取证，违犯啥法，按啥办。黑虎豹和邓彬以打人逼供、无证搜查罪名被拘留。

现在，事情正在进行，并没有结束。徐晋东和田子荣到县城跑了个来回一般远，事没办成，还招来了麻烦。这就是铁将军家里的手榴弹箱子问题。揪一发动全身，一个邓彬又牵出一个彭茂华。唉！徐晋东不敢想象这事的后果。他叫来彭茂华问：“茂华，你给过铁将军手榴弹箱子没有？”

徐晋东一句话，问得彭茂华大张了嘴。他知道书记、主任今天到县里干什么，也知道他们刚刚从城里返回。所以，徐晋东一提这事，他的头里便嗡一下蒙了。恍惚中，他断定，铁将军与邓彬的交手战，已经将自己裹挟到里边去了。看来，形势岌岌可危，不然，书记、主任不会刚回来就追问此事。他不仅仅是担心那个箱子，更使他害怕的，是销毁手榴弹的行径。

徐晋东一看彭茂华大惊失色的脸，便泄气地垂下了头。完了，又一桩鲜事。

彭茂华打了下愣后，很快冷静下来。他想了想，痛痛快快回答道：“给过。”

徐晋东连眼皮也没睁，丢心失意地将他丢在一边。

田子荣没好气地批评道：“军用器材，怎么能到铁将军手里？！”

“情况是这样的。咱没事不寻事，有事不怕事。徐书记、田主任，听我从头说起。”茂华一边嘴上敷衍应付，一边在脑子里打转。当他几句过场话过去后，脑子里倏然闪出了新的词句。他故意放缓声调，对徐、田二位道：“前年，民兵实弹演习出事那天，简直把我闹得焦头烂额，不可开交。六〇炮弹落在青云寨山坡上，没爆炸，事故还没处理，偏偏魏牛牛险些被炸死。我护送牛牛到医院抢救，早把置弃在山坡上的炮弹头忘掉了。那天，多亏铁将军冒险捡回炮弹。我现在想起这件事，还后怕呢。当时，我很感激铁将军，没别的致谢的，就给了个放手榴弹的木箱子。如果上边怪罪下来，一切责任我来承担。”

“现在不是向我们交账的问题，而是那个东西被当成赃物搜了出来。”徐晋东犯难地给茂华交底。

“不是说，搜查是违法的吗？现在连搜查的人都下了大牢，赃物什么的，还算数吗？”田子荣牢骚满腹地说，似为茂华撑腰。

寂静。

院里传出杨利民单调孤独的声音:“老林，你听说你连襟的事没有？王则峰也死了。”

没人回答，也没有任何声响。万籁俱静，死气沉沉。

第八十二章　误将坦诚当双簧

罗国亮来了。他静静地走进党委办公室，手里提着人造革公文包。

王磊在里间躺着，发现外间有脚步声，仍不以为意地纹丝未动。“人哪了？”罗国亮边自言自语，边探头看里间。

“哟，是罗书记！”王磊仍蹦跳下地，赶快招呼，“刚来？罗书记，就你一人？请坐，请坐。”

罗国亮边坐边说："公社里这么安静，都下乡了？"

"对，对。大多数在下边。"他给罗国亮倒了杯茶水，放到面前，"徐书记和田主任都在呢。"说着，提高声音喊："毛毛！"

毛毛应声而到。"你叫徐书记去，就说罗书记来了。"王磊安咐。

不一会，徐晋东和田子荣来到办公室。罗国亮站起来一一握手。

"怎么样？会议开得达到预期目的没有？"罗国亮主动问。

"可以的。我们到下边跑了两天，坐下来讲了一天。大家情绪很高，对明年充满希望。"徐晋东说。

田子荣接着道："我们讲了多种经营，财务管理，生产责任制，还谈了明年的打算。生产责任制共总结下十种形式，各有所长。"

"好的，好的。我这次来，要住下来，跑几个地方，做调查研究。责任制是件新的工作，咱们要认识它，也不是件容易的事。"

罗国亮平平静静，侃侃而谈。看样子，他此次来双杨，确是要稳稳当当住下来，一鞭一条痕，一掴一掌血地做一番实际工作的。于是徐晋东和田子荣招呼罗国亮到客房休息，并请示书记公社该做配合方面的哪些事。罗书记要他们的会议典型材料，先来个文字浏览，有个初步印象，明天就到下边走动。

徐晋东和田子荣安排王磊一一照办。然后俩人抽身又聚到徐晋东屋里。

"你说，咱敢不敢向罗国亮书记反映一下邓彬的事情？"田子荣问。

徐晋东摇摇头："没用。他也管不了这方面的事了。"

田子荣点燃一支烟，急不可待地吸了半口，便又问："怎么办，怎么办？邓彬的老婆还在婧兰那屋呢。"他现在需要的是雪中送炭，而不是罗国亮的锦上添花。他对眼下发生的飞来横祸，感到实在束手无策，一筹莫展。救人是当务之急，但又苦于"狗吃刺猬，没法下口"。急得田主任眼球像安上滚珠，只管转个不停。

徐晋东呢？越遇疾风暴雨，越显得镇静。他即使内心汹涌澎湃，表面上也风平浪静，沉着应付。万事皆从忙里错，遇事不能太慌张，不能操之过急。他对田子荣的心情是理解的。当一个人连自己的颜面也难以顾及时，还谈什么百尺竿头，更上一层楼的开心事呢？对罗国亮的到来，不论结果如何，他当时是颇为烦心的。但又有何法？棋走到这一步，只好按这一步走下去。

“老田，你告给邓彬老婆，让她回去，该办啥办啥，把家里事情办好就行了。邓彬的事，天灾人祸。现在看来，不是三日两头能了结了的事，做好从长计议的准备吧。”

“我再告诉她：公社尽量想办法营救，让她放心些。”田子荣补充。

“对对，务必说明咱们的态度。”

“好。”田子荣走了。

徐晋东独坐家中，脑袋里一片空旷。眼前什么也不存在了，世上的事情什么也没有了。时间凝固了，思想定格了……

突然，院里发出来自女人的悲怆嚎哭声：“老天爷！我可怎活呀！天塌下来了！”

声音凄厉，感天动地。徐晋东头皮一炸，眼里噙满了热泪。

邓彬老婆的失声大哭，惊动了公社机关所有人员。大部分人直愣愣站各自门口呆望。只有牛婧兰、田子荣、王磊、毛毛、钰香几个人，打劝着可怜人，缓缓向门外走去。黄昏已近。

徐晋东长长叹了一口气，心中臆测，这恐怕是猫头鹰替公鸡报晓——灰兆头。

安坐客房的罗国亮，对窗外之事充耳不闻。到了公社，诸如此类怨妇泼妇屡见不鲜。他专心沉浸在油印文件中。他粗粗翻阅着，文字虽然平淡无奇，而内容倒各有千秋，新颖别致。他这次来是抱着捡在篮里就是菜的想法，掌握些情况。原本打算带一个写作班子，后又顾虑白纸黑字，印成文字，不管怎么认定，日后都不太主动。尤其近日地区召开农村工作会议，据说是有关生产责任制，研究农村政策方面的事情。他思来想去，还是独自一人，单枪匹马来合适些。下边情况怎么样，尤其是搞过“右”的承包，对罗国亮说，万万不可。他瞄的是地委的目标，观的是上边的风向。小心谨慎，唯命是从，下级服从上级，是天经地义的本分。正是这样，他才来双杨临阵磨枪。他虽然眼里看着这些记述生动活泼的农村改革的文章，心里总萦绕着地委此次工作会的动向。他一心挂两头，眼花缭乱，一时理不出个头绪。他越翻看这些文字东西，心里越不是滋味。这分明是欺上，自己让农工部前来调查制止，不管用，又特命郑平遏制双杨事态的蔓延，坚决刹住包产风，却得了个无济于事的结果。徐晋东我行我素，大撒手脚，搞出这么多名堂。现在，自己来做调查，只能调查而已。看来，首先需撂开公社的既有材料，甚至甩开公社人员的左右嗡嗡。非此，看不到庐山真面貌。而且，罗国亮又想到，此次来，绝不能给下边造成一种误会，让人认为罗书记是对双杨工作的肯定，是对生产责任制的认可，包产到户的支持。如出现这种情况，就事与愿违，后果更严重了。那将导致明年无政府状态的大泛滥，谁来承担责任？

罗国亮一个人静静地反复推敲斟酌，到后来不免有些担心、后怕。在是非之地，是要担一身是非说法的。罗国亮抛开那些没多少用处的小文稗稿，明鉴自己道：三不变，三不准，五统一，对题作文。搞几个正面的和反面的典型，就是真枪实弹，为地委的会议做准备。这就满足了。

罗国亮的心情畅快起来。他到伙房打了一壶热水，然后坐在椅子上，美美地泡起了脚。

第二天吃早饭时，罗国亮对徐晋东说：“今天，我随便下去转转。你们有事就办你们的吧，给我找个向导就行了。”

罗国亮的态度，出乎徐晋东意料之外。平平淡淡几句话，道出了罗书记的态度。难道又是一个高铎第二吗？高铎部长无声无息地住了好长一段时间，至今不知做了些啥调查。尽管霍熹城自尽后，众口铄金，给老汉背了黑锅，但徐晋东总认为其是位高水平老干部。他来双杨，连最小的事情也没有过问过，没一点架子。如果罗国亮亦如此，徐晋东在心里笑了：我管的地盘，难道是领导的避暑山庄？也罢！有什么比从领导身边解脱开更为开心呢？对罗国亮的提议，徐晋东求之不得。但他不能赤裸裸地顺口回答。他还得讲究点礼节，于是圆滑地说道："罗书记，今天是头一天，你初来乍到，人地两生。我的意见是，让田主任陪你下去。他到下边也有事。你们到村里，你做你的调查，他做他的工作。只此一次，下不为例。你看怎么样？"

罗国亮哈哈笑了起来。他笑徐晋东旁敲侧击，已经号中了自己的脉道。他呢，大人说大话，不能跟下级一般见识。于是笑眯眯地看着徐晋东道："这么说，你陪我下去，那更欢迎了。"

徐晋东笑了。不过笑得尴尬腼腆罢了。

饭后，田子荣将车胎的气打得足足的，便去邀罗书记出发。

"咱先去哪儿？"罗国亮问。

"你跟我走吧。咱先到小咀，然后一路到中下道线。"田子荣不会弯弯绕绕，也不揣摩书记的心思。他按自己的想法，直率地说。

罗国亮只好听任田子荣的安排了。

路上，田子荣给罗国亮做介绍："到小咀，去时叫步步登高，回时曰一路顺风。"

罗国亮蹬车蹬得很吃力，气喘吁吁地接应着说："嚯，你们的名堂不少。"

田子荣笑着解释："这挺符合实际的。上去能累死人，下来呢，捏不住闸，能射了箭。"

罗国亮无可奈何地苦苦一笑："那就有生命危险了，还叫啥一路顺风？"

田子荣无心无事地说："话在人说呢！"

罗国亮再没有说下去的精神了，而田子荣却情绪高昂。原来，他今天首出岐山，第一站就选在小咀，心里是有个小九九的。东片是他的老根据地，他的感情天平，总是向这边倾斜。而且这面的人地都较西面更为熟悉，这是其一。其二，小咀今年四个生产队，唯有一个队不搞生产责任制，仍实行大寨工，半路地才搞了"包工"。结果呢，现在形成鲜明的对比。公社三干会期间，专门来参观过，还总结了一份典型材料。这对大家的教育很深。今天，给罗书记第一印象，就是庄稼对比。这是铁证，胜于任何雄辩的事实。每逢谈及此事，田子荣便眉飞色舞激动异常。今天能把肚里的这番话，说给罗书记听，岂不是一件人生难得的快事吗？这就是他自作主张，直意带罗书记上小咀的本意。

他们进入了小咀地界。田子荣推着车子，边走边向罗国亮打开了话匣子："罗书记，你留心路两边的庄稼，我给你介绍。这里，好戏在后头呢。"

于是，田子荣一边指路两旁的庄禾，一边说："你看，罗书记，这块长穗谷，齐塌塌地像打磨过了。连一个谷穗也看不到，少说不给三百斤？旱地庄禾，就够可以的了。"

罗国亮点头称是，表示赞同。

"你看这一块讨吃鬼谷，又稀又细，头扬得老高，人有望飞机眼，谷也有这赖骀子。你瞧，地里的莠子，灰菜旗杆价，光是个高。叫我看，一亩连一百五十斤也打不下。"

"塄上塄下，怎么差别这么大？"罗国亮打住车子，问。

"唉！裱匠丢掉刷子了——没说（刷）的啦。"田子荣也停下来，气煞煞地说，"这是三队的地。人家们都搞责任制，唯独这个烂三队，坚决不搞。结果呢，就出现这种情况。”他见罗书记若有所思地只首肯不言语，便继续说下去，“现在，产量已经估出来了。那三个队，最高的十三万，最低的十万八千斤。三队呢，仅仅估下七万零七。闹不好，还得吃供应呢。”

“那三个队都是包产到户的？”罗国亮问。

“不是。人家起了个名字叫联产包工。产量以估产算。超产奖工，减产罚工。就这么点差距，就出现了这等奇观。”

“咦？”罗国亮怀疑田子荣的话有水分。他边走边，盯着将要成熟的庄稼。真的是包工奖工，就调动起这么大的干劲？如此看，这类队只要搞包工，就可获得丰收啰。

临近到村，有一群修路的男女社员，三十多人。田子荣发现支书韩愣小也在场，便对他说：“这是县委罗书记，来看看你们的生产责任制情况。”

“我们一路上已经看过不少地块了。你们村的责任制，效果明显，泾渭分明。让人一看耳目一新，很有说服力。”看来罗书记已受启发，他说话的情绪很高昂。

“回吧。”愣小将营生交代给兰发，对田子荣和罗国亮说。但他同田、罗没走出几步远，又回头喊一声：“兰发！”然后吩咐道：“打发个人叫一下二丑人，让他马上来大队。”

他自作主张地安排，田子荣当然不知何故了。罗国亮更是瞎猫入瓜地，不管这等闲事了。

原来，公社三干会上，韩愣小做过大会发言。他就三队不搞责任制了，并与其他三个队作了对比、解剖。这也是公社的旨意。但三队长丢了人，回村后，大骂韩愣小是判官的五脏——鬼心肠。土默川的狼，善眉善眼吃人呢。愣小听到后，气得肚也快爆破呀！他总想伺机报复。正好，今天公社主任、县委书记来检查责任制。他便顺手牵羊，将二丑人置于两位领导面前，再度丢丢他的人，杀杀他的威风。自己当队长做下没米的粥，还背上牛头不认赃，骂人！

二丑人一听说传唤他到大队，并言说县委书记来了。心里先是一惊，知道自己臭名昭著，情报已进县衙门了。他担心全县要像公社那样，组织大批人马来参观的。随后又想：大不了被免掉队长一职。反正高粱红队长，今年也到头了。瞧这形势，明年还不一定有队长没队长呢！我怕个啥？平头老百姓，当个烂队长，值得这么没完没了地炒冷饭，穷折腾吗？想到这里，便憋足一肚火，怒气冲冲，直奔大队。

罗国亮、田子荣同韩愣小正在大队随便谈，二丑人脚跟就像捣地鬼，咚、咚走了进来。

“这是县委罗书记。”韩愣小给二丑人介绍。

二丑人一扭脖子，给了他个城隍爷捩面，道：“省委书记来了，无非枪崩是个窟子！”说罢，有意挺了挺头，表示鄙人不在乎。

二丑人给了田子荣个下不了的台。田子荣针锋相对，立眉八眼地质问道：“你这是要得啥脾气？别人一句话也没说，你进门就给我们个眼吹火，成何体统！”

罗国亮见状，充当和事佬，平平静静地说：“这后生心里有气，慢慢坐下消一消。俺们是下来随便走走，做些调查研究。有话则长，无话则短，用不着生气。是不是家里有啥营生？如果有事，就干你的。我也不知道你是干部，还是社员，原本该我们深入到社员家中、地头，去做调查的。怎么样？你有事只管做你的去吧。”

这时，韩愣小唯恐便宜了这个不属管教的茬头，于是，就水和泥，插嘴道：“他就是三队长赵二丑人。”

二丑人深知愣小用意，破罐破摔道：“当了一年队长犯了啥法？不就是没有搞土地承包吗？闹上没完了？”

“土地不承包有啥错？这是县里的政策。咱县除山区外，都不搞承包嘛。”罗国亮开宗明义解释。

“啊呀！书记，我今天才见了天啦！”赵二丑人将褪成灰白色的蓝解放帽从头上抹下来，往办公桌上一甩，然后理直气壮地坐在凳子上。他从头诉起满肚的冤屈：“今年春上俺们本来做出了安排，要将田间管理承包给社员，超产奖对成粮，减产罚二成粮。这时，县里工作队来了，说这是包产到户，是胡闹。公社的政策不顶事，迟早要出问题的。县里明文规定，不准搞土地承包的。我看了看，这是县里一道令，公社一道令。若是站错队，跟错人，到头来受损失的还是俺老百姓。我左思右想，认为小腿拗不过大腿，还是跟县委走保险。不想起今年被公社、大队抓了一年。前几天，韩愣小还在公社大会上解剖了我，把我从头上骂到脚底……”

“我骂你啥来？”愣小质问。

“白纸黑字写着呢。你拿出来，让县委书记看一看。”二丑人以为公社开得是黑会，那材料对县里封锁着消息。所以，他特意夸大其事，以引起县里头目的重视。实则，当面告他们一状。

这时，罗书记听明白了。他和颜悦色地对二丑人说：“你们的大会材料我都看过了。春天，县里是没有同意双杨搞这么多的承包花样的。你的想法与做法，是正大光明的，完全是对头的。这一点，不管现在庄禾如何，是无可非议的。现在，既然双杨全面开花，搞了试验，我就得前来看看。至于，对生产责任制下何结论，现在还为时过早，也许，二丑人坚持的是正确的。”

罗国亮帮了二丑人的忙，韩愣小像掉到面瓮里的老鼠，干发白瞪眼。田子荣犹如放了气的皮球，软塌塌的。

这里需要交代给读者的是，二丑人隐瞒了一件事。原来春天县农工部派人前来制止承包风的人员里边，有他的一个胞兄，名叫大丑人。在县里的名叫赵帅人。赵帅人在县政府红大门院内也算得上一个人才。他善于辞令，巧于变通，在领导面前观言察色，八面玲珑。他善于舞文弄墨，贯通公函，侍候首长，颇受赏识。他心灵手巧，又勤快，针对领导的需要，学下不少雕虫小技。如理发，书记、主任们的头，总是他一人包揽的。这种人，在办公室最合适了。他每天能在领导面前摇尾乞怜，巴结卖乖，还沾沾自喜，视为高人之举，十分满足。于是扶摇直上，直坐到县委办二把交椅。也许由于他过于贪心不足，将好多邀功献媚的事一手抄办，设置的门槛太多了。这才引起同仁们的共愤，终因孤雁入群，被挟嫌排挤出去。如今到了农工部，给了个办公室主任。春上，他受命带领几个干将，到双杨扑灭土地承包风，辛辛苦苦，奔波了十几个村庄，成果不小。他回到自己村，召开了会，并以一家人不说两家话，知根知底知己的身份，劝阻了小咀的包产到户，重奖重赔办法。那三个队，折中行事，屡走屡看，实行了包工不包产的做法。而二丑人鉴于家兄的关碍，便决计不走歪门邪道，正名责实，按部就班进行。

二丑人当着县委书记只抛出心里一半话，他与兄长的内层关系，只字未提。别人呢，除韩愣小之外，谁也不会清楚的。

罗国亮与田子荣的小咀之行可以说双双受挫，各有苦衷。他们各不相谋，草率收场。当他们要离开大队时，大队主任兰发迎头走了进来。这后生不问书记、主任长短，劈口一句话问愣小道:“多会送花圈去呀？”

田子荣爱管事，自自然然问：“给谁送花圈？”

韩愣小本不愿意让田主任知道这件事（应当说是不愿让公社知道），结果被兰法说破了。他只好低声嘟哝着说：“王书记……”

田子荣再没说啥，便同罗国亮“一路顺风”了。

罗国亮返回公社，顿感出门不带左右从人是不行的。他来双杨后，本想自由自在掌握些情况，现在看来，倒是被他们挟持住了。什么也不由手，尽往黑豆地里引。他甚至怀疑，今天田子荣是受徐晋东指派有意布下的阵。不然，那个支书黄不说黑不道，就擅自叫来二丑人，几乎弄得他们下不了台。最后，逼自己亮出真红心。这叫啥下级？再顺着他们这条道走下去，说不中还会出现啥变门呢。公社干部的解数，他是多领教过的。想到这里，他断然给县委农工部挂了个电话：“让赵帅人马上来双杨。”

第八十三章　徐晋东诸事烦心

“这下有好戏看喽，你知道不知道？”田子荣问徐晋东，“赵帅人，红大门里边叫他变色龙。”

徐晋东对田子荣的津津乐道、大惊小怪，不以为意。他的心情被另外些草芥琐事，抑或曰无事生非之类的烦闷绞着，精神很不振作。人常说，不如意事常八九，可与人言无二三。真的。刚才，彭茂华向他请示征兵工作。他让找陈琦，并说：“你专管，他分管，用不着找我。”茂华顺口说道：“如今事情，小心些好。县里要求，书记是征兵领导组组长，我就得向你请示嘛。”

“好好好。拿过材料来，我给签字。”徐晋东接过茂华的安排意见，签上自己的名字，然后递给茂华。他着意看了看这个贴身裨将，心里问：你这么精明的人，为啥往裤裆里屙？茂华意识到书记炽热的眼光，在自己身上打满了问号，感到手足无措。

时代造英雄。人们一下变得精明、自私起来。瞧茂华这神态，还不是近乎朝秦暮楚的角色吗？徐晋东不客气地拉长脸，公事公办，问：“用过的手榴弹箱，可以随便处理吗？”

哦？他还在这件事上耿耿于怀。彭茂华恍然大悟。其实，彭茂华早已将这件不体面的事，暗中周旋得尽善尽美了。他主动到县武装部做了自首，不但交代了手榴弹箱子问题，还将束弹销毁问题做了交代、说明。他严正表态：等待处理。茂华负荆请罪，反而受到领导爱戴。县武装部部长当即表态：不追究责任。并说明，类似情况别的公社也有，下步需研究整改措施。这样，彭茂华悬着的一颗心总算落在肚里了。今天，徐晋东官模大样，追究这事，他才穿袍子撒尿，撩也不撩呢。他从容不迫地对徐晋东说："徐书记，按要求必须全部交回县武装部。但我少交几个，也是明来明去，无所谓的事情。弟兄们的关系……"

"你需明白，邓彬并不是跟他那些弟兄们关系不好才被扣走的。"徐晋东给了茂华个钉子碰。

茂华被呛得连气也出不上来。他有心如实将县里态度跟徐晋东交交底，但冷丁发现徐的态度尖利，言语尖刻，他有点受不了。于是，索性将问题兜底抛出来，到时候，三七、四六，公社党委总有责任。茂华露出天性。他说："徐书记，要说，我在这个问题上，犯了严重错误。不但是工作上、业务上的失职，而且是组织上、思想上的自由、散漫。今天，我向组织从头说起，彻底交代……"茂华便将如何同铁将军私自偷销训练弹一事，根根由由，兜底讲了出来。这一讲，非同小可，把徐晋东吓得失色了。他一向器重彭茂华，视为出将入相，贴身保镖式的人物，而今居然从他嘴里说出如此可怕的行径，真乃知人知面不知心啊！徐晋东闭口无言，向茂华一摆手，沮丧地示意他走。茂华坦然地扬长而去。

听说，铁将军已从牢里释放出来。公安局按法律程序，重新履行捕人手续。这个不法之徒多少年前曾跟黑蝴蝶打得火热，徐晋东担心俩人如今会不会再相勾搭呢？万一俩人云雨巫山，黑蝴蝶会不会泄露肖曰观恩怨呢？徐晋东有些杯弓蛇影，草木皆兵的胡思乱想。世上事情，无奇不有。他沉溺于颓废消极的境界。法律，对他来说，是个陌生的字眼儿。他第一次认识它，便付出了如此大的代价。下一步呢，彭茂华会不会紧步邓彬后尘？

徐晋东正独步咫尺地，陷于不能自拔的自我烦恼中，田子荣对罗书记调来变色龙大惊小怪，并不合时宜地来报告，理所当然遭到徐的冷遇。徐晋东不动声色地对田子荣说：“管他变色龙，变色虎呢！咱干咱的，别问津人家们的内部秘密就是了。”

田子荣点起支烟抽起来，眉头上绾起了个疙瘩。他理解，徐晋东心里很乱。

赵帅人来了。他当然先向罗书记报到。徐晋东呢，知道他来了，也认识他，但就是不声不响，有意怠慢。徐对这号人，有先天的宿嫌。

赵帅人见公社没人去拜见他，自个儿同罗书记坐了一会，便主动来到徐晋东这屋。他一进门，便轻浪浮薄地咧嘴一笑道：“书记大人好！臣民拜见父母官。哈哈哈……”

他笑着早早伸出手，显出一副故友重逢、彼此厚交的亲热样子。

徐晋东先入为主，已经对他的到来存有戒心。人未到，不受欢迎的桂冠已经给他准备好了。但这毕竟是门户之见，私心杂念罢了。他与赵帅人是没有遇过事的。徐晋东强打精神，握着赵帅人的手说：“不敢当。有失远迎，坐下，坐下。”

赵帅人一下换成关心、体贴的面色问：“累吧？公社可是费人的地方。谁下来，也得掉十斤肉。”

徐晋东随便应酬道：“马马虎虎吧。”

“咳！”赵帅人十分庄重严肃地告慰徐晋东，“罗书记亲临双杨，住下来作文章。这是双杨人民的造化，是你官运亨通的征兆。千载难逢的机遇，切莫错失哟。”

“谢谢关照！”徐晋东心领神会。他知道他在提高自己的身价，暗示此次来双杨一言九鼎，非同小可。双杨的命运，他可主宰。你徐晋东别有眼不识泰山。徐晋东呢，目空一切，傲睨窗外，对赵帅人一片良苦用心，报以蔑视。他对官场中阿谀逢迎、卑躬屈膝的钻营者，向来嗤之以鼻，视为狗彘，哪有共同语言？

赵帅人识趣地告辞，他认为徐晋东天生黄鳝成不了龙。小人得志，夜郎自大，这等草芥小人，有啥可抬举的？对待不识好歹的人，只有磨快刀子，斩！

原来，赵帅人之所以礼贤下士，主动找晋东接洽，拉近关系，是出于回到家乡的缘故，这是其一。其二，他在春天率领农工部几员干将，深入双杨农村制止土地承包。后被徐晋东发觉，不客气地追回公社。他为了两头落好，让手下人回公社替他顶缸，自己溜回县里。这事，他估计徐晋东一定知晓了。这次将功折罪，特主动前来讨好。不料想，徐晋东不领情，给了赵某人个意在言外的体面收场。赵帅人发现话不投机，便匆匆离去。他心里咒骂：我姓赵的是你徐晋东等闲视之的人吗？咱骑驴看唱本，走着瞧！

徐晋东送客后，心烦意乱。他对赵帅人那副说变就变、捉摸不透的嘴脸，倍加感到恶心。其人如果演南方变脸戏，不用使用绝招，单凭血色肉脸之变动，也可以真乱假，博得观众喝彩。可惜他不是个文艺舞台演员，害得徐晋东像吃进肚里个苍蝇，虽然不毒人，惹得心烦。

赵帅人费尽心机当起罗书记的狗头军师。他极尽鸡蛋里边挑骨头之能事，开始了组织行动。

徐晋东根据县里安排，让陈琦主管，开始了全公社党员培训。他胜似闲庭信步，不理不睬帅人卖帅。

……

第三天早上，参训的党员还没有到，那凯文急神撵鬼跑回公社，给送来一个紧急情报：昨夜晚何淑蓉被炸药炸死，魏老聃被炸去一条腿。魏宪恩正在病中，直接被吓死了。

对于处在乌云笼罩下的双杨公社来说，这无疑是雪上加霜。徐晋东听到这消息，先是一惊，随后便是一喜，这事原来与自己已经无关了。这时，他才初步领略到法制的高人之处，真是受益匪浅。他无事人一般，慢慢走开。

不一会，各村党员云集公社，潘寨爆炸事件，无疑成了热门话题，哄传开来。

原来，何淑蓉自打到县里告发铁将军后，便做贼心虚，不敢再待在铁家了。她与铁将军本来就没有办结婚手续，是非法同居。现在，只要走开，便完事了。往哪去呢？回赵庄娘家吧，她妈已病故，家里只有老父何正武，不是长久之计。有人劝她回魏老聃那屋吧，熟门熟路，仍是一窝窝，蛮合适的。但她不能接受这个现实，老虎不吃回头食，哪有脸面再登魏家门槛。在这当儿，跳出个竺改婵。她好说歹说，硬是将淑蓉说动了心。为了阻止铁将军找上门来惹是生非，改婵引上淑蓉和老聃到公社领了结婚证。那天，杨利民指着何淑蓉好一顿大骂："你这个女人，喜新厌旧，脚蹬两只船，闹啥名堂呢！今天看见这个对了，明天又没味了！找对象还要新鲜呢！我问你，为啥不拿到结婚证，再跟铁将军过老婆汉子的生活？你当我不知道？！现在，铁将军坐禁闭了，你又要兔子绕三匝不离黑豆地，重温旧梦，想得倒好！公社是给你一个人开的？明天铁将军被放出来呢？……"

竺改婵见杨利民骂得没法下场，便跑到供销社买了一斤水果糖，给倒在杨秘书的办公桌上，并赔着笑脸说："杨秘书，千错万错是俺嫂一时糊涂，考虑不周，上了烂人的当。现在，她回心转意，死心塌地想俩人复婚。你高抬贵手，成全了他们吧。破镜重圆，仍是完完整整一个完美家庭。"改婵巧八哥般一席话，说得杨利民没火气了。

最后，杨利民说："今天，不是看在改婵这娃苦苦说情的份上，我才不给你们办结婚证呢。"他言下之意是给了徐晋东的面子。这事，炊事员老康听得清清楚楚。老康是个不言不语，不管闲事的火头军。他由于不管杨利民闲事，俩人挺合得来。康师傅闲下无事，串到办公室，杨利民每每远远地抛给他一块水果糖。他呢，笑一笑，撕去纸，塞到口里。这天，他从头至尾旁听了这宗公案。

何淑蓉拿到与魏老聃复婚的证件，便合理合法，回到魏家，重品旧时风味、二度久别重逢的柔情蜜意去了。

铁将军因被捕不合法，暂时释放。他回家后，邻居告诉他，何淑蓉已经跟魏老聃复婚了。铁将军气炸了肺。于是，包了一包水库上开山用的炸药，剪了一截导火线，塞上雷管，便前去曾经提供偷香窃玉、良辰美景的处所，施行报复。

事情发生后，公安局的警察、警犬，马上开到潘寨，包围了出事现场。凶手是明显的，但早已逃遁。

正当徐晋东暗自庆幸此事与自己无干时，潘寨主任谢得峄走进来，给他暗送情报。他以知已人的身份，告诉徐晋东："铁将军扬言，还要炸人。"他眨了几下眼，意思是让徐书记仔细想想这事的来龙去脉、根根叶叶。徐晋东一下想到，或许要炸何淑蓉的儿子。

谢得峄见徐晋东仍被蒙在鼓里，便解释道："铁将军跟何淑蓉来结婚，杨秘书不让结。因为没有结婚手续，何淑蓉才轻而易举地拍拍屁股走了。现在，她与魏老聃又堂堂正正拿到了复婚证。你想，铁将军能轻饶了……"

徐晋东一下想到一个亡命之徒的罪恶行径。他会失去理智地进行疯狂报复，如果他一不做，二不休，将炸药包扔到杨利民屋里。公社被炸，那将是什么场面……

"还有。"谢得峄又拉长声调，道，"听说，那天来公社领复婚证，是咱改婵做中人，杨秘书才善门大开，给办了下来的。"

徐晋东听到涉及改婵后，心里难免一动。但随后想，谢得峄未免有些牵强附会、杞人忧天，故意给人制造恐怖之嫌了。于是，平静地失笑一声，道：“无所谓，别大惊小怪。”

谢得峄真情实意地说：“徐书记你心里清楚就是了。”说罢，不辞而别，匆匆参会去了。

徐晋东深知谢得峄一片美意。这是个看似鲁莽，粗中有细，心地善良，很重个人感情的农村干部。他送走谢得峄，顺便在院里无目的地转悠起来。

党委办公室内，赵帅人正召开小范围座谈会。这已经是第三拨人了。他从各方面召集有关人士，谈对责任制的认识，并搜罗各种数字，说好处。也无非田间管理细了，粮食打得多了之类。谈问题，可就名堂多了。赵帅人越搜寻问题，越感到有兴趣。于是，他的工作上手后，紧锣密鼓地干得分外起劲。“说嘛，畅所欲言，没有限制。”他心中有数，不是捡到篮里就是菜，而是吹毛求疵找外快。

墙外边的大路上，响起警车的警报。有人高声说：“地区公安处的车也来了……”

大礼堂内，四五百党员，正在听陈琦的党课。他讲的题目是：党内政治生活若干准则。

康师傅到院里撮炭，发现徐晋东独自站在院里，便无意识地信口说道：“杨秘书手拔得冰凉，到医院检查去了。”

徐晋东心烦意乱，对康师傅不识时务的多嘴多舌，实感讨厌。要不是念他一向老实巴结，待人憨厚诚笃，真想呛白他几句。杨秘书手冰不冰，也值得大惊小怪吗？真是的！他觉得整个公社大院里，没一处处安静地方。他巴不得逃离这乱糟糟的穷极无聊之地。若能信步漫游到一个僻静地方，仰观白云苍狗，聆听金风习习，六根清净，四大皆空，何其美哉！

“老徐！”

徐晋东回头看去，王磊指着他身边的一位农民，对徐晋东说：“他找你有事。”说毕，督促那位农民：“去找徐书记吧。”

徐晋东看到此人有点面熟，但一下想不起是哪村的，有过啥交往。这个五十余岁的农民，边走边手忙脚乱地掏出一根纸烟，远远举着给徐晋东敬献。“我不抽。啥事？”徐晋东问。

“我是桃园的，还是说我的成分……”他两只脚不停地碾动，眼球骨碌碌惊恐不安地转动着，显示出低声下气、毕恭毕敬的神色。徐晋东想起他来了。于是，对来者说声“跟我来”，便径直向党委办走去。

王磊打发走来人，便悠闲地跷起二郎腿，抽开了烟。徐晋东一进门，便没好气地质问王磊：“他的成分问题，你干吗又叫找我？”

王磊见书记生气了，连忙解释道：“成分问题是人的政治生命。你不亲自点头，别人不敢表态。桃园大队认定其是富农……”

晚上，赵帅人经过几天的搜根剔齿，费尽良苦用心，终于攒足十条罪状。他挥笔成章，自感察察而明，沾沾自喜。罗国亮对赵帅人的独具只眼，高瞻远瞩，颇为赏识。他能从纷繁复杂的乱麻般的绞葛事务中理出头绪，看到实质，可谓去伪存真，去其糟粕，取其精华的高手。他感谢这位政治嗅觉灵敏的老道参谋，使他心明眼亮，有了主心骨。从而，从反面典型中，找到闪光的亮点，作为自己去地委参会时携带的护身法宝。他反复欣赏着赵帅人的大作，既有理论又有实例，既符合当前政策，又有独到见解。洋洋万言的调查材料，言简意赅，切中时弊。文章最后，还用画龙点睛的艺术手法做了结尾。诗曰：

包工包产，小队散班；
劳力自流，调度万难；
出勤零乱，游民胡窜；
争水争肥，小吵大干；
偷窃嫖赌，无法监管；
农田建设，一概中断；

老师种田，学生捣蛋；
各人为己，思想混乱；
鳏寡孤独，诸事难办；
贫富悬殊，分化两端。

罗国亮夸奖赵帅人：“土地下户的弊端，都点到了。既形象又生动，而且都有实例。”他说到这里，特意看定赵帅人，郑重其事地道：“你可谓咱县的董狐之笔啊。”

“书记过奖了。犬马之劳，小菜一碟。”赵帅人感到骄傲，却显示出谦虚。

罗国亮到了满载而归的时候了。他叫过徐晋东来，说：“我们明天就回去了。来双杨学到不少东西，正面的、反面的，都可以做经验和教训。眼下，秋收在即，就不要再在责任制上做文章了。待秋收后，认真总结几种既符合政策又使群众满意的形式，固定下来，逐步完善。总之，五统一、三不变是大前提。一定要刹住包产到户风……”

“来双杨后，我们的事情也乱，没有很好配合罗书记的工作，不周之处，多加谅解吧。”徐晋东只好这么实话实说，表白自己的心意。

“不错，不错。叫谁谁到，你们王秘书挺热心。这次来，给你们添不少麻烦。”

“晋东，我是双杨人，回到老家，说话不拿心。刚才罗书记的话是书记的心思，彰显了他的水平。我说句不中耳的话，你也不会计较的。关于你们总结的十种责任制形式，我总觉得有些不客观。缺少政治远见和政策水平。同时，任何事物都存在正反两面，对立的统一嘛，不能只看阳不看阴，报喜不报忧，盲目乐观——啊呀！我这人心直口快，一说就把真红血吐了出来，说得有些过头了。”赵帅人哈哈一笑，戛然而止。他给徐晋东摆出一副高明远识、昂头天外的救世主尊容。

徐晋东心里想：你连变色龙也不配叫，不过是条变形虫而已。他给了赵帅人一个木人石心、眉南面北的脸色，然后不屑一顾地对罗书记说：“罗书记，今年三干会还没定下时间吧？”

罗国亮居间尴尬，淡然一笑，含糊不清地说：“没有着呢。”

哈哈哈！嗷！嗷！万岁……

突然从办公室传来喧嚣欢腾的哄叫抛笑声。怎么回事？徐晋东先是一怔，公社正值多事之秋，莫非又出现啥鲜事？随后，听到狂笑狂欢声，才镇定下来。他跑到院里高声问：“怎了？”

李葆定拍着手，呼叫着说：“快快来看吧，电视有彩了。”

啊？徐晋东一听，高兴得难以言表。他向客房里喊：“罗书记，电视带上彩了，快来看吧。”

罗国亮没有大惊小怪，笑着回答：“好消息，你们先看吧。”

徐晋东跑到办公室，里里外外，挤满了人。他插身进屋，毛毛告诉他：“李谷一唱歌呢。”

徐晋东对影坛名噪一时大红大紫的歌星不甚了解，他关注的是鲜艳夺目的五彩缤纷画面，目眩魂摇的五光十色世界，令人心旷神怡。更使徐晋东兴奋的是，他为公社办了件开天辟地以来，首开先河的好事，没有一个人反对的绝对好事。他不由自主地说：“好！好！就是好嘛。”

“比黑白电视好得多呢。色彩艳丽，光度清晰，人物一下显得有血有肉，丰神异彩起来。”田子荣给徐晋东开眼。

“瞧田主任这几句话多时髦。”陈琦插了一嘴。

人们偷偷地笑了，生怕引起别人的注意。

“大家不要忘记林如海主任，电视没彩，急得又给北京打电话，又给微波转播站写信。有人以为买下的是古董，其实是转播台的问题。”田子荣借机向大家表扬了林如海。

人们一个个喜形于色，含笑首肯，有的还给拍了几下手。但很快又贪婪地注视着十八英寸大彩电的屏幕。这由天而降的喜讯给双杨公社机关的人们送来欢歌笑语，喜气洋洋，一扫近日沉闷的阴霾。徐晋东尤其乐不可支。他早将客房里的客人与客事，丢到九霄云外了。一道残阳铺水中，半江瑟瑟半江红。

此时此刻，大家都遗忘了一个人——杨利民。他正躺在医院病榻上，输液呢。

在公社客房里，赵帅人恼羞成怒，正变本加厉向罗国亮进谗言："徐晋东这后生，狂妄自大，目中无人，一旦得势，将是个搞独立王国的祸首。此人万万不可重用。"

罗国亮不便表态，他不愿背后议论下级长短。他虽然认为赵帅人有些私人感情用事，话说得偏激，但徐晋东高慢傲岸固执己见却是事实。这种人，有自决能力，可以独当一面，但往往表现出组织观念淡薄的一面。赵帅人之言，不无一定道理。他决计明天一早便离开双杨。

电视节目与人们"再见"了。大家伙兴致勃勃，交口称赞着彩色世界给各自带来的乐趣和享受。在彼此心心相印，互相不谋而合的心境中，各自归宿。

田子荣例外。他对潘寨事件心有余悸，暗暗嘱咐李葆定、那凯文，今夜值班。他又亲自将从来没有关闭过的两扇铁大门，关了起来，加上了铁锁。虽然，公社大院随处都可翻墙而入，但这一举措表示警惕和威严。这等于告诉铁将军：公社已有防范，你别自投罗网。

田子荣又带领李葆定、那凯文，用大手电向阴暗角落照射、搜寻一番，然后才闭门就寝。

夜，终于静了下来。

第八十四章　多年包袱终将卸

秋收大忙开始后，公社工作相对地清闲一些。徐晋东回家收割他的自留地去了。这次回家，使他大吃一惊的是，学校即将倒塌，孩子面临失学的危险。

原来，徐沟村是三道黄土梁夹着两条干河沟的交叉狭窄地势。新中成立后，由于人口猛增，旧村址上连掏窑打洞的地方也找不出来了。于是，人们早在二十世纪五十年代就动了挪村的念头。直到一九六二年才在村南平坦地里，打出一眼十八丈深的水井。从那时始，新起院落的社员便逐渐移往新村。新村距旧村，村口对村口，足足三华里路。时至今日，新村兴旺旧村衰，主村的权力自然向新村倾斜，以新代旧势在必行。徐晋东离开村庄的几年，一心扑在双杨的公务上，对自己村里的事情漠不关心，不加过问。以至于当改瑛告诉他：旧村的学校快瞎班了，总共七八个学生，用一个民办教师，还经常回家，孩子已经十多天没念书。徐晋东大吃一惊。情况如此严峻，来得这么突然。看来，徐沟旧村大厦将倾，自己怎么办？当前燃眉之急，是孩子的上学问题。这是时限性很强的下代人工程。作为一个称职的父亲，简直是当务之急，重中之重。他感到迫在眉睫。往新村挪动，力不从心；再在旧村待上一二年，将毁坏孩子的前程。他一下觉得，自己的家庭处境，岌岌可危，已经进入死胡同，陷入崴泥中。

徐晋东带着家庭的沉重负担返回公社。他忽而萌发了一个大胆的奢望：转户。如果能给改瑛转成非农户，即可马上携家眷来双杨，一切问题便迎刃而解。

天无绝人之路。正当徐晋东左右为难，自怨自艾，处于不能自拔的困顿中，郑平和周谦来了。徐晋东一见便喜出望外，不管你们来干啥，反正顺便谈我的私事是最好的机会。徐晋东冥冥中将郑平视为自己的保护神，每当自己处于人生命运抉择的当口，这位保护神便不期而至，来到身旁。今天，难道又是如此？但愿如此……

郑平和周谦直接来到徐晋东房间。他俩今天肩负重要使命，前来跟徐晋东协商。临行前，罗国亮又将他俩招至自己的办公室，嘱托一番。他们都晓得，徐晋东是有主意、有观点的人，一旦他接受不了某事，认准一条道，九头牛也拉不转弯。反之，他则痛快果断，出人意料地干净利索。同时，他们也心中有另一个数，即徐晋东大事不糊涂，政策水平较高，政治头脑清醒，决不能同糊涂犟人画等号。鉴于此，他们此行的任务只能说协商，不能使用行政命令，以权压人。他们对事情估计得比较复杂。尤其对象是徐晋东，鉴往知来，尚需慎重为宜。

原来，郑平和周谦的使命，是收归石门水库，这是常委会定下的决议。石门水库即将竣工，大坝基本收顶告终，以后的工作是维护、管理。县委决定移交县水利局。这是件涉及诸多因素，也是牵扯复杂、棘手的遗留问题。有些事项还在保密阶段，是不能跟徐晋东摊牌的，如人事问题、水费改革问题。现在只能初步接触，一步一步往下进行。

石门水库经过二十多年的坎坎坷坷，不懈拼搏，今天建成了。这是双杨人民人定胜天，喝令三山五岳开道的成功答卷。今天县委一句话，要收回县里。如果细算这笔账，恐怕十八架算盘也打不起来。最后一次决战，虽然县里增派两个民工连，但主力军还是双杨公社。多少年来，单投工就在百十多万，因工死亡、致残二十多人，特别值得一提的是：双杨公社所有村庄，都是义务建库。各个村按公社指令，派人上库，队里记工。遇有轻伤事故，原则上大队负责。现在，各村投工参差不齐。如按公社每年下达的任务算，各家水库出勤的百分比悬殊甚大。那么，石门水库归县之后，这笔经济账如何算？遗留下的问题谁来揩屁股？这是自自然然要提到的问题，郑平与周谦恐怕将无言以对。总不能住房子，不付买椽的赊账吧？郑平和周谦就是带着如此复杂而艰巨的使命，前来找徐晋东洽谈的。

郑平坐下来，彼此拉过几句家常话后，便很讲究方式地向徐晋东道明来意。他说：“石门水库在县委和公社党委的重视下，费了九牛二虎之力，终于大功告成了。下步工作重点是配套设施的续建和管理了。”

“这就轻松得多了。”徐晋东十分轻快地说，他总算将这个包袱卸下来了。

“是的。工程量是小了，但工作更具体、烦琐了。建库容易管理难……”郑平分析了下步会出现的新情况，随着库水迫近家门，问题将越来越明显，受益区与非受益区之间的矛盾也会升级。他实事求是地给徐晋东把现在还隐蔽的潜伏问题，见仁见智地点了出来。郑平在县里之所以赢得老中青干部的爱戴与支持，最拿人之处便是诚实。他对任何人都是人心换人心，以诚相待。他不会耍心眼，搞人与人的心机较量，只懂得老牛拉车步步出力，鞠躬尽瘁。他是典型的工农干部楷模。他最后说：“这是一座纯石坝中型水库，维护、使用、管理不光责任重大，还需要有科学技术人才，单凭公社力量是拿不起来的。县委意思是归水利局管辖。你的意见呢？”

徐晋东一听郑平的意见，高兴得眉开眼笑，心里简直乐开了花。石门水库，是填不满的苦井，谈此就头痛。它至少加大公社一半的工作量。即使交付使用后，庞大的管理队伍也是公社的头痛营生。今天能脱手交给县里，如释重负，何乐而不为呢？至于水库的经济收入，所有权的归属，他都不去考虑。反正石门水库不会搬到铁门去，青云河下来的水不会流到城关去。当时灌区的水，并未以亩计价，而是轮着浇。所以，他把蓄水四百万方的水库视为一顶愁帽，这下终于能拱手送给县里了。他笑着表态："那好嘛。我正愁下步该怎管护它呢，这下好了，你们快快拿回去吧。"

徐晋东如此明朗的表态，令他俩颇为吃惊。郑平又给他分析由此带来的问题和了结水库遗留事项，以引起他的注意。他说："县里拿回管理权后，受益的还是双杨。今后的工作更需要密切配合。至于过去平调非受益区的劳力、财力，就不必再翻老账了。凡水库遗留问题，属于县里的县里解决；属于公社的，公社解决。自水利局正式接管之日起，以前事情刀割水清，各负其责。你看还有啥说的？"

"没有。"徐晋东十分干脆。他做梦也没有想到如此简单就结束了石门水库的棘手摊场。他给郑平解释："此一时彼一时，陈年旧账能了的就了啦，不能了结的，诸如水库平衡工问题，我自有办法。"

"你有啥办法？"周谦发问。

"所有大队都欠水库工，没一家不欠的，只是欠多欠少罢了。我求出水库实用投工占任务的百分比，然后再分解到各个队。这样，都减了任务。然后，再平衡，长者补钱，缺者出钱。工分值按全公社平均分计算。"

"这行吗？"郑平持怀疑态度，"欠账的能给了这钱吗？"

"无论如何要做过细工作，可不能再出现去年万亩稻田大混战的局面。"

"你们只管放心吧，我心中有数。"徐晋东胸有成竹，大言不惭地说。

"你心中有数就行了。"郑平知道徐晋东在双杨说一不二，现在在公社的威信，远不是去年春天那时节了，"那么，你尽早上趟水库，将有关善后工作，做些安排。"

"不，全权委托罗彪一人承办。"

“你最好亲自上去一次，三头都叩了，还在乎这一拜上呢？”周谦笑着说。

“我看吧，罗彪好长时间没回公社了。他不下来，就得我上去呗。”晋东庆幸，二十年的包袱，总算交手了。

“你们公社团结得很好，怎做都行。”郑平的口吻随意起来了，他的心情显然舒畅多了。

徐晋东看两位领导已从紧张的工作交谈中解脱出来，轻松地流露出此事告一段落的神情。他便抓住时机，实施他的战略方针。这可是天赐良机。于是，他没有让两位首长歇息，便开门见山地说：“郑主任、周书记，今天我可有件个人大事，要求你们帮忙的。”

“你有啥大事？”周谦含笑发问，言下之意是没啥大事的。

“哎哟！事关下代人的重大课题哟……”徐晋东苦不堪言，为难地向两位救星将近日回家所遇到的难题全部和盘托出。最后，他说：“我是没有办法的，只求领导开恩，给我家属转转户。转了户我就可以携带家小，离开徐沟了。”他说到这里，眼巴巴望着郑平，说，“郑主任，你能帮我这个忙吗？”

郑平指着周谦说：“我不管此事，你对周书记说吧。”

“是吗？”

“就是嘛。人家分管公安，农转非是公安局的业务。”

“唔！原来是这么回事。那么，周书记，你能不能帮我这个忙？”

周谦想了想，说：“这样吧，我今天先应答下来。不过，公社这块总共才一个指标。常委会上，我提你。你呢，再跟别的常委打个招呼。只要没人反对，就能通过。”他说毕看了看徐晋东，问：“我这么给你答复，行不行？”

“太好了！太好了！我一定跟其他常委逐一见面。”徐晋东大喜过望，高兴得简直手舞足蹈，满面生花。

郑平看在眼里，又说了句幽默话："这么说，晋东今天又钻了个空。"

"哈哈哈……"徐晋东开怀大笑。

这天，徐晋东刚刚送走郑平和周谦，罗彪腆着大肚龙行虎步来到徐晋东屋里。

"咦，老罗？"徐晋东惊喜地打招呼。他奇怪事情怎么如此凑巧。自己心里正琢磨如何通知罗彪，他却由天而降，突然站在眼前，真叫人感到意外、奇妙。这同郑、周的突然出现如出一辙，令人诧异。但这毕竟是好事，一顺百顺。他的情绪格外高昂，立刻同罗彪交谈起来。

原来，罗彪在水库上，消息比晋东灵通。他今天下山，也是有的放矢。县里对水库的归属以及下步管理尚在刍议阶段，他就暗暗掌握了信息。当然，这与周谦的偏爱是分不开的。不管怎，罗彪占尽天时、地利、人和三要素。他步步为营，稳操胜券，只是秘而不宣罢了。他今天知道郑平和周谦来公社，谈水库问题，特下山撮合此事。他见大门外有小车轱辘印，便知道郑平他们已经来过了。当徐晋东笑容满面发出惊奇的疑问时，他却心知肚明，报以微微一笑。

徐晋东兴致勃勃地说："我正准备打发人上水库叫你去呢，没想到，你可巧来了。"

罗彪笑脸相迎，边坐边说："这就叫赶得早不如赶得巧，说曹操，曹操到嘛。"

"哈哈哈……"徐晋东可心如意，咧开嘴直笑。他高兴地对罗彪说："郑主任和周书记刚刚走了。他们的意思是想把水库抽回县里，交水利局管理。"

"好嘛。那么大一座水库，每年单管护人员、零星工程，也是件头痛营生，快快给他们算了。"罗彪对此事似乎早有预料，并不感到意外和吃惊。他是个善于揽权的卖命人。今天怎么对他多年心血浇灌的宠儿，如此冷漠，无动于衷，像抛弃敝屣般不屑一顾呢？徐晋东似有觉察。但他不是谨小慎微、疑神疑鬼的人，对此全然不放在心上。而且，事情明摆着，谁能颠倒黑白？他对罗彪的高见深表赞许，于是简言洁语道：“你的观点跟我完全一致。我已经跟郑主任、周书记拍了板。至于水库上的具体事宜，我全权委托你一人办理。”

罗彪喜形于色，恳切地说：“改天水库举行竣工典礼，你得上去呢。历时二十多年，耗资二十多万，用双杨和全县人民的血汗修筑的水库，终于在咱们手里成功了。这是亘古至今的大工程，双杨人民的大喜事，值得庆贺的大事。”罗彪一席肺腑之言感动了晋东，他当即表态：“好的。我要上去，还得带公社和有关大队的负责人，一同上去，以表祝贺。”

“公社谁去，你看着办。各有关大队，我们将要直接通知。”

“好好，你考虑得比我周到。包括县里有关人员，不能吃水忘掉打井人。”

罗彪会意，两人不谋而合。彼此一肚喜悦，仰首伸眉，自是欣慰。

今天的事，如果说对徐晋东有些突如其来的话，那么对罗彪则是心中有数，一切都在意料之中的。今年，罗彪的日子很好过。水库工地由于工程逐渐缩小，随着工期的推进，民工处于减员归队的状况。水库的最大难题，是民工的不稳定，有些大队领导班子不力，保证不了水库人员。而今，变要人为退人。这个主动权的易位，给罗彪带来了工作上的根本转变。公社民工连早在五六月份就削减了一半。随着水库工程接近完工，带来的另一个问题是正常管理的酝酿。好些在指挥部或民工连充任各方面职务的人，都眼巴巴地想留在水库，捞个拿工资的饭碗。总之，命运小儿活动在好些人身边。谁都清楚，等到水库竣工，解散工人时，再提自己的事，恐怕临渴掘井，为时晚矣。这样，罗彪无形中身价倍增，成了人们希望的化身，仿佛西方人崇拜的维纳斯自由女神。他心情愉快，工作顺利，一帆风顺地乘胜前进。他也尽量为同志们办些好事。杜文逵被打发走工了，代替他的是已解散的民工连长邵璋。赵振沂办了退休手续，回家去了。苏芸芷不想回公社当团委书记，他当参谋，或是到县档案馆，抑或居委会、爱委会，都是适合她的好地方。他呢，命运小儿尤为关注。当他跟周谦谈及个人问题时，周谦看中了这个人，密许绝对重用。他回到县里，在四书记碰头会上，内定罗彪为水利局长。这是组织机密，不得泄露。但对罗彪，已策略地暗示于他。事到如今，罗彪虽人在水库，职挂公社，但其心早驰之魏阙了。今天，徐晋东又大吹法螺，赐他为公社全权代表，处理水库移交事项。这对于罗彪来说，无异于鹰击长空，鱼跃大海，大展宏图的机会到了。他为啥不高兴呢?

徐晋东与罗彪正在同床异梦，各自打各自的如意算盘时，突然进来个女子。

晋东看去，觉得很面熟，但一下又想不起她叫啥。

“罗书记……”来者叫了一声罗书记，便哽咽着说不出话来了。

罗彪给徐晋东介绍道：“你记着这娃没有？她是水库上的炊事员，叫郎晓梅。”

“哦，想起来了。”晋东本来想说，这姑娘好酒量，好胆量，但见她愁云满面，低垂泪眼，便止住了口。

“怎了？”罗彪问晓梅。

晓梅两眼里噙不住的泪水像断了线的珠子，一颗一颗滚落下来。慢慢地才说：“我爹没了。”

啊！罗彪和晋东都感到吃惊。她父亲郎计狼，在双杨公社也算得上一个经历奇特的人物。加之他个性粗犷，动不动方头不律，总是引来不测之事，抗战年代又是个老民兵英雄，公社人们大都知其底细。此地民兵在民族危亡关头，挺身而出，大显神威，曾给日寇沉重打击。今天郎晓梅也是听说罗彪在这里，想找他给筹措几个丧葬费的，何况水库上还欠她补助呢。

“啥时候殁的？”罗彪问。

“昨夜晚上。”

“文逵回来没有？”

“给发了电报，还没回来呢。”

罗彪再没问啥，从自己口袋里掏出一把票子，清点了一阵，交给晓梅说：“我身上总共有四十六块六毛钱，你先拿上，长短上了水库再说。”

晓梅接住钱，说：“我给你打个条子。”

“行。”

徐晋东给找了张稿纸，晓梅趴在桌子上，写了个借条，交给罗彪。她向罗彪、徐晋东打了个告别招呼，说：“徐书记、罗书记，我走了。”

徐晋东临时产生一个念头，叫了一声：“晓梅。”

“嗯。”晓梅打了个懵，站住了。

“我今天也破个例吧。你下午或者明天，带上你爸的手章，找田主任领上二十块钱的救济。”

“我的章不行吗？”晓梅问。

“现在田主任不在，你拿章也领不上钱。”

“哦，那我明天来吧。你对田主任说好哟。”

“当然了，我既然答应你，就得当回事办呢。”

“谢谢徐书记了。”晓梅带着满意的神色走了。

“这女子可精干了，待人接物滴水不漏。”罗彪对徐晋东赞美郎晓梅。

徐晋东错误地领会了罗彪的意思。他把罗彪情不自禁的话，理解成向他推荐人才。于是，顺蔓摸瓜，道：“水库归水利局后，你回来时，给咱将晓梅也带回公社。人们反映老康懒，又不卫生，经常闹病，该换换人了。”

“那当然好了。”罗彪得意扬扬地说，“她来了，咱的伙房一下就变面貌了。只是，老康年岁大了，在公社也年多了，还得妥善照顾呢。”

“让他到社办企业当炊事员也好，看大门也好，给个拿工钱的地方就好了。”

罗彪满意地点点头。

这时，王磊进来向徐晋东报告：“县里给分配来三个人，一个文化员，一个特派员，一个财税员。”

“不是说还有计生员、司法员吗？”徐晋东反问。

“没有。今天只有三个人来报到。”

“人是越来越多喽。”徐晋东无可奈何地说。

“怎么？接收下吧？”王磊问。

“上级分配来的人，还能不接收？咱没那一说。”

“房子可又紧张啦。”

“你找田主任去。挤吧，有啥办法。”

罗彪的事说完了。他打了个招呼，出去了。

王磊见罗彪走了，对徐晋东说：“田主任在粮站那里，结算咱的葵花钱呢。”

“卖了？”徐晋东一点也不清楚。

原来，田子荣趁徐晋东回家，组织人马将葵花籽全部倒至粮站晒粮台上翻晒。今天，见县里俩头头来了，他担心一旦走漏风声，不管哪个领导一阻止，好好件事情便砸锅了。于是乎，悄悄串联人们到粮站边用扇车扇，边装麻袋，边过秤，一打趸儿全卖掉了。

“卖了。”王磊得意地回答，“卖好了，总共过下六千四百多斤呢。”

“好。好。”徐晋东自言自语，连说两个好。今年这笔额外收入，将给公社机关的人们带来欢乐和温馨。

二十世纪八十年代的第一个金秋，他们的收获是丰盛的。此时此刻，田子荣、林如海正在粮站点票子……

第八十五章　旧庙旧神骤失灵

田子荣接收票子，徐晋东接收人。随着王磊的串通，前来公社赴职的新人员先后找徐晋东报到。这是不成文的规矩，也算是起码的常识。凡被调派到一个新单位，除了例行组织、行政手续外，还必须找书记报到，接受面视。在书记面前，首先自报家门，而后聆听指示。这番简略的自我交底，非常重要。先入为主，谁都巴不得在与领导第一次晤面时，给他留下深刻的好印象。这是人之常情。

首先来见徐晋东的是财税员。他的年岁最大，社会阅历丰富，其他两人都推他先去面见书记。他呢，毫不谦让，大模大样向书记办公室走去。他先叩门，待允许后，方走了进去。他一进家，便自我介绍道："徐书记，你好。我叫唐吉琪，现年五十岁……"

唐吉琪没有讲他的不光彩历史，在说明自己的基本情况后，奉行故事地问："徐书记有啥指示和要求，直截了当告给我，我当洗耳恭听，鼎力而为。"

徐晋东随便地说："没啥。咱们公社不搞常年死蹲点，你只管搞自己的业务就是了。"

唐吉琪俯首帖耳静候书记安排后，点点头，表示出心悦诚服、五体投地的样子，道："高明。看起来工作量小了，实际上是重了。这样，谁的工作上不去，就叫没说的。我举双手拥护。"

徐晋东发现此人虚与委蛇，轻浪浮薄，一点也不像政治上受过打击，精神上有所摧残的蒙冤人。他言谈举止间，流露出精神上的解脱，思想上的解放。总之，老唐是个文艺人才。看样子，他年轻时好出风头，不善检点，终致栽了跟斗，一顶大帽压了二十多年。可谓有才无命之人也。

“徐书记工作忙，若没啥指示，我就不打搅领导的公务了。”唐吉琪准备告辞了。他发现徐晋东土眉土眼，其貌不扬，接见下属僚员时，慢条斯理，有气无力，缺乏领导者的气质。作为公社堂堂一把手，鹰扬虎视，英姿飒爽，才能体现出权威的尊严，装龙像龙，装虎像虎嘛。就徐晋东这模样，即使有上天揽月，下海捉鳖的任父本事，不见圭角，深藏若虚，谁会敬重？

徐晋东送客。临走时又告诉他：“你有事找田主任，他分管财税工作。”

“好的。书记请留步。”唐吉琪向站在门口的徐晋东告别。

唐吉琪来到党委办公室，向静静等候的两位年轻人说：“徐书记太平易近人了，没架子，没有官场的陈规陋俗。你进去用不着紧张，说的话越少越对。他只一两句话，就打发你走了。”说毕，又加上一声莫名其妙的笑：“哈哈哈……”其实，这两位年轻人发现唐吉琪磕牙拌嘴，老马为驹，乐于交际，好大喜功，于是，有意捧他去出头露面。而他俩与唐吉琪正好相反，他们与徐晋东都有过交往，也基本熟悉其为人秉性。对唐吉琪的一孔之见，视为儿戏。特派员叫姚琨，就是跟随黑虎豹在水库侦破偷羊案的小姚。虽然徐晋东早已淡忘，而小姚对徐晋东书记耳闻目睹，颇为熟悉。况且，特派员是隶属公安直管人员，业务上与公社基本没关系。他属公安局派出人员，还负责石门公社的治安工作。他驻双杨公社，无非要求一个食宿问题罢了，这有啥大不了的。文化员对徐晋东更熟悉。她是剧团坤角，叫聂艳茹。今剧团倒塌，被分配到双杨当文化员。她在剧团，因争风吃醋，与梨园姐妹大动干戈，睡在半夜俩女子打赤腚仗。徐晋东多次到剧团解决，费了不少口舌，才调解得俩姑娘佛眼相看，握手言和。从此，聂艳茹对徐晋东有好感，而徐晋东则对她视同秦越，不甚了了。今天，他们来到双杨，有种轻车熟路的感觉。当王磊让他们去面见书记时，虽都各怀心思，但心里并没有什么压力。不过徐晋东并非如此。

当姚琨轻率地来到徐书记办公室，做打招呼式的见面时，徐晋东却郑重其事地让小姚坐下。看样子，书记要拉开架势，跟他谈话了。

“郝寅瑭的问题怎样了？”徐晋东劈口问了这么一句。

小姚知道徐晋东对自己有印象，也深知他问此话的背景。于是，边慢慢坐下，边思索着说：“还在禁闭房关着。他们的事情复杂化了。”

徐晋东又转口问：“铁将军怎了？”

“跑了呗。现在作案后一跑……”小姚心里想说，如蚂蚁爬到煤堆上了，到哪儿去找呢？但他又觉得有失职责，在书记面前，能这样为自己的神圣天职打掩护吗？只好又补上一句：“不好逮哪。”

“你来双杨，是不是为了专门侦破这个案子？”

“不不，县里已成立专案组，正在追捕。”

“那么，你的任务是干啥？”

“我管双杨、石门这一片的治安问题。铁将军案子，也要配合。”小姚发现徐晋东似乎对自己的到来不太满意，总认为自己年轻毛嫩，对工作难以胜任。于是，他又补充道：“局里说，我下来是暂时的，马上要成立派出所。”

“你来了，很欢迎。如果能给设立一个派出所，那就更好。公社亟需你们这些人。”徐晋东恳切地向姚琨说。

“现在，不法分子特别嚣张，作案手段也残酷、凶狠。不知怎么的，一下冒出这么多坏人。”小姚跟徐晋东攀谈起来。

“过去不是没有坏人，是他们不敢做坏事。左邻右舍，党员、干部，谁不知谁干啥？”

“过去铁将军偷平车，村里支书、治保主任就把他收拾了。现在，动法了，全靠你们大檐帽了。他只要躲开你们就没啥顾虑了。”

徐晋东一谈到这个话题，心情就特别不好。他居然跟一个乳臭未干的小伙子，谈论起心中的牢骚。邓彬本来是要被马上免去保卫干事的职务到公安局当特派员的，结果，临走落了个身败名裂，囚犯下场。这对徐晋东无疑是当头棒喝，致命的一击。铁将军反咬一口，转败为胜，返回故里，狂妄至极。他一包炸药报复魏家后，遁迹潜行。有人扬言，他还要炸毁公社，炸死杨利民，弄得杨利民坐立不安，公社人们也人心惶惶。徐晋东觉得公社没有公安人员，简直是失去镇邪祛妖的神荼、郁垒二门神。因此，他今天对小姚的到来，尤为欢迎。不管他本事大小，毕竟身上带法，是神比鬼大，对自己和公社人员都是个安慰，能让大家有安全感。这一点，田子荣也分外敏感。于是他将小姚安排在杨利民隔壁房间。

小姚无言以对。他知道徐晋东因此案牵涉到邓彬，一直耿耿于怀，思想上转不过弯来。但公安局与公社何其不是你没腰子我赤肚，彼此一样处境呢。一个书记，没有这点政见和雅量，跟一个小小民警絮叨这些事，有啥用？他想走开，免找麻烦，但徐晋东不肯放手。

“你名为公社特派员，难道一点也不跟公社配合吗？公社若遇有难题，你不能袖手旁观，坐视成败吧？”

“瞧徐书记说哪里话？我既来之，则安之。一家人不说两家话。我一定要尽全力，保双杨、石门两公社人丁的安宁。”姚琨虽然年轻，但很会做人。他是县委通讯员出身，还在文印室打过铅字。因他特别羡慕大檐帽，现在终于如愿以偿被分配到公安局。这后生能言巧语，八面玲珑，脑瓜很灵泛。谁跟他共事，他总要别有用心地去揣摩对方的心思。这不，连徐晋东他也不放过。只有吃透对方的心机，自己才能知彼知己，见机行事。这就是小姚的哲学。他心术太自私，脑子转得太快。他今天发现徐晋东对自己有事相求，心中自是美意。他稍加分析，便猜中徐晋东宝盒里的红芯。但他佯装虔诚门生，彬彬有礼地继续套弄着说：“徐书记，小弟虽然乳臭未干，但良心大大地好，对您无限忠诚。您有啥需要年轻人干的，我将肝脑涂地，在所不辞。”

徐晋东发现这后生虽然轻嘴薄舌，有些油滑，但还有几分可爱、乖巧之稚气。他对这类人才，正处于需求之际，没有啥苛求挑剔的选择，来者便是相与。他坦率地说：“小姚，实不相瞒，我现在是火烧眉毛顾眼下。我身为公社书记，连公社机关大院的平安都保不了，还谈啥工作？”

“不至于这么严重吧？”小姚上下看了看徐晋东，有些惊讶地发出疑问。

徐晋东没去管小家伙的冷讥热嘲，真心实意地说：“自从铁将军炸死何淑蓉后，流言蜚语，众说纷纭。弄得公社人心惶惶，到处笼罩在一片阴霾中。铁将军一时间成了家喻户晓的人物。他也好像成了飞檐走壁的大侠，随时会由天而降，给你屋里送包炸药。多年来，铁将军行为不轨，屡与公社对峙。公社亲手打过他的人，不止三个两个，谁都担心这个亡命之徒垂死挣扎，疯狂报复。小姚，你说，此祸不除，公社焉得安宁？”

姚琨听罢徐晋东一席肺腑之言，感同身受地劝慰着说：“徐书记，人常说，做贼心虚，他毕竟是在逃犯。他每时每刻都要提防被一副手铐铐起来，送到望乡台。他还敢来衙门口虎嘴拔牙自送死？不会的。何况，”小姚郑重其事地说，“局里已经将此列为大案，正在严密控制、缉拿呢。”

徐晋东视铁将军为豺狼虎豹，他想跟小姚联手出击，置铁将军于死地，拔草除根，为公社人们解除心腹之忧。他有意摆出彬彬儒雅的样子，说：“公安人员克尽厥职，昼夜苦战，再加上地方的配合，这不是双管齐下，置罪犯于无容身之地的强大攻势吗？虽说不准地方党委插手公检法的事情，但提供些线索，也不算犯法的事吧？”

小姚一听徐晋东的意见，便毫不犹豫表态道：“行！”他揣测到了徐晋东的心思。如果徐晋东真的能利用他手中的权力，在潘寨和附近村庄，设下埋伏，捕获铁将军将是易如反掌的事情。自己一到双杨，如此举告捷，便是旗开得胜，马到成功的出色干警。此事何乐而不为呢？“徐书记，能得到党委的大力支持，我们求之不得。我以特派员的身份表态，一定要和公社配合好，有啥任务，便下达给我吧。”

“不急。”徐晋东老成见到地做了个手势，“待我部署完毕后，再与你接头。”他十分自信自己的锦囊妙计，只要如此运筹，铁将军便是瓮中之鳖了。

“好。我听从徐书记的支派。”小姚站起来欲走。

“注意保密。”徐晋东特意嘱咐。

“我懂。”小姚有礼貌地与徐晋东交换了一下眼色，“请书记放心。”

“愿我们首次配合成功。”徐晋东伸出手，跟姚琨握别。

徐晋东想借水行舟，达到一举两得的目的。既捉拿了凶手，又安定了人心。姚琨呢，巴不得公社出面配合。这是天赐良机，若遂了愿，自己坐收渔利，何乐而不为呢？

徐晋东开始了抓捕铁将军的部署。铁将军不仅仅是潘寨一害，也是公社难以对付的刁顽无赖之徒。不过，徐晋东认为这是个方法问题。只要自己出面，发挥支部战斗堡垒作用，依靠村里中坚骨干分子，配合公安人员，活捉一个在逃犯，还不是手到擒来，易如反掌的事情？莫不说五尺大汉铁将军，就是一只钻耗窟的老鼠也在劫难逃。

在潘寨，徐晋东理所当然所依靠的第一人选就是曹明海了。在徐晋东眼里，曹明海素质高，有头脑，尤其在处理此类事件上，谋略超人，事事皆成。他对潘寨人了如指掌，谁想捣鬼，也别思谋跳出他的手掌心。村里不安分守己的人，对他恨三分，怕七分。加之，徐晋东跟曹明海是隔年同学，俩人就个人交情而言，非同一般。再则，徐晋东虽在潘寨下乡时间不长，但对潘寨很有感情。这村的干部很有人情味，因此，谢得铎那天专门找他打了个招呼，以防不测。徐晋东对自己的精心策划，越想越满意。于是，密传曹明海，准备暗授机宜，张网捕鱼。

正值秋收混忙时节，曹明海接到口讯后，立马来公社面见徐晋东。当他领悟了徐晋东一番美意后，方知自己错估了形势。他以为老同学是有啥喜事关照自己，万没想到是这等荒唐买卖。于是，他扫兴地两脚蹲在骨牌小凳上，嘴上叼起一支烟。他又“咔嚓”一下打着火机，然后痛快吸了一口，再长长喷吐而出。此等放肆做派，在徐晋东面前，尚属首次。这是心理情绪的无意识流露。但徐晋东是他的上级，满肚子的话只能咽到肚里。

最后，他想出一条金蝉脱壳计：“徐书记，铁将军犯下死罪，但与我的陈年旧账，你也清楚。他事到如今，死到临头，或窝在村里，或远走高飞，这个情况，无论如何不会让我知道。因此说，你给我这个任务，我可以接受，但不会有结果。”

徐晋东的如意算盘打错了。他被曹明海几句话噎得如鲠在喉，一句话也泛不起来，只好尴尬地苦笑一声，就此作罢。

“不过，”曹明海给徐晋东当军师道，“我给你推荐个人，不妨一试。”他看着徐晋东，等待他的反应。徐晋东不置可否。他对曹明海的狡猾已经领教够了，心想：你明哲保身，拒之门外，而又白眉赤眼要啥花招？你送个空头人情，到头来，我还落个向你下巴底下求憋水，真是的，活见鬼！

曹明海见徐晋东脸上横肉隆起，怒容满面，知道自己的话有些太刺人了。他立即面带笑容，赔情般道：“徐书记，我跟你一样，难免得罪些人。而像谢得峰那号人，只抓生产不问政治，就想在村里落下个好人名声。你想在潘寨打开突破口，舍他再无第二个人了。”

徐晋东出师不利，已经挫了锐气。他受曹明海的感染，有些动摇初衷。他又听曹明海的剖析有理有据，因此重新回到老路上，似乎原本不该找曹明海这个鬼花狐，蚊子叮菩萨，认错了人。谢得峰确实是个诚实可靠的老实人，找他配合，一定会尽心尽力，圆满完成任务的。但，此系绝密，不能让曹明海掺和进来。于是，徐晋东漫不经心地冷冷回答："算了。你们不怕养虎为患，我何必杞人忧天呢？"

曹明海识趣地告辞后，徐晋东并没有死心。他还是顺着曹明海指的路，走了下去。谢得峰来了。一般说，徐晋东应该直接找大队主任面谈事宜。谢得峰一路上少不了要猜测书记的意思。当干部的，总是想工作上的事情多些：要粮食入库数字吗？定明年土地承包形式吗？敦促秋耕上套牛犋吗？催送爱国粮吗？……但当徐晋东机密地向他交代事情后，谢得峰恍然大悟：啊，原来是这宗事件。他并不吃惊，好像在意料之中。他想了想，没有多在徐晋东的话题上作文章，他按他的思路，直截了当讲了出来。他说："徐书记，铁将军想托人跟公安局讲一下，如果他主动投案后，能保证性命的话，他准备去自首。"

"哦。"徐晋东心里明白了，此人确在村里窝着。他问谢得峰："他对你讲的？"

"不是，我听人说的。"谢得峰耍了个圈套。

"你说这意思是——"徐晋东问。

"你能跟公安局说上话，给通融通融。"

谢得峰见徐晋东恼眉悻眼，怏怏不乐，便直言直语，向书记直说："公安局贴出布告，出两千块钱，悬赏捉拿铁将军。咱给走了风，人们还以为咱赚了人头钱呢。"

"真的贴出悬赏布告了？"

"光潘寨大街上就贴了三张。"

"……"徐晋东没有说啥，陷入深沉的冥想。

"你走吧！"徐晋东一挥手，逐走谢得峰。他丢心失意，灰心丧气地坐在办公室，呆若木鸡。他越思越想，自己似是做了件傻事。巴蛇吞象，不知天高地厚。撑死有多大本事?

田子荣的夜岗大概取消了。而杨利民在表面上无所畏惧，内心里则惊恐不安。这些日子，他灰头土面，只管往医院跑，谁见了也知道他的病根，但又不好开口相劝或献策献计帮他解脱。徐晋东眼里何尝看不到。现在，自己斩草除根的战略措施已宣告失败，那么，只好扔掉矛，拿起盾，做防御措施。出于领导对下属的关照之情，徐晋东心心念念，总在杨利民身上盘旋……

田子荣突然面带喜色，抱着一包衣物走了进来。他进门将怀里的东西往炕上一扔，说:“我作主了。不过，这是大民主议的。除了你，谁都发表了意见。这不，每人一件军绿棉大衣，一件帆布带帽雨衣，一个文件兜，一支钢笔。”田子荣一件一件交代给徐晋东，然后得意地笑了一声，“还有呢，每人一件黑呢褂。等林如海量过尺寸后，统一加工。”田子荣只管兴冲冲地向徐晋东报喜似的唠叨，全没看徐的脸色。当他交代完全部任务后，邀功似的直面徐晋东时，才发觉，徐晋东愁眉锁眼的表情很可怕。

田子荣一怔，有点莫名其妙。他一下想到，可能是对自己瞒着他自作主张处理卖葵花款不满意吧。于是，他给解释:“晋东，是这么回事，我跟林如海、王磊他们碰了下头，都认为此事，你不沾手为上策……”

徐晋东一摆手，制止了田子荣离题万里的废话，道:“你坐下！”

天凉了，田子荣呼出的气已经有了白雾。

第八十六章　萧萧大院风雨凄

徐晋东让田子荣坐下，田子荣就老老实实坐在炕沿边。他百思不得其解，不知徐晋东今天是哪股筋抽着呢。春上，他一句话，自己跑前跑后，忙乎了个一来遭，到头来，喜扑扑给他送来劳动所获，就换来这么副霜打头脸？田子荣的脸也阴沉下来，一向偏激的他，强忍胸口不平气。

徐晋东第一次尝到狼狈是什么滋味。此时此刻，愁、闷、烦、气、忧，都不能准确地表述他的心境。他虽然让老搭档坐下了，但还没有准备好如何开言。他满肚的话无从说起，也无须说起，或者说无颜说起。话是无能的泪水，行动才是意志的体现。既然自己的进击惨遭失败，还有啥话可说的？别提过五关斩六将的当年威风了，眼下面临的是夜走麦城。如何共渡难关，成了燃眉之急。

“老田，”徐晋东终于开口了，“咱们去看看杨利民吧。”

田子荣突然听到这句话，犹如从九天云雾中跌了下来。原来，徐晋东是在考虑杨利民的事呢。这使他很感动。他还未回答晋东的提议，鼻子一酸，滚出两行热泪。他是个性急火爆，心软无主见的人。他发现杨利民自从潘寨事件后萎靡不振，神昏意乱，像丢了魂似的，且又经常往医院跑，料定他有难言之隐。据有人传谣，说铁将军要炸掉公社，炸死杨利民才自尽呢。杨利民肯定是中了这邪，惊恐不安地。但他表面上又挺嘴硬：“我怕他个鸟！”田子荣曾经几次想劝解一下杨利民，但话到嘴边咽了回去。他那个毛鬼神脾气，话不入耳，立眉反目，自己好心做了喂猫食，何苦呢？但他瞧杨利民日渐面黄肌瘦，憔悴下来，作为一个领导，心中负罪似的难受。他虽然脾气不好，也蛮横粗暴，但对公社贡献也不小。行政事务全是他一人处理，业务量很大，而且在对付一些无理取闹之徒方面，他很有震慑力。虽然过去田子荣对杨利民的放肆行径，实在恨得咬牙切齿，气得没法说。而今，看到他可怜巴巴的为难相，心里又怜悯起来，心情变得十分悲痛。是该看看杨利民同志了。

“唉！”田子荣静了静心，长长叹了一声，“这个人害下大心病了，咱是该去坐一坐的。我早有这心思，但又不知该如何说起，只好作罢。”

“现在他在呢，咱们过去看看。”徐晋东没有考虑过去如何如何。他有病，不管是身病、心病，作为领导，都需去关心一下。

杨利民在办公室的套间住着。此刻，他正用一件旧棉衣蒙头睡着。

田子荣推了推杨利民的腿，说：“老杨，徐书记来看你了！”

杨利民掀掉棉衣，坐了起来，睡眼惺忪地问：“啊？是老徐？”

徐晋东平平静静地问：“身上不舒服吗？”

“晚上睡不好觉，有时心慌得乱跳，别的倒也没啥。”杨利民边说边下了地，强打精神，支撑着跟两位领导说话。

“吃饭怎么样？”徐晋东问。

“好着嘞。我到医院看过，佟院长说可能心脏上有点问题。”

“心脏上的病，不要马虎，到太原检查一下吧。”

“我也有这个意思。但是，我一走，这一大摊子，得有个人承揽呢。”

“这事你别操心，我们会安排的。你安心看病就是了。”

“唉，给领导添麻烦了。咱一辈子也没打过针，住过院……”

“这样吧，从今天起，你就做准备吧。我跟徐书记商量一下，看让谁来临时接替你几天。你啥时走，都行。”田子荣安抚着说。

杨利民点点头，没有吭声。他打落牙齿往肚吞，满肚的苦水向何处倒呢。杨利民越想越害怕，越想越觉得铁将军非找他报仇不可。反正一个人命跟十个一样。公不能了，私了；明不能了，暗了；活不能了，死了，恶鬼还怕个活人？杨利民每每摸着自己的大腿怅惘，不知哪一天它将飞向何处。今天，两位领导来安慰自己，彼此心灵相通，又都难以启齿。他真想抱头大哭一顿，方解心中郁闷之气。我杨利民为啥落到这等下场。

这何止是杨利民的悲哀？徐晋东何尝不糟心呢？他机关用尽，想涸泽而渔，除掉心腹之患，但事与愿违，碰了一鼻子灰。这话该对谁说呢？平平淡淡安慰秘书几句宽心话有啥用呢？邓彬入狱对徐晋东的打击，如果说能拿公安独立办案姑且遮人眼目的话，那么，杨利民假若再度出丑，岂不成了连锁反应，系列丑闻不成？有啥话可说呢？铁将军一案暴露出公社好多问题，这还没把彭茂华与铁将军的隐秘关系包括在内呢。

田子荣看得清楚，但心里干急没办法。想把这层遮羞布揭开，又苦于诸多碍口因素，难以启齿，只好尽自己最大努力，给他工作上大找方便之门罢了。

三个人言不由衷，面面相觑，真乃大观园里哭贾母，各有各的伤心处。最后，还是田子荣忍不住了。他突然从嘴里蹦出一句话：“老杨，甭怕那个畏罪潜逃犯！咱堂堂公社，这么大的摊子，怕他个鸟！”

一句话说得徐晋东愣怔了眼，杨利民蔫了头。静默了一会，杨利民愁眉苦脸地说：“怕他干啥？咱又没杀人，不过……就算那家伙死了，鬼魂也总是绕着我不散。”

“好人命不长，害活一千年。魏宪恩不是好人？最后还是被吓死了。这家伙不死，还不知要害多少人呢。”田子荣说话不管照前后，牛头不对马嘴地发表自己的高见。

徐晋东见田子荣说溜了嘴，便挽救他无意造成牛蹄两瓣局面的不协调气氛。他说：“铁将军行凶是有原因的，他现在虽然犯法，但毕竟是人。他没有变成疯狗，不会不顾自己性命，疯狂乱咬人的。我们不要理他就是了。他的命运，公安局掌握着。咱们按部就班该干啥干啥。别长敌人志气，灭自己威风。天下本无事，小鱼小虾翻不起浪。”

田子荣也意识到自己的话有点伤杨利民的心。于是，紧接徐晋东的话说道：“还是徐书记有水平，这话说得千真万确！”他情绪好转一些，也是给杨利民撑腰，高腔大调地说：“我把特派员有意安排在你隔壁，毕竟是随身携带武器的执法人员。”

杨利民感动了。他背过脸，眼泪簌簌地抛洒不止。平素，自己倚老卖老，尾大不掉，尤其对田主任出言不逊。现在想来，后悔极了。人心换人心，人为难时，能有这么几句肺腑之言，也是共事一场的真情流露。这时，他真正体会到什么叫同志，什么叫自家人。千年房屋换百主，彼此能在这儿相处几年呢？当他意识到自己将要告别这熟悉的房屋、工作、同志们时，伤心得只想掉泪。他的预感告诉他，他将再也不能胜任自己的本职工作了。

徐晋东和田子荣从杨利民办公室走出来后，田子荣说：“我看就让王磊代管吧。”

“新来的唐吉琪，已经接管了财务方面的事项，他倒是个闲人。”徐晋东想让唐吉琪来坐前边办公室，管起行政事务来。

“啊呀！我看咱庙小，放不下那大神道。那货得了势，比杨利民还棘手。”

“王磊就王磊吧。”徐晋东边走边无可无不可地回答。

他们俩走进党委办公室，徐晋东对王磊说：“老王，杨利民近日身体状况很不好，要去太原检查一下身体。他之前的事，你兼管一下。”

王磊没讲价钱，畅快地承诺道：“行。”他接着又说道：“瞧他这些日子就害下心病，像丢掉魂似的。为人不做亏心事，不怕半夜鬼叫门。有啥可怕的呢？……”

徐晋东知道他言三语四的来头。杨利民已经身心交病，寝食不安，王磊还讥讽他自取其咎，似乎罪有应得，这未免有些不近人情，更不要说讲阶级感情了。他没有搭理王磊的讪谤和自鸣得意，而是直接打断他的话，道：“具体交接事宜，由田主任安排。”

王磊讨了个没趣，但并不介意。他又正儿八经地提醒两位领导，道：“县里让改换公社和大队两级公章，这件事咱们还没有落实呢。”

“我已经在会上向大队主任传达了。公社的章，你接过来后再刻新的吧。”

徐晋东接着说：“大门上那面牌子也得换了。”

“好说。送到木厂，改两个字就行了。”田子荣不以为意地说。

徐晋东纠正道：“不能那么简单，要重新刷写成新的。”

田子荣淡然一笑：“话是那么说，事还得那么办！”

从此，人民公社和大队两级革命委员会的公章，改名管理委员会了。

“你们两位当家的都在，咱那四个煤矿工人指标，啥时研究呀？招工的今天又催了一次。”王磊敦促领导及早办此事，作为手掌两颗大印的党政总管，这是他分内的事。

“今天晚上召开党委会，还有几件事，需要上会。”徐晋东表了态。

“是的，审批屋地，议支部班子，明年责任制搂底……”田子荣接着屈指数了几件亟待研究的工作，“还有一个新名词：小流域治理。”

党委会上无所不研究，但不管有多少事，都得归到徐晋东手下，由他根据轻重缓急，裁夺定局，拟出程序，依次进行。过去，涉及行政事务方面的事，参会人员便会扩大到杨利民，现在，这也不复存在了。一开会，徐晋东便宣布：“先研究武装部的事情。”

彭茂华懂得规矩，会上的时间有限，不能讲意义、重要性，某领导讲话，只说具体要办的。于是，他说：“第一件事，武装部要求，将各大队保管的武器，收回公社统一保管。要求有库、有柜、有安全措施。”接着，确定库房，看武器库的人员，落实枪柜及三铁一锁开支等。“第二件事，”彭茂华接着讲，“县武装部要考核民兵训练十一个项目，即半自动步枪、投弹、政治、轻机枪射击、步哨、勤务、单兵战术、破袭战、专业分队考核、六〇炮、八二炮射击。”

“这事由茂华主办，陈琦分管，一切为它让路。”徐晋东果断拍板。他为啥要将武装部的工作列为第一件事研究通过呢？因为边防吃紧，战争形势越来越严峻。在事关国家安危的大是大非上，徐晋东还算吕端大事不糊涂。他深知这颗砝码的分量。

今天的重头戏是走工问题，他有意将之安排在最后。他实在不愿意碰这棘手事。如今社会风气每况愈下，为自己的私利，堂而皇之，奔走钻营，都被视为正常现象。作为社会的人，一旦丢开大理讲小理，过去人说理讲八面，实际上八十面也不多。只有处于矛盾旋涡的公社书记，才最有资格品尝其中的酸甜苦辣。这不，眼下四名煤矿工人就将展开一场白刃格斗，有关人士都将矛头对准徐晋东。他手心里攥着好些人的命运，无怪都冲他索债似的过不去。当最终将走工问题说出后，徐晋东心猿意马，思绪不宁。他断定，会上将出现自己不愿看到，而又不可避免的局面。

徐晋东提出这一议题后，出现了短暂的冷场，接着王磊解释：“说是四名工人，招工的自己带两人，供公社决定的只剩下两个名额了。”

“岳堡水库上牺牲了个民工，其弟要走工，给空下一个指标。”徐晋东平平地说。这是处理事故时承诺下的，众所周知，没有异议。

要研究的，只有一个指标了。田子荣知道，赵庄何子毅来找过徐晋东，既然来找定有内因。何况他是个二等残疾军人，大礼上讲，照顾子弟走工，理所当然，没啥挑剔的。再者，徐晋东在赵庄下乡时间不短，难免有个三薄两厚。他惜情护面，不好意思主动提出，理应自己在书记马高镫短为难之际出面解围。但，他不能开口。田亮平和牛婧兰都找过他。自己作为田亮平的顶头上司，后生执鞭随镫，马前马后，为农业科技出过不少力，贡献也不小。到头来，在人家婚姻、工作的抉择关键时刻不拉一把，未免有些寡情少义，不近人情。他思前想后，不能打主动仗。

陈琦今天是打有准备的仗。他决心要赤膊上阵，为田亮平争这个指标。他内心作鬼，谁知晓？反正为田亮平说话，无论哪方面也会得到公社大院人们的支持。他没去揣测逢迎领导的心思。他在等了片刻，无人开口的冷场情况下，突然发表意见道："让田亮平走吧。自己的人自己不管照，谁管照呢？"陈琦心情激动地叉手不离方寸。他今天是箭在弦上，不得不发。

徐晋东对陈琦搓手顿足的提名，出乎意料，有些诧异。他今天的神情怎么平白无故如此激动？

众人感到有些压抑。田子荣打开窗子说亮话，道："那天赵庄的何壬澍气煞煞来公社，要儿子走工。这是个残疾军人……该怎说呢？"他看了看徐晋东，"领导们如果有应答过的，也得慎重考虑。"

"会前应答过，就甭研究了。"陈琦有些沉不住气，赤膊上阵，对徐晋东发难。

人，一旦走了邪，就会干出好些莫名其妙的事。其实，他不用出头露面，也会有人要替这一对情人说话的。大家不吭声，就是因为陈琦一开头就把话说得带刺儿了。何拐子当众找徐晋东，田亮平和牛婧兰大肆活动，事情本来公开化了，难题在当权者那里，何必陈琦自有肺肠，引人寒碜呢？在座的唯有彭茂华洞烛其奸，他知道陈琦欠下了风情月债。今天，不上梁山，也得被逼上梁山，有好戏看喽。他一言不发，作壁上观。林如海同意田亮平走工，但他对陈琦的态度实在看不惯。他也担心好事被陈琦弄坏，徐晋东一发火，谁也走不成。他自有新门路。林如海好好先生不得不出面办好事了。他一副和事佬作态，显出难为情、息事宁人的折中模样。他唯唯诺诺说道："叫我说，总共一个指标，谁也别争抢，咱们慢慢研究个办法。最好两头兼顾，不要哭的哭，笑的笑。”

“吃上奶的就笑，嘬干奶头的就哭，这是肯定的。”王磊否定了林如海的啰唆。

“大家看这么办行不行？让田亮平走工，让老何的儿子顶亮平的角色，都往上挪挪窝，怎么样？”

大家没有人表态。但都认为，处于这种不协调气氛中的哑场，不论谁讲话都极难用字眼。平时少言少语的林如海，倒是说出了好些人的心里话。就是不知徐晋东打啥主意，他一言不发，逼着每个人亮相。

这当儿，有人怀疑徐晋东心中藏有不可告人的机密。何拐子手中莫非握着他什么把柄不成？

最后，还是善于把握时机的彭茂华一语破的道：“家有千口，主事一人。情况明摆着，徐书记拍板就成了。”

“行。”田子荣立即表态，“我没意见。”

“同意。”王磊、林如海也随声附和。时间不早了，大家都有推土入窖的意思。

徐晋东终于做出决定：“我同意大家的意见，也同意老林的意见。散会。”

徐晋东的脸色自始至终，阴沉苍白。临了的决定太突然，使大家手足无措，谁也不敢立地站起来休会。当大家眼巴巴看着徐晋东合起笔记本，装好钢笔，确是无话可说时，才摇动身子，做退席准备。

“明天清早，打铃为号，一齐打扫大礼堂。”王磊一方面告诉大家周知，明天召开大会；一方面也不愿这么死气沉沉散会，想要说上句话，活泛一下气氛，减轻一下人们心理上的压抑感。

送走大家后，王磊收拾自己的记录簿时才恍然大悟：走工名次没有定下来。徐晋东只说了句同意大家意见，也同意老林的意见。这里边是否有文章？老林的意见倒明确，大家的意见呢，他总不能将揣摩出的领导意图，记在会议决定栏内吧。王磊有点发怵。作为秘书，不但负责记录，还要负责上传下达去落实。他这人古道心肠太勤快。往往晚上定下来的好事，他会连夜告给本人。有时，属于行政方面的事，他也越俎代庖，抢在杨利民前头，告给本人。这也是杨利民看不顺眼，恨他的一个方面。今天这件好事，他肯定会在会议一完就去通知田亮平的。没有个响响亮亮的决定，这未免使他作了难。不行，这得问个一清二楚，不能含糊其词。于是，王磊紧走不迭，前去徐晋东那儿讨明白。

“徐书记，刚才我没有做下记录。咱们那个工人，就定下田亮平了？”王磊请示般问。

“嗳！”徐晋东心烦地看他一眼，“会上干啥来着？”

王磊讨了个没趣，速速退了出来，回到办公室。他郑重地记下：田亮平走煤矿工。至于何马马怎么定规，他空了下来。王磊立即去找田亮平，向他报告喜讯。但当他路过牛婧兰门前时，听到屋里有男人刺刺不休的拉呱声。他驻足侧听，原来是陈琦跟田亮平、牛婧兰在热说。他听到陈琦说：“红口白牙，顶天立地一个男子汉，说了话不算数，还成吗？”

王磊十分恼火：“你怎么一散会就跑到妇联主任屋里送人情？岂有此理！”他站在门外大声叫道：“田亮平！”

“噢！”亮平回答。

“我正式通知你，党委会决定，让你走煤矿工。你手上的事情，找田主任交代。”

“你进来吧。”牛婧兰推开门，笑着迎接。

“不不，女同志的家，这么晚了不合适。”王磊悻悻而去。

牛婧兰闭了门，对亮平说：“王秘书有些不高兴，你快过去给戴个高帽，感谢感谢嘛。”

田亮平应声而去。

牛婧兰色眯眯地对陈琦说："你也走吧，今晚我给你留着门。"

陈琦抱住牛婧兰狠狠亲了一口，匆匆而去。

翌日上午，公社大院人山人海。今天由徐晋东主讲小流域承包治理，各村负责人正在报到，会议马上就要开始。这时，徐晋东站在门外同院里几个大队干部闲聊，突然发现来了位稀客。徐晋东丢开谈话人，笑脸相迎，有礼貌地问："老何，你也来听会？"

"我听蛔蛔叫唤呀！"他黑风着脸，径直向徐晋东屋子走去。徐晋东以为他在开玩笑。听蛔蛔叫是指人死后的墓内乐趣，怎么会出自他口？昨天的决议，也同他所想无异。应当说，他是高兴的。徐晋东尾随何壬澍走进自己的屋子。

"你坐。"徐晋东当贵客接待。他不是干部，是功臣、朋友，应当尊重。

何壬澍没有坐，二话没说，举起手中的拐杖，"哗啦"一下将门上玻璃打了个粉碎。

"你这是干啥？"徐晋东不解地问。

"干啥？问你自己吧。"何拐子气得浑身打哆嗦。

徐晋东知道他有高血压，生怕他一时激怒昏倒在地。于是，平心静气地说："别发火，有话坐下慢慢说。"他拉着拐子坐下。

"几番几次了，我的儿子就是不能走工。田亮平有啥功劳，让他顶替我儿子？"

原来确是这股筋抽着哪。徐晋东心里有了底。因为没让你儿子走工，就来公社闹事。他心里非常恼火，但面对一个残疾人，无可奈何。只好忍气吞声给他讲明自己的理由。"老何，这次招工是社会指标，优抚对象的照顾，县民政局统一掌握，咱社王村走了一名退伍军人。因此说，双杨公社的人，谁都可以走。"徐晋东交代了政策后，又问："老何，就咱个人关系，我承认不错。有两次吃过饭，都未付饭钱和粮票。"

"不不不，不能提这。我成啥人啦。"何壬澍矢口否认。

“那么，咱一不沾亲带故，二没有收受过贿赂，三也没有别的关系吧？”

“没有。”

“这么说，你就不该砸我的玻璃。这是国家财产。”

这时，闻讯赶来替徐晋东出头的，有王磊、田子荣、彭茂华等人，他们一进家，就对何壬澍叱责起来：“有天大的功劳也不能来摊家呀！”

徐晋东怕何壬澍出事，闹麻烦，劝说他们赶快出去，马上开会。

很快，徐晋东便出现在大礼堂的讲台上，开始了他的讲演：“第一个问题：什么叫小流域……”

此时，何壬澍长长躺在徐晋东的炕上。

第八十七章　恶有恶报公道现

何拐子一拐杖打碎徐晋东门上玻璃，拼命似的躺在炕上，引得人们纷纷议论。加之，公社人员去干涉，又被徐晋东制止。这里边的内情，益发使人产生疑云。是何拐子凭仗血功横行无忌？还是徐碧云将徐晋东拉下水？个中内幕，谁也说不清，谁也不敢深究。若是其他人发生是非瓜葛，书记可以出面解决。而书记发生此种不体面的难堪事端，别人谁敢插手？人们不知徐晋东打得啥主意，如何处理此事。

徐晋东怎么想呢？当他弄清何拐子闹事的根由后，便置之度外，不予理睬他了。近来，横生枝节的怪事屡屡发生，想干点正经事，却总被这些碍手碍脚的蝇营狗苟小可之辈，弄得不能自拔。公社一天不知发生多少事，当书记哪能锱铢必较，面面俱到呢？看他虚张声势，能有多大胆子？不过一空玻璃而已。此种事任人呼号，自己习以为常，安之若素。他做完演说性的报告后，到伙房吃饭。饭后，骑上自行车到城里，为他夫人的转户，找九大常委接头去了。

鉴于昨晚的会不欢而散，今天又有此等事件发生，田子荣深知徐晋东的为难处境，他只好自己为书记分担点忧愁了。他目送徐晋东骑车扬长而去，回头便来见何壬澍。何壬澍还在炕上躺着。

“我说老何，你坐起来，听我说。”田子荣推了推何拐子的腿，“咱们好歹都是自家人。你的心情我和徐书记都理解，照顾一下，是应该的。反过来讲，你也应当理解我们的处境，让别人走也不为错误。何况……”田子荣话到嘴边未出口。他本来想说，何况让你儿子到公社，就意味着下一步安排。但昨天徐的表态，使他犹豫了一下，不说为好。其实何壬澍也不知道这层意思。他在家里一听说公社决定了走工人员，田亮平顶替了何马马，当即便气急败坏地冲公社而来。何壬澍觉得谭瑗的话句句在理，入耳中听。无风不起浪，何壬澍终于跟着这见过世面的老伙计指出的道来了。但他错打了算盘。徐晋东是个绵里裹秤锤的铁砣人物，最终一拐杖打掉了他的希望。尽管田子荣还想给他留下后路，但都无济于事。

田子荣见何壬澍理屈词穷，便再没有说啥。他到伙房弄来一碗米饭。待他吃完饭后，便打发他上路了。近日来，公社乱糟糟，弄得他扑朔迷离，实在有些窝囊气。本来是小事，现在也成了大事。本来是好人，也干起了糟糕事。这使他一百个想不通。他独自怄一顿气，又向王磊那儿走去。

今年是个丰收年，从山上到平川河畔，没有一家吃供应粮的。对此，田子荣心里十分惬意，每每开颜自笑，这是他心宽的一面。今年县里督战腔口也温和下来了。虽然仍在大喊大叫秋耕、深翻土地、农田水利建设，但看样子，发号召、做动员就是目的和行动了。县里一改过去拧得紧、紧得拧的命令作风，这也使田子荣头皮松展了些。他到王磊那里，又将得意的粮油数字核实一次，记在本子上，心情自然益发舒畅起来。他给王磊扔了一支烟，自己点燃一支，痛痛快快一吸一喷，然后吩咐王磊："让毛毛把徐书记家打扫一下，不论谁去买块玻璃，先安上。"

王磊搓搓手："今天这事，就这么完了？"

"不完还怎？"田子荣不耐烦地回答。

"狼碰开门，恐怕狗也要进来的。"王磊颇为不满地发泄心中怨气。

"哪怕虎进来呢！"田子荣信口顶了一句。但他又觉得此话不妥，立刻纠正道："虎也是些纸老虎！"

由于王磊自己讲话，每每将舌头送在别人嘴里，给人以把柄。他恕己及人，对别人的言词，从不苛求，也缺少这方面的本钱。他附和着田子荣说："你说得很正确。没什么可怕的，鹰再厉害也是个鸟。"他边恭维田子荣，边喊毛毛，办他的公务去了。

田子荣到前边行政办公室看了看，门上贴着一白纸告知：有事请到党委办公室。这是王磊的拙笨手迹。他心里不知怎，感到不是滋味。虽然王磊是自己提议兼管的，但作为面向群众的行政部门，关门闭窗，死气沉沉，成何体统？他也骑上车子，到外边兜风去了。

徐晋东傍晚喜气洋洋地返回公社。他今天的心情大起大落，悲喜交加。他在公社受了当众侮辱，并对何拐子的撒野滋事十分愤懑，但又没啥制裁措施，唯一高明办法就是不去理他。这几天，他正思谋着到城里跑自己的私事，苦于事务缠身，总是走不开。今天，他一气之下，到县里活动老婆转户事宜。其实，周谦的承诺，已经有一半以上的把握。他现在要做的工作，是跟常委打招呼。只要求他们在会上不要反对就得了。他找到任何一个常委都是这句话："在研究转非时，不用你说话，只是不要反对我就行了。"所找领导都有求必应，谁还掏上雀喂猫？徐晋东如此一一找过领导后，便怀着大功告成，欣喜若狂的心情，奔回公社。这份喜悦心情，与上午那点晦气的睚眦之怒相比，简直有天壤之别，不可相提并论。他回公社后，没有歇脚，找到水利员那凯文，交代任务道：“你在三道线上，一个村一个村地调查、摸底，看有多少可治理的荒坡荒沟，村里有没有人带头承包？一旦发现典型，立即向我汇报。”他要收集反馈情况。

徐晋东刚放好车子，发现田子荣也骑着烂车子哗啦嘎吱地回来了。他兴冲冲到田子荣那屋，说起了工作：“我说老田，明年的责任制形式到该定的时候了，咱一定要接受今年的教训，不能太零乱、拉杂。公社提出几套方案，引导下边对号入座。无非是‘包工包产’‘到组到户’等几种形式吧。”

“对着呢！明年得有组织、有领导，正规起步，不能搞无政府主义。看这大形势，县里不至于像今年这么苛刻了。”田子荣情绪高昂地跟徐晋东交谈起来。

他心里很纳闷。徐晋东为啥不沮丧、恼怒，反而激情充沛，大作来年文章。是故作大度英雄，还是一棍打出了干劲？他真有些百思不得其解。人说徐晋东的脾气神鬼莫测，从这件事看，也确实如此。作为做过徐晋东上级和助手的田子荣，不得不对其另眼相看。这当儿，他感到欣慰的是，自己对何壬澍善后工作的处理颇为恰当。这或许对激励徐晋东，起了发酵作用。田子荣立刻取出本子，跟徐晋东头碰头，商量起明年的全盘大计。

天色已经黑下来，还没有开晚饭。突然前排传出清脆悦耳的唱腔，还有一杆大胡伴奏。这是聂艳茹在唱山西梆子，伴奏者肯定是唐吉琪无疑了。

“闹啥哩！这成戏园了！”田子荣立刻发了火。

按说，这委实是破天荒的新鲜事。在公社大院，从来没有这种大拉大唱的娱乐场面。一般说，晚饭后是没事的，都视为自由活动时间，打把扑克，下局棋，逗玩胡扯均可以，但如此大放天嗓，有板有眼地唱大戏，是令人吃惊的。须知，公社里，即使在自由活动时间，也不敢确定有没有正在加班赶点、紧张工作的人。习惯成自然，这是约定成俗的规矩。公社是没有文娱生活的。

徐晋东一听到这洪亮激昂、清脆悦耳的山西梆子，便立地走了神。他觉得心情欢快跳跃起来。他本来想跑过去，看看热闹。但被田子荣立眉八眼的神色，降下了温。他只是轻描淡写地说："天黑下来没事，让他们乐一乐，给公社增添点活跃气氛也好。"

田子荣转怒为笑："还是你这书记会关心人嘛，这肯定是新来的老唐和小聂。"

"老也好，小也好，反正都是初来乍到。他们不知公社的老规矩，反而有好处。"

"就这好处？我可看不惯。"

"你听这唱的是谁的段子？"

"……"田子荣失笑一声，摇头谢答。

"柯湘。"徐晋东饶有兴味地说，而田子荣却拉长了脸。

徐晋东一提柯湘，自然想到聂艳茹的一段走红往事。有次，剧团在外地演出《杜鹃山》，主演柯湘的演员因病不能登台。眼看开戏时间到了，主演还在输液，怎么办呢？看来，只好向观众讲情，改换别的戏了。这时，聂艳茹毛遂自荐，主动请战。人们哑然失笑，一个普通学员，既没有登台演出经验，又没有系统排练过，怎么能贸然出场呢？这不是赤屌子追狼，胆大不识羞吗？但聂艳茹信心十足，向领导保证道："我保证砸不了锅。"事到临头，有这样的学员自告奋勇，实在难能可贵。于是，剧团团长大胆将她推出前台。结果，聂艳茹大出风头。台下观众有人询问：这是从哪调来的把式？自此，聂艳茹一举成名。能听听她的唱段，特别是成名角色柯湘的一段唱，真乃艺术享受。可惜，田子荣没有这方面的天赋，对此毫不了解。徐晋东只好迁就着打个佯没拉，假装没看见他的苦头脸，继续谈他们关注的生产责任制形式。

聂艳茹的清唱突然戛然而止，伴奏大胡也中止了。

跟着，开饭铃响了起来。饭间，唐吉琪说：“徐书记，工作要搞，但须学会劳逸结合。不会休息的人，就不会工作。文艺活动是积极的休息，科学的休息。”徐晋东知道唐吉琪的意思，也猜中刚才肯定是王磊制止了他们的活动。他身边坐着的田子荣，正低头吃饭。这种场合，徐晋东左右为难，何况这也不是一句两句话能说清的问题。他对直言直语的唐吉琪，只能含糊其词地说：“你讲的话，有道理。”

田子荣有意顾左右而言他道：“今天的和子饭，是不是有点糊巴味儿？”

“说不定是老康火大了些。”李葆定打圆场。

老康不置可否，永葆那副憨厚、不在乎的尊容。管你们公说公有理，婆说婆有理，我反正不跟你们搅稠稀。本人就这么点火头军本事，概不管闲事。

唐吉琪不看火候，径自边吃饭边自鸣得意地说：“哈哟，咱们小聂可是名副其实的晋剧新秀，来公社是夜明珠埋在土里啦。”

这时，徐晋东对唐吉琪当着领导面宣扬他的见解，并伤损公社形象，不得不发表意见了。他尖刻地批评唐吉琪道：“人民公社是大有作为的机关，什么人才也不会埋没的。占领文化阵地，势在必行。”

田子荣来了兴致，接着徐的口茬儿道：“现在哪有阵地？真正是牛鬼蛇神，纷纷出笼。”

唐吉琪面对这层僵化人物，无可奈何，怄气而去。他私下忖度，田子荣的话是指山说磨，瞄着他开枪的。作为一级政府的领导，太没有水平了，冥顽不化之辈而已。

清晨，金曦一缕，霞光万丈。徐晋东刚刚起床，便听到门前的杨树上，有只喜鹊冲他喳喳地叫。过去，每有鸟雀轻歌曼舞，喈喈鸣叫，他从没有像今天这样，觉得这么新鲜、荡神。他对水鸪鸪有板有眼的数说很赏识，对喜鹊瞎噪呱凑热闹，却没啥兴趣。但今天似乎有啥征兆。他心里琢磨：难道是昨晚县里开了常委会，老婆的户口定了？他边洗脸、刷牙，边想好事。突然，冲他走来一个人。徐晋东一看，原来是青云寨支书铁迪厚。他是个老支书，个头不高，说话声洪亮，办事直率、果断，从不拖泥带水。他有治理青云寨的绝招，将几百口人的村庄，管理得井井有条，犬不夜吠。青云寨很少给公社找麻烦。他一般也不来公社找领导，求靠山，说长道短。今天，怎么大清早就来公社了？

“徐书记，你进家。”铁迪厚没有跟徐晋东寒暄，示意有要事相告。

铁迪厚一进徐晋东屋子，便神色紧张地说：“徐书记，清早起来，我去扫羊场。突然发现，我东房顶上有个死人。我站远处去瞭望了一下，是个男人。我怀疑是铁将军死了。”

啊！徐晋东突然来了兴致：“真的是铁将军死了？”

“啊呀，不敢保证。那人的头窝着，腿蜷着，看不清眉眼。我是从衣服、体格上判断的。”

“好好，你快找姚琨报案去。”

“我刚才已经向他报告了。”

“他去了？”

“他说吃过早饭上去验尸。”

这类事本来与徐晋东已经没关系了，但他牵挂着这宗危及公社的索命案，对此特别关注。他听说小姚要等吃过饭才去，有点不耐烦了。如果真是铁将军，万一他未死复苏，站起来跑掉，岂不是太遗憾了。想到这里，他立即和铁迪厚一同去见姚琨。当他们来到小姚住房前，徐晋东突然产生了个想法：自己何不一同上去，亲眼看看现场呢？对！马上就去。

“小姚，走吧，我也去。咱们办了公事，在老铁那儿吃饭。”徐晋东催促姚琨。小姚立即站起来，三个人便向青云寨飞驰而去。

他们急如星火赶到铁迪厚院里，马上蹬梯子上房。徐晋东的心咚咚，跳得发狂。当姚琨将尸体揪住，又拽着他冻硬的胳膊将其翻了个仰面朝天时，徐晋东情不自禁，大声吼叫：“呔！狗东西！”

果然是铁建军，赫赫有名的铁将军。他终于一命归天，自取灭亡。

小姚翻检铁将军的口袋，里边只有几十元钱和十多斤省粮票、五六斤全国粮票，还有一份盖有大队印章的空白纸。除此之外，还有半盒纸烟，一把钥匙，一个剪指甲刀。突然，小姚发现了他的衣服上有飞溅的血点。这是怎回事？

原来，铁迪厚的东房紧紧靠着崖根，房皮五六米高处的崖坡上，有一蜿蜒小道。铁将军分明是走失脚，从崖上掉到房上的。他没有外伤，除了鼻子下流有一摊血迹外，再无出血痕迹。血点怎么会溅在衣服上呢？再者，铁将军深更半夜来这里干啥呢？

铁迪厚了解情况，他说：“顺崖上这条小路转上去，是水库炸药库，由铁将军的舅父看守着。说不准，铁将军是去闹炸药的，也说不中是找他舅父去的……”

怎不怎，见一下铁将军舅父。当他们来到炸药库时，令人吃惊的场面出现了：铁将军的舅父，十字大叉，死在土窑门口。他天灵盖上鲜血喷涌的惨景映入人们眼帘。

问题复杂了。姚琨须向公安局报案。徐晋东也没兴趣跟踪破案了。于是，两人各办其事。

恶有恶报。不管怎样，反正铁将军死了，这是铁的事实。徐晋东恨不得一步跨回公社，去宣布这特大的喜讯。徐晋东进了大院，第一个看见的人是牛婧兰。她正和田亮平忙着走工的有关事宜。徐晋东兴致勃勃开口就说：“婧兰，铁将军死了。”

牛婧兰有些吃惊地反问：“唉，怎么就死了？”语调有些惋惜。

这实际上是她没有反应过来。铁将军是领导们恨得豆腐也咬不动的大祸胎，她平时也有所觉察，但心里根本没有憎恨的意思。今天徐书记定猛地报告了这一消息，她一听说死，便人之常情地流露出这种表情。这使徐晋东十分难堪。他没有搭理牛婧兰，匆匆向自己宿舍而去。他在门口，边打车子边喊："老田？"

"嗯。"

"铁将军死了！"

"真的？"田子荣惊喜地问，并推开门站了出来。

"我亲眼看见了。死在铁迪厚的房皮上，像只死狗般圪蜷成一团。"

"怎就死在那儿了？"

"这家伙恐怕是铤而走险把他亲舅砸死后，落荒而逃，走失脚摔在崖下的。"

"他舅父在哪？"

"在青云寨山上看炸药库呢。死后天灵盖上有个窟窿。"

"这混蛋，临死又索要一条人命，怙恶不悛。"

"是不是这么回事，还有待公安局认定。"

"反正那孙子死了，给双杨除掉了一害。"田子荣说到这里，突然想到一件大事："这得尽快告诉杨利民。"

"不告诉他他也会知道的。但早点给他送个讯，有好处。"

田子荣立即向西面冒喊一声："娃子们，谁在呢？"

话务室走出来个毛毛。

田子荣对毛毛说："男娃们谁在呢？"

"柴眉坤在呢。"

"好，叫他过来。"

柴眉坤走了过来。田子荣交代任务："你马上骑车子到杨秘书家里，告诉他，铁将军在青云寨摔死了。"

柴眉坤有些不解地问："就这一句话？"

"这一句话就够重要了，你还要几句呢？"

"好好，我马上就走。"柴眉坤不敢再拖延，扭头便走。

田子荣又回头跟徐晋东说："该那家伙死呢。那儿崖头不高，怎么一下就跌死了？"

"五六米高呢。估计是倒栽葱，头朝下摔下去的。肯定摔烂脑浆，鼻子、嘴里溢出血来了。"

"恶人自有天收呢。"

徐晋东听了田子荣这句话，颇有同感。他微微笑了起来。田子荣又重复一遍自己的见解："你笑啥？真的嘛。善有善报，恶有恶报，若是不报，时辰不到。他眉棱骨贴上催命符，走哪也不行。"

对于田子荣的观点，徐晋东半信不信。他反倒对清早花喜鹊报来的喜讯回味无穷。是偶然吗？为啥这么灵验？于是，他笑着对田子荣说："今天清早，你听到咱们门前杨树上，有只喜鹊在欢快地叫唤吗？"

"怎么没听到？我知道今天公社就有喜事嘛！"田子荣说得很认真。

徐晋东哈哈大笑起来。田子荣没有大笑，但笑得被烟呛了一口，咳嗽起来。多少天来，他们没有如此开心了。

徐晋东开怀大笑一顿，刚刚回了屋里，张栋就来了。这老汉因为身体虚弱，请假看病，已经半年多没上班了。今天一进门，发现他确是老态龙钟，面色憔悴，老多了。他天气一凉就喘不上气来，呼吸十分困难。他进屋后要先找个座位歇一会，等休息过来，再讲话。他还引着一位风风韵韵的姣女子，估计是他的闺女，照顾他来的。

"这是我的老闺女。"张栋给徐晋东介绍，"她被分配到咱公社搞计划生育的。"

"计生员。"姑娘将父亲含糊不清的话说明了。

"好好，欢迎。"徐晋东有礼貌地表态，"叫啥名字？"

"寇雯云。"

"咦？"徐晋东奇怪地问，"你姓寇？"

"对，就是寇准的寇，不是倭寇的寇。"

"我是说，你怎么姓寇？"徐晋东省略了一句，管你寇准的寇还是倭寇的寇呢。

这时，张栋说话了："我本来姓寇。现在的姓名是开辟根据地时，组织上给定的。"

徐晋东一直以为张栋是他的真名呢。

张栋歇了歇又说："老闺女，娇惯的。刚才她有意拿寇准的寇和倭寇的寇，跟你开玩笑，其实是一个字。"他对小女说："以后好好听徐书记指教，不可任性。"

徐晋东刚才确是被这个天真的姑娘给蒙住了。经张栋点破，他才恍然大悟，但不好意思承认，便敷衍过去。

张栋接着说："半年没上班，身体不行是事实，但我主要是跑我的历史问题。现在，我的历史黑锅背了三十来年，终于平反了。"

"啊？你平反了？"徐晋东惊喜地问。

"是的。叶落归秋，我这下死去也瞑目了。"

"哟，这么说，你的级别可大喽。"

"当时没定级，只能按那时的职务套了，给定下九级。"

"工资呢？"

"按现在的执行工资发。"

"过去的不给补了？"

"不了。不补也满足了，还我个清白比钱值钱。"

"是的，是的。"徐晋东连连点头。

站在一旁的雯云见他们的谈话似乎中断了，她插嘴向徐晋东说："俺爸的党籍也恢复了。"对她来说，这才是伟大的事呢。

“应该，应该！老革命啦。”

徐晋东看着这位风烛残年的老人，想到他的坎坷人生。青年时代就崭露头角，叱咤风云，出生入死，参加革命；而一跤摔倒之后，无声无息，终生平平。直到告老归里之时，他还是管着几台拖拉机。他毫无怨言，尽心尽力地甘当人民的老黄牛。这种精神，令人钦佩。这一代人，这一种精神，太可贵了。徐晋东又想到，第一次接触张栋时，他给介绍曹明海其人时所讲的那个有趣故事。即曹明海用打狼铁圈套，夹住铁将军的一只脚。张栋老汉当时的神情仪态，现在想来仍记忆犹新。徐晋东不由得将话题转到这里，他说：“老张，你知道不知道，铁将军死了。”

“不知道。”张栋看定徐晋东，“怎死的？公安局干警击毙的？”

“不是。那家伙不知窜上青云寨崖上干啥，结果摔到崖下撞死了。正好掉到铁迪厚房上边了。”

“他罪该万死！省下公安局一颗枪子儿。”张栋感慨地说，“多行不义必自毙，何况杀生害命。天网恢恢，漏过谁？”

他闺女听他说得不入时，便瞪了一眼，撇了撇嘴说：“瞧你说的些啥话。”他心下责怪，徐书记用你给上课？

张栋知道闺女嫌他多嘴多舌，白白浪费时间。于是，干脆利索地说：“徐书记工作忙，我不多占你的时间了。还有最后一件事，我已经办了离休手续了。今天，送来个小的，走了个老的。”他笑着站起身，准备告辞。

“祝贺你，欢度晚年吧。”他又想到，须欢送一下老张。于是问：“你还没有见过田主任吧？”

“没呢。准备这就去同他告别一下。”

“对，见见他，咱们还得欢聚一堂，热闹热闹呢。”

“谢谢领导美意。”

徐晋东同张栋握手告别。

这时，小寇冲徐晋东道：“徐书记，你欢送我爸，莫非不欢迎我来吗？”

徐晋东有点反感，这闺女怎么如此嘴尖、无礼。但怎么说呢，只好勉强笑着说：“欢迎，当然欢迎。”

“那么，你——”雯云伸出一只右手，摆出跟他握手的样子。

唔！原来她在埋怨没跟她握手，这个淘气的姑娘。

徐晋东伸出手，握住寇雯云的手，问：“这才叫欢迎？”

“当然啦。”雯云一歪头，得意地回答。

“啊哟，你就没大没小？”张栋疼爱地看着自己的宝贝闺女，向徐晋东做个恳挚的示意：看在我的老脸上，关照关照吧。

这时，田子荣站在甬道上喊：“老王，把行政办公室门打开。”

“杨秘书回来了？”王磊问。

“我来坐摊。”田子荣兴致勃发。他这一声喊，给大院增添了欢快、明媚的气氛。

第八十八章　公社赢得民拥护

一天，石门水库的邵璋赶着辆黑叫驴拉的平车，进了公社大院。王磊见丫丫杈杈满满一车东西，便走出来，问：“这是干啥？”

邵璋打个嘟噜儿喊住驴，回答道：“民工连解散了。这是连部后勤的财产，给公社交回来了。”

“水库完工了？”

“基本完了。剩下的活儿，用不着公社的劳力干了。”

“你等等。”王磊去见徐晋东和田子荣。结果，徐晋东没在，他便向田子荣说明情况，请示怎么办。

“放下就行了，这好说。”田子荣轻率地回答。

“不用清点核实一下？”

“不用了，在的算数就行。”田子荣知道，这是无法清点的一笔糊涂账，一根筷子不交，你能怎样？收摊买卖，就这样子。狗分羊肠，咽了这口气就算了。

王磊领命，指点着邵璋，将驴车赶到大礼堂门前，又吼喊出几个后生，大家七手八脚，将车上的蒸笼、铁锅、风箱、瓢、勺、碟、碗、菜刀、礤子、铁炉、烟筒、水桶，还有一箱子乐器：二胡、笛子、鼓镲、锣、木鱼等，还有两包袱文艺演出的行头、戏装……

“具体情况，罗书记一概清楚，他向公社汇报。”邵璋又指着一个小木匣说，“这里边是账簿。”他站在那里，掏出一支烟，递给王秘书，“那我就走了。”

“这毛驴和车呢？”

“都是公社的了，我的任务完成了。”

公社要毛驴干啥？王磊问邵璋：“罗彪何时下来？”

“啊唷，那可说不清了。人家现在是大拿，忙得不可开交，哪有下山的闲空？”

“水库竣工了，你们都解散了，他待在山上干啥？”

“干啥？你还不知道？人家是县水利局局长啰！水库归了水利局，你说他忙不忙？”

啊？他去了水利局当局长啦？王磊大吃一惊。

王磊将罗彪调到水利局一事，告知田子荣。田子荣与罗彪已尽释前嫌，笑了笑道：“好事，双喜临门。”

王磊不会巴结也不善逢迎，他只管自己说话。他说：“高升一个总比铐一个强，水库这顶愁帽，交给水利局也好。”

“十月怀胎，一朝分娩，总算子母离身了。”田子荣摇摇头。

“邵璋连车带毛驴扔下了，这该怎处理？”王磊又作难地请示。

“平车放在公社，把毛驴赶到林场，让翟五旦经管起来。”田子荣随随便便回答。

王磊从田子荣屋里出来，一边安排李葆定送驴差事，一边将行政办公室的门又锁了起来。黑叫驴穷技大发，“啊儿，啊儿”，狂叫起来，弄得公社人们哭笑不得。

徐晋东溜到供销社散了散心，顺便买了点纽扣、手帕之类的小零碎，还跟野姑、矮子闲聊了一阵。热门话题当然是铁将军遗闻轶事了。当他离开供销社，返回到公社门外时，发现公社院里传出洪亮粗犷的毛驴叫唤声。听到这种无拘无束、信口放肆的牲畜吼叫，他在潜意识中有种快感。驴的喊声尤其豪迈、激扬，在山庄旷野，听起来格外令人陶醉。但今天，出现在公社机关大院内，虽然听起来舒服、悦耳，但心里总感到有点别扭，这不伦不类，成何体统？按说这是正宗的毛驴无疑，这里也只能冠以“非驴非马”之列了。想到此，徐晋东独自微微抿着嘴笑着，走回公社。他一进大门，迎头李葆定骑着一头黑叫驴，冲大门小跑而来。葆定见了徐晋东，立即跳下驴背，没光落色地向徐晋东打招呼：“徐书记，你出去来？”

“这是哪的驴？”徐晋东没有回答，反问他。

“水库民工连的。邵璋交回公社了，王秘书让我送到林场去。”

“这会子了，你还要上山？”

李葆定打了个定心，他捉摸不透该不该将实话告诉徐晋东。他略加思考，便决定如实回答。于是咂一下嘴，自作聪明地说：“我顶远送到小咀村，剩下的路，让他们沿村转送去吧。”

这是个鬼灵精，滑头浮躁，风风火火的。他办此类事情，歪点正着，不知有多少门路。徐晋东后悔自己问了句多余的话。他只能装腔作势地摆摆手，打马虎眼道：“我不管这事，按王秘书安排的办，你走吧。”

葆定在驴的肷窝里拍了一把，驴便一溜烟跑步走了。他很满意自己的答复，若不如实相告，徐书记知道后，自己得落个不老实的印象。而现在事也办了，路也没多走，领导也没瞒哄，皆大欢喜。

徐晋东狐疑着：水库倒干净利索地交手了？他信步来到王磊这儿。

王磊一见徐晋东，便将邵璋送来民工连灶具等东西，一五一十向他做了说明。并将田子荣让往山上送毛驴一事，也告知徐晋东。徐晋东对这些鸡零狗碎的事情，听也不想听。他问王磊：“没说罗彪多会回来？”

“罗彪回不来了。人家高飞了，坐水利局的头把交椅了。”王磊不关痛痒地信口讥讽着说。

“当了局长啦？”徐晋东极力克制着内心的冲动，故意拖着尾音重复一句。

“那可不是！”王磊似乎是对罗彪的越级晋升有点眼红。领导们平时嘻嘻哈哈，穆然相处，但一旦涉及个人私利，便显露嘴脸，表示出忌妒他人的小心眼儿模样。作为秘书，王磊自信看得十分清楚。他为自己给徐晋东颇有见识地打这个幌子，得意扬扬。领导间有几个不是貌合神离、各奔前程的呢。

徐晋东对王磊这副作态不感兴趣。平日间，互相尊重，彼此融洽，眼下人还没走茶已凉，未免有些太势利了吧？好在他对王磊其人，有自己的独到认定，他的言行好像无意识表演，不必深究。倒是徐晋东听到这个消息，心里实在憋气。他这人生平最可恨的是被人捉弄。如此看来，罗彪到水利局是久有所谋，领导对他的器重擢用，也是水到渠成的夹袋中人物的归宿。他愤愤不平的是，上下对他为啥严密封锁消息。就算到郑平、周谦跟他谈水库移交，罗彪接收任务，只身去交割水库事宜之时，他们都未流露半点蛛丝马迹。现在想来，当时未免有些盲目草率，判断失误。早知如此，当时定不会委托罗彪去处理水库移交手续的。这般时候，徐晋东估计水库上的事已了结了。即使有啥贻误，也只好哑巴吃黄连——苦在心里算了。

“也算。”徐晋东只好退一步自怨自艾地自认倒霉。

王磊见徐晋东脸上的气色不好看，不知他哪根筋抽着，不敢随意开口。不过，有一点他是清楚的，使徐晋东不悦的导火线是罗彪的调动、晋升。于是，王磊又给徐晋东解释道：“这是道听途说邵璋的话。罗彪正式调动，论理，组织上应当事前跟你打招呼的。”

“来还没打招呼呢，走打得啥招呼？”徐晋东牢骚满腹地抢白王磊，也是抢白他自己。

“也好。”徐晋东又慢慢地蹦出这么一句，“他接管总比别人强。”

“对着哩。咱不抱油篓，不沾油手，两袖清风。”

他俩正在沉闷的压抑气氛中，谈论着罗彪调动引出的话题，突然陈琦骑着车子，直接来到党委办门口。他停住车子，喜气洋洋走进办公室。他不管徐晋东在跟王磊说什么，径自开口道：“报告徐书记、王秘书，我被调走了。”

“啊？”徐、王二人同时吃惊地叫了起来。

“调到哪了？”王磊问。

“咱还能去了好地方，被发配到山上啰。”陈琦酸溜溜地说。

“哪个公社？”王磊紧问。

“你动动脑筋，猜猜呗，肯定一猜就中。”陈琦嘻嘻哈哈地说。

“这是组织上的安排，我哪能猜中呢？”

“哈哈哈……”陈琦大笑着说：“溜沟的狐子，窜梁的狼。从双杨顺青云河进去，不是个石门，还有哪？”

“嚯，原来到石门公社了。”王磊恍然大悟，“啥？书记吧？”

“一个公社总共四千人，没有两个赵庄大。”

“大小也是公社规格，副的成了正的了，一下跟老徐同起同坐了。”

陈琦笑着说：“哪敢跟徐书记相提并论。我走哪还不都是伺候徐书记的下属！”

“咦，这下你可比我高得多了！”徐晋东突然逗了他一句。

“对。高是高了，山头高了。我再高也得服务你。”

王磊不解其意，否定他道：“这话差矣。公社有大小，公社书记不分大小，一个级别。”

陈琦岔开话题，又问：“你们知道不知道，罗彪被调到水利局了？”

“知道。刚才听水库上人们来讲的。”王磊回答。

“你看看，包括罗彪，他也是为徐书记服务的。”陈琦瞧着晋东说。

“你们升官，各奔前程，与我有啥关系？”徐晋东断然否定。

“这话对。不管别人怎说，你们俩人不能忘了双杨，吃水还不忘打井人呢。”王磊很兴奋。

“我们成了徐书记的外延力量啦。”陈琦恭维徐晋东。

“笑话而已。吃谁的饭，落谁的家。遇有纠葛，高抬贵手，给以支持，就不枉双杨衣食父母养育你们一回了。”

“哈哈哈……”陈琦笑着说：“还是徐书记有水平，我永远是你的门生。”

听到办公室谈笑风生，人们渐渐走进来，参与了热烈的议论。田子荣、牛婧兰、彭茂华等都来了，一个个笑逐颜开，为公社的兴旺争相发表高见。话是开心的钥匙。一个乐观主义者陈琦，几句话就将沉闷的气氛打破，也把人从钻牛角尖的死胡同里拽出来了，从而给公社大院里带来一片欢乐景象。一时间，办公室里嘻嘻哈哈，好不热闹快活。

徐晋东情绪尤其高涨。他不管陈琦的胡吹乱谤有几分可信程度，但就罗彪的工作安排，这铁的事实，足以使自己体面地获得一份无妄之福。这叫吉人天相。事实上，的确如此。有这俩人的外延关系，不但石门水库会一帆风顺，及早受益，它对增强自己的威信，促进双杨全面工作将会起到不可估量的间接推动作用。今年，由于春上几项大刀阔斧的改革取得成功，现在公社面貌焕然一新。这就是政治的威力。尽管由于社会治安问题，给公社带来不少麻烦，但大局上形势一派大好。基层班子稳定健全，粮食丰收，人心安定，公社的威望深入人心。干部社员对未来充满了美好的希望。值此大好时机，应立即制定继往开来、鼎新革旧的大计，这是事关明年改革成败的当务之急。于是，徐晋东断然决定，晚上召开党委会。

在党委会上，徐晋东的议事日程有两项：一、改选支部班子；二、议定生产责任制形式。

由于几年的苦心经营，特别是一九八〇年的几项重大决策，双杨公社党委已经赢得了基层干部的信任和拥护。而公社党委也由于从过去指手画脚、发号施令的长官意志作风，变成了调查研究、走访群众的务实作风，从而对下边情况了如指掌。由于还生产权于农民，干群矛盾大大缓解。各村支部在群众中也威信大增。这样，徐晋东心里底清数明。党委会上，大家意见没啥分歧。一致同意，采取大民主选举的办法，先产生支部，然后由支部负责改选大队管委会。今年的支部改选，一律由原支部书记负责，公社不再派人下去监督。这是徐晋东在熟知下边情况后，自然而然采取的放手政策。

在讨论明年责任制形式时，大家粗略地归纳了几种。最后决定待支部、大队班子定下来后，采取由下而上，再由上而下的方式进行。

事态的进展都在徐晋东意料之中。一声令下，桴鼓相应。仅仅一个晚上，全社支部班子便改选了下来。第二天，四十个支部的新班子成员名单便报回公社。公社党委立即做了批复。在今年风平浪静的支部改选中，爆出一个冷门。赵庄的支部书记何子毅落选，而代替他的居然是何静仁。

“批不批？”王磊请示徐晋东。

“批。”徐晋东毫不含糊地表态，“赵庄四十多名党员，难道都能走了眼不成？”

“我好长时间没去赵庄了，他没啥大问题了吧？”

“是个才华出众、满腹经纶的人。你我都不及人家的才华。”

“他的神经病万一复发，公社党委也负有责任的。”

“负什么责任？”

“咱们盖章审批，就是把这道关，慎重点好，最好万无一失。”

“世上没有万无一失的事。”

徐晋东平心而论的一句话，使王磊目瞪口呆，赧颜汗下。他再不敢犟嘴了。

就在何静仁当支书的第二天，赵庄又平地一声雷，冒出个风云人物——郭玉恩。他一个人承包了正南沟小流域治理。何静仁与他写了承包合同。

这个消息是那凯文告诉徐晋东的。那凯文自从徐晋东授命他专门负责坡地区的小流域治理工作后，便一心一意沿村串游，边摸底边做宣传。但大多数村庄都不动，人们瞻前顾后，怕担风险，终是没一个人挑头冒尖儿，问津穷山沟。当他一听说赵庄的郭玉恩承包了正南沟时，便立马来到赵庄了解情况。结果完全属实。于是他马不停蹄，抢先到公社向徐书记汇报这一重大发现。

徐晋东认为农民治理穷山沟潜力很大。他对这项工作很感兴趣。为此，专门召开大会，做了演讲。何况，这是县委的号召，不存在任何政令不一的麻烦。任何事情总得有个开头，只要有人干出样板，随后便会有人跟上来的。所谓典型引路，就是这个意思。由于在布置小流域的大会召开之际，何王澍来闹事，将他的精力分散了些，再没过问这事。自从铁将军一命呜呼后，双杨公社晴空万里，如日中天，上上下下情绪高昂。徐晋东战略上由防守变进击，他抛盾，执矛，又要精神抖擞地主动出击了。该出头时就出头，风樯阵马闯新路，这是何等豪迈的壮举。徐晋东甩手让党员选他们的领头人，也是思想解放的大胆尝试。他习惯走自己的路，对自己很自信。他相信自己虽没有雄才大略和叱咤风云的本事，但执掌一个小小公社，还是大马拉小车，不在话下的。徐晋东决心在土地承包的基础上，再上一个台阶，发动农民向荒山荒沟开战。今年春上，沿河几个村庄率先搞滩涂开发承包，但没有治理小流域的范例。他那天豪情满怀地做了一场脍炙人口的动员报告，自信具有一定的号召力和诱惑性。但几天过去了，杳无音信。他暗想："难道我唇焦舌敝，搜索枯肠，整整讲了一个上午，竟然没有一个人接受？沉睡的农民，如此几千年一遇的机会，为啥呼唤不醒呢？"徐晋东在渺茫中难免有些寒心。就在这时，那凯文闯进了他的办公室。

"郭玉恩承包了正南沟。"那凯文开门见山向徐晋东报告。

"正南沟那么大，他一个人怎么能治理下来？"徐晋东有些怀疑，是不是郭玉恩在放空炮。

"我去问过老郭，也上山看过。正南沟有两条通至石山上的窄沟。他从上往下治理，工程逐渐扩大。这方案是可行的。"那凯文比画着给徐晋东介绍情况。

徐晋东将信将疑。郭玉恩自从受处分后，十分消沉。他现在突然爆发出如此大的能量，是出于个人经济利益的原因，还是来自政治方面的重新振作？这又是谁给他指破迷津的？徐晋东对郭玉恩的行为不免推敲起来。当然，他最理想的答案，是来自公社那次动员会，说白了也就是自己的精彩报告。想到这里，徐晋东有些悔悟，在郭玉恩犯错误受处分后，自己未曾登门做善后思想工作，现在看来是个失误。他毕竟是从上甘岭阵地走下来的铁汉，革命熔炉里久经锻炼的志士。他默默沉寂几年后，终于又站起来，此举确实出手不凡。徐晋东决定，亲自面见郭玉恩。

徐晋东兴致盎然地骑车来到赵庄。已是深秋季节，田野呈现出黄漫漫的萧索景象。他虽然满怀信心，精神焕发，但临进赵庄，心里还是陡地打了个寒战：别遇上何拐子！这个赵庄，打从徐晋东第一次入村，便开始有了麻烦。开头是金怀老板，继之为何静仁，现在又跑出个何壬澍。不管啥时候，总叫你不能心情悠然地进村。唉，村大人杂，有啥办法。徐晋东硬着头皮，驶进了村。他一进大队院，便遇上了徐碧云——何拐子的婆娘。

徐碧云一见徐晋东，便笑容满面地打招呼："咦！哪股风把你刮来了？好稀罕哟。"看样子，她好像不知道她男人与自己发生的不愉快事件。她这副一如既往的落落大方作态，令徐晋东吃惊。她是装洋蒜，卖弄小聪明，还是放的烟幕弹？抑或是软硬兼施的伎俩？反正他对她不从正面看。你再笑得喜色，也是笑面虎了。

徐碧云不管徐晋东怎不自然地跟她应酬，自个儿冲正屋喊道："大管家，大书记来了，你不出来接待，钻你娘的家里装死是吧？"

何大冬出来了。徐晋东向大冬走去。"徐书记，不走吧？中午到我家吃饭。"徐碧云站在后边顶问。

"不不不，立马就走。"徐晋东赶紧甩开这个碍手碍脚、别有用心的人。

何大冬不减当年威，仍是那么得意地打着半京腔，在大喇叭上发布命令："何静仁，公社徐书记到，请马上回大队。"

不一会，何静仁便来了。他中装革履，神采奕奕，显得更加英俊潇洒。他见到徐晋东，庄重而文雅地伸出手，跟书记握手，并说："欢迎徐书记来赵庄。"接着又正儿八经地道："谢谢徐书记对我的信任。"

徐晋东郑重地告诉他："这是赵庄全体党员对你的信任。"

何静仁没有说话，只是怀着感激的心情，重重地点点头。随后，他用批评的语气对大冬说："泡茶嘿，你愣啥？"

“马上就好嘞。”大冬勤快地着手张罗。

徐晋东这才发现办公室较前变化不小。干干净净、利利落落，一看就知道，这里有个精明强干的当家人。年轻人走上台，就有年轻人的风度。一向不大讲究形式的徐晋东，看到这整洁明朗的办公室，心里十分满意。办公室就是大队的窗口，代表人的精神面貌。这跟人的家是一个道理。徐晋东边品茶，边端详着何静仁。这位年轻有为、文武双全的后起之秀，只要正确引导，再不拿封官许愿刺激他，是会实实在在干事业的。

“静仁，我来赵庄，是想了解一下郭玉恩承包小流域的情况。”徐晋东直言以告。

“是的，徐书记，我们已经写了合同，整个正南沟归他治理，大队分文不收。他有劲，尽他的马跑。”何静仁很有气魄地说。

“一人承包那个流域，面积是不是太大了些？”徐晋东质疑地问。

“没问题。大沟中有小沟，小是小的治理法，大是大的治理法，他绝不搞大队修水库式的大堵大截治理。玉恩叔是有办法的。”何静仁看了一眼徐晋东，又补充着说：“人干事业凭的是一股志气，一旦铁了心，豁出命去干，世上没有干不成的事。郭玉恩这位老党员、老革命，是憋着一口气，重整旗鼓，向荒山沟开战的。他一定能成功的。”

“你做过他的思想动员工作？”徐晋东听何静仁口气，对郭玉恩是很了解的。何静仁向徐晋东讲述了事情的来龙去脉——

那天，我一当支书，他就有些不服气。我从他的情绪上，一眼看穿了他的心思。于是，党员会散会后，我留下他，跟他谈话。我没有绕弯儿，单刀直入地说：“玉恩叔，咱们都是一个类型的人，自己跌倒需自己站。我的病好后，主动给小队当义务记工员，主动给民兵上政治课，主动给党员讲党课，我主动写稿子出黑板报。是党员看到我脱胎换骨成了新人，才投出他手中的一张党票。你呢，一蹶不振，一味消沉，怨天怨地，就不怨你自己。你是个老党员、老革命、老前辈，自己能打倒自己，为啥自己扶不起自己？难道除去当干部就再没有别的选择？要一棵树上吊死不成？人，只要有精神，条条大路通长安，路就在自己脚下。”我几句话说得他抱头哭了起来。

“你说我怎么干？我没你那文化，没你那口才，一个炮筒子，能干啥？”

“你不是有一双铁打的巨手吗？公社号召承包小流域治理，这不是你大显身手的机会吗？”何静仁又激将着说：“拿出当年坚守上甘岭的精神，你还战胜不了一个穷山沟？”

“行！”郭玉恩奋袂而起，“我以共产党员的名义，向组织发誓，干！”

徐晋东听到这里，很受感动，决计先见见郭玉恩，给以支持鼓劲。

“他这几天，一直在正南沟踅来踅去，盘算大计呢。在家里是找不到他的。”何静仁肯定地说。

“那更好，咱顺便连他治理的流域也看看。”

“好喽，我带你上山去。”

正如何静仁所说，郭玉恩确是一个人在正南沟的梁上梁下盘踅呢。他人生得魁梧，粗胳膊壮腿，脊背像门扇，老远处就发现了他。

“徐书记，你瞧，好几天了，独自一人，无休止地环绕着。”

徐晋东点点头，意思是听明白了你的话。但他不能冒昧地猜测他的缘由。

他们走向郭玉恩。

“玉恩叔，徐书记来看你来了。”何静仁首先跟他打招呼。

郭玉恩站住了，但没有立即回话、表态。

“老郭！”徐晋东边往近里走边笑着说，“你承包了正南沟了？”

郭玉恩迟迟慢慢地说：“嗯。”

“好，你这个头带得好！”徐晋东首先表扬其精神，接着又请教似的问：“多大范围？”

郭玉恩看了一眼何静仁，说：“让俺支书介绍吧。”

何静仁伸手指比画着，给徐晋东一个概括的印象。

“你准备如何治理？”徐晋东问。

“八字没见一撇呢，说大话有啥用。”郭玉恩漠然而答。

徐晋东满怀热情地来支持这位敢冒天下先的英雄人物，认定他的事业一旦成功，其率先垂范作用是不可估量的，它将为丘陵地区农民开辟一个绿化致富的新天地。然而，面对这位有宿怨的武夫的冷慢态度，低沉调音，他泄气了，像是被兜头浇了一瓢冷水，从头凉到脚。他对何静仁和郭玉恩两人的极端态度犯了疑，莫非他们仍在说空话，唱高调吗？一个是东山再起的风派人物，一个是鲁莽蛮干的落架败将。难道自己今天上了他俩人的当不成？如此一想，徐晋东的情绪马上低落下来。观其言，看其行，这是个干大事业的人吗？他默默一个人待在这里，是不是知难而退，要打退堂鼓了？这种人不能用何静仁的办法，打着鸭子上架，需冷静地让他做出抉择。徐晋东向来不会轻率地盲目吹捧一个新生事物，如内因不具备，单借外力，会扶得高，跌得低。这时，徐晋东没有发现自己内心剖析别人所表现出来的作态，倒是一眼发现何静仁悄悄背着他跟郭玉恩叽咕了几句什么。于是，他借机说道：“你们有啥慢慢说，我走了。”他有意给拿架子的郭玉恩一点颜色瞧，也有意给大言不惭的何静仁降降温。

徐晋东走了。何静仁当支书后，首次接待徐书记就弄了这么个没情由的分手，心中实在不是滋味。他对郭玉恩也产生了怀疑，认为他动摇了，想坐蜡。

“你现在信心足不足？”何静仁问郭玉恩。

“我怎不足？”郭玉恩反问。

“那么，徐书记了解情况时，你鼻塌嘴歪，说话连音也没了？”何静仁显然对他的态度不满意。

“这得一锹一镢干呢！说大话有啥用？谁想来看，明年再说。”郭玉恩理直气壮回敬何静仁。

“玉恩叔，反正你承包小流域，公社广播上也播了，领导们也知道了。你如若弄个鸡毛打钟，没音。哎呀，老叔，咱俩就全完了。”

“年轻人，放你的心吧。男子汉大丈夫，说一不二，共产党员上阵，没有退路。我要是在正南沟干不出个名堂，老崖下自打墓，连骨头也葬在这里。”

“玉恩叔，不说不吉利的话。咱要坚定信心，认准目标。革命对象就是正南沟，不变面貌誓不甘休！”

“好！”郭玉恩竖起大拇指，哈哈哈朗声笑了起来。

走远的徐晋东听到了。他隐隐间感到，这是对他的嘲笑。

何静仁向郭玉恩打个告别手势，便拔腿跑去。他甩开手，急急地追赶着徐晋东。不知他有多专注，身边掠过一只枣红狐狸，他都没有来得及喊一声。

第八十九章　公社大杂烩午宴

公社的大型午宴设在会议室。大家济济一堂，热烈非常。从领导到员工，一个个笑容可掬，满面春风。这是一次难得的超级宴会。文人徐晋东用了番脑子，想给这个盛宴定个名目，但终究未能如愿，只好装糊涂、打马虎，随随便便摆开桌子吃饭。但会标可以不写，名目可以不定，其内容是不能不说的。

徐晋东今天坐在首席上，容光焕发，扬眉吐气，是当然的主席官。当大家入席，一切就绪后，他微笑着站起来，发表宴会致辞。他说：“同志们，今天是公元一九八一年元旦。在这个普天同庆的大喜日子里，我们会聚一堂，尽管薄馔菲酌飧宴寒酸，但就我们举办这次宴会的意义、规模、内容、心情而言，我毫不夸张地说，是空前的、盛大的、真诚的、欢乐的、前所未有的。为此，我首先提议，大家共同干杯！”

大家都站了起来，将酒杯举起，互相关照着，然后一饮而尽。

“有没喝尽的呢，今天我当酒司令，谁也不能讨奸。”陈琦主动站出来监酒。

“俺们向来是红酒，今天也不能例外。”毛毛喊叫。

“行行。男士们都是小酒盅，半边天是红酒，也是小酒盅。”陈琦检点后，笑着说，“徐书记，对不起，打搅你的祝酒词了。”

徐晋东笑了笑：“陈琦的检点很适时。今天，同志们要有个准备。接下来听我这个大司仪的号令：第一，首先，让我们大家为石门水库的胜利竣工，干杯！”

“干杯！”

丁零当啷，参差不齐的碰杯声响起。

“为数年以库为家，坚守阵地，善始善终，完成任务荣归公社的罗彪、赵振沂、苏芸芷等同志，干杯！你们辛苦了！”

“第二，今天是牛婧兰和田亮平龙凤呈祥、喜结良缘的婚典之日，为他们的百年好合，终生幸福，干杯！”

“报告司仪，新郎新娘，应当对饮三杯。”唐吉琪提议。

“好！三杯！”众人喊叫。

“你们知道不知道，婧兰和亮平能有今天，是谁牵的线？”彭茂华问大家。

“陈琦呗！”王磊抢着回答。

“让大媒人陪上！”

“好好，大媒人陪上，每人三杯！”

大家开心地红火了一阵。徐晋东接着说：“静一静。今天内容多，得抓紧时间进行。第三项：为陈琦同志荣升石门公社书记，罗彪同志荣升县水利局局长，干杯！”

“谢谢大家！”罗彪站起来，向大家行鞠躬礼。

陈琦被动了。他站起来，红头涨脸地说：“我用实际行动感谢同志们，我特地另加一杯，来，斟酒。”

“啪啪啪——”有人鼓起了掌。

陈琦一饮而尽，然后将酒杯，“当”一声蹾在桌子上，用手背揩着嘴，显示出后发制人的得意样子。

“第四项，”徐晋东用压倒嘈杂声的腔口，喊道，“为老革命、老前辈、老黄牛张栋同志的历史问题彻底平反，荣退故里，干杯！”

张栋站起来，举了举手：“报告司仪，我说一句话。”

徐晋东点点头：“今天你有多少话，只管说吧。”

张栋老汉激动得声音都变了。他说：“我过去曾不止一次说过‘公社里数我大哩、数我小哩’。这是带情绪的话。今天对大家更正：数我老哩，数我级别高哩，也数我党龄长哩。我死而无悔。”

大家为老人鼓起了掌。

“第五项，为邓彬同志洗尘接风，并祝贺他出任县看守所所长，干杯！”接着，徐晋东说：“邓彬同志为双杨的治安工作，尽职尽责。在他临调前，发生了盗窃案。他当仁不让，主动出击，结果却蹲了几个月的冤狱。今天，我们特意请回他来，表示一点心意。为他接风，也为他奔赴新岗位送行。邓彬同志，你受苦了，愿你今后一帆风顺。你有啥要说的吗？”

邓彬站起来，难为情地苦涩地笑了笑。有人说他瘦了。邓彬说：“我有一句话告诉大家：宁叫哄过，不能撑破。”

钰香不太清楚这句话的含意，她以为又是杜撰，于是低声戏谑道：“又不是胆大如鼠了？”说毕，一缩脖子，伸了下舌头。原来，邓彬曾跟她说：“世上最胆大的东西就是耗子，专门与人为敌，害人不浅。有人竟说胆小如鼠，你说怪不怪？”钰香说：“那就叫胆大如鼠吧。”她想起邓彬的怪话就觉得可笑。

徐晋东按他的司仪程序进行：“接下来是第六项仪程了。对新任双杨公社副书记的彭茂华和尚丞荣二位同志，表示热烈欢迎，并共同干杯！”尚丞荣是挂职锻炼干部。

“由于时间关系，免去他们的发言表态了。接下来，无所谓第几项了。我给大家介绍一位新人：这是马天龙同志，他来接管杨利民的工作。这里需要说明的是，马天龙是我们的老前辈马亚平老主任的儿子。今天，我们欢迎小马，首先让他代替‘老封君’接受我们的祝福，大家干杯！”

“谢谢！”小马频频点头。他是个白面书生。

“再为小马的到来，干杯！”

“接下来是第几个仪程了？我也弄不清了。我提议，为先后新分配来的老唐、聂艳茹、寇雯云，以及驻社特派员姚琨等同志们的到来，干杯欢迎！”

这时，王磊给徐晋东递过一个纸条。徐晋东看了看，接着说：“对，我们为即将告老还乡的赵振沂、走工的田亮平，以及……以及，”他想了想，接着说，“以及即将去木厂的老康，干杯！”

老康不在场。他去木厂，人们有点意外。但今天伙房来了位新手，是多数人看到的。这就是从水库请下来的郎晓梅。

徐晋东正琢磨，该不该向大家介绍郎晓梅？不介绍吧，欢送走了老康，谁来接替？而且别人大小都点名，唯独空下她一人？介绍吧，一个临时做饭大师傅，还值得让大家在如此隆重的宴会上，为她干杯？

这时，毛毛从外边跑进来说："徐书记，电话。"

"顾不上。"徐晋东不假思索地回答。

"周书记的。"毛毛又加上一句。

"好，大家随便吃，略等一刻。"徐晋东匆匆告席。

徐晋东做梦也没想到，周谦会告诉他一个天大的好消息。他一拿电话，对方说："你是晋东吧？赶快到公安局办理你老婆的转户手续去。"

啊？如此大的事，竟是这么简单。周谦平常一句话就得了。徐晋东喜出望外，情不自禁，咧开嘴笑着。当他兴冲冲地走进会议室，面对热闹的宴席场面时，早把晓梅的事丢在九霄云外了。他兴奋地说："难得新老同志欢聚一堂。今天，我是喜上加喜，再加喜，太高兴了。"人们知道他喝得差不多了，但喝酒人是忌讳说喝多了的。谁都只顾自己的酒盅。老实的，滴酒不洒，点点入肚；狡猾的，耍花招，出洋相，里外抛洒，蒙混过关。徐晋东理所当然，盅盅底朝天。这时，他趁着酒兴说："我是今天的大司仪，最后一个项目是属于我自己的了。我刚才接到周书记电话，经县委批准，我的家属，已正式转为非农户啦！"

"好消息！"大家拍起了手。

"为徐书记的家属飞（非）起来，干杯！"这是陈琦的号召，"我再敬徐书记一杯！"

徐晋东并没有醉。他指着陈琦说："接下来，是临时动议。我正式委任陈琦同志为宴会的大总管、酒司令。新官上任三盅酒，来，干！"

于是乎，大家三一伙，两一对地交谈碰杯，猜拳行令。一时间觥筹交错，热闹成一锅粥。

突然，玻璃窗外有个女人头晃动了一下，别人视若无睹。这种酒足饭饱、尽情取乐的热烈时刻，谁管她张王李赵，粉头女流？可是，有一个人看到后，吓得魂飞魄散，简直想一头钻入地下。他就是邓彬。原来外边的女人是改婵，她好长时间没来公社了，看到公社就心烦。这次，是她回娘家，晋东外母托她给晋东捎来个口信，她来送的。万没想到，无心人做事，有心人胡猜，闹了场笑话。她听到里边高吆二喝，红火异常，便趴在窗台上，向里边瞧了瞧。而邓彬见她鬼头鬼脑，向里边窥探，定睛一看，正好俩人对视相望。时间一天一天过去，他的心也一天一天松宽起来。看来改婵不会落井下石，置人于死地的。他今天来公社，心里便紧巴巴惦记着这宗公案。可是，终究没有闪过。当他一看到改婵的头脸后，便像瞧着勾魂索命鬼一样，魂飞体外，六神无主。加之他酒量有限，早已上头，如其然攒措一块，他便腿一软，头一耷拉，从凳子上溜到地下。

“怎么了？怎么了？”人们立即去关照邓彬。他像龙抽掉骨头般瘫痪在桌下。

“喝多了，抬到家里休息一下就没事了。”田子荣动手，众人们帮忙，七手八脚将邓彬从会议室舁了出来。

改婵将口信告给徐晋东，指着这帮人问：“那是干啥哩？”

“今天高兴，喝得多了些。”晋东不以为意地回答。

“谁？”

“邓彬。”

“不是说坐了班房，怎的又出来了？”

“受了点委屈，白白囚禁了好几个月。”

“死了才好呢。”改婵咬牙切齿地诅咒道。

“咦？你怎说这话？”

“怎？你听了不舒服吗？”

“当然不舒服。打着娃娃娘出来。他是我的下手人，我能不关心他吗？”

“姐夫，我告诉你。你算有眼无珠，看错了人。”

“这话怎讲？”

“我永远不会对你讲的。”改婵说罢，扬长而去。

“改婵！”徐晋东用挽留的语调喊她。

改婵没搭理。

“改婵！”徐晋东又加重了点语气，叫了一声。

改婵仍没有回头，也没有捩脸，只管走自己的路。原来，她哭了，伤心的泪水只管往肚里流。

隆重的宴会散了，人们稀稀拉拉从会议室走了出来。有的酒兴大发，吹牛拍马；有的高谈阔论，倜傥不拘；有的依依惜别，留恋不舍……

太阳西跌，意尽阑珊，飞鸟各投林。

这一天，徐晋东太累了，也太兴奋了。晚上，他平平静静坐在办公桌前，品茶遐想。他首先想到的是，老婆转户后的一连串变化：搬家到双杨，子女来双杨上学，再给夫人安排工作，城里盖房……

“笃、笃、笃。”三声轻轻的叩门声。

“进来。”徐晋东不经意地通知。

门一开，哈哟，蝴蝶般飞进一个小美人儿。她甜甜地笑着，白嫩嫩的脸庞，妩媚的凤眼，天生尤物，人见人爱。她亭亭玉立，文文静静，楚楚动人。徐晋东不知她这么晚了来干啥。

“小黄，你有啥事？”他见她不开口，便主动问。

“啊？”小黄惊心地问，“你不知道我来干啥？”

“不知道。”

“这就奇怪了。刚才毛毛打电话，说你身体不舒服，病了，让我过来给检查一下，你还不知道？”

徐晋东似是而非地打了个马虎眼儿：“原来是毛毛告诉你的。”

刚才，毛毛过来送文件，他在炕上躺着，毛毛以为他喝酒多了。当她回到话务室，突然灵机一动，想到应当叫个医生过来看看。今天他太激动，也太累了，吃点解酒的药也好。毛毛是个善解人意、灵活机智的姑娘，对上对下都很有眼色，深得人们喜爱。今天，她在这件事情上，有意无意扮演了红娘角色。她给医院通了电话，值班的正好是小黄。毛毛便喜不自禁地说："徐书记病哩，你过来给检查检查。"她特别指名叫小黄过来，是她的别有用心，精明所在。既是成人之美，又是借花献佛，何乐而不为呢？因为前两三天，她亲眼见小黄找过徐晋东。徐晋东不在，她扭头走了，再没有问询别人。可见只为找人，并无啥紧办的事。今天自己何不两面讨好呢？

小黄见徐晋东迟疑着，吞吞吐吐，便嫣然一笑："徐书记，我走吧？"

徐晋东尴尬地说："刚才我是有点心口憋，检查检查。"

小黄取出体温计，甩了甩，交给徐晋东："夹在腋窝。"

徐晋东解开扣子，将体温计塞入腋下。小黄说："我给你捉捉脉。"

徐晋东用怀疑的目光审视着这个小大夫，问："你还会号脉呢？"

"怎？你怀疑我不称职，滥竽充数，白拿国家工资吗？"

"哟，我一句话引出你多大的牢骚。好好，捉脉，捉脉。"徐晋东缩起袖口，伸出手腕，将小胳膊平放在桌子上。

小黄伸出白皙纤细的手指，轻轻按在徐晋东粗糙的手腕上。脉搏上能感触到啥只有医生清楚。小黄量过体温也只有她明白。"上炕，听听心脏。"小黄命令徐晋东。

徐晋东脱去外衣，仰面躺在炕上，接受小黄的诊断。小黄将听诊器的耳端塞在耳朵上，捏住听诊器的胸端，在徐晋东的胸脯上移动。徐晋东静静地等待事态的发展。一个没病，一个瞎看。他隐隐地感觉到了。她的绵软手掌，触及他的胸部，比那个听心脏跳动的物件还有压力。这哪是在看病，情况已经十分明显了。如果她再调情地一笑，他便会不顾一切地冒险，然而她十分认真，本分。徐晋东的邪念，一掠而过，再不敢胡思乱想了。

"徐书记，毛毛说你病得厉害，我怎么检查来，检查去，没有一点点病的症状呢？”小黄一本正经地问。

“没病才好哩。”徐晋东说。他心中好笑：你敢盼我有病呢！

“你没让她叫医生，她就自作主张传我来着？”小黄步步紧逼。

徐晋东心里有些纳闷。这娃好没情由，阴一套，阳一套，居然探问起这些细节来。他边往起坐，边说：“她见我不精神，就给医院打招呼了。这也是正常的嘛。”

小黄见徐晋东误会了她的美意，扑哧一笑，耍眉弄眼地说：“瞧把你认真的，我早知道毛毛对你是格外关心的。嘻嘻！”

徐晋东没有回答她的浪言醋语，大胆地拉起她的手。小黄倒在他怀里……

第九十章　历史翻开新一页

时间一跨入一九八一年，中国农村便掀起了翻天覆地，暴风骤雨式的大变革。这场来自数亿农民爆发的汹涌澎湃，这场势如破竹的浪潮，犹如天上黄水，波浪滔滔，一泻千里，任何人也无法阻挡。也如狂飙大作，海浪咆哮，农民们都吼叫了起来，行动了起来。

在这种大浪潮下，双杨公社所谓先走一步的包工包产，显得幼稚可笑，苍白无力。徐晋东沾沾自喜，他自鸣得意的十种责任制形式，不过烦琐哲学而已。说到底是换汤不换药，为挽救临终的集体化所采取的应急措施，打强心针而已。徐晋东还算明智，他没有再兜售他的生产责任制，而采取了随大流的放任的政策。中央号召搞生产责任制，究竟如何搞？哪种形式农民最欢迎？公社概没有再出台新的意见，农民的事大撒手让农民去办。这种将生产关系的选择权交给农民讨论，由他们认定，实在是一种破天荒大胆的思想解放。农民一旦掌握了自己的命运，便会毫不含糊地采取彻底解决问题的办法。这样，村村队队，均异口同声：大包干。双杨公社的基层干部得力，他们领导社员，在理智的有序的情况下，牛驴分腿，地分片，一项一项落实到户。没有出现打架斗殴、哄抢集体财产的现象。徐晋东独自想：多少年来，多少事情，总是由上而下，一级一级贯彻。说是依靠群众，实乃是群众依靠；说是群众运动，实则是运动群众。唯独这次涉及千家万户的生产队大变革，公社人员竟在四平八稳的清谈中，顺利结束了。好。肩负两万多农民生活重担的徐晋东，顿感头轻多了。

“分田单干，这还不是资本主义道路吗？”田子荣一百个接受不了，“什么大包干？单干，二次土改！”

“无所谓。”徐晋东超然地说。

“什么无所谓？你怎么说无所谓呢？”

徐晋东慢吞吞地说：“我是说，叫啥主义叫啥名堂无所谓。反正这么一搞，近几年农民不用饿肚是肯定的。若干年后，觉得这样不行，一句话，再收拢起来。如果，这样闹好了，爱叫啥也无所谓。”

“哈哈，”田子荣仰天一笑，“你的思想变得快。我今天才发现了新大陆。”

“叫我看，其实它不是资本主义尾巴，而是社会主义的山墙柱（暗里出力）。”

“这句话说到点子上了。人是铁，饭是钢，一顿不吃饿得慌。没有自留地，单靠队里三百六十斤毛粮，饿得风也能刮倒，还搞啥大会战！”

徐晋东停了停，又说：“随着这一变动，咱们的工作也要适应这一大形势。从下边的情况看，说是承包，实际上是分田单干了。也就是说，原来集体形成的那一套，宣告结束了。农民各自种地，秋后有啥公务开销，按人头地亩摊派就是了。这样，凡涉及工分补贴的项目，均得改成现金。”

“是啊，旧问题没了，新问题又出来了。小队的摊子是彻底完了。大队还有呢，水井、水渠、树株、学校，还有队办企业，军烈属照顾，民兵集训，干部补贴，事情多得很呢。究竟如何办？咱别着急，先让下边着手搞吧。”田子荣也能沉住气了。他看了看徐晋东，接着说：“新形势下的工作，都需要用新眼光看待。相信群众会有高明办法的。现在的工作，都成了新鲜事了。咱千万不能再犯长官意志，瞎指挥的一刀切错误了。”

“你这话是对的。其实这一套，不是什么新鲜事物，自古如此。但凡是个农民还不会种地？自留地就是样板。下一步怎么办？社会总是前进的，没啥大不了的。”

“农民自个儿种自个儿的地，不是新鲜事。但在社会主义制度下，由集体分解到各户，代集体经营，这可是古今中外没有的新鲜事。如何走，向何处发展，这就只能边走边看，摸索着前进了。”

徐晋东和田子荣各抒已见，对时局随便发表了些心里话。他俩之间，虽然有时格格不入，唇枪舌剑，甚至变脸失色，大发雷霆，但这都是来自工作认识上的差异引发的矛盾。大多时间，彼此是可以取长补短，维护大局的。他们的工作责任心，决定了团结战斗的大前提。一个公社领导集团的战斗力强弱，团结与否，其关键在于一二把手关系的好坏。只要一二把手捏得紧，其他人是不敢搞小动作的。何况，徐与田的配合是相当默契的：一个擅长搞政治，抓政策，做人的工作；一个擅长忙行政事务，管生产、生活。这也是县委知人善任的搭配。徐晋东和田子荣几年来，践冰履炭，苦乐共享。他们私人感情方面也日渐深厚。正因为这样，彼此可以信口谈些政治方面的观点，彼此不存戒心。有些话，除他俩之外，作为一个领导，是不能信口开河、妄下雌黄的。

他们俩谈了一阵天下大事，交换了彼此的心声。最后心照不宣，结束了谈话。田子荣到前排，找马天龙去了。徐晋东想起一件事，向话务室走去。

原来，他已经办妥了他老婆的转户手续，准备马上迁来双杨居住。毛毛说，她手下有个有空房的人家，待我问一下看留不留人。不知她问好没有，需很快定下来。当徐晋东推开话务室的门时，炕上坐着四五个人，围成圈子正玩“攻猪抓羊”牌呢。其中有林如海。他头上顶一块花头巾，这是输了的标志。他们一见徐晋东，就像老鼠见了猫，欻一下扔掉手里的牌，都赶忙下地。当然，林如海最先下手的还是头上的毛巾。

徐晋东没有表态。这些日子，公社人们闲下无事，背着领导三三两两聚拢一块，玩牌消遣的，并非偶然。徐晋东装聋作哑，不去理睬。这不，他们得寸进尺，居然在话务室大张明声地干开了，但徐晋东还是克制着，没有批评。

“徐书记，我今儿是头一次来女娃们这里的。”林如海自觉做检讨，“不怨她们，是我撮合起来的。”

“我不知道你们是谁撮合起来的，反正我是林主任吆喝过来的。”苏芸芷一本正经地说。她同牛婧兰住在一个屋子里，与话务室还是近邻。

徐晋东看着这个老实铁姑娘，心里十分可笑。他现在尽量息事宁人，给大家创造一个轻松的环境，何必一天到晚拧着头脸，让人躲开走呢。他没搭理这些事，心平气和地问毛毛：“你给看的房，怎了？”

毛毛扬头一笑：“昨天过去看了看，女人说住吧，就是没见男人的话呢。我现在再去看看。”

“就是你刚才说的那家吧。我很熟，我去看吧。”林如海抽身跑出了话务室。

“徐书记多会搬家呀？”钰香笑着问。

“房子弄妥后，马上就搬。”

“搬家不吃糕，一月搬三遭。你得吃糕呢。”钰香仍是笑眯眯地看着徐晋东说。

徐晋东知道钰香说的是民间风俗，但不能同陈琦借用此话，调侃野姑相提并论。量情钰香没有这方面的知识，也不会开这方面的窍，更不敢用此话戏谑书记。徐晋东也给钰香一个莫测的笑，他模棱两可地说：“乔迁大喜，我请大家都吃糕。”

三个姑娘没有笑。毛毛说：“又喝酒呀？一喝酒老唐就撒酒疯，他有心病呢。”

钰香好像发现了什么似的，正颜厉色说：“徐书记，我问你个话？”

徐晋东说：“啥话？”

“老唐说，‘咱公社有个陈琦（奇）还缺个郑伦’，郑伦是啥？”

徐晋东摇摇头：“我也不知道。”

“林黛玉是啥意思？”钰香接着问。

“林黛玉是个小说人物，《红楼梦》中的女主人公。她身体瘦弱，多愁善感，痴情贾宝玉。最后因失恋，害相思病死了。”

“你看，你看，我知道狗嘴里吐不出象牙。那天，老唐唤我林黛玉哩。说咱公社有个林如海，没个林黛玉，钰香就像林黛玉嘛。你瞧这老汉多坏。”

徐晋东笑了：“一点也不损你。林黛玉是美的象征，忠贞不二的爱情人物，拿你做比，是高抬你喽。倒是老唐说林如海，恐怕你接受不了。林如海是林黛玉的父亲。”

“坏！坏！他尽拿肚里的臭文化，取笑俺这文盲哩。”钰香说到这里，一转口吻道：“徐书记，我告他一状：那天他从城里回来，在这里跟我和毛毛说，城里的大街上，唱的歌是靡靡之音。你说，他这是啥话？”

徐晋东笑着说：“瞧你大惊小怪的。中国古人把靡靡之音叫作亡国之音。这是个成语。当然，他这样说，是会引起人们误会的，大可不必。”

“反正他的话，俺们提防着哩。如果现在还选右派，俺俩一人给他一张票。”毛毛边笑边说。

“哈哈哈……”徐晋东笑了起来，“一九五七年，他大概就是受你们这类人的害吧。”

这时，林如海急急忙忙走了进来说：“徐书记，说好了。家不错，地有点问题，让耗子啃下好几个大窟窿。回头我让工程队过去给抹点水泥。明天，让毛毛和钰香过去把窗子糊一下，就行了。”

“好好，明天我也过去瞧瞧。”徐晋东满意地说。

“林主任长条飞毛腿，屁大点功夫就把事办好了。”苏芸芷夸奖林如海。

林如海看了看苏芸芷，说：“芸芷，你那屋没锁门吧，我跟徐书记过去，谈点事。”

“你去吧。青天白日锁啥门？”苏芸芷慨然而允。

“嗳，女人们的家还能随便进？”林如海随即拽了一下徐晋东，道：“走，略耽误你点时间。”

徐晋东以为林如海有啥秘密的要事需要跟他汇报。当他跟林如海走进苏芸芷和牛婧兰合住的家后，他从口袋里掏出一封信，交给徐晋东说：“这是俺死鬼连襟，病重期间写给你的信。我本不打算交给你的，感觉尽写些废话，至死不悟。后来左思右想，觉得还是让你看看吧。”

“就这事？”徐晋东顶问。

“没别的。你装好，慢慢地看吧。我有些字还认不得呢。”

徐晋东将信塞入口袋，随便说道：“已经是王先生的遗书了。”他边出门，边对这个小题大做、故弄玄虚的林如海报以一笑。

林如海就是这么一个热心有余、小心谨慎的公仆形象。他做事总爱无声无息，任劳任怨。徐晋东想到林如海明天一定会早早到房东家，拾掇房子的，便笑着安抚道：“老林，明天收拾家，叫上你闺女林黛玉。”

"啊？"林如海显然没听懂，但立刻又回答，"对对，没问题！"

看来，他也没看过《红楼梦》，对徐晋东的玩笑，一窍不通，只好二和尚念经，迷迷糊糊，应承下来。倒是毛毛在话务室听到了，她哈哈笑着，推开门说："林主任，你来！"

林如海一进话务室，毛毛笑弯了腰。"啊呀，肚好疼。"她笑了一阵，说，"刚才徐书记说，'老林，明天收拾家，叫上你闺女林黛玉'。"她看了看钰香，"老林回答，'对对，没问题！'啊呀，笑死人了。"

钰香轻薄地笑着说："没想到，一向老实巴结的林主任也爱占便宜。"

林如海被俩姑娘笑出一身汗。他如堕五里雾中，云天雾地，啥也弄不清了。

徐晋东回到自己房间，看起了王则峰生前写给他的信。

晋东：

你是个很有天赋的优秀人才，被党委委以重任，你要自强不息，奋发向上，你的前途是无量的，你的成就一定会辉煌于世的。我作为你的朋友、兄长、双杨公社前任书记，衷心地希望你放大眼光，看到未来；立足双杨，志在千里。看问题，要透过现象看本质；做工作，要认准目标，抓环节。须知，路是没有笔直的。但不管它如何迂回曲折，共产主义这个方向是不能偏离的。这盏明灯永远照耀着我们前进的光明大道。

兄弟，哥是不行了。病魔缠身，日薄西山，人世间的事与我无缘了。此时此刻，我伤心至极。为人一场，我竟如此不争气。壮志未酬，生命竭枯，想到此处，我情不自禁，泪如泉涌。唉，逝者如斯，人生短暂。当我即将告别人间的时刻，才真正懂得人生的宝贵。我憋在肚里的话，不愿意埋葬于五尺黄土之下。这才萌动了给你写此信的想法。

晋东同志，双杨公社是块好地方。将来过渡到共产主义，下道线是万亩水稻，中道线是小麦、经济作物，上道线是果园、杂粮区，山上是林牧区。那时候，以公社核算，吃啥有啥，是多么理想的共产主义生活。这个璀璨的目标，在向我们招手。公社的掌舵人，始终不能偏离这个大方向。为此，我诚心诚意奉劝你：一定要尽最大努力，力挽狂澜，下定决心，将万亩方田成龙配套，建设成功。直言之，它乃共产主义的胚胎工程。望你高瞻远瞩，率马以骥，千万千万不能夭折。当前虽然形格势禁，遇到些周折，但历史车轮总是滚滚向前的。作为一名称职的公社书记，只有坚定地踵事增华，不间断地接力跑下去，事业才会成功，人民才会受益。这样的领导一定会成为有脚阳春，千古称颂的不朽人物。

晋东，你看到这封信时，我已作古，成为阎王殿的上客了。兄拜托之事，诚望铭记。我在九泉之下，拭目以待。咱们昆仲一场，谅你不会使我失望的。

别了，祝你一切顺利！

垂危人 王则峰 即日

徐晋东看完信，心情久久不得平静。王则峰对此事竟是如此执着，矢志不渝，临终还念念不忘。信中的字里行间所流露出的真情实感，令人反躬自责。他不得不对这个人，从头估价。单从一些牝牡骊黄现象，是不能给人下结论的。王则峰至死不忘的所谓孕育着共产主义胚胎的“万亩方田”，之前，在徐晋东眼里，只不过是在跑步进入共产主义的大气候下，当事人心血来潮，推波助澜，为迎合上级心意，给自已脸上贴金罢了。没想到，王则峰对此举，竟是如此神圣。他对方田的失败，死不瞑目，即使到了九泉之下，还要拭目以待。这——决不能拿书生气十足贬低他；应该说，他是一位马列主义理论的忠实崇拜者。

一个多月后，旧年春节已过。一天，何静仁来到公社。他手里提着个精致的文件兜，衣冠楚楚，神采奕奕，显得分外英俊潇洒。他径直走进徐晋东办公室。一进屋，彬彬有礼，略微有些斯文，道：“徐书记，您过年好。”

徐晋东连忙打招呼：“好、好，你也好。坐下。”现在来公社找他的大队干部较以前少得多了。一来，大队干部的私事多了，抽不开身。二来，麻烦事情少了。今天何静仁专程来找书记，已属少见之事了。

何静仁打开小兜，从里边取出一沓稿纸，交给徐晋东。徐晋东打开一看，题目是：正南沟旧貌换新颜。副标题是：郭玉恩治理小流域大见成效。

徐晋东看到这标题就足够了。他再没有往下看，急切地问：“他闹腾开了？”

何静仁平平静静地说：“东沟已经有眉目了。一堰一堰的大框架，初具规模了。”

啊！这会是真的吗？有了上次的教训，徐晋东对这个大脑曾经有过病的年轻人更增添了些不信任感。他当下说：“走，我去看看。”

“好。”

于是，何静仁带领徐晋东，直奔正南沟。

郭玉恩是从治理东叉沟下手的。上次何静仁带徐晋东来找郭玉恩时，东沟还是千年老崖，万年老沟，荒野僻径，满目凄凉的萧瑟景象。二三十米深的沟底，曲里拐弯，有的地段连三尺宽也没有，根本无法行走。当时，他们是上梁找郭玉恩的。这次，何静仁居然领徐晋东顺沟底进。

“能走进去吗？”徐晋东不放心地问。

“没问题了。再迟三四天，拖拉机都能开进去了。”何静仁蛮有把握地回答。看来，他对情况很熟悉。

果然，老崖古坡面目一新。这使徐晋东十分惊异。仅仅两三个月的时间，怎么一下发生如此大的变化？这哪是一个人干的事？就是十个二十个，也不会出现这奇迹的。

“轰！”一声沉闷的土炮声，前边爆炸了。接着一个小山包慢慢地倒了下来，黄土滚滚淹没了整个山沟。

待黄土飞扬过去，郭玉恩发现了徐晋东。他大声斥责那个放炮的年轻人：“你不看来了人！没一点眼色的家伙！”

随即，又对徐晋东说：“徐书记，略停停再进沟吧，黄土埋人哩。”

“不怕。土还怕啥？”徐晋东和何静仁穿过尘埃，冲郭玉恩走了过去。

“好快啊！你原来是用炮炸的。”徐晋东握着郭玉恩的结满顽趼的大手，赞扬他。

郭玉恩面带笑容，自矜其为地说：“扛枪杆出身，要么不干，要干就不惜血本，干出个名堂。咱向来不会指山卖磨。”

“你买炸药什么的，需要贷款的话，我可以帮忙的。”徐晋东望着这条已被黄土占领的深沟，和几个干活的小伙子说。

“不用。”郭玉恩果断地回答，“去年秋天，我在这梁上栽了两千多株核桃树苗，每植一株国家补助二毛，我拿到手四百多块钱。买了一吨硝铵，自己炒的炸药。那——”他指了指正在拗崖头刨坷垃的三个小伙，说：“我的外甥、表弟，每人每天给一块钱，给我干了一冬了。”

“雷管、导火线怎买的？”徐晋东担心他通过私人关系，从水库弄呢。

“县水利局批的，要多少批多少，东西不贵。”玉恩回答。接着，他向徐晋东简略地汇报了一下情况：“我已经把树苗也买好了，杨树、桃树、梨树、果树、花椒树、葡萄，什么也有。”

“现在还不到植树季节，你怎么买下这么多树苗？”徐晋东问。他心里说，地还没有治理好呢，买这么多树干啥？

“我把人家三亩大的苗圃全买下了。”

“哪村的？”

“三道梁公社的。人家大队处理苗圃，我只用了二十块钱就夺老窝买下了。塄上还有些荆条苗呢。”

徐晋东清楚了。

“去年秋天，我管饭让俺队的羊群，给我卧了一个多月的圈。今年栽树，底肥也足够了。”

嘿！这个粗汉不但臂力过人，想得也细。

“那不，”他指着西崖下，说，“西崖不放炮了。从下边修一条车路，直通山根，拉粪、拉水都不碍手了。”

徐晋东频频点头。他跟着郭玉恩和何静仁，走上梁顶，然后俯瞰沟里，昔日的荒沟确实旧貌换新颜了。沟里的地分成堰，堰上堆着高高的土梁，地面还没有来得及平整，但已具雏形，眉目一清了。徐晋东见地里填上的土，没有行硪打夯，也没有垒石塄，不知来水大小。他决定，再顺梁而上，直到看清流域全貌为止。

他们来到山脚下的一个土圪垴上，这里将东沟掌上的山坡一览无余。徐晋东目测了一下，来水面积并不大。郭玉恩告诉他：“去年秋天，我向翟五旦要了些松树苗，已经栽在山坡上了。秋天土湿，又是背阴地，好活。春天就不行了。”

“已经绿化了？”徐晋东越来越对这个看似粗鲁，实则计划周密的彪形大汉感到惊诧。他想起当年何正魁说过的一句话：“让这个三分像人七分像鬼的破娘们，毁掉我赵庄一员大将。”现在看来，确实如此。

徐晋东放心了。他从去年一开始就对小流域治理十分感兴趣。对于农民来说，这是几千年难得的机遇。后来，他才弄清，他召开的专门治理小流域的动员大会，郭玉恩根本没去参加。时到今天，整个一礼堂听会的，竟没有一个人响应他的号召。倒是没听会的郭玉恩脱颖而出，爆出冷门。真所谓众里寻他千百度，蓦然回首，那人却在灯火阑珊处。

徐晋东告别郭玉恩，同何静仁往回走。路上，徐晋东看到当年大几百号人马，在正南沟摆战场，今天只留下那么些工程残骸。而郭玉恩只一个人，分文没有贷款，闹腾了一冬天，一条东沟便治理了出来。如果用科学的算账方法来计算，那是永远不会得出这个结果的。

“静仁，你说，为啥一个村的力量不及一个郭玉恩？”徐晋东看着这个当年兴师动众、热火朝天的战场问。

何静仁边走边一字一句地说：“那时候，搞农田水利是搞运动，上边来检查，看的是大场面、大兵团、大气势。工程要显示出治山治水、降龙伏虎的大气魄。如果将人马拉到东沟、西沟，谁去看？而且看后，必定使人扫兴，那么窄一条小沟，还算大的工程吗？”

徐晋东其实啥都清楚，他明知故问。赵庄直到最后，也是以公社书记蹲点队的名义支撑公社门面的。这种现象，难道与他无关吗？他心中有愧。静仁的直言剖析，更使他难堪。

何静仁发现，自己的话太刺人了。一来自己刚上台，工程不是自己搞的；二来，面对的是公社一把手。如此不看前后，站着说话不腰疼，简直是大夫的刀，哪里疼捅哪里，有点太不礼貌了。于是，他立即无话找话，扭转气氛，道：“徐书记，郭玉恩治理小流域，从山根沟掌往下治，一定能成功。他的举动，连何正魁老（他几乎叫出老家伙）党员，也深为感动。他还给编出一段顺口溜。”何静仁边走边学着何正魁的腔调朗诵起来：“浪子回头金不换，跌倒爬起拼命干；洋洋赵庄两千人，不及玉恩一条汉；正南沟碉堡谁敢取？上甘岭英雄又宣战；人催人干人不干，‘老包’叫人连轴转；人要豁命神鬼怕，土地爷也吓破胆；荒沟一朝变良田，你说稀罕不稀罕？”

何静仁一字不卡，熟背如流。徐晋东看着这一洛阳才子，心里认为老汉奸何正魁这首土诗写得好，也佩服何静仁的记忆力。这时，他忽而想到静仁给他的材料，便说：“你放在我办公桌的稿件，准备往哪投寄？尽快寄出去吧。”

何静仁谦虚地说：“徐书记是大手笔，你给修改一下，点石成金后，我再往邮局送。”

“不不，写这类文稿，我不及你。经我拙笔雌黄，反会佛头着粪，弄坏你的文字。你快拿走就是了。”

何静仁矜持地微微一笑：“徐书记太谦虚了。”

徐晋东在新形势下，发现了新的人才。土地下户后，谁说共产党员没有用武之地？谁说党支部没有事干？他当即回公社，写了一个粗略的提纲。晚上，破天荒来了个广播演讲。郭玉恩的精神，使他发现了一个哲学上的新问题：人的力量是无法计算的。同时，郭玉恩的行动也给了他一个启发：开发荒沟、荒坡、荒滩的时机到了。土地分拨到社员名下，根本不够作务。剩余劳力，因势利导，号召大家，鼓励个人承包闲散荒芜弃耕土地及山梁滩涂，势在必行。他还在广播上大大地表扬了一番郭玉恩，将他作为共产党员楷模，号召全社党员、群众学习。

当徐晋东带领公社干部来正南沟参观并参加劳动时，已经有外地的、县里的零星客人来参观了，这大概是何静仁的功劳。反正徐晋东是没有向上向外声张的。没过几天，好些省组团前来正南沟参观。一时间，郭玉恩成了风云人物。正南沟川流不息，接待着外省的客人。

一天，刚吃过早饭。徐晋东在屋里看报，听见院里有小车鸣喇叭声。徐晋东出去一看，发现一个人正在看甬道两旁的壁报。徐晋东过去一看，嗨呀，原来是地委书记！“左书记，你来了！”徐晋东是认识此人的，他俩是在地区三干会上认识的。

“嗯。”左阳书记客气地伸出了手。

“我是公社书记，叫徐晋东。走，进办公室坐。”

徐晋东将左阳书记领到党委办公室，王磊还趴在办公桌上，写着什么。“老王，这是地委左书记。”徐晋东喊他接待客人。

“欢迎，欢迎！”王磊立即站起忙着倒水、递烟招待。

左阳书记坐下后，随随便便问询了些无关大局的日常琐事，接着说：“我来看看小流域。是叫郭玉恩吧？”

“对对！”徐晋东边点头边回答，“是赵庄的社员。”

“咱去工地看看。”左阳书记急着要走。

“行。”徐晋东立即站了起来。

“喝上口水再走吧。”王磊礼节性地关照。

“不喝了，现在就出发。”

徐晋东走到小车跟前，左阳书记说：“坐前边带路。”徐晋东明知那是书记的位子，但听到让带路，便无须推辞了。

吉普车在土路上，经过一阵颠簸，缓缓地停在正南沟的东沟口。“到了。”徐晋东对左阳书记说。待左书记下车后，他指着介绍道：“这一大片叫正南沟流域，全归郭玉恩承包了。他开始动工治理的这条沟叫东沟，咱们进去看。”

工程进展快得出奇，连徐晋东也惊诧不已。几天来的变化，使他有些不敢相信，这是他们三四个人干的活？当他们见到郭玉恩时，才知道这是他一个人干的。那几个小伙已经被辞退了。左阳书记略问了几句话，就说：“不耽误你的时间了。看了你的成绩，就知道你手中的时间是寸金难买寸光阴的。”

随后，左阳书记和徐晋东边谈边看，对在这么短的时间内，干出如此惊人事迹的郭玉恩，十分赏识。郭玉恩正在摊土，往平里垫。他只穿件秋衣，手里忽而拿起大铁锹，忽而操起像猪八戒的九齿钉耙家什，干得既麻利又出活。他胳膊上的腱子肉一鼓一块的，一双大手就像半升子，挥舞开家具，简直像永动机开了，使不完的力，发不尽的劲。他还在向阳背风的小山陬，掏了一孔小窑洞，多会累了，有个休息、吃饭的处所。他一天二十四小时，不离开这条沟，连过大年也在这里过的。饭是他老婆送来的。他还有两个儿子，但都成家另立门户，都不参与他的没希望工程，受罪营生。

当徐晋东简略地将郭玉恩的情况向左阳介绍后，左阳书记颇有感触地说：“是的，不论哪一级党员，在艰难困苦下是考验，在和平顺利的环境中，也是考验。这个郭玉恩所以不顾家中人反对，下决心滚战在黄土沟，他的想法，恐怕不能单拿经济效益去评价。他是作为一项事业，憋着一口气上马的人，是应当有这种自强不息、敢为天下先的精神的。”说到这里，左阳突然转换口吻，问晋东：“你们公社有个，有个叫明苑庄的村子？”

“对。有这么个村庄。那年地委工作队彭秉如队长，就在那儿下乡。”

“唔。对、对！那村的支书叫，叫啥来着？”

徐晋东知道他在问李福杰。于是回答道：“李福杰。”

“对、对！是叫李福杰。他现在还是支书？”

“是的，还是支书。”

“这个明苑庄在什么地方？”

“在咱回公社的路边。绕一二里路，就路过了。”

“咱顺便去看看李福杰，他曾给我写过长信。”

“好。”

于是，徐晋东仍坐前座带路，他们立刻来到明苑庄。他将小车开到李福杰大门外。他知道，现在的大队部，已经灰桌冷板凳，没人接待了。正好，李福杰在。他一听说是左阳书记，热情地将他请进屋，赶忙倒水，敬烟，嘘寒问暖，迎接贵客。左阳书记寒暄几句后，便开门见山地说：“福杰同志，你那年给我的信，对我很有启发。你反映的情况，是相当一部分干部犯的通病。他们来到乡下，下车伊始指手画脚，急于求成，包办代替；情况不摸就插手插足。往往形成瞎指挥，这是教训啊！”

李福杰对左阳书记的光临，受宠若惊。几年前的鸡毛蒜皮小事，他还记忆犹新，亲自登门解释，更使他感动不已。提到彭秉如下乡那事，李福杰深感自责。现在回头看，彭队长的精神难能可贵啊！李福杰郑重地给左书记讲自己的看法：“其实，彭队长是个非常认真的好同志。即便有些啥不妥作法，也是形势所迫。现在叫他那样搞，也不搞的。”

“哈哈哈……”左书记由衷地笑了起来：“你讲得很好。现在，村里欢迎不欢迎来下乡的？”

“那不能一概而论，为老百姓办事，而不是为自己谋求什么的工作队，啥时候也欢迎。”

“这倒是。现在土地下户后，集体的事情是要难办些。”

“实话对你左书记说，生产队散了，人心乱了。各人管自己，谁还管集体。集体成了蜘蛛吸干内脏的空罐头壳了，徒有其名。集体的事情说难办，实际好办了。”

“怎么？好办了？”左阳颇感兴趣地问。

“集体啥事也不办了，不就是好办了嘛。”

“不。”左阳书记没有因李福杰的反语而不快，谆谆教导道：“乱是暂时的。土地分户经营后，一定会拉大贫富差距，有少数人会暴发起来的，让一部分人先富起来，先富带后富，最后还是要走共同致富的道路的。有四项基本原则做保证，作为处在这风口浪尖关键时刻的支部书记，应当登高望远，率领群众向前走。”

“赵庄的郭玉恩承包小流域，不就是在新形势下，党员起的模范带头作用吗？”徐晋东也开导着说，实际是帮左书记的腔，他早对李福杰有点反感了。

李福杰好容易见到地委书记了，恨不得一句话说透心中千言万语。他不把徐晋东放在眼里，仍信口胡诌道：“反正我眼前黑乎乎一片，什么也看不清了。”

徐晋东勃然大怒：“你！你今天喝上酒了！”他瞪着一双恶狠狠的眼。

李福杰没再多嘴。他心里好笑：瞧把徐晋东吓成啥了？我也是这话。一个土坷垃公司经理，怕啥！

徐晋东领左阳书记离开李福杰家，坐在车上后，左阳说：“这个李福杰敢讲真话，是个好同志。他看问题不是从报纸上、理论上、领导的讲话上看，而是从眼前的事实看。这就是农民。终有一天，他的眼前会亮起来的。”

“我觉得他今天是有意说的。”徐晋东给左阳解释。

“有意说这种话，比有意鹦鹉学舌，说我们爱听的话，要好得多。”

“对，对……”

回到公社，王磊将左阳书记和司机分别安排到客房休息后，随即和田子荣、徐晋东商量中午饭如何吃。

田子荣为难地说：“我让葆定到城里采购了些吃的，不知该不该招待？”

徐晋东想了想，从当前周边形势看，已经不是过去那种寒酸、苦行僧样子了。领导是尊贵的客人，如还像过去，熬白菜、二面馒头，太不像话了。任何事情，都有个开始。今天，就第一次炒盘，招待左阳书记。于是，他说：“招待。找个桌子，就在办公室吃饭。”

“如果左书记不吃招待饭呢？”田子荣做出留一手的准备。

“他不吃，咱端下去。这也没犯啥错误。”徐晋东回答。

“好。”田子荣忙去了。

左阳既不带秘书，也不与县里打招呼，只身直奔公社，的确少见。这给徐晋东带来一定的麻烦。比如吃饭问题，只好他一人作主。饭前，左阳又问询了一下公社治理小流域的规划情况。徐晋东约莫着做了回答。其实他根本就没有做过规划。社员不包，你规划有啥用？不过，他发现左阳书记平易近人，很随和，于是去掉紧张心理，估摸着做了汇报。

开饭了，毛毛、钰香她们将饭桌摆开，把酒具、餐具放好，端上冷菜热菜后，徐晋东、田子荣、林如海、彭茂华、尚丞荣陪席就座，左阳书记没说啥，坐下便用餐。徐晋东暗中窃喜：今天这件事办对了。

席间，左阳书记跟这帮公社干部喝得很投合。他兴高采烈，情绪饱满。当尚丞荣向他介绍徐晋东还是一位有才华的业余作家时，左阳书记高兴地问："你在公社几年了？"

"四五年吧。"徐晋东答。

"行了。到地区文联吧。"

徐晋东摇摇头："不。"

现场气氛冷到了极点。左书记对这个农民干部，连看也懒得看一眼，只管用饭。

尾声

光阴荏苒，岁月如流，转眼三年时间过去了。

陈琦接了徐晋东的班，从石门又回到双杨。马天龙荣升公社主任，改叫乡长，接了田子荣的班。他们站在公社大门前，将人民公社的牌子取下来，换上乡政府的牌子。一九五八年，老马将双杨乡的牌子取下来，换上公社牌子。今天，小马将公社牌子取下来，又挂起乡政府牌子。赫赫人民公社就此结束了它的历史使命。徐晋东看着崭新的乡政府牌子，深沉地想：人民公社的牌子扔掉了，但集体还存在。集体的土地既没有退还到入社农民手中，也没有搞二次土改。土地仍是集体所有，只不过是换了个名词，叫村委会的土地罢了。今后，如何选择共同致富道路，这是摆在中国共产党人及数亿农民面前的大事。相信历史会有科学的选择的。

陈琦哈哈一笑，道："徐晋东、田子荣，你们二位是有功之人。石门水库的水，哗啦啦流进双杨田；下道线的水稻绿油油盖满万亩方田。"

徐晋东拍着陈琦肩膀说："好好赖赖，我手中的接力棒是传给你了，老田的接力棒是传给小马了。前边路程如何走，是你们的事嘞。”

田子荣笑着对陈琦说：“世上事情怪着呢。你在那阵，咱穷心竭力，建设万亩方田，就是闹不成。政策一放宽，咱不管了，反而建成了。”

“你看你！我刚刚说是你们的功劳。让你这一句话，把你们的功劳全吹了。哈哈哈……”他亦笑亦说，总是那么乐观、风趣。

这时，突然开来一辆吉普车。到了门前，嚓一下停住。车门打开，走下来的原来是新任县委书记彭秉如。

“彭书记！”大家异口同声打招呼。

“你刚到县里，就来双杨？”徐晋东拉住他的手，赞美他的精神。

“旧地重游，对双杨我是有感情的。”彭秉如笑吟吟跟大家一一握手。他随便拉了几句，便说：“我今天先去正南沟看看。”

“好，好，太欢迎了。正南沟可是名声在外了。”陈琦说。

“上车。”彭秉如招呼大家。

“双杨的事没我的份了。让陈琦去吧。”徐晋东说。

“这还像个老书记哩！扶上马，送一程嘛。走走走，一起走。”彭秉如连田子荣、马天龙一并推上车。

一辆军绿色吉普车奔驰在双杨的林荫大路上，车后扬起一股长长的黄尘，飞散开来。

落笔于 1997 年 5 月 23 日

2000 年 3 月 21 日初稿就

2000 年 5 月 23 日改毕

附录 《双杨往事》年月的时代语注释

1. 万岁机关：公元一九五八年人民公社成立，当时与“总路线，大跃进”称三面红旗，并喊“万岁”。因人民公社与乡政府合署办公，成为一级政府，故人们称人民公社为“万岁机关”。

2. 八字宪法：农业八字宪法，指土、肥、水、种、密、保、工、管。亦即土地、肥料、水利、种籽、密植、保护、工具、管理。

3. 三要三不要：要团结，不要分裂；要光明正大，不要搞阴谋诡计；要搞马列主义，不要搞修正主义。

4. 四项基本原则：坚持马列主义，毛泽东思想；坚持共产党领导；坚持社会主义道路；坚持无产阶级专政（1981 年，改为“人民民主专政”）。

5. 三八六一部队：泛称女人娃娃。三八，指妇女；六一，指儿童。

6. 一二三劳动制度：指县、社、大队三级领导干部参加集体劳动的指标任务。县是一百天，社是二百天，大队是三百天。

7. 老运动员：指一些干部在每次政治“运动”中，总是过不了关，成为被整对象，人们称之为“老运动员”。

8. 三铁一锁：民兵的枪支弹药，是由基干民兵保存，民兵营连管理的。后集中回公社统一保管。要求专人专库，并配备铁门、铁窗、铁柜，外加一把大铁锁。所谓“三铁一锁”保护武器。

9. 高粱红干部：高粱一红就成熟了，马上要秋收。此时，也开始了下年的生产准备工作。秋耕、沤肥、选种等工作与秋收同时进行。为了打好明年的基础，便开始选定下年干部。当年干部只好提前卸职，人们称“高粱红干部”。

10. 四人帮：王洪文、张春桥、江青、姚文元四人在“文化大革命”期间所结成的帮派。

11. 四类分子：地主、富农、反革命、坏分子四种人，均指戴帽的。

12. “打砸抢”三种人：指“文革”中犯有打斗、破坏、抢劫行为的人。

13. 六十条：指一九六一年中央颁布的《人民公社六十条》。

14. 红白喜事：红，指男婚女嫁；白，指丧事；喜，指喜庆吉利之贺；事，事情，工程等事项。四种事均需动用有关人员，专用器具，涉众较多。为此服务的业主，每每标榜为“红白喜事”服务，此乃从古至今俗语，不同于“红白事宴”。

15. 蹲点：领导干部选定一个大队驻下来进行调查研究，指导工作，参加劳动谓之点。点上有工作队，统称蹲点。

16. 任务猪：每年公社给大队下达收购生猪任务，任务猪规定最低毛重 120 斤。

17. 义务工：凡社员按整半劳力分摊若干个义务工，作为对集体的维护。后发现社员每每停工参加会议，而四类分子却照常劳动赚工分。于是对四类分子的义务工增加一倍扣除。

18. 小块地：二十世纪六十年代初，社员吃不饱肚，便在集体耕地之外的河边、沟底、山坡、地塄等空闲小块地，自己动手刨地种庄稼、瓜菜，一般称开小块地。困难时期允许开，随后便禁止开小块地。

19. 大兵团作战：打破大队、公社，甚至县界所搞的大型水利、交通、治山、治摊、改河等工程，将受益区或非受益区的社员拉出来参加会战，曰大兵团作战。

20. 三项费：工人家属在农村分粮、分菜等享受社员待遇，故要求工人交纳生产队公积金、公益金、义务工三项费用，称“三项费”。

21. 又红又专：这是对党员、知识分子的要求。红，就是共产主义觉悟；专，就是科学技术。

22. 五不怕：一不怕撤职，二不怕开除党籍，三不怕老婆离婚，四不怕坐牢，五不怕杀头。有了这五不怕，就敢于实事求是，敢于坚持真理。

23. 走资派：指共产党内走资本主义道路，蜕变为资产阶级的当权派。

24. 兴无灭资：兴无产阶级思想，灭资产阶级思想的简称。

25. 六二压：从 1961 年下半年开始，全国大规模压缩城市人口，精减职工回乡务农，大多部门基本上是凡 1958 年及以后参加工作的一律精减，到 1962 年基本结束。全国压缩两千余万，后称“六二压”。

26. 半机械化部队：即人民公社胶轮马车队。胶轮车用胶皮做轮胎，车轴上是滚珠轴承，牲畜拉牵，已经具有机械成分，号称“半机械化”。

27. 封资修：封建主义、资本主义和修正主义的简称。